第八卷

中华经典藏书

北京出版社

诸子经典（一）

北京出版社

本 卷 目 录

诸子经典（一）

诸子经典

（一）

诸子经典目录

晏子春秋

墨　子

公孙龙子

管 子

商 君 书

韩 非 子

吕 氏 春 秋

淮 南 子

盐 铁 论

中华经典藏书

论　衡

水 经 注

晏子春秋

晏子春秋卷第一
内篇谏上第一

庄公矜勇力不顾行义晏子谏第一

庄公奋乎勇力，不顾于行义。勇力之士，无忌于国。贵戚不荐善，逼迩不引过①，故晏子见公。公曰："古者亦有徒以勇力立于世者乎？"晏子对曰："婴闻之，轻死以行礼谓之勇，诛暴不避强谓之力。故勇力之立也，以行其礼义也。汤、武用兵而不为逆，并国而不为贪，仁义之理也。诛暴不避强，替罪不避众，勇力之行也。古之为勇力者，行礼义也。今上无仁义之理，下无替罪诛暴之行，而徒以勇力立于世，则诸侯行之以国危，匹夫行之以家残。昔夏之衰也，有推侈、大戏，殷之衰也，有费仲、恶来。足走千里，手裂兕虎②，任之以力，凌轹天下③，威戮无罪。崇尚勇力，不顾义理，是以桀纣以灭，殷夏以衰。今公自奋乎勇力，不顾乎行义，勇力之士，无忌于国。身立威强，行本淫暴，贵戚不荐善，逼迩不引过。反圣王之德，而循灭君之行，用此存者，婴未闻有也。"

①逼迩：近臣。
②兕（sì 四）：雌性犀牛。
③凌轹（lì 力）：欺压。

景公饮酒酣愿诸大夫无为礼晏子谏第二

景公饮酒酣，曰："今日愿与诸大夫为乐饮，请无为礼。"晏子蹴然改容①曰："君之言过矣！群臣固欲君之无礼也。力多足以胜其长，勇多足以弑其君，而礼不使也。禽兽以力为政，强者犯弱，故日易主。今君去礼，则是禽兽也。群臣以力为政，强者犯弱，而日易主，君将安立矣？凡人之所以贵于禽兽者，以有礼也，故《诗》曰：'人而无礼，胡不遄死！'②礼不可无也。"公湎而不听。少间，公出，晏子不起，公入，不起，交举，则先饮。公怒色变，抑手疾视，曰："向者夫子之教寡人，无礼之不可也。寡人出入不起，交举则先饮，礼也？"晏子避席，再拜稽首而请曰："婴敢与君言而忘之乎？臣以致无礼之实也。君若欲无礼，此是已。"公曰："若是，孤之罪也。夫子就席，寡人闻命矣。"觞三行，遂罢酒。盖是后也，饬法修礼，以治国政，而百姓肃也。

①蹴（cù 促）然：惊悚不安。
②遄（chuán 传）：速。

景公饮酒酲三日而后发晏子谏第三

景公饮酒酲①，三日而后发。晏子见曰："君病酒乎？"公曰："然。"晏子曰："古之饮酒也，足以通气合好而已矣。故男不群乐以妨事，女不群乐以妨功。男女群乐者，周筋五献，过之者诛。君身服之，故外无怨治，内无乱行。今一日饮酒而三日寝之，国治怨乎外，左右乱乎内。以刑罚自妨者，劝乎为非；以赏誉自劝者，惰乎为善；上离德行，民轻赏罚，失所以为国矣，愿君节之也！"

①酲：chéng，音成。酒醉后神志不清的状态。

景公饮酒七日不纳弦章之言晏子谏第四

景公饮酒，七日七夜不止。弦章谏曰："君欲饮酒七日七夜①，章愿君废酒也！不然，章赐死。"晏子入见，公曰："章谏吾曰：'愿君之废酒也！不然，章赐死。'如是而听之，则臣为制也②；不听，又爱其死。"晏子曰："幸矣！章遇君也。令章遇桀纣者，章死久矣！"于是公遂废酒。

①欲：衍文。
②制：命令。

景公饮酒不恤天灾致能歌者晏子谏第五

景公之时，霖雨十有七日。公饮酒，日夜相继。晏子请发粟于民，三请，不见许。公命柏遽巡国，致能歌者。晏子闻之，不说，遂分家粟于氓，致任器于陌，徒行见公曰："十有七日矣！怀宝乡有数十①，饥氓里有数家，百姓老弱，冻寒不得短褐，饥饿不得糟糠，敝撤无走②，四顾无告，而君不恤，日夜饮酒，令国致乐不已，马食府粟，狗餍刍豢③，三保之妾④，俱足粱肉。狗马保妾，不已厚乎？民氓百姓，不亦薄乎？故里穷而无告，无乐有上矣；饥饿而无告，无乐有君矣。婴奉数之策，以随百官之吏，民饥饿穷约而无告，使上淫湎失本而不恤，婴之罪大矣。"再拜稽首，请身而去，遂走而出。公从之，兼于途而不能逮，令趣驾追晏子其家，不及。粟米尽于氓，任器存于陌，公驱及之康内。公下车从晏子曰："寡人有罪，夫子倍弃不援，寡人不足以有约也，夫子不顾社稷百姓乎？愿夫子幸存寡人，寡人请奉齐国之粟米财货，委之百姓，多寡轻重，惟夫子之令。"遂拜于途。晏子乃返，命禀巡氓，家有布缕之本而绝食者，使有终月之委；绝本之家，使有期年之食；无委积之氓，与之薪橑，使足以毕霖雨。命柏巡氓，家室不能御者，予之金；巡求氓寡用财乏者，死三日而毕，后者若不用令之罪。公出舍，损肉撤酒，马不食府粟，狗不食饣亶肉⑤，辟拂嗛齐⑥，酒徒减赐。三日，吏告毕上：贫氓万七千家，用粟九十七万钟，薪橑万三千乘；怀宝二千七百家，用金三千。公然后就内退食，琴瑟不张，钟鼓不陈。晏子请左右与可令歌舞足以留思虞者退之，辟拂三千，谢于下陈，人待三，士待四，出之关外也。

①怀宝：是"坏室"之误。

②敝撒：同蹩（bié 别）躠（sà 萨），跛脚难行之貌。

③餍：yàn，音厌，吃饱。

④三保：当作"三室"。

⑤饘：zhān，音詹，厚粥。

⑥嗛齐：嗛同歉，齐同资。

景公夜听新乐而不朝晏子谏第六

晏子朝，杜扃望羊待于朝①。晏子曰："君奚故不朝？"对曰："君夜发②，不可以朝。"晏子曰："何故？"对曰："梁丘据扃入歌人虞，变齐音。"晏子退朝，命宗祝修礼而拘虞。公闻之而怒曰："何故而拘虞？"晏子曰："以新乐淫君。"公曰："诸侯之事，百官之政，寡人愿以请子；酒醴之味，金石之声，愿夫子无与焉。夫乐，何必夫故哉？"对曰："夫乐亡而礼从之，礼亡而政从之，政亡而国从之。国衰，臣惧君之逆政之行。有歌，纣作《北里》，幽厉之声，顾夫淫以鄙而偕亡，君奚轻变夫故哉？"公曰："不幸有社稷之业，不择言而出之，请受命矣。"

①扃：jiōng，音坰。

②发：同"废"，废寝。

景公燕赏无功而罪有司晏子谏第七

景公燕赏于国内①，万钟者三，千钟者五，令三出，而职计莫之从。公怒，令免职计，令三出，而士师莫之从。公不说。晏子见，公谓晏子曰："寡人闻君国者，爱人则能利之，恶人则能疏之。今寡人爱人不能利，恶人不能疏，失君道矣②。"

晏子曰："婴闻之，君正臣从谓之顺，君僻臣从谓之逆。今君赏谗谀之民，而令吏必从，则是使君失其道，臣失其守也。先王之立爱，以劝善也；其立恶，以禁暴也。昔者三代之兴也，利于国者爱之，害于国者恶之，故明所爱而贤良众，明所恶而邪僻灭，是以天下治平，百姓和集。及其衰也，行安简易，身安逸乐，顺于己者爱之，逆于己者恶之，故明所爱而邪僻繁，明所恶而贤良灭，离散百姓，危覆社稷。君上不度圣王之兴，而下不观惰君之衰，臣惧君之逆政之行，有司不敢争，以覆社稷，危宗庙。"

公曰："寡人不知也，请从士师之策。"国内之禄，所收者三也。

①燕：同宴。

②恶：wù。

景公信用谗佞赏罚失中晏子谏第八

景公信用谗佞，赏无功，罚不辜。晏子谏曰："臣闻明君望圣人而信其教，不闻听谗佞以诛赏。今与左右相说颂也①，曰：'比死者勉为乐乎！吾安能为仁而愈黥民耳矣！'故内宠之妾，迫夺于国；外宠之臣，矫夺于鄙；执法之吏，并荷百姓②。民愁苦约病③，而奸驱尤佚④，隐情奄恶，蔽谄其上，故虽有至圣大贤，岂能胜若谗哉！是以忠臣之常有灾伤也。臣闻古者之士，可与得之，不可与失之；可以进之，不可与退之。臣请逃之矣。"遂鞭马而出。

公使韩子休追之，曰："孤不仁，不能顺教，以至此极，夫子休国焉而往？寡人将从而后。"晏子遂鞭马而返。其仆曰："向之去何速？今之返又何速？"晏子曰："非子之所知也，公之言至矣。"

①说颂：即"悦容"。颂，同"容"，宽容。
②荷：同苛。
③约：贫困。
④尤佚：同"溢尤"，更甚。

景公爱嬖妾随其所欲晏子谏第九

翟王子羡臣于景公以重驾，公观之而不说也。嬖人婴子欲观之，公曰："及晏子寝病也。"居囿中台上以观之①，婴子说之，因为之请曰："厚禄之！"公许诺。晏子起病而见公，公曰："翟王子羡之驾，寡人甚说之，请使之示乎？"晏子曰："驾御之事，臣无职焉。"公曰："寡人一乐之，是欲禄之以万钟，其足乎？"对曰："昔卫士东野之驾也，公说之，婴子不说，公曰不说，遂不观。今翟王子羡之驾也，公不说，婴子说，公因说之；为请，公许之，则是妇人为制也。且不乐治人，而乐治马，不厚禄贤人，而厚禄御夫。昔者先君桓公之地狭于今，修法治，广政教，以霸诸侯。今君一诸侯无能亲也，岁凶年饥，道途死者相望也。君不此忧耻，而惟图耳目之乐，不修先君之功烈，而惟饰驾御之伎②，则公不顾民而忘国甚矣。且《诗》曰：'载骖载驷，君子所诫③。'夫驾八，固非制也，今又重此，其为非制也，不滋甚乎！且君苟美乐之，国必众为之，田猎则不便，道行致远则不可，然而用马数倍，此非御下之道也。淫于耳目，不当民务，此圣王之所禁也。君苟美乐之，诸侯必或效我，君无厚德善政以被诸侯，而易之以僻此非所以子民、彰名、致远、亲邻国之道也。且贤良废灭，孤寡不振，而听嬖妾以禄御夫，以蓄怨与民为仇之道也。《诗》曰：'哲夫成城，哲妇倾城。'今君不免成城之求，而惟倾城之务，国之亡日至矣。君其图之！"公曰："善。"遂不复观，乃罢归翟王子羡，而疏嬖人婴子。

①囿：养禽兽的园林。
②伎：同"技"。
③诫：《诗经》作"届"，至。

景公敕五子之傅而失言晏子谏第十

景公有男子五人，所使傅之者，皆有车百乘者也。晏子为一焉。公召其傅曰："勉之！将以而所傅为子。"及晏子，晏子辞曰："君命其臣，据其肩以尽其力，臣敢不勉乎！今有之家，此一国之权臣也，人人以君命命之曰：'将以而所傅为子。'此离树别党，倾国之道也。婴不敢受命，愿君图之！"

景公欲废適子阳生而立荼晏子谏第十一

　　淳于人纳女于景公，生孺子荼，景公爱之。诸臣谋，欲废公子阳生而立荼。公以告晏子。晏子曰："不可，夫以贱匹贵，国之害也；置大立少，乱之本也。夫阳生，生而长，国人戴之，君其勿易！夫服位有等，故贱不陵贵；立子有礼，故孽不乱宗①。愿君教荼以礼而勿陷于邪，导之以义而勿湛于利②。长少行其道，宗孽得其伦。夫阳生敢毋使荼餍粱肉之味、玩金石之声，而有患乎？废长立少，不可以教下；尊孽卑宗，不可以利所爱。长少无等，宗孽无别，是设贼树奸之本也。君其图之！古之明君，非不知繁乐也，以为乐淫则哀，非不知立爱也，以为义失则忧，是故制乐以节，立子以道。若夫恃谗谀以事君者，不足以责信。今君用谗人之谋，听乱夫之言也。废长立少，臣恐后人之有因君之过以资其邪，废少而立长以成其利者。君其图之。"公不听。景公没，田氏杀君荼，立阳生；杀阳生，立简公；杀简公而取齐国。

①孽：庶子；宗：宗子，嫡长子。
②湛：同耽，沉溺。

景公病久不愈欲诛祝史以谢晏子谏第十二

　　景公疥且疟，期年不已。召会谴、梁丘据、晏子而问焉，曰："寡人之病病矣，使史固与祝佗巡山川宗庙，牺牲珪璧，莫不备具，数其常多先君桓公①，桓公一则寡人再。病不已，滋甚，予欲杀二子者以说于上帝，其可乎？"会谴、梁丘据曰："可。"晏子不对。公曰："晏子何如？"晏子曰："君以祝为有益乎？"公曰："然。""若以为有益，则诅亦有损也。君疏辅而远拂，忠臣拥塞，谏言不出。臣闻之，近臣默，远臣瘖②，众口铄金。今自聊摄以东，姑尤以西者，此其人民众矣，百姓之咎怨诽谤，诅君于上帝者多矣。一国诅，两人祝，虽善祝者不能胜也。且夫祝直言情，则谤吾君也；隐匿过，则欺上帝也。上帝神，则不可欺；上帝不神，祝亦无益。愿君察之也。不然，刑无罪，夏商所以灭也。"公曰："善解余惑，加冠！"命会谴毋治齐国之政，梁丘据毋治宾客之事，兼属之乎晏子。晏子辞，不得命，受相退，把政，改月而君病悛③。公曰："昔吾先君桓公，以管子为有力，邑狐与穀，以共宗庙之鲜，赐其忠臣，则是多忠臣者。子今忠臣也，寡人请赐子州款。"辞曰："管子有一美，婴不如也；有一恶，婴不忍为也，其宗庙之养鲜也。"终辞而不受。

①数其：倒文，当作"其数"。
②瘖：不能言。
③悛：quān，音圈。

景公怒封人之祝不逊晏子谏第十三

　　景公游于麦丘，问其封人曰："年几何矣？"对曰："鄙人之年八十五矣。"公曰："寿哉！子其祝我。"封人曰："使君之年长于胡①，宜国家②。"公曰："善哉！子其复之。"曰："使君之嗣，寿皆若鄙臣之年。"公曰："善哉！子其复之。"封人曰："使君无得罪于民。"公曰："诚有鄙民得罪于君则可，安有君得罪于民者乎？"晏子谏曰："君过矣！彼疏者有罪，戚者治之；贱者有罪，贵者治之；君得罪于民，谁将治之？敢问：桀纣，君诛乎，民诛乎？"公曰："寡人固也。"于是赐封人麦丘以为邑。

---

①胡：指齐国先君胡公静。
②宜：安。

景公欲使楚巫致五帝以明德晏子谏第十四

楚巫微导裔款以见景公，侍坐三日，景公说之。楚巫曰："公，明神之主帝王之君也。公即位有七年矣，事未大济者，明神未至也。请致五帝，以明君德。"景公再拜稽首。楚巫曰："请巡国郊以观帝位。"至于牛山而不敢登，曰："五帝之位，在于国南，请斋而后登之。"公命百官供斋具于楚巫之所，裔款视事①。

晏子闻之而见于公曰："公令楚巫斋牛山乎？"公曰："然。致五帝以明寡人之德，神将降福于寡人，其有所济乎？"晏子曰："君之言过矣！古之王者，德厚足以安世，行广足以容众，诸侯戴之，以为君长；百姓归之，以为父母。是故天地四时和而不失，星辰日月顺而不乱。德厚行广，配天象时，然后为帝王之君，明神之主。古者不慢行而繁祭，不轻身而恃巫。今政乱而行僻，而求五帝之明德也？弃贤而用巫，而求帝王之在身也？夫民不苟德，福不苟降②，君之帝王，不亦难乎！惜乎！君位之高，所论之卑也。"

公曰："裔款以楚巫命寡人曰：'试尝见而观焉。'寡人见而说之，信其道，行其言。今夫子讥之，请逐楚巫而拘裔款。"晏子曰："楚巫不可出。"公曰："何故？"对曰："楚巫出，诸侯必或受。公信之，以过于内，不知；出以易诸侯于外，不仁。请东楚巫而拘裔款。"公曰："诺。"故曰送楚巫于东，而拘裔款于国也。

---

①视：处理。
②苟：草率。

景公欲祠灵山河伯以祷雨晏子谏第十五

齐大旱逾时①，景公召群臣问曰："天不雨久矣，民且有饥色。吾使人卜，云：'崇在高山广水。'寡人欲少赋敛以祠灵山，可乎？"群臣莫对。

晏子进曰："不可！祠此无益也。夫灵山固以石为身，以草木为发，天久不雨，发将焦，身将热，彼独不欲雨乎？祠之无益。"公曰："不然，吾欲祠河伯，可乎？"晏子曰："不可！河伯以水为国，以鱼鳖为民，天久不雨，泉将下，百川竭，国将亡，民将灭矣，彼独不欲雨乎？祠之何益！"景公曰："今为之奈何？"晏子曰："君诚避宫殿暴露，与灵山河伯共忧，其幸而雨乎！"于是景公出，野居暴露，三日，天果大雨，民尽得种时。景公曰："善哉！晏子之言，可无用乎！其维有德。"

①时：同"莳"，栽种。

景公贪长有国之乐晏子谏第十六

景公将观于淄上，与晏子閒立①。公喟然叹曰："呜呼！使国可长保而传于子孙，岂不乐哉？"晏子对曰："婴闻明王不徒立，百姓不虚至。今君以政乱国、以行弃民久矣，而声欲保之②，不亦难乎？婴闻之，能长保国者，能终善者也。诸侯并立，能终善者为长；列士并学，能终善者为师。昔先君桓公，其方任贤而赞德之时，亡国恃以存，危国仰以安，是以民乐其政而世高其德，行远征暴，劳者不疾，驱海内使朝天子，而诸侯不怨。当是时，盛君之行不能进焉。及其卒而衰，怠于德而并于乐，身溺于妇侍而谋因竖刁，是以民苦其政，而世非其行，故身死乎胡宫而不举，虫出而不收。当是时也，桀纣之卒不能恶焉③。《诗》曰：'靡不有初，鲜克有终。'不能终善者，不遂其君。今君临民若寇仇，见善若避热，乱政而危贤，必逆于众，肆欲于民，而诛虐于下，恐及于身，婴之年老，不能待于君使矣，行不能革④，则持节以没世耳。"

①閒立：间立。
②声：言。
③恶：坏，作悲惨解。
④革：更改。

景公登牛山悲去国而死晏子谏第十七

景公游于牛山，北临其国城而流涕曰："若何滂滂去此而死乎！①"艾孔、梁丘据皆从而泣，晏子独笑于旁。公刷涕而顾晏子曰："寡人今日游悲，孔与据皆从寡人而涕泣，子之独笑，何也？"晏子对曰："使贤者常守之，则太公、桓公将常守之矣；使勇者常守之，则庄公、灵公将常守之矣。数君者将守之，则吾君安得此位而立焉？以其迭处之，迭去之，至于君也，而独为之流涕，是不仁也。不仁之君见一，谄谀之臣见二，此臣之所以独窃笑也。"

①滂滂：流荡不返的样子。

景公游公阜一日有三过言晏子谏第十八

景公出游于公阜，北面望睹齐国曰："呜呼！使古而无死，何如？"晏子曰："昔者上帝以人之殁为善①，仁者息焉，不仁者伏焉。若使古而无死，丁公、太公将有齐国，桓、襄、文、武将皆相之，君将戴笠衣褐，执铫耨②，以蹲行畎亩之中，孰暇患死！"公忿然作色，不说。无几何而梁丘据御六马而来，公曰："是谁也？"晏子曰："据也。"公曰："何如？"曰："大暑而疾驰，甚者马死，薄者马伤，非据孰敢为之！"公曰："据与我和者夫？"晏子曰："此所谓同也。所谓和者，君甘则臣酸，君淡则臣咸。今据也甘君亦甘，所谓同也，安得为和！"公忿然作色，不说。无几何，日暮，公西面望睹彗星，召伯常骞，使禳去之③。晏子曰："不可！此天教也。日月之气，风雨不时，彗星之出，天为民之乱见之，故诏之妖祥，以戒不敬。今君若设文而受谏，谒圣贤人，虽不去彗，星将自亡。今君嗜酒而并于乐，政不饰而宽于小人，近谗好优，恶文而疏圣贤人，何暇在彗？茀又将见矣④。"公忿然作色，不说。及晏子卒，公出背而泣曰："呜呼！昔者从夫子而游公阜，夫子一日而三责我，今谁责寡人哉！"

①殁：死。
②铫（yáo 姚）耨（nòu 糯）：大锄和小锄。
③禳：ráng，祭祷消灾。
④茀（fú，音扶）：即孛星。

景公游寒途不恤死胔晏子谏第十九

景公出游于寒途，睹死胔①，默然不问。晏子谏曰："昔吾先君桓公出游，睹饥者与之食，睹疾者与之财，使令不劳力，籍敛不费民。先君将游，百姓皆说曰：'君当幸游吾乡乎！'今君游于寒途，据四十里之氓，殚财不足以奉敛，尽力不能周役，民氓饥寒冻馁，死胔相望，而君不问，失君道矣。财屈力竭，下无以亲上；骄泰奢侈，上无以亲下。上下交离，君臣无亲，此三代之所以衰也。今君行之，婴惧公族之危，以为异姓之福也。"公曰："然！为上而忘下，厚籍敛而忘民，吾罪大矣。"于是敛死胔，发粟于民，据四十里之氓，不服政其年②，公三月不出游。

①胔：zì，音自，腐肉。
②政：同"征"，赋税。

景公衣狐白裘不知天寒晏子谏第二十

景公之时，雨雪三日而不霁，公被狐白之裘，坐堂侧陛①。晏子入见，立有间，公曰："怪哉！雨雪三日而天不寒。"晏子对曰："天不寒乎？"公笑。晏子曰："婴闻古之贤君，饱而知人之饥，温而知人之寒，逸而知人之劳。今君不知也。"公曰："善！寡人闻命矣。"乃令出裘发粟，与饥寒。令所睹于途者，无问其乡；所睹于里者，无问其家；循国计数，无言其名。士既事者兼月，疾者兼岁。孔子闻之曰："晏子能明其所欲，景公能行其所善也。"

①侧陛：当作"侧阶"。

景公异荧惑守虚而不去晏子谏第二十一

景公之时，荧惑守于虚①，期年不去。公异之，召晏子而问曰："吾闻之，人行善者天赏之，行不善者天殃之。荧惑，天罚也。今留虚，其孰当之？"晏子曰："齐当之。"公不说，曰："天下大国十二，皆曰诸侯，齐独何以当？"晏子曰："虚，齐野也②。且天下之殃，固于富强，为善不用，出政不行，贤人使远，谗人反昌，百姓疾怨，自为祈祥，录录强食③，进死何伤！是以列舍无次，变星有芒，荧惑回逆，孽星在旁，有贤不用，安得不亡！"公曰："可去乎？"对曰："可致者可去，不可致者不可去。"公曰："寡人为之若何？"对曰："盍去冤聚之狱，使反田矣；散百官之财，施之民矣；振孤寡而敬老人矣。夫若是者，百恶可去，何独是孽乎！"公曰："善。"行之三月，而荧惑迁。

---

①荧惑：火星；虚：星名，即虚宿，是二十八宿之一。
②齐野：齐国的分野。
③食：同"饰"，装扮。

景公将伐宋梦二丈夫立而怒晏子谏第二十二

景公举兵将伐宋，师过泰山，公梦见二丈夫立而怒，其怒甚盛，公恐觉①，辟门召占梦者至。公曰："今夕吾梦二丈夫立而怒，不知其所言，其怒甚盛，吾犹识其状，识其声。"占梦者曰："师过泰山而不用事，故泰山之神怒也。请趣召祝史，祠乎泰山则可。"公曰："诺。"明日，晏子朝见，公告之如占梦之言也。公曰："占梦者之言曰：'师过泰山而不用事，故泰山之神怒也。'今使人召祝史祠之。"晏子俯有间，对曰："占梦者不识也，此非泰山之神，是宋之先汤与伊尹也。"公疑，以为泰山神。晏子曰："公疑之，则婴请言汤、伊尹之状也。汤质皙而长，颜以髯，兑上丰下②，倨身而扬声③。"公曰："然，是已。""伊尹黑而短，蓬而髯，丰上兑下，偻身而下声。"公曰："然，是已。今若何？"晏子曰："夫汤、太甲、武丁、祖乙，天下之盛君也，不宜无后。今惟宋耳，而公伐之，故汤、伊尹怒，请散师以平宋。"景公不用，终伐宋。晏子曰："伐无罪之国，以怒明神，不易行以续蓄，进师以近过，非婴所知也。师若果进，军必有殃。"军进再舍，鼓毁将殪④，公乃辞乎晏子，散师，不果伐宋。

---

①觉：醒来。
②兑：同锐，尖，上小下大。
③倨（jù音具）：直而折曲。
④殪：死亡。

景公从畋十八日不返国晏子谏第二十三

景公畋于署梁①，十有八日而不返。晏子自国往见公，比至，衣冠不正，不革衣冠，望游而驰。公望见晏子，下而急带曰："夫子何为遽？国家无有故乎？"晏子对曰："不亦急也！虽然，婴愿有复也。国人皆以君为安野而不安国，好兽而恶民，毋乃不可乎？"公曰："何哉？吾为夫妇狱讼之不正乎？则泰士子牛存矣；为社稷宗庙之不享乎？则泰祝子游存矣；为诸侯宾客莫之应乎？则行人子羽存矣；为田野之不僻、仓库之不实？则申田存焉；为国家之有余不足聘乎？则吾子存矣。寡人之有五子，犹心之有四支②，心有四支，故心得佚焉③。今寡人有五子，故寡人得佚焉，岂不可哉！"晏子对曰："婴闻之，与君言异。若乃心之有四支，而心得佚焉，可；得令四支无心，十有八日，不亦久乎！"公于是罢畋而归。

①畋（tián 田）：打猎。
②四支：即四肢。
③佚：同逸。

景公诛骇鸟野人晏子谏第二十四

　　景公射鸟，野人骇之①，公怒，令吏诛之。晏子曰："野人不知也。臣闻赏无功谓之乱，罪不知谓之虐。两者，先王之禁也。以飞鸟犯先王之禁，不可！今君不明先王之制，而无仁义之心，是以从欲而轻诛。夫鸟兽，固人之养也，野人骇之，不亦宜乎！"公曰："善！自今已后，弛鸟兽之禁，无以苛民也。"

①骇：惊。

景公所爱马死欲诛圉人晏子谏第二十五

　　景公使圉人养所爱马①，暴死。公怒，令人操刀解养马者。是时晏子侍前，左右执刀而进，晏子止而问于公曰："尧舜支解人，从何躯始？"公矍然曰②："从寡人始。"遂不支解。公曰："以属狱。"晏子曰："此不知其罪而死，臣为君数之，使知其罪，然后致之狱。"公曰："可。"晏子数之曰："尔罪有三，公使汝养马而杀之，当死罪一也；又杀公之所最善马，当死罪二也；使公以一马之故而杀人，百姓闻之必怨吾君，诸侯闻之必轻吾国，汝杀公马，使怨积于百姓，兵弱于邻国，汝当死罪三也。今以属狱。"公喟然叹曰："夫子释之！夫子释之！勿伤吾仁也。"

①圉：yǔ，音雨。
②矍（jué 决）然：惊视貌。

晏子春秋卷第二
内篇谏下第二

景公藉重而狱多欲托晏子晏子谏第一

　　景公藉重而狱多，拘者满圉①，怨者满朝。晏子谏，公不听。公谓晏子曰："夫狱，国之重官也，愿托之夫子。"晏子对曰："君将使婴劾其功乎②？则婴有壹妄能书③，足以治之矣。君将使婴劾其意乎？夫民无欲残其家室之生，以奉暴上之僻者，则君使吏比而焚之而已矣④。"景公不说，曰："劾其功则使壹妄，劾其意则比焚，如是，夫子无所谓能治国乎？"晏子曰："婴闻与君异。今夫胡狢戎狄之蓄狗也，多者十有余，寡者五六，然不相害伤。今束鸡豚妄投之，其折骨决皮，可立得也。且夫上正其治，下审其论，则贵贱不相逾越。今君举千钟爵禄，而妄投之于左右，左右争之，甚于胡狗，而公不知也。寸之管无当⑤，天下不能足之以粟。今齐国丈夫耕，女子织，夜以接日，不足以奉上，而君侧皆雕文刻镂之观，此无当之管也，而君终不知。五尺童子，操寸之烟，天下不能足以薪。今君之左右，皆操烟之徒，而君终不知。钟鼓成肆⑥，干戚成舞，虽禹不能禁民之观。且夫饰民之欲，而严其听，禁其心，圣人所难也，而况夺其财而饥之，劳其力而疲之，常致其苦而严听其狱，痛诛其罪，非婴所知也。"

①圉：yǔ，音宇，牢房。

②勑（lái 来）其功：整饬此事。勑：同饬。

③壹妄：当作"一妾"。

④比而焚之：比户诛之。焚，毙也。

⑤当：器物的底部。

⑥肆：列。

景公欲杀犯所爱之槐者晏子谏第二

景公有所爱槐，令吏谨守之，植木县之①，下令曰："犯槐者刑，伤之者死。"

有不闻令醉而犯之者，公闻之曰："是先犯我令。"使吏拘之，且加罪焉。其女子往辞晏子之家，托曰："负郭之民贱妾②，请有道于相国，不胜其欲，愿得充数乎下陈。"晏子闻之，笑曰："婴其淫于色乎？何为老而见奔？虽然，是必有故。"令内之。女子入门，晏子望见之，曰："怪哉！有深忧。"进而问焉，曰："所忧何也？"对曰："君树槐县令，犯之者刑，伤之者死。妾父不仁，不闻令，醉而犯之，吏将加罪焉。妾闻之，明君莅国立政，不损禄，不益刑，又不以私恚害公法③，不为禽兽伤人民，不为草木伤禽兽，不为野草伤禾苗。吾君欲以树木之故杀妾父，孤妾身，此令行于民而法于国矣。虽然，妾闻之，勇士不以众强凌孤独，明惠之君不拂是以行其所欲。此譬之犹自治鱼鳖者也，去其腥臊者而已。昧墨与人比居庾肆④，而教人危坐。今君出令于民，苟可法于国，而善益于后世，则父死亦当矣，妾为之收亦宜矣。甚乎！今之令不然，以树木之故，罪法妾父⑤，妾恐其伤察吏之法，而害明君之义也。邻国闻之，皆谓吾君爱树而贱人，其可乎？愿相国察妾言以裁犯禁者。"

晏子曰："甚矣！吾将为子言之于君。"使人送之归。

明日早朝而复于公曰："婴闻之，穷民财力以供嗜欲谓之暴，崇玩好，威严拟乎君谓之逆⑥，刑杀不辜谓之贼，此三者，守国之大殃。今君穷民财力，以羡馁食之具，繁钟鼓之乐，极宫室之观，行暴之大者；崇玩好，县爱槐之令，载过者驰，步过者趋，威严拟乎君，逆之明者也；犯槐者刑，伤槐者死，刑杀不称，贼民之深者。君享国，德行未见于众，而三辟著于国⑦，婴恐其不可莅国子民也。"

公曰："微大夫教寡人，几有大罪以累社稷。今子大夫教之，社稷之福，寡人受命矣。"

晏子出，公令趣罢守槐之役，拔置县之木，废伤槐之法，出犯槐之囚。

①县：同悬。

②负郭：靠近城郭、郊区。

③恚（huì会）：恨，怒。

④昧墨：冒昧贪婪之人。

⑤罪法：罪杀处死。

⑥拟乎：比、于。

⑦三辟：辟同僻，指上文的暴、逆、贼。

景公逐得斩竹者囚之晏子谏第三

景公树竹，令吏谨守之。公出，过之，有斩竹者焉，公以车逐，得而拘之，将加罪焉。晏子入见，曰："君亦闻吾先君丁公乎？"公曰："何如？"晏子曰："丁公伐曲沃，胜之，止其财，出其民。公日自莅之，有舆死人以出者①，公怪之，令吏视之，则其中金与玉焉。吏请杀其人，收其金玉。公曰：'以兵降城，以众图财，不仁。且吾闻之，人君者，宽惠慈众，不身传诛。'令舍之。"公曰："善！"晏子退，公令出斩竹之囚。

①舆：车。

景公以抟治之兵未成功将杀之晏子谏第四

景公令兵抟治①，当腊②，冰月之间而寒③，民多冻馁，而功不成。公怒曰："为我杀兵二人。"晏子曰："诺。"少间，晏子曰："昔者先君庄公之伐于晋也，其役杀兵四人，今令而杀兵二人，是师杀之半也。"公曰："诺！是寡人之过也。"令止之。

①抟（tuán团）治：即抟埴，抟土制砖。

②腊：周历十二月，是祭名。

③冰月：冬季。

景公冬起大台之役晏子谏第五

晏子使于鲁，比其返也，景公使国人起大台之役，岁寒不已，冻馁之者乡有焉，国人望晏子。晏子至，已复事，公延坐，饮酒乐。晏子曰："君若赐臣，臣请歌之。"歌曰："庶民之言曰：'冻水洗我，若之何！太上靡散我①，若之何！'"歌终，喟然叹而流涕。公就止之曰："夫子曷为至此？殆为大台之役夫！寡人将速罢之。"晏子再拜，出而不言，遂如大台②，执朴鞭其不务者，曰："吾细人也，皆有盖庐，以避燥湿，君为一台而不速成，何为？"国人皆曰："晏子助天为虐。"晏子归，未至，而君出令趣罢役，车驰而人趋。仲尼闻之，喟然叹曰："古之善为人臣者，声名归之君，祸灾归之身，入则切磋其君之不善，出则高誉其君之德义，是以虽事惰君，能使垂衣裳③，朝诸侯，不敢伐其功④。当此道者，其晏子是耶！"

①靡散：散应为"敝"，败坏。

②遂：径直。
③垂衣裳：穿着宽长下垂的衣裳。是对帝王无为而治的称颂。
④伐：矜夸。

景公为长庲欲美之晏子谏第六

景公为长庲①，将欲美之，有风雨作。公与晏子入坐饮酒，致堂上之乐，酒酣，晏子作歌曰："穗乎不得获，秋风至兮殚零落。风雨之拂杀也，太上之靡弊也。"歌终，顾而流涕，张躬而舞。公就晏子而止之曰："今日夫子为赐而诚于寡人，是寡人之罪。"遂废酒，罢役，不果成长庲。

①庲：房舍。

景公为邹之长涂晏子谏第七

景公筑路寝之台，三年未息；又为长庲之役，二年未息；又为邹之长涂。晏子谏曰："百姓之力勤矣！公不息乎？"公曰："涂将成矣，请成而息之。"对曰："明君不屈民财者，不得其利；不穷民力者，不得其乐。昔者楚灵王作顷宫，三年未息也；又为章华之台，五年又不息也；乾溪之役，八年，百姓之力不足而自息也。灵王死于乾溪，而民不与君归。今君不遵明君之义，而循灵王之迹，婴惧君有暴民之行，而不睹长庲之乐也。不若息之。"公曰："善！非夫子者，寡人不知得罪于百姓深也。"于是令勿委坏，余财勿收，斩板而去之①。

①斩板：移去路基模板。

景公春夏游猎兴役晏子谏第八

景公春夏游猎，又起大台之役。晏子谏曰："春夏起役且游猎，夺民农时，国家空虚，不可。"景公曰："吾闻相贤者国治，臣忠者主逸。吾年无几矣，欲遂吾所乐，卒吾所好，子其息矣。"晏子曰："昔文王不敢盘于游田，故国昌而民安；楚灵王不废乾溪之役，起章华之台，而民叛之。今君不革，将危社稷，而为诸侯笑。臣闻忠臣不避死，谏不违罪。君不听臣，臣将逝矣。"景公曰："唯唯，将弛罢之。"未几，朝囧囧解役而归①。

①囧：jiǒng，音炯。

景公猎休坐地晏子席而谏第九

景公猎休，坐地而食，晏子后至，左右灭葭而席①。公不说，曰："寡人不席而坐地，二三子莫席，而子独搴草而坐之②，何也？"晏子对曰："臣闻介胄坐陈不席，狱讼不席，尸坐堂上不席，三者皆忧也。故不敢以忧侍坐。"公曰："诺。"令人下席曰："大夫皆席，寡人亦席矣！"

---

①葭（jiā 家）：初生的芦苇。
②搴（qiān 牵）：拔取。

景公猎逢蛇虎以为不祥晏子谏第十

景公出猎，上山见虎，下泽见蛇。归，召晏子而问之曰："今日寡人出猎，上山则见虎，下泽则见蛇，殆所谓不祥也？"晏子对曰："国有三不祥，是不与焉①。夫有贤而不知，一不祥；知而不用，二不祥；用而不任，三不祥也。所谓不祥，乃若此者。今上山见虎，虎之室也；下泽见蛇，蛇之穴也。如虎之室，如蛇之穴，而见之，曷为不祥也！"

---

①是不与焉：这不在其中。

景公为台成又欲为钟晏子谏第十一

景公为台，台成，又欲为钟。晏子谏曰："君国者不乐民之哀。君不胜欲，即筑台矣，今复为钟，是重敛于民，民必哀矣。夫敛民之哀，而以为乐，不祥，非所以君国者。"公乃止。

景公为泰吕成将以燕飨晏子谏第十二

景公为泰吕成①，谓晏子曰："吾欲与夫子燕②。"对曰："未祀先君而以燕，非礼也。"公曰："何以礼为？"对曰："夫礼者，民之纪，纪乱则民失，乱纪失民，危道也。"公曰："善。"乃以祀焉。

---

①泰吕：即大吕。
②燕：同宴。

景公为履而饰以金玉晏子谏第十三

景公为履，黄金之綦①，饰以银，连以珠，良玉之絇②，其长尺，冰月服之以听朝。晏子朝，公迎之，履重，仅能举足。问曰："天寒乎？"晏子曰："君奚问天之寒也？古圣人制衣服也，冬轻而暖，夏轻而清③。今君之履，冰月服之，是重寒也；履重不节，是过任也，失生之情矣。故鲁工不知寒温之节，轻重之量，以害正生，其罪一也；作服不常，以笑诸侯，其罪二也；用财无功，以怨百姓，其罪三也。请拘而使吏度之。"公苦，请释之。晏子曰："不可。婴闻之，苦身为善者，其赏厚；苦身为非者，其罪重。"公不对。晏子出，令吏拘鲁工，令人送之境，使不得入。公撤履，不复服也。

①綦（qí其）：鞋带。
②絇（qú渠）：鞋头上的装饰。
③清（qìng庆）：凉。

景公欲以圣王之居服而致诸侯晏子谏第十四

景公问晏子曰："吾欲服圣王之服，居圣王之室，如此，则诸侯其至乎？"晏曰对曰："法其节俭则可，法其服、居其室，无益也。三王不同服而王，非以服致诸侯也。诚于爱民，果于行善，天下怀其德而归其义，若其衣服节俭而众说也。夫冠足以修敬，不务其饰；衣足以掩形御寒，不务其美。衣不务于隅肶之削①，冠无觚赢之理②，身服不杂彩，首服不镂刻③。且古者常有绖衣挛领而王天下者④，其义好生而恶杀，节上而羡下，天下不朝其服，而共归其义。古者常有处橧巢窟穴而不恶⑤，予而不取，天下不朝其室，而共归其仁。及三代作服，为益敬也。首服足以修敬，而不重也，身服足以行洁，而不害于动作。服之轻重便于身，用财之费顺于民。其不为橧巢者，以避风也；其不为窟穴者，以避湿也。是故明堂之制，下之润湿，不能及也；上之寒暑，不能人也。土事不文，木事不镂，示民知节也。及其衰也，衣服之侈过足以敬，宫室之美过避润湿，用力甚多，用财甚费，与民为仇。今君欲法圣王之服，不法其制，法其节俭也，则虽未成治，庶其有益也。今君穷台榭之高，极汙池之深而不止⑥，务于刻镂之巧，文章之观而不厌⑦，则亦与民而仇矣。若臣之虑，恐国之危，而公不平也。公乃愿致诸侯，不亦难乎！公之言过矣。"

①隅肶：当作"隅皆"，谓衣襟。
②觚赢：当作"解赢"，即"解果"，中间高四边低的样子。
③首服：帽子。
④绖衣：补缀的衣服；挛领：卷领。
⑤橧（zhēng）巢：聚柴木而在树上作成的居处。
⑥汙池：小池塘。
⑦文章：纹理、花纹。

晏公自矜冠裳游处之贵晏子谏第十五

景公为西曲潢①，其深灭轨，高三仞，横木龙蛇，立木鸟兽。公衣黼黻之衣②，素绣之裳，一衣而五彩具焉；带球玉而冠且，被发乱首，南面而立，傲然。

晏子见，公曰："昔仲父之霸何如？"晏子抑首而不对。公又曰："昔管文仲之霸何如？"晏子对曰："臣闻之，维翟人与龙蛇比，今君横木龙蛇，立木鸟兽，亦室一就矣，何暇在霸哉！且公伐宫室之美，矜衣服之丽，一衣而五彩具焉，带球玉而乱首被发，亦室一容矣。万乘之君，而一心于邪，君之魂魄亡矣，以谁与图霸哉？"公下堂就晏子曰："梁丘据、裔款以室之成告寡人，是以窃袭此服，与据为笑，又使夫子及，寡人请改室易服而敬听命，其可乎？"

晏子曰："夫二子营君以邪，公安得知道哉！且伐木不自其根，则蘖又生也③，公何不去二子者，毋使耳目淫焉。"

①潢：积水池。

②黼黻（fǔfú 府弗）：古代礼服上所绣花纹。黼，半黑半白斧形花纹；黻，青黑相间亞形花纹。
③蘖（niè）：树木的嫩芽。

景公为巨冠长衣以听朝晏子谏第十六

景公为巨冠长衣以听朝，疾视矜立，日晏不罢①。晏子进曰："圣人之服中，侻而不驵②，可以导众，其动作，侻顺而不逆，可以奉生，是以下皆法其服，而民争学其容。今君之服，驵华不可以导众民，疾视矜立，不可以奉生，日晏矣，君不若脱服就燕。"公曰："寡人受命。"退朝，遂去衣冠，不复服。

①晏：晚，迟。
②侻（tuō 脱）：简易；驵（zǔ）：大。

景公朝居严下不言晏子谏第十七

晏子朝，复于景公曰："朝居严乎？"公曰："严居朝，则曷害于治国家哉？"晏子对曰："朝居严则下无言，下无言则上无闻矣。下无言则吾谓之瘖，上无闻则吾谓之聋。聋瘖，非害国家而如何也！且合升斗之微以满仓廪①，合疏缕之绨以成帏幕②，大山之高，非一石也，累卑然后高，天下者，非用一士之言也，固有受而不用，恶有拒而不受者哉！"

①斝（dǒu）：同斗。
②绨（tí 音提）：一种表面光滑而质地厚实的丝织品。

景公登路寝台不终不悦晏子谏第十八

景公登路寝之台，不能终，而息乎陛，忿然而作色，不说，曰："孰为高台？病人之甚也！"晏子曰："君欲节于身而勿高，使人高之而勿罪也。今高，从之以罪，卑亦从以罪①，敢问使人如此可乎？古者之为宫室也，足以便生，不以为奢侈也，故节于身，谓于民。及夏之衰也，其王桀背弃德行，为璇室玉门②，殷之衰也，其王纣作为顷宫灵台，卑狭者有罪，高大者有赏，是以身及焉。今君高亦有罪，卑亦有罪，甚于夏殷之王，民力殚乏矣，而不免于罪，婴恐国之流失，而公不得享也！"公曰："善！寡人自知诚费财劳民，以为无功，又从而怨之，是寡人之罪也！非夫子之教，岂得守社稷哉！"遂下，再拜，不果登台。

①卑：低。
②璇（xuán 旋）：美玉。

景公登路寝台望国而叹晏子谏第十九

景公与晏子登寝而望国，公愀然而叹曰①："使后嗣世世有此，岂不可哉！"晏子曰："臣闻明君必务正其治，以事利民，然后子孙享之。《诗》云：'武王岂不事，贻厥孙谋，以燕翼子。'今君处佚息，逆政害民有日矣，而犹出若言，不亦甚乎！"公曰："然则后世孰将把齐国？"对曰："服牛死②，夫妇哭，非骨肉之亲也，为其利之大也。欲知把齐国者，则其利之者邪？"公曰："然，何以易？"对曰："移之以善政。今公之牛马老于栏牢，不胜服也；车蠹于巨户，不胜乘也；衣裘襦袴③，朽弊于藏，不胜衣也；醯醢腐④，不胜沽也；酒醴酸，不胜饮也；府粟郁而不胜食，又厚藉敛于百姓，而不以分馁民。夫藏财而不用，凶也，财苟失守，下其报环至。其次，昧财之失守，委而不以分人者，百姓必进自分也。故君人者，与其请于人，不如请于己也。"

---

①愀（qiǎo 巧）然：忧愁凄怆之貌。
②服牛：耕牛。
③襦袴（rúkù）：短衣和裤子。
④醯（xī希）：醋；醢（hǎi海）：肉酱。

景公路寝台成逢于何愿合葬晏子谏而许第二十

景公成路寝之台，逢于何遭丧，遇晏子于途，再拜乎马前。晏子下车挹之，曰："子何以命婴也？"对曰："丁何之母死，兆往路寝之台牖卜①，愿请命合骨。"晏子曰："嘻！难哉！虽然，婴将为子复之，适为不得，子将若何？"对曰："夫君子则有以，如我者侪小人，吾将左手拥格②，右手捆心③，立饿枯槁而死，以告四方之士曰：'于何不能葬其母者也。'"晏子曰："诺。"遂入见公，曰："有逢于何者，母死，兆在路寝，当如之何？愿请合骨。"公作色不说；曰："古之及今，子亦尝闻请葬人主之宫者乎？"晏子对曰："古之人君，其宫室节，不侵生民之居，台榭俭，不残死人之墓，故未尝闻诸请葬人主之宫者也。今君侈为宫室，夺人之居，广为台榭，残人之墓，是生者愁忧，不得安处，死者离易，不得合骨。丰乐侈游，兼傲生死，非人君之行也。遂欲满求，不顾细民，非存之道。且婴闻之，生者不得安，命之曰蓄忧；死者不得葬，命之曰蓄哀。蓄忧者怨，蓄哀者危，君不如许之。"公曰："诺。"晏子出，梁丘据曰："自昔及今，未尝闻求葬公宫者也，若何许之？"公曰："削人之居，残人之墓，凌人之丧，而禁其葬，是于生者无施，于死者无礼。《诗》云：'穀则异室，死则同穴。'吾敢不许乎？"逢于何遂葬其母路寝之牖下，解衰去绖④，布衣縢履，元冠茈武⑤，踊而不哭⑥，擗而不拜⑦，已乃涕洟而去⑧。

---

①牖：yǒu，音有。
②格：同轭，车辕之横木。
③捆：叩击。
④衰（cuī崔）、绖（dié叠）：丧服。
⑤元冠茈武：元同玄；茈同纸，白色帽缘；武：冠上结带。
⑥踊：跳跃。
⑦擗（bì必）：同擘（pì辟），用手捶胸。
⑧涕洟（yí夷）：眼泪、鼻涕。

景公嬖妾死守之三日不敛晏子谏第二十一

景公之嬖妾婴子死①，公守之，三日不食，肤著于席不去，左右以复，而君无听焉。晏子人，复曰："有术客与医俱言曰：'闻婴子病死，愿请治之。'"公喜，遽起，曰："病犹可为乎？"晏子曰："客之道也，以为良医也，请尝试之。君请屏②，洁沐浴饮食，间病者之宫，彼亦将有鬼神之事焉。"公曰："诺。"屏而沐浴。晏子令棺人入敛。已敛，而复曰："医不能治病，已敛矣，不敢不以闻。"公作色不说，曰："夫子以医命寡人，而不使视，将敛而不以闻，吾之为君，名而已矣。"晏子曰："君独不知死者之不可以生邪？婴闻之，君正臣从谓之顺，君僻臣从谓之逆。今君不道顺而行僻，从邪者迩，导害者远，谗谀萌通，而贤良废灭，是以谄谀繁于间，邪行交于国也。昔吾先君桓公用管仲而霸，嬖乎竖刁而灭。今君薄于贤人之礼，而厚嬖妾之哀。且古圣王畜私不伤行，敛死不失爱，送死不失哀。行伤则溺己，爱失则伤生，哀失则害性。是故圣王节之也。即毕敛，不留生事，棺椁衣衾，不以害生养，哭泣处哀，不以害生道。今朽尸以留生，广爱以伤行，修哀以害性，君之失矣。故诸侯之宾客惭入吾国，本朝之臣惭守其职。崇君之行，不可以导民；从君之欲，不可以持国。且婴闻之，朽而不敛，谓之僇尸③，臭而不收，谓之陈胔。反明王之性，行百姓之诽，而内嬖妾于僇胔，此之为不可。"公曰："寡人不识，请因夫子而为之。"晏子复曰："国之士大夫，诸侯四邻宾客，皆在外，君其哭而节之。"仲尼闻之曰："星之昭昭，不若月之暗暗④，小事之成，不若大事之废，君子之非，贤于小人之是也。其晏子之谓欤！"

---

①嬖（bì 必）：宠爱。

②屏：屏避。

③僇（lù 路）：侮辱。

④暗暗：阴暗。

景公欲厚葬梁丘据晏子谏第二十二

梁丘据死，景公召晏子而告之，曰："据忠且爱我，我欲丰厚其葬，高大其垄。"晏子曰："敢问据之忠与爱于君者，可得闻乎？"公曰："吾有喜于玩好，有司未能我具也，则据以其所有共我①，是以知其忠也；每有风雨，暮夜求必存②，吾是以知其爱也。"晏子曰："婴对则为罪，不对则无以事君，敢不对乎？婴闻之，臣专其君，谓之不忠；子专其父，谓之不孝；妻专其夫，谓之嫉。事君之道，导亲于父兄，有礼于群臣，有惠于百姓，有信于诸侯，谓之忠。其子之道，以钟爱其兄弟，施行于诸父，慈惠于众子，诚信于朋友，谓之孝；为妻之道，使其众妾皆得欢忻于其夫③，谓之不嫉。今四封之民，皆君之臣也，而维据尽力以爱君，何爱者之少邪？四封之货，皆君之有也，而维据也以其私财忠于君，何忠者之寡邪？据之防塞群臣，拥蔽君，无乃甚乎？"公曰："善哉！微子，寡人不知据之至于是也。"遂罢为垄之役，废厚葬之令，令有司据法而责，群臣陈过而谏。故官无废法，臣无隐忠，而百姓大说。

---

①共：同供。

②存：至。

③忻（xīn 欣）：同欣。

景公欲以人礼葬走狗晏子谏第二十三

景公走狗死，公令外共之棺，内给之祭。晏子闻之，谏。公曰："亦细物也①，特以与左右为笑耳。"晏子曰："君过矣！夫厚藉敛不以反民，弃货财而笑左右，傲细民之忧，而崇左右之笑，则国亦无望已。且夫孤老冻馁，而死狗有祭，鳏寡不恤，死狗有棺，行辟若此，百姓闻之，必怨吾君，诸侯闻之，必轻吾国。怨聚于百姓，而权轻于诸侯，而乃以为细物，君其图之。"公曰："善。"趣庖治狗，以会朝属。

---

①细物：细小的事情。

景公养勇士三人无君臣之义晏子谏第二十四

公孙接、田开疆、古冶子事景公，以勇力搏虎闻。晏子过而趋，三子者不起。晏子入见公曰："臣闻明君之蓄勇力之士也，上有君臣之义，下有长率之伦，内可以禁暴，外可以威敌，上利其功，下服其勇，故尊其位，重其禄。今君之蓄勇力之士也，上无君臣之义，下无长率之伦，内不以禁暴，外不可威敌，此危国之器也，不若去之。"公曰："三子者，搏之恐不得，刺之恐不中也。"晏子曰："此皆力攻勍敌之人也①，无长幼之礼。"因请公使人少馈之二桃，曰："三子何不计功而食桃？"公孙接仰天而叹曰："晏子，智人也。夫使公之计吾功者，不受桃，是无勇也，士众而桃寡，何不计功而食桃矣。接一搏豜而再搏乳虎②，若接之功，可以食桃而无与人同矣。"援桃而起。田开疆曰："吾仗兵而却三军者再，若开疆之功，亦可以食桃，而无与人同矣。"援桃而起。古冶子曰："吾尝从君济于河，鼋衔左骖以入砥柱之流③。当是时也，冶少不能游，潜行逆流百步，顺流九里，得鼋而杀之，左操骖尾，右挈鼋头，鹤跃而出。津人皆曰：'河伯也！'若冶视之，则大鼋之首。若冶之功，亦可以食桃而无与人同矣！二子何不反桃！"抽剑而起。公孙接、田开疆曰："吾勇不子若，功不子逮，取桃不让，是贪也；然而不死，无勇也。"皆反其桃，挈领而死④。古冶子曰："二子死之，冶独生之，不仁；耻人以言，而夸其声，不义；恨乎所行，不死，无勇。虽然，二子同桃而节，冶专其桃而宜。"亦反其桃，挈领而死。使者复曰："已死矣。"公殓之以服，葬之以士礼焉。

---

①勍（qíng 情）敌：劲敌。勍同劲。
②豜：jiān，音奸。
③鼋（yuán 元）：鳖的一种。
④挈：同契，断绝之意。

景公登射思得勇力士与之图国晏子谏第二十五

景公登射①，晏子修礼而侍②。公曰："选射之礼，寡人厌之矣！吾欲得天下勇士，与之图国。"晏子对曰："君子无礼，是庶人也；庶人无礼，是禽兽也。夫勇多则弑其君，力多则杀其长，然而不敢者，维礼之谓也。礼者，所以御民也；辔者，所以御马也。无礼而能治国家者，晏未之闻也。"景公曰:"善。"乃饰射更席③,以为上客,终日问礼。

---

①射:古代诸侯为选士所行的大射之礼。
②修礼:设置宴具席位等。
③饰:当作"饬"。

晏子春秋卷第三
内篇问上第三

庄公问威当世服天下时耶晏子对以行也第一

庄公问晏子曰:"威当世而服天下,时耶?"晏子对曰:"行也。"公曰:"何行?"对曰:"能爱邦内之民者,能服境外之不善;重士民之死力者,能禁暴国之邪逆;听赁贤者,能威诸侯;安仁义而乐利世者,能服天下。不能爱邦内之民者,不能服境外之不善;轻士民之死力者,不能禁暴国之邪逆;慁谏傲贤者之言,不能威诸侯;倍仁义而贪名实者,不能威当世。而服天下者,此其道也已。"而公不用,晏子退而穷处。

公任勇力之士,而轻臣仆之死,用兵无休,国罢民害①,期年,百姓大乱,而身及崔氏祸。

君子曰:"尽忠不豫交②,不用不怀禄,其晏子可谓廉矣!"

---

①罢:同疲。
②豫:同预。

庄公问伐晋晏子对以不可若不济国之福第二

庄公将伐晋,问于晏子,晏子对曰:"不可。君得合而欲多①,养欲而意骄。得合而欲多者危;养欲而意骄者困。今君任勇力之士,以伐明主,若不济②,国之福也,不德而有功,忧必及君。"公作色不说。晏子辞不为臣,退而穷处,堂下生蓼藿③,门外生荆棘。庄公终任勇力之士,西伐晋,取朝歌,及太行、孟门,兹于兑,期而民散,身灭于崔氏。崔氏之期,逐群公子,及庆氏亡。

---

①合:同给。
②济:成。
③蓼藿(liǎo huò):两种草木植物,蓼草和藿香。

景公问伐鲁晏子对以不若修政待其乱第三

景公举兵欲伐鲁，问于晏子，晏子对曰："不可。鲁好义而民戴之，好义者安，见戴者和，伯禽之治存焉，故不可攻。攻义者不祥，危安者必困。且婴闻之，伐人者德足以安其国，政足以和其民，国安民和，然后可以举兵而征暴。今君好酒而辟，德无以安国；厚藉敛，意使令，无以和民[①]。德无以安之则危，政无以和之则乱。未免乎危乱之理，而欲伐安和之国，不可，不若修政而待其君之乱也。其君离，上怨其下，然后伐之，则义厚而利多，义厚则敌寡，利多则民欢。"公曰："善。"遂不果伐鲁。

---

①无以和民：当作"政无以和民"。

景公伐釐胜之问所当赏晏子对以谋胜禄臣第四

景公伐釐[①]，胜之，问晏子曰："吾欲赏于釐何如？"对曰："臣闻之，以谋胜国者，益臣之禄；以民力胜国者，益民之利。故上有羡获[②]，下有加利，君上享其名，臣下利其实。故用智者不偷业，用力者不伤苦，此古之善伐者也。"公曰："善。"于是破釐之臣，东邑之卒，皆有加利。是上独擅名，利下流也。

---

①釐：tái，音台。
②羡：多余、剩余。

景公问圣王其行若何晏子对以衰世而讽第五

景公外傲诸侯，内轻百姓，好勇力，崇乐以从嗜欲[①]，诸侯不说，百姓不亲。公患之，问于晏子曰："古之圣王，其行若何？"

晏子对曰："其行公正而无邪，故谗人不得入；不阿党，不私色，故群徒之卒不得容；薄身厚民，故聚敛之人不得行；不侵大国之地，不耗小国之民[②]，故诸侯皆欲其尊；不劫人以甲兵，不威人以众强，故天下皆欲其强；德行教训加诸侯，慈爱利泽加于百姓，故海内归之若流水。今衰世君人者，辟邪阿党，故谗谄群徒之卒繁；厚身养，薄视民，故聚敛之人行；侵大国之地，耗小国之民，故诸侯不欲其尊；劫人以兵甲，威人以众强，故天下不欲其强；灾害加于诸侯，劳苦施于百姓，故仇敌进伐，天下不救，贵戚离散，百姓不兴。"公曰："然则何若？"敿曰[③]："请卑辞重币，以说于诸侯，轻罪省功，以谢于百姓，其可乎？"公曰："诺。"于是卑辞重币，而诸侯附，轻罪省功，而百姓亲，故小国入朝，燕鲁共贡。

墨子闻之曰："晏子知道，道在为人，而失为己。为人者重，自为者轻。景公自为，而小国不与；为人，而诸侯为役。则道在为人，而行在反己矣。故晏子知道矣。"

①从：同纵。

②耗（hào）：同耗，消耗。

③敨：假借作"对"字。

景公问欲善齐国之政以干霸王晏子对以官未具第六

景公问晏子曰："吾欲善治齐国之政，以干霸王之诸侯。"晏子作色对曰："官未具矣。臣数以闻，而君不肯听也。故臣闻仲尼居处惰倦，廉隅不正①，则季次、原宪侍；气郁而疾，志意不通，则仲由、卜商侍；德不盛，行不厚，则颜回、骞、雍侍。今君之朝臣万人，兵车千乘，不善政之所失于下，賨坠下民者众矣，未有能士敢以闻者。臣故曰：'官未具也。'"公曰："寡人今欲从夫子而善齐国之政，可乎？"对曰："婴闻国有具官，然后其政可善。"公作色不说，曰："齐国虽小，则何谓官不具？"对曰："此非臣之所复也。昔吾先君桓公身体惰懈，辞令不给，则隰朋暖侍②；左右多过，狱谳不中③，则弦宁暖侍；田野不修，民氓不安，则宁戚暖侍；军吏急，戎士偷，则王子成甫暖侍；居处佚怠，左右慑畏，繁乎乐，省乎治，则东郭牙暖侍；德义不中，信行衰微，则管子暖侍。先君能以人之长续其短，以人之厚补其薄，是以辞令穷远而不逆，兵加于有罪而不顿，是以诸侯朝其德，而天子致其胙④。今君之过失多矣，未有一士以闻也。故曰：官不具。"公曰："善。"

①廉隅不正：行为随便。

②隰（xǐ席）朋：齐臣子；暖：近。

③谳：yàn，音厌。

④胙：祭肉。

景公问欲如桓公用管仲以成霸业晏子对以不能第七

景公问晏子曰："昔吾先君桓公，有管仲夷吾保乂齐国①，能遂武功而立文德，纠合兄弟，抚存翌州，吴越受令，荆楚惜忧，莫不宾服，勤于周室，天子加德②。先君昭功，管子之力也。今寡人亦欲存齐国之政于夫子，夫子以佐佑寡人，彰先君之功烈，而继管子之业。"晏子对曰："昔吾先君桓公，能任用贤，国有什伍，治遍细民，贵不凌贱，富不傲贫，功不遗罢，佞不吐愚③，举事不私，听狱不阿，内妾无羡食，外臣无羡禄，鳏寡无饥色；不以饮食之辟害民之财，不以宫室之侈劳人之力；节取于民，而普施之，府无藏，仓无粟，上无骄行，下无诣德。是以管子能以齐国免于难，而以吾先君参乎天子。今君欲彰先君之功烈，而继管子之业，则无以多辟伤百姓④，无以嗜欲玩好怨诸侯，臣孰敢不承善尽力，以顺君意？今君疏远贤人，而任谗谀；使民若不胜，藉敛若不得；厚取于民，而薄其施，多求于诸侯，而轻其礼；府藏朽蠹，而礼悖于诸侯，菽粟藏深，而怨积于百姓；君臣交恶，而政刑无常。臣恐国之危失，而公不得享也，又恶能彰先君之功烈而继管子之业乎？"

①保乂（yì义）：安定、治理。

②加：同嘉。

③侁：有才德之人；吐：弃。
④辟：同僻。

景公问莒鲁孰先亡晏子对以鲁后莒先第八

　　景公问晏子："莒与鲁孰先亡？"对曰："以臣观之也，莒之细人，变而不化，贪而好假，高勇而贱仁，士武以疾，忿急以速竭，是以上不能养其下，下不能事其上，上下不能相收，则政之大体失矣。故以臣观之也，莒其先亡。"公曰："鲁何如？"对曰："鲁之君臣，犹好为义，下之妥妥也①，奄然寡闻，是以上能养其下，下能事其上，上下相收，政之大体存矣。故鲁犹可长守。然其亦有一焉，彼邹滕雉奔而出其地，犹称公侯，大之事小，弱之事强久矣。彼周者，殷之树国也，鲁近齐而亲殷，以变小国，而不服于邻，以远望鲁，灭国之道也。齐其有鲁与莒乎？"公曰："鲁与莒之事，寡人既得而闻之矣。寡人之德亦薄，然后世孰践有齐国者？"对曰："田无宇之后为几②。"公曰："何故也？"对曰："公量小，私量大，以施于民，其与士交也，用财无筐箧之藏，国人负携其子而归之，若水之流下也。夫先与人利，而后辞其难，不亦寡乎？若苟勿辞也，从而抚之，不亦几乎！"

①妥妥也：安泰的样子。
②几：近。

景公问治国何患晏子对以社鼠猛狗第九

　　景公问于晏子曰："治国何患？"晏子对曰："患夫社鼠①。"公曰："何谓也？"对曰："夫社，束木而涂之，鼠因往托焉。熏之则恐烧其木，灌之则恐败其涂，此鼠所以不可得杀者，以社故也。夫国亦有焉，人主左右是也。内则蔽善恶于君上，外则卖权重于百姓，不诛之则乱，诛之则为人主所案据，腹而有之，此亦国之社鼠也。人有酤酒者，为器甚洁清，置表甚长②，而酒酸不售。问之里人其故，里人云：'公狗之猛，人挈器而入，且酤公酒，狗迎而噬之，此酒所以酸而不售也。'夫国亦有猛狗，用事者是也。有道术之士，欲干万乘之主，而用事者迎而齕之③，此亦国之猛狗也。左右为社鼠，用事者为猛狗，主安得无壅④，国安得无患乎？"

①社：指社庙。
②表：招牌。
③齕（hé 河）：咬。
④壅：堵塞，受蒙蔽。

景公问欲令祝史求福晏子
对以当辞罪而无求第十

　　景公问于晏子曰："寡人意气衰，身病甚。今吾欲具珪璋牺牲，令祝宗荐之乎上帝宗庙，意者礼可以干福乎？"①晏子对曰："婴闻之，古者先君之干福也，政必合乎民，行必顺乎神；节宫室，不敢大斩伐，以无逼山林；节饮食，无多畋渔，以无逼川泽；祝宗用事，辞罪而不敢有所求也。是以神民俱顺，而山川纳禄。今君政反乎民而行悖乎神；大宫室，多斩伐，以逼山林；羡饮食，多畋渔，以逼川泽。是以民神俱怨，而山川收禄，司过荐罪，而祝宗祈福，意者逆乎！"公曰："寡人非夫子无所闻此，清革心易行。"于是废公阜之游，止海食之献，斩伐者以时，畋渔者有数，居处饮食，节之勿羡，祝宗用事，辞罪而不敢有所求也。故邻国忌之，百姓亲之，晏子没而后衰。

①礼：事神祝福；干：当作奸，求。

景公问古之盛君其行如何晏子对以问道者更正第十一

景公问晏子曰："古之盛君，其行何如？"晏子对曰："薄于身而厚于民，约于身而广于世。其处上也，足以明政行教，不以威天下；其取财也，权有无，均贫富，不以养嗜欲；诛不避贵，赏不遗贱；不淫于乐①，不遁于哀②；尽智导民，而不伐焉；劳力岁事，而不责焉；为政尚相利，故下不以相害，行教尚相爱，故民不以相恶为名；刑罚中于法，废罪顺于民。是以贤者处上而不华③，不肖者处下而不怨，四海之内，社稷之中，粒食之民，一意同欲，若夫私家之政。生有遗教④，此盛君之行也。"公不图。晏子曰："臣闻问道者更正，闻道者更容。今君税敛重，故民心离；市买悖，故商旅绝；玩好充，故家货殚。积邪在于上，蓄怨藏于民，嗜欲备于侧，毁非满于国，而公不图。"公曰："善。"于是令玩好不御⑤，公市不豫⑥，宫室不饰，业土不成，止役轻税，上下行之，而百姓相亲。

①淫：过分沉溺。
②遁：同循，无休止。
③华：同"哗"，喧闹。
④生有遗教：当作"生有厚利，死有遗教"。
⑤御：进献。
⑥不豫：不欺诳。

景公问谋必得事必成何术晏子对以度义因民第十二

景公问晏子曰："谋必得，事必成，有术乎？"晏子对曰："有。"公曰："其术如何？"晏子曰："谋度于义者必得，事因于民者必成。"公曰："奚谓也？"对曰："其谋也，左右无所系，上下无所縻①，其声不悖，其实不逆，谋于上，不违天，谋于下，不违民，以此谋者必得矣。事大则利厚，事小则利薄，称事之大小，权利之轻重，国有义劳，民有如利，以此举事者必成矣。夫逃人而谋②，虽成不安；傲民举事，虽成不荣。故臣闻：义，谋之法以；民，事之本也。故及义而谋，信民而动，未闻不存者也。昔三代之兴也，谋必度其义，事必因于民。及其衰也，建谋不及义，兴事伤民。故度义因民，谋事之术也。"公曰："寡人不敏，闻善不行，其危如何？"对曰："上君全善，其次出入焉，其次结邪而羞问。全善之君能制；出入之君时问，虽日危，尚可以没身；羞问之君，不能保其身。今君虽危，尚可没身也。"

①縻：束缚。
②谟（mó 模）：同谋。

景公问善为国家者何如晏子对以举贤官能第十三

景公问晏子曰："莅国治民，善为国家者何如？"晏子对曰："举贤以临国，官能以救民①，则其道也。举贤官能，则民与若矣。"公曰："虽有贤能，吾庸知乎？"晏子对曰："贤而隐，庸为贤乎？吾君亦不务乎是②，故不知也。"公曰："请问求贤。"对曰："观之与其游，说之与其行，君无以靡曼辩辞定其行③，无以毁誉非议定其身，如此，则不为行以扬声④，不掩欲以荣君。故通则视其所举，穷则视其所不为，富则视其所不取。夫上士，难进而易退也；其次，易进易退也；其下，易进难退也。以此数物者取人，其可乎！"

①救：整饬。
②务：求。
③靡曼：美丽。
④为：同伪。

景公问君臣身尊而荣难乎晏子对以易第十四

景公问晏子曰："为君，身尊民安，为臣，事治身荣，难乎，易乎？"晏子对曰："易。"公曰："何若？"对曰："为君节养其余以顾民，则君尊而民安；为臣忠信而无逾职业，则事治而身荣。"公又问："为君何行则危？为臣何行则废？"晏子对曰："为君，厚藉敛而托之为民，进谗谀而托之用贤，远公正而托之不顺，君行此三者则危；为臣，比周以求进①，逾职业，防下隐利而求多，从君，不陈过而求亲，人臣行此三者则废。故明君不以邪观民，守则而不亏，立法仪而不犯，苟有所求于民，而不以身害之，是故刑政安于下，民心固于上。故察士不比周而进，不为苟而求，言无阴阳，行无内外，顺则进，否则退，不与上行邪，是以进不失廉，退不失行也。"

①比周：结党营私。

景公问天下之所以存亡晏子对以六说第十五

景公问晏子曰："寡人持不仁，其无义耳也。不然，北面与夫子而义。"晏子对曰："婴，人臣也，公曷为出若言？"公曰："请终问天下之所以存亡。"晏子曰："缦密不能①，麤且学者诎②，身无以用人而又不为人用者卑。善人不能戚，恶人不能疏者危。交游朋友从，无以说于人又不能说人者穷。事君要利，大者不得小者不为者馁③。修道立义，大不能专小不能附者灭。此足以观存亡矣。"

①缦（màn 慢）密：精微之事。

②麤（cū粗）且（jū居）：鲁莽。

③馁：同馁。

景公问君子常行曷若晏子对以三者第十六

景公问晏子曰："君子常行曷若？"晏子对曰："衣冠不中，不敢以入朝；所言不义，不敢以要君；行己不顺，治事不公，不敢以莅众。衣冠无不中，故朝无奇僻之服；所言无不义，故下无伪上之报；身行顺，治事公，故国无阿党之义。三者，君子之常行者也。"

景公问贤君治国若何晏子对以任贤爱民第十七

景公问晏子曰："贤君之治国若何？"晏子对曰："其政任贤，其行爱民，其取下节，其自养俭；在上不犯下，在治不傲穷；从邪害民者有罪，进善举过者有赏。其政，刻上而饶下，赦过而救穷；不因喜以加赏，不因怒以加罚；不从欲以劳民，不修怒而危国①；上无骄行，下无诣德；上无私义，下无窃权；上无朽蠹之藏，下无冻馁之民；不事骄行而尚司②，其民安乐而尚亲。贤君之治国若此。"

---

①修怒：当作"修怨"，报复怨恨。

②"不事"句：汉墓竹简作"是以其士民藩兹而尚同"。

景公问明王之教民何若晏子对以先行义第十八

景公问晏子曰："明王之教民何若？"晏子对曰："明其教令，而先之以行义；养民不苛，而防之以刑辟；所求于下者，不务于上；所禁于民者，不行于身。守于民财，无亏之以利；立于仪法，不犯之以邪。苟所求于民，不以身害之，故下之劝从其教也。称事以任民，中听以禁邪①，不穷之以劳，不害之以实，苟所禁于民，不以事逆之，故下不敢犯其上也。古者百里而异习，千里而殊俗。故明王修道，一民同俗，上爱民为法，下相亲为义，是以天下不相遗，此明王教民之理也。"

---

①中听：公正地听狱。

景公问忠臣之事君何若晏子对以不与君陷于难第十九

景公问于晏子曰："忠臣之事君也何若？"晏子对曰："有难不死，出亡不送①。"公不说，曰："君裂地而封之，疏爵而贵之，君有难不死，出亡不送，可谓忠乎？"对曰："言而见用，终身无难，臣奚死焉？谋而见从，终身不出，臣奚送焉？若言不用，有难而死之，是妄死也；谋而不从，出亡而送之，是诈伪也。故忠臣也者，能纳善于君，不能与君陷于难。"

①有难不死，出亡不送：有危难不殉死，出国逃亡不送行。

景公问忠臣之行何如晏子对以不与君行邪第二十

景公问晏子曰："忠臣之行何如？"对曰："不掩君过，谏乎前，不华乎外；进贤选能，不私乎内；称身就位，计能定禄；睹贤不居其上，受禄不过其量；不权居以为行，不称位以为忠，不揜贤以隐长①，不刻下以谀上；君在不事太子，国危不交诸侯；顺则进，否则退，不与君行邪也。"

①揜：yǎn，音掩。

景公问佞人之事君何如晏子对以愚君所信也第二十一

景公问："佞人之事君如何？"晏子对曰："意难，难不至也。明言行之以饰身，伪言无欲以说人，严其交以见其爱，观上之所欲而微为之偶，求君逼迩①，而阴为之与；内重爵禄，而外轻之以巡行，下事左右，而面示正公以伪廉；求上采听，而幸以求进；傲禄以求多，辞任以求重；工乎取，鄙乎予；观乎新，慢乎故；吝乎财，薄乎施；觊贫穷若不识②，趋利若不及；外交以自扬，背亲以自厚；积丰义之养，而声矜啬义；非誉乎情，而言不行身，涉时所议，而好论贤不肖；有之己，不难非之人，无之己，不难求之人；其言强梁而信，其进敏逊而顺：此佞人之行也。明君之所诛，愚君之所信也。"

①逼迩：同"比迩"，指亲信。
②觊：当作睹。

景公问圣人之不得意何如晏子对以不与世陷乎邪第二十二

景公问晏子曰："圣人之不得意何如？"晏子对曰："上作事反天时，从政逆鬼神，藉敛殚百姓；四时易序，神祇并怨；道忠者不听，荐善者不行，谀过者有赉①，救失者有罪。故圣人伏匿隐处，不干长上②，洁身守道，不与世陷乎邪。是以卑而不失义，瘁而不失廉。此圣人不得意也。""圣人之得意何如？"对曰："世治政平，举事调乎天，藉敛和乎百姓；乐及其政，远者怀其德；四时不失序，风雨不降虐；天明象而赞，地长育而具物；神降福而不靡，民服教而不伪；治无怨业，居无废民，此圣人之得意也。"

①赉（lài 赖）：赏赐。
②长上：指君主。

景公问古者君民用国不危弱晏子对以文王第二十三

景公问晏子曰："古者君民而不危，用国而不弱，恶乎失之？"晏子对曰："婴闻之，以邪莅国、以暴和民者危；修道以要利得求而返邪者弱。古者文王修德，不以要利，灭暴不以顺纣，干崇侯之暴，而礼梅伯之醢①。是以诸侯明乎其行，百姓通乎其德，故君民而不危，用国而不弱也。"

---

①醢：hǎi，音海。

景公问古之莅国者任人如何晏子对以人不同能第二十四

景公问晏子曰："古之莅国治民者，其任人何如？"晏子对曰："地不同生①，而任之以一种，责其俱生不可得；人不同能，而任之以一事，不可责遍成。责焉无已，智者有不能给；求焉无餍，天地有不能赡也。故明王之任人，谄谀不迩乎左右，阿党不治乎本朝；任人之长，不强其短②，任人之工，不强其拙。此任人之大略也。"

---

①生：同性。
②强：qiǎng，音抢。

景公问古者离散其民如何晏子对以今闻公令如寇仇第二十五

景公问晏子曰："古者离散其民，而陨失其国者，其常行何如？"晏子对曰："国贫而好大，智薄而好专；贵贱无亲焉，大臣无礼焉；尚谗谀而贱贤人，乐简慢而玩百姓①；国无常法，民无经纪②；好辩以为忠，流湎而忘国，好兵而忘民；肃于罪诛，而慢于庆赏；乐人之哀，利人之难；德不足以怀人，政不足以惠民；赏不足以劝善，利不足以防非：亡国之行也。今民闻公令如寇仇，此古离散其民，陨失其国所常行者也。"

---

①简慢：怠慢。
②经纪：秩序。

景公问欲和臣亲下晏子对以信顺俭节第二十六

景公问晏子曰："吾欲和民亲下奈何？"晏子对曰："君得臣而任使之，与言信，必顺其令①，赦其过。任大无多责焉，使迩臣无求嬖焉，无以嗜欲贫其家，无亲谗人伤其心，家不外求而足，事君不因人而进，则臣和矣。俭于藉敛，节于货财，作工不历时，使民不尽力，百官节适，关市省征，山林陂泽，不专其利，领民治民，勿使烦乱，知其贫富，勿使冻馁，则民亲矣。"公曰："善！寡人闻命矣。"故令诸子无外亲谒，辟梁丘据无使受报，百官节适，关市省征，陂泽不禁，冤报者过，留狱者请焉。

---

①令：善，美好。

景公问得贤之道晏子对以举之以语考之以事第二十七

景公问晏子曰："取人得贤之道何如？"晏子对曰："举之以语，考之以事，能谕①，则尚而亲之，近而勿辱以取人，则得贤之道也。是以明君居上，寡其官而多其行，拙于文而工于事，言不中不言，行不法不为也。"

①谕：理解、通晓。

景公问臣之报君何以晏子对报以德第二十八

景公问晏子曰："臣之报君何以？"晏子对曰："臣虽不知①，必务报君以德。士逢有道之君，则顺其令；逢无道之君，则争其不义。故君者择臣而使之，臣虽贱，亦得择君而事之。"

①知：同智。

景公问临国莅民所患何也晏子对以患者三第二十九

景公问晏子曰："临国莅民，所患何也？"晏子对曰："所患者三：忠臣不信，一患也；信臣不忠，二患也；君臣异心，三患也。是以明君居上，无忠而不信，无信而不忠者。是故君臣同欲，而百姓无怨也。"

景公问为政何患晏子对以善恶不分第三十

景公问于晏子曰："为政何患？"晏子对曰："患善恶之不分。"公曰："何以察之？"对曰："审择左右。左右善，则百僚各得其所宜，而善恶分。"孔子闻之曰："此言也信矣①！善进，则不善无由入矣；不善进，则善无由入矣。"

①信：确切。

晏子春秋卷第四
内篇问下第四

景公问何修则夫先王之游晏子对以省耕实第一

　　景公出游，问于晏子曰："吾欲观于转附、朝舞，遵海而南①，至于琅琊，寡人何修，则夫先王之游②？"晏子再拜曰："善哉！君之问也。闻天子之诸侯为巡狩，诸侯之天子为述职。故春省耕而补不足者谓之游，秋省实而助不给者谓之豫③。夏谚曰：'吾君不游，我曷以休？吾君不豫，我曷以助？一游一豫，为诸侯度。'今君之游不然，师行而粮食，贫苦不补，劳者不息。夫从南历时而不反谓之流，从下而不反谓之连，从兽而不归谓之荒，从乐而不归谓之亡。古者圣王无流连之游，荒亡之行。"公曰："善。"命吏计公掌之粟，藉长幼贫氓之数④。吏所委发廪出粟，以予贫民者三千钟，公所身见癃老者七十人⑤，振赡之，然后归也。

　　①遵：沿着。
　　②则：效法。
　　③豫：游乐。
　　④藉：同籍。
　　⑤癃（lóng 龙）：手脚不灵便。

景公问桓公何以致霸晏子对以下贤以身第二

　　景公问于晏子曰："昔吾先君桓公，善饮酒穷乐，食味方丈①，好色无别，辟若此，何以能率诸侯以朝天子乎？"晏子对曰："昔吾先君桓公，变俗以政，下贤以身。管仲，君之贼者也，知其能足以安国济功，故迎之于鲁郊，自御，礼之于庙。异日，君过于康庄②，闻宁戚歌，止车而听之，则贤人之风也，举以为大田③。先君见贤不留，使能不怠，是以内政则民怀之，征伐则诸侯畏之。今君闻先君之过，而不能明其大节，桓公之霸也，君奚疑焉？"

　　①方丈：摆列一丈见方。
　　②康庄：四通八达的大道。
　　③大田：官名，为田官之长。

景公问欲逮桓公之后晏子对以任非其人第三

　　景公问晏子曰："昔吾先君桓公，从车三百乘，九合诸侯，一匡天下①。今吾从车千乘，可以逮先君桓公之后乎？"晏子对曰："桓公从车三百乘，九合诸侯，一匡天下者，左有鲍叔，右有仲父。今君左为倡，右为优，谗人在前，谀人在后，又焉可逮桓公之后者乎？"

---

①匡：救。

景公问廉政而长久晏子对以其行水也第四

景公问晏子曰："廉政而长久①，其行何也？"晏子对曰："其行水也。美哉水乎清清，其浊无不雩途②，其清无不洒除，是以长久也。"公曰："廉政而速亡，其行何也？"对曰："其行石也。坚哉石乎落落③，视之则坚，循之则坚，内外皆坚，无以为久，是以速亡也。"

---

①政：同正。
②雩（yú 于）：同"汙"，在此为洗、洒之意。
③落落：石头坚硬的样子。

景公问为臣之道晏子对以九节第五

景公问晏子曰："请问为臣之道。"晏子对曰："见善必通①，不私其利；庆善而不有其名；称身居位，不为苟进；称事授禄②，不为苟得；体贵侧贱，不逆其伦；居贤不肖，不乱其序；肥利之地，不为私邑；贤质之士，不为私臣；君用其所言，民得其所利，而不伐其功。此臣之道也。"

---

①通：推而行之。
②授禄：同"受禄"。

景公问贤不肖可学乎晏子对以勉强为上第六

景公问晏子曰："人性有贤不肖，可学乎？"晏子对曰："《诗》云：'高山仰止，景行行止。'之者其人也。故诸侯并立，善而不怠者为长；列士并学，终善者为师。"

景公问富民安众晏子对以节欲中听第七

景公问晏子曰："富民安众难乎？"晏子对曰："易。节欲则民富，中听则民安，行此两者而已矣。"

景公问国如何则谓安晏子对以内安政外归义第八

景公问晏子曰："国如何则可谓安矣？"晏子对曰："下无讳言，官无怨治；通人不华，穷民不怨；喜乐无羡赏，忿怒无羡刑；上有礼于士，下有恩于民；地博不兼小，兵强不劫弱；百姓内安其政，外归其义，可谓安矣。"

景公问诸侯孰危晏子对以莒其先亡第九

景公问晏子曰："当今之时，诸侯孰危？"晏子对曰："莒其先亡乎！"公曰："何故？"对曰："地侵于齐，货竭于晋，是以亡也。"

晏子使吴吴王问可处可去晏子对以视国治乱第十

晏子聘于吴，吴王曰："子大夫以君命辱在敝邑之地，施贶寡人①，寡人受贶矣，愿有私问焉。"晏子巡遁而对曰②："婴，北方之贱臣也，得奉君命，以趋于末朝，恐辞令不审，讥于下吏，惧不知所以对者。"吴王曰："寡人闻夫子久矣，今乃得见，愿终其问。"晏子避席对曰："敬受命矣。"吴王曰："国如何则可处，如何则可去也？"晏子对曰："婴闻之，亲疏得处其伦，大臣得尽其忠，民无怨治，国无虐刑，则可处矣。是以君子怀不逆之君，居治国之位。亲疏不得居其伦，大臣不得尽其忠，民多怨治，国有虐刑，则可去矣。是以君子不怀暴君之禄，不处乱国之位。"

①贶（kuàng 况）：赏赐。
②巡遁：欲回避之态。

吴王问保威强不失之道晏子对以先民后身第十一

晏子聘于吴，吴王曰："敢问长保威强勿失之道若何？"晏子对曰："先民而后身，先施而后诛，强不暴弱，贵不凌贱，富不傲贫；百姓并进，有司不侵，民和政平；不以威强退人之君，不以众强兼人之地；其用法，为时禁暴，故世不逆其志；其用兵，为众屏患，故民不疾其劳；此长保威强勿失之道也。失此者危矣！"吴王忿然作色，不说。晏子曰："寡君之事毕矣，婴无斧锧之罪①，请辞而行。"遂不复见。

①锧（zhì 质）：斩人用的垫板。

晏子使鲁鲁君问何事回曲之君晏子对以庇族第十二

晏子使鲁，见昭公，昭公说曰："天下以子大夫语寡人者众矣，今得见而羡乎所闻，请私而无为罪。寡人闻大国之君，盖回曲之君也①。曷为以子大夫之行，事回曲之君乎？"晏子逡循对曰②："婴不肖，婴之族又不若婴，待婴而祀先者五百家，故婴不敢择君。"晏子出，昭公语人曰："晏子，仁人也。反亡君，安危国，而不私利焉；傡崔杼之尸，灭贼乱之徒，不获名焉；使齐外无诸侯之忧，内无国家之患，不伐功焉；锱然不满③，退托于族，晏子可谓仁人矣。"

①回：邪；曲：弯曲，不公正。

②逡（qūn）循：迟疑。

③镡然：不自满。

鲁昭公问鲁一国迷何也晏子对以化为一心第十三

晏子聘于鲁，鲁昭公问焉："吾闻之，莫三人而迷。今吾以鲁一国迷虑之，不免于乱，何也？"晏子对曰："君之所尊举而富贵，入所以与图身，出所与图国，及左右逼迩，皆同于君之心者也。犒鲁国化而为一心①，曾无与二，其何暇有三？夫逼迩于君之侧者，距本朝之势，国之所以治也；左右谗谀，相与塞善，行之所以衰也；士者持禄，游者养交，身之所以危也。《诗》曰：'芃芃棫朴，薪之槱之，济济辟王，左右趋之②。'此言古者圣王明君之使以善也。故外知事之情，而内得心之诚，是以不迷也。"

---

①犒：当作"矫"，矫揉。

②芃芃：草木茂盛；棫朴：丛木名；槱（yóu犹）：堆积；济济：威武庄严之貌。

鲁昭公问安国众民晏子对以事大养小谨听节俭第十四

晏子聘于鲁，鲁昭公问曰："夫俨然辱临敝邑，窃甚嘉之，寡人受赆，请问安国众民如何？"晏子对曰："婴闻傲大贱小则国危，慢听厚敛则民散。事大养小，安国之器也；谨听节俭，众民之术也。"

晏子使晋晋平公问先君得众若何晏子对以如美渊泽第十五

晏子使晋，晋平公飨之文室①，既静矣，晏以②，平公问焉，曰："昔吾先君得众若何？"晏子对曰："君飨寡君，施及使臣，御在君侧，恐惧不知所以对。"平公曰："闻子大夫数矣，今乃得见，愿终闻之。"晏子对曰："臣闻君子如美，渊泽容之，众人归之，如鱼有依，极其游泳之乐；若渊泽决竭，其鱼动流，夫往者维雨乎，不可复已。"公又问曰："请问庄公与今孰贤？"晏子曰："两君之行不同，臣不敢不知也。"公曰："王室之正也，诸侯之专制也，是以欲闻子大夫之言也。"对曰："先君庄公不安静处，乐节饮食，不好钟鼓，好兵作武，士与同饥渴寒暑③，君之强，过人之量，有一过不能已焉，是以不免于难。今君大宫室，美台榭，以辟饥渴寒暑，畏祸敬鬼神。君之善，足以没身，不足以及子孙矣。"

---

①飨：飨礼，设宴款待；文：通纹。

②晏以：当作"以宴"。

③士与：当作"与士"。

晋平公问齐君德行高下晏子对以小善第十六

晏子使于晋，晋平公问曰："吾子之君，德行高下如何？"晏子对以"小善"。公曰："否，吾非问小善，问子之君德行高下也。"晏子蹴然曰："诸侯之交，绍而相见，辞之有所隐也。君之命质①，臣无所隐：婴之君无称焉。"平公蹴然而辞送，再拜而反曰："殆哉吾过！谁曰齐君不肖！直称之士，正在本朝也。"

---

①命：询问；质：诚信。

晋叔向问齐国若何晏子对以齐德衰民归田氏第十七

晏子聘于晋，叔向从之宴，相与语。叔向曰："齐其何如？"晏子对曰："此季世也①，吾弗知，齐其为田氏乎！"叔向曰："何谓也？"晏子曰："公弃其民，而归于田氏。齐旧四量：豆、区、釜、钟②，四升为豆，各自其四，以登于釜，釜十则钟；田氏三量，皆登一焉③，钟乃巨矣。以家量贷，以公量收之。山木如市，弗加于山，鱼盐蜃蛤，弗加于海④。民叄其力⑤，二人于公，而衣食其一；公积朽蠹，而老少冻馁；国都之市，屦贱而踊贵⑥；民人痛疾，或燠休之⑦。昔者殷人诛杀不当，僇民无时⑧，文王慈惠殷众，收邮无主，是故天下归之，无私与，维德之授。今公室骄暴，而田氏慈惠，其爱之如父母，而归之如流水。无获民，将焉避？箕伯、直柄、虞遂、伯戏，其相胡公大姬，已在齐矣。"

叔向曰："虽吾公室，亦季世也。戎马不驾，卿无军行，公乘无人，卒列无长；庶民罢弊，宫室滋侈，道殣相望⑨，而女富溢尤；民闻公命，如逃寇仇；栾郤、胥原、孤续、庆伯，降在皂隶⑩；政在家门，民无所依，而君日不悛⑪，以乐慆忧⑫；公室之卑，其何日之有！谗鼎之铭曰：'昧旦丕显，后世犹怠'，况日不悛，其竜久乎⑬！"晏子曰："然则子将若何？"叔向曰："人事毕矣，待天而已矣！晋之公族尽矣。肸闻之⑭，公室将卑，其宗族枝叶先落，则公从之。肸之宗十一族，维羊舌氏在而已，肸又无子，公室无度，幸而得死，岂其获祀焉？"

---

①季世：末世。

②区：ōu，音欧。

③皆登一焉：都比公量增加一成。即五升为一豆，五豆为一区，五区为一釜。登：加。

④蜃（shèn甚）蛤：蛤蟆。蜃：大蛤蜊。

⑤叄：同三。

⑥踊：受刖刑（断足）的人所穿的鞋子。

⑦燠（yù玉）休：病痛的声音。

⑧僇：同戮。

⑨殣：饿死之人。

⑩皂隶：穿黑衣的奴隶。

⑪悛：悔改。

⑫慆：tāo，音涛。

⑬竜：当作"能"字。

⑭肸：xī，音西。

叔向问齐德衰子若何晏子对以进不失忠退不失行第十八

叔向问晏子曰："齐国之德衰矣，今子何若？"晏子对曰："婴闻事明君者，竭心力以没其身①，行不逮则退，不以诬持禄。事惰君者，优游其身以没其世，力不能则去，不以谀持危。且婴闻君子之事君也，进不失忠，退不失行。不苟合以隐忠，可谓不失忠；不持利以伤廉，可谓不失行。"叔向曰："善哉！《诗》有之曰：'进退维谷。'其此之谓欤！"

　　　　①没：同殁。

叔向问正士邪人之行如何晏子对以使下顺逆第十九

　　叔向问晏子曰："正士之义，邪人之行，何如？"晏子对曰："正士处势临众不阿私，行于国足养而不忘故；通则事上，使郦其下，穷则教下，使顺其上；事君尽礼行忠，不正爵禄，不用则去而不议。其交友也，论身义行，不为苟戚，不同则疏而不悱；不毁进于君，不以刻民尊于国。故用于上则民安，行于下则君尊；故得众上不疑其身，用于君不悖于行。是以进不丧亡，退不危身：此正士之行也。邪人则不然，用于上则虐民，行于下则逆上；事君苟进不道忠，交友苟合不道行；持谀巧以正禄，比奸邪以厚养；矜爵禄以临人，夸礼貌以华世，不任于上则轻议，不笃于友则好诽。故用于上则民忧，行于下则君危，是以其事君近于罪，其交友近于患，其得上辟于辱，其为生偾于刑①，故用于上则诛，行于下则弑。是故交通则辱，生患则危：此邪人之行也。"

　　　　①偾：fèn，音份。

叔向问事君徒处之义奚如晏子对以大贤无择第二十

　　叔向问晏子曰："事君之伦①，徒处之义奚如？"晏子对曰："事君之伦，知虑足以安国②，誉厚足以导民③，和柔足以怀众，不廉上以为名，不倍民以为行，上也；洁于治己，不饰过以求先，不谗谀以求进，不阿以私，不诬所能，次也；尽力守职不息，奉官从上不敢隋④，畏上故不苟，忌罪故不辟，下也。三者，事君之伦也。及夫大贤，则徒处与有事无择也，随时宜者也。有所谓君子者，能不足以补上，退处不顺上，治唐园⑤，考菲履⑥，共恤上令，弟长乡里，不夸言，不愧行，君子也。不以上为本，不以民为忧，内不恤其家，外不顾其身游，夸言愧行，自勤于饥寒，不及丑侪⑦，命之曰狂僻之民，明上之所禁也。进也不能及上，退也不能徒处，作穷于富利之门，毕志于畎亩之业，穷通行无常处之虑，佚于心，利通不能，穷业不成，命之曰处封之民，明上之所诛也。有智不足以补君，有能不足以劳民，俞身徒处⑧，谓之傲上，苟进不择所道，苟得不知所恶，谓之乱贼。身无以与君，能无以劳民，饰徒处之义，扬轻上之名，谓之乱国。明君在上，三者不免罪。"叔向曰："贤不肖，性夫！吾每有问，而未尝自得也。"

　　　　①伦：类。
　　　　②知：同智。
　　　　③誉厚：当作"举盾"，盾同楯。
　　　　④隋：当作惰。
　　　　⑤唐园：种蕨枣的园子。

⑥菲履：草鞋。

⑦丑：同俦。

⑧俞：同偷。

叔向问处乱世其行正曲晏子对以民为本第二十一

叔向问晏子曰："世乱不遵道，上辟不用义①；正行则民遗，曲行则道废。正行而遗民乎？与持民而遗道乎②？此二者之于行何如？"晏子对曰："婴闻之，卑而不失尊，曲而不失正者，以民为本也。苟持民矣，安有遗道！苟遗民矣，安有正行焉！"

---

①用义：施行礼义。

②与：读为"抑"，还是。

叔向问意孰为高行孰为厚晏子对以爱民乐民第二十二

叔向问晏子曰："意孰为高？行孰为厚？"对曰："意莫高于爱民，行莫厚于乐民。"又问曰："意孰为下？行孰为贱？"对曰："意莫下于刻民，行莫贱于害身也①。"

---

①害身：当作"害民"。

叔向问啬吝爱之于行何如晏子对以啬者君子之道第二十三

叔向问晏子曰："啬、吝、爱之于行何如？①"晏子对曰："啬者，君子之道；吝、爱者，小人之行也。"叔向曰："何谓也？"晏子曰："称财多寡而节用之，富无金藏，贫不假贷，谓之啬；积多不能分人，而厚自养，谓之吝；不能分人，又不能自养，谓之爱。故夫啬者，君子之道，吝爱者，小人之行也。"

---

①啬：节俭；吝：吝惜；爱：贪婪。

叔向问君子之大义何若晏子对以尊贤退不肖第二十四

叔向问晏子曰："君子之大义何若？"晏子对曰："君子之大义，和调而不缘①，溪盎而不苟②，庄敬而不狡，和柔而不铨③，刻廉而不刿④，行精而不以明污，齐尚而不以遗罢，富贵不傲物，贫穷不易行，尊贤而不退不肖。此君子之大义也。"

---

①缘：循。

②溪盎而不苟：当作"徯醯而不苟"。

③铨：同跧，卑。
④刿（guì贵）：伤。

叔向问傲世乐业能行道乎晏子对以狂惑也第二十五

叔向问晏子曰：“进不能事上，退不能为家，傲世乐业，枯槁为名，不疑其所守者，可谓能行其道乎？”晏子对曰：“婴闻古之能行道者，世可以正则正，不可以正则曲。其正也，不失上下之伦；其曲也，不失仁义之理。道用，与世乐业，不用，有所依归。不以傲上华世，不以枯槁为名。故道者，世之所以治，而身之所以安也。今以不事上为道，以不顾家为行，以枯槁为名，世行之则乱，身行之则危。且天之与地，而上下有衰矣①；明王始立，而居国为制矣；政教错②，而民行有伦矣。今以不事上为道，反天地之衰矣；以不顾家为行，倍先圣之道矣；以枯槁为名，则世塞政教之途矣。有明上，可以为下；遭乱世，不可以治乱。说若道，谓之惑，行若道，谓之狂。惑者狂者，木石之朴也③，而道义未戴焉。”

---

①衰：等级差别。
②错：同措。
③朴：本也，即原貌。

叔向问人何若则荣晏子对以事君亲忠孝第二十六

叔向问晏子曰：“何若则可谓荣矣？”晏子对曰：“事亲孝，无悔往行，事君忠，无悔往辞；和于兄弟，信于朋友，不诡过，不责得；言不相坐，行不相反；在上治民，足以尊君，在下莅修，足以变人，身无所咎，行无所创：可谓荣矣。”

叔向问人何以则可保身晏子对以不要幸第二十七

叔向问晏子曰：“人何以则可谓保其身？”晏子对曰：“《诗》曰：‘既明且哲，以保其身，夙夜匪懈，以事一人。’不庶几，不要幸，先其难乎而后幸，得之时其所也，失之非其罪也，可谓保其身矣。”

曾子问不谏上不顾民以成行义者晏子对以何以成也第二十八

曾子问晏子曰：“古者尝有上不谏上，下不顾民，退处山谷，以成行义者也？”晏子对曰：“察其身无能也，而托乎不欲谏上，谓之诞意也。上惛乱，德义不行，而邪辟朋党，贤人不用，士亦不易其行，而从邪以求进，故有隐有不隐。其行法，士也，乃夫议上，则不取也。夫上不谏上，下不顾民，退处山谷，婴不识其何以为成行义者也。”

梁丘据问子事三君君不同心晏子对以一心可以事百君第二十九

梁丘据问晏子曰：“子事三君①，君不同心，而子俱顺焉，仁人固多心乎？”晏子对曰：“婴闻之，顺爱不懈，可以使百姓，强暴不忠，不可以使一人。一心可以事百君，三心不可以事一君。"仲尼闻之曰："小子识之！晏子以一心事百君者也。"

---

①三君：指齐灵公、庄公、景公。

柏常骞问正道直行晏子对以从重不为进第三十

柏常骞去周之齐，见晏子曰："骞，周室之贱史也①，不量其不肖，愿事君子。敢问正道直行则不容于世，隐道危行则不忍，道亦无灭，身亦无废者何若？"晏子对曰："善哉！问事君乎。婴闻之，执二法裾，则不取也；轻进苟合，则不信也；直易无讳，则速伤也；新始好利，则无敝也。且婴闻养世之君子，从重不为进，从轻不为退，省行而不伐，让利而不夸，陈物而勿专，见象而勿强，道不灭，身不废矣。"

---

①史：同使。

晏子春秋卷第五
内篇杂上第五

庄公不说晏子晏子坐地讼公而归第一

晏子臣于庄公，公不说，饮酒，令召晏子。晏子至，入门，公令乐人奏歌曰："已哉已哉！寡人不能说也，尔何来为？"晏子入坐，乐人三奏，然后知其为己也。遂起，北面坐地。公曰："夫子从席，曷为坐地？"晏子对曰："婴闻讼夫坐地，今婴将与君讼，敢毋坐地乎？婴闻之，众而无义，强而无礼，好勇而恶贤者，祸必及其身，若公者之谓矣。且婴言不用，愿请身去。"遂趋而归，管籥其家者纳之公①，财在外省斥之市②，曰："君子有力于民，则进爵禄，不辞富贵；无力于民而旅食，不恶贫贱。"遂徒行而东，耕于海滨。居数年，果有崔杼之难。

---

①管籥：钥匙。
②斥：卖。

庄公不用晏子晏子致邑而退后有崔氏之祸第二

晏子为庄公臣，言大用，每朝，赐爵益邑；俄而不用，每朝，致邑与爵。爵邑尽，退朝而乘，喟然而叹，终而笑。其仆曰："何叹笑相从数也？"晏子曰："吾叹也，哀吾君不免于难；吾笑也，喜吾自得也，吾亦无死矣。"

崔杼果弑庄公，晏子立崔杼之门，从者曰："死乎？"晏子曰："独吾君也乎哉？吾死也！"曰："行乎？"曰："独吾罪也乎哉？吾亡也！"曰："归乎？"曰："吾君死，安归？君民者，岂以陵民？社稷是主；臣君者，岂为其口实？社稷是养。故君为社稷死，则死之；为社稷亡，则亡之；若君为己死而为己亡，非其私昵，孰能任之。且人有君而弑之，吾焉得死之？而焉得亡之？将庸何归？"

门启而入。崔子曰："子何不死！子何不死！"晏子曰："祸始，吾不在也；祸终，吾不知也；吾何为死？且吾闻之，以亡为行者，不足以存君；以死为义者，不足以立功。婴岂其婢子也哉！其缢而从之也！"遂袒免，坐，枕君尸而哭，兴，三踊而出。人谓崔子："必杀之。"崔子曰："民之望也，舍之得民。"

崔庆劫齐将军大夫盟晏子不与第三

崔杼既弑庄公而立景公，杼与庆封相之，劫诸将军大夫及显士庶人于太宫之坎上[①]，令无得不盟者。为坛三仞，坎其下[②]，以甲千列环其内外，盟者皆脱剑而入。维晏子不肯，崔杼许之。有敢不盟者，戟拘其颈，剑承其心，令自盟曰："不与崔庆而与公室者，受其不祥。"言不疾，指不至血者死。所杀七人。

次及晏子，晏子奉杯血，仰天叹曰："呜呼！崔子为无道，而弑其君，不与公室而与崔庆者，受此不祥。"俛而饮血[③]。崔子谓晏子曰："子变子言，则齐国吾与子共之；子不变子言，戟既在脰[④]，剑既在心，维子图之也。"

晏子曰："劫吾以刃，而失其志，非勇也；回吾以利，而倍其君，非义也。崔子！子独不为夫《诗》乎！《诗》云：'莫莫葛藟[⑤]，施于条枚[⑥]，恺恺君子[⑦]，求福不回[⑧]。'今婴且可以回而求福乎？曲刃钩之，直兵推之，婴不革矣！"

崔杼将杀之，或曰："不可！子以子之君无道而杀之，今其臣有道之士也，又从而杀之，不可以为教矣。"崔子遂舍之。

晏子曰："若大夫为大不仁，而为小仁，焉有中乎！"趋出，授绥而乘[⑨]。其仆将驰，晏子抚其手曰："徐之，疾不必生，徐不必死，鹿生于野，命悬于厨，婴命有系矣。"按之成节而后去。《诗》云："彼己之子，舍命不渝。"晏子之谓也。"

---

①坎：祭祀用的坑穴。

②坎：挖坑。

③俛：低头。

④脰：脖子，颈项。

⑤莫莫：茂盛的样子；葛藟：即葛藟，两种有藤的草。

⑥施（yì 易）于：蔓延，攀援；条：木名；枚：树干。

⑦恺恺：当作"恺弟"，和乐简易之貌。

⑧回：邪僻。

⑨绥：登车时拉着的绳子。

晏子再治阿而见信景公任以国政第四

景公使晏子为东阿宰①，三年，毁闻于国。景公不说，召而免之。晏子谢曰："婴知婴之过矣，请复治阿，三年而誉必闻于国。"景公不忍，复使治阿，三年而誉闻于国。景公说，召而赏之。景公问其故，对曰："昔者婴之治阿也，筑蹊径②，急门闾之政③，而淫民恶之；举俭力孝弟，罚偷窳④，而惰民恶之；决狱不避，贵强恶之；左右所求，法则予，非法则否，而左右恶之；事贵人体不过礼，而贵人恶之。是以三邪毁乎外，二谗毁于内，三年而毁闻于君也。今臣谨更之，不筑蹊径，而缓门闾之政，而淫民说；不举俭力孝弟，不罚偷窳，而惰民说；决狱阿贵强，而贵强说；左右所求言诺，而左右说；事贵人体过礼，而贵人说。是以三邪誉乎外，二谗誉乎内，三年而誉闻于君也。昔者婴之所以当诛者宜赏，今所以当赏者宜诛，是故不敢受。"景公知晏子贤，乃任以国政，三年而齐大兴。

①东阿：邑名。

②蹊径：小路。

③门闾：城门。

④窳（yǔ禹）：懒惰。

景公恶故人晏子退国乱复召晏子第五

景公与晏子立于曲潢之上，晏子称曰："衣莫若新，人莫若故。"公曰："衣之新也，信善也，人之故，相知情。"晏子归，负载使人辞于公曰："婴故老耄无能也，①请毋服壮者之事。"公自治国，身弱于高、国，百姓大乱。公恐，复召晏子。诸侯忌其威，而高、国服其政，田畴垦辟，蚕桑豢收之处不足②，丝蚕于燕，牧马于鲁，共贡入朝。墨子闻之曰："晏子知道，景公知穷矣。"

①耄（mào冒）：年老。

②豢（huàn幻）：喂养的牲畜。

齐饥晏子因路寝之役以振民第六

景公之时饥，晏子请为民发粟，公不许，当为路寝之台。晏子令吏重其赁①，远其兆，徐其日②，而不趋③。三年台成而民振，故上说乎游，民足乎食。君子曰："政则晏子欲发粟与民而已，若使不可得，则依物而偶于政④。"

①赁：庸也，指佣值，即工价。

②远其兆，徐其日：当作"远其涂，佻其日"。其中涂同"途"，佻，延缓。

③趋：同促。

④偶：同"寓"。寓，寄也。

景公欲堕东门之堤晏子谓不可变古第七

景公登东门防，民单服然后上①，公曰："此大伤牛马蹄矣，夫何不下六尺哉？"晏子对曰："昔者吾先君桓公，明君也，而管仲贤相也。夫以贤相佐明君，而东门防全也。古者不为，殆有为也。蚤岁溜水至②，入广门③，即下六尺耳。乡者防下六尺④，则无齐矣。夫古之重变古常⑤，此之谓也。

---

①单服：恐为"卑服"之讹，即匍匐。

②蚤：同"早"；溜水：当作"淄水"。

③广门：又称"广里"，东门堤坝北面的居住区。

④乡：同向。

⑤古：故也；常：法也。

景公怜饥者晏子称治国之本以长其意第八

景公游于寿宫，睹长年负薪者，而有饥色。公悲之，喟然叹曰："令吏养之！"晏子曰："臣闻之，乐贤而哀不肖，守国之本也。今君爱老，而恩无所不逮，治国之本也。"公笑，有喜色。晏子曰："圣王见贤以乐贤，见不肖以哀不肖。今请求老弱之不养，鳏寡之无室者，论而共秩焉①。"公曰："诺。"于是老弱有养，鳏寡有室。

---

①共秩：共同供；秩：本指官吏的俸禄，这里指生活费用。

景公探雀鷇鷇弱反之晏子称长幼以贺第九

景公探雀鷇①，鷇弱，反之。晏子闻之，不待时而入，见景公，公汗出惕然，晏子曰："君何为者也？"公曰："吾探雀鷇，鷇弱，故反之。"晏子逡巡北面再拜而贺曰："吾君有圣王之道矣！"公曰："寡人探雀鷇，鷇弱，故反之，其当圣王之道者何也？"晏子对曰："君探雀鷇，鷇弱，反之，是长幼也②。吾君仁爱，曾禽兽之加焉，而况于人乎！此圣王之道也。"

---

①鷇（kòu扣）：待哺食的幼鸟。

②长：抚养。

景公睹乞儿于途晏子讽公使养第十

景公睹婴儿有乞于途者，公曰："是无归矣！"晏子对曰："君存，何为无归？使吏养之，可立而以闻。"

景公惭刖跪之辱不朝晏子称直请赏之第十一

景公正昼，被发，乘六马，御妇人以出，正闺刖跪击其马而反之[1]，曰："尔非吾君也。"公惭而不朝。晏子睹裔款而问曰："君何故不朝？"对曰："昔者君正昼被发，乘六马，御妇人以出，正闺刖跪击其马而反之，曰：'尔非吾君也。'公惭而反，不果出，是以不朝。"晏子入见。景公曰："昔者寡人有罪，被发，乘六马，以出，正闺刖跪者击马而反之，曰：'尔非吾君也。'寡人以天子大夫之赐[2]，得率百姓以守宗庙；今见戮于刖跪[3]，以辱社稷，吾犹可以齐于诸侯乎？"

晏子对曰："君勿恶焉！臣闻下无直辞，上有隐君；民多讳言，君有骄行。古者明君在上，下多直辞；君上好善，民无讳言。今君有失行，刖跪直辞禁之，是君之福也，故臣来庆。请赏之，以明君之好善；礼之，以明君之受谏。"公笑曰："可乎？"晏子曰："可。"于是令刖跪倍资无征，时朝无事也。

---

[1] 正闺：看守宫门的人；刖跪：断足的人。刖，断足之刑；跪，足。
[2] 天子大夫：疑当作"夫子大夫"，夫子指晏子，大夫指众朝臣。
[3] 戮：辱。

景公夜从晏子饮晏子称不敢与第十二

景公饮酒，夜移于晏子，前驱款门曰："君至！"晏子被元端[1]，立于门曰："诸侯得微有故乎？国家得微有事乎？君何为非时而夜辱？"公曰："酒醴之味，金石之声，愿与夫子乐之。"晏子对曰："夫布荐席，陈簠簋者[2]，有人，臣不敢与焉。"

公曰："移于司马穰苴之家[3]。"前驱款门，曰："君至！"穰苴介胄操戈立于门曰："诸侯得微有兵乎？大臣得微有叛者乎？君何为非时而夜辱？"公曰："酒醴之味，金石之声，愿与将军乐之。"穰苴对曰："夫布荐席，陈簠簋者，有人，臣不敢与焉。"

公曰："移于梁丘据之家。"前驱款门，曰："君至！"梁丘据左操瑟，右挈竽，行歌而出。公曰："乐哉！今夕吾饮也。微此二子者，何以治君国？微此一臣者，何以乐吾身？"

君子曰："圣贤之君，皆有益友，无偷乐之臣，景公弗能及，故两用之，仅得不亡。"

---

[1] 元端：黑色礼服，元即玄。
[2] 簠（fǔ甫）簋（guǐ鬼）：食器。簠，青铜制，长方形，有短足，有盖；簋，青铜或陶制，圆口圈足，两耳。
[3] 司马穰苴：司马，官名；穰苴，姓田氏，齐国将军，为晏子所荐。

景公使进食与裘晏子对以社稷臣第十三

晏子侍于景公，朝寒，公曰："请进暖食。"晏子对曰："婴非君奉馈之臣也[1]，敢辞。"公曰："请进服裘。"对曰："婴非君茵席之臣也[2]，敢辞。"公曰："然夫子之于寡人何为者也？"对曰："婴，社稷之臣也。"公曰："何谓社稷之臣？"对曰："夫社稷之臣，能立社稷，别上下之义，使当其理；制百官之序，使得其宜；作为辞令，可分布于四方。"自是之后，君不以礼，不见晏子。

---

①馈：kuì，馈，赠送的食物。
②茵：垫子、褥子。

晏子饮景公止家老敛欲与民共乐第十四

晏子饮景公酒，令器必新。家老曰①："财不足，请敛于氓。"晏子曰："止！夫乐者，上下同之。故天子与天下，诸侯与境内，大夫以下各与其僚，无有独乐。今上乐其乐，下伤其费，是独乐者也，不可！"

---

①家老：国卿大夫家臣，主管家务。

晏子饮景公酒公呼具火晏子称诗以辞第十五

晏子饮景公酒，日暮，公呼具火，晏子辞曰："《诗》云：'侧弁之俄'①，言失德也。'屡舞傞傞'②，言失容也。'既醉以酒，既饱以德，既醉而出，并受其福'，宾主之礼也。'醉而不出，是谓伐德'，宾之罪也。婴已卜其日，未卜其夜。"公曰："善。"举酒祭之，再拜而出。曰："岂过我哉？吾托国于晏子也。以其家货养寡人，不欲其淫侈也，而况与寡人谋国乎！"

---

①弁（biàn 变）：古代贵族戴的一种皮革做的帽子；俄：倾斜。
②傞傞（suō 蓑）：醉舞不止的样子。

晋欲攻齐使人往观晏子以礼侍而折其谋第十六

晋平公欲伐齐，使范昭往观焉。景公觞之①，饮酒酣，范昭曰："请君之弃樽。"公曰："酌寡人之樽，进之于客。"范昭已饮，晏子曰："撤樽，更之。"樽觯具矣②，范昭佯醉，不说而起舞，谓太师曰："能为我调成周之乐乎？吾为子舞之。"太师曰："冥臣不习。"范昭趋而出。景公谓晏子曰："晋，大国也，使人来将观吾政，今子怒大国之使者，将奈何？"晏子曰："夫范昭之为人也，非陋而不知礼也，且欲试吾君臣，故绝之也。"景公谓太师曰："子何以不为客调成周之乐乎？"太师对曰："夫成周之乐，天子之乐也，调之，必人主舞之。今范昭人臣，欲舞天子之乐，臣故不为也。"范昭归以报平公曰："齐未可伐也。臣欲试其君，而晏子识之；臣欲犯其礼，而太师知之。"仲尼闻之曰："夫不出于尊俎之间③，而知千里之外，其晏子之谓也。可谓折冲矣④！而太师其与焉。"

①觞（shāng 伤）：向人敬酒。
②觯（zhì 志）：饮酒的器具。
③尊俎：为酒宴代称。俎，盛祭品的礼器。
④折冲：使敌人战车后撤，即挫败敌军。冲，攻城的战车。

景公问东门无泽年谷而对以冰晏子请罢伐鲁第十七

景公伐鲁，傅许①，得东门无泽，公问焉："鲁之年谷何如？"对曰："阴水厥②，阳冰厚五寸。"不知，以告晏子。晏子对曰："君子也。问年谷而对以冰，礼也。阴水厥，阳冰厚五寸者，寒温节，节则刑政平，平则上下和，和则年谷熟，年充众和而伐之，臣恐罢民弊兵，不成君之意。请礼鲁以息吾怨，遣其执③，以明吾德。"公曰："善。"乃不伐鲁。

①傅许：《北堂书钞》一百五十九，《御览》三十五、又六十八引皆无"傅许"二字（据吴则虞说）。
②阴水厥：当作"阴冰凝"。
③执：捉捕的人。

景公使晏子予鲁地而鲁使不尽受第十八

景公予鲁君地，山阴数百社①，使晏子致之，鲁使子叔昭伯受地，不尽受也。晏子曰："寡君献地，忠廉也，曷为不尽受？"子叔昭伯曰："臣受命于君曰：'诸侯相见，交让，争处其卑，《礼》之文也；交委多，争受少，行之实也。《礼》成文于前，行成章于后，交之所以长久也。'且吾闻君子不尽人之欢，不竭人之忠，吾是以不尽受也。"晏子归报公，公喜笑曰："鲁君犹若是乎。"晏子曰："臣闻大国贪于名，小国贪于实，此诸侯之通患也。今鲁处卑而不贪乎尊，辞实而不贪乎多，行廉不为苟得，道义不为苟合，不尽人之欢，不竭人之忠，以全其交，君之道义，殊于世俗，国免于公患。"公曰："寡人说鲁君，故予之地，今行果若此，吾将使人贺之。"晏子曰："不！君以欢予之地，而贺其辞，则交不亲，而地不为德矣。"公曰："善。"于是重鲁之币②，毋比诸侯，厚其礼，毋比宾客。君子于鲁，而后明行廉辞地之可为重名也。

①社：二十五家为一社。
②币：泛指馈赠品。

景公游纪得金壶中书晏子因以讽之第十九

景公游于纪，得金壶，乃发视之，中有丹书，曰："食鱼无反①，勿乘驽马。"公曰："善哉！知苦言②，食鱼无反，则恶其鳐也③；勿乘驽马，恶其取道不远也。"晏子对曰："不然。食鱼无反，毋尽民力乎！勿乘驽马，则无置不肖于侧乎！"公曰："纪有书，何以亡也？"晏子对曰："有以亡也。婴闻之，君子有道，悬之间④。纪有此言，注之壶，不亡何待乎！"

①反：翻。
②知苦言：当作"知若言"。
③鰈：同臊。
④闾（lú驴）：里巷的大门。

景公贤鲁昭公去国而自悔晏子谓无及已第二十

　　鲁昭公弃国走齐，景公问焉，曰："君何年之少，而弃国之蚤？奚道至于此乎？"昭公对曰："吾少之时，人多爱我者，吾体不能亲，人多谏我者，吾志不能用；是以内无拂而外无辅①，辅拂无一人，谄谀我者甚众。譬之犹秋蓬也，孤其根而美枝叶，秋风一至，根且拔矣。"景公辩其言，以语晏子，曰："使是人反其国，岂不为古之贤君乎？"晏子对曰："不然。夫愚者多悔，不肖者自贤，溺者不问坠②，迷者不问路，溺而后问坠，迷而后问路，譬之犹临难而遽铸兵，噎而遽掘井，虽速亦无及已。"

①拂：同弼，辅佐。
②坠：当作"队"，同隧，道也。

景公使鲁有事已仲尼以为知礼第二十一

　　晏子使鲁，仲尼命门弟子往观，子贡反，报曰："孰谓晏子习于礼乎？夫《礼》曰：'登阶不历①，堂上不趋，授玉不跪。'今晏子皆反此，孰谓晏子习于礼者？"
　　晏子既已有事于鲁君，退见仲尼，仲尼曰："夫礼，登阶不历，堂上不趋，授玉不跪。夫子反此乎？"晏子曰："婴闻两楹之间②，君臣有位焉，君行其一，臣行其二，君之来速，是以登阶历堂上趋以及位也。君授玉卑，故跪以下之。且吾闻之，大者不逾闲，小者出入可也。"晏子出，仲尼送之以宾客之礼，不计之义，维晏子为能行之。

①历：超越。
②楹：当作"楹"，殿堂。

晏子之鲁进食有豚亡二肩不求其人第二十二

　　晏子之鲁，朝食进馈膳，有豚焉。晏子曰："去其二肩①。"昼者进膳，则豚肩不具。侍者曰："膳豚肩亡。"晏子曰："释之矣。"侍者曰："我能得其人。"晏子曰："止。吾闻之，量功而不量力，则民尽；藏余不分，则民盗。子教我所以改之，无教我求其人也。"

①去：收藏，留起来。

曾子将行晏子送之而赠以善言第二十三

　　曾子将行，晏子送之曰："君子赠人以轩，不若以言。吾请以言之，以轩乎？"曾子曰："请以言。"晏子曰："今夫车轮，山之直木也，良匠揉之，其圆中规，虽有槁暴①，不复羸矣②，故君子慎隐揉。和氏之璧，井里之困也，良工修之，则为存国之宝，故君子慎所修。今夫兰本，三年而成，湛之苦酒③，则君子不近，庶人不佩；湛之麋醢④，而贾匹马矣。非兰本美也，所湛然也。愿子之必求所湛。婴闻之，君子居必择邻，游必就士，择居所以求士，求士所以避患也。婴闻汩常移质⑤，习俗移性，不可不慎也。"

---

①槁暴（pù曝）：枯干。
②羸：同"挺"，挺直。
③湛：浸渍。
④麋醢：当作"漉醢（àng盎）"，即经过澄清的酒（从王念孙说）。一说当作"鹿醢"，即鹿肉做的酱。
⑤汩：扰乱。

晏子之晋睹齐累越石父解左骖赎之与归第二十四

晏子之晋，至中牟，睹敝冠反裘负刍①，息于途侧者，以为君子也，使人问焉，曰："子何为者也？"对曰："我越石父者也。"晏子曰："何为至此？"曰："吾为人臣，仆于中牟，见使将归。"晏子曰："何为为仆？"对曰："不免冻饿之切吾身，是以为仆也。"晏子曰："为仆几何？"对曰："三年矣。"晏子曰："可得赎乎？"对曰："可。"遂解左骖以赠之，因载而与之俱归。至舍，不辞而入，越石父怒而请绝，晏子使人应之曰："吾未尝得交夫子也。子为仆三年，吾乃今日睹而赎之，吾于子尚未可乎？子何绝我之暴也。"越石父对之曰："臣闻之，士者诎乎不知己，而申乎知己，故君子不以功轻人之身，不为彼功诎身之理。吾三年为人臣仆，而莫吾知也。今子赎我，吾以子为知我矣；向者子乘，不我辞也，吾以子为忘；今又不辞而入，是与臣我者同矣。我犹且为臣，请鬻于世。"晏子出，见之曰："向者见客之容，而今也见客之意。婴闻之，省行者不引其过，察实者不饥其辞。婴可以辞而无弃乎②？婴诚革之。"乃令粪洒改席③，尊醮而礼之。越石父曰："吾闻之，至恭不修途，尊礼不受摈④。夫子礼之，仆不敢当也。"晏子遂以为上客。君子曰："俗人之有功则德，德则骄；晏子有功，免人于厄，而反诎下之，其去俗亦远矣。此全功之道也。"

---

①负刍：背干草的人。
②辞：谢，道歉。
③粪：扫除；醮：本指冠礼和婚礼，这里指聘礼，必彻几改筵，迎宾于庙门外。
④摈：同傧。

晏子之御感妻言而自抑损晏子荐以为大夫第二十五

晏子为齐相，出，其御之妻从门閒而窥①，其夫为相御，拥大盖②，策驷马，意气扬扬，甚自得也。既而归，其妻请去。夫问其故，妻曰："晏子长不满六尺③，相齐国，名显诸侯。今者妾观其出，志念深矣，常有以自下者。今子长八尺，乃为人仆御；然子之意，自以为足，妾是以求去也。"其后，夫自抑损，晏子怪而问之，御以实对，晏子荐以为大夫。

①闒：同间。
②盖：一种用绢做的罗伞。
③尺：周代的一尺大约相当于现在的八寸。

泯子午见晏子晏子恨不尽其意第二十六

燕之游士，有泯子午者，南见晏子于齐，言有文章，术有条理，巨可以补国，细可以益晏子者，三百篇。睹晏子，恐慎而不能言①。晏子假之以悲色②，开之以礼颜，然后能尽其复也。客退，晏子直席而坐，废朝移时。在侧者曰："何者燕客侍，夫子胡为忧也？"晏子曰："燕，万乘之国也；齐，千里之途也。泯子午以万乘之国为不足说，以千里之途为不足远，则是千万人之上也。且犹不能殚其言于我，况乎齐人之怀善而死者乎！吾所以不得睹者，岂不多矣！然吾失此，何之有也。"

①恐慎：恐惧。
②假：宽容。悲色：悲同匪，匪：文采貌，即美好的脸色。

晏子乞北郭骚米以养母骚杀身以明晏子之贤第二十七

齐有北郭骚者，结罘罔①，捆蒲草，织履，以养其母，犹不足，踵门见晏子曰："窃说先生之义，愿乞所以养母者。"晏子使人分仓粟府金而遗之，辞金受粟。有间；晏子见疑于景公，出奔，过北郭骚之门而辞。北郭骚沐浴而见晏子，曰："夫子将焉适？"晏子曰："见疑于齐君，将出奔。"北郭骚曰："夫子勉之矣！"晏子上车太息而叹曰："婴之亡岂不宜哉！亦不知士甚矣。"晏子行，北郭子召其友而告之曰："吾说晏子之义，而尝乞所以养母者焉。吾闻之，养其亲者身伉其难②。今晏子见疑，吾将以身死白之。"著衣冠，令其友操剑，奉笥而从③，造于君庭，求复者曰："晏子，天下之贤者也。今去齐国，齐必侵矣。方见国之必侵，不若死，请以头托白晏子也。"因谓其友曰："盛吾头于笥中，奉以托。"退而自刎。其友因奉托而谓复者曰："此北郭子为国故死，吾将为北郭子死。"又退而自刎。景公闻之，大骇，乘驲而自追晏子④，及之国郊⑤，请而反之。晏子不得已而反，闻北郭子之以死白己也，太息而叹曰："婴之亡，岂不宜哉！亦愈不知士甚矣。"

①罘（fú 福）罔：捕兽的网。
②伉：当也。
③笥（sì 四）：方形的竹篮。
④驲（rì 日）：古代驿站专用的车。
⑤郊：境也。

景公欲见高纠晏子辞以禄仕之臣第二十八

景公问晏子曰："吾闻高纠与夫子游，寡人请见之。"晏子对曰："臣闻之，为地战者，不能成其王；为禄仕者，不能正其君。高纠与婴为兄弟久矣，未尝干婴之行，特禄之臣也①，何足以补君乎！"

---

①特：只是。

高纠治晏子家不得其俗乃逐之第二十九

高纠事晏子而见逐，高纠曰："臣事夫子三年，无得，而卒见逐，其说何也？"晏子曰："婴之家俗有三①，而子无一焉。"纠曰："可得闻乎？"晏子曰："婴之家俗，闲处从容不谈议，则疏；出不相扬美，入不相削行②，则不与；通国事无论，骄士慢知者，则不朝也③。此三者，婴之家俗，今子是无一焉。故婴非特食馈之长也，是以辞。"

---

①家俗：家法。
②削行：切磋品德。
③朝：交往。朋友过访谓朝。

晏子居丧逊畣家老仲尼善之第三十

晏子居晏桓子之丧①，粗衰②，斩③，苴绖带④，杖⑤，菅屦⑥，食粥，居倚庐⑦，寝苫⑧，枕草。其家老曰："非大夫丧父之礼也。"晏子曰："唯卿为大夫。"曾子以闻孔子，孔子曰："晏子可谓能远害矣。不以己之是驳人之非，逊辞以避咎，义也夫！"

---

①晏桓子：名弱，晏子之父，死于齐灵公二十六年。
②衰（cuī 崔）：麻布做的丧服。
③斩：即斩衰，"五服"中最重的一种，用最粗的麻布做成，不缝衣边和下沿，以示无饰。
④苴（jū 居）绖（dié 叠）带：麻布做的丧带。
⑤杖：丧棒。
⑥菅（jiān 尖）屦（jù 巨）：草鞋。
⑦倚庐：为父母服丧所住的草棚。
⑧苫（shān 山）：居丧时睡的草荐。

晏子春秋卷第六
内篇杂下第六

灵公禁妇人为丈夫饰不止晏子请先内勿服第一

灵公好妇人而丈夫饰者，国人尽服之，公使吏禁之，曰："女子而男子饰者，裂其衣，断其带。"裂衣断带相望，而不止。晏子见，公问曰："寡人使吏禁女子而男饰，裂断其衣带，相望而不止者，何也？"晏子对曰："君使服之于内，而禁之于外，犹悬牛首于门，而卖马肉于内也。公何以不使内勿服，则外莫敢为也。"公曰："善。"使内勿服，逾月，而国莫之服。

齐人好毂击晏子绐以不祥而禁之第二

齐人甚好毂击[①]，相犯以为乐，禁之不止。晏子患之，乃为新车良马，出与人相犯也，曰："毂击者不祥，臣其祭祀不顺，居处不敬乎？"下车而弃去之，然后国人乃不为。故曰："禁之以制，而身不先行，民不能止。故化其心，莫若教也。"

---

①毂击：两车的车轮相撞击。毂，车轮中心有窟窿可以穿轴的部分。

景公梦五丈夫称无辜晏子知其冤第三

景公畋于梧丘，夜犹早，公姑坐睡，而梦有五丈夫北面韦庐[①]，称无罪焉。公觉，召晏子而告其所梦。公曰："我其尝杀不辜，诛无罪邪？"晏子对曰："昔者先君灵公畋，五丈夫罟而骇兽[②]，故杀之，断其头而葬之。命曰：'五丈夫之丘'，此其地邪？"公令人掘而求之，则五头同穴而存焉。公曰："嘻！"令吏葬之。国人不知其梦也，曰："君悯白骨，而况于生者乎，不遗余力矣，不释余知矣。"故曰："君子之为善易矣。"

---

①韦庐：行宫帐殿。
②罟：同罟（gǔ古），网。

柏常骞禳枭死将为景公请寿晏子识其妄第四

景公为路寝之台[①]，成，而不踊焉。柏常骞曰："君为台甚急，台成，君何为而不踊焉？"公曰："然！有枭昔者鸣②，声无不为也，吾恶之甚，是以不踊焉。"

柏常骞曰："臣请禳而去。"公曰："何具？"对曰："筑新室，为置白茅。"公使为室，成，置白茅焉。柏常骞夜用事。明日问公曰："今昔闻鸮声乎？"公曰："一鸣而不复闻。"使人往视之，鸮当陛，布翌③，伏地而死。公曰："子之道若此其明，亦能益寡人之寿乎？"对曰："能。"公曰："能益几何？"对曰："天子九，诸侯七，大夫五。"公曰："子亦有征兆之见乎？"对曰："得寿，地且动。"公喜，令百官趋具骞之所求。

柏常骞出，遭晏子于途，拜马前，骞辞曰："为禳君鸮而杀之，君谓骞曰：'子之道若此其明也，亦能益寡人寿乎？'骞曰：'能。'今且大祭，为君请寿，故将往，以闻。"

晏子曰："嘻！亦善能为君请寿也。虽然，吾闻之，维以政为德而顺乎神，为可以益寿。今徒祭，可以益寿乎？然则福兆有见乎？"对曰："得寿，地将动。"晏子曰："骞，昔吾见维星绝，枢星散，地其动，汝以是乎？"柏常骞俯有间，仰而对曰："然。"晏子曰："为之无益，不为无损也。汝薄敛，毋费民，且无令君知之。"

---

①路寝：大堂前的高台。
②枭：通鸮（xiāo 肖），鸟纲鸱鸮科，各种鸟类的通称。古人认为此类鸟是不祥之鸟。
③翌：同翼。

景公成柏寝而师开言室夕晏子辨其所以然第五

景公新成柏寝之台，使师开鼓琴，师开左抚宫，右弹商，曰："室夕①。"公曰："何以知之？"师开对曰："东方之声薄，西方之声扬。"公召大匠曰："室何为夕？"大匠曰："立室以宫矩为之。"于是召司空曰："立宫何为夕？"司空曰："立宫以城矩为之。"明日，晏子朝公，公曰："先君太公以营丘之封，立城，曷为夕？"晏子对曰："古之立国者，南望南斗，北戴枢星，彼安有朝夕哉！然而以今之夕者，周之建国，国之西方，以尊周也。"公艴然曰："古之臣乎！"

---

①室夕：房子位置不正，偏向西方。

景公病水梦与日斗晏子教占梦者以对第六

景公病水，卧十数日，夜梦与二日斗，不胜。晏子朝，公曰："夕者梦与二日斗，而寡人不胜，我其死乎？"晏子对曰："请召占梦者。"出于闺，使人以车迎占梦者。至，曰："曷为见召？"晏子曰："夜者，公梦二日与公斗，①，不胜，公曰：'寡人死乎？'故请君占梦，是所为也。"占梦者曰："请反具书②。"晏子曰："毋反书。公所病者，阴也；日者，阳也。一阴不胜二阳，故病将已。以是对。"占梦者入，公曰："寡人梦与二日斗而不胜，寡人死乎？"占梦者对曰："公之所病，阴也③；日者，阳也。一阴不胜二阳，公病将已。"居三日，公病大愈，公且赐占梦者。占梦者曰："此非臣之力，晏子教臣也。"公召晏子，且赐之。晏子曰："占梦者以占之言对，故有益也。使臣言之，则不信矣。此占梦之力也，臣无功焉。"公两赐之，曰："以晏子不夺人之功，以占梦者不蔽人之能。"

①公梦二日与公斗：当作"公梦与二日斗"。
②请反具书：当作"请反其书"，反同翻。
③阴：景公患水气症，按古代阴阳五行说，水属阴，火属阳。

景公病疽晏子抚而对之乃知群臣之野第七

景公病疽在背①，高子、国子请。公曰："职当抚疡。"高子进而抚疡②，公曰："热乎？"曰："热。""热何如？"曰："如火。""其色何如？"曰："如未熟李。""大小何如？"曰："如豆。""堕者何如？"曰："如屦辨③。"二子者出，晏子请见。公曰："寡人有病，不能胜衣冠以出见夫子，夫子其辱视寡人乎？"晏子入，呼宰人具盥，御者具巾，刷手温之，发席傅荐，跪请抚疡。公曰："其热何如？"曰："如日。""其色何如？"曰："如苍玉。""大小何如？"曰："如璧。""其堕者何如？"曰："如珪。"晏子出，公曰："吾不见君子，不知野人之拙也。"

---

①疽（jū 居）：即痈疽，毒疮。
②抚：同既，微观也。
③辨：革中绝谓之辨。（从孙星衍云）

晏子使吴吴王命傧者称天子晏子详惑第八

晏子使吴，吴王谓行人曰①："吾闻晏婴，盖北方辩于辞、习于礼者也。"命傧者曰②："客见则称'天子请见'。"明日，晏子有事，行人曰："天子请见。"晏子蹴然。行人又曰："天子请见。"晏子蹴然。又曰："天子请见。"晏子蹴然者三，曰："臣受命弊邑之君，将使于吴王之所，以不敏而迷惑，入于天子之朝。敢问吴王恶乎存③？"然后吴王曰："夫差请见。"见之以诸侯之礼。

---

①行人：官名，掌管朝觐聘问。
②傧（bìn 膑）：同傧，负责迎送贵宾的人。
③恶：wū，音乌。

晏子使楚楚为小门晏子称使狗国者入狗门第九

晏子使楚，以晏子短，楚人为小门于大门之侧而延晏子，晏子不入，曰："使狗国者，从狗门入；今臣使楚，不当从此门入。"傧者更道从大门入①，见楚王。王曰："齐无人耶？"晏子对曰："临淄三百闾②，张袂成阴③，挥汗成雨，比肩继踵而在④，何为无人？"王曰："然则子何为使乎？"晏子对曰："齐命使，各有所主，其贤者使使贤王，不肖者使使不肖王。婴最不肖，故直使楚矣。"

①道：同导。

②临淄：齐国国都，在今山东省淄博市；闾（lǘ 驴）：古代二十五家为一闾。

③袂（mèi 妹）：衣袖。

④比：bì，音必。

楚王欲辱晏子指盗者为齐人晏子对以桔第十

晏子将至楚，楚闻之①，谓左右曰："晏婴，齐之习辞者也，今方来，吾欲辱之，何以也？"左右对曰："为其来也②，臣请缚一人，过王而行，王曰：'何为者也？'对曰：'齐人也。'王曰：'何坐③？'曰：'坐盗。'"晏子至，楚王赐晏子酒，酒酣，吏二缚一人诣王，王曰："缚者曷为者也？"对曰："齐人也，坐盗。"王视晏子曰："齐人固善盗乎？"晏子避席对曰："婴闻之，桔生淮南则为桔，生于淮北则为枳④，叶徒相似，其实味不同。所以然者何？水土异也。今民生长于齐不盗，入楚则盗，得无楚之水土使民善盗耶？"王笑曰："圣人非所与熙也⑤，寡人反取病焉⑥。"

①楚闻之：当作楚王闻之。

②为：于，当。

③何坐：犯了什么罪。坐，犯罪。

④枳：也叫"枸橘"、"臭橘"。果肉小而味酸苦，不能吃，可入药。

⑤熙：同"嬉"，戏弄。

⑥病：辱。

楚王飨晏子进桔置削晏子不剖而食第十一

景公使晏子于楚，楚王进桔，置削①，晏子不剖而并食之，楚王曰："当去剖。"晏子对曰："臣闻之，赐人主之前者，瓜桃不削，桔柚不剖。今者万乘无教令，臣故不敢剖，不然②，臣非不知也。"

①削：一种长刃有柄的小刀。

②不然：此二字当删。

晏子布衣栈车而朝陈桓子侍景公饮酒请浮之第十二

景公饮酒，田桓子侍，望见晏子，而复于公曰："请浮晏子①。"公曰："何故也？"无宇对曰："晏子衣缁布之衣，麋鹿之裘，栈轸之车②，而驾驽马以朝，是隐君之赐也。"公曰："诺。"晏子坐，酌者奉觞进之，曰："君命浮子。"晏子曰："何故也？"田桓子曰："君赐之卿位以尊其身，宠之百万以富其家，群臣其爵莫尊于子，禄莫重于子。今子衣缁布之衣，麋鹿之裘，栈轸之车，而驾驽马以朝，是则隐君之赐也，故浮子。"晏子避席曰："请饮而后辞乎？其辞而后饮乎？"公曰："辞然后饮。"晏子曰："君之赐卿位以尊其身，婴非敢为显受也，为行君令也；宠以百万以富其家，婴非敢为富受也，为通君赐也。臣闻古之贤臣，有受厚赐，而不顾其国族③，则过之；临事守职，不胜其任，则过之。君之内隶，臣之父兄，若有离散于野鄙，此臣之罪也。君之外隶，臣之所职，若有播亡在于四方，此臣之罪也；兵革之不完备，战车之不修，此臣之罪也。若夫弊车驽马以朝，意者非臣之罪乎？且臣以君之赐，父之党无不乘车者，母之党无不足于衣食者，妻之党无冻馁者，国之闲士待臣而后举火者数百家。如此者，为彰君赐乎，为隐君赐乎？"公曰："善！为我浮无宇也。"

①浮：罚酒。
②栈轸（zhěn 枕）：用竹木制作的有棚之车。
③国族："国"疑作"邦"，汉人避讳改为"国"，后讹困。（从吴则虞云）

田无宇请求四方之学士晏子谓君子难得第十三

田桓子见晏子独立于墙阴，曰："子何为独立而不忧？何不求四乡之学士可者而与坐？"晏子曰："共立似君子，出言而非也。婴恶得学士之可者而与之坐？且君子之难得也，若美山然，名山既多矣，松柏既茂矣，望之相相然①，尽目力不知厌，而世有所美焉，固欲登彼相相之上，仡仡然不知厌②。小人者与此异，若部娄之未登③，善，登之无蹊，维有楚棘而已；远望无见也，俛就则伤婴，恶能无独立焉？且人何忧，静处远虑，见岁若月，学问不厌，不知老之将至，安用从酒④！"田桓子曰："何谓从酒？"晏子曰："无客而饮，谓之从酒。今若子者，昼夜守尊⑤，谓之从酒也。"

①相相然：山高耸之势。相，当作"峲"（音忽）。
②仡仡然：用力登山的样子。
③部娄：小土丘。
④从：同纵。
⑤尊：同樽。

田无宇胜栾氏高氏欲分其家晏子使致之公第十四

栾氏、高氏欲逐田氏、鲍氏，田氏、鲍氏先知而遂攻之。高强曰："先得君，田、鲍安往？"遂攻虎门①。二家召晏子，晏子无所从也。从者曰："何为不助田、鲍？"晏子曰："何善焉？其助之也？""何为不助栾、高？"曰："庸愈于彼乎②？"开门，公召而入。栾、高不胜而出。田桓子欲分其家，以告晏子，晏子曰："不可！君不能饬法，而群臣专制，乱之本也。今又欲分其家，利其货，是非制也。子必致之公。且婴闻之，廉者，政之本也；让者，德之主也。栾、高不让，以至此祸，可毋慎乎！廉之谓公正，让之谓保德。凡有血气者，皆有争心，怨利生孽，维义可以为长存。且分争者不胜其祸，辞让者不失其福，子必勿取。"桓子曰："善。"尽致之公，而请老于剧③。

①虎门：宫廷的正门。
②庸：难道。
③剧：剧城，地名。

子尾疑晏子不受庆氏之邑晏子谓足欲则亡第十五

庆氏亡，分其邑，与晏子邶殿①，其鄙六十，晏子勿受。子尾曰："富者，人之所欲也，何独弗欲？"晏子对曰："庆氏之邑足欲，故亡。吾邑不足欲也，益之以邶殿，乃足欲，足欲，亡无日矣。在外不得宰吾一邑，不受邶殿，非恶富也，恐失富也。且夫富，如布帛之有幅焉②，为之制度③，使无迁也。夫生厚而用利，于是乎正德以幅之，使无黜慢，谓之幅利，利过则为败，吾不敢贪多，所谓幅也。"

---

①邶殿：齐国别都。
②幅：布帛的宽度。
③制度：规定布的幅度，古代二尺二寸为幅。

景公禄晏子平阴与棠邑晏子愿行三言以辞第十六

景公禄晏子以平阴与棠邑反市者十一社①。晏子辞曰："吾君好治宫室，民之力弊矣；又好盘游玩好以饬女子②，民之财竭矣；又好兴师，民之死近矣。弊其力，竭其财，近其死，下之疾其上甚矣！此婴之所为不敢受也。"公曰："是则可矣。虽然，君子独不欲富与贵乎？"晏子曰："婴闻为人臣者，先君后身；安国而度家，宗君而处身，曷为独不欲富与贵也！"公曰："然则何以禄夫子？"晏子对曰："君商渔盐③，关市讥而不征④；耕者十取一焉；弛刑罚——若死者刑，若刑者罚，若罚者免。若此三言者，婴之禄，君之利也。"公曰："此三言者，寡人无事焉，请以从夫子。"公既行若三言，使人问大国，大国之君曰："齐安矣。"使人问小国，小国之君曰："齐不加我矣⑤。"

---

①反：同贩。
②饬：同饰。
③商：疑当作"宽"（从刘师培说）。
④讥：察问，稽查。
⑤加：欺凌。

梁丘据言晏子食肉不足景公割地将封晏子辞第十七

晏子相齐，三年，政平民说。梁丘据见晏子中食，而肉不足，以告景公。旦日，割地将封晏子，晏子辞不受，曰："富而不骄者，未尝闻之；贫而不恨者，婴是也。所以贫而不恨者，以善为师也。今封，易晏子师，师已轻，封已重矣，请辞。"

景公以晏子食不足致千金而晏子固不受第十八

晏子方食，景公使使者至。分食食之，使者不饱，晏子亦不饱。使者反，言之公，公曰：

"嘻！晏子之家，若是其贫也，寡人不知，是寡人之过也。"使吏致千金与市租，请以奉宾客。晏子辞，三致之，终再拜而辞曰："婴之家不贫。以君之赐，泽覆三族，延及交游，以振百姓，君之赐也厚矣！婴之家不贫也。婴闻之，夫厚取之君，而施之民，是臣代君君民也，忠臣不为也。厚取之君，而不施于民，是为筐箧之藏也，仁人不为也。进取于君，退得罪于士，身死而财迁于它人，是为宰藏也，智者不为也。夫十总之布①，一豆之食，足于中免矣。"景公谓晏子曰："昔吾先君桓公，以书社五百封管仲②，不辞而受，子辞之何也？"晏子曰："婴闻之，圣人千虑，必有一失；愚人千虑，必有一得。意者管仲之失，而婴之得者耶？故再拜而不敢受命。"

①十总：粗疏的布。总：古丝或布八十缕为总。
②书社：书写了社人姓名的社。

景公以晏子衣食弊薄使田无宇致封邑晏子辞第十九

晏子相齐，衣十升之布①，脱粟之食②，五卵、苔菜而已③。左右以告公，公为之封邑，使田无宇致台与无盐。晏子对曰："昔吾先君太公受之营丘，为地五百里，为世国长，自太公至于公之身，有数十公矣。苟能说其君以取邑，不至公之身，趣齐搏以求升土，不得容足而寓焉。婴闻之，臣有德益禄，无德退禄，恶有不肖父为不肖子为封邑以败其君之政者乎？"遂不受。

①十升之布：指粗布衣服。升，古代以八十缕为升。
②脱粟之食：当作"食脱粟之食"。脱粟，粗粮。
③五卵：元刻本作"无卵"，即大盐也，其盐形似鸟卵。苔菜：干苔，海苔。

田桓子疑晏子何以辞邑晏子答以君子之事也第二十

景公赐晏子邑，晏子辞。田桓子谓晏子曰："君欢然与子邑，必不受以恨君①，何也？"晏子对曰："婴闻之，节受于上者，宠长于君②；俭居处者，名广于外。夫长宠广名，君子之事也。婴独庸能已乎？"

①恨：同"很"，违逆。
②宠：信任。

景公欲更晏子宅晏子辞以近市得求讽公省刑第二十一

景公欲更晏子之宅，曰："子之宅近市湫隘嚣尘①，不可以居，请更诸爽垲者②。"晏子辞曰："君之先臣容焉，臣不足以嗣之，于臣侈矣。且小人近市，朝夕得所求，小人之利也。敢烦里旅③！"公笑曰："子近市，识贵贱乎？"对曰："既窃利之，敢不识乎？"公曰："何贵？何贱？"是时也，公繁于刑，有鬻踊者，故对曰："踊贵而屦贱。"公愀然改容。公为是省于刑。君子曰："仁人之言，其利博哉！晏子一言，而齐侯省刑。《诗》曰：'君子如祉，乱庶遄已④。'其是之谓乎！”

①湫（qiǎo，巧）隘：低洼狭小。

②垲（kǎi凯）：燥。

③里旅：即“司里”，春秋时官名，主管卿大夫的宅里事务。

④遄：速。

景公毁晏子邻以益其宅晏子因陈桓子以辞第二十二

晏子使晋，景公更其宅，反则成矣。既拜，乃毁之，而为里室，皆如其旧，则使宅人反之。且①“谚曰：‘非宅是卜，维邻是卜②。’二三子先卜邻矣，违卜不祥。君子不犯非礼，小人不犯不祥，古之制也，吾敢违诸乎？”卒复其旧宅，公弗许。因陈桓子以请，乃许之。

①且：为“曰”之讹。（从吴则虞说）

②非宅是卜，维邻是卜：请不要挑选住宅，唯有挑选邻居。

景公欲为晏子筑室于宫内晏子称是以远之而辞第二十三

景公谓晏子曰：“寡人欲朝夕见，为夫子筑室于闺内可乎？”晏子对曰：“臣闻之，隐而显，近而结，维至贤耳。如臣者，饰其容止，以待承令，犹恐罪戾也①。今君近之，是远之也，请辞。”

①罪戾：过失。

景公以晏子妻老且恶欲内爱女晏子再拜以辞第二十四

景公有爱女，请嫁于晏子，公乃往燕晏子之家。饮酒酣，公见其妻曰：“此子之内子耶①？”晏子对曰：“然，是也。”公曰：“嘻！亦老且恶矣。寡人有女少且姣，请以满夫子之宫。”晏子违席而对曰：“乃此则老且恶，婴与之居故矣，故及其少且姣也。且人固以壮托乎老，姣托乎恶，彼尝托，而婴受之矣。君虽有赐，可以使婴倍其托乎？”再拜而辞。

①内子：卿大夫的正夫人。

景公以晏子乘弊车驽马使梁丘据遗之三返不受第二十五

晏子朝，乘弊车，驾驽马。景公见之曰：“嘻！夫子之禄寡耶？何乘不任之甚也？”晏子对曰：“赖君之赐，得以寿三族①，及国游士，皆得生焉。臣得暖衣饱食，弊车驽马，以奉其身，于臣足矣。"晏子出，公使梁丘据遗之辂车乘马②，三返不受。公不说，趣召晏子。晏子至，公曰："夫子不受，寡人亦不乘。"晏子对曰："君使臣临百官之吏，臣节其衣服饮食之养，以先国之民；然犹恐其侈靡而不顾其行也。今辂车乘马，君乘之上，而臣亦乘之下，民之无义，侈其衣服饮食而不顾其行者，臣无以禁之。"遂让不受。

①寿：保也。
②辂（lù路）车乘马：大车四马。辂，天子之车；乘，古时一车四马，以乘为四。

景公睹晏子之食菲薄而嗟其贫晏子称其参士之食第二十六

晏子相景公，食脱粟之食，炙三弋①、五卵、苔菜耳矣。公闻之，往燕焉，睹晏子之食也。公曰："嘻！夫子之家如此其贫乎！而寡人不知，寡人之罪也。"晏子对曰："以世之不足也，免粟之食饱，士之一乞也；炙三弋，士之二乞也；五卵，士之三乞也。婴无倍人之行，而有参士之食，君之赐厚矣！婴之家不贫。"再拜而谢。

①弋：禽鸟。

梁丘据自患不及晏子晏子勉据以常为常行第二十七

梁丘据谓晏子曰："吾至死不及夫子矣！"晏子曰："婴闻之，为者常成，行者常至。婴非有异于人也，常为而不置，常行而不休者，故难及也。"

晏子老辞邑景公不许致车一乘而后止第二十八

晏子相景公，老，辞邑。公曰："自吾先君定公至今，用世多矣，齐大夫未有老辞邑者矣。今夫子独辞之，是毁国之故，弃寡人也。不可！"晏子对曰："婴闻古之事君者，称身而食，德厚而受禄，德薄则辞禄。德厚受禄，所以明上也；德薄辞禄，可以洁下也。婴老薄无能，而厚受禄，是掩上之明，污下之行，不可。"公不许，曰："昔吾先君桓公，有管仲恤劳齐国，身老，赏之以三归①，泽及子孙。今夫子亦相寡人，欲为夫子三归，泽至子孙，岂不可哉？"对曰："昔者管仲事桓公，桓公义高诸侯，德备百姓。今婴事君也，国仅齐于诸侯，怨积乎百姓，婴之罪多矣，而君欲赏之，岂以其不肖父为不肖子厚受赏以伤国民义哉？且夫德薄而禄厚，智惛而家富，是彰污而逆教也，不可。"公不许。晏子出，异日朝，得间而入邑，致车一乘而后止。

①三归：有两种说法，一种是"为家有三处"，一种是"娶三姓女"。

晏子病将死妻问所欲言云毋变尔俗第二十九

晏子病，将死，其妻曰："夫子无欲言乎？"子曰："吾恐死而俗变，谨视尔家，毋变尔俗也。"

晏子病将死凿楹纳书命子壮示之第三十

晏子病，将死，凿楹纳书焉，谓其妻曰："楹语也，子壮而示之。"及壮，发书之言曰："布帛不可穷，穷不可饰；牛马不可穷，穷不可服①；士不可穷，穷不可任；国不可穷，穷不可窃也②。"

---

①服：驾御。

②窃：即古之浅字，浅同践，保有国家之意。（从于省吾说）

晏子春秋卷第七

外篇第七

景公饮酒命晏子去礼晏子谏第一

景公饮酒数日而乐，释衣冠，自鼓缶，谓左右曰："仁人亦乐是夫？"梁丘据对曰："仁人之耳目，亦犹人也，夫奚为独不乐此也？"公曰："趣驾迎晏子。"晏子朝服以至，受觞再拜。公曰："寡人甚乐此乐，欲与夫子共之，请去礼。"晏子对曰："君之言过矣！群臣皆欲去礼以事君，婴恐君子之不欲也。今齐国五尺之童子，力皆过婴，又能胜君，然而不敢乱者，畏礼也。上若无礼，无以使其下，下若无礼，无以事其上。夫麋鹿维无礼，故父子同麀①；人之所以贵于禽兽者，以有礼也。婴闻之，人君无礼，无以临其邦；大夫无礼，官吏不恭；父子无礼，其家必凶；兄弟无礼，不能久同。《诗》曰：'人而无礼，胡不遄死。'故礼不可去也。"公曰："寡人不敏无良，左右淫蛊寡人，以至于此，请杀之。"晏子曰："左右何罪？君若无礼，则好礼者去，无礼者至；君若好礼，则有礼者至，无礼者去。"公曰："善。请易衣革冠，更受命。"晏子避走，立乎门外。公令人粪洒改席，召衣冠以迎晏子。晏子入门，三让，升阶，用三献焉；嗛酒尝膳②，再拜，告餍而出③，公下拜，送之门，反，命撤酒去乐，曰："吾以彰晏子之教也。"

---

①麀（yōu优）：牝鹿。

②嗛酒：饮酒。

③餍：吃饱。

景公置酒泰山四望而泣晏子谏第二

　　景公置酒于泰山之阳[1]，酒酣，公四望其地，喟然叹，泣数行而下，曰："寡人将去此堂堂国者而死乎！"左右佐哀而泣者三人，曰："吾细人也，犹将难死，而况公乎！弃是国也而死，其孰可为乎！"晏子独搏其髀[2]，仰天而大笑曰："乐哉！今日之饮也。"公怫然怒曰[3]："寡人有哀，子独大笑，何也？"晏子对曰："今日见怯君一，谀臣三人，是以大笑。"公曰："何谓谀怯也？"晏子曰："夫古之有死也，令后世贤者得之以息，不肖者得之以伏。若使古之王者毋知有死，自昔先君太公至今尚在，而君亦安得此国而哀之？夫盛之有衰，生之有死，天之分也。物有必至，事有常然，古之道也。曷为可悲？至老尚哀死者，怯也；左右助哀者，谀也。怯谀聚居，是故笑之。"公惭而更辞曰："我非为去国而死哀也。寡人闻之，彗星出，其所向之国君当之，今彗星出而向吾国，我是以悲也。"晏子曰："君之行义回邪，无德于国，穿池沼，则欲其深以广也；为台榭，则欲其高且大也；赋敛如挌夺[4]，诛僇如仇仇。自是观之，茀又将出。天之变，彗星之出，庸可悲乎！"于是公惧，乃归，寘池沼，废台榭，薄赋敛，缓刑罚，三十七日而彗星亡。

---

①泰山之阳：阳，疑是阴或上之误。
②髀（bì 必）：大腿。
③怫然：愤怒的样子。
④挌（huī 灰）：同挥。

景公梦见彗星使人占之晏子谏第三

　　景公梦见彗星。明日，召晏子而问焉："寡人闻之，有彗星者必有亡国。夜者，寡人梦见彗星，吾欲召占梦者使占之。"晏子对曰："君居处无节，衣服无度，不听正谏，兴事无已，赋敛无厌，使民如将不胜，万民恕怨[1]，茀星又将见梦，奚独彗星乎！"

---

①恕（duì 对）：怨恨。

景公问古而无死其乐若何晏子谏第四

　　景公饮酒乐，公曰："古而无死，其乐若何？"晏子对曰："古而无死，则古之乐也，君何得焉？昔爽鸠氏始居此地，季蒔因之，有逢伯陵因之，蒲姑氏因之，而后太公因之。古若无死，爽鸠氏之乐，非君所愿也。"

景公谓梁丘据与己和晏子谏第五

　　景公至自畋，晏子侍于遄台[1]，梁丘据造焉[2]。公曰："维据与我和夫！"晏子对曰："据亦同也，焉得为和？"公曰："和与同异乎？"对曰："异。和如羹焉，水火醯醢盐梅，以烹鱼肉，燀之以薪[3]，宰夫和之，齐之以味，济其不及，以泄其过，君子食之，以平其心。君臣亦然。君所谓可，而有否焉，臣献其否，以成其可；君所谓否，而有可焉，臣献其可，以去其否。是以政平而不干，民对争心，故《诗》曰：'亦有和羹，既戒且平④；奏鬷无言⑤，时靡有争⑥。'先王之济五味，和五声也，以平其心，成其政也。声亦如味：一气⑦、二体⑧、三类⑨、四物⑩、五声、六律⑪、七音⑫、八风⑬、九歌⑭，以相成也；清浊、大小、短长、疾徐、哀乐、刚柔、迟速、高下、出入、周流，以相济也。君子听之，以平其心，心平德和。故《诗》曰：'德音不瑕。'今据不然，君所谓可，据亦曰可；君所谓否，据亦曰否。若以水济水，谁能食之？若琴瑟之专一，谁能听之？同之不可也如是。"公曰："善。"

①遄台：地名。

②造：往。

③燀（chǎn产）：炊。

④戒：备。

⑤奏鬷（zōng宗）：《诗经》作"鬷假"，即进献。

⑥时：同是。

⑦一气：空气。

⑧二体：舞者的文舞与武舞。

⑨三类：指风雅颂。

⑩四物：四方之物。

⑪六律：六种定音的律管。

⑫七音：在五音基础之上加变徵、变羽，合称七音。

⑬八风：八方之风。

⑭九歌：九功之德皆可歌也，六府三事谓之九功。（从杜预说）

景公使祝史禳彗星晏子谏第六

齐有彗星，景公使祝禳之。晏子谏曰："无益也，只取诬焉。天道不谄，不二其命，若之何禳之也！且天之有彗，以除秽也。君无秽德，又何禳焉？若德之秽，禳之何损？《诗》云：'维此文王，小心翼翼，昭事上帝，聿怀多福①，厥德不回②，以受方国③。'君无违德，方国将至，何患于彗？《诗》曰：'我无所监，夏后及商，用乱之故，民卒流亡。'若德之回乱，民将流亡，祝史之为，无能补也。"公说，乃止。

①聿：语助词；怀：来也。

②回：违也。

③方：邦也。

景公有疾梁丘据裔款请诛祝史晏子谏第七

景公疥遂痁①，期而不瘳②。诸侯之宾，问疾者多在。梁丘据、裔款言于公曰："吾事鬼神，丰于先君有加矣。今君疾病，为诸侯忧，是祝史之罪也。诸侯不知，其谓我不敬，君盍诛于祝固史嚚以辞宾③。"公说，告晏子。晏子对曰："日宋之盟，屈建问范会之德于赵武，赵武曰：'夫子家事治，言于晋国，竭情无私。其祝史祭祀，陈言不愧；其家事无猜，其祝史不祈。'建以语康王，康王曰：‘神人无怨，宜夫子之光辅五君，以为诸侯主也。’”公曰：“据与款谓寡人能事鬼神，故欲诛于祝史，子称是语何故?”对曰：“若有德之君，外内不废，上下无怨，动无违事，其祝史荐信，无愧心矣。是以鬼神用飨，国受其福，祝史与焉。其所以蕃祉老寿者④，为信君使也，其言忠信于鬼神。其适遇淫君，外内颇邪，上下怨疾，动作辟违，以欲厌私，高台深池，撞钟舞女，斩刈民力，输掠其聚，以成其违，不恤后人，暴虐淫纵，肆行非度，无所还忌，不思谤讟⑤，不惮鬼神，神怒民痛，无悛于心。其祝史荐信，是言罪也；其盖失数美，是矫诬也；进退无辞，则虚以成媚，是以鬼神不飨，其国以祸之，祝史与焉。所以夭昏孤疾者，为暴君使也，其言僭嫚于鬼神⑥。”公曰：“然则若之何?”对曰：“不可为也。山林之木，衡鹿守之；泽之萑蒲⑦，舟鲛守之；薮之薪蒸，虞候守之；海之盐蜃，祈望守之。县鄙之人，入从其政；偪介之关⑧，暴征其私；承嗣大夫，强易其贿；布常无艺，征敛无度；宫室日更，淫乐不违；内宠之妾肆夺于市，外宠之臣僭令于鄙；私欲养求，不给则应⑨。民人苦病，夫妇皆诅。祝有益也，诅亦有损，聊摄以东，姑尤以西，其为人也多矣！虽其善祝，岂能胜亿兆人之诅？君若欲诛于祝史，修德而后可。”公说，使有司宽政，毁关去禁，薄敛已责，公疾愈。

①疥遂痁：疥同痎，两日一发的疟疾。痁，大疟疾。遂，当作日。
②瘳（chōu 抽）：病愈。
③祝固史嚚（yín 银）：祝，官名，主掌祭祀；固，人名。史，官名，主掌祭祀、记事；嚚，人名。
④蕃（fán 凡）：多。
⑤讟（dú 独）：怨言。
⑥僭：jiàn，音见。
⑦萑（huán 桓）：芦类植物。
⑧偪介：当作逼尔。（从王引之说）
⑨应：当作“膺”，惩也。

景公见道殣自惭无德晏子谏第八

景公赏赐及后宫，文绣被台榭①，菽粟食凫雁②；出而见殣③，谓晏子曰：“此何为而死?”晏子对曰：“此餧而死④。”公曰：“嘻！寡人之无德也甚矣。”对曰：“君之德著而彰，何为无德也⑤?”景公曰：“何谓也?”对曰：“君之德及后宫与台榭，君之玩物，衣以文绣；君之凫雁，食以菽粟；君之营内自乐，延及后宫之族，何为其无德！顾臣愿有请于君：由君之意，自乐之心，推而与百姓同之，则何殣之有！君不推此，而苟营内好私，使财货偏有所聚，菽粟币帛腐于困府⑥，惠不遍加于百姓，公心不周乎万国，则桀纣之所以亡也。夫士民之所以叛，由偏之也，君如察臣婴之言，推君之盛德，公布之于天下，则汤武可为也。一殣何足恤哉!”

①文：同纹。
②凫：鸭子；雁：鹅。
③殣：饿死的人。
④餧：同馁。
⑤何为：即“何谓”。
⑥囷（qūn 逡）：一种圆形的谷仓；府：古代国家收藏财务或文书的地方。

景公欲诛断所爱槚者晏子谏第九

景公登箐室而望，见人有断雍门之槚者①，公令吏拘之，顾谓晏子："趣诛之。"晏子默然不对。公曰："雍门之槚，寡人所甚爱也，此见断之，故使夫子诛之，默然而不应，何也？"晏子对曰："婴闻之，古者人君出，则辟道十里，非畏也；冕前有旒②，恶多所见也③；纩纮琉耳④，恶多所闻也；大带重半钧，舄履倍重⑤，不欲轻也。刑死之罪，日中之朝，君过之，则赦之。婴未尝闻为人君而自坐其民者也。"公曰："赦之，无使夫子复言。"

---

①槚：楸树，即梓木。

②旒（liú 流）：古代帝王冠冕前后悬垂的玉串。

③恶：讨厌，避免。

④纩（kuàng 矿）：丝棉；纮（hóng 红）：古时帽子上的带子；琉耳：同"充耳"，古代帽冠上垂在两侧以塞耳的玉。

⑤舄：古代一种有木底的鞋。

景公坐路寝曰谁将有此晏子谏第十

景公坐于路寝，曰："美哉其室！将谁有此乎？"晏子对曰："其田氏乎，田无宇为捍矣①。"公曰："然则奈何？"晏子对曰："为善者，君上之所劝也，岂可禁哉！夫田氏国门击柝之家，父以托其子，兄以托其弟，于今三世矣。山木如市，不加于山；鱼盐蚌蜃，不加于海；民财为之归。今岁凶饥，蒿种芼敛不半②，道路有死人。齐旧四量而豆，豆四而区，区四而釜，釜十而钟。田氏四量，各加一焉。以家量贷，以公量收，则所以桼百姓之死命者泽矣。今公家骄汰，而田氏慈惠，国泽是将焉归？田氏虽无德而施于民，公厚敛而田氏厚施焉。《诗》曰：'虽无德与汝，式歌且舞。'田氏之施，民歌舞之也，国之归焉，不亦宜乎！"

---

①捍（hàn 汗）：小堤。

②芼（máo 毛）：可供食用的野菜或水草。

景公台成盆成适愿合葬其母晏子谏而许第十一

景公宿于路寝之宫，夜分，闻西方有男子哭者，公悲之。明日朝，问于晏子曰："寡人夜者闻西方有男子哭者，声甚哀，气甚悲，是奚为者也？寡人哀之。"

晏子对曰："西郭徒居布衣之士盆成适也。父之孝子，兄之顺弟也，又尝为孔子门人。今其母不幸而死，衬枢未葬①，家贫，身老，子孤②，恐力不能合衬，是以悲也。"

公曰："子为寡人吊之，因问其偏衬何所在？"晏子奉命往吊，而问偏之所在。盆成适再拜，稽首而不起，曰："偏衬寄于路寝，得为地下之臣，拥札掺笔，给事宫殿中右陛之下，愿以某日送，未得君之意也。穷困无以图之，布唇枯舌，焦心热中，今君不辱而临之，愿君图之。"晏子曰："然。此人之甚重者也，而恐君不许也。"盆成适蹶然曰："凡在君耳！且臣闻之，越王好勇，其民轻死；楚灵王好细腰，其朝多饿死人；子胥忠其君，故天下皆愿得以为子。今为人子臣，而离散其亲戚，孝乎哉？足以为臣乎？若此而得祔，是生臣而安死母也；若此而不得，则臣请挽尸车而寄之于国门外宇溜之下③，身不敢饮食，拥辕执辂，木乾鸟栖，袒肉暴骸，以望君悯之。贱臣虽愚，窃意明君哀而不忍也。"

晏子入，复乎公，公忿然作色而怒曰："子何必患若言，而教寡人乎？"晏子对曰："婴闻之，忠不避危，爱无恶言。且婴固以难之矣。今君营处为游观，既夺人有，又禁其葬，非仁也；肆心傲听，不恤民忧，非义也。若何勿听？"因道盆成适之辞。公喟然太息曰："悲乎哉！子勿复言。"乃使男子袒免，女子发笄者以数百④，为开凶门，以迎盆成适。适脱衰绖，冠条缨，墨缘，以见乎公。公曰："吾闻之，五子不满隅，一子可满朝，非乃子耶！"盆成适于是临事不敢哭，奉事以礼，毕，出门，然后举声焉。

---

①祔（fù复）：合葬。
②孺（jù沮）：弱子。
③溜：同霤，屋檐下的水流。
④发笄（jī击）：当作"鬖笄"，妇人丧服的露髻，用麻把头发挽束起来。

景公筑长庲台晏子舞而谏第十二

景公筑长庲之台，晏子侍坐。觞三行，晏子起舞曰："岁已暮矣，而禾不获，忽忽矣若之何！岁已寒矣，而役不罢，惙惙矣如之何①！"舞三，而涕下沾襟。景公惭焉，为之罢长庲之役。

---

①惙惙：忧惧的样子。

景公使烛邹主鸟而亡之公怒将加诛晏子谏第十三

景公好弋①，使烛邹主鸟而亡之，公怒，诏吏杀之。晏子曰："烛邹有罪三，请数之以其罪而杀之。"公曰："可。"于是召而数之公前，曰："烛邹！汝为吾君主鸟而亡之，是罪一也；使吾君以鸟之故杀人，是罪二也；使诸侯闻之，以吾君重鸟以轻士，是罪三也。"数烛邹罪已毕，请杀之。公曰："勿杀！寡人闻命矣。"

---

①弋：用带绳子的箭射鸟。

景公问治国之患晏子对以佞人谗夫在君侧第十四

景公问晏子曰："治国之患亦有常乎？"对曰："佞人谗夫之在君侧者，好恶良臣，而行与小人，此国之长患也。"公曰："谗佞之人，则诚不善矣，虽然，则奚曾为国常患乎？"晏子曰："君以为耳目而好缪事①，则是君之耳目缪也。夫上乱君之耳目，下使群臣皆失其职，岂不诚足患哉！"公曰："如是乎！寡人将去之。"晏子曰："公不能去也。"公忿然作色，不说，曰："夫子何小寡人甚也！"对曰："臣何敢槁也！夫能自周于君者，才能皆非常也。夫藏大不诚于中者，必谨小诚于外，以成其大不诚。入则求君之嗜欲能顺之，公怨良臣，则具其往失而益之；出则行威以取富。夫何密近，不为大利变，而务与君至义者也？此难得其知也。"公曰："然则先圣奈何？"对曰："先圣之治也，审见宾客，听治不留，群臣皆得毕其诚，谗谀安得容其私！"公曰："然则夫子助寡人止之，寡人亦事勿用。"对曰："谗夫佞人之在君侧者，若社之有鼠也，谚言有之曰：'社鼠不可熏去。'谗佞之人，隐君之威以自守也，是难去焉。"

---

①繆事：当作"谋事"。

景公问后世孰将践有齐者晏子对以田氏第十五

景公与晏子立曲潢之上①，望见齐国。问晏子曰："后世孰将践有齐国者乎？"晏子对曰："非贱臣之所敢议也。"公曰："胡必然也？得者无失，则虞、夏常存矣。"晏子对曰："臣闻见不足以知之者，智也；先言而后当者，惠也②。夫智与惠，君子之事，臣奚足以知之乎？虽然，臣请陈其为政：君强臣弱，政之本也；君唱臣和，教之隆也；刑罚在君，民之纪也。今夫田无宇二世有功于国，而利取分寡③，公室兼之，国权专之，君臣易施，能无衰乎！婴闻之，臣富主亡。由是观之，其无宇之后无几，齐国，田氏之国也？婴老不能待公之事，公若即世④，政不在公室。"

公曰："然则奈何？"晏子对曰："维礼可以已之。其在礼也，家施不及国⑤，民不偷，货不移，工贾不变，士不滥，官不谄⑥，大夫不收公利。"

公曰："善。今知礼之可以为国也。"对曰："礼之可以为国也久矣，与天地并立。君令臣忠，父慈子孝，兄爱弟敬，夫和妻柔，姑慈妇听，礼之经也。君令而不违，臣忠而不二，父慈而教，子孝而箴⑦，兄爱而友，弟敬而顺，夫和而义，妻柔而贞，姑慈而从，妇听而婉，礼之质也。"

公曰："善哉！寡人乃今知礼之尚也⑧。"晏子曰："夫礼，先王之所以临天下也，以为其民，是故尚之。"

---

①潢：积水池。

②惠：同"慧"。

③取：同"聚"；易施：同"易移"。

④即世：去世。

⑤家：大夫的封邑。

⑥谄：当作"谞"，怠慢懒惰。

⑦箴：规劝。

⑧尚：重要。

晏子使吴吴王问君子之行晏子对以不与乱国俱灭第十六

晏子聘于吴，吴王问："君子之行何如？"晏子对曰："君顺怀之，政治归之，不怀暴君之禄，不居乱国之位，君子见兆则退，不与乱国俱灭，不与暴君偕亡。"

吴王问齐君慢暴君子何容焉晏子对以岂能以道食人第十七

晏子使吴，吴王曰："寡人得寄僻陋蛮夷之乡，希见教君子之行，请私而无为罪。"晏子蹴然辟位。吴王曰："吾闻齐君盖贼以慢①，野以暴，君子容焉，何甚也？"晏子遵而对曰："臣闻之，微事不通，粗事不能者，必劳；大事不得，小事不为者，必贫；大者不能致人，小者不能至人之门者，必困。此臣之所以仕也。如臣者，岂能以道食人者哉？"晏子出，王笑曰："嗟乎，今日吾讥晏子，訾犹保而高襟者也②。"

---

①慢（màn 曼）：傲慢。
②訾犹保而高襟者也：譬犹保而咎撅之义。"訾"乃"譬"字之误，"襟"乃"撅"字之误，"高"读为"咎"（从俞樾云说）。"撅"，揭衣。

司马子期问有不干君不恤民取名者乎晏子对以不仁也第十八

司马子期问晏子曰："上亦有不干君，不恤民，徒居无为而取名者乎？"晏子对曰："婴闻之，能足以赡上益民而不为者①，谓之不仁。不仁而取名者，婴未得闻之也。"

---

①赡：助也。

高子问子事灵公庄公景公皆敬子晏子对以一心第十九

高子问晏子曰："子事灵公、庄公、景公，皆敬子，三君之心一耶？夫子之心三也？"晏子对曰："善哉！问事君，婴闻一心可以事百君，三心不可以事一君。故三君之心非一也，而婴之心非三心也。且婴之于灵公也，尽复而不能立之政，所谓仅全其四支以从其君者也。及庄公，陈武夫尚勇力，欲辟胜于邪，而婴不能禁，故退而野处。婴闻之，言不用者，不受其禄，不治其事者，不与其难，吾于庄公行之矣。今之君，轻国而重乐，薄于民而厚于养，藉敛过量，使令过任，而婴不能禁，庸知其能全身以事君乎！"

晏子再治东阿上计景公迎贺晏子辞第二十

晏子治东阿，三年，景公召而数之曰："吾以子为可，而使子治东阿，今子治而乱，子退而自察也，寡人将加大诛于子。"晏子对曰："臣请改道易行而治东阿，三年不治，臣请死之。"景公许。于是明年上计①，景公迎而贺之曰："甚善矣！子之治东阿也。"晏子对曰："前臣之治东阿也，属托不行，货赂不至，陂池之鱼②，以利贫民。当此之时，民无饥，君反以罪臣。今臣后之东阿也，属托行，货赂至，并重赋敛，仓库少内，便事左右，陂池之鱼，入于权宗。当此之时，饥者过半矣，君乃反迎而贺。臣愚不能复治东阿，愿乞骸骨，避贤者之路。"再拜，便僻③。景公乃下席而谢之曰："子强复治东阿，东阿者，子之东阿也，寡人无复与焉。"

①计：帐簿。
②陂（bēi 杯）：池塘。
③僻：当作"辟"，避也。

太卜绐景公能动地晏子知其妄使卜自晓公第二十一

景公问太卜曰："汝之道何能？"对曰："臣能动地。"公召晏子而告之曰："寡人问太卜曰：'汝之道何能？'对曰：'能动地。'地可动乎？"晏子默然不对，出，见太卜曰："昔吾见钩星在四心之间①，地其动乎？"太卜曰："然。"晏子曰："吾言之，恐子死之也；默然不对，恐君之惶也。子言，君臣俱得焉。忠于君者岂必伤人哉！"晏子出，太卜走入见公，曰："臣非能动地，地固将动也。"陈子阳闻之，曰："晏子默而不对者，不欲太卜之死也；往见太卜者，恐君之惶也。晏子，仁人也，可谓忠上而惠下也。"

①昔：同"夕"。

有献书谮晏子退耕而国不治复召晏子第二十二

晏子相景公，其论人也，见贤而进之，不同君所欲；见不善则废之，不辟君所爱；行己而无私，直言而无讳。有纳书者曰："废置不周于君前①，谓之专；出言不讳于君前，谓之易②。专易之行存，则君臣之道废矣。吾不知晏子之为忠臣也。"公以为然。晏子入朝，公色不说，故晏子归，备载③，使人辞曰："婴故老悖无能，毋敢服壮者事。"辞而不为臣，退而穷处，东耕海滨，堂下生藜藋，门外生荆棘。七年，燕、鲁分争，百姓惛乱，而家无积。公自治国，权轻诸侯，身弱高、国。公恐，复召晏子。晏子至，公一归七年之禄，而家无藏。晏子立，诸侯忌其威，高、国服其政，燕、鲁贡职④，小国时朝。晏子没而后衰。

①不周：疑当作"不问"（从张纯一说）。一说"不合"，不协调。
②易：是"敭"字之假借，轻慢。
③备（fú 服）：给马备上鞍。
④职：贡品。

晏子使高纠治家三年而未尝弼过逐之第二十三

晏子使高纠治家，三年而辞焉。傧者谏曰："高纠之事夫子三年，曾无以爵位而逐之，敢请其罪。"晏子曰："若夫方立之人①，维圣人而已。如婴者，仄陋之人也②。若夫左婴右婴之人不举，四维将不正③。今此子事吾三年，未尝弼吾过也④，吾是以辞之。"

①方：道也。
②仄：同侧。
③四维：礼、义、廉、耻称四维。
④弼：纠正。

景公称桓公之封管仲益晏子邑辞不受第二十四

　　景公谓晏子曰:"昔吾先君桓公,予管仲狐与穀,其县十七,著之于帛,申之以策,通之诸侯,以为其子孙赏邑。寡人不足以辱而先君,今为夫子赏邑,通之子孙。"晏子辞曰:"昔圣王论功而赏贤,贤者得之,不肖者失之,御德修礼,无有荒怠。今事君而免于罪者,其子孙奚宜与焉? 若为齐国大夫者必有赏邑,则齐君何以共其社稷与诸侯币帛? 婴请辞。"遂不受。

景公使梁丘据致千金之裘晏子固辞不受第二十五

　　景公赐晏子狐之白裘,元豹之茈[1],其赀千金,使梁丘据致之。晏子辞而不受,三反。公曰:"寡人有此二,将欲服之。今夫子不受,寡人不敢服。与其闭藏之,岂如弊之身乎?"晏子曰:"君就赐,使婴修百官之政,君服之上,而使婴服之于下,不可以为教。"固辞而不受。

────────────

①茈:疑同訾。"衣訾"谓之襟(从刘师培说)。

晏子衣鹿裘以朝景公嗟其贫晏子称有饰第二十六

　　晏子相景公,布衣鹿裘以朝。公曰:"夫子之家,若此其贫也,是奚衣之恶也! 寡人不知,是寡人之罪也。"晏子对曰:"婴闻之,盖顾人而后衣食者,不以贪昧为非[1];盖顾人而后行者,不以邪僻为累。婴不肖,婴之族又不如婴也,待婴以祀其先人者五百家,婴又得布衣鹿裘而朝,于婴不有饰乎!"再拜而辞。

────────────

①昧:贪也。

仲尼称晏子行补三君而不有果君子也第二十七

　　仲尼曰:"灵公汙[1],晏子事之以整齐;庄公壮[2],晏子事之以宣武;景公奢,晏子事之以恭俭:君子也! 相三君而善不通下,晏子细人也。"晏子闻之,见仲尼曰:"婴闻君子有讥于婴,是以来见。如婴者,岂能以道食人者哉? 婴之宗族待婴而祀其先人者数百家,与齐国之闲士待婴而举火者数百家,臣为此仕者也。如臣者,岂能以道食人者哉!"晏子出,仲尼送之以宾客之礼,再拜其辱。反,命门弟子曰:"救民之姓而不夸[3],行补三君而不有,晏子果君子也。"

────────────

①汙(wū 乌):滥也。
②壮:当作"怯"。一说"壮"指匹夫之勇,与晏子宣扬的礼义之勇相对。
③姓:当作"生"。

晏子没左右谀弦章谏景公赐之鱼第二十八

晏子没十有七年，景公饮诸大夫酒。公射，出质①，堂上唱善，若出一口。公作色太息，播弓矢②。弦章入，公曰："章！自晏子没后，不复闻不善之事。"弦章对曰："君好之，则臣服之；君嗜之，则臣食之。尺蠖食黄则黄③，食苍则苍是也。"公曰："善。吾不食谄人以言也。"以鱼五十乘赐弦章。章归，鱼车塞途，抚其御之手曰："昔者晏子辞党以正君④，故过失不掩之。今诸臣谀以干利，吾若受鱼，是反晏子之义，而顺谄谀之欲。"固辞鱼不受。君子曰："弦章之廉，晏子之遗行也。"

---

①质：箭靶。

②播：丢弃。

③蠖（huò 或）：尺蠖蛾的幼虫，行动时身体向上弯成弧状。

④党：当作赏。

晏子春秋卷第八
外篇第八

仲尼见景公景公欲封之晏子以为不可第一

仲尼之齐，见景公，景公说之，欲封之以尔稽①。以告晏子，晏子对曰："不可。彼浩裾自顺②，不可以教下；好乐缓于民，不可使亲治；立命而建事，不可守职。厚葬破民贫国，久丧道哀费日，不可使子民。行之难者在内，而传者无其外，故异于服，勉于容，不可以道众而驯百姓。自大贤之灭，周室之卑也，威仪加多，而民行滋薄；声乐繁充，而世德滋衰。今孔丘盛声乐以侈世，饰弦歌鼓舞以聚徒；繁登降之礼，趋翔之节以观众；博学不可以仪世，劳思不可以补民，兼寿不能殚其教，当年不能究其礼③，积财不能赡其乐。繁饰邪术以营世君，盛为声乐以淫愚其民。其道也，不可以示世；其教也，不可以导民。今欲封之，以移齐国之俗，非所以导众存民也。"公曰："善。"于是厚其礼而留其封，敬见不问其道，仲尼乃行。

---

①尔稽：地名，尔同玺。

②浩裾：为"傲倨"之假借。

③当年：壮年。

景公上路寝闻哭声问梁丘据晏子对第二

景公上路寝，闻哭声，曰："吾若闻哭声，何为者也？"梁丘据对曰："鲁孔丘之徒鞠语者也。明于礼乐，审于服丧，其母死，葬埋甚厚，服丧三年，哭泣甚疾。"公曰："岂不可哉！"而色说之。晏子曰："古者圣人，非不知能繁登降之礼，制规矩之节，行表缀之数以教民①，以为烦人留日②，故制礼不羡于便事；非不知能扬干戚钟鼓竽瑟以劝众也，以为费财留工，故制乐不羡于和民③；非不知能累世殚国以奉死，哭泣处哀以持久也，而不为者，知其无补死者而深害生者，故不以导民。今品人饰礼烦事④，羡乐淫民，崇死以害生，三者，圣王之所禁也。贤人不用，德毁流俗，故三邪得行于世。是非贤不肖杂，上妄说邪，故好恶不足以导众。此三者，路世之政⑤，道事之教也⑥。公曷为不察，声受而色说之？"

①表缀：模范，楷模。
②留日：旷日，浪费时日。
③羡：超过。
④品：众多。品人：众人。
⑤路：同露，败也。
⑥道：当作瘅，病也。

仲尼见景公景公曰先生奚不见寡人宰乎第三

仲尼游齐，见景公。景公曰："先生奚不见寡人宰乎？"仲尼对曰："臣闻晏子事三君而得顺焉，是有三心，所以不见也。"仲尼出。景公以其言告晏子，晏子对曰："不然！婴为三心，三君为一心故，三君皆欲其国之安，是以婴得顺也。婴闻之，是而非之，非而是之，犹非也①。孔丘必据处此一心矣。"

①非：同诽。

仲尼之齐见景公而不见晏子子贡致问第四

仲尼之齐，见景公而不见晏子。子贡曰："见君不见其从政者，可乎？"仲尼曰："吾闻晏子事三君而顺焉，吾疑其为人。"晏子闻之，曰："婴则齐之世民也，不维其行，不识其过，不能自立也。婴闻之，有幸见爱，无幸见恶，诽谤为类，声响相应①，见行而从之者也。婴闻之，以一心事三君者，所以顺焉；以三心事一君者，不顺焉。今未见婴之行，而非其顺也。婴闻之，君子独立不惭于影，独寝不惭于魂。孔子拔树削迹，不自以为辱；穷陈、蔡，不自以为约；非人不得其故，是犹泽人之非斥斧，山人之非网罟也。出之其口，不知其困也。始吾望儒而贵之，今吾望儒而疑之。"仲尼闻之，曰："语有之：言发于尔②，不可止于远也；行存于身，不可掩于众也。吾窃议晏子而不中夫人之过，吾罪几矣！丘闻君子过人以为友，不及人以为师。今丘失言于夫子，讥之，是吾师也。"因宰我而谢焉③，然仲尼见之。

①响：回声。
②尔：同迩。
③宰我：孔子的学生。

景公出田顾问晏子若人之众有孔子乎第五

　　景公出田，寒，故以为浑①，犹顾而问晏子曰："若人之众，则有孔子焉乎？"晏子对曰："有孔子，焉则无有？若舜焉，则婴不识。"公曰："孔子之不逮舜为间矣②，曷为'有孔子，焉则无有？若舜焉，则婴不识'！"晏子对曰："是乃孔子之所以不逮舜。孔子行一节者也，处民之中，其过之识，况乎处君子中乎！舜者处民之中，则自齐乎士；处君子之中，则齐乎君子；上与圣人，则固圣人之林也。此乃孔子之所以不逮舜也。"

①浑：假借为"温"。
②间：远也。

仲尼相鲁景公患之晏子对以勿忧第六

　　仲尼相鲁①，景公患之，谓晏子曰："邻国有圣人，敌国之忧也。今孔子相鲁若何？"晏子对曰："君其勿忧。彼鲁君，弱主也；孔子，圣相也。君不如阴重孔子，设以相齐。孔子强谏而不听，必骄鲁而有齐，君勿纳也。夫绝于鲁，无主于齐，孔子困矣。"居期年，孔子去鲁之齐，景公不纳，故困于陈、蔡之间。

①仲尼相鲁：孔子任鲁国宰相。注：此时晏子已死去，故与史不符。

景公问有臣有兄弟而强足恃乎晏子对不足恃第七

　　景公问晏子曰："有臣而强，足恃乎？"晏子对曰："不足恃。""有兄弟而强，足恃乎？"晏子对曰："不足恃。"公忿然作色曰："吾今有恃乎？"晏子对曰："有臣而强，无甚如汤；有兄弟而强，无甚如桀。汤有弑其君，桀有亡其兄，岂以人为足恃哉，可以无亡也！"

景公游牛山少乐请晏子一愿第八

　　景公游于牛山，少乐，公曰："请晏子一愿。"晏子对曰："不，婴何愿？"公曰："晏子一愿。"对曰："臣愿有君而见畏①，有妻而见归，有子而可遗。"公曰："善乎！晏子之愿；载一愿②。"晏子对曰："臣愿有君而明，有妻而材，家不贫，有良邻。有君而明，日顺婴之行；有妻而材，则使婴不忘③；家不贫，则不惧朋友所识；有良邻，则日见君子：婴之愿也。"公曰："善乎！晏子之愿也。"晏子对曰："臣愿有君而可辅，有妻而可去，有子而可怒。"公曰："善乎！晏子之愿也。"

①畏：敬服。
②载：同再。
③忘：同妄。

景公为大钟晏子与仲尼柏常骞知将毁第九

景公为大钟，将悬之。晏子、仲尼、柏常骞三人朝，俱曰："钟将毁。"冲之，果毁。公召三子者而问之。晏子对曰："钟大，不祀先君而以燕，非礼，是以曰钟将毁。"仲尼曰："钟大而悬下，冲之其气下回而上薄，是以曰钟将毁。"柏常骞曰："今庚申，雷日也，音莫胜于雷，是以曰钟将毁也。"

田无宇非晏子有老妻晏子对以去老谓之乱第十

田无宇见晏子独立于闺内，有妇人出于室者，发班白①，衣缁布之衣而无里裘。田无宇讥之曰："出于室为何者也？"晏子曰："婴之家也。"无宇曰："位为中卿，田七十万，何以老为妻？"对曰："婴闻之，去老者，谓之乱，纳少者，谓之淫。且夫见色而忘义，处富贵而失伦，谓之逆道。婴可以有淫乱之行，不顾于伦，逆古之道乎？"

①班：同斑。

工女欲入身于晏子晏子辞不受第十一

有工女托于晏子之家焉者，曰："婢妾，东郭之野人也。愿得入身，比数于下陈焉。"晏子曰："乃今日而后自知吾不肖也！古之为政者，士农工商异居，男女有别而不通。故士无邪行，女无淫事。今仆托国主民，而女欲奔仆，仆必色见而行无廉也。"遂不见。

景公欲诛羽人晏子以为法不宜杀第十二

景公盖姣①，有羽人视景公僭者②。公谓左右曰："问之，何视寡人之僭也？"羽人对曰："言亦死，而不言亦死，窃姣公也。"公曰："合色寡人也③？杀之！"晏子不时而入见，曰："盖闻君有所怒羽人。"公曰："然。色寡人，故将杀之。"晏子对曰："婴闻拒欲不道，恶爱不祥。虽使色君，于法不宜杀也。"公曰："恶然乎！若使沐浴，寡人将使抱背。"

①姣：容貌美好。
②羽人：官名。
③合：同盍。

景公谓晏子东海之中有水而赤晏子详对第十三

景公谓晏子曰："东海之中，有水而赤，其中有枣，华而不实①，何也？"晏子对曰："昔者秦缪公乘龙舟而理天下，以黄布裹烝枣②，至东海而捐其布。破黄布，故水赤；烝枣，故华而不实。"公曰："吾详问子何为③？"对曰："婴闻之，详问者，亦详对之也。"

———

①华：同花。

②烝枣：蒸熟的枣。

③详：同佯，诈也。

景公问天下有极大极细晏子对第十四

景公问晏子曰："天下有极大乎？"晏子对曰："有。足游浮云，背凌苍天，尾偃天间，跃啄北海，颈尾咳于天地乎①！然而潦潦不知六翮之所在②。"公曰："天下有极细乎？"晏子对曰："有。东海有虫，巢于蚊睫，再乳再飞，而蚊不为惊。臣婴不知其名，而东海渔者曰焦冥。"

———

①咳：同阂，隔开。

②潦潦：同寥寥，广阔无际。翮（hé禾）：鸟的翅膀。

庄公图莒国人扰绐以晏子在乃止第十五

庄公阖门而图莒，国人以为有乱也，皆操长兵而立于间①。公召睢休相而问曰："寡人阖门而图莒，国人以为有乱，皆摽长兵而立于衢闾②，奈何？"休相对曰："诚无乱而国以为有，则仁人不存。请令于国，言晏子之在也。"公曰："诺。"以令于国："孰谓国有乱者，晏子在焉。"然后皆散兵而归。君子曰："夫行不可不务也。晏子存而民心安，此非一日之所为也，所以见于前信于后者。是以晏子立人臣之位，而安万民之心。"

———

①立于间：当作"立于衢间"。

②摽：当作"操"。

晏子死景公驰往哭哀毕而去第十六

景公游于菑，闻晏子死，公乘侈舆服繁驵驱之①。而因为迟，下车而趋；知不若车之速，则又乘。比至于国者，四下而趋，行哭而往，伏尸而号，曰："子大夫日夜责寡人，不遗尺寸，寡人犹且淫泆而不收②，怨罪重积于百姓。今天降祸于齐，不加于寡人，而加于夫子，齐国之社稷危矣，百姓将谁告夫！"

———

①乘侈舆：当作侈乘舆。侈同趋，促也；繁驵：骏马。

②泆（yì易）：放荡，淫乱。

晏子死景公哭之称莫复陈告吾过第十七

　　晏子死，景公操玉加于晏子而哭之，涕沾襟。章子谏曰："非礼也。"公曰："安用礼乎？昔者吾与夫子游于公邑之上，一日而三不听寡人，今其孰能然乎！吾失夫子则亡，何礼之有？"免而哭①，哀尽而去。

---

　　①免：同绖，古代丧服之一。

墨　子

卷　一

亲士第一

入国而不存其士①，则亡国矣；见贤而不急②，则缓其君矣。非贤无急，非士无与虑国。缓贤忘士，而能以其国存者，未曾有也。

昔者文公出走而正天下，桓公去国而霸诸侯，越王勾践遇吴王之丑③，而尚摄中国之贤君④。三子之能达名成功于天下也，皆于其国抑而大丑也。太上无败，其次败而有以成，此之谓用民。

吾闻之曰："非无安居也，我无安心也；非无足财也，我无足心也。"是故君子自难而易彼，众人自易而难彼。君子进不败其志，内究其情，虽杂庸民，终无怨心，彼有自信者也。是故为其所难者，必得其所欲焉；未闻为其所欲，而免其所恶者也。是故逼臣伤君，谄下伤上。君必有弗弗之臣⑤，上必有诤诤之下⑥。分议者延延⑦，而支苟者诤诤焉⑧，可以长生保国。

臣下重其爵位而不言，近臣则喑⑨，远臣则唫⑩，怨结于民心，谄谀在侧，善议障塞，则国危矣。桀纣不以其无天下之士邪？杀其身而丧天下。故曰：归国宝不若献贤而进士。

今有五锥⑪，此其铦⑫，铦者必先挫；有五刀，此其错⑬，错者必先靡⑭。是以甘井近竭，招木近伐⑮，灵龟近灼，神蛇近暴⑯。是故比干之殪⑰，其抗也；孟贲之杀，其勇也；西施之沈，其美也；吴起之裂，其事也。故彼人者，寡不死其所长。故曰：太盛难守也。

故虽有贤君，不爱无功之臣；虽有慈父，不爱无益之子。是故不胜其任而处其位，非此位之人也；不胜其爵而处其禄，非此禄之主也。良弓难张，然可以及高入深；良马难乘，然可以任重致远；良才难令，然可以致君见尊。是故江河不恶小谷之满己也，故能大；圣人者，事无辞也，物无违也，故能为天下器⑱。是故江河之水，非一源之水也；千镒之裘⑲，非一狐之白也。夫恶有同方取不取同而己者乎？盖非兼王之道也。是故天地不昭昭，大水不潦潦，大火不燎燎，王德不尧尧者⑳，乃千人之长也。其直如矢，其平如砥，不足以覆万物。是故溪陕者速涸，逝浅者速竭㉑，墝埆者其地不育㉒，王者淳泽㉓，不出宫中，则不能流国矣。

---

①国：此处指朝廷。

②急：着急。

③丑：耻辱。

④摄：通"慑"，畏服。

⑤弗弗：犯颜敢谏的样子。

⑥诤诤（è，音鄂）：争辩不绝的样子。

⑦延延：很长的样子。

⑧支苟：当是"致敬"之伪。

⑨喑（yīn，音音）同"瘖"，不能言。

⑩唫（yín，音寅）：古"吟"字，叹息。

⑪锥：锥子。

⑫铦（xiān，音先）：锋利。

⑬错：被磨锋利的。

⑭靡：磨钝。

⑮招：当为"乔"字，音近相通。

⑯暴（pù，音曝）：晒。

⑰殪（yì，音义）：死亡。

⑱器：人才。

⑲镒（yì，音义）：古代重量单位，合二十两。

⑳尧尧：高耸的样子。

㉑逝：疑为"游"字，水流之意。

㉒垯埆（qiāo què，音敲确）：土地坚硬薄瘠。

㉓淳泽：淳厚的恩泽。

修 身 第 二

　　君子战虽有陈①，而勇为本焉；丧虽有礼，而衰为本焉；士虽有学，而行为本焉。是故置本不安者，无务丰末；近者不亲，无务来远；亲戚不附，无务外交；事无终始，无务多业；举物而闇②，无务博闻。

　　是故先王之治天下也，必察迩来远。君子察迩而迩修者也。见不修行见毁③，而反之身者也，此以怨省而行修矣。谮慝之言，无入之耳④；批扞之声，无出之口⑤；杀伤人之孩，无存之心。虽有诋讦之民，无所依矣⑥。

　　故君子力事日强，愿欲日逾⑦，设壮日盛⑧。君子之道也，贫则见廉，富则见义，生则见爱，死则见哀。四行者不可虚假，反之身者也。藏于心者，无从以竭爱，动于身者无以竭恭，出于口者无以竭驯。畅之四支，接之肌肤，华发隳颠⑨，而犹弗舍者，其唯圣人乎！

　　志不强者智不达，言不信者行不果。据财不能以分人者，不足与友；守道不笃、遍物不博、辩是非不察者，不足与游。本不固者末必几，雄而不修者其后必惰，原浊者流不清，行不信者名必耗⑩。名不徒生，而誉不自长，功成名遂。名誉不可虚假，反之身者也。

　　务言而缓行，虽辩必不听；多力而伐功，虽劳必不图。慧者心辩而不繁说，多力而不伐功，此以名誉扬天下。言无务为多而务为智，无务为文而务为察。故彼智无察，在身而情⑪，反其路者也。

　　善无主于心者不留，行莫辩于身者不立，名不可简而成也，誉不可巧而立也，君子以身戴行者也。思利寻焉⑫，忘名忽焉，可以为士于天下者，未尝有也。

———

①陈：同"阵"。

②闇：同"暗"。

③此句意为：表现出没有修养，就会被诽谤。

④谮慝（tè，音特）：中伤。

⑤扞（hàn，音汉）：违犯。

⑥讦（jié，音洁）：指责。

⑦愿欲：意愿，欲望。

⑧设壮：疑作"饰庄"。

⑨隳（huī，音灰）颠：秃顶。

⑩耗（hào，音浩）：败坏。

⑪情：疑为"惰"字。

⑫寻：重。

所 染 第 三

子墨子言见染丝者而叹，曰："染于苍则苍，染于黄则黄，所入者变，其色亦变，五入必，而已则为五色矣！故染不可不慎也！"

非独染丝然也，国亦有染。舜染于许由、伯阳，禹染于皋陶、伯益，汤染于伊尹、仲虺①，武王染于太公、周公。此四王者所染当，故王天下。立为天子，功名蔽天地。举天下之仁义显人，必称此四王者。

夏桀染于干辛、推哆，殷纣染于崇侯、恶来，厉王染于厉公长父、荣夷终，幽王染于傅公夷、蔡公穀②。此四王者，所染不当，故国残身死，为天下僇③。举天下不义辱人，必称此四王者。

齐桓染于管仲、鲍叔，晋文染于舅犯、高偃，楚庄染于孙叔、沈尹，吴阖闾染于伍员、文义④，越勾践染于范蠡、大夫种。此五君者所染当，故霸诸侯，功名传于后世。

范吉射染于长柳朔、王胜，中行寅染于籍秦、高强，吴夫差染于王孙雒、太宰嚭⑤，知伯摇染于智国、张武，中山尚染于魏义、偃长，宋康染于唐鞅、佃不礼。此六君者所染不当，故国家残亡，身为刑戮，宗庙破灭，绝无后类，君臣离散，民人流亡。举天下之贪暴苛扰者，必称此六君也。凡君之所以安者，何也？以其行理也，行理性于染当。

故善为君者，劳于论人，而佚于治官。不能为君者，伤形费神，愁心劳意，然国逾危，身逾辱。此六君者，非不重其国爱其身也，以不知要故也。不知要者，所染不当也。

非独国有染也，士亦有染。其友皆好仁义，淳谨畏令，则家日益，身日安，名日荣，处官得其理矣，则段干木、禽子、傅说之徒是也；其友皆好矜奋⑥，创作比周，则家日损，身日危，名日辱，处官失其理矣，则子西、易牙、竖刀之徒是也。诗曰："必择所堪，必谨所堪"者⑦，此之谓也。

---

①仲虺（huǐ，音悔）：人名。

②蔡公穀（gǔ，音鼓）：人名。

③僇（lù，音路）：耻辱。

④阖闾（hé，lú，音盒驴）：人名，吴王。

⑤太宰嚭（pǐ，音痞）：人名。

⑥矜奋：骄矜兴奋。

⑦堪：疑为"湛"之误，染渍。

法 仪 第 四

子墨子曰："天下从事者不可以无法仪，无法仪而其事能成者，无有也。虽至士之为将相者，皆有法；虽至百工从事者，亦皆有法。百工为方以矩，为圆以规，直以绳，正以县。无巧工不巧工，皆以此五者为法。巧者能中之，不巧者虽不能中，放依以从事①，犹逾己。故百工从事，皆有法所度。今大者治天下，其次治大国，而无法所度，此不若百工，辩也②。"

　　然则奚以为治法而可？当皆法其父母，奚若？天下之为父母者众，而仁者寡。若皆法其父母，此法不仁也。法不仁，不可以为法。当皆法其学，奚若？天下之为学者众，而仁者寡。若皆法其学，此法不仁也。法不仁，不可以为法。当皆法其君，奚若？天下之为君者众，而仁者寡。若皆法其君，此法不仁也。法不仁，不可以为法。故父母、学、君三者，莫可以为治法。

　　然则奚以为治法而可？故曰莫若法天。天之行广而无私，其施厚而不德，其明久而不衰，故圣王法之。既以天为法，动作有为必度于天。天之所欲则为之，天所不欲则止。然而天何欲何恶者也？天必欲人之相爱相利，而不欲人之相恶相贼也。奚以知天之欲人之相爱相利，而不欲人之相恶相贼也？以其兼而爱之、兼而利之也。奚以知天兼而爱之、兼而利之也？以其兼而有之、兼而食之也。今天下无大小国，皆天之邑也；人无幼长贵贱，皆天之臣。此以莫不犓羊③、豢犬猪，絜为酒醴粢盛④，以敬事天，此不为兼而有之、兼而食之邪？天苟兼而有食之，夫奚说以不欲人之相爱相利也！故曰爱人利人者，天必福之；恶人贼人者，天必祸之。曰杀不辜者，得不祥焉。夫奚说人为其相杀而天与祸乎？是以知天欲人相爱相利，而不欲人相恶相贼也。

　　昔之圣王禹汤文武，兼爱天下之百姓，率以尊天事鬼。其利人多，故天福之，使立为天子，天下诸侯皆宾事之⑤。暴王桀纣幽厉，兼恶天下百姓，率以诟天侮鬼。其贼人多，故天祸之，使遂失其国家，身死为僇于天下。后世子孙毁之，至今不息。故为不善以得祸者，桀、纣、幽、厉是也；爱人利人以得福者，禹、汤、文、武是也。爱人利人以得福者，有矣；恶人贼人以得祸者，亦有矣。

---

①放依：仿照，依照。

②辩：明白了。

③犓（chú，音锄）：养。

④絜：同"洁"。醴（lǐ，音里）：甜酒。粢（zī，音资）：祭祀之谷。

⑤宾：敬奉。

七患第五

　　子墨子曰："国有七患，七患者何？城郭沟池不可守，而治宫室，一患也；边国至境四邻莫救，二患也；先尽民力无用之功，赏赐无能之人，民力尽于无用，财宝虚于待客，三患也；仕者持禄，游者爱佼①，君修法讨臣，臣慑而不敢拂，四患也；君自以为圣智而不问事，自以为安强而无守备，四邻谋之不知戒，五患也；所信者不忠，所忠者不信，六患也；畜种菽粟不足以食之，大臣不足以事之，赏赐不能喜，诛罚不能威，七患也。以七患居国②，必无社稷；以七患守城，敌至国倾。七患之所当，国必有殃。

　　凡五谷者，民之所仰也③，君之所以为养。故民无仰则君无养，民无食则不可事。故食不可不务也，地不可不力也，用不可不节也。五谷尽收，则五味尽御于主，不尽收则不尽御。一谷不收谓之馑④，二谷不收谓之旱，三谷不收谓之凶，四谷不收谓之馈，五谷不收谓之饥。岁馑，则仕者大夫以下皆损禄五分之一；旱，则损五分之二；凶，则损五分之三；馈，则损五分之四；饥，则尽无禄禀食而已矣⑤。故凶饥存乎国，人君彻鼎食五分之五，大夫彻县，士不入学，君朝之衣不革制，诸侯之客，四邻之使，雍食而不盛⑥，彻骖騑⑦，涂不芸⑧，马不食粟，婢妾不衣帛。此告不足之至也。

今有负其子而汲者，队其子于井中，其母必从而道之。今岁凶、民饥、道饿，重其子此疚于队⑨，其可无察邪？故时年岁善，则民仁且良；时年岁凶，则民吝且恶。夫民何常此之有？为者疾⑩，食者众，则岁无丰。故曰财不足则反之时，食不足则反之用。故先民以时生财。固本而用财，则财足。故虽上世之圣王，岂能使五谷常收，而旱水不至哉？然而无冻饿之民者，何也？其力时急，而自养俭也。故《夏书》曰：'禹七年水'，《殷书》曰：'汤五年旱'，此其离凶饿甚矣。然而民不冻饿者，何也？其生财密，其用之节也。

故仓无备粟，不可以待凶饥；库无备兵，虽有义不能征无义；城郭不备全，不可以自守；心无备虑，不可以应卒⑪。是若庆忌无去之心，不能轻出。夫桀无待汤之备，故放⑫；纣无待武之备，故杀。桀、纣贵为天子，富有天下，然而皆灭亡于百里之君者，何也？有富贵而不为备也。故备者国之重也，食者国之宝也，兵者国之爪也，城者所以自守也，此三者国之具也。故曰以其极赏，以赐无功；虚其府库，以备车马衣裘奇怪⑬；苦其役徒，以治宫室观乐；死又厚为棺椁⑭，多为衣裘；生时治台榭，死又修坟墓。故民苦于外，府库单于内；上不厌其乐，下不堪其苦。故国离寇敌则伤⑮，民见凶饥则亡，此皆备不具之罪也。且夫食者，圣人之所宝也。故《周书》曰：'国无三年之食者，国非其国也；家无三年之食者，子非其子也。'此之谓国备。"

---

①佼：同"交"。

②居国：在国家中。

③仰：仰仗。

④馑（jǐn，音谨）：饥荒。

⑤稟食：稍有食而没有俸禄。

⑥雍食：疑为"雍飧"，待客之饭食。

⑦彻骖騑（cān fēi，音参非）：去掉外面四马，使两马驾车。

⑧涂不芸："涂"即"途"字，芸指修理，此句意为道路不修。

⑨此句当为"此疚重于队其子"，"队"同"坠"。

⑩疾：当为"寡"。

⑪卒：同"猝"。

⑫放：放逐。

⑬奇怪：稀奇之物。

⑭椁（guǒ，音果）：古棺两层，椁为外层。

⑮离：同"罹"，遭遇，碰上。

辞过第六

子墨子曰："古之民未知为宫室时，就陵阜而居①，穴而处，下润湿伤民，故圣王作为宫室。为宫室之法，曰：'室高足以辟润湿，边足以圉风寒②，上足以待雪霜雨露，宫墙之高足以别男女之礼。'谨此则止。凡费财劳力，不加利者，不为也。役③，修其城郭，则民劳而不伤；以其常正，收其租税，则民费而不病。民所苦者非此也，苦于厚作敛于百姓。是故圣王作为宫室，便于生，不以为观乐也；作为衣服带履，便于身，不以为辟怪也④。故节于身，诲于民，是以天下之民可得而治，财用可得而足。

当今之主，其为宫室则与此异矣。必厚作敛于百姓，暴夺民衣食之财，以为宫室台榭曲直之望、青黄刻镂之饰。为宫室若此，故左右皆法象之。是以其财不足以待凶饥，振孤寡⑤，故国贫而民难治也。君实欲天下之治而恶其乱也，当为宫室不可不节。

古之民未知为衣服时，衣皮带茭⑥，冬则不轻而温，夏则不轻而凊。圣王以为不中人之情，故作诲，妇人治丝麻，梱布绢，以为民衣。为衣服之法：'冬则练帛之中，足以为轻且暖；夏则絺绤之中⑦，足以为轻且凊。'谨此则止。故圣人之为衣服，适身体，和肌肤而足矣，非荣耳目而观愚民也。

当是之时，坚车良马不知贵也，刻镂文采不知喜也。何则？其所道之然。故民衣食之财，家足以待旱水凶饥者，何也？得其所以自养之情，而不感于外也。是以其民俭而易治，其君用财节而易赡也。府库实满，足以待不然；兵革不顿，士民不劳，足以征不服。故霸王之业可行于天下矣。

当今之主，其为衣服，则与此异矣。冬则轻暖，夏则轻凊，皆已具矣。必厚作敛于百姓，暴夺民衣食之财，以为绵绣文采靡曼之衣。铸金以为钩，珠玉以为珮，女工作文采，男工作刻镂，以为身服。此非云益暖之情也，单财劳力，毕归之于无用也。以此观之，其为衣服，非为身体，皆为观好。是以其民淫僻而难治，其君奢侈而难谏也。夫以奢侈之君御好淫僻之民，欲国无乱不可得也。君实欲天下之治而恶其乱，当为衣服不可不节。

古之民未知为饮食时，素食而分处。故圣人作诲，男耕稼树艺，以为民食。其为食也，足以增气充虚，强体适腹而已矣。故其用财节，其自养俭，民富国治。

今则不然，厚作敛于百姓，以为美食刍豢⑧。蒸炙鱼鳖，大国累百器，小国累十器，前方丈。目不能遍视，手不能遍操，口不能遍味。冬则冻冰，夏则饰饐⑨。人君为饮食如此，故左右象之。是以富贵者奢侈，孤寡者冻馁。虽欲无乱，不可得也。君实欲天下治而恶其乱，当为食饮不可不节。

古之民未知为舟车时，重任不移，远道不至。故圣王作为舟车，以便民之事。其为舟车也，全固轻利⑩，可以任重致远。其为用财少，而为利多，是以民乐而利之。法令不急而行，民不劳而上足用，故民归之。

当今之主，其为舟车与此异矣。全固轻利皆已具，必厚作敛于百姓，以饰舟车。饰车以文采，饰舟以刻镂。女子废其纺织而修文采，故民寒；男子离其耕稼而修刻镂，故民饥。人君为舟车若此，故左右象之。是以其民饥寒并至，故为奸邪。奸邪多则刑罚深，刑罚深则国乱。君实欲天下之治而恶其乱，当为舟车不可不节。

凡回于天地之间⑪，包于四海之内，天壤之情，阴阳之和，莫不有也。虽至圣不能更也。何以知其然？圣人有传：天地也，则曰上下；四时也，则曰阴阳；人情也，则曰男女；禽兽也，则曰牡牝雄雌也。真天壤之情，虽有先王不能更也。虽上世至圣，必蓄私不以伤行，故民无怨；宫无拘女，故天下无寡夫。内无拘女，外无寡夫，故天下之民众。

当今之君，其蓄私也，大国拘女累千，小国累百。是以天下之男多寡无妻，女多拘无夫。男女失时，故民少。君实欲民之众而恶其寡，当蓄私不可不节。

凡此五者，圣人之所俭节也，小人之所淫佚也。俭节则昌，淫佚则亡，此五者不可不节。夫妇节而天地和，风雨节而五谷孰⑫，衣服节而肌肤和。"

①陵阜：山丘。

②围：同"御"。

③役：前脱"以其常"三字。

④辟怪:"辟"同"僻",指奇异装束。

⑤振:同"赈"。

⑥茭(jiāo,音焦):草编的绳索。

⑦绤(chī,音痴):细葛布。 绤(xì,音隙):粗葛布。

⑧刍豢:家畜。

⑨饰饐(yì,音意):饰许是"餲"(ài,音爱)字。二字合义为食物馊坏。

⑩全:完备。

⑪回:运转。

⑫孰:同"熟"。

三辩第七

程繁问于子墨子曰:"夫子曰:'圣王不为乐。'昔诸侯倦于听治,息于钟鼓之乐;士大夫倦于听治,息于竽瑟之乐;农夫春耕夏耘,秋敛冬藏,息于聆缶之乐①。今夫子曰:'圣王不为乐。'此譬之犹马驾而不税②,弓张而不弛,无乃非有血气者之所不能至邪?"

子墨子曰:"昔者尧舜有茅茨者,且以为礼,且以为乐;汤放桀于大水,环天下自立以为王,事成功立,无大后患,因先王之乐,又自作乐,命曰《护》③,又修《九招》;武王胜殷杀纣,环天下自立以为王,事成功立,无大后患,因先王之乐,又自作乐,命曰《象》;周成王因先王之乐,又自作乐,命曰《驺虞》。周成王之治天下也,不若武王;武王之治天下也,不若成汤;成汤之治天下也,不若尧舜。故其乐逾繁者,其治逾寡。自此观之,乐非所以治天下也。"

程繁曰:"子曰:'圣王无乐',此亦乐已,若之何其谓圣王无乐也?"

子墨子曰:"圣王之命也,多寡之。食之利也,以知饥而食之者智也,因为无智矣。今圣有乐而少,此亦无也。"

①聆:疑当为"铃"。

②税:同"脱"。

③护(hù,音户):乐名。

④驺(zōu,音邹):乐名。

卷 二

尚贤上第八

子墨子言曰:"今者王公大人为政于国家者,皆欲国家之富,人民之众,刑政之治。然而不得富而得贫,不得众而得寡,不得治而得乱。则是本失其所欲,得其所恶,是其故何也?"

子墨子言曰:"是在王公大人为政于国家者,不能以尚贤事能为政也。是故国有贤良之士众,则国家之治厚;贤良之士寡,则国家之治薄。故大人之务,将在于众贤而已。"

曰：“然则众贤之术将奈何哉？”

子墨子言曰：“譬若欲众其国之善射御之士者，必将富之，贵之，敬之，誉之。然后国之善射御之士，将可得而众也。况又有贤良之士厚乎德行，辩乎言谈，博乎道术者乎。此固国家之珍，而社稷之佐也。亦必且富之，贵之，敬之，誉之。然后国之良士，亦将可得而众也。

是故古者圣王之为政也，言曰：‘不义不富，不义不贵，不义不亲，不义不近。’是以国之富贵人闻之，皆退而谋曰：‘始我所恃者，富贵也。今上举义不辟贫贱，然则我不可不为义。’亲者闻之，亦退而谋曰：‘始我所恃者，亲也。今上举义不辟疏，然则我不可不为义。’近者闻之，亦退而谋曰：‘始我所恃者，近也。今上举义不避远，然则我不可不为义。’远者闻之，亦退而谋曰：‘我始以远为无恃。今上举义不辟远，然则我不可不为义。’逮至远鄙郊外之臣、门庭庶子①、国中之众、四鄙之萌人闻之②，皆竞为义。是其故何也？曰：上之所以使下者，一物也；下之所以事上者，一术也。譬之富者有高墙深宫，墙立既，谨上为凿一门。有盗人入，阖其自入而求之，盗其无自出。是其故何也？，则上得要也。

故古者圣王之为政，列德而尚贤。虽在农与工肆之人，有能则举之。高予之爵，重予之禄，任之以事，断予之令。曰：‘爵位不高则民弗敬，蓄禄不厚则民不信，政令不断则民不畏’。举三者授之贤者，非为贤赐也，欲其事之成。故当是时，以德就列，以官服事，以劳殿赏③，量功而分禄。故官无常贵，而民无终贱。有能则举之，无能则下之。举公义，辟私怨，此若言之谓也。故古者尧举舜于服泽之阳，授之政，天下平；禹举益于阴方之中，授之政，九州成；汤举伊尹于庖厨之中，授之政，其谋得；文王举闳夭泰颠于罝罔之中④，授之政，西土服。故当是时，虽在于厚禄尊位之臣，莫不敬惧而施；虽在农与工肆之人，莫不竞劝而尚意。故士者所以为辅相承嗣也。故得士则谋不困，体不劳，名立而功成，美章而恶不生⑤，则由得士也。”

是故子墨子言曰：“得意贤士不可不举，不得意贤士不可不举。尚欲祖述尧舜禹汤之道，将不可以不尚贤。夫尚贤者，政之本也。”

---

①门庭庶子：宿卫宫廷的官吏子弟。

②萌：“氓”字的假借字。

③殿：定。

④罝（jū，音居）：捕兽的网。

⑤章：通“彰”字。

尚贤中第九

子墨子言曰：“今王公大人之君人民，主社稷，治国家，欲修保而勿失，故不察尚贤为政之本也①！何以知尚贤之为政本也？曰自贵且智者，为政乎愚且贱者，则治；自愚贱者，为政乎贵且智者，则乱。是以知尚贤之为政本也。故古者圣王甚尊尚贤而任使能，不党父兄，不偏贵富，不嬖颜色②。贤者举而上之，富而贵之，以为官长；不肖者抑而废之，贫而贱之，以为徒役。是以民皆劝其赏，畏其罚，相率而为贤者。以贤者众，而不肖者寡，此谓进贤。然后圣人听其言，迹其行③，察其所能，而慎予官，此谓事能。故可使治国者，使治国；可使长官者，使长官；可使治邑者，使治邑。凡所使治国家、官府、邑里，此皆国之贤者也。

贤者之治国也，蚤朝晏退④，听狱治政，是以国家治而刑法正。贤者之长官也，夜寝夙兴，收敛关市、山林、泽梁之利，以实官府。是以官府实而财不散。贤者之治邑也，蚤出莫入，耕稼、树艺⑤、聚菽粟，是以菽粟多而民足乎食。故国家治则刑法正，官府实则万民富。上有以絜为酒醴粢盛，以祭祀天鬼；外有以为皮币⑥，与四邻诸侯交接；内有以食饥息劳，将养其万民；外有以怀天下之贤人。是故上者天鬼富之，外者诸侯与之，内者万民亲之，贤人归之。以此谋事则得，举事则成，入守则固，出诛则强。故唯昔三代圣王尧、舜、禹、汤、文、武，之所以王天下正诸侯者，此亦其法已。

既曰若法，未知所以行之术，则事犹若未成。是以必为置三本。何谓三本？曰爵位不高则民不敬也，蓄禄不厚则民不信也，政令不断则民不畏也。故古圣王高予之爵，重予之禄，任之以事，断予之令。夫岂为其臣赐哉，欲其事之成也。《诗》曰：'告女忧恤，诲女予爵，孰能执热，鲜不用濯⑦？'则此语古者国君诸侯之不可以不执善，承嗣辅佐也。譬之犹执热之有濯也，将休其手焉。古者圣王唯毋得贤人而使之，般爵以贵之⑧，裂地以封之，终身不厌。贤人唯毋得明君而事之，竭四肢之力以任君之事，终身不倦。若有美善则归之上，是以美善在上而所怨谤在下，宁乐在君，忧戚在臣。故古者圣王之为政若此。

今王公大人亦欲效人以尚贤使能为政，高予之爵，而禄不从也。夫高爵而无禄，民不信也。曰：'此非中实爱我也，假藉⑨而用我也。'夫假藉之民，将岂能亲其上哉！故先王言曰：'贪于政者不能分人以事，厚于货者不能分人以禄。'事则不与，禄则不分，请问天下之贤人将何自至乎王公大人之侧哉？若苟贤者不至乎王公大人之侧，则此不肖者在左右也。不肖者在左右，则其所誉不当贤，而所罚不当暴。王公大人尊此以为政乎国家，则赏亦必不当贤，而罚亦必不当暴。若苟赏不当贤而罚不当暴，则是为贤者不劝而为暴者不沮矣。是以入则不慈孝父母，出则不长弟乡里⑩，居处无节，出入无度，男女无别。使治官府则盗窃，守城则倍畔⑪，君有难则不死，出亡则不从。使断狱则不中，分财则不均，与谋事不得，举事不成，入守不固，出诛不强。故虽昔者三代暴王桀纣幽厉之所以失措其国家，倾覆其社稷者，已此故也。何则？皆以明小物而不明大物也。

今王公大人，有一衣裳不能制也，必藉良工；有一牛羊不能杀也，必藉良宰。故当若之二物者，王公大人未知以尚贤使能为政也⑫。逮至其国家之乱，社稷之危，则不知使能以治之，亲戚则使之，无故富贵、面目佼好则使之。夫无故富贵、面目佼好则使之，岂必智且有慧哉？若使之治国家，则此使不智慧者治国家也，国家之乱既可得而知已。且夫王公大人有所爱其色而使，其心不察其知而与其爱。是故不能治百人者，使处乎千人之官；不能治千人者，使处乎万人之官。此其故何也？曰处若官者爵高而禄厚，故爱其色而使之焉。夫不能治千人者，使处乎万人之官，则此官什倍也。夫治之法将日至者也，日以治之，日不什修，知以治之，知不什益。而予官什倍，则此治一而弃其九矣。虽日夜相接以治若官，官犹若不治，此其故何也？则王公大人不明乎以尚贤使能为政也。故以尚贤使能为政而治者，夫若言之谓也；以下贤为政而乱者，若吾言之谓也。

今王公大人中实将欲治其国家，欲修保而勿失，胡不察尚贤为政之本也？且以尚贤为政之本者，亦岂独子墨子之言哉！此圣王之道、先王之书、距年之言也⑬。传曰：'求圣君哲人，以裨辅而身'。《汤誓》曰：'聿求元圣，与之戮力同心，以治天下。'则此言圣之不失以尚贤使能为政也。故古者圣王唯能审以尚贤使能为政，无异物杂焉，天下皆得其利。古者舜耕历山，陶河濒⑭，渔雷泽。尧得之服泽之阳，举以为天子，与接天下之政，治天下之民。伊挚，有莘氏女之私臣，亲为庖人。汤得之，举以为己相，与接天下之政，治天下之民。傅说被褐带索，庸筑乎傅岩⑮。武丁得之，举以为三公，与接天下之政，治天下之民。此何故始贱卒而贵，始贫卒而富？则王公大人明乎以尚贤使能为政。是以民无饥而不得食，寒而不得衣，劳而不得息，乱而不得治者。

　　故古圣王以审以尚贤使能为政，而取法于天。虽天亦不辩贫富、贵贱、远迩、亲疏，贤者举而尚之，不肖者抑而废之。然则富贵为贤，以得其赏者，谁也？曰若昔者三代圣王尧、舜、禹、汤、文、武者是也。所以得其赏，何也？曰其为政乎天下也，兼而爱之，从而利之，又率天下之万民以尚尊天、事鬼、爱利万民。是故天鬼赏之，立为天子，以为民父母，万民从而誉之曰'圣王'，至今不已。则此富贵为贤，以得其赏者也。

　　然则富贵为暴，以得其罚者，谁也？曰若昔者三代暴王桀、纣、幽、厉者是也。何以知其然也？曰其为政乎天下也，兼而憎之，从而贼之，又率天下之民以诟天侮鬼，贼傲万民。是故天鬼罚之，使身死而为刑戮，子孙离散，室家丧灭，绝无后嗣，万民从而非之曰'暴王'，至今不已。则此富贵为暴，而以得其罚者也。

　　然则亲而不善，以得其罚者，谁也？曰若昔者伯鲧⑯，帝之元子，废帝之德庸⑰。既及刑之于羽之郊，乃热照无有及也，帝亦不爱。则此亲而不善以得其罚者也。

　　然则天之所使能者，谁也？曰若昔者禹、稷、皋陶是也。何以知其然也？先王之书《吕刑》道之曰：'皇帝清问下民⑱，有辞有苗。曰群后之肆在下，明明不常⑲，鳏寡不盖⑳，德威维威，德明维明。乃名三后，恤功于民，伯夷降典，哲民维刑；禹平水土，主名山川；稷隆播种，农殖嘉谷。三后成功，维假于民。'则此言三圣人者，谨其言，慎其行，精其思虑，索天下之隐事遗利。以上事天，则天乡其德㉑；下施之万民，万民被其利。终身无已。

　　故先王之言曰：'此道也，大用之天下则不窕㉒，小用之则不困，修用之则万民被其利。终身无已。'《周颂》道之曰：'圣人之德，若天之高，若地之普，其有昭于天下也；若地之固，若山之承，不坏不崩；若日之光，若月之明，与天地同常。'则此言圣人之德，章明博大，埴固㉓，以修久也。故圣人之德盖总乎天地者也。

　　今王公大人欲王天下，正诸侯，夫无德义将何以哉？其说将必挟震威强。今王公大人将焉取挟震威强哉？倾者民之死也㉔。民生为甚欲，死为甚憎，所欲不得而所憎屡至，自古及今未有尝能有以此王天下、正诸侯者也。大人欲王天下，正诸侯，将欲使意得乎天下，名成乎后世，故不察尚贤为政之本也。此圣人之厚行也。"

---

　　①故：当为"胡"字。

　　②嬖（bì，音壁）：宠幸。

　　③迹：考察。

　　④蚤：同"早"。

　　⑤树艺：种植作物。

　　⑥皮币：皮毛和布帛。

　　⑦濯（zhuó，音浊）：洗。

　　⑧般：通"颁"。

　　⑨藉：借。

　　⑩长弟（zhǎng tì，音涨替）：尊敬。

　　⑪倍畔：通"背叛"。

　　⑫未知：当作"未尝不知"。

　　⑬距年："距"同"巨"，老年。

　　⑭河濒：黄河岸边。

　　⑮庸：通"佣"。

⑯伯鲧（gǔn，音滚）：人名，夏禹的父亲。

⑰德庸：德行。

⑱清：通"询"。

⑲明明不常：明显有德的人被破格使用。

⑳鳏（guān，音官）寡不盖：有德的鳏夫寡妇没被掩盖。

㉑乡：通"享"。

㉒窕（tiǎo，音眺）：缺失。

㉓埴（zhí，音植）固：坚韧结实。

㉔者：当为"诸"。

尚贤下第十

子墨子言曰："天下之王公大人皆欲其国家之富也，人民之众也，刑法之治也。然而不识以尚贤为政其国家百姓，王公大人本失尚贤为政之本也。若苟王公大人本失尚贤为政之本也，则不能毋举物示之乎①？今若有一诸侯于此，为政其国家也，曰：'凡我国能射御之士，我将赏贵之；不能射御之士，我将罪贱之。'问于若国之士，孰喜孰惧？我以为必能射御之士喜，不能射御之士惧。我赏因而诱之矣②。曰：'凡我国之忠信之士，我将赏贵之；不忠信之士，我将罪贱之。'问于若国之士，孰喜孰惧？我以为必忠信之士喜，不忠不信之士惧。今惟毋以尚贤为政其国家百姓，使国为善者劝，为暴者沮；大以为政于天下，使天下之为善者劝，为暴者沮。然昔吾所以贵尧舜禹汤文武之道者，何故以哉？以其唯毋临众发政而治民，使天下之为善者可而劝也，为暴者可而沮也。然则此尚贤者也，与尧舜禹汤文武之道同矣。

而今天下之士君子，居处言语皆尚贤。逮至其临众发政而治民，莫知尚贤而使能。我以此知天下之士君子，明于小而不明于大也。何以知其然乎？今王公大人，有一牛羊之财不能杀，必索良宰；有一衣裳之财不能制，必索良工。当王公大人之于此也，虽有骨肉之亲、无故富贵、面目美好者，实知其不能也，不使之也，是何故？恐其败财也。当王公大人之于此也，则不失尚贤而使能。王公大人有一罢马不能治③，必索良医；有一危弓不能张，必索良工。当王公大人之于此也，虽有骨肉之亲、无故富贵、面目美好者，实知其不能也，必不使。是何故？恐其败财也。当王公大人之于此也，则不失尚贤而使能。逮至其国家则不然，王公大人骨肉之亲、无故富贵、面目美好者，则举之，则王公大人之亲其国家也，不若亲其一危弓、罢马、衣裳、牛羊之财与。我以此知天下之士君子皆明于小，而不明于大也。此譬犹喑者而使为行人④，聋者而使为乐师。

是故古之圣王之治天下也，其所富，其所贵，未必王公大人骨肉之亲、无故富贵、面目美好者也。是故昔者舜耕于历山，陶于河濒，渔于雷泽，灰于常阳⑤。尧得之服泽之阳，立为天子，使接天下之政，而治天下之民。昔伊尹为莘氏女师仆，使为庖人。汤得而举之，立为三公，使接天下之政，治天下之民。昔者傅说居北海之洲，圜土之上，衣褐带索，庸筑于傅岩之城。武丁得而举之，立为三公，使之接天下之政，而治天下之民。是故昔者尧之举舜也，汤之举伊尹也，武丁之举傅说也，岂以为骨肉之亲、无故富贵、面目美好者哉？惟法其言，用其谋，行其道，上可而利天，中可而利鬼，下可而利人，是故推而上之。

古者圣王既审尚贤欲以为政，故书之竹帛，琢之槃盂，传以遗后世子孙。于先王之书《吕刑》之书然，王曰：'於⑥！来！有国有土，告女讼刑，在今而安百姓，女何择言人⑦，何敬不刑，何度不及。'能择人而敬为刑，尧、舜、禹、汤、文、武之道可及也。是何也？则以尚贤及之，于先王之书竖年之言然⑧，曰：'晞夫圣⑨、武、知人，以屏辅而身⑩。'此言先王之治天下也，必选择贤者以为其群属辅佐。曰今也天下之士君子，皆欲富贵而恶贫贱。曰然。女何为而得富贵而辟贫贱？莫若为贤。为贤之道将奈何？曰有力者疾以助人，有财者勉以分人，有道者劝以教人。若此则饥者得食，寒者得衣，乱者得治。若饥则得食，寒则得衣，乱则得治，此安生生①。

今王公大人其所富，其所贵，皆王公大人骨肉之亲，无故富贵、面目美好者也。今王公大人骨肉之亲，无故富贵、面目美好者，焉故必知哉！若不知，使治其国家，则其国家之乱可得而知也。今天下之士君子皆欲富贵而恶贫贱。然女何为而得富贵，而辟贫贱哉？曰莫若为王公大人骨肉之亲，无故富贵、面目美好者。王公大人骨肉之亲，无故富贵、面目美好者，此非可学能者也。使不知辩，德行之厚若禹、汤、文、武不加得也，王公大人骨肉之亲，躄⑫、喑、聋，暴为桀、纣，不加失也。是故以赏不当贤，罚不当暴，其所赏者已无故矣，其所罚者亦无罪。是以使百姓皆攸心解体⑬，沮以为善，垂其股肱之力，而不相劳来也⑭；腐臭余财，而不相分资也；隐慝良道，而不相教诲也。若此，则饥者不得食，寒者不得衣，乱者不得治。推而上之以⑮。

是故昔者尧有舜，舜有禹，禹有皋陶，汤有小臣，武王有闳夭、泰颠、南宫括、散宜生，而天下和，庶民阜⑯。是以近者安之，远者归之。日月之所照，舟车之所及，雨露之所渐⑰，粒食之所养，得此莫不劝誉。且今天下之王公大人士君子，中实将欲为仁义⑱，求为上士。上欲中圣王之道，下欲中国家百姓之利。故尚贤之为说，而不可不察此者也。尚贤者，天鬼百姓之利，而政事之本也。"

---

①毋：语助词，无义。

②赏：通"尝"。

③罢：同"疲"。

④喑（yīn，音"音"）：哑人。

⑤灰：疑为"反"字，通"贩"。

⑥於：叹词。

⑦言：疑为"否"字，通"不"。

⑧竖年：老年。

⑨晞：通"希"。

⑩屏：保护。

⑪安：乃的意思。

⑫躄（bì，音必）：跛足。

⑬攸：疑为"散"字。

⑭来：通"勑"（lài，音赖），勤勉。

⑮推而上之以：疑下当有"知"字。

⑯阜：通"富"。

⑰渐：湿润。

⑱中实：真心。

卷　三

尚同上第十一

　　子墨子言曰："古者民始生，未有刑政之时，盖其语'人异义'。是以一人则一义，二人则二义，十人则十义，其人兹众，其所谓义者亦兹众。是以人是其义，以非人之义，故交相非也。是以内者父子兄弟作怨恶，离散不能相和合。天下之百姓，皆以水火毒药相亏害，至有余力不能以相劳，腐朽余财不以相分①，隐匿良道不以相教。天下之乱，若禽兽然。

　　夫明虖天下之所以乱者②，生于无政长。是故选天下之贤可者，立以为天子。天子立，以其力为未足，又选择天下之贤可者，置立之以为三公。天子三公既以立，以天下为博大，远国异土之民，是非利害之辩，不可一二而明知，故画分万国③，立诸侯国君。诸侯国君既已立，以其力为未足，又选择其国之贤可者，置立之以为正长。正长既已具，天子发政于天下之百姓，言曰：'闻善而不善，皆以告其上。上之所是，必皆是之；所非必皆非之。上有过则规谏之，下有善则傍荐之④。上同而不下比者⑤，此上之所赏，而下之所誉也。意若闻善而不善，不以告其上。上之所是，弗能是；上之所非，弗能非。上有过弗规谏，下有善弗傍荐，下比不能上同者。此上之所罚，而百姓所毁也。'上以此为赏罚，甚明察以审信。

　　是故里长者，里之仁人也。里长发政里之百姓，言曰：'闻善而不善，必以告其乡长。乡长之所是，必皆是之；乡长之所非，必皆非之。去若不善言，学乡长之善言；去若不善行，学乡长之善行。则乡何说以乱哉？'察乡之所治者，何也？乡长唯能壹同乡之义，是以乡治也。乡长者，乡之仁人也。乡长发政乡之百姓，言曰：'闻善而不善者，必以告国君。国君之所是，必皆是之；国君之所非，必皆非之。去若不善言，学国君之善言；去若不善行，学国君之善行。则国何说以乱哉。'察国之所以治者，何也？国君唯能壹同国之义，是以国治也。国君者，国之仁人也。国君发政国之百姓，言曰：'闻善而不善，必以告天子。天子之所是，皆是之；天子之所非，皆非之。去若不善言，学天子之善言；去若不善行，学天子之善行。则天下何说以乱哉。'察天下之所以治者，何也？天子唯能壹同天下之义，是以天下治也。

　　天下之百姓皆上同于天子，而不上同于天，则菑犹未去也⑥。今若天飘风苦雨，溱溱而至者⑦，此天之所以罚百姓之不上同于天者也。"

　　是故子墨子言曰："古者圣王为五刑，请以治其民。譬若丝缕之有纪，罔罟之有纲⑧，所连收天下之百姓不尚同其上者也。"

---

①歹：同"朽"。
②虖：同"乎"。
③画：同"划"。
④傍荐：傍，同"旁"，广泛地推荐。
⑤比：同。

⑥菑（zāi，音灾）：同"灾"。

⑦溱（zhēn，音真）溱：风雨大盛的样子。

⑧罟（gǔ，音古）：网。

尚同中第十二

子墨子曰："方今之时，复古之民始生，未有正长之时，盖其语曰'天下之人异义'。是以一人一义，十人十义，百人百义，其人数兹众，其所谓义者亦兹众。是以人是其义，而非人之义，故相交非也。内之父子兄弟作怨仇，皆有离散之心，不能相和合。至乎舍余力不以相劳，隐匿良道不以相教，腐朽余财不以相分，天下之乱也。至如禽兽然，无君臣上下长幼之节，父子兄弟之礼，是以天下乱焉。

明乎民之无正长以一同天下之义，而天下乱也。是故选择天下贤良圣知辩慧之人，立以为天子，使从事乎一同天下之义。天子既以立矣，以为唯其耳目之请①，不能独一同天下之义。是故选择天下赞阅贤良圣知辩慧之人②，置以为三公，与从事乎一同天下之义。天子三公既已立矣，以为天下博大，山林远土之民，不可得而一也。是故靡分天下，设以为万诸侯国君，使从事乎一同其国之义。国君既已立矣，又以为唯其耳目之请，不能一同其国之义。是故择其国之贤者，置以为左右将军大夫，以远至乎乡里之长，与从事乎一同其国之义。天子诸侯之君，民之正长，既已定矣，天子为发政施教曰：'凡闻见善者，必以告其上；闻见不善者，亦必以告其上。上之所是，必亦是之；上之所非，必亦非之；已有善傍荐之，上有过规谏之。尚同义其上，而毋有下比之心，上得则赏之，万民闻则誉之。意若闻见善，不以告其上；闻见不善，亦不以告其上；上之所是不能是，上之所非不能非；已有善不能傍荐之，上有过不能规谏之，下比而非其上者。上得则诛罚之，万民闻则非毁之'。故古者圣王之为刑政赏誉也，甚明察以审信。

是以举天下之人，皆欲得上之赏誉，而畏上之毁罚。是故里长顺天子政，而一同其里之义。里长既同其里之义，率其里之万民，以尚同乎乡长，曰'凡里之万民，皆尚同乎乡长，而不敢下比。乡长之所是，必亦是之；乡长之所非，必亦非之。去而不善言，学乡长之善言；去而不善行，学乡长之善行。乡长固乡之贤者也，举乡人以法乡长，夫乡何说而不治哉？'察乡长之所以治乡者，何故之以也？曰唯以其能一同其乡之义，是以乡治。

国君治其国，而国既已治矣，有率其国之万民，以尚同乎天子，曰：'凡国之万民上同乎天子，而不敢下比。天子之所是，必亦是之；天子之所非，必亦非之。去而不善言，学天子之善言；去而不善行，学天子之善行。天子者，固天下之仁人也，举天下之万民以法天子，夫天下何说而不治哉？'察天子之所以治天下者，何故之以也？曰唯以其能一同天下之义，是以天下治。

乡长治其乡，而乡既已治矣。有率其乡万民，以尚同乎国君，曰：'凡乡之万民，皆上同乎国君，而不敢下比。国君之所是，必亦是之；国君之所非，必亦非之。去而不善言，学国君之善言；去而不善行，学国君之善行。国君固国之贤者也，举国人以法国君，夫国何说而不治哉？'察国君之所以治国，而国治者，何故之以也？曰唯以其能一同其国之义，是以国治。

夫既尚同乎天子，而未上同乎天者，则天灾将犹未止也。故当若天降寒热不节，雪霜雨露不时，五谷不孰，六畜不遂，疾灾戾疫③，飘风苦雨，荐臻而至者，此天之降罚也，将以罚下人之不尚同乎天者也。故古者圣王，明天鬼之所欲，而避天鬼之所憎，以求兴天下之害。是以率天下之万民，齐戒沐浴，洁为酒醴粢盛，以祭祀天鬼。其事鬼神也，酒醴粢盛不敢不蠲洁④，牺牲不敢不腯肥⑤，珪璧币帛不敢不中度量，春秋祭祀不敢失时几，听狱不敢不中，分财不敢不均，居处不敢怠慢。曰其为正长若此，是故上者天鬼有厚乎其为政长也，下者万民有便利乎其为政长也。天鬼之所深厚而能强从事焉，则天鬼之福可得也。万民之所便利而能强从事焉，则万民之亲可得也。其为政若此，是以谋事得，举事成，入守固，出诛胜者，何故之以也？曰唯以尚同为政者也。故古者圣王之为政若此。"

今天下之人曰："方今之时，天下之正长犹未废乎天下也，而天下之所以乱者，何故之以也？"子墨子曰："方今之时之以正长⑥，则本与古者异矣，譬之若有苗之以五刑然。昔者圣王制为五刑，以治天下，逮至有苗之制五刑，以乱天下。则此岂刑不善哉？用刑则不善也。是以先王之《书·吕刑》之道曰：'苗民否用练折则刑，唯作五杀之刑，曰法。'则此言善用刑者以治民，不善用刑者以为五杀，则此岂刑不善哉？用刑则不善。故遂以为五杀。是以先王之《书·术令》之道曰：'唯口出好兴戎。'则此言善用口者出好，不善用口者以为谗贼寇戎。则此岂口不善哉？用口则不善也，故遂以为谗贼寇戎。

故古者之置正长也，将以治民也。譬之若丝缕之有纪，而罔罟之有纲也，将以运役天下淫暴，而一同其义也。是以先王之《书》，《相年》之道曰：'夫建国设都，乃作后王君公，否用泰⑦也；轻大夫师长，否用佚也。维辩使治天均⑧。'则此语古者上帝鬼神之建设国都，立正长也，非高其爵，厚其禄，富贵佚而错之也。将以为万民兴利除害，富贵贫寡，安危治乱也。故古者圣王之为若此。今王公大人之为刑政则反此。政以为便譬⑨，宗於父兄故旧，以为左右，置以为正长。民知上置正长之非正以治民也，是以皆比周隐匿，而莫肯尚同其上。是故上下不同义。若苟上下不同义，赏誉不足以劝善，而刑罚不足以沮暴。何以知其然也？曰上唯毋立而为政乎国家，为民正长，曰人可赏吾将赏之。若苟上下不同义，上之所赏，则众之所非，曰人众与处，于众得非。则是虽使得上之赏，未足以劝乎！上唯毋立而为政乎国家，为民正长，曰人可罚吾将罚之。若苟上下不同义，上之所罚，则众之所誉，曰人众与处，于众得誉。则是虽使得上之罚，未足以沮乎！若立而为政乎国家，为民正长，赏誉不足以劝善，而刑罚不沮暴，则是不与乡吾本言民'始生未有正长之时'同乎！若有正长与无正长之时同，则此非所以治民一众之道。故古者圣王唯而审以尚同，以为正长，是故上下情请为通。上有隐事遗利，下得而利之；下有蓄怨积害，上得而除之。是以数千万里之外，有为善者，其室人未遍知，乡里未遍闻，天子得而赏之。数千万里之外，有为不善者，其室人未遍知，乡里未遍闻，天子得而罚之。是以举天下之人皆恐惧振动惕慄，不敢为淫暴，曰天子之视听也神。先王之言曰：'非神也，夫唯能使人之耳目助己视听，使人之吻助己言谈，使人之心助己思虑，使人之股肱助己动作。'助之视听者众，则其所闻见者远矣；助之言谈者众，则其德音之所抚循者博矣；助之思虑者众，则其谈谋度速得矣；助之动作者众，即其举事速成矣。

故古者圣人之所以济事成功，垂名于后世者，无他故异物焉，曰唯能以尚同为政者也。是以先王之书《周颂》之道之曰：'载来见彼王，聿求厥章⑩'。则此语古者国君、诸侯之以春秋来朝聘天子之廷，受天子之严教，退而治国，政之所加，莫敢不宾。当此之时，本无有敢纷天子之教者。《诗》曰：'我马维骆，六辔沃若⑪。载驰载驱，周爰咨度⑫。'又曰：'我马维骐，六辔若丝。载驰载驱，周爰咨谋。'即此语也。古者国君诸侯之闻见善与不善也，皆驰驱以告天子。是以赏当贤，罚当暴，不杀不辜，不失有罪，则此尚同之功也。"

是故子墨子曰："今天下之王公大人士君子，请将欲富其国家，众其人民，治其刑政，定其社稷，当若尚同之不可不察，此之本也。"

①请：通"情"。

②赞阅：疑为衍文。

③戾（lì，音利）：通"疠"，瘟疫。

④蠲（juān，音捐）：干净。

⑤腯（tú，音图）肥：肥硕。

⑥以：同"为"。

⑦泰：骄横。

⑧均：公平。

⑨便嬖：通"骈辟"，左右得宠的小人。

⑩厥：那。

⑪辔（pèi，音配）：驾驭牲口用的嚼子和缰绳。

⑫周爱咨度：爱，语助语。广泛征询意见。

尚同下第十三

子墨子言曰："知者之事，必计国家百姓所以治者而为之，必计国家百姓之所以乱者而辟之。然计国家百姓之所以治者，何也？上之为政，得下之情则治，不得下之情则乱。何以知其然也？上之为政，得下之情，则是明于民之善非也。若苟明于民之善非也，则得善人而赏之，得暴人而罚之也。善人赏而暴人罚，则国必治。上之为政也，不得下之情，则是不明于民之善非也。若苟不明于民之善非，则是不得善人而赏之，不得暴人而罚之。善人不赏而暴人不罚，为政若此，国众必乱。故赏不得下之情，而不可不察者也。"

然计得下之情将奈何可？故子墨子曰："唯能以尚同一义为政，然后可矣。何以知尚同一义之可而为政于天下也？然胡不审稽古之治为政之说乎。古者，天之始生民，未有正长也，百姓为人。若苟百姓为人，是一人一义，十人十义，百人百义，千人千义，逮至人之众不可胜计也，则其所谓义者，亦不可胜计。此皆是其义，而非人之义，是以厚者有斗，而薄者有争。是故天下之欲同一天下之义也，是故选择贤者，立为天子。天子以其知力为未足独治天下，是以选择其次立为三公。三公又以其知力为未足独左右天子也①，是以分国建诸侯。诸侯又以其知力为未足独治其四境之内也，是以选择其次立为卿之宰②。卿之宰又以其知力为未足独左右其君也，是以选择其次立而为乡长家君。是故古者天子之立三公、诸侯、卿之宰、乡长家君，非特富贵游佚而择之也，将使助治乱刑政也。故古者建国设都，乃立后王君公，奉以卿士师长。此非欲用说也③，唯辩而使助治天明也。

今此何为人上而不能治其下，为人下而不能事其上，则是上下相贼也，何故以然？则义不同也。若苟义不同者有党，上以若人为善，将赏之，若人唯使得上之赏，而辟百姓之毁。是以为善者，必未可使劝，见有赏也。上以若人为暴，将罚之，若人唯使得上之罚，而怀百姓之誉。是以为暴者，必未可使沮，见有罚也。故计上之赏誉，不足以劝善，计其毁罚，不足以沮暴。此何故以然？则义不同也。"

然则欲同一天下之义，将奈何可？故子墨子言曰："然胡不赏使家君试用家君④，发宪布令其家，曰：'若见爱利家者，必以告；若见恶贼家者，亦必以告。若见爱利家以告，亦犹爱利家者也，上得且赏之，众闻则誉之；若见恶贼家不以告，亦犹恶贼家者也，上得且罚之，众闻则非之。'是以遍若家之人，皆欲得其长上之赏誉，辟其毁罚。是以善言之，不善言之，家君得善人而赏之，得暴人而罚之。善人之赏，而暴人之罚，则家必治矣。然计若家之所以治者，何也？唯以尚同一义为政故也。

　　家既已治，国之道尽此已邪？则未也。国之为家数也甚多，此皆是其家，而非人之家。是以厚者有乱，而薄者有争，故又使家君总其家之义，以尚同于国君。国君亦为发宪布令于国之众，曰：'若见爱利国者，必以告；若见恶贼国者，亦必以告。若见爱利国以告者，亦犹爱利国者也，上得且赏之，众闻则誉之；若见恶贼国不以告者，亦犹恶贼国者也，上得且罚之，众闻则非之。'是以遍若国之人，皆欲得其长上之赏誉，避其毁罚。是以民见善者言之，见不善者言之。国君得善人而赏之，得暴人而罚之。善人赏而暴人罚，则国必治矣。然计若国之所以治者，何也？唯能以尚同一义为政故也。

　　国既已治矣，天下之道尽此已邪？则未也。天下之为国数也甚多，此皆是其国，而非人之国。是以厚者有战，而薄者有争。故又使国君选其国之义，以尚同于天子。天子亦为发宪布令于天下之众，曰'若见爱利天下者，必以告；若见恶贼天下者，亦以告。若见爱利天下以告者，亦犹爱利天下者也，上得则赏之，众闻则誉之；若见恶贼天下不以告者，亦犹恶贼天下者也，上得且罚之，众闻则非之。'是以遍天下之人，皆欲得其长上之赏誉，避其毁罚，是以见善不善者告之。天子得善人而赏之，得暴人而罚之。善人赏而暴人罚，天下必治矣。然计天下之所以治者，何也？唯而以尚同一义为政故也。

　　天下既已治，天子又总天下之义，以尚同于天。故当尚同之为说也，尚用之天子，可以治天下矣；中用之诸侯，可而治其国矣；小用之家君，可而治其家矣。是故大用之，治天下不窕，小用之，治一国一家而不横者⑤。若道之谓也。"

　　故曰治天下之国若治一家，使天下之民若使一夫。意独子墨子有此，而先王无此其有邪？则亦然也。圣王皆以尚同为政，故天下治。何以知其然也？于先王之书也，《大誓》之言然，曰："小人见奸巧乃闻，不言也，发罪钧⑥。"此言见淫辟不以告者，其罪亦犹淫辟者也。

　　故古之圣王治天下也，其所差论⑦，以自左右羽翼者皆良，外为之人，助之视听者众。故与人谋事，先人得之；与人举事，先人成之；光誉令闻，先人发之。唯信身而从事，故利若此。古者有语焉，曰："一目之视也，不若二目之视也；一耳之听也，不若二耳之听也；一手之操也，不若二手之强也。"夫唯能信身而从事，故利若此。是故古之圣王之治天下也，千里之外有贤人焉，其乡里之人皆未之均闻见也，圣王得而赏之；千里之内有暴人焉，其乡里未之均闻见也，圣王得而罚之。故唯毋以圣王为聪耳明目与？岂能一视而通见千里之外哉！一听而通闻千里之外哉！圣王不往而视也，不就而听也。然而使天下之为寇乱盗贼者，周流天下无所重足者⑧，何也？其以尚同为政善也。

　　是故子墨子曰："凡使民尚同者，爱民不疾⑨，民无可使。曰必疾爱而使之，致信而持之，富贵以道其前，明罚以率其后。为政若此，唯欲毋与我同，将不可得也。"

　　是以子墨子曰："今天下王公大人士君子，中情将欲为仁义，求为上士，上欲中圣王之道，下欲中国家百姓之利，故当尚同之说⑩。而不可不察尚同为政之本，而治要也。"

---

①左右：在左右辅助。

②之：同"与"。

③说：通"悦"。

④使家君：此三字为衍文，前后两句应合为一句为"胡不尝试用家君发宪布令其家？"。

⑤横：充塞。

⑥钧：同。

⑦差论：选择。

⑧重足：落足。

⑨疾：努力。

⑩故当尚同之说：疑当后有"中"或"从"字。

卷　四

兼爱上第十四

圣人以治天下为事者也，必知乱之所自起，焉能治之①；不知乱之所自起，则不能治。譬之如医之攻人之疾者然，必知疾之所自起，焉能攻之；不知疾之所自起，则弗能攻。治乱者何独不然，必知乱之所自起，焉能治之；不知乱之所自起，则弗能治。

圣人以治天下为事者也，不可不察乱之所自起，当察乱何自起？起不相爱。臣子之不孝君父，所谓乱也。子自爱不爱父，故亏父而自利；弟自爱不爱兄，故亏兄而自利；臣自爱不爱君，故亏君而自利，此所谓乱也。虽父之不慈子，兄之不慈弟，君之不慈臣，此亦天下之所谓乱也。父自爱也不爱子，故亏子而自利；兄自爱也不爱弟，故亏弟自利；君自爱也不爱臣，故亏臣而自利。是何也？皆起不相爱。虽至天下之为盗贼者亦然，盗爱其室不爱其异室，故窃异室以利其室；贼爱其身不爱人，故贼人以利其身。此何也？皆起不相爱。虽至大夫之相乱家，诸侯之相攻国者亦然。大夫各爱其家，不爱异家，故乱异家以利其家；诸侯各爱其国，不爱异国，故攻异国以利其国，天下之乱物具此而已矣。察此何自起？皆起不相爱。

若使天下兼相爱，爱人若爱其身，犹有不孝者乎？视父兄与君若其身，恶施不孝②？犹有不慈者乎？视弟子与臣若其身，恶施不慈？故不孝不慈亡有，犹有盗贼乎？故视人之室若其室，谁窃？视人身若其身，谁贼？故盗贼亡有，犹有大夫之相乱家、诸侯之相攻国者乎？视人家若其家，谁乱？视人国若其国，谁攻？故大夫之相乱家，诸侯之相攻国者亡有。若使天下兼相爱，国与国不相攻，家与家不相乱，盗贼无有，君臣父子皆能孝慈，若此则天下治。故圣人以治天下为事者，恶得不禁恶而劝爱？故天下兼相爱则治，交相恶则乱。故子墨子曰："不可以不劝爱人者，此也。"

---

①焉：乃。

②恶（wū，音巫）：怎么。

兼爱中第十五

子墨子言曰："仁人之所以为事者，必兴天下之利，除去天下之害，以此为事者也。"然则天下之利何也？天下之害何也？子墨子言曰："今若国之与国之相攻，家之与家之相篡，人之与人之相贼，君臣不惠忠，父子不慈孝，兄弟不和调，此则天下之害也。"

然则崇此害亦何用生哉①？以不相爱生邪？子墨子言："以不相爱生。今诸侯独知爱其国，不爱人之国，是以不惮举其国以攻人之国。今家主独知爱其家，而不爱人之家，是以不惮举其家以篡人之家。今人独知爱其身，不爱人之身，是以不惮举其身以贼人之身。是故诸侯不相爱则必野战，家主不相爱则必相篡，人与人不相爱则必相贼，君臣不相爱则不惠忠，父子不相爱则不慈孝，兄弟不相爱则不和调。天下之人皆不相爱，强必执弱，富必侮贫，贵必敖贱②，诈必欺愚。凡天下祸篡怨恨，其所以起者，以不相爱生也。是以仁者非之。"

既以非之，何以易之？子墨子言曰："以兼相爱交相利之法易之。"然则兼相爱交相利之法将奈何哉？子墨子言："视人之国若视其国，视人之家若视其家，视人之身若视其身。是故诸侯相爱则不野战，家主相爱则不相篡，人与人相爱则不相贼，君臣相爱则惠忠，父子相爱则慈孝，兄弟相爱则和调。天下之人皆相爱，强不执弱，众不劫寡，富不侮贫，贵不敖贱，诈不欺愚。凡天下祸篡怨恨可使毋起者，以相爱生也。是以仁者誉之。"

然而今天下之士君子曰："然，乃若兼则善矣。虽然，天下之难物于故也③。"子墨子言曰："天下之士君子，特不识其利、辩其故也。今若夫攻城野战，杀身为名，此天下百姓之所皆难也。苟君说之，则士众能为之。况于兼相爱，交相利，则与此异。夫爱人者，人必从而爱之；利人者，人必从而利之；恶人者，人必从而恶之；害人者，人必从而害之。此何难之有！特上弗以为政，士不以为行故也。"

昔者晋文公好士之恶衣。故文公之臣皆牂羊之裘④，韦以带剑⑤，练帛之冠⑥，入以见于君，出以践于朝。是其故何也？君说之，故臣为之也。

昔者楚灵王好士细要⑦。故灵王之臣皆以一饭为节，胁息然后带，扶墙然后起。比期年，朝有黧黑之色⑧，是其故何也？君说之，故臣能之也。昔越王勾践好士之勇，教驯其臣⑨，和合之焚舟失火。试其士曰：'越国之宝尽在此！'越王亲自鼓其士而进之。士闻鼓音，破碎乱行⑩，蹈火而死者，左右百人有余。越王击金而退之。"

是故子墨子言曰："乃若夫少食恶衣，杀身而为名，此天下百姓之所皆难也。若苟君说之，则众能为之。况兼相爱，交相利，与此异矣。夫爱人者，人亦从而爱之；利人者，人亦从而利之；恶人者，人亦从而恶之；害人者，人亦从而害之。此何难之有焉，特士不以为政而士不以为行故也。"

然而今天下之士君子曰："然，乃若兼则善矣。虽然，不可行之物也，譬若挈太山越河济也⑪。"子墨子言："是非其譬也。夫挈太山而越河济，可谓毕劫有力矣⑫，自古及今未有能行之者也。况乎兼相爱，交相利，则与此异，古者圣王行之。何以知其然？古者禹治天下，西为西河渔窦⑬，以泄渠孙皇之水⑭；北为防原泒⑮，注后之邸⑯，嘑池之窦⑰，洒为底柱⑱，凿为龙门，以利燕、代、胡、貉与西河之民；东方漏之陆，防孟诸之泽，洒为九浍⑲，以楗东土之水，以利冀州之民；南为江、汉、淮、汝，东流之，注五湖之处，以利荆、楚、干、越与南夷之民。此言禹之事，吾今行兼矣。昔者文王之治西土，若日若月，乍光于四方于西土⑳。不为大国侮小国，不为众庶侮鳏寡，不为暴势夺穑人黍、稷、狗、彘。天屑临文王慈㉑，是以老而无子者，有所得终其寿；连独无兄弟者，有所杂于生人之间；少失其父母者，有所放依而长。此文王之事，则吾今行兼矣。昔者武王将事泰山隧，传曰："泰山，有道曾孙周王有事，大事既获，仁人尚作，以祗商夏、蛮夷丑貉。虽有周亲，不若仁人，万方有罪，维予一人。'此言武王之事，吾今行兼矣。"

是故子墨子言曰："今天下之君子，忠实欲天下之富㉒，而恶其贫；欲天下之治，而恶其乱。当兼相爱，交相利。此圣王之法，天下之治道也，不可不务为也㉓。"

①崇：乃"察"字之误。　　用：当为"以"字。

②敖：通"傲"，轻视。

③于故：似衍文。

④牂（zāng，音脏）：母羊。

⑤韦：熟牛皮。

⑥练帛：大的布帛。

⑦要（yāo，音邀）：同"腰"。

⑧蠫（lí，音犁）：黑色。

⑨驯：通"训"。

⑩破碎乱行："碎"疑为"萃"字，行列的意思。这句话说士们行列凌乱。

⑪挈（qiè，音切）：举。太山：即泰山。

⑫毕劫："劫"疑为"劼"之误，有力的样子。

⑬渔窦：水名。

⑭渠：水名。孙皇：水名。

⑮泒（gū，音姑）：水名。防：原亦为水名。

⑯后之邸（dǐ，音底）：古地名。

⑰嘑（hū，音呼）池之窦：水名，即今滹沱河。

⑱洒为底柱：洒，分流。在底柱（即砥柱）山分流。

⑲浍（kuài，音快）：河流。

⑳乍：通"作"。

㉑眉临：察看。

㉒忠实："忠"通"中"。真心。

㉓务：努力。

兼爱下第十六

　　子墨子言曰："仁人之事者，必务求兴天下之利，除天下之害。"然当今之时，天下之害孰为大？曰："若大国之攻小国也，大家之乱小家也，强之劫弱，众之暴寡，诈之谋愚，贵之敖贱，此天下之害也。又与为人君者之不惠也，臣者之不忠也，父者之不慈也，子者之不孝也，此又天下之害也。又与今人之贼人，执其兵刃、毒药、水、火，以交相亏贼，此又天下之害也。"姑尝本原若众害之所自生，此胡自生？此自爱人利人生与？即必曰非然也，必曰从恶人贼人生。分名乎天下恶人而贼人者，兼与？别与？即必曰别也。然即之交别者，果生天下之大害者与？是故别非也。

　　子墨子曰："非人者必有以易之。若非人而无以易之，譬之犹以水救火也①，其说将必无可焉。"是故子墨子曰："兼以易别。"然即兼之可以易别之故，何也？曰："藉为人之国，若为其国，夫谁独举其国以攻人之国者哉？为彼者由为己也。为人之都，若为其都，夫谁独举其都以伐人之都者哉？为彼犹为己也。为人之家，若为其家，夫谁独举其家以乱人之家者哉？为彼犹为己也，然即国、都不相攻伐，人家不相乱贼，此天下之害与？天下之利与？即必曰天下之利也。姑尝本原若众利之所自生，此胡自生？此自恶人贼人生与？即必曰非然也，必曰从爱人利人生。分名乎天下爱人而利人者，别与？兼与？即必曰兼也。然即之交兼者，果生天下之大利者与。"是故子墨子曰："兼是也。且乡吾本言曰②：'仁人之事者，必务求兴天下之利，除天下之害。'今吾本原兼之所生，天下之大利者也；吾本原别之所生，天下之大害者也。"是故子墨子曰："别非而兼是者，出乎若方也。"

　　今吾将正求与天下之利而取之，以兼为正。是以聪耳明目相与视听乎，是以股肱毕强相为动宰乎，而有道肆相教诲。是以老而无妻子者，有所侍养以终其寿；幼弱孤童之无父母者，有所放依以长其身。今唯毋以兼为正，即若其利也。不识天下之士，所以皆闻兼而非者，其故何也？

然而天下之士非兼者之言，犹未止也。曰："即善矣。虽然，岂可用哉？"子墨子曰："用而不可，虽我亦将非之。且焉有善而不可用者？姑尝两而进之③。谁以为二士④，使其一士者执别，使其一士者执兼。是故别士之言曰：'吾岂能为吾友之身，若为吾身；为吾友之亲，若为吾亲。'是故退睹其友，饥即不食，寒即不衣，疾病不侍养，死丧不葬埋。别士之言若此，行若此。兼士之言不然，行亦不然，曰：'吾闻为高士于天下者，必为其友之身，若为其身；为其友之亲，若为其亲。然后可以为高士于天下。'是故退睹其友，饥则食之，寒则衣之，疾病侍养之，死丧葬埋之。兼士之言若此，行若此。若之二士者，言相非而行相反与？当使若二士者，言必信，行必果，使言行之合犹合符节也，无言而不行。然即敢问，今有平原广野于此，被甲婴胄将往战，死生之权未可识也；又有君大夫之远使于巴、越、齐、荆，往来及否未可识也。然即敢问，不识将恶也家室，奉承亲戚，提挈妻子，而寄托之？不识于兼之有是乎⑤？于别之有是乎？我以为当其于此也，天下无愚夫愚妇，虽非兼之人，必寄托之于兼之有是也。此言而非兼，择即取兼，即此言行费也⑥。不识天下之士，所以皆闻兼而非之者，其故何也？"

然而天下之士非兼者之言，犹未止也。曰："意可以择士，而不可以择君乎？""姑尝两而进之。谁以为二君，使其一君者执兼，使其一君者执别。是故别君之言曰：'吾恶能为吾万民之身⑦，若为吾身，此泰非天下之情也。人之生乎地上之无几何也，譬之犹驷驰而过隙也。'是故退睹其万民，饥即不食，寒即不衣，疾病不侍养，死丧不葬埋。别君之言若此，行若此。兼君之言不然，行亦不然。曰：'吾闻为明君于天下者，必先万民之身，后为其身，然后可以为明君于天下。'是故退睹其万民，饥即食之，寒即衣之，疾病侍养之，死丧葬埋之。兼君之言若此，行若此。然即交若之二君者⑧，言相非而行相反与？常使若二君者，言必信，行必果，使言行之合犹合符节也，无言而不行。然即敢问，今岁有疠疫，万民多有勤苦冻馁，转死沟壑中者，既已众矣。不识将择之二君者，将何从也？我以为当其于此也，天下无愚夫愚妇，虽非兼者，必从兼君是也。言而非兼，择即取兼，此言行拂。不识天下所以皆闻兼而非之者，其故何也？"

然而天下之士非兼者之言也，犹未止也。曰："兼即仁矣，义矣。虽然，岂可为哉？吾譬兼之不可为也，犹挈泰山以超江河也。故兼者直愿之也⑨，夫岂可为之物哉？"子墨子曰："夫挈泰山以超江河，自古之及今，生民而来未尝有也。今若夫兼相爱，交相利，此自先圣六王者亲行之。"何知先圣六王之亲行之也？子墨子曰："吾非与之并世同时，亲闻其声，见其色也。以其所书于竹帛，镂于金石，琢于盘盂，传遗后世子孙者知之。《泰誓》曰：'文王若日若月，乍照，光于四方于西土。'即此言文王之兼爱天下之博大也，譬之日月兼照天下之无有私也。"即此文王兼也，虽子墨子之所谓兼者，于文王取法焉。

"且不唯《泰誓》为然，虽《禹誓》即亦犹是也。禹曰：'济济有众，咸听朕言。非惟小子，敢行称乱。蠢兹有苗，用天之罚。若予既率尔群对诸群，以征有苗。'禹之征有苗也，非以求以重富贵、干福禄、乐耳目也，以求兴天下之利，除天下之害。"即此禹兼也。虽子墨子之所谓兼者，于禹求焉。

"且不唯《禹誓》为然，虽《汤说》即亦犹是也。汤曰：'惟予小子履，敢用玄牡⑩，告于上天后曰：今天大旱，即当朕身履，未知得罪于上下。有善不敢蔽，有罪不敢赦，简在帝心。万方有罪，即当朕身，朕身有罪，无及万方'。即此言汤贵为天子，富有天下，然且不惮以身为牺牲，以祠说于上帝鬼神。"即此汤兼也。虽子墨子之所谓兼者，于汤取法焉。

"且不惟《誓命》与《汤说》为然，《周诗》即亦犹是也。《周诗》曰：'王道荡荡，不偏不党；王道平平，不党不偏。其直若矢，其易若厎⑪。君子之所履，小人之所视'，若吾言非语道之谓也。古者文武为正，均分赏贤罚暴，勿有亲戚弟兄之所阿⑫。"即此文武兼也。虽子墨子之所谓兼者，于文武取法焉。不识天下之人，所以皆闻兼而非之者，其故何也？

然而天下之非兼者之言，犹未止，曰："意不忠亲之利，而害为孝乎？"子墨子曰："姑尝本原之孝子之为亲度者。吾不识孝子之为亲度者，亦欲人爱利其亲与？意欲人之恶贼其亲与？以说观之，即欲人之爱利其亲也。然即吾恶先从事即得此？若我先从事乎爱利人之亲，然后人报我爱利吾亲乎？意我先从事乎恶人之亲，然后人报我以爱利吾亲乎？即必吾先从事乎爱利人之亲，然后人报我以爱利吾亲也。然即之交孝子者，果不得已乎，毋先从事爱利人之亲者与？意以天下之孝子为遇而不足以为正乎？姑尝本原之先王之所书，《大雅》之所道曰：'无言而不雠，无德而不报，投我以桃，报之以李。'即此言爱人者必见爱也，而恶人者必见恶也。不识天下之士，所以皆闻兼而非之者，其故何也？意以为难而不可为邪？尝有难此而可为者。昔荆灵王好小要，当灵王之身，荆国之士饭不逾乎一，固据而后兴⑬，扶垣而后行。故约食为其难为也，然后为而灵王说之，未逾于世而民可移也，即求以乡其上也。昔者越王勾践好勇，教其士臣三年，以其知为未足以知之也，焚舟失火，鼓而进之，其士偃前列⑭，伏水火而死，有不可胜数也。当此之时，不鼓而退也，越国之士可谓颤矣⑮。故焚身为其难为也，然后为之越王说之，未逾于世而民可移也，即求以乡上也。昔者晋文公好苴服⑯，当文公之时，晋国之士，大布之衣，牂羊之裘，练帛之冠，且苴之屦，入见文公，出以践之朝。故苴服为其难为也，然后为而文公说之，未逾于世而民可移也，即求以乡其上也。是故约食、焚舟、苴服，此天下之至难为也。然后为而上说之，未逾于世而民可移也。何故也？即求以乡其上也。今若夫兼相爱，交相利，此其有利且易为也，不可胜计也，我以为则无有上说之者而已矣。苟有上说之者，劝之以赏誉，威之以刑罚。我以为人之于就兼相爱交相利也，譬之犹火之就上，水之就下也，不可防止于天下。"

故兼者圣王之道也，王公大人之所以安也，万民衣食之所以足也。故君子莫若审兼而务行之，为人君必惠，为人臣必忠，为人父必慈，为人子必孝，为人兄必友，为人弟必悌。故君子莫若欲为惠君、忠臣、慈父、孝子、友兄、悌弟，当若兼之不可不行也，此圣王之道而万民之大利也。

①以水救火：疑为"以火救火"。

②乡：通"向"，过去。

③两而进之：进一步说这两种人。

④雠："设"字之误。

⑤有：通"友"。

⑥费：通"拂"，不一致。

⑦恶（wū，音乌）：怎么。

⑧然即交：疑为衍文。

⑨直：通"只"。

⑩玄牡：黑色公牛。

⑪厎：同"砥"，细质的磨刀石。

⑫阿：偏爱。

⑬据：拄杖。

⑭偃：扑倒。

⑮颤：似应作"殚"，竭尽。

⑯苴（jū，音居）服：麻布衣服。

卷　　五

非攻上第十七

今有一人，入人园圃，窃其桃李，众闻则非之，上为政者得则罚之。此何也？以亏人自利也。至攘人犬豕鸡豚者，其不义又甚入人园圃窃桃李。是何故也？以亏人愈多，其不仁兹甚，罪益厚。至入人栏厩，取人马牛者，其不仁义又甚攘人犬豕鸡豚。此何故也？以其亏人愈多。苟亏人愈多，其不仁兹甚，罪益厚。至杀不辜人也，扡其衣裘①，取戈剑者，其不义又甚入人栏厩取人马牛。此何故也？以其亏人愈多。苟亏人愈多，其不仁兹甚矣，罪益厚。当此，天下之君子皆知而非之，谓之不义。今至大为攻国，则弗知非，从而誉之，谓之义。此可谓知义与不义之别乎？

杀一人谓之不义，必有一死罪矣；若以此说往，杀十人十重不义，必有十死罪矣；杀百人百重不义，必有百死罪矣。当此，天下之君子皆知而非之，谓之不义。今至大为不义攻国，则弗知非，从而誉之，谓之义。情不知其不义也②，故书其言以遗后世。若知其不义也，夫奚说书其不义以遗后世哉？今有人于此，少见黑曰黑，多见黑曰白，则以此人不知白黑之辩矣；少尝苦曰苦，多尝苦曰甘，则必以此人为不知甘苦之辩矣。今小为非，则知而非之。大为非攻国，则不知非，从而誉之，谓之义。此可谓知义与不义之辩乎？是以知天下之君子也，辩义与不义之乱也。

①扡（tuō，音拖）：夺取。
②情：通"诚"。

非攻中第十八

子墨子言曰："古者王公大人，为政于国家者，情欲誉之审①，赏罚之当，刑政之不过失。"
是故子墨子曰："古者有语：'谋而不得，则以往知来，以见知隐。'谋若此，可得而知矣。今师徒唯毋兴起②，冬行恐寒，夏行恐暑，此不可以冬夏为者也。春则废民耕稼树艺，秋则废民获敛。今唯毋废一时，则百姓饥寒冻馁而死者，不可胜数；今尝计军上，竹箭羽旄幄幕，甲盾拨劫③，往而靡毙腑冷不反者，不可胜数；又与矛戟戈剑乘车，其列住碎折靡毙而不反者，不可胜数；与其牛马肥而往，瘠而反，往死亡而不反者，不可胜数；与其涂道之修远，粮食辍绝而不继，百姓死者，不可胜数也；与其居处之不安，食饭之不时，饥饱之不节，百姓之道疾病而死者，不可胜数；丧师多不可胜数，丧师尽不可胜计，则是鬼神之丧其主后④，亦不可胜数。"
国家发政，夺民之用，废民之利。若此甚众，然而何为为之？曰："我贪伐胜之名，及得之利，故为之。"子墨子言曰："计其所自胜，无所可用也。计其所得，反不如所丧者之多。今攻三里之城，七里之郭，攻此不用锐，且无杀而徒得此然也。杀人多必数于万，寡必数于千，然后三里之城、七里之郭，且可得也。今万乘之国，虚数于千，不胜而入；广衍数于万，不胜而辟⑤。然则土地者，所有余也，王民者，所不足也。今尽王民之死，严下上之患⑥，以争虚城，则是弃所不足，而重所有余也。为政若此，非国之务者也。"

饰攻战者言曰："南则荆、吴之王，北则齐、晋之君，始封于天下之时，其土地之方，未至有数百里也；人徒之众，未至有数十万人也。以攻战之故，土地之博至有数千里也；人徒之众至有数百万人。故当攻战而不可为也。"子墨子言曰："虽四五国则得利焉，犹谓之非行道也。譬若医之药人之有病者然。今有医于此，和合其祝药之于天下之有病者而药之，万人食此。若医四五人得利焉，犹谓之非行药也。故孝子不以食其亲，忠臣不以食其君。古者封国于天下，尚者以耳之所闻，近者以目之所见，以攻战亡者，不可胜数。何以知其然也？东方自莒之国者⑦，其为国甚小，间于大国之间，不敬事于大，大国亦弗之从而爱利。是以东者越人夹削其壤地，西者齐人兼而有之。计莒之所以亡于齐越之间者，以是攻战也。虽南者陈、蔡，其所以亡于吴越之间者，亦以攻战；虽北者且不一著何⑧，其所以亡于燕、代、胡、貊之间者，亦以攻战也。"是故子墨子言曰："古者王公大人，情欲得而恶失，欲安而恶危，故当攻战而不可不非。"

饰攻战者之言曰："彼不能收用彼众，是故亡。我能收用我众，以此攻战于天下，谁敢不宾服哉？"

子墨子言曰："子虽能收用子之众，子岂若古者吴阖闾哉？古者吴阖闾教七年，奉甲执兵，奔三百里而舍焉，次注林⑨，出于冥隘之径，战于柏举，中楚国而朝宋与及鲁。至夫差之身，北而攻齐，舍于汶上，战于艾陵，大败齐人而葆之大山⑩；东而攻越，济三江五湖，而葆之会稽。九夷之国莫不宾服。于是退不能赏孤，施舍群萌，自恃其力，伐其功，誉其智，怠于教，遂筑姑苏之台，七年不成。及若此，则吴有离罢之心⑪。越王勾践视吴上下不相得，收其众以复其仇，入北郭，徙大内，围王宫，而吴国以亡。

昔者晋有六将军，而智伯莫为强焉。计其土地之博，人徒之众，欲以抗诸侯，以为英名。攻战之速，故差论其爪牙之士，皆列其舟车之众，以攻中行氏而有之。以其谋为既已足矣，又攻兹范氏而大败之⑫，并三家以为一家。而不止，又围赵襄子于晋阳。及若此，则韩、魏亦相从而谋曰：'古者有语，唇亡则齿寒。'赵氏朝亡，我夕从之；赵氏夕亡，我朝从之。《诗》曰'鱼水不务，陆将何及乎！'是以三主之君，一心戮力辟门除道，奉甲兴士，韩、魏自外，赵氏自内，击智伯大败之。"

是故子墨子言曰："古者有语曰：'君子不镜于水而镜于人。镜于水，见面之容；镜于人，则知吉与凶。'今以攻战为利，则盖尝鉴之于智伯之事乎？此其为不吉而凶，既可得而知矣。"

---

①情：通"诚"。　誉：前当有"毁"字。

②师徒：军队。唯母：即唯毋，语助词。

③拨（fá，音乏）：大盾。

④主后：主祭和后裔。

⑤不胜而辟：开辟不完。

⑥严：使剧烈。

⑦莒（jǔ，音举）：古国名。

⑧且不一著何：疑为"且一不著何"。且（jū，音居）：即租（jū，音居），古国名。"一"疑当为"以"，"与"的意思。不著何：古国名。

⑨次：驻扎。

⑩葆：通"保"。

⑪离罢（pí，音皮）之心：离散之心。

⑫兹：衍文。

非攻下第十九

子墨子言曰："今天下之所誉善者，其说将何哉？为其上中天之利，而中中鬼之利，而下中人之利，故誉之与？意亡非为其上中天之利，而中中鬼之利，而下中人之利，故誉之与？虽使下愚之人，必曰：'将为其上中天之利，而中中鬼之利，而下中人之利，故誉之。'今天下之所同义者，圣王之法也。今天下之诸侯将犹多皆免攻伐并兼，则是有誉义之名，而不察其实也。此譬犹盲者之与人，同命白黑之名，而不能分其物也，则岂谓有别哉？是故古之知者之为天下度也，必顺虑其义，而后为之行。是以动则不疑，速通成得其所欲，而顺天鬼百姓之利，则知者之道也。是故古之仁人有天下者，必反大国之说，一天下之和，总四海之内，焉率天下之百姓，以农臣事上帝山川鬼神。利人多，功故又大，是以天赏之，鬼富之，人誉之。使贵为天子，富有天下，名参乎天地，至今不废。此则知者之道也，先王之所以有天下者也。

今王公大人、天下之诸侯则不然，将必皆差论其爪牙之士，皆列其舟车之卒伍。于此为坚甲利兵，以往攻伐无罪之国。入其国家边境，芟刈其禾稼①，斩其树木，堕其城郭，以湮其沟池，攘杀其牲牷，燔溃其祖庙②，劲杀其万民，覆其老弱，迁其重器，卒进而柱乎斗③，曰：'死命为上，多杀次之，身伤者为下，又况失列北桡乎哉，罪死无赦'，以谲其众。夫无兼国覆军，贼虐万民，以乱圣人之绪。意将以为利天乎？夫取天之人，以攻天之邑，此刺杀天民，剥振神之位，倾覆社稷，攘杀其牺牲，则此上不中天之利矣。意将以为利鬼乎？夫杀之人，灭鬼神之主，废灭先王，贼虐万民，百姓离散，则此中不中鬼之利矣。意将以为利人乎？夫杀之人，为利人也博矣。又计其费此，为周生之本，竭天下百姓之财用，不可胜数也，则此下不中人之利矣。

今夫师者之相为不利者也，曰：将不勇，士不分，兵不利，教不习，师不众，率不利和，威不围④，害之不久，争之不疾，孙之不强，植心不坚，与国诸侯疑。与国诸侯疑，则敌生虑，而意赢矣⑤。偏具此物，而致从事焉，则是国家失卒，而百姓易务也。今不尝观其说好攻伐之国？若使中兴师，君子庶人也，必且数千，徒倍十万，然后足以师而动矣。久者数岁，速者数月。是上不暇听治，士不暇治其官府，农夫不暇稼穑，妇人不暇纺绩织纴。则是国家失卒，而百姓易务也。然而又与其车马之罢弊也，幔幕帷盖，三军之用，甲兵之备，五分而得其一，则犹为序疏矣。然而又与其散亡道路，道路辽远，粮食不继傺⑥，食饮之时，厕役以此饥寒冻馁疾病，而转死沟壑中者，不可胜计也。此其为不利于人也，天下之害厚矣。而王公大人，乐而行之。则此乐贼灭天下之万民也，岂不悖哉！今天下好战之国，齐、晋、楚、越，若使此四国者得意于天下，此皆十倍其国之众，而未能食其地也。是人不足而地有余也。今又以争地之故，而反相贼也。然则是亏不足，而重有余也。"

今遝夫好攻伐之君⑦，又饰其说以非子墨子，曰："以攻伐之为不义，非利物与？昔者禹征有苗，汤伐桀，武王伐纣。此皆立为圣王，是何故也？"子墨子曰："子未察吾言之类，未明其故者也。彼非所谓攻，谓诛也。昔者三苗大乱，天命殛之，日妖宵出，雨血三朝，龙生于庙，犬哭乎市，夏冰，地坼及泉，五谷变化，民乃大振。高阳乃命玄宫，禹亲把天之瑞令，以征有苗，四电诱祇。有神人面鸟身，若瑾以侍，扼矢有苗之祥，苗师大乱，后乃遂几。禹既已克有三苗，焉

连，又示之以利。是以终身不餍，殁世而不卷①。古者明王圣人，其所以王天下正诸侯者，此也。

是故古者圣王，制为节用之法曰：'凡天下群百工，轮车、鞼匏②、陶、冶、梓匠，使各从事其所能'，曰：'凡足以奉给民用，则止。'诸加费不加于民利者，圣王弗为。

古者圣王制为饮食之法曰：'足以充虚继气，强股肱，耳目聪明，则止。不极五味之调，芬香之和，不致远国珍怪异物。'何以知其然？古者尧治天下，南抚交阯，北降幽都，东西至日所出入，莫不宾服。逮至其厚爱，黍稷不二，羹胾不重③，饭于土塯④，啜于土形，斗以酌。俛仰周旋威仪之礼⑤，圣王弗为。

古者圣王制为衣服之法，曰：'冬服绀緅之衣，轻且暖，夏服絺绤之衣，轻且清，则止。'诸加费不加于民利者，圣王弗为。

古者圣人为猛禽狡兽，暴人害民，于是教民以兵行，日带剑，为刺则入，击则断，旁击而不折，此剑之利也；甲为衣则轻且利，动则兵且从，此甲之利也；车为服重致远，乘之则安，引之则利，安以不伤人，利以速至，此车之利也。古者圣王为大川广谷之不可济，于是利为舟楫，足以将之则止。虽上者三公诸侯至，舟楫不易，津人不饰，此舟之利也。

古者圣王制为节葬之法曰：'衣三领，足以朽肉；棺三寸，足以朽骸；堀穴深不通于泉，流不发泄则止。死者既葬，生者毋久丧用哀。'

古者人之始生，未有宫室之时，因陵丘堀穴而处焉。圣人虑之，以为堀穴曰：'冬可以辟风寒'，逮夏，下润湿，上熏烝，恐伤民之气，于是作为宫室而利。"然则为宫室之法将奈何哉？子墨子言曰："其旁可以圉风寒，上可以圉雪霜雨露，其中蠲洁，可以祭祀，宫墙足以为男女之别则止。诸加费不加民利者，圣王弗为。"

---

①卷：当为"倦"。
②鞼（guì，音贵）匏（páo，音袍）：制皮革的工人。
③胾（zì，音字）：大块肉。
④塯：粗制的碗。
⑤俛：同"俯"。

节用下第二十二（阙）

节葬上第二十三（阙）

节葬中第二十四（阙）

节葬下第二十五

子墨子言曰："仁者之为天下度也，辟之无以异乎孝子之为亲度也①。今孝子之为亲度也，将奈何哉？曰：'亲贫则从事乎富之，人民寡则从事乎众之，众乱则从事乎治之。'当其于此也，亦有力不足，财不赡，智不智，然后已矣。无敢舍余力，隐谋遗利，而不为亲为之者矣。若三务者，孝子之为亲度也，既若此矣。虽仁者之为天下度，亦犹此也。曰：'天下贫则从事乎富之，人民寡则从事乎众之，众而乱则从事乎治之。'当其于此，亦有力不足，财不赡，智不智，然后已矣。无敢舍余力，隐谋遗利，而不为天下为之者矣。若三务者，此仁者之为天下度也，既若此矣。

今逮至昔者三代圣王既没，天下失义，后世之君子，或以厚葬久丧以为仁也，义也，孝子之事也；或以厚葬久丧以为非仁义，非孝子之事也。曰二子者，言则相非，行即相反，皆曰：'吾上祖述尧舜禹汤文武之道者也。'而言即相非，行即相反，于此乎后世之君子，皆疑惑乎二子者言也。

若苟疑惑乎之二子者言，然则姑尝传而为政乎国家万民而观之。计厚葬久丧，奚当此三利者？我意若使法其言，用其谋，厚葬久丧实可以富贫众寡，定危治乱乎。此仁也，义也，孝子之事也，为人谋者不可不劝也。仁者将兴之天下，谁贾而使民誉之，终勿废也。意亦使法其言，用其谋，厚葬久丧实不可以富贫众寡，定危理乱乎。此非仁非义，非孝子之事也，为人谋者不可不沮也[2]。仁者将求除之天下，相废而使人非之，终身勿为。

且故兴天下之利，除天下之害，令国家百姓之不治也，自古及今，未尝之有也。何以知其然也？今天下之士君子，将犹多皆疑惑厚葬久丧之为中是非利害也。"故子墨子言曰："然则姑尝稽之，今虽毋法执厚葬久丧者言，以为事乎国家。此存乎王公大人有丧者[3]，曰棺椁必重，葬埋必厚，衣衾必多，文绣必繁，丘陇必巨；存乎匹夫贱人死者，殆竭家室；乎诸侯死者，虚车府，然后金玉珠玑比乎身，纶组节约，车马藏乎圹[4]，又必多为屋幕，鼎鼓几梴壶滥，戈剑羽旄齿革，寝而埋之，满意[5]。若送从，曰天子杀殉，众者数百，寡者数十。将军大夫杀殉，众者数十，寡者数人。

处丧之法将奈何哉？曰哭泣不秩声翁[6]，缞绖[7]垂涕，处倚庐，寝苦枕凷[8]，又相率强不食而为饥，薄衣而为寒。使面目陷陬[9]，颜色黧黑，耳目不聪明，手足不劲强，不可用也。又曰上士之操丧也，必扶而能起，杖而能行，以此共三年。若法若言，行若道，使王公大人行此，则必不能蚤朝，五官六府，辟草木，实仓廪；使农夫行此，则必不能蚤出夜入，耕稼树艺；使百工行此，则必不能修舟车为器皿矣；使妇人行此，则必不能夙兴夜寐，纺绩织纴。细计厚葬，为多埋赋之财者也；计久丧，为久禁从事者也。财以成者，扶而埋之；后得生者，而久禁之。以此求富，此譬犹禁耕而求获也，富之说无可得焉。是故求以富家，而既已不可矣。

欲以众人民，意者可邪？其说又不可矣。今唯无以厚葬久丧者为政，君死，丧之三年；父母死，丧之三年；妻与后子死者，五皆丧之三年；然后伯父、叔父、兄弟、孽子其；族人五月；姑姊甥舅皆有月数。则毁瘠必有制矣，使面目陷陬，颜色黧黑，耳目不聪明，手足不劲强，不可用也。又曰上士操丧也，必扶而能起，杖而能行，以此共三年。若法若言，行若道，苟其饥约，又若此矣。是故百姓冬不仞寒[10]，夏不仞暑，作疾病死者，不可胜计也。此其为败男女之交多矣。以此求众，譬犹使人负剑而求其寿也，众之说无可得焉。是故求以众人民，而既以不可矣。

欲以治刑政，意者可乎？其说又不可矣。今唯无以厚葬久丧者为政，国家必贫，人民必寡，刑政必乱。若法若言，行若道，使为上者行此，则不能听治；使为下者行此，则不能从事。上不听治，刑政必乱；下不从事，衣食之财必不足。若苟不足，为人弟者，求其兄而不得，不弟弟必将怨其兄矣；为人子者，求其亲而不得，不孝子必是怨其亲矣；为人臣者，求之君而不得，不忠臣必且乱其上矣。是以僻淫邪行之民，出则无衣也，入则无食也，内续奚吾，并为淫暴，而不可胜禁也。是故盗贼众而治者寡。夫众盗贼而寡治者，以此求治，譬犹使人三睘而毋负己也[11]，治之说无可得焉。是故求以治刑政，而既已不可矣。

欲以禁止大国之攻小国也，意者可邪？其说又不可矣。是故昔者圣王既没，天下失义，诸侯力征。南有楚、越之王，而北有齐、晋之君，此皆砥砺其卒伍，以攻伐并兼为政于天下。是故凡大国之所以不攻小国者，积委多，城郭修，上下调和，是故大国不耆攻之⑫；无积委，城郭不修，上下不调和，是故大国耆攻之。今唯无以厚葬久丧者为政，国家必贫，人民必寡，刑政必乱。若苟贫，是无以为积委也；若苟寡，是城郭沟渠者寡也；若苟乱，是出战不克，入守不固。此求禁止大国之攻小国也，而既已不可矣。

欲以干上帝鬼神之福，意者可邪？其说又不可矣。今唯无以厚葬久丧者为政，国家必贫，人民必寡，刑政必乱。若苟贫，是粢盛酒醴不净洁也；若苟寡，是事上帝鬼神者寡也；若苟乱，是祭祀不时度也。今又禁止事上帝鬼神，为政若此，上帝鬼神，始得从上抚之曰：'我有是人也，与无是人也，孰愈？'曰：'我有是人也，与无是人也，无择也。'则惟上帝鬼神降之罪厉之祸罚而弃之，则岂不亦乃其所哉！

故古圣王制为葬埋之法，曰：'棺三寸，足以朽体；衣衾三领，足以覆恶⑬。以及其葬也，下毋及泉，上毋通臭，垄若参耕之亩⑭，则止矣。死则既已葬矣，生者必无久哭，而疾而从事。人为其所能，以交相利也。'此圣王之法也。"

今执厚葬久丧者之言曰："厚葬久丧，虽使不可以富贫众寡，定危治乱，然此圣王之道也。"子墨子曰："不然。昔者尧北教乎八狄，道死，葬蛩山之阴⑮。衣衾三领，榖木之棺，葛以缄之，既�𣲭而后哭⑯，满埳无封。已葬，而牛马乘之。舜西教乎七戎，道死，葬南己之市。衣衾三领，榖木之棺，葛以缄之。已葬，而市人乘之。禹东教乎九夷，道死，葬会稽之山。衣衾三领，桐棺三寸，葛以缄之，绞之不合，通之不埳，土地之深，下毋及泉，上毋通臭。既葬，收余壤其上，垄若参耕之亩，则止矣。若以此若三圣王者观之，则厚葬久丧果非圣王之道。故三王者，皆贵为天子，富有天下，岂忧财用之不足哉？以为如此葬埋之法。

今王公大人之为葬埋，则异于此。必大棺中棺，革阓三操⑰，璧玉即具，戈剑鼎鼓壶滥，文绣素练，大鞅万领，舆马女乐皆具。曰必捶埏差通，垄虽凡山陵。此为辍民之事，靡民之财，不可胜计也，其为毋用若此矣。"是故子墨子曰："乡者吾本言曰，意亦使法其言，用其谋，计厚葬久丧，请可以富贫众寡，定危治乱乎，则仁也，义也，孝子之事也。为人谋者，不可不劝也。意亦使法其言，用其谋，若人厚葬久丧，实不可以富贫众寡，定危治乱乎，则非仁也，非义也，非孝子之事也。为人谋者，不可不沮也。

是故求以富国家，甚得贫焉；欲以众人民，甚得寡焉；欲以治刑政，甚得乱焉；求以禁止大国之攻小国也，而既已不可矣；欲以干上帝鬼神之福，又得祸焉。上稽之尧舜禹汤文武之道而政逆之，下稽之桀纣幽厉之事，犹合节也。若以此观，则厚葬久丧，其非圣王之道也。"

今执厚葬久丧者言曰："厚葬久丧果非圣王之道，夫胡说中国之君子，为而不已，操而不择哉⑱？"子墨子曰："此所谓便其习而义其俗者也。昔者越之东有辁沐之国者，其长子生，则解而食之，谓之'宜弟'；其大父死，负其大母而弃之。曰：'鬼妻不可与居处。'此上以为政，下以为俗，为而不已，操而不择，则此岂实仁义之道哉？此所谓便其习而义其俗者也。楚之南有炎人国者，其亲戚死，朽其肉而弃之，然后埋其骨，乃成为孝子。秦之西有仪渠之国者，其亲戚死，聚柴薪而焚之，燻上，谓之登遐，然后成为孝子。此上以为政，下以为俗，为而不已，操而不择，则此岂实仁义之道哉？此所谓便其习而义其俗者也。若以此若三国者观之，则亦犹薄矣。若以中国之君子观之，则亦犹厚矣。如彼则大厚，如此则大薄，然则葬埋之有节矣。"

故衣食者，人之生利也，然且犹尚有节；葬埋者，人之死利也，夫何独无节于此乎？子墨子制为葬埋之法曰："棺三寸，足以朽骨；衣三领，足以朽肉；掘地之深，下无菹漏⑲，气无发洩于上，垄足以期其所，则上矣。哭往哭来，反从事乎衣食之财，佴乎祭祀⑳，以致孝于亲。"故曰子墨子之法，不失死生之利者，此也。

故子墨子言曰："今天下之士君子，中请将欲为仁义，求为上士，上欲中圣王之道，下欲中国家百姓之利。故当若节丧之为政，而不可不察此者也。"

①辟：同"譬"。

②沮：通"阻"。

③乎：前当有"存"字。

④圹：墓穴。

⑤意：满。

⑥秩：通"迭"。　　翁："噭"的误字，意为呜咽。

⑦缞（cuī，音摧）：白麻丧服。绖（dié，音迭）：系于头上和腰上的麻带。

⑧凷：古"块"字，土块。

⑨臑（gé，音隔）：骨瘦的样子。

⑩仞：通"忍"。

⑪衰：通"还"。

⑫者：通"嗜"。

⑬覆恶：覆盖恶臭（指尸体）。

⑭参耕之亩：三耦耕的田地。

⑮蚑（qióng，音穷）山：山名，位置在山东。

⑯沼：当为"犯"，"窆"之假音。窆（biǎn，音扁）：埋葬。

⑰革闠（huì，音惠）：皮革。

⑱择：通"释"，舍掉。

⑲菹漏："菹"同"沮"（jù，音据），湿。湿漏。

⑳佴（èr，音贰）：接续。

卷　七

天志上第二十六

子墨子言曰："今天下之士君子，知小而不知大。何以知之？以其处家者知之。若处家得罪于家长，犹有邻家所避逃之。然且亲戚兄弟所知识，共相儆戒①，皆曰：'不可不戒矣！不可不慎矣！恶有处家而得罪于家长，而可为也！'非独处家者为然，虽处国亦然。处国得罪于国君，犹有邻国所避逃之。然且亲戚兄弟所知识，共相儆戒，皆曰：'不可不戒矣！不可不慎矣！谁亦有处国得罪于国君，而可为也！'此有所避逃之者也，相儆戒犹若此其厚；况无所避逃之者，相儆戒岂不愈厚，然后可哉？且语言有之曰：'焉而晏日焉而得罪②，将恶避逃之？'曰无所避逃之。夫天不可为林谷幽门无人，明必见之。然而天下之士君子之于天也，忽然不知以相儆戒。此我所以知天下士君子知小而不知大也。

然则天亦何欲何恶？天欲义而恶不义。然则率天下之百姓以从事于义，则我乃为天之所欲也。我为天之所欲，天亦为我所欲。然则我何欲何恶？我欲福禄而恶祸祟。若我不为天之所欲，而为天之所不欲，然则我率天下之百姓，以从事于祸祟中也。然则何以知天之欲义而恶不义？曰天下有义则生，无义则死；有义则富，无义则贫；有义则治，无义则乱。然则天欲其生而恶其死，欲其富而恶其贫，欲其治而恶其乱。此我所以知天欲义而恶不义也。

曰且夫义者，政也。无从下之政上，必从上之政下。是故庶人竭力从事，未得次己而为政③，有士政之；士竭力从事，未得次己而为政，有将军大夫政之；将军大夫竭力从事，未得次己而为政，有三公诸侯政之；三公诸侯竭力听治，未得次己而为政，有天子政之；天子未得次己而为政，有天政之。天子为政于三公、诸侯、士、庶人，天下之士君子固明知；天之为政于天子，天下百姓未得之明知也。故昔三代圣王禹汤文武，欲以天之为政于天子，明说天下之百姓。故莫不犓牛羊，豢犬彘，洁为粢盛酒醴，以祭祀上帝鬼神，而求祈福于天。我未尝闻天之所求祈福于天子者也，我所以知天之为政于天子者也。

故天子者，天下之穷贵也，天下之穷富也。故于富且贵者④，当天意而不可不顺。顺天意者，兼相爱，交相利，必得赏；反天意者，别相恶，交相贼，必得罚。然则是谁顺天意而得赏者？谁反天意而得罚者？”子墨子言曰：“昔三代圣王禹汤文武，此顺天意而得赏也；昔三代之暴王桀纣幽厉，此反天意而得罚者也。”然则禹汤文武其得赏何以也？子墨子言曰：“其事上尊天，中事鬼神，下爱人。故天意曰：‘此之我所爱，兼而爱之；我所利，兼而利之。爱人者此为博焉，利人者此为厚焉。’故使贵为天子，富有天下，业万世子孙，传称其善，方施天下⑤。至今称之，谓之圣王。”然则桀纣幽厉得其罚何以也？子墨子言曰：“其事上诟天，中诟鬼，下贼人。故天意曰：‘此之我所爱，别而恶之；我所利，交而贼之。恶人者此为之博也，贼人者此为之厚也⑥。’故使不得终其寿，不殁其世。至今毁之，谓之暴王。

然则何以知天之爱天下之百姓？以其兼而明之⑦；何以知其兼而明之？以其兼而有之；何以知其兼而有之？以其兼而食焉；何以知其兼而食焉？四海之内，粒食之民⑧，莫不犓牛羊，豢犬彘，洁为粢盛酒醴，以祭祀于上帝鬼神，天有邑人⑨，何用弗爱也？且吾言杀一不辜者必有一不祥。杀不辜者谁也？则人也；予之不祥者谁也？则天也。若以天为不爱天下之百姓，则何故以人与人相杀，而天予之不祥？此我所以知天之爱天下之百姓也。”

顺天意者，义政也；反天意者，力政也。然义政将奈何哉？子墨子言曰：“处大国不攻小国，处大家不篡小家，强者不劫弱，贵者不傲贱，多诈者不欺愚。此必上利于天，中利于鬼，下利于人，三利无所不利，故举天下美名加之，谓之圣王。力政者则与此异，言非此，行反此，犹倖驰也⑩。处大国攻小国，处大家篡小家，强者劫弱，贵者傲贱，多诈欺愚。此上不利于天，中不利于鬼，下不利于人。三不利无所利，故举天下恶名加之，谓之暴王。”

子墨子言曰：“我有天志，譬若轮人之有规，匠人之有矩，轮匠执其规矩，以度天下之方圆，曰：‘中者是也，不中者非也。’今天下之士君子之书，不可胜载，言语不可尽计，上说诸侯，下说列士，其于仁义，则大相远也。何以知之？曰：我得天下之明法以度之。”

---

①傲（jìng，音景）：通“警”。

②焉而晏日：在明朗的天日下。焉而：在。

③次：即“咨”，放纵。

④于：当为"欲"字。

⑤方：即"旁"，广泛。

⑥贱："贼"字之误。

⑦兼而明之：全部知道。

⑧粒食：吃谷物。

⑨邑人：下民。

⑩倖：一本作"偝"，"偝"与"背"同。

天志中第二十七

子墨子言曰："今天下之君子之欲为仁义者，则不可不察义之所从出。"既曰不可以不察义之所欲出，然则义何从出？子墨子曰："义不从愚且贱者出，必自贵且知者出。何以知义之之不从愚且贱者出，而必自贵且知者出也？曰：义者，善政也。何以知义之为善政也？曰：天下有义则治，无义则乱，是以知义之为善政也。夫愚且贱者，不得为政乎贵且知者，然后得为政乎愚且贱者。此吾所以知义之不从愚且贱者出，而必自贵且知者出也。然则孰为贵？孰为知？曰：天为贵，天为知而已矣。然则义果自天出矣。"

今天下之人曰："当若天子之贵诸侯，诸侯之贵大夫，倖明知之①。然吾未知天之贵且知于天子也。"子墨子曰："吾所以知天之贵且知于天子者有矣。曰：天子为善，天能赏之；天子为暴，天能罚之；天子有疾病祸祟，必斋戒沐浴，洁为酒醴粢盛，以祭祀天鬼，则天能除去之。然吾未知天之祈福于天子也。此吾所以知天之贵且知于天子者。不止此而已矣，又以先王之书《驯天明不解》之道也知之。曰：'明哲维天，临君下土②。'则此语天之贵且知于天子。不知亦有贵知夫天者乎？曰：天为贵，天为知而已矣。然则义果自天出矣。"

是故子墨子曰："今天下之君子，中实将欲遵道利民，本察仁义之本，天之意不可不慎也。"既以天之意以为不可不慎已，然则天之将何欲何憎？子墨子曰："天之意不欲大国之攻小国也，大家之乱小家也，强之暴寡，诈之谋愚，贵之傲贱，此天之所不欲也。不止此而已，欲人之有力相营，有道相教，有财相分也。又欲上之强听治也，下之强从事也。上强听治，则国家治矣；下强从事，则财用足矣。若国家治财用足，则内有以洁为酒醴粢盛，以祭祀天鬼；外有以为环璧珠玉，以聘挠四邻③。诸侯之冤不兴矣，边境兵甲不作矣。内有以食饥息劳，持养其万民，则君臣上下惠忠，父子弟兄慈孝。故唯毋明乎顺天之意，奉而光施之天下④，则刑政治，万民和，国家富，财用足，百姓皆得暖衣饱食，便宁无忧。"是故子墨子曰："今天下之君子，中实将欲遵道利民，本察仁义之本，天之意不可不慎也。"

且夫天子之有天下也，辟之无以异乎国君诸侯之有四境之内也。今国君诸侯之有四境之内也，夫岂欲其臣国万民之相为不利哉？今若处大国则攻小国，处大家则乱小家，欲以此求赏誉，终不可得，诛罚必至矣。夫天之有天下也，将无已异此⑤。今若处大国则攻小国，处大都则伐小都，欲以此求福禄于天，福禄终不得，而祸祟必至矣。然有所不为天之所欲，而为天之所不欲，则夫天亦且不为人之所欲，而为人之所不欲矣。人之所不欲者，何也？曰：病疾祸祟也。若已不为天之所欲，而为天之所不欲，是率天下之万民以从事乎祸祟之中也。故古者圣王明知天鬼之所福，而辟天鬼之所憎，以求兴天下之利，而除天下之害。是以天之为寒热也节，四时调，阴阳雨露也时，五谷孰，六畜遂，疾菑戾疫凶饥则不至。"是故子墨子曰："今天下之君子，中实将欲遵道利民，本察仁义之本，天意不可不慎也。"

且夫天下盖有不仁不祥者，曰：当若子之不事父，弟之不事兄，臣之不事君也。故天下之君谁杀不辜？曰人也。孰予之不辜？曰天也。若天之中实不爱此民也，何故而人有杀不辜，而天予之不祥哉？且天之爱百姓厚矣，天之爱百姓别矣③，既可得而知也。

何以知天之爱百姓也？吾以贤者之必赏善罚暴也。何以知贤者之必赏善罚暴也？吾以昔者三代之圣王知之。故昔也三代之圣王尧舜禹汤文武之兼爱之天下也，从而利之，移其百姓之意焉，率以敬上帝山川鬼神。天以为从其所爱而爱之，从其所利而利之，于是加其赏焉。使之处上位，立为天子以法也，名之曰'圣人'。以此知其赏善之证。是故昔也三代之暴王桀纣幽厉之兼恶天下也，从而贼之，移其百姓之意焉，率以诟侮上帝山川鬼神。天以为不从其所爱而恶之，不从其所利而贼之，于是加其罚焉。使之父子离散，国家灭亡，抎失社稷④，忧以及其身。是以天下之庶民属而毁之，业万世子孙断嗣，毁之贲不之废也⑤，名之曰'失王'。以此知其罚暴之证。今天下之士君子，欲为义者，则不可不顺天之意矣。

曰顺天之意者，兼也；反天之意者，别也。兼之为道也，义正；别之为道也，力正。曰义正者何若？曰大不攻小也，强不侮弱也，众不贼寡也，诈不欺愚也，贵不傲贱也，富不骄贫也，壮不夺老也。是以天下之庶国，莫以水火毒药兵刃以相害也。若事上利天，中利鬼，下利人，三利而无所不利，是谓天德。故凡从事此者，圣知也，仁义也，忠惠也，慈孝也。是故聚敛天下之善名而加之。是其故何也？则顺天之意也。曰力正者何若？曰大则攻小也，强则侮弱也，众则贼寡也，诈则欺愚也，贵则傲贱也，富则骄贫也，壮则夺老也。是以天下之庶国，方以水火毒药兵刃以相贼害也。若事上不利天，中不利鬼，下不利人，三不利而无所利，是谓之贼。故凡从事此者，寇乱也，盗贼也，不仁不义，不忠不惠，不慈不孝。是故聚敛天下之恶名而加之。是其故何也？则反天之意也。"

故子墨子置立天之⑥，以为仪法，若轮人之有规，匠人之有矩也。今轮人以规，匠人以矩，以此知方圆之别矣。是故子墨子置立天之，以为仪法。吾以此知天下之士君子之去义远也。何以知天下之士君子之去义远也？今知氏大国之君宽者然曰⑦："吾处大国而不攻小国，吾何以为大哉？"是以差论蚤牙之士⑧，比列其舟车之卒，以攻罚无罪之国，入其沟境，刈其禾稼，斩其树木，残其城郭，以御其沟池，焚烧其祖庙，攘杀其牺牷。民之格者，则劲拔之⑨；不格者，则系操而归。丈夫以为仆圉胥靡⑩，妇人以为舂酋⑪。则夫好攻伐之君，不知此为不仁义，以告四邻诸侯曰："吾攻国覆军，杀将若干人矣。"其邻国之君亦不知此为不仁义也，有具其皮币，发其总处⑫，使人绖贺焉。则夫好攻伐之君，有重不知此为不仁不义也⑬，有书之竹帛，藏之府库。为人后子者，必且欲顺其先君之行，曰："何不当发吾府库，视吾先君之法美？"必不曰文、武之为正者若此矣，曰："吾攻国覆军杀将若干人矣。"则夫好攻伐之君，不知此为不仁不义也；其邻国之君，不知此为不仁不义也。是以攻伐世世而不已者，此吾所谓大物则不知也。

所谓小物则知之者何若？今有人于此，入人之场园，取人之桃李瓜姜者，上得且罚之，众闻则非之，是何也？曰不与其劳，获其实，已非其有所取之故。而况有踰于人之墙垣，担格人之子女者乎⑭？与角人之府库，窃人之金玉蚤絫者乎？与踰人之栏牢，窃人之牛马者乎？而况有杀一不辜人乎？今王公大人之为政也，自杀一不辜人者；踰人之墙垣，担格人之子女者；与角人之府库，窃人之金玉蚤絫者；⑮与踰人之栏牢，窃人之牛马者；与入人之场园，窃人之桃李瓜姜者，今王公大人之加罚此也。虽古之尧舜禹汤文武之为政，亦无以异此矣。

今天下之诸侯，将犹皆侵凌攻伐兼并，此为杀一不辜人者，数千万矣；此为逾人之墙垣，格人之子女者；与角人之府库，窃人金玉蚤絫者，数千万矣；逾人之栏牢，窃人之牛马者，与入人之场园，窃人之桃李瓜姜者，数千万矣，而自曰义也。故子墨子言曰："是蒉我者⑯，则岂有以异是蒉黑白甘苦之辩者哉！今有人于此，少而示之黑，谓之黑，多示之黑谓白。必曰：'吾目乱，不知黑白之别。'今有人于此，能少尝之甘谓甘，多尝谓苦，必曰：'吾口乱，不知其甘苦之味。'今王公大人之政也，或杀人，其国家禁之，此蚤越有能多杀其邻国之人，因以为文义。此岂有异蟗白黑、甘苦之别者哉？"

故子墨子置天之以为仪法。非独子墨子以天之志为法也，于先王之书《大夏》之道之然："帝谓文王，予怀明德，毋大声以色，毋长夏以革，不识不知，顺帝之则。"此诰文王之以天志为法也，而顺帝之则也。且今天下之士君子，中实将欲为仁义，求为上士，上欲中圣王之道，下欲中国家百姓之利者，当天之志，而不可不察也。天之志者，义之经也。

---

①极：当为"微"之误。

②尽：通"仅"。

③别：读为"徧"。徧：同"遍"。

④抎（yǔn，音允）：坠失。

⑤贲："者"字之误。

⑥天之：即天志。

⑦知：衍文。氏：当为"是"。

⑧蚤：通"爪"。

⑨劲拔：疑为"劲杀"之误。劲（jīng，音景）：用刀割脖子。

⑩胥靡：服役的刑徒。

⑪酋：与"酉"声形相近而通。

⑫怨：疑当为"总"（繁体为"總"）字之误。

⑬重：更。

⑭挵（zā，音匝）格：执持。

⑮蚤繅（sāo，音缲）：布帛。蚤：当为"蜼"（"缲"之借字）。

⑯贲：当与"纷"同，扰乱。

卷　八

明鬼上第二十九（阙）

明鬼中第三十（阙）

明鬼下第三十一

子墨子言曰："逮至昔三代圣王既没，天下失义，诸侯力正。是以存夫为人君臣上下者之不惠忠也，父子弟兄之不慈孝弟长贞良也，正长之不强于听治，贱人之不强于从事也。民之为淫暴勇力强武，坚甲利兵，鬼神之罚必胜之。若以为不然，昔者夏王桀，贵为天子，富有天下，上诟天侮鬼，下殃傲天下之万民，祥上帝伐元山帝行，故于此乎，天乃使汤至明罚焉。汤以车九两㉚，鸟陈雁行。汤乘大赞㉛，犯遂下众，人之蝎遂㉜，王乎禽推哆大戏㉝。故昔夏王桀，贵为天子，富有天下，有勇力之人推哆大戏，生列兕虎，指画杀人，人民之众兆亿，侯盈厥泽陵㉞，然不能以此圉鬼神之诛。此吾所谓鬼神之罚，不可为富贵众强、勇力强武、坚甲利兵者，此也。

且不惟此为然。昔者殷王纣，贵为天子，富有天下，上诟天侮鬼，下殃傲天下之万民，播弃黎老，贼诛孩子，楚毒无罪㉟，刳剔孕妇㊱，庶旧鳏寡，号咷无告也。故于此乎，天乃使武王至明罚焉。武王以择车百两，虎贲之卒四百人，先庶国节窥戎，与殷人战乎牧之野，王乎禽费中、恶来，众畔百走。武王逐奔入宫，万年梓株，折纣而系之赤环，载之白旗，以为天下诸侯僇。故昔者殷王纣，贵为天子，富有天下，有勇力之人费中、恶来、崇候虎指寡杀人㊲，人民之众兆亿，侯盈厥泽陵，然不能以此圉鬼神之诛。此吾所谓鬼神之罚，不可为富贵众强、勇力强武、坚甲利兵者，此也。且《禽艾》之道之曰：'得玑无小，灭宗无大。'则此言鬼神之所赏，无小必赏之；鬼神之所罚，无大必罚之。"

今执无鬼者曰："意不忠亲之利，而害为孝子乎？"子墨子曰："古之今之为鬼，非他也，有天鬼，亦有山水鬼神者，亦有人死而为鬼者。今有子先其父死，弟先其兄死者矣，意虽使然，然而天下之陈物曰：'先生者先死。'若是，则先死者非父则母，非兄而姒也㊳。今絜为酒醴粢盛，以敬慎祭祀，若使鬼神请有，是得其父母姒兄而饮食之也，岂非厚利哉？若使鬼神请亡，是乃费其所为酒醴粢盛之财耳。自夫费之，非特注之汙壑而弃之也。内者宗族，外者乡里，皆得如具饮食之。虽使鬼神请亡，此犹可以合欢聚众，取亲于乡里。"今执无鬼者言曰："鬼神者固请无有，是以不共其酒醴粢盛牺牲之财。吾非乃今爱其酒醴粢盛牺牲之财乎？其所得者臣将何哉？"此上逆圣王之书，内逆民人孝子之行，而为上士于天下，此非所以为上士之道也。是故子墨子曰："今吾为祭祀也，非直注之汙壑而弃之也，上以交鬼之福㊴，下以合欢聚众，取亲乎乡里。若神有，则是得吾父母弟兄而食之也。则此岂非天下利事也哉！"

是故子墨子曰："今天下之王公大人士君子，中实将欲求兴天下之利，除天下之害，当若鬼神之有也，将不可不尊明也，圣王之道也。"

子墨子言曰："仁之事者㊵，必务求兴天下之利，除天下之害，将以为法乎天下。利人乎，即为；不利人乎，即止。且夫仁者之为天下度也，非为其目之所美，耳之所乐，口之所甘，身体之所安，以此亏夺民衣食之财，仁者弗为也。"

是故子墨子之所以非乐者，非以大钟、鸣鼓、琴瑟、竽笙之声，以为不乐也；非以刻镂华文章之色，以为不美也；非以刍豢煎炙之味，以为不甘也；非以高台厚榭邃野之居㊶，以为不安也。虽身知其安也，口知其甘也，目知其美也，耳知其乐也，然上考之不中圣王之事，下度之不中万民之利。是故子墨子曰："为乐非也。今王公大人，虽无造为乐器㊷，以为事乎国家，非直掊潦水折壤坦而为之也㊸，将必厚措敛乎万民，以为大钟、鸣鼓、琴瑟、竽笙之声。古者圣王亦尝厚措敛乎万民，以为舟车，既以成矣，曰：'吾将恶许用之？'曰：'舟用之水，车用之陆，君子息其足焉，小人休其肩背焉。'故万民出财赍而予之，不敢以为戚恨者，何也？以其反中民之利也。然则乐器反中民之利亦若此，即我弗敢非也。然则当用乐器譬之若圣王之为舟车也，即我弗敢非也。

民有三患：饥者不得食，寒者不得衣，劳者不得息，三者民之巨患也。然即当为之撞巨钟、击鸣鼓、弹琴瑟、吹竽笙而扬干戚㊹，民衣食之财将安可得乎？即我以为未必然也。

意舍此㊺。今有大国即攻小国，有大家即伐小家，强劫弱，众暴寡，诈欺愚，贵傲贱，寇乱盗贼并兴，不可禁止也。然即当为之撞巨钟、击鸣鼓、弹琴瑟、吹竽笙而扬干戚，天下之乱也，将安可得而治与？即我未必然也。"是故子墨子曰："姑尝厚措敛乎万民，以为大钟、鸣鼓、竽笙之声，以求兴天下之利，除天下之害而无补也。"是故子墨子曰："为乐非也。"

"今王公大人，唯毋处高台厚榭之上而视之，钟犹是延鼎也⑯，弗撞击将何乐得焉哉？其说将必撞击之。惟勿撞击，将必不使老与迟者，老与迟者耳目不聪明，股肱不毕强，声不和调，明不转朴⑰。将必使当年，因其耳目之聪明，股肱之毕强，声之和调，眉之转朴。使丈夫为之，废丈夫耕稼树艺之时；使妇人为之，废妇人纺绩织纴之事。今王公大人唯毋为乐，亏夺民衣食之财，以拊乐如此多也⑱。"是故子墨子曰："为乐非也。"

"今大钟、鸣鼓、琴瑟、竽笙之声既已具矣，大人锵然奏而独听之⑲，将何乐得焉哉？其说将必与贱人不与君子。与君子听之，废君子听治；与贱人听之，废贱人之从事。今王公大人惟毋为乐，亏夺民之衣食之财，以拊乐如此多也。"是故子墨子曰："为乐非也。"

"昔者齐康公兴乐万⑳，万人不可衣短褐，不可食糠糟。曰食饮不美，面目颜色不足视也；衣服不美，身体从容丑羸，不足观也。是以食必梁肉，衣必文绣，此掌不从事乎衣食之财㉑，而掌食乎人者也。"是故子墨子曰："今王公大人惟毋为乐，亏夺民衣食之财，以拊乐如此多也。"是故子墨子曰："为乐非也。"

"今人固与禽兽麋鹿、蜚鸟、贞虫异者也㉒，今之禽兽麋鹿、蜚鸟、贞虫，因其羽毛以为衣裘，因其蹄蚤以为绔屦㉓，因其水草以为饮食。故唯使雄不耕稼树艺，雌亦不纺绩织纴，衣食之财固已具矣。今人与此异者也，赖其力者生，不赖其力者不生。君子不强听治，即刑政乱；贱人不强从事，即财用不足。今天下之士君子，以吾言不然，然即姑尝数天下分事，而观乐之害。王公大人蚤朝晏退，听狱治政，此其分事也；士君子竭股肱之力，亶其思虑之智㉔，内治官府，外收敛关市、山林、泽梁之利，以实仓廪府库，此其分事也；农夫蚤出暮入，耕稼树艺，多聚叔粟，此其分事也；妇人夙兴夜寐，纺绩织纴，多治麻丝葛绪绹布参㉕，此其分事也。今惟毋在乎王公大人说乐而听之，即必不能蚤朝晏退，听狱治政，是故国家乱而社稷危矣；今惟毋在乎士君子说乐而听之，即必不能竭股肱之力，亶其思虑之智，内治官府，外收敛关市、山林、泽梁之利，以实仓廪府库，是故仓廪府库不实；今惟毋在乎农夫说乐而听之，即必不能蚤出暮入，耕稼树艺，多聚叔粟，是故叔粟不足；今惟毋在乎妇人说乐而听之，即必不能夙兴夜寐，纺绩织纴，多治麻丝葛绪绹布参，是故布参不兴。曰：孰为大人之听治而废国家之从事？曰乐也。"是故子墨子曰："为乐非也。"

何以知其然也？曰先王之书，汤之官刑有之曰："其恒舞于宫，是谓巫风。其刑君子出丝二卫㉖，小人否㉗，似二伯黄径㉘。"乃言曰："呜乎！舞佯佯㉙，黄言孔章㉚，上帝弗常㉛，九有以亡㉜，上帝不顺，降之百殄㉝，其家必坏丧。"察九有之所以亡者，徒从饰乐也。于《武观》曰㉞："启乃淫溢康乐㉟，野于饮食，将将铭苋磬以力㊱，湛浊于酒，渝食于野，万舞翼翼㊲，章闻于大㊳，天用弗式。"故上者天鬼弗戒，下者万民弗利。

是故子墨子曰："今天下士君子，请将欲求兴天下之利，除天下之害，当在乐之为物，将不可不禁而止也。"

----

①率径：当读为"术径"。术：车道。

②请：当读为"诚"。感：通"或"。

③其：同"期"，满。

④弢（tāo，音滔）：装弓的袋子。

⑤憯（cǎn，音惨）：急速。"遫"：速的异体字。

⑥三绝：义不可解，疑为衍文。

⑦犇："奔"的异体字。

⑧搞：同"敲"。

⑨谦：通"兼"。

⑩泄：同"掘"。洫（xù，音恤）：通"穴"。

⑪挑（tiāo，音挑）神：神巫。

⑫有：通"又"。

⑬僇（lù，音陆）：通"戮"。

⑭菆（zōu，音邹）位：神社。

⑮倅：同"粹"，纯粹。

⑯与岁上下：据年成好坏增减。

⑰选效：置办准备。

⑱为：后当有"有"字。

⑲敬畧（jūn，音君）：敬重畏惧。

⑳慎无：不可解，疑为"圣人"之误。

㉑陟（zhì，音致）降：去世。

㉒比方：顺道。

㉓矧（shěn，音审）隹：语气词。隹：古"惟"。

㉔用：因。

㉕争一日之命：今日决一生死。

㉖葆士：当作"堡士"，城郭和士人。

㉗共：当作"恭"。

㉘共：当作"攻"。

㉙岁于社者考：岁末祭祖。

㉚两：通"辆"。

㉛大赞：古地名。

㉜犯遂下众，人之蟓遂：此句难解。孙诒让疑当为"犯逐夏众，人之郊遂"。

㉝禽：同"擒"。推哆大戏：人名。

㉞侯：维，语气词。

㉟楚毒：本作"焚炙"。

㊱刳剔（kū tī，音枯梯）：解剖。

㊲寡：通"画"。

㊳姒（sì，音四）：姊。

㊴交：通"邀"，求取。

㊵仁之事者：疑当为"仁者之事"。

㊶野：即"宇"字，音同相通。

㊷虽无：语气词。

㊸掊潦水折壤坦：用手剥开积水、扔掉土块，比喻做简单的事情。

㊹干：盾。　　　戚：一种似斧的兵器。

㊺意舍此：暂不议论这一点。

㊻延鼎：倒放的鼎。

㊼明：当为"眉"。　　　朴：当作"抃（biàn，音变）"，"变"之假字。

㊽拊（fǔ，音府）：击。

㊾铺：疑为"肃"之误。

㊿万：即万舞。

(51)掌：通"常"。

(52)蚩：通"飞"。贞：当为"征"之假字，动物的通称。

(53)绔（kù，音库）：绑腿。屦：（jù，音俱）：麻葛作的鞋。

(54)亶：通"殚"，竭尽。

(55)参：当为"缫"（zǎo，音澡），微带红色的黑色帛。

(56)卫："纬"之假字。二卫指两捆丝。

(57)否：疑为"吝"字，"倍"的省文。

(58)似二伯黄径：此句有脱误，难解。

(59)舞佯佯：即"舞洋洋"，众多的人起舞。

(60)黄：疑当为"其"。章：通"彰"。

(61)常：通"尚"。

(62)九有：九州。

(63)殃（xiáng，音祥）：同"殃"。

(64)《武观》：或作《五观》，书名。叙启子五观之事。

(65)启：后当有"子"字。

(66)苋：疑"筅"，（即"管"）。

(67)翼翼：悠闲的样子。

(68)大：当作"天"字。

卷 九

非乐上第三十二 （阙）

非乐中第三十三 （阙）

非乐下第三十四 （阙）

非命上第三十五

子墨子言曰："古者王公大人，为政国家者，皆欲国家之富，人民之众，刑政之治。然而不得富而得贫，不得众而得寡，不得治而得乱，则是本失其所欲，得其所恶，是故何也？"子墨子言曰："执有命者以杂于民间者众。执有命者之言曰：'命富则富，命贫则贫，命众则众，命寡则寡，命治则治，命乱则乱，命寿则寿，命夭则夭。命，虽强劲何益哉？'以上说王公大人，下以驵百姓之从事①，故执有命者不仁。故当执有命者之言，不可不明辨。"

然则明辨此之说将奈何哉？子墨子言曰："必立仪，言而毋仪，譬犹运钧之上而立朝夕者也②。是非利害之辨，不可得而明知也。故言必有三表③。"何谓三表？子墨子言曰："有本之者，有原之者，有用之者。于何本之？上本之于古者圣王之事。于何原之？下原察百姓耳目之实。于何用之？废以为刑政④，观其中国家百姓人民之利。此所谓言有三表也。

然而今天下之士君子，或以命为有。盖尝尚观于圣王之事。古者桀之所乱，汤受而治之；纣之所乱，武王受而治之。此世未易民未渝⑤，在于桀纣，则天下乱；在于汤武，则天下治，岂可谓有命哉！

然而今天下之士君子，或以命为有。盖尝尚观于先王之书，先王之书，所以出国家⑥，布施百姓者，宪也。先王之宪，亦尝有曰：'福不可请，而祸不可讳，敬无益，暴无伤'者乎？所以听狱制罪者，刑也。先王之刑亦尝有曰'福不可请，祸不可讳，敬无益，暴无伤'者乎？所以整设师旅，进退师徒者，誓也。先王之誓亦尝有曰：'福不可请，祸不可讳，敬无益，暴无伤'者乎？是故子墨子言曰："吾当未盐数⑦，天下之良书不可尽计数，大方论数，而五者是也。今虽毋求执有命者之言，不必得，不亦可错乎？今用执有命者之言，是覆天下之义；覆天下之义者，是立命者也，百姓之谇也⑧；说百姓之谇者，是灭天下之人也。"然则所为欲义在上者，何也？曰："义人在上，天下必治，上帝山川鬼神，必有干主⑨，万民被其大利。"何以知之？子墨子曰："古者汤封于亳，绝长继短，方地百里，与其百姓兼相爱，交相利，移则分⑩。率其百姓，以上尊天事鬼，是以天鬼富之，诸侯与之，百姓亲之，贤士归之。未殁其世，而王天下，政诸侯。昔者文王封于岐周，绝长继短，方地百里，与共百姓兼相爱、交相利，则⑪，是以近者安其政，远者归其德。闻文王者，皆起而趋之。罢不肖股肱不利者，处而愿之曰：'奈何乎使文王之地及我，吾则吾利，岂不亦犹文王之民也哉。'是以天鬼富之，诸侯与之，百姓亲之，贤士归之。未殁其世，而王天下，政诸侯。乡言曰：义人在上，天下必治，上帝山川鬼神，必有干主，万民被其大利。吾用此知之。

是故古之圣王发宪出令，设以为赏罚以劝贤。是以入则孝慈于亲戚，出则弟长于乡里，坐处有度，出入有节，男女有辨。是故使治官府，则不盗窃，守城则不崩叛，君有难则死，出亡则送。此上之所赏，而百姓之所誉也。执有命者之言曰：'上之所赏，命固且赏，非贤故赏也；上之所罚，命固且罚，不暴故罚也。'是故入则不慈孝于亲戚，出则不弟长于乡里，坐处不度，出入无节，男女无辨。是故治官府则盗窃，守城则崩叛，君有难则不死，出亡则不送。此上之所罚，百姓之所非毁也。执有命者言曰：'上之所罚，命固且罚，不暴故罚也；上之所赏，命固且赏，非贤故赏也。'以此为君则不义，为臣则不忠，为父则不慈，为子则不孝，为兄则不良，为弟则不弟。而强执此者，此特凶言之所自生，而暴人之道也。

然则何以知命之为暴人之道？昔上世之穷民，贪于饮食，惰于从事。是以衣食之财不足，而饥寒冻馁之忧至，不知曰'我罢不肖，从事不疾'，必曰'我命固且贫。'昔上世暴王，不忍其耳目之淫，心涂之辟⑫，不顺其亲戚，遂以亡失国家，倾覆社稷，不知曰'我罢不肖，为政不善'，必曰'吾命固失之'。于《仲虺之告》曰：'我闻于夏人矫天命布命于下，帝伐之恶，袭丧厥师。'此言汤之所以非桀之执有命也。于《太誓》曰：'纣夷处⑬，不肎事上帝鬼神，祸厥先神禔不祀，乃曰吾民有命，无廖排漏⑭，天亦纵弃之而弗葆。'此言武王所以非纣执有命也。今用执有命者之言，则上不听治，下不从事。上不听治，则刑政乱；下不从事，则财用不足。上无以供粢盛酒醴，祭祀上帝鬼神，下无以降绥天下贤可之士⑮；外无以应待诸侯之宾客，内无以食饥衣寒，将养老弱。故命上不利于天，中不利于鬼，下不利于人。而强执此者，此特凶言之所自生，而暴人之道也。"

是故子墨子言曰："今天下之士君子，忠实欲天下之富而恶其贫，欲天下之治而恶其乱，执有命者之言，不可不非，此天下之大害也。"

①殂："阻"的借字。

②钧：陶轮。朝夕：代指东西方向。

③表：原则、标准。

④废：通"发"。

⑤渝（yú，音鱼）：改变。

⑥出：疑为"正"字。

⑦盐："尽"字之伪。

⑧谇（suì，音岁）：当读为"悴"，忧伤。

⑨干主：宗主。

⑩移：疑为"多"字。

⑪则：疑为衍文，或有脱文。

⑫心涂：心志。

⑬夷处：当作"夷虐"，意为残酷暴虐。

⑭无廖排漏：当作"无缪（纠）罪厉"。

⑮降绥：大安。"降"读若"洪"。

非命中第三十六

子墨子言曰："凡出言谈，由文学之为道也，则不可而不先立义法。若言而无义，譬犹立朝夕于员钧之上也①，则虽有巧工，必不能得正焉。然今天下之情伪，未可得而识也，故使言有三法。三法者何也？有本之者，有原之者，有用之者。于其本之也，考之天鬼之志，圣王之事；于其原之也，征以先王之书；用之奈何，发而为刑。此言之三法也。

今天下之士君子或以命为亡，我所以知命之有与亡者，以众人耳目之情，知有与亡。有闻之，有见之，谓之有；莫之闻，莫之见，谓之亡。然胡不尝考之百姓之情？自古以及今，生民以来者，亦尝见命之物，闻命之声者乎？则未尝有也。若以百姓为愚不肖，耳目之情不足因而为法，然则胡不尝考之诸侯之传言流语乎？自古以及今，生民以来者，亦尝有闻命之声，见命之体者乎？则未尝有也。然胡不尝考之圣王之事？古之圣王，举孝子而劝之事亲，尊贤良而劝之为善，发宪布令以教诲，明赏罚以劝沮。若此，则乱者可使治，而危者可使安矣。若以为不然，昔者，桀之所乱，汤治之；纣之所乱，武王治之。此世不渝而民不改，上变政而民易教，其在汤、武则治，其在桀、纣则乱。安危治乱，在上之发政也，则岂可谓有命哉！夫曰有命云者亦不然矣。

今夫有命者言曰：'我非作之后世也，自昔三代有若言以传流矣。今故先生对之②？'曰：夫有命者，不志昔也三代之圣善人与③？意亡昔三代之暴不肖人也？何以知之？初之列士桀大夫④，慎言知行，此上有以规谏其君长，下有以教顺其百姓。故上得其君长之赏，下得其百姓之誉。列士桀大夫声闻不废，流传至今，而天下皆曰其力也，必不能曰我见命焉。

是故昔者三代之暴王，不缪其耳目之淫，不慎其心志之辟，外之殴骋田猎毕弋⑤，内沈于酒乐，而不顾其国家百姓之政。繁为无用，暴逆百姓，使下不亲其上。是故国为虚厉，身在刑僇之中⑥，不肎曰：'我罢不肖，我为刑政不善'，必曰：'我命故且亡'。虽昔也三代之穷民，亦由此也。内之不能善事其亲戚，外不能善事其君长，恶恭俭而好简易，贪饮食而惰从事，衣食之财不足，使身至有饥寒冻馁之忧，必不能曰：'我罢不肖，我从事不疾'，必曰：'我命固且穷。'虽昔也三代之伪民，亦犹此也。繁饰有命，以教众愚朴人久矣。圣王之患此也，故书之竹帛，琢之金石，于先王之书《仲虺之告》曰：'我闻有夏人矫天命，布命于下，帝式是恶，用阙师。'此语夏王桀之执有命也，汤与仲虺共非之。先王之书《太誓》之言然曰：'纣夷之居，而不肎事上帝，弃阙其先神而不祀也，曰："我民有命，毋僇其务"，天不亦弃纵而不葆。'此言纣之执有命也，武王以《太誓》非之。有于《三代不国》有之曰：'女毋崇天之有命也。'命三不国亦言命之无也。于召公之执令于然，且：'敬哉！无天命，惟予二人，而无造言⑦，不自降天之哉得之⑧。'在于商、夏之诗书曰：'命者暴王作之。'且今天下之士君子，将欲辨是非利害之故，当天有命者，不可不疾非也。"执有命者，此天下之厚害也。是故子墨子非也。

---

①员：通"运"。

②对：疑为"非"字。

③志：即"识"字，"识"同"知"。

④桀：通"杰"。

⑤毆："驱"的异体字。

⑥僇（lù，音陆）：通"戮"，杀。

⑦造言：惑众的假话。

⑧不自降天之哉得之：疑当为"不自天降，自我得之"。

非命下第三十七

子墨子言曰："凡出言谈，则必可而不先立仪而言①。若不先立仪而言，譬之犹运钧之上而立朝夕焉也。我以为虽有朝夕之辩，必将终未可得而从定也。是故言有三法。何谓三法？曰：有考之者，有原之者，有用之者。恶乎考之？考先圣大王之事。恶乎原之？察众之耳目之请。恶乎用之？发而为政乎国，察万民而观之。此谓三法也。

故昔者三代圣王禹汤文武为政乎天下之时，曰：'必务举孝子而劝之事亲，尊贤良之人而教之为善。'是故出政施教，赏善罚暴。且以为若此，则天下之乱也，将属可得而治也②；社稷之危也，将属可得而定也。若以为不然，昔桀之所乱，汤治之；纣之所乱，武王治之。当此之时，世不渝而民不易，上变政而民改俗。存乎桀纣而天下乱，存乎汤武而天下治。天下之治也，汤武之力也；天下之乱也，桀纣之罪也。若以此观之，夫安危治乱存乎上之为政也，则夫岂可谓有命哉！故昔者禹汤文武方为政乎天下之时，曰：'必使饥者得食，寒者得衣，劳者得息，乱者得治。'遂得光誉令问于天下③。夫岂可以为命哉？故以为其力也！今贤良之人，尊贤而好功道术，故上得其王公大人之赏，下得其万民之誉，遂得光誉令问于天下。亦岂以为其命哉？又以为力也！

然今夫有命者，不识昔也三代之圣善人与，意亡昔三代之暴不肖人与④？若以说观之⑤，则必非昔三代圣善人也，必暴不肖人也。然今以命为有者，昔三代暴王桀纣幽厉，贵为天子，富有天下。于此乎，不而矫其耳目之欲⑥，而从其心意之辟，外之毆聘、田猎、毕弋，内湛于酒乐。而不顾其国家百姓之政，繁为无用，暴逆百姓，遂失其宗庙。其言不曰：'吾罢不肖，吾听治不强'，必曰：'吾命固将失之。'虽昔也三代罢不肖之民，亦犹此也。不能善事亲戚君长，甚恶恭俭而好简易，贪饮食而惰从事，衣食之财不足，是以身有陷乎饥寒冻馁之忧。其言不曰：'吾罢不肖，吾从事不强'，又曰'吾命固将穷'。昔三代伪民亦犹此也。

昔者暴王作之，穷人术之⑦，此皆疑众迟朴⑧。先圣王之患之也，固在前矣。是以书之竹帛，镂之金石，琢之盘盂，传遗后世子孙。曰何书焉存？禹之《总德》有之曰：'允不著，惟天民不而葆，既防凶心，天加之咎，不慎厥德，天命焉葆？'《仲虺之告》曰：'我闻有夏，人矫天命，于下，帝式是增⑨，用爽厥师。'彼用无为有，故谓矫；若有而谓有，夫岂为矫哉！昔者，桀执有命而行，汤为《仲虺之告》以非之。《太誓》之言也，于《去发》曰：'恶乎君子！天有显德，其行甚章，为鉴不远，在彼殷王。谓人有命，谓敬不可行，谓祭无益，谓暴无伤，上帝不常，九有以亡，上帝不顺，祝降其丧，惟我有周，受之大帝。'昔纣执有命而行，武王为《太誓》、《去发》以非之。曰：子胡不尚考之乎商周虞夏之记，从十简之篇以尚，皆无之，将何若者也？"

是故子墨子曰："今天下之君子之为文学、出言谈也，非将勤劳其惟舌⑩，而利其唇呡也⑪，中实将欲其国家邑里万民刑政者也。今也王公大人之所以蚤朝晏退，听狱治政，终朝均分⑫，而不敢怠倦者，何也？曰：彼以为强必治，不强必乱；强必宁，不强必危。故不敢怠倦。今也卿大夫之所以竭股肱之力，殚其思虑之知，内治官府，外敛关市、山林、泽梁之利，以实官府，而不敢怠倦者，何也？曰：彼以为强必贵，不强必贱；强必荣，不强必辱。故不敢怠倦。今也农夫之所以蚤出暮入，强乎耕稼树艺，多聚叔粟，而不敢怠倦者，何也？曰：彼以为强必富，不强必贫；强必饱，不强必饥。故不敢怠倦。今也妇人之所以夙兴夜寐，强乎纺绩织纴，多治麻统葛绪，捆布参，而不敢怠倦者，何也？曰：彼以为强必富，不强必贫；强必煖⑬，不强必寒。故不敢怠倦。今虽毋在乎王公大人，蒉若信有命而致行之⑭，则必怠乎听狱治政矣，卿大夫必怠乎治官府矣，农夫必怠乎耕稼树艺矣，妇人必怠乎纺绩织纴矣。王公大人怠乎听狱治政，卿大夫怠乎治官府，则我以为天下必乱矣；农夫怠乎耕稼树艺，妇人怠乎纺绩织纴，则我以为天下衣食之财将必不足矣。若以为政乎天下，上以事天鬼，天鬼不使；下以持养百姓，百姓不利，必离散不可得用也。是以入守则不固，出诛则不胜。故虽昔者三代暴王桀纣幽厉之所以共抎其国家，倾覆其社稷者，此也。"是故子墨子言曰："今天下之士君子，中实将欲求兴天下之利，除天下之害，当若有命者之言，不可不强非也。曰：命者，暴王所作，穷人所术，非仁者之言也。今之为仁义者，将不可不察而强非者，此也。"

---

①则必可：当作"则不可"。

②属：适。

③问：通"闻"。

④意亡：或无。

⑤若以说观之：疑当为"以若说观之"。

⑥而：读如"能"，一种本子没有此字。

⑦术：同"述"。

⑧迟：疑为"遇"，"遇"与"愚"同。

⑨式：用。增：通"憎"。

⑩惟：当为"唯"，"喉"字之误。

⑪呡：即"吻"字，指嘴边。

⑫均分（fèn，音份）：尽自己的职份。

⑬煖：同"暖"。

⑭蒉：乃"藉"字之误。藉若：假若。

非儒上第三十八（阙）

非儒下第三十九

儒者曰："亲亲有术，尊贤有等。"言亲疏尊卑之异也。其《礼》曰："丧父母三年，妻、后子三年[1]，伯父叔父弟兄庶子其[2]，戚族人五月[3]。"若以亲疏为岁月之数，则亲者多而疏者少矣，是妻后子与父同也；若以尊卑为岁月数，则是尊其妻子与父母同，而亲伯父宗兄而卑子也，逆孰大焉。其亲死，列尸弗敛，登屋窥井，挑鼠穴，探涤器，而求其人矣。以为实在则赣愚甚矣[4]。如其亡也必求焉[5]，伪亦大矣！取妻身迎，祗褍为仆[6]，秉辔授绥[7]，如仰严亲[8]；昏礼威仪，如承祭祀。颠覆上下，悖逆父母，下则妻子，妻子上侵事亲，若此可谓孝乎？儒者："迎妻，妻之奉祭祀，子将守宗庙，故重之。"应之曰："此诬言也。其宗兄守其先宗庙数十年，死丧之其，兄弟之妻奉其先之祭祀弗散[9]，则丧妻子三年，必非以守奉祭祀也。夫忧妻子以大负絫[10]，有曰：'所以重亲也'，为欲厚所至私，轻所至重，岂非大奸也哉！"

有强执有命以说议曰："寿夭贫富，安危治乱，固有天命，不可损益；穷达赏罚，幸否有极，人之知力，不能为焉。"群吏信之，则怠于分职；庶人信之，则怠于从事。吏不治则乱，农事缓则贫，贫且乱政之本[11]。而儒者以为道教，是贼天下之人者也。

且夫繁饰礼乐以淫人，久丧伪哀以谩亲，立命缓贫而高浩居，倍本弃事而安怠傲，贪于饮食，惰于作务，陷于饥寒，危于冻馁，无以违之。是若人气[12]，䵷鼠藏[13]，而羝羊视，贲彘起[14]。君子笑之。怒曰："散人[15]！焉知良儒？"夫夏乞麦禾[16]，五谷既收，大丧是随，子姓皆从，得厌饮食[17]。毕治数丧，足以至矣。因人之家翠[18]，以为[19]，恃人之野以为尊[20]。富人有丧，乃大说，喜曰："此衣食之端也。"

儒者曰："君子必服古言然后仁[21]。"应之曰："所谓古之言服者，皆尝新矣，而古人言之，服之，则非君子也？然则必服非君子之服，言非君子之言，而后仁乎？"又曰："君子循而不作[22]。"应之曰："古者羿作弓，伃作甲，奚仲作车，巧垂作舟。然则今之鲍函车匠[23]皆君子也，而羿、伃、奚仲、巧垂皆小人邪？且其所循人必或作之，然则其所循皆小人道也？"

又曰："君子胜不逐奔，揜函弗射，施则助之胥车[25]。"应之曰："若皆仁人也，则无说而相与[26]。仁人以其取舍是非之理相告，无故从有故也，弗知从有知也，无辞必服，见善必迁，何故相[27]？若两暴交争，其胜者欲不逐奔，掩函弗射，施则助之胥车，虽尽能犹且不得为君子也。意暴残之国也，圣将为世除害，兴师诛罚，胜将因用儒术令士卒曰：'毋逐奔，揜函勿射，施则助之胥车。'暴乱之人也得活，天下害不除。是为群残父母，而深贱世也[28]，不义莫大焉！"

又曰："君子若钟，击之则鸣，弗击不鸣。"应之曰："夫仁人事上竭忠，事亲得孝，务善则美，有过则谏，此为人臣之道也。今击之则鸣，弗击不鸣，隐知豫力[29]，恬漠待问而后对。虽有君亲之大利，弗问不言。若将有大寇乱，盗贼将作，若机辟将发也[30]，他人不知，己独知之，虽其君亲皆在，不问不言。是夫大乱之贼也！以是为人臣不忠，为子不孝，事兄不弟，交遇人不贞良。夫执后不言之朝物[31]，见利使己虽恐后言，君若言而未有利焉[32]，则高拱下视，会噎为深[33]，曰：'唯其未之学也。'用谁急[34]，遗行远矣。夫一道术学业仁义者，皆大以治人，小以任官，远施周偏，近以修身，不义不处，非理不行，务兴天下之利，曲直周旋，利则止[35]，此君子之道也。以所闻孔某之行，则本与此相反谬也。"

齐景公问晏子曰："孔子为人何如？"景子不对。公又复问，不对。晏公曰："以孔某语寡人者众矣，俱以贤人也。今寡人问之，而子不对，何也？"晏子对曰："婴不肖，不足以知贤人。虽然，婴闻所谓贤人者，入人之国必务合其君臣之亲，而弭其上下之怨。孔某之荆，知白公之谋，而奉之以石乞，君身几灭，而白公僇。婴闻贤人得上不虚，得下不危，言听于君必利人，教行下必于上。是以言明而易知也，行明而易从也，行义可明乎民，谋虑可通乎君臣。今孔某深虑同谋以奉贼，劳思尽知以行邪，劝下乱上，教臣杀君，非贤人之行也；入人之国而与人之贼，非义之类也；知人不忠，趣之为乱，非仁义之也；逃人而后谋，避人而后言，行义不可明于民，谋虑不可通于君臣。婴不知孔某之有异于白公也，是以不对。"景公曰："呜乎！觊寡人者众矣③，非夫子，则吾终身不知孔某之与白公同也。"

孔某之齐见景公，景公说，欲封之以尼溪，以告晏子。晏子曰："不可。夫儒浩居而自顺者也，不可以教下；好乐而淫人，不可使亲治；立命而怠事，不可使守职；宗丧循哀㉞，不可使慈民；机服勉容㉝，不可使导众。孔某盛容修饰以蛊世，弦歌鼓舞以聚徒，繁登降之礼以示仪，务趋翔之节以观众，博学不可使议世，劳思不可以补民，絫寿不能尽其学，当年不能行其礼，积财不能赡其乐，繁饰邪术以营世君，盛为声乐以淫遇民㉟，其道不可以期世，其学不可以导众。今君封之，以利齐俗，非所以导国先众。"公曰："善！"于是厚其礼，留其封，敬见而不问其道。孔某乃恚，怒于景公与晏子，乃树鸱夷子皮于田常之门，告南郭惠子以所欲为，归于鲁。有顷，间齐将伐鲁㊵，告子贡曰："赐乎！举大事于今之时矣！"乃遣子贡之齐，因南郭惠子以见田常，劝之伐吴，以教高、国、鲍、晏，使毋得害田常之乱，劝越伐吴。三年之内，齐、吴破国之难，伏尸以言术数㊶，孔某之诛也。㊷

孔某为鲁司寇，舍公家而奉季孙。季孙相鲁君而走，季孙与邑人争门关，决植㊸。

孔某穷于陈蔡之间，藜羹不糁㊹。十日，子路为享豚㊺，孔某不问肉之所由来而食；号人衣以酤酒㊻，孔某不问酒之所由来而饮。哀公迎孔子，席不端弗坐，割不正弗食。子路进，请曰："何其与陈、蔡反也？"孔某曰："来！吾语女。曩与女为苟生，今与女为苟义。"夫饥约则不辞妄取以活身，赢饱则伪行以自饰，污邪诈伪，孰大于此！

孔某与其门弟子闲坐，曰："夫舜见瞽叟孰然㊼，此时天下圾乎㊽！周公旦非其人也邪㊾？何为舍亓家室而托寓也㊿？"孔某所行，心术所至也。其徒属弟子皆效孔某。子贡、季路辅孔悝乱乎卫，阳货乱乎齐，佛肸以中牟叛，漆雕刑残，莫大焉。夫为弟子后生其师[51]，必修其言、法其行，力不足、知弗及而后已。今孔某之行如此，儒士则可以疑矣。

---

①后子：嫡长子。

②其：通"期"，一年。

③戚族：近族。

④赣（gàng，音杠）：今作"戆"，愚蠢。

⑤如：当为"知"字。

⑥衹褍（zhī duān，音支端）：恭敬地正衣迎接。衹：敬。褍：同"端"。

⑦绥：车上作拉手用的绳子。

⑧严亲：指父母。

⑨散：当为"服"字。

⑩絫（lěi，音累）：重叠。

⑪贫且乱政之本：句意不通，疑"政"前有"倍"字。

⑫人气：疑当作"乞人"。

盈，莫不有也。

廉，作非也。

坚白，不相外也。

令，不为所作也。

撄⑯，相得也。

任，士损己而益所为也。

似，有以相撄，有不相撄也。

勇，志之所以敢也。

次，无间而不撄撄也⑰。

力，刑之所以奋也⑱。

法，所若而然也。

生，刑与知处也。

俱，所然也。

卧，知无知也。

说，所以明也。

梦，卧而以为然也。

攸不可，两不可也。

平，知无欲恶也。

辩，争彼也。辩胜，当也。

利，所得而喜也。

为，穷知而儇于欲也⑲。

害，所得而恶也。

已，成、亡。

治，求得也。

使，谓、故⑳。

誉，明美也。

名，达、类、私㉑。

诽，明恶也。

谓，移、举、加㉒。

举，拟实也。

知，闻、说、亲。名、实、合、为㉓。

言，出举也。

闻，传、亲㉔。

且，言然也。

见，体、尽。

君，臣、萌、通约也。

合，舌㉕、宜、必。

功，利民也。

欲舌权利，且恶舌权害。

赏，上报下之功也。

为，存、亡、易、荡、治、化。

罪，犯禁也。

同，重、体、合、类。

罚，上报下之罪也。

异，二、不体、不合、不类。

同，异而俱于之一也。

同异交得放有无㉕。

久，弥异时也。宇，弥异所也。

闻，耳之聪也。

穷，或有前不容尺也。

循所闻而得其意，心之察也。

尽，莫不然也。

言，口之利也。

始，当时也。

执所言而意得见，心之辩也。

化，征易也。

诺，不一利用。

损，偏去也。

服，执说㉗。

巧，转则求其故。

大益。

儇俱秪㉘。

法同，则观其同。

库，易也㉙。

法异，则观其宜。

动，或从也。

止，因以别道。

（读此书旁行）㐬，无非。

---

①故：原因。

②体：部分。

③兼：全部。

④不己：不是主观的。

⑤知：知觉。

⑥𢜁：即"智"字。

⑦㐬：即"正"字。

⑧一中同长：一个圆心，各条半径同长。

⑨柱：正方形的边。　　隅：正方形的角。谨，读为权，相等的意思。

⑩低：似当作"氐"，系"君"字之误。

⑪佴：贰。

⑫作：疑"佐"字之误。

无说而惧，说在弗心。

唯吾谓非名也则不可，说在仮。

或，过名也，说在实。

无穷不害兼，说在盈否。

"知知之，否之，足用也。"谆②。说在无以也。

不知其数而知其尽也。说在明者。

谓辩无胜，必不当。说在辩。

不知其所处，不害爱之。说在丧子者。

无不让也，不可。说在始。

仁义之为内外也，内㉓。说在仵颜㉔。

于一有知焉，有不知焉。说在存。

学之益也，说在诽者。

有指于二，而不可逃。说在以二絫㉕。　，

诽之可否，不以众寡。说在可非。

所知而弗能指，说在春也、逃臣、狗犬、贵者㉖。

非诽者谆㉗，说在弗非。

知狗而自谓不知犬，过也。说在重。

物甚不甚㉘，说在若是。

通意后对，说在不知其谁谓也。

取下以求上也，说在泽。

是是与是同，说在不州㉙。

①所存与者："与"下脱"存"字。

②二与斗：疑脱"说在"二字。

③见与俱：疑当为"见与不见"。

④吡：比较。

⑤必热：疑为"火热"。

⑥顿："屯"的繁文，屯集。

⑦擢（zhuó，音浊）：引。虑：大率。

⑧欧：即"区"，区分。

⑨说在：后有脱文。

⑩无久与宇，坚白：一块又硬（坚）又白的石头在时间和空间上不停分割，即使到了没有厚度且时间极短时，它仍然又硬又白。

⑪未者然：疑当为"诸未然"。

⑫景：即"影"。

⑬敷："尃"的繁文。尃，训为布，这是说分布步履，即举步行走。

⑭鉴团：团指圆，即球形，指凸面反射镜。

⑮兼：兼名，指牛马这个整体概念。

⑯剃：当作"梯"。

⑰循此循此：疑当为"彼彼此此"。

⑱废：放置。

⑲患："串"的繁文。

㉑仮："反"的繁文。

㉑雠："售"字古作"雠"。

㉒谆：当为"悖"。

㉓内：疑为"冈"，古"罔"字，诬罔。

㉔仵颜：认识错误。

㉕糸：当为"参"，即"三"。

㉖贵："遗"的省文。

㉗谆：当为"悖"。

㉘甚：很，指程度。

㉙州：殊。

经说上第四十二

故，小故，有之不必然，无之必不然。体也，若有端。大故，有之必无然，若见之成见也。

体，若二之一，尺之端之。

知材，知也者，所以知也；而必知，若明。

虑，虑也者以其知有求也，而不必得，若睨。

知，知也者以其知过物而能貌之①，若见。

恕，恕也者以其知论物，而其知之也著，若明。

仁，爱己者非为用己也，不若爱马，著若明。

义，志以天下为芬，②，而能能利之③，不必用。

礼，贵者公，贱者名，而俱有敬僈焉。等异论也。

行，所为不善名，行也。所为善名，巧也，若为盗。

实，其志气之见也，使人如己，不若金声玉服④。

忠，不利弱子亥⑤，足将入止容。

孝，以亲为芬，而能能利亲，不必得。

信，不以其言之当也，使人视城得金。

佴，与人遇人，众惛⑥。

诇⑦，为是为是之台彼也，弗为也。

廉，己惟为之，知其胹也⑧。

所令，非身弗行。

任，为身之所恶，以成人之所急。

勇，以其敢于是也，命之；不以其不敢于彼也，害之。

力，重之谓下，与重，奋也。

生，楹之生，商不可必也。

卧（缺）

梦（缺）

平，怅然⑨。

利，得是而喜，则是利也。其害也，非是也。

害，得是而恶，则是害也。其利也，非是也。

治，吾事治矣，人有治南北。

誉之，必其行也，其言之忻⑩。使人督之。

诽，必其行也，其言之忻⑪。

举，告以文名，举彼实也。

言也者，诸口能之，出民者也。民若画俿也⑫。言也，谓言犹石致也。

且，自前曰且，自后曰已，方然亦且。若石者也。

君，以若名者也。

功，不待时，若衣裘。

赏，上报下之功也。

罪，不在禁，惟害无罪，殆姑⑬。

罚，上报下之罪也。

侗⑭，二人而俱见是楹也，若事君⑮。

久，古今旦莫⑯。宇，东西家南北。

穷，或不容尺有穷，莫不容尺无穷也。

尽，但止动。

始，时或有久，或无久，始当无久。

化，若蛙为鹑。

损，偏去也者，兼之体也。其体或去或存，谓其存者损。

益（缺）

儇，昫民也⑰。

库，区穴若，斯貌常。

动，偏祭从者⑱，户枢免瑟⑲。

止，无久之不止，当牛非马，若矢过楹。有久之不止，当马非马，若人过梁。

必，谓台执者也。若弟兄一然者一不然者，必不必也，是非必也。

平（缺）

同，捷与狂之同长也⑳。

心中，自是往相若也。

厚，惟无所大。

日中（缺）

直（缺）

圆，规写支也㉑。

方，矩见支也。

倍，二尺与尺但去一。

端，是无同也。

有间，谓夹之者也。

间，谓夹者也。尺前于区穴而后于端㉒，不夹于端与区内。及，及非齐之及也。

垆，间虚也者。两木之间，谓其无木者也。

盈，无盈无厚。于尺无所往而不得。

得二，坚异处不相盈，相非，是相外也。

撄，尺与尺俱不尽。端与端俱尽。尺与或尽或不尽。坚白之撄相尽。体撄不相尽。

端㉓。仳㉔，两有端而后可。

次，无厚而后可。

法，意规员三也俱，可以为法。

佴，然也者民若法也。

说（缺）

彼，凡牛枢非牛㉕，两也㉖，无以非也。

辩，或谓之牛，谓之非牛，是争彼也。是不俱当。不俱当，必或不当，不若当犬。

为，欲养其指，智不知其害，是智之罪也。若智之慎文也㉗，无遗于其害也。而犹欲养之，则离之㉘。是犹食脯也。骚之利害，未可知也，欲而骚，是不以所疑止所欲。廧外之利害㉙，未可知也，趋之而得力㉚，则弗趋也，是以所疑止所欲也。观为穷知而偅于欲之理。雝脯而非恕也㉛，养指而非愚也，所为与不，所与为相疑也，非谋也。

已，为衣，成也。治病，亡也。

使，令谓，谓也。不必成湿。故也，必待所为之成也。

名，物，达也，有实必待文多也㉜。命之马，类也，若实也者必以是名也。命之臧，私也，是名也止于是实也。声出口，俱有名，若姓宇。

洒谓狗犬㉝，命也，狗犬，举也。叱狗㉞，加也。

知，传受之㉟，闻也；方不㡯㊱，说也；身观焉，亲也。所以谓，名也；所谓，实也；名实耦，合也㊲。志行，为也。

闻，或告之，传也。身观焉，亲也。

见，时者体也㊳。二者尽也。

古㊴，兵立反中，志工，正也；臧之为㊵，宜也；非彼必不有，必也。圣者用而勿必，必也者可勿疑。

仗者㊶，两而勿偏。

为，早台㊷，存也；病，亡也；买鬻，易也；霄尽㊸，荡也；顺长，治也；蛙买㊹，化也。

同，二名一实，重同也；不外于兼，体同也；俱处于室，合同也；有以同，类同也。

异，二必异，二也；不连属，不体也；不同所，不合也；不有同，不类也。

同异交得，于福家良㊺，恕有无也。比度，多少也。免蚓还圆㊻，去就也。鸟折用桐㊼，坚柔也。剑尤早，死生也。处室子，子母长少也。两绝胜，白黑也。中央，旁也。论行行行学实㊽，是非也。难宿，成未也。兄弟，俱适也。身处志往，存亡也。霍为姓，故也。贾宜，贵贱也。诺，超城员止也。相从，相去，先知，是，可，五色。长短、前后、轻重援。

闻（缺）

循（缺）

言（缺）

执……（缺）

诺，相从，相去，先知，是，可，五色。正五诺，皆人于知有说。过五诺，若负，无直无说。用五诺，若自然矣。

执服难成，言务成之。

巧，转九则求执之㊽。

法，法取同观巧传法，取此择彼㊿，问故观宜。

以人之有黑者有不黑者也，止黑人；与以有爱于人有不爱于人，心爱人，是孰宜心。彼举然者，以为此其然也，则举不然者而问之。

若圣人有非而不非。

---

①貌：描画相貌。

②芬："分"的繁文，即本分的意思。

③能能：第一个"能"字，能够。第二个"能"字，善，好。

④金声玉服：比喻仅有表面光泽。

⑤亥：当为"孩"。

⑥悁：当为"循"。

⑦谞：正直。

⑧肸：疑为"谡"（xǐ，音喜），恐惧。

⑨㤨：疑当为"憺"，安宁。

⑩忻：通"欣"，欣喜。

⑪忻：疑为"作"之误。

⑬俿："虎"字异文。

⑭殆姑：疑为"若殆"。

⑮侗：通"同"。

⑯莫：通"暮"。

⑰晌民："晌"当为"俱"。"民"当为"氏"，即"祇"之省，根本的意思。

⑱祭："际"的省文。

⑲瑟：借为"闷"，闭门。

⑳捷：一本作"楗"，闩门的木棒。狂：假为框，即门框。

㉑攴：疑为"交"之误。

㉒尺：线。区穴：面。端：点。

㉓端：疑为衍文。

㉔仳：相比较。

㉕枢："区"的繁文，区别。

㉖两：指牛与非牛。

㉗文：当为"之"之误。

㉘离：通"罹"，遭受。

㉙廧：同"墙"。

㉚力：疑当为"刀"。

㉛雜：当为"惟食"。

㉜多：疑当为"名"。

㉝洒：当属上句。

㉞叱狗：呵叱狗。

㉟受：同"授"。

㊱庫：同"障"。

㊲合：指"名"和"实"的结合。

㊳时：疑当"特"。

㊴古：疑"合"之讹。

㊵臧：疑当为"义"。

㊶仗：疑当为"权"。

㊷早：假为"造"。

㊸宵：同"消"。

㊹买：疑当为"鼠"，古人有蛙鼠可化为鹑的说法。

㊺于：疑当为"旅"，形似而误。福：假为"逼"，逼迫、不宽裕之。

㊻免：当作"它"，即"蛇"之正字。虵：疑为"蝘"之别体，即蚯蚓。

㊼折："逝"的省文。用：疑为"甲"字。桐：与"动"同。

㊽行行行：衍两"行"字。

㊾九：究。

㊿择：当为"释"，舍弃。

经说下第四十三

止，彼以此其然也，说是其然也；我以此其不然也，疑是其然也。

谓四足兽，与生鸟与①，物尽与②，大小也。

为麋同名，俱斗，不俱二，二与斗也。包、肝、肺、子、爱也。桔茅，食与招也。白马多白，视马不多视，白与视也。为丽不必丽，不必丽与暴也。为非以人，是不为非，若为夫勇不为夫，为屦以买衣为屦③，夫与屦也。

二与一亡，不与一在，偏去未④。

有文实也，而后谓之；无文实也，则无谓也。不若敷与美⑤，谓是，则是固美也，谓也⑥，则是非美，无谓则报也。

见不见离，一二不相盈，广修坚白。

举不重，不与箴，非力之任也。为握者之顣倍⑦，非智之任也。若耳目异。

木与夜孰长，智与粟孰多，爵、亲、行、贾，四者孰贵？麋与霍孰高⑧？麋与霍孰霍⑨？虵与瑟孰瑟⑩？

偏，俱一无变。假，假必非也而后假。狗假霍也，犹氏霍也。

物，或伤之，然也。见之，智也。告之，使智也。

疑，逢为务则士，为牛庐者夏寒，逢也。举之则轻，废之则重，非有力也。沛从削⑪，非巧也。若石羽，循也。斗者之敝也以饮酒，若以日中，是不可智也。愚也。智与？以已为然也与？愚也。

合（缺）

俱，俱一，若牛马四足。惟是，当牛马。数牛，数马，则牛马二；数牛马，则牛马一。若数指，指五而五一。

长宇，徙而有处，宇。宇，南北在旦有在莫⑫，宇徙久。

不坚白（缺）

无坚得白，必相盈也。

在，尧善治，自今在诸古也。自古在之今，则尧不能治也。

景，光至景亡，若在，尽古息。

景，二光夹一光⑬，一光者景也。

景，光之人煦若射⑭。下者之人也高，高者之人也下。足敝下光，故成景于上；首敝上光，故成景于下。在远近有端与于光，故景库内也⑮。

景，日之光反烛人，则景在日与人之间。景，木柂⑯，景短大。木正，景长小。大小于木，则景大于木，非独小也。

远近临正鉴，景寡，貌能⑰、白黑、远近、柂正，异于光鉴。景当俱就，去亦当俱⑱，俱用北。鉴者之臭，于鉴无所不鉴。景之臭无数，而必过正。故同处，其体俱，然鉴分。

鉴中之内⑲。鉴者近中，则所鉴大，景亦大。远中，则所鉴小，景亦小，而必正。起于中缘

以，誖，不可也，出入之言可，是不誖，则是有可也。之人之言不可，以当，必不审。

惟，谓是霍可，而犹之非夫霍也。谓彼是是也，不可。谓者毋惟乎其谓。彼犹惟乎其谓，则吾谓不行。彼若不惟其谓，则不行也。

无，南者有穷则可尽，无穷则不可尽。有穷无穷未可智，则可尽不可尽不可尽未可智⑩。人之盈之否未可智，而必人之可尽不可尽亦未可智，而必人之可尽爱也，誖。人若不盈先穷，则人有穷也。尽有穷无难。盈无穷，则无穷尽也，尽有穷无难。

不，二智其数㉛，恶智爱民之尽文也㉜？或者遗乎其问也？尽问人则尽爱其所问。若不智其数而智爱之尽文也，无难。

仁，仁爱也。义，利也。爱利，此也。所爱所利，彼也。爱利不相为内外，所爱利亦不相为外内。其为仁内也，义外也，举爱与所利也，是狂举也。若左目出右目入。

学也㉝，以为不知"学之无益"也，故告之也。是使智"学之无益"也，是教也。以学为无益也教，誖。

论诽，诽之可不可，以理之可诽㉞，虽多诽，其诽是也；其理不可非，虽少诽，非也。今也谓多诽者不可，是犹以长论短。

不诽，非己之诽也。不非诽，非可非也。不可非也，是不非诽也。

物，甚长甚短，莫长于是，莫短于是，是之是也，非是也者，莫甚于是。

取，高下以善不善为度，不若山泽。处下善于处上，下所请上也。

不是，是则是且是焉。今是文于是，而不于是，故是不文。是不文则是而不文焉。今是不文于是，而文与是，故文与是不文同说也。

---

①与生鸟与：义难通，疑当作"与牛马异"。

②与：繁体为"與"，疑当作"異"字。

③衣：疑为"不"之误。

④偏去未："未"疑当作"之"。

⑤不：衍。敷："蔽"的省文，后作"花"。

⑥也：疑当读为"他"，指花以外的东西。

⑦傾：当为"箚"，读为奇，单数的意思。

⑧霍：即"鹤"。

⑨麇与霍孰霍：此句疑衍。

⑩孰瑟：疑当作"孰悲"。

⑪沛：当作㭉（fèi，音费），刨花。

⑫有：通"又"。

⑬一光："光"疑当为"物"，即"一物"。

⑭人：与下面二句之"人"俱为"入"之误。煦："照"之误。

⑮库：易，指物体正像变为倒像。

⑯杝：斜。

⑰能：当为"态"字。

⑱佘：疑为"亦"字。

⑲中：焦点。

⑳易：指正像变为倒像。

㉑亓：古"其"字。

㉒故招：难解，疑为衍文。

㉓捶：疑通“垂”，下垂。

㉔权：称锤。

㉕本：支点到重点的距离。标：支点到称锤这个力点间的距离。

㉖施：即“拖”字，斜，这里指斜面。

㉗下下：衍一“下”字。

㉘輲（chuán，音船）：古代载棺柩的车子叫做“輲车”。

㉙沠梯者不得沠：第一个“沠”字为古“流”字，第二个“沠”字当为“汴”，即“下”的繁文。

㉚迸：“并”的繁文。絫：同“垒”。

㉛寑：古“寝”字。

㉜关：同“贯”。

㉝刀：当时的货币。粜：指谷物。

㉞始：当作“殆”。

㉟臧：作“葬”解。

㊱衡：同“横”，与下文“直”相对。

㊲校：明白。

㊳罥：即“羁”。

㊴主：根据。

㊵五合，水土火，火离然：此句谈五行，甚难解。有人校为“五，金水土火木离”，“然”字为下句首字。

㊶合：当为“金”。木离木：当为“木离火”。

㊷弗治：弗求。

㊸麋：同“糜”，粥。

㊹之之：当为“之止”。

㊺擢：与下文的“春”都是仆役名字。

㊻文文：疑当作“之又”。

㊼县：古“悬”字。

㊽霍：疑衍。

㊾视：同“示”。

㊿腗：疑当为“脾”字。

(51)洋然：茫然。

(52)九：“丸”字之形误。

(53)伛：“区”的繁文。

(54)字：为“宇”之误。

(55)牛狂与马惟异：疑当为“狂，牛与马惟异”。

(56)之：当为“牛”字。

(57)或牛：疑衍。

(58)粺：当为“稗”，比喻无用的东西。

(59)疑：“擬”的省文，即“拟”。

(60)不可尽：衍文。

(61)二：“不”之误。

(62)文：当作“之”，下同。

(63)也：疑衍。

(64)诽：当为“非”。

卷　十　一

大取第四十四

天之爱人也，薄于圣人之爱人也；其利人也，厚于圣人之利人也。大人之爱小人也，薄于小人之爱大人也；其利小人也，厚于小人之利大人也。以臧为其亲也而爱之①，非爱其亲；以臧为其亲也而利之，非利其亲。以乐为利其子，而为其子欲之，爱其子也；以乐为利其子，而为其子求之，非利其子也。

于所体之中，而权轻重之谓权。权非为是也，非非为非也②。权，正也。断指以存腕③，利之中取大，害之中取小也。害之中取小也，非取害也，取利也。其所取者，人之所执也。遇盗人，而断指以免身，利也；其遇盗人，害也。断指与断腕，利于天下相若，无择。死生利若，一无择也④。杀一人以存天下，非杀一人以利天下也。杀己以存天下，是杀己以利天下。于事为之中，而权轻重之谓求。求为之，非也。害之中取小，求为义，非义也。为暴人语天之为是也⑤，而性为暴人歌天之为非也⑥。诸陈执既有所为，而我为之陈执，执之所为，因吾所为也；若陈执未有所为，而我为之陈执，陈执因吾所为也。暴人为："我为天之。"以人非为是也，而性不可正而正之。利之中取大，非不得已也；害之中取小，不得已也。所未有而取焉，是利之中取大也，于所既有而弃焉，是害之中取小也。

义可厚，厚之；义可薄，薄之，谓伦列⑦。德行、君上、老长、亲戚，此皆所厚也。为长厚，不为幼薄。亲厚，厚；亲薄，薄。亲至，薄不至。义，厚亲不称行而顾行⑧。为天下厚禹，为禹也；为天下厚爱禹，乃为禹之人爱也。厚禹之加于天下，而厚禹不加于天下；若恶盗之为加于天下，而恶盗不加于天下。爱人不外己，己在所爱之中。己在所爱，爱加于己。伦列之爱己，爱人也。圣人恶疾病，不恶危难。正体不动，欲人之利也，非恶人之害也。圣人不为其室，臧之故⑨，在于臧。圣人不得为子之事。圣人之法，死亡亲，为天下也。厚亲，分也，以死亡之，体渴兴利。有厚薄而毋伦列，之兴利为己。

语经：语经也，非白马焉，执驹焉说求之，舞说非也⑩。渔大之舞大，非也。三物必具，然后足以生。臧之爱己，非为爱己之人也。厚不外己，爱无厚薄，举己，非贤也。义，利，不义，害。志功为辩。有有于秦马⑪，有有于马，也智来者之马也。

爱众众世，与爱寡世相若。兼爱之有相若。爱尚世与爱后世，一若今之世人也。鬼，非人也，兄之鬼，兄也。天下之利驩⑫。圣人有爱而无利，倪日之言也，乃客之言也。天下无人，子墨子之言也，犹在。

不得已而欲之，非欲之也。非杀臧也。专杀盗，非杀盗也。凡学爱人。

小圆之圆，与大圆之圆同。方至尺之不至也⑬，与不至钟之至不异，其不至同者，远近之谓也。是璜也，是玉也。

意楹，非意木也，意是楹之木也。意指之人也，非意人也。意获也，乃意禽也。志功，不可以相从也。利人也，为其人也。富人，非为其人也。有为也以富人。富人也，治人有为鬼焉⑭。

为赏誉利一人，非为赏誉利人也。亦不至无贵于人。智亲之一利，未为孝也，亦不至于智不为己之利于亲也。

智是之世之有盗也，尽爱是世。智是室之有盗也，不尽是室也[15]。智其一人之盗也，不尽是二人。虽其一人之盗，苟不智其所在，尽恶其弱也[16]。

诸圣人所先为，人欲名实。名实不必名。苟是石也白，败是石也，尽与白同。是石也唯大，不与大同，是有便谓焉也。以形貌命者，必智是之某也，焉智某也。不可以形貌命者，唯不智是之某也，智某可也。诸以居运命者，苟人于其中者，皆是也，去之，因非也；诸以居运命者，若乡里、齐荆者，皆是；诸以形貌命者，若山丘室庙者，皆是也。

智与意异。重同[17]，具同，连同，同类之同，同名之同，丘同[18]，鲋同[19]，是之同，然之同，同根之同。有非之异，有不然之异。有其异也，为其同也，为其同也异。一曰乃是而然，二曰乃是而不然，三曰迁，四曰强。子深其深，浅其浅，益其益，尊其尊。察次山比因至，优指复。次察声端名，因请复。正夫辞恶者，人右以其请得焉[20]。诸所遭执，而欲恶生者，人不必以其请得焉。

圣人之附濆也[21]，仁而无利爱，利爱生于虑。昔者之虑也，非今日之虑也；昔者之爱人也，非今之爱人也，爱获之爱人也，生于虑获之利，虑获之利，非虑臧之利也，而爱臧之爱人也，乃爱获之爱人也。去其爱而天下利，弗能去也。昔之知墙[22]，非今日之知墙也。贵为天子，其利人不厚于止夫。一于事亲，或遇孰，或遇凶，其亲也相若。非彼其行益也，非加也。外执无能厚吾利者[23]。藉臧也死而天下害，吾持养臧也万倍，吾爱臧也不加厚。

长人之异，短人之同，其貌同者也，故同。指之人也与首之人也异。人之体、非一貌者也，故异。将剑与挺剑异，剑以形貌命者也，其形不一，故异。杨木之木与桃木之木也，同。诸非以举量数命者，败之尽是也。故一人指，非一人也；是一人之指，乃是一人也。方之一面，非方也；方木之面，方木也。

以故生，以理长，以类行也者。立辞而不明于其所生，忘也[24]。今人非道无所行，唯有强股肱，而不明于道，其困也，可立而待也。夫辞以类行者也，立辞而不明于其类，则必困矣。故浸淫之辞，其类在鼓栗；圣人也，为天下也，其类在于追迷；或寿或卒，其利天下也指若，其类在誉石；一日而百万生，爱不加厚，其类在恶害；爱二世有厚薄，而爱二世相若，其类在蛇文[25]；爱之相若，择而杀其一人，其类在阬下之鼠；小仁与大仁，行厚相若，其类在申；凡兴利除害也，其类在漏雍；厚亲不称行而类行，其类在江上井；不为己之可学也，其类在猎走；爱人非为誉也，其类在逆旅；爱人之亲若爱其亲，其类在官苟；兼爱相若，一爱相若，其类在死也。

---

①臧：人名。

②非："亦"之误。

③掔："腕"的本字。

④一无择也：疑当作"非无择也"。

⑤天之：即天志。

⑥性：当作"惟"，通"唯"。

⑦伦列：平等。

⑧称：审量。

⑨臧：通"藏"。

⑩舞："无"之误，下句"舞"与此同。

⑪有有：后"有"当为"友"，下同。

⑫驩：同"欢"。

⑬方：当为"不"。

⑭有：通"又"。

⑮不尽是室："不尽"下当有"恶"字。

⑯弱：疑当为"朋"。

⑰重同：指一物二名。

⑱丘：与"区"通。

⑲鲋：通"附"。

⑳右：疑"有"之误。

㉑附渎（dú，音毒）：疑为"渎"字形误。"附渎"即"拊渎"，抚育。

㉒墙：乃"啬"字之误，节俭之意。

㉓执：通"势"。

㉔忘：通"妄"。

㉕蛇文："文"当作"玄"，"玄"为"蚿"之省字。蛇蚿有相爱之义。

小取第四十五

夫辩者，将以明是非之分，审治乱之纪，明同异之处，察名实之理，处利害，决嫌疑焉。摹略万物之然，论求群言之比，以名举实，以辞抒意，以说出故，以类取，以类予。有诸己不非诸人，无诸己不求诸人。或也者①，不尽也。假者②，今不然也。效者，为之法也；所效者，所以为之法也。故中效，则是也；不中效，则非也。此效也。辟也者，举也物而以明之也③。侔也者，比辞而俱行也。援也者，曰子然，我奚独不可以然也。推也者，以其所不取之，同于其所取者，予之也。是犹谓也者同也，吾岂谓也者异也。夫物有以同而不，率遂同。辞之侔也，有所至而正。其然也，有所以然也④。其然也同，其所以然不必同。其取之也，有所以取之。其取之也同，其所以取之不必同。是故辟、侔、援、推之辞，行而异，转而危，远而失，流而离本，则不可不审也，不可常用也。故言多方，殊类异故，则不可偏观也。

夫物或乃是而然，或是而不然。或一周而一不周，或一是而一不是也，不可常用也。故言多方，殊类异故，则不可偏观也。非也。白马，马也，乘白马，乘马也；骊马，马也，乘骊马，乘马也。获，人也，爱获，爱人也；臧，人也，爱臧，爱人也。此乃是而然者也。获之亲，人也，获事其亲，非事人也；其弟美人也，爱弟，非爱美人也；车，木也，乘车，非乘木也；船，木也，人船⑤，非人木也。盗人，人也，多盗，非多人也；无盗，非无人也。奚以明之？恶多盗，非恶多人也；欲无盗，非欲无人也。世相与共是之。若若是，则虽盗人人也，爱盗非爱人也，不爱盗非不爱人也，杀盗人非杀人也，无难盗无难矣。此与彼同类，世有彼而不自非也，墨者有此而非之，无也故焉，所谓内胶外闭，与心毋空乎，内胶而不解也。此乃是而不然者也。

且夫读书，非好书也。且斗鸡，非鸡也⑥，好斗鸡，好鸡也。且入井，非入井也，止且入井，止入井也。且出门，非出门也，止且出门，止出门也。若若是，且夭，非夭也，寿夭也。有命，非命也。非执有命，非命也。无难矣。此与彼同类，世有彼而不自非也，墨者有此而罪非之⑦，无也故焉，所谓内胶外闭，与心毋空乎，内胶而不解也。此乃是而不然者也。爱人，待周爱人，而后为爱人。不爱人，不待周不爱人，不周爱，因为不爱人矣。乘马，不待周乘马，然后为乘马也。有乘于马，因为乘马矣。逮至不乘马，待周不乘马，而后为不乘马。此一周而一不周者也。

居于国，则为居国，有一宅于国，而不为有国。桃之实，桃也。棘之实，非棘也。问人之病，问人也；恶人之病，非恶人也。人之鬼，非人也；兄之鬼，兄也。祭人之鬼，非祭人也；祭兄之鬼，乃祭兄也。之马之目盼⑧，则为之马盼；之马之目大，而不谓之马大。之牛之毛黄，则谓之牛黄；之牛之毛众，而不谓之牛众。一马，马也；二马，马也。马四足者，一马而四足也，非两马而四足也。一马马也⑨。马或白者，二马而或白也，非一马而或白。此乃一是而一非者也。

---

①或：通“惑”。

②假：假设。

③也：同“他”。

④不：读为“否”。

⑤人：当为“人”。

⑥非鸡也："非"下疑脱"斗"字。

⑦罪：疑衍。

⑧之：此。盼："眇"字之误，一只眼。

⑨一马马也：疑衍。

耕柱第四十六

子墨子怒耕柱子，耕柱子曰："我毋俞于人乎①?"子墨子曰："我将上大行②，驾骥与羊③，子将谁驱④?"耕柱子曰："将驱骥也。"子墨子曰："何故驱骥也?"耕柱子曰："骥足以责。"子墨子曰："我亦以子为足以责。"

巫马子谓子墨子曰："鬼神孰与圣人明智?"子墨子曰："鬼神之明智于圣人，犹聪耳明目之与聋瞽也。昔者夏后开使蜚廉折金于山川，而陶铸之于昆吾，是使翁难雉乙卜于白若之龟，曰：'鼎成，三足而方，不炊而自烹，不举而自臧，不迁而自行，以祭于昆吾之虚，上乡⑤!'乙又言兆之由，曰：'飨矣! 逢逢白云，一南一北，一西一东，九鼎既成，迁于三国。'夏后氏失之，殷人受之，殷人失之，周人受之。夏后、殷、周之相受也，数百岁矣。使圣人聚其良臣与其桀相而谋⑥，岂能智数百岁之后哉! 而鬼神智之。是故曰，鬼神之明智于圣人也，犹聪耳明目之与聋瞽也。"

治徒娱、县子硕问于子墨子曰："为义孰为大务?"子墨子曰："譬若筑墙然，能筑者筑，能实壤者实壤，能欣者欣，然后墙成也。为义犹是也。能谈辩者谈辩，能说书者说书，能从事者从事，然后义事成也。"

巫马子谓子墨子曰："子兼爱天下，未云利也；我不爱天下，未云贼也。功皆未至，子何独自是而非我哉?"子墨子曰："今有燎者于此，一人奉水将灌之，一人掺火将益之⑦，功皆未至，子何贵于二人?"巫马子曰："我是彼奉水者之意，而非夫掺火者之意。"子墨子曰："吾亦是吾意，而非子之意也。"

子墨子游荆耕柱子于楚，二三子过之，食之三升，客之不厚。二三子复于子墨子曰："耕柱子处楚无益矣。二三子过之，食之三升，客之不厚。"子墨子曰："未可智也⑧。"毋几何而遗十金于子墨子，曰："后生不敢死，有十金于此，愿夫子之用也。"子墨子曰："果未可智也。"

巫马子谓子墨子曰："子之为义也，人不见而耶⑨，鬼而不见而富⑩，而子为之，有狂疾!"子墨子曰："今使子有二臣于此，其一人者见子从事，不见子则不从事；其一人者见子亦从事，不见子亦从事，子谁贵于此二人？"巫马子曰："我贵其见我亦从事，不见我亦从事者。"子墨子曰："然则，是子亦贵有狂疾也。"

子夏子徒问于子墨子曰："君子有斗乎？"子墨子曰："君子无斗。"子夏之徒曰："狗狶犹有斗⑪，恶有士而无斗矣？"子墨子曰："伤矣哉！言则称于汤文，行则譬于狗狶，伤矣哉！"

巫马子谓子墨子曰："舍今之人而誉先王，是誉槁骨也。譬若匠人然，智槁木也，而不智生木。"子墨子曰："天下之所以生者，以先王之道教也。今誉先王，是誉天下之所以生也。可誉而不誉，非仁也。"子墨子曰："和氏之璧，隋侯之珠，三棘六异⑫，此诸侯之所谓良宝也。可以富国家，众人民，治刑政，安社稷乎？曰不可。所谓贵良宝者，为其可以利也。而和氏之璧、隋侯之珠、三棘六异不可以利人，是非天下之良宝也。今用义为政于国家，人民必众，刑政必治，社稷必安。所为贵良宝者，可以利民也，而义可以利人。故曰：义，天下之良宝也。"

叶公子高问政于仲尼，曰："善为政者若之何？"仲尼对曰："善为政者，远者近之，而旧者新之。"子墨子闻之曰："叶公子高未得其问也，仲尼亦未得其所以对也。叶公子高岂不知善为政者之远者近也，而旧者新是哉？问所以为之若之何也。不以人之所不智告人，以所智告之，故叶公子高未得其问也，仲尼亦未得其所以对也。"

子墨子谓鲁阳文君曰："大国之攻小国，譬犹童子之为马也。童子之为马，足用而劳。今大国之攻小国也，攻者农夫不得耕，妇人不得织，以守为事；攻人者，亦农夫不得耕，妇人不得织，以攻为事。故大国之攻小国也，譬犹童子之为马也。"

子墨子曰："言足以复行者⑬，常之；不足以举行者，勿常。不足以举行而常之，是荡口也⑭。"

子墨子使管黔遨游高石子于卫⑮，卫君致禄甚厚，设之于卿。高石子三朝必尽言，而言无行者。去而之齐，见子墨子曰："卫君以夫子之故，致禄甚厚，设我于卿。石三朝必尽言，而言无行，是以去之也。卫君无乃以石为狂乎？"子墨子曰："去之苟道，受狂何伤！古者周公旦非关叔，辞三公东处于商盖，人皆谓之狂。后世称其德，扬其名，至今不息。且翟闻之为义非避毁就誉，去之苟道，受狂何伤！"高石子曰："石去之，焉敢不道也。昔者夫子有言曰：'天下无道，仁士不处厚焉'。今卫君无道，而贪其禄爵，则是我为苟陷人长也。"子墨子说，而召子禽子曰："姑听此乎！夫倍义而乡禄者，我常闻之矣。倍禄而乡义者⑯，于高石子焉见之也。"

子墨子曰："世俗之君子，贫而谓之富，则怒，无义而谓之有义，则喜，岂不悖哉！"

公孟子曰："先人有则三而已矣。"子墨子曰："孰先人而曰有则三而已矣？子未智人之先有。"

后生有反子墨子而反者⑰："我岂有罪哉？吾反后。"子墨子曰："是犹三军北，失后之人求赏也。"

公孟子曰："君子不作，术而已⑱。"子墨子曰："不然。人之其不君子者，古之善者不诛⑲，今也善者不作。其次不君子者，古之善者不遂⑳，已有善则作之，欲善之自己出也。今诛而不作，是无所异于不好遂而作者矣。吾以为古之善者则诛之，今之善者则作之，欲善之益多也。"

巫马子谓子墨子曰："我与子异，我不能兼爱。我爱邹人于越人，爱鲁人于邹人，爱我乡人于鲁人，爱我家人于乡人，爱我亲于我家人，爱我身于吾亲，以为近我也。击我则疾，击彼则不疾于我，我何故疾者之不拂㉑，而不疾者之拂？故有我有杀彼以我，无杀我以利㉒。"子墨子曰："子之义将匿邪，意将以告人乎？"巫马子曰："我何故匿我义？吾将以告人。"子墨子曰："然则，一人说子，一人欲杀子以利己；十人说子，十人欲杀子以利己；天下说子，天下欲杀子以利己。一人不说子，一人欲杀子，以子为施不祥言者也；十人不说子，十人欲杀子，以子为施不祥言者也；天下不说子，天下欲杀子，以子为施不祥言者也。说子亦欲杀子，不说子亦欲杀子，是所谓经者口也，杀常之身者也。"子墨子曰："子之言恶利也？若无所利而不言，是荡口也。"

　　·子墨子谓鲁阳文君曰："今有一人于此，羊牛犓豢㉓，维人但割而和之㉔，食之不可胜食也。见人之作饼，则还然窃之㉕，曰：'舍余食㉖。'不知日月安不足乎，其有窃疾乎？"鲁阳文君曰："有窃疾也。"子墨子曰："楚四竟之田㉗，旷芜而不可胜辟，评灵数千㉘，不可胜，见宋、郑之闲邑，则还然窃之。此与彼异乎？"鲁阳文君曰："是犹彼也，实有窃疾也。"

　　·子墨子曰："季孙绍与孟伯常治鲁国之政，不能相信，而祝于社，曰：'苟使我和。'是犹弇其目㉙，而祝于弇社也，'苟使我皆视'。岂不缪哉！"

　　·子墨子谓骆滑氂曰："吾闻子好勇。"骆滑氂曰："然。我闻其乡有勇士焉，吾必从而杀之。"子墨子曰："天下莫不欲与其所好，度其所恶。今子闻其乡有勇士焉，必从而杀之。是非好勇也，是恶勇也。"

---

①俞：通"逾"，超越。

②大行：即太行山。

③羊：当为"牛"。

④叹："驱"的异体字。

⑤上乡：疑同"尚飨"，祭祀的祝辞，意为请神来享用食品。

⑥桀：通"杰"。

⑦掺：同"操"。

⑧智：预知。

⑨耶："服"之坏字。

⑩富：通"福"。

⑪豨（xī，音西）：猪。

⑫三棘六异：指传国之宝。"棘"同"翮"（hé，音核），"异"同"翼"。三翮，鼎的三足中空的足。六翼：鼎的六耳。

⑬复行：履行。

⑭荡口：白说，乱说。

⑮淿：疑"放"字，管黔放，人名，墨子弟子。

⑯倍：通"背"。　乡："向"的本字。

⑰反子墨子而反者：第一个"反"字为背叛，第二个"反"字通"返"，返回。

⑱术：同"述"。

⑲诛：疑当为"述"。

⑳遂：疑当为"述"。

㉑拂：与"弼"古字通，辅助。

㉒故有我有杀彼以我，无杀我以利：似当作"故我有杀彼以利我，无杀我以利彼"。

㉓犓豢：喂养。犓（chú，音除），以草料喂养牲口。豢：即"豢"字的俗写。

㉔维人：当为"饔人"，厨师。但割：即"袒割"。和之：调和。

㉕还然：居然。

㉖舍："予"之假字。

㉗竟：同"境"。

㉘评灵："灵"当为"虚"，为"虞"字形误。"评"则形近于"泽"，故二字似"泽虞"之形误。泽虞数千指度知大泽的面积非常广，物产非常多。

㉙弇（yǎn，音眼）：遮盖。

卷　十　二

贵义第四十七

子墨子曰："万事莫贵于义。今谓人曰：'予子冠履，而断子之手足，子为之乎？'必不为，何故？则冠履不若手足之贵也。又曰：'予子天下而杀子之身，子为之乎？'必不为，何故？则天下不若身之贵也。争一言以相杀，是贵义于其身也。故曰：万事莫贵于义。"

子墨子自鲁即齐①，过故人，谓子墨子曰："今天下莫为义，子独自苦而为义，子不若已。"子墨子曰："今有人于此，有子十人，一人耕而九人处，则耕者不可以不益急矣。何故？则食者众，而耕者寡也。今天下莫为义，则子如劝我者也②，何故止我？"

子墨子南游于楚，见楚献惠王。献惠王以老辞，使穆贺见子墨子。子墨子说穆贺，穆贺大说，谓子墨子曰："子之言则成善矣③！而君王，天下之大王也，毋乃曰'贱人之所为'，而不用乎？"子墨子曰："唯其可行。譬若药然，草之本，天子食之以顺其疾，岂曰'一草之本'而不食哉？今农夫人其税于大人，大人为酒醴粢盛，以祭上帝鬼神，岂曰'贱人之所为'而不享哉？故虽贱人也，上比之农，下比之药，曾不若一草之本乎？且主君亦尝闻汤之说乎？昔者，汤将往见伊尹，令彭氏之子御。彭氏之子半道而问曰：'君将何之？'汤曰：'将往见伊尹。'彭氏之子曰：'伊尹，天下之贱人也。若君欲见之，亦令召问焉，彼受赐矣。'汤曰：'非女所知也。今有药此，食之则耳加聪，目加明，则吾必说而强食之。今夫伊尹之于我国也，譬之良医善药也。而子不欲我见伊尹，是子不欲吾善也。'因下彭氏之子，不使御。彼苟然④，然后可也。"

子墨子曰："凡言凡动，利于天鬼百姓者为之；凡言凡动，害于天鬼百姓者舍之；凡言凡动，合于三代圣王尧舜禹汤文武者为之；凡言凡动，合于三代暴王桀纣幽厉者舍之。"

子墨子曰："言足以迁行者，常之；不足以迁行者，勿常。不足以迁行而常之，是荡口也。"

子墨子曰："必去六辟⑤，嘿则思⑥，言则诲，动则事。使三者代御⑦，必为圣人。必去喜，去怒，去乐，去悲，去爱，而用仁义。手足口鼻耳，从事于义，必为圣人。"

子墨子谓二三子曰："为义而不能，必无排其道。譬若匠人之斫而不能，无排其绳。"

子墨子曰："世之君子，使之为一犬一彘之宰⑧，不能则辞之；使为一国之相，不能而为之。岂不悖哉！"

子墨子曰："今瞽曰：'钜者白也⑨，黔者黑也。'虽明目者无以易之。兼白黑，使瞽取焉，不能知也。故我曰瞽不知白黑者，非以其名也，以其取也。今天下之君子之名仁也，虽禹汤无以易之。兼仁与不仁，而使天下之君子取焉，不能知也。故我曰天下之君子不知仁者，非以其名也，亦以其取也。"

子墨子曰："今士之用身，不若商人之用一布之慎也。商人用一布布⑩，不敢继苟而讐焉，必择良者。今士之用身则不然，意之所欲则为之，厚者入刑罚，薄者被毁丑，则士之用身不若商人之用一布之慎也。"

子墨子曰："世之君子欲其义之成，而助之修其身则愠，是犹欲其墙之成，而人助之筑则愠也，岂不悖哉！"

子墨子曰："古之圣王，欲传其道于后世，是故书之竹帛，镂之金石，传遗后世子孙，欲后世子孙法之也。今闻先王之遗而不为，是废先王之传也。"

子墨子南游使卫，关中载书甚多[11]，弘唐子见而怪之，曰："吾夫子教公尚过曰：'揣曲直而已。'今夫子载书甚多，何有也？"子墨子曰："昔者周公旦朝读书百篇，夕见漆十士。故周公旦佐相天子，其脩至于今。翟上无君上之事，下无耕农之难，吾安敢废此？翟闻之：'同归之物，信有误者。'然而民听不钧[12]，是以书多也。今若过之心者，数逆于精微，同归之物。既已知其要矣，是以不教以书也。而子何怪焉？"

子墨子谓公良桓子曰："卫，小国也，处于齐、晋之间，犹贫家之处于富家之间也。贫家而学富家之衣食多用，则速亡必矣。今简子之家，饰车数百乘，马食菽粟者数百匹，妇人衣文绣者数百人。吾取饰车、食马之费，与绣衣之财以畜士，必千人有余。若有患难，则使百人处于前，数百于后，与妇人数百人处前后，孰安？吾以为不若畜士之安也。"

子墨子仕人于卫，所仕者至而反。子墨子曰："何故反？"对曰："与我言而不当。曰：'待女以千盆[13]。'授我五百盆，故去之也。"子墨子曰："授子过千盆，则子去之乎？"对曰："不去。"子墨子曰："然则，非为其不审也，为其寡也。"

子墨子曰："世俗之君子，视义士不若负粟者。今有人于此，负粟息于路侧，欲起而不能。君子见之，尤长少贵贱，必起之，何故也？曰义也。今为义之君子，奉承先王之道以语之，纵不说而行，又从而非毁之。则是世俗之君子之视义士也，不若视负粟者也。"

子墨子曰："商人之四方，市贾信徙[14]，虽有关梁之难[15]，盗贼之危，必为之。今士坐而言义，无关梁之难，盗贼之危，此为信徙，不可胜计，然而不为。则士之计利不若商人之察也。"

子墨子北之齐，遇日者[16]。日者曰："帝以今日杀黑龙于北方，而先生之色黑，不可以北。"子墨子不听，遂北，至淄水，不遂而反焉。日者曰："我谓先生不可以北。"子墨子曰："南之人不得北，北之人不得南，其色有黑者，有白者，何故皆不遂也？且帝以甲乙杀青龙于东方，以丙丁杀赤龙于南方，以庚辛杀白龙于西方，以壬癸杀黑龙于北方。若用子之言，则是禁天下之行者也。是围心而虚天下也，子之言不可用也。"

子墨子曰："吾言足用矣，舍言革思者，是犹舍获而攓粟也[17]。以其言非吾言者，是犹以卵投石也。尽天下之卵，其石犹是也，不可毁也。"

---

①即：到。

②如：古训为"宜"，应该。

③成：同"诚"。

④苟：诚，确实。

⑤六辟："辟"同"僻"，六种怪僻。

⑥嘿：同"默"。

⑦代御：相互交替。

⑧宰：屠夫。

⑨钜：当作"岂"，"皑"之假字。

⑩布布：第二个"布"当为"市"字。

⑪关中：指扃（jiǒng，音窘）中，即车厢中。

⑫钧：同"均"。

⑬女：同"汝"。

⑭贾：同"价"。信：当为"倍"，指一倍。徙：当为"蓰"，指五倍。

⑮关：关卡。梁：桥。

⑯日者：古时占侯卜筮预测吉凶的人。

⑰攫（jùn，音俊）：拾。

公孟第四十八

公孟子谓子墨子曰："君子共己以待①，问焉则言，不问焉则止。譬若钟然，扣则鸣，不扣则不鸣。"子墨子曰："是言有三物焉，子乃今知其一身也②，又未知其所谓也。若大人行淫暴于国家，进而谏，则谓之不逊；因左右而献谏，则谓之言议。此君子之所疑惑也。若大人为政，将因于国家之难，譬若机之将发也然，君子之必以谏，然而大人之利，若此者，虽不扣必鸣者也。若大人举不义之异行，虽得大巧之经，可行于军旅之事，欲攻伐无罪之国，有之也，君得之，则必用之矣。以广辟土地，著税伪材③，出必见辱，所攻者不利，而攻者亦不利，是两不利也。若此者，虽不扣必鸣者也。且子曰：'君子共己待，问焉则言，不问焉则止。譬若钟然，扣则鸣，不扣则不鸣。'今未有扣，子而言，是子之谓不扣而鸣邪？是子之所谓非君子邪？"公孟子谓子墨子曰："实为善人，孰不知？譬若良玉，处而不出有余糈④。譬若美女，处而不出，人争求之。行而自衒，人莫之取也。今子徧从人而说之，何其劳也？"子墨子曰："今夫世乱，求美女者众，美女虽不出，人多求之；今求善者寡，不强说人，人莫之知也。且有二生，于此善筮，一行为人筮者，一处而不出者。行为人筮者与处而不出者，其糈孰多？"公孟子曰："行为人筮者其糈多。"子墨子曰："仁义钧⑤。行说人者，其功善亦多，何故不行说人也！"

公孟子戴章甫⑥，搢忽⑦，儒服，而以见子墨子曰："君子服然后行乎？其行然后服乎？"子墨子曰："行不在服。"公孟子曰："何以知其然也？"子墨子曰："昔者，齐桓公高冠博带，金剑木盾，以治其国，其国治；昔者，晋文公大布之衣，牂羊之裘⑧，韦以带剑，以治其国，其国治；昔者，楚庄王鲜冠组缨，绛衣博袍，以治其国，其国治；昔者，越王勾践剪发文身，以治其国，其国治。此四君者，其服不同，其行犹一也。翟以是知行之不在服也。"公孟子曰："善！吾闻之曰：'宿善者不祥'，请舍忽，易章甫，复见夫子可乎？"子墨子曰："请因以相见也。若必将舍忽、易章甫，而后相见，然则行果在服也。"

公孟子曰："君子必古言服，然后仁。"子墨子曰："昔者，商王纣、卿士费仲，为天下之暴人，箕子、微子为天下之圣人，此同言而或仁不仁也；周公旦为天下圣人，关叔为天下之暴人，此同服或仁或不仁。然则不在古服与古言矣。且子法周而未法夏也，子之古非古也。"

公孟子谓子墨子曰："昔者圣王之列也，上圣立为天子，其次立为卿、大夫，今孔子博于《诗》、《书》，察于礼乐，详于万物。若使孔子当圣王，则岂不以孔子为天子哉？"子墨子曰："夫知者，必尊天事鬼，爱人节用，合焉为知矣。今子曰：'孔子博于《诗》、《书》，察于礼乐，详于万物'，而曰可以为天子，是数人之齿⑨，而以为富。"

公孟子曰："贫富寿夭，蟺然在天⑩，不可损益。"又曰："君子必学。"子墨子曰："教人学而执有命，是犹命人葆而去亓冠也。"

公孟子谓子墨子曰："有义不义，无祥不祥。"子墨子曰："古圣王皆以鬼神为神明，而为祸福，执有祥不祥，是以政治而国安也；自桀纣以下，皆以鬼神为不神明，不能为祸福，执无祥不祥，是以政乱而国危也。故先王之书，《子亦》有之曰：'亓傲也，出于子，不祥。'此言为不善之有罚，为善之有赏。"

子墨子谓公孟子曰："丧礼，君与父母、妻、后子死，三年丧服，伯父、叔父、兄弟期，族人五月，姑、姊、舅、甥皆有数月之丧。或以不丧之间，诵诗三百，弦诗三百，歌诗三百，舞诗三百。若用子之言，则君子何日以听治？庶人何日以从事？"公孟子曰："国乱则治之，国治则为礼乐。国治则从事，国富则为礼乐。"子墨子曰："国之治。治之废，则国之治亦废。国之富也，从事，故富也。从事废，则国之富亦废。故虽治国，劝之无餍，然后可也。今子曰：'国治，则为礼乐，乱则治之'，是譬犹噎而穿井也，死而求医也。古者三代暴王桀纣幽厉，茶为声乐[11]，不顾其民。是以身为刑僇[12]，国为戾虚者，皆从此道也。"

公孟子曰："无鬼神。"又曰："君子必学祭祀。"子墨子曰："执无鬼而学祭礼，是犹无客而学客礼也，是犹无鱼而为鱼罟也。"

公孟子谓子墨子曰："子以三年之丧为非，子之三日之丧亦非也。"子墨子曰："子以三年之丧非三日之丧，是犹裸谓撅者不恭也[13]。"

公孟子谓子墨子曰："知有贤于人，则可谓知乎？"子墨子曰："愚之知有以贤于人，而愚岂可谓知矣哉？"

公孟子曰："三年之丧，学吾之慕父母。"子墨子曰："夫婴儿子之知，独慕父母而已。父母不可得也，然号而不止，此亓故何也？即愚之至也。然则儒者之知，岂有以贤于婴儿子哉？"

子墨子曰："问于儒者：'何故为乐？'曰：'乐以为乐也。'"子墨子曰："子未我应也。今我问曰：'何故为室？'曰：'冬避寒焉，夏避暑焉，室以为男女之别也。'则子告我为室之故矣。今我问曰：'何故为乐？'曰：'乐以为乐也。'是犹曰'何故为室？'曰'室以为室也'。"

子墨子谓程子曰："儒之道足以丧天下者，四政焉。儒以天为不明，以鬼为不神，天鬼不说。此足以丧天下。又厚葬久丧，重为棺椁，多为衣衾，送死若徙，三年哭泣，扶后起，杖后行，耳无闻，目无见。此足以丧天下。又弦歌鼓舞，习为声乐，此足以丧天下。又以命为有，贫富寿夭，治乱安危有极矣，不可损益也。为上者行之，必不听治矣；为下者行之，必不从事矣。此足以丧天下。"程子曰："甚矣！先生之毁儒也。"子墨子曰："儒固无此若四政者，而我言之，则是毁也。今儒固有此四政者，而我言之，则非毁也。告闻也。"程子无辞而出。子墨子曰："迷之！"反，后坐，进复曰："乡者先生之言有可闻者焉。若先生之言，则是不誉禹，不毁桀纣也。"子墨子曰："不然，夫应孰辞[14]，称议而为之，敏也。厚攻则厚吾，薄攻则薄吾。应孰辞而称议，是犹荷辕而击蛾也。"

子墨子与程子辩，称于孔子。程子曰："非儒，何故称于孔子也？"子墨子曰："是亦当而不可易者也。今鸟闻热旱之忧则高，鱼闻热旱之忧则下。当此虽禹汤为之谋，必不能易矣。鸟鱼可谓愚矣，禹汤犹云因焉。今翟曾无称于孔子乎？"

有游于子墨子之门者，身体强良，思虑徇通[15]，欲使随而学。子墨子曰："姑学乎，吾将仕子。"劝于善言而学。其年[16]，而责仕于子墨子。子墨子曰："不仕子，子亦闻夫鲁语乎？鲁有昆弟五人者，亓父死，亓长子嗜酒而不葬，亓四弟曰：'子与我葬，当为子沽酒。'劝于善言而葬。已葬，而责酒于其四弟。四弟曰：'吾末予子酒矣，子葬子父，我葬吾父，岂独吾父哉？子不葬，则人将笑子，故劝子葬也。'今子为义，我亦为义，岂独我义也哉？子不学，则人将笑子，故劝子于学。"

有游于子墨子之门者，子墨子曰："盍学乎？"对曰："吾族人无学者。"子墨子曰："不然。夫好美者，岂曰吾族人莫之好，故不好哉？夫欲富贵者，岂曰我族人莫之欲，故不欲哉？好美、欲富贵者，不视人犹强为之。夫义，天下之大器也，何以视人必强为之？"

有游于子墨子之门者，谓子墨子曰："先生以鬼神为明知，能为祸人哉福[17]？为善之富之，为暴者祸之。今吾事先生久矣，而福不至，意者先生之言有不善乎⑱？鬼神不明乎？我何故不得福也？”子墨子曰：“虽子不得福，吾言何遽不善？而鬼神何遽不明？子亦闻乎匿徒之刑之有刑乎⑲？”对曰：“未之得闻也。”子墨子曰：“今人有于此，什子⑳，子能什誉之，而一自誉乎？”对曰：“不能。”“有人于此，百子，子能终身誉亓善，而子无一乎？”对曰：“不能。”子墨子曰：“匿一人者犹有罪，今子所匿者若此亓多，将有厚罪者也，何福之求？”

子墨子有疾，跌鼻进而问曰：“先生以鬼神为明，能为祸福，为善者赏之，为不善者罚之。今先生圣人也，何故有疾？意者先生之言有不善乎？鬼神不明知乎？”子墨子曰：“虽使我有病，何遽不明？人之所得于病者多方，有得之寒暑，有得之劳苦，百门而闭一门焉，则盗何遽无从入？”

二三子有复于子墨子学射者，子墨子曰：“不可，夫知者必量亓力所能至而从事焉。国士战且扶人，犹不可及也。今子非国士也，岂能成学又成射哉？”

二三子复于子墨子曰：“告子曰：‘言义而行甚恶。’请弃之。”子墨子曰：“不可，称我言以毁我行，愈于亡㉑。有人于此，翟甚不仁，尊天、事鬼、爱人，甚不仁，犹愈于亡也。今告子言谈甚辩，言仁义而不吾毁，告子毁犹愈亡也。”

二三子复于子墨子曰：“告子胜为仁㉒。”子墨子曰：“未必然也！告子为仁，譬犹跂以为长㉓，隐以为广㉔，不可久也。”

告子谓子墨子曰：“我治国为政。”子墨子曰：“政者，口言之，身必行之。今子口言之，而身不行，是子之身乱也。子不能治子之身，恶能治国政？子姑亡㉕，子之身乱之矣。”

---

①共己：当读为“拱己”，即拱手以待。

②身：“耳”字之误。

③著税伪材：“著”疑当作“籍”。材，通“财”字。“伪”当作“贳”，古“货”字。籍税货财意为聚敛货财。

④糈（xǔ，音许）：祀神用的米。

⑤钧：同“均”。

⑥章甫：古代男子戴的一种礼帽，据说是殷服。

⑦搢：插。忽：即“笏”（hù，音户）。

⑧牂（zāng，音脏）羊：即母羊。

⑨齿：指契齿，即为记数刻的印迹。

⑩䶌：同“错”，错杂。错然在天，即由天安排。

⑪荼（ěr，音耳）：花盛的样子。

⑫僇：通“戮”。

⑬倮：同“裸”。撅（juē，音噘）：通“揭”。

⑭孰：通“熟”。

⑮徇：“侚”之讹。侚通：敏捷。

⑯其：通“期”。

⑰能为祸人哉福：应为“能为人祸福”。

⑱意者：抑或。意：通“抑”。

⑲匿徒之刑之有刑：当为“匿刑徒之有刑”。

⑳什子：十倍于你。

㉑亡：通“无”。

㉒胜：胜任。

㉓跂（qǐ，音企）：踮起脚尖。

㉔隐：通“偃”，仰面倒下。

㉕姑亡：姑且不要这样了。

卷 十 三

鲁问第四十九

鲁君谓子墨子曰："吾恐齐之攻我也，可救乎？"子墨子曰："可。昔者，三代之圣王禹汤文武，百里之诸侯也，说忠行义，取天下；三代之暴王桀纣幽厉，仇怨行暴，失天下。吾愿主君，之上者尊天事鬼，下者爱利百姓，厚为皮币，卑辞令，亟遍礼四邻诸侯，敺国而以事齐①，患可救也。非此，顾无可为者。"

齐将伐鲁，子墨子谓项子牛曰："伐鲁，齐之大过也。昔者，吴王东伐越，棲诸会稽，西伐楚，葆昭王于随。北伐齐，取国子以归于吴②。诸侯报其仇，百姓苦其劳，而弗为用，是以国为虚戾，身为刑戮也。昔者，智伯伐范氏与中行氏，兼三晋之地。诸侯报其仇，百姓苦其劳，而弗为用，是以国为虚戾，身为刑戮，用是也。故大国之攻小国也，是交相贼也，过必反于国③。"

子墨子见齐大王曰："今有刀于此，试之人头，倅然断之④，可谓利乎？"大王曰："利。"子墨子曰："多试之人头，倅然断之，可谓利乎？"大王曰："利。"子墨子曰："刀则利矣，孰将受其不祥？"大王曰："刀受其利，试者受其不祥。"子墨子曰："并国覆军，贼敖百姓⑤，孰将受其不祥？"大王俯仰而思之曰："我受其不祥。"

鲁阳文君将攻郑，子墨子闻而止之，谓阳文君曰："今使鲁四境之内，大都攻其小都，大家伐其小家，杀其人民，取其牛马、狗豕、布帛、米粟、货财，则何若？"鲁阳文君曰："鲁四境之内，皆寡人之臣也。今大都攻其小都，大家伐其小家，夺之货财，则寡人必将厚罚之。"子墨子曰："夫天之兼有天下也，亦犹君之有四境之内也。今举兵将以攻郑，天诛亓不至乎⑥？"鲁阳文君曰："先生何止我攻郑也？我攻郑，顺于天之志。郑人三世杀其父⑦，天加诛焉，使三年不全⑧。我将助天诛也。"子墨子曰："郑人三世杀其父而天加诛焉，使三年不全。天诛足矣，今又举兵将以攻郑，曰'吾攻郑也，顺于天之志。'譬有人于此，其子强梁不材⑨，故其父笞之。其邻家之父举木而击之，曰'吾击之也，顺于其父之志'，则岂不悖哉？"

子墨子谓鲁阳文君曰："攻其邻国，杀其民人，取其牛马、粟米、货财，则书之于竹帛，镂之于金石，以为铭于钟鼎，传遗后世子孙曰：'莫若我多。'今贱人也，亦攻其邻家，杀其人民，取其狗豕、食粮、衣裘，亦书之竹帛，以为铭于席豆⑩，以遗后世子孙曰：'莫若我多'。亓可乎？"鲁阳文君曰："然吾以子之言观之，则天下之所谓可者，未必然也。"

子墨子为鲁阳文君曰："世俗之君子，皆知小物而不知大物。今有人于此，窃一犬一彘则谓之不仁，窃一国一都则以为义。譬犹小视白谓之白，大视白则谓之黑。是故世俗之君子，知小物而不知大物者，此若言之谓也。"

鲁阳文君语子墨子曰："楚之南有啖人之国者桥，其国之长子生，则鲜而食之，谓之宜弟。美，则以遗其君，君喜则赏其父。岂不恶俗哉？"子墨子曰："虽中国之俗，亦犹是也。杀其父而赏其子，何以异食其子而赏其父者哉？苟不用仁义，何以非夷人食其子也？"

　　鲁君之嬖人死①，鲁君为之诔②，鲁人因说而用之。子墨子闻之曰："诔者，道死人之志也，今因说而用之，是犹以来首从服也③。"鲁阳文君谓子墨子曰："有语我以忠臣者，令之俯则俯，令之仰则仰，处则静，呼则应，可谓忠臣乎？"子墨子曰："令之俯则俯，令之仰则仰，是似景也；处则静，呼则应，是似响也。君将何得于景与响哉？若以翟之所谓忠臣者，上有过则微之以谏，已有善，则访之上④，而无敢以告。外匡其邪，而入其善，尚同而无下比。是以美善在上，而怨仇在下；安乐在上，而忧感在臣。此翟之所谓忠臣者也。"

　　鲁君谓子墨子曰："我有二子。一人者好学，一人者好分人财，孰以为太子而可？"子墨子曰："未可知也，或所为赏与为是也。钓者之恭⑮，非为鱼赐也；饵鼠以虫，非爱之也。吾愿主君之合其志功而观焉。"

　　鲁人有因子墨子而学其子者，其子战而死，其父让子墨子。子墨子曰："子欲学子之子，今学成矣，战而死，而子愠。而犹欲粜，粜雠⑯，则愠也。岂不费哉？"

　　鲁之南鄙人，有吴虑者，冬陶夏耕，自比于舜。子墨子闻而见之。吴虑谓子墨子："义耳义耳，焉用言之哉？"子墨子曰："子之所谓义者，亦有力以劳人，有财以分人乎？"吴虑曰："有。"子墨子曰："翟尝计之矣，翟虑耕而食天下之人矣，盛，然后当一农之耕，分诸天下，不能人得一升粟。籍而以为得一升粟，其不能饱天下之饥者，既可睹矣。翟虑织而衣天下之人矣，盛，然后当一妇人之织，分诸天下，不能人得尺布。籍而以为得尺布，其不能暖天下之寒者，既可睹矣。翟虑被坚执锐救诸侯之患，盛，然后当一夫之战，一夫之战其不御三军，既可睹矣。翟以为不若诵先王之道，而求其说；通圣人之言，而察其辞。上说王公大人，次匹夫徒步之士⑰。王公大人用吾言，国必治；匹夫徒步之士用吾言，行必修。故翟以为虽不耕而食饥，不织而衣寒，功贤于耕而食之、织而衣之者也。故翟以为虽不耕织乎，而功贤于耕织也。"吴虑谓子墨子曰："义耳义耳，焉用言之哉？"子墨子曰："籍设而天下不知耕，教人耕，与不教人耕而独耕者，其功孰多？"吴虑曰："教人耕者其功多。"子墨子曰："籍设而攻不义之国，鼓而使众进战，与不鼓而使众进战，而独进战者，其功孰多？"吴虑曰："鼓而进众者其功多。"子墨子曰："天下匹夫徒步之士，少知义而教天下以义者，功亦多，何故弗言也？若得鼓而进于义，则吾义岂不益进哉？"

　　子墨子游公尚过于越。公尚过说越王，越王大说，谓公尚过曰："先生苟能使子墨子于越而教寡人，请裂故吴之地，方五百里，以封子墨子。"公尚过许诺。遂为公尚过束车五十乘，以迎子墨子于鲁，曰："吾以夫子之道说越王，越王大说，谓过曰：'苟能使子墨子至于越而教寡人，请裂故吴之地，方五百里，以封子。'"子墨子谓公尚过曰："子观越王之志何若？意越王将听吾言⑱，用我道，则翟将往，量腹而食，度身而衣，自比于群臣，奚能以封为哉？抑越不听吾言，不用吾道，而吾往焉，则是我以义粜也。钧之粜⑲，亦于中国耳，何必于越哉？"

　　子墨子游，魏越曰："既得见四方之君子，则将先语？"子墨子曰："凡入国，必择务而从事焉。国家昏乱，则语之尚贤、尚同；国家贫，则语之节用、节葬；国家憙音湛湎⑳，则语之非乐、非命；国家淫僻无礼，则语之尊天、事鬼；国家务夺侵凌，即语之兼爱、非攻。故曰择务而从事焉。"

　　子墨子出曹公子而于宋，三年而反，睹子墨子曰："始吾游于子之门，短褐之衣，藜藿之羹，朝得之，则夕弗得，祭祀鬼神。今而以夫子之教，家厚于始也。有家厚，谨祭祀鬼神。然而人徒多死，六畜不蕃，身湛于病。吾未知夫子之道之可用也。"子墨子曰："不然！夫鬼神之所欲于人者多，欲人之处高爵禄则以让贤也，多财则以分贫也。夫鬼神岂唯擢季拑肺之为欲哉㉑？今子处高爵禄而不以让贤，一不祥也；多则而不以分贫，二不祥也。今子事鬼神唯祭而已矣，而曰：'病何自至哉？'是犹百门而闭一门焉，曰'盗何从入？'若是而求福于有怪之鬼，岂可哉？"

鲁祝以一豚祭②，而求百福于鬼神。子墨子闻之曰："是不可，今施人薄而望人厚，则人唯恐其有赐于己也。今以一豚祭，而求百福于鬼神，唯恐其以牛羊祀也。古者圣王事鬼神，祭而已矣。今以豚祭而求百福，则其富不如其贫也。"

彭轻生子曰："往者可知，来者不可知。"子墨子曰："籍设而亲在百里之外㉓，则遇难焉。期以一日也，及之则生，不及则死。今有固车良马于此，又有奴马四隅之轮于此。使子择焉，子将何乘？"对曰："乘良马固车，可以速至。"子墨子曰："焉在矣来㉔！"

孟山誉王子闾曰："昔白公之祸，执王子闾斧钺钩要㉕，直兵当心，谓之曰：'为王则生，不为王则死。'王子闾曰：'何其侮我也！杀我亲而喜我以楚国㉖，我得天下而不义，不为也，又况于楚国乎？'遂而不为。王子闾岂不仁哉？"子墨子曰："难则难矣，然而未仁也。若以王为无道，则何故不受而治也？若以白公为不义，何故不受王，诛白公然而反王㉗？故曰难则难矣，然而未仁也。"

子墨子使胜绰事项子牛。项子牛三侵鲁地，而胜绰三从。子墨子闻之，使高孙子请而退之，曰："我使绰也，将以济骄而正嬖也㉘。今绰也禄厚而谲夫子㉙，夫子三侵鲁，而绰三从，是鼓鞭于马靳也㉚。翟闻之：'言义而弗行，是犯明也。绰非弗之知也，禄胜义也。'"

昔者楚人与越人舟战于江。楚人顺流而进，迎流而退，见利而进，见不利则其退难；越人迎流而进，顺流而退，见利而进，见不利则其退速。越人因此若埶㉛，亟败楚人。公输子自鲁南游楚，焉始为舟战之器，作为钩强之备㉜。退者钩之，进者强之，量其钩强之长，而制为之兵。楚之兵节㉝，越之兵不节，楚人因此若埶，亟败越人。

公输子善其巧，以语子墨子曰："我舟战有钩强，不知子之义亦有钩强乎？"子墨子曰："我义之钩强，贤于子舟战之钩强。我钩强，我钩之以爱，揣之以恭㉞。弗钩以爱，则不亲；弗揣以恭，则速狎；狎而不亲则速离。故交相爱，交相恭，犹若相利也。今子钩而止人，人亦钩而止子；子强而距人，人亦强而距子，交相钩，交相强，犹若相害也。故我义之钩强，贤子舟战之钩强。"

公输子削竹木以为䧿㉟，成而飞之，三日不下，公输子自以为至巧。子墨子谓公输子曰："子之为䧿也，不如匠之为车辖，须臾刘三寸之木㊱，而任五十石之重。故所为功，利于人谓之巧，不利于人谓之拙。"

公输子谓子墨子曰："吾未得见之时，我欲得宋。自我得见之后，予我宋而不义，我不为。"子墨子曰："翟之未得见之时也㊲，子欲得宋。自翟得见子之后，予子宋而不义，子弗为，是我予子宋也。子务为义，翟又将予子天下。"

①阺：同"驱"。

②国子：指齐将国书，在吴齐艾陵之战中为吴俘虏。

③反：同"返"。

④倅：同"猝"。

⑤敊："杀"字的误写。

⑥亓："其"字古体。

⑦父：似当为"君"。

⑧不全：指收成不好。

⑨强梁：蛮横不讲理。

⑩席豆：几席与食器。

⑪嬖人：受宠的人。

⑫诔（lěi，音垒）：古代叙述死者事迹表示哀悼的文章。

⑬来首从服："来首"疑即"狸首"，因为"来""狸"音近。从服：指驾车。狸首从服即以狸驾车。

⑭访之上：给君主献谋略。

⑮䲁：古"钓"字。

⑯雙（chóu，音仇）：同"售"。

⑰次：后脱一"说"字。

⑱意：通"抑"。

⑲钧：通"均"。

⑳憙：同"喜"。湛湎（chén miǎn，音沉免）：沉迷。

㉑擢：当为"攉"之讹。季：当为"黍"之讹。拑（qián，音钳）：持住。

㉒豚（tún，音屯）：猪。

㉓而亲：你的父母。

㉔焉在矣来：当为"焉在不知来"。

㉕要：古"腰"字。

㉖喜：通"嬉"，戏弄。

㉗反：通"返"。

㉘嬖：同"僻"。

㉙谲：欺诈。

㉚马靳：马当胸的皮带。

㉛埶：即"势"字。

㉜强：通"镶"，古代一种兵器。

㉝节：适用。

㉞揣：疑"强"字之误。

㉟雠：同"鹊"。

㊱刘：当作"刭"，砍。

㊲见之时：当为"见子时"。

公输第五十

公输盘为楚造云梯之械，成，将以攻宋。子墨子闻之，起于齐，行十日十夜而至于郢，见公输盘。公输盘曰："夫子何命焉为？"子墨子曰："北方有侮臣，原藉子杀之①。"公输盘不说。子墨子曰："请献十金。"公输盘曰："吾义固不杀人。"子墨子起，再拜曰："请说之。吾从北方，闻子为梯，将以攻宋。宋何罪之有？荆国有余于地，而不足于民，杀所不足，而争所有余，不可谓智；宋无罪而攻之，不可谓仁；知而不争，不可谓忠；争而不得，不可谓强；义不杀少而杀众，不可谓知类②。"公输盘服。子墨子曰："然，乎不已乎③？"公输盘曰："不可。吾既已言之王矣。"子墨子曰："胡不见我于王？"公输盘曰："诺。"

子墨子见王，曰："今有人于此，舍其文轩④，邻有敝舆，而欲窃之；舍其锦绣，邻有短褐，而欲窃之；舍其梁肉，邻有糠糟，而欲窃之。此为何若人？"王曰："必为窃疾矣。"子墨子曰："荆之地，方五千里，宋之地，方五百里，此犹文轩之与敝舆也；荆有云梦，犀兕麋鹿满之⑤，江汉之鱼鳖鼋鼍为天下富，宋所为无雉兔狐狸者也，此犹梁肉之与糠糟也；荆有长松、文梓、梗枬、豫章⑥，宋无长木，此犹锦绣之与短褐也。臣以三事之攻宋也，为与此同类，臣见大王之必伤义而不得。"王曰："善哉！虽然，公输盘为我为云梯，必取宋。"

于是见公输盘，子墨子解带为城，以牒为械。公输盘九设攻城之机变，子墨子九距之⑦。公输盘之攻械尽，子墨子之守圉有余⑧。公输盘诎⑨，而曰："吾知所以距子矣，吾不言。"子墨子亦曰："吾知子之所以距我，吾不言。"楚王问其故，子墨子曰："公输子之意，不过欲杀臣。杀臣，宋莫能守，可攻也。然臣之弟子禽滑釐等三百人，已持臣守圉之器，在宋城上而待楚寇矣。虽杀臣，不能绝也。"楚王曰："善哉！吾请无攻宋矣。"

子墨子归，过宋，天雨，庇其闾中，守闾者不内也⑩。故曰："治于神者，众人不知其功；争于明者，众人知之。"

---

①原：当为"愿"字。藉：同"借"。

②知类：懂得类推。

③乎不已乎：当为"胡不已乎"。

④文轩：装饰华丽的有棚的车子。

⑤兕（sì，音四）：雄犀牛。

⑥豫章：樟树。

⑦距：通"拒"。

⑧圉（yù，音玉）：通"御"。

⑨诎：同"屈"，没有办法可想。

⑩内：接纳。

卷　十　四

□□□第五十一（阙）

备城门第五十二

禽滑釐问于子墨子曰："由圣人之言，凤鸟之不出，诸侯畔殷周之国，甲兵方起于天下，大攻小，强执强。吾欲守小国，为之奈何？"子墨子曰："何攻之守？"禽滑釐对曰："今之世常所以攻者：临、钩、冲、梯、堙、水、穴、突、空洞、蚁傅、轒辒、轩车，敢问守此十二者奈何？"子墨子曰："我城池修，守器具，推粟足①，上下相亲，又得四邻诸侯之救，此所以持也。且守者虽善，则犹若不可以守也。若君用之守者，又必能乎守者；不能而君用之，则犹若不可以守也。然则守者必善而君尊用之②，然后可以守也。

凡守围城之法，厚以高，壕池深以广，楼撕揳③，守备缮利，薪食足以支三月以上，人众以选，吏民和，大臣有功劳于上者多，主信以义，万民乐之无穷。不然，父母坟墓在焉；不然，山林草泽之饶足利；不然，地形之难攻而易守也；不然，则有深怨于适而有大功于上；不然则赏明可信而罚严足畏也。此十四者具，则民亦不宜上矣。然后城可守。十四者无一，则虽善者不能守矣。

故凡守城之法，备城门为县门，沈机，长二丈，广八尺，为之两相如；门扇数令相接三寸，施土扇上，无过二寸。堑中深丈五，广比扇，堑长以力为度，堑之末为之县，可容一人所。客至，诸门户皆令凿而慕孔。孔之。各为二幕二，一凿而系绳，长四尺。城四面四隅，皆为高磨斵，使重室子居亓上。候适④，视亓能状⑤，与亓进左右所移处，失候斩。

敌人为穴而来⑥，我亟使穴师选本，迎而穴之，为之且内弩以应之。

民室杍木瓦石，可以盖城之备者，尽上之。不从令者斩。

昔筑，七尺一居属⑦，五步一垒⑧，五筑有锑⑨。长斧，柄长八尺。十步一长镰⑩，柄长八尺。十步一斗，长椎，柄长六尺，头长尺，斧亓两端。三步一大铤，前长尺，蚤长五寸。两铤交之置如平，不如平不利，兑亓两末。穴队若冲队，必审如攻队之广狭，而令邪穿亓穴，令亓广必夷客队。

疏束树木，令足以为柴抟，毋前面树⑪，长丈七尺一以为外面，以柴抟从横施之⑫，外面以强涂，毋令土漏。令亓广厚，以任三丈五尺之城以上。以柴木土稍杜之，以急为故。前面之长短，豫蚤接之，令能任涂，足以为堞⑬，善涂亓外，令毋可烧拔也。

大城丈五为闺门，广四尺。

为郭门，郭门在外，为衡，以两木当门，凿亓木维敷上堞。

为斩县梁，酘穿⑭，断城以扳桥，邪穿外，以板次之，倚杀如城报。城内有傅壤，因以内壤为外。凿亓间，深丈五尺，室以樵，可烧之以待适。

令耳属城，为再重楼。下凿城外堞内深丈五，广丈二。楼若令耳，皆令有力者主敌，善射者主发，佐皆广矢。

治裾诸⑮，延堞，高六尺，部广四尺，皆为兵弩简格。

转射机，机长六尺，狸一尺⑯。两材合而为之辒⑰，辒长二尺，中凿夫之为道臂，臂长至桓。二十步一，令善射之者佐，一人皆勿离。

城上百步一楼，楼四植，植皆为通舄⑱，下高丈，上九尺，广、丧各丈六尺，皆为宁。三十步一突，九尺，广十尺，高八尺，凿广三尺，表二尺，为宁。

城上为攒火，夫长以城高下为度，置火亓末。

城上九尺一弩、一戟、一椎、一斧、一艾，皆积参石，蒺藜。

渠长丈六尺，夫长丈二尺，臂长六尺，亓狸者三尺，树渠毋傅堞五寸。

藉莫长八尺，广七尺，亓木也广五尺，中藉苴为之桥，索亓端。适攻，令一人下上之，勿离。

城上二十步一藉车，当队者不用此数。

城上三十步一乔灶⑲。

持水者必以布麻斗、革盆、十步一。柄长八尺，斗大容二斗以上到三斗。敝裕⑰、新布长六尺，中拙柄，长丈，十步一，必以大绳为箭。

城上十步一铳⑳。

水瓴，容三石以上，小大相杂。盆、蠡各二财。

为卒干饭，人二斗，以备阴雨，面使积燥处。令使守为城内堞外行餐。

置器备，杀沙砾铁㉑，皆为坏斗㉒。令陶者为薄瓴㉓，大容一斗以上至二斗，即用取，三祕合束。

坚为斗城上隔。栈高丈二，剡亓一末㉔。

为闺门，闺门两扇，令可以各自闭也。

救闉池者㉕，以火与争，鼓橐㉖，冯垣外内，以柴为燔。

灵丁，三丈一，火耳施之。十步一人，居柴内弩，弩半，为狗犀者环之，墙七步而一。

救车火，为烟矢射火城门上，凿扇上为栈，涂之，持水麻斗、革盆救之。门扇薄植，皆凿半尺，一寸一涿弋，弋长二寸，见一寸，相去七寸，厚涂之以备火。城门上所凿以救门火者，各一垂水，火三石以上，小大相杂。

门植关必环锢，以锢金若铁鍱之。门关再重，鍱之以铁，必坚。梳关，关二尺，梳关一苋[27]，封以守印，时令人行貌封，及视关入桓浅深。门者皆无得挟斧、斤、凿、锯、椎。

城上二步一渠，渠立程，丈三尺，冠长十丈，辟长六尺。二步一荅。广九尺，袤十二尺。

二步置连梃，长斧、长椎各一物；枪二十枚，周置二步中。

二步一木弩，必射五十步以上。及多为矢，节毋以竹箭，楛、赵、搋、榆可。盖求齐铁夫，播以射衙及栊枞[28]。

二步积石，石重千钧以上者，五百枚。毋百，以亢疾犁、壁，皆可善方。

二步积苙[29]，大一围，长丈，二十枚。

五步一罂，盛水有奚，奚蠡大容一斗。

五步积狗屍五百枚，狗屍长三尺，丧以弟[30]，瓮亓端，坚约弋。

十步积抟。大二围以上，长八尺者二十枚。

二十五步一灶，灶有铁鐕[31]，容石以上者一，戒以为汤。及持沙，毋下千石。

三十步置坐候楼，楼出于堞四尺，广三尺，广四尺，板周三面，密傅之，夏盖亓上。

五十步一藉车，藉车必为铁纂。

五十步一井屏，周垣之，高八尺。

五十步一方，方尚必为关籥守之。

五十步积薪，毋下三百石，善蒙涂，毋令外火能伤也。

百步一栊枞，起地高五丈，三层，下广前面八尺，后十三尺，亓上称议衰杀之[32]。

百步一木楼，楼广前面九尺，高七尺，楼軥居坫，出城十二尺。

百步一井，井十瓮，以木为系连，水器容四斗至六斗者百。

百步一积杂秆，大二围以上者五十枚。

百步为橹，橹广四尺，高八尺。为冲术。

百步为幽牍[33]，广三尺高四尺者千。

二百步一立楼，城中广二丈五尺二，长二丈，出枢五尺。

城上广三步到四步，乃可以为使斗。俾倪广三尺[34]，高二尺五寸。陛高二尺五，广长各三尺，远广各六尺。城上四隅童异高五尺[35]，四尉舍焉。

城上七尺一渠，长丈五尺，狸三尺[36]，去堞五寸，夫长丈二尺，臂长六尺。半植一凿，内后长五寸。夫两凿，渠夫前端下堞四寸而适。凿渠、凿坎，覆以瓦。冬日以马夫寒，皆待命，若以瓦为坎。

城上千步一表，长丈，弃水者操表摇之。五十步一厕，与下同圂[37]。之厕者，不得操。

城上三十步一藉车，当队者不用[38]。

城上五十步一道陛，高二尺五寸，长十步。城上五十步一楼抓[39]，抓勇勇必重[40]。

土楼百步一，外门发楼，左右渠之。为楼加藉幕，栈上出之以救外。

城上皆毋得有室，若也可依匿者，尽除去之。

城下州道内，百步一积薪，毋下三千石以上，善涂之。

城上十人一什长，属一吏士，一帛尉。

百步一亭，高垣丈四尺[41]，厚四尺，为闺门两扇，令各可以自闭，尉必取有重厚忠信可任事者。

二舍共一井爨[42]，灰、康、粃、杯、马矢，皆谨收藏之。

城上之备：渠谵[43]、藉车、行栈、行楼、到、颉皋、连梃、长斧、长椎、长兹、距、飞冲、县□[44]、批屈。楼五十步一，堞下为爵穴，三尺而一为薪皋[45]，二围长四尺半必有洁。

瓦石：重二升以上，城上沙，五十步一积。灶置铁鐕焉，与沙同处。

木大二围，长丈二尺以上，善耿亓本[46]，名曰长从，五十步三十。木桥长三丈，毋下五十。复使卒急为垒壁，以盖瓦复之。

用瓦木罂，容十升以上者，五十步而十，盛水，且用之。五十二者十步而二。

城下里中家人，各葆亓左右前后，如城上。城小人众，葆离乡老弱国中及也大城。

寇至，度必攻，主人先削城编，唯勿烧。寇在城下，时换吏卒署，而毋换亓养，养毋得上城。寇在城下，收诸盆瓮，耕积之城下，百步一积，积五百。

城门内不得有室，为周官桓吏，四尺为倪[47]。行栈内闲[48]，二关一堞。

除城场外，去池百步，墙垣树木小大俱坏伐，除去之。寇所从来若昵道、俟近[49]，若城场，皆为扈楼，立竹箭天中。

守堂下为大楼，高临城，堂下周散。道中应客，客待见，时召三老在葆宫中者，与计事得先[50]。行德计谋合，乃入葆。葆入守，无行城，无离舍。诸守者，审知卑城浅池，而错守焉[51]。晨暮卒歌以为度，用人少易守。

守法：五十步丈夫十人，丁女二十人，老小十人，计之五十步四十人。城下楼卒，率一步一人，二十步二十人。城小大以此率之，乃足以守围[52]。

客冯面而蛾傅之[53]，主人则先之知，主人利，客适。客攻以遂，十万物之众，攻无过四队者。上术广五百步[54]，中术三百步，下术五十步。诸不尽百五步者，主人利而客病。广五百步之队，丈夫千人，丁女子二千人，老小千人，凡四千人，而足以应之，此守术之数也。使老小不事者，守于城上不当术者。

城持出必为明填，令吏民皆智知之。从一人百人以上，持出不操填章。从人非亓故人，乃亓积章也[55]。千人之将以上止之，勿令得行。行及吏卒从之，皆斩，具以闻于上。此守城之重禁之。夫奸之所生也，不可不审也。

城上为爵穴，下堞三尺，广亓外，五步一。爵穴大容苴，高者六尺，下者三尺，疏数自适为之。塞外堑[56]，去格七尺，为县梁。城陕陕不可堑者，勿堑。城上三十步一聋灶，人擅苣长五节。寇在城下，闻鼓音，燔苣[57]，复鼓，内苣爵穴中，照外。

诸藉车皆铁什，藉车之柱长丈七尺，亓狸者四尺。夫长三丈以上[58]，至三丈五尺，马颊长二尺八寸。试藉车之力而为之困[59]，失四分之三在上。藉车，夫长三尺，四二三在上[60]，马颊在三分中。马颊长二尺八寸，夫长二十四尺，以下不用。治困以大车轮。藉车桓长丈二尺半，诸藉车皆铁什，复车者在之。

寇闉池来[61]，为作水甬，深四尺，坚慕狸之[62]，十尺一，覆以瓦而待令。以木大围长二尺四分而旱凿之，置炭火亓中而合慕之，而以藉车投之。为疾犁投，长二尺五寸，大二围以上。涿弋，弋长七寸，弋间六寸，剡亓末。狗走，广七寸，长尺八寸，畚长四寸，犬耳施之。”

子墨子曰："守城之法，必数城中之木，十人之所举为十挈，五人之所举为五挈，凡轻重以挈为人数。为薪蕉挈[63]，壮者有挈，弱者有挈，皆称亓任。凡挈轻重所为，吏人各得亓任。城中无食则为大杀。

　　去城门五步大堑之，高地三丈下地至，施贼亓中，上为发梁，而机巧之，比傅薪土，使可道行，旁有沟垒，毋为逾越，而出佻且比，适人遂入，引机发梁，适人可禽。适人恐惧而有疑心，因而离㉞。"

①推：当为"樵"之误，柴薪。

②尊：通"遵"。

③楼撕揊："撕"当为"嘶"，即后文的"磨嘶"，指栏杆。揊：当为"佫"。楼嘶佫即修城楼。

④候适：等待敌人到来。

⑤儢：即"态"字。

⑥为穴：挖隧道。

⑦居属：当为"锄"。

⑧垒：盛土的笼。

⑨锑：疑为"夷"，类似锄的一种工具。

⑩镰（lián，音镰）：即镰刀。

⑪毋：古"贯"字。

⑫从：同"纵"。

⑬堞（dié，音蝶）：城上的女墙。

⑭酃：同"令"。

⑮裾诸："裾"当为"椐"之讹，以柴草堆积为樊篱。

⑯狸：通"薶"，"埋"的古字。

⑰辑：当作"鋺"，大车的后压。

⑱舄（xì，音系）：通"磶"，柱石。

⑲舂灶：行灶。舂：疑即"垄"字。

⑳裕：疑"綌"（xì，音细），粗葛布。

㉑钪：掘土的一种工具。

㉒杀：通"撒"。

㉓坏：土未烧。

㉔瓴：盛水的陶缸。

㉕剡（yǎn，音掩）：削尖。

㉖闉（yīn，音因）：古代瓮城的门。

㉗橐（tuó，音驮）：风箱。

㉘苋："管"字假音。管：锁。

㉙衝：疑"冲"字。

㉚苣：当为"苣"之讹，"苣"通"炬"。

㉛丧：为"袤"字之误。袤：长。以：通"似"。

㉜鹭："鬵"字假音，"鬵（zèng，音赠）：古代蒸食物的器皿。

㉝衰杀：逐渐减少。

㉞朕：当作"陕"之误。陕：通水的沟。

㉟俾倪（pì ní，音僻泥）：城上用以向外窥视的小墙。

㊱童异：疑当为"重娄"，"娄"与"楼"通。

㊲狸：通"埋"。

㊳圂（hùn，音混）：积秽物之处。

㊴队：通"隧"。

㊵楼扤："扤"疑当为"撕"。楼撕：栏杆。

㊶扤勇勇必重：疑当作"楼撕必再重"。

㊷高：疑"亭"之误。

㊸爨（cuàn，音窜）：灶。

㊹谵：同"幨"，防箭的帷幔。

㊺县：通"悬"，疑下缺"梁"字。

㊻薪皋：即桔槔。

㊼耿：疑"联"字之误。

㊽倪：小儿。

㊾闬：即"闭"字。

㊿傒：与"蹊"通，小道。

(51)先："失"之误。

(52)错：通"措"，安置。

(53)围：通"御"。

(54)冯面：依凭城的四面。

(55)术：道路。

(56)積："旗"字之讹。

(57)塞：当为"穿"。

(58)燔（fán，音凡）：焚烧。

(59)夫：同"肤"，露出地面部分。

(60)困：通"梱"，门橛。

(61)四二三：当作"四之三"，即四分之三。

(62)闉（yīn，音因）：通"堙"，堵塞。

(63)坚慕："慕"当作"幂"，覆盖。坚幂（mì，音秘）：牢固封盖。

(64)蕉：同"樵"。

(65)禽：通"擒"。

备高临第五十三

禽子再拜再拜曰："敢问适人积土为高①，以临吾城。薪土俱上，以为羊黔②。蒙橹俱前，遂属之城，兵弩俱上，为之奈何？"

子墨子曰："子问羊黔之守邪？羊黔者将之拙者也，足以劳卒，不足以害城。守为台城③，以临羊黔。左右出巨，各二十尺，行城三十尺。强弩之，技机藉之，奇器□□之。然则羊黔之攻败矣。

备临以连弩之车，材大方一方一尺④，长称城之薄厚。两轴三轮，轮居筐中，重下上筐。左右旁二植，左右有衡植⑤，衡植左右皆圆内⑥，内径四寸。左右缚弩皆于植，以弦钩弦，至于大弦。弩臂前后与筐齐，筐高八尺，弩轴去下筐三尺五寸。连弩机郭同铜⑦，一石三十钧。引弦鹿长奴。筐大三围半，左右有钩距，方三寸，轮厚尺二寸，钩距臂博尺四寸，厚七寸，长六尺。横臂齐筐外，蚤尺五寸，有距，博六寸，厚三寸，长如筐，有仪，有诎胜，可上下。为武重一石以材大围五寸。矢长十尺，以绳□□矢端，如如戈射⑧，以磨鹿卷收⑨。矢高弩臂三尺，用弩无数，出人六十枚，用小矢无留。十人主此车。遂具寇，为高楼以射道，城上以荅罗矢⑩。

①适：通"敌"。

②羊黔：基址。

③台城：行城，即临时在城上筑的城。

④方一方一：其中一个"方一"为衍文。

⑤衡植：即横柱。衡：通"横"。

⑥内：同"枘（ruì，音锐）"，即榫（sǔn，音损）。

⑦同："用"字之误。

⑧如如：多一"如"字。

⑨磨鹿：即辘轳。

⑩笘：即笪（tá），指的是用来挡箭的草席。

□□第五十四（阙）

□□第五十五（阙）

备梯第五十六

禽滑釐子事子墨子三年，手足胼胝①，面目黧黑，役身给使，不敢问欲。子墨子其哀之，乃管酒块脯，寄于大山，昧葇坐之②，以樵禽子。禽子再拜而叹。子墨子曰："亦何欲乎？"禽子再拜再拜曰："敢问守道？"子墨子曰："姑亡，姑亡③。古有亓术者，内不亲民，外不约治，以少间众，以弱轻强，身死国亡，为天下笑。子亓慎之，恐为身薑④。"禽子再拜顿首，愿遂问守道。曰："敢问客众而勇，烟资吾池⑤，军卒并进，云梯既施，攻备已具，武士又多，争上吾城，为之奈何？"子墨子曰："问云梯之守邪？云梯者重器也，亓动移甚难。守为行城，杂楼相见，以环亓中。以适广狭为度，环中藉幕，毋广亓处。行城之法，高城二十尺，上加堞，广十尺，左右出巨各二十尺，高、广如行城之法。为爵穴煇俔⑥，施笘亓处，机、冲、钱、城，广与队等，杂亓间以镌、剑，持冲十人，执剑五人，皆以有力者。令案目者视适，以鼓发之，夹而射之，重而射，披机藉之⑦，城上繁下矢、石、沙、炭以雨之，薪火、水汤以济之，审赏行罚，以静为故，从之以急，毋使生虑。若此，则云梯之攻败矣。

守为行堞，堞高六尺而一等，施剑亓面⑧，以机发之，冲至则去之，不至则施之。爵穴三尺而一，蒺藜投必遂而立，以车推引之。

裾城外⑨，去城十尺，裾厚十尺。伐裾，小大尽本断之，以十尺为传，杂而深埋之，坚筑，毋使可拔。二十步一杀，杀有一鬲⑩，鬲厚十尺，杀有两门，门广五尺。裾门一，施浅埋，弗筑，令易拔。城希裾门而直桀⑪。

县火⑫，四尺一钩樴⑬，五步一灶，灶门有炉炭。令适人尽入，煇火烧门，县火次之。出载而立，亓广终队。两载之间一火，皆立而待鼓而然火⑭，即具发之⑮。适人除火而复攻，县火复下，适人甚病，故引兵而去。则令我死士左右出穴门击遗师⑯，令贲士、主将皆听城鼓之音而出，又听城鼓之音而入。因素出兵施伏，夜半城上四面鼓噪，适人必或⑰，有此必破军杀将。以白衣为服，以号相得，若此，则云梯之攻败矣。"

①胼胝（pián zhī，音骈知）：手足上的老茧。

②昧葇：当读为"灭茅"，即拔葇。

③姑亡：姑且不要。亡，通"毋"。

④薑：同"僵"。

⑤烟资："烟"当为"堙"，塞。资：当读为"茨"。烟茨：堵塞。

⑥爵穴：城堞中的孔穴。烨：当读为"熏"。傂："鼠"的异体字。

⑦披：当读为"校"。

⑧剑：通"箭"。

⑨裾：当为"椐"之讹，指藩篱。

⑩鬲：通"隔"。

⑪桀：投掷。

⑫县：即"悬"字。

⑬檥：弋。

⑭然："燃"的本字。

⑮具：通"俱"。

⑯穴门：当为"突门"之误，突门为城下暗门。遗：疑为"遁"之误。

⑰或：通"惑"。

□□第五十七（阙）

备水第五十八

　　城内堑外周道，广八步，备水谨度四旁高下。城地中徧下①，令耳亍内，及下地，地深穿之令漏泉。置则瓦井中②，视外水深丈以上，凿城内水耳。

　　并船以为十临，临三十人③，人擅弩计四有方④，必善以船为轒辒⑤。二十船为一队，选材士有力者三十人共船，亍二十人人擅有方，剑甲鞮瞀⑥，十人人擅苗⑦。先养材士为异舍，食亍父母妻子以为质，视水可决，以临轒辒，决外隄⑧，城上为射扙疾佐之⑨。

①徧：同"偏"。

②则瓦：测水的瓦。则：通"测"。

③临三十人：每临两船共三十人。

④计四："什四"之误。

⑤轒辒：古代冲裂城墙的战车。

⑥鞮瞀（dī móu，音低谋）：鞮，革履。瞀，通"鍪"。鞮鍪，头盔。

⑦苗：通"矛"。

⑧隄：同"堤"。

⑨射扙：疑当为"射机"。

□□第五十九（阙）

□□第六十（阙）

备突第六十一

城百步一突门。突门各为窑灶①，窦入门四五尺②。为亓门上瓦屋，毋令水潦能入门中。吏主塞突门，用车两轮，以木束之，涂其上，维置突门内③。使度门广狭，令之入门中四五尺。置窑灶，门旁为橐，充灶伏柴艾④。寇即入，下轮而塞之，鼓橐而熏之。

---

①窑：即"窑"字。
②窦："灶"字之误。
③维置：系置，用绳系轮悬于门上。
④伏：疑当为"状"，充实之意。

备穴第六十二

禽子再拜再拜，曰："敢问古人有善攻者，穴土而入，缚柱施火，以坏吾城。城坏，或中人为之奈何①？"子墨子曰："问穴土之守邪？备穴者城内为高楼，以谨候望适人。适人为变，筑垣聚土非常者，若彭有水浊非常者②，此穴土也。急堑城内穴亓土直之③。穿井城内，五步一井。傅城足④，高地，丈五尺；下地，得泉三尺而止。令陶者为罂，容四十斗以上，固顺之以薄鞈革⑤，置井中。使聪耳者伏罂而听之，审之穴之所在，凿穴迎之。

令陶者为月明⑥，长二尺五寸六围，中判之，合而施之穴中，僂一，覆一。（柱之外善周涂，亓傅柱者勿烧。柱者勿烧柱）善涂亓窦际，勿令泄。两旁皆如此，与穴俱前。下迫地，置康若灰亓中⑦，勿满。灰康长五窦，左右俱杂相如也。穴内口为灶，令如窑，令容七八员艾，左右窦皆如此，灶用四橐。穴且遇，以颉皋冲之，疾鼓橐熏之，必令明习橐事者勿令离灶口。连版以穴高下，广狭为度。令穴者与版俱前，凿亓版令容矛，参分亓疏数，令可以救窦。穴则遇，以版挡之，以矛救窦，勿令塞窦。窦则塞⑧，引版而郄⑨，过一窦而塞之。凿亓窦，通亓烟，烟通，疾鼓橐以熏之。从穴内听穴之左右，急绝亓前，勿令得行。若集客穴，塞之以柴涂，令无可烧版也。然则穴土之攻败也。

寇至吾城，急非常也，谨备穴。穴疑有应寇，急穴。穴未得，慎毋追。

凡杀以穴攻者，二十步一置穴，穴高十尺，凿十尺⑩，凿如前⑪，步下三尺，十步拥穴，左右横行，高广各十尺杀。

俚两罂⑫，深平城，置板亓上，删板以井听⑬，五步一密。用稀若松为穴户⑭，户穴有两蒺藜，皆长极亓户。户为环，垒石外埒，高七尺，加堞亓上。勿为陛与石，以县陛上下出入。县炉橐，橐以牛皮，炉有两瓬，以桥鼓之百十，每亦熏四十什，然炭杜之，满炉而盖之，毋令气出。适人疾近五百穴，穴高若下，不至吾穴，即以伯凿而求通之。穴中与适人遇，则皆围而毋逐，且战北，以须炉火之然也，即去而入壅穴杀。有偑隐⑮，为之户及关籥独顺，得往来行亓中。穴垒之中各一狗，狗吠即有人也。

斩艾与柴长尺，乃置窑灶中，先垒窑壁迎穴为连。

凿井傅城足，三丈一，视外之广狭而为凿井，慎勿失。城卑穴高从穴难。凿井城上，为三四井，内新斳井中⑯，伏而听之，审之知穴之所在，穴而迎之。穴且遇，为颉皋，必以坚材为夫，以利斧施之，命有力者三人用颉皋冲之，灌以不洁十余石。

趣伏此井中，置艾亓上，七分，盆盖井口，毋令烟上泄，旁亓橐口，疾鼓之。

以车轮辒，一束樵，染麻索涂中以束之。铁锁，县正当寇穴口。铁锁长三丈，端环，一端钩。

偑穴高七尺，五寸广，柱间也尺，二尺一柱，柱下傅舄⑰，二柱共一员十一。两柱同质⑱，横员士，柱大二围半，必固亓员士，无柱与柱交者。

穴二窑，皆为穴月屋，为置吏、舍人，各一人，必置水。塞穴门以车两走，为葘⑲，涂亓上，以穴高下广狭为度，令入穴中四五尺，维置之。当穴者客争伏门⑳，转而塞之为窑，容三员艾者㉑，令亓突入伏尺。伏傅突一旁，以二橐守之，勿离。穴矛以铁，长四尺半，大如铁服说㉒，即刃之二矛，内去窆尺，邪凿之，上穴当心，亓矛长七尺。穴中为环利率，穴二㉓。

凿井城上㉔，俟亓身井且通，居版上，而凿亓一徧㉕，已而移版，凿一徧。颉皋为两夫，而旁狸亓植，而数钩亓两端，诸作穴者五十人，男女相半。五十人。攻内为传士之□，受六参，约枲绳以牛亓下㉖，可提而与投，已则穴七人守退，垒之中为大虎一，藏穴具亓中。难穴，取城外池唇木月散之什，斩亓穴，深到泉。难近穴为铁铁。金与扶林长四尺，财自足。客即穴，亦穴而应之。

为铁钩钜长四尺者，财自足，穴彻，以钩客穴者。为短矛、短戟、短弩、㉗虿矢㉘，财自足，穴彻以斗。以金剑为难，长五尺，为銎㉙、木屎㉚，屎有虑枚，以左客穴。

戒持罋，容三十斗以上，狸穴中，丈一，以听穴者声。

为穴，高八尺，广，善为傅置。具全牛交槀㉛，皮及坺㉜，卫穴二，盖陈霾及艾，穴彻熏之以。

斧金为斫，屎长三尺，卫穴四。为垒㉝，卫穴四十，属四。为斤、斧、锯、凿、㦴，财自足。为铁校㉞，卫穴四。

为中橹，高十丈半，广四尺。为横穴八橹，盖具槀杲，财自足，以烛穴中。

盖持酓㉟，客即熏，以救目。救目分方鏊穴㊱，以益盛酓置穴中，文盆毋少四斗㊲。即熏，以自临酓上及以泏目㊳。"

---

①或：疑"城"之误。

②彭：通"旁"。

③直：直对着迎击。

④傅：附。

⑤鞉（luò，音洛）革：生皮革。

⑥月明：当为"瓦罋"。

⑦康：即"糠"。

⑧则：通"即"。

⑨郄（xì，音细）：通"郤"，退。

⑩凿：当为"广"。

⑪如：通"而"。

⑫俚：通"埋"。

⑬册：字典无此字，疑当为"册"，覆盖。

⑭柄：字典无此字，疑为木名。

⑮傫隈：疑当为"鼠窜"。

⑯斬：当为"甄"之误，瓦缶一类的容器。

⑰傅烏（xì，音系）："傅"即"附"，烏，通"礍"，柱下基石。

⑱质：通"礩"，垫在柱下的基石。

⑲苴：同"辐"。

⑳门：疑"斗"字之误。

㉑员：通"丸"。

㉒服说：疑当为"铁钺"，古兵器。

㉓穴二：当为"穴上下"之误。

㉔上：当为"下"之误。

㉕徧：通"偏"。

㉖枲（xǐ，音喜）：大麻。

㉗钜：同"距"。

㉘蝱（méng，音萌）：短失。

㉙銎（qióng，音穷）：斧头上用来装柄的孔。

㉚木尻：木柄。

㉛橐："橐"之误。

㉜皮及壏：疑当作"及瓦缶"。

㉝垒：疑当为"蘽"，盛土的竹笼。

㉞铁校：即铁栏杆。

㉟醯：当为"醯（xǐ，音西）"，醋。

㊱鑿：疑"凿"字之讹。

㊲文："大"字之误。

㊳沺：当为"洒"。

备蛾傅第六十三

禽子再拜再拜曰："敢问适人强弱，遂以傅城，后上先断，以为泭程①。斩城为基，掘下为室，前上不止，后射既疾。为之奈何？"子墨子曰："子问蛾傅之守邪？蛾傅者，将之忿者也。守为行临射之，校机藉之，擢之，太汜迫之②，烧苔覆之，沙石雨之。然则蛾傅之攻败矣。

备蛾傅为县脾③，以木板厚二寸，前后三尺，旁广五尺，高五尺，而折为下磨车，转径尺六寸。令一人操二丈四方，刃其两端，居县脾中，以铁璩敷县二脾上衡，为之机，令有力四人下上之，弗离。施县脾，大数二十步一，攻队所在六步一。

为累④，苔广从丈各二尺，以木为上衡，以麻索大徧之，染其索涂中，为铁镍，钩其两端之县。客则蛾傅城，烧苔以覆之，连莛⑤，抄大皆救之。以车两走，轴间广大以圉，犯之。黮其两端⑥。以束轮，徧徧涂其上。室中以榆若蒸⑦，以棘为旁，命曰火捽⑧，一曰传汤，以当队。客则乘队，烧传汤，斩维而下之⑨，令勇士随而击之，以为勇士前行，城上辄塞坏城。

城下足为下说铍杙⑩，长五尺，大围半以上⑪，皆剡其末，为五行，行间广三尺，狸三尺，大耳树之⑫。为连殳⑬，长五尺，大十尺。梃长二尺，大六寸，索长二尺。椎，柄长六尺，首长尺五寸。斧，柄长六尺，刃必利，皆葬其一后。苫广丈二尺，□□丈六尺[14]，垂前衡四寸，两端接尺相覆，勿令鱼鳞三[15]，著其后行[16]。中央木绳一，长二丈六尺。苫楼不会者以牒塞，数暴干，苫为格，令风上下。牒恶疑坏者，先狸木十尺一枚一[17]。节坏，邓植以押虑卢薄于木[18]，卢薄表八尺，广七寸，经尺一[19]。数施一击而下之，为上下钌而斲之[20]。

经一钩[21]、禾楼、罗石、县苫、植内毋植外。

杜格[22]，狸四尺，高者十丈，木长短相杂，兑其上，而外内厚涂之。

为前行行栈、县苫。隅为楼，楼必曲里。土五步一，毋其二十晶。爵穴十尺一，下堞三尺，广其外。转脯城上，楼及散与池革盆。若转，攻卒击其后，煖失治。车革火。

凡杀蛾傅而攻者之法，置薄城外[23]，去城十尺，薄厚十尺。伐操之法，大小尽木断之，以十尺为断，离而深狸坚筑之，毋使可拔。

二十步一杀[24]，有鹱[25]，厚十尺。杀有两门，门广五步，薄门板梯狸之，勿筑，令易拔。城上希薄门而置捣。

县火，四尺一椅[26]。五步一灶，灶门有炉炭。传令敌人尽入，车火烧门，县火次之，出载而立，其广终队，两载之间一火，皆立而待鼓音而然，即俱发之。敌人辟火而复攻，县火复下，敌人甚病。

敌引哭而榆[27]，则令吾死士左右出穴门击遗师，令贲士、主将皆听城鼓之音而出，又听城鼓之音而入。因素出兵将施伏，夜半，而城上四面鼓噪，敌人必或[28]，破军杀将。以白衣为服，以号相得。

---

①浩："法"字之误。

②太氾：当为"火汤"。

③县脾："县"同"悬"。县脾是方形无底的木箱。

④纍：通"礌"，石块。

⑤连筳：疑当为"连梃"，一种战具。

⑥蟲：当为"独（tóng，音彤）"，此处意为削尖。

⑦室：通"窒"。

⑧挬（zuó，音着）：烧。

⑨维：绳子。

⑩铦弋（yì，音益）：削尖的木桩。

⑪圉："围"之误。

⑫大耳：疑"犬牙"之误。

⑬连殳（shū，音书）：一种兵器。

⑭□□丈六尺：这两上空格当是"其长"。

⑮三：同"参"，参差之意。

⑯行：当为"衡"字。

⑰一枚一：后"一"为衍文。

⑱邓植以押虑卢薄于木："邓"当为"斫"字，虑为衍文，卢薄指柱上横木。

⑲经：通"径"，直径。

⑳钌：疑为"钉"之误。斲：疑为"斫"之误。

㉑经一钩：此句难通，疑有脱文。

㉒杜：疑当为"柞"。柞格：用木头围起的障碍。

㉓薄：竹苇作的一种器具。

㉔杀：指杀伤敌人的地方。

㉕幦：当作"鬲"，通"隔"。

㉖㭊：当作"檥"，即"钩枳"。

㉗哭：当作"师"字。榆：有的版本作"去"字。

㉘或：通"惑"。

卷 十 五

□□□第六十四（阙）

□□□第六十五（阙）

□□□第六十六（阙）

□□□第六十七（阙）

迎敌祠第六十八

敌以东方来，迎之东坛，坛高八尺，堂密八①。年八十者八人，主祭青旗。青神长八尺者八，弩八，八发而止。将服必青，其牲以鸡。敌以南方来，迎之南坛，坛高七尺，堂密七。年七十者七人，主祭赤旗。赤神长七尺者七，弩七，七发而止。将服必赤，其牲以狗。敌以西方来，迎之西坛，坛高九尺，堂密九。年九十者九人，主祭白旗。素神长九尺者九，弩九，九发而止。将服必白，其牲以羊。敌以北方来，迎之北坛，坛高六尺，堂密六。年六十者六人，主祭黑旗。黑神长六尺者六，弩六，六发而止。将服必黑，其牲以彘。从外宅诸名大祠，灵巫或祷焉，给祷牲。

凡望气，有大将气，有小将气，有往气，有来气，有败气，能得明此者可知成败、吉凶。举巫、医、卜有所长，具药宫之善为舍②。巫必近公社，必敬神之。巫卜以请守，守独智巫卜望气之请而已。其出入为流言，惊骇恐吏民，谨微察之，断，罪不赦。望气舍近守官。牧贤大夫及有方技者若工，弟之③。举屠、酤者置厨给事，弟之。

凡守城之法，县师受事④，出葆⑤，循沟防⑥，筑荐通涂，修城。百官共财，百工即事，司马视城脩卒伍。设守门，二人掌右阎⑦，二人掌左阎，四人掌闭，百甲坐之。城上步一甲、一戟，其赞三人。五步有五长，十步有什长，百步有百长，旁有大率，中有大将，皆有司吏卒长。城上当阶，有司守之，移中中处，泽急而奏之。士皆有职。城之外，矢之所遝⑧，坏其墙，无以为客菌⑨。三十里之内，薪、蒸、水皆入内，狗、彘、豚、鸡食其宍⑩，敛其骸以为醢，腹病者以起。城之内薪蒸庐室，矢之所逮，皆为之涂菌。令命昏纬狗纂马，擎纬⑪，静夜闻鼓声而诊⑫，所以阉客之气也，所以固民之意也。故时诊则民不疾矣。

祝、史告于四望、山川、社稷，先于戎，乃退。公素服誓于太庙，曰："其人为不道，不修义详，唯乃是王，曰：予必怀亡尔社稷，灭尔百姓。二参子尚夜自厦，以勤寡人，和心比力兼左右，各死而守。"既誓，公乃退食，舍于中太庙之右，祝、史舍于社。百官具御，乃斗鼓于门，右置旗，左置旌于隅练名。射参发，告胜，五兵咸备，乃下，出挨⑬，升望我郊。乃命鼓，俄升，役司马射自门右，蓬矢射之，茅参发，弓弩继之，校自门左，先以挥，木石继之。祝、史、宗人告社，覆之以甑。

---

① 密：疑当作"突"，深。
② 具药宫之善为舍：此句意难通，可能有错简之处。
③ 弟：当为"第"，使之有次序。
④ 县师：军中官名。
⑤ 葆：通"堡"。
⑥ 循：通"巡"。
⑦ 阉："阖"的假借字，门扇。
⑧ 逯（tà，音杳）：到。
⑨ 菌：这里为遮蔽的意思。
⑩ 宍："肉"字的异体。
⑪ 擎（qiān，音牵）：加固加紧。
⑫ 诊："謏"字异体字，即"噪"。
⑬ 挨：当为"俟"字。

旗帜第六十九

守城之法，木为苍旗，火为赤旗，薪樵为黄旗，石为白旗，水为黑旗，食为菌旗，死士为仓英之旗，竟士为雩旗，多卒为双兔之旗，五尺童子为童旗，女子为梯末之旗，弩为狗旗，戟为莅旗①，剑盾为羽旗，车为龙旗，骑为鸟旗。凡所求索旗名不在书者，皆以其形名为旗。城上举旗，备具之官致财物之足而下旗。

凡守城之法：石有积，樵薪有积，菅茅有积②，薪苇有积③，木有积，炭有积，沙有积，松柏有积，蓬艾有积，麻脂有积，金铁有积，粟米有积；井灶有处，重质有居。五兵各有旗，节各有辨，法令各有贞，轻重分数各有请，主慎道路者有经。

亭尉各为帜，竿长二丈五，帛长丈五，广半幅者大。寇傅攻前池外廉，城上当队鼓三，举一帜；到水中周④，鼓四，举二帜；到藩，鼓五，举三帜；到冯垣，鼓六，举四帜；到女垣，鼓七，举五帜；到大城，鼓八，举六帜；乘大城半以上，鼓无休。夜以火，如此数。寇却解，辄部帜如进数，而无鼓。

城为隆，长五十尺。四面四门将长四十尺，其次三十尺，其次二十五尺，其次二十尺，其次十五尺，高无下四十五尺。

城上吏卒置之背，卒于头上；城下吏卒置之肩，左军于左肩，中军置之胸。各一鼓，中军一三。每鼓三、十击之，诸有鼓之吏，谨以次应之。当应鼓而不应，不当应而应鼓，主者斩。

道广三十步，于城下夹阶者，各二，其井置铁罋⑤。于道之外为屏，三十步而为之圂，高丈。为民圂，垣高十二尺以上。巷术周道者，必为之门。门二人守之，非有信符，勿行，不从令者斩。

城中吏卒民男女，皆萌异衣章微⑥，令男女可知。

诸守牲格者⑦，三出却适。守以令召赐食前，予大旗，署百户邑若他人财物，建旗其署，令皆明白知之，曰某子旗。牲格内广二十五步，外广十步，表以地形为度。

斩卒⑧，中教解前后左右，卒劳者更休之。

①茈：疑即"旌"字。
②菅（jiān，音间）：茅。
③萑苇："萑"即"萑（huán，音还）"，萑苇即芦荻。
④周：通"洲"。
⑤罋：即"罐"。
⑥萌：疑当为"辨"。微：即"徽"。
⑦牲格：即"柞格"。
⑧斩：当为"勒"。

号令第七十

安国之道，道任地始，地得其任则功成，地不得其任则劳而无功。人亦如此，备不先具者无以安主，吏卒民多心不一者，皆在其将长。诸行赏罚及有治者，必出于王公。数使人行劳赐守边城关塞、备蛮夷之劳苦者，举其守率之财用有余、不足，地形之当守边者，其器备常多者。边县邑视其树木恶则少用，田不辟，少食，无大屋草盖，少用桑。多财，民好食。为内牒①，内行栈，置器备其上，城上吏、卒、养，皆为舍道内，各当其隔部。养什二人，为符者曰养吏一人，辨护诸门。门者及有守禁者皆无令无事者，得稽留止其旁，不从令者戮。敌人但至，千丈之城，必郭迎之，主人利。不尽千丈者勿迎也，视敌之居曲，众少而应之，此守城之大体也。其不在此中者，皆心术与人事参之。凡守城者以亟伤敌为上，其延日持久以待救之至，明于守者也，不能此②，乃能守城。

守城之法，敌去邑百里以上，城将如今，尽召五官及百长，以富人重室之亲，舍之官府，谨令信人守卫之，谨密为故。

及傅城，守将营无下三百人，四面四门之将，必选择之有功劳之臣及死事之后重者，从卒各百人。门将并守他门，他门之上必夹为高楼，使善射者居焉。女郭、冯垣一人，一人守之，使重室子五十步一击。因城中里为八部，部一吏，吏各从四人，以行冲术及里中③。里中父老小不举守之事及会计者，分里以为四部，部一长，以苛往来，不以时行、行而有他异者，以得其奸。吏从卒四人以上有分者，大将必与为信符，大将使人行，守操信符，信不合及号不相应者，伯长以上辄止之，以闻大将。当止不止及从吏卒纵之，皆斩。诸有罪自死罪以上，皆逮父母、妻子、同产④。

诸男女有守于城上者，什，六弩、四兵。丁女子、老少，人一矛。

卒有惊事，中军疾击鼓者三。城上道路、里中巷街，皆无得行，行者斩。女子到大军，令行者男子行左，女子行右，无并行，皆就其守，不从令者斩。离守者三日而一徇⑤，而所以备奸也。里毋与皆守宿里门，吏行其部，至里门，毋与开门内吏。与行父老之守及穷巷幽间无人之处。奸民之所谋为外心，罪车裂。毋与父老及吏主部者，不得皆斩，得之，除，又赏之黄金，人二镒。大将使使人行守，长夜五循行，短夜三循行。四面之吏亦皆自行其守，如大将之行，不从令者斩。

诸灶必为屏，火突高出屋四尺。慎无敢失火，失火者斩，其端失火以为事者，车裂。伍人不得，斩；得之，除。救火者无敢谨哗[6]，及离守绝巷救火者斩。其毋及父老有守此巷中部吏，皆得救之，部吏亟令人谒之大将，大将使信人将左右救之，部吏失不言者斩。诸女子有死罪及坐失火皆无有所失，逮其以火为乱事者如法。围城之重禁。

敌人卒而至，严令吏民无敢谨嚣、三最[7]、并行、相视、坐泣流涕、若视、举手相探、相指、相呼、相麾、相踵、相投、相击、相靡以身及衣、讼駮言语及非令也而视敌动移者[8]，斩。伍人不得，斩；得之，除。伍人逾城归敌，伍人不得，斩；与伯归敌，队吏斩；与吏归敌，队将斩。归敌者父母、妻子、同产皆车裂。先觉之，除。当术需敌离地，斩。伍人不得，斩；得之，除。

其疾斗却敌于术，敌下终不能复上，疾斗者队二人，赐上奉。而胜围，城周里以上，封城将三十里地为关内侯，辅将如令赐上卿，丞及吏比于丞者，赐爵五大夫。官吏、豪杰与计坚守者，十人及城上吏比五官者，皆赐公乘。男子有守者，爵人二级，女子赐钱五千，男女老小先分守者，人赐钱千，复之三岁[9]，无有所与，不租税。此所以劝吏民坚守胜围也。

卒侍大门中者，曹无过二人。勇敢为前行，伍坐，令各知其左右前后。擅离署，戮。门尉昼三阅之，莫，鼓击门闭一阅，守时令人参之，上逋者名。铺食皆于署，不得外食。守必谨微察视谒者、执盾、中涓[10]及妇人侍前者，志意、颜色、使令、言语之请。及上饮食，必令人尝，皆非请也，击而请故。守有所不说，谒者、执盾、中涓及妇人侍前者，守曰断之[11]，冲之、若缚之。不如令及后缚者，皆断。必时素诫之。诸门下朝夕立若坐，各令以年少长相次，且夕就位。先佑有功有能，其余皆以次立。五日官各上喜戏，居处不庄、好侵侮人者一。

诸人士外使者来，必令有以执将[12]。出而还若行县，必使信人先戒舍，室乃出迎，门守乃入舍。为人下者常司上之[13]，随而行，松上不随下[14]，必须□□随。

客卒守主人，及其为守卫，主人亦守客卒。城中戌卒，其邑或以下寇，谨备之，数录其署。同邑者，弗令共所守。与阶门吏为符，符合入，劳；符不合，牧[15]，守言。若城上者，衣服，他不如令者。

宿鼓在守大门中，莫，令骑若使者操节闭城者，皆以执虓[16]。昏鼓鼓十，诸门亭皆闭之。行者断，必击问行故，乃行其罪。晨见掌文，鼓纵行者，诸城门吏各入请籥[17]，开门已，辄复上籥。有符节不用此令。寇至，楼鼓五，有周鼓，杂小鼓乃应之。小鼓五后从军，断。命必足畏，赏必足利，令必行，令出辄人随，省其可行、不行。号，夕有号，失号，断。为守备程而署之曰某程，置署街街衢阶若门，令往来者皆视而放[18]。诸吏卒民有谋杀伤其将长者，与谋反同罪。有能捕告，赐黄金二十斤，谨罪。非其分职而擅取之，若非其所当治而擅治为之，断。诸吏卒民非其部界而擅入他部界，辄收，以属都司空若候，候以闻守，不收而擅纵之，断。能捕得谋反、卖城、逾城敌者一人，以令为除死罪二人，城旦四人。反城事父母去者，去者之父母妻子[19]。

悉举民室材木、瓦若蔺石数，署长短小大。当举不举，吏有罪。诸卒民居城上者，各葆其左右，左右有罪而不智也，其次伍有罪。若能身捕罪人若告之吏，皆构之[20]。若非伍而先知他伍之罪，皆倍其构赏。

城外令任，城内守任。令、丞、尉亡得入当[21]，满十人以上，令、丞、尉夺爵各二级；百人以上，令、丞、尉免以卒戍。诸取当者，必取寇虏，乃听之。

募民欲财物粟米以贸易凡器者，卒以贾予㉒。邑人知识、昆弟有罪，虽不在县中而欲为赎，若以粟米、钱金、布帛、他财物免出者，令许之。传言者十步一人，稽留言及乏传者，断。诸可以便事者，亟以疏传言守。吏卒民欲言事者，亟为传言请之吏，稽留不言诸者，断。

县各上其县中豪杰若谋士、居大夫、重厚口数多少。

官府城下吏卒民家，前后左右相传保火。火发自燔，燔曼延燔人，断。诸以众强凌弱少及强奸人妇女，以谨哗者，皆断。

诸城门若亭，谨候视往来行者符。符传疑，若无符，皆诣县廷言，请问其所使；其有符传者，善舍官府。其有知识、兄弟欲见之，为召，勿令里巷中。三老、守闾令厉缮夫为答。若他以事者微者，不得入里中。三老不得入家人。传令里中有以羽，羽在三所差。家人各令其官中，失令、若稽留令者，断。家有守者治食。吏卒民无符节，而擅入里巷官府，吏、三老、守闾者失苛止，皆断。

诸盗守器械、财物及相盗者，直一钱以上，皆断。吏卒民各自大书于杰㉓，著之其署同。守案其署，擅入者，断。城上日壹发席蓐㉔，令相错发㉕，有匿不言人所挟藏在禁中者，断。

吏卒民死者，辄召其人，与次司空葬之，勿令得坐泣。伤甚者令归治病家善养，予医给药，赐酒日二升、肉二斤。令吏数行闾，视病有瘳㉖，辄造事上。诈为自贼伤以辟事者，族之。事已，守使吏身行死伤家，临户而悲哀之。

寇去事已，塞祷㉗。守以令益邑中豪杰力斗诸有功者，必身行死伤者家以吊哀之，身见死事之后。城围罢，主亟发使者往劳，举有功及死伤者数使爵禄，守身尊宠，明白贵之，令其怨结于敌。

城上卒若吏各保其左右，若欲以城为外谋者，父母、妻子、同产皆断。左右知不捕告，皆与同罪。城下里中家人皆相葆，若城上之数。有能捕告之者，封之以千家之邑；若非其左右及他伍捕告者，封之二千家之邑。

城禁：使㉘、卒、民不欲寇微职和旌者，断。不从令者，断。非擅出令者，断。失令者，断。倚戟县下城，上下不与众等者，断。无应而妄谨呼者，断。总失者㉙，断。誉客内毁者，断。离署而聚语者，断。闻城鼓声而伍后上署者，断。人自大书版，著之其署隔，守必自谋其先后，非其署而妄入之者，断。离署左右，共入他署，左右不捕，挟私书，行请谒及为行书者，释守事而治私家事，卒民相盗家室、婴儿，皆断无赦。人举而藉之。无符节而横行军中者，断。客在城下，因数易其署而无易其养。誉敌：少以为众，乱以为治，敌攻拙以为巧者，断。客、主人无得相与言及相藉，客射以书，无得誉㉚，外示内以善，无得应，不从令者，皆断。禁无得举矢书，若以书射寇，犯令者父母、妻子皆断。身枭城上。有能捕告之者，赏之黄金二十斤。非时而行者，唯守及摻太守之节而使者㉛。

守入临城，必谨问父老、吏大夫，请有怨仇仇不相解者，召其人，明白为之解。守必自异其人而藉之，孤之。有以私怨害城若吏事者，父母、妻子皆断。其以城为外谋者，三族。有能得若捕告者，以其所守邑，小大封之，守还授其印，尊宠官之，令吏大夫及卒民皆明知。豪杰之外多交诸侯者，常请之，令上通知之，善属之，所居之吏上数选具之，令无得擅出入，连质之。术乡长者、父老、豪杰之亲戚父母、妻子，必尊宠之，若贫人食不能自给食者㉜，上食之。及勇士父母亲戚妻子皆时酒肉，必敬之，舍之必近太守。守楼临质宫而善周，必密涂楼，令下无见上，上见下，下无知上有人无人。

守之所亲，举吏贞廉、忠信、无害、可任事者，其饮食酒肉勿禁，钱金、布帛、财物各自守之，慎勿相盗。葆宫之墙必三重③。墙之垣，守者皆累瓦釜墙上。门有吏，主者门里。筦④闭，必须太守之节。葆卫必取戍卒有重厚者。请择吏之忠信者、无害可任事者。

令将卫，自筑十尺之垣，周还墙⑤。门、闺者，非令卫司马门③。

望气者舍必近太守，巫舍必近公社，必敬神之。巫祝史与望气者，必以善言告民，以请上报守。守独知其请而已。无与望气妄为不善言惊恐民，断弗赦。

度食不足，食民各自占③，家五种石升数③，为期。其在葊害③，吏与杂訾。期尽匿不占，占不悉，令吏卒散得④，皆断。有能捕告，赐什三。收粟米、布帛、钱金，出内畜产，皆为平直其贾，与主券人书之。事已，皆各以其贾倍偿之。又用其贾贵贱、多少赐爵，欲为吏者许之；其不欲吏，而欲以受赐赏爵禄，若赎出亲戚、所知罪人者，以令许之。其受构赏者令葆宫见，以与其亲。欲以复佐上者，皆倍其爵赏。某县某里某子家食口二人，积粟六百石；某里某子家食口十人，积粟百石。出粟米有期日，过期不出者王公有之。有能得若告之，赏之什三。慎无令民知吾粟米多少。

守入城，先以候为始，得辄官养之，勿令知吾守卫之备。候者为异宫，父母妻子皆同其宫，赐衣食酒肉，信吏善待之。候来若复，就间④。守宫三难，外环隅为之楼，内环为楼，楼入葆宫丈五尺为复道。葆不得有室，三日一发席蓐，略视之。布茅宫中，厚三尺以上。发候，必使乡邑忠信、善重士，有亲戚、妻子，厚奉资之。必重发候，为养其亲，若妻子。为异舍，无与员同所，给食之酒肉。遣他候，奉资之如前候。反，相参审信，厚赐之。候三发三信，重赐之。不欲受赐而欲为吏者，许之二百石之吏，守珮授之印；其不欲为吏而欲受构赏禄，皆如前。有能入深至主国者，问之审信，赏之倍他候。其不欲受赏，而欲为吏者，许之三百石之吏。扞士受赏赐者④，守必身自致之其亲之其亲之所，见其见守之任。其欲复以佐上者，其构赏、爵禄、罪人倍之。

出候无过十里，居高便所树表，表三人守之，比至城者三表，与城上烽燧相望，昼则举烽，夜则举火。闻寇所从来，审知寇形必攻，论小城不自守通者，尽葆其老弱粟米畜产。遣卒候者无过五十人，客至堞去之。慎无厌建④。候者曹无过三百人，日暮出之，为微职。空队、要塞之人所往来者，令可□迹者，无下里三人，平而迹。各立其表，城上应之。候出越陈表，遮坐郭门之外内，立其表，令卒之半居门内，令其少多无可知也。即有惊，见寇越陈去，城上以麾指之，迹坐击舌期，以战备从麾所指，望见寇，举一垂；入竟，举二垂；狎郭，举三垂；入郭，举四垂；狎城，举五垂。夜以火，皆如此。去郭百步，墙垣、树木小大尽伐除之。外空井，尽窒之，无令可得汲也。外空窒尽发之，木尽伐之。诸可以攻城者尽内城中，令其人各有以记之。事以④，各以其记取之。事为之券，书其枚数。当遂材木不能尽内④，即烧之，无令客得而用之。

人自大书版，著之其署忠④。有司出其所治，则从淫之法，其罪射④。务色漫訾，淫器不静，当路尼众④，舍事后就，逾时不宁，其罪射。謹器毃众④，其罪杀。非上不谏，次主凶言，其罪杀。无敢有乐器，樊骐军中⑤，有则其罪射。非有司之令，无敢有车驰、人趋，有则其罪射。无敢散牛马军中，有则其罪射。饮食不时，其罪射。无敢歌哭于军中，有则其罪射。令各执罚尽杀，有司见有罪而不诛，同罚。若或逃之，亦杀。凡将率斗其众失法，杀。凡有司不使去卒、吏民闻誓令，代之服罪。凡戮人于市，死上目行。

谒者侍令门外，为二曹，夹门坐，铺食更⑤，无空。门下谒者一长，守数令入中，视其亡者，以督门尉与其官长，及亡者入中报。四人夹令门内坐，二人夹散门外坐。客见，持兵立前，铺食更，上侍者名。守室下高楼，候者望见乘车若骑卒道外来者，及城中非常者，辄言之守。守以须城上候城门及邑吏来告其事者以验之，楼下人受候者言，以报守。中涓二人，夹散门内坐，门常闭，铺食更，中涓一长者。环守宫之术衢，置屯道，各垣其两旁，高丈，为堑阬，立初鸡足置，夹挟视葆食。而札书得必谨案视参食者，节不法，正请之。屯陈垣外术衢街皆楼，高临里中，楼一鼓聋灶。即有物故，鼓。吏至而止。夜以火指鼓所。城下五十步一厕，厕与上同圂。请有罪过而可无断者，令杼厕利之㊷。

①牒：即"堞"。

②不：疑当为"必"字。

③冲术：道路。

④同产：指兄弟。

⑤徇：示众。

⑥讙（huān，音欢）：喧哗。

⑦三冣：三人相聚。冣当为"冣"，"冣"与"聚"通。

⑧驳："驳"字之误。

⑨复：免除。

⑩中涓：侍从名称，负责通报出入的命令或文书传达。

⑪断：斩。

⑫执将：携带旗章符节。

⑬司：同"伺"。

⑭松：通"从"。

⑮牧：当为"收"字。

⑯龟：疑为"龟"之误，"龟"与"圭"音近而误。

⑰籥：同"钥"，钥匙。

⑱放：疑当为"知"。

⑲去者之父母妻子：此句有脱文。

⑳构：通"购"，赏赐。

㉑当：抵数。

㉒卒：当为"平"。

㉓杰：通"揭"，揭贴。

㉔席蓐：即草席。

㉕错：交错。

㉖瘳：病好。

㉗塞祷：祭祀。

㉘使："吏"字之误。

㉙总：疑当为"纵"。

㉚誉：当作"举"。

㉛搢：同"操"。

㉜若贫人食："食"字衍。

㉝葆宫：人质住的地方，下文又作"质宫"。

㉞笇：与"关"通用。

㉟周还墙：疑有脱误。

㊱非：疑当为"并"。

㊲占：估量。

㊳五种：黍、稷、菽、麦、稻。

㊴尊害：疑当作"薄者"。

㊵散：疑当作"微"，微察。

㊶间："问"字之误。

㊷扞：同"捍"。

㊸厌建：停滞。

㊹以：通"已"。

㊺遂：同"隧"，道路。

㊻忠：与"中"字同。

㊼射："射"的正字作"躲"，与"聅"形近。聅（chě，音扯）为以矢贯耳的刑罚。

㊽尼：阻止。

㊾骇："骇"字异文。

㊿弊骐：疑为"奕棋"之误。

(51)铺：疑为"餔"，食。

(52)杼：通"抒"。

杂守第七十一

禽子问曰："客众而勇，轻意见威，以骇主人。薪土俱上，以为羊坽[①]，积土为高，以临民，蒙橹俱前，遂属之城，兵弩俱上，为之奈何?"子墨子曰："子问羊坽之守邪? 羊坽者攻之拙者也，足以劳卒，不足以害城。羊坽之政，远攻则远害，近城则近害，不至城。矢石无休，左右趣射，蔺为柱后[②]，望以固。厉吾锐卒，慎无使顾，守者重下，攻者轻去。养勇高奋，民心百倍，多执数少，卒乃不怠。

作士不休，不能禁御，遂属之城，以御云梯之法应之。凡待烟、冲、云梯、临之法，必应城以御之曰不足，则以木椁之。左百步，右百步，繁下矢、石、沙、炭以雨之，薪火、水汤以济之。选厉锐卒，慎无使顾，审赏行罚，以静为故，从之以急，无使生虑，恚瘉高愤[③]，民心百倍，多执数赏，卒乃不怠。冲、临、梯皆以冲冲之。

渠长丈五尺，其埋者三尺，矢长丈二尺。渠广丈六尺，其弟丈二尺，渠之垂者四尺。树渠无傅叶五寸，梯渠十丈一梯，渠纭大数，里二百五十八，渠荅百二十九。

诸外道可要塞以难寇，其甚害者为筑三亭，亭三隅，织女之，令能相救。诸距阜、山林、沟渎、丘陵、阡陌、郭门、若阎术，可要塞及为微职，可以迹知往来者少多及所伏藏之处。

葆民，先举城中官府、民宅、室署，大小调处，葆者或欲从兄弟、知识者许之。外宅粟米、畜产、财物诸可以佐城者，送入城中，事即急，则使积门内。民献粟米、布帛、金钱、牛马、畜产，皆为置平贾，与主券书之。

使人各得其所长。天下事当，钧其分职[④]；天下事得，皆其所喜；天下事备，强弱有数。天下事具矣！

筑邮亭者圜之，高三丈以上，令侍杀。为辟梯[⑤]，梯两臂长三尺，连门三尺，报以绳连之。椠再杂为县梁。聋灶[⑥]，亭一鼓。寇烽、惊烽、乱烽，传火以次应之，至主国止，其事急者引而上下之。烽火以举，辄五鼓传，又以火属之，言寇所从来者少多，旦弃还[⑦]，去来属次烽勿罢。望见寇，举一烽；入境，举二烽；射妻[⑧]，举三烽一蓝；郭会，举四烽二蓝；城会，举五烽五蓝。夜以火，如此数。守烽者事急。

候无过五十，寇至叶，随去之，唯弃逮。日暮出之，令皆为微职[⑨]。距阜、山林，皆令可以迹，平明而迹。无迹，各立其表，下城之应。候出置田表，斥坐郭内外立旗帜，卒半在内，令多少无可知。即有惊，举孔表；见寇，举牧表[⑩]。城上以麾指之，斥步鼓整旗，旗以备战从麾所指。田者男子以备备从斥[⑪]，女子亟走入。即见放[⑫]，到传到城止。守表者三人，更立捶表而望，守数令骑若吏行旁视，有以知为所为。其曹一鼓。望见寇，鼓传到城止。

斗食，终岁三十六石；参食，终岁二十四石；四食，终岁十八石；五食，终岁十四石四斗；六食，终岁十二石。斗食食五升，参食食参升小半，四食食二升半，五食食二升，六食食一升大半，日再食。救死之时，日二升者二十日，日三升者三十日，日四升者四十日。如是，而民免于九十日之约矣。

寇近，亟收诸杂乡金器，若铜铁及他可以左守事者。先举县官室居、官府不急者，材之大小长短及凡数，即急先发。寇薄，发屋，伐木。虽有请谒，勿听。入柴，勿积鱼鳞簪[13]，当队，令易取也。材木不能尽入者，燔之，无令寇得用之。积木，各以长短大小恶美形相从，城四面外各积其内。诸木大者皆以为关鼻[14]，乃积聚之。

城守司马以上，父母、昆弟、妻子，有质在主所，乃可以坚守。署都司空，大城四人，候二人，县候面一，亭尉、次司空、亭一人。吏侍守所者财足[15]，廉信，父母昆弟妻子有在葆宫中者，乃得为侍吏。诸吏必有质，乃得任事。守大门者二人，夹门而立，令行者趣其外。各四戟，夹门立，而其人坐其下。吏日五阅之，上逋者名。

池外廉[16]，有要有害，必为疑人，令往来行夜者射之，谋其疏者。墙外水中，为竹箭，箭尺广二步，箭下于水五寸，杂长短，前外廉三行，外外乡，内亦内乡。三十步一弩庐，庐广十尺，袤丈二尺。

队有急，极发其近者往佐，其次袭其处。

守节出入，使主节必疏书，署其情，令若其事，而须其还报以剑验之[17]。节出，使所出门者，辄言节出时掺者名。

百步一队。

阓通守舍，相错穿室。治复道，为筑墉，墉善其上。

取疏，令民家有三年畜蔬食，以备湛旱、岁不为。常令边县豫种畜芫、芸、乌喙、袾叶，外宅沟井寘可[18]，塞不可，置此其中。安则示以危，危示以安。

寇至，诸门户令皆凿而类窍之，各为二类，一凿而属绳，绳长四尺，大如指。寇至，先杀牛、羊、鸡、狗、乌、雁，收其皮革、筋、角、脂、胹[19]、羽。龀皆剥之。吏橝桐轵[20]，为铁斟，厚简为衡枉。事急，卒不可远，令掘外宅林。谋多少，若治城□为击，三隅之。重五斤已上诸林木，渥水中，无过一茷。涂茅屋若积薪者，厚五寸已上。吏各举其步界中财物可以左守备者上。

有谗人，有利人，有恶人，有善人，有长人；有谋士，有勇士，有巧士，有使士[21]；有内人者，外人者，有善人者，有善门人者。守必察其所以然者，应名乃内之。民相恶，若议吏，吏所解，皆札书藏之，以须告之至以参验之。眄者小五尺，不可卒者，为署吏，令给事官府若舍。蔺石、厉矢、诸材器用，皆谨部，各有积分数。为解车以枱，城矣以辂车，轮轵[22]，广十尺，辕长丈，为三辐，广六尺。为板箱长与辕等高四尺，善盖上治中令可载矢。”

子墨子曰：“凡不守者有五：城大人少，一不守也；城小人众，二不守也；人众食寡，三不守也；市去城远，四不守也；畜积在外，富人在虚，五不守也。率万家而城方三里。”

---

①羊坽：基址。

②蔺：疑当为"蔺"字，即蔺石。

③恚瘱高愤："瘱"为"恿"之误，即"勇"字；"恚"当为"恙"，通"养"；"愤"同"奋"；故此四字即前文的"养勇高奋"。

④钧：通"均"。

⑤辟：通"臂"。

⑥聋：通"垄"。

⑦弇：通"淹"，停滞。

⑧妻：疑"要"之讹。

⑨微：通"徽"。

⑩牧：疑当为"次"。

⑪备备：疑衍一"备"字。

⑫放：疑为"寇"。

⑬簪：通"参"。

⑭关鼻：孔。

⑮材：通"材"。

⑯廉：边。

⑰剑：通"检"。

⑱寘：通"填"。

⑲茴："脑"字之讹。

⑳貼：一本作"自"字。

㉑使：疑为"信"之误。

㉒轱："毂"字异文。

公孙龙子

〔战国〕公孙龙　撰

迹　府①

　　公孙龙，六国时辩士也。疾名实之散乱，因资材之所长，为"守白"之论。假物取譬，以"守白"辩，谓白马为非马也。白马为非马者，言白，所以名色；言马，所以名形也；色非形，形非色也。夫言色，则形不当与；言形，则色不宜从。今合以为物，非也。如求白马于厩中，无有，而有骊色之马②，然不可以应有白马也。不可以应有白马，则所求之马亡矣。亡则白马竟非马。欲推是辩，以正名实而化天下焉。

　　龙与孔穿，会赵平原君家。穿曰："素闻先生高谊，愿为弟子久，但不取先生以白马为非马耳。请去此术，则穿请为弟子。"龙曰："先生之言悖③。龙之所以为名者，乃以白马之论尔。今使龙去之，则无以教焉。且欲师之者，以智与学不如也。今使龙去之，此先教而后师之也。先教而后师之者，悖。且白马非马，乃仲尼之所取④。龙闻楚王张繁弱之弓，载忘归之矢，以射蛟、兕于云梦之圃，而丧其弓。左右请求之，王曰："止。楚人遗弓，楚人得之，又何求乎？'仲尼闻之曰：'楚王仁义而未遂也。亦曰人亡弓、人得之而已，何必楚？'若此，仲尼异楚人于所谓人。夫是仲尼异楚人于所谓人，而非龙异白马于所谓马，悖。先生修儒术而非仲尼之所取，欲学而使龙去所教，则虽百龙，固不能当前矣⑤。"孔穿无以应焉。

　　公孙龙，赵平原君之客也；孔穿，孔子之叶也⑥。穿与龙会，穿谓龙曰："臣居鲁，侧闻下风⑦，高先生之智，说先生之行⑧，愿受业之日久矣，乃今得见。然所不取先生者，独不取先生之以白马为非马耳。请去白马非马之学，穿请为弟子。"公孙龙曰："先生之言悖。龙之学以白马为非马者也，使龙去之，则龙无以教。无以教而乃学于龙也者，悖。且夫欲学于龙者，以智与学焉为不逮也。今教龙去白马非马，是先教而后师之也。先教而后师之，不可。先生之所以教龙者，似齐王之谓尹文也。齐王之谓尹文曰：'寡人甚好士，以齐国无士，何也？'尹文曰：'愿闻大王之所谓士者。'齐王无以应。尹文曰：'今有人于此，事君则忠，事亲则孝，交友则信，处乡则顺：有此四行，可谓士乎？'齐王曰：'善！此真吾所谓士也。'尹文曰：'王得此人，肯以为臣乎？'王曰：'所愿而不可得也。'是时齐王好勇。于是尹文曰：'使此人广庭大众之中，见侵侮而终不敢斗，王将以为臣乎？'王曰：'钜士也⑨？见侮而不斗，辱也！辱则寡人不以为臣矣。'尹文曰：'唯见侮而不斗⑩，未失其四行也。是人未失其四行，其所以为士也。然而王一以为臣⑪，一不以为臣，则向之所谓士者，乃非士乎？'齐王无以应。

　　尹文曰：'今有人君，将治其国，民有非则非之，无非则亦非之；有功则赏之，无功则亦赏之，而怨民之不治也，可乎？'齐王曰：'不可。'尹文曰：'臣窃观下吏之治齐，其方若此矣⑫。'王曰：'寡人治国，信若先生之言，民虽不治，寡人不敢怨也。意未至然与⑬？'尹文曰：'言之敢无说乎？王之令曰，杀人者死，伤人者刑。人有畏王之令者，见侮而终不敢斗，是全王之令也。而王曰，见侮而不斗者，辱也。谓之辱，非之也。无非而王辱之，故因除其籍，不以为臣也。不以为臣者，罚之也。此无罪而王罚之也。且王辱不敢斗者，必荣敢斗者也。荣敢斗者，是王是之，必以为臣矣。必以为臣者，赏之也。彼无功而王赏之。王之所赏，吏之所诛也；上之所是，而法之所非也。赏罚是非，相与四谬⑭，虽十黄帝，不能治也。'齐王无以应焉。故龙以子之言有似齐王。子知难白马之非马，不知所以难之说，以此，犹知好士之名，而不知察士之类。

①迹府：遗事汇编。

②骊：黑色之马。

③悖：背理。

④取：认可。

⑤当前：充当前导。

⑥叶：后裔。

⑦侧闻：侧耳而听，言敬畏状；下风：风的下方，对人的敬语。

⑧说：同悦。

⑨钜士也：岂士邪。钜，借为讵，岂。

⑩唯：同虽。

⑪一：或。

⑫方：方法。

⑬与：同欤。

⑭四谬：四相背谬。指对待是非赏罚，王与吏、上与法标准不同。

白 马 论

"'白马非马'，可乎？"

曰："可。"

曰："何哉？"

曰："马者，所以命形也①；白者，所以命色也。命色者非命形也。故曰：'白马非马'。"

曰："有白马，不可谓无马也。不可谓无马者，非马也②？有白马为有马，白之③，非马何也？"

曰："求马，黄、黑马皆可致；求白马，黄、黑马不可致。使白马乃马也，是所求一也④；所求一者，白者不异马也。所求不异，如黄、黑马有可有不可，何也？可与不可，其相非明。故黄、黑马一也，而可以应有马，而不可以应有白马，是白马之非马，审矣⑤！"

曰："以马之有色为非马，天下非有无色之马也。天下无马，可乎？"

曰："马固有色，故有白马。使马无色，有马如已耳⑥，安取白马？故白者非马也。白马者，马与白也，马与白，马也。故曰白马非马也。"

曰："马未与白⑦，为马；白未与马，为白。合马与白，复名'白马'⑧。是相与以不相与为名，未可。故曰白马非马，未可。"

曰："以有白马为有马，谓有白马为有黄马，可乎？"

曰："未可。"

曰："以有马为异有黄马，是异黄马于马也；异黄马于马，是以黄马为非马。以黄马为非马，而以白马为有马，此飞者入池，而棺椁异处⑨，此天下之悖言乱辞也。曰：'有白马不可谓无马'者，离白之谓也⑩；不离者，有白马不可谓有马也。故所以为有马者，独以马为有马耳，非以白马为有马。故其为有马也，不可以谓'马马'也。曰白者不定所白，忘之而可也。白马者，言白定所白也。定所白者，非白也。马者，无去取于色，故黄、黑皆所以应。白马者，有去取于色，黄、黑马皆所以色去，故唯白马独可以应耳。无去者非有去也⑪，故曰白马非马。"

①命：指称，称呼。《迹府篇》作"名"，意同。

②也：同邪，发问词。

③白之：用白称呼马。

④一：相同。

⑤审：详、悉。

⑥如己：而己。

⑦与：结合。

⑧复：仍，又。

⑨椁：外棺。

⑩离：离开，舍弃。

⑪无去：对颜色无所避就。

坚　白　论

"坚白石三，可乎？"

曰："不可"。

曰："二，可乎？"

曰："可"。

曰："何哉？"

曰："无坚得白，其举也二①；无白得坚，其举也二。"

曰："得其所白，不可谓无白；得其所坚，不可谓无坚。而之石也②，之于然也③，非三也？"

曰："视不得其所坚，而得其所白者，无坚也；拊不得其所白④，而得其所坚者，无白也。"

曰："天下无白，不可以视石；天下无坚，不可以谓石。坚、白、石不相外，藏三可乎？⑤"

曰："有自藏也，非藏而藏也。"⑥

曰："其白也，其坚也，而石必得以相（盛）盈⑦，其自藏奈何？"

曰："得其白，得其坚，见与不见离。不见离，一一不相盈⑧，故离。离也者，藏也。"

曰："石之白，石之坚，见与不见，二与三⑨，若广修而相盈也⑩。其非举乎？"

曰："物白焉，不定其所白；物坚焉，不定其所坚。不定者兼⑪，恶乎其石也⑫？"

曰："循石⑬，非彼无石⑭；非石，无所取乎白［坚］。石不相离者，固乎然！其无也？"

曰："于石⑮，一也；坚白，二也，而在于石。故有知焉，有不知焉；有见焉，有不见焉。故知与不知相与离，见与不见相与藏。藏故。孰谓之不离？"

曰："目不能坚，手不能白，不可谓无坚，不可谓无白。其异任也⑯，其无以代也。坚白域于石⑰，恶乎离⑱？"

曰："坚未与石为坚，而物兼⑲；未与物为坚，而坚必坚。其不坚石、物而坚，天下未有若坚⑳，而坚藏。白固不能自白，恶能白石、物乎？若白者必白，则不白物而白焉。黄、黑与之然。石其无有！恶取坚白石乎？故离也。离也者，因是。力与知果，不若因是㉑。且犹白，以目以火见，而火不见；则火与目不见，而神见㉒；神不见而见离。坚以手，而手以捶㉓，是捶与手知而不知；而神与不知㉔。神乎！是之谓离焉。离也者，天下故独而正。㉕"

①举：举出、提出。

②之石：此石。

③然：如此。

④拊：无抚，抚摸。

⑤藏：动词；三，指第三者。

⑥自藏：自然而藏，非藏而藏；非自己藏自己。

⑦盈：充满。

⑧一一：指示词。前"一"指目视得白遗坚，后"一"指手抚得坚遗白。

⑨二：指"坚石"或"白石"；三：指"坚白石"。

⑩广：宽；修：长。

⑪兼：兼备、共有。

⑫恶：何。

⑬循：依，照。

⑭彼：谓坚。

⑮于：所在。

⑯任：责任、职能。

⑰域：处于、寓于。

⑱恶：发语词，何。

⑲物兼：众物兼具。

⑳若：此。

㉑知：同智。果：果决。

㉒神：精神、理智。

㉓捶：同"箠"，棍、杖。

㉔与：同样，与之相同。

㉕正：指事物处在它应在的位置上。

通 变 论

曰："二有一乎？"

曰："二无一。"

曰："二有右乎？"

曰："二无右。"

曰："二有左乎？"

曰："二无左。"

曰："右可谓二乎？"

曰："不可。"

曰："左可谓二乎？"

曰："不可。"

曰："左与右，可谓二乎？"

曰："可。"

曰："谓变非不变，可乎？"

曰："可。"

曰："右有与^①，可谓变乎？"

曰："可。"

曰："变奚^②？"

曰："右"。

曰："右苟变，安可谓右？苟不变，安可谓变^③？"

曰："二苟无左，又无右，二者左与右，奈何？"

〔曰〕："羊合牛非马；牛合羊非鸡。"

曰："何哉？"

曰："羊与牛唯异^④，羊有齿，牛无齿^⑤，而羊牛之非羊也、之非牛也，未可。是不俱有而或类焉^⑥。羊有角，牛有角，牛之而羊也、羊之而牛也^⑦，未可。是俱有而类之不同也^⑧。羊牛有角，马无角，马有尾，羊牛无尾^⑨。故曰羊合牛非马也。非马者，无马也^⑩。无马者，羊不二，牛不二，而羊牛二，是而羊而牛非马可也^⑪。若举而以是^⑫，犹类之不同^⑬，若左右^⑭，犹是举^⑮。牛羊有毛，鸡有羽。谓鸡足一^⑯，数足二^⑰，二而一^⑱，故三；谓牛羊足一，数足四，四而一，故五。牛羊足五，鸡足三。故曰牛合羊非鸡。非有以非鸡也。^⑲。与马以鸡，宁马。材不材，其无以类^⑳，审矣！举是谓乱名，是狂举。"

曰："他辩？"^㉑

曰："青以白非黄^㉒，白以青非碧。"

曰："何哉？"

曰："青白不相与而相与，反对也^㉓；不相邻而相邻^㉔，不害其方也^㉕。不害其方者，反而对，各当其所，若左右不骊^㉖。故一于青不可^㉗，一于白不可，恶乎其有黄矣哉^㉘！黄其正矣^㉙，是正举也。其有君臣之于国焉，故强寿矣^㉚。而且青骊乎白，而白不胜也。白足之胜矣而不胜，是木贼金也^㉛。木贼金者碧，碧则非正举矣。青白不相与，而相与不相胜，则两明也。争而明，其色碧也。与其碧，宁黄。黄其马也，其与类乎^㉜；碧其鸡也，其与暴乎^㉝！暴则君臣争而两明也。两明者，昏不明，非正举也。非正举者，名实无当。骊色章焉^㉞，故曰两明也。两明而道丧^㉟，其无有以正焉。"

①与：右得左为与。

②奚：何？

③此二句下文疑为脱简。

④唯：同虽。

⑤牛无齿：指牛无上齿。

⑥类：同类的类。

⑦牛之：暗指牛合羊；羊之：暗指羊合牛；而：犹乃。

⑧俱有：指羊有角、牛有角。

⑨羊牛无尾：指无毛尾。

⑩无马：指"羊合牛"不能构成马。

⑪此句上一"而"字，作"若"解，下一"而"字，作"与"解。

⑫举而以是：以是为举。若：名首助词，无义。

⑬犹：同由、由于。

⑭若：指示词，犹这个或那个。

⑮犹：如同。

⑯谓鸡足：名义上的鸡脚。

⑰数足：实际数的鸡脚。

⑱而：与。

⑲以：读似，类似。

⑳其无以类：指牛羊与鸡不类。

㉑他辩：责以他物为辩。

㉒以：与。

㉓反对：相反相对。

㉔邻：毗邻。

㉕方：方位。古代以五色配方位。

㉖若：如；骊：杂。

㉗一：动词，合一。

㉘恶：音乌，何，疑问词。

㉙黄其正矣：黄谓五行中土的颜色，方位在中央。

㉚故强寿：故，借为姑；寿，借为俦，犹类。谓君臣于国，强比为青白于黄。

㉛贼：尅，伤害。

㉜类：指青白与黄同为正色。

㉝暴：谓侵人害物。

㉞章：同彰，显著。

㉟道：名实之道。

指 物 论

物莫非指，而指非指①。

天下无指，物无可以谓物。非指者，天下而物，可谓指乎？

指也者，天下之所无也；物也者，天下之所有也。以天下之所有，为天下之所无，未可。

天下无指，而物不可谓指也②。不可谓指者，非指也。非指者，物莫非指也。

天下无指，而物不可谓指者，非有非指也③。非有非指者，物莫非指也。物莫非指者，而指非指也。

天下无指者，生于物之各有名④，不为指也。不为指而谓之指，是兼不为指⑤。以有不为指，之无不为指，未可。

且指者，天下之所兼。⑥天下无指者，物不可谓无指也。不可谓无指者，非有非指也。非有非指者，物莫非指。

指，非非指也⑦。指与物，非指也⑧。使天下无物指⑨，谁径谓非指⑩？天下无物，谁径谓指⑪？天下有指无物指，谁径谓非指、径谓无物非指？

且夫指固自为非指⑫，奚待于物而乃与为指？

①物：天地万物；而指："指"是名词，与"物"相对；非指："指"是动词，指出，指化。

②谓：称谓的谓。

③非指：连用为名词，是指"不可认知的东西"。

④生于：起因于；名：名称。

⑤不：此字疑衍。

⑥且：转折词，况且；兼：兼具。

⑦非指：连用为名词。

⑧指与物：指与物结合。与，结合在一起。

⑨物指：即指上文的"指与物"。

⑩指：动词。

⑪指：动词。

⑫且夫：助词；固：本来；奚：何。

名 实 论

天地与其所产焉，物也。物以物其所物而不过焉①，实也。实以实其所实［而］不旷焉②，位也。出其所位非位③，位其所位焉④，正也。

以其所正，正其所不正⑤；［不］以其所不正⑥，疑其所正。其正者，正其所实也；正其所实者，正其名也。

其名正，则唯乎其彼此焉⑦。谓彼而彼不唯乎彼，则彼谓不行⑧；谓此而此不唯乎此，则此谓不行。其以当不当也。不当而当，乱也。故彼彼当乎彼⑨，则唯乎彼，其谓行彼；此此当乎此⑩，则唯乎此，其谓行此。其以当而当也。以当而当，正也。故彼彼止于彼⑪，此此止于此，可；彼此而彼且此，此彼而此且彼，不可。

夫名，实谓也。知此之非此也，知此之不在此也⑫，则不谓也；知彼之非彼也，知彼之不在彼也，则不谓也。

至矣哉，古之明王！审其名实⑬，慎其所谓。至矣哉，古之明王！

---

①第一个"物"字为主词，指物相；第二个"物"字，动词，作"形成"、"体现"讲；第三个"物"字，为受词，指物本身。

②第一"实"字为主词，指由物相构成的物；第二个"实"字，动词，作"充实"讲。而，后人校补。旷，空缺。

③出：超出；位：分界。

④第一"位"字是动词，作"处在"讲。

⑤正其所不正：句首"正"字为动词，作"矫正"讲。

⑥句首"不"字各本皆脱，兹从伍非百说校补。

⑦唯：应辞；乎：助词。

⑧行：适用。

⑨彼彼：那个彼。

⑩此此：这个此。

⑪止：停。

⑫不在：不存。

⑬审：深究，辨别。

管　子

管 子

牧民①第一

国 颂

凡有地牧民者，务在四时，守在仓廪②。国多财则远者来，地辟举则民留处；仓廪实则知礼节；衣食足则知荣辱；上服度则六亲固③，四维张则君令行④。故省刑之要在禁文巧，守国之度在饰四维⑤，顺民之经在明鬼神、祇山川、敬宗庙、恭祖旧。不务天时则财不生，不务地利则仓廪不盈。野芜旷则民乃荒，上无量则民乃妄⑥，文巧不禁则民乃淫⑦，不璋两原则刑乃繁⑧，不明鬼神则陋民不悟⑨，不祇⑩山川则威令不闻，不敬宗庙则民乃上校⑪，不恭祖旧则孝悌⑫不备。四维不张，国乃灭亡。

四 维

国有四维⑬。一维绝则倾，二维绝则危，三维绝则覆，四维绝则灭。倾可正也，危可安也，覆可起也，灭不可复错⑭也。何谓四维？一曰礼，二曰义，三曰廉，四曰耻。礼不逾节，义不自进⑮，廉不蔽恶⑯，耻不从枉⑰。故不逾节则上位安，不自进则民无巧诈，不蔽恶则行自全，不从枉则邪事不生。

四 顺⑱

政之所行，在顺民心。政之所废，在逆民心。民恶忧劳，我佚乐之⑲。民恶贫贱，我富贵之。民恶危坠，我存安之。民恶灭绝，我生育之。能佚乐之，则民为之忧劳⑳；能富贵之，则民为之贫贱；能存安之，则民为之危坠；能生育之，则民为之灭绝。故刑罚不足以畏其意，杀戮不足以服其心㉑。古刑罚繁而意不恐，则令不行矣；杀戮众而心不服，则上位危矣。故从其四欲，则远者自亲；行其四恶，则近者叛之。故知予之为取者㉒，政之宝也。

十 一 经

错国于不倾之地㉓，积于不涸之仓㉔，藏于不竭之府。下令于流水之原㉕，使民于不争之官，明必死之路，开必得之门。不为不可成㉖，不求不可得，不处不可久，不行不可复。

错国于不倾之地者，授有德也⑰。积于不涸之仓者，务五谷也；藏于不竭之府者，养桑麻育六畜也。下令于流水之原者，令顺民心也；使民于不争之官者，使各为其所长也。明必死之路者，严刑罚也；开必得之门者，信庆赏也⑱；不为不可成者，量民力也；不求不可得者，不强民以其所恶也；不处不可久者，不偷取一时⑲也。不行不可复者，不欺其民也。故授有德，则国安；务五谷，则食足；养桑麻育六畜，则民富；令顺民心，则威令行；使民各为其所长，则用备；严刑罚，则民远邪；信庆赏，则民轻难⑳；量民力，则事无不成；不强民以其所恶，则诈伪不生；不偷取一时，则民无怨心；不欺其民，则下亲其上㉛。

六亲五法㉜

以家为乡，乡不可为也㉝；以乡为国，国不可为也；以国为天下，天下不可为也。以家为家，以乡为乡，以国为国，以天下为天下㉞。毋曰不同生㉟，远者不听；毋曰不同乡，远者不行；毋曰不同国，远者不从㊱；如地如天，何私何亲；如月如日，唯君之节㊲。

御民之辔，在上之所贵㊳。道民之门，在上之所先。召民之路，在上之所好恶。故君求之则臣得之，君嗜之则臣食之，君好之则臣服之，君恶之则臣匿之㊴。毋蔽汝恶，毋异汝度，贤者将不汝助㊵；言室满室，言堂满堂，是谓圣王。城郭沟渠不足以固守，兵甲强力不足以应敌，博地多财不足以有众，唯有道者能备患于未形也㊶，故祸不萌。

天下不患无臣，患无君以使之；天下不患无财，患无人以分之。故知时者可立以为长，无私者或置以为政，审于时而察于用而能备官者，可奉以为君也。缓者后于事㊷，吝于财者失所亲，信小人者失士。

---

①牧民：治民。本篇阐述治理国家、统治百姓的理论和原则，包括"国颂'、"四维"、"四顺"、"十一经""六亲五法"五节。

②守在仓廪：掌握好粮仓的储备。廪（lǐn）：储藏粮食的仓库。谷仓叫仓，米仓叫廪。

③上服度则六亲固：尹知章云："服，行也。上行礼度，则六亲各得其所，故能感恩而结固也。"六亲为父母兄弟妻子。

④四维张：四维张扬，推行。四维指礼、义、廉、耻。

⑤守国之度，在饬四维：巩固国家的原则在于整顿四维。饬当读为"饬"。

⑥上无量则民乃妄：君主无节制百姓就会妄为。则：那么。乃：就。

⑦文巧不禁则民乃淫：奢侈不禁，百姓就会放纵。文巧：华丽的服饰，精巧的玩物。

⑧不璋两原则刑乃繁：不堵塞"两源"，刑法就会繁多。璋，当为"障"，堵塞之意。两原：尹知章云："谓妄之原，上无量也；淫之原，不禁文巧也。"原同源。

⑨不明鬼神则陋民不悟：不崇奉鬼神，小民就不会信从。悟，当作"信"。

⑩祗（zhī）：恭敬。

⑪上校（jiào）：即抗上。

⑫孝悌（tì）：亦作"孝弟"，儒家伦理思想。朱熹说："善事父母为孝，善事兄长为悌。"

⑬四维：维本系物大绳。"四维"即系四角之绳，喻维系国家命运的关键。

⑭复错："错"字疑为衍文。

⑮自进：即自行钻营。"义不自进"是说讲道义的人不会自行钻营。

⑯廉不蔽恶：做到廉，就不会掩饰过错。

⑰耻不从枉：懂得耻，就不会追求邪曲。

⑱四顺：指下述四种顺乎民意的事情。

⑲我佚乐之：我（就）使他们安逸快乐。后几句格式相同。

⑳则民为之忧劳：那么百姓就会为此（指使民佚乐）任劳任怨。

㉑杀戮不足以服其心：大量杀戮不足以使百姓心悦诚服。

㉒故知予之为取者：所以懂得给予就是取得的道理（这是从政的法宝啊！）。

㉓错国于不倾之地：将国家建立在稳固的基础之上。错，治理。于，在。不倾，不倒。

㉔积于不涸之仓：将粮食积聚在取之不尽的粮仓中。涸（hé），干枯。

㉕下令于流水之原：将政令下达在水流的源头。比喻政令顺应民心。

㉖不为不可成：不从事不可成功的事业。

㉗错国于不倾之地者，授有德也：将国家建立在稳固的基础之上（的办法），就要授政于有德性的人。者，表原因，……的办法。

㉘开必得之门者，信庆赏也：向百姓敞开有功必赏的大门，就要及时兑现奖赏。信，守信，兑现。庆赏，奖赏。

㉙不处不可久者，不偷取一时也：不留恋不能长久的利益，因为不可只图一时的苟安。

㉚信庆赏，则民轻难：及时兑现奖赏，百姓就不怕死难。死难，死于危难。

㉛不欺其民，则下亲其上：不欺骗自己的百姓，百姓就会亲近自己的君主。

㉜原文"右六亲五法"：即"右边为六亲五法"之意。古文排文从右往左竖排，此句为上文小结，排在文后，现如实提前为正题，省去"右"字。

㉝以家为乡，乡不可为也：用治家的办法去治乡，乡不可能治理好。

㉞以天下为天下：用治天下的办法去治理天下。

㉟毋曰不同生，远者不亲。生，姓。

㊱毋曰不同国，远者不从：不要因为不是一个国家，就不遵从关系疏远者的主张。

㊲如日如月，唯君之节：好像日月运行那样，无亲无疏，普照环宇，才是君王治理天下的准则。

㊳御民之辔，在上之所贵：驾驭百姓的关键，在于君主重视什么。辔：缰绳，指关键。

㊴君恶之则臣匿之：君主厌恶的东西，臣下就会去藏匿。

㊵毋蔽汝恶，毋异汝度，贤者将不汝助：不要掩饰你的过错，不要改变你的法度，否则有才德的人将不帮助你（指君王的行为）。

㊶唯有道者能备患于未形也：只有掌握了治国法则的君主，才能在祸患发生之前就加以防止。

㊷缓者后于事：处事迟钝的人往往落后于形势。

形 势 第 二

山高而不崩，则祈羊至矣①。渊深而不涸，则沉玉②极矣。天不变其常，地不易其则，春秋冬夏不更其节，古今一也。蛟龙得水，而神③可立也；虎豹托幽④，而威可载也；风雨无乡⑤，而怨怒不及也。贵有以行令，贱有以忘卑；寿夭贫富，无徒归也。衔命者，君之尊也⑥；受辞者，名之运也。上无事则民自试，抱蜀不言而庙堂既修⑦。鸿鹄锵锵，唯民歌之；济济多士，殷民化之。飞蓬之问，不在所宾；燕雀之集，道行不顾。牺牷圭璧⑧，不足以飨鬼神。主功有素，宝币奚为？羿之道，非射也；造父之术，非驭也；奚仲之巧，非斫削也⑨。召远者使无为焉，亲近者言无事焉，唯夜行者独有也⑩。

平原之陉，奚有于高⑪？大山之隈，奚有于深？訾謷之人⑫，勿与任大，譕巨者可与远举⑬，顾忧者可与致道。其计也速而忧在近者，往而勿召也。举长者可远见也；裁大者⑭众之所比也；欲人之怀，定服而勿厌也。必得之事，不足赖也。必诺之言，不足信也。小谨者不大立，訾食者⑮不肥体。有无弃之言者，必参之于天地也。坠岸三仞，人之所大难也，而猿猱饮焉。故曰：伐矜好专⑯，举事之祸也。

不行其野，不违其马⑰。能予而无取者，天地之配也。怠倦者不及，无广者疑神⑱。疑神者在内，不及者在门。在内者将假，在门者将待。曙戒勿怠，后稺逢殃⑲。朝忘其事，夕失其功。

邪气入内，正色乃衰。君不君则臣不臣，父不父则子不子。上失其位则下逾其节。上下不和，令乃不行。衣冠不正则宾者不肃，进退无仪则政令不行。且怀且威，则君道备矣。莫乐之则莫哀之⑳，莫生之则莫死之㉑；往者不至，来者不极㉑。

道之所言者㉒一也，而用之者异：有闻道而好为家者，一家之人也；有闻道而好为乡者，一乡之人也；有闻道而好为国者，一国之人也；有闻道而好为天下者，天下之人也；有闻道而好定万物者，天地之配也。道往者其人莫来，道来者其人莫往㉓。道之所设，身之化也。持满者与天，安危者与人。失天之度，虽满必涸㉔。上下不和，虽安必危。欲王天下而失天之道，天下不可得而王也。得天之道，其事若自然；失天之道，虽立不安。其道既得，莫知其为之；其功既成，莫知其释之㉕。藏之无形，天之道也。疑今者察之古，不知来者视之往。万事之生也，异趣而同归㉖，古今一也。

生栋覆屋，怨怒不及㉗；弱子下瓦，慈母操箠。天道之极，远者自亲；人事之起，近亲造怨㉘。万物之于人也，无私近也，无私远也。巧者有余，而拙者不足。其功顺天者天助之，其功逆天者天违之。天之所助，虽小必大。天之所违，虽成必败。顺天者有其功，逆天者怀其凶㉙，不可复振也。乌鸟之狡，虽善不亲；不重之结，虽固必解。道之用也，贵其重也。毋与不可，毋强不能，毋告不知㉚。与不可，强不能，告不知，谓之劳而无功。见与之友，几于不亲㉛；见爱之交，几于不结；见施之德，几于不报。四方所归，心行者也。独王之国，劳而多祸㉜；独国之君，卑而不威；自媒之女，丑而不信。未之见而亲焉，可以往矣㉝；久而不忘焉，可以来矣。日月不明，天不易也；山高而不见，地不易也。言而不可复者，君不言也㉞；行而不可再者，君不行也。凡言而不可复，行而不可再者，有国者之大禁也。

---

①山高而不崩，则祈羊至矣：山岭高峻而不崩溃，人们就要用羊去祭祀。祈羊，祭祀所用之羊。古代将禽兽之血涂于器物上祭祀山林称"祈"。

②沉玉：祭祀河川用的玉器。古代将祭品投入水中祭祀河川称沉。极：至，到。

③神：指神威。

④托幽：依托幽密的森林。有版本为"得幽"，不从。载：安井衡云：载读为戴，尊奉。

⑤风雨无乡：风雨吹打，没有固定的方向，乡同向。

⑥衔命者，君之尊也：百姓奉行命令，是君主尊严的体现。衔命，言百姓奉令而行。

⑦抱蜀不言而庙堂既修：君主拿着祠器不用说话，国家就得到治理。蜀，祭器。

⑧牺牷圭璧：牺牷，一作牺牲，指祭祀用的牛羊。圭璧：《形势解》作"珪璧"，指祭祀用的玉器。

⑨奚仲之巧，非斲削也：奚仲善造车，在于掌握技巧，而不在运斧用刀的动作。斲（zhuó）：砍。

⑩唯夜行者独有也：只有诚心实行大道的君主，才能拥有天下的百姓。夜行，暗行，即下文"心行"。夜行者，指诚心推行大道的君主。

⑪"平原"二句：王念孙云：此当作"平隰之封，奚有于高"。隰（xí）：低湿之地。封：积土，小土丘。

⑫訾䕺之人：专门诽谤贤人、吹捧恶人的小人。訾（zǐ），诽谤贤人。䕺（wèi），吹捧恶人。

⑬谟巨之人：谋虑远大的人，可以同他从事大业。谟，古谟字，谋虑。巨，远大。

⑭裁大者：指君主资质深广。裁，通材。

⑮訾食者：厌食的人。訾（zǐ），厌食，挑食。

⑯伐矜好专：自负才能，自以为是，独断专行。前"故曰"二字疑为衍文。

⑰不行其野，不违其马：不去原野奔驰，也不能丢弃马匹。

⑱无广者疑神：勤奋努力的人，办事如神。"广"，疑当作"旷"，"疑"与"凝"同。

⑲后稷逢殃：傍晚时就会遭殃。稷，暮。

⑳莫乐之则莫哀之：君主不能使百姓乐业，百姓就不能为他分忧。乐之，指君主使民安居乐业。哀之，指百姓为君分担忧

患。

㉑往者不至，来者不极：君主不给百姓好处，百姓就不会回报君主。往者，去者，指君主的恩德。

㉒道之所言：指道的基本内容。

㉓道来者其人莫往：实行了道，人们不再离去。

㉔失天之度，虽满必涸：违背了天的法则，强盛的也必然衰败。涸（hé），干枯，衰败。

㉕其功既成，莫知其释之：事业成功，不知道它怎么离去。释，舍，离开。

㉖异趣而同归："趣"同"趋"。指万事万物的产生发展，千变万化，但根本的规律相同。

㉗生栋覆屋，怨怒不及：用新伐的木材做栋梁，造成房屋倒塌，不敢怨及他人。

㉘人事之起，近亲造怨：私心一旦萌发，亲近的人也会生怨。人事，指违背天道的私心。

㉙逆天者怀其凶：违背天道的君主，就会招致祸患。怀，尹桐阳云："怀，致也。"

㉚毋与不可，毋强不能，毋告不知：不要结交不该交往的人，不要勉强能力不够的人，不要告诉不懂道理的人。与，交往。

㉛见与之友，几于不亲：表面上显示友好，将得不到亲近。"见"同"现"。"友"，一作"交"。

㉜独王之国，劳而多祸：君主自以为是，独断专行，这样的国家，疲于奔命，祸患不断。"独王之国"：《形势解》作"独任之国"。

㉝未之见而亲焉，可以往矣：没见过就想亲近他的君王，可以去投奔。

㉞言而不可复者，君不言也：不能重复说的话，君主决不说。"言而不可复者"，指背离大道之言。

权 修① 第 三

万乘之国，兵不可以无主。土地博大，野不可以无吏。百姓殷众，官不可以无长。操民之命，朝不可以无政。

地博而国贫者，野不辟也；民众而兵弱者，民无取也②。故末产不禁则野不辟③，赏罚不信则民无取④。野不辟，民无取，外不可以应敌，内不可以固守。故曰：有万乘之号而无千乘之用，而求权之无轻，不可得也。

地辟而国贫者，舟舆饰，台榭广也；赏罚信而兵弱者，轻用众，使民劳也⑤。舟车饰，台榭广，则赋敛厚矣；轻用众，使民劳，则民力竭矣。赋敛厚，则下怨上矣；民力竭，则令不行矣。下怨上，令不行，而求敌之勿谋己，不可得也⑥。欲为天下者，必重用其国⑦；欲为其国者，必重用其民；欲为其民者，必重尽其民力。无以畜之⑧，则往而不可止也；无以牧之，则处而不可使也⑨。远人至而不去，则有以畜之也；民众而可一，则有以牧之也。见其可也，喜之有征⑩；见其不可也，恶之有形。赏罚信于其所见，虽其所不见，其敢为之乎⑪？见其可也，喜之无征；见其不可也，恶之无形。赏罚不信于其所见，而求其所不见之为之化，不可得也。厚爱利足以亲之⑫，明智礼足以教之，上身服以先之⑬，审度量以闲之⑭，乡置师以说道之，然后申之以宪令，劝之以庆赏，振之以刑罚。故百姓皆说为善，则暴乱之行无由至矣。

地之生财有时，民之用力有倦，而人君之欲无穷；以有时与有倦，养无穷之君，而度量不生于其间，则下下相疾也⑮。是以臣有杀其君，子有杀其父者矣。故取于民有度，用之有止，国虽小必安；取于民无度，用之不止，国虽大必危。

地之不辟者，非吾地也；民之不牧者，非吾民也。凡牧民者，以其所积者食之⑯，不可不审也。其积多者其食多，其积寡者其食寡，无积者不食。或有积而不食者，则民离上；有积多而食寡者，则民不力；有积寡而食多者，则民多诈；有无积而徒食者，则民偷幸⑰。故离上、不力、多诈、偷幸，举事不成，应敌不用。故曰：察能授官，班禄赐予，使民之机也⑱。

野与市争民⑲，家与府争货⑳，金与粟争贵㉑，乡与朝争治㉒。故野不积草，农事先也。府不积货，藏于民也。市不成肆㉓，家用足也。朝不合众，乡分治也。故野不积草，府不积货，市不成肆，朝不合众，治不至也。

人情不二^㉔，故民情可得而御也。审其所好恶，则其长短可知也；观其交游，则其贤不肖可察也。二者不失，则民能可得而官也。

地之守在城，城之守在兵，兵之守在人，人之守在粟：故地不辟则城不固。有身不治，奚待于人^㉕？有人不治，奚待于家？有家不治，奚待于乡？有乡不治，奚待于国？有国不治，奚待于天下？天下者，国之本也；国者，乡之本也；乡者，家之本也；家者，人之本也；人者，身之本也；身者，治之本也。故上不好本事，则末产不禁；末产不禁，则民缓于时事而轻地利^㉖；轻地利而求田野之辟，仓廪之实，不可得也。

商贾在朝，则货财上流^㉗；妇人言事，则赏罚不信；男女无别，则民无廉耻。货财上流、赏罚不信、民无廉耻，而求百姓之安难^㉘、兵士之死节，不可得也。朝廷不肃、贵贱不明、长幼不分、度量不审、衣服无等、上下凌节，而求百姓之尊主政令，不可得也。上好诈谋闲欺，臣下赋敛竞得，使民偷壹^㉙，则百姓疾怨，而求下之亲上，不可得也。有地不务本事，君国不能一民^㉚，而求宗庙社稷之无危，不可得也。上恃龟筮^㉛，好用巫医，则鬼神骤祟^㉜。故功之不立，名之不章^㉝，为之患者三：有独王者，有贫贱者，有日不足者。

一年之计，莫如树^㉞谷；十年之计，莫如树木；终身之计，莫如树人。一树一获者，谷也；一树十获者，木也；一树百获者，人也。我苟种之^㉟，如神用之，举事如神，唯王之门^㊱。

凡牧民者，使士无邪行，女无淫事。士无邪行，教也；女无淫事，训也。教训成俗而刑罚省，数也^㊲。凡牧民者，欲民之正也。欲民之正，则微邪^㊳不可不禁也。微邪者，大邪之所生也；微邪不禁，而求大邪之无伤国，不可得也。凡牧民者，欲民之有礼也。欲民之有礼，则小礼不可不谨^㊴也；小礼不谨于国，而求百姓之行大礼，不可得也。凡牧民者，欲民之有义也。欲民之有义，则小义^㊵不可不行；小义不行于国，而求百姓之行大义，不可得也。凡牧民者，欲民之有廉也。欲民之有廉，则小廉^㊶不可不修也；小廉不修于国，而求百姓之行大廉，不可得也。凡牧民者，欲民之有耻也。欲民之有耻，则小耻不可不饰^㊷也；小耻不饰于国，而求百姓之行大耻，不可得也。凡牧民者，欲民之谨小礼、行小义、修小廉、饰小耻、禁微邪，此厉民之道也；民之谨小礼、行小义、修小廉、饰小耻、禁微邪，治之本也。

凡牧民者，欲民之可御也^㊸。欲民之可御，则法不可不重。法者，将立朝廷者也^㊹。将立朝廷者，则爵服^㊺不可不贵也。爵服加于不义，则民贱其爵服；民贱其爵服，则人主不尊；人主不尊，则令不行矣。法者，将用民力者也^㊻。将用民力者，则禄赏不可不重也。禄赏加于无功，则民轻其禄赏；民轻其禄赏，则上无以劝民；上无以劝民，则令不行矣。法者，将用民能者也^㊼。将用民能者，则授官不可不审也。授官不审，则民闲其治^㊽；民闲其治，则理不上通；理不上通，则下怨其上；下怨其上，则令不行矣。法者，将用民之死命者也。用民之死命者，则刑罚不可不审^㊾。刑罚不审，则有辟就^㊿；有辟就则杀不辜而赦有罪；杀不辜而赦有罪，则国不免于贼臣⁽⁵¹⁾矣。故夫爵服贱、禄赏轻、民闲其治、贼臣首难，此谓败国之教也。

①权修：指巩固国家的统治权力。

②取：何如璋云：“取”读如督趣之趣。“民无取”，即兵无主以督趣之，乃众而弱。

③末产不禁则野不辟：不禁止末业，土地就得不到开垦。末产：末业，指工商业，与农业（本业）相对称。

④赏罚不信则民无取：赏罚得不到兑现，百姓就得不到督促。

⑤赏罚信而兵弱者，轻用众，使民劳也：赏罚兑现了，军队仍然软弱，那是因为君主轻率地役使百姓，使百姓劳苦不堪。

⑥令不行，而求敌之勿谋己，不可得也：政令不能推行，要想敌国不来侵犯，那是不可能的。而：转折连词。之：结构助

词，使主谓句"敌勿谋己"变为句子成分。

⑦必重用其国：必须慎重地使用国力。

⑧无以畜之：君主留不住百姓。无以：没有办法。畜（xù）：容留，留住。

⑨处而不可使也：百姓留下来也不听使唤。处：留处，居住。

⑩喜之有征：喜欢的就要有验证。意思是君主见到合于政令的现象，就要及时加以奖赏。

⑪其敢为之乎：人们还敢随心所欲吗？"其"表疑问副词兼指代作用。

⑫厚爱利足以亲之：君主多向百姓施恩，百姓就亲近君主。"厚爱利"，指多向百姓施恩。

⑬上身服以先之：君主以身作则进行示范。身服：自身遵行。先：引导，遵行。

⑭审度量以闲之：明确限制加以防范。审：明确。闲：阻隔，防范。

⑮则下下相疾也："下下"应为"上下"。意为上下相互仇视，故有臣杀君，子杀父的现象出现。

⑯凡牧民者，以其所积者食之：凡是治理百姓的人（指国君），要根据劳积大小给予俸禄。牧民者：指国君。以其所积：根据他的功绩。食之：供养他。

⑰有无积而徒食者，则民偷幸：有没有劳积而白得俸禄的现象出现，百姓就苟且侥幸。徒：白白地。则：那么。

⑱察能授官，班禄赐予，使民之机也：考察能力授予官职，分别等级赐予俸禄，这是治理百姓的关键。班禄：分别爵禄等级。机：枢机，关键。

⑲野与市争民：田野与集市争夺劳力。尹知章云："民务本业，则野与市争民。"

⑳家与府争货：民家与国库争夺财富。尹知章云："下务藏积，则家与府争货。"

㉑金与粟争贵：黄金与粮食争夺贵重。尹知章云："所宝唯谷，故金与粟争贵。"

㉒乡与朝争治：地方与朝廷争夺治理。尹知章云："官备务其职，故乡与朝争治。"

㉓市不成肆：市场不排列货摊。肆：市场上排列的货摊。意思是家用充足。前后四句均说务本而治的好处。

㉔人情不二：人情没有两样。

㉕有身不治，奚待于人：自身不能治理，怎能治理别人？以下几句同理。

㉖末产不禁，则民缓于时事而轻地利：工商末业不禁止，百姓就放松四时农事，轻视土地收益。时事：杨树达云："时事"谓春耕、夏耘、秋收、冬藏。

㉗财货上流：指将行贿受贿带入上层。

㉘安难：安于危难。

㉙使民偷壹：役使百姓，贪图一时的好处。

㉚君国不能一民：统治国家却不能统一民心。"君"，"一"均活用为动词。

㉛上恃龟筮（shì）：君主依靠占卜决定吉凶。龟筮（shì）：龟骨和筮草，都是占卜用具。

㉜鬼神骤祟：鬼神频繁作怪。

㉝章：同"彰"，显著。

㉞树：名词活用为动词。在本段中的六个"树"字，分别作"种植"、"栽种"、"培养"讲。

㉟我苟种之：我如果培育人材。

㊱唯王之门：这是称王天下的必经门径。

㊲数也：规律啊。刘禹锡《天论中》："夫物之合并，必有数存乎其间焉。"

㊳微邪：小的邪恶。

㊴谨：谨慎、小心。

㊵小义：小的方面的正义举动。

㊶小廉：小的方面的廉洁行为。

㊷小耻不可饰也：不可不整顿小耻。"饰"同"饬"，整饬。

㊸欲民之可御也：想要百姓可以被驾驭。"之"结构助词，使"欲民可御"变为句子成分。

㊹法者，将立朝廷者也：法律是用来树立朝廷权威的。

㊺爵服：爵位服饰。

㊻法者，将用民力者也：法律是用来使百姓出力的。

㊼法者，将用民能者也：法律是用来发挥百姓才能的。

㊽授官不审，则民闲其治：委派官职不慎重，百姓就要与官府隔阂。闲，隔阂。

㊾用民之死命者，则刑罚不可不审：要决定百姓的生死，不可不慎重对待使用刑罚。

(50)刑罚不审，则有辟就：使用刑罚不慎重，就会包庇坏人，冤枉好人。辟就：猪饲彦博云："辟避同。言有罪避刑，无辜就戮。"

(51)则国不免于贼臣：国家就难免被贼臣篡位。

立政①第四

国之所以治乱者三，杀戮刑罚，不足用也；国之所以安危者四②，城郭险阻，不足守也；国之所以富贫者五③，轻税租，薄赋敛，不足恃也。治国有三本，而安国有四固，而富国有五事，五事，五经也。

三　本

君之所审者三：一曰德不当其位，二曰功不当其禄，三曰能不当其官。此三本者，治乱之原也。故国有德义未明于朝者④，则不可加于尊位；功力未见于国者⑤，则不可授以重禄；临事不信于民者⑥，则不可使任大官。故德厚而位卑者谓之过，德薄而位尊者谓之失。宁过于君子，而毋失于小人⑦。过于君子，其为怨浅；失于小人，其为祸深。是故国有德义未明于朝而处尊位者，则良臣不进；有功力未见于国而有重禄者，则劳臣不劝；有临事不信于民而任大官者，则材臣不用。三本者审，则下不敢求⑧；三本者不审，则邪臣上通，而便辟制威。如此则明塞于上，而治壅⑨于下，正道捐弃，而邪事日长。三本者审，则便辟⑩无威于国，道涂无行禽，疏远无蔽狱，孤寡无隐治。故曰刑省治寡，朝不合众⑪。

四　固

君之所慎者四：一曰大德不至仁，不可以授国柄⑫；二曰见贤不能让，不可与尊位；三曰罚避亲贵⑬，不可使主兵；四曰不好本事⑭，不务地利，而轻赋敛，不可与都邑。此四固者，安危之本也。故曰：卿相不得众，国之危也；大臣不和同⑮，国之危也；兵主不足畏，国之危也；民不怀其产⑯，国之危也。故大德至仁，则操国得众；见贤以让，则大臣和同；罚不避亲贵，则威行于邻敌⑰；好本事，务地利，重赋敛，则民怀其产。

五　事

君之所务者五：一曰山泽不救于火⑱，草木不殖成，国之贫也；二曰沟渎不遂于隘⑲，障水不安其藏，国之贫也；三曰桑麻不殖于野，五谷不宜其地，国之贫也；四曰六畜不育于家，瓜瓠荤菜百果不备具⑳，国之贫也；五曰工事竞于刻镂，女事繁于文章㉑，国之贫也。故曰：山泽救于火，草木殖成，国之富也；沟渎遂于隘，障水安其藏，国之富也；桑麻殖于野，五谷宜其地，国之富也；六畜育于家，瓜瓠荤菜百果备具，国之富也；工事无刻镂，女事无文章，国之富也。

首　宪

分国以为五乡，乡为之师㉒；分乡以为五州，州为之长；分州以为十里，里为之尉；分里以为十游，游为之宗。十家为什，伍家为伍，什伍皆有长焉。筑障塞匿，一道路，抟出入㉓。审间闬，慎筦键㉔，筦藏于里尉。置间有司，以时开闭。间有司观出入者，以复于里尉。凡出入不时，衣服不中，圈属群徒不顺于常者，间有司见之，复无时。若在长家子弟、臣妾、属役、宾客，则里尉以谯于游宗，游宗以谯于什伍，什伍以谯于长家。谯敬而勿复，一再则宥，三则不赦㉕。凡孝悌、忠信、贤良、俊材，若在长家子弟、臣妾、属役、宾客，则什伍以复于游宗，游宗以复于里尉，里尉以复于州长，州长以计于乡师，乡师以著于士师。凡过党，其在家属，及于长家；其在长家，及于什伍之长；其在什伍之长，及于游宗；其在游宗，及于里尉；其在里尉，及于州长；其在州长，及于乡师；其在乡师，及于士师。三月一复，六月一计，十二月一著㉖。凡上贤不过等，使能不兼官，罚有罪不独及，赏有功不专与㉗。

孟春之朝，君自听朝，论爵赏校官，终五日；季冬之夕，君自听朝，论罚罪刑杀，亦终五日。正月之朝，百吏在朝，君乃出令，布宪于国。五乡之师，五属大夫，皆受宪于太史㉘。大朝之日，五乡之师，五属大夫，皆身习宪于君前。太史既布宪，入籍于太府，宪籍分于君前。五乡之师出朝，遂于乡官，致乡属，及于游宗，皆受宪㉙。宪既布，乃反致令焉，然后敢就舍㉚；宪未布，令未致，不敢就舍。就舍谓之留令，罪死不赦。五属大夫，皆以行车朝，出朝不敢就舍，遂行。至都之日，遂于庙，致属吏，皆受宪。宪既布，乃发使者致令，以布宪之日，早宴之时。宪既布，使者以发，然后敢就舍；宪未布，使者未发，不敢就舍。就舍谓之留令，罪死不赦。宪既布，有不行先者，谓之不从令，罪死不赦。考宪而不有合于太府之籍者，侈曰专制㉛，不足曰亏令，罪死不赦。首宪既布，然后可以行宪。

首　　事

凡将举事，令必先出。曰事将为，其赏罚之数，必先明之㉜。立事者谨守令以行赏罚，计事致令㉝，复赏罚之所加。有不合于令之所谓者，虽有功利，则谓之专制，罪死不赦。首事既布，然后可以举事㉞。

省　　官

修火宪，敬山泽林薮积草㉟。夫财之所出，以时禁发焉，使民足于宫室之用，薪蒸之所积，虞师之事也；决水潦，通沟渎，修障防，安水藏，使时水虽过度，无害于五谷，岁虽凶旱，有所秎获㊱，司空之事也；相高下，视肥墝，观地宜，明诏期㊲，前后农夫，以时钧修焉，使五谷桑麻皆安其处，司田之事也。行乡里，视宫室，观树艺，简六畜㊳，以时均修焉，劝勉百姓，使力作毋偷，怀乐家室，重去乡里，乡师之事也；论百工，审时事，辨功苦，上完利，监壹㊴五乡，以时均修焉，使刻镂文采，毋敢造于乡，工师之事也。

服　　制

度爵而制服，量禄而用财㊵。饮食有量，衣服有制，宫室有度，六畜人徒有数，舟车陈器有禁。生则有轩冕、服位、谷禄、田宅之分；死则有棺椁、绞衾、圹垄之度㊶。虽有贤身贵本，毋其爵不敢服其服；虽有富家多资，毋其禄不敢用其财。天子服文有章，而夫人不敢以燕以飨庙㊷，将军大夫以朝，官吏以命，士止于带缘㊸。散民不敢服杂采；百工商贾，不得服长鬈貂㊹；刑余戮民，不敢服丝，不敢畜连乘车。

九　败

寝兵之说胜⑮，则险阻不守；兼爱之说胜，则士卒不战；全生之说胜，则廉耻不立；私议自贵之说胜，则上令不行；群徒比周之说胜⑯，则贤不肖不分；金玉财货之说胜，则爵服下流⑰；观乐玩好之说胜，则奸民在上位；请谒任举之说胜⑱，则绳墨不正；谄谀饰过之说胜，则巧佞者用⑲。

七　观

期而致㊿，使而往，百姓舍己以上为心㈤者，教之所期也；始于不足见，终于不可及，一人服之，万人从之，训之所期也；未之令而为，未之使而往，上不加勉，而民自尽竭，俗㈥之所期也；好恶形于心，百姓化于下㈦，罚未行而民畏恐，赏未加而民劝勉，诚信之所期也；为而无害，成而不议，得而莫之能争，天道㈨之所期也；为之而成，求之而得，上之所欲，小大必举，事之所期也；令则行，禁则止，宪之所及，俗之所被，如百体之从心，政之所期也。

①立政：即"莅政"（用闻一多说），指君主临政治国。

②国之所以安危者四：决定国家安危的因素有四方面。即后文的"四固"。

③国之所以富贫者五：决定国家富贫的因素有五方面。即后文的"五事"。

④国有德义未明于朝者：国家中道义品德没有在朝廷显露出来的人。

⑤功力未见于国者：功绩能力没有在国内表现出来的人。

⑥临事不信于民者：治理政事不能取得百姓信任的人。

⑦宁过于君子，而毋失于小人：宁可安排君子失当，也不可错误使用小人。

⑧三本者审，则下不敢求：认真注意这三个根本问题，小人就不敢谋求高爵要职。

⑨治壅于下：指政令不能向下推行。

⑩便辟：指靠阿谀奉承得宠于君主的佞臣。

⑪朝不合众：谓朝廷不聚集群臣议论政事。形容政治的清明。

⑫大德不至仁，不可以授国柄：标榜道德但做不到仁，这样的人不能授予国家大权。

⑬罚避亲贵：刑罚避开亲贵。

⑭不好本事：不重视农业。古代以农为本。

⑮大臣不和同：大臣不协调一致。

⑯民不怀其产：百姓不怀恋自己的产业。

⑰罚不避亲贵，则危行于邻敌：亲戚、权贵该罚就罚，国家的威势就能震慑敌国。

⑱山泽不救于火：山林沼泽不能防于火灾。救：止也。

⑲沟渎不遂于隘：沟渠不畅通。遂：畅通。隘：狭地。

⑳瓜瓠荤菜百果不具备：蔬菜瓜果品种不齐备。瓠（hù）：葫芦一类的蔬菜。荤：葱蒜一类的蔬菜。

㉑工事竞于刻镂，女事繁于文章：工匠制造只在雕刻上竞争，妇女刺绣只追求文饰繁缛。

㉒分国以为五乡，乡为之师：将都城地区分为五个乡，每乡设一个乡师。国：都城城郊以内称国，以外称野。乡：与下文中的州、里、游、什、伍等都是国以下的各级行政单位。

㉓筑障塞匿，一道路，抟出入：修筑围墙，统一道路，控制出入。匿：孙星衍云："匿"字衍。"抟"，原为"博"字，误，'抟'同"专"，一也。

㉔审闾闬，慎筦键：细心看管里门，留心掌管门锁。闾闬（hàn）：里门。筦键：钥匙和插关。

㉕谯敬而勿复，一再则宥，三则不赦：责备和敬告之后，就不用向上报告。一次两次可以原谅，三次就不能宽恕。谯：同“诮”，责备。敬：同“儆”，戒。谯敬：责备和警告。宥（yòu）原谅。

㉖三月一复，六月一计，十二月一著：三个月上报一次，六个月统计一次，十二个月登记一次。复：回报。计：统计。著：著录，登记备案。

㉗凡上贤不过等，使能不兼官，罚有罪不独及，赏有功不专与：凡是举荐贤才不得越级，使用能人不得兼职，处罚罪犯不只限于本人，奖赏功臣不只专给本人。上：同“尚”，推举。不过等：不越级。不独及：不单到本人。不专与：不只给本人。

㉘五乡之师，五属大夫，皆受宪于太史：五乡的乡师、五属的大夫，都到太史那里领受法令。五属大夫：野分五属，每属设一大夫，统称五属大夫。太史：掌管典籍、记载历史的官吏。

㉙五乡之师出朝，遂于乡官，致乡属，及于游宗，皆受宪：五乡的乡师出朝，回到乡的治所，马上召集下属官吏，直到游宗，都来领受法令。遂：到达。乡官：王引之云：“乡官谓乡师治事处也。”致于：“于”字衍。

㉚宪既布，乃反致令焉，然后敢就舍：颁布法令后，就返朝回复命令，然后才敢回到住所。反：同“返”。致令：回复命令。

㉛考宪而不有合于太府之籍者，侈曰专制：考核法令执行情况，有与太府所藏的法令底本不相符的，增多的叫做专断独行。

㉜曰事将为，其赏罚之数，必先明之：将要做某件事情，必须先明确赏罚的规定。曰：语气助词。

㉝计事致令：总结情况，回复命令。计事：指总结工作。

㉞首事既布，然后可以举事：君主最初的举事法令公布之后，就可以照此办理。

㉟修火宪，敬山泽林薮积草：制定防火法令，警戒好山林、湖泊、沼泽、草甸。

㊱有所粉获：有所收获。粉（fēn）获：收获。

㊲相高下，视肥硗，观地宜，明诏期：测量地势高低，视察土地肥瘠，调查土壤适宜的作物品种，说明征召服役的日期。硗（qiāo）．瘠薄的土地。

㊳简六畜：察看六畜的饲养。简：察看。

㊴监壹：统一管理。

㊵度爵：根据爵位高低。量禄：按照俸禄多少。

㊶棺椁（guǒ）：棺材。内棺为棺，外棺为椁。绞衾（qín）：捆尸衣用的带子，盖尸体的单被。圹（kuàng）垄：墓穴、坟堆。

㊷服文有章：指衣服有纹饰。夫人不敢以燕以飨庙：夫人不敢穿着居家的衣服祭祀祖先。燕：燕服，居家的衣服。

㊸缘：衣服缘边。

㊹长鬈（quán）：羔皮。貂：貂皮。

㊺寝兵之说胜：（如果）停息兵备的观点占了上风。寝兵：息兵，停息兵备。

㊻群徒比周：结党营私。

㊼爵位下流：使爵位随意流入下层。指卖官鬻爵。

㊽请谒：请托、拜见，指干求官爵。任举：指私人保举。

㊾巧佞者用：阿谀奉承的人被任用。

㊿期而致：听到征召马上来到。期：征召。致：同“至”。

(51)以上为心：将君主作为自己的主宰。

(52)俗：风俗。

(53)好恶行于心，百姓化天下：君主的好恶刚产生在心中，百姓就自觉地化为行动。

(54)天道：郭沫若云：“天”疑“大”字之讹。此句应为“大道”。指大道所期望的标准。

乘马①第五

立 国

凡立国都，非于大山之下，必于广川之上。高毋近旱而水用足，下毋近水而沟防省。因天材，就地利②，故城郭不必中规矩，道路不必中准绳。

大　数③

无为者帝，为而无以为者王，为而不贵者霸。不自以为所贵，则君道也。贵而不过度，则臣道也。

阴　阳

地者政之本也，朝者义之理也，市者货之准也，黄金者用之量也，诸侯之地千乘之国者器之制也④。五者其理可知也，为之有道。

地者政之本也，是故地可以正政也。地不平均和调，则政不可正也；政不正则事不可理也。春秋夏冬，阴阳之推移也；时之短长，阴阳之利用也；日夜之易，阴阳之化也。然则阴阳正矣，虽不正，有余不可损，不足不可益也⑤。天也，莫之能损益也。然则可以正政者，地也⑥；故不可不正也。正地者，其实必正⑦。长亦正，短亦正，小亦正，大亦正，长短大小尽正⑧。地不正则官不理⑨；官不理则事不治；事不治则货不多。是故何以知货之多也？曰事治；何以知事之治也？曰货多。货多事治，则所求于天下者寡矣。为之有道。

爵　位⑩

朝者义之理也⑪。是故爵位⑫正而民不怨，民不怨则不乱，然后义可理；不正则不可以理也。故一国之人不可以皆贵；皆贵则事不成而国不利也。为事之不成⑬，国之不利也；使无贵者，则民不能自理也。是故辨于爵列之尊卑，则知先后之序，贵贱之义矣，为之有道。

务 市 事

市者货之准也⑭。是故百货贱则百利不得，百利不得则百事治，百事治则百用节矣⑮。是故事者生于虑，成于务，失于傲；不虑则不生，不务则不成，不傲则不失。故曰，市者可以知治乱，可以知多寡，而不能为多寡，为之有道。

士 农 工 商

黄金者用之量也⑯。辨于黄金之理则知侈俭，知侈俭则百用节矣。故俭则伤事，侈则伤货⑰。

俭则金贱，金贱则事不成，故伤事；侈则金贵，金贵则货贱，故伤货。货尽而后知不足，是不知量也；事已而后知货之有余，是不知节也。不知量，不知节，不可。为之有道。

天下乘马服牛⑱，而任之轻重有制。有一宿之行，道之远近有数矣。是知诸侯之地千乘之国者，所以知器之小大也，所以知任之轻重也。重而后损之，是不知任也。轻而后益之，是不知器也。不知任，不知器，不可。为之有道⑲。

地之不可食者⑳，山之无木者，百而当一㉑；涸泽，百而当一；地之无草木者，百而当一；楚棘杂处，民不得入焉，百而当一。数，镰䥽得入焉，九而当一；蔓山，其木可以为材，可以为轴，斤斧得入焉，九而当一㉒；汛山，其木可以为棺，可以为车，斤斧得入焉，十而当一。流水，网罟得入焉，五而当一；林，其木可以为棺，可以为车，斤斧得入焉，五而当一；泽，网罟㉓得入焉，五而当一。命之曰：地均以实数。

方六里命之曰暴㉔，五暴命之曰部，五部命之曰聚。聚者有市，无市则民乏。五聚命之曰某乡，四乡命之曰方，官制也。官成而立邑：五家而伍，十家而连，五连而暴，五暴而长，命之曰某乡。四乡命之曰都，邑制也。邑成而制事：四聚为一离，五离为一制，五制为一田，二田为一夫，三夫为一家，事制也。事成而制器：方六里为一乘之地也。一乘者，四马也。一马，其甲七，其蔽五；一乘，其甲二十有八，其蔽二十，白徒㉕三十人奉车两，器制也。

方六里，一乘之地也；方一里，九夫之田也。黄金一镒㉖，百乘一宿之尽也㉗。无金则用其绢，季绢三十二制当一镒；无绢则用其布，绖暴布㉘百两当一镒。一镒之金，食百乘之一宿。则所布之地六步一卧，命之曰中岁。

有市。无市则民乏矣。方六里名之曰社，有邑焉，名之曰央。立关市之赋。黄金百镒为一箧㉙，其货一谷笼㉚为十箧，其商苟在市者三十人，其正月、十二月，黄金一镒。命之曰正。分春曰书比，立夏曰月程，秋曰大稽，与民数得亡。

三岁修封㉛，五岁修界，十岁更制㉜，经正㉝也。一仞见水不大潦，五尺见水不大旱。一仞见水轻征，十分去一，二则去二，三则去三，四则去四，五则去半，比之于山。五尺见水，十分去一，四则去二，三则去三，二则去四，尺而见水，比之于泽。

距国门以外，穷四竟㉞之内，丈夫二犁㉟，童五尺一犁，以为三日之功。正月令农始作，服于公田农耕；及雪释㊱，耕始焉，芸卒焉。士，闲见、博学、意察，而不为君臣者，与功而不与分焉；贾，知贾㊲之贵贱，日至于市，而不为官贾者，与功而不与分焉；工，治容貌功能，日至于市，而不为官工者，与功而不与分焉。不可使而为工，则视贷离㊳之实，而出夫粟。

是故智者知之，愚者不知，不可以教民；巧者能之，拙者不能，不可以教民。非一令而民服之也，不可以为大善㊴；非夫人能之也，不可以为大功。是故非诚贾不得食于贾，非诚工不得食于工，非诚农不得食于农，非信士不得立于朝。是故官虚而莫敢为之请，君有珍车珍甲而莫之敢有，君举事臣不敢诬其所不能。君知臣，臣亦知君知己也。故臣莫敢不竭力俱操其诚以来。

道曰：均地分力㊵，使民知时也。民乃知时日之蚤晏㊶，日月之不足，饥寒之至于身也。是故夜寝蚤起，父子兄弟不忘其功，为而不倦，民不惮㊷劳苦。故不均之为恶也，地利不可竭，民力不可殚㊸。不告之以时而民不知；不道之以事而民不为。与之分货，则民知得正矣；审其分，则民尽力矣。是故不使而父子兄弟不忘其功㊹。

圣 人

圣从之所以为圣人者，善分民㊺也。圣人不能分民，则犹百姓也。于己不足，安得名圣？是故有事则用，无事则归之于民。唯圣人为善托业于民⑯。民之生也，辟则愚，闭则类⑰。上为一，下为二。

失　时

时之处事精⑱矣，不可藏而舍⑲也。故曰：今日不为，明日亡货，昔之日已往而不来矣。

地　里

上地⑳方八十里，万室之国一，千室之都四；中地方百里，万室之国一，千室之都四；下地方百二十里，万室之国一，千室之都四。以上地方八十里与下地方百二十里，通于㉑中地方百里。

---

①乘马：计算筹画，乘即乘除计算，马即"算数之筹"。

②因天材，就地利：凭借自然资源，依靠地理环境。

③大数：此节阐述为政的方针、原则，故称大数。

④诸侯之地千乘之国者器之制也：一国拥有的土地和兵车的数量，是规定军赋的标准。器之制：谓规定军赋的标准。

⑤然则阴阳正矣，虽不正，有余不可损，不足不可益也：阴阳的运动一般是正常的，即使偶有不正常，多余时不可减少，不足时不能增加，这是自然现象，没有人能够改变它。

⑥然则可以正政者，地也：然而，可以用来整治国政的土地都是可以改变的。

⑦正地者，其实必正：整顿土地，就必须整顿土地的纳税制度。其实：指土地的实际收益，引申为纳税制度。

⑧长亦正，短亦正，小亦正，大亦正，长短大小尽正：长的土地要整顿，短的土地要整顿，小块土地要整顿，大块土地要整顿，不论长短大小都要整顿。

⑨地不正则官不理：土地纳税制度不整顿，官员就不能治理。

⑩爵位：此节阐述"朝者义之理"。即爵位的重要意义。

⑪朝者义之理也：朝廷是等级名分的体现。

⑫爵位：此泛指等级名分制度。

⑬为事之不成：因为无人进行生产。

⑭市者货之准也：市场是物资流通的标志。

⑮"百利"句：郭沫若云：货物贱则利润少，不能作超额剥削。剥削少则市场稳定、百姓安居乐业。

⑯黄金者用之量也：黄金是财用计算的尺度。

⑰伤事：指抑制生产。伤货：指浪费物资。

⑱乘马服牛：驾驶马车、牛车。

⑲为之有道：此节阐述"诸侯之地千乘之国者器之制"。是说，不了解所需军赋的数量，不了解承担军赋的能力，都是不允许的，这就可以说掌握了治国的原则。

⑳不可食：指不生长五谷。

㉑百而当一：百亩相当于一亩耕地。

㉒九而当一：丁士涵云："此与下'蔓山九而当一'，两'九'字皆当为'十'。

㉓网罟（gǔ）：渔网。

㉔　方六里：方圆六里。暴：与下文的部、聚、方均为行政组织的名称。

㉕　白徒：指不执武器的后勤人员。奉：跟随。两：同"辆"。

㉖　镒（yì）：重量单位，二十四两为一镒。

㉗　尽：猪饲彦博云："尽，赆同，行费也。"此指百乘一夜行进所需费用。

㉘　经暴布：闻一多云："经暴布"谓以荃葛织成之薄布。

㉙ 箧（qiè）：小箱子，此指征税数量单位。

㉚ 谷笼：盛谷的筐，此指货物数量单位。

㉛ 修封：修整田埂。

㉜ 更制：更定田界。

㉝ 经正：常例。

㉞ 竟：同“境”，边境。

㉟ 丈夫：指成年男子。犁：指一副犁一天所能耕的土地。

㊱ 释：融化。

㊲ 知贾：同“知价”。

㊳ 贷离：陈奂云：“犹差贷也”。指差额、亏欠数。

㊴ 为大善：指使国家大治。

㊵ 均地：将土地分给农民耕种。分力：分散耕种，即实行一家一户的个体生产。

㊶ 蚤晏：早晚。

㊷ 惮（dàn）：害怕。

㊸ 殚（dān）：用尽。

㊹ 是故不使而父子兄弟不忘其功：因此即使不加驱使，全家老小也会热心生产。

㊺ 分民：分利于民。

㊻ 托业于民：将产业托付给百姓。

㊼ 王念孙云：“‘生’读为性。‘闭’读为‘闲’，字之误也。‘类，善也’。”

㊽ 时：指农时。事：指农事。精：宝贵。农时对农事来说十分宝贵。

㊾ 藏：留。舍：止。但不能留滞而使它停止。

㊿ 上地：上等土地，以下类推。

(51) 通于：相当于，折合。

七法①第六

七　法

言是而不能立，言非而不能废，有功而不能赏，有罪而不能诛②：若是而能治民者，未之有也。是必立，非必废，有功必赏，有罪必诛，若是安治矣？未也。是何也？曰形势器械未具，犹之不治也；形势器械具，四者③备，治矣。不能治其民，而能强其兵者，未之有也；能治其民矣，而不明于为兵之数，犹之不可。不能强其兵，而能必胜敌国者，未之有也；能强其兵，而不明于胜敌国之理，犹之不胜也。兵不必胜敌国，而能正天下者，未之有也。兵必胜敌国矣，而不明正天下之分④，犹之不可。故曰：治民有器，为兵有数，胜敌国有理，正天下有分。

则、象、法、化、决塞、心术、计数。根天地之气，寒暑之和，水土之性，人民鸟兽草木之生，物虽不⑤甚多，皆均有焉，而未尝变也，谓之“则”；义也、名也、时也、似也、类也、比也、状也，谓之“象”；尺寸也、绳墨也、规矩也、衡石⑥也、斗斛也、角量也，谓之“法”；渐也、顺也、靡也、久也、服也、习⑦也，谓之“化”；予夺也、险易也、利害也、难易也、开闭也、杀生也，谓之“决塞”；实也、诚也、厚也、施也、度也、恕也⑧，谓之“心术”；刚柔也、轻重也、大小也、实虚也、远近也、多少也、谓之“计数”。

不明于则，而欲措仪画制，犹立朝夕于运均之上⑨，摇竿而欲定其末；不明于象，而欲论材审用，犹绝长以为短，续短以为长；不明于法，而欲治民一众，犹左书而右息之；不明于化，而欲变俗易教，犹朝揉轮而夕欲乘车；不明于决塞，而欲驱众移民，犹使水逆流；不明于心术，而欲行令于人，犹倍招而必射之⑩。不明于计数，而欲举大事，犹无舟楫而欲经于水险也。故曰：错仪画制，不知则不可；论材审用，不知象不可；治民一众，不知法不可；变俗易教，不知化不可；驱众移民，不知决塞不可；布令必行，不知心术不可；举事必成，不知计数不可。

四　伤

百匿⑪伤上威，奸吏伤官法⑫，奸民伤俗教，贼盗伤国众。威伤，则重在下；法伤，则货上流⑬；教伤，则从令者不辑；众伤，则百姓不安其居。重在下，则令不行；货上流，则官德毁；从令者不辑，则百事无功；百姓不安其居，则轻民处而重民散。轻民处，重民散，则地不辟；地不辟则六畜不育；六畜不育则国贫而用不足；国贫而用不足，则兵弱而士不厉；兵弱而士不厉，则战不胜而守不固；战不胜而守不固，则国不安矣。故曰：常令不审⑭，则百匿胜；官爵不审，则奸吏胜；符籍不审，则奸民胜；刑法不审，则盗贼胜。国之四经败，人君泄见危⑮。人君泄，则言实之士不进；言实之士不进，则国之情伪⑯不竭于上。

世主所贵者，宝也；所亲者，戚也；所爱者，民也；所重者，爵禄也。明君则不然：致所贵，非宝也；致所亲，非戚也；致所爱，非民也；致所重，非爵禄也。故不为重宝亏其命，故曰令贵于宝；不为爱亲危其社稷，故曰社稷亲于戚；不为爱人枉其法，故曰法爱于人；不为重禄爵分其威，故曰威重于爵禄。不通此四者，则反于无有。故曰：治人如治水潦，养人如养六畜，用人如用草木。居身论道行理，则群臣服教，百吏严断，莫敢开私焉。论功计劳，未尝失法律也。便辟⑰、左右、大族、尊贵、大臣，不得增其功焉。疏远、卑贱、隐不知之人，不忘其劳。故有罪者不怨上，受赏者无贪心，则列陈之士，皆轻其死而安难，以要上事：为兵之极也。

为 兵 之 数

为兵之数：存乎聚财，而财无敌⑱；存乎论工⑲，而工无敌；存乎选士，而士无敌；存乎政教，而政教无敌；存乎服习⑳，而服习无敌；存乎遍知天下㉑，而遍知天下无敌；存乎明于机数㉒，而明于机数无敌。故兵未出境，而无敌者八。是以欲正天下，财不盖天下，不能正天下；财盖天下，而工不盖天下，不能正天下；工盖天下，而器不盖天下，不能正天下；器盖天下，而士不盖天下，不能正天下；士盖天下，而教不盖天下，不能正天下；教盖天下，而习不盖天下，不能正天下；习盖天下，而不遍知天下，不能正天下；遍知天下，而不明于机数，不能正天下。故明于机数者，用兵之势也，大者时也，小者计也。

王道之废也，而天下莫敢窥者，王者之正也。衡库者，天子之礼也㉓。是故器成卒选，则士知胜矣。遍知天下，审御机数，则独行而无敌矣。所爱之国，而独利之；所恶之国，而独害之，则令行禁止。是以圣王贵之。胜一而服百，则天下畏之矣；立少而观多㉔，则天下怀之矣；罚有罪、赏有功则天下从之矣。故聚天下之精材，论百工之锐器；春秋角试以练，精锐为右。成器不课㉕不用，不试不藏。收天下之豪杰，有天下之骏雄。故举之如飞鸟，动之如雷电，发之如风雨，莫当其前，莫害其后，独出独入，莫敢禁圉㉖。成功立事，必顺于理义。故不理不胜天下，不义不胜人。故贤知之君，必立于胜地，故正天下而莫之敢御也。

选 陈

若夫曲制时举㉗，不失天时，毋圹地利。其数多少，其要必出于计。故凡攻伐之为道也，计必先定于内，然后兵出乎境。计未定于内而兵出乎境，是则战之自败，攻之自毁也。是故张军而不能战，围邑而不能攻，得地而不能实，三者见一焉，则可破毁也。故不明于敌人之政，不能加也；不明于敌人之情，不可约㉓也；不明于敌人之将，不先军也；不明于敌人之士，不先陈也。是故以众击寡，以治击乱，以富击贫，以能击不能，以教卒、练士击驱众、白徒㉔，故十战十胜，百战百胜。

故事无备，兵无主，则不早知敌；野不辟，地无吏，则无蓄积；官无常，下怨上，则器械不功；朝无政，赏罚不明，则民幸生。故早知敌则独行，有蓄积则久而不匮，器械功则伐而不费，赏罚明则民不幸生；民不幸生则勇士劝矣。故兵也者，审于地图㉚，谋于日官㉛，量蓄积，齐勇士，遍知天下，审御机数，兵方之事也。

有风雨之行，故能不远道里矣；有飞鸟之举，故能不险山河矣；有雷电之战，故能独行而无敌矣；有水旱之功，故能攻国救邑矣；有金城之守，故能定宗庙，育男女矣；有一体之治，故能出号令，明宪法矣。风雨之行者，速也。飞鸟之举者，轻也。雷电之战者，士不齐也㉜。水旱之功者，野不收、耕不获也。金城之守者，用货财，设耳目也。一体之治者，去奇说，禁雕俗㉝也。不远道里，故能威绝域之民；不险山河，故能服恃固之国；独行无敌，故令行而禁止；攻国救邑，不恃权与之国，故所指必听；定宗庙，育男女，天下莫之能伤，然后可以有国。制仪法，出号令，莫不响应，然后可以治民一众矣。

---

①七法：指治国、治军的七项基本原则，即：则（录求规律）、象（了解情况）、法（掌握标准）、化（施行教化）、决塞（善于权衡）、心术（把握思想）、计数（精于计算），合称"七法。"

②诛：指惩处。

③四者：尹知章云："谓立是、废非、赏功、诛罪。"

④分：名分。

⑤许维遹云："'不'字衍。'均有'当作'有均'。……'均'引申为法则。"

⑥衡石：称量轻重的器具。

⑦猪饲彦博云："渐谓渐进以化，顺谓随顺不逆。靡，切靡也。'久'当作'灸'，也。"切靡谓琢磨，薰灸谓薰染。服：驯服。习：习惯。

⑧厚：宽厚。施：博施。度：大度。恕：容让。

⑨不明于则，而欲措仪画制，犹立朝夕于运均之上：不寻求规律，要想制定法令制度，就好像要在转动的陶轮上树立标杆。

⑩不明于心术，而欲行令于人，犹倍招而必射之：不把握思想，要想对别人发号施令，就好像背对靶子却要射中目标一样。

⑪匿：邪恶。

⑫官法：国家的法令。

⑬货上流：猪饲彦博云："谓货赂公行。"

⑭常令：国家法令。审：严格。

⑮泄见危：此指权力分散。泄，发散，分散。

⑯情伪：真假，指国家的真实情况。

⑰便辟：善于阿谀奉承的小人。

⑱财无敌：指财富无敌于天下。

⑲论工：考论工匠的技巧，选择工匠。

⑳服习：操练，军事训练。

㉑遍知天下：指掌握各国情报。

㉒机数：指懂得把握时机和运用策略。

㉓尹知章云："衡者所以平轻重，库者所以藏宝物，不令外知者也。"喻言王者之礼。

㉔观多：给多数作示范。

㉕课：检查。不课不用：不经检验不能使用。

㉖禁圉：同"禁御"，抵抗。

㉗曲制时举：即今言部队建制。时举谓应时而举，即利用有利时机发兵。题目"陈"同"阵"。

㉘约：约战，宣战。

㉙白徒：指没有经过训练的乌合之众。

㉚地图：指地形地势等自然状况。

㉛谋于日官：与"审于地图"对文。"谋日官"，察天时也。

㉜士不齐：指敌军阵势不齐。

㉝雕俗：指崇尚奢侈的风俗。

版法①第七

凡将立事，正彼天植②，风雨无违，远近高下，各得其嗣。三经既饬，君乃有国。

喜无以赏，怒无以杀。喜以赏，怒以杀，怨乃起，令乃废。骤令不行，民心乃外。外之有徒，祸乃始牙。众之所忿，寡不能图③。举所美必观其所终，废所恶必计其所穷。庆勉敦敬以显之，禄富有功以劝之，爵贵有名以休之，兼爱无遗，是谓君心。必先顺教，万民乡风，旦暮利之，众乃胜任。

取人以己，成事以质。审用财，慎施报，察称量。故用财不可以啬，用力不可以苦。用财啬则费④，用力苦则劳。民不足，令乃辱⑤；民苦殃，令不行。施报不得，祸乃始昌；祸昌不瘳，民乃自图⑥。

正法直度，罪杀不赦，杀僇必信，民畏而惧。武威既明，令不再行。顿卒⑦怠倦以辱之，罚罪有过以惩之，杀僇犯禁以振之。植固不动，倚邪乃恐。倚革邪化，令往民移。

法天合德，象地无亲，参于日月，伍于四时。悦众在爱施，有众在废私，召远在修近，闭祸在除怨。备长在乎任贤，安高在乎同利。

---

①版法：指书写在木版上的常法。

②天植：指君主的心志。

③寡不能图：少数人难以应付。

④费：丁士涵云："'费'读为悖。悖，逆也。"

⑤令乃辱：政令就更加繁缛。辱，缛。

⑥自图：指自谋出路。

⑦顿卒："卒"作"崒"，斥责。

幼官①第八

此居图方中

若因：处虚守静，人人物物则皇②。五和时节③，君服黄色，味甘味，听宫声，治和气，用五数，饮于黄后之井，以保兽之火爨。藏温濡，行驱养，坦气修通，凡物开静，形生理。

常至命④，尊贤授德则帝。身仁行义，服⑤忠用信则王。审谋章礼，选士利械则霸；定生处死，谨贤修伍则众。信赏审罚，爵材禄能则强。计凡付终，务本饬末则富。明法审数，立常备能则治；同异分官则安。⑥

通之以道⑦，畜之以惠，亲之以仁，养之以义，报之以德，结之以信，接之以礼，和之以乐，期之以事，攻之以官⑧，发之以力，威之以诚。一举而上下得终，再举而民无不从，三举而地辟谷成，四举而农佚粟十，五举而务轻金九，六举而絜知事变⑨，七举而外内为用，八举而胜行威立，九举而帝事成形。

九本搏大，人主之守也⑩；八分有职，卿相之守也；七胜备威，将军之守也；六纪审密，贤人之守也；五纪不解，庶人之守也。动而无不从，静而无不同。治乱之本三，卑尊之交四，富贫之终五，盛衰之纪六，安危之机七，强弱之应八，存亡之数九。练之以散群偹署⑪，凡数财署⑫。杀僇以聚财，劝勉以迁众，使二分具本。发善必审于密，执威必明于中⑬。

此居于图东方方外

春行冬政⑭肃，行秋政霜，行夏政阉⑮。十二地气发⑯，戒春事；十二小卯，出耕；十二天气下，赐与；十二义气至，修门闾；十二清明，发禁；十二始卯⑰，合男女；十二中卯，十二下卯，三卯同事。八举时节，君服青色。味酸味，听角声，治燥气，用八数，饮于青后之井，以羽兽之火爨。藏不忍，行驱养，坦气修通，凡物开静，形生理。

合内空周外⑱，强国为圈⑲，弱国为属。动而无不从，静而无不同。举发以礼，时礼必得。和好不基⑳，贵贱无司，事变日至㉑。

此居于图南方方外

夏行春政风，行冬政落，重则雨雹㉒，行秋政水。十二小郢㉓，至德。十二绝气下，下爵赏；十二中郢，赐与；十二中绝，收聚；十二大暑至，心善；十二中暑，十二小暑终，三暑同事。七举时节，君服赤色，味苦味，听羽声，治阳气，用七数，饮于赤后之井，以毛兽之火㉔爨。藏薄纯，行笃厚，坦气修通，凡物开静，形生理㉕。

定府官，明名分，而审责㉖于群臣有司，则下不乘上，贱不乘贵。法立数得，而无比周之民，则上尊而下卑，远近不乘㉗。

此居于图西方方外

秋行夏政叶㉘，行春政华，行冬政耗。十二期风至㉙，戒秋事㉚。十二小卯，薄百爵㉛。十二白露下，收聚；十二复理，贶与；十二始节，赋事；十二始卯，合男女㉜。十二中卯，十二下卯，一卯同事。九和时节，君服白色，味辛味，听商声，治湿气，用九数，饮于白后之井㉝，以介兽之火爨㉞。藏恭敬，行捕锐，提气修通，凡物开静，形生理。

间㉟男女之畜，修乡间之什伍；量委积之多寡，定府官之计数；养老弱而勿通，信利害而无私。

此居于图北方方外

冬行秋政雾，行夏政雷，行春政烝泄㊱。十二始寒，尽刑；十二小榆，赐予；十二中寒，收聚；十二中榆，大收；十二大寒，至静。十二大寒之阴，十二大寒终，三寒同事。六行时节，君服黑色，味咸味，听徵声，汉阴气，用六数，饮于黑后之井，以鳞兽之火爨㊲。藏慈厚，行薄纯，坦气修通㊳，凡物开静，形生理㊴。

器成于僇㊵，教行于钞㊶，动静不记，行止无量。戒四时以别息，异出入以两易㊷，明养生以解固，审取予以总之㊸。一会诸侯令曰：非玄帝之命，毋有一日之师役；再会诸侯令曰：养孤老、食常疾、收孤寡；三会诸侯令曰：田租百取五，市赋百取二，关赋百取一，毋乏耕织之器；四会诸侯令曰：修道路，偕度量，一称数；毋征薮泽以时禁发之；五会诸侯令曰：修春秋冬夏之常祭，食天壤山川之故祀，必以时；六会诸侯令曰：以尔壤生物共玄官，请四辅㊹，将以礼上帝；七会诸侯令曰：官处四体而无礼者，流之焉莠命㊺；八会诸侯令曰：立四义而毋议者，尚之于玄官，听于三公；九会诸侯令曰：以尔封内之财物，国之所有为币。九会大令焉出，常至。千里之外，二千里之内，诸侯三年而朝，习命。二年，三卿使四辅。一年正月朔日，令大夫来修，受命三公。二千里之外，三千里之内，诸侯五年而会至，习命。三年，名卿请事。二年，大夫通吉凶。十年，重适入，正礼义。五年，大夫请受变。三千里之外，诸侯世一至。置大夫以为廷安，入共㊻受命焉。

此居于图方中

必得㊼文威武，官习胜务。时因胜之终㊽，无方胜㊾之几，行义胜之理，名实胜之急，时分胜之事，察伐胜之行，备具㊿胜之原，无象㉿胜之本。定独威㊀胜，定计财胜，定闻知胜，定选士胜，定制禄胜，定方用㊁胜，定纶理胜，定死生胜，定成败胜，定依㊂奇胜，定实虚胜，定盛衰胜。举机诚要，则敌不量㊄。用利至诚，则敌不校。明名章实，则士死节。奇举发㊅不意，则士欢用。交物因方，则械器备。因能利备，则求必得。执务明本，则士不偷。备具无常，无方应也。

听于钞㊆故能闻未极，视于新故能见未形，思于浚㊇故能知未始，发于惊故能至无量，动于昌故能得其宝，立于谋故能实不可故也。器成教守，则不远道里。号审教施，则不险山河。博一纯固，则独行而无敌。慎号审章，则其攻不待权与。明必胜则慈者勇，器无方则愚者智，攻不守则拙者巧，数也。

动慎十号㊈，明审九章，饰习十器，善习五教，谨修三官㊉。主必常设，计必先定。求天下之精材，论百工之锐器，器成角试否藏。收天下之豪杰，有天下之称材，说行若风雨，发如雷电。

此居于图东方方外

旗物尚青，兵尚矛，刑则交寒害钛㊊。

器成不守经不知㊋，教习不著发不意。经不知，故莫之能围㊌；发不意，故莫之能应。莫之能应，故全胜而无害，莫之能围，故必胜而无敌。

四机㊍不明，不过九日而游兵惊军㊎。障塞不审，不过八日而外贼得间。申守不慎，不过七日而内有逸谋。诡禁不修㊏，不过六日而窃盗者起。死亡不食㊐，不过四日而军财在敌。

此居于图南方方外

旗物尚赤⑱，兵尚戟，刑则烧交疆郊⑲。

必明其一⑳，必明其将，必明其政，必明其士。四者备，则以治击乱，以成击败。数战则士疲，数胜则君骄，骄君使疲民则国危。至善不战㉑，其次一之㉒。大胜者㉓，积众胜无非义者焉，可以为大胜。大胜无不胜也。

此居于图西方方外㉔

旗物尚白㉕，兵尚剑，刑则绍昧断绝㉖。

始乎无端，卒乎无穷㉗。始乎无端，道也。卒乎无穷，德也。道不可量，德不可数。不可量，则众强不能图；不可数，则为诈不敢乡。两者备施，动静有功㉘。

畜之以道，养之以德。畜之以道则民和，养之以德则民合。和合故能习，习故能偕，偕习以悉，莫之能伤也。

此居于图北方方外

旗物尚黑㉙，兵沿胁盾，刑则游仰灌流。

察数而知治，审器而识胜，明谋而适胜㉚，通德而天下定。定宗庙，育男女，官四分㉛，则可以立威行德，制法仪，出号令。至善之为兵也，非地是求也，罚人是君也。立义而加之以胜，至㉜威而实之以德，守之而后修胜㉝，心焚㉞海内。民之所利立之，所害除之，则民人从；立为六千里之侯，则大人从；使国君得其治，则人君从；会请命于天，地知气和，则生物从。

计缓急之事，则危危而无难㉟；明于器械之利，则涉难而不变。察于先后之理，则兵出而不困；通于出入之度，则深入而不危；审于动静之务，则功得而无害。著于取与之分，则得地而不执；慎于号令之官，则举事而有功。

---

①幼官：幼官应作"玄官"，玄官即指明堂，为古代帝王宣明政教的地方，凡朝会、祭祀、庆赏、选士、养老、教学等大典，均在此进行。本篇将阴阳五行思想和政事、军事相联系，阐述时令，方物和治国、治兵之道。

②皇：指成就皇业。郭沫若云：谓人与物各得其适也。

③五和时节：本节所述，属五行中之"土"。尹知章云："土生数五，土气和则君顺时节而布政。"以下所述都是与土相应的规定。

④此句前当有"处虚守静，人人物物则皇"十字。

⑤服：用。

⑥立常：立典常也。同异之职，分官而治。

⑦通之以道：用道理开导臣民。以下数句均指君主对臣民而言。

⑧攻之以官：猪饲彦博云："'攻'疑当作'考'，'官'作'言'为是。"

⑨六举而絜知事变：施政六年，世事变化，规律掌握。

⑩九本搏大，人主之守也：九项根本的原则，宏博宽大，是君主必须遵守的。搏：同博。

⑪散郡偶署：此谓解散徒众、不立朋党。

⑫凡数财署：郭沫若云："盖'风教则著'之误，四字同误，……"

⑬中：国中。

⑭政：指政令。

⑮阉：掩蔽。

⑯十二地气发：十二，当指十二天。本篇四时共三十个十二天，恰为一年之天数，故十二可能为当时一个节气的周期。

⑰十二始卯：'卯'，冒也。二月万物冒地而出，象开门之形，故春言三卯。

⑱空：戴望云："'空'即'内'字之误而衍者。"

⑲圈：当作'眷'。

⑳不基：'基'同'惎'，罪恶也。

㉑事变日至：'至'同'窒'，塞也。

㉒"行冬"二句：《礼记·月令》'仲夏行冬令，则雹冻伤谷'。

㉓何如璋云："'郢'当作'盈'。盈，满也。今历立夏后为小满，即本此。

㉔毛兽之火：尹知章云："毛兽，西方白虎，用西方之火，故曰毛兽之火。"

㉕形生理：形体生成，合于天理。

㉖审责：小心监督。

㉗乖：乖错，指越轨行为。

㉘秋行夏政叶：秋季如果实行夏季的政令，就会枝叶繁茂。

㉙期：丁士涵云："'期'乃'朗'字误。朗风，凉风也。"译文从丁说。

㉚戒秋事：准备秋收之事。

㉛十二小卯，薄百爵：十二天为"小酉"，适宜勉励百官。

㉜十二始卯，合男女：十二天为"始毋"。适宜男女婚嫁。"始毋"即"始卵"。

㉝白后之井：尹知章云："西方井也。"

㉞介虫之火：尹知章云："介虫，北方玄武，用北方之火，故曰介虫之火。"

㉟间：丁士涵云："'间'与'简'通。《广雅》'简，阅也'。"指视察。

㊱行春政烝泄：'烝'字盖因涉《注》文而衍。如果实行春季的政令，就会地气消泄。

㊲鳞兽之火：尹知章云："鳞兽，东方青龙也，甲东方之火，故曰鳞兽之火。"

㊳坦气修通：平和之气循环流通。

㊴凡物开静，形生理：万物开通安静，形体生成，合于天理。

㊵僇："僇"同"缪"，犹今言周到。

㊶钞："钞"同"妙"，则今言仔细也。

㊷易出入以两易：区分财物出入来整治交易。

㊸审取予以总之：查验出入多少来总计匮乏。

㊹四铺："四辅"，即三公，四辅也，所以助祭行礼。

㊺七会诸侯令曰：官处四体而无礼者，流之焉莠命：第七次会集诸侯说：在视、言、貌、听四方面有不合礼法的，以秽乱教化的罪名流放。

㊻人共：郭沫若云："'人共'犹'人贡'"

㊼得："得"当为"德"。此谓必须文有德，武有威。

㊽时因胜之终："时因"当作"因时"。"终"，"纪"之误。此谓因时而动，为取胜之纲纪。

㊾无方：没有固定的法度。几：征兆。

㊿备具：完备攻战的器具。

(51)无象：指行动隐蔽、无迹可寻。

(52)定：审定。独威：指有独特威力。

(53)方用：指制造军器上的因方致用。

(54)依奇："依奇"之"依"当作"正"。

(55)举机诚要，则敌不量：把握时机，击中要害，敌人就难以估量。

(56)发："发"乃"举"字之古注，误衍入正文者。

(57)钞："钞"当作"眇"，细微也。

(58)浚：深远。

(59)动："动"当为"勤"，字之误也。要勤于审察十种号令。

(60)谨修三官：严格修习三种标识。

(61)钛："钛"，《说文》"胫钳也"。较、辖皆木械类。此以木用事，故用木刑。

(62)器成不守经不知：兵器完备，不如过境而使敌不知。

(63)经不知，故莫之能围：过境而敌人不知，敌人就无法防御。

(64)四机：即《兵法篇》敌政、敌情、敌将、敌士，四者乃兵机之要也。

(65)游兵惊军：使军心游离、惊恐。

(66)诡禁：指防范欺诈行为。

(67)亡："亡"盖"士"之讹，死士，敢死之士也。食，犹飨也。

(68)旗物尚赤：尹知章云："火用事，故尚赤。"

(69)疆郊："疆郊"当读为僵槁。此为火用事，故用火刑。

(70)一：何如璋云："'一'当作'情'。"

(71)不战：指不战而胜。

(72)一之：指一战胜敌。

(73)大胜者：戴望云："'大胜者'三字衍文。"

(74)此居于图西方方外：以上处于"玄宫图"西方方外。

(75)旗物尚白：金用事，故尚白。

(76)"刑则"句：章炳麟云："'绍昧'亦与断绝同义，皆谓斩断之刑。"

(77)战争发生时找不到它的开端，战争结束时看不见它的尽头。

(78)两者备施，动静有功：双管齐下，我军无论出动或静守，都能成功。

(79)旗物尚黑：尹知章云："水用事，故尚黑"。

(80)适胜："适胜"当为"胜适"，适，即敌字也。

(81)官四分："官"同"管"，四分当即四民——士农工商。

(82)至：即"致"省。

(83)"守之"句"郭沫若云："'修'当为'备'字之误也。'守之而后备胜'，言以文守之，胜乃完备也。"

(84)心焚：当作'必樊'，言能守仁义威德而后举兵胜敌，则必服海内，如在樊篱之中也。

(85)计缓急之事，则危危而无难：分清战事的缓急，极度危险也不会遭难。

幼官图第九①

中方本图

若因处虚守静，人物②则皇。五和时节，君服黄色，味甘味，听宫声，治和气，用五数，饮于黄后之井，以倮兽之火爨。藏漫濡，行驱养，坦气修通。凡物开静，形生理。

常至命，尊贤授德则帝。身仁行义，服忠用信则王。审谋章礼，选士利械则霸。定生处死，谨贤修伍则众。信赏审罚，爵材禄能则强。计凡付终，务本饰末则富。明法审数，立常备能则治。同异分官则安。

通之以道，畜之以惠；亲之以仁，养之以义；报之以德，结之以信；接之以礼，和之以乐；期之以事，攻之以言；发之以力，威之以诚。一举而上下得终，再举而民无不从，三举而地辟谷成，四举而农佚粟十，五举而务轻金九，六举而絜知事变，七举而内外为用，八举而胜行威立，九举而帝事成形。

九本搏大，人主之守也；八分有职，卿相之守也；七胜备威，将军之守也；六纪审密，贤人之守也；五纪不解，庶人之守也；动而无不从，静而无不同。治乱之本三，卑尊之交四，富贫之

北 方 本 图

冬行秋政雾，行夏政雷，行春政烝泄。十二始寒，尽刑。十二小榆，赐予；十二中寒，收聚；十二中榆，大收；十二大寒，至静；十二大寒之阴，十二大寒终，三寒同事。六行时节，君服黑色，味咸味，听徵声，治阴气，用六数，饮于黑后之井，以鳞兽之火爨。藏慈厚，行薄纯，坦气修通，凡物开静，形生理。

器成于僇，教行于钞。动静不记，行止无量。戒四时以别息，异出入以两易，明养生以解固，审取予以总之。一会诸侯令曰：非玄帝之命，毋有一日之师役；再会诸侯令曰：养孤老、食常疾、收孤寡；三会诸侯令曰：田租百取五，市赋百取二，关赋百取一，毋乏耕织之器；四会诸侯令曰：修道路，偕度量，一称数；毋征薮泽以时禁发之；五会诸侯令曰：修春秋冬夏之常祭，食天壤山川之故祀，必以时；六会诸侯令曰：以尔壤生物共玄官，请四辅，将以礼上帝；七会诸侯令曰：官处四体而无礼者，流之焉莠命；八会诸候令曰：立四义而毋议者，尚之于玄官，听于三公；九会诸候令曰：以尔封内之财物，国之所有为币。九会大令焉出，常至。千里之外，二千里之内，诸侯三年而朝，习命。二年，三卿使四辅。一年正月朔日，令大夫来修，受命三公。二千里之外，三千里之内，诸侯五年而会至，习命。三年，名卿请事。二年，在夫通吉凶。十年，重适人，正礼义。五年，大夫请受变，三千里之外，诸候世一至，置大夫以为廷安，人共受命焉。

此居于图北方方外。

北 方 副 图

旗物尚黑，兵尚胁盾，刑则游仰灌流。

察数而知治，审器而识胜；明谋而适胜，通德而天下定。定宗庙，育男女，官四分，则可以立威行德，制法仪，出号令。至善之为兵也，非地是求也，罚人是君也。立义而加之以胜，至威而实之以德，守之而后修胜，心焚海内。民之所利立之，所害除之，则民人从。立为六千里之侯，则大人从。使国君得其治，则人君从；会请命于天，地知气和，则生物从。

计缓急之事，则危危而尢难；明于器械之利，则涉难而不变；察亍先后之理，则兵出而不困；通于出入之度，则深入而不危；审于动静之务，则功得而无害也。著于取与之分，则得地而不执。慎于号令之官，则举事而有功。

此居于图北方方外。

---

①幼官图应作："玄宫图"。安井衡云："此篇名'图'则当陈列《幼官》所不及以为十图。今不惟无图，其言又与前篇无异；盖原图既佚，后人因再抄《幼官》以充篇数耳，非《管子》之旧也。"本篇内容与《幼官》篇完全相同，唯各节次序不同。

五辅①第十

古之圣王，所以取明名广誉②、厚功大业、显于天下、不忘于后世，非得人者，未之尝闻。暴王之所以失国家、危社稷、覆宗庙、灭于天下③，非失人者，未之尝闻。今有土之君，皆处欲安，动欲威，战欲胜，守欲固，大者欲王天下，小者欲霸诸候，而不务得人，是以小者兵挫而地削，大者身死而国亡。故曰：人，不可不务也，此天下之极④也。

曰：然则得人之道，莫如利之⑤；利之之道，莫如教之以政⑥。故善为政者，田畴垦而国邑实，朝廷闲而官府治，公法行而私曲止⑦，仓廪实而囹圄空，贤人进而奸民退。其君子，上中正而下谄谀⑧；其士民，贵勇武而贱得利；其庶人，好耕农而恶饮食。于是财用足而饮食薪莱饶。是故上必宽裕而有解舍⑨，下必听从而不疾怨，上下和同而有礼义。故处安而动威，战胜而守固，是以一战而正诸候。不能为政者，田畴荒而国邑虚，朝廷凶而官府乱，公法废而私曲行，仓廪虚而囹圄实，贤人退而奸民进。其君子，上谄谀而下中正；其士民，贵得利而贱武勇；其庶人，好饮食而恶耕农。于是财用匮而饮食薪莱乏。上弥残苛而无解舍，下愈覆鸷⑩而不听从，上下交引而不和同。故处不安而动不威，战不胜而守不固。是以小者兵挫而地削，大者身死而国亡。故以此观之，则政不可不慎也。

德有六兴，义有七体，礼有八经，法有五务，权有三度⑪。所谓六兴者何？曰：辟田畴，制坛宅，修树艺，劝士民，勉稼穑⑫，修墙屋，此谓厚其生；发伏利⑬，输墆积⑭，修道途，便关市，慎将宿⑮，此谓输之以财；导水潦，利陂沟，决潘渚，溃泥滞，通郁闭，慎津梁，此谓遗之以利；薄征敛，轻征赋，弛刑罚，赦罪戾，宥小过，此谓宽其政；养长老，慈幼孤，恤鳏寡，问疾病，吊祸丧，此谓匡其急；衣冻寒，食饥渴，匡贫窭⑯，振罢露⑰，资乏绝，此谓振其穷。凡此六者，德之兴也。六者既布，则民之所欲，无不得矣。夫民必得其所欲，然后听上；听上，然后政可善为也。故曰：德不可不兴也。

曰：民知德矣，而未知义，然后明行以导之义⑱。义有七体。七体者何？曰：孝悌慈惠，以养亲戚⑲；恭敬忠信，以事君上；中正比宜⑳，以行礼节；整齐撙诎㉑，以辟刑僇㉒；纤啬省用，以备饥馑；敦懞纯固㉓，以备祸礼；和协辑睦，以备寇戎，凡此七者，义之体也。夫民必知义然后中正，中正然后和调，和调乃能处安，处安然后动威，动威乃可以战胜而守固。故曰：义不可不行也。

曰：民知义矣，而未知礼，然后饰㉔八经以导之礼。所谓八经者何？曰：上下有义㉕，贵贱有分，长幼有等，贫富有度㉖。凡此八者，礼之经也。故上下无义则乱，贵贱无分则争，长幼无等则倍㉗，贫富无度则失㉘。上下乱，贵贱争，长幼倍，贫富失，而国不乱者，未之尝闻也。是故圣王饬此八礼以导其民。八者各得其义，则为人君者，中正而无私；为人臣者，忠信而不党；为人父者，慈惠以教；为人子者，孝悌以肃㉙；为人兄者，宽裕以诲；为人弟者，比顺㉚以敬；为人夫者，敦懞以固；为人妻者，劝勉以贞。夫然，则下不倍上，臣不杀㉛君，贱不逾贵，少不凌㉜长，远不间亲，新不间旧，小不加㉝大，淫不破义。凡此八者，礼之经也。夫人必知礼然后恭敬，恭敬然后尊让，尊让然后少、长、贵、贱不相逾越，少、长、贵、贱不相逾越，故乱不生而患不作。故曰：礼不可不谨也。

曰：民知礼矣，而未知务㉞，然后布法以任力㉟。任力有五务。五务者何？曰：君择臣而任官，大夫任官辩㊱事，官长任事守职，士修身功材㊲，庶人耕农树艺。君择臣而任官，则事不烦乱；大夫任官辩事，则举措时；官长任事守职，则动作和；士修身功材，则贤良发㊳；庶人耕农树艺，则财用足。故曰：凡此五者，力之务也㊴。夫民必知务，然后心一；心一然后志专；心一而意专，然后功足观也。故曰：力㊵不可不务也。

曰：民知务㊶矣，而未知权㊷，然后考三度以动之㊸。所谓三度者何？曰：上度之天祥㊹，下度之地宜，中度之人顺，此所谓三度。故曰：天时不祥，则有水旱。地道不宜，则有饥馑。人道不顺，则有祸乱。此三者之来也，政召之㊺。曰：审时以举事，以事动民，以民动国，以国动天夫五音不同声而能调，此言君之所出令无妄也[13]，而无所不顺，顺而令行政成；五味不同物而能和，此言臣之所任力无妄也，而无所不得，得而力务财多。故君出令，正其国而无齐其欲，一其爱而无独与是[19]。王施而无私，则海内来宾矣。臣任力，同其忠而无争其利，不失其事而无有其名，分敬[20]而无妒，而夫妇和勉矣。君失音则风律必流，流则乱败；臣离味则百姓不养，百姓不养则众散亡。君臣各能其分则国宁矣，故名之曰不德[21]。

怀绳与准钩，多备规轴，减溜大成，是唯时德之节。夫绳，扶拨[22]以为正。准，坏险以为平。钩，入枉而出直。此言圣君贤佐之制举也[23]。博[24]而不失，因以备能而无遗。国犹是国也，民犹是民也，桀纣以乱亡，汤武以治昌。章[25]道以教，明法以期[26]，民之兴善也如化，汤武之功是也。多备规轴者，成轴也。夫成轴之多也，其处大也不窕，其入小也不塞，犹迹求履之宪也，夫焉有不适。善适，善备也，仙也[27]，是以无乏。故谕教者取辟[28]焉。天淯养[29]，无计量；地化生，无泮崖。所谓是而无非，非而无是，是非有，必交来。苟信是，以有不可先规之，必有不可识虑之。然将卒[30]而不戒。故圣人博闻多见，畜道以待物，物至而对形，曲均[31]存矣。减，尽也；溜，发也。言偏环毕善，莫不备得。故曰：减溜大成。成功之术，必有巨镬，必周于德，审于时。时德之遇，事之会也，若合符然。故曰：是唯时德之节。

春采生，秋采蓏，夏处阴，冬处阳，此言圣人之动静、开阖、诎信、涅儒、取与之必因于时也[32]。时则动，不时则静，是以古之士有意而未可阳[33]也。故愁其治言[34]，阴愁而藏之也。贤人之处乱世也，知道之不可行，则沉抑以辟罚[35]，静默以侔[36]免。辟[37]之也，犹夏之就清，冬之就温焉，可以无及寒暑之菑矣，非为畏死而不忠也。夫强言以为僇[38]，而功泽不加，进伤为人君严之义，退害为人臣者之生，其为不利弥甚。故退身不舍端[39]，修业不息版，以待清明。故微子不与于纣之难，而封于宋，以为殷主。先祖不灭，后世不绝。故曰：大贤之德长。

"明乃哲，哲乃明，奋乃苓，明哲乃大行。"此言擅美主盛自奋也[40]，以琅汤凌轹人[41]，人之败也常自此。是故圣人著之简筴，传之以告后进曰：奋，盛；苓，落也。盛而不落者，未之有也。故有道者不平其称，不满其量，不依其乐，不致其度。爵尊则肃士[42]，禄丰则务施，功大而不伐[43]，业明而不矜[44]。夫名实之相怨久矣，是故绝而无交，惠者知其不可两守，乃取一焉[45]，故安而无忧。

"毒而无怒"，此言止忿速济也。"怨而无言"，言不可不慎也。言不周密，反伤其身。"欲而无谋"，言谋不可以泄，谋泄菑极[46]。夫行忿速遂，没法贼发[47]，言轻谋泄，菑必及于身。故曰：毒而无怒，怨而无言，欲而无谋[48]。

"大揆度仪，若觉卧，若晦明"，言渊色[49]以自诘[50]也，静默以审虑依贤可用也。仁良既明，通于可不利害之理，犹发蒙也。故曰：若觉卧，若晦明，若敖之在尧[51]也。

"毋访于佞，"言毋用佞人也。用佞人则私多行[52]。"毋蓄于谄，"言毋听谄。听谄则欺上。"毋育于凶"，言毋使暴。使暴则伤民。"毋监于谗，"言毋听谗。听谗则失士。夫行私、欺上、伤民、失士，此四者用，所以害[53]义[54]失正也。夫为君上者，既失其义正，而倚以为名誉；为臣者，不忠而邪，以趋爵禄，乱俗败世，以偷安怀乐，虽广其威，可损也。故曰：不正，广其荒。是以古之人，阻其路，塞其遂[55]，守而物[56]修。故著之简筴，传以告后世人曰：其为怨也深，是以威尽焉。

"不用其区"。区者，虚也。人而无良焉[57]，故曰虚也。凡坚解[58]而不动，陼隄而不行，其于时必失，失则废而不济。天植之正而不谬，不可贤也；直而无能，不可美也。所贤美于圣人者，以其与变随化也。渊泉而不尽，微约而流施，是以德之流[59]润泽均加于万物。故曰：圣人参于天地。

"鸟飞准绳。"此言大人之义也⑩。夫鸟之飞也，必还山集谷。不还山则困，不集谷则死。山与谷之处也，不必正直。而还山集谷，曲则曲矣，而名绳焉。以为鸟起于北，意南而至于南；起于南，意北而至于北。苟大意得，不以小缺为伤⑪。故圣人美而著之曰⑫：千里之路，不可扶以绳；万家之都，不可平以准。言大人之行，不必以先常⑬，义立之谓贤⑭。故为上者之论其下也，不可以失此术也。

"谗充"，言心也，心欲忠。"末衡，"言耳目也，耳目欲端。中正者⑮，治之本也。耳司听，听必顺闻⑯，闻审谓之聪；目司视，视必顺见，见察谓之明；心司虑，虑必顺言，言得谓之知⑰。聪明以知则博⑱，博而不惛⑲，所以易政也。政易民利，利乃劝⑳，劝则吉。听不审不聪，不审不聪则缪；视不察不明，不察不明则过；虑不得不知，不得不知则昏。缪过以昏则忧，忧则所以伎苟，伎苟所以险政。政险民害，害乃怨，怨则凶。故曰：谗充末衡，言易政利民也。

"毋犯其凶"，言中正以蓄㉑慎也。"毋迩其求"，言上之败，常贪于金玉马女，而㉒爱于粟米货财也。厚藉敛于百姓，则万民怨㉓怨。"远其忧"，言上之亡其国也，常迩其乐，立优美㉔，而外淫于驰骋田猎，内纵于美色淫声，下乃解㉕急惰失，百吏皆失其端，则烦乱以亡其国家矣。"高为其居，危颠莫之救"，此言尊高满大，而好矜人以丽，主盛处贤，而自予雄也。故盛必失而雄必败。夫上既主盛处贤，以操士民，国家烦乱，万民心怨，此其必亡也。犹自万仞之山，播而入深渊，其死而不振㉖也必矣。故曰：毋迩其求，而远其忧，高为其居，危颠莫之救也。

"可浅可深，可沉可浮，可曲可直，可言可默。"此旨意要功之谓也㉗。天不一时，地不一利，人不一事。是以著业不得不多分，名位不得不殊方。明者察于事，故不官㉘于物，而旁通㉙于道。道也者，通乎无上，详乎无穷，运乎诸生㉚。是故辩于一言，察于一治㉛，攻于一事者，可以曲说，而不可以广举。圣人由此知言之不可兼也，故博为之治而计其意；知事之不可兼也，故名为之说，而况其功。岁有春秋冬夏，月有上下中旬，日有朝暮，夜有昏晨，半星辰序，各有其司。故曰：天不一时。山陵岑岩㉜，渊泉闶流，泉逾漢㉝而不尽，薄承漢而不满，高下肥硗，物有所宜。故曰：地不一利。乡有俗，国有法，食饮不同味，衣服异采，世用器械，规矩绳准，称量数度，品有所成。故曰：人不一事。此各事之仪㉞，其详不可尽也。

"可正而视"，言察美恶，别良苦㉟，不可以不审。操㊱分不杂，故政治不悔㊲。定而履，言处其位，行其路，为其事，则民守其职而不乱，故葆㊳统而好终。"深而迹"，言明墨章画，道德有常，则后世人人修㊴理而不迷，故名声不息。

"夫天地一险一易，若鼓之有桴，挺挡则击。"言苟有唱之，必有和之，和之不差，因以尽天地之道。景㊵不为曲物直，响不为恶声美，是以圣人明乎物之性㊶者，必以其类来也。故君子绳绳乎慎其所先㊷。

"天地，万物之橐也，宙合有橐天地。"天地苴㊸万物，故曰万物之橐。宙合之意，上通于天之上，下泉㊹于地之下，外出于四海之外，合络天地以为一裹。散之至于无闲，不可名而出。是大之无外，小之无内。故曰有橐天地。其义不传，一典品之，不极一薄㊺，然而典品无治也。多内则富，时出则当。而圣人之道，贵富以当㊻。奚谓当？本乎无妄之治，运乎无方之事，应变不失之谓当。变无不至，无有应当，本错㊼不敢忿。故言而名之曰：宙合。

———

①宙合：本篇云："宙合之意，上通于天之上，下泉于地之下，外出于四海之外，合络天地以为一裹（包裹）。"意谓天上地下，东南西北、古往今来无不囊括其中。宙，指时间。《淮南子·齐俗训》："往古来今谓之宙。"合，六合。六合，天地四方。本篇论述的内容十分广泛，君臣之道、顺时处世、盛衰、修身待物、明哲远虑、天地人事、美恶等十多个方面的问题都有所论

㊺"此言'一薄'，当为一方，一版，或即是笏。"又云："'一典品之'，'一'者，一旦也，犹如也。'典品'谓整理。簿、薄字古每混。"

㊻贵富以当：当依古本作"富贵以当。"郭沫若云："言富不足贵，贵在用之得当。"

㊼本错：当是"本镖"，即"本剽"，犹言始末。

枢言①第十二

管子曰："道之在天者，日也；其在人者，心也。"故曰：有气则生，无气则死，生者以其气；有名②则治，无名则乱，治者以其名。枢言曰：爱之、利之、益之、安之，四者道之出③。帝王者用之，而天下治矣。帝王者，审所先所后：先民与地则得矣，先贵与骄则失矣。是故先王慎所先所后，人主不可以不慎贵，不可以不慎民，不可以不慎富④。慎贵在举贤，慎民在置官，慎富在务地⑤。故人主之卑尊轻重在此三者，不可不慎。国有宝，有器，有用：城郭、险阻、蓄藏，宝也；圣智，器也；珠玉，末用也。先王重其宝器而轻其用，故能为天下。

生而不死者二，亡而不立者四：喜也者、怒也者、恶也者、欲也者，天下之败也，而贤者寡之。为善者，非善也。故善无以为也⑥。故先王贵善。王主积⑦于民，霸主积于将战⑧士，衰主积于贵人⑨，亡主积于妇女珠玉，故先王慎其所积。

疾之⑩，疾之，万物之师也；为之，为之，万物之时也；强之，强之，万物之指⑪也。

凡国有三制：有制人者，有为人之所制者，有不能制人、人亦不能制者。何以知其然？德盛义尊，而不好加名于人；人众兵强，而不以其国造难生患；天下有大事，而好以其国后：如此者，制人者也。德不盛，义不尊，而好加名于人；人不众，兵不强，而好以其国造难生患；恃与国⑫，幸名利⑬：如此者，人之所制也。人进亦进，人退亦退，人劳亦劳，人佚亦佚，进退劳佚，与人相胥⑭：如此者，不能制人，人亦不能制也。

爱人甚，而不能利也；憎人甚，而不能害也⑮。故先王贵当、贵周⑯。周者，不出于口，不见于色；一龙一蛇，一日五化之谓周。故先王不以一过二⑰。先王不独举，不擅功；先王不约束，不结纽⑱。约束则解，结纽则绝。故亲不在约束、结纽。先王不货交⑲，不列地，以为天下。天下不可改也，而可以鞭箠⑳使也。时也，义也，出为之也。余目不明，余耳不聪，是以能继天子之容，官职亦然。时者得天，义者得人。既时且义，故能得天与人。先王不以勇猛为边竟㉑，则边竟安；边竟安，则邻国亲。邻国亲，则举当矣。

人故㉒相憎也。人之心悍，故为之法。法出于礼，礼出于治㉓，治、礼，道也。万物待治礼而后定。凡万物阴阳两生而参㉔观。先王因其参，而慎所入所出。以卑为卑，卑不可得；以尊为尊，尊不可得，桀、舜是也。先王之所以最重也。

得之必生，失之必死者，何也？唯气。得之，尧舜禹汤文武孝己㉕，其待以成，天下必待以生。故先王重之。一日不食，比㉖岁歉；三日不食，比岁饥；五日不食，比岁荒；七日不食，无国土；十日不食，无畴㉗类，尽死矣。

先王贵诚信。诚信者，天下之结㉘也。贤大夫不恃宗，至士不恃外权。坦坦㉙之利不以功，坦坦之备不为用。故存国家，定社稷，在卒㉚谋之间耳。圣人用其心，沌沌首博而圜㉛：豚豚乎莫得其门，纷纷乎若乱丝，逯逯乎若有从治。故曰：欲知者知之，欲利者利之，欲勇者勇之，欲贵者贵之。彼欲贵我贵之，人谓我有礼；彼欲勇我勇之，人谓我恭；彼欲利我利之，人谓我仁；彼欲知我知之，人谓我慭㉜。戒之，戒之，微而异之㉝，动作必思之，无令人识之，卒来者必备之。信之者，仁也；不可欺者，智也。既智且仁，是谓成人㉞。

　　贱固^㉟事贵，不肖固事贤。贵之所以能成其贵者，以其贵而事贱也；贤之所以能成其贤者，以其贤而事不肖也。恶者，美之充^㊱也；卑者，尊之充也；贱者，贵之充也。故先王贵之。

　　天以时使^㊲，地以材使，人以德使，鬼神以祥使，禽兽以力使。所谓德者，先之之谓也^㊳。故德莫如先，应适^㊴莫如后。先王用一阴二阳者，霸。尽以阳者，王。以一阳二阴者，削。尽以阴者，亡。量之不以少多，称之不以轻重，度之不以短长，不审此三者，不可举大事。能戒乎？能敕^㊵乎？能隐而伏乎？能而稷^㊶乎？能而麦乎？春不生而夏无得乎？先王事以合交，德以合人。二者不合，则无成矣，无亲矣。

　　凡国之亡也，以其长者也^㊷；人之自失也，以其所长者也。故善游者死于梁池，善射者死于中野。命属于食，治属于事^㊸。无善事而有善治者，自古及今未尝之有也。众胜寡，疾胜徐，勇胜怯，智胜愚，善胜恶，有义胜无义，有天道胜无天道：凡此七胜者贵众^㊹，用之终身者众矣。人主好佚欲，亡其身失其国者^㊺，殆；其德不足以怀其民者，殆；明其刑而贱其士者，殆；诸侯假之威久而不知极已者，殆；身弥老不知敬其适子^㊻者，殆；蓄藏积，陈朽腐，不以与人者殆。

　　凡人之名三：有治也者，有耻也者^㊼，有事也者；事之名二：正之，察之。五者而^㊽天下治矣。名正则治，名倚^㊾则乱，无名则死。故先王贵名。

　　先王取天下，远者以礼，近者以体^㊿。体、礼者，所以取天下；远、近者，所以殊天下之际。

　　日益之而患少者，唯忠；日损之而患多者，唯欲。多忠少欲，智也，为人臣之广道也。为人臣者，非有功劳于国也，家富而国贫，为人臣者之大罪也；为人臣者，非有功劳于国也，爵尊而主卑，为人臣者之大罪也。无功劳于国而贵富者，其唯⁵¹尚贤乎？

　　众人之用其心也：爱者憎之始也，德者怨之本也。其事亲也，妻子具则孝衰矣。其事君也，有好业，家室富足，则行衰矣；爵禄满则忠衰矣。唯贤者不然。故先王不满⁵²也。釜鼓满则人概之，人满则天概之，故先王不满也。人主操逆，人臣操顺。

　　先王重荣辱，荣辱在为⁵³。天下无私爱也，无私憎也，为善者有福，为不善者有祸，祸福在为，故先王重为。明赏不费⁵⁴，明刑不暴，赏罚明则德之至者也，故先王贵明。天道大而帝王者用，爱恶爱恶⁵⁵，天下可秘，闭必固。先王之书，心之敬执也⁵⁶，而众人不知也。故有事，事也；毋事，亦事也。吾畏事，不欲为事；吾畏言，不欲为言。故行年六十而老吃⁵⁷也。

---

①枢言：指重要的言论，意同格言。枢，本指门户的转轴，引申为关键的部分。本篇以治国治天下为中心，广泛地论述天道、君道、臣道，涉及到国家的政治、财用、外交等各个方面。

②名：名分。

③"四者"句：尹知章注："四者从道而生，故曰道之出也。"

④富：使百姓富。

⑤务地：重视土地的耕作，即重视农业。

⑥为：假为"伪"。下文"善无以为也"之"为"同假为"伪"。

⑦积：积累。

⑧将战士：古本等无"战"字。

⑨积于贵人：意谓扩大官僚阶层。

⑩疾：快速，意谓要抓紧。

⑪指：通"旨"。意旨，意义。

⑫与国：盟国。

⑬幸：欢喜。

重令①第十五

凡君国之重器，莫重于令。令重则君尊，君尊则国安；令轻则君卑，君卑则国危。故安国在于尊君，尊君在于行令，行令在于严罚。罚严令行，则百吏皆恐。罚不严，令不行，则百吏皆喜②。故明君察于治民之本，本莫要于令。故曰：亏令则死③，益令则死，不行令则死，留令则死，不从令则死。五者死而无赦，唯令是视。故曰：令重而下恐。

为上者不明，令出虽自上，而论可与不可者在下。夫倍④上令以为威，则行恣⑤于己以为私，百吏奚不喜之有？且夫令出虽自上，而论可与不可者在下，是威下系于民也。威下系于民，而求上之毋危，不可得也。令出而留者无罪，则是教民不敬也；令出而不行者毋罪，行之者有罪，是皆教民不听也；令出而论可与不可者在官，是威下分也；益损者毋罪，则是教民邪途也。如此则巧佞⑥之人，将以此成私为交：比周⑦之人，将以此阿党取与⑧；贪利之人，将以此收货聚财；懦弱之人，将以此阿贵富，事便辟；伐矜⑨之人，将以此买誉成名。故令一出，示民邪途五衢⑩，而求上之毋危，下之毋乱，不可得也。

菽粟⑪不足，末生⑫不禁，民必有饥饿之色；而工以雕文刻镂相稚⑬也，谓之逆⑭。布帛不足，衣服毋度，民必有冻寒之伤；而女以美衣锦绣纂组相稚也，谓之逆。万乘藏兵之国，卒不能野战应敌，社稷必有危亡之患；而士以毋分役相稚也，谓之逆。爵人不论能，禄人不论功，则士无为行制死节；而群臣必通外请谒，取权道，行事便辟，以贵富为荣华以相稚也，谓之逆。

朝有经⑮臣，国有经俗，民有经产。何谓朝之经臣？察身能而受官，不诬⑯于上；谨于法令以治，不阿党。竭能尽力而不尚得，犯难离患而不辞死，受禄不过其功，服位不侈其能，不以毋实虚受者，朝之经臣也。何谓国之经俗？所好恶不违于上，所贵贱不逆于令；毋上拂⑰之事，毋下比⑱之说，毋侈泰⑲之养，毋逾等之服；谨于乡里之行，而不逆于本朝之事者，国之经俗也。何谓民之经产？畜长树艺，务时殖谷，力农垦草，禁止末事者，民之经产也。故曰：朝不贵经臣，则便辟⑳得进，毋功虚取；奸邪得行，毋能上通。国不服经俗，则臣下不顺，而上令难行。民不务经产，则仓廪空虚，财用不足；便辟得进，毋功虚取，奸邪得行，毋能上通，则大臣不和；臣下不顺，上令难行，则应难不捷；仓廪空虚，财用不足，则国毋以固守。三者见一焉，则敌国制之矣。

故国不虚重㉑，兵不虚胜，民不虚用，令不虚行。凡国之重也，必待兵之胜也，而国乃重；凡兵之胜也，必待民之用㉒也，而兵乃胜；凡民之用也，必待令之行也，而民乃用；凡令之行也，必待近者之胜㉓也，而令乃行。故禁不胜于亲贵，罚不行于便辟，法禁不诛于严重，而害于疏远，庆赏不施于卑贱，而求令之必行，不可得也。能不通于官，受禄赏不当于功，号令逆于民心，动静诡㉔于时变，有功不必赏㉕，有罪不必诛，令焉不必行，禁焉不必止，在上位无以使下，而求民之必用，不可得也。将帅不严威，民心不专一，阵士不死制，卒士不轻敌㉖，而求兵之必胜，不可得也。内守不能完，外攻不能服㉗，野战不能制敌，侵伐不能威四邻，而求国之重，不可得也。德不加于弱小，威不信于强大，征伐不能服天下，而求霸诸侯，不可得也。威有与两立，兵有与分争，德不能怀远国，令不能一诸侯㉘，而求王天下，不可得也。

地大国富，人众兵强，此霸王之本也；然而与危亡为邻矣。天道之数㉙，人心之变。天道之数，至㉚则反，盛则衰；人心之变，有余㉛则骄，骄则缓怠。夫骄者，骄诸侯；骄诸侯者㉜，诸侯失于外；缓怠者，民乱于内。诸侯失于外，民乱于内，天道也，此危亡之时也。若夫地虽大，而不并兼，不攘夺；人虽众，不缓怠，不傲下；国虽富，不侈泰，不纵欲；兵虽强，不轻侮诸侯，动众用兵必为天下政理^㉝，此正天下之本而霸王之主也。

凡先王治国之器三^㉞，攻而毁之者六^㉟。明王能胜其攻，故不益^㊱于三者，而自有国、正天下；乱王不能胜其攻，故亦不损^㊲于三者，而自有天下而亡。三器者何也？曰："号令也，斧钺^㊳也，禄赏也。"六攻者何也？曰："亲也，贵也，货也，色也，巧佞也，玩好也。"三器之用何也？曰："非号令毋以使下，非斧钺毋以威众，非禄赏毋以劝民。"六政之败何也？曰："虽不听，而可以得存者；虽犯禁，而可以得免者；虽毋功，而可以得富者。"凡国有不听而可以得存者，则号令不足以使下；有犯禁而可以得免者，则斧钺不足以威众；有毋功而可以得富者，则禄赏不足以劝民。号令不足以使下，斧钺不足以威众，禄赏不足以劝民，若此则民毋为自用。民毋为自用则战不胜，战不胜而守不固，守不固则敌国制之矣。然则先王将若之何？曰："不为六者变更于号令，不为六者疑错^㊴于斧钺，不为六者益损于禄赏"。若此则远近一心，远近一心则众寡同力，众寡同力则战可以必胜，而守可以必固。非以并兼攘夺也，以为天下政治也，此正天下之道也。

---

① 重令：治国要以法令为重。本篇提出法令是治国最重要的工具，令重罚严是安国之本，并且是最重要的根本。

② 喜：喜悦。

③ 减少法令的处死。

④ 倍：通"背"，背弃。

⑤ 恣（zì）：放纵，恣肆。

⑥ 巧佞：用花言巧语谄媚人。

⑦ 比周：结党营私。

⑧ 阿（ē）：偏袒，庇护。与：同盟者，党羽。

⑨ 伐矜（jīn）：自夸骄傲。伐，自我夸耀。

⑩ 衢：道路。

⑪ 菽粟：粮食。菽（shū）本为大豆，引申为豆类的总称。

⑫ 末生：末业。此指"末事"，即下文的"雕文刻镂"、"锦绣纂组"之类的奢侈品生产。

⑬ 稚：意为骄傲。尹知章注："稚，骄也。"下同。

⑭ 逆：违背。此指违背法令。

⑮ 经：正常，规范。尹知章注："经，常也。"

⑯ 诬：以无为有，意谓假冒。

⑰ 拂（fú）：违背。

⑱ 比（bǐ）：勾结。

⑲ 侈泰：奢侈。

⑳ 便辟：善于逢迎谄媚。

㉑ 所以国家是不会凭空强大的。

㉒ 必须等待百姓起作用。

㉓ 必须等待法令制服亲近君主的人。

㉔ 诡：违反。

㉕ 有功的不坚决赏赐。

㉖ 士兵没有不怕敌人的气概。

㉗ 国内的守卫不能保证国土完整，国外的攻伐不能保证敌国屈服。

㉘ 号令不能统一诸侯。

㉙ 数：自然之理。

㉚ 至：极，顶点。

㉛ 有余：盈余，富足。

㉜ 陶鸿庆云："'骄诸侯者'七字，当为衍文。"

㉝安井衡云："'理'下文作'治'，当作'理'者，唐人避讳，而后儒未订也。"

㉞先代君主治国的工具有三个。

㉟进攻并毁灭国家的原因有六个。

㊱益：超过。

㊲损：少于。

㊳斧钺：兵器，刑具。借指刑罚。钺，大斧，古代的兵器。

㊴疑：怀疑。错：停止。

法法①第十六

不法法则事毋常②，法不法则讼不行③。令而不行则令不法也，法而不行则修令者不审也，审而不行则赏罚轻也，重而不行④则赏罚不信也，信而不行则不以身先之也。故曰：禁胜于身则令行于民矣⑤。

闻贤而不举，殆⑥；闻善而不索⑦，殆；见能而不使，殆；亲人而不固，殆；同谋而离⑧，殆；危人而不能，殆；废人而复起，殆；可而不为，殆；足而不施，殆；机而不密，殆。人主不周密，则正言直行之士危。正言直行之士危，则人主孤而毋内⑨。人主孤而毋内，则人臣党而成群。使人主孤而毋内，人臣党而成群者，此非人臣之罪也，人主之过也。

民毋重罪，过不大也，民毋大过，上毋赦也；上赦小过，则民多重罪⑩，积之所生也。故曰：赦出则民不敬⑪，惠行则过日益。惠赦加于民，而图圄⑫虽实，杀戮虽繁，奸不胜矣。故曰：邪莫如早禁之。凡赦者，小利而大害者也，故久而不胜其祸；毋赦者，小害而大利者也，故久而不胜其福。故赦者，奔马之委辔；毋赦者，痤疽之砭石也。文有三侑，武毋一赦。惠者，多赦者也，先易而后难，久而不胜其祸；法者，先难而后易，久而不胜其福。故惠者，民之仇雠也；法者，民之父母也。太上以制制度，其次失而能追之，虽有过亦不甚矣。赦过遗善，则民不励。有过不赦，有善不遗；励民之道⑬，于是乎用之矣。故曰：明君者，事断者也⑭。

君有三欲于民，三欲不节⑮，则上位危。三欲者何也？一曰求，二曰禁，三曰令。求必欲得，禁必欲止，令必欲行。求多者，其得寡⑯；禁多者，其止寡；令多者，其行寡。求而不得，则威日损；禁而不止，则刑罚侮⑰；令而不行，则下凌上。故未有能多求而多得者也，未有能多禁而多止者也，未有能多令而多行者也。故曰：上苛则下不听，下不听而强以刑罚，则为人上者众谋⑱矣。为人上而众谋之，虽欲毋危，不可得也。号令已出又易之，礼义已行又止之，度量已制又迁之，刑法已错又移之。如是，则庆赏虽重，民不劝⑲也；杀戮虽繁，民不畏也。故曰：上无固植⑳，下有疑心，国无常经，民力必竭，数也。

明君在上位，民毋敢立私议㉑自贵者，国毋怪严㉒，毋杂俗，毋异礼，士毋私议。倨傲㉓易令，错㉔仪画制，作议㉕者尽诛。故强者折，锐者挫，坚者破。引之以绳墨，绳之以诛僇㉖，故万民之心皆服而从上，推之而往，引之而来。彼下有立其私议自贵，分争而退者，则令自此不行矣。故曰：私议立则主道卑矣。况夫倨傲易令，错仪画制，变易风俗，诡服殊说犹立？上不行君令，下不合于乡里，变更自为，易国之成俗者，命之曰不牧之民。不牧之民，绳之外也㉗。绳之外诛，使贤者食于能，斗士食于功。贤者食于能，则上尊而民从；斗士食于功，则卒轻患而傲敌。上尊而民从，卒轻患而傲敌，二者设于国，则天下治而主安矣。

爵不尊禄不重者，不与图难犯危㉘，以其道为未可以求之也。是故先王制轩冕所以著㉙贵贱，不求其美；设爵禄所以守其服㉚，不求其观也。使君子食于道，小人食于力。君子食于道，则上尊而民顺；小人食于力，则财厚而养足。上尊而民顺，财厚而养足，四者备体，则胥㉛时而王不难矣。

明君制宗庙，足以设宾㉜祀，不求其美；为宫室台榭，足以避燥湿寒暑，不求其大；为雕文刻镂，足以辨贵贱，不求其观㉝。故农夫不失其时，百工不失其功，商无废利，民无游日，财无砥墆。故曰：俭其道乎㉞！

令未布，而民或为之，而赏从之，则是上妄予㉟也。上妄予则功臣怨，功臣怨而愚民操事于妄作，愚民操事于妄作㊱，则大乱之本也。令未布，而罚及之，则是上妄诛也。上妄诛则民轻生，民轻生则暴人兴、曹㊲党起而乱贼作矣。令已布，而赏不从，则是使民不劝勉、不行制、不死节。民不劝勉、不行制、不死节，则战不胜而守不固；战不胜而守不固，则国不安矣。令已布，而罚不及，则是教民不听。民不听则强者立，强者立则主位危矣。故曰：宪律制度必法道，号令必著明，赏罚信必，此正民之经也。

凡大国之君尊，小国之君卑。大国之君所以尊者，何也？曰：为之用者众也㊳。小国之君所以卑者，何也？曰：为之用者寡也。然则为之用者众则尊，为之用者寡则卑，则人主安能不欲民之众为己用也？使民众为己用，奈何？曰：法立令行，则民之用者众矣；法不立，令不行，则民之用者寡矣。故法之所立，令之所行者多，而所废者寡㊴，则民不诽议㊵；民不诽议则听从矣。法之所立，令之所行，与其所废者钧㊶，则国无常经；国毋常经则民妄行矣。法之所立，令之所行者寡，而所废者多，则民不听㊷；民不听则暴人起而奸邪作矣。

计㊸上之所以爱民者，为用之爱之也㊹。为爱民之故，不难毁法亏令，则是失所谓爱民矣。夫以爱民用民㊺，则民之不用明矣。夫善用民者，杀之，危之，劳之，苦之，饥之，渴之，用民者将致之此极也，而民毋可与虑害已者，明王在上，道法行于国，民皆舍所好而行所恶㊻。故善用民者，轩冕不下儗㊼，而斧钺不上因。如是，则贤者劝而暴人止；贤者劝而暴人止，则功名立其后矣。蹈白刃，受矢石，入水火，以听上令，上令尽行；禁尽止，引而使之，民不敢转其力；推而战之，民不敢爱其死。不敢转其力，然后有功；不敢爱其死，然后无敌；进无敌，退有功，是以三军之众皆得保其首领，父母妻子完安于内。故民未尝可与虑始，而可与乐成功。是故仁者、知者、有道者，不与人虑始㊽。

国无以小与不幸而削亡者㊾，必主与大臣之德行失于身也，官职、法制、政教失于国也，诸侯之谋虑失于外也，故地削而国危㊿矣；国无以大与幸而有功名者，必主与大臣之德行得于身也，官职、法制、政教得于国也，诸侯之谋虑得于外也，然后，功立而名成。然则，国何可无道？人何可无贤？得道而导之，得贤而使之，将有所大期于兴利除害。期于兴利除害莫急于身，而君独甚㉛。伤也，必先令之失。人主失令而蔽，已蔽而劫㊿，已劫而弑。

凡人君之所以为君者，势也。故人君失势，则臣制之矣。势在下，则君制于臣矣；势在上，则臣制于君矣。故君臣之易位，势在下也。在臣期年㊿，臣虽不忠，君不能夺也；在子期年，子虽不孝，父不能服也㊿。故春秋之记，臣有弑其君子有弑其父者矣。故曰堂上远于百里，堂下远于千里，门庭远于万里。今步者一日，百里之情通矣，堂上有事，十日而君不闻，此所谓远于百里也；步者十日，千里之情通矣，堂下有事，一月而君不闻，此所谓远于千里也；步者百日，万里之情通矣，门庭有事，期年而君不闻，此所谓远于万里也。故请㊿人而不出谓之灭，出而不入谓之绝，入而不至谓之侵，出而道止谓之壅。灭绝侵壅之君者，非杜其门而守其户也，为政之有所不行也。故曰：令重于宝，社稷先于亲戚㊿；法重于民，威权贵于爵禄。故不为重宝轻号令，不为亲戚后社稷，不为爱民枉法律，不为爵禄分威权。故曰：势非所以予人也㊿。

政者，正也。正也者，所以正定万物之命也，是故圣人精德立中以生正，明正以治国。故正者，所以止过而逮不及也㊿。过与不及也，皆非正也，非正则伤国一也。勇而不义伤兵，仁而不正伤法，故军之败也，生于不义，法之侵也，生于不正。故言有辨而非务者(59)，行有难而非善者(60)。故言必中务，不苟为辩；行必思善，不苟为难(61)。

规矩者，方圜之正也。虽有巧目利手，不如拙规矩之正方圜也。故巧者能生规矩，不能废规矩而正方圜。虽圣人能生法，不能废法而治国。故虽有明智高行，背法而治，是废规矩而正方圜也。

一曰：凡人君之威严，非德行独能尽贤于人也。曰人君也，故从而贵之，不敢论其德行之高卑。有故：为其杀生急于司命也，富人贫人使人相畜也，贵人贱人使人相臣也。人主操此六者以畜其臣，人臣亦望此六者以事其君。君臣之会，六者谓之谋(62)。六者在臣期年，臣不忠，君不能夺；在子期年，子不孝，父不能夺。故春秋之记，臣有弑其君，子有弑其父者，得此六者，而君父不智(63)也。六者在臣则主蔽矣。主蔽者，失其令也。故曰令入而不出谓之蔽，令出而不入谓之壅，令出而不行谓之牵(64)，令入而不至谓之瑕(65)。牵瑕蔽壅之君者，非敢(66)杜其门而守其户也，为令之有所不行也。此其所以然者，由贤人不至而忠臣不用也。故人主不可以不慎其令。令者，人主之大宝也。

一曰：贤人不至谓之蔽，忠臣不用谓之塞，令而不行谓之障，禁而不止谓之逆。蔽塞障逆之君者，非杜其门而守其户也，为贤者之不至，令之不行也。

凡民从上也，不从口之所言，从情之所好者也(67)。上好勇则民轻死，上好仁则民轻财。故上之所好，民必甚焉。是故明君知民之必以上为心也，故置法以自治(68)，方仪以自正(69)也。故上不行则民不从，彼民不服法死制(70)，则国必乱矣。是以有道之君，行法修制，先民服也(71)。

凡论人有要(72)：矜物(73)之人，无大士焉。彼矜者，满也。满者，虚也；满虚在物，在物为制也(74)。矜者，细之属也(75)。凡论人而违古者，无高士焉；既不知古而易其功者，无智士焉。德行未成于身而违古，卑人也；事无资(76)，迂时而简其业者，愚士也。钓名之人，无贤士焉；钓利之君，无王主焉(77)。贤人之行其身也，忘其有名也；王主之行其道也，忘其成功也。贤人之行，王主之道，其所不能已也。

明君公国一民以听于世(78)，忠臣直进以论其能；明君不以禄爵私所爱，忠臣不诬能以干爵禄(79)。君不私国，臣不诬能，行此道者，虽未大治，正民之经也。今以诬能之臣，事私国之君，而能济(80)功名者，古今无之。诬能之人易知也。臣度之先王者，舜之有天下也，禹为司空，契为司徒，皋陶为李(81)，后稷为田。此四士者，天下之贤人也，犹尚精一德以事其君。今诬能之人，服事任官，皆兼四贤之能。自此观之，功名之不立，亦易知也。故死尊禄重无以不受也(82)，势利官大无以不从也，以此事君，此所谓诬能篡利之臣者也。世无公国之君，则无直进之士；无论能之主，则无成功之臣。昔者三代之相授也，安得二天下而私之。

贫民伤财莫大于兵，危国忧主莫速于兵。此四患者明矣，古今莫之能废也。兵当废而不废，则惑也；不当废而欲废之，则亦惑也。此二者伤国一也(83)。黄帝唐虞帝之隆也，资有天下，制在一人。当此之时也，兵不废。今德不及三帝，天下不顺，而求废兵，不亦难乎？故明君知所擅，知所患。国治而民务积，此所谓擅也(84)。动与静，此所患也。是故明君审其所擅以备其所患也。

猛毅之君，不免于外难；懦弱之君，不免于内乱。猛毅之君者轻诛，轻诛之流(85)，道正者不安；道正者不安，则材能之臣去亡矣。彼智者知吾情伪，为敌谋我，则外难自是至矣，故曰：猛毅之君，不免于外难。懦弱之君者重诛(86)，重诛之过，行邪者不革；行邪者久而革，则群臣比周，群臣比周(87)，则蔽美扬恶，蔽美扬恶，则内乱自是起，故曰：懦弱之君，不免于内乱。

明君不为亲戚危其社稷，社稷戚(88)于亲；不为君欲变其令，令尊于君；不为重宝分其威，威贵于宝；不为爱民亏其法，法爱于民。

①法法：以法行法。本篇不仅论述法度作用，而且论述执行法度的手段要合乎法，特别强调统治者首先要遵守法，遵守行法的合法性。

②不以合法的手段来施行法度，国事就没有常规。

③施行法度不用合法的手段，政令就不能施行。

④赏罚重而政令仍不能施行。

⑤禁胜于身：意谓以法约束自己，即统治者率先服从法令，以身作则。

⑥殆：危险。

⑦索：求索。此处意谓调查、查访。

⑧离：分离。此处意谓离心、不团结。

⑨内：亲信。

⑩君主赦免小的过失，百姓就多犯重罪。

⑪敬：戒慎。

⑫囹圄（líng yǔ）：牢狱。

⑬有过失不赦免，有善行不遗忘，鼓励百姓的政策，就能在这时使用了。

⑭所以说，圣明的君主，是善于决断政事的。

⑮节制。

⑯求取过多，能得到的反而少。

⑰禁止却不能停息，刑罚就受到轻视。

⑱那么做君主的就要遭到众人的谋算了。

⑲百姓也不肯勉力。

⑳植：意志。尹知章注：植，志也。

㉑私议：私立异说。与"公法"、"君令"相对。

㉒怪严：犹言怪诞。严，读为"譀（hàn）。《说文》："譀，诞也。"

㉓倨（jù）：傲慢。

㉔错：通"措"。画：谋划、筹划。

㉕作议：立私议。

㉖僇：通"戮"杀"戮"。

㉗绳：绳墨，准则。

㉘君主悬赏的爵位不够尊贵，俸禄不够厚重，就没有人肯参与救急难冒危险的事。

㉙著：分清。

㉚设置的爵位俸禄的差别，是用来保持等级的制度。

㉛胥：等待。

㉜宾：读为"殡"，殓而未葬。

㉝奇观。

㉞节俭是治国之道呀！

㉟这是君主虚妄的赐予。

㊱愚玩之民做事就胡来。

㊲曹：众。

㊳因为被他所用的人多。

㊴而被废弃的少。

㊵百姓就没有非议。

㊶钧：相等。钧同"均"。

㊷百姓就不听从。

㊸计：计算。此处有细看的意思。

㊹是因为要使用百姓才爱他们的。

㊺用毁坏法令来爱民用民。

㊻百姓都舍弃个人的私欲而实行国家的公事。

㊼不下儗：同“不下拟”，不往下拟议，意谓（赏）不吝啬。
㊽是不同百姓谋划事业的创始的。
㊾国家不是因为小与不幸而被削弱灭亡的。
㊿危：据前文“削亡”，“危”当作“亡”。
(51)而且这点对于国君来说特别重要。
(52)因受蒙蔽而受到威胁。
(53)期年：一整年。
(54)服：驾御，控制。
(55)请：丁士涵云：“请与‘情’古字通。”情，情况。
(56)亲戚：古代指父母兄弟等。
(57)权势是不能给予别人的。
(58)逮：及，到。
(59)言论有雄辩而不务实际的。
(60)行动是谨慎而没有实效的。
(61)行动一定要考虑实效，而不苟且于谨慎。
(62)谓之谋：读为“为之媒”。俞樾云：“谓，古通‘为’；谋，通‘媒’。”
(63)智：通“知”。
(64)牵：牵累。
(65)瑕：俞樾云：“读为‘格’，古字通用。格，扞（hàn），被阻隔。”
(66)王念孙云：“衍‘敢’字。”
(67)而是追随君主性情所喜好的。
(68)制订法度而自己治理自己。
(69)建立礼仪而自己规正自己。
(70)百姓不服从法制，不肯为法制而死。
(71)先于百姓遵守法制，作出榜样。
(72)凡评定人物有纲要。
(73)物：公众。此句说以骄矜态度待人。
(74)以自满空虚待人，就会被人所控制。
(75)矜：尹知章注：“自矜者，小人之类。”
(76)资：凭借。
(77)骗取功利的君主，不是行天道的君主。
(78)一民：统一民心。尹知章注：“一其民人之心。”所：处理。
(79)诬：以无为有，意谓假冒。《易·系辞下》：“诬善之人其辞游。”干：求取。
(80)济：成功。
(81)李：通“理”，狱官。
(82)无以：姚永概云：“‘以’字衍。”下句同。涉下“以此”而误耳。
(83)这二种迷乱的表现有害国家是一样的。
(84)“此所”句：王念孙云：“‘此所谓擅也’，‘谓’字后人所加。”擅，专也。
(85)流：流弊。
(86)重：难，有姑息之意，尹知章注：“难为刑罚。”
(87)比周：结党营私。
(88)戚：亲近。

兵法①第十七

明一者皇②，察道者帝，通德者王，谋得兵胜者霸③。故夫兵，虽非备道至德也，然而所以辅王成霸。今代之用兵者不然，不知兵权者也④。故举兵之日而境内贫，战不必胜，胜则多死，得地而国败。此四者，用兵之祸者也；四祸其国而无不危矣⑤。

大度之书曰⑥：举兵之日而境内不贫，战而必胜，胜而不死，得地而国不败。为此四者若何？举兵之日而境内不贫者，计数⑦得也；战而必胜者，法度审也；胜而不死者，教器备利⑧，而敌不敢校⑨也；得地而国不败者，因其民⑩也。因其民，则号制有发也；教器备利，则有制也；法度审，则有守也；计数得，则有明也。治众有数，胜敌有理，察数而知理，审器而识胜，明理⑪而胜敌。定宗庙，遂男女，官四分，则可以定威德，制法仪，出号令，然后可以一众治民。

兵无主，则不早知敌；野无吏，则无蓄积；官无常，则下怨上，器械不巧；朝无政，赏罚不明，则民轻其产。故曰：早知敌，则独行；有蓄积，则久而不匮；器械巧，则伐而不费；赏罚明，则勇士劝也。

三官不缪⑫，五教不乱，九章著明，则危危而无害，穷穷而无难⑬。故能致远以数，纵强以制⑭。三官：一曰鼓，鼓所以任也，所以起也，所以进也；二曰金，金所以坐也，所以退也，所以免也；三曰旗，旗所以立兵也，所以制兵也，所以偃兵也，此之谓三官。有三令，而兵法治也。五教：一曰，教其目以形色之旗；二曰，教其耳以号令之数；三曰，教其足以进退之度；四曰，教其手以长短之利；五曰，教其心以赏罚之诚。五教各习，而士负以勇矣。九章：一曰，举日章则昼行。二曰，举月章则夜行；三曰，举龙章则行水；四曰，举虎章则行林；五曰，举鸟章则行陂；六曰，举蛇章则行泽；七曰，举鹊章则行陆；八曰，举狼章则行山；九曰，举皋章则载食而驾。九章既定，而动静不过⑮。

三官、五教、九章⑯，始乎无端⑰，卒乎无穷。始乎无端者，道也；卒乎无穷者，德也。道不可量，德不可数也。故不可量则众强不能图，不可数则伪诈不敢向。两者备施，则动静有功。径乎不知，发乎不意。径乎不知，故莫之能御也；发乎不意，故莫之能应也。故全胜而无害。因便而教，准利而行。教无常，行无常。两者备施，动乃有功。

器成教施，⑱追亡逐遁若飘风，击刺若雷电。绝地不守，恃固不枝⑲；中处而无敌，令行而不留。器成教施，散之无方，聚之不可计⑳。教器备利，进退若雷电，而无所疑匮。一气专定，则傍通而不疑；厉士利械，则涉难而不匮。进无所疑，退无所匮，敌乃为用㉑。凌山阬，不待钩梯；历水谷，不须舟楫。径于绝地，攻于恃固，独出独入而莫之能止。实不独入，故莫之能止；实不独出，故莫之能敛。无名之至尽，尽而不意，故不能疑神㉒。

畜之以道，则民和；养之以德，则民合。和合故能谐，谐故能辑，谐辑以悉，莫之能伤。定一至㉓，行二要㉔，纵三权㉕，施四机，发五教㉖，设六行㉗，论七数㉘，守八应㉙，审九章，章十号㉚，故能全胜大胜。

大胜无守也，故能守胜。数战则士罢，数胜则君骄。夫以骄君使罢民，则国安得无危？故至善不战，其次一之；破大胜强，一之至也。乱之不以变，乘之不以诡，胜之不以诈，一之实也。近则用实，远则施号；力不可量，强不可度，气不可极，德不可测，一之原也。众若时雨，寡若飘风，一之终也㉛。

制适，器之至也；用适，教之尽也。不能致器者，不能制适；不能尽教者，不能用适。不能用适者穷，不能致器者困㉜。速用兵则可以必胜；出入异涂，则伤其敌。深入危之，则士自修㉝；士自修则同心同力。善者之为兵也，使敌若据虚，若搏景㉞。无设无形焉，无不可以成也；无形无为焉㉟，无不可以化也。此之谓道矣。若亡而存，若后而先，威不足以命之。㊱。

①兵法：指治兵之法、用兵之法，这是全篇的核心，故用以名篇。

②一：指世间万物的根本。

③"谋得"句：尹知章云："所谋必得，用兵必胜。故霸。"

④权：秤锤,。此指权衡得失。

⑤"四祸"句：俞樾云："此当作'四祸具而国无不危矣'。"

⑥大度：许维遹云："'大度'疑当作'大弢'，大弢人名，故称'大弢之书'。《汉书·古今人表》有'周史大弢'。"

⑦计数：计算。

⑧教器备利：即教备器利。指训练有素、兵器锐利。

⑨校：抗拒。

⑩因其民：指顺应敌国之民的习俗。

⑪明理：据《幼官》及《图》均作"明谋"。

⑫缪：同"谬"，错误。

⑬"则危"二句：尹知章云："危危、穷穷，皆重有其事。"指极端危险、极度穷困。

⑭纵强以制：谓有制而则可以总强也。

⑮军队的行动就有了规范。

⑯此六字与下文不连属，疑为上节标题。

⑰此句以下与《幼官》"西方副图"略同。

⑱军队兵器完备，教练有方。

⑲敌人虽然据有绝地也不能防守，虽然依靠险固也不敢抗拒。

⑳军队兵器完备，教练有方，分散时没有一定法度，聚合时也不可预测。

㉑敌乃为用："军队就能为我所用。"此"敌"字非仇敌之敌。

㉒这样的用兵就如同进入"无名"的极点，难以意想预料，因此奇妙如神。不，读"丕"，语助词。

㉓定一至：郭沫若云："'定一至'当即上所谓'无名之至'。"

㉔二要：郭沫若云："'二要'上文所谓'因便而教，准利而行，教无常，行无常'。"

㉕纵三权："纵"应读为"总"。"三权"疑指"三官"之权。

㉖施四教，发五机：张佩纶云："'四教'、'五机'当作'五教'、'四机'。'四机'见《幼官》，'五教'见本篇。"四机即《幼官》"必明其情，必明其将，必明其政，必明其士。"

㉗六行：疑指《七法》中七项治军的原则，即：风雨之行、飞鸟之举、电电之战、水旱之功、全城之守、一体之治。

㉘七数：疑指《七法》中七项治军的原则，即：则、象、法、化、决塞、心术、计数。

㉙八应：疑指《七法》中八项治军的具体方法，即：聚财、论工、制器、选士、政教、服习、遍知天下、审御机数。

㉚十号：具体内容不详。

㉛进攻时兵力结聚密集如时雨，战胜后军队撤离迅疾如飘风，这是一战胜敌的结局。

㉜致器：陈奂云："'致器'二字当作'利适'。"

㉝修：指警戒。

㉞景：同"影"。

㉟为：郭沫若云："'为'字当为'象'。"

㊱"威不"句：郭沫若云："兵以威言，言如此用兵，'威'犹不足以命之。"命同"名"。

大匡①第十八

齐僖公②生公子诸儿、公子纠、公子小白，使鲍叔③傅小白，鲍叔辞，称疾不出。管仲与召忽④往见之，曰："何故不出？"鲍叔曰："先人有言曰：'知子莫若父，知臣莫若君。'今君知臣之不肖也，是以使贱臣傅小白⑤。贱臣知弃矣。"召忽曰："子固辞，无出，吾权任子以死亡，必免子。"鲍叔曰："子如是，何不免之有乎？"管仲曰："不可。持社稷宗庙者，不让事，不广闲⑥。将有国者未可知也。子其出乎！"召忽曰："不可。吾三人者之于齐国也，譬之犹鼎之有足也，去一焉则必不立矣。吾观小白必不为后矣。"管仲曰："不然也。夫国人憎恶纠之母，以及纠之身，而怜小白之无母也。诸儿长而贱，事未可知也。夫所以定齐国者，非此二公子者，将无已也。小白之为人无小智，惕⑦而有大虑，非夷吾莫容小白。天下不幸降祸加殃于齐，纠虽得立，事将不济，非子定社稷，其将谁也？"召忽曰："百岁之后，吾君下世，犯吾君命而废吾所立，夺吾纠也，虽得天下吾不生也。兄与我齐国之璨也，受君令而不改，奉所立而不济⑧，是吾义也。"管仲曰："夷吾之为君臣也，将承君命，奉社稷以持宗庙，岂死一纠哉？夷吾之所死者，社稷破，宗庙灭，祭祀绝，则夷吾死之；非此三者，则夷吾生。夷吾生则齐国利，夷吾死则齐国不利。"鲍叔曰："然则奈何？"管子曰："子出奉令则可。"鲍叔许诺，乃出奉令，遂傅小白。鲍叔谓管仲曰："何行？"管仲曰："为人臣者，不尽力于君则不亲信，不亲信则言不听，言不听则社稷不定。夫事君者无二心。"鲍叔许诺。

　　僖公之母弟夷仲年生公孙无知，有宠于僖公，衣服礼秩如适⑨。僖公卒，以诸儿长，得为君，是为襄公。襄公立后，绌⑩无知，无知怒。公令连称、管至父成葵丘⑪曰："瓜时而往，及瓜时而来。"期戍⑫，公问不至，请代不许。故二人因公孙无知以作乱。

　　鲁桓公夫人文姜，齐女也。公将如⑬齐，与夫人皆⑭行。申俞谏曰："不可。女有家，男有室，无相渎⑮也，谓之有礼。"公不听，遂以文姜会齐侯于泺。文姜通于齐侯，桓公闻，责文姜，文姜告齐侯。齐侯怒，飨公，使公子彭生乘鲁侯胁之⑯，公薨于车。竖曼曰："贤者死忠以振疑，百姓寓焉⑰；智者究理而长虑，身得免焉。今彭生二于君，无尽言而谀行，以戏我君，使我君失亲戚之礼，今又力成吾君之祸，以构二国之怨，彭生其得免乎？祸理属焉。夫君以怒遂祸，不畏恶亲，闻容昏生⑱，无丑也。岂及彭生而能止之哉？鲁若有诛，必以彭生为说。"二月，鲁人告齐曰："寡君畏君之威，不敢宁居，来修旧好。礼成而不返，无所归死⑲，请以彭生除之。"齐人为杀彭生，以谢于鲁。五月，襄公田于贝丘，见豕。从者曰："公子彭生也。"公怒曰："公子彭生安敢见！"射之，豕人立而啼。公惧坠于车下，伤足亡屦。反，诛屦于徒人费⑳，不得也，鞭之见血。费走而出，遇贼于门，胁而束之，费袒而示之背，贼信之，使费先入，伏公而出，斗死于门中。石之纷如死于阶下。孟阳代君寝于床，贼杀之，曰："非君也，不类。"见公之足于户下，遂杀公而立公孙无知也。

　　鲍叔牙奉公子小白奔莒，管夷吾、召忽奉公子纠奔鲁。九年㉑，公孙无知虐于雍廪，雍廪杀无知也。桓公自莒先入，鲁人伐齐，纳公子纠，战于乾时，管仲射桓公中钩。鲁师败绩，桓公践位，于是劫鲁，使鲁杀公子纠。桓公问于鲍叔曰："将何以定社稷？"鲍叔曰："得管仲与召忽则社稷定矣。"公曰："夷吾与召忽吾贼也。"鲍叔乃告公其故图㉒。公曰："然则可得乎？"鲍叔曰："若亟召则可得也，不亟不可得也。夫鲁施伯知夷吾为人之有慧也，其谋必将令鲁致政于夷吾。夷吾受之，则彼能弱齐矣；夷吾不受，彼知其将返于齐也，必将杀之。"公曰："然则夷吾将受鲁之政乎？其否也？"鲍叔对曰："不受。夫夷吾之不死纠也，为欲定齐国之社稷也，今受鲁之政，是弱齐也。夷吾之事君无二心，虽知死，必不受也。"公曰："其于我也，曾若是乎？"鲍叔对曰："非为君也，为先君也。其于君不如亲纠也，纠之不死，而况君乎！君若欲定齐之社稷，则亟迎之。"公曰："恐不及，奈何？"鲍叔曰："夫施伯之为人也，敏而多畏。公若先及，恐注怨焉，必不杀也。"公曰："诺。"施伯进对鲁君曰："管仲有慧，其事不济，今在鲁，君其致鲁之政焉。若受之则齐可弱也，若不受则杀之。杀之以悦于齐也，与同怨，尚贤于已㉓。"君曰："诺"。鲁未及致政，而齐之使至，曰："夷吾与召忽也，寡人之贼也，今在鲁，寡人愿生得之。若不得也，是君与寡人贼比也。"鲁君问施伯，施伯曰："君与之，臣闻齐君惕而亟骄，虽得贤，庸必能用之乎㉔？及㉕齐君之能用之也，管子之事济也。夫管仲天下之大圣也，今彼返齐，天下皆乡㉖之，岂独鲁乎！今若杀之，此鲍叔之友也，鲍叔因此以作难，君必不能待㉗也，不如与之。"鲁君乃遂束缚管仲与召忽。管仲谓召忽曰:"子惧乎?"召忽曰:"何惧乎? 吾不早死,将胥㉘有所定也;今既定矣,令子相齐之左,必令忽相齐之右。虽然,杀君而用吾身,是再辱我也。子为生臣,忽为死臣。忽也知得万乘之政而死,公子纠可谓有死臣矣;子生而霸诸侯,公子纠可谓有生臣矣。死者成行,生者成名,名不两立,行不虚至,子其勉之,死生有分矣。"乃行,入齐境,自刎而死。管仲遂入。君子闻之曰:"召忽之死也,贤其生也;管仲之生也,贤其死也。"

或曰:明年㉙,襄公逐小白,小白走莒㉚。十二年,襄公薨,公子纠践位。国人召小白,鲍叔曰:"胡不行矣?"小白曰:"不可。夫管仲智,召忽强武,虽国人召我,我犹不得入也。"鲍叔曰:"管仲得行其知于国,国可谓乱乎?㉛召忽强武,岂能独图我哉?"小白曰:"夫虽不得行其知,岂且不有焉乎? 召忽虽不得众,其及㉜岂不足以图我哉?"鲍叔对曰:"夫国之乱也,智人不得作内事,朋友不能相合㉝,而国乃可图也。"乃使车驾,鲍叔御,小白乘而出于莒。小白曰:"夫二人者奉君令,吾不可以试也。"乃将下,鲍叔履其足,曰:"事之济也,在此时,事若不济,老臣死之,公子犹之㉞免也。"乃行,至于邑郊。鲍叔令车二十乘先,十乘后。鲍叔乃告小白曰:"夫国㉟之疑二三子,莫忍㊱老臣。事之未济也,老臣是以塞道。"鲍叔乃誓曰:"事之济也,听我令;事之不济也,免公子者为上,死者为下,吾以五乘之实距路。"鲍叔乃为前驱,遂入国,逐公子纠,管仲射小白中钩。管仲与公子纠、召忽遂走鲁。桓公践位,鲁伐齐,纳公子纠而不能。

桓公元年,召管仲,管仲至。公问曰:"社稷可定乎?"管仲对曰:"君霸王㊲,社稷定;君不霸王,社稷不定。"公曰:"吾不敢至于此其大也,定社稷而已。"管仲又请㊳,君曰:"不能。"管仲辞于君曰:"君免臣于死,臣之幸也。然臣之不死纠也,为欲定社稷也。社稷不定,臣禄齐国之政而不死纠也㊴,臣不敢。"乃走出,至门,公召管仲。管仲反,公汗出曰:"勿已,其勉霸乎!"管仲再拜稽首而起曰:"今日君成霸,臣贪承命趋立于相位。"乃令五官行事。异日公告管仲曰:"欲以诸侯之间无事也,小修兵革㊵。"管仲曰:"不可。百姓病,公先与百姓而藏其兵㊶。与其厚于兵,不如厚于人。齐国之社稷未定,公未始于人而始于兵,外不亲于诸侯,内不亲于民。"公曰:"诺"。政未能有行也。

二年,桓公弥乱,又告管仲曰㊷:"欲缮兵。"管仲又曰:"不可。"公不听,果为兵。桓公与宋夫人饮船中,夫人㊸荡船而惧公。公怒,出之,宋受而嫁之蔡侯。明年,公怒告管仲曰:"欲伐宋。"管仲曰:"不可,臣闻内政不修,外举事不济。"公不听,果伐宋。诸侯兴兵而救宋,大败齐师。公怒,归告管仲曰:"请修兵革。吾士不练,吾兵不实,诸侯故敢救吾仇。内修兵革!"管仲曰:"不可,齐国危矣。内夺民用,士劝于勇,乱之本也;外犯诸侯,民多怨也;为义之士,不入齐国,安得无危?"鲍叔曰:"公必用夷吾之言。"公不听,乃令四封之内修兵,关市之征侈之。公乃遂用以勇授禄。鲍叔谓管仲曰:"异日者,公许子霸,今国弥乱,子将何如?"管仲曰:"吾君惕,其智多诲㊹,姑少胥㊺其自及也。"鲍叔曰:"比㊻其自及也,国无阙㊼亡乎?"管仲曰:"未也。国中之政,夷吾尚微为焉,乱乎尚少以待。外诸侯之佐,既无有吾二人者,未有敢犯我者。"明年,朝之争禄相刺,裂㊽领而刎颈者不绝。鲍叔谓管仲曰:"国死者众矣,毋乃害乎?"管仲曰:"安得已然,此皆其贪民也。夷吾之所患者,诸侯之为义者莫肯入齐,齐之为义者,莫肯仕,此夷吾之所患也。若夫死者,吾安用而爱之?"

公又内修兵。三年,桓公将伐鲁,曰:"鲁与寡人近,于是其救宋也疾㊾,寡人且诛焉。"管仲曰:"不可。臣闻有士之君,不勤于兵,不忌于辱,不辅其过,则社稷安;勤于兵,忌于辱,辅其过,则社稷危。"公不听,兴师伐鲁,造㊿于长勺。鲁庄公兴师逆(51)之,大败之。桓公曰:"吾兵犹尚少,吾参(52)围之,安得围(53)我?"

四年,修兵,同(54)甲十万,车五千乘,谓管仲曰:"吾士既练,吾兵既多,寡人欲服鲁。"管仲喟然叹曰："齐国危矣！君不兢于德而兢于兵。天下之国带甲十万者不鲜矣，吾欲发小兵以服大兵，内失吾众，诸侯设备，吾人设诈，国欲无危得已乎？"公不听，果伐鲁。鲁不敢战，去国五十里，而为之关⑤。鲁请比于关内，以从于齐，齐亦毋复侵鲁。桓公许诺。鲁人请盟曰："鲁小国也，固不带剑。今而带剑，是交兵闻于诸侯，君不如已⑥。请去兵。"桓公曰："诺"。乃令从者毋以兵。管仲曰："不可。诸侯加忌于君，君如是以退可。君果弱鲁君，诸侯又加贪于君，后有事，小国弥坚，大国设备，非齐国之利也。"桓公不听，管仲又谏曰："君必不去。鲁胡不用兵？曹刿之为人也，坚强以忌，⑤不可以约取也。"桓公不听，果与之遇。庄公自怀剑，曹刿亦怀剑，践坛，庄公抽剑其怀曰："鲁之境去国五十里，亦无不死而已。"左揕⑧桓公右自承曰："均之死也，戮死于君前。"管仲走君，曹刿抽剑当两阶之间，曰："二君将改图，无有进者！"管仲曰："君与地，以汶为境。"桓公许诺，以汶为境而归。桓公归而修于政，不修于兵革，自圉、辟人、以过、弭师⑨。

五年，宋伐杞⑩，桓公谓管仲与鲍叔曰："夫宋，寡人固欲伐之，无若诸侯何。夫杞，明王之后也。今宋伐之，予欲救之，其可乎？"管仲对曰："不可。臣闻内政之不修，外举义不信。君将外举义，以行先之，则诸侯可令附。"桓公曰："于此不救，后无以伐宋。"管仲曰："诸侯之君，不贪于土；贪于土必勤于兵，勤于兵必病于民。民病则多诈。夫诈密⑪而后动者胜，诈则不信于民。夫不信于民则乱，内动则危于身。是以古之人闻先王之道者，不兢于兵。"桓公曰："然则奚若？"管仲对曰："以臣则不而令人以重币使之，使之而不可，君受而封之。"桓公问鲍叔曰："奚若？"鲍叔曰："公行夷吾之言。"公乃命曹孙宿⑫使于宋，宋不听，果伐杞。桓公筑缘陵以封之⑬，予车百乘，甲一千。明年，狄人伐邢，邢君出致⑭于齐，桓公筑夷仪以封之，予车百乘，卒千人。明年，狄人伐卫，卫君出致于虚，桓公且封之。隰朋、宾胥无谏曰："不可。三国所以亡者，绝以小。今君薪封亡国⑮，国尽若何？"桓公问管仲曰："奚若？"管仲曰："君有行之名，安得有其实⑯。君其行也。"公又问鲍叔，鲍叔曰："君行夷吾之言。"桓公筑楚丘以封之，与车五百乘，甲五千。既以封卫，明年，桓公问管仲将何行？管仲对曰："公内修政而劝民，可以信于诸侯矣。"君许诺。乃轻税，弛关市之征，为赋禄之制。既已，管仲又请曰："问病⑰。臣愿赏而无罚，五年，诸侯可令傅⑱。"公曰："诺"。既行之，管仲又请曰："诸侯之礼，令齐以豹皮往，小侯以鹿皮报；齐以马往，小侯以犬报。"桓公许诺，行之。管仲又请赏于国以及诸侯，君曰："诺。"行之。管仲赏于国中，君赏于诸侯。诸侯之君有行事善者，以重币贺之；从列士以下有善者，衣裳贺之；凡诸侯之臣有谏其君而善者，以玺问之，以信其言⑲。公既行之，又问管仲曰："何行？"管仲曰："隰朋聪明捷给，可令为东国；宾胥无坚强以良，可以为西土。卫国之教，危傅以利⑳。公子开方之为人也，慧以给，不能久而乐始，可游于卫。鲁邑之教，好迩而训于礼，季友之为人也，恭以精，博于礼，多小信，可游于鲁。楚国之教，巧文以利，不好立大义，而好立小信，蒙孙博于教，而文巧于辞，不好立大义，而好结小信，可游于楚。小侯既服，大侯既附，夫如是，则始可以施政矣。"君曰："诺。"乃游公子开方于卫，游季友于鲁，游蒙孙于楚。五年诸侯附。

狄人伐㉑，桓公告诸侯曰："请救伐。诸侯许诺㉒。大侯车二百乘，卒二千人；小侯车百乘，卒千人。"诸侯皆许诺。齐车千乘，卒先致缘陵，战于后故㉓，败狄。其车甲与货，小侯受之，大侯近者，以其县分之，不践其国。北州侯莫来，桓公遇南州侯于召陵，曰："狄为无道，犯天子令以伐小国，以天子之故，敬天之命，令以救伐。北州侯莫至，上不听天子令，下无礼诸侯，寡人请诛于北州之侯。"诸侯许诺。桓公乃北伐令支，下㲊之山，斩孤竹㉔，遇山戎，顾问管仲曰："将何行？"管仲对曰："君教诸侯为民聚食，诸侯之兵不足者，君助之发。如此则始可以加政矣。"桓公乃告诸侯，必足三年之食，安⑦以其余修兵革。兵革不足，以引其事告齐，齐助之发。既行之，公又问管仲曰："何行？"管仲对曰："君会其君臣父子⑧，则可以加政矣。"曰："会之道奈何？"曰："诸侯无专立妾以为妻，毋专杀大臣，无国劳毋专予禄，士庶人毋专弃妻，毋曲堤⑦，毋贮粟，毋禁材。行此卒岁，则始可以罚矣。"君乃而之于诸侯。诸侯许诺，受而行之。卒岁，吴人伐谷，桓公告诸侯未遍，诸侯之师竭至，以待桓公。桓公以车千乘会诸侯于境，都师未至，吴人逃⑱。诸侯皆罢。桓公归，问管仲曰："将何行？"管仲曰："可以加政矣。"曰："从今以往二年，适子⑲不闻孝，不闻爱其弟，不闻敬老国良，三者无一焉，可诛也，诸侯之臣及国事，三年不闻善，可罚也。君有过，大夫不谏，士庶人有善，而大夫不进，可罚也。士庶人闻之吏，贤孝悌可赏也。"桓公受而行之，近侯莫不请事，兵车之会六⑳，乘车之会三㉑，飨国四十有二年。

桓公践位十九年，弛关市之征，五十而取一。赋禄㉒以粟，案田而税㉓。二岁而税一，上年什取三，中年什取二，下年什取一；岁饥不税，岁饥弛而税。

桓公使鲍叔识㉔君臣之有善者，晏子识不仕与耕者之有善者，高子识工贾之有善者，国子为李㉕，隰朋为东国，宾胥无为西土，弗郑为宅㉖。凡仕者近宫，不仕与耕者近门，工贾近市。三十里置遽㉗，委焉㉘，有司职之。凡诸侯欲通，吏从行者，令一人为负以车；若宿者，令人养其马，食以委。客与有司别契㉙，至国入契费。义数而不当㉚，有罪。凡庶人欲通乡，吏不通，七日，囚；士欲通，吏不通，五日，囚；贵人子欲通，吏不通，二日，囚；凡县吏进诸侯士而有善，观其能之大小以为之赏，有过无罪。令鲍叔进大夫，劝国家，得成㉛而不悔，为上举。从政治为次，野为原，又多不发，起讼不骄，次之。劝国家，得成而悔；从政虽治而不能，野原又多发；起讼骄，行此三者为下。令晏子进贵人之子，出不狂，处不华，而友有少长，为上举；得二，为次；得一，为下。士，处靖㉜，敬老与贵，交不失礼，行此三者为上举；得二，为次；得一，为下。耕者，农农㉝用力，应于父兄，事贤多，行此三者，为上举；得二，为次；得一，为下。令高子进工贾，应于父兄，事长养老，承事敬，行此三者为上举；得二者，为次；得一者，为下。令国子以情断狱。三大夫既已选举，使县行之。管仲进而举言，上而见之于君，以卒年君举。管仲告鲍叔曰："劝国家，不得成而悔，从政不治不能，野原又多而发，讼骄，凡三者，有罪无赦。"告晏子曰："贵人子处华，下交，好饮食，行此三者，有罪无赦。土出入无常，不敬老而营富，行此三者，有罪无赦。耕者出入不应于父兄，用力不农，不事贤，行此三者，有罪无赦。"告国子㉞曰："工贾出入不应父兄，承事不敬而违老治危㉟，行此三者，在罪无赦。凡于父兄无过，州里称之，吏进之，君用之。有善无赏，有过无罚，吏不进，废弃。于父兄无过。于州里莫称，吏进之，君用之，善为上赏，不善吏有罚。"君谓国子：凡贵贱之义，入与父俱，出与师俱，上与君俱。凡三者，遇贼不死，不知贼，则无赦。断狱，情与义易，义与禄易，禄可无敛，有罪无赦。㊱。

---

①大匡：郭沫若云："《管》书有《大匡》、《中匡》、《小匡》三篇，所纪皆管仲辅相桓公时事。以'匡'名篇，颇费解释。"郭氏疑"匡"为"簿"之借字。《大匡》即为较长的简书，是齐国的官书。

②齐僖公：齐庄公之子，即《史记·齐太公世家》中的釐公禄甫。公元前730～前698年在位。僖公死，子诸儿立，是为襄公。

③鲍叔：即鲍叔牙，齐国的著名大夫。傅公子小白得国，又举荐管仲为相。

④召忽：齐国大夫，与管仲事公子纠，桓公即位后，公子纠被杀，召忽自杀。

⑤尹知章注："鲍叔以小白年幼，又不肖而贱，故难为之傅也。"

⑥广："旷"之假借字。

⑦惕：疾，此指急性子。

⑧济：废。《方言》："济，灭也。"灭与废义近。

⑨秩：常度。适：同"嫡"，嫡子。

⑩绌：通"黜（chù）"。贬退，废除。

⑪连称、管至父：齐国大夫。葵丘：齐地，今山东临淄西。

⑫驻守满周年以后。

⑬如：往，去。

⑭皆：古通"偕"。

⑮渎：沟通。

⑯暗使公子彭生在扶桓公上车时摧折他的肋骨。

⑰贤惠的人死于忠心而拭清人们的疑惑，使百姓的精神有所寄寓。

⑱闻容：于省吾云："读为'愍庸'，即昏庸。"昏生：戴望云："读为'泯姓'，谓公与文姜淫，插其恶于万民。"

⑲归死：当依《左传》作"归咎"。

⑳徒人费：王引之云："本作'侍人费'。"《史记》"费"作"茀"。《汉书·古今人表》中有"齐寺人费"，颜师古注："即徒人费也。"费，与下文石之纷如、孟阳，都是齐襄公的侍从小臣。

㉑九年：指鲁庄公九年。

㉒尹知章注："故图，谓管仲本使鲍叔傅小白将立之。"

㉓已：此指不杀。尹知章注："施伯恐管仲反齐为害，欲杀之，有莒与齐同怨。如此，犹贤于不杀也。"

㉔庸：岂，怎么。尹知章注："庸，犹何也。"

㉕及：若，如果。

㉖乡：同"向"。

㉗待：对待，对付。

㉘胥：等待。

㉙明年：指襄公二年。

㉚小白逃往莒国。

㉛可谓乱乎：即何为乱乎。郭沫若云："'可'与'何'通，'谓'与'为'通。"

㉜及：郭沫若云："'友'字之误。"

㉝摎（jiū）：绞结。尹知章注："摎，交人也。朋友不能相交合则党与弱，故乃可图。"

㉞许维遹云："'犹'下'之'字当作'可'。"

㉟国：郭沫若云："'国'当为'或'。"

㊱忍：假为"认"。

㊲国君实行霸业王业。

㊳管仲又请桓公实行霸业王业。

㊴我掌管着齐国的政事而不为公子纠守死节。

㊵小修：许维遹云："当为'内修'。'内修兵革'，下文两见，是其证。"

㊶因为百姓贫困，你应先亲近百姓而收藏兵器。

㊷桓公弥乱，又告管仲曰：许维遹云："应作'国弥乱，桓公又告管仲曰。"

㊸夫人：《左传》作："蔡姬荡舟"事据《左传》应在桓公二十九年。

㊹诲：同"悔"。

㊺少胥：稍加等待。

㊻比：等到。

㊼阙：毁，败。

㊽䂨："折"之俗字。《说文》："折，断也。"

㊾因此它救宋国也就最先到。

㊿造：到达。长勺：鲁地名。

(51)逆：迎战。

㊓参：同"三"，三倍。

㊔圉：通"御"，抵御。

㊕同：齐全。

㊖而为之关：尹知章注："更立国界而为之关。"

㊗已：止盟。

㊘忌：同"惎"。《说文》："惎，毒也。"

㊙揕（zhèn）：刺，此指准备刺。

㊚"自圉"：言慎守边圉也。"辟人"，理人也。"以"通作"已"，止过也。"弭师"，弭兵也。弭，停止。

㊛杞：国名。周武王封夏后于杞，故名。

㊜密：停止。

㊝曹孙宿：古本作"曹孙叔"，当为齐国大夫。

㊞桓公就建筑缘陵城封赐给杞侯。

㊟致：与"至"本通用。

㊠蕲：通"祈"，祈求。

㊡国君有行义的实际，于是就能有行义的名声。

㊢要施行问候病人的制度。

㊣傅：同"附"，亲附。

㊤"以玺"二句：尹知章注："谓桓公以玺问之，以信验其所谏之言为善。"信：信验，证实。

㊥卫国的教化，轻薄而好利。

㊦伐：指"伐杞"。

㊧诸侯许诺：郭沫若云：意谓"如诸侯许诺者。"这是一种外交辞令。

㊨后故：张佩纶云：当为"缘陵"之坏字。

㊩斩孤竹：杀了孤竹国的国君。

㊪安：语助词，犹乃也。

㊫会：考核。尹知章注："会，谓考合其君臣父子之宜。"

㊬毋曲堤：意谓不准在河道上随意建筑堤坝，以免引起用水的纠纷。

㊭"都师"二句：尹知章注："齐都之师尚未至，而吴人逃也。"

㊮适子：即嫡子。此指诸侯的长子，即世子。

㊯兵车之会：尹知章注："兵车之会，谓兴兵有所伐。"

㊰乘车之会：尹知章注："乘车之会，谓结好息民之会也。"

㊱禄：读为"录"，记录。此指计算。

㊲案田而税：案知其壤瘠而税。

㊳识：读为"志"，记住。

㊴李：通"理"，古时法官的名称。

㊵宅：官名，负责掌管宅地。

㊶遽（jù）：驿车。此指驿站。

㊷委：委积、积聚。

㊸别契：犹令之单据与存根，各执其一。

㊹义：同"仪"，礼仪。数：数目，费用。而：如果。

㊺得成：犹言有功。

㊻靖：恭敬。

㊼农农：郭沫若云："犹言浓浓、重重、冲冲。"

㊽国子：根据上下文的记述，此处应为"高子"。

㊾危："诡"之借字。

㊿如果有权势的人不受国法的约束，则有罪不赦。

中匡①第十九

管仲会国用②，三分二在宾客③，其一在国。管仲惧而复之。公曰："吾子犹如是乎？四邻宾客，人者说④，出者誉，光名满天下；人者不说，出者不誉，污名满天下。壤可以为粟，木可以为货；粟尽则有生，货散则有聚。君人者，名之为贵，财安可有？"⑤管仲曰："此君之明也。"公曰："民办军事矣，吾欲诛大国之不道者，则可乎？"对曰："不可。甲兵未足也。请薄刑罚，以厚甲兵。"于是死罪不杀，刑罪不罚，使以甲兵赎。死罪以犀甲一戟，刑罪以胁盾一戟，过罚以金钧⑥，无所抑⑦而讼者，成以束矢。公曰："甲兵既足矣，吾欲诛大国之不道者，可乎？"对曰："爱四封之内，而后可以恶竟外不善者；安卿大夫之家，而后可以危救敌之国；赐小国地，而后可以诛大国之不道者；举贤良，而后可以废慢法鄙贱之民。是故先王必有置也，而后必有废也；必有利也，而后必有害也。"桓公曰："昔三王者，既弑其君，今言仁义，则发以三王为法度，不识其故何也？"对曰："昔者禹平治天下，及桀而乱之，汤放桀以定禹功也；汤平治天下，及纣而乱之，武王伐纣以定汤功也。且善之伐不善也，自古至今，未有改之。君何疑焉？"公又问曰："古之亡国其何失？"对曰："计得地与宝，而不计失诸侯；计得财委，而不计失百姓；计见亲而不计见弃。三者之属一，足以削，遍而有者亡矣。古之隳国家，陨社稷者，非故且为之也⑧，必少有乐焉，不知其陷于恶也。"

桓公谓管仲曰："请致仲父其桓⑨"公与仲父而将饮之，掘新井而柴焉。十日斋戒，召管仲。管仲至，公执爵，夫人执尊，觞⑩三行，管仲趋出。公怒曰："寡人斋戒十日，而饮仲父，寡人自以为脩矣。仲父不告寡人而出，其故何也？"鲍叔、隰朋趋而出，及管仲于途曰："公怒。"管仲反⑪，人，背屏而立，公不与言；少进中庭，公不与言；少进傅堂，公曰："寡人斋戒十日而饮仲父，自以为脱于罪矣。仲父不告寡人而出，未知其故也？"对曰："臣闻之，沉于乐者洽于忧⑫，厚于味者薄于行，慢于朝者缓于政，害于国家者危于社稷，臣是以敢出也。"公遽下堂曰："寡人非敢自为偷也，仲父年长，虽寡人亦衰矣，吾愿一朝安仲父也。"对曰："臣闻壮者无怠，老者无偷，顺天之道，必以善终者也。三王失之也，非一朝之萃⑬，君奈何其偷乎？"管仲走出，君以宾客之礼再拜送之。明日，管仲朝，公曰："寡人愿闻国君之信。"对曰："民爱之，邻国亲之，天下信之，此国君之信。"公曰："善。请问信安始而可？"对曰："始于为身⑭，中于为国，成⑮于为天下。"公曰："请问为身。"对曰："道血气，以求长年、长心、长德。此为身也。"公曰："请问为国。"对曰："远举贤人，慈爱百姓，外存亡国，继绝世，起诸孤，薄税敛，轻刑罚，此为国之大礼也。"公曰："请问为天下。"对曰："法行而不苛，刑廉而不赦，有司宽而不凌，菀浊困滞者，法度不亡，往行不来，而民游世矣，此为天下也。"

---

①中匡：中等的书简。据郭沫若说是长一尺二寸的书简，是私家著述，较之于长二尺四寸的官方书简则要短得多了。本篇记述了两则桓公与管仲的谈话，时间是管仲为齐相后，内容是有关治国兴霸的策略。

②会：读为"会计"的会。意为总计。

③宾客：此指他国派来的使者。

④说：通"悦"，喜悦。

⑤财安可有：当读为"财焉何有"，谓财无足轻重，非谓财不可有。

⑥金钧：出金一钧也。金，铜铁等金属的统称。钧，古代以三十斤为一钧。

⑦无所抑：无所屈抑。屈抑：委屈，冤屈。

⑧非故且为：并非专门这样做。

⑨桓：盘桓也，盘乐于酒。

⑩觞（shāng）三行：觞，也是酒器。按古代礼节，臣子侍宴，酒不得过三觞，超过即是失礼。

⑪反：通"返"，返回。

⑫沉溺于饮酒作乐的人一定会沾上忧患。沉，沉溺；洽，浸润。

⑬萃：俞樾云："'萃'当读为猝。"意为急速、突起。

⑭为：治。《吕氏春秋·执一》篇："身为而家为，家为而国为，国为而天下为。"高诱注："为，治也。"

⑮成：终。与"始"相对。

小匡①第二十

桓公自莒反于齐，使鲍叔牙为宰。鲍叔辞曰："臣，君之庸臣也。君有加惠于其臣，使臣不冻饥，则是君之赐也。若必治国家，则非臣之所能也，其唯管夷吾乎！臣之所不如管夷吾者五：宽惠爱民，臣不如也；治国不失秉②，臣不如也；忠信可结于诸侯，臣不如也；制礼义可法于四方，臣不如也；介胄执枹③，立于军门，使百姓皆加勇，臣不如也。夫管仲，民之父母也；将欲治其子，不可弃其父母。"公曰："管夷吾亲射寡人，中钩，殆于死，今乃用之，可乎？"鲍叔曰："彼为其君动也，君若宥④而反之，其为君亦犹是也。"公曰："然则为之奈何？"鲍叔曰："君使人请之鲁。"公曰："施伯，鲁之谋臣也。彼知吾将用之，必不吾予也。"鲍叔曰："君诏使者曰：'寡君有不令之臣在君之国，愿请之以戮于群臣。'鲁君必诺。且施伯之知夷吾之才，必将致鲁之政。夷吾受之，则鲁能弱齐矣。夷吾不受，彼知其将反于齐。必杀之。"公曰："然则夷吾受乎？"鲍叔曰："不受也。夷吾事君无二心。"公曰："其于寡人犹如是乎？"对曰："非为君也，为先君与社稷之故。君若欲定宗庙，则亟请之，不然无及也。"

公乃使鲍叔行成⑤，曰："公子纠，亲也。请君讨之。"鲁人为杀公子纠。又曰："管仲，仇也。请受而甘心焉。"鲁君许诺。施伯谓鲁侯曰："勿予。非戮之也，将用其政也。管仲者，天下之贤人也，大器也。在楚则楚得意于天下，在晋则晋得意于天下，在狄则狄得意于天下。今齐求而得之，则必长为鲁国忧，君何不杀而受之其尸。"鲁君曰："诺。"将杀管仲。鲍叔进曰："杀之齐，是戮齐也⑥；杀之鲁，是戮鲁也。弊邑寡君愿生得之，以殉于国，为群臣戮；若不生得，是君与寡君贼比⑦也。非弊邑之君所请也，使臣不能受命。"于是鲁君乃不杀，遂生束缚而柙⑧以予齐。鲍叔受而哭之，三举⑨。施伯从而笑⑩之，谓大夫曰："管仲必不死。夫鲍叔之忐⑪，不僇贤人，其智称贤以自成也。鲍叔相公子小白，先人得国，管仲、召忽、公子纠后入，与鲁以战，能使鲁败，功足以⑫。得天与失天，其人事一也。今鲁惧，杀公子纠、召忽，囚管仲以予齐，鲍叔知无后事，必将勤⑬管仲以劳其君顾⑭，以显其功。众必予之有得⑮。力死之功，犹尚可加也，显生之功将何如？是昭德以贰君⑯也，鲍叔之知，不是失也。"

至于堂阜之上，鲍叔祓⑰而浴之三。桓公亲迎之郊。管仲诎缨插衽⑱，使人操斧而立其后。公辞斧三，然后退之。公曰："重缨下衽、寡人将见。"管仲再拜稽首曰："应公之赐，杀之黄泉，死且不朽。"公遂与归，礼之于庙，三酌而问为政焉。曰："昔先君襄公，高台广池，湛乐饮酒，田猎罼⑲弋，不听国政；卑圣侮士，唯女是崇，九妃六嫔，陈妾数千；食必粱肉，衣必文绣，而戎士冻饥；戎马待游车之弊，戎士待陈妾之余；倡优⑳侏儒在前，而贤大夫在后。是以国家不日益，不月长。吾恐宗庙之不扫除，社稷之不血食㉑，敢问为之奈何？"管子对曰："昔吾先王，周昭王、穆王世法文武之远迹，以成其名。合群叟，比校民之有道者，设象以为民纪㉒，式券以相应，比缀以书，原本穷末㉓。劝之以庆赏，纠之以刑罚，粪除其颠旄㉔，赐予以镇抚之，以为民终始㉕。"公曰："为之奈何？"管子对曰："昔者圣王之治其民也，叁其国而伍其鄙，定民之居，成民之事，以为民纪。谨用其六秉，如是而民情可得而百姓可御。"桓公曰："六秉者何也？"管子曰："杀、生、贵、贱、贫、富，此六秉也。"桓公曰："叁国奈何？"管子对曰："制国以为二十一乡：商工之乡六，士农之乡十五。公帅十一乡，高子帅五乡，国子帅五乡。叁国故为三军。

公㉖立三官之臣：市立三乡，工立三族，泽立三虞，山立三衡。制五家为轨，轨有长；十轨为里，里有司；四里为连，连有长；十连为乡，乡有良人；五乡一帅。"桓公曰："五鄙奈何？"管子对曰："制五家为轨，轨有长；六轨为邑，邑有司；十邑为乡，卒有长；十卒为乡，乡有良人；三乡为属，属有大夫。五属五大夫。武政听属，文政听乡，如保而听，毋有淫佚者。"桓公曰："定民之居，成民之可奈何？"管子对曰："士农工商四民者，国之石民㉗也，不可使杂处，杂处则其言哤㉘，其事乱。是故圣王之处士必于闲燕㉙，处农必就田墅，处工必就官府，处商必就市井。令夫士群萃而州处，闲燕则父与父言义，子与子言孝，其事君者言敬，长者言爱，幼者言弟㉚。旦昔㉛从事于此，以教其子弟，少而习焉，其心安焉，不见异物而迁焉。是故，其父兄之教，不肃而成；其子弟之学，不劳而能，夫是故士之子常为士。令夫农群萃而州处，审其四时，权节其用，备其械器，比耒耜枷芟㉜。及寒击槁除田，以待时乃耕，深耕、均种、疾耰㉝。先雨芸耨㉞，以待时雨。时雨既至，挟其枪刈耨镈㉟，以旦暮从事于田墅，税㊱衣就功，别苗莠，列疏遬。首戴茅蒲，身服袯襫㊲，沾体涂足，暴其发肤，尽其四肢之力，以疾从事于田野。少而习焉，其心安焉，不见异物而迁焉。是故其父兄之教，不肃而成；其子弟之学，不劳而能，是故农之子常为农。朴野而不慝㊳，其秀才之能为士者，则足赖也。故以耕则多粟，以仕则多贤，是以圣王敬农戚农㊴。令夫工群萃而州处，相良材，审其四时，辨其功苦，权节其用，论比、计制、断器，尚完利。相语以事，相示以功，相陈以巧，相高以智。旦昔从事于此，以教其子弟。少而习焉，其心安焉，不见异物而迁焉。是故其父兄之教，不肃而成，其子弟之学，不劳而能，夫是故工之子常为工。令夫商群萃而州处，观凶饥，审国变，察其四时而监㊵其颖之货，以知其市之贾㊶。负任担荷，服牛辂马，以周四方；料多少，计贵贱，以其所有，易其所无，买贱鬻㊷贵。是以羽旄㊸不求而至，竹箭有余于国，奇怪时来，珍异物聚。旦昔从事于此，以教其子弟。相语以利，相示以时，相陈以知贾。少而习焉，其心安焉，不见异物而迁焉。是故其父兄之教，不肃而成；其子弟之学，不劳而能，夫是故商之子常为商。相地而衰其政㊹，则民不移矣。正不旅旧，则民不惰；山泽各以其时至，则民不苟；陵陆、丘阜、田畴均，则民不惑；无夺民时则百姓富，牺牲不劳则牛马育。"桓公又问曰："寡人欲修政以干时㊺于天下，其可乎？"管子对曰："可。"公曰："安始而可？"管子对曰："始于爱民。"公曰："爱民之道奈何？"管子对曰："公修公族，家修家族，使相连以事，相及以禄，则民相亲矣；放旧罪，修旧宗，立无后，则民殖矣；省刑罚，薄赋敛，则民富矣；乡建贤士，使教于国，则民有礼矣；出令不改，则民正矣。此爱民之道也。"公曰："民富而以亲，则可以使之乎？"管子对曰："举财长工，以足民用；陈力尚贤，以劝民智；加刑无苛，以济百姓。行之无私，则足以容众矣；出言必信，则令不穷矣。此使民之道也。"

桓公曰："民居定矣，事已成矣。吾欲从事于天下诸侯㊻，其可乎？"管子对曰："未可。民心未吾安。"公曰："安之奈何？"管子对曰："修旧法，择其善者，举而严㊼用之；慈于民，予无财；宽政役㊽，敬百姓，则国富而民安矣。"公曰："民安矣，其可乎？"管仲对曰："未可。君若欲正卒伍，修甲兵，则大国亦将正卒伍，修甲兵。君有征战之事，则小国诸侯之臣有守圉之备矣，然则，难以速得意于天下。公欲速得意于天下诸侯，则事有所隐而政有所寓㊾。"公曰："为之奈何？"管子对曰："作内政而寓军令焉：为高子之里，为国子之里，为公里，三分齐国，以为三军。择其贤民，使为里君。乡有行伍，卒长则其制令，且以田猎，因以赏罚，则百姓通于军事矣。"桓公曰："善。"于是乎管子乃制五家以为轨，轨为之长；十轨为里，里有司；四里为连，连为之长；十连为乡，乡有良人。以为军令，是故五家为轨，五人为伍，轨长率之；十轨为里，故五十人为小戎，里有司率之，四里为连；故二百人为卒，连长率之；十连为乡，故二千人为旅，乡良人率之；五乡一帅，故万人一军，五乡之帅率之。三军故有中军之鼓，有高子之鼓，有国子之鼓。春以田，曰蒐(50)，振旅；秋以田，曰狝(51)，治兵。是故卒伍政，定于里；军旅政，定于郊。内教既成，令不得迁徙。故卒伍之人，人与人相保，家与家相爱，少相居，长相游，祭祀相福，死丧相恤，祸福相忧，居处相乐，行作相和，哭泣相哀。是故夜战其声相闻，足以无乱；昼战其目相见，足以相识；欢欣足以相死。是故以守则固，以战则胜。君有此教士三万人，以横行于天下，诛无道，以定周室，天下大国之君莫之能圉也。

正月之朝，乡长复事(52)，公亲问焉，曰："于子之乡，有居处为义、好学、聪明、质仁、慈孝于父母、长悌闻于乡里者，有则以告；有而不以告，谓之蔽贤，其罪五。"有司已于事而竣(53)。公又问焉，曰："于子之乡，有拳勇、股肱之力、筋骨秀出于众者，有则以告；有而不以告，谓之蔽才，其罪五。"有司已于事而竣。公又问焉，曰："于子之乡，有不慈孝于父母，不长悌于乡里，骄躁淫暴，不用上令者，有则以告；有而不以告，谓之下比(54)，其罪五。"有司已于事而竣。于是乎乡长退而修德，进贤。桓公亲见之，遂使役之官(55)。公令官长，期(56)而书伐以告，且令选官之贤者而复之。曰："有人居我官有功，休德维顺，端懿以待时使。使民恭敬以劝。其称谤言，则足以补官之不善政。"公宣问其乡里，而有考验。乃召而与之坐，省(57)相其质。以参其成功，成事可立，而时(58)。设问国家之患而不疚(59)，退而察问其乡里，以观其所能，而无大过，登以为上卿之佐。名之曰三选。高子、国子退而修乡，乡退而修连，连退而修里，里退而修轨，轨退而修家。是故匹夫有善，故可得而举也；匹夫有不善，故可得而诛也。政既成，乡不越长，朝不越爵。罢士(60)无伍，罢女无家。士三出妻，逐于境外；女三嫁，入于舂谷。是故民皆勉为善。士与其为善于乡，不如为善于里；与其为善于里，不如为善于家。是故士莫敢言一朝之便，皆有终岁之计；莫敢以终岁为议，皆有终身之功。

正月之朝，五属大夫复事于公，择其寡功者而谪(61)之曰："列地分民者若一，何故独寡功？何以不及人？教训不善，政事其不治，一再则宥(62)，三则不赦。"公又问焉，曰："于子之属，有居处为义、好学、聪明、质仁、慈孝于父母、长弟闻于乡里者，有则以告；有而不以告，谓之蔽贤，其罪五。"有司已事而竣。公又问焉，曰："于子之属，有拳勇、股肱之力秀出于众者，有则以告；有而不以告，谓之蔽才，其罪五。"有司已事而竣。公又问焉，曰："于子之属，有不慈教于父母，不长悌于乡里，骄躁淫暴，不用上令者，有则以告；有而不以告者，谓之下比，其罪五。"有司已于事而竣。于是乎五属大夫退而修属，属退而修连，连退而修乡，乡退而修卒，卒退而修邑，邑退而修家。是故匹夫有善，可得而举，匹夫有不善，可得而诛。政成国安，以守则固，以战则强。封内治，百姓亲，可以出征四方，立一霸王矣(63)。

桓公曰："卒伍定矣，事已成矣，吾欲从事于诸侯其可乎？"管子对曰："未可。若军令则吾既寄诸内政矣。夫齐国寡甲兵，吾欲轻重罪而移之于甲兵(64)。"公曰："为之奈何?"管子对曰："制重罪入以兵甲犀胁、二戟(65)，轻罪入兰、盾、鞈革、二戟(66)，小罪入以金钧分，宥薄罪入以半钧，无坐(67)抑而讼狱者，正三禁之而不直(68)，则入一束矢以罚之。美金以铸戈、剑、矛、戟，试诸狗马；恶金以铸斤、斧、鉏、夷、锯欘(69)，试诸木土。"

桓公曰："甲兵大足矣，吾欲从事于诸侯可乎?"管仲对曰："未可，治内者未具也，为外者未备也。"故使鲍叔牙为大谏(70)，王子城父为将，弦子旗为理，宁戚为田，隰朋为行(71)，曹孙宿处楚，商容处宋，季友处鲁，卫开方处卫，匽尚处燕，审友处晋。又游士八十人，奉之以车马衣裘，多其资粮，财币足之，使出周游于四方，以号召收求天下之贤士。饰玩好，使出周游于四方，鬻之诸侯，以观其上下之所贵好，择其沉乱者而先政之(72)。公曰："外内定矣，可乎?"管子对曰："未可。邻国未吾亲也。"公曰："亲之奈何?"管子对曰："审吾疆场，反其侵地，正其封界；毋受其货财，而美(73)为皮币，以极聘頫(74)于诸侯，以安四邻，则邻国亲我矣。"桓公曰："甲兵大足矣，吾欲南伐，何主？"管子对曰："以鲁为主，反其侵地常潜，使海于有蔽，渠弥⑦于有陼⑦，环山于有牢。"桓公曰："吾欲西伐，何主？"管子对曰："以卫为主。反其侵地台原姑与柒里⑦，使海于有蔽，渠弥于有陼，环山于有牢。"桓公曰："吾欲北伐，何主？"管子对曰："以燕为主。反其侵地柴夫、吠狗。使海于有蔽，渠弥于有陼，环山于有牢。"四邻大亲。既反其侵地，正其封疆，地南至于岱阴，西至于济，北至于海，东至于纪随，地方三百六十里。三岁治定，四岁教成，五岁兵出。有教士三万人，革车八百乘。诸侯多沈乱，不服于天子。于是乎，桓公东救徐州，分吴半。存鲁陵蔡，割越地。南据宋郑征伐楚，济汝水，逾方城。望文山，使贡丝于周室。成周反胙于隆岳⑦，荆州诸侯莫不来服。中救晋公，擒狄王，败胡貉，破屠何⑦，而骑寇始服。北伐山戎，制冷支，斩孤竹，而九夷始听。海滨诸侯，莫不来服。西片攘白狄之地，遂至于西河，方舟投柎⑦，乘桴济河，至于石枕⑦。县车束马，逾大行与卑耳之谿，拘泰夏，西服流沙西虞，而秦戎始从。故兵一出而大功十二。故东夷、西戎、南蛮、北狄，中诸侯国，莫不宾服。与诸侯饰牲为载书，以誓要⑦于上下庶神。然后率天下定周室，大朝诸侯于阳谷。故兵车之会六，乘车之会三，九合诸侯，一匡天下。甲不解垒⑦，兵不解翳⑦，弢无弓⑦，服无矢，寝武事，行文道，以朝天子。

葵丘之会，天子使大夫宰孔致胙于桓公曰："余一人有事于文武。使宰孔致胙。"且有后命曰："以尔自卑劳，实谓尔伯舅毋下拜"⑦。桓公召管仲而谋，管仲对曰："为君不君，为臣不臣，乱之本也。"桓公曰："余乘车之会三，兵车之会六，九合诸侯，一匡天下。北至于孤竹、山戎、秽貉，拘泰夏；西至流沙西虞；南至吴、越、巴、牂柯、㱙⑦、不庾、雕题、黑齿。荆夷之国，莫违寡人之命，而中国卑我。昔三代之受命者，其异于此乎？"管子对曰："夫凤凰鸾鸟不降，而鹰隼鸥枭丰；庶神不格⑦，守龟不兆，握粟而筮者屡中。时雨甘露不降，飘风暴雨数臻；五谷不蕃，六畜不育，而蓬蒿藜藋并兴。夫凤凰之文，前德义，后日昌，昔人之受命者，龙龟假⑦，河出图，雒出书⑦，地出乘黄⑦。今三祥未见有者，虽曰受命，无乃失诸乎？"桓公惧，出见客曰："天威不违颜咫尺，小白承天子之命而毋下拜，恐颠蹶于下，以为天子羞。"遂下拜，登受赏服、大路⑦、龙旗九游，渠门赤旗。天子致命于桓公而下受，天下诸侯称顺焉。

桓公忧天下诸侯。鲁有夫人庆父之乱，而二君弑死⑦，国绝无后。桓公闻之，使高子存之。男女不淫，马牛选具，执玉以见，请为关内之侯，而桓公不使也。狄人攻邢，桓公筑夷仪以封之。男女不淫，马牛选具，执玉以见，请为关内之侯，而桓公不使也。狄人攻卫，卫人出旅于曹，桓公城楚丘封之。其畜以散亡，故桓公予之系马⑦三百匹，天下诸侯称仁焉。于是天下之诸侯，知桓公之为己勤也，是以诸侯之归之也，譬若市人。桓公知诸侯之归己也，故使轻其币，而重其礼。故使天下诸侯以被马犬羊为币，齐以良马报；诸侯以缦帛⑦鹿皮四介以为币，齐以文锦虎豹皮报。诸侯之使垂橐而入，攟载而归⑦。故钩之以爱，致之以利，结之以信，示之以武。是故天下小国诸侯，既服桓公，莫之敢倍⑦而归之。喜其爱而贪其利，信其仁而畏其武。桓公知天下小国诸侯之多与己也，于是又大施惠焉：可以忧者为之忧，可以谋者为之谋，可以动者为之动。伐谭莱而不有也，诸侯称仁焉；通齐国之鱼盐东莱，使关市几而不征，缠而不税，以为诸侯之利，诸侯称宽焉。筑蔡鄢陵、培夏、灵父丘，以御戎狄之地，所以禁暴于诸侯也；筑五鹿、中牟、邺盖与牡丘，以卫诸夏之地，所以示权于中国也。教大成。是故天下之于桓公，远国之民望如父母，近国之民从如流水。故行地滋远，得人弥众，是何也？怀其文而畏其武。故杀无道，定周室，天下莫之能围，武事立也；定三革，偃五兵，朝服以济河，而无怵惕焉，文事胜也。是故大国之君惭愧，小国诸侯附比。是故大国之君事如臣仆，小国诸侯欢如父母。夫然，故大国之君不尊，小国诸侯不卑。是故大国之君不骄，小国诸侯不慑。于是列广地以益狭地，损地财以与无财。周其君子，不失成功；周其小人，不失成命㊳。夫如是，居处则顺，出则有成功。不称动甲兵之事，以遂文武之迹于天下。

桓公能假其群臣之谋㊴，以益其智也。其相曰夷吾，大夫曰宁戚、隰朋、宾胥无、鲍叔牙。用此五子者何功度义㊵，光德继法，昭于天下，以遗后嗣；赗孝昭穆，大霸天下，名声广裕，不可掩也。则唯有明君在上，察相在下也。初，桓公郊迎管子而问焉。管仲辞让，然后对以参国伍鄙，立五乡以崇化，建五属以厉武㊶，寄兵于政，因刑罚，备器械，加兵无道诸侯，以事周室。桓公大悦。于是斋戒十日，将相管仲。管仲曰："斧钺之人也，幸以获生，以属其腰领㊷，臣子禄也。若知国政，非臣之任也。"公曰："子大夫受政，寡人胜任；子大夫不受政，寡人恐崩。"管仲许诺，再拜而受相。三日，公曰："寡人有大邪三，其犹尚可以为国乎？"对曰："臣未得闻。"公曰："寡人不幸而好田㊸，晦夜而至禽侧，田莫不见禽而后返，诸侯使者无所致，百官有司无所复。"对曰："恶则恶矣，然非其急者也。"公曰："寡人不幸而好酒，日夜相继，诸侯使者无所致，百官有司无所复。"对曰："恶则恶矣，然非其急者也。"公曰："寡人有污行，不幸而好色，而姑姊㊹有不嫁者。"对曰："恶则恶矣，然非其急者也。"公作色曰："此三者且可，则恶有不可者矣？"对曰："人君唯优与不敏为不可㊺，优则亡众，不敏不及事。"公曰："善。吾子就舍，异日请与吾子图之。"对曰："时可将与夷吾，何待异日乎？"公曰："奈何？"对曰："公子举为人博闻而知礼，好学而辞逊，请使游于鲁，以结交焉。公子开方为人巧转而兑㊻利，请使游于卫，以结交焉。曹孙宿其为人也小廉而苛伏㊼，足恭而辞给㊽，正荆之则也，请使往游，以结交焉。"遂立行三合得，而后退。

相三月，请论百官。公曰："诺。"管仲曰："升降揖让㊾，进退闲习㊿，辨辞之刚柔，臣不如隰朋，请立为大行⓫。垦草入邑，辟土聚粟多众，尽地之利，臣不如宁戚，请立为大司田；平原广牧，车不结辙，士不旋踵，鼓之而三军之士视死如归，臣不如王子城父，请立为大司马；决狱折中，不杀不辜，不诬无罪，臣不如宾胥无，请立为大司理；犯君颜色，进谏必忠，不辟⓬死亡，不挠富贵，臣不如东郭牙，请立以为大谏之官。此五子者，夷吾一⓭不如；然而以易夷吾，夷吾不为也。君若欲治国强兵，则五子者存矣；若欲霸王，夷吾在此。"桓公曰："善。"

①小匡：据郭沫若说，是一种长八寸的小型简书，系私家著述。本篇记述管仲辅相桓公完成霸业的事迹和一系列政见。

②秉：通"柄"，权柄。

③介胄执枹：犹言在军前指挥战斗。介胄（zhòu）：犹甲胄，指披甲戴盔。枹（fú）：同"桴"，鼓槌。

④宥（yòu）：宽恕。

⑤行成：议和。

⑥把他杀死在齐国，这是为齐国殉节而杀。

⑦比：并列。

⑧柙（xiá）：本指关猛兽的木笼子，此指关押犯人的囚车。

⑨三举：尹知章注："三举其声，伪哀其将也。"举声，大声。

⑩笑：尹知章注："笑其伪也。"笑，嘲笑。

⑪忎：古"仁"字也。

⑫以：同"已"。

⑬勤：帮助。

⑭顾：顾遇、知遇。

⑮得：古本作"德"。

⑯贰君：宰相。

⑰祓（fú）：古代为除灾去邪举行的仪式。

⑱管仲垂下帽缨，提着衣襟。尹知章注："示将戮也。"

⑲罦：古时田猎用的长柄网。

⑳倡优：古代以乐舞戏谑为业的艺人。

㉑血食：受祭祀，因祭祀有牲牢，故称血食。

㉒尹知章注："校试其人有道者，与之设法象，而为人纪。"法象：可效法的典型、模范。人纪：人的纲纪、领头人。

㉓推究百姓表现的好坏。

㉔粪除其颠旄：郭沫若云："当作'粪除其颠毛'，谓髡刑也。"粪除，清除。

㉕终始：刘绩云：终始犹言常行。

㉖公：当为"宫"。

㉗石民：如柱石之民，犹今言可依靠的基本群众。

㉘哤（máng）：语言杂乱。

㉙闲燕：谓学校之处。

㉚年幼的谈论尊敬兄长。

㉛旦昔：旦夕。昔同"夕"

㉜耒耜（sì）：古代的翻土农具。耝（jiā）芟（shān），是两种除草农具。

㉝耰（yōu）：农具名。此指播种后用耰平土，覆盖种子。

㉞芸耨：除草。芸通"耘"。耘与耨同义，意为除草。

㉟枪刈（yì）：两种割草的农具。耨鎛（bó）：两种锄草的农具。

㊱税：通"脱"，脱去。

㊲裞襚（bó shì）：襄衣。

㊳慝（tè）：邪恶，恶念。

㊴敬：犹言敬服。戚：亲近。

㊵监：监礼。尹知章注："监，视也。"

㊶贾：通"价"，价格。

㊷鬻（yù）：出卖。

㊸羽旄：古时以雉羽、旄牛尾装饰旗杆，故以为珍品。

㊹许维遹案："《荀子·王制篇》作'相地而衰政'，杨《注》：'政读为征'，《齐语》正作'征'。韦《注》：'相，视也；衰，差也，视土地之美恶及所生出以差征赋之轻重也'。"差，有差别。

㊺干：求取。时：时会。古代帝王不定期地会见四方诸侯称时会或时。

㊻欲从事：尹知章注："欲从会事。"会事，时会之事。

㊼严：尊敬。

㊽政：通"征"。

㊾尹知章注："不显习其兵事，故曰事有所隐。军政寓之田猎，故曰政有所寓。"寓，寄寓。

㊿蒐（sōu）：古代春猎。

51狝（xiǎn）：古代秋猎。

52复：告诉，报告。尹知章注："复，白也。"

53竣（jùn）：退。

54比：勾结。尹知章注："下与有罪者，比而掩盖之。"

55尹知章注："谓授之官而役之，所以历试其材能。"役，服役，供职。

56期：年也。伐：功也。

57省（xǐng）相：省视，察看。

58而时：郭沫若云："而时，犹乃待也。"

59疢：贫病也。

60罢士：指缺乏德义的人。罢，通"疲"。

61诮：诮让，谴责。

62宥（yòu）：宽宥，赦罪。

　　此其后，楚人攻宋、郑。烧焫燂焚郑地[16]，使城坏者不得复筑也，屋之烧者不得复葺也。令其人有丧雌雄，居室如鸟鼠处穴。要宋田，夹塞两川，使水不得东流，东山之西，水深灭垝，四百里而后可田也。楚欲吞宋、郑而畏齐，思人众兵强能害己者，必齐也。于是乎楚王号令于国中曰："寡人之所明于人君者，莫如桓公；所贤于人臣者，莫如管仲。明其君而贤其臣，寡人愿事之。谁能为我交齐者，寡人不爱封侯之君焉[17]。"于是楚国之贤士，皆拘其重宝、币帛以事齐。桓公之左右，无不受重宝、币帛者。

　　于是桓公召管仲曰："寡人闻之，善人者人亦善之。今楚王之善寡人一甚矣，寡人不善，将拂[18]于道。仲父何不遂交楚哉？"管子对曰："不可。楚人攻宋、郑，烧焫燂焚郑地，使城坏者不得复筑也，屋之烧者不得复葺也，令人有丧雌雄，居室如鸟鼠处穴。要宋田，夹塞两川，使水不得东流，东山之西，水深灭垝，四百里而后可田也。楚欲吞宋郑，思人众兵强而能害己者，必齐也。是欲以文克齐，而以武取宋、郑也。楚取宋、郑而不知禁，是失宋、郑也；禁之则又不信于楚也。知失于内，兵困于外，非善举也。"桓公曰："善。然则若何？"管子对曰："请兴兵而南存宋、郑，而令曰：'毋攻楚，言[19]与楚王遇。'至于遇上[20]，而以郑城与宋水为请。楚若许，则是我以文令也；楚若不许，则遂以武令焉。"桓公曰："善。"

　　于是遂兴兵而南存宋、郑，与楚王遇于召陵之上，而令于遇上曰："毋贮粟，毋曲隄，毋擅废嫡子，毋置妾以为妻。"因以郑城与宋水为请于楚[21]。楚人不许，遂退七十里而舍。使军人城郑南之地，立百代城焉[22]。曰："自此而北至于河者，郑自城之，而楚不敢隳也；东发宋田，夹两川，使水复东流，而楚不敢塞也。

　　遂南伐楚，逾方城济于汝水，望汶山[23]，南致吴越之君；而西伐秦，北伐狄，东存晋公于南，北伐孤竹，还存燕公。兵车之会六，乘车之会三，九合诸侯，反位已霸。修钟磬而复乐。管子曰："此臣之所谓乐也。"

---

①本篇《霸形》之题应与下篇《霸言》对换。所谓"霸言"指称霸天下的言论。本篇以桓、管对答的形式，记述了齐国图霸的理论和实践。

②乡：同"向"，方向。

③度：法度也。

④本事：当为"本始"，所谓物有本末，事有终始也。

⑤"不敢"二句：尹知章云："不敢专擅自发此命，将进之宗庙，告先君而后行。"

⑥方：尹知章云："方谓版牍也，凡此欲书其所定令也。"

⑦百一：指税率百分之一。钟，容量单位。《左传·昭三年》："釜十则钟。"即六斛四斗。

⑧泽梁：沼池中拦水捕鱼之具。纵：开放。

⑨讥：稽查，察问

⑩纫：洪颐煊云："纫，结束也。'谓以帛结束其胸而称疾'。"

⑪县：同"悬"。郭沫若云："'桱'假为'环'。古者钟磬皆有环。悬于钩上。"

⑫简虡（jù）：悬挂钟磬的木架。

⑬并：同"屏"，屏除。

⑭郭沫若云："言诸侯既争强而我欲平分之，则亦争耳。"

⑮缦帛：即素帛，无文彩之帛，与"文锦"相对。

⑯烧焫（ruò）燂（hàn）焚：皆烧义。

⑰君：当作"赏"。

⑱拂：违也。

⑲言：当为"吾"。

⑳上：安井衡云："'上'犹'所'也。"

㉑同时就提出郑城遭焚和宋水被堵的问题要求楚国解决。

㉒桓公派军队在郑国南部筑城，命名为百代城。

㉓越过方城，渡过汝水，直逼汶山。

霸言①第二十三

霸王之形：象天则地，化人易代，创制天下，等列诸侯，宾属四海，时匡天下。大国小之，曲国②正之，强国弱之，重国轻之，乱国并之，暴王残之。僇其罪，卑其列，维其民③，然后王之。夫丰国之谓霸，兼正之国之谓王。夫王者有所独明。德共者不取也，道同者不王也。夫争天下者，以威易危，暴④王之常也。君人者有道，霸王者有时。国修而邻国无道，霸王之资⑤也。夫国之存也，邻国有焉，国之亡也，邻国有焉。邻国有事，邻国得焉；邻国有事，邻国亡焉。天下有事，则圣王利也；国危，则圣人知矣。夫先王所以王者，资邻国之举不当也。举而不当，此邻敌之所以得意也。

夫欲用天下之权者，必先布德诸侯。是故先王有所取，有所与；有所诎⑥，有所信⑦；然后能用天下之权。夫兵幸⑧于权，权增于地。故诸侯之得地利者，权从之；失地利者，权去之。夫争天下者，必先争人。明大数者，得人；审小计者，失人。得天下之众者王，得其半者霸。是故圣王卑礼以下天下之贤而任之，均分以钓天下之众而臣之。故贵为天子，富有天下，而世不谓贪者，其大计存也。以天下之财，利天下之人；以明威之振⑨，合天下之权；以遂德之行，结诸侯之亲；以奸佞之罪，刑天下之心；因天下之威，以广明王之伐；攻逆乱之国，赏有功之劳；封贤圣之德，明一人之行，而百姓定矣。夫先王取天下也，术术乎⑩大德哉，物利之谓也。夫使国常无患，而名利并至者，神圣也，国在危亡，而能寿者，明圣也。是故先王之所师者，神圣也；其所赏者，明圣也。夫一言而寿国，不听而国亡，若此者，大圣之言也。夫明王之所轻者马与玉，其所重者政与军。若失主不然，轻予人政，而重予人马；轻予人军而重与人玉；重宫门之营而轻四境之守，所以削也。

夫权者，神圣之所资也。独明者，天下之利器也；独断者，微密之营垒也。此二者，圣人之所则也。圣人畏微而愚人畏明，圣人之憎恶也内，愚人之憎恶也外；圣人将动必知，愚人至危勿辞。圣人能辅⑪时，不能违时。智者善谋，不如当时。精时者，日少而功多。夫谋无主则困，事无备则废。是以圣王务具其备，而慎守其时。以备待时，以时兴事，时至而举兵，绝坚而攻国，破大而制地；大本而小标，全近而攻远。以大牵小，以强使弱，以众致寡，德利百姓，威振天下。令行诸侯而不拂，近无不服，远无不听。夫明王为天下正，理也。案⑫强助弱，圉暴止贪，存亡定危，继绝世，此天下之所载也，诸侯之所与也，百姓之所利也，是故天下王之。知盖天下，断最一世，材振四海，王之佐也。

千乘之国得其守，诸侯可得而臣，天下可得而有也。万乘之国失其守，国非其国也；天下皆治己独乱，国非其国也；诸侯皆合己独孤，国非其国也；邻国皆险己独易，国非其国也。此三者，亡国之征也。夫国大而政小者，国从其政；国小而政大者，国益大。大而不为者，复小；强而不治者，复弱；众而不治者，复寡；贵而无礼者，复贱；重而凌节者，复轻；富而骄肆者，复贫。故观国者观君，观军者观将，观备者观野⑬。其君如明而非明也，其将如贤而非贤也，其人如耕者而非耕也。三守既失，国非其国也。地大而不为，命曰土满；人众而不治，命曰人满；兵威而不正，命曰武满。三满而不止，国非其国也。地大而不耕，非其地也；卿贵而不臣⑭，非其何人？士之有田而不使者⑬几何人？恶何事？士之有田而不耕者几何人？身何事？群臣有位而未有田者几何人？外人之来从而未有田宅者几何家？国子弟之游于外者几何人？贫士之受现于大夫者几何人？官贱行贾，身出以家臣自代者几何人？官丞吏之无田饩而徒理事者几何人？群臣有位事官大夫者几何人？外人来游，在大夫之家者几何人？乡子弟力田为人率者几何人？国子弟之无上事，衣食不节，率子弟不田弋猎者几何人？男女不整齐，乱乡子弟者有乎？问人之贷粟米有别券者⑭几何家？

问国之伏利⑮，其可应人之急者几何所也？人之所害乡里者何物也？问士之有田宅，身在陈列⑯者几何人？余子之胜甲兵有行伍者几何人？问男女有巧技，能利备用者几何人？处女操工事者几何人？问国所开口而食者几何人？问一民有几人之食也？问兵车之计几何乘也？牵家⑰马轭家车者几何乘？处士修行，足以教人，可使帅众莅百姓者几何人？士之急难可使者几何人？工之巧，出足以利军伍，处可以修城郭、补守备者几何人？城粟⑱军粮，其可以行几何年也？吏之急难可使者几何人？大夫疏器：甲兵、兵车、旌旗、鼓铙、帷幕、帅车之载几何乘？疏藏器：弓弩之张、夹锁之衣、钩弦之造、弋戟之紧⑲，其厉⑳何若？其宜修而不修者，故何视？而造修之官，出器处器之具，宜起而未起者何待㉑？乡、帅车轭造修之具，其缮何若？工尹伐材用，毋于三时㉒。群材乃植而造器定。冬，完良备用必足。人有余兵，诡陈之行㉓，以慎国常。时简稽乡帅马牛之肥瘠，其老而死者，皆举之；其就山薮林泽食荐者几何？出入死生之会几何？若夫城郭之厚薄，沟壑之浅深，门闾之尊卑，宜修而不修者，上必几之守备之伍。器物不失其具，淫雨而各有处藏。问兵之官吏、国之豪士，其急难足以先后者几何人？夫兵事危物也，不时而胜，不义而得，未为福也。失谋而败，国之危也，慎谋乃保国。

问所以教选人者何事？问执官都者，其位㉔事几何年矣？所辟草莱，有益于家邑者几何矣？所封表以益人之生利者何物也？所筑城郭，修墙闬，绝通道，轭门阙，深沟防，以益人之地守者，何所也？所捕盗贼，除人害者几何矣？

制地君㉕曰：理国之道，地德为首。君臣之礼，父子之亲，覆育万人。官府之藏，强兵保国，城郭之险，外应四极，具取之地。而市者，天地之财具也。而万人之所和而利也，正是道也㉖。民荒无苟㉗，人尽地之职，一保其国。各主异位㉘，毋使馋人乱替，而德营九军之亲。关者，诸侯之陬隧㉙也，而外财之门户也，万人之道行也。明道以重告之，征于关者，勿征于市；征于市者，勿征于关。虚车勿索，徒负勿入，以来远人，十六道同身㉚。外事谨，则听其名，视其色，是其事，稽其德，以观其外。则不敦于权人㉛，以困貌德㉜。国则不惑，行之职也。问于边吏曰：小利害信，小怒伤义，边信伤德，厚和构四国，以顺完德，后乡四极。令守法之官曰，行度必明，无失经常。

————————

①问：即询问、察问、调查。本篇主体由六十五项问题组成，涉及广泛的社会调查提纲，纲目具体，角度多变，设计细密，是了解古代社会的一份珍贵资料。

②立朝廷：立同"莅"。谓临朝听政。

③所问之事，必有根本纲纪。

④郭沫若云："即在上者以人之所戴者帅士。"

⑤然后开始调查，调查先从大事着眼，治理要从小处入手。

⑥尹知章云："死事之孤谓死王事之子孙。"

⑦胜甲兵：胜任从军。

⑧饩廪：尹知章云："饩，生食。廪，米粟之属。"指国家发给的粮食之类。

⑨言其昔为士而今得为吏者，以何材能而登进也。

⑩宗子：嫡长子。

⑪余子：指宗子以外的子弟。

⑫入者：尹知章云："谓收入其税者。"

⑬不使：谓不仕也。

⑭别券：谓分契也。古代契券通常一分为二，供校验核对。

⑮伏利谓货利隐蔽不见，若铜银山及沟渎可决而溉灌者。即指未开发的资源。

⑯陈列：同"阵列"，指军队。

⑰"牵家"句：尹知章云："'牵家马'言直有马，'轭家车'言直有车，相配以成乘。"

⑱"城粟"两句：尹知章云："城粟谓守城之粟，军粮谓出军之粮，二者可经几年？"

⑲絷：载衣也。

⑳厉：同"砺"。磨砺，此谓磨损。

㉑制造、修理的馆舍，发放、收藏的处所，应建造而未建造的，还等待什么？

㉒三时谓春、夏、秋。此时木方生，植不坚，故不可伐材，其伐材必以冬也。

㉓"此言人有余兵则责其陈之于行伍，不得私匿。"

㉔位：丁士涵云："'位'当作'莅'。"

㉕"制地"句：郭沫若云："'制地君'连文，盖古书名也。"

㉖"正是"句：郭沫若云："正，政法也，言市易为政之首要。"

㉗"民荒"句：尹桐阳云："荒，氓也。"郭沫若云："'苟'乃'亟'字之误。""亟，急也。"

㉘各主异位：言百族、商贾、贩夫、贩妇市各有主，肆各有位。

㉙陬隧：指边界。

㉚齐国凡有十六道，皆置关。

㉛言不为奸人所乘。

㉜困：郭沫若云："'困'，假为'悃'，言貌为忠厚。此属于'权人'之所为，'权人'犹奸人。"

□第二十五（阙）

戒①第二十六

桓公将东游，问于管仲曰："我游犹东由转斜，南至琅邪。司马曰：'亦先王之游已。'何谓也？"管仲对曰："先王之游也，春出，原农事之不本者②，谓之游。秋出，补人之不足者，谓之夕。夫师行而粮食其民③者，谓之亡。从乐而不反者，谓之荒④。先王有游夕之业于人，无荒亡之行于身。"桓公退再拜命曰："宝法也！"管仲复于桓公曰："无翼而飞者，声也；无根而固者，情也；无立而贵者，生也。公亦固情谨声，以严尊生，此谓道之荣。"桓公退，再拜："请若此言。"管仲复于桓公曰："任之重者莫如身，涂之畏者莫如口，期而远者莫如年。以重任行畏涂，至远期，唯君子乃能矣。"桓公退，再拜之曰："夫子数以此言者教寡人。"管仲对曰："滋味动静⑤，生之养也；好恶、喜怒、哀乐，生之变也；聪明当物⑥，生之德也。是故圣人齐滋味而时动静，御正六气之变，禁止声色之淫，邪行亡乎体，违言不存口，静然定生，圣也。仁从中出，义从外作⑦。仁故⑧不以天下为利，义故⑨不以天下为名；仁故不代王，义故七十而致政。是故圣人上德而下功，尊道而贱物；道德当身，故不以物惑。是故身在草茅之中，而无慑意；南面听天下，而无骄色。如此而后可以为天下王。所以谓德者不动而疾，不相告而知，不为而成，不召而至，是德也。故天不动，四时云下，而万物化；君不动，政令陈下，而万功成；心不动，四肢耳目使，而万物情。寡交多亲，谓之知人；寡事成功，谓之知用；闻一言以贯万物，谓之知道。多言而不当，不如其寡也；博学而不自反，必有邪。孝弟者，仁之祖也；忠信者，交之度也。内不考孝弟，外不正忠信，泽其四经而诵学者⑩，是亡其身者也。"

桓公明日弋在廪，管仲、隰朋朝。公望二子，弛弓脱釬⑪而迎之曰："今夫鸿鹄，春北而秋南，而不失其时，夫唯有羽翼以通其意于天下乎？今孤之不得意于天下，非皆二子之忧也？"⑫桓公再言，二子不对。桓公曰："孤既言矣，二子何不对乎？"管仲对曰："今夫人患劳，而上使不时；人患饥，而上重敛焉；人患死，而上急刑焉。如此而又近有色而远有德，虽鸿鹄之有翼，济大水之有舟楫也，其将若君何？"桓公蹵然逡遁⑬。管仲曰："昔先王之理人也，盖人有患劳而上使之以时，则人不患劳矣；人患饥而上薄敛焉，则人不患饥矣；人患死而上宽刑焉，则人不患死矣。如此而近有德而远有色，则四封之内视君其犹父母邪！四方之外归君其犹流水乎！"公辍射，援绥⑭而乘。自御，管仲为左，隰朋参乘⑮。斋三日，进二子于祖宫，再拜顿首曰："孤之闻二子之言也，耳加聪而视加明，于孤不敢独听之，荐之先祖。"管仲、隰朋再拜顿首曰："如君之王也，此非臣之言也，君之教也。"于是管仲与桓公盟誓为令曰："老弱勿刑，参宥而后樷⑯，关几而不正，市正而不布⑰。山林梁泽，以时禁发而不正也。"草封泽盐者之归之也，譬若市人。三年教人，四年选贤以为长，五年始兴车践乘，遂南伐楚，傅施城；北伐山戎，出冬葱与戎叔，布之天下。果三匡天子而九合诸侯。

桓公外舍而不鼎馈⑱，中妇诸子谓宫人："盍不出从乎？君将有行。"宫人皆出从。公怒曰："孰谓我有行者？"宫人曰："贱妾闻之中妇诸子。"公召中妇诸子曰："女⑲焉闻吾有行也？"对曰："妾人闻之，君外舍而不鼎馈，非有内忧，必有外患。今君外舍而不鼎馈，君非有内忧也，妾是以知君之将有行也。"公曰："善，此非吾所与女及也，而言乃至焉⑳，吾是以语女。吾欲致诸侯而不至，为之奈何？"中妇诸子曰："自妾之身之不为人持接也，未尝得人之布织也，意者更容不审耶㉑？"明日，管仲朝，公告之。管仲曰："此圣仍之言也，君必行也。"

管仲寝疾，桓公往问之，曰："仲父之疾甚矣，若不可讳也。不幸而不起此疾，彼政我将安移之？"管仲未对。桓公曰："鲍叔之为人何如？"管仲对曰："鲍叔，君子也。千乘之国，不以其道予之，不受也。虽然，不可以为政。其为人也，好善而恶恶已甚，见一恶终身不忘。"桓公曰："然则孰可？"管仲对曰："隰朋可。朋之为人，好上识而下问。臣闻之，以德予人者谓之仁，以财予人者谓之良。以善胜人者，未有能服人者也㉒；以善养人者，未有不服人者也。于国有所不知政，于家有所不知事，必则朋乎！且朋之为人也，居其家不忘公门，居公门不忘其家，事君不二其心，亦不忘其身，举齐国之币，握路家五十室㉓，其人不知也。大仁也哉，其朋乎！"公又问曰："不幸而失仲父也，二三大夫者，其犹能以国宁乎？"管仲对曰："君请譝已乎㉔？鲍叔牙之为人也好直，宾胥无之为人也好善，宁戚之为人也能事，孙宿之为人也善言。"公曰："此四子者，其孰能一人之上也㉕？寡人并而臣之，则其不以国宁，何也？"对曰："鲍叔之为人，好直而不能以国诎㉖；宾胥无之为人也，好善而不能以国诎；宁戚之为人，能事而不能以足息；孙宿之为人，善言而不能以信默。臣闻之，消息盈虚，与百姓诎信，然后能以国宁勿已者，朋其可乎？朋之为人也，动必量力，举必量技。"言终，喟然而叹曰："天之生朋，以为夷吾舌也，其身死，舌焉得生哉！"管仲曰："夫江、黄之国近于楚，为㉗臣死乎，君必归之楚而寄之；君不归，楚必私之。私之而不救也，则不可；救之，则乱自始矣。"桓公曰："诺。"管仲又言曰："东郭有狗嘊嘊㉘，旦暮欲啮，我柂而不使也。今夫易牙，子之不能爱，安能爱君？君必去之。"公曰："诺。"管子又言曰："北郭有狗嘊嘊，旦暮欲啮，我柂而不使也。今夫竖刁，其身之不爱，焉能爱君？君必去之。"公曰："诺。"管子又言曰："西郭有狗嘊嘊，旦暮欲啮，我柂而不使也。今夫卫公子开方，去其千乘之太子而臣事君，是所愿也：得于君者是将欲过其千乘也。君也去之。"

桓公曰："诺。"管子遂卒。卒十月，隰朋亦卒。桓公去易牙、竖刁、卫公子开方。五味不至，于是乎复反易牙；宫中乱，复反竖刁；利言卑辞不在侧，复反卫公子开方。桓公内不量力，外不量交，而力伐四邻。公薨，六子皆求立。易牙与卫公子内与竖刁，因共杀群吏，而立公子无亏。故公死六十七日不殓，九月不葬。孝公奔宋，宋襄公率诸侯，以伐齐战于甗，大败齐师，杀公子无亏，立孝公而还。襄公立十三年，桓公立四十二年。

①戒：指劝戒，本篇记述管子等对桓公的多次劝戒之语，故题名为《戒》，共分四节。

②不本：指务农无本钱、无种子。

③师行：人马出行。粮食其民：耗费百姓粮食。

④从：同"纵"。反：同"返"。荒：过分享乐。

⑤滋味动静：指饮食作息。

⑥当物：尹知章云："非礼勿视听，故曰当物。"

⑦"仁从"两句：尹知章云："仁自心生，故曰中出；义因事断，故曰外作。"

⑧"仁故"句：尹知章云："不以道辅君而代之王者，非仁也。"

⑨"义故"句：尹知章云："老而不致政，贪冒者耳，非义也。"

⑩泽：王念孙云："泽读为'舍'。"舍、释、泽三字，古同声而通用。四经即孝、悌、忠、信。

⑪钎：臂铠也。

⑫"非皆"句：尹知章云："二子不能为羽翼，所以当忧。"

⑬蹴（cù）然：恭敬貌。逡遁：迟疑徘徊。

⑭绥：车绳。

⑮参乘：陪乘。

⑯"老弱"二句：尹知章云："老弱犯罪者，无即刑之，必三宽宥而后断罪。"

⑰"关几"二句：郭沫若云："《霸形篇》作'关讥而不征，市书而不赋'。"

⑱"桓公"句：尹知章云："外舍谓出宿于外。不以鼎馈食言其馔不盛也。"

⑲女：同"汝"。

⑳"此非"二句：尹知章云："言我本不与汝及此谋，今汝言乃能至于此，谓能知我谋也。"

㉑更容不审耶：谓还能不明白。

㉒"以善"二句：尹知章云："以善胜人，人亦生胜己之心，故不服。"

㉓"握路"句：宋翔凤云："'握'通'渥'，言沾溉之意。"王引之云："'路'读为露。露家：穷困之家也。"

㉔夔："'君请夔己'犹君请衡己也。"

㉕"其埶"句：郭沫若云："'埶'当是'埶'字之误，即'多才多艺'之艺。王训'一'为'皆'。"

㉖国诎：郭沫若云："'国'当为'或'，或者有也。即者有也。即能直而不能诎。"下文亦同。诎，同"屈"。

㉗为：王念孙云："'为'犹如也。"

㉘唯唯（yá）：狗欲咬时发出之声音。

地图①第二十七

凡兵主者②，必先审知地图。轘辕之险③，滥④车之水，名山、通谷、经川、陵陆、丘阜之所在，苴草、林木、蒲苇之所茂，道里之远近，城郭之大小，名邑、废邑、困殖之地⑤，必尽知之。地形之出入相错者，尽藏之⑥。然后可以行军袭邑，举错⑦知先后，不失地利，此地图之常也。人之众寡，士之精粗⑧，器之功苦⑨，尽知之，此乃知形者也。知形不如知能，知能不如知意，故主兵必参⑩具者也。主明、相知、将能之谓参具。故将出令发士，期有日数矣；宿定所征伐之国，使群臣、大吏、父兄、便辟左右不能议成败，人主之任也。论功劳，行赏罚，不敢蔽贤有私；行用货财，供给军之求索，使百吏肃敬，不敢懈怠行邪，以待君之令，相室⑪之任也。缮器械，选练士，为教服，连什伍，遍知天下，审御机数，此兵主之事也。

---

①地图：指的是用于行军作战的地图，文章中十分强调地图在战争中的重要作用，因以名篇。

②兵主：军队统帅。

③辗辕之险：谓路形若辗而又辗曲。"辗，即"环"。

④滥：当读为渐。渐，渍也。

⑤困殖之地：郭沫若云："疑本作'困阻之地'。"

⑥藏：尹知章云："藏谓包蕴在心。"

⑦举错：同"举措"。

⑧士之精粗：指士兵素质的优劣。

⑨器之功苦：指兵器质量的高低。功同"工"。

⑩参：同"三"。

⑪ 相室：即相国、宰相。

参患①第二十八

凡人主者，猛毅则伐②，懦弱则杀③。猛毅者何也？轻诛杀人之谓猛毅；懦弱者何也？重诛杀人之谓懦弱。此皆有失彼此。凡轻诛者杀不辜，而重诛者失有罪，故上杀不辜，则道正者不安；上失有罪，则行邪者不变。道正者不安，则才能之人去亡；行邪者不变，则群臣朋党。才能之人去亡，则宜有外难；群臣朋党，则宜有内乱。故曰猛毅者伐，懦弱者杀也。

君之所以卑尊，国之所以安危者，莫要于兵。故诛暴国④必以兵，禁辟民⑤必以刑。然则兵者外以诛暴，内以禁邪。故兵者尊主安国之经也，不可废也。若夫世主则不然，外不以兵，而欲诛暴，则地必亏矣；内不以刑而欲禁邪，则国必乱矣。

故凡用兵之计⑥，三惊当一至⑦，三至当一军⑧，三军当一战。故一期之师，十年之蓄积殚；一战之费，累代之功尽。今交刃接兵而后利之，则战之自败者也。攻城围邑，主人易子而食之，析骸⑨而爨之，则攻之自拔者也。是以圣人小征而大匡，不失天时，不空地利，用日维梦⑩，其数不⑪出于计。故计必先定而兵出于竟。计未定而兵出于竟，则战之自败，攻之自毁者也。

得众而不得其心，则与独行者同实；兵不完利，与无操者同实；甲不坚密，与俴者⑫同实；弩不可以及远，与短兵同实；射而不能中，与无矢者同实；中而不能入，与无镞者同实；将徒人⑬，与残者同实；短兵待远矢与坐而待死者同实。故凡兵有大论，必先论其器、论其士、论其将、论其主。故曰器滥恶不利者，以其士予人也；士不可用者，以其将予人也；将不知兵者，以其主予人也；主不积务于兵者，以其国予人也。故一器盛，往夫具，而天下无战心⑭；二器盛，惊无具，而天下无守城；三器盛，游夫具⑮，而天下无聚众。所谓无战心者，知战必不胜，故曰无战心；所谓无守城者，知城必拔，故曰无守城；所谓无聚众者，知众必散，故曰无聚众。

---

①参患：尹知章云："太强亦有患，太弱亦有患，必参详强弱之中，自致于无患也。"据此，"参患"即指参详于强弱之中以求无患。但此意似难概括全篇。

②猛毅则伐：谓猛毅之君主将被攻伐。

③懦弱则杀：谓懦弱之君主将遭弑杀。

④暴国：强暴之国，侵略之国。

⑤辟民：同"僻民"，邪僻之民。

⑥"故凡"句：猪饲彦博云："谓会计用兵之费也。"

⑦三次戒备等于一次出征。

⑧军：陶鸿庆云："《说文》'军，圜围也'。"

⑨析骸：拆散尸骨。

⑩用日维梦：谓将于其日有事，必先其夜预为之计。"

⑪不：当作"必"。

⑫褛：谓无甲单衣者。

⑬徒人：白徒也，谓不教练者。

⑭所以，一师的兵器精良，又具备敢于出征的士兵，天下就不敢生心抗拒。

⑮又具备能言善辩的游士。

制分①第二十九

凡兵之所以先争②，圣人贤士不为爱尊爵，道术知能不为爱官职，巧伎③勇力不为爱重禄，聪耳明目④不为爱金财。故伯夷、叔齐非于死之日而后有名也，其前行多修矣；武王非于甲子之朝而后胜也，其前政多善矣。

故小征，千里遍知之⑤。筑堵之墙，十人之聚，日五间之。大征，遍知天下⑥。日五间之，散金财用聪明也⑦。故善用兵者，无沟垒而有耳目。兵不呼儆⑧，不苟聚，不妄行，不强进。呼儆则敌人戒，苟聚则众不用，妄行则群卒困，强进则锐士挫。故凡用兵者，攻坚则轫，乘瑕则神⑨。攻坚则瑕者坚，乘瑕则坚者瑕。故坚其坚者，瑕其瑕者。屠牛坦⑩朝解九牛，而刀可以莫铁⑪，则刃游间也。故天道不行，屈不足从⑫；人事荒乱，以十破百；器备不行，以半击倍。故军争者不行于完城池⑬，有道者不行于无君⑭。故莫知其将至也，至而不可圉；莫知其将去也，去而不可止。敌人虽众，不能止待。

治者所道富也，治而未必富也⑮，必知富之事，然后能富；富者所道强也，而富未必强也，必知强之数，然后能强；强者所道胜也，而强未必胜也，必知胜之理，然后能胜；胜者所道制也，而胜未必制也，必知制之分，然后能制。是故治国有器，富国有事，强国有数，胜国有理，制天下有分。

①制分：即"制天下之分"，意为控制天下的名分。

②"凡兵"句：尹知章云："谓欲用兵所当先而争为者。"

③巧伎：指武艺高明。伎同"技"。

④聪耳明目：指军中侦察人员。

⑤因而打一场小仗，就要了解千里以内的情况。

⑥而要打一场大仗，更要了解整个天下的情况。

⑦所谓每天侦察五次，就是用金钱财货买通内奸。

⑧呼儆：高叫呼警。

⑨乘弱则如有神助。

⑩屠牛坦：屠牛者名坦。

⑪铁：乃"钝"之误。

⑫"故天"二句：许维遹云："意谓天道不行，敌虽穷屈，不可追逐。"

⑬池：丁士涵云："'池'字衍。"完；坚固。

⑭无君：指君主死丧。

⑮“治者”二句：猪饲彦博云："道，由也。'治而'当作'而治'。言富由治而成，然国治者不必成富。"

君臣上①第三十

为人君者，修官上之道，而不言其中②；为人臣者，比官中之事，而不言其外③。君道不明，则受令者疑；权度不一，则循义者惑。民有疑惑贰豫④之心而上不能匡，则百姓之与间⑤，犹揭表而令之止⑥也。是故能象其道于国家，加之于百姓，而足以饰官化下者，明君也；能上尽言于主，下致力于民，而足以修义从令者，忠臣也。上惠其道，下敦其业，上下相希，若望参表，则邪者可知也。

吏啬夫任事，民啬夫任教⑦。教在百姓，论在不挠⑧，赏在信诚，体之以君臣，其诚也以守战。如此，则民啬夫之事究矣。吏啬夫尽有訾程事律⑨，论法辟、衡权、斗斛、文劾，不以私论，而以事为正。如此，则吏啬夫之事究矣。民啬夫成教，吏啬夫成律之后，则虽有敦悫⑩忠信者不得善⑪也；而戏豫怠傲者，不得败也。如此，则人君之事究矣。是故为人君者因其业，乘其事，而稽之以度⑫。有善者，赏之以列爵之尊，田地之厚，而民不慕也。有过者，罚之以废亡之辱，僇死之刑，而民不疾也。杀生不违⑬，而民莫遗其亲者，此唯上有明法，而下有常事也。

天有常象，地有常形，人有常礼。一设而不更，此谓三常。兼而一之，人君之道也；分而职之，人臣之事也。君失其道，无以有其国；臣失其事，无以有其位。然则上之畜下不妄⑭，而下之事上不虚矣⑮。上之畜下不妄，则出法制度者，明也；下之事上不虚，则循义从令者，审也。上明下审，上下同德，代相序也。君不失其威，下不旷其产，而莫相德也⑯。是以上之人务德，而下之人守节。义礼成形于上，而善下通于民；则百姓上归亲于主，而下尽力于农矣。故曰：君明、相信、五官肃、士廉、农愚、商工愿⑰，则上下体⑱，而外内别也；民性因⑲，而三族制也。

夫为人君者，荫德于人者也；为人臣者，仰生于上者也。为人上者，量功而食之以足⑳；为人臣者，受任而处之以敬。布政有均，民足于产，则国家丰矣。以劳受禄，则民不幸生㉑。刑罚不颇，则下无怨心。名正分明，则民不惑于道。道也者，上之所以导民也。是故道德出于君，制令传于相，事业程于官，百姓之力也，胥㉒令而动者也。

是故君人也者，无贵如其言；人臣也者，无爱如其力。言下力上，而臣主之道毕矣。是故主画之，相守之；相画之，官守之；官画之，民役之；则又有符节、印玺、典法、策籍以相揆也㉓。此明公道而灭奸伪之术也。

论材、量能、谋德而举之，上之道也；专意一心，守职而不劳㉔，下之事也。为人君者，下及官中之事，则有司不任㉕；为人臣者，上共专于上，则人主失威。是故有道之君，正其德以莅民，而不言智能聪明㉖。智能聪明者，下之职也；所以用智能聪明者，上之道。上之人明其道，下之人守其职，上下之分不同任，而复合为一体。

是故知善，人君也；身善，人役也。君身善㉗，则不公矣。人君不公，常惠于赏，而不忍于刑，是国无法也。治国无法，则民朋党而下比，饰巧以成其私。法制有常，则民不散而上合，竭情以纳其忠。是以不言智能，而朝事治，国患解，大臣之任也；不言于聪明，而善人举，奸伪诛，视听者众也㉘。

是以为人君者，坐㉙万物之原，而官诸生之职者也。选贤论材，而待之以法。举而得其人，坐而收，其福不可胜收也；官不胜任，奔走而奉，其败事不可胜救也㉚。而国未尝乏于胜任之士，上之明适㉛不足以知之。是以明君审知㉜胜任之臣者也。故曰：主道得，贤材遂，百姓治。

治乱在主而已矣。

故曰：主身者，正德之本也；官治者，耳目之制也。身立而民化，德正而官治。治官化民，其要在上。是故君子不求于民③。是以上及下之事谓之矫，④下及上之事谓之胜⑤。为上而矫，悖也；为下而胜，逆也。国家有悖逆反迕之行，有土主民者⑥，失其纪也。是故别交正分⑦之谓理，顺理而不失之谓道，道德定而民有轨矣。有道之君者，善明设法而不以私防者也；而无道之君，既已设法，则舍法而行私者也。为人上者释法而行私，则为人臣者援私以为公。公道不违，则是私道不违者也。行公道而托其私焉，寝久而不知，奸心得无积乎？奸心之积也，其大者有侵逼杀上之祸，其小者有比周内争之乱。此其所以然者，由主德不立，而国无常法也。主德不立，则妇人能食其意；国无常法，则大臣敢侵其势。大臣假于女之能，以规主情⑧；妇人嬖宠，假于男之知⑨，以援外权。于是乎外夫人而危太子⑩，兵乱内作，以召外寇。此危君之征也。

是故有道之君，上有五官以牧其民，则众不敢逾轨而行矣；下有五横⑪以揆其官，则有司不敢离法而使矣。朝有定度衡仪，以尊主位，衣服绲统⑫，尽有法度，则君体法而立矣。君据法而出令，有司奉命而行事，百姓顺上而成俗，著久而为常，犯俗离教者，众共奸之⑬，则为上者佚矣。

天子出令于天下，诸侯受令于天子，大夫受令于君，子受令于父母，下听其上，弟听其兄，此至顺矣。衡石一称⑭，斗斛一量，丈尺一綧制⑮，戈兵一度，书同名，车同轨，此至正也。众顺独逆，众正独辟，此犹夜有求而得火也，奸伪之人，无所伏矣。此先王之所以一民心也⑯。是故天子有善，让德于天；诸侯有善，庆之于天子；大夫有善，纳之于君；民有善，本于父，庆之于长老。此道法之所从来，⑰是治本也。是故岁一言者，君也；时省者，相也；月稽者，官也；务四支⑱之力，修耕农之业以待令者，庶人也。是故百姓量其力于父兄之间，听其言于君臣之义，而官论其德能而待之。大夫比官中之事，不言其外；而相为常具⑲以给之。相总要，者官谋士⑳，量实议美，匡请所疑。而君发其明府之法瑞以稽之，立三阶之上，南面而受要。是以上有余日，而官胜其任；时令不淫，而百姓肃给。唯此㉑上有法制，下有分职也。

道者，成人之生也，非在人也。而圣王明君，善知而道㉒之者也。是故治民有常道，而生财有常法。道也者，万物之要也。为人君者，执要而待之，则下虽有奸伪之心，不敢试也。夫道者虚设，其人在则通，其人亡则塞者也。非兹㉓是无以理人，非兹是无以生财。民治财育，其福归于上。是以知明君之重道法，而轻其国也。故君一国者，其道君之也。王天下者，其道王之也。大王天下，小君一国，其道临之也。是以其所欲者能得诸民，其所恶者能除诸民。所欲者能得诸民，故贤材遂；所恶者能除诸民，故奸伪省。如治之于金，陶之于埴，制在工也。

是故将予之惠，厚不能供；将杀之严，威不能振。严、威不能振；惠、厚不能供，声实㉔有闲也。有善者不留其赏，故民不私其利；有过者不宿㉕其罚，故民不疾其威。赏罚之制，无逾于民，则人归亲于上矣。如天雨然，泽下尺，生上尺。

是以官人不官㉖，事人不事，独立而无稽者，人主之位也。先王之在天下也，民比之神明之德，先王善收之于民者也。夫民别而听之则愚，合而听之则圣，虽有汤武之德，复合于市人之言。是以明君顺人心，安情性，而发于众心之所聚；是以令出而不稽㉗，刑设而不用。先王善与民为一体，与民为一体则是以国守国，以民守民也。然则民不便为非矣。

虽有明君，百步之外，听而不闻；闲之堵墙㉘，窥而不见也。而名为明君者，君善用其臣，臣善纳其忠也。信以继信，善以传善㉙，是以四海之内，可得而治。是以明君之举其下也，尽知其短长，知其所不能益，若任之以事；贤人之臣其主也，尽知短长与身力之所不至，若量能而授官。上以此畜下，下以此事上，上下交期于正㉚，则百姓男女，皆与治焉。

①君臣上：题为"君臣"。说明其中心内容是论述为君之道、为臣之道以及君臣之间的相互关系。此题有上下两篇，此为上篇。

②"为人"三句：尹知章云："君在众官之上，但修此官上之道而已，至于官中之事则有司存，非所言也。"官上，指总领百官。

③"为人"三句：尹知章云："此谓校次之也，若言官外，则为越职。"官中，指官职之内。

④贰豫：犹豫。

⑤间：谓隔碍不通也。

⑥揭：即使举于表，又令止之，是亦不一也。

⑦吏啬夫、民啬夫：皆古时官职名，前者主管监察官吏，后者主管教化百姓。

⑧挠：枉曲。

⑨訾程事律：訾，计量；程，法程，规章。訾程指计量的规章，如下文之衡权，斗斛之类。事律指办事的法规。

⑩悫（què）：忠厚。

⑪善：同"缮"。缮，补也。此言贤者不能补，不肖者不得败。

⑫"而稽"句：尹知章云："又以国之法度考此二者。"

⑬"杀生"二句：尹知章云："或罚而杀之，或赏而生之，皆不违其理，则人知主德之有常，不轻为去就，故人不遗其亲也。"

⑭畜：畜养。不妄：不妄诞，即真诚。

⑮不虚：不虚无，即实在。

⑯君上不丢掉威严，臣下不旷废产业，互相就不必看作向对方施德。

⑰相：指宰相。愚：愚鲁朴实。愿：诚实谨慎。

⑱则上下体：君知章云："上下各得其体也。"

⑲民生都有依靠。

⑳足：郭沫若云："'足'当为'正'字之误。"

㉑受：安井衡云："古本'受'作'授'，授禄于有功者，民不徼倖以贪生。"

㉒胥：王念孙云："胥，待也。"

㉓"则又"句：尹知章云："符节、印玺，所以示其信也；典法、策籍，所以示之制也。凡此可以考其是非，故曰以相揆也。"揆，掌管。

㉔劳：郭沫若云："'劳'当是'营'字之误。营，惑也，乱也。"

㉕君主向下干涉了臣子的职事，有关官吏就无法负责。

㉖而不要耍弄自己的智能聪明。

㉗"身善"二句：身善言事必躬亲。

㉘这是监察国政者众多的缘故。

㉙坐：张文虎云："'坐'疑'主'字之讹。"

㉚丁士涵云："'奉'当为'救'，'事'字衍。"

㉛适：于省吾云："'适'犹待也。"

㉜审知：审慎地察觉。

㉝君子：当作"君主"。

㉞矫：拂也。上而及下之事，则拂乎为上之道。

㉟胜者，陵也。下而及上之事，是陵其上也。

㊱有土主民者：指君主。

㊲"是故"句：别上下之交，正君臣之分。

㊳规：古窥字。

㊴知：同"智"。

㊵这样就会导致废除夫人和危及太子。

㊶"下有"同：横谓纠察之官，得入人罪者也。五官各有其横，曰五横。

㊷绋絻：尹知章云："绋絻，古衮冕字。"

㊸百姓会群起而加罪。

㊹衡石的计量统一。
㊺绰：同淳。《周官·内宰》曰："出其度量淳制"。
㊻这就是先王能够统一民心的原因。
㊼这就是礼法产生的源头。
㊽四支：同"四肢"。
㊾常具：经常的条例。
㊿者：同"诸"，诸官谓众官。
(51)唯此：当作"此唯"。
(52)道：由也。知而行之。
(53)兹：此也，谓道也。"是"字属下读，《尔雅》曰："是，则也"。
(54)声实：即名实。
(55)宿：宿犹停也。
(56)授人官职而自己不居官职。
(57)稽：留滞。
(58)间隔一堵墙。
(59)诚信和诚信相继，善良和善良相承。
(60)上下都期待贯彻公正的精神。

君臣下①第三十一

古者未有君臣上下之别，未有夫妇妃匹②之合，兽处群居，以力相征。于是智者③诈愚，强者凌弱，老幼孤独不得其所。故智者假众力以禁强虐，而暴人止；为民兴利除害，正民之德，而民师之。是故道术德行，出于贤人。其从④义理兆形于民心，则民反道⑤矣。名物处，韪非分，则赏罚行矣。上下设，民生体，而国都立矣。是故国之所以为国者，民体以为国⑥；君之所以为君者，赏罚以为君。

致赏则匮，致罚则虐⑦。财匮而令虐，所以失其民也。是故明君审居处之教，而民可使居治、战胜、守固者也。夫赏重，则上不给也；罚虐，则下不信也。是故明君饰食饮吊伤之礼，而物属之者也。是故厉之以八政，旌之以衣服，富之以国禀，贵之以王禁，则民亲君可用也。民用，则天下可致也。天下道其道则至⑧，不道其道则不至也。夫水波而上，尽其摇而复下，其势固然者也。故德之以怀也，威之以畏也，则天下归之矣。有道之国，发号出令，而夫妇尽归亲于上矣；布法出宪，而贤人列士尽归功能于上矣。千里之内，束布之罚，一亩之赋，尽可知也。治斧钺者不敢让刑，治轩冕者不敢让⑨赏，聩然⑩若一父之子，若一家之实，义礼明也。

夫下不戴⑪其上，臣不戴其君，则贤人不来。贤人不来，则百姓不用⑫。百姓不用，则天下不至⑬。故曰：德侵⑭则君危，论侵则有功者危⑮，令侵则官危，刑侵则百姓危。而明君者，审禁淫侵者也。上无淫侵之论，则下无冀幸之心矣。

为人君者，倍⑯道弃法，而好行私，谓之乱；为人臣者，变故易常，而巧言以谄上，谓之腾。乱至则虐，腾至则北⑰。四者⑱有一至，败，敌人谋之。故施舍优犹以济乱，则百姓悦；选贤遂材，而礼孝弟，则奸伪止。要淫佚，别男女，则通乱隔；贵贱有义，伦等不逾，则有功者劝。国有常式，故法不隐，则下无怨心。此五者，兴德、匡过、存国、定民之道也。

夫君人者有大过，臣人者有大罪。国所有也，民所君也，有国君民而使民所恶制之⑲，此一过也。民有三务⑳，不布其民，非其民也。民非其民，则不可以守战，此君人者二过也。夫臣人者，受君高爵重禄，治大官。倍其官，遗其事，穆君之色，从其欲，阿而胜之。此臣人之大罪也。君有过而不改，谓之倒；臣当罪而不诛，谓之乱。君为倒君，臣为乱臣，国家之衰也，可坐而待之。是故有道之君者执本，相执要，大夫执法，以牧其群臣。群臣尽智竭力，以役其上。四守者得则治，易则乱。故不可不明设而守固㉑。

昔者，圣王本厚民生，审知祸福之所生。是故慎小事微，违㉒非索辩以根之。然则躁作、奸邪、伪诈之人，不敢试也。此正民之道也。

古者有二言；"墙有耳，伏寇在侧。"墙有耳者，微谋外泄之谓也；伏寇在侧者，沈疑得民之道也。微谋之泄也，狡妇袭主之请，而资游慝也㉓。沈疑之得民也者，前贵而后贱者为之驱也。明君在上，便辟不能食其意，刑罚亟近也；大臣不能侵其势，比党者诛，明也。为人君者，能过谀诒，废比党，淫悖行食之徒，无爵列于朝者㉔，此止诈、拘奸、厚国、存身之道也。

为人上者，制君臣百姓，通中央之人。是以中央之人，臣主之参㉕。制令之布于民也，必由中央之人。中央之人，以缓为急，急可以取威；以急为缓，缓可以惠民。威惠迁于下，则为人上者危矣。贤不肖之知于上，必由中央之人；财力之贡于上，必由中央之人。能易贤不肖而可成党于下。有能以民之财力上啖其主，而可以为劳于上；兼上下以环其私，爵制而不可加，则为人上者危矣。先其君以善者，侵其赏而夺之惠者也；先其君以恶者，侵其刑而夺之威者也。讹言于外者，胁其君者也；郁㉖令而不出者，幽其君者也。四者一作，而上不知也，则国之危，可坐而待也。

神圣者王，仁智者君，武勇者长，此天之道，人之情也。天道人情，通者质㉗，穷者从㉘，此数之因也。是故始于患者不与其事，亲其事者不规其道；是以为人上者患而不劳也，百姓劳而不患也。君臣上下之分素，则礼制立矣。是故以人役上，以力役明，以刑役心，㉙此物之理也。心道进退，而形道滔迁㉚。进退者主制，滔迁者主劳。主劳者方，主制则圆㉛。圆者运，运者通，通则和；方者执，执者固，固者信。君以利和，臣以节信，则上下无邪矣。故曰：君人者制仁，臣人者守信，此言上下之礼也。

君之在国都也，若心之在身体也。道德定于上，则百姓化于下矣。戒心形于内㉜，则容貌动于外矣。正也者，所以明其德。知得诸己，知得诸民，从其理也；知失诸民，退而修诸己，反其本也。所求于己者多，故德行立。所求于人者少，故民轻给之。故君人者上注，臣人者下注㉝。上注者，纪天时，务民力；下注者，发地利，足财用也。故能饰大认㉞，审时节，上以礼神明，下以义辅佐者，明君之道。能据法而不阿，上以匡主之过，下以振民之病者，忠臣之所行也。

明君在上，忠臣佐之，则齐民以政刑，牵于衣食之利，故愿㉟而易使，愚而易塞㊱。君子食于道，小人食于力，分也。威无势也无所立，事无为也无所生。若此则国平而奸省矣。

君子食于道，则义审而礼明。义审而礼明，则伦等不逾，虽有偏卒之大夫㊲，不敢有幸心，则上无危矣。齐民食于力则作本，作本者众，农以听命。是以明君立世，民之制于上，犹草木之制于时也。故民迁则流之，民流通㊳则迁之。决之则行，塞之则止。唯有明君，能决之，又能塞之。决之则君子行于礼，塞之则小人笃于农。君子行于礼，则上尊而民顺；小民笃于农，则财厚而备足。上尊而民顺，财厚而备足，四者备体，顷时而王不难矣。

四肢六道㊴，身之体也；四正五官㊵，国之体也。四肢不能，六道不达，曰失；四正不正，五官不官，曰乱。是故国君聘妻于异姓，设为侄娣、㊶命妇、宫女，尽有法制，所以治其内也。明男女之别，昭嫌疑之节，所以防其奸也。是以中外不通，谗慝不生，妇言不及宫中之事，而诸臣子弟无宫中之交，此先王所以明德圉奸，昭公灭私也㊷。

明立女宠后㊸，不以逐子伤义；礼私爱欢，势立并伦㊹。爵位虽尊，礼无不行。适为都佼㊺，冒之以衣服，旌之以章旗，所以重其威也。然则兄弟无间郄，谗人不敢作矣。

故其立相也，陈功而加之以德，论劳而昭之以法，参伍德而周举之，尊势而明信之。是以下之人无谏死之讵[46]，而聚立者无郁怨之心。如此，则国平，而民无慝矣。其选贤遂材也，举德以就列，不类无德；举能以就官，不类无能。以德弇劳，不以年伤[47]。如此，则上无困，而民不幸生矣。

国之所以乱者四，其所以亡者二：内有疑妻之妾[48]，此宫乱也；庶有疑适之子，此家乱也；朝有疑相之臣，此国乱也；任官无能，此众乱也。四者无别，主失其体。群官朋党，以怀其私，则失族矣；国之几臣[49]，阴约闭谋以相待也，则失援矣。失族于内，失援于外，此二亡也。故妻必定，子必正，相必直立以听，官必中信以敬。故曰：有宫中之乱，有兄弟之乱，有大臣之乱，有中民之乱，有小人之乱。五者一作，则为人上者危矣。宫中乱曰妒纷，兄弟乱曰党偏，大臣乱曰称述，中民乱曰㗖谆[50]，小民乱曰财匮。财匮生薄，㗖谆生慢，称述、党偏、妒纷生变。

故正名稽疑，刑杀亟近，则内定矣[51]。顺[52]大臣以功，顺中民以行，顺小民以务，则国丰矣。审天时，物地生，以辑[53]民力；禁淫务[54]，劝农功，以职其无事[55]，则小民治矣。上稽之以数，下十伍以征，近其巽升[56]，以固其意；乡树之师以遂其学。官之以其能，及年而举，则士反行矣。称德度功，劝其所能，若[57]稽之以众风[58]，若任以社稷之任。若此，则士反于情矣。

---

①君臣下：这是本书中专论君道、臣道和君臣关系的专篇的下篇。

②妃匹：配匹，配偶。

③智者：尹知章云："智者即圣王也。"

④从："从"字盖涉注文而衍。

⑤反道：复归正道。

⑥"民体"句：郭沫若云："即'民为邦本'。"

⑦致：与"至"同。至，极也。

⑧"天下"句：尹知章云："君得君道，则天下至。"

⑨让：俞樾云："两'让'字，并为攘窃之'攘'。"

⑩聩：柔貌。

⑪戴：拥戴。

⑫百姓就不被使用。

⑬天下就不会归顺。

⑭侵：侵夺。

⑮论功行赏的权力遭到侵夺，有功之臣就危险。

⑯倍：同"背"。

⑰北：王念孙云："'北'与'背'同，言不忠之臣，必背其君也。"

⑱四：郭沫若云："'四'殆'两'字之误。"

⑲民所恶：言以民所恶之人制民。"

⑳"民有"三句：尹知章云："三务谓春、夏、秋务。农人不务三则馁饿成变，故民非其民也。"

㉑"故不"句：丁士涵云："疑当作'明设而固守'。"

㉒违：丁士涵云："'违'字疑'韪'之误。《说文》'韪，是也'。"

㉓机密的谋划被泄露，是由于狡滑的妇人刺探君主的内情，去帮助奸邪之徒。

㉔淫邪悖逆的游食之徒就不会混入朝廷大臣之列。

㉕参与沟通的人。

㉖郁：塞也。

㉗质：尹知章云："质，主也。"

㉘穷：犹尊卑也。即穷卑之人的臣仆。

㉙所以百姓服事君上，劳力服事贤人，形体服事心灵，这是事物的道理。

㉚心灵的功能是考虑进退，形体的功能是实现屈伸。

㉛圆：圆通。

㉜王念孙云："'戒'当为'成'字之误也。'成'与'诚'通。""所谓'诚于中形于外'也。"

㉝因此君主注意于上天，臣子注意于地下。

㉞所以，能做到整饬治国纲要。

㉟愿：朴实。

㊱塞：止也。易用法止也。

㊲"虽有"同：盖谓大夫之家有车徒者耳。

㊳通：猪饲彦博云："'通'字衍。"

㊴四肢六道：尹知章云："四肢谓手足也，六道谓上有四窍，下有二窍也。"

㊵尹知章云："四正谓君、臣、父、子，五官谓五行之官也。"

㊶侄娣：古代诸侯嫁女，本国或同姓国侄女和妹妹从嫁的称侄娣。命妇：有封号的妇女，此指嫔妃。

㊷威：灭也。

㊸明：王念孙云："'明'犹尊也。"

㊹君主可以优礼自己喜爱的庶子，但不可让他与嫡子地位平等。

㊺嫡长子是国家最重要的。

㊻诒：同"忌"，畏惧。

㊼不以伤年：尹知章云："尚有德，虽年至而亦将用之，不以年少为之伤也。"

㊽疑：宋翔凤云："'疑'读儗，僭也，比也。下两'疑'字同。"

㊾几臣：安井衡云："谓掌机要之臣。"

㊿百官的乱是由于相互以诈诞相恐吓。

51"故正"三句：君知章云："正嫡庶之名，稽妻妾之疑，不正者之党，数取其逼近者而刑杀之，如此，则党偏、妒纷之变息，故内定。"

52顺：郭沫若云："顺谓次第之也。"

53辑：协调。

54禁淫务：尹知章云："绣文刻镂淫务。"

55"以职"句：尹知章云："无事者皆令得职也。"

56巽：假为'选'。

57俞樾云："两'若'字并当训'乃'。"

58风：与"讽"同，"众讽"犹众议。

小称①第三十二

　　管子曰："身不善之患，毋患人莫己知。丹青在山，民知而取之；美珠在渊，民知而取之。是以我有过为，而民毋过命②。民之观也察矣，不可遁逃以为不善。故我有善则立誉我，我有过则立毁我。当民之毁誉也，则莫归向于家矣，故先王畏民。操名从人③，无不强也；操名去人，无不弱也。虽有天子诸侯，民皆操名而去之，则捐其地而走矣。故先王畏民。在于身者孰为利？耳与目为利。圣人得利而托焉，故民重而名遂。我亦托焉。圣人托可好，我托可恶，以求美名，又可得乎？我托可恶，爱且不能为我能④也。毛嫱、西施，天下之美人也，盛怨气于面，不能以为可好。我且恶面而盛怨气焉，怨气见于面，恶言出于口，去恶充⑤，以求美名，又可得乎？甚矣！百姓之恶人之有余忌⑥也。是以长者断之，短者续之，满者洫⑦之，虚者实之。"

　　管子曰："善罪身者，民不得罪也；不能罪身者，民罪之。故称身之过者，强也；治身之节者，惠也⑧；不以不善归人者，仁也。故明王有过则反之于身，有善则归之于民。有过而反之身则身惧，有善而归之于民则民喜。往喜民，来惧身，此明王之所以治民也。今夫桀纣不然：有善则反之于身，有过则归之于民。归之于民则民怒，反之于身则身骄。往怒民，来骄身，此其所以失身也。故明王惧声以感耳，惧气以感目⑨。以此二者有天下矣，可毋慎乎？匠人有以感斤欘⑩，故绳可得断也；羿有以感弓矢，故彀⑪可得中也；造父有以感辔策，故遫⑫兽可及，远道可致。天下者，无常乱，无常治。不善人在则乱，善人在则治，在于既⑬善，所以感之也。"

管子曰："修恭逊、敬爱、辞让、除怨、无争，以相逆⑭也，则不失于人矣；多怨，争利，相为不逊，则不得其身。大哉！恭逊敬爱之道。吉事可以入祭，凶事可以居丧。大以理天下而不益也；小以治一人而不损也。尝试往之中国、诸夏、蛮夷之国⑮，以及禽兽昆虫，皆待此而为治乱。泽⑯之身则荣，去之身则辱。审行⑰之身毋怠，加夷貉之民，可化而使之爱；审去之身，虽兄弟父母，可化而使之恶。故身者，使之爱恶；名者，使之荣辱。此其变名物也，如天如地，故先王曰道。"

管仲有病，桓公往问之曰："仲父之疾病⑱矣，若不可讳而不起此病也，仲父亦将何以诏⑲寡人？"管仲对曰："微君之命臣也，臣故⑳且谒之。虽然，君犹不能行也。"公曰："仲父命寡人东，寡人东；令寡人西，寡人西。仲父之命于寡人，寡人敢不从乎？"管仲摄衣冠起，对曰："臣愿君之远易牙、竖刁、堂巫、公子开方。夫易牙以调味事公，公曰：'惟烝㉑婴儿之未尝'。于是烝其首子而献之公。人情非不爱其子也，于子之不爱，将何有于公？公喜内而妒，竖刁自刑而为公治内。人情非不爱其身也，于身之不爱，将何有于公？公子开方事公，十五年不归视其亲，齐卫之间，不容数日之行。人情非不爱其亲也，于亲之不爱，将何有于公？臣闻之，务为㉒不久，盖虚不长㉓。其生不良者，其死必不终。"桓公曰："善。"管仲死，已葬。公憎四子者废之官。逐堂巫而苛病起，逐易牙而味不至，逐竖刁而宫中乱，逐公子开方而朝不治。桓公曰："嗟！圣人固有悖乎！"乃复四子者。处期年，四子作难，围公一室不得出。有一妇人，遂从窦入，得至公所。公曰："吾饥而欲食，渴而欲饮，不可得，其故何也？"妇人对曰："易牙、竖刁、堂巫、公子开方，四人分齐国，涂十日不通矣。公子开方以书社七百下卫矣㉔，食将不得矣。"公曰："嗟兹乎！圣人之言长乎哉㉕！死者无知则已，若有知吾何面目以见仲父于地下！"乃援素帻㉖以裹首而绝。死十一日，虫出于户，乃知桓公之死也。葬以杨门㉗之扇。桓公之所以身死十一日，虫出户而不收者，以不终用贤也。

桓公、管仲、鲍叔牙、宁戚四人饮，饮酣，桓公谓鲍叔牙曰："阖不起为寡人寿㉘乎？"鲍叔牙奉杯而起曰："使公毋忘出如莒时也㉙，使管子毋忘束缚在鲁也，使宁戚毋忘饭牛车下也㉚。"桓公辟㉛席再拜曰："寡人与二大夫能无忘夫子之言，则国之社稷必不危矣。"

---

①小称：称，举也。小举其过，则当权而改之。故所谓"小称"，即指管仲稍举桓公的过错，目的在于督促其改正。

②过命：错误的评定。

③持有善名而且顺从百姓。

④能："能"字义与"得"同。

⑤恶充："恶充"者恶实也，正与美名相对。"去"即"弆"，藏也。

⑥余忌：多余的猜忌。

⑦㵎：当作"泄"。

⑧惠：与"慧"通。

⑨"故明"句：尹知章云："人以恶声惧己耳闻而感，则心不敢念非。人以恶气惧己目见而感，则身不敢造恶。"

⑩斤欘（zhú）：斧头。欘为斧柄。

⑪彀（gòu）：张满弓弩。

⑫遫：同"速"。

㉛修：王念孙云：“‘修’当为‘循’。”先故指旧法。

㉜为：即“伪”字。

㉝或：作“惑”。

㉞保贵宠矜：当为“保贵矜宠。”

□□第三十四（阙）

侈靡①第三十五

问曰：古之时与今之时②同乎？曰：同。其人③同乎不同乎？曰：不同，可与政诛④。偖尧⑤之时，混吾之美在下。其道非独出人也。山不童而用赡，泽不獘⑥而养足，耕以自养，以其余应养天子，故平。牛马之牧不相及，人民之俗不相知，不出百里而求足。故卿而不理，静也。其狱一踦腓一踦屦而当死⑦。今周公断指满稽，断首满稽，断足满稽，而死民不服，非人性也，敝也⑧。地重人载，毁敝而养不足，事末作而民兴之，是以下名而上实⑨也。圣人者，省诸本而游诸乐，大昏也，博夜也。问曰，兴时化若何？莫善于侈靡。

贱有实，敬无用，则人可刑⑩也。故贱粟米而敬珠玉，好礼乐而贱事业，本之始也。珠者，阴之阳也，故胜火；玉者，阳之阴也，故胜水。其化如神。故天子藏珠玉，诸侯藏金石，大夫畜狗马，百姓藏布帛。不然，则强者能守之，智者能牧之⑪，贱所贵而贵所贱。不然，鳏寡独老不与得焉。

均之始也，政与教孰急？管子曰：夫政教相似而殊方。若夫教者，摽然⑫若秋云之远，动人心之悲；蔼然⑬若夏之静云，乃及人之体；弯然⑭若嵞月之静，动人意以怨；荡荡若流水，使人思之，人所生往。教之始也，身必备之，辟之若秋云之始见，贤者不肖者化焉。敬而待之，爱而使，若樊神山祭之⑮。贤者少，不肖者多，使其贤，不肖恶得不化？今夫政则少别，若夫威形之征者也⑯。去，则少可使人乎？

用贫与富，何如而可？曰：甚富不可使，甚贫不知耻。水平而不流，无源则遨竭；云平而雨不甚，无委云⑰，雨则遨已；政平而无威则不行。爱而无亲则流⑱；亲左右，用无用，则辟之若相为盲，兆怨⑲。上短下长⑳，无度而用，则危本。

不称而祀禅，次祖㉑。犯诅渝盟，伤言。敬祖祢㉒，尊始也；齐约之㉓信，论行也；尊天地之理，所以论威也。薄德，人群之腐壤也。必因威形而论于人，此政行也。

可以王乎？请问用之若何？必辨于天地之道，然后功名可以殖；辨于地利，而民可富；通于侈靡，而士可戚㉔。君亲以好事，强以立断，仁以好任人。君寿以致年，百姓不夭厉，六畜遮育㉕，五谷遮熟，然后民力可得用。邻国之君俱不贤，然后得王。

俱贤若何？曰：忽然易卿㉖而移，忽然易事而化，变而足以成名，拯獘而民劝，慈种㉗而民富；应变待感，与物俱长，放日月之明，应风雨而动，天之所覆，地之所载，期民之长也。不有而丑㉘天地，非天子之事也。民变而不能变，是杌之傅革，有革而不能革㉙，不可服民取信。

民死信，诸候死化㉚，请问诸侯之化弊㉛？弊也者，家㉜也。家也者，以因人之所重而行之。吾君长来猎，君长虎豹之皮；有功力之君，上金玉币；好战之君，上甲兵。甲兵之本，必先于田宅。今吾君战，则请行民之所重。

饮食者也，佟乐者也，民之所愿也。足其所欲，赡其所愿，则能用之耳。今使衣皮而冠角，食野草，饮野火，孰能用之？伤心者不可以致功。故尝至味而㉝，罢至乐而，雕卵然后瀹㉞之，雕橑㉟然后爨之。丹砂之穴不塞，则高贾不处。富者靡之，贫者为之，此百姓之怠生㊱，百振而食，非独自为也，为之畜化㊲。

用其臣者，予而夺之，使而辍之，徒以㊳而富之，父系㊴而伏之，予虚爵而骄之，收其春秋之时而消之，有杂礼义而居之，时举其强者而誉之。强而可使服事：辩以辩辞，智以招请，廉以摽人㊵。坚强以乘下，广其德以轻上位，不能使之而流徙。此谓国亡之都㊶。故㊷法而守常，尊礼而变俗，上信而贱文㊸，好缘而嫌殂㊹，此谓成国之法也。为国者，反民性㊺，然后可以与民戚㊻。民欲佚而教以劳，民欲生而教以死；劳教定而国富，死教定而威行。

圣人者，阴阳理，故平外而险中㊼。故信其情者伤其神，美其质者伤其文，化之美者应其名，变其美者应其时，不能兆其端者，蕾㊽及之。故缘地之利，承从天之指，辱举其死㊾，开国闭辱知其：缘地之利者，所以参天地之吉纲也。承从天之指者，动必明；辱举其死者，与其失人同，公事则㊿道必行。开其国门者，玩之以善言；奈其骍辱，知神次者，操牺牲与其圭璧，以执其骍[51]。家小害[52]，以小胜大。员其中，辰其外[53]，而变畏强长其虚[54]，而物正以视其中情。

公曰：国门则塞，百姓谨敖，胡以备之？择天之所宥[55]，择鬼之所富，择人之所戴，而亟付其身，此所以安之也。强与短而立齐国[56]，若何？高予之名而举之，重予之官而危之[57]，因责其能以随之。犹佅[58]则疏之，毋使人图之；犹疏则数之，毋使人曲之，此所以为[59]之也。

夫有臣甚大，将反为害，吾欲优[60]患除害，将小能察大，为之奈何？潭[61]根之毋伐，固蒂之毋乂[62]，深黎之毋涸[63]，丕峨之毋助[64]，章明之毋灭，生荣之毋失。十言者不胜比一[65]，虽凶必吉，故平以满。

无事而总，以待有事，而为之若何？积者立余食而佟，美车马而驰，多酒醴而靡，千岁毋出食[66]，此谓本事。县人有主[67]，入此治用，然而不治，积之市。一人积之下，一人积之上，此谓利无常。百姓无宝，以利为首。一上一下，唯利所处。利然后能通，通然后成国。利静而不化，观其所出，从而移之。

视其不可合，因以为民等；择其好名，因使长民；好而不已，是以为国纪[68]。功未成者，不可以独名[69]；事未道者，不可以言名。成功然后可以独名。事道[70]然后可以言名，然后可以承致酢[71]。

先其士者之为自犯，后其民者之为自赡[72]。轻国位者国必败，疏贵戚者谋将泄。毋仕异国之人，是为失经；毋数变易，是为败成；大臣得罪，勿出封外，是为漏情；毋数据大臣之家而饮酒，是为使国大消[73]。消尧哉，臧于荒，返于连，比若是者，必从是偏亡乎！辟之若尊解，末胜其本，亡流而下不平。令苟不下治，高下者不足以相待，此谓杀[74]。

事立而坏，何也？兵远而不畏[75]，何也？民已聚而散，何也？辍安而危，何也？功成而不信者，殆；兵强而无义者，残；不谨于附近而欲求远者，兵不信[76]；略近臣合于其远者，则事立而坏；亡国之纪，毁国之族，则兵远而不畏。国小而修大，仁而不利，犹有争名者，累哉是也！乐聚己力，以兼人之强，以待其害，虽聚必散；大王不待众而自待[77]，百姓自聚；供而后利之，成而无害。殊戚而好外，企以仁而谋泄，贱寡而好大，此所以危。

"众而约，实取而言让，行阴而言阳，利人之有祸，害人之无患，吾欲独有是，若何？""是故[78]之时，陈财之道可以行；今也，利散而民察，必放之，然后行。"公曰："谓何？""长丧以毁其时，重送葬以起其财，一亲往，一亲来，所以合亲也。此谓众约。"问："用之若何？"巨瘗培，所以使贫民也[79]；美垄墓，所以使文萌也；巨棺椁，所以起木工也；多衣衾，所以起女工也。犹实，阴阳之数也。华若落之名，祭之号也[172]。是故天子之为国，图具其树物也[173]。

---

①侈靡：侈靡指奢侈靡费，是本书中提出的一种独特的消费观念，本篇即以此名篇。

②时：指天时。

③人：指人事。

④诛：当为“殊”。

⑤俈尧：同“喾尧”，指帝喾、帝尧。本文以“俈尧之时”为古，“周公”之时为今。

⑥獘：尹知章云：“獘，竭也。”

⑦诸侯犯罪也只是让他穿一只草鞋以示羞辱代替死刑。

⑧敝：指极端贫困。

⑨下名而上实：指轻名而重实。

⑩刑：通“型”。型者铸器之法。……言人可陶铸。

⑪牧：王念孙云：“‘牧’当为‘收’。谓强者能以力守之，智者能以术收之也。”

⑫摽然：尹知章云：“高举貌。”

⑬蔼：油润貌。

⑭窨然：深邃貌。

⑮“若樊”句：许维遹云：“盖坛位营以篱落而祭之，意亦恐人犯之也。”

⑯“若夫”句：郭沫若云：“当作‘若夫威，形（刑）之征者也’。”“政刑必相联，此与教之重在感化有别。”

⑰委云：指积雨云。

⑱“受而”句：尹知章云：“但行泛爱，无所偏爱，无所偏亲，则其爱流漫，贤者不尽力。”

⑲亲左右，用无用，则犹如盲以导盲，必使人生怨。

⑳上短下长：上用“尚”。谓用短弃长。

㉑次祖：郭沫若云：“‘次祖’者趑趄，指行走困难。”

㉒祖祢（nǐ）：祖先。

㉓约：“之”字衍。

㉔戚：尹知章云：“戚，亲也。贵珠玉以赏士，故士可亲也。”

㉕六畜蕃育。

㉖卿：疑当作“乡”，同“向”，谓变所趋向而移易之。

㉗慈：丁士涵云：“‘慈’读曰滋，《说文》‘兹，草木多益’，‘滋，益也’。种植繁茂，故民富。”

㉘丑：疑当作“配”。

㉙丁士涵云：“‘棁’当为‘毻’。”“毻之言脱也。”“‘傅’与‘附’同，‘革’犹皮也。民之变化，辟若鸟兽之脱毛。变而不能变，辟若鸟兽所脱之毛仍附于其皮。其皮不能去旧更新，所谓有革而不能革也。上‘革’字指皮革言，下‘革’字指革更言。”

㉚死化：郭沫若云：“古死，尸通用。尸者主也，守也。‘化’同‘货’。”“百姓要守信用，诸侯要掌握货币。”

㉛化弊：张文虎云：“‘化’亦读为货，‘弊’与‘币’古通”。

㉜家：读为稼。《广韵》“稼、家同”，《注》“稼，家事也。”古者钱币多取耕具形。故以稼穑事解之。

㉝而：语助词。下同。

㉞瀹（yuè）：煮。

㉟橑：柴薪。

㊱息：当作“息”。息生犹养生也。

㊲化：当作“货”。

㊳徒以：猪饲彦博云：“‘以’当作‘予’。”徒予指白送、白给。

㊴父系：犹刑戮，故言“伏之”也。

㊵古本“摽”作“标”。标人，指为人楷模。

㊶郄：同隙。指空隙、漏洞。

㊷故：古通“固”。

㊸重视信用而轻贱文饰。

㊹爱好顺从而摒弃粗暴。

㊺反民性：指违反民性进行教育。

㊻戚：亲。

㊼平外而险中：外与中对举，平与险对立。

㊽菑：同"灾"。

㊾辱举其死：郭沫若云："'辱'通'蓐'，训为厚，……在此为隆重之意。'死'与'尸'通，尸者祭祀之尸也。"

㊿公事则：谓祭祀之事合乎礼节。

51斝（jiǎ）：酒器。

52家：郭沫若云："'家'读为嫁。谓移去小害不使成为大害也。"

53辰：郭沫若云："'辰'疑'廉'之坏字。""所谓'志欲圆而行欲方'也。"

54再加上能威慑强悍，崇尚谦虚。

55宥：读为祐。

56强与短：皆指大臣之才识言，"立"读为位。位齐者，位相等也。

57危：与"诡"通。诡，异也。此谓予以重官而显异之。

58犹佽："犹"与"由"同，"佽"与"戚"同。言此受任之大臣若由贵戚进者，其势易逼君，当戒其燕昵，则人不得图论之矣。

59为：犹助也，皆所以助之成功也。

60优：当作"櫌"。櫌，摩平也。引申为平。

61潭：与"覃"通。覃，延长也。此谓延续其根而不要砍伐。

62毋乂：同毋伐。蒂指枝伐。

63黎：读为犁，言深犁之无使涸。

64"丕峨"句：言使之高大而不加以翦锄。

65十：郭沫若云："古'甲'字作'十'，……'甲'假为'狎'，言便辟亲昵者之言不能胜此所陈六事之一，则虽凶亦吉也。"

66"千岁"句：此似言积财之多，虽至千岁，可不必出而求食。

67县人有主：县谓系属也。言欲系属于人，必有所主，至于财。

68国纪：国之经纪，指治国之才。

69独名：刘绩云："别本《注》'独擅名誉'。"

70道：治理。

71承：指君主赐大臣的祭肉。

72"先其"二句："瞻"当读为"贍"，《说文》云"大污也。""此所谓先后当以士民为对待，谓当先民而后士。

73"毋数"二句：尹知章云："饮酒于臣家，则威权移焉。物不两盛，故臣强则国消也。"

74杀：与"弑"古通。

75兵远而不畏："畏"与"威"通。"言虽勤兵于远而不能威敌也。"

76李哲明云："'兵'字涉上下文而衍，此言政事，于兵无与。""'求'乃'来'之误。"

77不待众：即亲民，"自待"即克己。

78故：读为古。

79尽量扩大墓圹，让贫民都有活做。

80这还不够，还要聚土筑墙，植木作篱，随葬明器等。

81眺：即"逃"之借字。

82甸：同"田"。乘马田之众指军赋之数。

83从而艾之：谓从而垦辟之也。

84对这些刚从事垦荒的君主，他们禄赏和祭祀的规格，当然只能减少。

85到禄赏被减少的家臣，就几乎与没有俸禄的庶人相同。

86王事者上：乃衍文。

87成就霸业的以战功为先。

⑧禺：读为寅。所谓"寅兵于农"也。

⑧张佩纶云：此节明言五官之职掌。"'官礼之司，先功而后器'，此司徒兼太宰也。"器：指标志名位的器物。

⑨"尊鬼"句：张佩纶云："'昭穆之离，尊鬼而守故'，此宗伯职也。"昭穆：古代宗庙位次，左为昭，右为穆。离：尹知章云："谓次位之别也。"

⑨"战事"二句：张佩纶云："'战事之任高功而下死'，此司马职也。"

⑨"本事"二句：张佩纶云："'本事'当作'本事之治'。上'事之治'，虽杂厕于前，而两事字犹可证明。'食功而省利'，此司空职也。"食功省利指酬赏有功、省察实利。

⑨"劝臣"二句：张佩纶云："当作'劝臣之义，上能而慎刑'。'与小'二字乃'慎'字之坏"，"'利'当为'刑'字，此司寇职也。"

⑨君主亲自察问小事，是自恃贤能的表现。

⑨杀：等差。

⑨载祭明置：言公将为行祭至明，而置之欲人不知也。

⑨中寝诸子：《戒》篇作"中妇诸子"，指宫中内官。

⑨本句疑衍，

⑨君主准备宿于宫外，不再列鼎进食。

⑩故：王念孙云："'故'当为'胡'。"是。

⑩若：下脱"言"字。

⑩污杀：持接。

⑩劝勉引导的方向就是发展。

⑩百名役夫，有一首领，就不可加以轻视。

⑩百盖：犹"百室"。"千聚"疑当为"十聚"。

⑩李哲明云："言万诸侯势力均同，莫能相尚，即万民无适听从。"

⑩约：当作"钧"，"子"当作"于"，"均杀于吾君"，言诸侯均不及吾君。

⑩"故取"句：李哲明云："君故取夷吾为之伐筹治国。替者代也，'谓'当作'为'。"

⑩用沉玉祭川，这是表示看轻财物。

⑩同临：疑当作"何临"。

⑪所谓君临天下，这是以先后双方才智相超越为基础的。

⑫同：字衍。财：当作"则"，言势均则不相下。

⑬不可用常理来观察判断。

⑭边民没有变乱而看作已经变乱，这是自乱。

⑮春秋一日：谓终岁事边如一日，不懈怠也。

⑯称本而动：犹言举国而动。

⑰重：亦"动"字。侦察人员不得擅离岗位。

⑱要派干练的官员掌管此事，整治好边境守备。

⑲这就是顺应天地的规律。

⑳将失去与国而招致失败。

㉑对能臣就要专任，君主专任能臣就会逸而不劳。

㉒"椽能"二句：张文虎云："'椽'当为'掾'"，读如缘。"渝"读为愉。谓因任能者则愉，所因任者亦与之同愉也。

㉓众能伯：能臣多，就可成霸业。

㉔否则，国家必将削弱以至危亡。

㉕糺：乃"司"字之异，"司人"者谓官人也。

㉖比如用秤，轻的一头自轻，重的一头自重，前后就不平衡。

㉗赏赐不要过滥，否则使君主好德流为形式。

㉘先：率先。

㉙哀：李哲明云："'哀'读为爱，古字通。"

㉚襄：包容。

㉛忠敬是君臣之间关系的准则。

㉜察：指戒备。

㉝此二句说：对贤者不可以威势要挟，对能人不可淹滞不使用。

㉞有肥壤沃土，人们生死不离。

㉟饮酒者亦停杯而往追逐也。

㊱兄：古"况"字。

㊲郭沫若云："全文以'法'为'废'字。"

㊳因而百姓迁流追逐。

㊴廧：同"墙"。

⑩是因为他立身行事，都能均平正直。

⑪法制度量是君主治国的常用工具。

⑫能顺应变化而善于运用变化的。

⑬万民：戴望云："'万民'二字当衍。"

⑭易云："易亲也，古人放葬，故'死则易云'之说。"

⑮因此不要使在下者视行赏为当然，在上者必须在行赏之后就改用其他方式。

⑯商人对于国家，并不是无所作为之人。

⑰贫民只要劳动就有饭吃。

⑱因此，使商人在都邑、市场中移徙行商，也是治国的方法之一。

⑲云：亲近。下同。

⑳人没有欲求，强者就不服君主，智者也难以治理。

㉑好人：即"好仁"。郭沫若云："'好'当训为空。"

㉒方：正也。

㉓局限静止的理论。

㉔不动：谓无为。齐指顺从自然。

㉕"阳"之言显也，"几"之言微也。

㉖杀：假为"试"。"言有所谋画，试之至再而效果齐一，然后用之。"

㉗天顺从人服然后可以应诸侯而取天下之交。

㉘言智者运谋则可免争战之祸。

㉙巳杀生：谓秋时也。秋时天气尚和同，故曰"合而未散"。"决事"，断狱也。

㉚"诸问"句：谓岁年多吉凶之变可知。问年成因天时变化石。形，指年成的征兆。

㉛"夫阴"三句：言阴阳、满虚、散合可视知岁之丰荒也。

㉒只有圣人不被年成的丰歉困扰。

㉓天地间正常运行的有五行之气，不必人为地阻碍其运动，改变其动向。

㉔胲：当为"核"，言审核也。

㉕正气方兴，即受阻碍，如何对抗这种静止的阻力？

㉖㐌：乃"信"字误耳。

㉗运：指国运。臧：同"藏"。

㉘"二十"三句：尹知章云："从今之后二十岁，天下安定，德义可广；又十二岁，代将乱而摄其广；又百岁之后，天下分崩，鬼神之祀绝矣。"

㉙依驲：张佩纶云："'依驲'无义，当是'千驲'之误。"

㉚亦：俞樾云："'亦'乃'天'字之误"。

㉛"熺"、"熹"一字耳，郑注《礼记》"'喜犹蒸'也。"

㉒"鼠应"四句：俞樾云："'应'字'苦'字皆衍文也。"

㉓树物：朱长春云："'图具树物，树是山川坛墠树之变，三社松、柏、栗之类；物是文章服色之易，三代青白赤之尚。此皆世代之更，改步改物之谓也。"

心术①上第三十六

心之在体，君之位也；九窍之有职，官之分也。心处其道，九窍循理；嗜欲充益，目不见色，耳不闻声。故曰：上离其道，下失其事。毋代马走，使尽其力；毋代鸟飞，使弊其羽翼。毋先物动，以观其则②。动则失位，静乃自得。

道，不远而难极也，与人并处而难得也。虚其欲，神将入舍；扫除不洁，神乃留处。人皆欲智而莫索其所以智③。智乎，智乎，投之海外无自夺。求之者不及虚之者。夫圣人无求之也，故能虚。

虚无无形谓之道，化育万物谓之德；君臣父子人间之事谓之义；登降揖让、贵贱有等、亲疏之体谓之礼；简物、小大一道，杀僇禁诛谓之法。

大道可安而不可说④。真人之言不义不颇，不出于口，不见于色。四海之人，又孰知其则？

天曰虚，地曰静，乃不忒⑤。洁其宫，开其门，去私毋言，神明若存。纷乎其若乱，静之而自治；强不能遍立，智不能尽谋。物固有形，形固有名，名当谓之圣人。故必知不言之言，无为之事，然后知道之纪⑥。殊形异势，不与万物异理，故可以为天下始。

人之可杀，以其恶死也；其可不利，以其好利也。是以君子不怵⑦乎好，不迫乎恶，恬⑧愉无为，去智与故⑨。其应也，非所设也；其动也，非所取也。过在自用⑩，罪在变化。是故有道之君子，其处也若无知，其应物也若偶之。静因之道也⑪。

"心之在体，君之位也；九窍之有职，官之分也。"耳目者，视听之官也，心而无与于视听之事，则官得守其分矣。夫心有欲者，物过而目不见，声至而耳不闻也。故曰："上离其道，下失其事。"故曰：心术者，无为而制窍者也⑫。故曰"君"。"毋代马走"，"毋代鸟飞"，此言不夺能能⑬，不与下试也。"毋先物动"者，摇者不定，躁者不静，言动之不可以观。"位"者，谓其所立也。人主者立于阴，阴者静，故曰"动则失位"。阴则能制阳矣，静则能制动矣，故曰"静乃自得"。

道在天地之间也，其大无外，其小无内，故曰"不远而难极也"。虚之与人也无间，唯圣人得虚道，故曰"并处而难得"。世人之所职者精也⑭。去欲则宣⑮，宣则静矣，静则精；精则独立矣，独则明，明则神矣。神者至贵也，故馆不辟除，则贵人不舍焉。故曰"不洁则神不处"。"人皆欲知而莫索之"，其所知，彼也；其所以知，此也。不修之此，焉能知彼？修之此，莫能虚矣⑯。虚者，无藏也。故曰去知则奚求矣？无藏则奚设矣？无求无设则无虑，无虑则反复虚矣。

天之道，虚其⑰无形。虚则不屈，无形则无所低赴⑱。无所低赴，故遍流万物而不变。德者，道之舍⑲。物得以生生，知得以职⑳道之精。故德者得也。得也者，其谓所得以然也以。无为之谓道，舍之之谓德，故道之与德无间，故言之者不别也㉑。间之理者，谓其所以舍也；义者，谓各处其宜也。礼者，因人之情，缘义之理，而为之节文者也。故礼者谓有理也。理也者，明分以谕义之意也。故礼出乎理，理出乎义，义因乎宜者也。法者所以同出，不得不然者也，故杀僇禁诛以一之也。故事督乎法，法出乎权，权出乎道。

道也者，动不见其形，施不见其德，万物皆以得，然莫知其极。故曰"可以安而不可说"也。真人，言至也㉒；不宜㉓，言应也。应也者，非吾所设，故能无宜也。不颇，言因也。因也者，非吾所取，故无颇也。"不出于口，不见于色"，言无形也；"四海之人，孰知其则"，言深囿也㉔。

天之道虚，地之道静。虚则不屈，静则不变；不变则无过，故曰"不忒"。"洁其宫，开其门"：宫者，谓心也。心也者，智之舍也，故曰"宫"；洁之者，去好过也。门者，谓耳目也；耳目者，所以闻见也。"物固有形，形固有名"，此言名不得过实，实不得延名㉕。姑形以形，以形务名，督言正名，故曰"圣人"。"不言之言"，应也；应也者，以其为之者人也。执其名，务其所以成，此应之道也。"无为之事"，因也㉖；因也者，无益无损也。以其形因为之名，此因之术也。名者，圣人之所以纪万物也。人者立于强，务于善，未于能，动于故者也。圣人无之，无之则与物异矣。异则虚，虚者万物之始也，故曰"可以为天下始"。

人迫于恶，则失其所好；怵于好，则忘其所恶，非道也。故曰："不怵乎好，不迫乎恶。"恶不失其理，欲不过其情，故曰："君子。""恬愉无为，去智与故"，言虚素㉒也；"其应非所设也，其动非所取也"，此言因也。因也者，舍己而以物为法者也。感而后应，非所设也；缘理而动，非所取也。"过在自用，罪在变化"：自用则不虚，不虚则忤㉘于物矣；变化则为㉙生，为生则乱矣。故道贵因。因者，因其能者言所用也。"君子之处也若无知"，言至虚也。"其应物也若偶之"，言时适也，若影之象形，响之应声也。故物至则应，过则舍矣。舍矣者，言复所于虚也。

①心术：唐成玄英疏："术，能也。心之所能，谓之心术也。"古人以为心是思维的器官，是主宰身体其他其器官的，所以文中把心比作君，把其他器官比作百官。

②则：规则，规律。

③人都希望聪敏却不去探索使自己聪敏的办法。

④安：道虚而无形，不可见，不可及，但有神可得、可感，故"安"为可得、可感之义，相当于体会、意会的意思。

⑤忒：过差。

⑥纪：头绪，纲要。

⑦怵（chù）：诱惑。

⑧恬（tián）：安闲。

⑨故：欺诈，巧诈。

⑩有时错在于自以为是。

⑪静因之道：虚静循理之道，按自然行事。

⑫无为：虚静无为，心无嗜欲，不与视听之事。制，控制，统率。

⑬能能：能者的职能。

⑭精：汝当精心，惟当一意。

⑮宣：通达。

⑯探索此，就不如使自己虚空。

⑰其：犹"而"。上文云"虚而无形谓之道。"

⑱低迕：即抵牾也。抵触的意思。

⑲道之舍：道的施舍。

⑳职：通"识"。

㉑所以说道德的人是不加区别的。

㉒至：下当夺一"人"字，即"直人，言至人也"。

㉓不宜：宜与"义"通。

㉔囿：古代帝王养禽兽的园林。深囿，尹《注》："不知深浅之囿域也。"

㉕这是说名称不得超过实际，实际不得虚诞名称。

㉖指的是要依照自然的发展。

㉗素：白色，引申为"洁"。

㉘忤（wǔ）：同"忤"。抵触，违逆。

㉙为：同"伪"。

心术下①第三十七

形不正者德不来①，中不精者心不治②。正形饰德，万物毕得。翼然自来，神莫知其极。昭知天下，通于四极。是故曰：无以物乱官，毋以官③乱心，此之谓内德。是故意气定，然后反正。

气者身之充也，行者正之义也。充不美则心不得，行不正则民不服。是故圣人若天然，无私覆也；若地然，无私载也。私者，乱天下者也。

凡物载④名而来，圣人因而财⑤之，而天下治。实不伤，不乱于在下，而天下治。

专于意，一于心，耳目端，知过之近⑥。能专乎？能一乎？能毋卜筮⑦而知凶吉乎？能止乎？能已⑧乎？能毋问于人而自得之于己乎？故曰，思之，思之，不得⑨，鬼神教之；非鬼神之力也，其精气之极也。

一物能变曰精，一事能变曰智。募选者所以等事⑩也，极变者所以应物也。募选而不乱，极变而不烦，执一之君子执一而不失，能君⑪万物，日月之与同光，天地之与同理。

圣人裁物，不为物使⑫。心安，是国安也；心治，是国治也。治也者心也，安也者心也。治心在于中，治言出于口⑬，治事加于民，故功作⑭而民从，则百姓治矣。所以操者，非刑也；所以危者，非怒也⑮。民人操，百姓治，道其本至⑯也。至不至无，非人所而乱。凡在有司执制者之制，非道也。圣人之道，若存若亡，援而用之，殁世不亡⑰。与时变而不化，应物而不移，日用之而不化。

人能正静者，筋韧而骨强⑱，能戴者大圆，体乎大方，镜者大清，视乎大明⑲。正静不失，日新其德；昭知天下，通于四极。全心在中不可匿，外见于形容，可知于颜色。善气迎人，亲如弟兄；恶气迎人，害于戈兵；不言之言⑳，闻于雷鼓。全心之形，明于日月，察于父母㉑。昔者明王之爱天下，故天下可附；暴王之恶天下，故天下可离。故赏之不足以为爱，刑之不足以为恶㉒。赏者爱之末也，刑者恶之末也㉓。

凡民之生也，必以正平。所以失之者，必以喜、乐、哀、怒。节怒莫若乐，节乐莫若礼，守礼莫若敬。外敬而内静者，必反其性㉔。

岂无利事㉕哉？我无利心；岂无安处哉？我无安心。心之中又有心㉖。意以先言，意然后形，形然后思，思然后知。凡心之形，过知失生。是故内聚㉗以为泉原。泉之不竭，表里遂通；泉之不涸，四支坚固，能令用之，被及四固。是故圣人一言解之㉘，上察于天，下察于地。

---

①心术下：从内容看，《心术下》似为《内业篇》的提纲或别本。

②外形不端正是因为精气没有来。

③内心不虚静是因为嗜欲没有节制。

④载：同"戴"。《心术上》中有"物固有形，形固有名"。同义。

⑤财：同"裁"，裁定。

⑥心意专一，耳目就能端正，了解远方的事就如同在近旁一样容易。

⑦卜筮（shì）：古代用龟甲占卜称卜；用筮草占卜称筮，合称卜筮。

⑦已：完结。

⑧"思之"句：《内业篇》曰："思之思之，又重思之，思之而不通，鬼神将通之。"可见"不得"之前还应有一"思之"。

⑩等事：安排事物的等次。

⑪君：统治，治理。

⑫圣人能裁定万物，而不为万物所支配。

⑬治心在内，治言就会从口里说出来。

⑭功作：功业振兴起来。

⑮用来使百姓害怕的态度不是威严。

⑯治理百姓，使百姓安定，运用道是根本的。

⑰圣人的道，好像存在又好像不存在，拿来运用它，永远不会消亡。援，拿来；殁世，尽世，永远。

⑱人能端正虚静，就筋韧骨强。

⑲古人认为天圆地方，故"大圆"指天，"大方"指地，"大明"指日月。

⑳不言之言：当从《内业》作"不言之声"。

㉑察于父母：比父母了解子女还看得更清楚。

㉒赏赐不足于表现爱心，刑罚不足于表示惩恶。

㉓赏赐是爱心的微小表现，刑罚是惩恶的微小表现。

㉔外行恭敬而内抢虚静，就一定能恢复到端正和平的本性。"反"同"返"。

㉕利事：有利之事。

㉖心之中又有心：犹言心中有精气。

㉗内聚：心内心意聚合。

㉘圣人一言解之：圣人用一个"道"字解释它。

白心①第三十八

建常之首，以靖为宗②，以时为宝，以政为仪，和则能久。非吾仪，虽利不为；非吾常，虽利不行；非吾道，虽利不取。上之随天，其次随人。人不倡不和，天不始不随。故其言也不废，其事也不堕。

原始计实，本其所生③。知其象，则索其形；缘其理，则知其情；索其端，则知其名。故苞物众者，莫大于天地；化物多者，莫多于日月；民之所急，莫急于水火。然而，天不为一物枉其时，明君圣人亦不为一人枉其法。天行其所行而万物被其利，圣人亦行其所行而百姓被其利。是故万物均、百姓平矣。是以圣人之治也，静身以待之。物至而名自治之。正名自治之，奇名自废④。名正法备，则圣人无事。不可常居也，不可废舍也，随变断事也，知时以为度。大者宽，小者局⑤，物有所余有所不足。

兵之出，出于人；其人入，入于身。兵之胜，从于适；德之来，从于身。故曰：祥于鬼者义于人⑥，兵不义不可。强而骄者损其强，弱而骄者亟死亡⑦；强而卑者信其强，弱而卑者免于罪。是故骄之余卑⑧，卑之余骄。

道者，一人用之，不闻有余，天下行之，不闻不足，此谓道矣。小取焉则小得福，大取焉则大得福，尽行之而天下服，殊⑨无取焉则民反，其身不免于贼。左者⑩，出者也；右者，入者也。出者而不伤人，入者自伤也。不日不月，而事以从，不卜不筮，而谨知吉凶。是谓宽乎形，徒居而致名。出善之言，为善之事，事成而顾⑪反无名。能者无名，从事无事。审量出入，而观物所载⑫。

孰能治无治乎？始无始乎？终无终乎？弱无弱乎？故曰：美哉㿲㿲⑬。故曰不中有中⑭。孰能得夫中之衷⑮乎！故曰功成者堕，名成者亏。故曰，孰能弃名与功，而还与众人同？孰能弃功与名而还反无成？无成有贵其成也，有成贵其无成也。日极则仄，月满则亏。极之徒仄，满之徒亏，巨之徒灭。孰能已亡己乎？效夫天地之纪⑯！

人言善亦勿听，人言恶亦勿听。持而待之，空然勿两之⑰，淑然自清。无以旁言为事成，察而征之⑱。无听辩，万物归之，美恶乃自见。

天或维之，地或载之。天莫之维，则天以坠矣；地莫之载，则地以沉矣。夫天不坠，地不沉，夫或维而载之也夫！又况于人？人有治之，辟之若夫雷鼓之动也。夫不能自摇者，夫或搔之⑲。夫或者何？若然者也。视则不见，听则不闻；洒乎天下满，不见其塞。集于颜色，知于肌肤；责其往来，莫知其时。薄乎其方也，㙠乎其圜也⑳，㙠㙠乎莫得其门。故口为声也，耳为听也，目有视也，手有指也，足有履也，事物有所比也。

"当生者生，当死者死"，言有西有东，各死其乡，置常立仪，能守贞乎？当事通道，能官人乎？故书其恶者，言其薄者㉑。上圣之人，口无虚习也，手无虚指也，物至而命之耳。发于名声，凝地体色，此其可谕者也。不发于名声，不凝于体色，此其不可谕者㉒也。及至于至者，教存可也，教亡可也。故曰：济于舟者和于水矣，义于人者祥其神㉓矣。

事有适，而无适，若有适，觿㉔解，不可解而后解。故善举事者，国人莫知其解。为善乎，毋提提㉕；为不善乎，将陷于刑。善不善，取信而止矣㉖；若左若右，正中而已矣。县乎日月无已也。愕愕者不以天下为忧，刺刺者不以万物为笑㉗。孰能弃刺刺而为愕愕乎？

难言宪术，须同而出㉘。无益言，无损言，近可以免。故曰：知何知乎？谋何谋乎？审而出者彼自来。自知曰稽，知人曰济。知苟适，可为天下君。内固之一，可为长久㉙。论而用之，可以为天下王。

天之视而精，四辟而知请，壤土而与生㉚。能若夫风与波乎？唯其所欲适㉛。故子而代其父，曰义也；臣而代其君，曰篡㉜也。篡何能歌？武王是也。故曰：孰能去辩与巧，而还与从人同道？故曰：思索精者明益衰，德行修者王道狭，卧名利者写生危㉝，知周于六合之内者，吾知生之有为阻也。持而满之，乃其殆也；名满于天下，不若其已也。名进而身退，天之道也。满盛之国，不可以仕任；满盛之家，不可以嫁子；骄倨傲暴之人，不可与交㉞。

道之大如天，其广如地，其重如石，其轻如羽。民之所以，知者寡㉟。故曰：何道之近而莫之能服也，弃近而就远何以费力也！故曰：欲爱吾身，先知吾情；周视六合㊱，以考内身；以此知象，乃知行情㊲；既知行情，乃知养生。左右前后，周而复所；执仪服象㊳，敬迎来者。今夫来者，必道其道，无迁无衍，命乃长久。和以反中，形性相葆，一以无贰，是谓知道㊴。将欲服之，必一其端㊵，而固其所守。责其往来，莫知其时，索之于天，与之为期，不失其期，乃能得之。故曰：吾语若大明之极，大明之明非爱，人不予也。同则相从，反则相距也。吾察反相距，吾以故知同从之同也。

①白心：这是战国时期道家学派的一个重要概念。本篇所论述的主要是"以靖为宗"，"上之随天，其次随人"，一切顺应自然。

②建立常无有的学说，以虚静为宗旨。

③考察原始，根据事实，去寻求事物能生长的根本。计：推求。本：根本。

④正确地运用名称天下自然治理好了，错误地运用名称自己就会被废弃。

⑤大者宽，小者局：大了就宽泛，小了就局促。

⑥"祥于"句：尹知章注："义于人者，则鬼佑之以福祥也。"

⑦"强而"二句：强大而骄傲就会损害自己的强大；虚弱而骄傲就会迅速死亡；强大而谦卑就能增加自己的强大，虚弱而谦卑就能免除罪过。

⑧是故骄之余卑：因此，骄傲的后果是由弱而卑下。

⑨殊：绝。全句说：绝不取用道百姓就造反。

⑩"左者"四句：尹知章注：左为阳，阳主生，故为出也；右为阴，阴主死，故为入也；出者既主生，则不当伤人，违而伤人，是还自伤。

⑪顾：还，回。

⑫"审量"二句：审议法令的颁行和修改，要考虑百姓的承受能力。

⑬弟：兴起貌。

⑭不中有中：尹注："举事虽得其中，而为不中，乃是有中也。"即不是为了正中而已达到了正中的效果。

⑮衷：正中不偏。

⑯"孰能"句：何如璋云："'已无已'者，周而复始，往而复来，故可以法夫天地之纪也。"

⑰勿两之：郭沫若云："'两'者谓与之对抗；'勿两'即不与之对抗，听其自然也。"

⑱察而征之：冷静地考察验证。

⑲搯：王念孙云："古'摇'字也。"

⑳轒：音未详。本书《枢言》："沌沌乎博而圜，豚豚乎莫得其门。"似轒、沌、豚音相近。安井衡云："音当同'敦'。"又云："声同则义通"。轒乎其圜：尹知章注："轒，复貌，谓遇圆则为圆也。""圜"同"圆"。

㉑"故书其"句：所以书是人所厌恶的，理论是人所鄙薄的。

㉒这是不可明白地告诉人的。

㉓对于行义的人，一定能受到神的保佑。

㉔觹（xī）：古代解结的用具，用象牙制成形如锥。全句说事物总有可解。

㉕提提：显著的样子。文句说：做了善事不要有显著的名声才好。

㉖善与不善，只要取信于人就可以了。

㉗"愕愕者"二句：据郭沫若解释：是则磊磊落落者，无为而心忘天下；而烈烈桓桓者，有为而气吞八荒。笑，同"愶"。

㉘尹知章注："凡为法术必重难，须同众心然后出之矣。"

㉙内心能牢记它而又专一就可制定长久的计策。

㉚"天之"三句：观察天象要清楚，四方开通要知情，了解土壤的生长作物。"请"通"情"。

㉛能像风与水波那样，只求适合需要罢了。

㉜篡：篡位。

㉝"思索精者"三句：思索过精智力就要衰弱，越讲究德行王道就更难实行，醉心于名利就该担心生命的危险。

㉞"满盛"三句：全盛的国家，不可去那里做官；全盛的家族，不可同他通婚；骄傲暴躁的人，不可与他交友。

㉟百姓在不自觉地使用道，而懂得道的人很少。

㊱六合：指天地四方。

㊲用此来了解道的现象，于是就懂得道的运行情况。

㊳举行仪式穿上礼服，恭敬地迎接来者。

㊴专一而不分为二心，这就是懂得道。

㊵想去行道，必须专心于开端。

水地①第三十九

地者，万物之本原，诸生之根菀也②；美恶、贤不肖、愚俊之所生也。水者，地之血气，如筋脉之通流者也。故曰：水，具材也③。

何以知其然也？曰：夫水淳弱以清，而好洒人之恶，仁也；视之黑而白，精④也；量之不可使概⑤，至满而止，正也；唯无不流，至平而止，义也；人皆赴高，己独赴下，卑也⑥。卑也者，道之室，王者之器也，而水以为都⑦居。

准也者，五量之宗也⑧；素也者，五色之质也；淡也者，五味之中也⑨。是以水者，万物之准也，诸生之淡也，趣非得失之质也。是以无不满，无不居。集于天地而藏于万物，产于金石，集于诸生。故曰天神。集于草木，根得其度，华得其数，实得其量；鸟兽得之，形体肥大，羽毛丰茂，文理明著。万物莫不尽其几，反其常者，水之内度适也。

夫玉之所贵者，九德出焉。夫玉温润以泽，仁也；邻以理者⑩，知也；坚而不蹙⑪，义也；廉而不刿⑫，行也；鲜而不垢，洁也；折而不挠，勇也；瑕适皆见，精也⑬；茂华光泽，并通而不相陵，容也；叩之，其音清扬彻远，纯而不殽，辞⑭也。是以人主贵之，藏以为宝，剖以为符瑞，九德出焉。

人，水也。男女精气合，而水流形⑮。三月如咀。咀者何？曰五味。五味者何？曰五藏。酸主脾，咸主肺，辛主肾，苦主肝，甘主心。五藏已具，而后生五内。脾生隔，肺生骨，肾生脑，肝生革，心生肉。五内已具，而后发为九窍。脾发为鼻，肝发为目，肾发为耳，肺发为窍，五月而成，十月而生。生而目视，耳听，心虑。目之所视，非特山陵之见也，察于荒忽；耳之所听，非特雷鼓之闻也，察于啾唧；心之所虑，非特知于粗粗也，察于微眇。

是以水集于玉而九德出焉。凝蹇而为人，而九窍五虑出焉⑯。此乃其精粗浊蹇能存而不能亡者也。

伏暗能存而能亡者，蓍龟⑰与龙是也。龟生于水，发之于火，于是为万物光，为祸福正⑱；龙生于水，被五色而游，故神，欲小则化如蚕蠋，欲大则函于天地，欲尚则凌于云气，欲下则入于深泉，变化无日，上下无时，谓之神。龟与龙，伏暗能存而能亡者也。

或世见，或世不见者，生蚋与庆忌。故涸泽数百岁，谷之不徙，水之不绝者，生庆忌。庆忌者，其状若人，其长四寸，衣黄衣，冠黄冠，戴黄盖，乘小马，好疾驰，以其名呼之，可使千里外一日反报，此涸泽⑲之精。涸川之精者，生于蚋。蚋者，一头而两身，其形若蛇，其长八尺，以其名称之，可使取鱼鳖。此涸川水之精也。

是以水之精粗浊蹇，能存而不能亡者，生人与玉；伏暗能存而能亡者，蓍龟与龙；或世见或不见者，蚋与庆忌。故人皆服之，而管子则之⑳；人皆有之，而管子以之㉑。

是故具者何也㉒？水是也。万物莫不以生，唯知其托者能为之正。具者，水是也。故曰：水者何也？万物之本原也，诸生之宗室也，美恶、贤不肖、愚俊之所产也。

何以知其然也？夫齐之水遒躁而复㉓，故其民贪粗而好勇；楚之水淖弱而清，故其民轻果而敢；越之水浊重而洎㉔，故其民愚疾而垢；秦之水泔冣而稽㉕，淤滞而杂，故其民贪戾罔而好事齐㉖；晋之水枯旱而运，圩滞而杂，故其民谄谀葆诈，巧佞而好利；燕之水萃下而弱，沈滞而杂，故其民愚戆而好贞，轻疾而易死；宋之水轻劲而清，故其民简易而好正。是以圣人之化世也，其解在水。故水一则人心正，水清则民心易；人心正则欲不污，民心易则行无邪。是以圣人之治于世也，不人告也，不户说也，其枢在水。

---

①水地：本篇论水。因水与地有关系，所以以"水地"为题，以地开篇。

②根菀：当为"根荄"，"本原、根荄、宗室，皆谓根本也"。

③具材：尹知章济："言水材美具备。"

④精：通"情"。这里用来赞美水之品性，有不夸饰、诚实的意思。

⑤概：古代量米麦时刮平斗斛的器具。

⑥卑：谦卑。

⑦都：尹知章注："都，聚也。水聚居于下卑也。"

⑧准：水准器。五量：说法不一。本书《揆度》有"权、衡、规、矩、准"之说。

⑨"淡也"二句：尹知章注："无味谓之淡，水虽无味，五味不得不平也，故为五味中也。"五味：酸、咸、辛、苦、甘。

⑩邻以理者：何如璋云："'邻'当作'鄰'，鄰，清澈也。""理，条理也。言玉之质清澈而有条理，似其知也。"

⑪蹙（cù）：皱。尹知章注："蹙，屈聚也。"

⑫刿（guì）：刺伤。清正而不伤人。

⑬尹知章注："遌适，玉病也。"精：通"情"，诚实。

⑭辞：郭沫若云：治也，谓条理也。

⑮流布成形也。

⑯五虑：指五官的功能，即耳听、目明、鼻嗅、口言、心思。

⑰蓍：何如璋云："'蓍龟'当作'耆龟'，'耆，老也，龟之老者'。"

⑱"龟生"四句：尹知章《注》："谓龟得水火之灵，故先知于万物，识祸之正也。"正同"征"，征兆、征验。

⑲涸泽：与下文云"涸川"中的"涸"读如沍（hù），冻结的意思。

⑳所以人们都把水看成平常事，而管子却知水法则。

㉑人们都拥有水，而管子却能利用水。

㉒因此什么是具备一切的呢？

㉓湍急而又回旋。

㉔浊重而浸润。

㉕浓厚而流缓。

㉖齐：王念孙云："此'齐'字涉上文而衍。"当删。

四时①第四十

管子曰：令有时。无时则必视顺天之所以来，五漫漫，六惛惛②，孰知之哉？唯圣人知四时。不知四时，乃失国之基；不知五谷之故③，国家乃路④。故天曰信明，地曰信圣，四时曰正；其王信明圣，其臣乃正。何以知其王之信明信圣也？曰：慎使能而善听信之。使能之谓明，听信之谓圣；信明圣者，皆受天赏；使不能为惛，惛而忘⑤也者，皆受天祸。是故上见成事而贵功，则民事接劳而不谋；上见功而贱，则为人下者惰，为人上者骄。是故阴阳者天地之大理也，四时者阴阳之大经也，刑德者四时之合也。刑德合于时则生福，诡⑥则生祸。

然则春夏秋冬将何行？

东方曰星，其时曰春，其气曰风，风生木与骨。其德喜嬴⑦，而发出节时。其事：号令修除神位，谨祷弊梗，宗正阳，治堤防，耕芸树艺，正津梁，修沟渎，甃屋行水，解怨赦罪，通四方。然则柔风甘雨乃至，百姓乃寿，百虫乃蕃，此谓星德。星掌发，发为风。是故春行冬政则雕，行秋政则箱，行夏政则欲。是故春三月以甲乙之日发五政。一政曰：论幼孤，赦有罪；二政曰：赋爵列，授禄位；三政曰：冻解修沟渎，复亡人；四政曰：端险阻，修封疆，正千伯；五政曰：无杀麑夭⑧，毋蹇华绝萼。五政苟时⑨，春雨乃来。

南方曰日，其时曰夏，其气曰阳，阳生火与气；其德施舍修乐。其事：号令赏赐赋爵，受禄顺乡，谨修神祀，量功赏贤，以助阳气。大暑乃至，时雨乃降，五谷百果乃登，此谓日德。日掌赏，赏为暑。夏行春政则风，行秋政则水，行冬政则落。是故夏三月以丙丁之日发五政。一政曰：求有功发劳力者而举之；二政曰：开久积，发故屋，辟故窌⑩以假贷；三政曰：令禁扇去笠，毋极免，除急漏田庐；四政曰：求有德赐布施于民者而赏之；五政曰：令禁罝⑪设禽兽，毋杀飞鸟。五政苟时，夏雨乃至也。

中央曰土，土德实辅四时入出，以风雨节，土益力⑫。土生皮肌肤。其德和平用均，中正无私，实辅四时：春嬴育，夏养长，秋聚收，冬闭藏。大寒乃极，国家乃昌，四方乃服，此谓岁德。岁掌和，和为雨。

西方曰辰，其时曰秋，其气曰阴，阴生金与甲⑬。其德忧哀、静正、严顺，居不敢淫佚。其事：号令毋使民淫暴，顺⑭旅聚收，量民资以畜聚。贾彼群干，聚彼群材，百物乃收，使民毋怠。所恶其察，所欲必得，义信则克。此谓辰德。辰掌收，收为阴。秋行春政则荣，行夏政则水，行冬政则耗。是故秋三月以庚辛之日发五政：一政曰，禁博塞，圉小辩，释忌斗；二政曰，毋见五兵之刃；三政曰，慎旅农，趣聚收；四政曰，补缺塞坼；五政曰，修墙垣，周门闾。五政苟时，五谷皆入。

北方曰月，其时曰冬，其气曰寒，寒生水与血。其德淯越、温恕、周密。其事：号令修禁徙民，令静止，地乃不泄。断刑致罚，无赦有罪，以符阴气。大寒乃至，甲兵乃强，五谷乃熟，国家乃昌，四方乃辑，此谓月德。月掌罚，罚为寒。冬行春政则泄，行夏政则雷，行秋政则旱。是故冬三月以壬癸之日发五政。一政曰：论孤独，恤长老；二政曰：善顺阴，修神祀，赋爵禄，授备位；三政曰：效会计，毋发山川之藏；四政曰：捕奸遁，得盗贼者有赏；五政曰：禁迁徙，止流民，圉分异⑮。五政苟时，冬事不过，所求必得，所恶必伏⑯。

是故春凋，秋荣，冬雷，夏有霜雪，此皆气之贼也⑰。刑德易节失次，则贼气速至，则国多灾殃。是故圣王务时而寄政焉，作教而寄武，作祀而寄德焉。此三者圣王所以合于天地之行也。日掌阳，月掌阴，岁掌和；阳为德，阴为刑，和为事。是故日食，则失德之国恶之；月食，则失刑之国恶之；慧星见，则失和之国恶之；风与日争明，则失正之国恶之。是故，圣王日食则修德，月食则修刑，彗星见则修和，风与日争明则修正。此四者，圣王所以免于天地之诛也。信能行之，五谷蕃息，六畜殖，而甲兵强，治积则昌，暴虐积则亡。

道生天地，德出贤人。道生德，德生正⑱，正生事。是以圣王治天下，穷则反，终则始。德始于春，长于夏；刑始于秋，流于冬。刑德不失，四时如一；刑德离乡⑲，时乃逆行。作事不成，必有大殃。月有三政⑳，王事必理，以为久长。不中者死㉑，失理者亡。国有四时，固执王事，四守㉒有所，三政执辅。

---

①四时：犹言四季。本篇论述君主施政行令要顺应四季的特点和发展，"合于时则生福，诡（违）则生祸"。

②五漫漫，六惛惛：郭沫若云："犹今言乱七八糟耳。"

③故：此指生长的经历、规律。

④路：通"露"，败坏。

⑤忘：郭沫若云："'忘'字当为'妄'。"

⑥诡：违反。

⑦嬴：通"赢"，充满。

⑧麇夭：许维遹云："即'麇麑'，幼鹿。"

⑨苟时：孙星衍云："'苟时'，《太平御览》作'徇时'。徇与循同义，徇时谓循其时序。"

⑩窌（jiào）：地窖。

⑪罝：捕兽的网。

⑫土益力：谓土地增加生殖的能力。

⑬阴生金与甲：尹知章注："阴气凝结坚实，故生金为爪甲也。"金，指五行中的金。

⑭顺：洪颐煊云："读为'慎'。"旅：指旅居于田野的农民。

⑮圉分异：犹言禁分居也。

⑯伏：通"服"，制服。

⑰"此皆"句：尹知章注："气反时，则为贼害也。"

⑱正：王念孙云：与"政"同。下"正"字同。

⑲乡：同"向"，方向。

⑳月有三政：郭沫若云："三政当指上节的'三者'，即'务时而寄政，作教而寄武，作祀而寄德'言，月皆有之，故曰'月有三政'。"

㉑不中者死：尹知章注："中，犹合也。不合三政者则死，违失其理必败亡。"

㉒四守：郭沫若云："当指上节的'四节'，即修德、修刑、修和、修政。"

五行①第四十一

一者本也②，二者器也③，三者充也④，治者四也，教者五也，守者⑤六也，立者七也，前者八也，终者九也，十者然后具五官于六府⑥也、五声于六律也⑦。

六月日至，是故人有六多⑧：六多所以街⑨天地也。天道以九制，地理以八制，人道以六制。以天为父，以地为母，以开乎⑩万物，以总一统。通乎九制、六府、三充，而为明天子。修概水土，以待乎天；董反五藏，以视不亲；治祀之下，以观地位⑪；货暲神庐⑫，合于精气。已合而有常，有常而有经。审合其声，修十二钟，以律人情。人情已得，万物有极，然后有德。

故通乎阳气，所以事天也；经纬日月，用之于民。通乎阴气，所以事地也；经纬星历，以视其离。通若道然后有行，然则神筮不灵，视龟不卜，黄帝泽参⑬，治之至也。昔者黄帝得蚩尤而明于天道，得大常而察于地利；得奢龙而辩于东方，得祝融而辩于南方；得大封而辩于西方，得后土而辩于北方。黄帝得六相而天地治，神明至。蚩尤明乎天道，故使为当时；大常察乎地利，故使为廪者；奢龙辩乎东方，故使为工师；祝融辩乎南方，故使为司徒；大封辩于西方，故使为司马；后土辩乎北方，故使为李。是故春者工师也，夏者司徒也，秋者司马也，冬者李也。

昔黄帝以其缓急作五声⑭，以政五钟⑮。令⑯其五钟：一曰青钟大音，二曰赤钟重心，三曰黄钟洒光，四曰景⑰钟昧其明，五曰黑钟隐其常。五声既调，然后作立五行以正天时，五官以正人位。人与天调，然后天地之美生。

日至睹甲子木行御。天子出令，命左右士师内御，总别列爵，论贤不肖士吏。赋秘⑱赐赏于四境之内，发故粟以田数。出国，衡顺山林，禁民斩木，所以爱草木也。然则冰解而百冻释，草木区萌，赎蛰虫卵菱⑲。春辟勿时⑳，苗足本。疠不雏毂㉑，不夭麑麌，毋傅速，亡伤襁褓。时则不凋。七十二日而毕。

睹丙子火行御，天子出令，命行人㉒内御，令掘沟浍㉓，津旧涂。发藏，任君赐赏。君子修游驰，以发地气。出皮帛。命行人修春秋之礼于天下。诸侯通，天下遇者兼和。然则天无疾风，草木发奋，郁气息，民不疾而荣华蕃㉔。七十二日而毕。

睹戊子土行御，天子出令，命左右司徒内御。不诛不赏，农事为敬。大扬惠言，宽刑死，缓罪人。出国，司徒令命顺民之功力，以养五谷。君子之静居，而农夫修其功力极。然则天为粤宛，草木养长，五谷蕃实秀大，六畜牺牲具，民足财，国富，上下亲，诸侯和。七十二日而毕。

睹庚子金行御，天子出令，命祝宗选禽兽之禁、五谷之先熟者，而荐之祖庙与五祀㉕，鬼神享其气焉，君子食其味焉。然则凉风至，白露下，天子出令，命左右司马组甲厉兵，合什为伍，以修于四境之内，谍然㉖告民有事，所以待天地之杀敛也。然则昼炙阳，夕下露。地竞环㉗，五谷邻熟，草木茂实，岁农丰年大茂。七十二日而毕。

睹壬子水行御，天子出令，命左右使人㉘内御，其气足则发而止，其气不足则发掘渎㉙盗贼。数剥竹箭，伐檀柘，令民出猎，禽兽不释巨少而杀之，所以贵天地之所闭藏也。然则羽卵者不段，毛胎者不牍㉚，孕妇不销弃，草木根本美。七十二日而毕。

睹甲子木行御，天子不赋不赐赏，而大斩伐伤，君危，不然太子危，家人夫人死，不然则长子死。七十二日而毕。睹丙子火行御，天子敬行急政，旱札㉛、苗死、民厉。七十二日而毕。睹戊子土行御，天子修宫室，筑台榭，君危；外筑城郭臣死。七十二日而毕。睹庚子金行御，天子攻山击石，有兵作战而败，士死，丧执政。七十二日而毕。睹壬子水行御，天子决塞，动大水，王后夫人薨，不然则羽卵者段，毛胎者牍，孕女销弃，草木根本不美。七十二日而毕也。

---

①五行：指木、火、土、金、水。我国古代思想家曾想用这五种常见物质来说明世界万物的起源和统一。本篇论述天子要按照五行的属性施政。

②本：指农业。

③器：器具。"所以理农桑之具也。"

④充：充足，此指有足够的劳力来从事农业生产。

⑤守：掌管。尹知章注："人既奉法从教，则设官以守之。"

⑥《礼记·曲礼》："天子之五官，曰司徒、司马、司空、司士、司寇、典司五众。"《礼记·曲礼》："天子之六府，曰司土、司木、司水、司草、司器、司货、典司六职。"郑玄注："府，主藏六物之税者。此亦毁时制也。"

⑦五声：即五音，指宫、商、角、徵、羽。六律：即黄钟、太簇、姑洗、蕤宾、夷则、无射。律用来正音，《孟子》："不以六律不能正五音。"

⑧六爻：张佩纶云：为"六爻"之误。爻（yáo），是构成《易》卦的基本符号。"——"是阳爻，"— —"是阴爻，每三爻合成一卦，重卦称为六爻。

⑨街：《玉篇》："通道也。"此作动词用。

⑩丁士涵云："'乎'字衍，'以开万物'与下文'以总一统'对文。"

⑪地位：郭沫若云："'地位'当为'地利'。"

⑫郭沫若云："货暉当读为'化暉'。'货暉神庐'者谓心受教养而深厚，即所谓'定心'，故能'合于精气'也。"

⑬泽：通"释"，舍弃。参：指参与占卜的人。黄帝泽参，注家多以为本句为衍文。

⑭作五声：王念孙云：应为"作立五声"。《书钞》引"作"下有"立"字。作，始也。

⑮政：同"正"，规正。

⑯令：命名。

⑰景：刘师培云："'景'乃'颢'字之总，颢即白也"。与上下文的青、赤、黄、黑并文，均主方色言。

⑱赋秘：王引之云："'赋'，布也，布散其所秘藏之物也。"

⑲赎蛰虫：尹知章注："赎，犹去也。"去，除去。蛰虫，多为害虫，故须除去之。

⑳春辟勿时：郭沫若云："'时'当为'待'，涉《注》而误"。尹《注》云："春当耕辟，无得不及时也。"正释"春辟勿待。"

㉑疬（l）：杀。雏毂：幼小待哺食的鸟。

㉒行人：官名。使者。

㉓浍（kuài）：田间水沟。

㉔荣华：本指草开花，引申为昌盛显达。蕃：繁多，繁殖。

㉕五祀：古代天子祭祀的五种神祇。尹知章注："五祀，谓门、行、户、灶、中霤。"中霤，指土神。

㉖安井衡云："'诶'读为俞，俞然，容貌和恭也。"

㉗尹知章注："环，炙实貌。方秋之时，昼则暴炙，夕则下寒露而润之，阴阳更生，故地气交竟而炙实。"

㉘使：张佩纶云："'使'当作'李'，篆文相近。"李人，即法官。

㉙挏：殆"涧"之误。涧渎，山沟和江河。

㉚牍（dú）流产。尹知章注："牍，谓胎败溃也。"

㉛札：瘟疫。

势①第四十二

战而惧水，此谓胆灭；小事不从，大事不吉。战而惧险，此谓迷中②；分③其师众，人既迷芒，必其将亡之道。

重静者比于死④，重作者比于鬼；重信⑤者比于距，重诎⑥者比于避。夫静与作，时以为主人，时以为客，贵得度。知静之修，居而自利；知作之从，每动有功。故曰，无为者帝，其此之谓矣。

逆节萌生，天地未形，先为之政，其事乃不成，缪受其刑。天因人，圣人因天。天时不作勿为客⑦，人事不起勿为始。慕和其众，以修天地之从。人先生之，天地刑之，圣人成之，则与天同极；正静不争，动作不忒，素质不留，与地同极。未得天极，则隐于德；已得天极，则致其力，既成其功，顺守其从，人不能代。

成功之道，嬴缩⑧为宝；毋亡⑨天极，究数而止。事若未成，毋改其形⑩，毋失其始，静民观时，待令而起。故曰，修阴阳之从，而道天地之常。嬴嬴缩缩，因而为当；死死生生，因天地之形。天地形之；圣人成之。小取者小利，大取者大利，尽行之者有天下。

故贤者诚信以仁之，慈惠以爱之，端政象不敢以先人⑪，中静不留，裕德无求，形于女色⑫。其所处者，柔安静乐，行德而不争，以待天下之溃⑬作也。故贤者安徐正静，柔节先定，行于不敢，而立于不能，守弱节而坚处之，故不犯天时，不乱民功。秉时养人，先德后刑，顺于天，微度人⑭。

善周者，明不能见也⑮；善明者，周不能蔽也。大明胜大周，则民无大周也；大周胜大明，则民无大明也。大周之先，可以奋信；大明之祖，可以代天。下索而不得，求之招摇之下。

兽厌走⑯，而有伏网罟。一偃一侧，不然不得。大文三曾⑰，而贵义与德；大武三曾，而偃武与力。

———————————

①势：形势。本篇论述征战攻伐取守要善于利用形势才能成功，违背形势就不能成功。重在论述军事，而又富有哲理性。

②迷：迷惑。中：心中。

③分：郭沫若案："假为'纷'，乱也。"

④军队该要静止埋伏时就要像死尸一样纹丝不动。

⑤信：通"伸"，展开。距：鸡距，雄鸡蹠后面突出像脚趾的部分。《汉书·五行志中之上》颜师古注："距，鸡附足骨，斗时所用刺之。"

⑥诎：通"屈"。屈曲，收缩。避：郭沫若云，应读为"躄"。因为避与辟通，辟又与躄通。躄（bì）亦作"躄"，瘸腿。

⑦天时的灾祸还没有在敌国出现就不要去攻伐。

⑧嬴缩：尹知章注："嬴缩，犹行藏也。"

⑨亡：通"忘"。

⑩形：尹知章注："形，谓常形也。守常修始，事终有成也。"

⑪制定政令总是广泛听取百姓的意见不敢先自为定。

⑫形于女色：形容安闲无求的样子如同女子。

⑬溃：尹知章注："溃，动乱也。"

⑭顺应四时，妙合人意。周：周密。

⑮善于保密的，明察也不能发现。

⑯"兽厌"四句：郭沫若案："言兽极走而不备，则有陷入网罟之虞。故为政者须一反一侧，有进有退，然后得其当。"

⑰曾：章炳麟云："'曾'读为'载'。"三曾，三载，即三年。

正①第四十三

制断五刑②，各当其名，罪人不怨，善人不惊，曰刑；正之、服之、胜之、饰之③，必严其令，而民则之，曰政；如四时之不忒，如星辰之不变，如宵如昼，如阴如阳，如日月之明，曰法；爱之、生之、养之、成之，利民不德，天下亲之，曰德；无德无怨，无好无恶，万物崇一，阴阳同度，曰道。刑以弊④之，政以命之，法以遏之，德以养之，道以明之。刑以弊之，毋失民命；令之以绝其欲，毋使民径⑤；遏之以绝其志意，毋使民幸；养之以化其恶，必自身始；明之身察其生，必循其理。致刑，其民庸⑥心以敬；致政，其民服信以听；致德，其民和平以静；致道，其民付而不争。罪人当名曰刑，出令当时曰政，当故不改曰法，爱民无私曰德，会民所聚曰道。

立常行政，能服信乎？中和慎敬，能日新乎？正衡一静⑦，能守慎乎？废私立公，能举人乎？临政官民，能后其身乎？能服信，此谓正纪。能日新，此谓行理。守慎正各，伪诈自止。举人无私，臣德咸道。能后其身，上佐天子⑧。

---

①正：使之正，即匡正。本篇论述要用刑、政、法、德、道来匡正百姓的思想和行为。

②五刑：古代以墨、劓、刖、宫、大辟为五刑。

③饬：安井衡云："'饰'读为饬。饬：整饬也。"

④弊：裁断。《周礼·天官·大宰》："以弊邦治。"

⑤《广雅》："径，邪也。"

⑥庸：通"用"。

⑦正衡一静：一静，应为"静一"，安定统一。

⑧能做到先人后己，就可辅佐天子。

九变①第四十四

凡民之所以守战至死而不德其上者，有数②以至焉。曰：大者亲戚③坟墓之所在也，田宅富厚足居也。不然，则州县乡党与宗族足怀乐也；不然，则上之教训、习俗，慈爱之于民也厚，无所往而得之；不然，则已林泽谷之利足生也；不然，则地形险阻，易守而难攻也；不然，则罚严而可畏也；不然，则赏明而足劝也；不然，则有深怨于敌人也；不然，则有厚功于上也。此民之所以守战至死而不德其上者也。

今恃不信之人，而求以智；用不守之民，而欲以固；将不战之卒，而幸以胜；此兵之三暗④也。

---

①九变：据郭沫若说，"变"是"娈"之误。《说文》："娈，慕也。"变字亦作"恋"。恋，思也。所以九变即"九娈"，九种思慕。

②数：自然之理。

③亲戚：指父母。

④这是用兵者的三种昏庸糊涂的想法。

任法①第四十五

圣君任法而不任智，任数而不任说②，任公而不任私，任大道而不任小物，然后身佚而天下治。失君则不然。舍法而任智，故民舍事而好誉；舍数而任说，故民舍实而好言；舍公而好私，故民离法而妄行；舍大道而任小物，故上劳烦，百姓迷惑，而国家不治。圣君则不然，守道要③，处佚乐，驰骋弋猎④，钟鼓竽瑟，宫中之乐，无禁圉也。不思不虑，不忧不图，利身体，便形躯，养寿命，垂拱而天下治。是故人主有能用其道者，不事心，不劳意，不动力，而土地自辟，囷仓自实，蓄积自多，甲兵自强，群臣无诈伪，百官无奸邪，奇术技艺之人莫敢高言孟行⑤以过其情、以遇⑥其主矣。

昔者尧之治天下也，犹埴之在埏⑦也，唯陶之所以为；犹金之在炉，恣冶之所以铸。其民引之而来，推之而"往"，使之而成，禁之而止。故尧之治也，善明法禁之令而已矣。黄帝之治天下也，其民不引而来，不推而往，不使而成，不禁而止。故黄帝之治也，置法而不变，使民安其法者也。

所谓仁义礼乐者，皆出于法。此先圣之所以一民者也。《周书》曰："国法法不一⑧，则有国者不祥；民不道法，则不祥；国更立法以典民，则不祥；群臣不用礼义教训，则不祥；百官服事者离法而治，则不祥。"故曰：法者不可不恒也。存亡治乱之所以出，圣君所以为天下大仪也。君臣上下贵贱皆发焉⑨，故曰"法"。

古之法也，世无请谒任举之人，无间识博学辩说之士，无伟服，无奇行⑩，皆囊于法以事其主。故明王之所恒者二：一曰明法而固守之，二曰禁民私而收使之，此二者主之所恒也。夫法者，上之所以一民下也；私者，下之所以侵法乱主也。故圣君置仪设法而固守之，然故堪材习士间识博学之人不可乱也，众强富贵私勇者不能侵也，信近亲爱者不能离也，珍怪奇物不能惑也，万物百事非在法之中者不能动也。故法者，天下之至道也，圣君之宝用也。

今天下则不然，皆在善法而不能守也。然故堪材习士间识博学之士能以其智乱法惑上，众强富贵私勇者能以其威犯法侵陵⑪，邻国诸侯能以其权置子立相，大臣能以其私附百姓、剪公财以禄私士。凡如是而求法之行，国之治，不可得也。

圣君则不然。卿相不得剪公禄其私，群臣不得辟其所亲爱，圣君亦明其法而固守之，群臣修通辐凑⑫以事其主，百姓辑睦听令道法以从其事。故曰：有生法，有守法，有法于法。夫生法者，君也；守法者，臣也；法于法者，民也。君臣上下贵贱皆从法，此谓为大治。

故主有三术：夫爱人不私赏也，恶人不私罚也，置仪设法以度量断者，上主也。爱人而私赏之，恶人而私罚之，倍⑬大臣，离左右，专以其心断者，中主也；臣有所爱而为私赏之，有所恶而为私罚之，倍其公法，损其正心，专听其大臣者，危主也。故为人主者，不重爱人，不重恶人。重爱曰失德，重恶曰失威。威德皆失，则主危也。

故明王之所操者六：生之、杀之、富之、贫之、贵之、贱之。此六柄者，主之所操也。主之所处者四：一曰文，二曰武，三曰威，四曰德：此四位者，主之所处也。借人以其所操，命曰夺柄；借人以其所处，命曰失位。夺柄失位，而求令之行，不可得也。法不平，令不全，是亦夺柄失位之道也。故有为枉法，有为毁令，此圣君之所以自禁也。故贵不能威，富不能禄⑭，贱不能事，近不能亲，美不能淫也。植固而不动，奇邪乃恐⑮，奇革而邪化，令往而民移。故圣君设度量，置仪法，如天地之坚，如列星之固，如日月之明，如四时之信，然故令往而民从之。而失君则不然，法立而还废之，令出而后反之，枉法而从私，毁令而不全。是贵能威之，富能禄之，贱能事之，近能亲之，美能淫之也。此五者不禁于身，是以群臣百姓人挟其私而幸其主。彼幸而得之，则主日侵⑯。彼幸而不得，则怨日产。夫日侵而产怨，此失君之所循也。

凡为主而不得用其法，不能适其意，顾臣而行，离法而听贵臣，此所谓贵而威之也。富人用金玉事主而求焉，主离法而听之，此所谓富而禄之也；贱人以服约卑敬悲色告诉其主，主因离法而听之，所谓贱而事之也。近者以逼近亲爱有求其主，主因离法而听之，此谓近而亲之也；美者以巧言令色请其主，主因离法而听之，此所谓美而淫之也。

治世则不然，不知亲疏远近、贵贱、美恶，以度量断之。其杀戮人者不怨也，其赏赐人者不德也，以法制行之，如天地之无私也。是以官无私论，士无私议，民无私说，皆虚其胸以听于上。上以公正论，以法制断，故任天下而不重也。今乱君则不然，有私视也，故有不见；有私听也，故有不闻也；有私虑也，故有不知也。夫私者，壅蔽失位之道也⑰。上舍公法而听私说，故群臣百姓皆设私立方以教于国，群党比周以立其私，请谒任举以乱公法，人用其心以幸于上。上无度量⑱以禁之，是以私说日益，而公法日损，国之不治⑲，从此产矣。

道，习于人事之终始者也。其治人民也，期于利民而止。故其位齐也，不慕古，不留今，与时变，与俗化。

夫君人之道，莫贵于胜⑮。胜，故君道立；君道立，然后下从；下从，故教可立而化可成也。夫民不心服体从，则不可以礼义之文教也。君人者不可以不察也。

---

①正世：匡正世道，补救世风，即治世之意。本篇提出要建立适当的法制来治乱正世。

②调：调节，协调。

③料：计数，核计。

④本：探求事物的根源。

⑤劳力耗尽，百姓就不得不表现出怠傲的态度。

⑥然而百姓放纵行私而不服从管理。

⑦廉：考察。

⑧暴乱的人就不能镇压。

⑨法制不允许邪恶蔓延，万民就敦厚诚实。

⑩戾（lì）：暴戾，乖张。

⑪是因为替天下人兴利除害。

⑫事情做得不必相同，但追求的目标是一致的。

⑬盗贼不能镇压良民就不能安定。

⑭齐：适中。

⑮君主的治国之道，没有比镇压住邪恶更重要的了。

治国①第四十八

凡治国之道，必先富民。民富则易治也，民贫则难治也。奚以知其然也？民富则安乡重家，安乡重家则敬上畏罪，敬上畏罪则易治也；民贫则危乡轻家，危乡轻家②则敢凌上犯禁，凌上犯禁则难治也。故治国常富，而乱国常贫③。是以善为国者，必先富民，然后治之。

昔者，七十九代之君④，法制不一，号令不同，然俱王天下者，何也？必国富而粟多也。夫富国多粟⑤生于农，故先王贵⑥之。凡为国之急者，必先禁末作文巧⑦。末作文巧禁则民无所游食⑧，民无所游食则必农。民事农则田垦，田垦则粟多，粟多则国富。国富者兵强，兵强者战胜，战胜者地广。是以先王知众民、强兵、广地、富国之必生于粟也。故禁末作，止奇巧，而利农事。今为末作奇巧者，一日作而五日食；农夫终岁之作，不足以自食也。然则民舍本事而事末作，舍本事而事末作，则田荒而国贫矣。

凡农者月不足而岁有余者也⑨，而上征暴急无时，则民倍贷⑩以给上之征矣。耕耨者有时，而泽不必足，则民倍贷以取庸⑪矣。秋籴以五，春粜以束⑫，是又倍贷也。故以上之征而倍取于民者四，关市之租，府库之征粟十一，廝舆⑬之事，此四时亦当一倍贷矣。夫以一民养四主⑭，故逃徙者刑而上不能止者，粟少而民无积也。

嵩山之东，河汝之间，蚤生而晚杀，五谷之所蕃熟也，四种而五获。中年亩二石，一夫为粟二百石，今也仓廪虚而民无积。农夫以粥⑮子者，上无术以均之也。故先王使农、士、商、工四民交能易作，终岁之利无道相过也⑯。是以民作一而得均。民作一则田垦，奸巧不生；田垦则粟多，粟多则国富；奸巧不生则民治。富而治，此王之道也。

不生粟之国亡，粟生而死者霸⑰，粟生而不死者王。粟也者，民之所归也；粟也者，财之所归也；粟也者，地之所归也。粟多则天下之物尽至矣。故舜一徙成邑，二徙成都，三徙成国。舜非严刑罚重禁令，而民归之矣，去者必害，从者必利也。先王者善为民除害兴利，故天下之民归之。所谓兴利者，利农事也；所谓除害者，禁害农事也。农事胜则入粟多，入粟多则国富，国富则安乡重家，安乡重家则虽变俗易习、驱众移民，至于杀之，而民不恶也。此务粟之功也。上不利农则粟少，粟少则人贫，人贫则轻家，轻家则易去，易去则上令不能必行，上令不能必行则禁不能必止，禁不能必止则战不必胜、守不必固矣。夫令不必行，禁不必止，战不必胜，守不必固，命之曰寄生之君⑱。此由不利农少粟之害也。粟者，王之本事也⑲，人主之大务，有人之途，治国之道也⑳。

---

①治国：论治理国，取开篇二字作为论题。本篇论述治国之道，重在经济。

②危：不安心。尹知章注："危谓不安其所居也。"

③常贫：一作"必贫"。

④七十九代之君：不详其从何代算起，当泛指历代君主。

⑤粟：借指粮食。

⑥贵：重视。

⑦末作文巧：指经营奢侈玩好物品的手工业和商业。

⑧游食：本指不劳而食。此处指不从事农业，专事奢侈品的生产运销者。

⑨月不足而岁有余：意谓经常食用不足，只有收获季节才稍有剩余。形容生活艰难。

⑩倍贷：借一还二的高利贷。

⑪庸：通"佣"。

⑫束：古时以十为束。

⑬厮舆：古代劈柴养马一类的劳役。

⑭四主：即上文的四"倍贷"。张佩纶云："一民养四主承上倍取者四言。"

⑮粥：通"鬻（yù）"，出卖。

⑯使整年的得益无从相互超过。

⑰死：消失。此指耗尽。

⑱寄生之君：尹知章注："谓暂寄为生，不能长久。"

⑲粟者，王之本事也：增产粮食，是王业的根本大事。

⑳有人之途，治国之道也：是招徕百姓的途径，是治国的准则。

内业①第四十九

凡物之精，比②则为生；下生五谷，上为列星。流于天地之间，谓之鬼神；藏于胸中，谓之圣人。是故此气，杲乎③如登于天，杳乎④如入于渊，淖乎⑤如在于海，卒乎⑥如在于己。是故此气也，不可止以力，而可安以德，不可呼以声，而可迎以意。敬守勿失，是谓成德，德成而智出，万物毕得。

凡心之刑⑦，自弃自盈，自生自成。其所以失之，必以忧乐喜怒欲利。能去忧乐喜怒欲利，心乃反济⑧。彼心之情，利安以宁⑨，勿烦勿乱，和乃自成。折折⑩乎如在于侧，忽忽乎如将不得，渺渺⑪乎如穷无极。此稽不远，日用其德⑫。

夫道者，所以充形也，而人不能固。其往不复，其来不舍。谋乎⑬莫闻其音，卒乎乃在于心；冥冥乎⑭不见其形，淫淫乎⑮与我俱生。不见其形，不闻其声，而序其成，谓之道。凡道无所，善心安爱⑯；心静气理，道乃可止。彼道不远，民得以产；彼道不离，民因以知。是故卒乎其如可与索，眇眇乎其如穷无所。彼道之情，恶音与声，修心静意，道乃可得。道也者，口之所不能言也，目之所不能视也，耳之所不能听也；所以修心而正形也；人之所失以死，所得以生也；事之所失以败，所得以成也。凡道无根无茎，无叶无荣，万物以生，万物以成，命之曰道。

天主正，地主平，人主安静。春秋冬夏，天之时也；山陵川谷，地之材也；喜怒取予，人之谋也。是故圣人与时变而不化，从物迁而不移。能正能静，然后能定。定心在中，耳目聪明，四肢坚固，可以为精舍。精也者，气之精者也。气，道乃生[17]，生乃思，思乃知，知乃止矣。凡心之形，过知失生[18]。

一物能化谓之神[19]，一事能变谓之智。化不易气，变不易智，唯执一之君子能为此乎！执一不失，能君万物[20]。君子使物，不为物使，得一之理。治心在于中，治言出于口，治事加于人，然则天下治矣。一言得而天下服，一言定而天下听，此之谓也。

形不正，德不来；中不静，心不治。正形摄德，天仁地义，则淫然而自至。神明之极，照乎知万物。中守不忒[21]，不以物乱官，不以官乱心，是谓中得。

有神自在身[22]，一往一来，莫之能思。失之必乱，得之必治。敬除其舍，精将自来。精想思之，宁念治之，严容畏敬，精将至定[23]。得之而勿舍，耳目不淫。

心无他图，正心在中，万物得度。道满天下，普在民所，民不能知也。一言之解、上察于天，下极于地，蟠[24]满九州。何谓解之？在于心治。我心治，官乃治；我心安，官乃安。治之者心也，安之者心也。

心以藏心，心之中又有心焉。彼心之心，意以先言。意然后形，形然后言；言然后使，使然后治。不治必乱，乱乃死。

精存自生，其外安荣[25]，内藏以为泉原，浩然和平，以为气渊。渊之不涸，四体乃固；泉之不竭，九窍遂通。乃能穷天地，被四海。中无惑意，外无邪菑。心全于中，形全于外，不逢天菑，不遇人害，谓之圣人。

人能正静，皮肤裕宽，耳目聪明，筋信而骨强。乃能戴大圆而履大方[26]，鉴于大清，视于大明。敬慎无忒，日新其德，遍知天下，穷于四极。敬发其充，是谓内得。然而不反，此生之忒[27]。

凡道，必周必密，必宽必舒，必坚必固。守善勿舍，逐淫泽薄[28]；既知其极，反于道德。全心在中，不可蔽匿；知于形容，见于肤色。善气迎人，亲于弟兄；恶气迎人，害于戎兵。不言之声，疾于雷鼓；心气之形，明于日月，察于父母。赏不足以劝善，刑不足以惩过；气意得而天下服，心意定而天下听。

搏气[29]如神，万物备存。能搏乎？能一乎？能无卜筮而知吉凶乎？能止乎？能已乎？能勿求诸人而得之己乎？思之，思之，又重思之。思之而不通，鬼神将通之。非鬼神之力也，精气之极也。

四体既正，血气既静，一意搏心，耳目不淫，加远若近。思索生知，慢易生忧，暴傲生怨，忧郁生疾，疾困乃死。思之而不舍，内困外薄，不早为图，生将巽舍[30]。食莫若无饱，思莫若勿致，节适之齐，彼将自至。

凡人之生也，天出其精，地出其形，合此以为人，和乃生，不和不生。察和之道，其情不见，其征不丑[31]。平正擅匈，论治在心[32]，此以长寿。忿怒之失度，乃为之图。节其五欲，去其二凶[33]，不喜不怒，平正擅匈[34]。

凡人之生也，必以平正；所以失之，必以喜怒忧患。是故止怒莫若诗，去忧莫若乐，节乐莫若礼，守礼莫若敬，守敬莫若静。内静外敬，能反其性，性将大定。

　　凡食大道：大充，伤而形不臧⑤；大摄，骨枯而血泂㊱。充摄之间，此谓和成。精之所舍，而知之所生。饥饱之失度，乃为之图。饱则疾动，饥则广思㊲，老则忘虑。饱不疾动，气不通于四末；饥不广思，饱而不废；老不忘虑，困乃速竭。大心而敞，宽气而广，其形安而不移，能守一而弃万苛㊳，见利不诱，见害不惧，宽舒而仁，独乐其身，是谓云气㊴，意行似天。

　　凡人之生也，必以其欢；忧则失纪，怒则失端。忧悲喜怒，道乃无处。爱欲静之，遇乱正之；勿引勿推，福将自归。彼道自来，可藉与谋；静则得之，躁则失之。灵气在心，一来一逝；其细无内，其大无外。所以失之，以躁为害；心能执静，道将自定。得道之人，理丞㊵而毛泄，匈㊶中无败。节欲之道，万物不害。

---

①内业：心的修养内容。本篇论述心的修养，强调精气的作用。

②比：合的意思。

③杲（gǎo）：明亮。

④杳（yǎo）：幽暗。

⑤淖（chuò）：丁士涵云：读为绰，绰，宽也。

⑥安井衡云："卒乎犹忽然也。己，身也。"

⑦刑：通"形"，形体。

⑧心乃反济：心恢复到正常充盈的状态。

⑨利安以宁：尹知章云："安宁者，心之所利也。"

⑩折折：丁士涵云："即'晢晢'之借。"晢晢，明亮，清楚。

⑪渺渺：恍惚，渺茫。尹知章注："渺渺，微远貌。"

⑫此句意为这样考查它并不遥远，因为天天都在利用它的功德。

⑬谋：据王念孙说：当作"讠某"。即"寂"，寂寞，没有声音。

⑭冥冥：昏暗的样子。

⑮淫淫：犹"侵淫"，增进的样子。

⑯爱：王念孙云："当为'处'。"郭沫若云："'善心安处'者犹《心术篇》。'虚其欲，神将来舍，扫除不洁，神乃留处'也。"

⑰气，道乃生：尹知章注："气得道能有生。"

⑱此句意为大凡心的形体，过份的追求智慧，就会失去生机。

⑲此句意为专一于物而能化为通达的叫做神。

⑳此句意为坚持专一而不放，他就能统领万物。

㉑忒（tè）：差错。

㉒有神自在身：郭沫若云："当衍'身'字。"

㉓至：王念孙云："'至'当为'自'，上文'精将自来'，即其证。"

㉔蟠（pán）：遍及。张佩纶疑"蟠满九州"句"本尹《注》误入正文。"录以备考。

㉕荣：指气色鲜润。

㉖古人以为天圆地方，所以"大圆"是指天，"大方"是指地。

㉗此句意为然而有人不能回到这样的境地，这是生活上有过失造成的。

㉘泽薄：陈奂云："'泽'读之释，释，舍也。舍薄犹言去其浮薄耳。"

㉙搏：应作"抟"。本篇中"搏"字，王念孙云："皆'抟'字之误。"抟，古"专"字。

㉚巽（xùn）：通"逊"，逊让，引申为退出，离开。

㉛丑：张佩纶云："丑，类也。"类，类比。

㉜论治在心：郭沫若云：论治当是："'沦治'之误，言天地之和气弥满于心中也，即所谓'沦肌浃髓'。"

㉝五欲：指耳、目、口、鼻、心五种器官的嗜欲。二凶：指喜、怒。

㉞平正擅匈：平和端正就能占据胸间。

㉟大充：过量。臧：善。

㊱大摄：太少。沍（hù）：冻结，闭塞。

㊲广：张佩纶云："'广'读为'旷'，言饥则旷废其思也。"

㊳守一：坚持专一。万苛：各种各样的烦琐事务。

㊴云气：安井衡云："云，运也。"云气，即运气，指精气的运用。

㊵理：纹理，指皮肤之纹理。丞：通"烝"，蒸发。

㊶匈，通"胸"。

封禅①第五十

桓公既霸，会诸侯于葵丘，而欲封禅。管仲曰："古者封泰山禅梁父者七十二家，而夷吾所记者十有二焉。昔无怀氏封泰山，禅云云；虑羲②封泰山，禅云云；神农封泰山，禅云云；炎帝封泰山，禅云云；黄帝封泰山，禅云云；颛顼封泰山，禅云云；帝喾③封泰山，禅云云；尧封泰山，禅云云；舜封泰山，禅云云；禹封泰山，禅会稽；汤封泰山，禅云云；周成王封泰山，禅社首。皆受命然后得封禅。"桓公曰："寡人北伐山戎，过孤竹；西伐大夏，涉流沙，束马悬车④，上卑耳之山；南伐至召陵，登熊耳山以望江汉。兵车之会三，而乘车之会六；九合诸侯，一匡天下，诸侯莫违我。昔三代受命，亦何以异乎？"于是管仲睹桓公不可穷以辞，因设之以事⑤，曰："古之封禅，鄗上之黍，北里之禾，所以为盛；江淮之间，一茅三脊，所以为藉也⑥。东海致比目之鱼，西海致比翼之鸟，然后物有不召而自至者十有五焉。今凤凰麒麟不来，嘉谷不生，而蓬蒿藜莠⑦茂，鸱枭⑧数至，而欲封禅，毋乃不可矣。"于是桓公乃止。

①封禅：是古代帝王祭祀天地的仪式。在泰山上筑土坛祭天，报天之功，称为封；在泰山下梁父或云云等小山上辟场祭地，报地之功，称为禅。本篇记述齐桓公称霸诸侯以后，想举行封禅仪式，经管仲劝谏后而罢止。

②虑羲：即伏羲。虑，通"伏"。

③帝喾（kù）：古帝王名。黄帝曾孙，号高辛。

④将上山，缠束其马，悬钩其车也。

⑤就向他摆出事实来。

⑥藉：垫子。供坐卧。

⑦蓬蒿（hāo）藜（lí）莠（yǒu）：都是草名，借指杂草。

⑧鸱枭（chī xiāo）：即猫头鹰。古人以为是不祥之鸟。

小问①第五十一

桓公问管子曰："治而不乱，明而不蔽，若何？"管子对曰："明分任职，则治而不乱，明而不蔽矣。"公曰："请问富国奈何？"管子对曰："力地而动于时②，则国必富矣。"公又问曰："吾欲行广仁大义，以利天下，奚为而可？"管子对曰："诛暴禁非，存亡继绝，而赦无罪，则仁广而义大矣。"公曰："吾闻之也，夫诛暴禁非，而赦无罪者，必有战胜之器，攻取之数，而后能诛暴禁非，而赦无罪。请问战胜之器？"管子对曰："选天下之豪杰，致天下之精材，来天下之良工，则有战胜之器矣。"公曰："攻取之数何如？"管子对曰："毁其备，散其积，夺之食，则无固城矣。"公曰："然则取士若何？"管子对曰："假③而礼之，厚而无欺，则天下之士至矣。"公曰："致天下之精材若何？"管子对曰："五而六之，九而十之，不可为数。"④公曰："来工若何？"管子对曰："三倍，不远千里。"⑤桓公曰："吾已知战胜之器，攻取之数矣。请问行军袭邑，举错⑥

而知先后，不失地利若何？"管子对曰："用货察图⑦。"公曰："野战必胜若何？"管子对曰："以奇。"公曰："吾欲遍知天下若何？"管子对曰："小以吾不识，则天下不足识也⑧。"公曰："守、战、远见，有患。夫民不必死，则不可与出乎守战之难；不必信，则不可恃而外知。夫恃不死之民而求以守战，恃不信之人而求以外知，此兵之三暗也⑨。使民必死必信若何？"管子对曰："明三本。⑩"公曰："何谓三本？"管子对曰："三本者，一曰固，二曰尊，三曰质。"公曰："何谓也？"管子对曰："故国父母坟墓之所在，固也；田宅爵禄，尊也；妻子，质也。三者备，然后大其威，厉其意，则民必死而不我欺也。"

桓公问治民于管子，管子对曰："凡牧民者，必知其疾⑪，而忧⑫之以德；勿惧以罪，勿止以力。慎此四者，足以治民也。"桓公曰："寡人睹其善也，何为其寡⑬也？"管仲对曰："夫寡非有国者之患也。昔者天子中立，地方千里，四言者该⑭焉，何为其寡也？夫牧民不知其疾则民疾，不忧以德则民多怨，惧之以罪则民多诈，止之以力则往者不反，来者鹜距⑮。故圣王之牧民也，不在其多也。"桓公曰："善，勿已，如是又何以行之？"管仲对曰："质信极仁，严以有礼，慎此四者，所以行之也。"桓公曰："请闻其说。"管仲对曰："信也者，民信之；仁也者，民怀之；严也者，民畏之；礼也者，民美之。语曰，泽⑯命不渝，信也；非其所欲，勿施于人，仁也；坚中外正，严也；质信以让，礼也。"桓公曰："善战！牧民何先？"管子对曰："有时先政，有时先德。飘风暴雨不为人害，涸旱不为民患，百川道，年谷熟，粜货贱，禽兽与人聚食民食，民不疾疫，当此时也，民富且骄。牧民者厚收善岁以充仓廪，禁薮泽，先之以事，随之以刑，敬之以礼乐以振其淫，此谓先之以政⑰。飘风暴雨为民害，涸旱为民患，年谷不熟，岁饥粜货贵，民疾疫，当此时也，民贫且罢⑱。牧民者发仓廪、山林、薮泽以共⑲其财，后之以事，先之以恕，以振其罢，此谓先之以德⑳。其收之也，不夺民财；其施之也，不失有德。富上而足下，此圣王之至事也。"桓公曰："善。"

桓公问管仲曰："寡人欲霸，以二三子之功㉑，既得霸矣。今吾有㉒欲王，其可乎？"管仲对曰："公当召叔牙㉓而问焉。"鲍叔至，公又问焉。鲍叔对曰："公当召宾胥无而问焉。"宾胥无趋而进，公又问焉。宾胥无对曰："古之王者，其君丰，其臣杀㉔。今君之臣丰。"公遵循㉕，缪然远立。三子遂徐行而进。公曰："昔者大王贤，王季贤，文王贤，武王贤。武王伐殷克之，七年而崩㉖，周公旦辅成王而治天下，仅能制于四海之内矣。今寡人之子不若寡人，寡人不若二三子。以此观之，则吾不王必矣。"

桓公曰："我欲胜民㉗，为之奈何？"管仲对曰："此非人君之言也。胜民为易。夫胜民之为道，非天下之大道也。君欲胜民，则使有司疏狱㉘，而谒㉙有罪者偿，数省而严诛㉚，若此，则民胜矣。虽然，胜民之为道，非天下之大道也。使民畏公而不见亲，祸亟及于身。虽能不久，则人持莫之弑也㉛，危哉。君之国岌乎。"

桓公观于厩㉜，问厩吏曰："厩何事最难？"厩吏未对。管仲对曰："夷吾尝为圉人㉝矣，傅㉞马栈最难。先傅曲木，曲木又求曲木，曲木已傅，直木无所施矣。先傅直木，直木又求直木，直木已傅，曲木亦无所施矣"㉟。

桓公谓管仲曰："吾欲伐大国之不服者奈何？"管仲对曰："先爱四封㊱之内，然后可以恶竟㊲外之不善者；先定卿大夫之家，然后可以危邻之敌国。是故帮先王必有置也，然后有废也；必有利也，然后有害也。"

桓公践位，令衅社塞祷㊳。祝凫已疵献胙㊴，祝曰："除君苛疾与若之多虚而少实㊵。"桓公不说，瞋目而视祝凫已疵。祝凫已疵授酒而祭之曰："又与君子若贤。"桓公怒，将诛之，而未也。以复管仲，管仲于是知桓公之可以霸也。

桓公乘马，虎望见之而伏。桓公问管仲曰：“今者寡人乘马，虎望见寡人而不敢行，其故何也？”管仲对曰：“意者君乘驳马而洀㊶桓，迎日而驰乎？”公曰：“然。”管仲对曰：“此驳象也。驳食虎豹，故虎疑焉。”

楚伐莒，莒君使人求救于齐桓公。将救之，管仲曰：“君勿救也。”公曰：“其故何也？”管仲对曰：“臣与其使者言，三辱其君，颜色不变㊷；臣使官无满其礼三强，其使者争之以死。莒君，小人也。君勿救。”桓公果不救而莒亡。

桓公放春㊸，三月观于野。桓公曰：“何物可比于君子之德乎？”隰朋对曰：“夫粟，内甲以处，中有卷城，外有兵刃。未敢自恃，自命曰粟。此其可比于君子之德乎！”管仲曰：“苗，始其少也，眴眴乎㊹何其孺子也！至其壮也，庄庄乎何其士也！至其成也，由由乎㊺兹免，何其君子也！天下得之则安，不得则危，故命之曰禾。此其可比于君子之德矣。”桓公曰：“善。”

桓公北伐孤竹，未至卑耳之溪十里，闟然止㊻。瞠然视，援弓将射，引而未敢发也。谓左右曰：“见是前人乎？”㊼左右对曰：“不见也。”公曰：“事其不济乎？寡人大惑。今者寡人见人长尺而人物具焉：冠，右袪衣㊽，走马前疾。事其不济乎？寡人大惑。岂有人若此者乎？”管仲对曰：“臣闻登山之神有俞儿者，长尺而人物具焉。霸王之君兴，而登山神见。且走马前疾，道也。袪衣，未前有水也。右袪衣，未从中方涉也。”至卑耳之溪，有赞水者㊾曰：“从左方涉，其深入冠；从右方涉，其深至膝。若右涉，其大济。”桓公立拜管仲于马前曰：“仲父之圣至若此，寡人之抵罪也久矣。”管仲对曰：“夷吾闻之，圣人先知无形。今已有形，而后知之，臣非圣也，善承教也㊿。”

桓公使管仲求宁戚，宁戚应之曰：“浩浩乎。”51管仲不知，至中食而虑之。婢子曰：“公何虑？”管仲曰：“非婢子之所知也。”婢子曰：“公其毋少少，毋贱贱52。昔者吴干53战，未龀不得入军门。国子挝其齿，遂入，为干国多。百里奚，秦国之饭牛者也。穆公举而相之，遂霸诸侯。由是观之，贱岂可贱，少岂可少哉？”管仲曰：“然。公使我求宁戚，宁戚应我曰：‘浩浩乎’。吾不识。”婢子曰：“诗有之：‘浩浩者水，育育者鱼，未有室家，而安召我居54’？宁子其欲室乎？”

桓公与管仲阖门而谋伐莒，未发也，而已闻于国矣。桓公怒谓管仲曰：“寡人与仲父阖门而谋伐莒，未发也，而已闻于国，其故何也？”管仲曰：“国必有圣人。”桓公曰：“然夫日之役者，有执席食以视上者55，必彼是邪！于是乃令之复役，毋复相代。少焉，东郭邮至。桓公令傧者延而上，与之分级而立，问焉，曰：“子言伐莒者乎？”东郭邮曰：“然，臣也。”桓公曰：“寡人不言伐莒而子言伐莒，其故何也？”东郭邮对曰：“臣闻之，君子善谋，而小人善意56，臣意之也。”桓公曰：“子奚以意之？”东郭邮曰：“夫欣然喜乐者，钟鼓之色也；夫渊然清静者，缞绖57之色也；澷然丰满，而手足姆动者，兵甲之色也。日者，臣视二君之在台上也，口开而不阖，是言莒也；举手而指，势当莒也。且臣观小国诸侯之不服者，唯莒。于是臣故曰伐莒。”桓公曰“善哉，以微射明，此之谓乎！子其坐，寡人与子同58。”

客或欲见于齐桓公，请仕上官，授禄千钟。公以告管仲，曰：“君予之。”客闻之曰：“臣不仕矣。”公曰：“何故？”对曰：“臣闻取人以人者，其去人也，亦用人。吾不仕矣。”

---

①小问：日常的答问，不是专题的长篇大答问。小，并非问题小，而是指所用的篇幅大多短小，内容少而集中，是即时回答。本篇共记述了管仲十多次答齐桓公的询问，内容十分广泛，涉及到政治、军事、外交、用人等国家大事，也有一些是日常生活中遇到的一些问题，都是随问随答，不全面展开。

②“力地”句：尹知章注：“谓勤力于地利，其所动作必合于天时。”

③假：嘉美。《诗·假乐传》：“假，嘉也。”《说文》：“嘉，美也。”

④"五而"三句：尹知章注："欲致精材者，必当贵其价。故他处直五我酬之六，他处直九我酬之十，常令贵其一分，不可为定数。如此则天下精材可致也。"

⑤"三倍"二句：尹知章注："酬工匠之庸直，常三倍地处，则工人不以千里为远，皆至矣。"

⑥错：同"措"。

⑦用货察图：尹知章注："用货为反间，则知其先后；察彼国图，则不失地利也。"

⑧连小的情况我也不知道，天下的情况就无从知道了。

⑨三暗：指守战和外知。暗，愚昧不明。

⑩三本：指下文的固、尊、质。本，根本。

⑪疾：疾苦。尹知章注："疾，谓患苦也。"

⑫优：张佩纶云："优"之借字。优，优待。

⑬寡：指百姓少。

⑭该：通"赅"，尽备。尹知章注："该，备也。"

⑮鸶距：郭沫若云："殆犹趑趄或踟蹰"，犹豫不前的样子。

⑯泽：通"释"，舍弃。

⑰此句意为：这叫做先施行政治。

⑱罢：通"疲"。

⑲共：通"供"。

⑳此句意为：这叫做先施行恩德。

㉑二三子：各位。

㉒有：又。

㉓叔牙：即鲍叔牙。也称鲍叔，齐国大夫。

㉔丰：指德高。杀：意即德望较低。

㉕遵循：猪饲彦博云："与'逡巡'同。退却的样子。"

㉖七：疑为"二"，武王灭商后二年而死。

㉗我欲胜民：尹知章注："言欲胜服于民。"胜：克制，压服。

㉘疏狱：尹知章注："谓疏录狱囚。"疏：记，分条记述。

㉙谒：揭告也。

㉚"数省"句：尹知章注："数省有过，严其诛罪。"数，多次。省，察看，检查。

㉛持：吴汝纶云："当作'特'。"犾：尹桐阳云："同'试'，用也。"

㉜厩（jiù）：马棚。

㉝圉（yǔ）人：养马人。

㉞傅：通"附"。

㉟"先傅"四句：尹知章注："喻君子用，则小人退。"

㊱四封：四境。封，疆界。

㊲竟：通"境"。

㊳衅社：用牛羊的血祭土地神。社，土地神。塞："赛"之借字，报神福。

㊴"祝凫"句：尹知章注："祝，祝史。凫巳疕，其名也。胙，祭肉也。"

㊵苟：苟捐。若：王引之云："当为'君'，下文云，'又与君之若贤'是其证也。"

㊶洀：古"盘"字。

㊷"三辱"二句：尹知章注："辱其君而色不变，则无羞耻也。"辱，羞辱。色，颜色，脸色。

㊸放春：金廷桂云："当春而游放也。"意谓春游。

㊹眴眴：同"恂恂"。尹知章注："柔顺貌。"

㊺由由：同"油油"。

㊻阋（xì）：突然停立貌。

㊼看到前面那个人吗？

㊽袪（qū）：撩起。

㊾有赞水者：尹知章注："谓赞引渡水者。"赞，佐助。

㊿善承教：尹知章注："善承古人之法。"

(51)浩浩：水势盛大的样子。浩浩乎，是下文所引诗的首句。

(52)此句意为你不要小看年少的，不要鄙视卑贱的。

(53)吴干：吴国、干国。

(54)居：语助词。

(55)执席食：尹知章注为"执席而食"，仍费解。郭沫若以为"席"为"庶"之误，"庶"读为"蔗"，"食"为"饴"之坏字。视上：当为"上视"，尹知章注为"私目上视"。

(56)意：王念孙云："'意'当读为億，即度也。"推测。

(57)缞（cuī）绖（dié）：麻制的丧服。

(58)此句意为请你坐下来，我与你来共同谋划这件事吧。

七臣七主①第五十二

或以平虚请论七主之道，得六过一是，以还自镜，以知得失。以绳七臣，得六过一是。呜呼美哉，成事矣。

申主②：任势守数以为常，周听听远以续明；皆要③审则法令固，赏罚必④则下服度。不备待而得和，则民反⑤素也。故主虞而安，吏肃而严，民朴而亲，官无邪吏，朝无奸臣，下无侵争，世无刑民。

惠主⑥：丰赏厚赐以竭藏，赦奸纵过以伤法；藏竭则主权衰，法伤则奸门闿⑦。故曰："泰则反败矣。"

侵主⑧：好恶反法以自伤，喜决难知以塞明；从狙而好小察，⑨，事无常而法令曳。不眰⑩，则国失势。

芒主：⑪目伸五色，耳常五声，四邻不计，司声不听，则臣下恣行而国权大倾。不眰，则所恶及身。

劳主⑫：不明分职，上下相干，臣主同则。刑振⑬以丰，丰振以刻。去之而乱，临之而殆，则后世何得？

振主⑭：喜怒无度，严诛无赦，臣下振恐，不知所错，则人反其故。不眰，则法数日衰而国失固。

亡主⑮：不通人情以质疑，故臣下无信。尽自治其事则事多，多则昏，昏则缓急俱植⑯。不眰则余力自失，见所不善而罚。

故一人之治乱在其心，一国之存亡在其主。天下得失，道一人出。主好本则民好垦草莱，主好货则人贾市，主好宫室则工匠巧，主好文采则女工靡。夫楚王好小腰而美人省食，吴王好剑而国士轻死。死与不食者，天下之所共恶也，然而为之者何也？从主之所欲也。而况愉乐音声之化乎？夫男不田，女不缁⑰，工技力于无用，而欲土地之毛⑱，仓库满实，不可得也。土地不毛则人不足，人不足则逆气生，逆气生则令不行。然强敌发而起，虽善者不能存。何以效⑲其然也？曰：昔者纣是也。诛贤忠，近谗贼之士而贵妇人；好杀而不勇，好富而忘贫。驰猎无穷，鼓乐无厌，瑶台玉圃不足处，驰车千驷不足乘，材女乐三千人，钟石丝竹之音不绝。百姓罢乏，君子无死⑳，卒莫有人，人有反心；遇周武王，遂为周氏之禽。此营于物而失其情者也，愉于淫乐而忘后患者也。故设用无度国家踣㉑，举事不时，必受其灾。

夫仓库非虚空也，商宦非虚坏也，法令非虚乱也，国家非虚亡也。彼时有春秋，岁有赈凶，政有急缓。政有急缓故物有轻重，岁有赈凶故民不羡不足，时有春秋故谷有贵贱。而上不调淫，故游商得以什佰其本也。百姓之不田，贫富之不訾②，皆用此作。城郭不守，兵士不用，皆道此始。夫亡国踣家者，非无壤土也，其所事者，非其功也；夫凶岁雷旱，非无雨露也，其燥湿非其时也。乱世烦政，非无法令也，其所诛赏者非其人也；暴主迷君，非无心腹也，其所取舍非其术也。

故明主有六务四禁。六务者何也？一曰节用，二曰贤佐，三曰法度，四曰必诛，五曰天时，六曰地宜。四禁者何也？春无杀伐，无割大陵，倮大衍③，伐大木，斩大山，行大火，诛大臣，收谷赋。夏无遏水达名川，塞大谷，动土功，射鸟兽。秋毋赦过、释罪、缓刑。冬无赋爵赏禄，伤伐五藏。故春政不禁则百长不生，夏政不禁则五谷不成，秋政不禁则奸邪不胜，冬政不禁则地气不藏。四者俱犯，则阴阳不和，风雨不时：大水漂州流邑，大风飘屋折树，暴火焚地焦草；天冬雷，地冬霆，草木夏落而秋荣；蛰虫不藏，宜死者生，宜蛰者鸣；且多前头腊螟，山多虫蚊；六畜不蕃，民多夭死；国贫法乱，逆气下生。故曰：台谢相望者，亡国之庑㉓也；驰车充国者，追寇之马也；羽剑珠饰者，斩生之斧也；文采纂组者，燔功之窑也。明王知其然，故远而不近也。能去此取彼，则人主道备矣。夫法者所以兴功惧暴也，律者所以定分止争也，令者所以令人知事也；法律政令者，吏民规矩绳墨也。夫矩不正，不可以求方；绳不信，不可以求直。法令者，君臣之所共立也；权势者，人主之所独守也。故人主失守则危，臣吏失守则乱。罪决于吏则治，权断于主则威，民信其法则亲。是故明王审法慎权，下上有分。夫凡私之所起，必生于主。夫上好本则端正之士在前；上好利则毁誉之士在侧；上多喜善赏，不随其功，则士不为用；数出重法，而不克其罪，则奸不为止。明王知其然，故见必然之政，立必胜之罚。故民知所必就，而知所必去，推则往，召则来，如坠重于高，如渎水于地。故法不烦而吏不劳，民无犯禁，故有百姓无怨于上矣。

法臣：法断名决，无诽誉。故君法则主位安，臣法则货赂止而民无奸。呜呼美哉，名断言泽。

饰臣㉕：克亲贵以为名，恬㉖爵禄以为高。好名则无实，为高则不御。《故记》曰：“无实则无势，失辔则马焉制？”

侵臣㉗：事小察以折法令，好佼友而行私请。故私道行则法度侵，刑法繁则奸不禁。主严诛则失民心。

诌臣㉘：多造钟鼓，众饰妇女以惛上。故上惛则四邻不计，而司声直禄。是以诌臣贵而法臣贱，比之谓微孤。

愚臣：深罪厚罚以为行，重赋敛、多兑道以为上，㉙使身见憎而主受其谤。《故记》称之曰：“愚忠谗贼”，此之谓也。

奸臣：痛言人情以惊主，开罪党以为雠除㉚。为雠除则罪不辜，罪不辜则与雠居。故善言可恶以自信，而主失亲。

乱臣㉛：自为㉜辞功禄，明为下请厚赏。居为非母，动为善栋。以非买名，以是㉝伤上，而众人不知。此之谓微攻。

---

① 七臣七主：即七种臣子和七种君主。

② 申主：信主。信，诚实。

③ 訾：郭沫若云：“假为‘稽’，‘稽谓簿计也。’”要：月计的总帐。

④ 必：坚决。

⑤ 反：通“返”。

⑥惠主：这里是指滥施恩惠的君主。

⑦阗：通"开"。

⑧侵主：侵害法度的君主。

⑨狙（jū）：暗中埋伏。小察：窥视，偷看。

⑩酐："悟"之借字。悟，觉悟。

⑪芒主：荒唐的君主。

⑫劳主：烦劳的君主。

⑬振：章炳麟云："训'重'。"

⑭振主：意为暴君。振，通震。尹知章注："动发威严，谓之震也。"

⑮亡主：亡国之君。

⑯植：古代的"置"字。

⑰缙：当读"织"。

⑱毛：草木，此指禾苗。

⑲效：验明。

⑳死：郭沫若案："'死'与'尸'通，谓为官者无所职事也。"

㉑踣（bó）：跌倒，败亡。

㉒不訾：不可计量。

㉓倮：尹知章注："倮，谓焚烧令荡然俱尽。"衍：沼泽。

㉔庑：大屋旁的小屋，即廊屋。

㉕饰臣：指徒有虚名的大臣。

㉖恬：恬淡，清静无作为。高：清高。

㉗侵臣：侵害法度的大臣。

㉘谄臣：谄媚的大臣。

㉙多兑道：多聚财物的办法。兑，聚财。

㉚除：开路。《吕览》："以为奸人除路"，高注："除，犹开通也。"

㉛乱臣：乱国之臣。

㉜为：通"伪"。

㉝是：肯定，附和。

禁藏①第五十三

　　禁藏于胸胁之内，而祸避于万里之外。能以此制彼者②，唯能以己知人者也。夫冬日之不滥，非爱冰也；夏日之不炀③，非爱火也。为不适于身便于体也。夫明王不美宫室，非喜小也；不听钟鼓，非恶乐也。为其伤于本事，而妨于教也。故先慎于己而后彼，官亦慎内而后外，民亦务本而去末。

　　居民于其所乐，事之于其所利，赏之于其所善④，罚之于其所恶，信之于其所余财，功之于其所无诛。于下无诛者，必诛者也；有诛者，不必诛者也。以有刑至无刑者，其法易而民全；以无刑至有刑者，其刑烦而奸多。夫先易者后难，先难而后易，万物尽然。明王知其然，故必诛而不赦，必赏而不迁者，非喜予而乐其杀也，所以为人致利除害也。于以养老长弱⑤，完活万民，莫明焉⑥。

　　夫不法⑦法则治。法者天下之仪⑧也，所以决疑而明是非也，百姓所县命⑨也。故明王慎之，不为亲戚故贵易其法。吏不敢以长官威严危其命，民不以珠玉重宝犯其禁。故主上视法严于亲戚，吏之举令敬于师长，民之承教重于神宝⑩。故法立而不用，刑设而不行也。夫施功而不钧⑪，位虽高为用者少；赦罪而不一，德虽厚不誉者多；举事而不时，力虽尽其功不成；断刑而不当，斩虽多其暴不禁。夫公之所加，罪虽重下无怨气；私之所加，赏虽多士不为欢。行法不道，众民不能顺；举错不当，众民不能成。不攻不备，当命为愚人。

故圣人之制事也，能节宫室、适⑫车舆以实藏，则国必富、位必尊。能适衣服、去玩好以奉本，而用必赡、身必安矣。能移无益之事、无补之费，通币行礼，而党必多、交必亲矣。夫众人者，多营于物，而苦其力、劳其心，故困而不赡，大者以失其国，小者以危其身。

凡人之情，得所欲则乐，逢所恶则忧，此贵贱之所同有也。近之不能勿欲，远之不能勿忘，人情皆然。而好恶不同，各行所欲，而安危异焉，然后贤不肖之形见也。

夫物有多寡，而情不能等；事有成败，而意不能同；行有进退，而力不能两也。故立身于中，养有节：宫室足以避燥湿，食饮足以和血气，衣服足以适寒温，礼仪足以别贵贱，游虞足以发欢欣，棺椁足以朽骨，衣衾足以朽肉，坟墓足以道记⑬。不作无补之功，不为无益之事，故意定而不营气情。气情不营则耳目谷⑭、衣食足；耳目谷、衣食足，则侵争不生，怨怒无有，上下相亲，兵刃不用矣。故适身行义，俭约恭敬，其唯无福，祸亦不来矣；骄傲侈泰，离度绝理，其唯无祸，福亦不至矣。是故君子⑮上观绝理者以自恐也，下观不及者以自隐也⑯。故曰：誉不虚出，而患不独生，福不择家，祸不索人，此之谓也。能以所闻瞻察，则事必明矣。

故凡治乱之情，皆道上始。故善者圉⑰之以害，牵之以利。能利害者，财多而过寡矣。夫凡人之情，见利莫能勿就，见害莫能勿避。其商人通贾，倍道兼行，夜以续日，千里而不远者，利在前也；渔人之入海，海深万仞，就波逆流乘危百里宿夜不出者，利在水也。故利之所在，是千仞之山无所不上，深渊之下，无所不入焉。故善者执利之在，而民自美安；不推而往，不引而来，不烦不扰，而民自富。如鸟之覆卵，无形无声，而唯见其成。

夫为国之本，得天之时而为经⑱，得人之心而为纪⑲，法令为维纲⑳，吏为网罟㉑，什伍以为行列，赏诛为文武，缮农具当器械，耕农当攻战，推引铫耨㉒以当剑戟，被蓑以当铠襦，菹笠以当盾橹。故耕器具则战器备，农事习则功战巧矣。当春三月，萩室熯造㉓，钻燧易火，抒井易水，所以去兹毒也。举春祭，塞久祷㉔，以鱼为牲，以蘖为酒，相召，所以属亲戚也。毋杀畜生，毋拊㉕卵，毋伐木，毋夭英，毋拊竿，所以息百长也。赐鳏寡，振孤独，贷无种，与无赋，所以劝弱民。发五正，赦薄罪，出拘民，解仇雠，所以建时功施生谷也。夏赏五德，满爵禄，迁官位，礼孝弟，复贤力，所以劝功也。秋行五刑，诛大罪，所以禁淫邪，止盗贼。冬收五藏，最㉖万物，所以内作民也㉗。四时事备，而民功百倍矣。故春仁、夏忠、秋急、冬闭，顺天之时，约地之宜，忠人之和，故风雨时，五谷实，草木美多；六畜蕃息，国富兵强，民材而令行，内无烦扰之政，外无强敌之患也。

夫动静顺然后和也，不失其时然后富，不失其法然后治。故国不虚富，民不虚治。不治而昌，不乱而亡者，自古至今未尝有也。故国多私勇者其兵弱㉘，吏多私智者其法乱㉙，民多私利者其国贫㉚。故德莫若博厚，使民死之㉛；赏罚莫若成必㉜，使民信之。

夫善牧民者，非以城郭也，辅之以什，司之以伍。伍无非其人，人无非其里，里无非其家。故奔亡者无所匿，迁徙者无所容，不求而约，不召而来。故民无流亡之意，吏无备追之忧。故主政可往于民，民心可系于主。夫法之制民也，犹陶之于埴㉝，冶之于舍也。故审利害之所以，民之去就，如火之于燥温，水之于高下。夫民之所生，衣与食也；食之所生，水与土也。所以富民有要，食民有率，率三十亩而足于卒岁。岁兼美恶，亩取一石，则人有三十石；果蓏素食当十石，糠秕六畜当十石，则人有五十石，布帛麻丝，旁人奇利，未在其中也。故国有余藏，民有余食。夫锱钅句者所以定多寡也，权衡者所以视重轻也，户籍田结者所以知贫富之不訾也。故善者必先知其田，乃知其人，田备然后民可足也。

凡有天下者，以情伐者帝㉞，以事伐者王㉟，以政伐者霸㊱。而谋功㊲者五。一曰：视㊳其所爱，以分其威，一人两心，其内必衰也；臣不用，其国可危。二曰，视其阴所憎㊴，厚其货赂，得情可深；身内情外，其国可知。三曰，听其淫乐，以广其心；遗㊵以竽瑟美人，以塞其内；遗以谄臣文马，以蔽其外。外内蔽塞，可以成败。四曰，必深亲之，如与之同生。阴内辩士，使图其计；内勇士，使高其气。内人他国，使背其约、绝其使、拂其意，是必互斗；两国相敌，必承其弊。五曰，深察其谋，谨其忠臣，瞵其所使，令内不信，使有离意。离意不能合，必内自贼㊶。忠臣已死，故政可夺。此五者谋功之道也。

---

①禁：是禁止的意思，这里是指君主的自我禁止，自我警惕。

②此：指"禁"。彼：指"祸"。

③炀（yáng）：烘干。引申为烤火。

④善：陶鸿庆云："当为'喜'字之误。'喜'与'恶'对文。"

⑤弱：古本等均作"幼"。

⑥尹知章注："言养老活人，无明于诛赏。"明，显明、清楚。

⑦法法：郭沫若案："上'法'当读为废。"金文废、法同字，所以这里"法法"即"废法"。

⑧仪：仪表，准则。

⑨县命：尹知章注："刑罚一差，人无所措手足，故曰县命。"县，通"悬"。

⑩神宝：郭沫若云：即神保。代表祖先受祭的活人，这里借指祖先。

⑪钧：通"均"。均衡；引申为衡量。

⑫适：节制。

⑬道记：标记。

⑭谷：尹知章注："谷，善也。谓聪明不亏。"

⑮君子：疑为"君主"。

⑯隐：内省。

⑰圉（yǔ）：通"御"，阻止。

⑱经：织物的纵线。尹知章注："经，所以本之也。"喻指根本。

⑲纪：乱丝的头绪，喻指重要条件。

⑳维纲：网上的总纲绳，喻指纲领。

㉑网罟（gǔ）：网，捕鱼或捕鸟的工具，喻指统治工具。

㉒铫（yáo）耨：是两种除草的农具，这里借指农具。

㉓萩（qiū）室：焚萩熏烤房间。萩，一种蒿类植物。爨：古代的"然"字，燃烧。造：古通"灶"。

㉔塞：许维遹云：通"赛"。赛，祭祀酬神之称。久：张佩纶云："疚"之省。《尔雅·释诂》："疚，病也。"

㉕拊（fǔ）：击，拍。

㉖最：积也。""最"与"聚"音、义皆同。

㉗内：通"纳"，接纳。作民：耕作的人，指农民。

㉘"故国"句：尹知章注："私勇则怯于公战，故弱。"私勇，勇于私斗。

㉙"吏多"句：尹知章注："私智则营己而背公，故多乱。"私智，谋私。

㉚"民多"句：尹知章注："私利则积于家，故国贫。"私利，自私自利。

㉛"故德"二句：尹知章注："博厚则感人深，故死之也。"死之，为国效死。

㉜成必：王念孙云："'成'即'诚'字也。"必，一定、必定。

㉝埴（zhí）：黏土。

㉞"以情"句：尹知章注："谓深知敌之内情而伐者帝。"

㉟"以事"句：尹知章注："见其于事有失而伐者王。"

㊱"以政"句：尹知章注："见其政有失而伐者霸。"

㊲功：通"攻"。

㊳视：猪饲彦博云："当作'亲'。"
㊴猪饲彦博云："'阴'字当移'厚其'上。"即应为："视其所憎，阴厚其货赂。"
㊵遗（wèi）：赠送。
㊶贼：杀害。

入国①第五十四

入国四旬，五行九惠之教②。一曰，老老；二曰，慈幼；三曰，恤孤；四曰，养疾；五曰，合独；六曰，问病；七曰，通穷；八曰，振困；九曰，接绝。

所谓老老者，凡国、都皆有掌老③，年七十以上，一子无征，三月有馈肉；八十以上，二子无征，月有馈肉；九十以上，尽家无征，日有酒肉。死，上共④棺椁。劝子弟：精膳食，问所欲，求所嗜。此之谓老老。

所谓慈幼者，凡国、都皆有掌幼，士民有子，子有幼弱不胜养为累者，有三幼者无妇征，四幼者尽家无征，五幼又予之葆⑤，受二人之食，能事而后止。此之谓慈幼。

所谓恤孤者，凡国、都皆有掌孤，士民死，子孤幼，无父母所养，不能自生者，属之其乡党、知识、故人。养一孤者一子无征，养二孤者二子无征，养三孤者尽家无征。掌孤数地问之，必知其食饮饥寒身之膌胖⑥而哀怜之。此之谓恤孤。

所谓养疾者，凡国、都皆有掌养疾，聋、盲、喑、哑、跛躄、偏枯、握递⑦，不耐自生者，上收而养之疾官，而衣食之。殊身而后止。此之谓养疾。

所谓合独者，凡国、都皆有掌媒，丈夫无妻曰鳏，妇人无夫曰寡，取鳏寡而合和之，予田宅而家室之，三年然后事之⑧。此之谓合独。

所谓问病者，凡国、都皆有掌病，士民有病者，掌病以上令问之，九十以上，日一问；八十以上，二日一问；七十以上，三日一问；众庶五日一问。疾甚者，以告上，身问之。掌病行于国中，以问病为事。此之谓问病。

所谓通穷者，凡国、都皆有掌穷，若有穷夫妇无居处，穷宾客绝粮食，居其乡党以闻者有赏，不以闻者有罚。此之谓通穷。

所谓振困者，岁凶，庸人訾厉⑨，多死丧；弛刑罚，赦有罪，散仓粟以食之。此之谓振困。

所谓接绝者，士民死上事、死战事，使其知识、故人受资于上而祠之。此之谓接绝也。

---

①入国：尹知章注："谓始有国，入而行化。"意为管仲任国相为政以后奉行的教化，是取篇首二字为题。
②五行：在四十天之内五次施行，犹言极度重视。教：教化之令，有关教化的政策。
③掌老：掌管敬老的官吏。
④共：通"供"。椁：古时棺材外面的套棺。
⑤葆：保姆。
⑥膌：同"瘠"，瘦。胜：王念孙云："读如减省之省，'胜'亦瘦也。"
⑦喑（yīn）哑：哑巴。偏枯：病名，即半身不遂，或叫中风。握递：尹知章注："谓两手相拱著而不申者，谓之握递。"可见是一种手疾。
⑧事：尹知章注："事，谓供国之职役也。"
⑨庸人：佣人。庸，通"佣"。訾（zǐ）厉，疾病。

九守①第五十五

主　位

安徐而静，柔节先定②，虚心平意以待须。

主　明

目贵明，耳贵聪，心贵智。以天下之目视则无不见也，以天下之耳听则无不闻也，以天下之心虑则无不知也。辐凑并进③，则明不塞矣。

主　听

听之术，曰：勿望而距，勿望而许④。许之则失守，距之则闭塞。高山，仰之不可极也；深渊，度之不可测也。神明之德，正静其极也。

主　赏

用赏者贵诚，用刑者贵必⑤。刑赏信必于耳目之所见，则其所不见，莫不暗化矣。诚，畅乎天地，通于神明，况奸伪也？

主　问

一曰天之，二曰地之，三曰人之⑥。四方上下，左右前后，荧惑之处安在？

主　因

心不为九窍，九窍治⑦；君不为五官，五官治。为善者，君予之赏；为非者，君予之罚。君因其所以来，因而予之，则不劳矣。圣人因之，故能掌之；因之循理，故能长久。

主　周

人主不可不周⑧，人主不周则群臣下乱。寂乎其无端也。外内不通，安知所怨？关闭不开，善否无原。

主　参

一曰长目，二曰飞耳，三曰树明⑨。明知千里之外，隐微之中，曰动⑩奸。奸动则变更矣。

督　名

循名而督实，按实而定名。名实相生，反相为情。名实当则治，不当则乱。名生于实，实生于德，德生于理，理生于智，智生于当。

---

①九守：即九项守则。本篇论述君主治国需要坚持的九项守则。

②温和克制的神态已先稳定。

③辐凑：车辐凑集于毂上，比喻人或物集于一个中心。

④不要一听到就轻易拒绝，不要一听到就轻易许可。距：通"拒"。

⑤必：坚决，坚定。

⑥"一曰"三句：尹知章注："言三才（即天地人）之道幽邃深远，必问于贤者而后行之。"

⑦九窍：指眼、耳、鼻、口等人体器官的九个孔穴。心不代替九窍的功能，九窍就安定。

⑧周：周密，此指保密。

⑨树明：确保明察。树，树立。

⑩曰动：郭沫若云："曰，爰也。"爰，于是。又云："'动'假为'洞'。"洞，洞察。

桓公问①第五十六

齐桓公问管子曰："吾念有而勿失，得而勿亡，为之有道乎？"对曰："勿创勿作，时至而随。随以私好恶害公正，察民所恶，以自为戒。黄帝立明台之议者②，上观于贤也；尧有衢室之问者，下听于人也；舜有告善之旌，③而主不蔽也；禹立谏鼓于朝，而备讯也；汤有总街之庭⑤，以观人诽也；武王有灵台之复⑥，而贤者进也。此古圣帝明王所以有而勿失，得而勿亡者也。"桓公曰："吾欲效而为之，其名云何？"对曰："名曰啧室之议⑦。曰：法简而易行，刑审而不犯，事约而易从，求⑧寡而易足。人有非上之所过⑨，谓之正士，内于啧室之议。有司执事者咸以厥事奉职，而不忘焉。此啧室之事也，请以东郭牙为之。此人能以正事争于君前者也。"桓公曰："善。"

---

①桓公问：是桓公问管仲。这是一篇对话体的论文。

②明台：亦作"明堂"，与下"衢室"，都是古代帝王听政、宣教、征求意见的地方。

③告善之旌：设旌旗以奖励人臣的建议。

④谏鼓：进谏时所击之鼓。

⑤总街之庭：在街巷的中心设庭，以便听取意见。

⑥灵台：本游乐，此谓武王时，用来纳谏。复：进言。

⑦啧（zé）室之议：尹知章注："谓议论者言语欢啧。"啧，争论。

⑧求：征求，此指征税。

⑨人们能批评君主的过失的。

度地①第五十七

昔者，桓公问管仲曰："寡人请问度地形而为国者，其何如而可？"管仲对曰："夷吾之所闻，能为霸王者，盖天下圣人也。故圣人之处国者，必于不倾之地，而择地形之肥饶者。乡山②，左右经水若泽，内为落渠之写，因大川而注③焉。乃以其天材、地之所生，利养其人，以育六畜。天下之人，皆为其德而惠其义，乃别④制断之，不满州者谓之术，不满术者谓之里。故百家为里，里十为术，术十为州，州十为都，都十为霸国。不如霸国者，国⑤也，以奉天子⑥。天子有万诸侯也，其中有公侯伯子男焉。天子中而处，此谓因天之材，归地之利。内为之城，城外为之郭，郭外为之土阆⑦：地高则沟之，下则堤之，命之曰金城。树以荆棘，上相穑⑧著者，所以为固也。岁修增而毋已，时修增而毋已。福及孙子，此谓人命万世无穷之利，人君之葆守也。臣服之以尽忠于君，君体有之以临天下，故能为天下之民先也。此宰之任，则臣之义也。故善为国者，必先除其五害，人乃终身无患害而孝慈焉。”

桓公曰："愿闻五害之说。"管仲对曰："水，一害也；旱，一害也；风雾雹霜，一害也；厉⑨，一害也；虫，一害也。此谓五害。五害之属，水最为大；五害已除，人乃可治。"桓公曰："愿闻水害。"管仲对曰："水有大小，又有远近。水之出于山，而流入于海者，命曰经水；水别于他水⑩，入于大水及海者，命曰枝水；山之沟，一有水一毋水者，命曰谷水；水之出于地，流于大水及海者，命曰川水；出地而不流者，命曰渊水。此五水者，因其利而往之可也，因而扼之可也⑪，而不久常有危殆矣。"桓公曰："水可扼而使东西南北及高乎？"管仲对曰："可。夫水之性，以高走下则疾，至于漂石；而下向高，即留而不行。故高其上，领瓴之⑫，尺有十分之三，里满四十九者，水可走也。乃迁其道而远之，以势行之。水之性，行至曲必留退，满则后推前，地下则平行，地高即控⑬，杜曲则搏毁⑭。杜曲激则跃，跃则倚，倚则环，环则中⑮，中则涵⑯，涵则塞，塞则移，移则控，控则水妄行；水妄行则伤人，伤人则困，困则轻法，轻法则难治，难治则不孝⑰，不孝则不臣矣。故五害之属，伤杀之类，祸福同矣。知备此五者，人君天地矣。"

桓公曰："请问备五害之道？"管子对曰："除五害，以水为始。请为置水官，令习水者为吏：大夫、大夫佐各一人，率部校长、官佐各财足⑱。乃取水官左右各一人，使为都匠水工。令之行水道、城郭、堤川、沟地、官府、寺舍及州中，当缮治者，给卒财足。令曰：常以秋岁末之时，阅其民，案家人比地⑲，定什伍口数，别男女大小。其不为用者辄免之，有锢病不可作者疾之⑳，可省作者半事之。并行以定甲士，当被兵之数，上其都；都以临下，视有余不足之处，辄下水官。水官亦以甲士当被兵之数，与三老、里有司、伍长行里，因父母案行。阅具备水之器，以冬无事之时。笼、臿、板、筑㉑，各什六㉒，土车什一，雨𦫫㉓什二。食器两具，人有之。锢㉔藏里中，以给丧器。后常令水官吏与都匠，因三老、里有司、伍长案行之。常以朔日始，出具阅之，取完坚，补弊久，去苦恶，常以冬少事之时，令甲士次更以益薪㉕，积之水旁。州大夫将之，唯毋后时。其积薪也，以事之已；其作土也，以事未起。天地和调，日有长久。以此观之，其利百倍。故常以毋事具器，有事用之，水常可制，而使勿败。此谓素有备而预具者也。"

桓公曰："当何时作之？"管子曰："春三月，天地干燥，水纠列之时也㉖。山川涸落，天气下，地气上，万物交通。故事已，新事未起，草木荑生可食。寒暑调，日夜分。分之后，夜日益短，昼日益长，利以作土功之事，土乃益刚。令甲士作堤大水之旁，大其下，小其上，随水而行。地有不生草者，必为之囊㉗。大者为之堤，小者为之防，夹水四周，禾稼不伤。岁埤㉘增之，树以荆棘，以固其地，杂之以柏杨，以备决水。民得其饶，是谓流膏。令下贫守之，往往而为界，可以毋败。当夏三月，天地气壮，大署至，万物荣华，利以疾㾓杀草薉，使令不欲扰，命曰不长㉙。不利作土功之事，放农焉，利皆耗十分之五，土功不成。当秋三月，山川百泉踊，降雨下，山水出，海路距，雨露属，天地凑泊㉚。利以疾作，收敛毋留。一日把，百日铺。民毋男女，皆行于野。不利作土功之事，濡湿日生，土弱难成。利耗十分之六，土工之事亦不立。当冬三月，天地闭藏，暴雨止，大寒起，万物实熟。利以填塞空郄㉛，缮边城，涂郭术，平度量，正权衡，虚牢狱，实廥仓^③，君修乐，与神明相望。凡一年之事毕矣，举有功，赏贤，罚有罪，迁有司之吏而第之。不利作土工之事，利耗十分之七，土刚不立。昼日益短，而夜日益长，利以作室，不利以作堂^③。四时以得，四害皆服。"

桓公曰："寡人悖^③，不知四害之服奈何？"管仲对曰："冬作土功，发地藏，则夏多暴雨，秋霖不止；春不收枯骨朽脊^③，伐枯木而去之，则夏旱至矣；夏有大露原烟^③，噎下百草，人采食之伤人；人多疾病而不止，民乃恐殆。君令五官之吏，与三老、里有司、五长行里顺之，令之家起火为温，其田及宫中皆盖井，毋令毒下及食器，将饮伤人，有下虫伤禾稼。凡天灾害之下也，君子谨避之，故不八九死也。大寒、大暑、大风、大雨，其至不时者，此谓四刑。或遇以死，或遇以生^③，君子避之，是亦伤人。故吏者所以教顺也；三老、里有司、伍长者，所以为率也。五者已具，民无愿者，愿其毕也。故常以冬日顺三老、里有司、伍长，以冬赏罚，使各应其赏而服其罚。五者不可害，则君之法不犯矣。此示民而易见，故民不比^③也。"

桓公曰："凡一年之中十二月，作土功，有时则为之，非其时而败，将何以待之^③？"管仲对曰："常令水官之吏，冬时行堤防，可治者章而上之都。都以春少事作之；已作之后，常案行。堤有毁作，大雨，各葆^④其所，可治者趣治，以徒隶给。大雨，堤防可衣者衣之；冲水，可据者据之。终岁以毋败为效。此谓备之常时，祸何从来？所以然者，浊水蒙壤，自塞而行者，江河之谓也。岁高其堤，所以不没也。春冬取土于中，秋夏取土于外，浊水人之不能为败。"桓公曰："善。仲父之语寡人毕矣，然则寡人何事乎哉？亟为寡人教侧臣^④。"

---

①度地：即"度地形"，勘探地形。本篇也是桓公与管仲的问答体论文，桓公首问"度地形而为国者"，故取"度地"为篇名。

②乡：通"向"。此处用反义为"背"，古"向"字是指朝北的窗子。

③注：流入

④别：分别。

⑤国：此指一般的诸侯国。

⑥以奉天子：尹知章注："霸国率诸侯以奉天子也。"

⑦阆（làng）：无水的城壕。

⑧楯：与"啬"通。谓树荆棘于沟之外堤之上，使相合著以为固也。

⑨厉：通"疠"，瘟疫。

⑩尹知章注："谓从他水分流，若江别为沱。"沱，大河的支流。

⑪因而扼之可也：当作"因其势而扼之可也"。

⑫用瓦管子来导引。领：瓦沟或瓦管子。

⑬控：谓顿也，言水顿挫而却。

⑭地势迂曲就冲毁土地。

⑮中：通"冲"。

⑯涵：包容。此指夹带着泥沙。

⑰不孝：犹言不善。古"孝"字的含义较广泛，是善德的通称。

⑱校长：古代下级军官的职称。财足：郭沫若云："'财'或'才'，'材足'犹言捷足或健足，即所谓徒也。"徒，指服役的人。下文同。

⑲案：案验，考察。比：比照。

⑳有严重疾病不能劳作的就按作病人服劳役的规定来处理。

㉑臿（chā）：掘土的农具，即锹。板筑：造泥墙的工具。板，夹墙板；筑，捣土的杵。

㉒什六：每什六件。什，居民组织，十家为什。

㉓牟：车蓬。

㉔锢（gù）藏：专藏，封藏。

㉕薪：柴草，防水用的材料。

㉖纠列：章炳麟云："'纠'当借为'澊'"。澊列，水清也。此处指枯水季节。春三月霖雨未下，故水清冽。

㉗囊：袋子。此指泥袋，用来筑堤。

㉘埤（pí）：埤益，增加。

㉙命曰不长：郭沫若云："'曰'当为'欲'，声之误也。"

㉚凑泊：犹言昏暗聚合。

㉛郄（xì）：空隙。

㉜廥（kuài）：堆放柴草的房舍。

㉝堂：堂屋，外室。

㉞悖：惑也。

㉟枯骨朽脊：指腐烂的尸体。脊，通"瘠"，孟康曰："肉腐为瘠。"

㊱大露原烟：指弥漫的瘴气、毒气。

㊲生：尹桐阳云："通'眚'，病。"

㊳不比：不比周，犹言不私立朋党。

㊴待：犹备也。

㊵葆：通"保"。保护，保全。

㊶侧臣：君主左右的近臣。

地员①第五十八

夫管仲之匡天下也，其施七尺②。

渎田息徒，五种③无不宜。其立后④而垂实，其木宜櫄、苍与杜、松，其草宜楚棘。见是土也，命之曰五施，五七三十五尺而至于泉。呼音中角⑤。其水仓⑥，其民强。

赤垆⑦，历强肥，五种无不宜。其麻白，其布黄，其草宜白茅与蕐⑧，其木宜赤棠。见是土也，命之曰四施，四七二十八尺而至于泉。呼音中商。其水白而甘，其民寿。

黄唐⑨，无宜也，唯宜黍秫⑩也。宜县泽⑪。行墙落，地润数毁，难以立邑置墙。其草宜术与茅，其木宜櫄、杬、桑。见是土也，命之曰三施，三七二十一尺至于泉。呼音中宫。其泉黄而糗⑫，流徙。

斥埴⑬，宜大菽⑭与麦。其草宜萯⑮、蕐，其木宜杞。见是土也，命之曰再施，二七一十四尺而至于泉。呼音中羽。其泉咸，水流徙。

黑埴，宜稻麦。其草宜苹、蓨⑯，其木宜白棠。见是土也，命之曰一施，七尺而至于泉。呼音中徵。其水黑而苦。

凡听徵，如负猪豕觉而骇；凡听羽，如鸣马在野；凡听宫，如牛鸣窌⑰中；凡听商，如离群羊；凡听角，如雉登木以鸣，音疾以清。凡将起五音凡首，先主一而三之，四开以合九九，以是生黄钟小素之首，以成宫。三分而益之以一，为百有八，为徵。不无有三分而去其乘，适足，以是生商。有三分，而复于其所，以是成羽。有三分，去其乘，适足，以是成角。

坟延者⑱，六施，六七四十二尺而至于泉。陕之旁，七施，七七四十九尺而至于泉，厄陕八施，七八五十六尺而至于泉。杜陵⑲九施，七九六十三尺而至于泉。延陵⑳十施，七十尺而至于泉。环陵十一施，七十七尺而至于泉。蔓山十二施，八十四尺而至于泉。付山㉑十三施，九十一尺而至于泉。付山白徒十四施，九十八尺而至于泉。中陵十五施，百五尺而至于泉。青山十六施，百一十二尺而至于泉，青龙之所居，庚泥不可得泉。赤壤礛㉒山十七施，百一十九尺而至于泉，其下清商，不可得泉。放山㉓白壤十八施，百二十六尺而至于泉，其下骈石，不可得泉。陡山十九施，百三十三尺而至于泉，其下有灰壤，不可得泉。高陵土山二十施，百四十尺而至于泉。

山之上，命之曰悬泉，其地不干，其草如茅与走㉔，其木乃橚㉕，凿之二尺，乃至于泉。山之上。命曰复吕，其草鱼肠与茹㉖，其土乃柳，凿之三尺而至于泉。山之上，命之曰泉英，其草薪、白昌，其木乃杨，凿之五尺而至于泉。山之侧，其草兢与蓄㉗，其木乃格㉘，凿之二七十四尺而至于泉。山之侧，其草蓄与萎㉙，其木乃区榆，凿之三七二十一尺而至于泉。

凡草土之道，各有谷造；或高或下，各有草土。叶下于菱㉚，菱下于莞，莞下于蒲，蒲下于苇，苇下于雚，雚下于蒌，蒌下于荓㉛，荓下于萧，萧下于薛，薛下于萑㉜，萑下于茅。凡彼草物，有十二衰㉝，各有所归。

九州之土，为九十物。每土有常，而物有次。

群土之长，是唯五粟：五粟之物，或赤或青或白或黑或黄，五粟五章。五粟之状，淖而不韧㉞，刚而不觳㉟，不汏车轮，不污手足。其种，大重细重㊱，白茎白秀，无不宜也。五粟之土，若在陵在山，在陨㊲在衍，其阴其阳，尽宜桐柞，莫不秀长。其榆其柳，其檿㊳其桑，其柘其栎，其槐其杨，群木蕃滋，数大条直以长。其泽则多鱼，牧则宜牛羊。其地其樊㊴，俱宜竹、箭、藻、龟、楢、檀。五臭生之：薜荔、白芷、蘪芜、椒、连㊵。五臭所校㊶，寡疾难老，士女皆好，其民丁巧。其泉黄白，其人夷姤㊷。五粟之土，干而不格，湛而不泽，无高下，葆泽以处，是谓粟土。

粟土之次，曰五沃：五沃之物，或赤或青或黄或白或黑。五沃五物，各有异则。五沃之状，剽怸橐土㊸，虫易全处㊹，怸剽不白，下乃以泽。其种，大苗细苗，赪茎黑秀箭长㊺。五沃之土，若在丘在山，在陵在冈，若在陬㊻，陵之阳，其左其右，宜彼群木：桐、柞、枎、櫄，及彼白梓。其梅其杏，其桃其李，其秀生茎起。其棘其棠，其槐其杨，其榆其桑，其杞其枋，群木数大，条直以长。其阴则生之楂棃㊼，其阳安树之五麻，若高若下，不择畴所。其麻大者，如箭如苇，大长以美；其细者，如菅如蒸，欲有与名。大者不类，小者则治，揣而藏之，若众练丝。五臭畴生㊽，莲、舆、蘪芜、藁本、白芷。其泽则多鱼，牧则宜牛羊。其泉白青，其人坚劲；寡有疥骚，终无瘯瘯㊾。五沃之土，而面不斥，湛而不泽，无高下，葆泽以处。是谓沃土。

沃土之次。曰五位。五位之物，五色杂英，各有异章。五位之状，不塥不灰㊿，青怸以菭[51]。及其种，大苇无细苇无[52]，赪茎白秀。五位之土，若在冈在陵，在陨在衍，在丘在山，皆宜竹、箭、藻、龟、楢、檀[53]。其山之浅，有芚与介[54]。群木安逐，条长数大：其桑其松，其杞其茸，橦木、胥、容、榆、桃、柳、棟。群药安生，置与桔梗，小辛、大蒙。其山之枭[55]，多桔、符、榆；其山之末，有箭与苑；其山之旁，有彼黄蛮[56]，及彼白昌，山藜苇芒。群药安聚，以圉民殃。其林其漉，其槐其棟，其柞其谷，群木安逐，鸟兽安族。既有麋麃，又且多鹿。其泉青黑，其人轻直[57]，省事少食。无高下，葆泽以处。是谓位土。

位土之次，曰五隐：五隐之状，黑土黑菭，青怵以肥[58]，芬然若灰。其种穮葛，赪茎黄秀恚目[59]，其叶若苑。以蓄殖果木，不若三土以十分之二，是谓隐土。

隐土之次，曰五壤：五壤之状，芬然若泽、若屯土[60]。其种，大水肠[61]、细水肠，赪茎黄秀以慈[62]。忍水旱，无不宜也。蓄殖果木，不若三土以十分之二，是谓壤土。

壤土之次，曰五浮。五浮之状，捍然如米[63]。以葆泽，不离不坼。其种，忍蔪[64]。忍叶如菅叶，以长狐茸。黄茎黑茎里秀，其粟大，无不宜也。蓄殖果木，不如三土以十分之二。

凡上土三十物，种十二物。

　　中土曰五㙚：五㙚之状，廪焉如壏⑥，润湿以处。其种，大稷、细稷，赪茎黄秀以慈。忍水旱，细粟如麻⑥。蓄殖果木，不若三土以十分之三。

　　㙚土之次，曰五垆⑥：五垆之状，强力刚坚。其种，大邯郸、细邯郸⑥，茎叶如枎櫔，其粟大。蓄殖果木，不若三土以十分之三。

　　垆土之次，曰五壏。五壏之状，芬焉若糠以肥⑥。其种，大荔、细荔⑦，青茎黄秀。蓄殖果木，不若三十以十分之三。

　　壏土之次，曰五剽：五剽之状，华然如芬以脆。其种，大秬、细秬⑦，黑茎青秀。蓄殖果木，不若三土以十分之四。

　　剽土之次，曰五沙：五沙之状，粟焉如屑尘厉⑦。其种，大苀⑦、细苀，白茎青秀以蔓。蓄殖果木，不如三土以十分之四。

　　沙土之次，曰五塥：五塥之状，累然如仆累⑦，不忍水旱。其种大穆杞、细穆杞⑦，里茎黑秀。蓄殖果木，不若三土以十分之四。凡中土三十物，种十二物。

　　下土曰五犹⑦：五犹之状如粪。其种大华、细华⑦，白茎黑秀。蓄殖果木，不如三土以十分之五。

　　犹土之次，曰五壮：五壮之状如鼠肝。其种，青粱⑦，黑茎黑秀。蓄殖果木，不如三土以十分之五。

　　壮土之次，曰五殖：五殖之状，甚⑦泽以疏，离坼以膲塯⑧。其种，雁膳⑧黑实，朱跗⑧黄实。蓄殖果木，不如三土以十分之六。

　　五殖之次，曰五觳⑧：五觳之状娄娄然⑧，不忍水旱。其种，大菽、细菽⑧，多白实。蓄殖果木，不如三土以十分之六。

　　觳土之次，曰"五鸟⑧：五鸟之状，坚而不骼⑧。其种，陵稻：黑鹅、马夫⑧。蓄殖果木，不如三土以十分之七。

　　鸟土之次，曰五桀⑧：五桀之状，甚咸以苦，其物为下。其种，白稻长狭⑨。蓄殖果木，不如三土以十分之七。

　　凡下土三十物，其种十二物。

　　凡土物九十，其种三十六。

---

①地员：土地的种类。

②管仲匡治天下，规定每施为七尺。

③五种：五谷，泛指谷类。

④立后：借读为"粒厚"，其粒厚大。

⑤角：古代五音之一。若对井口呼喊，当因井的深浅而有不同的声音，即以井的回音的高低来傅会五音，傅会五行。

⑥仓：通"苍"，青色。

⑦赤垆：赤垆土。

⑧白茅：即茅草。蘿（guàn）：即萝藦，多年生蔓草，俗称"婆婆针线包"。

⑨黄唐：黄色的湿土壤。唐，疑作"溏"，汁液不凝结的、稀的叫溏，此指泥浆。

⑩秫（shú）：高粱。

⑪宜县泽：郭沫若案："谓宜竭其泽而涸之。"县，同"悬"。

⑫糗：假为"臭"。

⑬斥埴：粘性的盐碱土。斥，斥卤，盐碱地。埴，粘土。

⑭大菽（shū）：大豆。

⑮茵：夏玮瑛云："或许就是香附子，或许是与它相近的莎草科植物。"

⑯蓨（tiáo）：亦名"蓫（zhú）"，羊蹄菜。

⑰窌（jiào）：地窖。

⑱坟延：即"坟衍"。夏纬瑛云："介于丘陵与原隰之间，比平原稍高之蔓坡地。此下凡十四种土地，地势逐一加高，水泉逐一加深，通可归为丘陵之地。"

⑲杜陵：读为"土陵"。《毛诗·鸱鸮》作"桑土"，《韩诗》作"桑杜"。

⑳延陵：丘陵的延伸地段。

㉑付山：小山。付，通"附"。

㉒磝（áo）：山多小石曰磝。"

㉓陛：王绍兰云：是"陊"的错字。《说文·阜部》："陊，磊也。"《石部》："'磊'众石也。"

㉔如茅：疑即今之"茜草"。走：夏纬瑛以为"走"殆即"蘆"，《集韵》谓"可苴履"。

㉕樠（mán）：据《说文》为"松心木"，夏纬瑛以为即落叶松。

㉖鱼肠：竹类之一。古称竹为草，《说文》："竹，冬生草也。"莸（yóu）：一种臭草，《说文》："莸，水边草也。"

㉗蔷：蔷蘼，即麦冬。

㉘格："椵"的假字。夏玮瑛以为是阔叶树之梓属植物。

㉙葍（fú）：一种多年生的蔓草。又名小旋花，面根藤儿。地下茎可食，甘叶。蒌（lóu）：即蒌蒿（白蒿）。

㉚叶：尹知章注："叶亦草名，唯生叶无茎。"夏纬瑛云："'叶'生最低，当为深水植物，殆即是荷。"

㉛苹（píng）：即铁扫帚。

㉜萑（tuī）：益母草。

㉝衰（cuī）：等衰，等差。

㉞淖（nào）：湿泥。《说文》："淖，泥也。"《广雅·释诂》："淖，湿也。"韧（rèn）：柔而坚，即黏也。

㉟觳：通"确"，瘠薄。

㊱重：古"种"字，谷的种类。

㊲隤：王绍兰云："'隤'当为'墤'，'墤'即'溃'之借字。"《说文·水部》"溃，水厓也。"

㊳檿（yàn）：桑树的一种。

㊴樊：地边。

㊵连：通"莲"。

㊶校：疑当作"效"。

㊷其人夷姤：谓其人容颜悦畅。

㊸剽土恣土疏松而有孔窍。

㊹虫易全处："易"一作"鸟"；全处：聚集之地。

㊺赨：赤色。箭：禾秆。

㊻陬（zōu）：山脚。

㊼藜：当作"梨"。

㊽五臭畴生：五种香草分畴而种。

㊾痟：头痛。酲（chéng）：酒醒后所感觉到的困惫如病态状。

㊿塥（gé）：沙碛。

(51)菭（tái）：地衣。

(52)苇无：谷类之一种。尹桐阳云："苇，薇也。无，芜也。……则今野豌豆也。"

(53)藻：枣。龟：楸。

(54)介：当作斤，即"芹"，水芹。

(55)山之枭（xiāo）：山之巅。

(56)蝱：即"莔"，贝母。

(57)其人轻直：居住其土的居民轻快爽直。

(58)怵：同"恣"，恣土。

(59)恚目：谓壳实怒开，形容谷粒丰满。

(60)泽：假为"萚"（tuò），草木脱落的皮叶。屯土：堆肥。

�405水肠：即水稻。

㊵慈：丰满。

㊶捍然如米：其土坚硬屑碎如米。

㊷忍蘁：隐忍，即莠。莠即稢，谷物名。

㊸廪然如壏：一粒粒的像堆积着的米和盐。

㊹细粟如麻：细粟粒繁多如麻籽。

㊺垆："垆"之借字，垆，刚土，黑色。

㊻大邯郸：以产地命名的谷类。

㊼肥：疑为"脆"之误。

㊽荔：应为"禾荔"，谷类。

㊾大秬、细秬：大黑黍、小黑黍。

㊿粟焉如屑尘之厉：细细的如飞扬的尘屑。

贲：刘绩云："小豆，四月生。"

仆累：蜗牛。此句说五塙的形状是一粒粒重叠着如同蜗牛。

樛杞：王念孙云："当为'樛（⼼）杞'，一种早熟作物。"

犹：即"莸"，本是一种臭草，故犹土有臭味。

华：王绍兰云："即黍。《小雅·笙诗》有'华黍'。"

青粱：有大青粱、细青粱二种。

甚：通"湛"。

朣堵：犹言贫瘠。

雁膳：稻之一种。当为"籼"。

朱跗：赤米。

觳："确"的假借。硗确，瘠土。

娄娄然：空疏貌。

菽：豆类总称。

舄：盐碱地。

坚而不硌："硌"疑为"垎"。坚实而不坚硬。

黑鹅、马夫：为陆稻的两个品种。

桀：严重的盐碱地。

狭：乃"荚"字，豆角。

弟子职①第五十九

先生施教，弟子是则②；温恭自虚，所受是极③。见善从之，闻义则服。温柔孝悌，毋骄恃力。志毋虚邪④，行必正直。游居有常，必就有德。颜色整齐，中心必式。夙兴夜寐，衣带必饰；朝益暮习，小心翼翼。一此不解⑤，是谓学则。

少者之事，夜寐早作。既拚盥漱，执事有恪⑥。摄衣共盥，先生乃作。沃盥彻⑦盥，汛拚正席，先生乃坐。出入恭敬，如见宾客。危坐乡师，颜色毋作⑧。

受业之纪，必由长始；一周则然，其余则否。始诵必作，其次则已。凡言与行，思中以为纪⑨，古之将兴者，必由此始。后至就席，狭坐则起⑩。若有宾客，弟子骏作。对客无让⑪，应且遂行，趋进受命⑫。所求虽不在，必以反命。反坐复业。若有所疑，奉手问之。师出皆起。

至于食时，先生将食，弟子馔馈⑬：摄衽盥漱，跪坐而馈；置酱错⑭食，陈膳毋悖。凡置彼食：鸟兽鱼鳖，必先菜羹。羹胾中别，胾在酱前，其设要方⑮。饭是为卒，左酒右浆。告具而退，奉手而立。三饭二斗，左执虚豆⑯，右执挟匕⑰，周还而贰，唯嗛之视⑱。同嗛以齿，周则有始，柄尺不跪⑲，是谓贰纪。先生已食，弟子乃彻。趋走进漱，拚前敛祭⑳。

先生有命，弟子乃食，以齿相要㉑，坐必尽席㉒。饭必奉擥㉓，羹不以手。亦有据膝，毋有隐肘㉔。既食乃饱，循咡覆手㉕。振衽扫席，已食者作，抠衣而降。旋而乡席，各彻其馈，如于宾客。既彻并器，乃还而立。

凡拚之道：实水于盘，攘臂袂及肘，堂上则播洒，室中握手㉖。执箕膺擖，厥中有帚㉗。入户而立，其仪不忒。执帚下箕，倚于户侧。凡拚之纪，必由奥始㉘；俯仰磬折，拚毋有彻；拚前而退，聚于户内；坐板排之，以叶适己；实帚于箕。先生若作，乃兴而辞。坐执而立，遂出弃之。既拚反立，是协是稽㉙。

暮食复礼。昏将举火，执烛隅坐㉚。错总㉛之法，横于坐所。栉之远近，乃承厥火，居句如矩。㉜蒸间容蒸㉝，然者处下，奉碗以为绪。右手执烛，左手正栉。有堕代烛，交坐毋倍㉞尊者。乃取厥栉，遂出是去。

先生将息，弟子皆起。敬奉枕席，问所何趾㉟；俶衽则请，有常则否㊱。

先生既息，各就其友。相切相磋，各长其仪。

周则复始，是谓弟子之纪。

---

①弟子职：弟子的职责，犹今之"学生守则"。

②则：效法。

③极：穷尽。

④虚邪：虚伪奸邪。

⑤一：专一。解：通"懈"，松懈。

⑥既拚盥漱，执事有恪：起床以后扫除盥洗，漱口，做事要小心恭敬。

⑦彻：通"撤"。

⑧乡：同"向"。作（zuò）：谓变其容貌。

⑨中：适中。纪：纲纪，准则。

⑩狭坐则起：（后至就席时）旁坐的人就应起立让行。

⑪让：通"攘"，排斥。

⑫受先生命时，应快步而行，表示有礼。

⑬弟子馔馈：弟子要准备饭菜。

⑭错：同"措"。酱：通"浆"。

⑮其设要方：桌面的设置要成方形。

⑯左执虚豆：弟子左手拿着空碗。豆，古代食器，形似高足盘，有盖，用来盛食物。此借指餐具，如碗之类。

⑰挟匕：餐具。挟：筷子。匕：饭勺子。

⑱贰：再次。嚜：歉。

⑲柄尺不跪：使用长柄勺子就不必多礼。

⑳敛祭：收藏祭品。古代每饭必祭。

㉑要：同"邀"。

㉒尽：同"近"。

㉓擥：俗作"揽"。吃饭必捧碗。

㉔隐肘：两肘凭靠在餐桌上。

㉕循咡覆手：用手抹净嘴也。

㉖堂上宽，故播散而洒；室中窄，故握手为掬而洒。

㉗膺擖：箕舌朝着胸口。厥：指代"箕"。

㉘奥（ào）：室内西南角。

㉙协：合。稽：相合。

㉚执烛隅坐：手执火炬坐在屋的一角。

㉛错总：安放火把。错：通"措"。总：柴束。

㉜居句如矩：此谓旧烛将尽，以新烛继之，一横一直，两端相接之处成矩角。"居"借为"倨"，直而曲折。

㉝蒸：细薪。此句说火要空心的道理。

㉞倍：通"背"。

㉟趾：脚。问脚朝向何方。

㊱俶（chù）：开始。衽（rèn）：床席。意思说第一次铺床时需要询问，以后没有变化就不必再问。

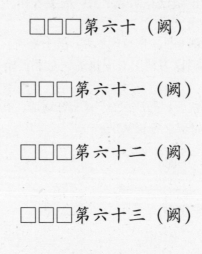

□□□第六十（阙）

□□□第六十一（阙）

□□□第六十二（阙）

□□□第六十三（阙）

形势解①第六十四

　　山者，物之高者也；惠者，主之高行也；慈者，父母之高行也；忠者，臣之高行也。孝者，子妇之高行也。故山高而不崩则祈羊至②，主惠而不解③则民奉养，父母慈而不解则子妇顺，臣下忠而不解则爵禄至，子妇孝而不解则美名附。故节高④而不解，则所欲得矣。解，则不得。故曰："山高而不崩则祈羊至矣。"

　　渊者，众物之所生也，能深而不涸，则沈玉至；主者，人之所仰而生也，能宽裕纯厚而不苛忮⑤，则民人附；父母者，子妇之所受教也，能慈仁教训而不失理，则子妇孝；臣下者，主之所用也，能尽力事上，则当于主；子妇者，亲之所以安也，能孝弟⑥顺亲，则当于亲。故渊涸而无水则沈玉不至，主苛而无厚则万民不附，父母暴而无恩则子妇不亲，臣下堕而不忠则卑辱困穷，子妇不安亲则祸忧至。故渊不涸，则所欲者至。涸，则不至。故曰："渊深而不涸则沈玉极。"

　　天，覆万物、制寒暑、行日月、次星辰，天之常也。治之以理，终而复始。主，牧万民、治天下、莅⑦百官，主之常也。治之以法，终而复始。和子孙、属亲戚⑧，父母之常也。治之以义，终而复始。敦敬忠信，臣下之常也。以事其主，终而复始。爱亲善养、思敬奉教，子妇之常也。以事其亲，终而复始。故天不失其常，则寒暑得其时，日月星辰得其序；主不失其常，则群臣得其义，百官守其事；父母不失其常，则子孙和顺，亲戚相欢；臣下不失其常，则事无过失，而官职政治⑨；子妇不失其常，则长幼理而亲疏和⑩。故用常者治，失常者乱。天未尝变，其所以治也。故曰："天不变其常。"

　　地生养万物，地之则也；治安百姓⑪，主之则也；教护家事，父母之则也；正谏死节，臣下之则也；尽力共养⑫，子妇之则也。地不易其则，故万物生焉；主不易其则，故百姓安焉；父母不易其则，故家事辨焉⑬；臣下不易其则，故主无过失；子妇不易其则，故亲养备具。故用"则"者安，不用"则"者危⑭。地未尝易，其所以安也。故曰："地不易其则。"

春者，阳气始上，故万物生；夏者，阳气毕上，故万物长；秋者，阴气始下，故万物收⑮；冬者，阴气毕下，故万物藏⑯。故春夏生长，秋冬收藏，四时之节也。赏赐刑罚，主之节也。四时未尝不生杀⑰也，主未尝不赏罚也。故曰："春秋冬夏不更其节也。"

天，覆万物而制之；地，载万物而养之；四时，生长万物而收藏之。古以至今，不更其道。故曰："古今一也。"

蛟龙，水虫之神者也，乘⑱于水则神立，失于水则神废；人主，天下之有威者也，得民则威立，失民则威废。蛟龙待得水而后立其神，人主待得民而后成其威。故曰："蛟龙得水而神可立也。"

虎豹，兽之猛者也，居深林广泽之中则人畏其威而载⑲之；人主，天下之有势者也，深居则人畏其势。故虎豹去其幽而近于人，则人得之而易其威⑳。人主去其门而迫于民，则民轻之而傲其势。故曰："虎豹托幽而威可载也。"

风，漂㉑物者也，风之所漂，不避贵贱美恶；雨，濡㉒物者也，雨之所堕，不避大小强弱。风雨至公而无私，所行无常乡，人虽遇漂濡而莫之怨也。故曰："风雨无乡而怨怒不及也。"

人主之所以令则行、禁则止者，必令于民之所好而禁于民之所恶也。民之情莫不欲生而恶死，莫不欲利而恶害。故上令于生、利人，㉓则令行；禁于杀、害人㉔，则禁止。令之所以行者，必民乐其政也，而令乃行。故曰："贵有以行令也㉕。"

人主之所以使下尽力而亲上者，必为天下致利除害也。故德泽加于天下，惠施㉖厚于万物，父子得以安，群生得以育，故万民欢尽其力而乐为上用。入则务本疾作㉗以实仓廪，出则尽节死敌㉘以安社稷，虽劳苦卑辱而不敢告。此贱人之所以亡㉙其卑也。故曰："贱有以亡卑。"

起居时、饮食节、寒暑适，则身利而寿命益；起居不时、饮食不节、寒暑不适，则形体累而寿命损。人惰而侈则贫，力而俭则富。夫物莫虚至，必有以也㉚。故曰："寿夭贫富无徒归也。"

法立而民乐之，令出而民衔之，法令之合于民心如符节㉛之相得也，则主尊显。故曰："衔令者君之尊也。"

人主出言，顺于理，合于民情，则民受其辞。民受其辞则名声章㉜。故曰："受辞者名之运也。"

明主之治天下也，静其民而不扰，佚其民而不劳。不扰则民自循㉝；不劳则民自试㉞。故曰："上无事而民自试。"

人主立其度量㉟，陈其分职㊱，明其法式㊲，以莅其民，而不以言先之，则民循正。所谓抱蜀者，祠器也。故曰："抱蜀不言而庙堂既修。"

将将，鸿鹄貌之美者也，貌美，故民歌之；德义者，行之美者也，德义美，故民乐之。民之所歌乐者，美貌德义也，而明主鸿鹄有之㊳。故曰："鸿鹄将将，维民歌之㊴。"

济济者，诚庄事断也㊵：多士者，多长者也。周文王诚庄事断，故国治；其群臣明理以佐主，故主明。主明而国治，竟㊶内被其利泽，殷民举首而望文王，愿为文王臣。故曰："济济多士，殷民化之。"

纣之为主也，劳民力，夺民财，危民死，冤暴之令，加于百姓；憯毒之使㊷，施于天下。故大臣不亲，小民疾怨，天下叛之而愿为文王臣者，纣自取之也。故曰："纣之失也。"

无仪法程式，蜚摇而无所定，谓之蜚蓬之问㊸。蜚蓬之问㊹，明主不听也；无度之言，明主不许也。故曰："蜚蓬之问，不在所宾。"

道行则君臣亲、父子安、诸生育。故明主之务，务在行道，不顾小物。燕爵㊺，物之小者也。故曰："燕爵之集，道行不顾。"

明主之动作得理义，号令顺民心，诛杀当其罪㊻，赏赐当其功，故虽不用牺牲珪璧祷于鬼神，鬼神助之，天地与之，举事而有福。乱主㊼之动作失义理，号令逆民心，诛杀不当其罪，赏赐不当其功，故虽用牺牲珪璧祷于鬼神，鬼神不助，天地不与，举事而有祸。故曰："牺牲珪璧不足以享鬼神。"

主之所以为功者，富强也。故国富兵强，则诸侯服其政，邻敌畏其威，虽不用宝币事诸侯，诸侯不敢犯也。主之所以为罪者，贫弱也。故国贫兵弱，战则不胜，守则不固，虽出名器重宝以事邻敌，不免于死亡之患。故曰："主功有素㊽，宝币奚为？"

羿，古之善射者也，调和其弓矢而坚守㊾之。其操弓也，审其高下，有必中之道，故能多发而多中。明主，犹羿也，平和㊿其法，审其废置㉑而坚守之，有必治之道，故能多举而多当。道者，羿之所以必中也，主之所以必治也。射者，弓弦发矢也。故曰："羿之道，非射也。"

造父，善驭马者也。善视其马，节其饮食，度量马力，审其足走，故能取远道而马不罢㉒。明主，犹造父也，善治其民，度量其力，审其技能，故立功而民不困伤。故术者，造父之所以取远道也，主之所以立功名也。驭者，操辔也。故曰："造父之术非驭也。"

奚仲之为车器㉓也，方圆曲直皆中规矩钩绳，故机旋相得，用之年利，成器坚固。明主，犹奚仲也，言辞动作，皆中术数㉔，故众理相当，上下相亲。巧者，奚仲之所以为器也，主之所以为治也。斩削者，斤刀也㉕。故曰："奚仲之巧非斩削也。"

民，利之则来；害之则去。民之从利也，如水之走下，于四方无择也。故欲来民者，先起其利㉖，虽不召而民自至；设其所恶，虽召之而民不来也。故曰："召远者使无为焉㉗。"

莅民如父母，则民亲爱之；道之纯厚，遇之有实，虽不言曰"吾亲民"，而民亲矣。莅民如仇雠，则民疏之；道之不厚，遇之无实，诈伪并起，是言曰"吾亲民"，民不亲也。故曰："亲近者言无事焉㉘。"

明主之使远者来而近者亲也，为之在心。所谓夜行者，心行也㉙。能心行德，则天下莫能与之争矣。故曰："唯夜行者独有之乎。"

为主而贼㉚，为父母而暴，为臣下而不忠，为子妇而不孝，四者人之大失也。大失在身，虽有小善，不得为贤。所谓平原者㉛，下泽也。虽有小封，不得为高。故曰："平原之径㉜奚有于高？"

为主而惠，为父母而慈，为臣下而忠，为子妇而孝，四者人之高行也。高行在身，虽有小过，不为不肖。所谓大山者，山之高者也。虽有小隈㉝，不以为深。故曰："大山之隈，奚有于深？"

毁訾㉞贤者之谓訾㉟，推誉不肖之谓誉㊱。訾誉之人得用，则人主之明蔽，而毁誉之言㊲起。任之大事，则事不成而祸患至。故曰："訾誉之人，勿与任大。"

明主之虑事也，为天下计者，谓之讹巨㊳。讹巨则海内被其泽，泽布于天下，后世享其功久远而利愈多。故曰："讹巨者可与远举。"

圣人择可言而后言，择可行而后行。偷㊴得利而后有害，偷得乐而后有忧者，圣人不为也。故圣人择言必顾其累㊵，择行必顾其忧，故曰："顾忧者可以致道。"

小人者，枉道而取容㊶，适主意而偷说㊷，循利而偷得。如此者，其得之虽速，祸患之至亦急。故圣人去而不用也。故曰："其计也速而忧在近者，往而勿召也。"

举一而为天下长利者，谓之举长。举长则被其利者众，而德义之所见远。故曰："举长者可远见也。"

天之裁㊸大，故能兼覆万物；地之裁大，故能兼裁万物；人主之裁大，故容物多而众人得比焉。故曰："裁大者众之所比也。"

贵富尊显，民归乐之。人主莫不欲也。故欲民之怀乐己者，必服道德而勿厌也，而民怀乐之。故曰："欲人之怀，定服而勿厌也⑦。"

圣人之求事也，先论其理义，计其可否。故义则求之，不义则止；可则求之，不可则止。故其所得事者，常为身宝⑭。小人之求事也，不论其理义，不计其可否。不义亦求之，不可亦求之。故其所得事者，未尝为赖⑮也。故曰："必得之事，不足赖也。"

圣人之诺已⑯也，先论其理义，计其可否。义则诺，不义则已；可则诺，不可则已。故其诺未尝不信也。小人不义亦诺，不可亦诺，言而必诺。故其诺未必信也。故曰："必诺之言，不足信也。"

谨⑰于一家，则立于一家；谨于一乡，则立于一乡；谨于一国，则立于一国；谨于天下，则立于天下。是故其所谨者小，则其所立亦小；其所谨者大，则其所立亦大。故曰："小谨者不大立。"

海不辞⑱水，故能成其大；山不辞土石，故能成其高；明主不厌人，故能成其众；士不厌学，故能成其圣。訾者，多所恶也⑲；谏者，所以安主也；食者，所以肥体也。主恶谏则不安，人訾食则不肥，故曰："訾食者不肥体也。"

言而语道德、忠信、孝弟者，此言无弃者⑳。天公平而无私，故美恶莫不覆；地公平而无私，故小大莫不载；无弃之言，公平而无私，故贤不肖莫不用。故无弃之言者，参伍㉑于天地之无私也。故曰："有无弃之言者，必参之于天地也。"

明主之官物也㉒，任其所长，不任其所短，故事无不成而功无不立。乱主不知物之各有所长所短也，而责必备。夫虑事定物，辩明礼义，人之所长而蝚蝯之所短也㉓；缘高出险，蝚蝯之所长而人之所短也。以蝚蝯之所长责人，故其令废而责不塞㉔。故曰："坠岸三仞，人之所大难也，而蝚蝯饮焉。"

明主之举事也，任圣人之虑，用众人之力，而不自与焉㉕，故事成而福生。乱主自智㉖也，而不因圣人之虑；矜奋自功，而不因众人之力；专用己㉗，而不听正谏，故事败而祸生。故曰："伐矜好专，举事之祸也。"

马者，所乘以行野也，故虽不行于野，其养食马也，未尝解惰也㉘；民者，所以守战也，故虽不守战，其治养民也，未尝解惰也。故曰："不行其野，不违其马。"

天生四时，地生万财，以养万物而无取焉。明主配天地者也，教民以时，劝之以耕织，以厚民养，而不伐其功㉙，不私其利。故曰："能予而无取者，天地之配也。"

解惰简慢，以之事主则不忠，以之事父母则不孝，以之起事则不成。故曰："怠倦者不及也。"

以规矩为方圆则成，以尺寸量长短则得，以法数㉚治民则安，故事不广㉛于理者，其成若神。故曰："无广者疑神。"

事主而不尽力则有刑，事父母而不尽力则不亲，受业问学而不加务则不成。故朝不勉力务进，夕无见功。故曰："朝忘其事，夕失其功。"

中情信诚则名誉美矣，修行谨敬㉜则尊显附矣；中无情实则名声恶矣，修行慢易㉝则污辱生矣。故曰："邪气袭内，正色乃衰也。"

为人君而不明君臣之义以正其臣，则臣不知于为臣之理以事其主矣。故曰："君不君则臣不臣。"

为人父而不明父子之义以教其子而整齐之，则子不知为人子之道以事其父矣。故曰："父不父则子不子。"

君臣亲，上下和，万民辑^邸，故主有令则民行之，上有禁则民不犯。君臣不亲，上下不和，万民不辑，故令则不行，禁则不止。故曰："上下不和，令乃不行。"

言辞信，动作庄^邸，衣冠正，则臣下肃；言辞慢，动作亏，衣冠惰，则臣下轻之。故曰："衣冠不正则宾者不肃。"

仪者，万物之程式也^邸；法度者，万民之仪表也^邸；礼义者，尊卑之仪表也。故动有仪则令行，无仪则令不行。故曰："进退无仪则政令不行。"

人主者，温良宽厚则民爱之，整齐严庄则民畏之。故民爱之则亲，畏之则用。夫民亲而为用，主之所急也。故曰："且怀且威则君道备矣。"

人主能安其民，则事其主如事其父母，故主有忧则忧之，有难则死之；主视民如土，则民不为用，主有忧则不忧，有难则不死。故曰："莫乐之则莫哀之，莫生之则莫死之^邸。"

民之所以守战至死而不衰者^邸，上之所以加施于民者厚也。故上施厚，则民之报上亦厚；上施薄，则民之报上亦薄。故薄施而厚责，君不能得之于臣，父不能得之于子。故曰："往者不至，来者不极。^邸"

道者，扶持众物，使得生育，而各终其性命者也。故或以治乡，或以治国，或以治天下。故曰："道之所言者一也，而用之者异。"

闻道而以治一乡，亲其父子，顺其兄弟，正其习俗，使民乐其土，安其土，为一乡主干者，乡之人也。故曰："有闻道而好为乡者，一乡之人也。"

民之从有道也，如饥之先食也^邸，如寒之先衣也，如暑之先阴也^邸。故有道则民归之，无道则民去之。故曰："道往者其人莫来，道来者其人莫往。"

道者，所以变化身而之正理者也^邸。故道在身则言自顺，行自正，事君自忠，事父自孝，遇人自理。故曰："道之所设，身之化也。"

天之道，满而不溢，盛而不衰。明主法象天道，故贵而不骄，富而不奢，行理而不惰。故能长守贵富，久有天下而不失也。故曰："持满者与天。^邸"

明主，救天下之祸、安天下之危者也。夫救祸安危者，必待万民之为用也，而后能为之。故曰："安危者与人。^邸"

地大国富，民众兵强，此盛满之国也。虽已盛满，无德厚以安之，无度数以治之，则国非其国，而民无其民^邸也。故曰："失天之度，虽满必涸。"

臣不亲其主，百姓不信其吏，上下离而不和。故虽自安，必且危之。故曰："上下不和，虽安必危。"

主^邸有天道，以御其民，则民一心而奉其上，故能贵富而久王天下。失天之道，则民离叛而不听从，故主危而不得久王天下。故曰："欲王天下而失天之道，天下不可得而王也。"

人主务学^邸术数^邸，务行正理，则化变日进，至于大功，而愚人不知也。乱主淫佚邪枉，日为无道，至于灭亡，而不自知也。故曰^邸："莫知其为之，其功既成；莫知其舍之也，藏之而无形。"

古者三王五伯^邸皆人主之利天下者也，故身贵显而子孙被其泽；桀、纣、幽、厉皆人主之害天下者也，故身困伤而子孙蒙其祸。故曰："疑今者察之古，不知来者视之往。"

神农教耕生谷，以致民利；禹身决渎，斩高桥下，以致民利；汤武征伐无道，诛杀暴乱，以致民利。故明王之动作虽异，其利民同也。故曰："万事之任也，异起而同归，古今一也。"

栋生桡不胜任则屋覆^邸，而人不怨者，其理然也；弱子，慈母之所爱也，不以其理动者，下瓦则慈母笞之。故以其理动者，虽覆屋不为怨；不以其理动者，下瓦必笞。故曰："生栋覆屋，怨怒不及；弱子下瓦，慈母操箠。"

行天道，行公理，则远者自亲；废天道，行私为，则子母相怨。故曰："天道之极，远者自亲；人事之起，近亲造怨。"

古者，武王地方⑭不过百里，战卒之众不过万人，然能战胜攻取，立为天子，而世谓之圣王者，知为之之术也⑮；桀、纣贵为天子，富有海内，地方甚大，战卒甚众，而身死国亡，为天下戮者⑯，不知为之之术也。故能为之，则小可为大，贱可为贵；不能为之，则虽为天子，人犹夺之也。故曰："巧者有余而拙者不足也。"

明主上不逆天，下不圹地⑰，故天予之时，地生之财；乱主上逆天道，下绝地理，故天不予时，地不生财。故曰："其功顺天者，天助之；其功逆天者，天违之。"

古者，武王，天之所助也，故虽地小而民少，犹之为天子也；桀纣，天之所违也，故虽地大民众，犹之困辱而死亡也。故曰："天之所助，虽小必大；天之所违，虽大必削。"

与人交，多诈伪无情实，偷取一切⑱，谓之乌集之交。乌集之交，初虽相欢，后必相咄⑲。故曰："乌集之交，虽善不亲。"

圣人之与人约结也⑳，上观其事君也，内观其事亲也，必有可知之理，然后约结。约结而不袭㉑于理，后必相倍㉒。故曰，"不重之结，虽固必解。道之用也，贵其重也。"

明主与圣人谋，故其谋得；与之举事，故其事成。乱主与不肖者谋，故其计失；与之举事，故其事败。夫计失而事败，此与不可之罪。故曰："毋与不可。"㉓

明主度量人力之所能为，而后使焉。故令于人之所能为，则令行；使于人之所能为，则事成。乱主不量人力，令于人之所不能为，故其令废；使于人之所不能为，故其事败。夫令出而废，举事而败，此强不能之罪也㉔。故曰："毋强不能。"

狂惑之人㉕，告之以君臣之义，父子之理，贵贱之分，不信圣人之言也，而反害伤之。故圣人不告也。故曰："毋告不知。"㉖

与不肖者举事，则事败；使于人之所不能为，则令废；告狂惑之人，则身害。故曰："与不可，强不能，告不知，谓之劳而无功。"

常以言翘㉗明其与人也，其爱人也，其有德于人也，以此为友则不亲，以此为交则不结，以此有德于人则不报。故曰："见与之友㉘，几于不亲；见爱之交，几于不结；见施之德，几于不报。四方之所归，心行者也。"

明主不用其智，而任圣人之智；不用其力，而任众人之力。故以圣人之智思虑者，无不知也；以众人之力起事者，无不成也。能自去而因天下之智力起，则身逸而福多。乱主独用其智，而不任圣人之智；独用其力，而不任众人之力，故其身劳而祸多。故曰："独任之国，劳而多祸。"㉙

明主内行其法度，外行其理义，故邻国亲之，与国㉚信之。有患则邻国忧之，有难则邻国救之。乱主内失其百姓，外不信于邻国。故有患则莫之忧也，㉛有难则莫之救也。外内皆失，孤特而无党㉜，故国弱而主辱。故曰："独国之君，卑而不威。"㉝

明主之治天下也，必用圣人，而后天下治；妇人之求夫家也，必用媒，而后家事成。故治天下而不用圣人，则天下乖乱㉞而民不亲也；求夫家而不用媒，则丑耻而人不信也。故曰："自媒之女，丑而不信。"

明主者，人未之见而有亲心焉者㉟，有使民亲之之道也，故其位安而民往之。故曰："未之见而亲焉，可以往矣。"

⑭身宝：指自身宝贵的经验。

⑮赖：依赖。

⑯诺已：郭沫若云："'诺已'犹'诺否'。"

⑰谨：谨慎小心地从事于。拘泥。

⑱辞：拒绝。

⑲觜者，多所恶也：所谓"觜"，是厌恶多种食物的意思。

⑳"者"为衍文。

㉑参伍：错杂，参合。

㉒官：同"管"，统管，统治。

㉓蜾螉：《形势》作"猿猱"。

㉔责不塞：指责备得不到补救。

㉕不自与：自己不动手。

㉖自智：自以为聪明。

㉗专用己：指一意孤行。

㉘解：同"懈"。

㉙伐：夸耀。

㉚法数：指法律。

㉛广：同"旷"。此句说勤奋不息惰。

㉜谨敬：谨慎恭敬。

㉝慢易：简慢随便。

㉞辑：和谐。

㉟动作：郭沫若云：当作"动止"，犹言举止。

㊱程式：此谓法度。

㊲仪表：此谓标准。

㊳这两句说：君主不能使百姓乐业，百姓就不会为他担忧；君主不能使百姓生存繁育，百姓就不会为他牺牲。

㊴衰者：衰退的原因。不衰即能奋不顾身。

⑩往者不至，来者不极：君主不给百姓好处，百姓就不会回报君主。

⑩先：抢先。

⑩阴：同"荫"。

⑩这两句说：违背了道，人们不再回来；实行了道，人们不再离去。

⑩这句话的意思是：所谓道，就是能改变自身而达到正理的一种力量。

⑩持满者与天：保持强盛，就要顺从天道。

⑩安危者与人：安定危难，就要顺从人心。

⑩民无其民：应为"民非其民"。

⑩主：君主。

⑩务学：必须学习。

⑩术数：此指治国方法。

⑪"故曰"之后四句：上脱"其道既得"下脱"天之道也"。"舍之也"当作"释之"。"而"字衍。

⑫三王：指夏禹、商汤、周文王、武王。五伯，同"五霸"，指齐桓公、晋文公、秦穆公、宋襄公、楚庄王。

⑬栋生桡句：栋梁用新代而弯曲的木材做成，不能承受屋顶重量，致使房屋倒塌。

⑭方：方圆。

⑮为之：按天道行事。

⑯戮（lù）：羞辱。

⑰圹：同"旷"，荒废。圹为荒废土地。

⑱偷取：苟且求取。一切：权宜。

⑲咄（duō）：指责，呵叱。

⑳约结：结交。

㉑袭：合。

㉒倍：同"背"。

㉓毋与不可：不要结交不该交往的人。

㉔此强不能之罪也：这是勉强能力不够的人的错误。

㉕狂惑之人：狂妄糊涂的人。

㉖毋告不知：不要告诉不懂道理的人。

㉗翘：自我标榜。

㉘见与之友：表面上显示友好。

㉙这两句说：君主自以为是、独断专行的国家，疲于奔命，祸患不断。

㉚与国：友好的国家。

㉛莫之忧：没有人分忧。

㉜孤特而无党：孤立无援而没有同道。

㉝卑而不威：地位卑下，没有威势。

㉞乖乱：背离叛乱。

㉟明主句：所谓明主，就是还没有见到他就想亲近他的那种人。

㊱推：推举。

㊲"日月不明"句：日月不明亮，这是天不清的缘故。

㊳逆：违背。

㊴遇人有信：待人讲信用。

㊵法式：楷模。

㊶禁：禁忌。

立政九败解①第六十五

人君唯毋听寝兵②，则群臣宾客莫敢言兵。然则内之不知国之治乱，外之不知诸侯强弱，如是则城郭毁坏，莫之筑补；甲弊兵雕，莫之修缮，如是则守围③之备毁矣。辽远之地谋④，边竟⑤之士修，百姓无围敌之心。故曰："寝兵之说胜，则险阻不守。"

人君唯毋听兼爱之说，则视天下之民如其民，视国如吾国。如是则无并兼攘夺⑥之心，无覆军败将⑦之事。然则射御勇力之士不厚禄，覆军杀将之臣不贵爵，如是则射御勇力之士出在外矣。我能毋攻人可也，不能令人毋攻我，彼求地而予之，非吾所欲也，不予而与战，必不胜也。彼以教士⑧，我以驱众⑨；彼以良将，我以无能，其败必覆军杀将。故曰："兼爱之说胜，则士卒不战。"

人君唯无好全生，则群臣皆全其生，而又养生。养生何也？曰：滋味也，声色也，然后为养生。然则从欲妄行，男女无别，反于禽兽。然则礼义廉耻不立，人君无以自守也。故曰："全生之说胜，则廉耻不立。"

人君唯毋听私议自贵，则民退静隐伏⑩，窟穴就山⑪，非世间上⑫，轻爵禄而贱有司，然则令不行禁不止。故曰："私议自贵之说胜，则上令不行。"

人君唯毋好金玉货财，必欲得其所好，然则必有以易之。所以易之者何也？大官尊位，不然则尊爵重禄也。如是则不肖者在上位矣。然则贤者不为下⑬，智者不为谋，信者不为约，勇者不为死。如是则驱国而损之也。故曰："金玉货财之说胜，则爵服下流。"

人君唯毋听群徒比周，则君臣朋党，蔽美扬恶，然则国之情伪不见于上。如是则朋党⑭者处前，寡党者处后。夫朋党者处前，贤、不肖不分，则争夺之乱起，而君大危殆之中矣。故曰："群徒比周之说胜，则贤、不肖不分。"

人法之以覆载万民，故莫不得其职姓㊴，得其职姓，则莫不为用。故曰：“法天合德，象地无亲。”

日月之明无私，故莫不得光。圣人法之，以烛万民，故能审察，则无遗善，无隐奸。无遗善，无隐奸，则刑赏信必㊵；刑赏信必，则善劝而奸止。故曰：“参于日月。”

四时之行，信必而著明。圣人法之，以事㊶万民，故不失时功。故曰：“伍于四时㊷。”

凡众者，爱之则亲，利之则至㊸。是故明君设利以致之，明爱以亲之。徒利而不爱，则众亲而不亲；徒爱而不利，则众亲而不至。爱施俱行㊹，则说㊺君臣、说朋友、说兄弟、说父子。爱施所设，四固不能守。故曰：“说众有爱施㊻。”

凡君所以有众者，爱施之德也。爱有所移㊼，利有所并㊽，则不能尽有。故曰：“有众有废私㊾”

爱施之德虽行而无私，内行㊿不修，则不能朝远方之君。是故正君臣上下之义，饰(51)父子兄弟夫妻之义，饰男女之别，别疏数之差，使君德臣忠，父慈子孝，兄爱弟敬，礼义章明。如此则近者亲之，远者归之。故曰：“召远在修近。”

闭祸在除怨，非有怨乃除之，所事之地常无怨也。凡祸乱之所生，生于怨咎(52)；怨咎所生，生于非理。是以明君之事众也必经(53)，使之必道，施报(54)必当，出言必得，刑罚必理。如此则众无郁怨之心，无憾恨之意。如此则祸乱不生，上位不殆。故曰：“闭祸在除怨也。”

凡人君所以尊安者，贤佐也。佐贤则君尊、国安、民治，无佐则君卑、国危、民乱。故曰：“备长(55)在乎任贤。”

凡人者，莫不欲利而恶害。是故与天下同利者，天下持之(56)；擅天下之利者，天下谋之(57)。天下所谋，虽立必隳(58)；天下所持，虽高不危。故曰：“安高在乎同利。”

凡所谓能以所不利利人者，舜是也。舜耕历山，陶河滨，渔雷泽，不取其利，以教百姓，百姓举利之。此所谓能以所不利利人者也。所谓能以所不有予人者，武王是也。武王伐纣，士卒往者，人有书社(59)。入殷之日，决钜桥之粟，散鹿台之钱，殷民大说(60)。此所谓能以所不有予人者也。

桓公谓管子曰：“今子教寡人法天合德，合德长久，合德而兼覆之则万物受命；象地无亲，无亲安固，无亲而兼载之则诸生皆殖；参于日月，无私葆光(61)，无私而兼照之则美恶不隐。然则君子之为身，无好无恶然已乎？”管子对曰：“不然。夫学者所以自化，所以自抚(62)。故君子恶(63)称人之恶，恶不忠而怨妒，恶不公议而名当称(64)，恶不位下而位上(65)，恶不亲外而内放(66)。此五者君子之所恐行，而小人之所以亡(67)。况人君乎？”

---

①本篇是对《版法》篇的逐句诠解，并有所发挥。

②有寒有暑：上当有“有生有杀”四字。

③经纪：纲常，法度。

④法事：应为“治事”。

⑤操持：指所持的立场。

⑥听治：治理。听，断决，治理。

⑦事不尽应：指办事不按常规。应，应当，指常规。

⑧ 谫：同“诉”。

⑨饶：当为“说”。《说文》：“说，恚呼。”指怨怒呼号。

⑩正彼天植：指端正心志。

⑪孽：庶子。这里引申为低贱，轻视。

⑫欲见天心，明以风雨：要知晓上天的心志，自然的风雨就是最明显的象征。

⑬三经既饬：三项原则得到整饬。
⑭乘夏方长：指正在夏季万物生长时节，容易激怒暴躁。
⑮虚气平心：使神气虚静，使心态和平。
⑯倍：同“背”。行：指任意而行。
⑰外之有徒：存有外心的结为党徒。
⑱登：成熟，完成。
⑲不足见：不易察觉。不可及：难以达到。
⑳庆勉敦敬：奖赏勉励敦敬之人。
㉑休之：称赞他。
㉒亲上乡意：亲附君上，趋从君意。乡同“向”。
㉓便其势：适合百姓的趋向。利其备：有利百姓的富足。备，富足。
㉔逆顺：指性格上的逆或顺。称量：指分量上的轻或重。
㉕“取人”二句：用人先要审察自己，成事先要树立标准。
㉖崩阤堵坏：崩溃毁坏。阤，同“陊”，小崩曰陊。堵，同“屠”，坏的意思。
㉗辟：同“僻”，邪僻。
㉘令不再行：法令就不必重申。
㉙敬：同“儆”，儆戒。
㉚振：同“震”，震慑。
㉛攻：指进攻途径。
㉜斧钺：代指刑罚。
㉝畏：同“威”。
㉞疑错：指改动。
㉟奇革邪化：乖异邪僻之徒得到改造。此为主谓联合词组。
㊱覆载：覆盖负载，指包容一切。
㊲烛临：照临。事使：即使事，驱使。
㊳主：主宰。质：目标，榜样。
㊴职姓：职，常；姓，同“生”，犹“产”。因此郭沫若认为“职姓”意为“恒产”。
㊵信必：即必信。
㊶事：使。
㊷伍于四时：与四时相伍。
㊸爱：指精神施以仁爱。利：指物质上给予好处。
㊹爱施俱行：指爱、利一同施行。
㊺说：同“悦”，下同。
㊻刘绩云：“当作‘悦众在爱施’。”
㊼移：当作“私”。
㊽并：兼并。
㊾有众有废私：应为“有众在废私。”
㊿内行：指内部礼仪道德的修养。
(51)饰：同“饬”。整饬。
(52)怨咎：埋怨，责备。
(53)必经：必合于常道。
(54)施报：施恩，报酬。
(55)备长：长久治安。
(56)持：扶助，拥护。
(57)谋：图谋，对付。
(58)隳（huī）：毁坏，倾覆。
(59)书社：按社登录的簿册。

⑥⓪说：同"悦"。

⑥①葆：同"保"，保全。

⑥②自抚：自己抚育性情。

⑥③恶（wù）：厌恶。

⑥④此句说：厌恶不经公论而名声盛大。

⑥⑤此句说：厌恶不安下位而觊觎上位。

⑥⑥此句说：厌恶排挤外人而放纵内部。

⑥⑦亡：灭亡。

明法解①第六十七

明主者，有②术数而不可欺也，审于法禁而不可犯也，察于分职而不可乱也。故群臣不敢行其私，贵臣不得蔽贱，近者不得塞远，孤寡老弱不失其所职③，竟内明辨而不相逾越④。此之谓治国。故《明法》曰："所谓治国者，主道明也。"

明法者，上之所以一民使下也；私术者，下之所以侵上乱主也。故法废而私行，则人主孤特而独立，人臣群党而成朋。如此则主弱而臣强，此之谓乱国。故《明法》曰："所谓乱国者，臣术胜也。"

明主在上位，有必治之势⑤，则群臣不敢为非。是故群臣之不敢欺主者，非爱主也，以畏主之威势也；百姓之争用，非以爱主也，以畏主之法令也。故明主操必胜之数，以治必用之民；处必尊之势，以制必服之臣。故令行禁止，主尊而臣卑。故《明法》曰："尊君卑臣，非亲也，以势胜也"

明主之治也，县⑥爵禄以劝其民，民有利于上，故主有以使之；立刑罚以威其下，下有畏于上，故主有以牧之。故无爵禄则主无以劝民，无刑罚则主无以威众。故人臣之行理奉命者，非以爱主也，且以就利而避害也；百官之奉法无奸者，非以爱主也，欲以受爵禄而避罚也。故《明法》曰："百官论职，非惠也，刑罚必也⑦。"

人主者，擅生杀，处威势⑧，操令行禁止之柄以御其群臣，此主道也；人臣者，处卑贱，奉主令，守本任，治分职，此臣道也。故主行臣道则乱，臣行主道则危。故上下无分，君臣共道，乱之本也。故《明法》曰："君臣共道则乱。"

人臣之所以畏恐而谨事主者，以欲生而恶死也。使人不欲生，不恶死，则不可得而制也。夫生杀之柄，专在大臣，而主不危者，未尝有也。故治乱不以法断而决于重臣，生杀之柄不制于主而在群下，此寄生之主也。故人主专以其威势予人，是必有劫杀之患；专以其法制予人，则必有乱亡之祸。如此者，亡主之道也。故《明法》曰："专授则失⑨。"

凡为主而不得行其令，废法而恣群臣，威严已废，权势已夺，令不得出，群臣弗为用，百姓弗为使，竟内之众不制⑩，则国非其国而民非其民。如此者，灭主之道也。故《明法》曰："令本不出谓之灭⑪。"

明主之道，卑贱不待⑫尊贵而见，大臣不因左右⑬而进，百官条通⑭，群臣显见。有罚者主见其罪，有赏者主知其功；见知不悖，赏罚不差，有不蔽之术，故无壅遏⑮之患。乱主则不然，法令不得至于民，疏远雍闭而不得闻。如此者，壅主之道也。故《明法》曰："令出而留谓之壅。"

人臣之所以乘⑯而为奸者，擅主也。臣有擅主者，则主令不得行，而下情不上通。人臣之力，能隔君臣之间，而使美恶之情不扬闻，祸福之事不通彻，人主迷惑而无从悟，如此者，塞主之道也。故《明法》曰："下情不上通谓之塞。"

明主者，兼听独断，多其门户。群臣之道，下得明上，贱得言贵，故奸人不敢欺。乱主则不然，听无术数，断事不以参伍⑰。故无能之士上通，邪枉之臣专国，主明蔽而聪塞⑱，忠臣之欲谋谏者不得进。如此者，侵主之道也。故《明法》曰："下情上而道止，谓之侵。"

人主之治国也，莫不有法令赏罚。是故其法令明而赏罚之所立者当，则主尊显而奸不生；其法令逆⑲而赏罚之所立者不当，则群臣立私而壅塞之，朋党而劫杀之。故《明法》曰："灭、塞、侵、壅⑳之所生，从法之不立也。"

法度者，主之所以制天下而禁奸邪也，所以牧领海内而奉宗庙也；私意者，所以生乱长奸而害公正也，所以壅蔽失正而危亡也。故法度行则国治，私意行则国乱。明主虽心之所爱，而无功者不赏也；虽心之所憎，而无罪者弗罚也。案法式而验得失，非法度不留意焉。故《明法》曰："先王之治国也，不淫㉑意于法之外。"

明主之治国也，案其当宜，行其正理。故其当赏者，群臣不得辞也；其当罚者，群臣不敢避也。夫赏功诛罪，所以为天下致利除害也。草茅弗去，则害禾谷；盗贼弗诛，则伤良民。夫舍公法而行私惠，则是利奸邪而长暴乱也。行私惠而赏无功，则是使民偷幸而望于上也；行私惠而赦有罪，则是使民轻上而易为非也。夫舍公法用私惠，明主不为也。故《明法》曰："不为惠于法之内㉒。"

凡人主莫不欲其民之用也。使民用者，必法立而令行也。故治国使众莫如法，禁淫止暴莫如刑。故贫者非不欲夺富者财也，然而不敢者，法不使也；强者非不能暴弱也，然而不敢者，畏法诛也。故百官之事，案之以法，则奸不生；暴慢之人，诛之以刑，则祸不起；群臣并进，策之以数，则私无所立。故《明法》曰："动无非法者㉓，所以禁过而外私也。"

人主之所以制臣下者，威势也。故威势在下，则主制于臣；威势在上，则臣制于主。夫蔽主者，非塞其门守其户也㉔，然而令不行、禁不止、所欲不得者，失其威势也。故威势独在于主，则群臣畏敬；法政独出于主，则天下服听。故威势分于臣则令不行，法政出于臣则民不听。故明主之治天下也，威势独在于主而不与臣共，法政独制于主而不从臣出。故《明法》曰："威不两错，政不二门㉕。"

明主者，一度量㉖，立表仪，而坚守之，故令下而民从。法者，天下之程式也，万事之仪表也；吏者，民之所悬命也㉗。故明主之治也，当于法者赏之，违于法者诛之。故以法诛罪，则民就死而不怨；以法量功，则民受赏而无德也㉘。此以法举错之功也㉙。故《明法》曰："以法治国，则举错而已。"

明主者，有法度之制，故群臣皆出于方正之治㉚而不敢为奸。百姓知主之从事于法也，故吏之所使者，有法则民从之，无法则止。民以法与吏相距㉛，下以法与上从事。故诈伪之人不得欺其主，嫉妒之人不得用其贼心，谗谀之人不得施其巧。千里之外，不敢擅为非。故《明法》曰："有法度之制者，不可巧以诈伪。"

权衡者，所以起轻重之数也。然而人不事者，非心恶利也；权不能为之多少其数，而衡不能为之轻重其量也。人知事权衡之无益，故不事也。故明主在上位，则官不得枉法，吏不得为私，民知事吏之无益，故财货不行于吏。权衡平正而待物，故奸诈之人不得行其私。故《明法》曰："有权衡之称者，不可欺以轻重。"

尺寸寻丈者，所以得长短之情也。故以尺寸量短长，则万举而万不失矣。是故尺寸之度，虽富贵众强，不为益㉜长；虽贫贱卑辱，不为损㉝短。公平而无所偏，故奸诈之人不能误也。故《明法》曰："有寻㉞丈之数者，不可差以长短。"

国之所以乱者，废事情而任非誉也㉟。故明主之听也，言者责之以其实，誉人者试之以其官。言而无实者，诛；吏而乱官者，诛。是故虚言不敢进，不肖者不敢受官。乱主则不然。听言而不督其实，故群臣以虚誉进其党；任官而不责其功，故愚污之吏在庭。如此则群臣相推以美名㊱，相假以功伐㊲，务多其佼㊳而不为主用。故《明法》曰："主释法以誉进能，则臣离上而下比周矣；以党举官，则民务佼而不求用矣。"

乱主不察臣之功劳：誉众者，则赏之，不审其罪过㊴，毁众者，则罚之。如此者，则邪臣无功而得赏，忠正无罪而有罚。故功多而无赏，则臣不务尽力；行正而有罚，则贤圣无从竭能；行货财而得爵禄，则污辱之人在官；寄托之人㊵不肖而位尊，则民倍公法而趋有势。如此，则悫愿㊶之人失其职，而廉洁之吏失其治。故《明法》曰："官之失其治也，是主以誉为赏而以毁为罚也。"

平吏之治官也，行法而无私，则奸臣不得其利焉，此奸臣之所务伤也㊷。人主不参验其罪过，以无实之言诛之，则人臣不能无事贵重而求推誉，以避刑罚而受禄赏焉。故《明法》曰："喜赏恶罚之人，离公道而行私术矣。"

奸臣之败其主也，积渐积微，使主迷惑而不自知也。上则相为候㊸望于主，下则买誉于民。誉其党而使主尊之，毁不誉者㊹而使主废之。其所利害者㊺，主听而行之，如此，则群臣皆忘主而趋私佼矣。故《明法》曰："比周以相为慝，是故忘主私佼，以进其誉㊻。"

主无术数，则群臣易欺之；国无明法，则百姓轻为非。是故奸邪之人用国事，则群臣仰利害也。如此，则奸人为之视听者多矣，虽有不义，主无从知之。故《明法》曰："佼众誉多，外内朋党，虽有大奸，其蔽主多矣。"

凡所谓忠臣者，务明法术，日夜佐主明于度数之理㊼，以治天下者也。奸邪之臣知法术明之必治也，治则奸臣困而法术之士显，是故邪㊽之所务事者，使法无明，主无悟，而己得所欲也。故方正之臣得用则奸邪之臣困伤矣，是方正之与奸邪不两进之势也。奸邪在主之侧者，不能勿恶也㊾；唯恶之，则必候主间㊿而日夜危之。人主不察而用其言，则忠臣无罪而困死，奸臣无功而富贵。故《明法》曰："忠臣死于非罪，而邪臣起于非功。"

富贵尊显，久有天下，人主莫不欲也；令行禁止，海内无敌，人主莫不欲也。蔽欺侵凌，人主莫不恶也；失天下，灭宗庙，人主莫不恶也。忠臣之欲明法术以致主之所欲而除主之所恶者；奸臣之擅主者，有以私危之，则忠臣无从进其公正之数矣。故《明法》曰："所死者非罪(51)，所起者非功(52)，然则为人臣者重私而轻公矣。"

乱主之行爵禄也，不以法令案(53)功劳；其行刑罚也，不以法令案罪过，而听重臣之所言。故臣有所欲赏，主为赏之；臣欲有所罚，主为罚之。废其公法，专听重臣。如此，故群臣皆务其党，重臣而忘其主，趋重臣之门而不庭(54)。故《明法》曰："十至于私人之门不一至于庭。"

明主之治也，明于分职，而督其成事。胜其任者处官，不胜其任者废免。故群臣皆竭能尽力以治其事。乱主则不然。故群臣处官位，受厚禄，莫务治国者(55)，期于管国之重而擅其利，牧渔其民以富其家。故《明法》曰："百虑其家，不一图其国。"

明主在上位，则竟内之众尽力以奉其主，百官分职致治以安国家。乱主则不然。虽有勇力之士，大臣私之(56)，而非以奉其主也；虽有圣智之士，大臣私之，非以治其国也。故属数虽众，不得进也；百官虽具，不得制也。如此者，有人主之名而无其实。故《明法》曰："属数虽众，非以尊君也；百官虽具，非以任国也，此之谓国无人。"

明主者，使下尽力而守法令，故群臣务尊主而不敢顾其家。臣主之分明，上下之位审，故大臣各处其位而不敢相贵。乱主则不然。法制废而不行，故群臣得务益其家；群臣无分，上下无别，故群臣得务相贵。如此者，非朝臣少也，众不为用也。故《明法》曰："国无人者(57)，非朝臣衰也，家与家务相益，不务尊君也；大臣务相贵，而不任国也。"

人主之张官置吏也，非徒尊其身厚奉之而已也⑧，使之奉主之法，行主之令，以治百姓而诛盗贼也。是故其所任官者大，则爵尊而禄厚；其所任官者小，则爵卑而禄薄。爵禄者，人主之所以使吏治⑨官也。乱主之治也，处尊位，受厚禄，养所与佼，而不以官为务。如此者，则官失其能矣。故《明法》曰："小臣持禄养佼，不以官为事，故官失职。"

明主之择贤人也，言勇者试之以军，言智者试之以官。试于军而有功者则举之，试于官而事治者则用之。故以战功之事定勇怯，以官职之治定愚智，故勇怯愚智之见也，如白黑之分。乱主则不然，听言而不试，故妄言者得用⑩；任人而不官，故不肖者不困⑪。故明主以法案其言而求其实，以官任其身而课其功⑫，专任法不自举焉。故《明法》曰："先王之治国也，使法择人不自举也。"

凡所谓功者，安主上，利万民者也。夫破军杀将，战胜攻取，使主无危亡之忧，而百姓无死虏之患，此军士之所以为功者也；奉主法，治竟⑬内，使强不凌弱，众不暴寡，万民欢尽其力而奉养其主，此吏之所以为功也；匡⑭主之过，救主之失，明理义以道其主，主无邪僻之行，蔽欺之患，此臣之所以为功也。故明主之治也，明分职而课功劳，有功者赏，乱治者诛，诛赏之所加，各得其宜，而主不自与焉。故《明法》曰："使法量功，不自度也。"

明主之治也，审是非，察事情，以度量案之。合于法则行，不合于法则止。功充⑮其言则赏，不充其言则诛。故言智能者，必有见功而后举之；言恶败者，必有见过而后废之。如此则士上通而莫之能妒，不肖者困废而莫之能举⑯。故《明法》曰："能不可蔽而败不可饰也。"

明主之道，立民所欲而求其功，故为爵禄以劝之；立民所恶以禁其邪，故为刑罚以畏之。故案其功而行赏，案其罪而行罚，如此则群臣之誉⑰无功者，不敢进也；毁无畏者，不能退也。故《明法》曰："誉者不能进而诽者不能退也。"

制群臣，擅生杀，主之分也⑱；县令仰制，臣之分也。威势尊显，主之分也；卑贱畏敬，臣之分也。令行禁止，主之分也；奉法听从，臣之分也。故君臣相与，高下之处也，如天之与地也；其分画之不同也，如白之与黑也。故君臣之间明别，则主尊臣卑。如此，则下之从上也，如响之应声；臣之法主也，如景之随形。故上令而下应，主行而臣从，以令则行，以禁则止，以求则得。此之谓"易治"。⑲故《明法》曰："群臣之间明别，则易治。"

明主操术任臣下，使群臣效其智能，进其长技。故智者效其计，能者进其功。以前言督后事，所效当⑳则赏之，不当则诛之。张官任吏治民，案法度课成功。守法而法之，身无烦劳而分职明。故《明法》曰："主虽不身下为，而守法为之可也。"

<hr>

①这是对《明法第四十六》篇的解说，并有发挥和补充。对照阅读，有相得益彰之效。

②有：为"明"字之误。

③职：常。

④"竟内"句：国内尊卑分明不可逾越。"竟"同"境"。

⑤势：指统治威势。

⑥县：同"悬"。

⑦《明法》曰：此句说百官奉法供职，并非是因为君主对臣子的恩惠，而是因为施行刑罚的结果。

⑧擅生杀，处威势：独揽生杀大权，处在有权势的地位。

⑨专授则失：意为君主把权力授给臣子则有亡国丧身之祸。

⑩此句说：境内的民众不能被控制。

⑪此句说：政令在朝廷发不出去叫做灭。

⑫待：等待（尊贵者推荐）。
⑬左右：皇帝身边的人。
⑭条；通达。《汉书·礼乐志》："声气运条。"
⑮遏：当作"主"。
⑯乘：乘机。
⑰参（sān）伍：参合错杂，错综比验。
⑱此句说：君主的被蒙蔽和堵塞。
⑲逆：错误。
⑳灭、塞、侵、壅：《明法》篇为"灭、侵、塞、壅"。
㉑淫：侵淫、扩展。
㉒此句说：在法度之内不另行私惠。
㉓动无非法者：凡行动无非就是执行法。
㉔非塞其门守其户也：不是因为被堵塞了大门，被看守在家中。
㉕威不两错：君权不能授于两个人。
㉖一度量：统一标准。
㉗民之所悬命也：（官吏）是牵挂着百姓生命的人。
㉘此句说：百姓依法受赏而不感恩。
㉙此句说：这就是以法处理的功效。
㉚方正之治：以公正之心处理政事。
㉛距：通"拒"，抗拒。
㉜益：增。
㉝损：减。
㉞寻：长度单位（长于尺，小于丈）。
㉟非誉：毁誉。非通"诽"。
㊱此句说：群臣用美名互相标榜。
㊲此句说：群臣用虚功互相作假。
㊳佼：通"狡"，狡诈。
㊴此句似应在"则罚之"之后。
㊵寄托之人：委托的人，指不是以法进用的人。
㊶悫（què）愿：谨慎诚实。
㊷务伤：务必伤害他。
㊸候：侦察。
㊹不誉：不是同党的。誉通"与"。
㊺此句说：凡是与他们有利害关系的。
㊻以进其誉：进用同党。
㊼度数之理：深明国家的法度政策的道理。
㊽邪：从上下文看，应补一"奸"字，为"奸邪"。
㊾此句说：不能不憎恨忠臣。
㊿间：空隙。
(51)所死者非罪：困死的人无罪。
(52)所起者非功：起家的人无功。
(53)案：考察。
(54)不庭：不去朝廷。庭，同廷。
(55)莫务治国者：没有从事国事的。
(56)大臣私之：大臣把他们（指勇力之士）当成自己的。下同。
(57)国无人者：国家没有人才的原因。
(58)"非徒"句：意思是不是只让他们养尊处优而已。

(59)治：管理。

(60)此句说：吹牛的人就得到了进用。

(61)此句说：所以不贤良的人也就没有遇到什么困难。

(62)课：考核。

(63)意：同“境”。

(64)匡：纠正，匡正。

(65)充：充满，一致。

(66)莫之能举：莫能举之。举：推荐，重用。

(67)誉：虚誉。

(68)分：职分。

(69)易治：容易治理。

(70)当：切合，恰当。

臣乘马①第六十八

桓公问管子曰：“请问乘马。”管子对曰：“国无储在令②。”桓公曰：“何谓国无储在令?”管子对曰：“一农之量壤百亩也，春事二十五日之内。”桓公曰：“何谓春事二十五日之内?”管子对曰：“日至六十日而阳冻释，七丨五日而阴冻释。阴冻释而秇稷③，百日不秇稷，故春事二十五日之内耳也。今君立扶台④，五衢之众⑤皆作。君过春而不止，民失其二十五日，则五衢之内阻弃⑥之地也。起一人繇⑦，百亩不举；起十人之繇，千亩不举；起百人之繇，万亩不举；起千人之繇，十万亩不举。春已失二十五日，而尚有起夏作，是春失其地，夏失其苗，秋起繇而无止，此之谓谷地数亡。谷失于时，君之衡籍⑧而无止，民食什伍之谷，则君已籍九矣。有衡求币焉⑨。此盗暴之所以起，刑罚之所以众也。随之以暴，谓之内战。”桓公曰：“善哉。”

管子曰：“策乘马之数未尽也。彼王者不夺民时，故五谷兴丰。五谷兴丰，则士轻禄，民简赏⑩。彼善为国者，使农夫寒耕暑耘，力归于上，女勤于纤微而织归于府者，非怨民心伤民意，高下之策，不得不然之理也。”

桓公曰：“为之奈可?”管子曰：“虞国得策乘马之数矣⑪。”桓公曰：“何谓策乘马之数?”管子曰：“百亩之夫，予之策⑫：‘率⑬二十五日为子之春事，资子之币。’泰秋⑭，子谷大登，国谷之重去分⑮。谓农夫曰：‘币之在子者以为谷而廪之州里⑯，国谷之分在上，国谷之重再十倍。谓远近之县、里、邑百官，皆当奉器械备，曰：‘国无币，以谷准币。’国谷之朾⑰，一切什九。还谷而应器⑱，因器皆资，无籍于民。此有虞之策乘马也。”

---

①臣乘马之“臣”，或作“巨”，或作“匡”，当有误。据“策乘马之数未尽”句，可解为“策”。“策乘马”指经济筹划的策略。

②“国无”句：国无储蓄，在正令失宜。

③秇，同“艺”，种植。稷：谷物名。

④扶台：假设的建筑。

⑤五衢之众：五方之民。衢：四通八达之道。

⑥阻弃：被弃。

⑦繇：同“徭”。

⑧衡藉：横取附加税。

⑨求币：指要求以货币纳税，不要实物。

⑩民简赏：百姓看轻赏赐。

⑪此句说：虞国掌握了这种经济筹划的策略。

⑫予之策：向他们发布命令。

⑬率：大约。

⑭泰秋：大秋。

⑮去分：减半。

⑯此句说：你们得到了贷款，折合成谷物交纳到州里的仓库。

⑰圹：谷价。

⑱还谷而应器：还谷，指假币于民而使之以谷偿还。应器，指以谷代币，购置器械以备公用。意思是：用以谷代币的方法，使谷物和器用都很充足。

乘马数①第六十九

　　桓公问管子曰："有虞策乘马已行矣。吾欲立策乘马，为之奈何？"管子对曰："战国修其城池之功②，故其国常失其地用③。王国④则以时行也。"桓公曰："何谓以时行？"管子对曰："出准之令，守地用人策，⑤故开阖皆在上，无求于民。"

　　"霸国守分⑥，上与下游于分之间而用足。王国守始⑦，国用一不足则加一焉，国用二不足则加二焉，国用三不足则加三焉，国用四不足则加四焉，国用五不足则加五焉，国用六不足则加六焉，国用七不足则加七焉，国用八不足则加八焉，国用九不足则加九焉，国用十不足则加十焉。人君之守高下，岁藏三分，十年则必有三年之余。若岁凶旱水泆，民失本，则修宫室台榭，以前无狗后无彘者为庸。故修宫室台榭，非丽其乐也，以平国策也。今至于其亡策乘马之君，春秋冬夏，不知时终始，作功起众，立宫室台榭。民失其本事，君不知其失诸春策，又失诸夏秋之策也。民无檀卖子者，数矣。猛毅之人淫暴，贫病之民乞请，君行律度焉，则民被刑戮而不从于主上。此策乘马之数亡也。"

　　"乘马之准⑧，与天下齐准。彼物轻则见泄⑨，重则见射⑩，此斗国相泄，轻重之家相夺也。至于王国，则持流⑪而止矣。"桓公曰："何谓持流？"管子对曰："有一人耕而五人食者，有一人耕而四人食者，有一人耕而三人食者，有一人耕而二人食者。此齐力而功地，田策相圆，此国策之时守也⑫。君不守以策，则民⑬且守于下，此国策流已。"

　　桓公曰："乘马之数，尽于此乎？"管子对曰："布织财物，皆立其赀⑭。财物之赀与币高下，谷独贵独贱⑮。"桓公曰："何谓独贵独贱？"管子对曰："谷重而万物轻，谷轻而万物重。"

　　公曰："贱⑯策乘马之数奈何？"管子对曰："郡县上臾之壤守之若干，间壤守之若干，下壤守之若干⑰。故相壤定籍而民不移，振贫补不足，下乐上。故以上壤之满补下壤之虚，章四时⑱，守诸开阖，民之不移也，如废方于地⑲。此之谓策乘马之数也。"

---

①乘马数：指经济筹划的具体办法。

②战国：好战之国。功：同"工"，工事，工程。

③地用：土地之用，指农业。

④王国：成就王业之国

⑤人策：即人谋，指经济策略。

⑥守分：遵守财物变通的原则。

⑦守始：控制财货产生的开始。

⑧乘马之准：指经济筹划的标准。

⑨泄：泄散。

⑩射：射利。

⑪持流：即守流，控制流通。

⑫时守：因时制宜的治国策略。

⑬民：指富商大贾。

⑭立其赏：定其价。

⑮独贵独贱：单独定其贵贱。

⑯贱：同"践"，实行。

⑰此三名说：对郡县的上等肥沃土地、中等土地、下等土地，要分别掌握它们的若干收成。

⑱章四时：控制四时的物价。章：同"障"。

⑲废：置。此句说：就如将方物置于平地那样安定。

□□第七十（阙）

事语①第七十一

桓公问管子曰："事之至数②可闻乎？"管子对曰："何谓至数？"桓公曰："秦奢③教我曰：'帷盖不修，衣服不众，则女事不泰④。俎豆之礼不致牲⑤，诸侯太牢，大夫少牢，不若此，则六畜不育。非高其台榭，美其宫室，则群材不散。'此言何如？"管子曰："非数也。"桓公曰："何谓非数？"管子对曰："此定壤⑥之数也。彼天子之制，壤方千里，齐诸侯方百里，负海⑦子七十里，男五十里，若胸臂之相使也。故准⑧徐、疾、赢、不足，虽在下也，不为君忧。彼壤狭而欲举与大国争者，农夫寒耕暑耘，力归于上，女勤于辑绩徽织，功归于府者，非怨民心、伤民意也，非有积蓄不可以用人，非有积财无以劝下。泰奢之数，不可用于厄陋⑨之国。"桓公曰："善。"

桓公又问管子曰："佚田谓寡人曰：'善者用非其有，使非其人⑩，何不因诸侯权以制天下？'"管子对曰："佚田之言非也。彼善为国者，壤辟举则民留处，仓廪实则知礼节。且无委致围，城脆致冲⑪。夫不定内，不可以持天下。佚田之言非也。"

管子曰："岁藏一，十年而十也。岁藏二，五年而十也。谷十而守五，绨素满之⑫，五在上。故视岁而藏，县时积岁，国有十年之蓄，富胜贫，勇胜怯，智胜愚，微胜不微，有义胜无义，练士胜驱众。凡十胜者尽有之，故发如风雨，动如雷霆，独出独人，莫之能禁止，不待权与。故佚田之言非也。"桓公曰："善。"

---

①本篇论述治国的经济策略，使用管仲对桓公问的体例。

②至数：善计，即良策。

③秦奢：即泰奢。与下"佚田"均为托名。

④女事不泰：女工生产之事不通。

⑤不：当为"必"。

⑥定壤：分封土地。

⑦负海：边远地区。

⑧准：平准，调节。

⑨厄陋：狭隘。

国[41]。壤正方，四面受敌，谓之衢国[42]。以百乘衢处，谓之托食之君[43]；千乘衢处，壤削太半；万乘衢处，壤削少半。何谓百乘衢处托食之君也？夫以百乘衢处，危慑围阻千乘万乘之间，大国之君不相中[44]，举兵而相攻，必以为扞格蔽圉之用[45]。有功利不得乡[46]。大臣死于外，分壤而功；列陈系累获虏，分赏而禄。是壤地尽于功赏，而税藏殚于继孤也。是特名罗于为君耳，无壤之有。号有百乘之守，而实无尺壤之用，故谓托食之君。然则大国内款，小国用尽，何以及此[47]？曰：百乘之国，官赋轨符，乘四时之朝夕，御之以轻重之准，然后百乘可及也。千乘之国，封天财之所殖，械器之所出，财物之所生，视岁之满虚而轻重其禄，然后千乘可足也。万乘之国，守岁之满虚，乘民之缓急，正其号令而御其大准，然后万乘可资[48]也。

玉起于禺氏[49]，金起于汝汉[50]，珠起于赤野[51]，东西南北距周七千八百里。水绝壤断，舟车不能通。先王为其途之远，其至之难，故托用于其重，以珠玉为上币，以黄金为中币，以刀布为下币。三币握之则非有补于暖也，食之则非有补于饱也，先王以守财物，以御民事，而平天下也。今人君籍求[52]于民，令曰十日而具，则财物之贾[53]什去一；令曰八日而具，则财物之贾什去二；令曰五日而具，则财物之贾什去半；朝令而夕具，则财物之贾什去九。先王知其然，故不求于万民而籍于号令也[54]。

---

① 国蓄：指国家的财政积蓄。

② 此句前应加："管子曰：富能夺，贫能予，乃可以为天下"等句，宋刻本脱去。

③ "皆"前应加"是"。望，期望。此句谓百姓都用各种技能求取君主俸禄。

④ 事业：职业。交接：交换。

⑤ 累：附系。

⑥ 司命：生命的主宰。

⑦ 此句说：百姓总是信任亲己之人，而舍命逐财利的。

⑧ 见：同"现"。

⑨ 洽：通。

⑩ 租籍：当为"征籍"。

⑪ 废：放置，保留。与"去"相对。

⑫ "利出于一孔"：谓利益从一条渠道流出。引申为经济利益应该由封建国家统一掌握。

⑬ 此句说：大凡准备治国，不精通权衡轻重，就不能垄断经济来控制百姓。笼：鸟笼，喻垄断。

⑭ 语制：讲求对经济的控制。

⑮ 岁有凶穰：年岁有欠丰。穰（ráng）：丰收。

⑯ 不赓本：不够本。

⑰ 生：产。此句说，由于人君不能调和均衡，致使民产相差有百倍之巨。

⑱ 锴（zhuì）：筹码。

⑲ 上得其数矣：郭沫若云，应为"土得其谷矣。"

⑳ 钧羡不足：平均赢余与不足。钧，同"均"。

㉑ 自：疑为"日"。

㉒ 粜（tiào）：卖出粮食。无予：无售。

㉓ 民：指生产者。

㉔ 民：指消费者。

㉕ "夫民"二句：谓政府未能利用万物高下之时，以贱买贵卖之术调动民利，而人民又不能自为之，遂使物利有如此巨大的差别。

㉖ "故善"二句：盖谓当百姓不足时，政府应以平日之所委积者平价出售，以资救济。

㉗ 圹：指政府专卖的物价。

㉘ 三句说：大凡实行轻重之术的最大好处，在于物贱时用较高价格收敛以垄断货物，物贵时用较低价格发散以平抑物价。

㉙ 此句说：供求关系一旦遭到破坏，物价就会出现涨落。

㉚ 奉：供应。

㉛ 种穰：种子。

㉜ 然则何：当为“然者何”。

㉝ 君养其本谨也：这是因为君主特别重视农业的缘故。

㉞ 主：主宰。因万物价格由谷价所决定，故曰谷价为“万物之主”。

㉟ “两相”句：意思是：谷价和物价之间的对应，不可能归于平衡。

㊱ “故人”句，因此君主要驾驭谷价、物价的交替涨落，在不平之间获利。

㊲ 以正人籍：按人征税。

㊳ “故天子”句：所以天子应该控制钱币来征税，诸侯应该控制粮食来征税。

㊴ “是人君”句：这样，君主就不必发号令逐户征税。

㊵ 抵国：前有强敌之国。抵，同“牴”。

㊶ 距国：后有强敌之国。距，指雄鸡足后突出如趾之尖骨，用以击刺后方之敌。

㊷ 衢国：四面受敌之国。

㊸ 托食之君：寄食之君。

㊹ 不相中：不相和睦。

㊺ 扞（hàn）格蔽圉：抵御。

㊻ 乡：同“享”。

㊼ “然则”三句：但是大国内部空虚，小国财力耗尽，怎样来进行补给呢？

㊽ 资：王引之云：应为“澹”。即“赡”，丰足。

㊾ 禺氏：即月氏，古族名，以产玉著称。

㊿ 汝汉：汝水、汉水流域，当时黄金的主要产地。

(51) 赤野：所在不详。可能是今广东合浦一带。

(52) 籍求：强令征税。

(53) 贾：同“价”。

(54) 籍于号令：指通过政府调节物价，运用轻重之术来取得税款。

山国轨①第七十四

桓公问管子曰：“请问官国轨。”管子对曰：“田有轨，人有轨，用有轨，人事有轨，币有轨，乡有轨，县有轨，国有轨。不通于轨数而欲为国，不可②。”

桓公曰：“行轨数奈何？”对曰：“某乡田若干？人事之准③若干？谷重若干？曰：某县之人若干？田若干？币若干而中用？谷重若干而中币？终岁度人食，其余若干？曰：某乡女姓事者终岁绩，其功业若干？以功业直时而杮之④，终岁，人已衣被之后，余衣若干？别群轨，相壤宜⑤。”

桓公曰：“何谓别群轨，相壤宜？”管子对曰：“有莞蒲⑥之壤，有竹箭檀柘⑦之壤，有汜下渐泽⑧之壤，有水潦鱼鳖之壤。今四壤之数，君皆善官而守之，则籍于财物，不籍于人。亩十鼓之壤，君不以轨守，则民且守之。民有通移长力，不以本为得，此君失也。”

桓公曰：“轨意安出？”管子对曰：“不阴据其轨，皆下制其上⑨。”桓公曰：“此若言何谓也？”管子对曰：“某乡田若干？食者若干？某乡之女事若干？余衣若干？谨行州里，曰：‘田若干，人若干，人众田不度食若干。’曰：‘田若干，余食若干。’必得轨程⑩。此谓之泰轨也。然后调立环乘之币⑪。田轨之有余于其人食者，谨置公币焉。大家众，小家寡。山田、间田，曰终岁其食不足于其人若干，则置公币焉，以满其准⑫。重岁，丰年，五谷登。谓高田之萌⑬曰：'吾所寄币于子者若干，乡谷之矿若干，请为子什减三。'谷为上，币为下。高田抚⑭，间田山不被⑮，谷十倍。山田以君寄币，振其不赡，未淫失也⑯。高田以时抚于主上，坐长加十也。女贡织帛，苟合于国奉者，皆置而券之⑰。以乡矿市准曰⑱：'上无币，有谷。以谷准币。'环谷而应策，国奉决。谷反准，赋轨币，谷廪，重有加十⑲。谓大家、委赀家曰：'上且循游，人出若干币。'谓邻县曰：'有实者皆勿左右。不赡，则且为人马假其食于民。'邻县四面皆矿，谷坐长而十倍。上下令曰：'赀家假币，皆以谷准币，直币而庚之⑳。'谷为下，币为上。百都百县轨据。谷坐长十倍。环谷而应假币。国币之九在上，一在下，币重而万物轻。敛万物，应之以币。币在下，万物皆在上。万物重十倍。府官以市矿出万物，隆而止。国轨，布于未形，据其已成，乘令而进退，无求于民。谓之国轨㉑。"

桓公问于管子曰："不籍而赡国㉒，为之有道乎？"管子对曰："轨守其时，有官天财㉓，何求于民。"桓公曰："何谓官天财？"管子对曰："泰春民之功緜；泰夏民之令之所止，令之所发；泰秋民令之所止，令之所发；泰冬民令之所上，令之所发。此皆民所以时守也㉔，此物之高下之时也，此民之所以相并兼之时也。君守诸四务㉕。"

桓公曰："何谓四务？"管子对曰："泰春，民之且所用者，君已廪之矣；泰夏，民之且所用者，君已廪之矣；泰秋，民之且所用者，君已廪之矣；泰冬，民之且所用者，君已廪之矣。泰春功布日㉖，春緜衣、夏单衣、捍、笼、累、箕、縢、籚、筲、稷㉗，若干日之功，用人若干？无赀之家皆假之械器：縢、籚、筲、稷、公衣。功已而归公，折券。故力出于民，而用出于上。春十日不害耕事，夏十日不害芸事，秋十日不害敛实，冬二十日不害除田。此之谓时作。"

桓公曰："善，吾欲立轨官㉘，为之奈何？"管子对曰："盐铁之策㉙，足以立轨官。"桓公曰："奈何？"管子对曰："龙夏之地㉚，而黄金九千，以币赀金，巨家以金，小家以币。周歧山至于峥丘之西塞丘者，山邑之田也，布币称贫富而调之。周寿陵而东至少沙者，中田也，据之以币，巨家以金，小家以币。三壤已抚，而国谷再什倍。梁渭、阳琐之牛马满齐衍。请区之颠齿㉛，量其高壮，曰：'国为师旅，战车驱就敛子之牛马，上无币，请以谷视市矿而庚子。'牛马在上，粟二家。二家散其粟，反准。牛马归于上。"

管子曰："请立赀于民㉜，有田倍之㉝。内毋有㉞，其外皆为赀攘。被鞍之马千乘，齐之战车之具，具于此，无求于民。此去丘邑之籍也㉟。"

"国谷之朝夕㊱在上，山林、廪㊲械器之高下在上，春秋冬夏之轻重在上。行田畴㊳，田中有木者，谓之谷贼㊴。宫中四荣㊵，树其余曰害女功。宫室械器非山无所仰。然后君立三等之租㊶于山，曰：握以下者为柴楂，把以上者为室奉，三围以上为棺椁之奉；柴楂之租若干，室奉之租若干，棺椁之租若干。"

管子曰："盐铁抚轨㊷，谷一廪十，君常操九，民衣食而繇，下安无怨咎。去其田赋，以租其山：巨家重葬其亲者服重租，小家菲葬其亲者服小租；巨家美修其宫室者服重租，小家为室庐者服小租。上立轨于国，民之贫富如加之以绳，谓之国轨。"

---

① 山国轨：当指国家的统计工作而言。"山"字当为衍文。以下《山权数》、《山至数》中，"山"字均无义。

② 末句说：不明白统计的方法而想治理好国家，是不行的。

③ 准：标准。

④ 以功业直时而矿之：谓按照当时市价加以计算。

⑤ 别群轨，相壤宜：区分了以上多种统计，还要调查土地适宜生长的不同情况。

⑥ 莞蒲：两种水草，可用以织席。

⑦ 箭：箭竹。檀柘：两种优质木材，多产于山地。

⑧ 氾下渐泽：指低下潮湿多水。

⑨ "不阴"二句：此谓为国者如不能将各种会计数字掌握在自己手中并严守秘密，便将为富商蓄贾所乘。

⑩ 轨程：调查统计所得之标准数据。

⑪ "然后"句：然后计算设立一笔经过统筹所得的货币。

⑫ 以满其准：用来满足其最低生活标准。

⑬ 萌：田民。

⑭ 高田抚：高田余粮被官府掌握。

⑮ 此句"山"后应加一"田"字。"不被"指没有余粮。

⑯ 淫失：过度损失。

⑰ 置而券之：即定价收购，订立合同。

⑱ "以乡"句：但此时将布帛之价折算成谷价说。"乡杕"指谷价。"市准"指布帛价。

⑲ "谷反准"四句：当谷价回落到原先的水准，官府再次贷放经过统筹的货币，购入谷物，加以囤积。这样，谷价又重新上涨十倍。

⑳ 直币而庚之：一律以粮食偿还。庚，还。

㉑ 谓之国轨：这就是国家统计工作的成效。

㉒ 不籍而赡国：不向百姓征税，却能满足国家的财政需求。

㉓ "轨守"二句：运用统计方法掌握好时机，管理好自然资源。

㉔ 时守：掌握时机。

㉕ 四务：四时所务。

㉖ 功布日：农事公布之日。

㉗ 繐衣：夹衣。捍，"桿"之误，垂属。累，绳索。縢，囊。籔，筐类。筲，盛饭用具。稯，用以束禾。

㉘ "吾欲"句：我准备设立专司统计的部门。

㉙ 盐铁之策：实行盐铁专卖的政策。

㉚ 龙夏之地：这些地名皆系著者任意假设之词，不必有事实根据。

㉛ 区之颠齿：区分牛马的头顶和牙齿，以相其年龄。

㉜ 请立赀于民：请设立百姓不服徭役的罚款制度。

㉝ 倍：反，覆盖。

㉞ 内毋有：指在限定的土地面积内不罚款。

㉟ 丘邑之籍，丘邑应交的军赋。

㊱ 朝文：即潮汐，犹言涨落。

㊲ 廪：衍字。

㊳ 行田畴：巡行田地。谷田曰田，麻田曰畴。

㊴ 谷贼：种粮之害。

㊵ 宫中四荣：谓房屋四周宜种桑树。

㊶ 租：此处指木料价格。

㊷ 盐铁抚轨：用盐铁专卖的收入来进行统计工作。

山权数①第七十五

桓公问管子曰："请问权数。"管子对曰："天以时为权，地以财为权，人以力为权②，君以令为权。失天之权，则人地之权亡。"桓公曰："何为失天之权则人地之权亡？"管子对曰："汤七年旱，禹五年水。民之无糟有卖子者③。汤以庄山之金铸币，而赎民之无糟卖子者；禹以历山之金铸币，而赎民之无糟卖子者，故天权失，人地之权皆失也，故王者岁守十分之参，三年与少半成岁④。二十七年而藏十一年与少半。藏三之一不足以伤民，而农夫敬事力作。故天毁埒⑤，凶旱永洗⑥，民无入于沟窭乞请者也。此守时以待天权之道也。"桓公曰："善。吾欲行三权之数，为之奈何？"管子对曰："梁山之阳绵茈、夜石之币，天下无有。"管子曰⑦："以守国谷，岁守一分，以行五年，国谷之重什倍异日。"管子曰：'请立币，国铜以二年之粟顾之，立黔落⑧。物重与天下调。彼重则见射，轻则见泄，故与天下调。泄者，失权也，见射者，失策也⑨。不备天权，下相求备，准下阴相隶⑩。此刑罚之所起而乱之之本也⑪。故平则不平，民富则贫，委积则虚矣。此三权之失也已。"桓公曰："守三权之数奈何？"管子对曰："大丰则藏分，厄亦藏分⑫。"桓公曰："厄者，所以益也。何以藏分？"管子对曰："隘则易益也，一可以为十，十可以为百。以厄守丰，厄之准数一上十，丰之策数十去九，则吾九为余。于数策丰，则三权皆在君，此之谓国权。"

桓公问于管子曰："请问国制⑬。"管子对曰："国无制，地有量⑭。"桓公曰："何谓国无制，地有量？"管子对曰："高田十石，间田五石，庸田三石，其余皆属诸荒田。地量百亩，一夫之力也。粟贾一，粟贾十，粟贾三十，粟贾百⑮。其在流策者⑯，百亩从中千亩之策也。然则百乘从千乘也，千乘从万乘也。故地无量，国无策。"桓公曰："善，今欲为大国，大国欲为天下，不通权策，其无能者矣。"

桓公曰："今行权奈何？"⑰管子对曰："君通于广狭之数，不以狭畏广；通于轻重之数，不以少畏多。此国策之大者也。"桓公曰："善。盖⑱天下，视海内，长誉而无止，为之有道乎？"管子对曰："有。曰：轨守其数，准平其流⑲，动于未形，而守事已成。物一也而十，是九为用。徐疾之数⑳，轻重之策也，一可以为十，十可以为百。引十之半而藏四，以五操事，在君之决塞。"桓公曰："何谓决塞？"管子曰："君不高仁，则国不相被；君不高慈孝，则民简其亲而轻过。此乱之至也。则君请以国策十分之一者树表置高㉑，乡之孝子聘之币㉒，孝子兄弟众寡不与师旅之事。树表置高而高仁慈孝，财散而轻。乘轻而守之以策，则十之五有在上。运五如行事，如日月之终复。此长有天下之道，谓之准道㉓。"

桓公问于管子曰："请问教数㉔？"管子对曰："民之能明于农事者，置之黄金一斤，直食八石㉕；民之能蓄育六畜者，置之黄金一斤，直食八石；民之能树艺者，置之黄金一斤，直食八石；民之能树瓜瓠荤菜百果使蕃袬者㉖，置之黄金一斤，直食八石；民之能已民疾病者，置之黄金一斤，直食八石；民之知时：曰'岁且阨'，曰'某谷不登'曰'某谷丰'者，置之黄金一斤，直食八石；民之通于蚕桑，使蚕不疾病者，皆置之黄金一斤，直食八石。谨听其言而藏之官㉗，使师旅之事无所与，此国策之大者也。国用相靡而足㉘，相摽而澹㉙。然后置四限，高下令之徐疾，驱屏万物㉚，守之以策，有五官技。"桓公曰："何谓五官技？"管子曰："诗者所以记物也，时者所以记岁也，春秋者所以记成败也，行者道民之利害也，易者所以守凶吉成败也，卜者卜凶吉利害也。民之能此者皆一马之田，一金之衣㉛。此使君不迷妄之数也。五家者，即见：其时，使豫先蚤闲之日受之，故君无失时，无失策，万物兴丰；其春秋，远占得失，以为末教；诗，记人无失辞；行，弹道无失义；易，守祸福凶吉不相乱。此谓君椽㉜。"

桓公问于管子曰："权椽之数吾已得闻之矣，守国之固奈何㉝？"曰："能皆已官，时皆已官㉞，得失之数，万物之终始，君皆已官之矣。其余皆以数行㉟。"桓公曰："何谓以数行？"管子对曰："谷者民之司命也。智者民之辅也。民智而君愚㊱，下富而君贫，下贫而君富，此之谓事名二㊲。国机，徐疾而已矣。君道，度法而已矣。人心，禁缪㊳而已矣。"桓公曰："何谓度法？何谓禁缪？"管子对曰："度法者，量人力而举功，禁缪者，非往而戒来。故祸不萌通而民无患咎㊴。"桓公曰："请闻心禁。"管子对曰："晋有臣不忠于其君，虑杀其主，谓之公过。诸公过之家毋使得事君，此晋之过失也。齐之公过，坐立长差，恶恶乎来刑，善善乎来荣，戒也。此之谓

㉖赋谷以市犷：按市价将谷代给百姓。

㉗谨守重流：严守谷价，不使流散。

㉘“是藏”句：谓于国内藏谷一分，即可吸收诸侯之一分。

㉙国会：指有关国家财政经济的各种会计事宜。

㉚“君失”句：指失去对大夫经济、百姓经济的控制。

㉛会数：即会计技术。

㉜不以时：不把握时机。无与：失下。

㉝藏于民：藏富于民。

㉞栈台、鹿台：假托的贮钱之地。阳城、济阴：假托的放贷之地。

㉟布，古钱币之一种。

㊱上分：谓其价上涨若干分。

㊲谷三倍重：因而谷价就可上涨三倍。

㊳邦布之籍：指国家征收的人口税。

㊴国谷策：指国家谷物专卖政策。

㊵四减国谷：分国谷为四分。

㊶民萌：民众。萌同“氓”。

㊷重去什三：指跌价十分之三。

㊸“为余”二句：郭沫若云：其粟之余分在下者，则在谷价既平之后，反以国币准平价收购之，此之谓“余以国币谷准反行”。于是则大夫无法抬高谷价，即“大夫无计于重”。

㊹特：假托人名。命：告诉。

㊺泰：同“太”。此句说天子葬衣三百领太吝啬。

㊻散大夫：列大夫。

㊼非法家：不是轻重家。

㊽市庸：受雇于市场制作葬衣及墓室的人。

㊾缪：缣。绡：绮类。貍：同“埋”。

㊿谓之国会：属于“国计”一例。

(51)以戚始：从亲戚、亲近开始。

(52)“三世”句：古代宗法制度：宗庙或墓地的辈分排列：始祖居中，二、四、六世位于左方称“昭”，三、五、七世位于右方称“穆”。“祏”，宗庙藏神主的石匣。

(53)币乘马：马非百云：“即货币计划之意，包括货币需要数量及货币政策运用等内容。”

(54)“故币乘马”三句：全国用以购买谷物所需要之货币量，亦当与该国内陆地之大小为正比例。

(55)皆有矩券于上：矩：刻识。即刻识物与数于券上，故名“矩券”。

(56)“君实”句：谓政府所有之谷，本已分藏在各州县。

(57)决：断。此处指解除债务关系。

(58)就庸：指雇佣运输。

(59)谷轨：指粮食统计。

(60)“此守”句：这就是控制天下的方法。

(61)县数：指与上述准衡、轻重、国会相关的办法。县同“悬”，维系，关联。

(62)冯：同“凭”。赘直事：指牲口所属之主及其价值。

(63)此句说如果国营牧场从事畜牧之人工作好，牲畜没有损伤。

(64)此句说，就取消他都级俸禄而给予县级俸禄以示奖励。

(65)谓之通：这就叫与治国之策相联系。

(66)国势：有关地势方面的问题。古国，域字通作“或”，均地域之义。

(67)山地分：山与平地相半。

(68)漏壤：水泉渗漏，不居地上。

(69)谨下：指努力取得。

(70)此句说：当奖励工业与外国以工艺品而易取其谷。

⑦准时：指因时因地制宜。

⑦县诸侯：以诸侯为郡县。

⑦行栏牢之策：指垄断控制。

⑦利有足则行：当作"利足则有行"。

⑦"王者"三句：君主按时视察各乡各州，因而百姓在利益面前不相倾夺，安居至死，不愿离乡。

⑦"君守"二句：君主控制大局，奉行利出一孔的政策，这就叫国家簿计工作的原则。

地数①第七十七

桓公曰："地数可得闻乎？"管子对曰："地之东西二万八千里，南北二万六千里。其出水者八千里，受水者八千里②，出铜之山四百六十七山，出铁之山三千六百九山。此之所以分壤树谷也，戈矛之所发，刀币之所起也。能者有余，拙者不足③。封于泰山，禅于梁父，封禅之王七十二家，得失之数，皆在此内。是谓国用。"桓公曰："何谓得失之数皆在此？"管子对曰："昔者桀霸有天下而用不足，汤有七十里之薄而用有余。天非独为汤雨菽粟，而地非独为汤出财物也。伊尹善通移、轻重，开阖、决塞④，通于高下徐疾之策坐起之。昔时也，黄帝问于伯高曰：'吾欲陶天下而以为一家⑤，为之有道乎？'伯高对曰：'请刈其莞而树之⑥，吾谨逃其爪牙，则天下可陶而为一家。'黄帝曰：'此若言可得闻乎？'伯高对曰：'上有丹砂者下有黄金，上有慈石者下有铜金，上有陵石者下有铅、锡、赤铜，上有赭者下有铁，此山之见荣者也⑦。苟山之见其荣者，君谨封而祭之。距封十里而为一坛，是则使乘者下行，行者趋。若犯令者，罪死不赦。然则与折取之远矣。'修教十年，而葛卢之山发而出水，金从之。蚩尤受而制之，以为剑、铠、矛、戟，是岁相兼者诸侯九。雍狐之山发而出水，金从之。蚩尤受而制之，以为雍狐之戟、芮戈，是岁相兼者诸侯十二。故天下之君顿戟一怒，伏尸满野，此见戈之本也。⑧"

桓公问于管子曰："请问天财所出？地利所在⑨？"管子对曰："山上有赭者其下有铁，上有铅者其下有银。一曰：'上有铅者其下有钰银，上有丹砂者其下有钰金，上有慈石者其下有铜金。'此山之见荣者也。苟山之见荣者，谨封而为禁。有动封山者，罪死而不赦。有犯令者，左足入，左足断，右足入，右足断。然则其与犯之远矣⑩。此天财地利之所在也。"桓公问于管子曰："以天财地利立功成名于天下者谁子⑪也？"管子对曰："文武是也。"桓公曰："此若言何谓也？"管子对曰："夫玉起于牛氏边山，金起于汝汉之右洿⑫，珠起于赤野之末光。此皆距周七千八百里，其涂远而至难。故先王各用于其重⑬，珠玉为上币，黄金为中币，刀布为下币。令疾则黄金重，令徐则黄金轻。先王权度其号令之徐疾，高下其中币而制下上之用，则文武是也。"

桓公问于管子曰："吾欲守国财而毋税于天下⑭，而外因天下⑮，可乎？"管子对曰："可。夫水激而流渠⑯，令疾而物重。先王理其号令之徐疾，内守国财而外因天下矣。"桓公问于管子曰："其行事奈何？"管子对曰："夫昔者武王有巨桥之粟贵籴之数⑰。"桓公曰："为之奈何？"管子对曰："武王立重泉之戍，令曰：'民自有百鼓之粟者不行⑱。'民举所最粟以避重泉之戍，而国谷二什倍，巨桥之粟亦二什倍。武王以巨桥之粟二什倍而市缯帛，军五岁毋籍衣于民。以巨桥之粟二什倍而衡黄金百万，终身无籍于民。准衡之数也。"桓公问于管子曰："今亦可以行此乎？"管子对曰："可。夫楚有汝汉之金，齐有渠展之盐，燕有辽东之煮⑲。此三者亦可以当武王之数。十口之家，十人咶盐⑳；百口之家，百人咶盐。凡食盐之数，一月丈夫五升少半，妇人三升少半，婴儿二升少半。盐之重，升加分耗而釜五十，升加一耗而釜百㉑，升加十耗而釜千。君伐菹薪煮沸水为盐㉒，正而积之三万钟，至阳春请籍于时㉓。"桓公曰："何谓籍于时？"管子曰："阳春农事方作，令民毋得筑垣墙，毋得缮家墓；大夫毋得治宫室，毋得立台榭。北海之众毋得聚庸而煮盐。然盐之贾必四什倍。君以四什之贾，循河、济之流，南输梁、赵、宋、卫、濮阳。恶食无盐则肿，守圉之本，其用盐独重。君伐菹薪煮沸水以籍于天下，然则天下不吾减矣。"

桓公问于管子曰："吾欲富本㉔而丰五谷，可乎？"管子对曰："不可。夫本富而财物众，不能守，则税于天下；五谷兴丰，吾贱而天下贵，则税于天下。然则吾民常为天下虏矣㉕。夫善用本者，若以舟济于大海，观风之所起。天下高则高，天下下则下㉖。天下高我下，则财利税于天下矣。"

桓公问于管子曰："事尽于此乎？"管子对曰："未也。夫齐衢处之本㉗，通达所出也，游子胜商之所道㉘。人来本者，食吾本粟，因吾本币，骐骥黄金然后出㉙。令有徐疾，物有轻重，然后天下之宝壹为我用。善者用非有，使非人㉚。"

---

① 地数：即利用各种地理条件的谋略和方法。

② 出水者：指山地，此指水的源头。受水者：指河流、水域。

③ "能者"二句：能者当之则用有余，拙者当之则用不足。

④ 此句说：伊尹善于促使轻重、开阖、决塞几对矛盾互相向自己相反之方向转化。

⑤ "吾欲"句：意思是将国家团结为一。

⑥ "请刈"句：意思是树立标记作界限。茎，草名。

⑦ "上有"四句：是说各种矿物均有自己的特征。

⑧ 见戈之本：谓制造武器是兵争之根源。

⑨ "请问"二句：均指自然资源而言。

⑩ "然则"句：意思是这与听任随意发掘的政策绝然不同。

⑪ 谁子：何人。

⑫ 洿：同"污"，低洼地。

⑬ "故先王"句：谓分别其轻重而借用它们的价值。

⑭ "吾欲"句："守"前应加"内"字。

⑮ 因：利用。

⑯ 渠：同"遽"，疾也。

⑰ "夫昔"句：从前武王不但拥有了巨桥的藏粮，而且使用了提高粮价的方法。

⑱ "民自"句：百姓凡自备百鼓粮食的可以免役。鼓，量器，十二斛为一鼓。

⑲ 煮：指煮盐。

⑳ 咶：同"啖"，食。

㉑ 分耗：半钱。

㉒ 沸水：卤水。

㉓ 籍于时：在时令上取得收益。

㉔ 本：国。

㉕ 虏：虏掠。

㉖ "天下"二句：意思说粮价随各国的行情而涨落。

㉗ 这句说齐国是四通八达的国家。

㉘ 这句说齐国是游客富商必经之地。

㉙ 这句说外国商人将他们的良马和黄金拿来消费。

㉚ "善用"二句：善于治国的君主，能利用不属于他的财富，能役使不属于他的百姓。

揆度①第七十八

齐桓公问于管子曰："自燧人以来，其大会②可得而闻乎？"管子对曰："燧人以来，未有不以轻重为天下也。共工之王，水处什之七，陆处什之三，乘天势以隘制③天下；至于黄帝之王，谨逃其爪牙④，不利其器⑤，烧山林，破增薮⑥，焚沛泽，逐禽兽，实以益人，然后天下可得而牧也；至于尧舜之王，所以化海内者，北用禺氏之玉，南贵江汉之珠；其胜禽兽，以大夫随之。"桓公曰："何谓也？"管子对曰："令：'诸侯之子将委质者⑦，皆以双武之皮⑧，卿大夫豹饰，列大夫豹幨。'大夫散其邑粟与其财物以市虎豹之皮，故山林之人刺其猛兽若从亲戚之仇⑨。此君冕服于朝，而猛兽胜于外。大夫已散其财物，万人得受其流。此尧舜之数也。"

桓公曰："'事名二、正名五而天下治'⑩，何谓'事名二'？"对曰："天策阳也，壤策阴也，此谓'事名二'。""何谓'正名五'？"对曰："权也，衡也，规也，矩也，准也，此谓'正名五'。其在色者，青黄白黑赤也；其在声者，宫商羽徵角也；其在味者，酸辛咸苦甘也。二五者，童山竭泽⑪，人君以数制之人。味者所以守民口也，声者所以守民耳也，色者所以守民目也。人君失二五者亡其国，大夫失二五者亡其势，民失二五者亡其家。此国之至机也。谓之国机⑫。"

轻重之法曰⑬："自言能为司马不能为司马者，杀其身以衅其鼓⑭；自言能治田土不能治田土者，杀其身以衅其社⑮；自言能为官不能为官者，刖以为门父⑯。"故无敢诬能奸禄至于君者矣⑰。故相任寅为官者，重门击柝不能者，亦随之以法⑱。

桓公问于管子曰："请问失准⑲。"管子对曰："失准者，天下皆制我而无我焉⑳。此谓失准。"桓公曰："何谓也？"管子对曰："今天下起兵加我，臣之能谋厉国定名者㉑，割壤而封；臣之能以车兵进退成功立名者，割壤而封。然则是天下尽封君之臣也，非君封之也。天下已封君之臣十里矣，天下每动，重封君之民二十里㉒。君之民非君富之也，邻国富之。邻国每动，重富君之民，贫者重贫，富者重富。失准之数也。"桓公曰："何谓也？"管子对曰："今天下起兵加我，民弃其耒耜，出持戈于外，然则国不得耕。此非天凶也，此人凶也。君朝令而夕求具，民肆其财物与其五谷雠，厌分而去㉓。贾人受而廪之，然则国财之一分在贾人。师罢㉔，民反其事，万物反其重。贾人出其财物，国币之少分廪于贾人。若此则币重三分，财物之轻三分。贾人市于三分之间，国之财物尽在贾人，而君无策焉。民更相制，君无有事焉㉕。此轻重之失准也。"

管子曰："人君操本，民不得操末㉖；人君操始，民不得操卒。其在涂者，籍之于衢塞㉗；其在谷者，守之春秋㉘；其在万物者，立赀而行㉙。故物动则应之。故豫夺其涂，则民无遵；君守其流，则民失其高㉚。故守四方之高下，国无游贾，贵贱相当，此谓国衡。以数相守，则利归于君矣。"

管子曰："善正商任者省有肆㉛，省有肆则市朝闲，市朝闲则田野充，田野充则民财足，民财足则君赋敛焉不穷。今则不然，民重而君重，重而不能轻；民轻而君轻，轻而不能重㉜。天下善者不然，民重则君轻，民轻则君重。此乃财余以满不足之数也。故凡不能调民利者，不可以为大治；不察于终始，不可以为至矣。动左右以重相因，二十国之策也㉝。盐铁二十国之策也。锡金二十国之策也。五官之数，不籍于民㉞。"

桓公问于管子曰："轻重之数恶终？"管子对曰："若四时之更举㉟，无所终。国有患忧㊱，轻重五谷以调用，积余藏羡以备赏。天下宾服，有海内，以富诚信仁义之士㊲，故民高辞让，无为奇怪者㊳。彼轻重者，诸侯不服以出战，诸侯宾服以行仁义。"

管子曰："一岁耕，五岁食，粟贾五倍；一岁耕，六岁食，粟价六倍。二年耕而十一年食。夫富能夺，贫能予，乃可以为天下㊴。且天下者，处兹行兹，若此而天下可壹也。夫天下者，使之不使，用之不用。故善为天下者，毋曰使之，使不得不使；毋曰用之，使不得不用也㊵。"

管子曰："善为国者，如金石之相举，重钧则金倾。故治权则势重，治道则势赢㊶。今谷重于吾国，轻于天下，则诸侯之自泄，如原水之就下。故物重则至，轻则去。有以重至而轻处者，我动而错之㊷，天下即已于我矣。物藏则重，发则轻，散则多㊸。币重则民死利㊹，币轻则决而不用，故轻重调于数而止。"

"五谷者，民之司命也；刀币者，沟渎也；号令者，徐疾也。'令重于宝，社稷重于亲戚'。胡谓也？"对曰："夫城郭拔，社稷不血食，无生臣㊺。亲没之后，无死子。此社稷之所重于亲戚者也。故有人无城，谓之守平虚，有人而无甲兵而无食，谓之与祸居。"

桓公问管子曰："吾闻海内玉币有七策㊻，可得而闻乎？"管子对曰："阴山之礝碈㊼，一策也；燕之紫山白金㊽，一策也；发、朝鲜之文皮㊾，一策也；汝、汉水之右衢黄金，一策也；江阳之珠，一策也；秦明山之曾青，一策也；禺氏边山之玉，一策也。此谓以寡为多，以狭为广。天下之数尽于轻重矣。"

桓公问于管子曰："阴山之马具驾者千乘㊿，马之平贾万也，金之平贾万也。吾有伏金千斤，为此奈何？"管子对曰："君请使与正籍者[51]，皆以币还于金，吾至四万。此一为四矣。吾非埏埴摇炉橐而立黄金也，今黄金之重一为四者，数也。珠起于赤野之末光，黄金起于汝汉水之右衢，玉起于禺氏之边山。此度去周七千八百里[52]。其涂远，其至阨。故先王度用其重而因之，珠玉为上币，黄金为中币，刀布为下币。先王高下中币，制下上之用。"

百乘之国，中而立市，东西南北度五十里。一日定虑，二日定载，三日出竟，五日而反[53]。百乘之制轻重[54]，毋过五日。百乘为耕田万顷，为户万户，为开口十万人[55]，为当分者万人[56]，为轻车百乘，为马四百匹。千乘之国，中而立市，东西南北度百五十余里。二日定虑，三日定载，五日出竟，十日而反。千乘之制轻重，毋过一旬[57]。千乘为耕田十万顷，为户十万户，为开口百万人，为当分者十万人，为轻车千乘，为马四千匹。万乘之国，中而立市，东西南北度五百里。三日定虑，五日定载，十里出竟，二十日而反。万乘之制轻重，毋过二旬。万乘为耕田百万顷，为户百万户，为开口千万人，为当分者百万人，为轻车万乘，为马四万匹。

管子曰："匹夫为鳏，匹妇为寡，老而无子者为独。君问其若有子弟师役而死者[58]，父母为独，上必葬之：衣衾三领，木必三寸，乡吏视事，葬于公壤；若产而无弟兄，上必赐之匹马之壤[59]。故亲之杀其子以为上用[60]，不苦也。君终岁行邑里。其人力同而宫室美者，良萌也[61]，力作者也，脯二束、酒一石以赐之。力足荡游不作[62]，老者谯[63]之，当壮者遣之边戍。民之无本者贷之圃强[64]。故百事皆举，无留力失时之民。此皆国策之数也。"

上农挟五[65]，中农挟四，下农挟三；上女衣五，中女衣四，下女衣三。农有常业，女有常事。一农不耕，民有为之饥者；一女不织，民有为之寒者。饥寒冻饿，必起于粪土[66]，故先王谨于其始。事再其本[67]，民无卖其子者；三其本，若为食；四其本，则乡里给；五其本，则远近通，然后死得葬矣。事不能再其本，而上之求焉无止，然则奸涂不可独遵[68]，货财不安于拘[69]。随之以法，则中内撕民也[70]。轻重不调，无𥡴之民不可责理，鬻子不可得使，君失其民，父失其子，亡国之数也。

管子曰："神农之数曰：'一谷不登，减一谷；谷之沽什倍[71]。二谷不登，减二谷；谷之沽再十倍'。夷疏[72]满之，无食者予之陈，无种者贷之新，故无什倍之贾，无倍称之民。"

---

①揆度：意思为权衡、酌量、考虑、核计等意思。篇中对农、商、手工业的发展提出了对策。

②大会：大计。此句指燧人氏以来的重大计算、筹划可以知道吗？

③隘制：限制。

④谨逃其爪牙：指小心地躲避野兽的爪牙。

⑤不利其器：指没有锋利的器具。

⑥破增薮：破坏野兽的巢穴。增同橧。

⑦"诸侯之子"句：诸侯之子来朝献礼称臣的。委质：献礼称臣。

⑧双武之皮：双虎之皮为裘。武，讳虎。

⑨"故山林之人"句：意思是山林之人捕杀猛兽就如同追逐父母的仇敌一样。

⑩"事名二、正名五而天下治"是古时成语，本篇对此另有解释，成为一家之言。

⑪童山竭泽：为衍文。

⑫国机：治理国家之机要。

⑬轻重之法曰：轻重家的法典上说。

⑭衅其鼓：用杀人之血祭祀战鼓。

⑮衅其社：用杀人之血祭祀土地神。

⑯刖以为门父：《周礼·秋官·司刑》："刖者使守门。"刖，砍去双脚之刑。

⑰"故无"句：这样，就不会有到君主面前自吹自擂以干求俸禄的小人了。

⑱这两句说：只要不称职，都应依法处置。

⑲失准：轻重之术失去平衡。

⑳"天下"句：即一切皆为人所制而不能自主。

㉑厉国定名：有利国家、使君尊显。

㉒"重封"句：意思是，天下每次动兵，君主又将二十里土地增封给富商大贾。

㉓"君朝令"等三句：君主征税的命令早上颁发，晚上就要求齐备，百姓只能把财物和粮食拿到市场上出售，只要卖到一半价格就肯出手。

㉔师罢：战争一旦结束。

㉕"民相"二句：百姓中富人和穷人相互控制，君主对此也无能为力。

㉖民：指富商大贾。本节"民"皆同。

㉗"其在涂者"二句：对即将流入市场的货物，在通衢要塞就要控制它。

㉘"其在谷者"句：对于谷物，要在春秋二季控制它，即春时谷贵，以钱贷民；秋时谷贱，按照市价，以谷准币，收回本利。

㉙立赀而行：订立合同执行。

㉚"君守"二句：君主控制了流通，就不会有专营投机的商贾。

㉛"善正"句：善于获取市场收入，国家就应有自己的商业。

㉜"今则"五句：言国家无力控制经济局势。

㉝"动左右"二句：国家控制市场物价的涨跌，这是使年收入增加二十倍的好办法。

㉞"五官"二句：掌握了之五种官营专卖，就不必向百姓直接征税了。

㉟更举：更替。

㊱患忧：指战争。

㊲富：加富，奖励。

㊳辞让：谦让。奇怪：指异常。

㊴"夫富"三句：做到对富者能进行剥夺，对贫者能实行赈济，才可以治理天下。

㊵"毋曰"四句：从不说奴役百姓，却要使百姓不得不受奴役；从不说利用百姓，却要使百姓不得不被利用。

㊶势羸：削弱。

㊷错：同"措"。

㊸散则多：万物发散出去就数量充足。

㊹死利：为利而死。

㊺无生臣：指国灭后臣子都要殉难。

㊻"玉币"句：意为利用海内的珍贵物产作为货币有七种办法。

㊼碈碈：瑶珉，美石次玉者。

㊽白金：银。

㊾文皮：虎豹之皮。

㊿具驾者千乘：合乎驾兵者的马四千匹。一乘由四马驾车。

(51)正籍者：负有纳税义务的人。

(52)度：皆。

(53)“一日”四句：用一天的时间制订贸易计划，两天装载货物，三天运出国境，五天就可以成交返回。

(54)百乘”句：指百乘之国运用轻重之术在对外贸易中控制物价涨跌。

(55)开口：人口总数。

(56)当分者：指负有纳税义务的人。

(57)旬：十日为旬。

(58)“君问”句：君主伏待那些因子弟服兵役战死者的父母也作为独。

(59)“若产”句：如果死者是独生子，国家还要赐予他父母一匹马所能耕种的土地。

(60)杀其子：指其子为国而牺牲。

(61)萌：民。

(62)力足荡游不作：劳力充足却游手好闲。

(63)谯：责备。

(64)“民之”句：对于百姓中没有立身之本的人，就贷给他土地和钱币。

(65)上农挟五：指上等农夫可供五人吃饭。“挟”疑作“食”。

(66)“粪土”：当是古语，盖懒惰之意。

(67)事再其本：谓人民生产事业所获之赢利能倍于其资本。

(68)“然则”句：指各地百姓反抗蜂起，以致道路发生阻塞，独身无法通行。遵，行。

(69)拘：“抱”之讹。即货财不安于怀抱。

(70)中内撕民：相当于从内部自杀其百姓。撕，芟。

(72)谷之沽十倍：按谷价的规律就要涨十倍。

(73)夷疏：割取蔬菜。疏通“蔬”。

国准①第七十九

桓公问于管子曰：“国准可得闻乎？”管子对曰：“国准者，视时而立仪②。”桓公曰：“何谓视时而立仪？”对曰：“黄帝之王，谨逃其爪牙③；有虞之王，枯泽童山；夏后之王，烧增薮，焚沛泽，不益民之利④；殷人之王，诸侯无牛马之牢，不利其器；周人之王，官能以备物。五家之数殊而用一也⑤。”

桓公曰：“然则五家之数，籍何者为善也？”管子对曰：“烧山林，坡增薮，焚沛泽，猛兽众也；童山竭泽者，君智不足也；烧增薮，焚沛泽，不益民利，逃械器，闭智能者，辅己者也；诸侯无牛马之牢，不利其器者，毋淫器而壹民心者也⑥；以人御人，逃戈刃，高仁义，乘天固以安己者也⑦。五家之数诛而用一也。”

桓公曰：“今当时之王者立何而可？”管子对曰：“请兼用五家而勿尽⑧。”桓公曰：“何谓？”管子对曰：“立祈祥以固山泽⑨，立械器以使万物，天下皆利而谨操重策。童山竭泽，益利搏流⑩。出山金立币，存菹丘，立骈牢⑪，以为民饶。彼菹莱之壤，非五谷之所生也，麋鹿牛马之地。春秋赋生杀老⑫，立施以守五谷，此以无用之壤臧民之赢。五家之数皆用而勿尽。”

桓公曰：“五代之王以尽天下数矣。来世之王者可得而闻乎？”管子对曰：“好讥而不乱，亟变而不变⑬，时至则为，过则去。王数不可豫致⑭。此五家之国准也。”

---

①国准：国家的平准政策，轻重之术的一部分。

②视时而立仪：根据形势来制定政策。仪，政策。

③逃其爪牙：指逃避猛兽爪牙的伤害。

④"夏后"四句：指夏后为避猛兽而烧草泽，而损害了百姓的财利。

⑤"五家"句：说五家的做法不同，但原则是一致的。

⑥"毋淫器"句：指不让诸侯拥有中栏马圈，不让使用锋利的工具，这是因为不许制造淫巧的器物而要使百姓一心务农。

⑦天固：指天道稳固。

⑧"请兼"句：谓五家之数皆可采用其意，而不必全拘泥其法，可以灵活运用。

⑨"立祈祥"句：设立祭神用羊来封禁山泽资源。祥，羊。

⑩益利搏流：应为"益利抟流"。"抟流"与"持流"、"守流"、"夺流"同义，即上文"天下皆利而谨操重策"（严格掌握物价政策）。

⑪存茁丘：设立牧场。立骈牢：建立并列的牛栏马圈。

⑫"春秋"句：指春季繁殖幼畜贷给百姓，秋季杀掉老畜供祭祀食用。

⑬"好讥"二句：指善于观察调查而不搞乱原则，善于随机应变而不留恋过去。

⑭豫致：事先决定。

轻重甲①第八十

桓公曰："轻重有数乎？"管子对曰："轻重无数，物发而应之，闻声而乘之。故为国不能来天下之财，致天下之民，则国不可成。"桓公曰："何谓来天下之财？"管子对曰："昔者桀之时，女乐三万人，端噪晨乐闻于三衢②，是无不服文绣衣裳者。伊尹以薄之游女工文绣纂组③，一纯得粟百钟于桀之国。夫桀之国者，天子之国也。桀无天下忧，饰妇女钟鼓之乐，故伊尹得其粟而夺之流④。此之谓来天下之财。"桓公曰："何谓致天下之民？"管子对曰："请使州有一掌，里有积五窖⑤。民无以与正籍者予之长假⑥，死而不葬者予之长度⑦。饥者得食，寒者得衣，死者得葬，不资者得振，则天下之归我者若流水。此之谓致天下之民。故圣人善用非其有，使非其人，动言摇辞⑧，万民可得而亲。"桓公曰："善。"

桓公问管子曰："夫汤以七十里之薄，兼桀之天下，其故何也？"管子对曰："桀者冬不为杠，夏不束柎，以观冻溺⑨；弛牝虎充市，以观其惊骇。至汤而不然：夷疏而积粟，饥者食之，寒者衣之，不资者振之，天下归汤若流水。此桀之所以失其天下也。"桓公曰："桀使汤得为是，其故何也？"管子曰："女华者⑩，桀之所爱也，汤事之以千金；曲逆者⑪，桀之所善也，汤事之以千金。内则有女华之阴，外则有曲逆之阳，阴阳之议合，而得成其天子⑫。此汤之阴谋也。"

桓公曰："轻重之数，国准之分⑬，吾已得而闻之矣，请问用兵奈何？"管子对曰："五战而至于兵。"桓公曰："此若言何谓也？"管子对曰："请战衡，战准，战流，战权，战势⑭。此所谓五战而至于兵者也。"桓公曰："善。"

桓公欲赏死事之后⑮，曰："吾国者，衢处之国，馈食之都⑯，虎狼之所栖也⑰。今每战舆死扶伤⑱如孤⑲，茶首⑳之孙，仰偅戟之寡，吾无由与之，为之奈何？"管子对曰："吾国之豪家：迁封、食邑而居者，君章之以物则物重，不章以物则物轻；守之以物则物重，不守以物则物轻。故迁封、食邑、富商、蓄贾、积余、藏羡、跱蓄之家，此吾国之豪也。故君请缟素而就士室㉑，朝功臣、世家、迁封、食邑、积余、藏美、跱蓄之家曰：'城肥致冲，无委致围㉒。天下有虑，齐独不与其谋？子大夫有五谷菽粟者勿敢左右，请以平贾取之子。'与之定其券契之齿㉓。釜钲之数，不得为侈弇焉㉔。困穷之民闻而籴之，釜钲无止，远近不推。国粟之贾坐长而四十倍。君出四十倍之粟以振孤寡，收贫病，视独老穷而无子者；靡得相鬻而养子，勿使赴于沟浍之中。若此，则士争前战为颜行㉕，不偷而为用，舆死扶伤，死者过半。此何故也？士非好战而轻死，轻重之分使然也。"

桓公曰："皮、干、筋、角㉖之征甚重。重籍于民而贵市之皮、干、筋、角，非为国之数也。"管子对曰："请以令高杠柴池㉗，使东西不相睹，南北不相见。"桓公曰："诺。"行事期年，而皮、干、筋、角之征去分，民之籍去分。桓公召管子而问曰："此何故也？"管子对曰："杠、池平之时，夫妻服辇，轻至百里。今高杠柴池，东西南北不相睹，天酸然雨㉘，十人之力不能上；广泽遇雨，十人之力不可得而恃。夫舍牛马之力所无因㉙。牛马绝罢，而相继死其所者相望，皮、干、筋、角徒予人而莫之取。牛马之贾必坐长而百倍。天下闻之，必离其牛马而归齐若流。故高杠柴池，所以致天下之牛马而损民之籍也。《道若秘》云：'物之所生，不若其所聚㉚。'"

桓公曰："弓弩多匡枉者㉛，而重籍于民，奉缮工㉜。而使弓弩多匡枉者，其故何也？"管子对曰："鹅鹜之舍近，鹍鸡鹄鸨之通远。鹄鹍之所在，君请式璧而聘之。"桓公曰："诺。"行事期年，而上无阙者，前无趋人㉝。三月解医，弓弩无匡枉者。召管子而问曰："此何故也？"管子对曰："鹄鹍之所在，君式璧而聘之。菹泽之民闻之，越平而射远，非十钧之弩不能中鹍鸡鹄鸨。彼十钧之弩，不得棐撇㉞不能自正。故三月解医而弓弩无匡枉者，此何故也？㉟，以其家习其所也㊱。"

桓公曰："寡人欲籍于室屋㊲。"管子对曰："不可，是毁成也。""欲籍于万民。"管子曰："不可，是隐情也。""欲籍于六畜。"管子对曰："不可，是杀生也。""欲籍于树木。"管子对曰："不可，是伐生也。""然则寡人安籍而可？"管子对曰："君请籍于鬼神。"桓公忽然㊳作色曰："万民、室屋、六畜、树木且不可得籍，鬼神乃可得而籍夫？"管子对曰："厌宜乘势，事之利得也；计议因权，事之囿大也㊴。王者乘势，圣人乘幼，与物皆宜㊵。"桓公曰："行事奈何？"管子对曰："昔尧之五吏无所食，君请立五厉之祭，祭尧之五吏。春献兰，秋敛落；原鱼以为脯，鲵以为殽。若此，则泽鱼之正伯倍异日，则无屋粟邦布之籍。此之谓设之以祈祥，推之以礼义也㊶。然则自足，何求于民也？"

桓公曰："天下之国，莫强于越。今寡人欲北举事孤竹、离枝，恐越人之至，为此有道乎？"管子对曰："君请遏原流㊷，大夫立沼池，令以矩游为乐㊸，则越人安敢至？"桓公曰："行事奈何？"管子对曰："请以令隐三川，㊹立员者，立大舟之都㊺。大舟之都有深渊，垒十仞。令曰：'能游者赐十金。'未能用金千，齐民之游水，不避吴越。"桓公终北举事于孤竹、离枝。越人果至，隐曲蔷以水齐。管子有扶身之士五万人，以待战于曲蔷，大败越人。此之谓水豫。㊻

齐之北泽烧，火光照堂下。管子入贺桓公曰："吾田野辟，农夫必有百倍之利矣。"是岁租税九月而具，粟又美。桓公召管子而问曰："此何故也？"管子对曰："万乘之国、千乘之国，不能无薪而炊。今北泽烧，莫之续，则是农夫得居装而卖其薪荛㊼，一束十倍。则春有以倳耜，夏有以倳芸。此租税所以九月而具也。"

桓公忧北郭民之贫，召管子而问曰："北郭者，尽屦缕之氓也㊽，以唐园为本利㊾，为此有道乎？"管子对曰："请以令：禁百钟之家不得事鞒，千钟之家不得为唐园，去市三百步者不得树葵菜。若此，则空闲有以相给资，则北郭之氓有所雠㊿。其手搔之功，唐园之利，故有十倍之利。"

管子曰："阴王之国有三㉛，而齐与在焉。"桓公："此若言可得闻乎？"管子对曰："楚有汝、汉之黄金，而齐有渠展之盐，燕有辽东之煮，此阴王之国也。且楚之有黄金，中㉜齐有菑石也。苟有操之不工，用之不善，天下倪而是耳㉝。使夷吾得居楚之黄金，吾能令农毋耕而食，女毋织而衣。今齐有渠展之盐，请君伐菹薪，煮沸水为盐，正而积之。"桓公："诺。"十月始正㉞，至于正月，成盐三万六千钟，召管子而问曰："安用此盐而可？"管子对曰："孟春既至，农事且起。大夫无得缮冢墓，理宫室，立台榭，筑墙垣，北海之众无得聚庸而煮盐。若此，则盐必坐长而十倍。"桓公："善。行事奈何？"管子对曰："请以令粜之梁、赵、宋、卫、濮阳。彼尽馈食之也。国无盐则肿，守圉之国，用盐独甚。"桓公曰："诺。"乃以令使袟之，得成金万一千余斤。桓公召管子而问曰："安用金而可？"管子对曰："请以令使贺献、出正籍者必以金⑤，金坐长而百倍。运金之重以衡万物，尽归于君。故此所谓用若挹于河海⑤，若输之给马⑤。此阴王之业。"

　　管子曰："万乘之国必有万金之贾，千乘之国必有千金之贾，百乘之国必有百金之贾，非君之所赖也，君之所与⑧。故为人君而不审其号令，则中一国而二君二王也⑤。"桓公曰："何谓一国而二君二王？"管子对曰："今君之籍取以正⑥，万物之贾轻去其分，皆入于商贾，此中一国而二君二王也。故贾人乘其弊以守民之时，贫者失其财，是重⑥贫也；农夫失其五谷，是重竭也。故为人君而不能谨守其山林、菹泽、草莱，不可以立为天下王。"桓公曰："此若言何谓也？"管子对曰："山林、菹泽、草莱者，薪蒸之所出，牺牲之所起也⑥。故使民求之，使民籍之，因此给之。私爱之于民，若弟之与兄，子之与父也，然后可以通财交假也⑥。故请取君之游财，而邑里布积之。阳春，蚕桑且至，请以给其口食筐曲之强。若此，则绖丝之籍去分而敛矣。且四方之不至，六时制之：春曰俿耕，次曰获麦，次曰薄芋，次曰树麻，次曰绝菹，次曰大雨且至，趣芸壅培⑥。六时制之，以给至于国都。善者乡因其轻重，守其委庐，故事至而不妄。然后可以立为天下王。"

　　管子曰："一农不耕，民或为之饥；一女不织，民或为之寒。故事再其本，则无卖其子者；事三其本，则衣食足；事四其本，则正籍给；事五其本，则远近通，死得藏⑥。今事不能再其本，而上之求焉无止，是使奸涂不可独行，遗财不可包止⑥。随之以法，则是下艾民⑥。食三升⑥，则乡有乏食而盗；食二千，则里有乏食而盗；食一升，则家有乏食而盗。今操不反之事⑥，而食四十倍之粟，而求民之毋失，不可得矣。且君朝令而求夕具，有者出其财，无有者卖其衣屦，农夫粜其五谷，三分贾而去⑦。是君朝令一怒，布帛流越而之天下。君求焉而无止，民无以待之，走亡而栖出皁⑦。持戈之士顾不见亲，家族失而不分，民走于中而士遁于外。此不待战而内败。"

　　管子曰："今为国有地牧民者，务在四时，守在仓廪⑦。国多财则远者来，地辟举则民留处；仓廪实则知礼节，衣食足则知荣辱。今君躬犁垦田，耕发草土，得其谷矣。民人之食，人有若干步亩之数，然而有饿馁于衢间者何也？谷有所藏也。今君铸钱立币，民通移，人有百十之数，然而民有卖子者何也？财有所并也。故为人君不能散积聚，调高下，分并财，君虽强本趣耕，发草立币而无止，民犹若不足也。"桓公问于管子曰："今欲调高下，分并财，散积聚⑦。不然，则世且并兼而无止，蓄余藏羡而不息，贫贱鳏寡独老不与得焉。散之有道，分之有数乎？"管子对曰："唯轻重之家为能散之耳，请以令轻重之家。"桓公曰："诺。"束车五乘，迎癸乙于周下原⑦。桓公因与癸乙、管子、宁戚相与四坐。桓公曰："请问轻重之数。"癸乙曰："重籍其民者失其下，数欺诸侯者无权与⑦。"管子差肩⑦而问曰："吾不籍吾民，何以奉车革？不籍吾民，何以待邻国？"癸乙曰："唯好心为可耳！⑦夫好心则万物通，万物通则万物运，万物运则万物贱，万物贱则万物可因⑦。知万物之可因而不因者，夺于天下⑦。夺于天下者，国之大贼也。"桓公曰："请问好心万物之可因？"癸乙曰："有余富无余乘者，责之卿诸侯⑧；足其所，不赂其游者，责之令大夫⑧。若此则万物通，万物通则万物运，万物运则万物贱，万物贱则万物可因矣。故知三准同策者能为天下，⑧不知三准之同策者不能为天下。故申之以号令，抗之以徐疾也，民乎其归我若流水。此轻重之数也"。

　　桓公问于管子曰："今俿戟十万，薪菜之靡日虚十里之衍；⑧顿戟一㵑⑧，而靡币之用日去千金之积。久之，且何以待之？"管子对曰："粟贾平四十，则金贾四千；粟贾釜四十则钟四百也，十钟四千也，二十钟者为八千也。金贾四千，则二金中八千也。然则一农之事终岁耕百亩，百亩之收不过二十钟，一农之事乃中二金之财耳。故粟重黄金轻，黄金重而粟轻，两者不衡立^{⑧⑤}。故善者重粟之贾。釜四百，则是钟四千也，十钟四万，二十钟者八万。金贾四千，则是十金四万也，二十金者为八万。故发号出令，曰一农之事有二十金之策^{⑧⑥}。然则地非有广狭，国非有贫富也，通于发号出令，审于轻重之数然。"

管子曰："浑然击鼓^{⑧⑦}，士愤怒；铃然击金，士帅然^{⑧⑧}。策枹鼓从之，舆死扶伤，争进而无止^{⑧⑨}。口满用，手满钱^{⑨⑩}，非大父母之仇也，重禄重赏之所使也。故轩冕立于朝，爵禄不随，臣不为忠；中军行战，委予之赏不随，士不死其列陈^{⑨①}。然则是大臣执于朝^{⑨②}，而列陈之士执于赏也。故使父不得子其子，兄不得弟其弟，妻不得有其夫，唯重禄重赏为然耳。故不远道里而能威绝域之民，不险山川而能服有恃之国，发若雷霆，动若风雨，独出独入，莫人能圉。"

桓公曰："四夷不服^{⑨③}，恐其逆政游^{⑨④}于天下而伤寡人，寡人之为此有道乎？"管子对曰："吴越不朝，请珠象而以为币乎！发、朝鲜不朝，请文皮、毤服而以为币乎^{⑨⑤}！禺氏不朝，请以白璧为币乎！昆仑之虚不朝，请以璆琳、琅玕为币乎！故夫握而不见于手，含而不见于口，而辟千金者^{⑨⑦}，珠也；然后，八千里之吴越可得而朝也。一豹之皮，而辟千金也；然后，八千里之发、朝鲜可得而朝也。怀而不见于抱，挟而不见于掖^{⑨⑧}，而辟千金者，白璧也；然后，八千里之禺氏可得而朝也。簪珥而辟千金者，璆琳、琅玕也；然后，八千里之昆仑之虚可得而朝也。故物无主，事无接，远近无以相因，则四夷不得而朝矣。"

---

①这是"轻重"的第一篇。

②"端噪"句：《太平御览》四百九十二引作"晨噪于端门，乐闻于三衢。"可见此句脱误。

③"伊尹"句：伊尹依靠亳地善于刺绣织带的闲散女子。薄，同"亳"。纂组：赤色绶带。

④流：流通。

⑤窌：同"窖"。

⑥"民无"句：凡无纳税能力的百姓给予长期借贷。

⑦"死而"句：死后无钱安葬的百姓给予凭据领钱买棺。

⑧动言摇辞：发号施令。

⑨杠：小桥，独木桥。《说文》段注：凡独木者曰杠，骈木者曰桥。柎：木筏。以观冻溺：以观看百姓受冻溺水作乐。

⑩女华：《竹书纪年》载，岷山进献二女于桀，其一为女华。

⑪曲逆：未详，当为桀之佞臣。

⑫"而得"句：指汤得成其为天子。

⑬国准之分：关于国家平准措施的区分。

⑭衡：平衡供求；准：调节物价；流：货物流通；权：权衡得失；势：利用形势。后句指经过上述五方面经济策略上的战斗，就能够学会用兵。

⑮死事之后：谓阵亡将士之遗族。

⑯馈食：依靠别国供应粮食。

⑰"虎狼"句：言山多田少。

⑱舆死扶伤：指车载死人，人扶伤者。

⑲如孤：与上面连读为"舆死扶伤之孤"。如，当作"之"字。

⑳荼首：指白首，即白发老人。

㉑士室：指基层官吏的办公之处。

㉒委：委积、积蓄。

㉓"与之"句：古人立契，中分为二，其分处必有齿，以便合验。故有"定其券契之齿"之说。

㉔釜钍之教：谓收购的数量。釜、钍，皆为量器。

㉕侈弇：意为夸大或缩小。钟口大而中央小者谓侈，钟口小而中央大者谓弇。

㉖干：肋骨。皮、干、筋、角，均为制造弓箭等兵器的材料。

㉗高杠罙池：高桥深池。

㉘天酸然雨：指小雨。酸通“霰”，小雨。

㉙此句指修高桥深池后，遇雨道路难行，要靠牛马。后说，而牛马受累而死，皮牛筋骨便有了货源。

㉚“物之”二句：从事物资的生产，不如从事物资的聚集。

㉛荂（qǐ）：匡，邪枉。弓弩弯曲不合用。

㉜奉缮工：俸养工匠修理。

㉝“而上”句：“上”当为“工”，“前”当为“箭”，意思说聘用能射鹍鸡鹄鸨的工箭制造者之后，国内再也不缺缮工、不以箭误伤人了。

㉞桊檄：矫正弓弩的工具。

㉟此何故也：衍文。

㊱此句说：是因为那些猎户人家熟悉这项技术的缘故。

㊲“寡人”句：我打算征收房屋税。

㊳忽然：当作“忿然”。

㊴“厌宜”四句：符合时宜，因势利导，办事就能得到好处；深谋远虑，善于权变，办事就能得到帮助。

㊵“王者”三句：王者善于利用时势，圣人善于利用幽灵，万物无不合宜。

㊶“此之谓”二句：这就叫做既设立了祭祀，又推行了礼义。

㊷君请遏原流：请君主阻遏原山的水流。

㊸令以矩游为乐：使百姓把在水中跳跃游泳作为乐趣。

㊹隐：同“偃”，阻塞。

㊺员：通圆。三句说：阻塞三条河川，建起圆形的水池和能通大船的湖泊。

㊻水豫：水战的准备。

㊼“则是”句：这样农夫就能积聚柴草拿去出卖。

㊽屦缕之氓：以编织草鞋为生的贫民。

㊾唐国：场园，菜园。

㊿雠：同“售”。

(51)阴王之国：指得地利独厚之国。天为阳，地为阴。

(52)中：相当于。

(53)倪：同“睨”。瞧不起。指有地厚之利而不会运用，便被人瞧不起。

(53)正：同“征”。

(55)“请以”句：请下令凡朝贺献礼和交纳租税一律使用黄金。

(56)“故此”句：这就是所谓财用像酌水于河海一样取之不竭。

(57)“若输”句：像送来筹码一样用之不尽。马同“码”。

(58)“君之所与”应在“非君之所赖”之前。

(59)“二君二王”：一说“二王”应为“之正”，即“之征”。即不能实为二君掌管经济大权。

(60)此句指直接向百姓征税而言。

(61)重：增加。

(62)薪蒸：《诗·小雅·无羊》：“以薪以蒸”。朱《传》：“粗曰薪，细曰蒸。”指柴草。牺牲：牛羊祭品。

(63)假：借。

(64)“春曰”七句：春天，先是耕地，然后是收麦，布种、种麻、除草，大雨将到，锄草培土。

(65)藏：通“葬”。

(66)遗财：当为“货财”。包与“抱”通，此句言货财无法把握。

(67)下艾民：暗中害民。艾通刈。

(68)升：指谷熟。《谷梁》襄二十四年《传》“一谷不升谓之嗛，二谷不升谓之饥，三谷不升谓之馑，四谷不升谓之康，五谷不升谓之大浸”。可见食三升，二谷不升。

(69)不反：谓农事不反其本。

⑦ "农夫"句：指农夫急于卖粮，仅得十分之三的价格。

⑦ "走亡"句：逃亡栖息山林。

⑦ "务在"二句：重视四时的农事，控制粮食的储备。

⑦ "今欲"三句：现在打算调节物价高低，分散积聚的钱财，发散囤积的粮食。

⑦ 癸乙：假托懂经济的人物。

⑦ "重籍"二句：君主对内征税过重，就会失去百姓的支持，对外失信过多，就会失去诸侯的帮助。

⑦ 差肩：从背后。

⑦ 唯好心为可耳：只有散空富豪家的积财才是唯一可行的办法。好应为"空"。

⑦ 因：利用。

⑦ 夺：流失。

⑧ "有余"二句：卿诸侯家有积财富足但不肯负担战车的置备，要责令他们交出钱财。

⑧ "足其所"三句：令大夫家有积财富足但不肯负担交游的费用。要责令他们分出钱财。

⑧ 三准：一调高下，二分并财，三散积聚。

⑧ "今傅"二句：如今供养十万士兵，每天柴草蔬菜的消耗就要空十里平地的出产。

⑧ 顿戟一噪：进行一次作战。噪，喧嚷。

⑧ 不衡立：不平立，而是反比例。

⑧ 此句说：只要发布提高粮价的号令，一个农夫一年的耕作就上升到二十斤金的价值。

⑧ 湻然：击鼓声。

⑧ 帅然：肃然。

⑧ "策枪"三句：随着进攻的鼓声，战士们不顾死伤，争先冲锋，不停顿地进击。

⑨ "口满用"二句说战士勇敢作战是受了口食有粮、手中有钱的驱使。

⑨ 陈：同"阵"。

⑨ 朝：应为"禄"字。

⑨ 四夷：指东夷、西戎、南蛮、北狄，是古代中原对华夏以外各族的鄙称，下文所提各地为其代表。

⑨ 逆政：指落后的政治。游：流。

⑨ "请珠象"句：请用南方出产的珍珠、象牙作为货币吧！

⑨ 毪服：落毛之皮为衣服。

⑨ 辟：通"譬"，言一珠、一皮如千金。

⑨ 掖：同"腋"。

轻重乙①第八十一

桓公曰："天下之朝夕可定乎②？"管子对曰："终身不定。"桓公曰："其不定之说，可得闻乎？"管子对曰："地之东西二万八千里，南北二万六千里。天子中而立，国之四面，面万有余里。民之入正籍者亦万有余里。故有百倍之力而不至者，有十倍之力而不至者，有倪而是者③。则远者疏，疾怨上。边境诸侯受君之怨民，与之为善，缺然不朝。是天子塞其涂。熟谷者去④，天下之可得而霸？"桓公曰："行事奈何？"管子对曰："请与之立壤列天下之旁，天子中立，地方千里，兼霸之壤三百有余里，此诸侯度百里⑤，负海子男者度七十里。若此则如胸之使臂，臂之使指也。然则小不能分于民，准徐疾羡不足，虽在下不为君忧。夫海出沸无止，山生金木无息。草木以时生，器以时靡币，沸水之盐以日消。终则有始，与天壤争，是谓立壤列也⑥。"

武王问于癸度⑦曰："贺献不重，身不亲于君；左右不足，友不善于群臣⑧。故不欲收穑户籍而给左右之用⑨，为之有道乎？"癸度对曰："吾国者衢处之国也，远秸⑩之所通，游客蓄商之所道，财物之所遵。故苟食吾国之粟，因吾国之币，然后，载黄金而出。故君请重重而衡轻轻⑪，运物而相因，则国策可成。故谨毋失其度，未与？民可治⑫？"武王曰："行事奈何？"癸度曰：

㉓"君其"句：请君主率领新兵用它来将庄山的铜铸成钱币。意思是提高莱国的柴价。

㉔"管子"句：管子命令隰朋撤回新兵从事农耕。

㉕山东：指函谷关以东地区。

㉖"即以"句：就用经济上斗争的方法对付它。

㉗"管子即令"句：管子让桓公运用轻重之术将民间粮食的十分之六收藏备用。

㉘"楚之"两句：此言楚人无论男女皆为求生鹿而奔走。

㉙自得：自鸣得意之意。此句说：楚王将自鸣得意地发展农业。

㉚"齐国"句：齐人派人载了粮食到芊地以南去发售。

㉛代国：与下文"离枝"皆为古国名，这里亦当是假托。出：出产。

㉜狐白之皮：谓集狐腋之白毛而成之皮，极其珍贵，故古人多重之。

㉝管子曰：其前应有桓公的问话。

㉞去其本：丢弃其本业，即放弃农业。

㉟"子急"句：你马上命令百姓去弄到狐白之皮来换取齐国的钱币。

㊱葆：通"保"。即保守于代谷之上。

㊲"吾欲"句：我打算要控制衡山国。衡山，假托之国名。

㊳械器：兵器。

㊴不敢辩其贵贾：意思是"不敢还价"。辩，通"贬"。

㊵"齐即"句：齐国又命令隰朋通过水路从赵国购粮。

㊶赵国粮价每石十五钱，隰朋用每石五十钱的高价买下。

㊷内自量：上当有"衡山之君"四字。意思是：衡山国君主自己估量。

轻重己①第八十五

清②神生心，心生规，规生矩，矩生方，方生正，正生历，历生四时，四时生万物。圣人因而理之，道遍矣③。

以冬至日始④，数四十六日，冬尽而春始。天子东出其国四十六里而坛，服青而绂青⑤，搢玉总⑥，带玉监⑦，朝诸侯卿大夫列士，循⑧于百姓，号曰祭日，牺牲以鱼。发出令曰："生而勿杀，赏而勿罚。罪狱勿断，以待期年。"教民樵室钻燧，墐灶泄井⑨，所以寿民也。耜、耒、耩、怀、铚、耟、义、樯、权渠、绳缚，所以御春夏之事也必具⑩。教民为酒食，所以为教敬也。民生而无父母谓之孤子。无妻无子，谓之老鳏。无夫无子，谓之老寡。此三人者，皆就官而众⑪，可事者不可事者，食如言而勿遗。多者为功，寡者为罪⑫。是以路无行乞者也。路有行乞者，则相之罪也。天子之春令也。

以冬日至始，数九十二日，谓至春至⑬。天子东出其国九十二里而坛，朝诸侯卿大夫列士，循于百姓，号曰祭星，十日之内，室无处女⑭，路无行人。苟不树艺者，谓之贼人。下作之地，上作之天，谓之不服之民。处里为下陈⑮，处师为下通，谓之役夫。三不树而主使之⑯。天子之春令也。

以春日至始，数四十六日，春尽夏而始。天子服黄而静处，朝诸侯卿大夫列士，循于百姓，发号出令曰："毋聚大众，毋行大火，毋断大木，诛大臣⑰，毋斩大山，毋戮大衍⑱。灭三大而国有害也。"天子之夏禁也。

以春日至始，数九十二日，谓之夏至，而麦熟。天子祀于太宗，其盛以麦⑲。麦者，谷之始也；宗者，族之始也。同族者入，殊族者处⑳。皆齐大材，出祭王母。天子之所以主始而忌讳也㉑。

以夏日至始，数四十六日，夏尽而秋始。而黍熟。天子祀于太祖，其盛以黍。黍者，谷之美者也；祖者，国之重者也。大功者大祖，小功者小祖，无功者无祖②。无功者皆称其位而立沃，有功者观于外②。祖者所以功祭也，非所以戚祭也②。天子之所以异贵贱而赏有功也。

以夏日至始，数九十二日，谓之秋至，秋至而禾熟。天子祀于太惢⑤，西出其国百三十八里而坛，服白而绖白，揙玉总，带锡监，吹埙篪之风，凿动金石之音⑥，朝诸侯卿大夫列士，循于百姓，号曰祭月，牺牲以羲。发号出令：罚而勿赏，夺而勿予。罪狱诛而勿生，终岁之罪，毋有所赦。作衍牛马之实在野者王⑦。天子之秋计也。

以秋日至始，数四十六日，秋尽而冬始。天子服黑绖黑而静处，朝诸侯卿大夫列士，循于百姓，发号出令曰："毋行大火，毋斩大山，毋塞大水，毋犯天之隆②。"天子之冬禁也。

以秋日至始，数九十二日，天子北出九十二里而坛，服黑而绖黑，朝诸侯卿大夫列士，号曰发繇②。趣山人断伐，具械器；趣泜人薪蘿苇③，足蓄积。三月之后，皆以其所有易其所无。谓之大通三月之蓄。

凡在趣耕而不耕，民以不令③，不耕之害也。宜芸而不芸，百草皆存，民以仅存②，不芸之害也。宜获而不获，风雨将作，五谷以削，士民零落③，不获之害也。宜藏而不藏，雾气阳阳，宜死者生，宜蛰者鸣，不藏之害也。张耜当弩，铫耨当剑戟，获渠当胁軻，蓑笠当拵橹③。故耕械具则战械备矣。

---

①这是全书专论轻重问题的第六篇。

②清："精"之借字。

③遍：有"备"，"尽"之义。

④从冬至日开始。

⑤绖：同"冕"，帽。

⑥总："忽"之误，忽同"笏"。揙，插。

⑦监：同"鉴"。

⑧循：亦作"徇"，宣示。

⑨堇：用泥涂。泄：同渫。指掏井除污。

⑩怀："櫚"字之误。铏：镰刀。铦：镰柄。乂：同"刈"，镰类。橿：锄柄。权渠：获渠，即护渠，护雨用蓑衣。绳缫：当作"绳缫。"

⑪众：应为"食"。

⑫"多者"二句：官府收养三类人多的有功，少的有罪。

⑬春至：即春分。

⑭室无处女：家中没有留下的妇女。处女：处家之女。

⑮下陈：后列。

⑯"三不树"句：这三种隋民都应由主管官吏驱使归农。

⑰诛大臣：三字为衍文。

⑱勿戮大衍：不要焚烧大泽。大衍：大泽。

⑲盛：黍稷在器中曰盛，以供祭祀。

⑳"同族"二句，言同族者则入祭，异族者则停在外面。

㉑"天子"句：这些都是天子用来表示不忘血缘之始和祖先恩德的仪式。《周礼·小史》："君有事，则诏王之忌讳。"郑司农云："先王死日为忌，名为讳。"

㉒无功者无祖：无功者不得入祖庙。

㉓"无功"二句：句首"有"、"无"二字当更换。沃，通"饫"，指站立行宴会礼。

㉔功祭：因功入祭。戚祭：因亲入祭。

㉕太阴：即月亮。

㉖埙篪：两种古乐器，一为土制，一为竹制。"篪"字衍。

㉗"作衍"句：这时开始将牛马散布到田野中放牧的，必定兴旺发达。作：始。衍：布。王：通"旺"。

㉘隆：尊。

㉙发繇：这时应征发徭役。此句前后有缺字。前应有"循于百姓"。"号曰"后当有"祭辰"。

㉚"趣茝"句：督促茝泽百姓采伐薑苇。

㉛民以不令：百姓的生活状况不好。令，善。

㉜民以仅存：百姓仅仅能维持生活。

㉝士民零落：战士、百姓皆将饥饿而死。

㉞"张耝"四句：言应将务农与战备结合起来，把农具当作武器使用，训练。

商君书

〔战国〕商鞅　撰

更 法 第 一

　　孝公平画①，公孙鞅、甘龙、杜挚三大夫御于君，虑世事之变，讨正法之本，求使民之道。

　　君曰："代立不忘社稷，君之道也；错法务明主长②，君之行也。今吾欲变法以治，更礼以教百姓，恐天下之议我也。"

　　公孙鞅曰："臣闻之，'疑行无成，疑事无功'。君亟定变法之虑，殆无顾天下之议之也。且夫有高人之行者，固见负于世③；有独知之虑者，必见骜于民④。语曰：'愚者暗于成事，知者见于未萌。民不可与虑始，而可与乐成。'郭偃之法曰：'论至德者不和于俗，成大功者不谋于众。'法者，所以爱民也；礼者，所以便事也⑤。是以圣人苟可以强国，不法其故；苟可以利民，不循其礼。"

　　孝公曰："善！"

　　甘龙曰："不然。臣闻之，'圣人不易民而教，知者不变治而治'。因民而教者，不劳而功成；据法而治者，吏习而民安。今若变法，不循秦国之故，更礼以教民，臣恐天下之议君。愿孰察之。"

　　公孙鞅曰："子之所言，世俗之言也。夫常人安于故习，学者溺于所闻。此两者，所以居官而守法，非所与论于法之外也。三代不同礼而王⑥，五霸不同法而霸。故知者作法⑦，而愚者制焉；贤者更礼，而不肖者拘焉。拘礼之人，不足与言事；制法之人，不足与论变。君无疑矣！"

　　杜挚曰："臣闻之，'利不百，不变法；功不十，不易器'。臣闻，'法古无过，循礼无邪'。君其图之！"

　　公孙鞅曰："前世不同教，何古之法？帝王不相复⑧，何礼之循？伏羲，神农，教而不诛。黄帝、尧、舜，诛而不怒。及至文、武，各当时而立法，因事而制礼。礼、法以时而定，制、令各顺其宜，兵甲器备，各便其用。臣故曰：治世不必一道，便国不必法古。汤、武之王也，不脩古而兴；殷、夏之灭也，不易礼而亡。然则，反古者未必可非，循礼者未足多是也。君无疑矣！"

　　孝公曰："善！吾闻穷巷多怪，曲学多辩。愚者之笑，智者哀焉；狂夫之乐，贤者丧焉。拘世以议，寡人不之疑矣。"于是，遂出《垦草令》。

---

①平画：研究治国大计。　平：讨求；　画：计策。

②错法：实行法治。错：施行。明主长：彰明君主的权威。主长（zhǎng，音掌）：君主。

③见负：见非。负：非议。

④见骜：见笑。骜：嘲笑。

⑤便事：方便做事。

⑥王：（wàng，音旺）：称王。

⑦知者：聪明的人。知，通"智"。

⑧复：走旧路。

垦令第二

　　无宿治①，则邪官不及为私利于民。而百官之情不相稽②，则农有余日；邪官不及为私利于民，则农不败。农不败而有余日，则草必垦矣③。

　　訾粟而税①，则上壹而民平。上壹则信，信则臣不敢为邪；民平则慎，慎则难变。上信而官不敢为邪。民慎而难变，则下不非上，中不苦官。下不非上，中不苦官，则壮民疾农不变⑤。壮民疾农不变，则少民学之不休。少民学之不休，则草必垦矣。

　　无以外权爵任与官，则民不贵学问，又不贱农。民不贵学则愚，愚则无外交，无外交则国安不殆。民不贱农，则勉农而不偷。国安不殆，勉农而不偷，则草必垦矣。

　　禄厚而税多，食口众者，败农者也。则以其食口之数赋而重使之，则辟淫游惰之民无所于食。民无所于食则必农，农则草必垦矣。

　　使商无得籴，农无得粜。农无得粜，则窳惰之农勉疾⑥。商不得籴，则多岁不加乐⑦；多岁不加乐，则饥岁无裕利。无裕利则商怯，商怯则欲农。窳惰之农勉疾，商欲农，则草必垦矣。

　　声服无通于百县⑧，则民行作不顾、休居不听。休居不听，则气不淫；行作不顾，则意必壹。意壹而气不淫，则草必垦矣。

　　无得取庸⑨，则大夫、家长不建缮，爱子不惰食⑩，惰民不窳。而庸民无所于食，是必农。大夫、家长不建缮，则农事不伤；爱子、惰民不窳，则故田不荒。农事不伤，农民益农，则草必垦矣。

　　废逆旅⑪，则奸伪、躁心、私交、疑农之民不行。逆旅之民无所于食，则必农。农，则草必垦矣。

　　壹山泽，则恶农、慢惰、倍欲之民无所于食。无所于食，则必农。农，则草必垦矣。

　　贵酒肉之价，重其租，令十倍其朴⑫，然则商贾少，农不能喜酣奭⑬，大臣不为荒饱⑭。商贾少则上不费粟，民不能喜酣奭则农不慢，大臣不荒则国事不稽、主无过举。上不费粟，民不慢农，则草必垦矣。

　　重刑而连其罪，则褊急之民不斗，很刚之民不讼，怠惰之民不游，费资之民不作，巧谀、恶心之民无变也。五民者不生于境内，则草必垦矣。

　　使民无得擅徙，则诛愚。乱农之民无所于食而必农。愚心、躁欲之民壹意，则农民必静。农静、诛愚，则草必垦矣。

　　均出余子之使⑮，令以世使之，又高其解舍⑯，令有甬官食，概⑰。不可以辟役，而大官未可必得也，则余子不游事人，则必农。农，则草必垦矣。

　　国之大臣、诸大夫，博闻、辨慧、游居之事，皆无得为。无得居游于百县，则农民无所闻变见方⑱。农民无所闻变见方，则知农无从离其故事。而愚农不知，不好学问。愚农不知，不好学问，则务疾农。知农不离其故事，则草必垦矣。

　　令军市无有女子⑲，而命其商，令人自给甲兵，使视军兴⑳。又使军市无得私输粮者。则奸谋无所于伏，盗输粮者不私稽，轻惰之民不游军市。盗粮者无所售，送粮者不私。轻惰之民不游军市，则农民不淫，国粟不劳，则草必垦矣。

　　百县之治一形，则从迁者不敢更其制㉑，过而废者不能匿其举。过举不匿，则官无邪人。迁者不饰，代者不更，则官属少而民不劳。官无邪则民不敖㉒，民不敖则业不败。官属少，征不烦。民不劳，则农多日。农多日，征不烦，业不败，则草必垦矣。

　　重关市之赋则农恶商，商有疑惰之心。农恶商，商疑惰，则草必垦矣。

　　以商之口数使商，令之厮、舆、徒、重者必当名㉓，则农逸而商劳。农逸则良田不荒，商劳则去来赍送之礼无通于百县，则农民不饥，行不饰㉔。农民不饥，行不饰，则公作必疾，而私作不荒，则农事必胜。农事必胜，则草必垦矣。

　　令送粮无取僦㉕，无得反庸，车牛舆重设必当名。然则往速来疾，则业不败农。业不败农，则草必垦矣。

　　无得为罪人请于吏而饷食之㉖，则奸民无主。奸民无主，则为奸不勉；为奸不勉，则奸民无朴；奸民无朴，则农民不败；农民不败，则草必垦矣。

---

　　①无宿治：当天的政务不能过夜。

　　②不相稽：不互相拖拉。稽，拖延。

　　③草：未经开垦的荒地。

　　④訾（zǐ，音资）：计算，估量。

　　⑤疾：急切地从事。

　　⑥窳（yǔ，音羽）：懒惰。

　　⑦多岁：丰收之年。

　　⑧声服：靡靡之音、奇装异服。

　　⑨庸：被雇佣的人。

　　⑩爱子：受（大夫、家长）溺爱的儿子。

　　⑪逆旅：旅店，客栈。

　　⑫朴：成本。

　　⑬酣奭（shì，音试）：纵酒作乐。

　　⑭荒：逸乐过度，放纵。

　　⑮余子：嫡长子以外的儿子。　　使：徭役。

　　⑯高其解舍：提高免除徭役的条件。解舍，免除兵役和徭役。

　　⑰概：刮平，削平。

　　⑱方，私家学说。

　　⑲军市：为军队提供物资的集市。

　　⑳军兴：军队调动。

　　㉑从迁：（官吏的）升迁。

　　㉒敖：躲避。

　　㉓厮：劈柴干下活的人。　　舆：赶车人。　　徒：服杂役的人。　　重：僮仆。　　当名：在官府的名册上登记注册。

　　㉔行不饰：办事不用送礼。

　　㉕僦：雇车运送。

　　㉖饷食（sì，音寺）：送饭给……吃。

农 战 第 三

凡人主之所以劝民者，官爵也；国之所以兴者，农战也。今民求官爵皆不以农战，而以巧言虚道，此谓劳民。劳民者，其国必无力。无力者，其国必削。

善为国者，其教民也，皆作壹而得官爵，是故不官无爵。国去言则民朴，民朴则不淫。民见上利之从壹空出也则作壹①，作壹则民不偷营②，民不偷营则多力，多力则国强。今境内之民皆曰："农战可避，而官爵可得也。"是故豪杰皆可变业，务学《诗》、《书》，随以外权，上可以得显，下可以求官爵；要靡事商贾③，为技艺，皆以避农战。具备，国之危也。民以此为教者，其国必削。

善为国者，仓廪虽满，不偷于农。国大民众，不淫于言，则民朴壹。民朴壹，则官爵不可巧而取也。不可巧取，则奸不生。奸不生，则主不惑。今境内之民及处官爵者，见朝廷之可以巧言辩说取官爵也，故官爵不可得而常也④。是故进则曲主，退则虑私。所以实其私，然则下卖权矣。夫曲主虑私，非国利也，而为之者，以其爵禄也；下卖权，非忠臣也，而为之者，以末货也⑤。然则下官之冀迁者皆曰⑥："多货，则上官可得而欲也。"曰："我不以货事上而求迁者，则如以狸饵鼠尔⑦，必不冀尔。若以情事上而求迁者，则如引诸绝绳而求乘枉木也⑧，愈不冀矣。二者不可以得迁，则我焉得无下动众取货以事上而以求迁乎？"百姓曰："我疾农，先实公仓，收余以食亲⑨。为上忘生而战，以尊主安国也。仓虚，主卑，家贫，然则不如索官。"亲戚交游合，则更虑矣。豪杰务学《诗》、《书》，随从外权；要靡事商贾，为技艺，皆以避农战。民以此为教，则粟焉得无少，而兵焉得无弱也？

善为国者，官法明，故不任知虑⑩。上作壹，故民不偷营，则国力抟⑪。国力抟者强，国好言谈者削。故曰："农战之民千人，而有《诗》、《书》辩慧者一人焉，千人者皆怠于农战矣；农战之民百人，而有技艺者一人焉，百人者皆怠于农战矣。"国待农战而安，主待农战而尊。夫民之不农战也，上好言而官失常也。常官，则国治；壹务，则国富。国富而治，王之道也。故曰："王道非外，身作壹而已矣。"

今上论材能知慧而任之，则知慧之人希主好恶使官制物以适主心。是以官无常，国乱而不壹，辩说之人而无法也。如此则民务焉得无多？而地焉得无荒？《诗》、《书》、礼、乐、善、修、仁、廉、辩、慧，国有十者，上无使守战。国以十者治，敌至必削，不至必贫。国去此十者，敌不敢至，虽至必却。兴兵而伐，必取；按兵不伐，必富。国好力者以难攻⑫，以难攻者必兴；好辩者以易攻⑬，以易攻者必危。故圣人明君者，非能尽其万物也，知万物之要也。故其治国也，察要而已矣。

今为国者多无要。朝廷之言治也，纷纷焉务相易也。是以其君惛于说⑭，其官乱于言，其民惰而不农。故其境内之民皆化而好辩乐学，事商贾，为技艺，避农战，如此则不远矣。国有事，则学民恶法，商民善化，技艺之民不用，故其国易破也。夫农者寡而游食者众，故其国贫危。今夫螟、螣、蚼蠋⑮，春生秋死，一出而民数年不食。今一人耕而百人食之，此其螟、螣、蚼蠋亦大矣。虽有《诗》、《书》，乡一束，家一员⑯，犹无益于治也，非所以反之之术也。故先王反之于农战。故曰："百人农一人居者王，十人农一人居者强，半农半居者危。"故治国者欲民之农也。国不农，则与诸侯争权不能自持也，则众力不足也。故诸侯挠其弱，乘其衰。土地侵削而不振，则无及已。

圣人知治国之要，故令民归心务农。归心于农，则民朴而可正也，纷纷则易使也，信可以守战也。夫民之亲上死制也，以其旦暮从事于农。夫民之不可用也，见言谈游士事君之可以尊身也，商贾之可以富家也，技艺之足以糊口也。民见此三者之便且利也，则必避农。避农，则民轻其居；轻其居，则必不为上守战也。凡治国者，患民之散而不可抟也。是以圣人作壹，抟之也。国作壹一岁者，十岁强；作壹十岁者，百岁强；作壹百岁者，千岁强。千岁强者王。君脩赏罚以辅壹教，是以其教有所常，而政有成也。

王者得治民之至要，故不待赏赐而民亲上，不待爵禄而民从事，不待刑罚而民致死。国危主忧，说者成伍，无益于安危也。夫国危主忧也者，强敌大国也。人君不能服强敌破大国也，则修守备，便地形，抟民力，以待外事，然后患可以去，而王可致也。是以明君修政作壹，去无用，止浮学事淫之民，壹之农，然后国家可富，而民力可抟也。

今世主皆忧其国之危用兵之弱也，而强听说者。说者成伍，烦言饰辞，用无实用。主好其辩，不求其实。说者得意，道路曲辩，辈辈成群。民见其可以取王公大人也，而皆学之。夫人聚党与，说议于国纷纷焉，小民乐之，大人说之。故其民农者寡，而游食者众。众，则农者殆；农者殆，则土地荒。学者成俗，则民舍农从事于谈话；高言伪议，舍农游食而以言相高也。故民离上，而不臣者成群，此贫国弱兵之教也。夫国庸民以言[17]，则民不畜于农。故惟明君知好言之不可以强兵辟土也，惟圣人之治国作壹，抟之于农而已矣。

---

①空（kǒng，音孔）：通"孔"。洞。

②偷营：从事农战以外的营生。

③要靡（yāo mó，音妖模）：平庸之人。

④常：法规。

⑤末：追逐。

⑥冀：希望。

⑦狸：野猫，山猫。

⑧枉：弯曲。

⑨亲：父母双亲。

⑩知虑：智谋。知，通"智"。

⑪抟（tuán，音团）：集中。

⑫难：通过农战而获得的国力。

⑬易：毫不费力的空谈。

⑭惽（hūn，音昏）：糊涂。

⑮螣（tè，音特）：蝗虫。蚼蠋（qú zhú，音渠竹）：祸害农作物的害虫。

⑯员：卷。

⑰庸：使用。

去强第四

　　以强去强者弱，以弱去强者强。国为善①，奸必多。国富而贫治，曰重富，重富者强；国贫而富治，曰重贫，重贫者弱。兵行敌所不敢行，强；事兴敌所羞为，利。主贵多变，国贵少变。国多物，削；主少物，强。千乘之国守千物者削。战事兵用曰强②。战乱兵息而国削。

　　农、商、官三者，国之常官也③。三官者生虱官者六④：曰岁⑤，曰食⑥，曰美⑦，曰好⑧，曰志⑨，曰行⑩。六者有朴⑪，必削。三官之朴三人，六官之朴一人⑫。以治法者强，以治政者削。常官治者迁官。治大，国小；治小，国大。强之，重削；弱之，重强。夫以强攻强者亡，以弱攻强者王。国强而不战，毒输于内，礼乐虱官生，必削；国遂战，毒输于敌，国无礼乐虱官，必强。举荣任功曰强。虱官生必削。农少商多，贵人贫，商贫，农贫。三官贫，必削。

　　国有礼有乐，有诗有书，有善有修，有孝有弟，有廉有辩。国有十者，上无使战，必削至亡；国无十者，上有使战，必兴至王。国以善民治奸民者，必乱至削；国以奸民治善民者，必治至强。国用诗、书、礼、乐、孝、弟、善、修治者，敌至必削国，不至必贫。国不用八者治，敌不敢至，虽至必却，兴兵而伐必取，取必能有之，按兵而不攻必富。国好力，日以难攻；国好言，日以易攻。国以难攻者，起一得十；国以易攻者，出十亡百。

　　重罚轻赏，则上爱民，民死上；重赏轻罚，则上不爱民，民不死上。兴国行罚，民利且畏；行赏，民利且爱。国无力而行，知巧者必亡。怯民使以刑必勇，勇民使以赏则死。怯民勇，勇民死，国无敌者强，强必王。贫者使以刑则富，富者使以赏则贫。治国能令贫者富、富者贫，则国多力，多力者王。王者刑九赏一，强国刑七赏三，削国刑五赏五。

　　国作壹一岁，十岁强；作壹十岁，百岁强；作壹百岁，千岁强，千岁强者王。威以一取十，以声取实，故能为威者王。能生不能杀，曰自攻之国，必削；能生能杀，曰攻敌之国，必强。故攻官，攻力，攻敌。国用其二，舍其一，必强；令用三者威，必王。

　　十里断者国弱，九里断者国强。以日治者王，以夜治者强，以宿治者削⑬。

　　举民众口数，生者著，死者削。民不逃粟，野无荒草，则国富。国富者强。

　　以刑去刑，国治；以刑致刑，国乱。故曰：行刑重轻，刑去事成，国强；重重而轻轻，刑至事生，国削。刑生力，力生强，强生威，威生惠，惠生于力。举力以成勇战，战以成知谋。

　　粟生而金死，粟死而金生。本物贱，事者众，买者少，农困而奸劝，其兵弱，国必削至亡。金一两生于竟内，粟十二石死于竟外；粟十二石生于竟内，金一两死于竟外。国好生金于竟内，则金粟两死，仓府两虚，国弱；国好生粟于竟内，则金粟两生，仓府两实，国强。

　　强国知十三数：竟内仓口之数，壮男壮女之数，老弱之数，官士之数，以言说取食者之数，利民之数，马牛刍藁之数。欲强国，不知国十三数，地虽利，民虽众，国愈弱至削。

　　国无怨民曰强国。兴兵而伐，则武爵武任，必胜。按兵而农，粟爵粟任，则国富。兵起而胜敌、按兵而国富者王。

---

　　①国为善：国君放弃法律，专作百姓所欢迎的"善事"。

②战事兵用：战前加强法治，赏罚分明，士卒可用。

③常官：通常的职业。官，职业。

④生虱官者：附着在各职业上的不良事情。

⑤岁：粮食歉收。

⑥食：浪费粮食。

⑦美：贩卖华美商品。

⑧好：贩卖珍奇玩好。

⑨志：心存私心。

⑩行：贪赃枉法。

⑪朴：根。

⑫一人：指国君。

⑬宿：过夜。

说 民 第 五

辩慧，乱之赞也①；礼乐，淫佚之征也②；慈仁，过之母也；任举，奸之鼠也③。乱有赞则行，淫佚有征则用，过有母则生，奸有鼠则不止。八者有群，民胜其政；国无八者，政胜其民。民胜其政，国弱；政胜其民，兵强。故国有八者，上无以使守战，必削至亡；国无八者，上有以使守战，必兴至王。

用善则民亲其亲，任奸则民亲其制。合而复者善也④，别而规者奸也⑤。章善则过匿，任奸则罪诛。过匿则民胜法，罪诛则法胜民。民胜法，国乱；法胜民，兵强。故曰：以良民治，必乱至削；以奸民治，必治至强。

国以难攻，起一取十；国以易攻，起十亡百。国好力曰以难攻，国好言曰以易攻。民易为言，难为用。国法作民之所难，兵用民之所易，而以力攻者，起一得十；国法作民之所易，兵用民之所难，而以言攻者，出十亡百。

罚重，爵尊；赏轻，刑威。爵尊，上爱民；刑威，民死上。故兴国行罚则民利，用赏则上重。法详则刑繁，法繁则刑省。民治则乱，乱而治之，又乱。故治之于其治则治，治之于其乱则乱。民之情也治，其事也乱。故行刑重其轻者，轻者不生，则重者无从至矣，此谓治之于其治也。行刑，重其重者，轻其轻者，轻者不止，则重者无从止矣，此谓治之于其乱也。故重轻，则刑去事成，国强。重重而轻轻，则刑至而事生，国削。

民勇，则赏之以其所欲；民怯，则杀之以其所恶。故怯民使之以刑则勇，勇民使之以赏则死。怯民勇，勇民死，国无敌者必王。民贫则弱国，富则淫，淫则有虱，有虱则弱。故贫者益之以刑则富，富者损之以赏则贫。治国之举，贵令贫者富，富者贫。贫者富，富者贫，国强，三官无虱。国久强而无虱者必王。

刑生力，力生强；强生威，威生德。德生于刑，故刑多则赏重，赏少则刑重。民之有欲有恶也。欲有六淫，恶有四难。从六淫，国弱；行四难，兵强。故王者刑于九而赏出一。刑于九则六淫止，赏出一则四难行。六淫止则国无奸，四难行则兵无敌。民之所欲万，而利之所出一。民非一，则无以致欲，故作一。作一则力抟，力抟则强。强而用，重强。故能生力，能杀力，曰攻敌之国，必强。塞私道以穷其志，启一门以致其欲，使民必先行其所要，然后致其所欲，故力多。

力多而不用则志穷，志穷则有私，有私则有弱。故能生力不能杀力，曰自攻之国，必削。故曰：王者国不蓄力，家不积粟。国不蓄力，下用也。家不积粟，上藏也。

国治，断家王⑥，断官强，断君弱。重轻，刑去；常官，则治。省刑，要保⑦，赏不可倍也。有奸必告之，则民断于心。上令而民知所以应，器成于家，而行于官，则事断于家。故王者刑赏断于民心，器用断于家。治明则同，治阇则异。同则行，异则止，行则治，止则乱。治则家断，乱则君断。治国者贵下断，故以十里断者弱，以五里断者强。家断则有余，故曰：日治者王。官断则不足，故曰：夜治者强。君断则乱，故曰：宿治者削。故有道之国，治不听君，民不从官。

---

①赞：帮助。

②征：起因。

③鼠：发源地。

④合而复：兼爱他人并掩饰他人的罪恶。合：兼顾，兼爱。复：掩盖，掩饰。

⑤别而规：专顾自己并监视他人的罪恶。别：只顾，专管。规：窥视，监视。

⑥断家：即断于家。断决是非于百姓之家。下"断官"、"断君"也即"断于官"、"断于君"。

⑦要保：使百姓相互监视，相互担保。要（yāo，音妖）：约定。

算 地 第 六

凡世主之患，用兵者不量力，治草莱者不度地①。故有地狭而民众者，民胜其地；地广而民少者，地胜其民。民胜其地务开，地胜其民者事徕。开则行倍。民过地，则国功寡而兵力少；地过民，则山泽财物不为用。夫弃天物、遂民淫者，世主之务过也。而上下事之，故民众而兵弱，地大而力小。故为国任地者，山林居什一，薮泽居什一，溪谷流水居什一，都邑蹊道居什四，此先王之正律也。故为国分田数，小亩五百，足待一役，此地不任；方土百里，出战卒万人者，数小也。此其垦田足以食其民，都邑遂路足以处其民，山林薮泽溪谷足以供其利，薮泽堤防足以畜。故兵出粮给而财有余，兵休民作而畜长足，此所谓任地待役之律也②。

今世主有地方数千里，食不足以待役实仓，而兵为邻敌，臣故为世主患之。夫地大而不垦者，与无地同；民众而不用者，与无民同。故为国之数，务在垦草；用兵之道，务在壹赏。私利塞于外，则民务属于农，属于农则朴，朴则畏令；私赏禁于下，则民力抟于敌，抟于敌则胜。奚以知其然也？夫民之情，朴则生劳而易力，穷则生知而权利；易力则轻死而乐用，权利则畏罚而易苦；易苦则地利尽，乐用则兵力尽。

夫治国者，能尽地利而致民死者，名与利交至。民之性，饥而求食，劳而求佚，苦则索乐，辱则求荣，此民之情也，民之求利，失礼之法；求名，失性之常。奚以论其然也？今夫盗贼上犯君上之所禁，而下失臣民之礼，故名辱而身危犹不止者，利也。其上世之士，衣不暖肤，食不满肠，苦其志意，劳其四肢，伤其五脏，而益裕广耳③，非生之常也，而为之者，名也。故曰：名利之所凑，则民道之。主操名利之柄，而能致功名者，数也。圣人审权以操柄，审数以使民。数者臣主之术，而国之要也。故万乘失数而不危，臣主失术而不乱者，未之有也。

今世主欲辟地治民，而不审数；臣欲尽其事，而不立术，故国有不服之民，主有不令之臣。

故圣人之为国也，入令民以属农，出令民以计战。夫农，民之所苦；而战，民之所危也。犯其所苦，行其所危者，计也。故民生则计利，死则虑名。名利之所出，不可不审也。利出于地，则民尽力；名出于战，则民致死。入使民尽力，则草不荒；出使民致死，则胜敌。胜敌而草不荒，富强之功，可坐而致也。

今则不然，世主之所加务者，皆非国之急也。身有尧、舜之行，而功不及汤、武之略者，此执柄之罪也。臣请语其过。夫治国舍势而任说说④，则身脩而功寡。故事《诗》、《书》谈说之士，则民游而轻其君；事处士，则民远而非其上；事勇士，则民竞而轻其禁；技艺之士用，则民剽而易徙；商贾之士佚且利，则民缘而议其上。故五民加于国用，则田荒而兵弱。谈说之士资在于口；处士资在于意；勇士资在于气；技艺之士资在于手，商贾之士资在于身。故天下一宅，而圜身资⑤。民资重于身，而偏托势于外；挟重资，归偏家，尧、舜之所难也。故汤、武禁之，则功立而名成。圣人非能以世之所易胜其所难也，必以其所难胜其所易。故民愚，则知可以胜之；世知，则力可以胜之。臣愚，则易力而难巧；世巧，则易知而难力。故神农教耕，而王天下，师其知也。汤、武致强，而征诸侯，服其力也。今世巧而民淫，方倣汤、武之时，而行神农之事，以随世禁，故千乘惑乱，此其所加务者过也。

民之生，度而取长，称而取重，权而索利。明君慎观三者，则国治可立，而民能可得。国之所以求民者少，而民之所以避求者多。入使民属于农，出使民壹于战。故圣人之治也，多禁以止能，任力以穷诈，两者偏用，则境内之民壹，民壹则农，农则朴，朴则安居而恶出。故圣人之为国也，民资藏于地，而偏托危于外。资藏于地则朴，托危于外则惑。民入则朴，出则惑，故其农勉而战戢也⑥。民之农勉则资重，战戢则邻危。资重则不可负而逃，邻危则不归。于无资归危外托，狂夫之所不为也。故圣人之为国也，观俗立法则治，察国事本则宜。不观时俗，不察国本，则其法立而民乱，事剧而功寡。此臣之所谓过也。

夫刑者所以禁邪也，而赏者所以助禁也。羞辱劳苦者，民之所恶也；显荣佚乐者，民之所务也。故其国刑不可恶，而爵禄不足务也，此亡国之兆也。刑人复漏⑦，则小人辟淫而不苦刑，则侥幸于上。侥于上以利求。显荣之门不一，则君子事势以成名。小人不避其禁，故刑烦。君子不设其令，则罚行。刑烦而罚行者，国多奸，则富者不能守其财，而贫者不能事其业，田荒而国贫。田荒则民诈生，国贫则上匮赏。故圣人之为治也，刑人无国位，戮人无官任。刑人有列，则君子下其位；衣锦食肉，则小人冀其利。君子下其位则羞功，小人冀其利则伐奸。故刑戮者所以止奸也，而官爵者所以劝功也。今国立爵而民羞之，设刑而民乐之，此盖法术之患也。故君子操权一正以立术，立官贵爵以称之，论荣举功以任之，则是上下之称平。上下之称平，则臣得尽其力，而主得专其柄。

---

①莱：荒地。

②待役之律：对付战争的原则。

③裕广：满不在乎。裕，宽宏大量。

④任说说：崇尚空谈。

⑤圜身资：将谋生的本领都带在身上。

⑥战戢：集中力量作战。戢，聚集。

⑦复漏：赦免和漏网。

开塞第七^①

　　天地设而民生之。当此之时也，民知其母而不知其父，其道亲亲而爱私^②。亲亲则别，爱私则险。民众而以别险为务，则民乱。当此时也，民务胜而力征^③，务胜则争，力征则讼。讼而无正，则莫得其性也^④。故贤者立中正，设无私，而民说仁。当此时也，亲亲废，上贤立矣。凡仁者以爱利为务，而贤者以相出为道^⑤。民众而无制，久而相出为道，则有乱。故圣人承之，作为土地货财男女之分。分定而无制，不可，故立禁；禁立而莫之司，不可，故立官；官设而莫之一，不可，故立君。既立君，则上贤废而贵贵立矣。

　　然则，上世亲亲而爱私，中世上贤而说仁，下世贵贵而尊官。上贤者以道相出也，而立君者使贤无用也。亲亲者以私为道也，而中正者使私无行也。此三者非事相反也，民道弊而所重易也，世事变而行道异也。故曰：王道有绳。

　　夫王道一端，而臣道亦一端，所道则异，而所绳则一也。故曰：民愚，则知可以王；世知，则力可以王。民愚则力有余而知不足，世知则巧有余而力不足。民之生，不知则学，力尽而服。故神农教耕，而王天下，师其知也。汤、武致强，而征诸侯，服其力也。夫民愚，不怀知而问；世知，无余力而服。故以王天下者并刑，力征诸侯者退德。

　　圣人不法古，不脩今。法古，则后于时；脩今，则塞于势。周不法商，夏不法虞，三代异势，而皆可以王。故兴王有道，而持之异理，武王逆取而贵顺，争天下而上让，其取之以力，持之以义。今世，强国事兼并，弱国务力守，上不及虞、夏之时，而下不脩汤、武。汤、武之道塞，故万乘莫不战，千乘莫不守。此道之塞久矣，而世主莫之能废也，故三代不四^⑥。非明主莫有能听也。

　　今日愿启之以效。古之民朴以厚，今之民巧以伪。故效于古者，先德而治；效于今者，前刑而法。此俗之所惑也。今世之所谓义者，将立民之所好，而废其所恶。此其所谓不义者，将立民之所恶，而废其所乐也。二者名贸实易，不可不察。立民之所乐，则民伤其所恶。立民之所恶，则民安其所乐。何以知其然也？夫民忧则思，思则出度；乐则淫，淫则生佚。故以刑治则民威，民威则无奸，无奸则民安其所乐；以义教则民纵，民纵则乱，乱则民伤其所恶。吾所谓利者，义之本也；而世所谓义者，暴之道也。夫正民者以其所恶，必终其所好；以其所好，必败其所恶。

　　治国，刑多而赏少。故王者刑九而赏一，削国赏九而刑一。夫过有厚薄，则刑有轻重；善有大小，则赏有多少。此二者，世之常用也。刑加于罪所终，则奸不去；赏施于民所义，则过不止。刑不能去奸，而赏不能止过者，必乱。故王者刑用于将过，则大邪不生；赏施于告奸，则细过不失。治民能使大邪不生，细过不失，则国治。国治必强。一国行之，境内独治；二国行之，兵则少寝^⑦；天下行之，至德复立。此吾以杀刑之反于德^⑧，而义合于暴也。

　　古者，民藂生而群处^⑨，乱，故求有上也。然则天下之乐有上也，将以为治也。今有主而无法，其害与无主同。有法不胜其乱，与无法同。天下不安无君，而乐胜其法，则举世以为惑也。夫利天下之民者，莫大于治；而治莫康于立君^⑩；立君之道，莫广于胜法；胜法之务，莫急于去奸；去奸之本，莫深于严刑。故王者以赏禁，以刑劝，求过不求善，藉刑以去刑。

①开塞：清除政治道路上的阻碍。

②亲亲：爱自己的亲人。

③务胜而力征：竭力压服对方，竭力争夺财物。

④莫得其性：不能按照自己的理念生活。

⑤相出：相互超出。

⑥三代不四：三代以后没有再出现第四个王朝。

⑦寝：息，止。

⑧杀刑之反于德：刑杀能够反归结于德。

⑨蔟（cóng，音丛）：聚集。

⑩康：大。

壹言第八①

　　凡将立国，制度不可不察也，治法不可不慎也，国务不可不谨也，事本不可不抟也。制度时②，则国俗可化，而民从制，治法明，则官无邪；国务壹，则民应用；事本抟，则民喜农而乐战。夫圣人之立法化俗，而使民朝夕从事于农也，不可不知也。夫民之从事死制也③，以上之设荣名、置赏罚之明也，不用辩说私门，而功立矣。故民之喜农而乐战也，见上之尊农战之士，而下辩说技艺之民，而贱游学之人也。故民壹务，其家必富，而身显于国。上开公利而塞私门，以致民力，私劳不显于国，私门不请于君。若此而功臣劝，则上令行而荒草辟，淫民止而奸无萌。治国能抟民力而壹民务者，强；能事本而禁末者，富。

　　夫圣人之治国也，能抟力，能杀力。制度察则民力抟，抟而不化则不行，行而无富则生乱。故治国者，其抟力也，以富国强兵也；其杀力也，以事敌劝民也。夫开而不塞，则短长；长而不攻，则有奸。塞而不开，则民浑；浑而不用，则力多；力多而不攻，则有奸虱。故抟力以壹务也，杀力以攻敌也。治国者贵民壹，民壹则朴，朴则农，农则易勤，勤则富。富者废之以爵④，不淫；淫者废之以刑，而务农。故能抟力而不能用者，必乱；能杀力而不能抟者，必亡。故明君知齐二者⑤，其国强；不知齐二者，其国削。

　　夫民之不治者，君道卑也⑥。法之不明者，君长乱也。故明君不道卑，不长乱也。秉权而立，垂法而治，以得奸于上，而官无不赏罚断，而器用有度。若此，则国制明而民力竭，上爵尊而伦徒举⑦。今世主皆欲治民，而助之以乱，非乐以为乱也，安其故而不闚于时也。是上法古而得其塞，下修令而不时移，而不明世俗之变，不察治民之情，故多赏以致刑⑧，轻刑以去赏⑨。夫上设刑而民不服，赏匮而奸益多。故民之于上也，先刑而后赏。故圣人之为国也，不法古，不修今，因世而为之治，度俗而为之法。故法不察民之情而立之，则不成；治宜于时而行之，则不干⑩。故圣人之治也，慎为察务，归心于壹而已矣。

①壹言：专一从事农战。

②制度时：根据时事需要制定相应的制度。

③从事死制：从事农耕和为服从法制效死。

④废之以爵：用钱粮捐爵位的办法来减少他们（指富人）的财产。

⑤齐：调剂，协调。

⑥道卑：治国方法失误。

⑦伦徒：各类人物。伦，辈。徒，众。

⑧多赏：奖赏的途径多。

⑨去赏：奖赏不起作用。

⑩干：干扰。

错 法 第 九①

臣闻：古之明君错法而民无邪，举事而材自练，赏行而兵强。此三者，治之本也。夫错法而民无邪者，法明而民利之也。举事而材自练者，功分明。功分明，则民尽力；民尽力，则材自练。行赏而兵强者，爵禄之谓也。爵禄者兵之实也。是故人君之出爵禄也，道明②。道明，则国日强；道幽③，则国日削。故爵禄之所道，存亡之机也。夫削国亡主非无爵禄也，其所道过也。三王五霸，其所道不过爵禄，而功相万者④，其所道明也。是以明君之使其臣也，用必出于其劳，赏必加于其功。功赏明，则民竞于功。为国而能使其尽力以竞于功，则兵必强矣。

同列而相臣妾者，贫富之谓也。同实而相并兼者，强弱之谓也。有地而君，或强或弱者，乱治之谓也。苟有道，里地足容身，士民可致也。苟容市井，财货可众也。有土者不可以言贫，有民者不可以言弱。地诚任，不患无财；民诚用，不畏强暴。德明教行，则能以民之有为己用矣。故明主者用非其有，使非其民。明王之所贵，惟爵其实，爵其实而荣显之。不荣，则民不急列位；不显，则民不事爵。爵易得也，则民不贵上爵；列爵禄赏不道其门。则民不以死争位矣。

人君而有好恶，故民可治也。人君不可以不审好恶。好恶者，赏罚之本也。夫人情好爵禄而恶刑罚，人君设二者以御民之志，而立所欲焉。夫民力尽而爵随之，功立而赏随之。人君能使其民信于此如明日月，则兵无敌矣。

人君有爵行而兵弱者，有禄行而国贫者，有法立而乱者，此三者国之患。故人君者先便请谒而后功力⑤，则爵行而兵弱矣。民不死犯难⑥，而利禄可致也，则禄行而国贫矣。法无度数，而事日烦，则法立而治乱矣。是以明君之使其民也，使必尽力以规其功。功立而富贵随之，无私德也，故教流成。如此，则臣忠君明，治著而兵强矣。

故凡明君之治也，任其力不任其德，是以不忧不劳，而功可立也。度数已立，而法可修，故人君者不可不慎己也。夫离朱见秋豪百步之外，而不能以明目易人；乌获举千钧之重，而不能以多力易人。夫圣人之存体性⑦，不可以易人，然而功可得者，法之谓也。

---

①错法：实行法治。错，施行。

②道明：原则正确。

③道幽：原则不正确。

④相万：相差万倍。

⑤便请谒：巴结奉承，求情请托以获恩爱。

⑥犯难：冒险。此指打仗。

⑦体性：自身独特的德行。

战法第十[①]

凡战法必本于政胜[②]，则其民不争，不争则无以私意，以上为意。故王者之政，使民怯于邑斗[③]，而勇于寇战。民习以力攻难，故轻死。

见敌如溃溃而不止[④]，则免[⑤]。故兵法："大战胜，逐北无过十里；小战胜，逐北无过五里。"

兵起而程敌[⑥]，政不若者勿与战，食不若者勿与久[⑦]，敌众勿为客[⑧]，敌尽不如，击之勿疑。故曰：兵大律在谨[⑨]，论敌察众，则胜负可先知也。

王者之兵，胜而不骄，败而不怨。胜而不骄者，术明也；败而不怨者，知所失也。若兵敌强弱[⑩]，将贤则胜，将不如则败。若其政出庙算者[⑪]，将贤亦胜，将不如亦胜。政久持胜术者，必强至王。若民服而听上，则国富而兵胜，行是必久王。其过失，无敌深入[⑫]，偕险绝塞[⑬]，民倦且饥渴，而复遇疾，此其道也。故将使民者乘良马者[⑭]，不可不齐也。

---

①战法：战争的法则。

②政胜：政治出色。

③邑斗：地方集团势力之间的争斗。

④溃溃：形势兵败而逃，如河水决口一般。

⑤免：停止追击。

⑥兵起而程敌：起兵作战之时应衡量敌方的力量。

⑦久：长久相峙。

⑧客：进攻者。

⑨大律：基本原则。

⑩兵敌强弱：敌我双方军事力量强弱相当。

⑪庙算：由中央朝廷决断。庙，朝廷。

⑫无敌：轻敌。

⑬偕险：冒险。

⑭将使民者乘良马者：将领带兵就像驾驭良马一样。

立本第十一[①]

凡用兵，胜有三等：若兵未起则错法，错法而俗成，而用具[②]。此三者必行于境内，而后兵可出也。行三者有二势：一曰辅法而法行；二曰举必得而法立。故恃其众者谓之葺[③]，恃其备饰者谓之巧，恃誉目者谓之诈[④]。此三者，恃一，因其兵可禽也。故曰：强者必刚斗其意[⑤]，斗则力尽，力尽则备，是故无敌于海内。

治行则货积[⑥]，货积则赏能重矣。赏壹则爵尊，爵尊则赏能利矣。故曰：兵生于治而异[⑦]，俗生于法而万转⑧，过势本于心⑨，而饰于备势⑩。三者有论，故强可立也。是以强者必治，治者必强；富者必治，治者必富；强者必富，富者必强。故曰：治强之道，论其本也。

---

①立本：（强兵的）根本办法。

②用具：作战物资齐备。

③茸（qì，音气）：茅草屋。喻不结实，不顶用。

④誉目：虚张声势，华而不实。

⑤刚斗其意：使斗争意志坚强。

⑥治行则货积：推行法治，财富就能积累起来。

⑦兵生于治而异：兵势的强弱是因政治的好坏而不同。

⑧万转：万般变化。

⑨过势：战胜敌人的态势。

⑩备势：必胜的态势。

兵守第十二①

四战之国贵守战②，负海之国贵攻战③。四战之国好举兴兵以距四邻者，国危。四邻之国一兴事，而己四兴军，故曰国危。四战之国不能以万室之邑舍巨万之军者④，其国危。故曰：四战之国务在守战。

守有城之邑，不如以死人之力与客生力战⑤。其城拔者，死人之力也，客不尽夷城，客无从入，此谓以死人之力与客生力战。城尽夷，客若有从入，则客必罢，中人必佚矣⑥。以佚力与罢力战，此谓以生人力与客死力战⑦。皆曰："围城之患，患无不尽死。"而亡此三者，非患不足，将之过也。

守城之道，盛力也。故曰客，治簿檄。三军之多，分以客之候车之数⑧。三军：壮男为一军，壮女为一军，男女之老弱者为一军，此之谓三军也。壮男之军，使盛食厉兵，陈而待敌。壮女之军，使盛食，负垒，陈而待令，客至而作土以为险阻及耕格阱⑨，发梁撤屋，给从从之⑩，不洽而燔之⑪，使客无得以助攻备。老弱之军，使牧牛马羊彘，草水之可食者，收而食之，以获其壮男女之食。而慎使三军无相过。壮男过壮女之军，则男贵女，而奸民有从谋⑫，而国亡。喜与⑬，其恐有蚤闻⑭，勇民不战。壮男壮女过老弱之军，则老使壮悲，弱使强怜。悲怜在心，则使勇民更虑，而怯民不战。故曰：慎使三军无相过。此盛力之道。

---

①兵守：用兵守城的方略。

②四战之国：四面受敌的国家。

③负海之国：背靠大海的国家。

④舍：驻扎。

⑤死人之力：抱必死之心之人的力量。

⑥中人：城中未参战的士兵。佚：休息，休养。

⑦生人力：有生力量。

⑧分以客之候车之数：根据敌军前哨兵车之数分兵抵抗。

⑨耕格阱：挖陷阱。

⑩给从从之：来得及运走的就运。

⑪不洽而熯：来不及运走的。熯（hàn，音汉），燃烧。

⑫有从谋：有施展阴谋的机会。

⑬与：在一起。

⑭恐有蚤闻：害怕早日发生战争。

靳令第十三①

靳令则治不留，法平则吏无奸。法已定矣，不以善言害法②。任功则民少言，任善则民多言。行治曲断③，以五里断者王，以十里断者强，宿治者削。以刑治，以赏战，求过不求善。故法立而不革，则显民变诛，计变诛止。贵齐殊使④。百都之尊爵，厚禄以自伐⑤。国无奸民，则都无奸市。物多末众，农弛奸胜，则国必削。民有余粮，使民以粟出官爵，官爵必以其力，则农不怠。四寸之管无当⑥，必不可满也。授官、予爵、出禄不以功，是无当也。

国贫而务战，毒生于敌，无六虱，必强。国富而不战，偷生于内，有六虱，必弱。国以功授官予爵，此谓以盛知谋，以盛勇战。以盛知谋，以盛勇战，其国必无敌。国以功授官予爵，则治省言寡，此谓以法去法，，以言去言。国以六虱授官予爵，则治烦言生，此谓以治致治，以言致言。则君务于说言，官乱于治邪，邪臣有得志，有功者日退，此谓失。守十者乱，守壹者治。法已定矣，而好用六虱者亡。民泽毕农则国富⑦。六虱不用，则兵民毕竞劝⑧，而乐为主用。其竞内之民，争以为荣，莫以为辱；其次，为赏劝罚沮⑨；其下，民恶之、忧之、羞之。修容而以言耻食⑩，以上交以避农战⑪，外交以备⑫，国之危也。有饥寒死亡，不为利禄之故战，此亡国之俗也。

六虱：曰礼乐，曰《诗》、《书》，曰修善，曰孝弟，曰诚信，曰贞廉，曰仁义，曰非兵，曰羞战。国有十二者，上无使农战，必贫至削。十二者成群，此谓君之治不胜其臣，官之治不胜其民，此谓六虱胜其政也。十二者成朴⑬，必削。是故兴国不用十二者，故其国多力，而天下莫能犯也。兵出必取，取必能有之；按兵而不攻，必富。朝廷之吏，少者不毁也⑭，多者不损也⑮。效功而取官爵，虽有辩言，不能以相先也。此谓以数治。以力攻者，出一取十；以言攻者，出十亡百。国好力，此谓以难攻；国好言，此谓以易攻。

重刑少赏，上爱民，民死赏；重赏轻刑，上不爱民，民不死赏。利出一空者⑯，其国无敌；利出二空者，国半利；利出十空者，其国不守。重刑，明大制⑰，不明者六虱也。六虱成群，则民不用。是故兴国罚行则民亲，赏行则民利。行罚：重其轻者，轻其重者，轻者不至，重者不来，此谓以刑去刑，刑去事成；罪重刑轻，刑至事生，此谓以刑致刑，其国必削。

圣君知物之要，故其治民有至要。故执赏罚以壹辅仁者，心之续也⑱。圣君之治人也，必得其心，故能用力。力生强，强生威，威生德，德生于力。圣君独有之，故能述仁义于天下⑲。

①斩令：严格执行法令。

②善言：伪善之语。

③行治曲断：处理政务要决断。

④贵齐殊使：贵族和平民分别被使用。

⑤自伐：各自争相立功。

⑥当（dàng，音荡）：底。

⑦民泽毕农：百姓都选择务农这个职业。

⑧竞功：互相鼓励。

⑨沮（jǔ，音举）：阻止。

⑩修容而以言耻食：将自己打扮一番以伪善之言混饭吃。耻，取。

⑪以上交：与上层交往。

⑫备：极度疲乏。

⑬成朴：成群。

⑭少者不毁：受他人赞誉少的官吏不受排斥。

⑮多者不损：受他人吹捧多的官吏不受提拔。

⑯空：途径。

⑰大制：根本的法制。

⑱心之续：政治思想的延伸。

⑲述：推行。

修权第十四①

国之所以治者三：一曰法，二曰信，三曰权。法者，君臣之所共操也；信者，君臣之所共立也；权者，君之所独制也。人主失守则危，君臣释法任私必乱。故立法明分，而不以私害法，则治；权制断于君，则威。民信其赏，则事功成；信其刑，则奸无端。惟明主爱权重信，而不以私害法。故上多惠言，而不克其赏②，则下不用；数加严令，而不致其刑，则民傲死③。凡赏者，文也；刑者，武也。文武者，法之约也。故明主任法。明主不蔽之，谓明；不欺之，谓察。故赏厚而信，刑重而必④，不失疏远，不违亲近，故臣不蔽主，而下不欺上。

世之为治者，多释法而任私议，此国之所以乱也。先王县权衡，立尺寸，而至今法之，其分明也。夫释权衡而断轻重，废尺寸而意长短，虽察，商贾不用，为其不必也。故法者，国之权衡也。夫倍法度而任私议，皆不知类者也。不以法论知、能、贤、不肖者惟尧，而世不尽为尧。是故先王知自议誉私之不可任也，故立法明分，中程者赏之⑤，毁公者诛之。赏诛之法，不失其议，故民不争。授官予爵，不以其劳，则忠臣不进；行赏赋禄，不称其功，则战士不用。

凡人臣之事君也，多以主所好事君。君好法，则臣以法事君；君好言，则臣以言事君。君好法，则端直之士在前；君好言，则毁誉之臣在侧。公私之分明，则小人不疾贤，而不肖者不妒功。故尧舜之位天下也，非私天下之利也，为天下位天下也，论贤举能而传焉，非疏父子亲越人也⑥，明于治乱之道也。故三王以义亲，五霸以法正诸侯，皆非私天下之利也，为天下治天下。是故擅其名而有其功，天下乐其政，而莫之能伤也。今乱世之君臣，区区然皆擅一国之利，而管一官之重，以便其私，此国之所以危也。故公私之交，存亡之本也。

夫废法度而好私议，则奸臣鬻权以约禄⑦，秩官之吏隐下而渔民⑧。谚曰："蠹众而木折，隙大而墙坏。"故大臣争于私而不顾其民，则下离上。下离上者，国之隙也。秩官之吏隐下以渔百姓，此民之蠹也。故有隙蠹而不亡者，天下鲜矣。是故明王任法去私，而国无隙蠹矣。

①修权：使用好权力。

②不克其赏：不施行奖赏。

③傲死：轻视死亡。

④必：实行。

⑤中程者：遵守法令的人。

⑥越人：疏远之人。

⑦鬻权：卖权。　约禄：贪图贿赂。

⑧秩官之吏：普通的官吏。

徕民第十五①

地方百里者，山陵处什一，薮泽处什一，谿谷流水处什一，都邑蹊道处什一，恶田处什二，良田处什四，以此食作夫五万②。其山陵、薮泽、谿谷，可以给其材；都邑、蹊道，足以处其民，先王制土分民之律也。

今秦之地，方千里者五，而谷土不能处二，田数不满百万，其薮泽、溪谷、名山、大川之材物、货宝，又不尽为用，此人不称土也。秦之所与邻者三晋也，所欲用兵者韩魏也。彼土狭而民众，其宅参居而并处。其寡萌贾息民③，上无通名④，下无田宅，而恃奸务末作以处，人之复阴阳泽水者过半⑤。此其土之不足以生其民也，似有过秦民之不足以实其土也。意民之情，其所欲者田宅也，而晋之无有也信，秦之有余也必。如此，而民不西者，秦士戚而民苦也⑥。臣窃以为王吏之明为过见⑦。此其所以弱不夺三晋民者，爱爵而重复也⑧。其说曰："三晋之所以弱者，其民务乐而复爵轻也；秦之所以强者，其民务苦而复爵重也。今多爵而久复，是释秦之所以强，而为三晋之所以弱也。"此王吏重爵爱复之说也。而臣窃以为不然。夫所以为苦民而强兵者，将以攻敌而成所欲也。兵法曰："敌弱而兵强。"此言不失吾所以攻，而敌失其所守也。今三晋不胜秦四世矣。自魏襄以来，野战不胜，守城必拔。小大之战，三晋之所亡于秦者，不可胜数也。若此而不服，秦能取其地，而不能夺其民也。

今王发明惠，诸侯之士来归义者，今使复之三世，无知军事。秦四竟之内，陵阪丘隰⑨，不起十年征，者于律也⑩，足以造作夫百万。曩者，臣言曰："意民之情，其所欲者田宅也，晋之无有也信，秦之有余也必。若此，而民不西者，秦士戚而民苦也。"今利其田宅，而复之三世，此必与其所欲，而不使行其所恶也。然则山东之民无不西者矣。

且直言之谓也⑪，不然。夫实圹什虚⑫，出天宝，而百万事本，其所益多也，岂徒不失其所以攻乎？夫秦之所患者，兴兵而伐，则国家贫；安居而农，则敌得休息。此王所不能两成也。故四世战胜，而天下不服。今以故秦事敌⑬，而使新民作本⑭，兵虽百宿于外，竟内不失须臾之时，此富强两成之效也。臣之所谓兵者，非谓悉兴尽起也，论竟内所能给军卒车骑⑮。令故秦民事兵，新民给刍食，天下有不服之国，则王以春围其农，夏食其食，秋取其刈，冬陈其宝⑯，以大武摇其本⑰，以广文安其嗣⑱。王行此，十年之内，诸侯将无异民，而王何为爱爵而重复乎？

周军之胜⑲，华军之胜⑳，秦斩首而东之。东之无益亦明矣。而吏犹以为大功，为其损敌也。今以草茅之地，徕三晋之民，而使之事本，此其损敌也，与战胜同实。而秦得之以为粟，此反行两登之计也㉑。且周军之胜、华军之胜、长平之胜，秦所亡民者几何？民客之兵，不得事本者几何？臣窃以为不可数矣。假使王之群臣有能用之，费此之半，弱晋强秦，若三战之胜者，王必加大赏焉。今臣之所言，民无一日之繇，官无数钱之费，其弱晋强秦，有过三战之胜，而王犹以为不可，则臣愚不能知已。

齐人有东郭敞者，犹多愿㉒，愿有万金。共徒请赒焉，不与，曰："吾将以求封也。"其徒怒而去之宋。曰："此爱于无也，故不如以先与之有也。"今晋有民，而秦爱其复，此爱非其有，以失其有也。岂异东郭敞之爱非其有以亡其徒乎？且古有尧、舜，当时则见称；中世有汤、武，在位而民服。此三王者，万世之所称也，以为圣王也，然其道犹不能取用于后。今复之三世，而三晋之民可尽也，是非王贤立今时，而使后世为王用乎？然则非圣别说㉓，而听圣人难也。

---

①徕民：招来民众（以增加本国人口，开垦荒地）。

②作夫：从事劳动的劳力。

③寡萌：贫民。

④上无通名：上没有在官府登记姓名。

⑤复：地洞，山洞。　　阴阳：山和水的南北。山南水北为阳，山北水南为阴。

⑥戚：忧虑。

⑦王吏之明：君王官吏的道理。　　见过：错误的见解。

⑧爱爵而重复：舍不得将爵位封给功臣，对有功者给予免除徭役看得太重。

⑨隰（xí，音习）：低湿的地方。

⑩者于律：写于法律中。者，应为"著"。

⑪且直言之谓也：而且这只是从道理上来分析。

⑫实圹什虚：（招徕之民）充实了虚旷的田野。圹（kuàng，音况），旷野，野外。什虚，利用荒芜的土地。

⑬以故秦事敌：以原有的秦民从事对敌攻伐。

⑭使新民作本：使招徕的新人口专务农耕之业。

⑮论：弄清。根据。

⑯冬陈其宝：冬季夺取敌国收蓄的粮食。

⑰大武：强大的军事力量。

⑱广文：宽厚的恩赐奖赏。

⑲周军之胜：攻灭东周的胜利。发生在秦昭襄王五十一年（公元前256年），此距商鞅死已有82年。

⑳华军之胜：攻破华阳的胜利。发生在秦昭襄王三十四年（公元前273年），秦军在华阳（今河南新郑北）大败魏军，斩首15万。此事距商鞅死亦有65年。

㉑反行两登之计：从事农耕和赢得战争两全其美的计策。反行：招徕新民使之农耕和使原有秦民作战两方面。两登：两全其美。

㉒犹多愿：有过分的愿望。

㉓别说：没有说。

刑约第十六①

---

①刑约：可能是刑罚的原则。　原文已亡佚。

赏刑第十七①

　　圣人之为国也，壹赏，壹刑，壹教。壹赏，则兵无敌；壹刑，则令行；壹教，则下听上。夫明赏不费②，明刑不戮③，明教不变④，而民知于民务，国无异俗。明赏之犹至于无赏也⑤，明刑之犹至于无刑也，明教之犹至于无教也。

　　所谓壹赏者，利禄官爵抟出于兵，无有异施也⑥。夫固知愚、贵贱、勇怯、贤不肖⑦，皆知尽其胸臆之知，竭其股肱之力，出死而为上用也。天下豪杰贤良从之如流水，是故兵无敌而令行于天下。万乘之国不敢苏其兵中原⑧，千乘之国不敢捍城。万乘之国若有苏其兵中原者，战将覆其军；千乘之国若有捍城者，攻将凌其城⑨。战必覆人之军，攻必凌人之城。尽城而有之，尽宾而致之⑩，虽厚庆赏，何匮之有矣？昔汤封于赞茅，文王封于岐周，方百里。汤与桀战于鸣条之野，武王与纣战于牧野之中，大破九军，卒裂土封诸侯。士卒坐陈者⑪，里有书社⑫。车休息不乘，从马华山之阳⑬，从牛于农泽，从之老而不收。此汤、武之赏也。故曰：赞茅、岐周之粟，以赏天下之人，不人得一升；以其钱赏天下之人，不人得一钱。故曰：百里之君而封侯其臣，大其旧⑭；自士卒坐陈者，里有书社，赏之所加，宽于牛马者，何也？善因天下之货，以赏天下之人。故曰：明赏不费。汤、武既破桀、纣，海内无害，天下大定，筑五库，藏五兵，偃武事，行文教，倒载干戈，搢笏作为乐⑮，以申其德。当此时也，赏禄不行，而民整齐。故曰：明赏之犹至于无赏也。

　　所谓壹刑者，刑无等级，自卿相将军以至大夫庶人，有不从王令、犯国禁、乱上制者，罪死不赦。有功于前，有败于后⑯，不为损刑；有善于前，有过于后，不为亏法。忠臣孝子有过，必以其数断；守法守职之吏有不行王法者，罪死不赦，刑及三族。周官之人⑰，知而讦之上者⑱，自免于罪，无贵贱，尸袭其官长之官爵田禄⑲。故曰：重刑，连其罪，则民不敢试；民不敢试，故无刑也。夫先王之禁，刺杀，断人之足，黥人之面，非求伤民也，以禁奸止过也。故禁奸止过，莫若重刑。刑重而必得⑳，则民不敢试，故国无刑民。国无刑民，故曰：明刑不戮。晋文公将欲明刑，以亲百姓，于是合诸侯大夫于侍千宫，颠颉后至，吏请其罪。君曰："用事焉㉑。"吏遂断颠颉之脊以徇。晋国之士，稽焉皆惧㉒，曰："颠颉之有宠也，断以徇，况于我乎！"举兵伐曹五鹿，及反郑之埤㉓，东卫之亩㉔，胜荆人于城濮。三军之士，止之如斩足，行之如流水。三军之士，无敢犯禁者。故一假道重轻于颠颉之脊㉕，而晋国治。昔者，周公旦杀管叔，流霍叔，曰："犯禁者也"。天下众皆曰："亲昆弟有过，不违，而况疏远乎！"故天下知用刀锯于周庭，而海内治。故曰：明刑之犹至于无刑也。

所谓壹教者，博闻、辩慧、信廉、礼乐、修行、群党、任誉、清浊㉖，不可以富贵，不可以评刑，不可独立私议以陈其上。坚者被㉗，锐者挫㉘。虽曰圣知、巧佞、厚朴㉙，则不能以非功罔上利。然富贵之门，要存战而已矣。彼能战者，践富贵之门；强梗焉㉚，有常刑而不赦。是父兄、昆弟、知识、婚姻、合同者㉛，皆曰："务之所加㉜，存战而已矣。"夫故，当壮者务于战，老弱者务于守，死者不悔，生者务劝，此臣之所谓壹教也。民之欲富贵也，共阖棺而后止，而富贵之门必出于兵。是故民闻战而相贺也，起居饮食所歌谣者，战也。此臣之所谓明教之犹至于无教也。

此臣所谓参教也。圣人非能通知万物之要也。故其治国举要以致万物，故寡教而多功。

圣人治国也，易知而难行也。是故圣人不必加㉝，凡主不必废㉞。杀人不为暴、赏人不为仁者，国法明也。圣人以功授官予爵，故贤者不忧。圣人不宥过，不赦刑，故奸无起。圣人治国也，审壹而已矣。

---

① 赏刑：奖赏与刑罚。

② 明赏不费：恰当的奖赏不会白白浪费财物。

③ 明刑不戮：严明的刑罚不会过多杀人。

④ 明教不变：明确的教化不会引发变动。

⑤ 犹：突出，至极。

⑥ 异施：（奖赏）没有施予其他人。

⑦ 固：通"故"。所以。

⑧ 苏：进军，朝向。

⑨ 凌：攻占。

⑩ 宾：俘虏。

⑪ 坐陈：上阵作战。

⑫ 里有书社：（士兵作战有功回乡）依功受赏土地，并登记在册。书社，户籍。社，古代 25 家为一社。按社登记户口称"书社"。

⑬ 从：放纵。

⑭ 大其旧：比他们（诸侯）的原来封地还大。

⑮ 搢笏（jìn hù，音晋互）：士大夫。搢，插。笏，古代官吏上朝时手持的手板，用于记事。文官腰中才插笏，所以用"搢笏"代指文官士大夫。

⑯ 败：罪过。

⑰ 周官之人：（犯罪的）官吏周围的人。

⑱ 讦（jié，音节）：揭发。

⑲ 尸袭：继承。尸，古代祭祀活动中扮装死者受祭的人。

⑳ 刑重而必得：刑罚极重且犯罪必治。

㉑ 用事：依规定处理。

㉒ 稽：议论，谈论。

㉓ 反：拆毁。   埤（pí，音皮）：城上用于防守的矮墙。

㉔ 东卫之亩：灭掉卫国后将其田中的道路改成东西方向（以便晋国兵车通过）。

㉕ 假道：借助这个方法。

㉖ 清浊：颠倒黑白，搬弄是非。

㉗ 坚者被：顽固者应打击之。

㉘ 锐者挫：嚣张者应挫败之。

㉙圣知：有非凡才智之人。　　巧佞：有上好口才之人。　　厚朴：有敦厚朴质之人。

㉚强梗：拒不守法之人。

㉛知识：相互认识的人，即朋友。　　合同：志同道合的人。

㉜务之所加：应该加倍努力做的事情。

㉝圣人不必加：圣人治国不用再增加法度。

㉞凡主不必废：平庸之君治国不用再减损法度。

画策第十八①

昔者昊英之世②，以伐木杀兽，人民少而木兽多。黄帝之世，不麛不卵③，官无供备之民④，死不得用椁。事不同，皆王者，时异也。神农之世，男耕而食，妇织而衣，刑政不用而治，甲兵不起而王。神农既没，以强胜弱，以众暴寡。故黄帝作为君臣上下之义，父子兄弟之礼，夫妇妃匹之合⑤；内行刀锯⑥，外用甲兵。故时变也。则此观之，神农非高于黄帝也，然其名尊者，以适于时也。故以战去战，虽战可也；以杀去杀，虽杀可也；以刑去刑，虽重刑可也。

昔之，能制天下者，必先制其民者也；能胜强敌者，必先胜其民者也。故胜民之本在制民，若冶于金、陶于土也。本不坚，则民如飞鸟禽兽，其孰能制之？民本，法也。故善治者，塞民以法，而名地作矣⑦。

名尊地广以至王者，何故？名卑地削，以至于亡者，何故？战罢者也。不胜而王、不败而亡者，自古及今，未尝有也。民勇者战胜，民不勇者战败。能壹民于战者，民勇；不能壹民于战者，民不勇。

圣王见王之致于兵也⑧，故举国而责之于兵⑨。入其国，观其治，兵用者强。奚以知民之见用者也？民之见战也，如饿狼之见肉，则民用矣。凡战者，民之所恶也。能使民乐战者王。强国之民，父遗其子，兄遗其弟，妻遗其夫，皆曰："不得，无返！"又曰："失法离令，若死，我死。"乡治之⑩，行间无所逃，迁徙无所入。行间之治，连以五，辨之以章⑪，束之以令。拙无所处⑫，罢无所生。是以三军之众，从令如流，死而不旋踵。

国之乱也，非其法乱也，非法不用也。国皆有法，而无使法必行之法；国皆有禁奸邪、刑盗贼之法，而无使奸邪、盗贼必得之法。为奸邪、盗贼者死刑，而奸邪、资贼不止者，不必得。必得而尚有奸邪、盗贼者，刑轻也。刑轻者，不得诛也；必得者，刑者众也。故善治者，刑不善而不赏善，故不刑而民善。不刑而民善，刑重也。刑重者，民不敢犯，故无刑也；而民莫敢为非，是一国皆善也。故不赏善而民善。赏善之不可也，犹赏不盗。故善治者，使跖可信⑬，而况伯夷乎？不能治者，使伯夷可疑，而况跖乎？势不能为奸，虽跖可信也；势得为奸，虽伯夷可疑也。

国或重治⑭，或重乱⑮。明主在上，所举必贤，则法可在贤⑯。法可在贤，则法在下，不肖不敢为非，是谓重治。不明主在上，所举必不肖，国无明法，不肖者敢为非，是谓重乱。兵或重强，或重弱。民固欲战，又不得不战，是谓重强。民固不欲战，又得无战，是谓重弱。

明主不滥富贵其臣。所谓富者，非粟米珠玉也；所谓贵者，非爵位官职也。废法作私，爵禄之，富贵。凡人主德行非出人也，知非出人也，勇力非过人也。然民虽有圣知，弗敢我谋，勇力弗敢我杀，虽众不敢胜其主。虽民至亿万之数，县重赏而民不敢争。行罚而民不敢怨者，法也。国乱者，民多私义；兵弱者，民多私勇。则削国之所以取爵禄者，多涂。亡国之欲，贱爵轻禄，不作而食，不战而荣，无爵而尊，无禄而富，无官而长，此之谓奸民。所谓"治主无忠臣，慈父无孝子。"欲无善言，皆以法相司也⑰，命相正也⑱，不能独为非，而莫与人为非。所谓富者入多而出寡。衣服有制，饮食有节，则出寡矣；女事尽于内，男事尽于外，则入多矣。

所谓明者，无所不见，则群臣不敢为奸，百姓不敢为非。是以人主处匡床之上，听丝竹之声，而天下治。所谓明者，使众不得不为；所谓强者，天下胜⑲。天下胜，是故合力。是以勇强不敢为暴，圣知不敢为诈而虚用⑳，兼天下之众莫敢不为其所好，而辟其所恶。所谓强者，使勇力不得不为己用。其志足，天下益之；不足，天下说之。恃天下者，天下去之；自恃者，得天下。得天下者，先自得者也㉑。能胜强敌者，先自胜者也。

圣人知必然之理、必为之时势，故为必治之政，战必勇之民，行必听之令。是以兵出而无敌，令行而天下服从。黄鹄之飞，一举千里，有必飞之备也；丽丽巨巨㉒，日走千里，有必走之势也；虎豹熊罴，鸷而无敌，有必胜之理也。圣人见本然之政，知必然之理。故其制民也，如以高下制水，如以燥湿制火。故曰：仁者能仁于人，而不能使人仁；义者能爱于人，而不能使人爱。是以知仁义之不足，以治天下也。圣人有必信之性，又有使天下不得不信之法。所谓义者，为人臣忠，为人子孝；少长有礼，男女有别；非其义也，饿不苟食，死不苟生，此乃有法之常也。圣王者不贵义而贵法，法必明，令必行，则已矣。

---

①画策：为国君出谋画策。

②昊英：传说中远古时代的一位部落联盟的首领。

③不麛不卵：不猎杀小动物，不采集鸟卵（以保护生活资源）。麛（mí，音迷），小鹿。此指小动物。

④供备之民：不事生产且消耗生活资料的仆人。

⑤妃匹：配匹。

⑥刀锯：刑具。此指刑罚。

⑦名地作矣：名声和土地都拥有了。

⑧王之致于兵：统治天下要致力于武功。

⑨举国而责之于兵：要求全国百姓都去当兵。

⑩乡治之：乡官专管此事（士兵逃亡）。

⑪辨之以章：用兵士所配的标志来区别他们。

⑫拙：逃跑，逃走。

⑬跖：春秋末期的一位起义军首领，在统治者眼中他被视为大盗。

⑭重治：治上加治。重（chóng，音虫），特别，更加。

⑮重乱：乱上加乱。

⑯法可在贤：法度掌握在贤人手里。

⑰以法相司：以法令相互监督。

⑱命：命令。　　正：纠正。

⑲天下胜：以天下之力取胜。

⑳虚用：弄虚作假。

㉑先自得者：首先要自己具备得天下的条件。

㉒丽丽巨巨：两种良马之名。

境内第十九①

四境之内，丈夫、女子皆有名于上②，生者著，死者削。

其有爵者乞无爵者以为庶子③，级乞一人④。其无役事也⑤，其庶子役其大夫月六日；其役事也，随而养之。

军爵，自一级已下至小夫，命曰：校、徒、操、出。公爵，自二级已上至不更，命曰：卒。其战也，五人来薄为伍，一人羽，而轻其四人⑥；能人得一首，则复。五人一屯长，百人一将。其战，百将、屯长不得⑦，斩首；得三十三首以上，盈论⑧，百将、屯长赐爵一级。五百主，短兵五十人⑨。二五百主，将之主，短兵百。千石之令，短兵百人。八百之令，短兵八十人。七百之令，短兵七十人。六百之令，短兵六十人。国封尉，短兵千人。将，短兵四千人。战及死吏⑩，而轻短兵，能一首则优⑪。

能攻城围邑，斩首八千已上，则盈论；野战，斩首二千，则盈论。吏自操及校以上大将尽赏。行间之吏也，故爵公士也⑫，就为上造也⑬。故爵上造，就为簪袅⑭。故爵簪袅，就为不更⑮。故爵不更，就为大夫⑯。爵吏而为县尉，则赐虏六，加五千六百。爵大夫而为国治⑰，就为官大夫⑱。故爵官大夫，就为公大夫⑲。故爵公大夫，就为公乘⑳。故爵公乘，就为五大夫㉑，则税邑三百家。故爵五大夫，就为大庶长㉒。故大庶长，就为左更㉓。故更也㉔，就为大良造㉕。皆有赐邑三百家，有赐税三百家。爵五大夫，有税邑六百家者，受客㉖。大将、御、参皆赐爵三级。故客卿相，论盈，就正卿。

以战故㉗，暴首三，乃校三日㉘，将军以不疑致士大夫劳爵。夫劳爵，其县过三日有不致士大夫劳爵，能其县四尉㉙，訾由丞尉㉚。

能得甲首一者㉛，赏爵一级，益田一顷，益宅九亩，一除庶子一人㉜，乃得人兵官之吏㉝。

其狱法，高爵訾下爵级。高爵能，无给有爵人隶仆㉞。爵自二级以上，有刑罪则贬；爵自一级以下，有刑罪则已。

小夫死，以上至大夫，其官级一等，其墓树㉟，级一树。

其攻城围邑也，国司空訾其城之广厚之数。国尉分地㊱，以徒、校分积尺而攻之，为期㊲，曰："先已者当为最启㊳，后已者訾为最殿，再訾则废。"内通则积薪㊴，积薪则燔柱。陷队之士㊵，面十八人㊶。陷队之士知疾斗，不得斩首队五人，则陷队之士人赐爵一级，死则一人后㊷。不能死之，千人环规，谏黥劓于城下。国尉分地，以中卒随之㊸。将军为木壹，与国正监，与正御史参望之。其先入者，举为最启；其后入者，举为最殿。其陷队也，尽其几者㊹；几者不足，乃以欲级益之㊺。

---

①境内：国内的一些制度。

②有名于上：姓名登记在官府的名册上。

③庶子：依附人口。

④级乞一人：每高一级爵位可以要求增加一个人（庶子）。

⑤无役事：没有国家派给的公务。

⑥一人羽而轻其四人：一人逃亡则加刑罚于另外四个人身上。轻，惩罚。

⑦不得：没有斩敌首级。

⑧盈论：达到了法定的数目。

⑨短兵：带短兵器之士，即卫兵。

⑩战及死吏：战斗中将官遇难。

⑪能一首则优：能斩敌一个首级就可免除自己的刑罚。优，免罪。

⑫公士：爵位名。

⑬上造：爵位名。

⑭簪袅（niǎo，音鸟）：爵位名。

⑮不更：爵位名。

⑯大夫：爵位名。

⑰国治：在国家机关管理政务。

⑱官大夫：爵位名。

⑲公大夫：爵位名。

⑳公乘：爵位名。

㉑五大夫：爵位名。

㉒大庶长：爵位名。

㉓左更：爵位名。

㉔三更：即左更、中更、右更3爵位。

㉕大良造：爵位名。

㉖受客：允许养客。

㉗以战故：打完仗后。

㉘校：检验，核察。

㉙能：罢免。

㉚訾：处罚，审判。

㉛甲首：甲士的首级。甲士：军队中身着重甲的士兵，为军中主力。

㉜一除庶子一人：获一级爵位就可以授给庶子一人。

㉝得人兵官之吏：可以在军队中或衙门里当官。

㉞无给有爵人隶仆：不给有爵位的人作奴仆。

㉟墓树：种在坟墓上的树。

㊱分地：划定攻打的地域。

㊲为期：规定期限。

㊳最启：最佳。

㊴内通：挖地洞进入敌城。

㊵陷队之士：担负攻城任务的兵士。

㊶面十八人：每个方向布置18个人。

㊷死则一人后：战死之士由其家人一人继承（爵位）。后，继承。

㊸中卒：中军之士。

㊹几者：自己提出申请的人。

㊺欲级：希望晋级的人。

弱民第二十^①

民弱国强^②，国强民弱。故有道之国^③，务在弱民。朴则强，淫则弱。弱则轨^④，淫则越志^⑤。弱则有用，越志则强。故曰：以强去强者，弱；以弱去强者，强。

民，善之则亲，利之用则和^⑥；用则有任，和则匮，有任乃富于政。上舍法，任民之所善，故奸多。民贫则力富，力富则淫，淫则有虱。故民富而不用，则使民以食出^⑦，各必有力，则农不偷。农不偷，六虱无萌。故国富而民治，重强。

兵，易弱难强。民乐生安佚，死难难正^⑧，易之，则强^⑨。事有羞^⑩，多奸寡^⑪；赏无失，多奸疑^⑫。敌失必利，兵至强威。事无羞，利用兵。久处利势，必王。故兵行敌之所不敢行，强；事兴敌之所羞为，利。法有^⑬，民安其次。主变^⑭，事能得齐^⑮。国守安^⑯，主操权，利。故主贵多变，国贵少变。

利山　孔，则国多物；出十孔，则国少物。守一者治，守十者乱。治则强，乱则弱。强则物来，弱则物去。故国致物者强，去物者弱。

民，辱则贵爵^⑰，弱则尊官，贫则重赏。以刑治，民则乐用；以赏战，民则轻死。故战事兵用曰强^⑱。民有私荣，则贱列卑官，富则轻赏。治民羞辱以刑，战则战^⑲。民畏死，事乱而战，故兵农怠而国弱。

农、商、官三者，国之常食官也。农辟地，商致物，官法民。三官生虱六：曰岁，曰食，曰美，曰好，曰志，曰行。六者有朴，必削。农有余食，则薄燕于岁。商有淫利，有美好，伤器。官设而不用，志行为卒^⑳。六虱成俗，兵必大败。

法枉治乱，任善言多。治众国乱^㉑，言多兵弱。法明治省，任力言息。治省国治，言息兵强。故治大国小^㉒，治小国大。

政作民之所恶，民弱；政作民之所乐，民强。民弱国强，民强国弱。故民之所乐民强，民强而强之，兵重弱；民之所乐民强，民强而弱之，兵重强。故以强重弱，弱重强，王。以强政强弱，弱存；以弱政强，强去。强存则弱，强去则王。故以强政弱，削；以弱政强，王也。

明主之使其臣也，用之必加于功，赏必尽其劳。人主使其民信此如日月，则无敌矣。今离娄见秋豪之末，不能以明目易人。乌获举千钧之重，不能以多力易人。圣贤在体性也，不能以相易也。

今当世之用事者，皆欲为上圣，举法之谓也。背法而治，此任重道远，而无马牛；济大川，而无舡楫也。今夫人众兵强，此帝王之大资也。苟非明法以守之也，与危亡为邻。故明主察法，境内之民无辟淫之心，游处之士迫于战陈，万民疾于耕战，有以知其然也^㉓。

楚国之民，齐疾而均^㉔，速若飘风；宛钜铁铊^㉕，利若蜂蛋；胁蛟犀兕，坚若金石。江、汉以为池，汝、颍以为限，隐以邓林^㉖，缘以方城。秦师至，鄢郢举，若振槁。唐蔑死于垂涉，庄蹻发于内，楚分为五。地非不大也，民非不众也，兵甲财用非不多也。战不胜，守不固，此无法之所生也，释权衡而操轻重者。

①弱民：削弱百姓对国家法令的抗拒力。

②民弱：百姓守法。

③有道之国：推行法治的国家。

④轨：遵守法制。

⑤越志：任意胡为。

⑥和：（与国君）同心。

⑦以食出：用粮食换取官爵。

⑧死难难正：让百姓去打仗而死是不容易的事，这是难以做到的。

⑨易之：将百姓"乐生安佚"与畏死的状况互换。

⑩事有羞：认识到可耻的事而不去做。

⑪多奸：众奸。

⑫疑：停止。

⑬法有：国有法度。

⑭主变：国君掌握权变。

⑮齐：成功。

⑯国守安：国家保持安定。

⑰辱；身份低贱。

⑱战事：战前准备充分。

⑲战则战：打仗的时候才会勇敢作战。

⑳志行为卒：思想言行堕落卑鄙。

㉑治众：政务繁杂。

㉒国小：国家弱小。

㉓有以知其然也：他们知道必须这样做。

㉔齐疾而钧：行动敏捷而齐整。

㉕钜：钢。　　　铘（shé，音舌）：矛。

㉖胁：披挂。

㉗隐：屏障。

御盗第二十一①

①原本篇名，原文俱已亡佚，后施全昌补篇名，意大致是：防御盗贼。

外内第二十二①

　　民之外事，莫难于战，故轻法不可以使之。奚谓轻法？其赏少而威薄，淫道不塞之谓也②。奚谓淫道？为辩知者贵，游宦者任，文学私名显之谓也。三者不塞，则民不战而事失矣。故其赏少，则听者无利也③。威薄，则犯者无害也。故开淫道以诱之，而以轻法战之，是谓设鼠而饵以狸也，亦不几乎④？故欲战其民者，必以重法。赏则必多，威则必严，淫道必塞。为辩知者不贵，游宦者不任，文学私名不显。赏多威严，民见战赏之多则忘死，见不战之辱则苦生。赏使之忘死，而威使之苦生，而淫道又塞。以此遇敌，是以百石之弩射飘叶也，何不陷之有哉？

民之内事，莫苦于农，故轻治不可以使之。奚谓轻治？其农贫而商富，故其食贱者钱重，食贱则农贫，钱重则商富；末事不禁，则技巧之人利，而游食者众之谓也。故农之用力最苦，而赢利少，不如商贾技巧之人。苟能令商贾技巧之人无繁，则欲国之无富，不可得也。故曰：欲农富其国者，境内之食必贵，而不农之征必多，市利之租必重。则民不得无田，无田不得不易其食⑤。食贵，则田者利；田者利，则事者众。食贵，籴食不利，而又加重征，则民不得无去其商贾技巧而事地利矣。故民之力尽在于地利矣。

故为国者，边利尽归于兵，市利尽归于农。边利归于兵者强，市利归于农者富。故出战而强，入休而富者，王也。

---

①外内：外事（战争）与内事（务农）。
②淫道：非法途径。
③听者：服从法令的人。
④不几：毫无希望。
⑤不易其食：不能买粮食。

君臣第二十三①

古者未有君臣上下之时，民乱而不治，是以圣人列贵贱，制爵位，立名号，以别君臣上下之义。地广，民众，万物多，故分五官而守之②。民众而奸邪生，故立法制为度量，以禁之；是故有君臣之义、五官之分、法制之禁，不可不慎也。处君位而令不行，则危；五官分而无常，则乱；法制设而私善行，则民不畏刑。君尊，则令行；官修，则有常事；法制明，则民畏刑。法制不明，而求民之行令也，不可得也。民不从令，而求君之尊也，虽尧、舜之知③，不能以治。

明王之治天下也，缘法而治，按功而赏。凡民之所疾战不避死者，以求爵禄也。明君之治国也，士有斩首捕虏之功，必其爵足荣也，禄足食也。农不离廛者④，足以养二亲，治军事⑤。故军士死节，而农民不偷也。

今世君不然，释法而以知⑥，背功而以誉。故军士不战，而农民流徙。臣闻：道民之门⑦，在上所先。故民，可令农战，可令游宦，可令学问，在上所与。上以功劳与，则民战；上以《诗》、《书》与，则民学问。民之于利也，若水之于下也，四旁无择也。民徒可以得利而为之者，上与之也。瞋目扼腕而语勇者得，垂衣裳而谈说者得，迟日旷久、积劳私门者得。尊向三者，无功而皆可以得，民去农战而为之，或谈议而索之，或事便辟而请之，或以勇争之。故农战之民日寡，而游食者愈众，则国乱而地削，兵弱而主卑。此其所以然者，释法制而任名誉也。

故明主慎法制，言不中法者，不听也；行不中法者，不高也；事不中法者，不为也。言中法，则辩之⑧；行中法，则高之；事中法，则为之。故国治而地广，兵强而主尊，此治之至也。

人君者不可不察也。

---

①君臣：国君治民之法。

②五官：五个官职，即春官、夏官、秋官、冬官、中官。

③知：通"智"。

④廛（chán，音缠）：一户人家所住的房宅，此代指乡土。

⑤治军事：准备军用物资。

⑥以智：任用所谓有智慧的人。

⑦道民之门：引导百姓的关键。

⑧辩：听从。

禁使二十四①

人主之所以禁使者，赏罚也。赏随功，罚随罪。故论功察罪，不可不审也。夫赏高罚下②，而上无必知③，其道也与无道同也。

凡知道者，势、数也④。故先王不恃其强，而恃其势；不恃其信，而恃其数。今夫飞蓬遇飘风，而行千里，乘风之势也；探渊者知千仞之深，县绳之数也。故托其势者，虽远必至；守其数者，虽深必得。今夫幽夜，山陵之大，而离娄不见；清朝日巅⑤，则上别飞鸟，下察秋豪。故目之见也，托日之势也。得势之至，不参官而洁⑥，陈数而物当⑦。

今恃多官众吏，官立丞、监。夫置丞立监者，且以禁人之为利也。而丞、监亦欲为利，则何以相禁？故恃丞、监而治者，仅存之治也。通数者不然也。别其势，难其道⑧。故曰：其势难匿者，虽跖不为非焉。故先王贵势。

或曰："人主执虚后以应⑨，则物应稽验，稽验则奸得。"臣以为不然。夫吏专制决事于千里之外，十二月而计书以定⑩。事以一岁别计⑪，而主以一听，见所疑焉，不可蔽⑫，员不足⑬。夫物至，则目不得不见；言薄，则耳不得不闻。故物至则变⑭，言至则论⑮。故治国之制，民不得避罪，如目不能以所见遁心⑯。今乱国不然，恃多官众吏。吏虽众，同体一也⑰。夫同体一者，相不可⑱。且夫利异而害不同者，先王所以为保也⑲。

故至治，夫妻交友不能相为弃恶盖非，而不害于亲。民人不能相为隐。上与吏也，事合而利异者也。今夫驺虞以相监⑳，不可，事合而利异者也。若使马焉能言，则驺虞无所逃其恶矣，利异也。利合而恶同者，父不能以问子，君不能以问臣。吏之与吏，利合而恶同也。夫事合而利异者，先王之所以为端也。民之蔽主，而不害于盖㉑，贤者不能益，不肖者不能损，故遗贤去知㉒，治之数也。

---

①禁使：禁止吏民为非作歹和促使吏民守法立功。

②下：罪恶。

③无必知：不能确切知道。

④势：客观形势。　　数：方法，措施。

⑤黮（tuán，音团）：明。

⑥不参官而洁：不用许多官吏就可以治理得井井有条。

⑦陈数而物当：措施得当事物井然。

⑧难其道：使官吏难以利用职权干坏事。

⑨执虚后以应：心中无数，事情发生后再作决断。

⑩计书：地方向中央汇报政务的文书。

⑪以一岁别计：一年汇报一次。

⑫蔽：决断。

⑬员：物证，证据。

⑭变：辨明，辨别。

⑮论：论明，论定。

⑯如目不能以所见遁心：就如同眼睛看到东西不能逃离心中的印象一样。

⑰同体一：利益一致。

⑱相不可：不能相互监督。

⑲保：作保。

⑳驺虞（zōu yú，音邹余）：二者都是养马之人。

㉑不害于盖：不能相互掩盖而损害法令。

㉒遗贤去知：铲除那些所谓的有才能、有智慧的人。

慎法第二十五①

凡世莫不以其所以乱者治，故小治而小乱，大治而大乱，人主莫能世治其民，世无不乱之国。

奚谓以其所以乱者治？夫举贤能，世之所治也，而治之所以乱。世之所谓贤者，言正也②。所以为善正也，党也。听其言也，则以为能，问其党以为然。故贵之不待其有功，诛之不待其有罪也。此其势正使污吏有资，而成其奸险；小人有资，而施其巧诈。初假吏民奸诈之本，而求端悫其末③，禹不能以使十人之众，庸主安能以御一国之民？彼而党与人者，不待我而有成事者也。上举一与民④，民倍主位而向私交；民倍主位而向私交，则君弱而臣强。君人者不察也，非侵于诸侯，必劫于百姓。彼言说之势⑤，愚智同学之⑥。士学于言说之人，则民释实事而诵虚词；民释实事而诵虚词，则力少而非多。君人者不察也，以战必损其将，以守必卖其城。

故有明主忠臣产于今世，而能领其国者，不可以须臾忘于法。破胜党任⑦，节去言谈⑧，任法而治矣。使吏非法无以守，则虽巧不得为奸；使民非战无以效其能，则虽险不得为诈。夫以法相治，以数相举，者不能相益，訾言者不能相损。民见相誉无益，相管附恶；见訾言无损，习相憎不相害也。夫爱人者不阿，憎人者不害，爱恶各以其正，治之至也。臣故曰：法任而国治矣。

千乘能以守者，自存也；万乘能以战者，自完也⑨，虽桀为主，不肯诎半辞以下其敌⑩。外不能战，内不能守，虽尧为主，不能以不臣谐所谓不若之国⑪。自此观之，国之所以重，主之所以尊者，力也。于此二者，力本。而世主莫能致力者，何也？使民之所苦者无耕，危者无战，二者，孝子难以为其亲，忠臣难以为其君。今欲驱其众民，与之孝子忠臣之所难，臣以为非劫以刑而驱以赏莫可⑫。

而今夫世俗治者，莫不释法度而任辩慧，后功力而进仁义，民故不务耕战。彼民不归其力于耕，即食屈于内；不归其节于战，则兵弱于外。入而食屈于内，出而兵弱于外，虽有地万里，带甲百万，与独立平原一贯也⑬。且先王能令其民蹈白刃，被矢石。其民之欲为之，非如学之，所以避害。故吾教令：民之欲利者，非耕不得；避害者，非战不免。境内之民莫不先务耕战，而后得其所乐。故地少粟多，民少兵强，能行二者于境内，则霸王之道毕矣。

①慎法：严格慎重地依法治国。

②言正：言论符合周礼。

③悫（què，音确）：诚实谨慎。

④举一与民：提拔一个结党营私之人。

⑤势：技艺。

⑥同学之：都向他们学习。

⑦党任：同党之人相互包庇。任，包庇。

⑧节：制止，裁制。

⑨完：完善。

⑩诎：示弱。

⑪臣谐：屈服求和。　　不若之国：不善良（即残暴）的国家。

⑫劫：强迫，胁迫。

⑬一贯：一样。

定分第二十六①

公问于公孙鞅曰："法令以当时立之者，明旦欲使天下之吏民皆明知而用之，如一而无私②，奈何？"

公孙鞅曰：为法令置官吏，朴足以知法令之谓者③，以为天下正，则奏天子。天子则各主法令之，皆降受命④，发官。各主法令之民，敢忘行主法令之所谓之名⑤，各以其所忘之法令名罪之。主法令之吏，有迁徙、物故⑥，辄使学读法令所谓⑦，为之程式⑧，使日数而知法令之所谓；不中程⑨，为法令以罪之。有敢剟定法令⑩，损益一字以上，罪死不赦。诸官吏及民，有问法令之所谓也，于主法令之吏，皆各以其故所欲问之法令明告之。各为尺六寸之符，明书年、月、日、时，所问法令之名，以告吏民。主法令之吏不告，及之罪，而法令之所谓也⑪，皆以吏民之所问法令之罪，各罪主法令之吏。即以左券予吏之问法令者，主法令之吏谨藏其右券木柙，以室藏之，封以法令之长印。即后有物故，以券书从事。

法令皆副置一副天子之殿中。为法令为禁室，有锒钥，为禁而以封之，内藏法令一副禁室中，封以禁印。有擅发禁室印，及入禁室视禁法令，及禁剟一字以上，罪皆死不赦。一岁受法令以禁令⑫。

天子置三法官，殿中置一法官，御史置一法官及吏，丞相置一法官。诸侯郡县皆各为置一法官及吏，皆此秦一法官⑬。郡县诸侯一受宝来之法令⑭，学问并所谓⑮。

吏民知法令者，皆问法官，故天下之吏民无不知者。吏明知民知法令也，故吏不敢以非法遇民，民不敢犯法以干法官也。遇民不修法，则问法官，法官即以法之罪告之，民即以法官之言正告之吏。吏知其如此，故吏不敢以非法遇民，民又不敢犯法。如此，天下之吏民虽有贤良辩慧，不能开一言以枉法；虽有千金，不能以用一铢。故知诈贤能者皆作而为善，皆务自治奉公。民愚则易治也，此所生于法明白易知而必行。

法令者，民之命也，为治之本也，所以备民也⑯。为治而去法令，犹欲无饥而去食也，欲无寒而去衣也，欲东而西行也，其不几亦明矣。一兔走，百人逐之，非以兔可分以为百也，由名分之未定也。夫卖兔者满市，而盗不敢取，由名分已定也。故名分未定，尧、舜、禹、汤且皆如骛焉而逐之⑰；名分已定，贫盗不取。

今法令不明，其名不定，天下之人得议之。其议，人异而无定。人主为法于上，下民议之于下，是法令不定，以下为上也，此所谓名分之不定也。夫名分不定，尧、舜犹将折而奸之⑱，而况众人乎？此令奸恶大起，人主夺威势，亡国灭社稷之道也。今先圣人为书而传之后世，必师受之，乃知所谓之名；不师受之，而人以其心意议之，至死不能知其名与其意。故圣人必为法令置官也，置吏也，为天下师，所以定名分也。名分定，则大诈贞信，民皆愿悫，而各自治也。故夫名分定，势治之道也；名分不定，势乱之道也。故势治者不可乱，势乱者不可治。夫势乱而治之愈乱；势治而治之则治。故圣王治治不治乱。

夫微妙意志之言⑲，上知之所难也。夫不待法令绳墨，而无不正者，千万之一也。故圣人以千万治天下。故夫知者而后能知之⑳，不可以为法，民不尽知；贤者而后知之，不可以为法，民不尽贤。故圣人为法，必使之明白易知，名正，愚知遍能知之。为置法官，置主法之吏，以为天下师，令万民无陷于险危。故圣人立，天下而无刑死者，非不刑杀也，行法令，明白易知，为置法官吏为之师，以道之知㉑，万民皆知所避就，避祸就福，而皆以自治也。故明主因治而终治之，故天下大治也。

---

①定分：确定名分。

②如一而无私：全都认真执行（法令）而不会有任何枉法私情。

③朴：选择。

④降受命：接受上面的命令。

⑤忘：通"妄"。

⑥物故：死亡，逝世。

⑦学：学习法律之人。

⑧程式：程序，规定。

⑨不中程：不按规定办事。

⑩剟（duō，音多）：删改。

⑪法令之所谓也：正好是法令所规定的犯法行为。

⑫一岁受法令：每年颁布法令一次。

⑬皆此秦一法官：各地法官的设置均按中央规定而置。

⑭宝来：天子禁室之名。

⑮学问并所谓：认真研究并依法而行。

⑯备：保护。

⑰骛（wù，音误）：奔马。

⑱折而奸之：违背节操而去追逐名利。

⑲微妙意志之言：含意深奥不易明白的言辞。

⑳知者而后能知之：智者才能懂的东西。

㉑以道之知：引导百姓了解法令。

韩 非 子

〔战国〕韩非　撰

亡，从者败也。大王垂拱以须之，天下编随而服矣，霸王之名可成。而谋臣不为，引军而退，复与赵氏为和。夫以大王之明，秦兵之强，弃霸王之业，地曾不可得，乃取欺于亡国㉓，是谋臣之拙也。且夫赵当亡而不亡，秦当霸而不霸，天下固以量秦之谋臣一矣㉔。乃复悉士卒以攻邯郸，不能拔也，弃甲兵弩，战竦而却，天下固已量秦力二矣。军乃引而复，并于李下㉕，大王又并军而至，与战不能克之也，又不能反，军罢而去，天下固量秦力三矣。内者量吾谋臣，外者极吾兵力㉖。由是观之，臣以为天下之从，几不难矣。内者，吾甲兵顿，士民病，蓄积索，田畴荒，困仓虚；外者，天下皆比意甚固㉗。愿大王有以虑之也。

且臣闻之曰："战战栗栗，日慎一日，苟慎其道，天下可有。"何以知其然也？昔者，纣为天子，将率天下甲兵百万，左饮于淇溪，右饮于洹溪，淇水竭而洹水不流，以与周武王为难。武王将素甲三千，战一日，而破纣之国，禽其身，据其地而有其民，天下莫伤㉘。知伯率三国之众以攻赵襄主于晋阳，决水而灌之三月。城且拔矣，襄主钻龟筮占兆，以视利害，何国可降，乃使其臣张孟谈。于是乃潜行而出，反知伯之约㉙，得两国之从，以攻知伯，禽其身，以复襄主之初。

今秦地折长补短，方数千里，名师数十百万。秦国之号令赏罚，地形利害，天下莫如也，以此与天下，可兼而有也。臣昧死愿望见大王，言所以破天下之众，举赵，亡韩，臣荆、魏，亲齐、燕，以成霸王之名、朝四邻诸侯之道。大王诚听其说，一举而天下之从不破，赵不举，韩不亡，荆、魏不臣，齐、燕不亲，霸王之名不成，四邻诸侯不朝，大王斩臣以徇国，以为王谋不忠者也㉚。

---

①初见秦：初次求见秦王。

②从：通"纵"。合纵。

③囷（qūn，音逡）：圆形的谷仓。

④张军：陈兵。

⑤顿首：伏地叩头请命。戴羽：头盔上插羽毛（充作敢死士）。不至：不止。

⑥有功无功相事：按照有功劳和没有功劳区别对待。

⑦徒裼（xī，音希）：赤膊。裼：脱去上衣。

⑧无异故：没有其他原因。

⑨济：济水（黄河的支流）。

⑩防：防门（齐长城的一个要塞）。

⑪无齐：没有齐国。指公元前284年，燕将乐毅破齐，最后齐君被杀，齐国险些亡国之事。

⑫万乘：万乘之国。

⑬株：树根。

⑭无与祸邻：不要接近祸根。

⑮服：保卫，守卫。

⑯贪：占有。

⑰比周：紧密勾结。

⑱中央之国：位居诸国包围之中。

⑲轻：轻狂。

⑳民萌：百姓。

㉑举：攻灭，灭亡。

㉒沃：灌，淹。

㉓取欺于亡国：被将要亡国的赵国所欺骗。

㉔以量秦之谋臣：已经度量到秦国谋臣的无能。

㉕并于李下：汇集在邯郸城下。

㉖极：耗尽。

㉗比意：联合的意图。

㉘天下莫伤：天下之人都不同情纣王。

㉙反知伯之约：推翻了知伯（与韩国、魏国的）盟约。

㉚以为王谋不忠者也：（把我）作为不忠心为大王谋划之人。

存韩第二①

韩事秦三十余年，出则为扞蔽②，入则为席荐③。秦特出锐师取地而韩随之，怨悬于天下，功归于强秦。且夫韩入贡职，与郡县无异也。今臣窃闻贵臣之计，举兵将伐韩。夫赵氏聚士卒①，养从徒，欲赘天下之兵⑤，明秦不弱则诸侯必灭宗庙，欲西面行其意，非一日之计也。今释赵之患，而攘内臣之韩，则天下明赵氏之计矣。

夫韩，小国也，而以应天下四击，主辱臣苦，上下相与同忧久矣。修守备，戒强敌，有蓄积，筑城池以守固。今伐韩，未可一年而灭，拔一城而退，则权轻丁天下，天下摧我兵矣。韩叛，则魏应之，赵据齐以为原⑥。如此，则以韩、魏资赵，假齐以固其从而以与争强，赵之福而秦之祸也。夫进而击赵不能取，退而攻韩弗能拔，则陷锐之卒勤于野战，负任之旅罢于内攻⑦，则合群苦弱以敌而共二万乘⑧，非所以亡赵之心也。均如贵臣之计，则秦必为天下兵质矣⑨。陛下虽以金石相弊⑩，则兼天下之日未也。

今贱臣之愚计：使人使荆⑪，重币用事之臣，明赵之所以欺秦者；与魏质以安其心；从韩而伐赵，赵虽与齐为一，不足患也。二国事毕，则韩可以移书定也。是我一举，二国有亡形，则荆、魏又必自服矣。故曰："兵者，凶器也。"不可不审用也。

以秦与赵敌衡，加以齐，今又背韩，而未有以坚荆、魏之心。夫一战而不胜，则祸构矣。计者，所以定事也，不可不察也。赵、秦强弱，在今年耳。且赵与诸侯阴谋久矣。夫一动而弱于诸侯，危事也；为计而使诸侯有意我之心，至殆也。见二疏⑫，非所以强于诸侯也。臣窃愿陛下之幸熟图之。攻伐而使从者间焉⑬，不可悔也。

诏以韩客之所上书，书言韩子之未可举⑭，下臣斯⑮。

臣斯甚以为不然。秦之有韩，若人之有腹心之病也，虚处则㤉然⑯，若居湿地，著而不去，以极走⑰，则发矣。夫韩虽臣于秦，未尝不为秦病。今若有卒报之事⑱，韩不可信也。秦与赵为难，荆苏使齐⑲，未知何如。以臣观之，则齐、赵之交未必以荆苏绝也；若不绝，是悉秦而应二万乘也。夫韩，不服秦之义，而服于强也。今专于齐、赵，则韩必为腹心之病而发矣。韩与荆有谋，诸侯应之，则秦必复见崤塞之患⑳。

非之来也，未必不以其能存韩也。为重于韩也㉑，辩说属辞㉒，饰非诈谋，以钓利于秦，而以韩利窥陛下。夫秦、韩之交亲，则非重矣，此自便之计也。

臣视非之言，文其淫说靡辩才甚。臣恐陛下淫非之辩而听其盗心，因不详察事情。今以臣愚议：秦发兵而未名所伐㉓，则韩之用事者以事秦为计矣。臣斯请往见韩王，使来入见，大王见，因内其身而勿遣㉔，稍召其社稷之臣，以与韩人为市㉕，则韩可深割也。因令象武发东郡之卒㉖，窥兵于境上而未名所之，则齐人惧而从苏之计。是我兵未出而劲韩以威擒，强齐以义从矣。闻于诸侯也，赵氏破胆，荆人狐疑，必有忠计。荆人不动，魏不足患也，则诸侯可蚕食而尽，赵氏可

⑦殊释：放弃，弃绝。　文学：经典。

⑧说：进言。

⑨鼎：锅。　俎（zǔ，音祖）：砧板。疱宰：厨师。

⑩翼侯：一说鄂侯。商臣。　炙：烤死。

⑪鬼侯：一说九侯。商臣。　腊（xī，音西）：干肉。

⑫梅伯：人名。商臣。　醢（hǎi，音海）：肉酱。

⑬抆（wěn，音稳）：擦拭。

⑭胣（chǐ，音尺）：剖腹抽肠。

⑮阱于棘：入狱。

⑯辜射：分裂肢体。

爱臣第四①

　　爱臣太亲，必危其身；人臣太贵，必易主位。主妾无等，必危嫡子；兄弟不服，必危社稷。

　　臣闻千乘之君无备，必有百乘之臣在其侧，以徙其民而倾其国；万乘之君无备，必有千乘之家在其侧，以徙其威而倾其国。是以奸臣蕃息，主道衰亡。是故诸侯之博大，天子之害也；群臣之太富，君主之败也。将相之管主而隆家，此君人者所外也②。万物莫如身之至贵也，位之至尊也，主威之重，主势之隆也。此四美者，不求诸外，不请于人，议之而得之矣。故曰：人主不能用其富，则终于外也。此君人者之所识也。

　　昔者纣之亡，周之卑③，皆从诸侯之博大也；晋之分也，齐之夺也，皆以群臣之太富也。夫燕、宋之所以弑其君者，皆此类也。故上比之殷、周，中比之燕、宋，莫不从此术也。是故明君之蓄其臣也，尽之以法，质之以备④。故不赦死，不宥刑。赦死宥刑，是谓威淫，社稷将危，国家偏威。是故大臣之禄虽大，不得借威城市；党与虽众，不得臣士卒。故人臣处国无私朝，居军无私交，其府库不得私贷于家，此明君之所以禁其邪。是故不得四从⑤，不载奇兵⑥。非传非遽⑦，载奇兵革，罪死不赦。此明君之所以备不虞者也。

---

①爱臣：宠爱臣下。本文所谈为君主不该宠爱臣下。

②外：摒除，排斥。

③卑：衰落，衰微。

④质之以备：用各种制度措施来束缚他们。

⑤四从：四匹马拉的座车和随从车马。

⑥奇兵：任何兵器。

⑦传：驿车。　遽：驿马。

主道第五①

道者，万物之始，是非之纪也②。是以明君守始以知万物之源，治纪以知善败之端。故虚静以待，令名自命也，令事自定也。虚则知实之情，静则知动者正。有言者自为名，有事者自为形，形名参同，君乃无事焉，归之其情。

故曰：君无见其所欲，君见其所欲，臣自将雕琢；君无见其意，君见其意，臣将自表异③。故曰：去好去恶，臣乃见素④；去旧去智，臣乃自备⑤。故有智而不以虑，使万物知其处；有贤而不以行，观臣下之所因；有勇而不以怒，使群臣尽其武。是故去智而有明，去贤而有功，去勇而有强。群臣守职，百官有常，因能而使之，是谓习常。故曰：寂乎其无位而处，漻乎莫得其所⑥。明君无为于上，群臣竦惧乎下。明君之道，使智者尽其虑，而君因以断事，故君不穷于智；贤者勅其材⑦，君因而任之，故君不穷于能；有功则君有其贤，有过则臣任其罪，故君不穷于名。是故不贤而为贤者师，不智而为智者正。臣有其劳，君有其成功，此之谓贤主之经也。

道在不可见，用在不可知；虚静无事，以暗见疵。见而不见，闻而不闻，知而不知。知其言以往，勿变勿更，以参合阅焉⑧。官有一人⑨，勿令通言⑩，则万物皆尽⑪。函掩其迹，匿其端，下不能原⑫；去其智，绝其能，下不能意⑬。保吾所以往而稽同之⑭，谨执其柄而固握之。绝其望，破其意，毋使人欲之。不谨其闭，不固其门，虎乃将存；不慎其事，不掩其情，贼乃将生。弑其主，代其所，人莫不与，故谓之虎。处其主之侧为奸臣，闻其主之忒，故谓之贼。散其党，收其余，闭其门，夺其辅国乃无虎。大不可量，深不可测，同合刑名⑮，审验法式，擅为者诛，国乃无贼。

是故人主有五壅⑯：臣闭其主曰壅，臣制财利曰壅，臣擅行令曰壅，臣得行义曰壅，臣得树人曰壅。臣闭其主，则主失位；臣制财利，则主失德；臣擅行令，则主失制；臣得行义，则主失明；臣得树人，则主失党。此人主之所以独擅也，非人臣之所以得操也。

人主之道，静退以为宝。不自操事而知拙与巧，不自计虑而知福与咎。是以不言而善应，不约而善增。言已应，则执其契；事已增，则操其符。符契之所合，赏罚之所生也。故群臣陈其言，君以其言授其事，事以责其功。功当其事，事当其言，则赏；功不当其事，事不当其言，则诛。明君之道，臣不得陈言而不当。是故明君之行赏也，暖乎如时雨，百姓利其泽；其行罚也，畏乎如雷霆，神圣不能解也。故明君无偷赏，无赦罚。赏偷，则功臣堕其业；赦罚，则奸臣易为非。是故诚有功，则虽疏贱必赏；诚有过，则虽近爱必诛。疏贱必赏，近爱必诛，则疏贱者不怠，而近爱者不骄也。

---

①主道：做君主的道术。

②纪：准则。

③表异：展现出与众不同的才能。

④见素：展现本色。

⑤自备：自我审慎。

⑥漻：通“寥”。空虚，空旷。

二柄第七^①

明主之所导制其臣者，二柄而已矣。二柄者，刑德也。何谓刑德？曰：杀戮之谓刑，庆赏之谓德。为人臣者畏诛罚而利庆赏。故人主自用其刑德，则群臣畏其威而归其利矣。故世之奸臣则不然。所恶，则能得之其主而罪之；所爱，则能得之其主而赏之。今人主非使赏罚之威利出于己也，听其臣而行其赏罚，则一国之人皆畏其臣而易其君，归其臣而去其君矣。此人主失刑德之患也。

夫虎之所以能服狗者，爪牙也。使虎释其爪牙而使狗用之，则虎反服于狗矣。人主者，以刑德制臣者也。今君人者释其刑德使臣用之，则君反制于臣矣。故田常上请爵禄而行之群臣，下大斗斛而施于百姓。此简公失德而田常用之也，故简公见弑。子罕谓宋君曰："夫庆赏赐予者，民之所喜也，君自行之；杀戮刑罚者，民之所恶也，臣请当之。"于是宋君失刑而子罕用之，故宋君见劫。田常徒用德而简公弑，子罕徒用刑而宋君劫。故今世为人臣者兼刑德而用之，则是世主之危甚于简公、宋君也。故劫杀拥蔽之主^②，兼失刑德而使臣用之，而不危亡者，则未尝有也。

人主将欲禁奸，则审合刑名。刑名者，言与事也。为人臣者陈而言，君以其言授之事，专以其事责其功。功当其事，事当其言，则赏；功不当其事，事不当其言，则罚。故群臣其言大而功小者则罚，非罚小功也，罚功不当名；群臣其言小而功大者亦罚，非不说于大功也，以为不当名也害甚于有大功，故罚。

昔者韩昭侯醉而寝，典冠者见君之寒也，故加衣于君之上。觉寝而说，问左右曰："谁加衣者？"左右对曰："典冠。"君因兼罪典衣与典冠。其罪典衣，以为失其事也。其罪典冠，以为越其职也。非不恶寒也，以为侵官之害甚于寒。故明主之畜臣，臣不得越官而有功，不得陈言而不当。越官则死，不当则罪。守业其官，所言者贞也^③，则群臣不得朋党相为矣。

人主有二患：任贤，则臣将乘于贤以劫其君；妄举，则事沮不胜。故人主好贤，则群臣饰行以要君欲^④，则是群臣之情不效^⑤；群臣之情不效，则人主无以异其臣矣。故越王好勇，而民多轻死；楚灵王好细腰，而国中多饿人；齐桓公妒而好内，故竖刁自宫以治内^⑥；桓公好味，易牙蒸其子首而进之；燕子哙好贤，故子之明不受国^⑦。故君见恶，则群臣匿端；君见好，则群臣诬能^⑧。人主欲见，则群臣之情态得其资矣。故子之托于贤以夺其君者也，竖刁、易牙因君之欲以侵其君者也。其卒，子哙以乱死，桓公虫流出尸而不葬^⑨。此其故何也？人君以情借臣之患也。人臣之情非必能爱其君也，为重利之故也。今人主不掩其情，不匿其端，而使人臣有缘以侵其主，则群臣为子之、田常不难矣。故曰："去好去恶，群臣见素。"群臣见素，则大君不蔽矣。

---

①二柄：两种权柄。指刑杀与奖赏。

②拥蔽：受蒙蔽。

③贞：与事实相符。

④要（yāo，音腰）：迎合。

⑤效：显现。

⑥竖刁：宫中姓刁的小臣。　　　自宫：自己施宫刑。

⑦明：表面上。

⑧诬能：吹嘘自己的才能。诬，欺骗。

⑨虫流出尸：尸体生出蛆虫。

扬权第八①

天有大命，人有大命。夫香美脆味，厚酒肥肉，甘口而疾形；曼理皓齿②，说情而捐精。故去甚去泰③，身乃无害。权不欲见，素无为也。事在四方，要在中央；圣人执要，四方来效。虚而待之，彼自以之。四海既藏，道阴见阳。左右既立④，开门而当⑤。勿变勿易，与二俱行⑥；行之不已，是谓履理也。

夫物者有所宜，材者有所施，各处其宜，故上无为。使鸡司夜，令狸执鼠，皆用其能，上乃无事。上有所长，事乃不方⑦。矜而好能，下之所欺；辩惠好生，下因其材。上下易用，国故不治。

用一之道，以名为首。名正物定，名倚物徙。故圣人执一以静，使名自命，令事自定。不见其采，下故素正。因而任之，使自事之；因而予之，彼将自举之；正与处之，使皆自定。上以名举之，不知其名，复修其形。形名参同，用其所生。二者诚信，下乃贡情。

谨修所事，待命于天，毋失其要，乃为圣人。圣人之道，去智与巧。智巧不去，难以为常。民人用之，其身多殃；主上用之，其国危亡。因天之道，反形之理，督参鞠之⑧，终则有始。虚以静后，未尝用己。凡上之患，必同其端；信而勿同，万民一从。

夫道者，弘大而无形；德者，核理而普至。至于群生，斟酌用之，万物皆盛，而不与其宁。道者，下周于事，因稽而命，与时生死。参名异事，通一同情。故曰：道不同于万物，德不同于阴阳，衡不同于轻重，绳不同于出入，和不同于燥湿，君不同于群臣。凡此六者，道之出也。道无双，故曰一。是故明君贵独道之容。君臣不同道，下以名祷⑨。君操其名，臣效其形，形名参同，上下和调也。

凡听之道，以其所出，反以为之入。故审名以定位，明分以辩类。听言之道，溶若甚醉⑩。唇乎齿乎⑪，吾不为始乎；齿乎唇乎，愈惛惛乎⑫。彼自离之，吾因以知之。是非辐凑，上不与构。虚静无为，道之情也；参伍比物，事之形也。参之以比物，伍之以合虚。根干不革，则动泄不失矣。动之溶之，无为而攻之。喜之，则多事；恶之，则生怨。故去喜去恶，虚心以为道舍⑬。上不与共之，民乃宠之。上不与义之⑭，使独为之。上固闭内扃⑮，从室视庭，咫尺已具，皆之其处。以赏者赏，以刑者刑，因其所为，各以自成。善恶必及，孰敢不信？规矩既设，三隅乃列⑯。

主上不神⑰，下将有因⑱。其事不当，下考其常。若天若地是谓累解⑲；若地若天，孰疏孰亲？能象天地，是谓圣人。欲治其内，置而勿亲；欲治其外，官置一人。不使自恣，安得移并⑳？大臣之门，唯恐多人。凡治之极，下不能得。周合刑名，民乃守职；去此更求，是谓大惑。猾民愈众，奸邪满侧。故曰：毋富人而贷焉㉑，毋贵人而逼焉，毋专信一人而失其都国焉。腓大于股，难以趣走；主失其神，虎随其后。主上不知，虎将为狗。主不蚤止，狗益无已。虎成其群，以弑其母。为主而无臣，奚国之有？主施其法，大虎将怯；主施其刑，大虎自宁。法刑苟故事成功立。今则不然，不课贤不肖，不论有功劳；用诸侯之重，听左右之谒；父兄大臣上请爵禄于上，而下卖之以收财利及以树私党。故财利多者，买官以为贵；有左右之交者，请谒以成重。功劳之臣不论，官职之迁失谬。是以吏偷官而外交，弃事而亲财。是以贤者懈怠而不劝，有功者隳而简其业，此亡国之风也。

----

①八奸：八种篡位夺权的阴谋手段。

②孺子：姬姜。

③便僻：善于逢迎谄媚。　　好色：美女。

④化：改变，影响。

⑤子女：美丽的少女。

⑥虞：迎合。

⑦发坟仓：打开国家粮仓。坟：大。

十过第十①

十过：一曰，行小忠②，则大忠之贼也③；二曰，顾小利，则大利之残也；三曰，行僻自用④，无礼诸侯，则亡身之至也；四曰，不务听治而好五音，则穷身之事也⑤；五曰，贪愎喜利，则灭国杀身之本也；六曰，耽于女乐，不顾国政，则亡国之祸也；七曰，离内远游而忽于谏士，则危身之道也；八曰，过而不听于忠臣，而独行其意，则灭高名为人笑之始也；九曰，内不量力，外恃诸侯，则削国之患也；十曰，国小无礼，不用谏臣，则绝世之势也。

奚谓小忠？昔者楚共王与晋厉公战于鄢陵，楚师败，而共王伤其目。酣战之时，司马子反渴而求饮，竖谷阳操觞酒而进之。子反曰："嘻！退，酒也。"谷阳曰："非酒也。"子反受而饮之。子反之为人也，嗜酒，而甘之，弗能绝于口，而醉。战既罢，共王欲复战，令人召司马子反，司马子反辞以心疾。共王驾而自往，入其幄中，闻酒臭而还，曰："今日之战，不谷亲伤⑥。所恃者，司马也，而司马又醉如此，是亡楚国之社稷而不恤吾众也。不谷无复战矣。"于是还师而去，斩司马子反以为大戮。故竖谷阳之进酒，不以仇子反也，其心忠爱之而适足以杀之。故曰：行小忠，则大忠之贼也。

奚谓顾小利？昔者晋献公欲假道于虞以伐虢。荀息曰："君其以垂棘之璧与屈产之乘赂虞公，求假道焉，必假我道。"君曰："垂棘之璧，吾先君之宝也；屈产之乘，寡人之骏马也。若受吾币不假之道，将奈何？"荀息曰："彼不假我道，必不敢受我币。若受我币而假我道，则是宝犹取之内府而藏之外府也，马犹取之内厩而著之外厩也，君勿忧。"君曰："诺。"乃使荀息以垂棘之璧与屈产之乘赂虞公而求假道焉。虞公贪利其璧与马而欲许之，宫之奇谏曰："不可许。夫虞之有虢也，如车之有辅。辅依车，车亦依辅，虞、虢之势正是也。若假之道，则虢朝亡而虞夕从之矣。不可，愿勿许。"虞公弗听，遂假之道。荀息伐虢克之，还反。处三年，兴兵伐虞，又克之。荀息牵马操璧而报献公，献公说曰："璧则犹是也。虽然，马齿亦益长矣。"故虞公之兵殆而地削者，何也？爱小利不虑其害。故曰：顾小利，则大利之残也。

奚谓行僻？昔者楚灵王为申之会⑦，宋太子后至，执而囚之；狎徐君⑧；拘齐庆封。中射士谏曰："合诸侯，不可无礼，此存亡之机也。昔者桀为有戎之会而有缗叛之，纣为黎丘之蒐而戎、狄叛之⑨，由无礼也。君其图之。"君不听。遂行其意。居未期年，灵王南游，群臣从而劫之。灵王饿而死乾溪之上。故曰：行僻自用，无礼诸侯，则亡身之至也。

奚谓好音？昔者卫灵公将之晋，至濮水之上，税车而放马⑩，设舍以宿。夜分，而闻鼓新声者而说之。使人问左右，尽报弗闻。乃召师涓而告之，曰："有鼓新声者，使人问左右，尽报弗闻。其状似鬼神，子为我听而写之。"师涓曰："诺。"因静坐抚琴而写之。师涓明日报曰："臣得之矣，而未习也，请复一宿习之。"灵公曰："诺。"因复留宿。明日，已习之，遂去之晋。晋平公觞之于施夷之台。酒酣，灵公起。公曰："有新声，愿请以示。"平公曰："善。"乃召师涓，令坐师旷之旁，援琴鼓之。未终，师旷抚止之，曰："此亡国之声，不可遂也⑪。"平公曰："此道奚出？"师旷曰："此师延之所作，与纣为靡靡之乐也。及武王伐纣，师延东走，至于濮水而自投。故闻此声者，必于濮水之上。先闻此声者，其国必削，不可遂。"平公曰："寡人所好者，音也。子其使遂之。"师涓鼓究之⑫。平公问师旷曰："此所谓何声也？"师旷曰："此所谓清商也⑬。"公曰："清商固最悲乎？"师旷曰："不如清徵⑭。"公曰："清徵可得而闻乎？"师旷曰："不可。古之听清徵者，皆有德义之君也。今吾君德薄，不足以听。"平公曰："寡人之所好者，音也。愿试听之。"师旷不得已，援琴而鼓。一奏之，有玄鹤二八道南方来，集于郎门之垝⑮。再奏之，而列；三奏之，延颈而鸣，舒翼而舞，音中宫商之声，声闻于天。平公大说，坐者皆喜。平公提觞而起为师旷寿。反坐而问曰："音莫悲于清徵乎？"师旷曰："不如清角⑯。"平公曰："清角可得而闻乎？"师旷曰："不可。昔者黄帝合鬼神于泰山之上，驾象车而六蛟龙⑰，毕方并辖⑱，蚩尤居前，风伯进扫，雨师洒道，虎狼在前，鬼神在后，腾蛇伏地，凤皇覆上，大合鬼神，作为清角。今吾君德薄，不足听之。听之，将恐有败。"平公曰："寡人老矣，所好者音也。愿遂听之。"师旷不得已而鼓之。一奏之有玄云从西北方起；再奏之，大风至，大雨随之，裂帷幕，破俎豆，堕廊瓦。坐者散走，平公恐惧，伏于廊室之间。晋国大旱，赤地三年。平公之身遂癃病⑲。故曰：不务听治，而好五音不已，则穷身之事也。

奚谓贪愎？昔者智伯瑶率赵、韩、魏而伐范、中行，灭之。反归，休兵数年，因令人请地于韩。韩康子欲勿与，段规谏曰："不可不与也。夫知伯之为人也⑳，好利而骜愎。彼来请地而弗与，则移兵于韩必矣。君其与之。与之，彼狃㉑，又将请地他国。他国且有不听，不听，则知伯必加之兵。如是，韩可以免于患而待其事之变。"康子曰："诺。"因令使者致万家之县一于知伯。知伯说，又令人请地于魏。宣子欲勿与，赵葭谏曰："彼请地于韩，韩与之。今请地于魏，魏弗与，则是魏内自强，而外怒知伯也。如弗予，其措兵于魏必矣。不如予之。"宣子曰："诺。"因令人致万家之县一于知伯。知伯又令人之赵请蔡、皋狼之地，赵襄子弗与。知伯因阴约韩、魏将以伐赵。襄子召张孟谈而告之曰："夫知伯之为人也，阳亲而阴疏。三使韩、魏而寡人不与焉，其措兵于寡人必矣。今吾安居而可？"张孟谈曰："夫董阏于，简主之才臣也，其治晋阳，而君铎循之，其余教犹存，君其定居晋阳而已矣。"君曰："诺。"乃召延陵生，令将车骑先至晋阳，君因从之。君至，而行其城郭及五官之藏。城郭不治，仓无积粟，府无储钱，库无甲兵，邑无守具。襄子惧，乃召张孟谈曰："寡人行城郭及五官之藏，皆不备具，吾将何以应敌？"张孟谈曰："臣闻圣人之治，藏于民，不藏于府库；务修其教，不治城郭。君其出令，令民自遗三年之食，有余粟者入之仓；遗三年之用，有余钱者入之府；遗有奇人者使治城郭之缮。"君夕出令，明日，仓不容粟，府无积钱，库不受甲兵。居五日而城郭已治，守备已具。君召张孟谈而问之曰："吾城郭已治，守备已具，钱粟已足，甲兵有余。吾奈无箭何？"张孟谈曰："臣闻董子之治晋阳也，公宫之垣皆以荻蒿楛楚墙之，其楛高至于丈。君发而用之。"于是发而试之，其坚则虽菌簬之劲弗能过也㉒。君曰："吾箭已足矣，奈无金何？"张孟谈曰："臣闻董子之治晋阳也，公宫令舍之堂，皆以炼铜为柱、质。君发而用之。"于是发而用之，有余金矣。号令已定，守备已具。三国之兵果至。至则乘晋阳之城，遂战。三月弗能拔。因舒军而围之㉓，决晋阳之水以灌之。围晋阳三年，城中巢居而处，悬釜而炊，财食将尽，士大夫羸病。襄子谓张孟谈曰："粮食匮，财力尽，士大夫羸病，吾恐不能守矣！欲以城下，何国之可下？"张孟谈曰："臣闻之，'亡弗能存，危弗能安，则无为贵智矣'。君释此计者。臣请试潜行而出，见韩、魏之君。"张孟谈见韩、魏之君曰："臣闻唇亡齿寒。今知伯率二君而伐赵，赵将亡矣。赵亡，则二君为之次。"二君曰："我知其然也。虽然，知伯之为人也，粗中而少亲㉔。我谋而觉，则其祸必至矣。为之奈何？"张孟谈曰："谋出二君之口而入臣之耳，人莫之知也。"二君因与张孟谈约三军之反，与之期日。夜遣孟谈入晋阳，以报二君之反。襄子迎孟谈而再拜之，且恐且喜。二君以约遣张孟谈，因朝知伯而出，遇智过于辕门之外。智过怪其色，因入见知伯曰："二君貌将有变。"君曰："何如？"曰："其行矜而意高，非他时之节也，君不如先之。"君曰："吾与二主约谨矣，破赵而三分其地，寡人所以亲之，必不侵欺。兵之著于晋阳三年，今且暮将拔之而向其利，何乃将有他心？必不然。子释勿忧，勿出于口。"明旦，二主又朝而出，复见智过于辕门。智过入见曰："君以臣之言告二主乎？"君曰："何以知之？"曰："今日二主朝而出，见臣而其色动，而视属臣。此必有变，君不如杀之。"君曰："子置勿复言。"智过曰："不可，必杀之。若不能杀，遂亲之。"君曰："亲之奈何？"智过曰："魏宣子之谋臣曰赵葭，韩康子之谋臣曰段规，此皆能移其君之计。君其与二君约：破赵国，因封二子者各万家之县一。如是，则二主之心可以无变矣。"知伯曰："破赵而三分其地，又封二子者各万家之县一，则吾所得者少。不可。"智过见其言之不听也，出，因更其族为辅氏。至于期日之夜，赵氏杀其守堤之吏而决其水灌知伯军。知伯军救水而乱，韩、魏翼而击之，襄子将卒犯其前，大败知伯之军，而擒知伯。知伯身死军破，国分为三，为天下笑。故曰：贪愎好利，则灭国杀身之本也。

奚谓耽于女乐？昔者戎王使由余聘于秦，穆公问之曰："寡人尝闻道，而未得目见之地，愿闻古之明主得国失国常何以？"由余对曰："臣尝得闻之矣。常以俭得之，以奢失之。"穆公曰："寡人不辱而问道于子，子以俭对寡人，何也？"由余对曰："臣闻，昔者尧有天下，饭于土簋㉖，饮于土铏㉖。其地南至交趾，北至幽都，东西至日月之所出入者，莫不宾服。尧禅天下，虞舜受之。作为食器，斩山木而财之㉗，削锯修其迹，流漆墨其上，输之于宫以为食器。诸侯以为益侈，国之不服者十三。舜禅天下而传之于禹，禹作为祭器，黑染其外，而朱画其内，缦帛为茵，蒋席颇缘，觞酌有采，而樽俎有饰。此弥侈矣，而国之不服者三十三。夏后氏没，殷人受之，作为大路㉘，而建九旒，食器雕琢，觞酌刻镂，四壁垩墀，茵席雕文。此弥侈矣，而国之不服者五十三。君子皆知文章矣，而欲服者弥少。臣故曰：俭其道也。"由余出。公乃召内史廖而告之，曰："寡人闻邻国有圣人，敌国之忧也。今由余，圣人也。寡人患之，吾将奈何？"内史廖曰："臣闻，戎王之居，僻陋而道远，未闻中国之声。君其遗之女乐，以乱其政，而后为由余请期㉙，以疏其谏。彼君臣有间而后可图也。"君曰："诺。"乃使内史廖以女乐二八遗戎王，因为由余请期。戎王许诺，见其女乐而说之，设酒张饮，日以听乐，终岁不迁，牛马半死。由余归，因谏戎王，戎王弗听，由余遂去之秦。秦穆公迎而拜之上卿，问其兵势与其地形。既以得之，举兵而伐之，兼国十二，开地千里。故曰：耽于女乐，不顾国政，亡国之祸也。

奚谓离内远游？昔者齐景公游于海而乐之，号令诸大夫曰："言归者死。"颜涿聚曰："君游海而乐之，奈臣有图国者何？君虽乐之，将安得？"齐景公曰："寡人布令曰'言归者死'，今子犯寡人之令。"援戈将击之。颜涿聚曰："昔桀杀关龙逢而纣杀王子比干，今君虽杀臣之身，以三之可也。臣言为国，非为身也。"延颈而前曰："君击之矣！"君乃释戈趣驾而归。至三日，而闻国人有谋不内齐景公者矣。齐景公所以遂有齐国者，颜涿聚之力也。故曰：离内远游，则危身之道也。

奚谓过而不听于忠臣？昔者齐桓公九合诸侯，一匡天下，为五伯长，管仲佐之。管仲老，不能用事，休居于家。桓公从而问之曰："仲父家居有病，即不幸而不起此病，政安迁之？"管仲曰："臣老矣，不可问也。虽然，臣闻之，知臣莫若君，知子莫若父。君其试以心决之。"君曰："鲍叔牙何如？"管仲曰："不可。鲍叔牙为人，刚愎而上悍。刚则犯民以暴，愎则不得民心，悍则下不为用。其心不惧，非霸者之佐也。"公曰："然则竖刁何如？"管仲曰："不可。夫人之情莫不爱其身。公妒而好内，竖刁自獖以为治内㉚。其身不爱，又安能爱君？"曰："然则卫公子开方何如？"管仲曰："不可。齐、卫之间不过十日之行，开方为事君，欲适君之故，十五年不归见其父母，此非人情。其父母之不亲也，又能亲君乎？"公曰："然则易牙何如？"管仲曰："不可。夫易牙为君主味，君之所未尝食唯人肉耳，易牙蒸其子首而进之，君所知也。人之情莫不爱其子，今蒸其子以为膳于君，其子弗爱，又安能爱君乎？"公曰："然则孰可？"管仲曰："隰朋可。其为人也，坚中而廉外，少欲而多信。夫坚中，则足以为表；廉外，则可以大任；少欲，则能临其众；多信，则能亲邻国。此霸者之佐也，君其用之。"君曰："诺。"居一年余，管仲死，君遂不用隰朋而与竖刁。刁莅事三年㉛，桓公南游堂阜，竖刁率易牙、卫公子开方及大臣为乱。桓公渴馁而死南门之寝公守之室，身死三月不收，虫出于户。故桓公之兵横行天下，为五伯长，卒见弑于其臣，而灭高名，为天下笑者，何也？不用管仲之过也。故曰：过而不听于忠臣，独行其意，则灭其高名为人笑之始也。

奚谓内不量力？昔者秦之攻宜阳，韩氏急。公仲朋谓韩君曰："与国不可恃也㉜，岂如因张仪为和于秦哉！因赂以名都而南与伐楚，是患解于秦而害交于楚也。"公曰："善。"乃警公仲之行，将西和秦。楚王闻之，惧，召陈轸而告之曰："韩朋将西和秦。今将奈何？"陈轸曰："秦得韩之都一，驱其练甲㉝。秦、韩为一以南向楚，此秦王之所以庙祠而求也，其为楚害必矣。王其趣发信臣，多其车、重其币以奉韩，曰：'不谷之国虽小，卒已悉起，愿大国之信意于秦也。因愿大国令使者入境视楚之起卒也㉞'。"韩使人之楚，楚王因发车骑陈之下路，谓韩使者曰："报韩君，言弊邑之兵今将入境矣。"使者还报韩君，韩君大悦，止公仲。公仲曰："不可。夫以实害我者，秦也；以名救我者，楚也。听楚之虚言而轻强秦之实祸，则危国之本也。"韩君弗听。公仲怒而归，十日不朝，宜阳益急，韩君令使者趣卒于楚。冠盖相望而卒无至者，宜阳果拔，为诸侯笑。故曰：内不量力，外恃诸侯者，则国削之患也。

奚谓国小无礼，昔者晋公子重耳出亡，过于曹，曹君袒裼而观之㉟。厘负羁与叔瞻侍于前。叔瞻谓曹君曰："臣观晋公子，非常人也。君遇之无礼，彼若有时反国而起兵，即恐为曹伤。君不如杀之。"曹君弗听。厘负羁归而不乐，其妻问之曰："公从外来而有不乐之色，何也？"负羁曰："吾闻之，有福不及，祸来连我。今日吾君召晋公子，其遇之无礼。我与在前，吾是以不乐。"其妻曰："吾观晋公子，万乘之主也；其左右从者，万乘之相也。今穷而出亡过于曹，曹遇之无礼，此若反国，必诛无礼，则曹其首也。子奚不先自贰焉㊱。"负羁曰："诺。"盛黄金于壶，充之以餐，加璧其上，夜令人遗公子。公子见使者，再拜，受其餐而辞其璧。公子自曹入楚，自楚入秦。入秦三年。秦穆公召群臣而谋曰："昔者晋献公与寡人交，诸侯莫弗闻。献公不幸离群臣出入十年矣。嗣子不善，吾恐此将令其宗庙不被除，而社稷不血食也。如是弗定，则非与人交之道。吾欲辅重耳而入之晋，何如？"群臣皆曰："善。"公因起卒，革车五百乘，畴骑二千㊲，步卒五万，辅重耳入之于晋，立为晋君。重耳即位三年，举兵而伐曹矣。因令人告曹君曰："悬叔瞻而出之，我且杀而以为大戮。"又令人告厘负羁曰："军旅薄城，吾知子不违也。其表子之间⑧，寡人将以为令，令军勿敢犯。"曹人闻之，率其亲戚而保厘负羁之间者七百余家㊴。此礼之所用也。故曹，小国也，而迫于晋、楚之间，其君之危犹累卵也，而以无礼莅之，此所以绝世也。故曰：国小无礼，不用谏臣，则绝世之势也。

---

①十过：十种过错。

②小忠：私人之间的忠。

③大忠：对君主的忠。

④行僻自用：行为怪异，自以为是。

⑤穷身：自身走上穷途末路。

⑥不谷：古代君主自谦之词。

⑦为申之会：在申地集会诸侯。

⑧狎：轻慢。

⑨蒐（sōu，音搜）：春天打猎。

⑩税（tuō，音脱）：卸。

⑪遂：完。

⑫宛：终。

⑬清商：古乐调名称。

⑭清徵（zhǐ，音旨）：古乐调名称。

⑮堁：屋脊。

⑯清角：古乐调名称。

⑰驾象车而六蛟龙：驾着象牙装饰的车，用六条蛟龙拉车。

⑱毕方并辖：毕方（木神）护在车辖（车轴两端的插销）两旁。

⑲癃病：瘫痪。

⑳知伯：即智伯瑶。

㉑狃：习以为常。

㉒菌簵：一种质地坚硬的竹子。

㉓舒：疏散。

㉔粗中：心中残暴。

㉕簋（guǐ，音鬼）：盛食物的器皿。

㉖铏（xíng，音行）：盛汤的器皿。

㉗财：制造。

㉘大路：天子的座车。路，通"辂"。

㉙请期：提时延长时间（回国）的要求。

㉚自贲（fén，音坟）：自施宫刑。

㉛莅（lì，音利）事：秉政。

㉜与国：盟国。即指与韩国结盟的楚国。

㉝练甲：精锐部队。

㉞楚之起卒：楚国已动员起来的士卒。

㉟曹君袒裼而观之：曹君（趁重耳）脱去上衣时偷看他的身子。

㊱自贰：自己先起贰心。

㊲畴骑：同一规格的战马。

㊳表：标明。

㊴保：求得保护。

孤愤第十一^①

智术之士^②，必远见而明察，不明察，不能烛私；能法之士，必强毅而劲直，不劲直，不能矫奸。人臣循令而从事，案法而治官，非谓重人也。重人也者，无令而擅为，亏法以利私，耗国以便家，力能得其君，此所为重人也。智术之士，明察，听用，且烛重人之阴情^③；能法之士，劲直，听用，且矫重人之奸行。故智术能法之士用，则贵重之臣必在绳之外矣。是智法之士与当涂之人^④，不可两存之仇也。

当涂之人擅事要，则外内为之用矣。是以诸侯不因，则事不应，故敌国为之讼^⑤，百官不因，则业不进，故群臣为之用；郎中不因，则不得近主，故左右为之匿；学士不因，则养禄薄礼卑，故学士为之谈也。此四助者，邪臣之所以自饰也。重人不能忠主而进其仇，人主不能越四助而烛察其臣，故人主愈弊而大臣愈重。

凡当涂者之于人主也，希不信爱也^⑥，又且习故。若夫即主心，同乎好恶，固其所自进也。官爵贵重，朋党又众，而一国为之讼。则法术之士欲干上者，非有所信爱之亲，习故之泽也，又将以法术之言矫人主阿辟之心，是与人主相反也。处势卑贱，无党孤特。夫以疏远与近爱信争，其数不胜也；以新旅与习故争，其数不胜也；以反主意与同好恶争，其数不胜也；以轻贱与贵重争，其数不胜也；以一口与一国争，其数不胜也。法术之士操五不胜之势，以岁数而又不得见；当涂之人乘五胜之资，而旦暮独说于前。故法术之士奚道得进，而人主奚时得悟乎？故资必不胜而势不两存，法术之士焉得不危？其可以罪过诬者，以公法而诛之；其不可被以罪过者，以私剑而穷之^⑦。是明法术而逆主上者，不僇于吏诛^⑧，必死于私剑矣。朋党比周以弊主，言曲以便私者，必信于重人矣。故其可以功伐借者，以官爵贵之；其不可借以美名者，以外权重之。是以弊主上而趋于私门者，不显于官爵，必重于外权矣。今人主不合参验而行诛，不待见功而爵禄，故法术之士安能蒙死亡而进其说？奸邪之臣安肯乘利而退其身？故主上愈卑，私门益尊。

夫越，虽国富兵强，中国之主皆知无益于己也，曰："非吾所得制也。"今有国者，虽地广人众，然而人主壅蔽，大臣专权，是国为越也。智不类越，而不智不类其国，不察其类者也。人之所以谓齐亡者，非地与城亡也，吕氏弗制而田氏用之；所以谓晋亡者，亦非地与城亡也，姬氏不制而六卿专之也。今大臣执柄独断，而上弗知收，是人主不明也。与死人同病者，不可生也；与亡国同事者，不可存也。今袭迹于齐、晋，欲国安存，不可得也。

凡法术之难行也，不独万乘，千乘亦然。人主之左右不必智也，人主于人有所智而听之，因与左右论其言，是与愚人论智也；人主之左右不必贤也，人主于人有所贤而礼之，因与左右论其行，是与不肖论贤也。智者决策于愚人，贤士程行于不肖，则贤智之士羞而人主之论悖矣。人臣之欲得官者，其修士且以精洁固身^⑨，其智士且以治辩进业。其修士不能以货赂事人，恃其精洁而更不能以枉法为治，则修智之士不事左右，不听请谒矣。人主之左右，行非伯夷也。求索不得，货赂不至，则精辩之功息，而毁诬之言起矣。治辩之功制于近习，精洁之行决于毁誉，则修智之吏废，则人主之明塞矣。不以功伐决智行，不以参伍审罪过，而听左右近习之言，则无能之士在廷，而愚污之吏处官矣。

万乘之患，大臣太重；千乘之患，左右太信。此人主之所公患也。且人臣有大罪，人主有大

⑮役身：被人役使。

⑯绕朝：人名。

⑰婴：扯弄，触动。

⑱几：差不多（是善于进说了）。

和氏第十三①

楚人和氏得玉璞楚山中，奉而献之厉王。厉王使玉人相之。玉人曰："石也。"王以和为诳，而刖其左足。及厉王薨，武王即位。和又奉其璞而献之武王。武王使玉人相之。又曰："石也。"王又以和为诳，而刖其右足。武王薨，文王即位。和乃抱其璞而哭于楚山之下，三日三夜，泪尽而继之以血。王闻之，使人问其故，曰："天下之刖者多矣，子奚哭之悲也？"和曰："吾非悲刖也，悲夫宝玉而题之以石②，贞士而名之以诳，此吾所以悲也。"王乃使玉人理其璞而得宝焉③，遂命曰："和氏之璧"。

夫珠玉，人主之所急也。和虽献璞而未美，未为主之害也，然犹两足斩而宝乃论。论宝若此其难也。今人主之于法术也，未必和璧之急也，而禁群臣士民之私邪。然则有道者之不僇也，特帝王之璞未献耳。主用术，则大臣不得擅断，近习不敢卖重；官行法，则浮萌趋于耕农，而游士危于战陈，则法术者乃群臣士民之所祸也。人主非能倍大臣之议，越民萌之诽，独周乎道言也④，则法术之士虽至死亡，道必不论矣。

昔者吴起教楚悼王以楚国之俗曰："大臣太重，封君太众。若此，则上逼主而下虐民，此贫国弱兵之道也。不如使封君之子孙三世而收爵禄，绝减百吏之禄秩，损不急之枝官，以奉选练之士。"悼王行之，期年而薨矣，吴起枝解于楚。商君教秦孝公以连什伍，设告坐之过，燔诗书而明法令，塞私门之 请而遂公家之劳，禁游宦之民而显耕战之士。孝公行之，主以尊安，国以富强，八年而薨，商君车裂于秦。楚不用吴起而削乱，秦行商君法而富强。二子之言也已当矣，然而枝解吴起而车裂商君者，何也？大臣苦法而细民恶治也。当今之世，大臣贪重，细民安乱，甚于秦、楚之俗，而人主无悼王、孝公之听，则法术之士安能蒙二子之危也而明己之法术哉？此世所以乱无霸王也。

---

①和氏：春秋楚国人卞和。韩非以和氏献玉璞反遭迫害之事述说法家人士的人不幸境遇。

②题：认为。

③理：加工。

④道言：法术之言，法家言论。

奸劫弑臣第十四①

凡奸臣，皆欲顺人主之心以取亲幸之势者也。是以主有所善，臣从而誉之；主有所憎，臣因而毁之。凡人之大体，取舍同者则相是也，取舍异者则相非也。今人臣之所誉者，人主之所是也，此之谓“同取”；人臣之所毁者，人主之所非也，此之谓“同舍”。夫取舍合而相与逆者，未尝闻也。此人臣之所以取信幸之道也。夫奸臣得乘信幸之势以毁誉进退群臣者，人主非有术数以御之也，非参验以审之也，必将以曩之合己信今之言②，此幸臣之所以得欺主成私者也。故主必欺于上，而臣必重于下矣，此之谓“擅主之臣”。

国有擅主之臣，则群下不得尽其智力以陈其忠，百官之吏不得奉法以致其功矣。何以明之？夫安利者就之，危害者去之，此人之情也。今为臣尽力以致功，竭智以陈忠者，其身困而家贫，父子罹其害；为奸利以弊人主，行财货以事贵重之臣者，身尊家富，父子被其泽③；人焉能去安利之道而就危害之处哉？治国若此其过也，而上欲下之无奸，吏之奉法，其不可得亦明矣。故左右知贞信之不可以得安利也，必曰：“我以忠信事上，积功劳而求安，是犹盲而欲知黑白之情，必不几矣。若以道化行正理，不趋富贵，事上而求安，是犹聋而欲审清浊之声也，愈不几矣。二者不可以得安，我安能无相比周、蔽主上、为奸私以适重人哉④？”此必不顾人主之义矣。其百官之吏亦知方正之不可以得安也，必曰：“我以清廉事上而求安，若无规矩而欲为方圆也，必不几矣。若以守法不朋党治官而求安，是犹以足搔顶也，愈不几也。二者不可以得安，能无废法行私以适重人哉？”此必不顾君上之法矣。故以私为重人者众，而以法事君者少矣。是以主孤于上，而臣成党于下，此田成之所以弑简公者也⑤。

夫有术者之为人臣也，得效度数之言⑥，上明主法，下困奸臣，以尊主安国者也。是以度数之言得效于前，则赏罚必用于后矣。人主诚明于圣人之术，而不苟于世俗之言，循名实而定是非，因参验而审言辞。是以左右近习之臣，知伪诈之不可以得安也，必曰：“我不去奸私之行尽力竭智以事主，而乃以相与比周妄毁誉以求安，是犹负千钧之重陷于不测之渊而求生也，必不几矣。”百官之吏亦知为奸利之不可以得安也，必曰：“我不以清廉方正奉法，乃以贪污之心枉法以取私利，是犹上高陵之颠堕峻溪之下而求生，必不几矣。”安危之道若此其明也，左右安能以虚言惑主，而百官安敢以贪渔下？是以臣得陈其忠而不弊，下得守其职而不怨。此管仲之所以治齐，而商君之所以强秦也。

从是观之，则圣人之治国也，固有使人不得不爱我之道，而不恃人之以爱为我也。恃人之以爱为我者危矣，恃吾不可不为者安矣。夫君臣非有骨肉之亲，正直之道可以得利，则臣尽力以事主；正直之道不可以得安，则臣行私以干上。明主知之，故设利害之道以示天下而已矣。夫是以人主虽不口教百官，不目索奸邪，而国已治矣。人主者，非目若离娄乃为明也，非耳若师旷乃为聪也。目必不任其数，而待目以为明，所见者少矣，非不弊之术也；耳必不因其势，而待耳以为聪，所闻者寡矣，非不欺之道也。明主者，使天下不得不为己视，天下不得不为己听，故身在深宫之中而明照四海之内。而天下弗能蔽弗能欺者，何也？暗乱之道废而聪明之势兴也。故善任势者国安，不知因其势者国危。古秦之俗，君臣废法而服私，是以国乱兵弱而主卑。商君说秦孝公以变法易俗而明公道赏告奸，困末作而利本事。当此之时，秦民习故俗之有罪可以得免，无功可以得尊显也，故轻犯新法。于是犯之者其诛重而必，告之者其赏厚而信，故奸莫不得而被刑者众，民疾怨而众过日闻。孝公不听，遂行商君之法。民后知有罪之必诛，而告私奸者众也，故民莫犯，其刑无所加。是以国治而兵强，地广而主尊。此其所以然者，匿罪之罚重而告奸之赏厚也。此亦使天下必为己视听之道也。至治之法术已明矣，而世学者弗知也。

且夫世之愚学，皆不知治乱之情，谍谀多诵先古之书⑦，以乱当世之治；智虑不足，以避阱井之陷，又妄非有术之士。听其言者危，用其计者乱，此亦愚之至大而患之至甚者也。俱与有术之士有谈说之名，而实相去千万也，此夫名同而实有异者也。夫世愚学之人比有术之士也，犹蚁垤之比大陵也⑧，其相去远矣。而圣人者，审于是非之实，察于治乱之情也。故其治国也，正明法，陈严刑，将以救群生之乱，去天下之祸，使强不陵弱，众不暴寡；耆老得遂⑨，幼孤得长；边境不侵；君臣相亲，父子相保，而无死亡系虏之患⑩，此亦功之至厚者也。愚人不知，顾以为暴⑪。愚者固欲治而恶其所以治，皆恶危而喜其所以危者。何以知之？夫严刑重罚者，民之所恶也，而国之所以治也；哀怜百姓轻刑罚者，民之所喜，而国之所以危也。圣人为法国者，必逆于世而顺于道德。知之者，同于义而异于俗⑫；弗知之者，异于义而同于俗。天下知之者少，则义非矣。

处非道之位，被众口之谮；溺于当世之言，而欲当严天子而求安⑬，几不亦难哉！此夫智士所以至死而不显于世者也。楚庄王之弟春申君有爱妾曰余，春申君之正妻子曰甲。余欲君之弃其妻也，因自伤其身以视君而泣，曰：“得为君之妾，甚幸。虽然，适夫人非所以事君也⑭，适君非所以事夫人也。身故不肖，力不足以适二主，其势不俱适，与其死夫人所者，不若赐死君前。妾以赐死，若复幸于左右，愿君必察之，无为人笑。”君因信妾余之诈，为弃正妻。余又欲杀甲而以其子为后，因自裂其亲身衣之里，以示君而泣，曰：“余之得幸君之日久矣，甲非弗知也，今乃欲强戏余。余与争之，至裂余之衣，而此子之不孝，莫大于此矣。”君怒，而杀甲也。故妻以妾余之诈弃，而子以之死。从是观之，父之爱子也，犹可以毁而害也。君臣之相与也，非有父子之亲也。而群臣之毁言，非特一妾之口也，何怪夫贤至之戮死哉！此商君之所以车裂于秦，而吴起之所以枝解于楚者也。凡人臣者，有罪固不欲诛，无功者皆欲尊显。而圣人之治国也，赏不加于无功，而诛必行于有罪者也。然则有术数者之为人也，固左右奸臣之所害，非明主弗能听也。

世之学者说人主，不曰“乘威严之势以困奸邪之臣”，而皆曰“仁义惠爱而已矣”。世主美仁义之名而不察其实，是以大者国亡身死，小者地削主卑。何以明之？夫施与贫困者，此世之所谓仁义；哀怜百姓不忍诛罚者，此世之所谓惠爱也。夫有施与贫困，则无功者得赏；不忍诛罚，则暴乱者不止。国有无功得赏者，则民不外务当敌斩首，内不急力田疾作，皆欲行货财事富贵，为私善立名誉，以取尊官厚俸。故奸私之臣愈众，而暴乱之徒愈胜，不亡何待？夫严刑者，民之所畏也；重罚者，民之所恶也。故圣人陈其所畏，以禁其邪；设其所恶，以防其奸，是以国安而暴乱不起。吾以是明仁义爱惠之不足用，而严刑重罚之可以治国也。无捶策之威⑮，衔撅之备⑯，虽造父不能以服马；无规矩之法，绳墨之端⑰，虽王尔不能以成方圆⑱；无威严之势，赏罚之法，虽尧舜不能以为治。今世主皆轻释重罚严诛，行爱惠，而欲霸王之功，亦不可几也。故善为主者，明赏设利以劝之，使民以功赏而不以仁义赐；严刑重罚以禁之，使民以罪诛而不以爱惠免。是以无功者不望⑲，而有罪者不幸矣⑳。托于犀车良马之上㉑，则可以陆犯阪阻之患㉒；乘舟之安，持楫之利，则可以水绝江河之难；操法术之数，行重罚严诛，则可以致霸王之功。治国之有法术赏罚，犹若陆行之有犀车良马也，水行之有轻舟便楫也，乘之者遂得其成。伊尹得之，汤以王；管仲得之，齐以霸；商君得之，秦以强。此三人者，皆明于霸王之术，察于治强之数，而不以牵于世俗之言；适当世明主之意，则有直任布衣之士㉓，立为卿相之处；处位治国，则有尊主广地之实。此之谓足贵之臣。汤得伊尹，以百里之地立为天子；桓公得管仲，立为五霸主，九合诸侯，一匡天下；孝公得商君，地以广，兵以强。故有忠臣者，外无敌国之患，内无乱臣之忧；长安于天下，而名垂后世，所谓忠臣也。若夫豫让为智伯臣也，上不能说人主使之明法术度数之理，以避祸难之患；下不能领御其众，以安其国。及襄子之杀智伯也，豫让乃自黔劓㉔，败其形容，以为智伯报襄子之仇。是虽有残刑杀身以为人主之名，而实无益于智伯若秋毫之末。此吾之所下也，而世主以为忠而高之。古有伯夷、叔齐者，武王让以天下而弗受，二人饿死首阳之陵。若此臣，不畏重诛，不利重赏，不可以罚禁也，不可以赏使也，此之谓无益之臣也。吾所少而去也，而世主之所多而求也。

谚曰："厉怜王㉖。"此不恭之言也。虽然，古无虚谚，不可不察也。此谓劫杀死亡之主言也。人主无法术以御其臣，虽长年而美材，大臣犹将得势擅事主断，而各为其私急㉕。而恐父兄豪杰之士，借人主之力，以禁诛于己也，故弑贤长而立幼弱，废正的而立不义㉗。故《春秋》记之曰："楚王子围将聘于郑，未出境，闻王病而反。因入问病，以其冠缨绞王而杀之，遂自立也。齐崔杼其妻美，而庄公通之，数如崔氏之室。及公往，崔子之徒贾举率崔子之徒而攻公。公入室，请与之分国，崔子不许。公请自刃于庙，崔子又不听。公乃走，逾于北墙。贾举射公，中其股。公坠，崔子之徒以戈斫公而死之，而立其弟景公。"近之所见，李兑之用赵也，饿主父百日而死；卓齿之用齐也，擢湣王之筋㉘，悬之庙梁，宿昔而死㉙。故厉虽痈肿疕疡，上比于《春秋》，未至于绞颈射股也；下比于近世，未至饥死擢筋也。故劫杀死亡之君，此其心之忧惧，形之苦痛也，必甚于厉矣。由此观之，虽"厉怜王"可也。

①奸：奸邪。　　劫：威逼，威胁。弑：臣子杀害君主的行为。
②曩：过去。
③泽：恩德，恩泽。
④重人：权贵。
⑤田成：人名。春秋末齐国执政大臣。简公：齐简公。公元前481年被田成所杀。
⑥度数：法术。
⑦谮诼（zhé jiá 音折加）：胡言乱语。
⑧蚁垤：蚂蚁窝穴口的小土堆。
⑨遂：终。
⑩系虏：被俘虏。
⑪顾：反而。
⑫同于义：赞同（这个）法术主张。
⑬严：严厉。
⑭适：顺从。
⑮捶策：马鞭。
⑯衔橛：马嚼子。
⑰端：校正。
⑱王尔：古代传说中的匠巧。
⑲不望：不指望得到赏赐。
⑳不幸：无侥幸逃脱惩罚的心思。
㉑犀车：坚固的车。
㉒阪阻：山坡阻碍。

㉓直任：直接任用。

㉔黔：把皮肤涂黑。

㉕厉怜王：生癞疮的人怜悯做君主的。厉（lài，音赖）：癞疮。此话的意思是：生癞疮的人虽然可怜，但看到君主遭劫杀，认为比自己还可怜，所以怜悯君主。

㉖私急：私人要事。

㉗正的：正宗嫡子。

㉘擢（zhuó，音浊）：抽。

㉙宿昔：隔夜。

亡征第十五①

凡人主之国小而家大，权轻而臣重者，可亡也。简法禁而务谋虑，荒封内而恃交援者，可亡也。群臣为学，门子好辩，商贾外积②，小民右仗者③，可亡也。好宫室台榭陂池④，事车服器玩，好罢露百姓⑤，煎靡货财者⑥，可亡也。用时日⑦，事鬼神，信卜筮，而好祭祀者，可亡也。听以爵不待参验⑧，用一人为门户者⑨，可亡也。官职可以重求，爵禄可以货得者，可亡也。缓心而无成⑩，柔茹而寡断，好恶无决而无所定立者⑪，可亡也。饕贪而无餍，近利而好得者，可亡也。喜淫辞而不周于法⑫，好辩说而不求其用，滥于文丽而不顾其功者，可亡也。浅薄而易见，漏泄而无藏，不能周密而通群臣之语者⑬，可亡也。很刚而不和，愎谏而好胜，不顾社稷而轻为自信者，可亡也。恃交援而简近邻⑭，怙强大之救而侮所迫之国者，可亡也。羁旅侨士⑮，重帑在外，上间谋计，下与民事者，可亡也。民信其相，下不能其上，主爱信之而弗能废者，可亡也。境内之杰不事，而求封外之士，不以功伐课试，而好以名问举错，羁旅起贵以陵故常者⑯，可亡也。轻其适正，庶子称衡，太子未定而主即世者，可亡也。大心而无悔⑰，国乱而自多⑱，不料境内之资而易其邻敌者，可亡也。国小而不处卑，力少而不畏强，无礼而侮大邻，贪愎而拙交者⑲，可亡也。太子已置，而娶于强敌以为后妻，则太子危，如是则群臣易虑；群臣易虑者，可亡也。怯慑而弱守，蚤见而心柔懦⑳，知有谓可，断而弗敢行者，可亡也。出君在外而国更置，质太子未反而君易子，如是则国携㉑；国携者，可亡也。挫辱大臣而狎其身，刑戮小民而逆其使，怀怒思耻而专习㉒，则贼生；贼生者，可亡也。大臣两重㉓，父兄众强㉔，内党外援以争事势者，可亡也。婢妾之言听，爱玩之智用㉕，外内悲惋而数行不法者，可亡也。简侮大臣，无礼父兄，劳苦百姓，杀戮不辜者，可亡也。好以智矫法，时以行杂公㉖；法禁变易，号令数下者，可亡也。无地固，城郭恶；无畜积，财物寡，无守战之备而轻攻伐者，可亡也。种类不寿㉗，主数即世，婴儿为君，大臣专制，树羁旅以为党，数割地以待交者，可亡也。太子尊显，徒属众强，多大国之交，而威势蚤具者，可亡也。变褊而心急㉘，轻疾而易动发㉙，心悁忿而不訾前后者㉚，可亡也。主多怒而好用兵，简本教而轻战攻者㉛，可亡也。贵臣相妒，大臣隆盛，外借敌国，内困百姓，以攻怨仇，而人主弗诛者，可亡也。君不肖而侧室贤，太子轻而庶子伉㉜，官吏弱而人民桀，如此则国躁；国躁者，可亡也。藏怨而弗发，悬罪而弗诛，使群臣阴憎而愈忧惧，而久未可知者，可亡也。出军命将太重，边地任守太尊，专制擅命，径为而无所请者，可亡也。后妻淫乱，主母畜秽，外内混通，男女无别，是谓两主㉝；两主者，可亡也。后妻贱而婢妾贵，太子卑而庶子尊，相室轻而典谒重㉞，如此则内外乖㉟；内外乖者，可亡也。大臣甚贵，偏党众强，壅塞主断而重擅国者，可亡也。私门之官用，马府之世绌㊱；乡曲之善举㊲，官职之劳废，贵私行而贱公功者，可亡也。公家虚而大臣实，正户贫而寄寓富；耕战之士困，末作之民利者，可亡也。见大利而不趋，闻祸端而不备，浅薄于争守之事，而务以仁义自饰者，可亡也。不为人主之教，而慕匹夫之孝；不顾社稷之利，而听主母之令，女子用国，刑余用事者，可亡也。辞辩而不法，心智而无术，主多能而不以法度从事者，可亡也。亲臣进而故人退，不肖用事而贤良伏，无功贵而劳苦贱，如是则下怨；下怨者，可亡也。父兄大臣禄秩过功，章服侵等㊳，宫室供养大侈，而人主弗禁，则臣心无穷；臣心无穷者，可亡也。公婿公孙与民同门，暴憿其邻者㊴，可亡也。

　　亡征者，非曰必亡，言其可亡也。夫两尧不能相王，两桀不能相亡；亡、王之机，必其治乱、其强弱相踦者也㊵。木之折也必通蠹，墙之坏也必通隙。然木虽蠹，无疾风不折；墙虽隙，无大雨不坏。万乘之主，有能服术行法以为亡征之君风雨者㊶，其兼天下不难矣！

　　①亡征：亡国的征兆。

　　②外积：将财物存在国外。

　　③右仗：喜好和斗。右：崇尚。仗：兵器的总称。

　　④榭：建筑在高台上的房屋。陂：池塘。

　　⑤罢露：疲羸

　　⑥煎靡：挥霍浪费。

　　⑦用时日：办事挑选吉日良辰。

　　⑧听以爵：听取意见只根据进言者爵位的高低。

　　⑨用一人为户口：仅通过一个人来转达意见。

　　⑩缓心：（办事）疲疲塌塌。

　　⑪无所定立：拿不定主意。

　　⑫不周于法：不合法度。

　　⑬通：透露。

　　⑭简：轻慢，轻侮。

　　⑮羁旅侨士：寄住在国内的外国游士。

　　⑯故常：本国的故官老臣。

　　⑰大心：狂妄自大。

　　⑱自多：自吹自擂。

　　⑲拙交：不善外交。

　　⑳蚤见：早已发现问题。

　　㉑国携：国民会有二心。

　　㉒专习：受到重用和宠信。

　　㉓两重：两人同时受重用。

　　㉔父兄众强：君主的叔伯、兄弟人多权重。

　　㉕爱玩：受君主宠爱的人和供君主玩乐的人。

　　㉖时以行杂公：经常以私行扰乱公务。

　　㉗种类不寿：王族的人寿命都不长。

　　㉘变褊（biǎn，音扁）：喜怒无常且气量狭小。

　　㉙轻疾：举止轻率且心躁气急。

　　㉚悁（yuān，音冤）怒：积怨恼怒。訾：考虑。

　　㉛简本教：忽视农事和练兵。教：练兵。

　　㉜优：强大，强盛。

③两主：即指妻后或太后与君主形成两个权力中心。

④典谒：负责传报通信的官吏。

⑤乖：违背，背离。

⑥马府：即幕府，主管立功将士名册的机构。此指立过军功的人。

⑦乡曲之善举：偏僻山村中有所谓好名声的人被提拔为官吏。

⑧章服：旗章和服饰。

⑨暴僈：欺凌羞辱。

⑩踦（qī，音期）：不平衡，失衡。

⑪以为亡征之君风雨：作为摧毁已有亡国征兆的急风暴雨。

三守第十六①

人主有三守。三守完，则国安身荣；三守不完，则国危身殆。

何谓三守？人臣有议当途之失、用事之过、举臣之情，人主不心藏而漏之近习能人，使人臣之欲有言者不敢不下适近习能人之心，而乃上以闻人主。然则端言直道之人不得见，而忠直日疏。

爱人，不独利也②，待誉而后利之；憎人，不独害也，待非而后害之。然则人主无威而重在左右矣。

恶自治之劳惮，使群臣辐凑之变，因传柄移藉，使杀生之机、夺予之要在大臣，如是者侵。

此谓三守不完。三守不完，则劫杀之征也。

凡劫有三：有明劫，有事劫，有刑劫。

人臣有大臣之尊，外操国要以资群臣③，使外内之事非己不得行。虽有贤良，逆者必有祸，而顺者必有福。然则群臣直莫敢忠主忧国以争社稷之利害。人主虽贤，不能独计，而人臣有不敢忠主，则国为亡国矣。此谓国无臣。国无臣者，岂郎中虚而朝臣少哉？群臣持禄养交④，行私道而不效公忠，此谓明劫。鬻宠擅权，矫外以胜内，险言祸福得失之形，以阿主之好恶。人主听之，卑身轻国以资之，事败与主分其祸，而功成则臣独专之。诸用事之人，一心同辞以语其美，则主言恶者必不信矣⑤，此谓事劫。至于守司囹圄，禁制刑罚，人臣擅之，此谓刑劫。

三守不完，则三劫者起；三守完，则三劫者止。三劫止塞，则王矣。

---

①三守：三条原则。即君主必须掌握的三条政治原则。

②不独利：不能自己作主给予奖赏。

③资：收买，笼络。

④交：党徒，属徒。

⑤主言恶者：挑头言非之人。

备内第十七①

人主之患，在于信人；信人，则制于人。人臣之于其君，非有骨肉之亲也，缚于势而不得不事也。故为人臣者，窥觇其君心也无须臾之休，而人主怠傲处其上，此世所以有劫君弑主也。

为人主而大信其子，则奸臣得乘于子以成其私，故李兑傅赵王而饿主父；为人主而大信其妻，则奸臣得乘于妻以成其私，故优施傅丽姬杀申生而立奚齐②。夫以妻之近与子之亲而犹不可信，则其余无可信者矣。

且万乘之主，千乘之君，后妃、夫人、适子为太子者③，或有欲其君之蚤死者。何以知其然？夫妻者，非有骨肉之恩也，爱则亲，不爱则疏。语曰："其母好者其子抱④。"然则其为之反也，其母恶者其子释⑤。丈夫年五十而好色未解也，妇人年三十而美色衰矣。以衰美之妇人事好色之丈夫，则身见疏贱，而子疑不为后⑥。此后妃、夫人之所以冀其君之死者也。唯母为后而子为主，则令无不行，禁无不止，男女之乐不减于先君，而擅万乘不疑，此鸩毒扼昧之所以用也⑦。故《桃左春秋》曰⑧："人主之疾死者不能处半。"人主弗知，则乱多资。故曰：利君死者众，则人主危。故王良爱马，越王勾践爱人，为战与驰⑨。医善吮人之伤，含人之血，非骨肉之亲也，利所加也，故舆人成舆，则欲人之富贵；匠人成棺，则欲人之夭死也。非舆人仁而匠人贼也，人不贵，则舆不售；人不死，则棺不买。情非憎人也，利在人之死。故后妃、夫人、太子之党成而欲君之死也，君不死，则势不重。情非憎君也，利在君之死也。故人主不可以不加心于利己死者。故日月晕围于外，其贼在内，备其所憎，祸在所爱。

是故明王不举不参之事，不食非常之食；远听而近视以审内外之失，省同异之言以知朋党之分，偶参伍之验以责陈言之实⑩；执后以应前，按法以治众，众端以参观⑪；士无幸赏，无逾行；杀必当，罪不赦，则奸邪无所容其私。

徭役多则民苦，民苦则权势起，权势起则复除重，复除重则贵人富。苦民以富贵人，起势以藉人臣，非天下长利也。故曰：徭役少则民安。民安则下无重权，下无重权则权势灭，权势灭则德在上矣。今夫水之胜火亦明矣，然而釜鬵间之，水煎沸竭尽其上，而火得炽盛焚其下，水失其所以胜者矣。今夫治之禁奸又明于此，然守法之臣为釜鬵之行，则法独明于胸中，而已失其所以禁奸者矣。上古之传言，《春秋》所记，犯法为逆 以成大奸者，未尝不从尊贵之臣。然而法令之所以备，刑罚之所以诛，常于卑贱，是以其民绝望，无所告愬。大臣比周，蔽上为一，阴相善而阳相恶，以示无私，相为耳目，以候主隙，人主掩蔽，无道得闻，有主名而无实，臣专法而行之，周天子是也。偏借其权势，则上下易位矣，此言人臣之不可借权势也。

---

①备内：防备来自后宫的威胁。

②优：古代宫中演戏逗乐的人。

③后妃：万乘之君的正妻。夫人：千乘之君的正妻。

④好：漂亮。

⑤恶：丑陋。

⑥后：后继为君。

⑦扤：扼杀。眛：斩杀。
⑧《桃左春秋》：即《左氏春秋》。
⑨驰：赶路。
⑩偶：对比。
⑪众端：汇集各方面的情况。

南面第十八①

人主之过，在已任臣矣，又必反与其所不任者备之。此其说必与其所任者为仇，而主反制于其所不任者。今所与备人者，且襄之所备也。人主不能明法而以制大臣之威，无道得小人之信矣。人主释法而以臣备臣，则相爱者比周而相誉，相憎者朋党而相非。非誉交争，则主惑乱矣。人臣者，非名誉请谒无以进取，非背法专制无以为威，非假于忠信无以不禁。三者，惛主坏法之资也。人主使人臣虽有智能，不得背法而专制；虽有贤行，不得逾功而先劳；虽有忠信，不得释法而不禁。此之谓明法。

人主有诱于事者，有壅于言者。二者不可不察也。人臣易言事者，少索资，以事诬主②。主诱而不察，因而多之，则是臣反以事制主也。如是者谓之诱，诱于事者困于患。其进言少，其退费多，虽有功，其进言不信。不信者有罪，事有功者不赏，则群臣莫敢饰言以惛主。主道者，使人臣前言不复于后③，后言不复于前，事虽有功，必伏其罪，谓之任下④。

人臣为主设事而恐其非也，则先出说，设言曰："议是事者，妒事者也。"人主藏是言，不更听群臣，群臣畏是言，不敢议事。二势者用，则忠臣不听，而誉臣独任。如是者谓之壅于言，壅于言者制于臣矣。主道者，使人臣必有言之责，又有不言之责。言无端末辩无所验者，此言之责也；以不言避责持重位者，此不言之责也。人主使人臣言者必知其端以责其实，不言者必问其取舍以为之责，则人臣莫敢妄言矣，又不敢默然矣，言、默则皆有责也。

人主欲为事，不通其端末而以明其欲，有为之者，其为不得利，必以害反。知此者，任理去欲⑤。举事有道，计其入多，其出少者，可为也。惑主不然，计其入，不计其出，出虽倍其入，不知其害，则是名得而实亡。如是者功小而害大矣。凡功者，其入多，其出少，乃可谓功。今大费无罪而少得为功，则人臣出大费而成小功，小功成而主亦有害。

不知治者，必曰："无变古，毋易常。"变与不变，圣人不听，正治而已。然则古之无变，常之毋易，在常古之可与不可。伊尹毋变殷，太公毋变周，则汤、武不王矣；管仲毋易齐，郭偃毋更晋，则桓、文不霸矣。凡人难变古者，惮易民之安也。夫不变古者，袭乱之迹；适民心者，恣奸之行也。民愚而不知乱，上懦而不能更，是治之失也。人主者，明能知治，严必行之，故虽拂于民，必立其治。说在商君之内外而铁殳⑥，重盾而豫戒也⑦。故郭偃之始治也，文公有官卒；管仲始治也，桓公有武车，戒民之备也。是以愚戆窳堕之民⑧，苦小费而忘大利也。故蚕虎受阿谤；而辁小变而失长便，故邹贾非载旅；狎习于乱而容于治，故郑人不能归。

③复：符合。

④任下：正确地使用臣下。

⑤任理：顺应客观事理。

⑥内外：出出进进。　铁殳（shū，音书）：兵器名。

⑦豫戒：预先防备。

⑧戆（zhuàng，音状）：愚蠢。疯（yǔ，音雨）：懒惰。

饰邪第十九^①

　　凿龟数策^②，兆曰"大吉"，而以攻燕者，赵也；凿龟数策，兆曰"大吉"，而以攻赵者，燕也。剧辛之事燕，无功而社稷危；邹衍之事燕，无功而国道绝。赵代先得意于燕，后得意于齐，国乱节高^③，自以为与秦提衡，非赵龟神而燕龟欺也。赵又尝凿龟数策而北伐燕，将劫燕以逆秦，兆曰"大吉"。始攻大梁而秦出上党矣，兵至厘而六城拔矣；至阳城，秦拔邺矣；庞援揄兵而南^④，则鄗尽矣。臣故曰：赵龟虽无远见于燕，且宜近见于秦。秦以其"大吉"，辟地有实，救燕有有名^⑤。赵以其"大吉"，地削兵辱，主不得意而死。又非秦龟神而赵龟欺也。初时者，魏数年东乡攻尽陶、卫，数年西乡以失其国，此非丰隆、五行、太一、王相、摄提、六神、五括、天河、殷抢、岁星数年在西也^⑥，又非天缺、弧逆、刑星、荧惑、奎台数年在东也^⑦。故曰：龟策鬼神不足举胜，左右背乡不足以专战^⑧。然而恃之，愚莫大焉。

　　古者先王尽力于亲民，加事于明法。彼法明，则忠臣劝；罚必，则邪臣止。忠劝邪止而地广主尊者，秦是也；群臣朋党比周以隐正道行私曲而地削主卑者，山东是也^⑨。乱弱者亡，人之性也；治强者王，古之道也。越王勾践恃大朋之龟与吴战而不胜，身臣入宦于吴；反国弃龟，明法亲民以报吴，则夫差为擒。故恃鬼神者慢于法，恃诸侯者危其国。曹恃齐而不听宋，齐攻荆而宋灭曹。邢恃吴而不听齐，越伐吴而齐灭邢。许恃荆而不听魏，荆攻宋而魏灭许。郑恃魏而不听韩，魏攻荆而韩灭郑。今者韩国小而恃大国，主慢而听秦、魏，恃齐、荆为用，而小国愈亡。故恃人不足以广壤，而韩不见也。荆为攻魏而加兵许、鄢，齐攻任、扈而削魏，不足以存郑，而韩弗知也。此皆不明其法禁以治其国，恃外以灭其社稷者也。

　　臣故曰：明于治之数，则国虽小，富；赏罚敬信，民虽寡，强。赏罚无度，国虽大，兵弱者，地非其地，民非其民也。无地无民，尧、舜不能以王，三代不能以强。人主又以过予，人臣又以徒取。舍法律而言先王明君之功者，上任之以国。臣故曰：是愿古之功，以古之赏赏今之人也。主以是过予^⑩，而臣以此徒取矣。主过予，则臣偷幸；臣徒取，则功不尊。无功者受赏，则财匮而民望；财匮而民望，则民不尽力矣。故用赏过者失民，用刑过者民不畏。有赏不足以劝，有刑不足以禁，则国虽大，必危。

　　故曰：小知不可使谋事，小忠不可使主法。荆恭王与晋厉公战于鄢陵，荆师败，恭王伤。酣战，而司马子反渴而求饮，其友竖谷阳奉卮酒而进之。子反曰："去之，此酒也。"竖谷阳曰："非也。"子反受而饮之。子反为人嗜酒，甘之，不能绝之于口，醉而卧。恭王欲复战而谋事，使人召子反，子反辞以心疾。恭王驾而往视之，入幄中，闻酒臭而还，曰："今日之战，寡人目亲伤。所恃者司马，司马又如此，是亡荆国之社稷而不恤吾众也。寡人无与复战矣。"罢师而去之，斩子反以为大戮。故曰：竖谷阳之进酒也，非以端恶子反也，实心以忠爱之，而适足以杀之而已矣。此行小忠而贼大忠者也。故曰：小忠，大忠之贼也。若使小忠主法，则必将赦罪以相爱，是与下安矣，然而妨害于治民者也。

当魏之方明《立辟》，从宪令之时，有功者必赏，有罪者必诛，强匡天下，威行四邻；及法慢，妄予，而国日削矣。当赵之方明《国律》，从大军之时，人众兵强，辟地齐、燕；及《国律》慢，用者弱，而国日削矣。当燕之方明《奉法》，审官断之时，东县齐国，南尽中山之地；及《奉法》已亡，官断不用，左右交争，论从其下，则兵弱而地削，国制于邻敌矣。故曰：明法者强，慢法者弱。强弱如是其明矣，而世主弗为，国亡宜矣。语曰："家有常业，虽饥不饿；国有常法，虽危不亡。"夫舍常法而从私意，则臣下饰于智能；臣下饰于智能，则法禁不立矣。是妄意之道行，治国之道废也。治国之道，去害法者，则不惑于智能，不矫于名誉矣。昔者舜使吏决鸿水，先令有功[11]，而舜杀之；禹朝诸侯之君会稽之上，防风之君后至，而禹斩之。以此观之，先令者杀，后令者斩，则古者先贵如令矣。故镜执清而无事，美恶从而比焉；衡执正而无事，轻重从而载焉。夫摇镜则不得为明，摇衡则不得为正，法之谓也。故先王以道为常，以法为本。本治者，名尊；本乱者，名绝。凡智能明通，有以则行，无以则止。故智能单道，不可传于人。而道法万全，智能多失。夫悬衡而知平，设规而知圆，万全之道也。明主使民饰于道之故，故佚而有功。释规而任巧，释法而任智，惑乱之道也。乱主使民饰于智，不知道之故，故劳而无功。释法禁而听请谒，群臣卖官于上，取赏于下，是以利在私家而威在群臣。故民无尽力事主之心，而务为交于上。民好上交，则货财上流，而巧说者用，若是则有功者愈少。奸臣愈进而材臣退，则主惑而不知所行，民聚而不知所道。此废法禁、后功劳、举名誉、听请谒之失也。凡败法之人，必设诈托物以来亲，又好言天下之所希有，此暴君乱主之所以惑也，人臣贤佐之所以侵也。故人臣称伊尹、管仲之功，则背法饰智有资；称比干、子胥之忠而见杀，则疾强谏有辞。夫上称贤明，下称暴乱，不可以取类，若是者禁。君之立法，以为是也，今人臣多立其私智以法为非者，是邪以智，过法立智。如是者禁，主之道也。

明主之道，必明于公私之分，明法制，去私恩。夫令必行，禁必止，人主之公义也；必行其私，信于朋友，不可为赏劝，不可为罚沮，人臣之私义也。私义行则乱，公义行则治，故公私有分。人臣有私心，有公义。修身洁白而行公行正。居官无私，人臣之公义也；污行从欲，安身利家，人臣之私心也。明主在上，则人臣去私心行公义；乱主在上，则人臣去公义行私心。故君臣异心，君以计畜臣[12]，臣以计事君，君臣之交，计也。害身而利国，臣弗为也；害国而利臣，君不行也。臣之情，害身无利；君之情，害国无亲。君臣也者，以计合者也。至夫临难必死，尽智竭力，为法为之。故先王明赏以劝之，严刑以威之。赏刑明，则民尽死；民尽死，则兵强主尊。刑赏不察，则民无功而求得，有罪而幸免，则兵弱主卑。故先王贤佐尽力竭智。故曰：公私不可不明，法禁不可不审，先王知之矣。

---

①饰邪：整治邪恶。饰：通"饬"。

②凿龟：占卜。数策：算卦。策：古代占卜用的蓍（shī，音湿）草。

③节：气势。

④揄：率领，带领。

⑤有有名：又有了威名。

⑥丰隆、五行、太一、王相、摄提、六神、五括、天河、殷抢、岁星：古代吉星名。

⑦天缺、弧逆、刑星、荧惑、奎台：古代凶星名。

⑧左右背乡：指星体的方位变化。

⑨山东：指齐、楚、燕、韩、赵、魏六个在崤山以东的国家。

⑩过予：错误地给予奖赏。

⑪先令有功：命令下达之前就立了功。

⑫计：计谋。

解老第二十①

德者，内也。得者，外也。"上德不德"，言其神不淫于外也②。神不淫于外，则身全。身全之谓德。德者，得身也。凡德者，以无为集，以无欲成，以不思安，以不用固。为之欲之，则德无舍；德无舍，则不全。用之思之，则不固；不固，则无功；无功，则生于德。德则无德，不德则有德。故曰："上德不德，是以有德。"

所以贵无为无思为虚者，谓其意无所制也。夫无术者，故以无为无思为虚也。夫故以无为无思为虚者，其意常不忘虚，是制于为虚也。虚者，谓其意无所制也。今制于为虚，是不虚也。虚者之无为也，不以无为为有常。不以无为为有常则虚，虚则德盛，德盛之谓上德。故曰："上德无为而无不为也。"

仁者，谓其中心欣然爱人也。其喜人之有福，而恶人之有祸也，生心之所不能已也③，非求其报也。故曰："上仁为之而无以为也④。"

义者，君臣上下之事，父子贵贱之差也；知交朋友之接也⑤，亲疏内外之分也。臣事君宜，下怀上宜，子事父宜，贱敬贵宜，知交友朋之相助也宜，亲者内而疏者外宜。义者，谓其宜也，宜而为之。故曰："上义为之而有以为也。"

礼者，所以貌情也⑥，群义之文章⑦；君臣父子之交也，贵贱贤不肖之所以别也。中心怀而不谕，故疾趋卑拜而明之；实心爱而不知，故好言繁辞以信之⑧。礼者，外饰之所以谕内也。故曰：礼以貌情也。凡人之为外物动也⑨，不知其为身之礼也。众人之为礼也，以尊他人也，故时劝时衰。君子之为礼，以为其身；以为其身，故神之为上礼⑩；上礼神而众人贰，故不能相应；不能相应，故曰："上礼为之而莫之应。"众人虽贰，圣人之复恭敬尽手足之礼也不衰。故曰："攘臂而仍之。"

道有积而积有功⑪；德者，道之功。功有实而实有光⑫；仁者，德之光。光有泽而泽有事；义者，仁之事也。事有礼而礼有文；礼者，义之文也。故曰："失道而后失德，失德而后失仁，失仁而后失义，失义而后失礼。"

礼为情貌者也，文为质饰者也。夫君子取情而去貌，好质而恶饰。夫恃貌而论情者，其情恶也；须饰而论质者，其质衰也。何以论之？和氏之璧，不饰以五采；隋侯之珠，不饰以银黄。其质至美，物不足以饰之。夫物之待饰而后行者，其质不美也。是以父子之间，其礼朴而不明⑬，故曰礼薄也。凡物不并盛，阴阳是也；理相夺予，威德是也；实厚者貌薄，父子之礼是也。由是观之，礼繁者，实心衰也。然则为礼者，事通人之朴心者也。众人之为礼也，人应则轻欢，不应则责怨。今为礼者，事通人之朴心而资之以相责之分，能毋争乎？有争则乱，故曰："夫礼者，忠信之薄也，而乱之首乎。"

先物行先理动之，谓前识。前识者，无缘而妄意度也。何以论之？詹何坐，弟子侍，牛鸣于门外。弟子曰："是黑牛也而白题⑭。"詹何曰："然。是黑牛也，而白在其角。"使人视之，果黑牛而以布裹其角。以詹子之术，婴众人之心⑮，华焉殆矣⑯！故曰："道之华也。"尝试释詹子之察，而使五尺之愚童子视之，亦知其黑牛而以布裹其角也。故以詹子之察，苦心伤神，而后与五尺之愚童子同功，是以曰"愚之首也。"故曰："前识者，道之华也，而愚之首也。"

所谓"大丈夫"者，谓其智之大也。所谓"处其厚不处其薄"者，行情实而去礼貌也。所谓"处其实不处其华"者，必缘理不径绝也⑰。所谓"去彼取此"者，去貌、径绝而取缘理、好情实也。故曰："去彼取此。"

人有祸，则心畏恐；心畏恐，则行端直；行端直，则思虑熟；思虑熟，则得事理。行端直，则无祸害；无祸害，则尽天年。得事理，则必成功；尽天年，则全而寿。必成功，则富与贵。全寿富贵之谓福。而福本于有祸。故曰："祸兮福之所倚。"以成其功也。

人有福，则富贵至；富贵至，则衣食美；衣食美，则骄心生；骄心生，则行邪僻，而动弃理。行邪僻，则身死夭；动弃理，则无成功。夫内有死夭之难而外无成功之名者，大祸也。而祸本生于有福。故曰："福兮祸之所伏。"

夫缘道理以从事者，无不能成。无不能成者，大能成天子之势尊，而小易得卿相将军之赏禄。夫弃道理而妄举动者，虽上有天子、诸侯之势尊，而下有猗顿、陶朱、卜祝之富，犹失其民人而亡其财资也。众人之轻弃道理而易妄举动者，不知其祸福之深大而道阔远若是也，故谕人曰："孰知其极⑱？"

人莫不欲富贵全寿，而未有能免于贫贱死夭之祸也。心欲富贵全寿，而今贫贱死夭，是不能至于其所欲至也。凡失其所欲之路而妄行者之谓迷，迷则不能至于其所欲至矣。今众人之不能至于其所欲至，故曰："迷。"众人之所不能至于其所欲至也，自天地之剖判以至于今⑲。故曰："人之迷也，其日故以久矣。"

所谓方者⑳，内外相应也，言行相称也。所谓廉者，必生死之命也㉑，轻恬资财也。所谓直者，义必公正，公心不偏党也。所谓光者，官爵尊贵，衣裘壮丽也。今有道之士，虽中外信顺，不以诽谤穷堕；虽死节轻财，不以侮罢羞贪；虽义端不党，不以去邪罪私；虽势尊衣美，不以夸贱欺贫。其故何也？使失路者而肯听习问知，即不成迷也。今众人之所以欲成功而反为败者，生于不知道理而不肯问知而听能。众人不肯问知听能，而圣人强以其祸败适之，则怨。众人多而圣人寡，寡之不胜众，数也。今举动而与天下之为仇，非全身长生之道也，是以行轨节而举之也。故曰："方而不割㉒，廉而不刿㉓，直而不肆，光而不耀。"

聪明睿智，天也；动静思虑，人也。人也者，乘于天明以视，寄于天聪以听，托于天智以思虑。故视强，则目不明；听甚，则耳不聪；思虑过度，则智识乱。目不明，则不能决黑白之分；耳不聪，则不能别清浊之声；智识乱，则不能审得失之地。目不能决黑白之色，则谓之盲；耳不能别清浊之声，则谓之聋；心不能审得失之地，则谓之狂。盲，则不能避昼日之险；聋，则不能知雷霆之害；狂，则不能免人间法令之祸。书之所谓"治人"者㉔，适动静之节，省思虑之费也。所谓"事天"者，不极聪明之力，不尽智识之任。苟极尽，则费神多；费神多，则盲聋悖狂之祸至，是以啬之㉕。啬之者，爱其精神，啬其智识也。故曰："治人事天莫如啬。"

众人之用神也躁，躁则多费。多费之谓侈。圣人之用神也静，静则少费。少费之谓啬。啬之谓术也，生于道理。夫能啬也，是从于道而服于理者也。众人离于患㉖、陷于祸，犹未知退，而不服从道理。圣人虽未见祸患之形，虚无服从于道理，以称蚤服。故曰："夫谓啬，是以蚤服。"

知治人者，其思虑静；知事天者，其孔窍虚。思虑静，故德不去；孔窍虚，则和气日入。故曰："重积德。"夫能令故德不去，新和气日至者，蚤服者也。故曰："蚤服，是谓重积德。"积德而后神静，神静而后和多，和多而后计得，计得而后能御万物。能御万物则战易胜敌，战易胜敌而论必盖世，论必盖世，故曰"无不克。"无不克本于重积德，故曰"重积德，则无不克。"战易胜敌，则兼有天下；论必盖世，则民人从。进兼天下而退从民人，其术远，则众人莫见其端末。莫见其端末，是以莫知其极。故曰："无不克，则莫知其极。"

凡有国而后亡之，有身而后殃之，不可谓能有其国、能保其身。夫能有其国，必能安其社稷；能保其身，必能终其天年，而后可谓能有其国、能保其身矣。夫能有其国、保其身者，必且体道。体道，则其智深；其智深，则其会远②；其会远，众人莫能见其所极。唯夫能令人不见其事极，不见其事极者为保其身、有其国。故曰："莫知其极。""莫知其极，则可以有国。"

所谓"有国之母"：母者，道也。道也者，生于所以有国之术。所以有国之术，故谓之"有国之母。"夫道以与世周旋者，其建生也长，持禄也久。故曰："有国之母，可以长久。"树木有曼根，有直根。直根者，书之所谓"柢"也。柢也者，木之所以建生也；曼根者，木之所以持生也。德也者，人之所以建生也；禄也者，人之所以持生也。今建于理者，其持禄也久，故曰："深其根。"体其道者，其生日长，故曰："固其柢。"柢固，则生长；根深，则视久，故曰"深其根，固其柢，长生久视之道也。"

工人数变业，则失其功；作者数摇徙，则亡其功。一人之作，日亡半日，十日则亡五人之功矣；万人之作，日亡半日，十日则亡五万人之功矣。然则数变业者，其人弥众，其亏弥大矣。凡法令更，则利害易；利害易，则民务变。务变之谓变业。故以理观之：事大众而数摇之，则少成功；藏大器而数徙之，则多败伤；烹小鲜而数挠之②，则贼其泽②；治大国而数变法，则民苦之。是以有道之君贵静，不重变法。故曰："治大国者若烹小鲜。"

人处疾则贵医，有祸则畏鬼。圣人在上，则民少欲；民少欲，则血气治而举动理；举动理，则少祸害。夫内无痤疽瘅痔之害，而外无刑罚法诛之祸者，其轻恬鬼也甚。故曰："以道莅天下，其鬼不神。"治世之民，不与鬼神相害也。故曰："非其鬼不神也，其神不伤人也。"鬼祟也疾人之谓鬼伤人；人逐除之之谓人伤鬼也。民犯法令之谓民伤上；上刑戮民之谓上伤民。民不犯法，则上亦不行刑；上不行刑之谓上不伤人。故曰："圣人亦不伤民。"上不与民相害，而人不与鬼相伤，故曰："两不相伤。"民不敢犯法，则上内不用刑罚而外不事利其产业。上内不用刑罚而外不事利其产业，则民蕃息。民蕃息而畜积盛。民蕃息而畜积盛之谓有德。凡所谓祟者，魂魄去而精神乱，精神乱则无德。鬼不祟人则魂魄不去，魂魄不去而精神不乱，精神不乱之谓有德。上盛畜积而鬼不乱其精神，则德尽在于民矣。故曰："两不相伤，则德交归焉。"言其德上下交盛而俱归于民也。

有道之君，外无怨仇于邻敌，而内有德泽于人民。夫外无怨仇于邻敌者，其遇诸侯也外有礼义；内有德泽于人民者，其治人事也务本。遇诸侯有礼义，则役希起；治民事务本，则淫奢止。凡马之所以大用者，外供甲兵而内给淫奢也。今有道之君，外希用甲兵而内禁淫奢。上不事马于战斗逐北，而民不以马远淫通物，所积力唯田畴。积力于田畴，必且粪灌③。故曰："天下有道，却走马以粪也。"

人君无道道，则内暴虐其民，而外侵欺其邻国。内暴虐，则民产绝；外侵欺，则兵数起。民产绝，则畜生少；兵数起，则士卒尽。畜生少，则戎马乏；士卒尽，则军危殆。戎马乏，则牸马出③；军危殆，则近臣役。马者，军之大用；郊者，言其近也。今所以给军之具于牸马近臣。故曰："天下无道，戎马生于郊矣。"

人有欲，则计会乱；计会乱，而有欲甚；有欲甚，则邪心胜；邪心胜，则事经绝；事经绝，则祸难生。由是观之，祸难生于邪心，邪心诱于可欲。可欲之类，进则教良民为奸，退则令善人有祸。奸起，则上侵弱君；祸至，则民人多伤。然则可欲之类，上侵弱君而下伤人民。夫上侵弱君而下伤人民者，大罪也。故曰"祸莫大于可欲。"是以圣人不引五色，不淫于声乐。明君贱玩好而去淫丽。

人无毛羽，不衣则不犯寒；上不属天而下不著地，以肠胃为根本，不食则不能活；是以不免于欲利之心。欲利之心不除，其身之忧也。故圣人衣足以犯寒，食足以充虚，则不忧矣。众人则不然，大为诸侯，小余千金之资，其欲得之忧不除也。胥靡有免②，死罪时活，今不知足者之忧终身不解。故曰："祸莫大于不知足。"

故欲利甚于忧。忧则疾生，疾生而智慧衰。智慧衰，则失度量；失度量，则妄举动；妄举动，则祸害至；祸害至而疾婴内；疾婴内，则痛祸薄外；痛祸薄外，则苦痛杂于肠胃之间；苦痛杂于肠胃之间，则伤人也憯③。憯则退而自咎，退而自咎也生于欲利。故曰："咎莫憯于欲利。"

道者，万物之所然也，万理之所稽也。理者，成物之文也；道者，万物之所以成也。故曰：道，理之者也。物有理，不可以相薄；物有理，不可以相薄，故理之为物之制。万物各异理，而道尽稽万物之理，故不得不化；不得不化，故无常操。无常操，是以死生气禀焉，万智斟酌焉，万事废兴焉。天得之以高，地得之以藏，维斗得之以成其威④，日月得之以恒其光，五常得之以常其位⑤，列星得之以端其行，四时得之以御其变气，轩辕得之以擅四方③，赤松得之与天地统⑦，圣人得之以成文章。道，与尧、舜俱智，与接舆俱狂⑧，与桀、纣俱灭，与汤、武俱昌。以为近乎，游于四极；以为远乎，常在吾侧；以为暗乎，其光昭昭；以为明乎，其物冥冥。而功成天地，和化雷霆，宇内之物，恃之以成。凡道之情，不制不形，柔弱随时，与理相应。万物得之以死，得之以生；万事得之以败，得之以成。道譬诸若水，溺者多饮之即死，渴者适饮之即生；譬之若剑戟，愚人以行忿则祸生，圣人以诛暴则福成。故得之以死，得之以生，得之以败，得之以成。

人希见生象也，而得死象之骨，案其图以想其生也。故诸人之所以意想者皆谓之"象"也。今道虽不可得闻见，圣人执其见功以处见其形。故曰："无状之状，无物之象。"

凡理者，方圆、短长、粗靡、坚脆之分也，故理定而后可得道也。故定理有存亡，有死生，有盛衰。夫物之一存一亡，乍死乍生，初盛而后衰者，不可谓常。唯夫与天地之剖判也具生，至天地之消散也不死不衰者谓"常"。而常者，无攸易⑨，无定理。无定理，非在于常所，是以不可道也⑩。圣人观其玄虚，用其周行，强字之曰"道"⑪，然而可论。故曰："道之可道，非常道也。"

人始于生而卒于死。始之谓出，卒之谓入。故曰："出生入死。"人之身三百六十节，四肢、九窍，其大具也⑫。四肢与九窍十有三者，十有三者之动静尽属于生焉。属之谓徒也⑬，故曰：生之徒也，十有三者。至死也，十有三具者皆还而属之于死。死之徒亦有十三。故曰："生之徒十有三，死之徒十有三。"凡民之生生⑭，而生者固动，动尽则损也；而动不止，是损而不止也；损而不止，则生尽。生尽之谓死，则十有三具者皆为死死地也。故曰："民之生，生而动，动皆之死地之十有三。"

是以圣人爱精神而贵处静。不爱精神不贵处静，此甚大于兕虎之害⑮。夫兕虎有域，动静有时。避其域，省其时，则免其兕虎之害矣。民独知兕虎之有爪角也，而莫知万物之尽有"爪角"也，不免于万物之害。何以论之？时雨降集，旷野闲静，而以昏晨犯山川，则风露之"爪角"害之。事上不忠，轻犯禁令，则刑法之"爪角"害之。处乡不节，憎爱无度，则争斗之"爪角"害之。嗜欲无限，动静不节，则痤疽之"爪角"害之。好用其私智而弃道理，则网罗之"爪角"害之。兕虎有域，而万害有原，避其域，塞其原，则免于诸害矣。凡兵革者，所以备害也。重生者，虽入军无忿争之心；无忿争之心，则无所用救害之备。此非独谓野处之军也。圣人之游世也，无害人之心，则必无人害。无人害，则不备人。故曰："陆行不遇兕虎。"入山不恃备以救害，故曰："入军不备甲兵。"远诸害，故曰："兕无所投其角，虎无所错其爪，兵无所容其刃。"不设备而必无害，天地之道理也。体天地之道，故曰："无死地焉。"动无死地，而谓之"善摄生"矣。

爱子者慈于子，重生者慈于身，贵功者慈于事。慈母之于弱子也，务致其福；务致其福，则事除其祸；事除其祸，则思虑熟；思虑熟，则得事理；得事理，则必成功；必成功，则其行之也不疑；不疑之谓勇。圣人之于万事也，尽如慈母之为弱子虑也，故见必行之道。见必行之道，则明。其从事亦不疑，不疑之谓勇。不疑生于慈，故曰："慈，故能勇。"

周公曰："冬日之闭冻也不固，则春夏之长草木也不茂。"天地不能常侈常费，而况于人乎？故万物必有盛衰，万事必有弛张；国家必有文武，官治必有赏罚。是以智士俭用其财，则家富；圣人爱宝其神，则精盛；人君重战其卒，则民众，民众则国广。是以举之曰："俭，故能广。"

凡物之有形者易裁也，易割也。何以论之？有形，则有短长；有短长，则有小大；有小大，则有方圆；有方圆，则有坚脆；有坚脆，则有轻重；有轻重，则有白黑。短长、大小、方圆、坚脆、轻重、白黑之谓理。理定而物易割也。故议于大庭而后言则立，权议之士知之矣。故欲成方圆而随其规矩，则万事之功形矣。而万物莫不有规矩，议言之士，计会规矩也。圣人尽随于万物之规矩，故曰："不敢为天下先。"不敢为天下先，则事无不事，功无不功，而议必盖世，欲无处大官，其可得乎？处大官之谓为成事长。是以故曰："不敢为天下先，故能为成事长[46]。"

慈于子者，不敢绝衣食；慈于身者，不敢离法度；慈于方圆者，不敢舍规矩。故临兵而慈于士吏则战胜敌，慈于器械则城坚固。故曰："慈，于战则胜，以守则固。"夫能自全也而尽随于万物之理者，必且有天生。天生也者，生心也。故天下之道尽之生也。若以慈卫之也，事必万全，而举无不当，则谓之宝矣。故曰："吾有三宝，持而宝之。"

书之所谓"大道"也者，端道也。所谓貌"施"也者，邪道也。所谓"径"大也者，佳丽也。佳丽也者，邪道之分也。"朝甚除"也者，狱讼繁也。狱讼繁则田荒，田荒则府仓虚，府仓虚则国贫，国贫而民俗淫侈，民俗淫侈则衣食之业绝，衣食之业绝则民不得无饰巧诈，饰巧诈则知采文，知采文之谓"服文采"。狱讼繁，仓廪虚，而有以淫侈为俗，则国之伤也若以利剑刺之。故曰："带利剑。"诸夫饰智故以至于伤国者，其私家必富；私家必富，故曰："资货有余。"国有若是者，则愚民不得无术而效之；效之则小盗生。由是观之，大奸作，则小盗随；大奸唱，则小盗和。竽也者，五声之长者也。故竽先则钟瑟皆随，竽唱则诸乐皆和。今大奸作则俗之民唱，俗之民唱则小盗必和。故"服文采，带利剑，厌饮食，而货资有余者，是之谓盗竽矣。"

人无愚智，莫不有趋舍。恬淡平安，莫不知祸福之所由来。得于好恶，怵于淫物，而后变乱。所以然者，引于外物，乱于玩好也。恬淡有趋舍之义，平安知祸福之计。而今也玩好变之，外物引之；引之而往，故曰"拔"。至圣人不然：一建其趋舍，虽见所好之物不能引，不能引之谓"不拔"；一于其情，虽有可欲之类神不为动，神不为动之谓"不脱"。为人子孙者，体此道以守宗庙，宗庙不灭之谓"祭祀不绝"。身以积精为德，家以资财为德，乡国天下皆以民为德。今治身而外物不能乱其精神，故曰："修之身，其德乃真。"真者，慎之固也。治家，无用之物不能动其计，则资有余，故曰："修之家，其德有余。"治乡者行此节，则家之有余者益众，故曰："修之乡，其德乃长。"治邦者行此节，则乡之有德者益众，故曰："修之邦，其德乃丰。"莅天下者行此节，则民之生莫不受其泽，故曰："修之天下，其德乃普。"修身者以此别君子小人，治乡、治邦、莅天下者，各以此科适观息耗[47]，则万不失一。故曰："以身观身，以家观家，以乡观乡，以邦观邦，以天下观天下。吾奚以知天下之然也？以此！"

---

①解老：解读《老子》。

②淫：游荡。

③生心之所不能已也：发自内心不能控制的感情。

④上仁为之而无以为也：至高的仁行是不需要去做什么。

⑤接：交往，交际。

⑥貌：表现，体现。

⑦群义：各种义。　文章：条理，规则。

⑧信：申明，表明。

⑨为外物动：受外界影响而有所行动。

⑩神：专一不贰。

⑪积：积聚，积累。　功：功效。

⑫实：实际表现，实际内容。

⑬不明：不拘形式。

⑭题：额头。

⑮婴：混淆，扰乱。

⑯华：浮华，华而不实。

⑰径绝：不按事理做事。

⑱极：究竟，根本。

⑲剖判：分开，剖开。

⑳方：品行端正。

㉑必生死之命：舍生忘死。

㉒割：损害他人，伤害他人。

㉓秒：丑化他人。

㉔书：指《老子》。

㉕啬：节省，节约。

㉖离：遭遇。

㉗会：计谋，算计。

㉘挠：翻动。

㉙贼其泽：损害其光泽。

㉚粪灌：施肥，灌溉。

㉛牸（zì，音字）：临产的母马。

㉜胥靡：犯人，罪犯。

㉝憯：惨痛。

㉞维斗：北斗星。

㉟五常：即五行。

㊱轩辕：即黄帝。　擅：统御，统治。

㊲赤松：即赤松子，传说中的人物。

㊳接舆：人名。春秋末楚国著名狂士。

㊴无攸易：无所变化。

㊵道：说明，讲明。

㊶强字：勉强起个名字。

㊷大具：重要器官。

㊸徒：类。

㊹生生：生息不止。

㊺兕（sì，音肆）：野牛。

㊻成事长：成就事业的首领人物。

㊼适观：对照观验。

喻老第二十一①

天下有道，无急患②，则曰静，遽传不用③。故曰："却走马以粪。"天下无道，攻击不休，相守数年不已，甲胄生虮虱，燕雀处帷幄，而兵不归。故曰："戎马生于郊。"

翟人有献丰狐、玄豹之皮于晋文公。文公受客皮而叹曰："此以皮之美自为罪。"夫治国者以名号为罪，徐偃王是也；以城与地为罪，虞、虢是也。故曰："罪莫大于可欲④。"

智伯兼范、中行而攻赵不已，韩、魏反之，军败晋阳，身死高梁之东，遂卒被分，漆其首以为溲器。故曰："祸莫大于不知足。"

虞君欲屈产之乘与垂棘之璧，不听宫之奇，故邦亡身死。故曰："咎莫憯于欲得。"

邦以存为常，霸王其可也；身以生为常，富贵其可也。不欲自害，则邦不亡，身不死。故曰："知足之为足矣。"

楚庄王既胜，狩于河雍，归而赏孙叔敖。孙叔敖请汉间之地——沙石之处⑤。楚邦之法，禄臣再世而收地⑥，唯孙叔敖独在。此不以其邦为收者，瘠也，故九世而祀不绝。故曰："善建不拔，善抱不脱，子孙以其祭祀世世不辍。"孙叔敖之谓也。

制在己⑦，曰重；不离位，曰静。重则能使轻，静则能使躁。故曰："重为轻根，静为躁君。"故曰："君子终日行，不离辎重"也。邦者，人君之辎重也。主父生传其邦⑧，此离其辎重者也，故虽有代、云中之乐，超然已无赵矣。主父，万乘之主，而以身轻于天下。无势之谓轻，离位之谓躁，是以生幽而死。故曰："轻则失臣，躁则失君。"主父之谓也。

势重者，人君之渊也。君人者，势重于人臣之间，失则不可复得也。简公失之于田成，晋公失之于六卿，而邦亡身死。故曰："鱼不可脱于深渊。"赏罚者，邦之利器也，在君则制臣，在臣则胜君。君见赏，臣则损之以为德，君见罚，臣则益之以为威。人君见赏，而人臣用其势；人君见罚，人臣乘其威。故曰："邦之利器，不可以示人。"

越王入宦于吴，而观之伐齐以弊吴⑨。吴兵既胜齐人于艾陵，张之于江、济⑩，强之于黄池，故可制于五湖⑪。故曰："将欲翕之⑫，必固张之；将欲弱之，必固强之。"晋献公将欲袭虞，遗之以璧、马；知伯将袭仇由，遗之以广车。故曰："将欲取之，必固与之。"起事于无形，而要大功于天下，"是谓微明"。处小弱而重自卑⑬，谓"损弱胜强"也。

有形之类，大必起于小；行久之物，族必起于少。故曰："天下之难事必作于易，天下之大事必作于细。"是以欲制物者于其细也。故曰："图难于其易也，为大于其细也。"千丈之堤，以蝼蚁之穴溃；百尺之室，以突隙之烟焚。故曰：白圭之行堤也塞其穴，丈人之慎火也涂其隙⑭，是以白圭无水难，丈人无火患。此皆慎易以避难，敬细以远大者也。扁鹊见蔡桓公，立有间。扁鹊曰："君有疾在腠理⑮，不治将恐深。"桓侯曰："寡人无。"扁鹊出。桓侯曰："医之好治不病以为功。"居十日，扁鹊复见曰："君之病在肌肤，不治将益深。"桓侯不应。扁鹊出。桓侯又不悦。居十日，扁鹊复见曰："君之病在肠胃，不治将益深。"桓侯又不应。扁鹊出。桓侯又不悦。

㉗羡：赢余。

㉘臧获：奴婢。

㉙空窍者：指人的耳、目等器官。

㉚牖（yǒu，音有）：窗口。

㉛逮：追赶。

㉜诱：引导。

㉝虑乱：打算作乱。

㉞杖：马鞭。

㉟锐贯颐：马鞭上的尖刺刺穿了脸颊。

㊱并智：指能虑远也能近。

㊲并视：指能见远也能视近。

㊳隐：隐语。

㊴则：态度，意图。

㊵不穀：古代君主自称的谦词。

㊶臞（qú，音渠）：瘦。

㊷要妙：奥妙。

说林上第二十二①

汤以伐桀，而恐天下言己为贪也，因乃让天下于务光②。而恐务光之受之也，乃使人说务光曰："汤杀君而欲传恶声于子，故让天下于子。"务光因自投于河。

秦武王令甘茂择所欲为于仆与行事③。孟卯曰："公不如为仆。公所长者，使也。公虽为仆，王犹使之于公也。公佩仆玺而为行事，是兼官也。"

子圉见孔子于商太宰④。孔子出，子圉入，请问客。太宰曰："吾已见孔子，则视子犹蚤虱之细者也。吾今见之于君。"子圉恐孔子贵于君也，因谓太宰曰："君已见孔子，亦将视子犹蚤虱也。"太宰因弗复见也。

魏惠王为臼里之盟，将复立于天子。彭喜谓郑君曰⑤："君勿听。大国恶有天子，小国利之。若君与大不听，魏焉能与小立之？"

晋人伐邢，齐桓公将救之。鲍叔曰："太蚤。邢不亡，晋不敝；晋不敝，齐不重。且夫持危之功，不如存亡之德大。君不如晚救之以敝晋，齐实利。待邢亡而复存之，其名实美。"桓公乃弗救。

子胥出走，边候得之。子胥曰："上索我者，以我有美珠也。今我已亡之矣。我且曰：子取吞之。"候因释之。

庆封为乱于齐而欲走越。其族人曰："晋近，奚不之晋？"庆封曰："越远，利以避难。"族人曰："变是心也，居晋而可；不变是心也，虽远越，其可以安乎？"

智伯索地于魏宣子，魏宣子弗予。任章曰："何故不予？"宣子曰："无故请地，故弗予。"任章曰："无故索地，邻国必恐。彼重欲无厌，天下必惧。君予之地，智伯必骄而轻敌，邻邦必惧而相亲。以相亲之兵待轻敌之国，则智伯之命不长矣。《周书》曰：'将欲败之，必姑辅之；将欲取之，必姑予之。'君不如予之以骄智伯。且君何释以天下图智氏，而独以吾国为智氏质乎？"君曰："善。"乃与之万户之邑。智伯大悦，因索地于赵，弗与，因围晋阳。韩、魏反之外，赵氏应之内，智氏以亡。

秦康公筑台三年。荆人起兵，将欲以兵攻齐。任妄曰："饥召兵，疾召兵，劳召兵，乱召兵。君筑台三年，今荆人起兵将攻齐，臣恐其攻齐为声，而以袭秦为实也，不如备之。"戍东边，荆人辍行。

齐攻宋，宋使臧孙子南求救于荆。荆大说，许救之，甚劝⑥。臧孙子忧而反。其御曰："索救而得，今子有忧色，何也？"臧孙子曰："宋小而齐大。夫救小宋而恶于大齐，此人之所以忧也，而荆王说，必以坚我也。我坚而齐敝，荆之所利也。"臧孙子乃归。齐人拔五城于宋而荆救不至。

魏文侯借道于赵而攻中山，赵肃侯将不许。赵刻曰："君过矣。魏攻中山而弗能取，则魏必罢。罢则魏轻，魏轻则赵重。魏拔中山，必不能越赵而有中山也。是用兵者魏也，而得地者赵也。君必许之。许之而大欢，彼将知君利之也，必将辍行。君不如借之道，示以不得已也。

鸱夷子皮事田成子⑦。田成子去齐，走而之燕，鸱夷子皮负传而从⑧。至望邑，子皮曰："子独不闻涸泽之蛇乎？泽涸，蛇将徙。有小蛇谓大蛇曰：'子行而我随之，人以为蛇之行者耳，必有杀子。不如相衔负我以行，人以我为神君也。'乃相衔负以越公道。人皆避之，曰：'神君也'。今子美而我恶。以子为我上客，千乘之君也；以子为我使者，万乘之卿也。子不如为我舍人。"田成子因负传而随之。至逆旅，逆旅之君待之甚敬，因献酒肉。

温人之周，周不纳客。问之曰："客耶？"对曰："主人。"问其巷人而不知也，吏因囚之。君使人问之曰："子非周人也，而自谓非客，何也？"对曰："臣少也诵《诗》曰：'普天之下，莫非王土；率土之滨，莫非王臣'。今君，天子，则我天子之臣也。岂有为人之臣而又为之客哉？故曰：主人也。"君使出之。

韩宣王谓摎留曰："吾欲两用公仲、公叔⑨，其可乎？"对曰："不可。晋用六卿而国分，简公两用田成、阚止而简公杀，魏两用犀首、张仪而西河之外亡。今王两用之，其多力者树其党，寡力者借外权。群臣有内树党以骄主，有外为交以削地，则王之国危矣。"

绍绩昧醉寐而亡其裘。宋君曰："醉足以亡裘乎？"对曰："桀以醉亡天下，而《康诰》曰'毋彝酒'者；彝酒，常酒也。常酒者，天子失天下，匹夫失其身。"

管仲、隰朋从于桓公而伐孤竹，春往冬反，迷惑失道。管仲曰："老马之智可用也。"乃放老马而随之，遂得道。行山中无水，隰朋曰："蚁冬居山之阳，夏居山之阴。蚁壤一寸而仞有水。"乃掘地，遂得水。以管仲之圣而隰朋之智，至其所不知，不难师于老马与蚁。今人不知以其愚心而师圣人之智，不亦过乎？

有献不死之药于荆王者，谒者操之以入。中射之士问曰："可食乎？"曰："可。"因夺而食之。王大怒，使人杀中射之士。中射之士使人说王曰："臣问谒者，曰'可食'，臣故食之，是臣无罪而罪在谒者也。且客献不死之药，臣食之而王杀臣，是死药也，是客欺王也。夫杀无罪之臣而明人之欺王也，不如释臣。"王乃不杀。

田驷欺邹君，邹君将使人杀之。田驷恐，告惠子。惠子见邹君曰："今有人见君，则眛其一目⑩，奚如？"君曰："我必杀之。"惠子曰："瞽⑪，两目眛，君奚为不杀？"君曰："不能勿眛。"惠子曰："田驷东慢齐侯，南欺荆王。驷之于欺人，瞽也，君奚怨焉？"邹君乃不杀。

鲁穆公使众公子或宦于晋，或宦于荆。犁鉏曰："假人于越而救溺子⑫，越人虽善游，子必不生矣。失火而取水于海，海水虽多，火必不灭矣，远水不救近火也。今晋与荆虽强，而齐近，鲁患其不救乎！"

严遂不善周君，患之。冯沮曰："严遂相，而韩傀贵于君。不如行贼于韩傀^⑬，则君必以为严氏也。"

张谴相韩，病将死。公乘无正怀三十金而问其疾^⑭。居一日，君问张谴曰："若子死，将谁使代子？"答曰："无正重法而畏上，虽然，不如公子食我之得民也^⑮。"张谴死，因相公乘无正。

乐羊为魏将而攻中山，其子在中山。中山之君烹其子而遗之羹，乐羊坐于幕下而啜之，尽一杯。文侯谓堵师赞曰："乐羊以我故而食其子之肉。"答曰："其子而食之，且谁不食？"乐羊罢中山，文侯赏其功而疑其心。孟孙猎得麑，使秦西巴载之持归，其母随之而啼。秦西巴弗忍而与之。孟孙归，至而求麑。答曰："余弗忍而与其母。"孟孙大怒，逐之。居三月，复召以为其子傅。其御曰："曩将罪之，今召以为子傅，何也？"孟孙曰："夫不忍麑，又且忍吾子乎？"故曰："巧诈不如拙诚。"乐羊以有功见疑，秦西巴以有罪益信。

曾从子，善相剑者也。卫君怨吴王。曾从子曰："吴王好剑，臣相剑者也。臣请为吴王相剑，拔而示之，因为君刺之。"卫君曰："子之为是也，非缘义也，为利也。吴强而富，卫弱而贫。子必往，吾恐子为吴王用之于我也。"乃逐之。

纣为象箸，箕子怖，以为象箸必不盛羹于土铏，则必犀玉之杯，玉杯、象箸必不盛菽藿，则必旄象、豹胎，旄象、豹胎必不衣短褐而舍茅茨之下，则必锦衣九重，高台广室也。称此以求，则天下不足矣。圣人见微以知萌，见端以知末，故见象箸而怖，知天下不足也。

周公旦已胜殷，将攻商盖^⑯。辛公甲曰："大难攻，小易服。不如服众小以劫大。"乃攻九夷而商盖服矣。

纣为长夜之饮，欢以失日，问其左右，尽不知也。乃使人问箕子。箕子谓其徒曰："为天下主而一国皆失日，天下其危矣。一国皆不知而我独知之，吾其危矣。"辞以醉而不知。

鲁人身善织屦，妻善织缟，而欲徙于越。或谓之曰："子必穷矣。"鲁人曰："何也？"曰："屦为履之也，而越人跣行；缟为冠之也，而越人被发。以子之所长，游于不用之国，欲使无穷，其可得乎？"

陈轸贵于魏王。惠子曰："必善事左右。夫杨，横树之即生，倒树之即生，折而树之又生。然使十人树之而一人拔之，则毋生杨。至以十人之众，树易生之物而不胜一人者，何也？树之难而去之易也。子虽工自树于王，而欲去子者众，子必危矣。"

鲁季孙新弑其君，吴起仕焉。或谓起曰："夫死者，始死而血，已血而衄^⑰，已衄而灰，已灰而土。及其土也，无可为者矣。今季孙乃始血，其毋乃未可知也。"吴起因去之晋。

隰斯弥见田成子，田成子与登台四望，三面皆畅，南望，隰子家之树蔽之。田成子亦不言。隰子归，使人伐之。斧离数创^⑱，隰子止之。其相室曰："何变之数也？"隰子曰："古者有谚曰：'知渊中之鱼者不祥。'夫田子将有大事，而我示之知微，我必危矣。不伐树，未有罪也。知人之所不言，其罪大矣。"乃不伐也。

杨子过于宋东之逆旅。有妾二人，其恶者贵，美者贱。杨子问其故。逆旅之父答曰："美者自美，吾不知其美也；恶者自恶，吾不知其恶也。"杨子谓弟子曰："行贤而去自贤之心，焉往而不美？"

卫人嫁其子而教之曰："必私积聚。为人妇而出^⑲，常也；其成居，幸也。"其子因私积聚，其姑以为多私而出之^⑳。其子所以反者，倍其所以嫁。其父不自罪于教子非也，而自知其益富。今人臣之处官者，皆是类也。

鲁丹三说中山之君而不受也，因散五十金事其左右。复见，未语，而君与之食。鲁丹出，而不反舍，遂去中山。其御曰："反见，乃始善我，何故去之？"鲁丹曰："夫以人言善我，必以人言罪我。"未出境，而公子恶之曰："为赵来间中山。"君因索而罪之。

田伯鼎好士而存其君，白公好士而乱荆。其好士则同，其所以为则异。公孙友自刖而尊百里，竖刁自宫而谄桓公。其自刑则同，其所以自刑之为则异。慧子曰："狂者东走，逐者亦东走。其东走则同，其所以东走之为则异。故曰：同事之人，不可不审察也。"

---

①说林：故事汇编。说，指传说、故事及寓言等。林，聚集，汇集之意。

②务光：人名，传说中的隐士。

③仆：官名，掌君主之马。　行事：官名，掌传达君主之命。

④商：指宋国。宋国是商遗民组成的诸侯国，国君为商纣王兄微子的后代。

⑤郑君：即韩王。公元前375年，韩不郑，徙都于郑（今河南新郑），所以韩王也称郑君。

⑥劝：尽心，卖力。

⑦鸱夷子皮：人名。

⑧传：通行证。

⑨两用：同时重用。

⑩眹：闭眼。

⑪瞽：瞎子。

⑫假人于越：从越国借人。

⑬行贼：行刺，刺杀。

⑭公乘无正：人名。一说，公乘为官名，无正为人名。

⑮公子食我：人名。

⑯商盖：地名，一称商奄（今山东曲阜附近），商族在东方的重要根据地。

⑰岨：萎缩。

⑱离：砍。

⑲出：休弃。

⑳姑：婆婆。

说林下第二十三

伯乐教二人相踶马①，相与之简子厩观马②。一人举踶马③。其一人从后而循之④，三抚其尻而马不踶⑤。此自以为失相。其一人曰："子非失相也。此其为马也，蹻肩而肿膝⑥。夫踶马也者，举后而任前，肿膝不可任也，故后不举。子巧于相踶马而拙于任肿膝。"夫事有所必归，而以有所肿膝而不任，智者之所独知也。惠子曰："置猿于柙中，则与豚同。"故势不便，非所以逞能也。

卫将军文子见曾子，曾子不起而延于坐席⑦，正身于奥⑧。文子谓其御曰："曾子，愚人也哉！以我为君子也，君子安可毋敬也？以我为暴人也，暴人安可侮也？曾子不僇，命也。"

鸟有翩翩者，重首而屈尾⑨，将欲饮于河，则必颠，乃衔其羽而饮之。人之所有饮不足者，不可不索其羽也。

鳣似蛇，蚕似蠋。人见蛇则惊骇，见蠋则毛起。渔者持鳣，妇人拾蚕，利之所在，皆为贲、诸⑩。

伯乐教其所憎者相千里之马，教其所爱者相驽马。千里之马时一[①]，其利缓；驽马日售，其利急。此《周书》所谓"下言而上用者，惑也。"

桓赫曰："刻削之道[⑫]，鼻莫如大，目莫如小。鼻大可小，小不可大也；目小可大，大不可小也。"举事亦然。为其不可复者也，则事寡败矣。

崇侯、恶来知不适纣之诛也，而不见武王之灭之也。比干、子胥知其君之必亡也，而不知身之死也。故曰："崇侯、恶来知心而不知事，比干、子胥知事而不知心。"圣人其备矣。

宋太宰贵而主断。季子将见宋君，梁子闻之曰："语必可与太宰三坐乎[⑬]，不然，将不免。"季子因说以贵主而轻国。

杨朱之弟杨布衣素衣而出。天雨，解素衣，衣缁衣而反，其狗不知而吠之。杨布怒，将击之。杨朱曰："子毋击也，子亦犹是。曩者使女狗白而往[⑭]，黑而来，子岂能毋怪哉？"

惠子曰："羿执决持扞[⑮]，操弓关机[⑯]，越人争为持的[⑰]。弱子扜弓[⑱]，慈母入室闭户。"故曰："可必，则越人不疑羿；不可必，则慈母逃弱子。"

桓公问管仲："富有涯乎？"答曰："水之以涯，其无水者也；富之以涯，其富已足者也。人不能自止于足，而亡其富之涯乎！"

宋之富贾有监止子者[⑲]，与人争买百金之璞玉，因佯失而毁之，负其百金[⑳]，而理其毁瑕，得千溢焉[㉑]。事有举之而有败，而贤其毋举之者，负之时也。

有欲以御见荆王者，众驸妒之[㉒]。因曰："臣能撽鹿[㉓]。"见王。王为御，不及鹿；自御，及之。王善其御也，乃言众驸妒之。

荆令公子将伐陈。丈人送之曰："晋强，不可不慎也。"公子曰："丈人奚忧？吾为丈人破晋。"丈人曰："可。吾方庐陈南门之外。"公子曰："是何也？"曰："我笑勾践也。为人之如是其易也，已独何为密密十年难乎？"

尧以天下让许由。许由逃之，舍于家人[㉔]，家人藏其皮冠。夫弃天下而家人藏其皮冠，是不知许由者也。

三虱相与讼，一虱过之，曰："讼者奚说？"三虱曰："争肥饶之地。"一虱曰："若亦不患腊之至而茅之燥耳，若又奚患于是？"乃相与聚嘬其母而食之[㉕]。彘臞，人乃弗杀。

虫有虺者[㉖]，一身两口，争食相龁也[㉗]。遂相杀，因自杀。人臣之争事而亡其国者，皆虺类也。

宫有垩[㉘]，器有涤[㉙]，则洁矣。行身亦然，无涤垩之地则寡非矣。

公子纠将为乱，桓公使使者视之。使者报曰："笑不乐，视不见，必为乱。"乃使鲁人杀之。

公孙弘断发而为越王骑[㉚]，公孙喜使人绝之，曰："吾不与子为昆弟矣。"公孙弘曰："我断发，子断颈而为人用兵，我将谓子何？"周南之战，公孙喜死焉。

有与悍者邻，欲卖宅而避之。人曰："是其贯将满矣[㉛]，子姑待之。"答曰："吾恐其以我满贯也。"遂去之。故曰："物之几者，非所靡也[㉜]。"

孔子谓弟子曰："孰能导子西之钓名也[㉝]？"子贡曰："赐也能[㉞]。"乃导之，不复疑也。孔子曰："宽哉，不被于利！洁哉，民性有恒！曲为曲，直为直。"孔子曰"子西不免。"白公之难[㉟]，子西死焉。故曰："直于行者曲于欲。"

晋中行文子出亡，过于县邑。从者曰："此啬夫，公之故人。公奚不休舍且待后车？"文子曰："吾尝好音，此人遗我鸣琴；吾好佩，此人遗我玉环，是振我过者也。以求容于我者，吾恐其以我求容于人也。"乃去之。果收文子后车二乘，而献之其君矣。

周趮谓宫他曰："为我谓齐王曰：'以齐资我于魏，请以魏事王。'"宫他曰："不可，是示之无魏也。齐王必不资于无魏者，而以怨有魏者。公不如曰：'以王之所欲，臣请以魏听王。'齐王必以公为有魏也，必因公。是公有齐也，因以有齐、魏矣。"

白圭谓宋大尹曰："君长自知政，公无事矣。今君少主也而务名，不如令荆贺君之孝也，则君不夺公位，而大敬重公，则公常用宋矣。"

管仲、鲍叔相谓曰："君乱甚矣，必失国。齐国之诸公子其可辅者，非公子纠，则小白也。与子人事一人焉，先达者相收㊱。"管仲乃从公子纠，鲍叔从小白。国人果弑君。小白先入为君，鲁人拘管仲而效之㊲，鲍叔言而相之。故谚曰："巫咸虽善祝㊳，不能自祓也㊴；秦医虽善除㊵，不能自弹也㊶。"以管仲之圣而待鲍叔之助，此鄙谚所谓"虏自卖裘而不售㊷，士自誉辩而不信"者也。

荆王伐吴。吴使沮卫、蹷融犒于荆师，而将军曰："缚之，杀以衅鼓㊸。"问之曰："女来，卜乎？"答曰："卜。""卜吉乎？"曰："吉。"荆人曰："今荆将欲女衅鼓，其何也？"答曰："是故其所以吉也。吴使臣来也，固视将军怒。将军怒，将深沟高垒；将军不怒，将懈怠。今也将军杀臣，则吴必警守矣。且国之卜，非为一臣卜。夫杀一臣而存一国，其不言吉，何也？且死者无知，则以臣衅鼓无益也；死者有知也，臣将当战之时，臣使鼓不鸣。"荆人因不杀也。

知伯将伐仇由而道难不通，乃铸大钟遗仇由之君。仇由之君大说，除道将内之。赤章曼枝曰："不可。此小之所以事大也㊹。而今也大以来，卒必随之，不可内也。"仇由之君不听，遂内之。赤章曼枝因断毂而驱，至于齐。七月而仇由亡矣。

越已胜吴，又索卒于荆而攻晋。左史倚相谓荆王曰："夫越破吴，豪士死，锐卒尽，大甲伤。今又索卒以攻晋，示我不病也㊺。不如起师与分吴。"荆王曰："善"。因起师而从越㊻。越王怒，将击之。大夫种曰："不可。吾豪士尽，大甲伤。我与战，必不克，不如赂之。"乃割露山之阴五百里以赂之。

荆伐陈，吴救之，军间三十里。雨十日，夜星。左史倚相谓子期曰："雨十日，甲辑而兵聚。吴人必至，不如备之。"乃为陈㊼。陈未成也而吴人至，见刑陈而反。左史曰："吴反复六十里，其君子必休，小人必食。我行三十里击之，必可败也。"乃从之，遂破吴军。

韩、赵相与为难。韩子索兵于魏，曰："愿借师以伐赵。"魏文侯曰："寡人与赵兄弟，不可以从。"赵又索兵攻韩，文侯曰："寡人与韩兄弟，不敢从。"二国不得兵，怒而反。已，乃知文侯以构于己㊽，乃皆朝魏。

齐伐鲁，索谗鼎。鲁以其雁往㊾。齐人曰："雁也。"鲁人曰："真也。"齐曰："使乐正子春来，吾将听子。"鲁君请乐正子春。乐正子春曰："胡不以其真往也？"君曰："我爱之。"答曰："臣亦爱臣之信。"

韩咎立为君，未定也。弟在周，周欲重之，而恐韩咎不立也。綦毋恢曰："不若以车百乘送之。得立，因曰为戒㊿；不立，则曰来效贼也。"

靖郭君将城薛(51)，客多以谏者。靖郭君谓谒者曰："毋为客通。"齐人有请见者曰："臣请三言而已。过三言，臣请烹。"靖郭君因见之。客趋进曰："海大鱼。"因反走。靖郭君曰："请闻其说。"客曰："臣不敢以死为戏。"靖郭君曰："愿为寡人言之。"答曰："君闻大鱼乎？网不能止，缴不能絓也(52)，荡而失水，蝼蚁得意焉。今夫齐亦君之海也。君长有齐，奚以薛为？君失齐，虽隆薛城至于天犹无益也。"靖郭君曰："善。"乃辍，不城薛。

荆王弟在秦，秦不出也。中射之士曰："资臣百金，臣能出之。"因载百金之晋，见叔向，曰："荆王弟在秦，秦不出也。请以百金委叔向。"叔向受金，而以见之晋平公，曰："可以城壶丘矣。"平公曰："何也？"对曰："荆王弟在秦，秦不出也，是秦恶荆也，必不敢禁我城壶丘。若禁之，我曰：'为我出荆王之弟，吾不城也'。彼如出之，可以德荆；彼不出，是卒恶也，必不敢禁我城壶丘矣。"公曰："善。"乃城壶丘。谓秦公曰："为我出荆王之弟，吾不城也。"秦因出之。荆王大说，以炼金百镒遗晋。

阖庐攻郢，战三胜，问子胥曰："可以退乎？"子胥对曰："溺人者，一饮而止，则无逆者，以其不休也。不如乘之以沈之。"

郑人有一子，将宦，谓其家曰："必筑坏墙。是不善，人将窃。"其巷人亦云。不时筑㉝，而人果窃之。以其子为智，以巷人告者为盗。

---

①踶马：爱踢人的马。

②简子：即赵简子。

③举：挑选。

④循：跟随。

⑤尻：屁股。

⑥蹉（wō，音窝）：扭伤脚。

⑦延：邀请，示意。

⑧奥：尊位。古代以正室的西南角为尊。

⑨屈尾：秃尾，短尾。

⑩贲：即孟贲，春秋卫国勇士。诸：即专诸，春秋卫国勇士。

⑪时一：每个季节一个，言少见。

⑫刻削：雕刻。

⑬三坐：言宋君、太宰、季子3人皆在场。

⑭女：通"汝"，你。

⑮决：古人射箭时戴在右手姆指上拉弦的皮套。扞（hàn，音汗）：古人射箭时戴在左手臂上的皮套。

⑯关：牵引，拉。

⑰的：箭靶。

⑱弱子：小孩。扞：牵引，拉。

⑲监止子：人名。

⑳负：赔偿。

㉑溢：通"镒"，黄金20两（或24两）为一镒。

㉒驺：养马的人。

㉓撖：追击，追上。

㉔家人：普通人家。

㉕母：指猪。

㉖虺（huǐ，音毁）：毒蛇的一种。

㉗龁：咬。

㉘宫有垩：宫墙涂上白色。垩，白土。

㉙涤：冲洗。

㉚骑：骑士。

㉛贯将满：就要恶贯满盈了。

㉜物之几者，非所靡也：事情到了危险的境地，是不应该迟缓的。靡，拖拉，迟缓。

㉝导：开导，劝阻。

㉞赐：即子贡。子贡名端木赐。

㉟白公之难：公元前479年，楚贵族白公胜政变，杀令尹子西，废楚惠王之事。

㊱先达者相收：先得志者提携另一人。

㊲效：献。

㊳巫咸：人名，殷商时的神巫。

㊴祓：除灾。

㊵除：治病。

㊶弹：古代以玉石磨制的石针刺穴治病。

㊷不售：卖不出去。

㊸衅：血祭。

㊹此小所以事大也：这是小国侍奉大国的行为。

㊺病：软弱。

㊻从：追击。

㊼陈：通"阵"，阵势。

㊽构：和解。

㊾雁：假的。

㊿为戒：作为警卫。

51城：筑城。

52缴（zhuó，音酌）：绳子。絓：拖拉。

53不时：未能及时。

观行第二十四①

古之人目短于自见，故以镜观面；智短于自知，故以道正己。故镜无见疵之罪，道无明过之怨。目失镜，则无以正须眉；身失道，则无以知迷惑。西门豹之性急，故佩韦以缓己②；董安于之心缓，故佩弦以自急③。故以有余补不足，以长续短之谓明主。

天下有信数三：一曰智有所不能立，二曰力有所不能举，三曰强有所不能胜。故虽有尧之智，而无众人之助，大功不立；有乌获之劲，而不得人助，不能自举；有贲、育之强，而无法术，不得长胜。故势有不可得，事有不可成。故乌获轻千钧而重其身，非其身重于千钧也，势不便也；离朱易百步而难眉睫，非百步近而眉睫远也，道 不可也。故明主不穷乌获以其不能自举④，不困离朱以其不能自见。因可势，求易道，故用力寡而功名立。时有满虚，事有利害，物有生死，人主为三者发喜怒之色，则金石之士离心焉。圣贤之朴深矣。故明主观人，不使人观己。明于尧不能独成，乌获不能自举，贲、育之不能自胜，以法术则观行之道毕矣。

①观行：观察行为。

②韦：皮带。

③弦：弓弦。

④穷：难堪，窘困。

安危第二十五^①

安术有七，危道有六。

安术：一曰赏罚随是非，二曰祸福随善恶，三曰死生随法度，四曰有贤不肖而无爱恶，五曰有愚智而无非誉^②，六曰有尺寸而无意度，七曰有信而无诈。

危道：一曰斫削于绳之内^③，二曰断割于法之外，三曰利人之所害，四曰乐人之所祸，五曰危人于所安，六曰所爱不亲、所恶不疏。如此，则人失其所以乐生，而忘其所以重死。人不乐生，则人主不尊；不重死，则令不行也。

使天下皆极智能于仪表^④，尽力于权衡，以动则胜，以静则安。治世使人乐生于为是，爱身于为非，小人少而君子多，故社稷常立，国家久安。奔车之上无仲尼，覆舟之下无伯夷。故号令者，国之舟车也。安则智廉生，危则争鄙起。故安国之法，若饥而食，寒而衣，不令而自然也。先王寄理于竹帛，其道顺，故后世服。今使人去饥寒，虽贲、育不能行^⑤；废自然，虽顺道而不立。强勇之所不能行，则上不能安。上以无厌责已尽，则下对"无有"；无有，则轻法。法所以为国也，而轻之，则功不立，名不成。

闻古扁鹊之治其病也，以刀刺骨；圣人之救危国也，以忠拂耳^⑥。刺骨，故小痛在体而长利在身；拂耳，故小逆在心而久福在国。故甚病之人利在忍痛，猛毅之君以福拂耳。忍痛，故扁鹊尽巧；拂耳，则子胥不失。寿安之术也。病而不忍痛，则失扁鹊之巧；危而不拂耳，则失圣人之意。如此，长利不远垂，功名不久立。

人主不自刻以尧，而责人臣以子胥，是幸殷人之尽如比干。尽如比干，则上不失，下不亡。不权其力而有田成，而幸其身尽如比干，故国不得一安。废尧、舜而立桀、纣，则人不得乐所长而忧所短。失所长，则国家无功；守所短，则民不乐生。以无功御不乐生，不可行于齐民。如此，则上无以使下，下无以事上。

安危在是非，不在于强弱；存亡在虚实，不在于众寡。故齐，万乘也，而名实不称，上空虚于国，内不充满于名实，故臣得夺主。桀，天子也，而无是非，赏于无功，使谗谀以诈伪为贵；诛于无罪，使伛以天性剖背。以诈伪为是，天性为非，小得胜大。

明主坚内，故不外失。失之近而不亡于远者，无有。故周之夺殷也，拾遗于庭。使殷不遗于朝，则周不敢望秋毫于境，而况敢易位乎？

明主之道忠法，其法忠心，故临之而治，去之而思。尧无胶漆之约于当世，而道行；舜无置锥之地于后世，而德结。能立道于往古，而垂德于万世者之谓明主。

---

①安危：国家的安定之术和危亡之道。

②非：诽谤。

③绳：法度。

④仪表：法度，规范。

⑤育：即夏育，战国卫国大力士。

⑥拂耳：逆耳。

守道第二十六^①

圣王之立法也，其赏足以劝善，其威足以胜暴，其备足以必完法。治世之臣，功多者位尊，力极者赏厚，情尽者名立^②。善之生如春，恶之死如秋，故民劝极力而乐尽情，此之谓上下相得。上下相得，故能使用力者自极于权衡，而务至于任鄙^③；战士出死，而愿为贲、育；守道者皆怀金石之心，以死子胥之节。用力者为任鄙，战如贲、育，中为金石，则君人者高枕，而守已完矣。

古之善守者，以其所重禁其所轻，以其所难止其所易，故君子与小人俱正，盗跖与曾、史俱廉^④。何以知之？夫贪盗不赴溪而掇金^⑤，赴溪而掇金，则身不全。贲、育不量敌，则无勇名；盗跖不计可^⑥，则利不成。明主之守禁也，贲、育见侵于其所不能胜，盗跖见害于其所不能取，故能禁贲、育之所不能犯，守盗跖之所不能取，则暴者守愿，邪者反正。大勇愿，巨盗贞，则天下公平，而齐民之情正矣。

人主离法失人，则危于伯夷不妄取，而不免于田成、盗跖之祸。何也？今天下无一伯夷，而奸人不绝世，故立法度量。度量信，则伯夷不失是，而盗跖不得非；法分明，则贤不得夺不肖，强不得侵弱，众不得暴寡。托天下于尧之法，则贞士不失分，奸人不侥幸；寄千金于羿之矢，则伯夷不得亡，而盗跖不敢取。尧明于不失奸，故天下无邪；羿巧于不失发，故千金不亡。邪人不寿而盗跖止。如此，故图不载宰予，不举六卿^⑦；书不著子胥，不明夫差。孙、吴之略废，盗跖之心伏。人主甘服于玉堂之中^⑧，而无瞋目切齿倾取之患；人臣垂拱于金城之内^⑨，而无扼腕聚唇嗟唶之祸。

服虎而不以柙，禁奸而不以法，塞伪而不以符，此贲、育之所患，尧、舜之所难也。故设柙，非所以备鼠也，所以使怯弱能服虎也；立法，非所以备曾、史也，所以使庸主能止盗跖也；为符，非所以豫尾生也^⑩，所以使众人不相谩也^⑪。不独恃比干之死节，不幸乱臣之无诈也；恃怯之所能服，握庸主之所易守。当今之世，为人主忠计，为天下结德者，利莫长于此。故君人者无亡国之图，而忠臣无失身之画。明于尊位必赏，故能使人尽力于权衡，死节于官职。通贲、育之情，不以死易生；惑于盗跖之贪，不以财易身；则守国之道毕备矣。

---

①守道：确保国家政权的原则。

②情尽：竭尽忠心。

③任鄙：人名，战国秦国大力士。

④曾：指曾参，孔子的学生，以孝闻名。史：指史鳅（一名史鱼），春秋卫国大夫，以廉知名。

⑤溪：深渊。

⑥可：可否成功。

⑦六卿：指晋国六个权贵，即范氏、中行氏、智氏、韩氏、赵氏、魏氏。

⑧玉堂：王宫。

⑨金城：首都。

⑩豫：防备。尾生：人名，以守信用著称。

⑪谩：欺诈。

用人第二十七①

　　闻古之善用人者，必循天顺人，而明赏罚。循天，则用力寡而功立；顺人，则刑罚省而令行。明赏罚，则伯夷、盗跖不乱。如此，则白黑分矣。治国之臣，效功于国以履位，见能于官以受职，尽力于权衡以任事。人臣皆宜其能，胜其官，轻其任，而莫怀余力于心，莫负兼官之责于君，故内无伏怨之乱，外无马服之患②。明君使事不相干，故莫讼；使士不兼官，故技长；使人不同功，故莫争。争讼止，技长立，则强弱不觳力③，冰炭不合形，天下莫得相伤，治之至也。

　　释法术而心治，尧不能正一国；去规矩而妄意度，奚仲不能成一轮④；废尺寸而差短长，王尔不能半中⑤。使中主守法术，拙匠守规矩尺寸，则万不失矣。君人者，能去贤巧之所不能，守中拙之所万不失，则人力尽而功名立。

　　明主立可为之赏，设可避之罚。故贤者劝赏，而不见子胥之祸；不肖者少罪，而不见伛剖背⑥，盲者处平，而不遇深溪；愚者守静，而不陷险危。如此，则上下之恩结矣。古之人曰："其心难知，喜怒难中也。"故以表示目，以鼓语耳，以法教心。君人者，释三易之数，而行一难知之心。如此，则怒积于上，而怨积于下。以积怒而御积怨，则两危矣。明主之表易见，故约立；其教易知，故言用；其法易为，故令行。三者立，而上无私心，则下得循法而治，望表而动，随绳而斫，因攒而缝⑦。如此，则上无私威之毒，而下无愚拙之诛。故上居明而少怒，下尽忠而少罪。

　　闻之曰："举事无患者，尧不得也⑧。"而世未尝无事也。君人者，不轻爵禄，不易富贵，不可与救危国。故明主厉廉耻，招仁义。昔者，介子推无爵禄而义随文公，不忍口腹而仁割其肌⑨。故人主结其德，书图著其名。人主乐乎使人以公尽力，而苦乎以私夺威；人臣安乎以能受职，而苦乎以一负二。故明主除人臣之所苦，而立人主之所乐。上下之利，莫长于此。不察私门之内，轻虑重事，厚诛薄罪，久怨细过，长侮偷快，数以德追祸，是断手而续以玉也，故世有易身之患。

　　人主立难为而罪不及，则私怨生；人臣失所长而奉难给，则伏怨结。劳苦不抚循，忧悲不哀怜。喜则誉小人，贤不肖俱赏；怒则毁君子，使伯夷与盗跖俱辱。故臣有叛主。

　　使燕王内憎其民而外爱鲁人，则燕不用而鲁不附。民见憎，不能尽力而务功；鲁见说，而不能离死命而亲他主。如此，则人臣为隙穴，而人主独立。以隙穴之臣而事独立之主，此之谓危殆。

　　释仪的而妄发⑩，虽中小不巧；释法制而妄怒，虽杀戮而奸人不恐。罪生甲，祸归乙，伏怨乃结。故至治之国，有赏罚而无喜怒，故圣人极；有刑法而死无螫毒⑪，故奸人服。发矢中的，赏罚当符，故尧复生，羿复立。如此，则上无殷、夏之患，下无比干之祸，君高枕而臣乐业，道蔽天地，德极万世矣。

　　夫人主不塞隙穴而劳力于赭垩⑫，暴雨疾风必坏。不去眉睫之祸而慕贲、育之死，不谨萧墙之患而固金城于远境，不用近贤之谋而外结万乘之交于千里，飘风一旦起，则贲、育不及救，而外交不及至，祸莫大于此。当今之世，为人主忠计者，必无使燕王说鲁人，无使近世慕贤于古，无思越人以救中国溺者。如此，则上下亲，内功立，外名成。

①用人：使用臣下的原则。

②马服之患：指赵国马服君赵奢之子赵括在长平一战使赵国死亡40万的大灾难。

③觳力：以气力相争斗。

④奚仲：人名，善造车者。

⑤半中：只合乎标准的一半。

⑥伛（yǔ，音羽）：驼背。

⑦攒：孔。

⑧不得：做不到。

⑨仁割其肌：凭仁爱之心而割下自己腿上的肉（给晋文公吃）。

⑩仪的：箭靶。

⑪螫毒：比喻抛开法度任意胡为。

⑫赭：红色。

功名第二十八①

　　明君之所以立功成名者四：一曰天时，二曰人心，三曰技能，四曰势位。非天时，虽十尧不能冬生一穗；逆人心，虽贲、育不能尽人力。故得天时，则不务而自生；得人心，则不趣而自劝；因技能，则不急而自疾；得势位，则不推进而名成。若水之流，若船之浮。守自然之道，行毋穷之令，故曰明主。

　　夫有材而无势，虽贤不能制不肖。故立尺材于高山之上，则临千仞之溪，材非长也，位高也。桀为天子，能制天下，非贤也，势重也；尧为匹夫，不能正三家，非不肖也，位卑也。千钧得船则浮，锱铢失船则沉，非千钧轻锱铢重也，有势之与无势也。故短之临高也，以位；不肖之制贤也，以势。人主者，天下一力以共载之，故安；众同心以共立之，故尊。人臣守所长，尽所能，故忠。以尊主御忠臣，则长乐生，而功名成。名实相持而成，形影相应而立，故臣主同欲而异使。人主之患，在莫之应。故曰：一手独拍，虽疾无声。人臣之忧，在不得一。故曰：右手画圆，左手画方，不能两成。故曰：至治之国，君若桴②，臣若鼓；技若车，事若马。

　　故人有余力易于应，而技有余巧便于事。立功者不足于力，亲近者不足于信，成名者不足于势。近者不亲，而远者不结，则名不称实者也。圣人德若尧、舜，行若伯夷，而位不载于世③，则功不立，名不遂。故古之能致功名者，众人助之以力。近者结之以成，远者誉之以名，尊者载之以势。如此，故太山之功长立于国家，而日月之名久著于天地。此尧之所以南面而守名，舜之所以北面而效功也。

①功名：君主立功成名的因素。

②桴：鼓槌。

③位不载于世：势位不被世人所拥护。

大体第二十九①

古之全大体者：望天地，观江海，因山谷，日月所照，四时所行，云布风动；不以智累心，不以私累己；寄治乱于法术，托是非于赏罚，属轻重于权衡；不逆天理，不伤情性；不吹毛而求小疵，不洗垢而察难知②；不引绳之外，不推绳之内；不急法之外，不缓法之内；守成理，因自然；祸福生乎道法，而不出乎爱恶；荣辱之责在乎己，而不在乎人。故至安之世，法如朝露，纯朴不散，心无结怨，口无烦言。故车马不疲弊于远路，旌旗不乱于大泽，万民不失命于寇戎，雄骏不创寿于旗幢③；豪杰不著名于图书，不录功于盘盂④，记年之牒空虚。故曰：利莫长于简，福莫久于安。

使匠石以千岁之寿操钩⑤，视规矩，举绳墨，而正太山；使贲、育带干将而齐万民⑥，虽尽力于巧，极盛于寿，太山不正，民不能齐。故曰：古之牧天下者，不使匠石极巧以败太山之体，不使贲、育尽威以伤万民之性。因道全法，君子乐而大奸止。澹然闲静，因天命，持大体。故使人无离法之罪，鱼无失水之祸。如此，故天下少不可⑦。

上不天则下不遍覆⑧，心不地则物不必载⑨。太山不立好恶，故能成其高；江海不择小助，故能成其富。故大人寄形于天地而万物备，历心于山海而国家富⑩。上无忿怒之毒，下无伏怨之患，上下交朴⑪，以道为舍⑫。故长利积，大功立；名成于前，德垂于后，治之至也。

---

①大体：整体与根本。
②察难知：观察难以了解的隐微之情。
③雄骏：指勇猛敢战之士。创寿：丧生，战死。旗幢：军旗。
④盘盂：古代铸字记录功名的青铜器皿。
⑤匠石：人名，古代著名巧匠。
⑥干将：古代宝剑名。
⑦少不可：很少有行不通的。
⑧上不天：上面如果没有辽阔的天。
⑨心不地：心胸如果没有大地那样宽广。
⑩历心：尽心。
⑪交朴：同样纯朴。
⑫舍：归宿。

内储说上七术第三十①

主之所用也七术②，所察也六微③。

七术：一曰众端参观④，二曰必罚明威，三曰信赏尽能，四曰一听责下⑤，五曰疑诏诡使⑥，六曰挟知而问，七曰倒言反事。此七者，主之所用也。

观听不参⑦，则诚不闻；听有门户⑧，则臣壅塞。其说在侏儒之梦见灶，哀公之称"莫众而迷"⑨。故齐人见河伯⑩，与惠子之言"亡其半"也⑪。其患在竖牛之饿叔孙⑫，而江乙之说荆俗也⑬。嗣公欲治⑭，不知⑮，故使有敌⑯。是以明主推积铁之类⑰，而察一市之患⑱。

参观一⑲

爱多者，则法不立；威寡者，则下侵上。是以刑罚不必，则禁令不行。其说在董子之行石邑⑳，与子产之教游吉也㉑。故仲尼说陨霜㉒，而殷法刑弃灰㉓，将行去乐池㉔，而公孙鞅重轻罪㉕。是以丽水之金不守㉖，而积泽之火不救。成欢以太仁弱齐国㉗，卜皮以慈惠亡魏王㉘。管仲知之㉙，故断死人㉚；嗣公知之，故买胥靡。

必罚二

赏誉薄而谩者，下不用也；赏誉厚而信者，下轻死。其说在文子称"若兽鹿。"故越王焚宫室，而吴起倚车辕，李悝断讼以射，宋崇门以毁死㉛。勾践知之，故式怒蛙㉜；昭侯知之，故藏弊裤㉝。厚赏之使人为贲、诸也，妇人之拾蚕，渔者之握鳝㉞，是以效之。

赏誉三

一听，则愚智不纷㉟；责下，则人臣不参㊱。其说在"索郑"与"吹竽"㊲。其患在申子之以赵绍、韩沓为尝试㊳。故公子氾议割河东，而应侯谋弛上党㊴。

一听四

数见久待而不任，奸则鹿散。使人问他则不鬻私。是以庞敬还公大夫，而戴欢诏视輻车。周主亡玉簪，商太宰论牛矢。

诡使五

挟智而问㊵，则不智者智；深智一物，众隐皆变㊶。其说在昭侯之握一爪也㊷。故必南门而三乡得㊸。周主索曲杖而群臣惧，卜皮使庶子，西门豹详遗辖㊹。

挟智六

倒言反事以尝所疑，则奸情得。故阳山谩樛竖㊺，淖齿为秦使，齐人欲为乱，子之以白马㊻，子产离讼者，嗣公过关市。

倒言七

右经㊼

一

卫灵公之时，弥子瑕有宠，专于卫国。侏儒有见公者曰："臣之梦践矣㊽。"公曰："何梦？"对曰："梦见灶，为见公也。"公怒曰："吾闻，见人主者梦见日，奚为见寡人而梦见灶？"对曰："夫日兼烛天下，一物不能当也；人君兼烛一国人，一人不能拥也。故将见人主者梦见日。夫灶，一人炀焉㊾，则后人无从见矣。今或者一人有炀君者乎？则臣虽梦见灶，不亦可乎？"

　　鲁哀公问于孔子曰："鄙谚曰：'莫众而迷。'今寡人举事，与群臣虑之，而国愈乱，其故何也？"孔子对曰："明主之问臣，一人知之⑩，一人不知也。如是者，明主在上，群臣直议于下。今群臣无不一辞同轨乎季孙者，举鲁国尽化为一，君虽问境内之人，犹不免于乱也。"

　　一曰：晏婴子聘鲁，哀公问曰："语曰：'莫三人而迷。'今寡人与一国虑之，鲁不免于乱，何也？"晏子曰："古之所谓'莫三人而迷'者，一人失之，二人得之，三人足以为众矣，故曰'莫三人而迷'。今鲁国之群臣以千百数，一言于季氏之私，人数非不众，所言者一人也，安得三哉？"

　　齐人有谓齐王曰："河伯，大神也。王何不试与之遇乎？臣请使王遇之。"乃为坛场大水之上，而与王立之焉。有间，大鱼动，因曰："此河伯。"

　　张仪欲以秦、韩与魏之势伐齐、荆，而惠施欲以齐、荆偃兵。二人争之。群臣左右皆为张子言，而以攻齐、荆为利，而莫为惠子言。王果听张子，而以惠子言为不可。攻齐、荆事已定，惠子入见。王言曰："先生毋言矣。攻齐、荆之事果利矣，一国尽以为然。"惠子因说："不可不察也。夫齐、荆之事也诚利，一国尽以为利，是何智者之众也？攻齐、荆之事诚不可利，一国尽以为利，何愚者之众也？凡谋者⑪，疑也。疑也者，诚疑，以为可者半，以为不可者半。今一国尽以为可，是王亡半也。劫主者固亡其半者也。"

　　叔孔相鲁，贵而主断。其所爱者曰竖牛，亦擅用叔孙之令。叔孙有子曰壬，竖牛妒而欲杀之，因与壬游于鲁君所。鲁君赐之玉环，壬拜受之而不敢佩，使竖牛请之叔孙。竖牛欺之曰："吾已为尔请之矣，使尔佩之。"壬因佩之。竖牛因谓叔孙："何不见壬于君乎？"叔孙曰："孺子何足见也。"竖牛曰："壬固已数见于君矣。君赐之玉环，壬已佩之矣。"叔孙召壬见之，而果佩之，叔孙怒而杀壬。壬兄曰丙，竖牛又妒而欲杀之。叔孙为丙铸钟，钟成，丙不敢击，使竖牛请之叔孙。竖牛不为请，又欺之曰："吾已为尔请之矣，使尔击之。"丙因击之。叔孙闻之曰："丙不请而擅击钟。"怒而逐之。丙出走齐。居一年，竖牛为谢叔孙，叔孙使竖牛召之，又不召而报之曰："吾已召之矣，丙怒甚，不肯来。"叔孙大怒，使人杀之。二子已死，叔孙有病，竖牛因独养之而去左右，不内人，曰："叔孙不欲闻人声。"不食而饿杀。叔孙已死，竖牛因不发丧也，徒其府库重宝空之而奔齐。夫听所信之言而子父为人僇⑫，此不参之患也。

　　江乙为魏王使荆，谓荆王曰："臣人王之境内，闻王之国俗曰：'君子不蔽人之美，不言人之恶。'诚有之乎？"王曰："有之。""然则若白公之乱，得庶无危乎？诚得如此，臣免死罪矣。"

　　卫嗣君重如耳，爱世姬⑬，而恐其皆因其爱重以壅己也，乃贵薄疑以敌如耳⑭，尊魏姬以耦世姬⑮，曰："以是相参也。"嗣君知欲无壅，而未得其术也。夫不使贱议贵，下必坐上⑯，而必待势重之钧也，而后敢相议，则是益树壅塞之臣也。嗣君之壅乃始。

　　夫矢来有乡，则积铁以备一乡；矢来无乡，则为铁室以尽备之。备之则体不伤。故彼以尽备之不伤，此以尽敌之无奸也⑰。

　　庞恭与太子质于邯郸，谓魏王曰："今一人言市有虎，王信之乎？"曰："不信。""二人言市有虎，王信之乎？"曰："不信。""三人言市有虎，王信之乎？"王曰："寡人信之。"庞恭曰："夫市之无虎也明矣，然而三人言而成虎。今邯郸之去魏也远于市，议臣者过于三人，愿王察之。"庞恭从邯郸反，竟不得见。

二

　　董阏于为赵上地守。行石邑山中，涧深，峭如墙，深百仞，因问其旁乡左右曰："人尝有入此者乎？"对曰："无有。"曰："婴儿、痴聋、狂悖之人尝有入此者乎？"对曰："无有。""牛马犬奚尝有人此者乎？"对曰："无有。"董阏于喟然太息曰："吾能治矣。使吾治之无赦，犹入涧之必死也，则人莫之敢犯也，何为不治之？"

子产相郑，病将死，谓游吉曰："我死后，子必用郑，必以严莅人。夫火形严，故人鲜灼；水形懦，人多溺。子必严子之形⑱，无令溺子之懦。"子产死，游吉不肯严形。郑少年相率为盗，处于萑泽，将遂以为郑祸。游吉率车骑与战，一日一夜，仅能克之，游吉喟然叹曰："吾蚤行夫子之教，必不悔至于此矣。"

鲁哀公问于仲尼曰："《春秋》之记曰：'冬十二月，霣霜不杀菽⑲。'何为记此？"仲尼对曰："此言可以杀而不杀也。夫宜杀而不杀，桃李冬实。天失道，草木犹犯干之，而况于人君乎！"

殷之法，刑弃灰于街者。子贡以为重，问之仲尼。仲尼曰："知治之道也。夫弃灰于街必掩人，掩人，人必怒，怒则斗，斗必三族相残也，此残三族之道也，虽刑之可也。且夫重罚者，人之所恶也；而无弃灰，人之所易也。使人行之所易，而无离所恶，此治之道。"

一曰：殷之法，弃灰于公道者断其手。子贡曰："弃灰之罪轻，断手之罚重，古人何太毅也⑳？"曰："无弃灰，所易也；断手，所恶也。行所易，不关所恶㉑，古人以为易，故行之。"

中山之相乐池以车百乘使赵，选其客之有智能者以为将行。中道而乱，乐池曰："吾以公为有智，而使公为将行，今中道而乱，何也？"客因辞而去，曰："公不知治。有威足以服人，而利足以劝之，故能治之。今臣，君之少客也。夫从少正长，从贱治贵，而不得操其利害之柄以制之，此所以乱也。尝试使臣：彼之善者，我能以为卿相；彼不善者，我得以斩其首，何故而不治？"

公孙鞅之法也重轻罪。重罪者，人之所难犯也；而小过者，人之所易去也。使人去其所易，无离其所难，此治之道。夫小过不生，大罪不至，是人无罪而乱不生也。

一曰：公孙鞅曰："行刑重其轻者，轻者不至，重者不来，是谓以刑去刑也。"

荆南之地，丽水之中生金，人多窃采金。采金之禁：得而辄辜磔于市，甚众，壅离其水也㉒，而人窃金不止。大罪莫重辜磔于市，犹不止者，不必得也㉓。故今有于此，曰："予汝天下而杀汝身。"庸人不为也。夫有天下，大利也，犹不为者，知必死。故不必得也，则虽辜磔，窃金不止；知必死，则予之天下不为也。

鲁人烧积泽。天北风，火南倚，恐烧国。哀公惧，自将众趣救火。左右无人，尽逐兽而火不救，乃召问仲尼。仲尼曰："夫逐兽者，乐而无罚；救火者，苦而无赏，此火之所以无救也。"哀公曰："善。"仲尼曰："事急，不及以赏。救火者尽赏之，则国不足以赏于人。请徒行罚。"哀公曰："善。"于是仲尼乃下令曰："不救火者，比降北之罪；逐兽者，比入禁之罪。"令下未遍，而火已救矣。

成欢谓齐王曰："王太仁，太不忍人㉔。"王曰："太仁，太不忍人，非善名邪？"对曰："此人臣之善也，非人主之所行也。夫人臣必仁而后可与谋，不忍人而后可近也；不仁则不可与谋，忍人则不可近也。"王曰："然则寡人安所太仁？安不忍人？"对曰："王太仁于薛公，而太不忍于诸田。太仁薛公，则大臣无重；太不忍诸田，则父兄犯法。大臣无重，则兵弱于外；父兄犯法，则政乱于内。兵弱于外，政乱于内，此亡国之本也。"

魏惠王谓卜皮曰："子闻寡人之声闻亦何如焉？"对曰："臣闻王之慈惠也。"王欣然喜曰："然则功且安至？"对曰："王之功至于亡。"王曰："慈惠，行善也。行之而亡，何也？"卜皮对曰："夫慈者不忍，而惠者好与也。不忍则不诛有过，好予则不待有功而赏。有过不罪，无功受赏，虽亡，不亦可乎？"

齐国好厚葬，布帛尽于衣衾㉕，材木尽于棺椁。桓公患之，以告管仲曰："布帛尽，则无以为蔽；材木尽，则无以为守备，而人厚葬之不休，禁之奈何？”管仲对曰：“凡人之有为也，非名之，则利之也。”于是乃下令曰：“棺椁过度者戮其尸，罪夫当丧者⑥。”夫戮死，无名；罪当丧者，无利：人何故为之也？

卫嗣君之时，有胥靡逃之魏，因为襄王之后治病。卫嗣君闻之，使人请以五十金买之，五反而魏王不予，乃以左氏易之⑥。群臣左右谏曰：“夫以一都买胥靡，可乎？”王曰：“非子之所知也。夫治无小而乱无大。法不立而诛不必，虽有十左氏无益也；法立而诛必，虽失十左氏无害也。”魏王闻之曰：“主欲治而不听之，不祥。”因载而往，徒献之⑥。

三

齐王问于文子曰：“治国何如？”对曰：“夫赏罚之为道，利器也。君固握之，不可以示人。若如臣者，犹兽鹿也，唯荐草而就⑥。”

越王问于大夫文种曰：“吾欲伐吴，可乎”对曰：“可矣。吾赏厚而信，罚严而必。君欲知之，何不试焚宫室？”于是遂焚宫室，人莫救之。乃下令曰：“人之救火者死，比死敌之赏；救火而不死者，比胜敌之赏；不救火者，比降北之罪。”人涂其体被濡衣而走火者，左三千人，右三千人。此知必胜之势也。

吴起为魏武侯西河之守。秦有小亭临境，吴起欲攻之。不去，则甚害田者；去之，则不足以征甲兵。于是乃倚一车辕于北门之外而令之曰：“有能徙此南门之外者，赐之上田、上宅。”人莫之徙也。及有徙之者，还赐之如令。俄，又置一石赤菽东门之外，而令之曰：“有能徙此于西门之外者，赐之如初。”人争徙之。乃下令曰：“明日且攻亭，有能先登者，仕之国大夫，赐之上田宅。”人争趋之。于是攻亭，一朝而拔之。

李悝为魏文侯上地之守，而欲人之善射也，乃下令曰：“人之有狐疑之讼者，令之射的，中之者胜，不中者负。”令下而人皆疾习射，日夜不休。及与秦人战，大败之，以人之善战射也。

宋崇门之巷人服丧而毁，甚瘠⑦，上以为慈爱于亲，举以为官师。明年，人之所以毁死者岁十余人。子之服亲丧者，为爱之也，而尚可以赏劝也，况君上之于民乎？

越王虑伐吴，欲人之轻死也，出见怒蛙，乃为之式。从者曰：“奚敬于此？”王曰：“为其有气故也。”明年之请以头献王者岁十余人。由此观之，誉之足以杀人矣。

一曰：越王勾践见怒蛙而式之。御者曰：“何为式？”王曰：“蛙有气如此，可无为式乎？”士人闻之曰：“蛙有气，王犹为式，况士人有勇者乎！”是岁，人有自到死以其头献者。故越王将复吴而试其教⑦：燔台而鼓之，使民赴火者，赏在火也；临江而鼓之，使人赴水者，赏在水也；临战而使人绝头刳腹而无顾心者，赏在兵也。又况据法而进贤，其劝甚此矣。

韩昭侯使人藏弊裤，侍者曰：“君亦不仁矣，弊裤不以赐左右而藏之。”昭侯曰：“非子之所知也。吾闻明主之爱一颦一笑，颦有为颦，而笑有为笑。今夫裤，岂特颦笑哉！裤之与颦笑相去远矣。吾必待有功者，故收藏之未有予也。”

鳝似蛇，蚕似蠋⑦。人见蛇则惊骇，见蠋则毛起。然而妇人拾蚕，渔者握鳝，利之所在，则忘其所恶，皆为孟贲。

四

魏王谓郑王曰：“始郑、梁一国也，已而别，今愿复得郑而合之梁。”郑君患之，召群臣而与之谋所以对魏。公子谓郑君曰：“此甚易应也。君对魏曰：‘以郑为故魏而可合也，则弊邑亦愿得梁而合之郑。’”魏王乃止。

齐宣王使人吹竽，必三百人。南郭处士请为王吹竽，宣王说之，廪食以数百人。宣王死，湣王立，好一一听之，处士逃。

一曰：韩昭侯曰："吹竽者众，吾无以知其善者。"田严对曰："一一而听之。"

赵令人因申子于韩请兵，将以攻魏。申子欲言之君，而恐君之疑己外市也⑬；不，则恐恶于赵，乃令赵绍、韩沓尝试君之动貌而后言之。内则知昭侯之意，外则有得赵之功。

三国兵至韩⑭，秦王谓楼缓曰："三国之兵深矣！寡人欲割河东而讲⑮，何如？"对曰："夫割河东，大费也；免国于患，大功也。此父兄之任也，王何不召公子氾而问焉？"王召公子氾而告之，对曰："讲亦悔，不讲亦悔。王今割河东而讲，三国归，王必曰：'三国固且去矣，吾特以三城送之。'不讲，三国也入韩，则国必大举矣，王必大悔。王曰：'不献三城也。'臣故曰：王讲亦悔，不讲亦悔。"王曰："为我悔也，宁亡三城而悔，无危乃悔。寡人断讲矣。"

应侯谓秦王曰："王得宛、叶、兰田、阳夏，断河内，困梁、郑。所以未王者，赵未服也。弛上党在一而已，以临东阳，则邯郸口中虱也。王拱而朝天下，后者以兵中之。然上党之安乐，其处甚剧⑯，臣恐弛之而不听，奈何？"王曰："必弛易之矣。"

五

庞敬，县令也。遣市者行，而召公大夫而还之。立有间，无以诏之，卒遣行。市者以为令与公人夫有言，不相信，以至无奸。

戴欢，宋太宰，夜使人曰："吾闻数夜有乘辒车至李史门者，谨为我伺之。"使人报曰："不见辒车，见有奉笥而与李史语者⑰，有间，李史受笥。"

周主亡玉簪，令吏求之，三日不能得也。周主令人求，而得之家人之屋间。周主曰："吾之吏之不事事也。求簪，三日不得之。吾令人求之，不移日而得之。"于是吏皆耸惧，以为君神明也。

商太宰使少庶子之市，顾反而问之曰："何见于市？"对曰："无见也。"太宰曰："虽然，何见也？"对曰："市南门之外甚众牛车，仅可以行耳。"太宰因诚使者："无敢告人吾所问于女。"因召市吏而诮之曰："市门之外何多牛屎？"市吏甚怪太宰知之疾也，乃悚惧其所也。

六

韩昭侯握爪，而佯亡一爪，求之甚急，左右因割其爪而效之。昭侯以此察左右之诚不。

韩昭侯使骑于县。使者报，昭侯问曰："何见也？"对曰："无所见也。"昭侯曰："虽然，何见？"曰："南门之外，有黄犊食苗道左者。"昭侯谓使者："毋敢泄吾所问于女。"乃下令曰："当苗时，禁牛马入人田中固有令，而吏不以为事，牛马甚多入人田中。亟举其数上之；不得，将重其罪。"于是三乡举而上之。昭侯曰："未尽也。"复往审之，乃得南门之外黄犊。吏以昭侯为明察，皆悚惧其所而不敢为非。

周主下令索曲杖，吏求之数日不能得。周主私使人求之，不移日而得之。乃谓吏曰："吾知吏不事事也。曲杖甚易也，而吏不能得，我令人求之，不移日而得之，岂可谓忠哉！"吏乃皆悚惧其所，以君为神明。

卜皮为县令，其御史污秽而有爱妾，卜皮乃使少庶子佯爱之，以知御史阴情。

西门豹为邺令，佯亡其车辖，令吏求之不能得，使人求之而得之家人屋间。

七

阳山君相卫，闻王之疑己也，乃伪谤樛竖以知之⑱。

内储说下六微第三十一

六微：一曰权借在下，二曰利异外借，三曰托于似类①，四曰利害有反②，五曰参疑内争③，六曰敌国废置④。此六者，主之所察也。

权势不可以借人。上失其一，臣以为百。故臣得借，则力多；力多，则内外为用；内外为用，则人主壅。其说在老聃之言失鱼也。是以人主久语，而左右鬻怀刷⑤。其患在胥僮之谏厉公，与州侯之一言，而燕人浴矢也。

权借一

君臣之利异，故人臣莫忠，故臣利立而主利灭。是以奸臣者，召敌兵以内除，举外事以眩主；苟成其私利，不顾国患。其说在卫人之妻夫祷祝也。故戴歇议子弟，而三桓攻昭公；公叔内齐军，而翟黄召韩兵；太宰嚭说大夫种，大成牛教申不害；司马喜告赵王，吕仓规秦、楚；宋石遗卫君书，白圭教暴谴⑥。

利异二

似类之事，人主之所以失诛⑦，而大臣之所以成私也。是以门人捐水而夷射诛，济阳自矫而二人罪，司马喜杀爰骞而季辛诛，郑袖言恶臭而新人劓，费无忌教郤宛而令尹诛，陈需杀张寿而犀首走。故烧刍廥而中山罪⑧，杀老儒而济阳赏也。

似类三

事起而有所利，其尸主之⑨；有所害，必反察之。是以明主之论也，国害，则省其利者⑩；臣害，则察其反者。其说在楚兵至而陈需相，黍种贵而廪吏覆⑪。是以昭奚恤执贩茅，而僖侯谯其次⑫；文公发绕炙⑬，而穰侯请立帝。

有反四

参疑之势，乱之所由生也，故明主慎之。是以晋骊姬杀太子申生，而郑夫人用毒药，卫州吁杀其君完，公子根取东周，王子职甚有宠而商臣果作乱，严遂、韩傀争而哀侯果遇贼，田常、阚止、戴欢、皇喜敌而宋君、简公杀。其说在狐突之称"二好"⑭，与郑昭之对"未生"也。

参疑五

敌之所务，在淫察而就靡⑮，人主不察，则敌废置矣。故文王资费仲，而秦王患楚使；黎且去仲尼，而干象沮甘茂。是以子胥宣言而子常用⑯，内美人而虞、虢亡，佯遗书而苌弘死，用鸡猳而邻桀尽⑰。

废置六

"参疑""废置"之事，明主绝之于内而施之于外。资其轻者，辅其弱者，此谓"庙攻"⑱。

⑥暴谴：人名。韩国国相。

⑦失诛：处罚失当。

⑧廥（guì，音贵）：存放柴草的库房。

⑨尸主：主持，办理。

⑩省：审查，考证。

⑪覆：暴露。

⑫僖侯：即韩昭侯。　谯（qiào，音俏）：责备、训斥。

⑬绕炙：头发缠在烤肉上。

⑭二好：指宠姬和近臣。

⑮淫察：惑乱国君的观察力。就靡：铸成错误。

⑯宣言：散布言论。

⑰豭（jiā，音加）：公猪。　桀：豪杰，能人。

⑱庙攻：在朝廷之上制定制胜敌人之策略。

⑲敌伪得：敌国的阴谋被识破。

⑳赐令席：赐给县令席子。

㉑势重者：至高的权力。

㉒渊：深渊。

㉓难正言：难以直言相告。

㉔争事，争相奉事。

㉕借之间：给他们提供作乱的机会。

㉖故：反而。

㉗室妇：女仆。

㉘兰：兰草。

㉙无故：无灾害。

㉚益是：超过此数字。

㉛宦：做官。

㉜公逼：逼迫鲁昭公。

㉝乾（gān，音甘）侯：地名，在晋国。

㉞有攻齐：又与齐国交好。

㉟信：实践，检验。

㊱构：媾和，修好。

㊲之：指大夫文种自己。

㊳微：偷偷地。

㊴讽：暗示，劝告。

㊵夷射：人名。

㊶余沥：吃剩下的酒。

㊷捐：泼水。霤：屋檐。

㊸溺：尿。

㊹诛：责备，斥责。

㊺揄刀：拔刀，抽刀。

㊻何不一为酒其家：为什么不到他家里饮宴一次？

㊼窌（jiào，音叫）：地窖。

㊽果烧也：果然就是他放的火。

㊾宰人：即指宰人之次，副厨师。

㊿尚宰人：官名。

51尚浴：官名。

52援砺砥刀：拿磨刀石磨刀。

(53)干将：名剑名。
(54)脔（luán，音峦）：肉片。
(55)觞客：请客人吃饭。
(56)炮人：厨师。
(57)重睫：眯缝着眼睛。
(58)翳（yì，音义）：暗地，偷偷地。
(59)后：王，国君。
(60)贼：暗害，暗杀。
(61)察：清楚，明白。
(62)飨：宴请。　　江芈（mǐ，音米）：人名，楚成王的妹妹。
(63)宜：应该，难怪。
(64)熊膰：熊掌。
(65)愿：羡慕。
(66)有：勾通，结交。
(67)共立：人名。秦国公子，人楚为人质。
(68)杜若：一种香草。
(69)惠文君：即秦惠文王。
(70)发蓐：揭起褥子。席弊甚：席子很破。

外储说左上第三十二

一

明主之道，如有若之应密子也①。人主之听言也，美其辩；其观行也，贤其远②，故群臣士民之道言者迂弘③，其行身也离世④。其说在田鸠对荆王也。故墨子为木鸢⑤，讴癸筑武宫⑥。夫“药酒”“忠言”，明君圣主之以独知也。

二

人主之听言也，不以功用为的，则说者多“棘刺”、“白马”之说；不以仪的为关⑦，则射者皆如羿也。人主于说也，皆如燕王学道也；而长说者，皆如郑人争年也⑧。是以言有纤察微难而非务也⑨，故季、惠、宋、墨皆画策也；论有迂深闳大，非用也，故魏、长、瞻、陈、庄皆鬼魅也；行有拂难坚确⑩，非功也，故务、卞、鲍、介、田仲皆坚瓠也⑪。且虞庆诎匠也而屋坏⑫，范且穷工而弓折⑬。是故求其诚者，非归饷也不可⑭。

三

挟夫相为⑮，则责望；自为，则事行。故父子或怨谯，取庸作者进美羹⑯。说在文公之先宣言与勾践之称如皇也⑰。故桓公藏蔡怒而攻楚，吴起怀瘳实而吮伤⑱。且先王之赋颂，钟鼎之铭，皆播吾之迹⑲，华山之博⑳也。然先王所期者，利也；所用者，力也。筑社之谚，自辞说也。请许学者而行宛曼于先王㉑，或者不宜今乎？如是，不能更也。郑县人得车厄也，卫人佐弋也㉒，卜子妻写弊裤也㉓，而其少者侍长者饮也。先王之言，有其所为小而世意之大者，有其所为大而世意之小者，未可必知也。说在宋人之解书与梁人之读记也㉔。故先王有郢书，而后世多燕说㉕。夫不适国事而谋先王，皆归取度者也㉖。

四

利之所在，民归之；名之所彰，士死之。是以功外于法而赏加焉，则上不能得所利于下；名外于法而誉加焉，则士劝名而不畜之于君。故中章、胥己仕，而中牟之民弃田圃而随文学者邑之半；平公腓痛足痹而不敢坏坐㉗，晋国之辞仕托者国之锤㉘。此三士者，言袭法，则官府之籍也；行中事，则如令之民也㉙。二君之礼太甚。若言离法而行远功，则绳外民也，二君又何礼之？礼之当亡。且居学之士，国无事不用力，有难不被甲；礼之，则惰修耕战之功；不礼，则害主上之法。国安则尊显，危则为屈公之威㉚，人主奚得于居学之士哉？故明主论李疵视中山也㉛。

五

《诗》曰："不躬不亲㉜，庶民不信。"傅说之以"无衣紫"㉝，援之以郑简、宋襄，责之以尊厚耕战。夫不明分，不责诚，而以躬亲位下，且为"下走""睡卧"，与夫"掩弊""微服"。孔丘不知，故称犹盂；邹君不知，故先自僇。明主之道，如叔向赋猎与昭侯之奚听也㉞。

六

小信成则大信立，故明主积于信。赏罚不信则禁令不行，说在文公之攻原与箕郑救饿也。是以吴起须故人而食㉟，文侯会虞人而猎。故明主表信，如曾子杀彘也。患在厉王击警鼓与李悝谩两和也㊱。

右经

一

宓子贱治单父㊲。有若见之曰："子何臞也㊳？"宓子曰："君不知贱不肖㊴，使治单父，官事急，心忧之，故臞也。"有若曰："昔者舜鼓五弦，歌《南风》之诗而天下治。今以单父之细也，治之而忧，治天下将奈何乎？故有术而御之，身坐于庙堂之上，有处女子之色，无害于治；无术而御之，身虽瘁臞，犹未有益。"

楚王谓田鸠曰："墨子者，显学也。其身体则可，其言多而不辩㊵，何也？"曰："昔秦伯嫁其女于晋公子，令晋为之饰装，从衣文之媵七十人。至晋，晋人爱其妾而贱公女。此可谓善嫁妾，而未可谓善嫁女也。楚人有卖其珠于郑者，为木兰之椟，薰以桂椒，缀以珠玉，饰以玫瑰，辑以翡翠㊶，郑人买其椟而还其珠。此可谓善卖椟矣，未可谓善鬻珠也。今世之谈也，皆道辩说文辞之言，人主览其文而忘有用。墨子之说，传先王之道，论圣人之言，以宣告人。若辩其辞，则恐人怀其文忘其直，以文害用也。此与楚人鬻珠、秦伯嫁女同类，故其言多不辩。"

墨子为木鸢，三年而成，蜚一日而败[42]。弟子曰："先生之巧，至能使木鸢飞。"墨子曰："吾不如为车輗者巧也。用咫尺之木，不费一朝之事，而引三十石之任，致远力多，久于岁数。今我为鸢，三年成，蜚一日而败"。惠子闻之曰："墨子大巧，巧为輗，拙为鸢。"

宋王与齐仇也，筑武宫。讴癸倡[43]，行者止观，筑者不倦。王闻，召而赐之。对曰："臣师射稽之讴又贤于癸。"王召射稽使之讴，行者不止，筑者知倦。王曰："行者不止，筑者知倦，其讴不胜如癸美，何也？"对曰："王试度其功[44]，癸四板[45]，射稽八板；擿其坚[46]，癸五寸，射稽二寸。"

夫良药苦于口，而智者劝而饮之，知其入而已己疾也[47]。忠言拂于耳，而明主听之，知其可以致功也。

二

宋人有请为燕王以棘刺之端为母猴者，必三月斋然后能观之。燕王因以三乘养之[48]。右御冶工言王曰："臣闻人主无十日不燕之斋。今知王不能久斋以观无用之器也，故以三月为期。凡刻削者，以其所以削必小[49]。今臣冶人也，无以为之削，此不然物也[50]。王必察之。"王因囚而问之，果妄，乃杀之。冶人谓王曰："计无度量，言谈之士多'棘刺'之说也。"

一曰：燕王好微巧。卫人曰："能以棘刺之端为母猴。"燕王说之，养之以五乘之奉。王曰："吾试观客为棘刺之母猴。"客曰："人主欲观之，必半岁不入宫，不饮酒食肉。雨霁日出[51]，视之晏阴之间[52]，而棘刺之母猴乃可见也。"燕王因养卫人，不能观其母猴。郑有台下之冶者谓燕王曰："臣，削者也。诸微物必以削削之，而所削必大于削。今棘刺之端不容削锋，难以治棘刺之端。王试观客之削，能与不能可知也。"王曰："善。"谓卫人曰："客为棘刺之母猴也，何以理之[53]？"曰："以削。"王曰："吾欲观见之。"客曰："臣请之舍取之。"因逃。

兒说，宋人，善辩者也，持"白马非马也"服齐稷下之辩者。乘白马而过关，则顾白马之赋[54]。故籍之虚辞，则能胜一国；考实按形，不能谩于一人。

夫新砥砺杀矢，彀弩而射，虽冥而妄发[55]，其端未尝不中秋毫也，然而莫能复其处，不可谓善射，无常仪的也。设五寸之的，引十步之远，非羿、逢蒙不能必全者，有常仪的也。有度难而无度易也。有常仪的，则羿、逢蒙以五寸为巧；无常仪的，则以妄发而中秋毫为拙。故无度而应之，则辩士繁说；设度而持之，虽知者犹畏失也，不敢妄言。今人主听说，不应之以度而说其辩；不度以功，誉其行而不入关。此人主所以长欺，而说者所以长养也。

客有教燕王为不死之道者。王使人学之，所使学者未及学而客死。王大怒，诛之。王不知客之欺己，而诛学者之晚也。夫信不然之物而诛无罪之臣，不察之患也。且人所急无如其身[56]，不能自使其无死，安能使王长生哉？

郑人有相与争年者。一人曰："吾与尧同年。"其一人曰："我与黄帝之兄同年。"讼此而不决，以后息者为胜耳[57]。

客有为周君画策者，三年而成。君观之，与髹策者同状[58]。周君大怒。画策者曰："筑十版之墙，凿八尺之牖，而以日始出时加之其上而观。"周君为之，望见其状，尽成龙蛇禽兽车马，万物之状备具。周君大悦。此策之功非不微难也[59]，然其用与素髹策同。

客有为齐王画者，齐王问曰："画孰最难者？"曰："犬马难。""孰易者？"曰："鬼魅最易。"夫犬马，人所知也，旦暮罄于前[60]，不可类之，故难；鬼魅，无形者，不罄于前，故易之也。

齐有居士田仲者，宋人屈谷见之，曰："谷闻先生之义，不恃仰人而食。今谷有巨瓠，坚如石，厚而无窍，献之。"仲曰："夫瓠所贵者，谓其可以盛也。今厚而无窍，则不可剖以盛物；而任重如坚石，则不可以剖而以斟。吾无以瓠为也。"曰："然，谷将以欲弃之。"今田仲不恃仰人而食，亦无益人之国，亦坚瓠之类也。

虞庆为屋，谓匠人曰："屋太尊㉛。"匠人对曰："此新屋也，涂濡而椽生㉜。"虞庆曰："不然。夫濡涂重而生椽挠㉝，以挠椽任重涂，此宜卑㉞。更日久，则涂干而椽燥。涂干则轻，椽燥则直，以直椽任轻涂，此益尊。"匠人诎，为之，而屋坏。

一曰：虞庆将为屋，匠人曰："材生而涂濡。夫材生则挠，涂濡则重，以挠任重，今虽成，久必坏。"虞庆曰："材干则直，涂干则轻。今诚得干，日以轻直，虽久，必不坏。"匠人诎，作之成，有间，屋果坏。

范且曰："弓之折，必于其尽也㉟，不于其始也。夫工人张弓也，伏檠三旬而蹈弦㊱，一日犯机㊲，是节之其始而暴之其尽也，焉得无折？且张弓不然：伏檠一日而蹈弦，三旬而犯机，是暴之其始而节之其尽也。"工人穷也，为之，弓折。

范且、虞庆之言，皆文辩辞胜而反事之情，人主说而不禁，此所以败也。夫不谋治强之功，而艳乎辩说文丽之声，是却有术之士而任"坏屋""折弓"也。故人主之于国事也，皆不达乎工匠之构屋、张弓也。然而士穷乎范且、虞庆者㊳：为虚辞，其无用而胜；实事，其无易而穷也。人主多无用之辩㊴，而少无易之言㊵，此所以乱也。今世之为范且、虞庆者不辍，而人主说之不止，是贵"败""折"之类而以知术之人为工匠也。工匠不得施其技巧，故屋坏、弓折；知治之人不得行其方术，故国乱而主危。

夫婴儿相与戏也，以尘为饭，以涂为羹，以木为胾，然至日晚必归馈者，尘饭涂羹可以戏而不可食也。夫称上古之传颂，辩而不悫㊶，道先王仁义而不能正国者，此亦可以戏而不可以为治也。夫慕仁义而弱乱者，三晋也；不慕而治强者，秦也，然而未帝者㊷，治未毕也。

三

人为婴儿也，父母养之简㊸，子长而怨；子盛壮成人，其供养薄，父母怒而诮之。子、父，至亲也，而或谯或怨者，皆挟相为而不周于为己也。夫买庸而播耕者，主人费家而美食，调布而求易钱者㊹，非爱庸客也，曰：如是，耕者且深，耨者熟耘也。庸客致力而疾耘耕者，尽巧而正畦陌者㊺，非爱主人也，曰：如是，羹且美，钱布且易云也。此其养功力，有父子之泽矣，而心调于用者，皆挟自为心也。故人行事施予，以利之为心，则越人易和；以害之为心，则父子离且怨。

文公伐宋，乃先宣言曰："吾闻宋君无道，蔑侮长老，分财不中，教令不信。余来，为民诛之。"

越伐吴，乃先宣言曰："我闻吴王筑如皇之台，掘深池，罢苦百姓，煎靡财货，以尽民力。余来，为民诛之。"

蔡女为桓公妻，桓分与之乘舟。夫人荡舟，桓公大惧，禁之不止，怒而出之，乃且复召之。因复更嫁之。桓公大怒，将伐蔡。仲父谏曰："夫以寝席之戏，不足以伐人之国，功业不可冀也。请无以此为稽也。"桓公不听。仲父曰："必不得已，楚之菁茅不贡于天子三年矣，君不如举兵为天子伐楚。楚服，因还袭蔡，曰：'余为天子伐楚，而蔡不以兵听从。'遂灭。"此义于名而利于实，故必有为天子诛之名，而有报仇之实。

吴起为魏将而攻中山。军人有病疽者，吴起跪而自吮其脓。伤者之母立泣，人问曰："将军于若子如是，尚何为而泣？"对曰："吴起吮其父之创而父死，今是子又将死也，今吾是以泣。"

赵主父令工施钩梯而缘播吾，刻疏人迹其上，广三尺，长五尺，而勒之曰⑩："主父常游于此。"

秦昭王令工施钩梯而上华山，以松柏之心为博，箭长八尺⑰，棋长八寸，而勒之曰："昭王尝与天神博于此矣。"

文公反国，至河，令笾豆捐之⑱，席蓐捐之，手足胼胝、面目黧黑者后之⑲。咎犯闻之而夜哭。公曰："寡人出亡二十年，乃今得反国，咎犯闻之不喜而哭，意不欲寡人反国耶？"犯对曰："笾豆，所以食也；席蓐，所以卧也，而君捐之。手足胼胝、面目黧黑、劳有功者也，而君后之。今臣有与在后，中不胜其哀，故哭。且臣为君行诈伪以反国者众矣，臣尚自恶也，而况于君？"再拜而辞。文公止之曰："谚曰：'筑社者，撅撅而置之⑳，端冕而祀。'今子与我取之，而不与我治之；与我置之，而不与我祀之；焉可？"解左骖，而盟于河。

郑县人卜子使其妻为裤，其妻问曰："今裤何如？"夫曰："象吾故裤。"妻子因毁新，令如故裤。

郑县人有得车轭者，而不知其名，问人曰："此何种也？"对曰："此车轭也。"俄又复得一，问人曰："此是何种也？"对曰："此车轭也。"问者大怒曰："曩者曰车轭，今又曰车轭，是何众也？此女欺我也！"遂与之斗。

卫人有佐弋者，鸟至，因先以其裙麾之㉑，鸟惊而不射也。

郑县人卜子妻之市，买鳖以归。过颍水，以为渴也，因纵而饮之，遂亡其鳖。

夫少者侍长者饮，长者饮，亦自饮也。

一曰：鲁人有自喜者，见长年饮酒不能釂则唾之㉒，亦效唾之。

一曰：宋人有少者亦欲效善，见长者饮无余，非堪酒饮也而欲尽之。

书曰："绅之束之㉓。"宋人有治者，因重带自绅束也。人曰："是何也？"对曰："书言之，固然。"

书曰："既雕既琢，还归其朴。"梁人有治者，动作言学，举事于文，曰："难之。"顾失其实。人曰："是何也？"对曰："书言之，固然。"

郢人有遗燕相国书者，夜书，火不明，因谓持烛者曰："举烛。"云而过书"举烛"。举烛，非书意也。燕相受书而说之，曰："举烛者，尚明也；尚明也者，举贤而任之。"燕相白王，王大说，国以治。治则治矣，非书意也。今世举学者多似此类。

郑人有且置履者，先自度其足而置之其坐，至之市而忘操之。已得履，乃曰："吾忘持度。"反归取之。及反，市罢，遂不得履。人曰："何不试之以足？"曰："宁信度，无自信也。"

四

王登为中牟令，上言于襄主曰："中牟有士曰中章、胥己者，其身甚修，其学甚博，君何不举之？"主曰："子见之，我将为中大夫。"相室谏曰："中大夫，晋重列也，今无功而受，非晋臣之意。君其耳而未之目邪㉔！"襄主曰："我取登，既耳而目之矣；登之所取，又耳而目之。是耳目人绝无已也。"王登一日而见二中大夫，予之田宅。中牟之人弃其田耘、卖宅圃而随文学者，邑之半。

叔向御坐，平公请事，公腓痛足痹转筋而不敢坏坐。晋国闻之，皆曰："叔向贤者，平公礼之，转筋而不敢坏坐。"晋为之辞仕托慕叔向者，国之锤矣。

郑县人有屈公者，闻敌，恐，因死；恐已，因生。

赵主父使李疵视中山可攻不也。还报曰："中山可伐也。君不亟伐，将后齐、燕。"主父曰："何故可攻？"李疵对曰："其君见好岩穴之士，所倾盖与车以见穷闾隘巷之士以十数，伉礼下布衣之士以百数矣。"君曰："以子言论，是贤君也，安可攻？"疵曰："不然。夫好显岩穴之士而朝之，则战士怠于行阵；上尊学者，下士居朝，则农夫惰于田。战士怠于行陈者，则兵弱也；农夫惰于田者，则国贫也。兵弱于敌，国贫于内，而不亡者，未之有也。伐之不亦可乎？"主父曰："善。"举兵而伐中山，遂灭也。

五

齐桓公好服紫，一国尽服紫。当是时也，五素不得一紫。桓公患之，谓管仲曰："寡人好服紫，紫贵甚。一国百姓好服紫不已，寡人奈何？"管仲曰："君欲止之，何不试勿衣紫也？谓左右曰：'吾甚恶紫之臭。'于是左右适有衣紫而进者，公必曰：'少却，吾恶紫臭。'"公曰："诺。"于是日，郎中莫衣紫；其明日，国中莫衣紫；三日，境内莫衣紫也。

一曰：齐王好衣紫，齐人皆好也，齐国五素不得一紫。齐王患紫贵。傅说王曰："《诗》云：'不躬不亲，庶民不信。'今王欲民无衣紫者，王请自解紫衣而朝。群臣有紫衣进者，曰：'益远！寡人恶臭。'"是日也，朗中莫衣紫；是月也，国中莫衣紫；是岁也，境内莫衣紫。

郑简公谓子产曰："国小，迫于荆、晋之间。今城郭不完，兵甲不备，不可以待不虞。"子产曰："臣闭其外也已远矣，而守其内也已固矣，虽国小，犹不危之也。君其勿忧。"是以没简公身无患。

一曰：子产相郑，简公谓子产曰："饮酒不乐也。俎豆不大，钟鼓竽瑟不鸣，寡人之事不一，国家不定，百姓不治，耕战不辑睦，亦子之罪。子有职，寡人亦有职，各守其职。"子产退而为政五年，国无盗贼，道不拾遗，桃枣荫于街者莫有援也，锥刀遗道三日可反。三年不变，民无饥也。

宋襄公与楚人战于涿谷上。宋人既成列矣，楚人未及济。右司马购强趋而谏曰："楚人众而宋人寡，请使楚人半涉未成列而击之，必败。"襄公曰："寡人闻君子曰：'不重伤，不擒二毛，不推人于险，不迫人于阸，不鼓不成列。'今楚未济而击之，害义。请使楚人毕涉成阵而后鼓士进之。"右司马曰："君不爱宋民，腹心不完，特为义耳。"公曰："不反列，且行法。"右司马反列，楚人已成列撰阵矣，公乃鼓之。宋人大败，公伤股，三日而死。此乃慕自亲仁义之祸。夫必恃人主之自躬亲而后民听从，是则将令人主耕以为食、服战雁行也民乃肯耕战，则人主不泰危乎？而人臣不泰安乎？

齐景公游少海，传骑从中来谒曰⑧："婴疾甚⑧，且死，恐公后之。"景公遽起。传骑又至。景公曰："趋驾烦且之乘⑩，使驺子韩枢御之⑧。"行数百步，以驺为不疾，夺辔代之御；可数百步，以马为不进，尽释车而走。以烦且之良而驺子韩枢之巧，而以为不如下走也。

魏昭王欲与官事⑧，谓孟尝君曰："寡人欲与官事。"君曰："王欲与官事，则何不试习读法？"昭王读法十余简而睡卧矣。王曰："寡人不能读此法。"夫不躬亲其势柄，而欲为人臣所宜为者也，睡不亦宜乎？

孔子曰："为人君者，犹盂也；民，犹水也。盂方，水方；盂圜，水圜。"

邹君好服长缨，左右皆服长缨，缨甚贵。邹君患之，问左右。左右曰："君好服，百姓亦多服，是以贵。"君因先自断其缨而出，国中皆不服长缨。君不能下令为百姓服度以禁之，断缨出以示先民，是先戮以蒞民也①。

叔向赋猎，功多者受多，功少者受少。

韩昭侯谓申子曰："法度甚不易行也。"申子曰："法者，见功而与赏，因能而受官。今君设法度而听左右之请，此所以难行也。"昭侯曰："吾自今以来知行法矣，寡人奚听矣。"一日，申子请仕其从兄官。昭侯曰："非所学于子也。听子之谒，败子之道乎，亡其用子之谒？"申子辟舍请罪。

六

晋文公攻原，裹十日粮，遂与大夫期十日。至原十日而原不下，击金而退，罢兵而去。士有从原中出者，曰："原三日即下矣。"群臣左右谏曰："夫原之食竭力尽矣，君姑待之。"公曰："吾与士期十日，不去，是亡吾信也。得原失信，吾不为也。"遂罢兵而去。原人闻曰："有君如彼其信也，可无归乎？"乃降公。卫人闻，曰："有君如彼其信也，可无从乎？"乃降公。孔子闻而记之曰："攻原得卫者，信也。"

文公问箕郑曰："救饿奈何？"对曰："信。"公曰："安信？"曰："信名，信事，信义。信名，则群臣守职，善恶不逾，百事不怠；信事，则不失天时，百姓不逾；信义，则近亲劝勉而远者归之矣。"

吴起出，遇故人而止之食。故人曰："诺，今返而御①。"吴子曰："待公而食。"故人至暮不来，起不食待之。明日早，令人求故人。故人来，方与之食。

魏文侯与虞人期猎。明日，会天疾风，左右止文侯，不听，曰："不可以风疾之故而失信，吾不为也。"遂自驱车往，犯风而罢虞人。

曾子之妻之市，其子随之而泣。其母曰："女还。顾反，为女杀彘。"适市来，曾子欲捕彘杀之。妻止之曰："特与婴儿戏耳。"曾子曰："婴儿非与戏也。婴儿非有知也，待父母而学者也，听父母之教。今子欺之，是教子欺也。母欺子，子而不信其母，非以成教也。"遂烹彘也。

楚厉王有警，为鼓以与百姓为戍。饮酒醉，过而击之也，民大惊。使人止之，曰："吾醉而与左右戏，过击之也。"民皆罢。居数月，有警，击鼓而民不赴。乃更令明号而民信之。

李悝警其两和，曰："谨警敌人，旦暮且至击汝。"如是者再三而敌不至。两和懈怠，不信李悝。居数月，秦人来袭之，至几夺其军。此不信患也。

一曰：李悝与秦人战，谓左和曰："速上！右和已上矣。"又驰而至右和曰："左和已上矣。"左右和曰："上矣。"于是皆争上。其明年，与秦人战。秦人袭之，至几夺其军。此不信之患。

有相与讼者，子产离之而毋得使通辞，到其言以告，而知也。

卫嗣公使人伪客过关市，关市呵难之，因事关市以金，关市乃舍之。嗣公谓关市曰："某时，有客过而予汝金，因遣之②。"关市大恐，以嗣公明察。

右说

---

①应：回答……的问话。

②远：好高骛远。

③迂弘：深远广大。意即谈话海阔天空。

④离世：脱离现实。

⑤鸢（yuán，音渊）：鹰的一种。

⑥讴（ōu，音欧）：歌手。癸：人名。

⑦仪的：箭靶。关：标准，准则。

⑧争年：争论年龄大小。

⑨非务：非当务之急。

⑩拂难坚确：知难而上，信念坚定。

⑪坚瓠：实心的葫芦。

⑫诎匠：使工匠无话可说。

⑬穷工：使工匠无言以对。

⑭归饷：回家吃饭。

⑮挟夫相为：怀着相互依赖的心理。

⑯取：争取让……多做工。庸作者：雇工。进：吃。

⑰如皇：如皇台。吴王夫差所筑，亦称姑苏台。

⑱瘳（chōu，音抽）实：病愈后（士兵拼死杀敌）的实际利益。

⑲播吾之迹：播吾山上的脚印。

⑳博：棋盘。

㉑行宛曼于先王：效法古代帝王渺茫而不可测知的治国之道。

㉒佐弋：官名。

㉓写：临摹。

㉔记：史书。

㉕燕说：燕人的说法。

㉖度：鞋的尺码。

㉗坏坐：坐姿失礼。

㉘托者：依附权贵的人。锤：三分之一。

㉙如令：遵守法令。

㉚威：恐惧，害怕。

㉛论：肯定。

㉜不躬不亲：指君主不能身体力行。

㉝傅：师傅。

㉞赋猎：分配猎物。

㉟须：等待。

㊱和：古代军门。此代指军队。

㊲单父：地名。位在春秋鲁国境内。

㊳臞（qú，音渠）：瘦。

㊴君不知贱不肖：君侯不知我缺少才德。

㊵不辩：不动听。

㊶辑：排列，聚集。

㊷蜚：通“飞”。

㊸倡：通“唱”。唱歌。

㊹度其功：检查一下结果。

㊺板：夹土筑墙用的木板。四板：指工匠筑了4块板高度的墙。

㊻擿（zhì，音志）其坚：敲捣土墙的坚实程度。

㊼已：治愈。

㊽乘：古代土地面积单位。

㊾所以削：指刻刀。

㊿不然：不可能的。

51霁：雨停云散。

52晏阴之间：半明半暗。晏：通“阳”。

(53)理：雕刻。
(54)顾白马之赋：缴纳白马的过关税。
(55)冥：闭着眼睛。
(56)急：看重，重视。
(57)后息者：最后停止争辩的人。
(58)髹（xiū，音休）：刷漆。
(59)非不微难也：并非不微妙、难能。
(60)罄：显现，展现。
(61)尊：房顶的坡度陡。
(62)涂濡：泥巴潮湿。椽生：椽木未干。
(63)挠：弯曲。
(64)卑：低矮。
(65)尽：工作的最后时刻。
(66)檠：（qíng，音晴）：校正弓弩的模具。
(67)犯机：扳动扳机放箭。
(68)士：怀技之人士。
(69)多：看重，重视。
(70)少：轻视。
(71)不悫（què，音确）：不真实，不确定。
(72)未帝：没有取得帝业。
(73)简：不上心，未全力以赴。
(74)调布而求易钱：挑选布币去换取成色足的钱币。
(75)陌：田埂。
(76)勒：铭刻。
(77)箭：骰子。
(78)笾：（biān，音边）豆：盛食物的用具。笾用以盛果品之类，豆用以盛肉食。捐：扔，遗弃。
(79)胼胝（pián zhī，音骈支）：手脚上的老茧。
(80)搴（qiān，音千）：揭起，撩起。撅（guì，音贵）：撩起衣服。
(81)帣（yuān，音渊）：头巾。麾：挥动，挥舞。
(82)釂（jiàn，音叫）：把杯中酒喝光。唾：呕吐。
(83)绅之束之：约束自己。绅，古代士大夫所着衣带。
(84)君其耳未之目：君侯只是耳听而没有亲眼所见。
(85)中：国都。
(86)婴：即晏婴。
(87)烦且：良马名。
(88)驺子：官名，掌御车。
(89)欲以官事：想参与具体政务。
(90)戮：通“謬”。羞辱。
(91)御：进食，吃饭。
(92)遣：释放。

外储说左下第三十三

一

以罪受诛，人不怨上，跀危坐子皋①；以功受赏，臣不德君，翟璜操右契而乘轩②。襄王不知，故昭卯五乘而履屦③。上不过任④，臣不诬能⑤，即臣将为夫少室周。

二

恃势而不恃信，故东郭牙议管仲；恃术而不恃信，故浑轩非文公。故有术之主，信赏以尽能，必罚以禁邪，虽有驳行⑥，必得所利。简主之相阳虎，哀公问"一足。"

三

失臣主之理，则文王自履而矜⑦。不易朝燕之处⑧，则季孙终身庄而遇贼⑨。

四

利所禁，禁所利，虽神不行；誉所罪，毁所赏，虽尧不治。夫为门而不使入，委利而不使进，乱之所以产也。齐侯不听左右，魏主不听誉者，而明察照群臣，则钜不费金钱⑩，屏不用璧⑪。西门豹请复治邺，足以知之。犹盗婴儿之矜裘与跀危子荣衣⑫。子绰左右画，去蚁驱蝇。安得无桓公之忧索官与宣王之患臞马也？

五

臣以卑俭为行，则爵不足以观赏；宠光无节，则臣下侵逼。说在苗贲皇非献伯⑬，孔子议晏婴。故仲尼论管仲与孙叔敖。而出入之容变⑭，阳虎之言见其臣也⑮。而简主之应人臣也失主术。朋党相和，臣下得欲，则人主孤；群臣公举，下不相和，则人主明。阳虎将为赵武之贤、解狐之公，而简主以为枳棘，非所以教国也。

六

公室卑，则忌直言；私行胜，则少公功。说在文子之直言，武子之用杖；子产忠谏，子国谯怒；梁车用法，而成侯收玺；管仲以公，而国人谤怨。

右经

一

孔子相卫，弟子子皋为狱吏，刖人足。所跀者守门。人有恶孔子于卫君者，曰："尼欲作乱。"卫君欲执孔子。孔子走，弟子皆逃。子皋从出门⑯，跀危引之而逃之门下室中，吏追不得。夜半，子皋问跀危曰："吾不能亏主之法令而亲跀子之足，是子报仇之时也，而子何故乃肯逃我？我何以得此于子？"跀危曰："吾断足也，固吾罪当之，不可奈何。然方公之狱治臣也，公倾侧法令⑰，先后臣以言，欲臣之免也甚，而臣知之。及狱决罪定，公憱然不悦，形于颜色，臣见又知之。非私臣而然也，夫天性仁心固然也。此臣之所以悦而德公也。"

孔子曰："善为吏者树德，不能为吏者树怨。概者，平量者也；吏者，平法者也。治国者，不可失平也。"

田子方从齐之魏，望翟黄乘轩骑驾出，方以为文侯也，移车异路而避之，则徒翟黄也。方问曰："子奚乘是车也？"曰："君谋欲伐中山，臣荐翟角而谋得果；且伐之，臣荐乐羊而中山拔。得中山，忧欲治之，臣荐李克而中山治。是以君赐此车。"方曰："宠之称功尚薄⑱。"

秦、韩攻魏，昭卯西说而秦、韩罢；齐、荆攻魏，卯东说而齐、荆罢。魏襄王养之以五乘。卯曰："伯夷以将军葬于首阳山之下，而天下曰：'夫以伯夷之贤与其称仁，而以将军葬，是手足不掩也。'今臣罢四国之兵，而王乃与臣五乘，此其称功犹赢胜而履屦⑲。"

少室周者，古之贞廉洁悫者也，为赵襄主力士。与中牟徐子角力，不若也，入言之襄主以自代也。襄主曰："子之处，人之所欲也，何为言徐子以自代？"曰："臣以力事君者也。今徐子力多臣，臣不以自代，恐他人言之而为罪也。"

一曰：少室周为襄主骖乘，至晋阳，有力士牛子耕，与角力而不胜。周言于主曰："主之所以使臣骖乘者，以臣多力也。今有多力于臣者，愿进之。"

二

齐桓公将立管仲，令群臣曰："寡人将立管仲为仲父。善者入门而左⑳，不善者入门而右。"东郭牙中门而立。公曰："寡人立管仲为仲父，令曰：'善者左，不善者右。'今子何为中门而立？"牙曰："以管仲之智，为能谋天下乎？"公曰："能。""以断为敢行大事乎？"公曰："敢。"牙曰："若知能谋天下，断敢行大事，君因专属之国柄焉。以管仲之能，乘公之势以治齐国，得无危乎？"公曰："善。"乃令隰朋治内，管仲治外，以相参。

晋文公出亡，箕郑挈壶餐而从，迷而失道，与公相失，饥而道泣，寝饿而不敢食。及文公反国，举兵攻原，克而拔之。文公曰："夫轻忍饥馁之患而必全壶餐，是将不以原叛。"乃举以为原令。大夫浑轩闻而非之，曰："以不动壶餐之故，怙其不以原叛也，不亦无术乎？"故明主者，不恃其不我叛也，恃吾不可叛也；不恃其不我欺也，恃吾不可欺也。

阳虎议曰："主贤明，则悉心以事之；不肖，则饰奸而试之。"逐于鲁，疑于齐，走而之赵，赵简主迎而相之。左右曰："虎善窃人国政，何故相也？"简主曰："阳虎务取之㉑，我务守之。"遂执术而御之。阳虎不敢为非，以善事简主。兴主之强，几至于霸也。

鲁哀公问于孔子，曰："吾闻古者有夔一足，其果信有一足乎？"孔子对曰："不也，夔非一足也。夔者忿戾恶心，人多不说喜也。虽然，其所以得免于人害者，以其信也。人皆曰：'独此一，足矣。'夔非一足也，一而足也。"哀公曰："审而是㉒，固足矣。"

一曰：哀公问于孔子曰："吾闻夔一足，信乎？"曰："夔，人也，何故一足？彼其无他异，而独通于声。尧曰：'夔一而足矣。'使为乐正。故君子曰：'夔有一，足。'非一足也。"

三

文王伐崇，至凤黄虚，袜系解，因自结。太公望曰："何为也？"王曰："上，君与处，皆其师；中，皆其友；下，尽其使也。今皆先君之臣，故无可使也。"

一曰：晋文公与楚战，至黄凤之陵，履系解，因自结之。左右曰："不可以使人乎？"公曰："吾闻：'上，君所与居，皆其所畏也；中，君之所与居，皆其所爱也；下，君之所与居，皆其所侮也。'寡人虽不肖，先君之人皆在，是以难之也。"

季孙好士，终身庄，居处衣服常如朝廷。而季孙适懈，有过失，而不能长为也。故客以为厌易己㉓，相与怨之，遂杀季孙。故君子去泰去甚㉔。

一曰：南宫敬子问颜涿聚曰："季孙养孔子之徒，所朝服与坐者以十数而遇贼㉕，何也？"曰："昔周成王近优侏儒以逞其意，而与君子断事，是能成其欲于天下，今季孙养孔子之徒，所朝服而与坐者以十数，而与优侏儒断事，是以遇贼。故曰：不在所与居，在所与谋也。"

孔子御坐于鲁哀公，哀公赐之桃与黍。哀公曰："请用。"仲尼先饭黍而后啖桃，左右皆掩口而笑。哀公曰："黍者，非饭之也，以雪桃也。"仲尼对曰："丘知之矣，夫黍者，五谷之长也，祭先王为上盛。果蓏有六，而桃为下，祭先王不得入庙。丘之闻也：'君子以贱雪贵㉖，不闻以贵雪贱。'今以五谷之长雪果蓏之下，是以上雪下也。丘以为妨义㉗，故不敢以先于宗庙之盛也。"

简主谓左右："车席泰美。夫冠虽贱，头必戴之；屦虽贵，足必履之。今车席如此，太美，吾将何屦以履之？夫美下而耗上，妨义之本也。"

费仲说纣曰："西伯昌贤，百姓悦之，诸侯附焉，不可不诛。不诛，必为殷祸。"纣曰："子言㉘，义主㉙，何可诛？"费仲曰："冠虽穿弊，必戴于头；履虽五采，必践之于地。今西伯昌，人臣也，修义而人向之，卒为天下患，其必昌乎？人臣不以其贤为其主，非可不诛也。且主而诛臣，焉有过？"纣曰："夫仁义者，上所以劝下也。今昌好仁义，诛之不可。"三说，不用，故亡。

齐宣王问匡倩对曰："儒者博乎？"曰："不也。"王曰："何也？"匡倩对曰："博贵枭㉚，胜者必杀枭。杀枭者，是杀所贵也。儒者以为害义，故不博也。"又问曰："儒者弋乎？"曰："不也。弋者，从下害于上者也，是从下伤君也。儒者以为害义，故不弋。"又问："儒者鼓瑟乎？"曰："不也。夫瑟以小弦为大声，以大弦为小声，是大小易序，贵贱易位。儒者以为害义，故不鼓也。"宣王曰："善。"仲尼曰："与其使民谄下也，宁使民谄上。"

四

钜者，齐之居士；孱者，魏之居士。齐、魏之君不明，不能亲照境内而听左右之言，故二子费金璧而求入仕也。

西门豹为邺令，清克洁悫，秋毫之端无私利也，而甚简左右。左右因相与比周而恶之。居期年，上计，君收其玺。豹自请曰："臣昔者不知所以治邺，今臣得矣。愿请玺，复以治邺，不当，请伏斧鑕之罪。"文侯不忍而复与之。豹因重敛百姓，急事左右。期年，上计，文侯迎而拜之。

豹对曰:"往年臣为君治邺,而君夺臣玺;今臣为左右治邺,而君拜臣。臣不能治矣。"遂纳玺而去。文侯不受,曰:"寡人曩不知子,今知矣,愿子勉为寡人治之。"遂不受。

齐有狗盗之子与刖危子戏而相夸。盗子曰:"吾父之裘独有尾。"刖危子曰:"吾父独冬不失裤。"

子绰曰:"人莫能左画方而右画圆也。以肉去蚁,蚁愈多;以鱼驱蝇,蝇愈至。"

桓公谓管仲曰:"官少而索者众,寡人忧之。"管仲曰:"君无听左右之请,因能而受禄,录功而与官,则莫敢索官。君何患焉?"

韩宣子曰:"吾马菽粟多矣,甚臞,何也?寡人患之。"周市对曰:"使驺尽粟以食,虽无肥,不可得也。名为多与之,其实少,虽无臞,亦不可得也。主不审其情实,坐而患之,马犹不肥也。"

桓公问置吏于管仲,管仲曰:"辩察于辞,清洁于货,习人情,夷吾不如弦商,请立以为大理㉛。登降肃让㉜,以明礼待宾,臣不如隰朋,请立以为大行,垦草仞邑,辟地生粟,臣不如宁戚,请以为大田。三军既成陈,使士视死如归,臣不如公子成父,请以为大司马。犯颜极谏,臣不如东郭牙,请立以为谏臣。治齐,此五子足矣;将欲霸王,夷吾在此。"

五

孟献伯相晋,堂下生藿藜,门外长荆棘,食不二味,坐不重席,晋无衣帛之妾,居不粟马,出不从车。叔向闻之,以告苗贲皇。贲皇非之曰:"是出主之爵禄以附下也。"

一曰:孟献伯拜上卿,叔向往贺,门有御,马不食禾。向曰:"子无二马二舆,何也?"献伯曰:"吾观国人尚有饥色,是以不秣马;班白者多以徒行㉝,故不二舆。"向曰:"吾始贺子之拜卿,今贺子之俭也。"向出,语苗贲皇曰:"助吾贺献伯之俭也。"苗子曰:"何贺焉?夫爵禄旗章,所以异功伐别贤不肖也。故晋国之法,上大夫二舆二乘,中大夫二舆一乘,下大夫专乘,此明等级也。且夫卿必有军事,是故循车马㉞,比卒乘㉟,以备戎事。有难则以备不虞,平夷则以给朝事㊱。今乱晋国之政,乏不虞之备,以成节,以絜私名,献伯之俭也可与?又何贺?"

管仲相齐,曰:"臣贵矣,然而臣贫。"桓公曰:"使子有三归之家㊲。"曰:"臣富矣,然则臣卑。"桓公使立于高、国之上。曰:"臣尊矣,然而臣疏。"乃立为仲父。孔子闻而非之曰:"泰侈逼上㊳。"

一曰:管仲父出,朱盖青衣,置鼓而归,庭有陈鼎,家有三归。孔子曰:"良大夫也,其侈逼上。"

孙叔敖相楚,栈车牝马㊴,粝饼菜羹㊵,枯鱼之膳㊶;冬羔裘,夏葛衣,面有饥色,则良大夫也。其俭逼下。

阳虎去齐走赵,简主问曰:"吾闻子善树人。"虎曰:"臣居鲁,树三人,皆为令尹;及虎抵罪于鲁,皆搜索于虎也。臣居齐,荐三人,一人得近王,一人为县令,一人为候吏;及臣得罪,近王者不见臣,县令者迎臣执缚,候吏者追臣至境上,不及而止。虎不善树人。"主俯而笑曰:"树橘柚者,食之则甘,嗅之则香;树枳棘者,成而刺人。故君子慎所树。"

中牟无令。晋平公问赵武曰:"中牟,吾国之股肱,邯郸之肩髀。寡人欲得其良令也,谁使而可?"武曰:"邢伯子可。"公曰:"非子之仇也?"曰:"私仇不入公门。"公又问曰:"中府之令,谁使而可?"曰:"臣子可。"故曰:"外举不避仇,内举不避子。"赵武所荐四十六人,及武死,各就宾位,其无私德若此也。

平公问叔向曰："群臣孰贤?"曰："赵武。"公曰："子党于师人⑫。"曰："武,立如不胜衣⑬,言如不出口⑭,然所举士也数十人,皆得其意,而公家甚赖之。及武子之生也不利于家,死不托于孤,臣敢以为贤也。"

解狐荐其仇于简主以为相。其仇以为且幸释己也,乃因往拜谢。狐乃引弓迎而射之,曰:"夫荐汝,公也,以汝能当之也。夫仇汝,吾私怨也。不以私怨汝之,故拥汝于吾君。"故私怨不入公门。

一曰:解狐举邢伯柳为上党守。柳往谢之,曰:"子释罪,敢不再拜?"曰:"举子,公也;怨子,私也。子往矣⑮,怨子如初也。"

郑县人卖豚,人问其价。曰:"道远,日暮,安暇语汝⑯?"

六

范文子喜直言,武子击之以杖⑰:"夫直议者不为人所容,无所容则危身。非徒危身,又将危父。"

子产者,子国之子也。子产忠于郑君,子国谯怒之曰:"夫介异于人臣⑱,而独忠于主。主贤明,能听汝;不明,将不汝听。听与不听,未可必知,而汝已离于群臣。离于群臣,则必危汝身矣。非徒危己也,又且危父也。"

梁车新为邺令,其姊往看之,暮而后⑲,门闭,因逾郭而入⑳。车遂刖其足。赵成侯以为不慈,夺之玺而免之令。

管仲束缚㉑,自鲁之齐,道而饥渴,过绮乌封人而乞食㉒。乌封人跪而食之,甚敬。封人因窃谓仲曰:"适幸㉓,及齐不死而用齐,将何报我?"曰:"如子之言,我且贤之用、能之使、劳之论㉔。我何以报子?"封人怨之。

右说

---

①趼:通"刖"。危:通"跪"。趼危:因受刖刑而只能跪着走的人。坐:保全,保护。

②操右契而乘轩:像手持债契收债一样理直气壮地乘坐在轩车上。

③屦(juē,音撅):草鞋。

④上不过任:君主不误用臣下。

⑤臣不诬能:臣下不隐瞒能者。

⑥驳行:杂乱的行径。

⑦自履而矜:自己穿鞋而自夸。

⑧不易朝燕之处:上朝和在家闲处一样庄重。

⑨庄:庄重。遇贼:遇害。

⑩钜:人名。

⑪屏:人名。璧:宝玉。

⑫荣衣:以衣服为荣耀。

⑬苗贲皇:人名。非:非议。

⑭出入:出逃与在职。

⑮见:举荐,推荐。

⑯从:跟随。

⑰倾侧:反复推敲。

⑱宠之称功尚薄:受到的尊宠与所立的功劳比尚不够优厚。

⑲赢胜：赚很多的钱。

⑳善者：赞成的人。

㉑务取之：致力于夺权。

㉒审而是：果真如此的话。

㉓厌易：讨厌，轻视。

㉔去泰去甚：不走极端，不行过分。

㉕以十数：不计其数之意。

㉖雪：洗刷，擦拭。

㉗妨义：违背礼义。

㉘子言：依你所言。

㉙义主：他是个好君主。

㉚枭：首领。

㉛大理：官名。

㉜登：登上台阶。意即迎客。降：走下台阶。意即送客。

㉝班白者：老人。班，通"斑"。

㉞循：整治。

㉟比卒乘：组织步兵和车兵。

㊱平夷：平时。

㊲三归：国君所享有的收入。齐国制度，市租（商税）的 1/3 归国君所有。

㊳泰侈逼上：过分威逼主上。侈，过分、过多之意。

㊴栈车：古代最低级的贵族士所乘之车，由竹木做棚，不着漆，不张皮革。

㊵粝：粗米。

㊶枯鱼：鱼干。

㊷师人：上司。

㊸立如不胜衣：站着好像承受不了衣服的重量。

㊹言如不出口：说话好像说不出口。

㊺往：走开，离开。

㊻暇：功夫，时间。语：告诉。

㊼武子：范文子之父。

㊽介异于人臣：与群臣不一样。

㊾暮而后：天黑以后才抵达。

㊿郭：外城墙。

51束缚：被绳索捆绑。

52绮乌：地名。封人：守边吏。

53适幸：倘若大难不死。

54贤之用：任用贤才。能之使：使用能者。劳之论：依功论赏。

外储说右上第三十四

君所以治臣者有三：

一

势不足以化，则除之。师旷之对，晏子之说，皆舍势之易也而道行之难①，是与兽逐走也，未知除患。患之可除，在子夏之说《春秋》也："善持势者，蚤绝其奸萌。"故季孙让仲尼以遇势②，而况错之于君乎③？是以太公望杀狂矞，而"臧获不乘骥④"。嗣公知之，故"不驾鹿"；薛公知之，故与二栾博。此皆知同异之反也。故明主之牧臣也，说在畜乌。

二

人主者，利害之辒毂也⑤，射者众⑥，故人主共矣⑦。是以好恶见，则下有因⑧，而人主惑矣；辞言通⑨，则臣难言，而主不神矣。说在申子之言"六慎"，与唐易之言弋也。患在国羊之请变，与宣王之太息。明之以靖郭氏之献十珥也，与犀首、甘茂之道穴闻也⑩。堂谿公知术，故问玉卮；昭侯能术，故以听独寝⑪。明主之道，在申子之劝"独断"也。

三

术之不行，有故。不杀其狗，则酒酸。夫国亦有狗，且左右皆社鼠也⑫。人主无尧之再诛⑬，与庄王之应太子，而皆有薄媪之决蔡妪也。知贵、不能，以教歌之法先揆之⑭。吴起之出爱妻，文公之斩颠颉，皆违其情者也。故能使人弹疽者，必其忍痛者也。

右经

一

赏之誉之，不劝；罚之毁之，不畏，四者加焉不变⑮，则其除之。

齐景公之晋，从平公饮，师旷侍坐。景公问政于师旷，曰："太师将奚以教寡人？"师旷曰："君必惠民而已。"中坐，酒酣，将出，又复问政于师旷，曰："太师奚以教寡人？"曰："君必惠民而已矣。"景公出之舍，师旷送之，又问政于师旷。师旷曰："君必惠民而已矣。"景公归，思，未醒，而得师旷之所谓⑯：公子尾、公子夏者，景公之二弟也，甚得齐民，家富贵而民说之，拟于公室，此危吾位者也。今谓我惠民者，使我与二弟争民耶！于是反国，发廪粟以赋众贫，散府余财以赐孤寡，仓无陈粟，府无余财，宫妇不御者出嫁之⑰，七十受禄米。鬻德惠施于民也，已与二弟争。居二年，二弟出走，公子夏逃楚，公子尾走晋。

景公与晏子游于少海，登柏寝之台而还望其国，曰："美哉！泱泱乎，堂堂乎！后世将孰有此？"晏子对曰："其田成氏乎！"景公曰："寡人有此国也，而曰田成氏有之，何也？"晏子对曰：'夫田成氏甚得齐民。其于民也，上之请爵禄行诸大臣；下之私大斗、斛、区、釜以出贷⑱，小斗、斛、区、釜以收之。杀一牛，取一豆肉，余以食士。终岁，布帛取二制焉⑲，余以衣士。故市木之价，不加贵于山；泽之鱼、盐、龟、鳖、蠃、蚌⑳，不贵于海。君重敛，而田成氏厚施。齐尝大饥，道旁饿死者不可胜数也，父子相牵而趋田成氏者不闻不生。故秦周之民相与歌之曰㉑：'讴乎㉒，其已乎！苞乎㉓，其往归田成子乎！'《诗》曰：'虽无德与女，式歌且舞。'今田成氏之德而民之歌舞，民德归之矣。故曰：'其田成氏乎！'"公泫然出涕曰："不亦悲乎！寡人有国而田成氏有之。今为之奈何？"晏子对曰："君何患焉？若君欲夺之，则近贤而远不肖，治其烦乱，缓其刑罚，振贫穷而恤孤寡，行恩惠而给不足，民将归君，则虽有十田成氏，其如君何？"

或曰：景公不知用势，而师旷、晏子不知除患。夫猎者，托车舆之安，用六马之足，使王良佐辔㉔，则身不劳而易及轻兽矣。今释车舆之利，捐六马之足与王良之御，而下走逐兽，则虽楼季之足无时及兽矣㉕。托良马固车，则臧获有余。国者，君之车也；势者，君之马也。夫不处势以禁诛擅爱之臣㉖，而必德厚以与天下齐行以争民㉗，是皆不乘君之车，不因马之利，舍车而下走者也。故曰：景公不知用势之主也，而师旷、晏子不知除患之臣也。

子夏曰："《春秋》之记臣杀君、子杀父者，以十数矣，皆非一日之积也，有渐而以至矣。"凡奸者，行久而成积，积成而力多，力多而能杀，故明主蚤绝之。今田常之为乱，有渐见矣，而君不诛。晏子不使其君禁侵陵之臣，而使其主行惠，故简公受其祸。故子夏曰："善持势者，蚤绝奸之萌。"

季孙相鲁，子路为郈令。鲁以五月起众为长沟㉒。当此之为，子路以其私秩粟为浆饭，要作沟者于五父之衢而飱之㉓。孔子闻之，使子贡往，覆其饭，击毁其器，曰："鲁君有民，子奚为乃飱之？"子路怫然怒，攘肱而入㉚，请曰："夫子疾由之为仁义乎㉛？所学于夫子者，仁义也；仁义者，与天下共其所有而同其利者也。今以由之秩粟而飱民，不可何也？"孔子曰："由之野也㉜！吾以女知之，女徒未及也。女故如是之不知礼也！女之飱之，为爱之也。夫礼，天子爱天下，诸侯爱境内，大夫爱官职，士爱其家，过其所爱曰侵。今鲁君有民而子擅爱之，是子侵也，不亦诬乎！"言未卒，而季孙使者至，让曰："肥也起民而使之㉝，先生使弟子令徒役而飱之，将夺肥之民耶？"孔子驾而去鲁。以孔子之贤，而季孙非鲁君也，以人臣之资，假人主之术，蚤禁于未形，而子路不得行其私惠，而害不得生，况人主乎！以景公之势而禁田常之侵也，则必无劫弑之患矣。

太公望东封于齐。齐东海上有居士曰狂矞、华士昆弟二人者立议曰："吾不臣天子，不友诸侯，耕作而食之，掘井而饮之，吾无求于人也。无上之名，无君之禄，不事仕而事力。"太公望至于营丘，使吏执杀之以为首诛。周公旦从鲁闻之，发急传而问之曰："夫二子，贤者也。今日飨国而杀贤者，何也？"太公望曰："是昆弟二人立议曰：'吾不臣天子，不友诸侯，耕作而食之，掘井而饮之，吾无求于人也。无上之名，无君之禄，不事仕而事力。'彼不臣天子者，是望不得而臣也；不友诸侯者，是望不得而使也；耕作而食之，掘井而饮之，无求于人者，是望不得以赏罚劝禁也。且无上名，虽知，不为望用；不仰君禄，虽贤，不为望功。不仕，则不治；不任，则不忠。且先王之所以使其臣民者，非爵禄则刑罚也。今四者不足以使之，则望当谁为君乎？不服兵革而显，不亲耕耨而名，又非所以教于国也。今有马于此，如骥之状者，天下之至良也。然而驱之不前，却之不止，左之不左，右之不右，则臧获虽贱，不托其足。臧获之所愿托其足于骥者，以骥之可以追利辟害也。今不为人用，臧获虽贱，不托其足焉。已自谓以为世之贤士而不为主用，行极贤而不用于君，此非明主之所臣也，亦骥之不可左右矣，是以诛之。"

一曰：太公望东封于齐。海上有贤者狂矞，太公望闻之往请焉，三却马于门而狂矞不报见也，太公望诛之。当是时也，周公旦在鲁，驰往止之。比至，已诛之矣。周公旦曰："狂矞，天下贤者也，夫子何为诛之？"太公望曰："狂矞也议不臣天子，不友诸侯，吾恐其乱法易教也，故以为首诛。今有马于此，形容似骥也，然驱之不往，引之不前，虽臧获不托足于其轸也㉞。"

如耳说卫嗣公㉟，卫嗣公说而太息。左右曰："公何为不相也？"公曰："夫马似鹿者而题之千金，然而有千金之马而无千金之鹿者，马为人用而鹿不为人用也。今如耳，万乘之相也，外有大国之意，其心不在卫，虽辨智，亦不为寡人用，吾是以不相也。"

薛公之相魏昭侯也，左右有栾子者曰阳胡、潘其㊱，于王甚重，而不为薛公。薛公患之，于是乃召，与之博，予之人百金，令之昆弟博；俄又益之人二百金。方博有间，谒者言客张季之子在门，公怫然怒，抚兵而授谒者曰："杀之！吾闻季之不为文也㊲。"立有间，时季羽在侧，曰："不然。窃闻季为公甚，顾其人阴未闻耳㊳。"乃辍不杀客，大礼之，曰："曩者闻季之不为文也，故欲杀之；今诚为文也，岂忘季哉！"告廪献千石之粟，告府献五百金，告驺私厩献良马固车二乘，因令奄将宫人之美妾二十人并遗季。栾子因相谓曰："为公者必利，不为公者必害，吾曹何爱不为公？"因私竞劝而遂为之。薛公以人臣之势，假人主之术也，而害不得生，况错之人主乎！

夫驯乌者㉟断其下翎焉。断其下翎，则必恃人而食，焉得不驯乎？夫明主畜臣亦然，令臣不得不利君之禄，不得无服上之名。夫利君之禄，服上之名，焉得不服？

二

申子曰："上明见㊵，人备之；其不明见，人惑之。其知见，人饰之；不知见㊶，人匿之。其无欲见，人司之㊷；其有欲见，人饵之。故曰：吾无从知之，惟"无为"可以规之㊸。"

一曰：申子曰："慎而言也，人且知女；慎而行也，人且随女。而有知见也，人且匿女；而无知见也，人且意女。女有知也，人且臧女㊹；女无知也，人且行女㊺。故曰：惟'无为'可以规之。"

田子方问唐易鞠，曰："弋者何慎㊻？"对曰："鸟以数百目视子，子以二目御之，子谨周子廪㊼。"田子方曰："善。子加之弋，我加之国。"郑长者闻之，曰："田子方知欲为廪，而未得所以为廪。夫虚无无见者，廪也㊽。"

一曰：齐宣王问弋于唐易子，曰："弋者奚贵？"唐易子曰："在于谨廪。"王曰："何谓'谨廪'？"对曰："鸟以数十目视人，人以二目视鸟，奈何不谨廪也？故曰'在于谨廪'也。"王曰："然则为天下何以为此廪？今人主以二目视一国，一国以万目视人主，将何以自为廪乎？"对曰："郑长者有言曰：'夫虚静无为而无见也。'其可以为此禀乎！"

国羊重于郑君，闻君之恶己也，侍饮，因先谓君曰："臣适不幸而有过，愿君幸而告之。臣请变更，则臣免死罪矣。"

客有说韩宣王，宣王说而太息。左右引王之说之以先告客以为德㊾。

靖郭君之相齐也。王后死，未知所置，乃献玉珥以知之。

一曰：薛公相齐。齐威王夫人死，中有十孺子皆贵于王。薛公欲知王所欲立，而请置一人以为夫人。王听之，则是说行于王，而重于置夫人也㊿；王不听，是说不行，而轻于置夫人也。欲先知王之所欲置以劝王置之，于是为十玉珥而美其一而献之。王以赋十孺子㉛。明日坐，视美珥之所在而劝王以为夫人。

甘茂相秦惠王。惠王爱公孙衍，与之间有所言㉜，曰："寡人将相子。"甘茂之吏道穴闻之，以告甘茂。甘茂入见王，曰："王得贤相，臣敢再拜贺。"王曰："寡人托国于子，安更得贤相？"对曰："将相犀首㉝。"王曰："子安闻之？"对曰："犀首告臣。"王怒犀首之泄，乃逐之。

一曰：犀首，天下之善将也，梁王之臣也。秦王欲得之与治天下，犀首曰："衍，其人臣者也，不敢离主之国。"居期年，犀首抵罪于梁王，逃而入秦，秦王甚善之。樗里疾，秦之将也，恐犀首之代之将也，凿穴于王之所常隐语者。俄而，王果与犀首计，曰："吾欲攻韩，奚如？"犀首曰："秋可矣。"王曰："吾欲以国累子㉞，子必勿泄也。"犀首反走再拜曰："受命。"于是樗里疾也道穴听之矣。郎中皆曰："兵秋起攻韩，犀首为将。"于是日也，郎中尽知之；于是月也，境内尽知之。王召樗里疾曰："是何匈匈也，何道出？"樗里疾曰："似犀首也。"王曰："吾无与犀首言也，其犀首何哉？"樗里疾曰："犀首也，羁旅㉟，新抵罪，其心孤，是言自嫁于众㊱。"王曰："然。"使人召犀首，已逃诸侯矣。

堂谿公谓昭侯曰："今有千金之玉卮，通而无当㊲，可以盛水乎？"昭侯曰："不可。""有瓦器而不漏，可以盛酒乎？"昭侯曰："可。"对曰："夫瓦器，至贱也，不漏，可以盛酒。虽有乎千金之玉卮，至贵而无当，漏，不可盛水，则人孰注浆哉？今为人之主而漏其群臣之语，是犹无当之玉卮。虽有圣智，莫尽其术，为其漏也。"昭侯曰："然。"昭侯闻堂谿公之言，自此之后，欲发天下之大事未尝不独寝，恐梦言而使人知其谋也。

一曰：堂谿公见昭侯曰："今有白玉之卮而无当，有瓦卮而有当。君渴，将何以饮？"君曰："以瓦卮。"堂谿公曰："白玉之卮美而君不以饮者，以其无当耶？"君曰："然。"堂谿公曰："为人主而漏泄其群臣之语，譬犹玉卮之无当。"堂谿公每见而出，昭侯必独卧，惟恐梦言泄于妻妾。

申子曰："独视者谓明，独听者谓聪。能独断者，故可以为天下主。"

三

宋人有酤酒者，升概甚平，遇客甚谨，为酒甚美，县帜甚高著，然不售，酒酸。怪其故，问其所知。问长者杨倩，倩曰："汝狗猛耶？"曰："狗猛则酒何故而不售？"曰："人畏焉。或令孺子怀钱挈壶甖而往酤，而狗迓而龁之，此酒所以酸而不售也。"夫国亦有狗，有道之士怀其术而欲以明万乘之主，大臣为猛狗迎而龁人，此人主之所以蔽胁，而有道之士所以不用也。故桓公问管仲："治国最奚患？"对曰："最患社鼠矣。"公曰："何患社鼠哉？"对曰："君亦见夫为社者乎？树木而涂之，鼠穿其间，掘穴托其中。熏之，则恐焚木；灌之，则恐涂阤：此社鼠之所以不得也。今人君之左右，出则为势重而收利于民，入则比周而蔽恶于君。内间主之情以告外，外内为重，诸臣百吏以为富。吏不诛则乱法，诛之则君不安，据而有之，此亦国之'社鼠'也。"故人臣执柄而擅禁，明为己者必利，而不为己者必害，此亦猛狗也。夫大臣为猛狗而龁有道之士矣，左右又为社鼠而间主之情，人主不觉。如此，主焉得无壅，国焉得无亡乎？

一曰：宋之酤酒者有庄氏者，其酒常美。或使仆往酤庄氏之酒，其狗龁人，使者不敢往，乃酤佗家之酒。问曰："何为不酤庄氏之酒？"对曰："今日庄氏之酒酸。"故曰：不杀其狗则酒酸。桓公问管仲曰："治国何患？"对曰："最苦社鼠。夫社，木而涂之，鼠因自托也。熏之则木焚，灌之则涂阤，此所以苦于社鼠也。今人君左右，出则为势重以收利于民，入则比周谩侮敬恶以欺于君，不诛则乱法，诛之则人主危，据而有之，此亦'社鼠'也。"故人臣执柄擅禁，明为己者必利，不为己者必害，亦猛狗也。故左右为社鼠，用事者为猛狗，则术不行矣。

尧欲传天下于舜。鲧谏曰："不祥哉！孰以天下而传之于匹夫乎？"尧不听，举兵而诛杀鲧于羽山之郊。共工又谏曰："孰以天下而传之于匹夫乎？"尧不听，又举兵而诛共工于幽州之都。于是天下莫敢言无传天下于舜。仲尼闻之曰："尧之知舜之贤，非其难者也。夫至乎诛谏者必传之舜，乃其难也。"一曰："不以其所疑败其所察，则难也。"

荆庄王有"茅门之法"，曰："群臣大夫诸公子入朝，马蹄践霤者，廷理斩其辀㊳，戮其御。"于是太子入朝，马蹄践霤，廷理斩其辀，戮其御。太子怒，入为王泣曰："为我诛戮廷理。"王曰："法者，所以敬宗庙，尊社稷。故能立法从令尊敬社稷者，社稷之臣也，焉可诛也？夫犯法废令不尊敬社稷者，是臣乘君而下尚校也。臣乘君，则主失威；下尚校，则上位危。威失位危，社稷不守，吾将何以遗子孙？"于是太子乃还走，避舍露宿三日，北面再拜请死罪。

一曰：楚王急召太子。楚国之法，车不得至于茆门。天雨，廷中有潦㊴，太子遂驱车至于茆门。廷理曰："车不得至茆门。至茆门，非法也。"太子曰："王召急，不得须无潦㊵。"遂驱之。廷理举殳而击其马，败其驾。太子入为王泣曰："廷中多潦，驱车至茆门，廷理曰'非法也'，举殳击臣马，败臣驾。王必诛之。"王曰："前有老主而不逾，后有储主而不属，矜矣！是真吾守法之臣也。"乃益爵二级，而开后门出太子。"勿复过。"

卫嗣君谓薄疑曰："子小寡人之国以为不足仕，则寡人力能仕子，请进爵以子为上卿。"乃进田万顷。薄子曰："疑之母亲疑㊶，以疑为能相万乘所不窕也㊷。然疑家巫有蔡妪者，疑母甚爱信之，属之家事焉。疑智足以信言家事，疑母尽以听疑也，然已与疑言者，亦必复决之于蔡妪也。故论疑之智能，以疑为能相万乘而不窕也；论其亲，则子母之间也；然犹不免议之于蔡妪也。今疑之于人主也，非子母之亲也，而人主皆有蔡妪。人主之蔡妪必其重人也。重人者，能行私者也。夫行私者，绳之外也；而疑之所言，法之内也。绳之外与法之内，仇也，不相受也。"

一曰：卫君之晋，谓薄疑曰："吾欲与子皆行。"薄疑曰："媪也在中，请归与媪计之。"卫君自请薄媪。薄媪曰："疑，君之臣也，君有意从之，甚善。"卫君曰："吾以请之媪，媪许我矣。"薄疑归，言之媪也，曰："卫君之爱疑奚与媪？"媪曰："不如吾爱子也。""卫君之贤疑奚与媪也？"曰："不如吾贤子也。""媪与疑计家事，已决矣，乃请决之于卜者蔡妪。今卫君从疑而行，虽与疑决计，必与他蔡妪败之。如是，则疑不得长为臣矣。"

夫教歌者，使先呼而诎之⑥³，其声反清徵者乃教之。

一曰：教歌者，先揆以法，疾呼中宫，徐呼中徵。疾不中宫，徐不中徵，不可谓教。

吴起，卫左氏中人也，使其妻织组而幅狭于度。吴子使更之，其妻曰："诺。"及成，复度之，果不中度，吴子大怒。其妻对曰："吾始经之而不可更也⑥⁴。"吴子出之。其妻请其兄而索入。其兄曰："吴子，为法者也。其为法也，且欲以与万乘致功，必先践之妻妾然后行之，子毋几索入矣⑥⁵。"其妻之弟又重于卫君，乃因以卫君之重请吴子。吴子不听，遂去卫而入荆也。

一曰：吴起示其妻以组曰·"子为我织组，令之如是。"组已就而效之，其组异善。起曰："使子为组，令之如是，而今也异善，何也？"其妻曰："用财若一也⑥⁶，加务善之⑥⁷。"吴起曰："非语也。"使之衣归。其父往请之，吴起曰："起家无虚言。"

晋文公问于狐偃，曰："寡人甘肥周于堂，卮酒豆肉集于宫，壶酒不清，生肉不布，杀一牛遍于国中，一岁之功尽以衣士卒，其足以战民乎？"狐子曰："不足。"文公曰："吾弛关市之征而缓刑罚，其足以战民乎？"狐子曰："不足。"文公曰："吾民之有丧资者，寡人亲使郎中视事，有罪者赦之，贫穷不足者与之，其足以战民乎？"狐子对曰："不足。此皆所以慎产也；而战之者，杀之也。民之从公也，为慎产也，公因而迎杀之，失所以为从公矣。"曰："然则何如足以战民乎？"狐子对曰："令无得不战。"公曰："无得不战奈何？"狐子对曰："信赏必罚，其足以战。"公曰："刑罚之极安至？"对曰："不辟亲贵，法行所爱。"文公曰："善。"明日令田于圃陆，期以日中为期，后期者行军法焉。于是公有所爱者曰颠颉后期，吏请其罪，文公陨涕而忧。吏曰："请用事焉。"遂斩颠颉之脊，以徇百姓，以明法之信也。而后百姓皆惧曰："君于颠颉之贵重如彼甚也，而君犹行法焉，况于我则何有矣。"文公见民之可战也，于是遂兴兵伐原，克之；伐卫，东其亩，取五鹿；攻阳，胜虢，伐曹；南围郑，反之陴；罢宋围，还与荆人战城濮，大败荆人，返为践土之盟，遂成衡雍之义。一举而八有功。所以然者，无他故异物，从狐偃之谋，假颠颉之脊也。

夫痤疽之痛也，非刺骨髓，则烦心不可支也；非如是，不能使人以半寸砥石弹之。今人主之于治亦然：非不知有苦则安；欲治其国，非如是不能听圣知而诛乱臣。乱臣者，必重人；重人者，必人主所甚亲爱也。人主所甚亲爱也者，是同坚白也⑥⁸。夫以布衣之资，欲以离人主之坚白、所爱，是以解左髀说右髀者⑥⁹，是身必死而说不行者也。

右说

---

①道行之难：利用德行争取民众的难途。

②让：指责。遇：相当的，对等的。

③况：何况。

④臧获：奴仆。

⑤毂：车轮的中心，插车轴的部位。

⑥射者：追求利益者。

⑦共：共同目标。

⑧因：凭靠。

⑨通：泄漏。

⑩道穴闻：从墙洞中偷听。

⑪听独寝：接受劝告独自睡觉。

⑫社鼠：藏在社坛中的老鼠。

⑬再诛：实行两次诛杀。

⑭揆：考察，检验。

⑮不变：无动于衷。

⑯所谓：所说的意思。

⑰不御：没有陪伴国君安寝。

⑱区（ǒu，音殴）：度量衡单位。釜：亦为度量衡单位。

⑲制：度量衡单位。

⑳蠃：螺。

㉑秦周：齐国国都城门名。

㉒讴：歌唱。

㉓苞：丰盛，饱食。

㉔王良：人名，善驾车。

㉕楼季：人名，善奔走。

㉖擅爱：擅自施行仁爱。

㉗齐：同。

㉘起：征发。为：挖掘。

㉙衢：大道。飧：使吃食。

㉚攘肱：捋起衣袖露出胳膊。

㉛由：子路之名。子路名仲由。

㉜野：粗野，粗鲁。

㉝肥：季孙之名。

㉞辂：车子底板。此代指马车。

㉟说：游说。

㊱栾子：孪生子。

㊲文：薛公孟尝君之名。

㊳顾：不过。

㊴乌：乌鸦。

㊵上明见：君主的明察显露出来。

㊶不知：愚蠢。知，通"智"。

㊷司：探测，侦察。

㊸规：通"窥"。窥测。

㊹臧：躲避。

㊺行：算计，捉弄。

㊻弋：古代射鸟的箭，后系有细绳，便于收回。

㊼周：周密，严密。

㊽廪也：才能保护好仓库。

㊾以为德：作为人情。

(50)重：受重视，受恩宠。
(51)赋：赐给，送给。
(52)间有所言：私下里说过这样的话。
(53)犀首：官名，指公孙衍。公孙衍曾任犀首将军。
(54)累：劳累。
(55)羁旅：寄居客人。
(56)自嫁于众：在公众前自我卖弄。
(57)当：底。
(58)辀：车辕。
(59)潦（lǎo，音老）：积水。
(60)须：等待。
(61)亲：喜爱，宠爱。
(62)不窕（tiāo，音挑）：绰绰有余。窕，不够，不充满。
(63)诎：屈曲，转音。
(64)经之：用经线确定好。
(65)几：希望。
(66)财：通“材”。材料。
(67)加务善之：花费了更多的功夫使之更精美。
(68)坚白：指石头。
(69)解左髀：砍掉左腿。

外诸说右下第三十五

一

赏罚共①，则禁令不行。何以明之②？明之以造父、于期。子罕为出彘③，田恒为圃池，故宋君、简公弑。患在王良、造父之共车，田连、成窍之共琴也。

二

治强生于法，弱乱生于阿④，君明于此，则正赏罚而非仁下也⑤。爵禄生于功，诛罚生于罪，臣明于此，则尽死力而非忠君也⑥。君通于不仁，臣通于不忠，则可以王矣。昭襄知主情而不发五苑⑦，田鲔知臣情故教田章，而公仪辞鱼。

三

明主者，鉴于外也⑧，而外事不得不成，故苏代非齐王。人主鉴于上也⑨，而居者不适不显⑩，故潘寿言禹情。人主无所觉悟，方吾知之，故恐同衣同族，而况借于权乎！吴章知之，故说以佯⑪，而况借于诚乎！赵王恶虎目而壅。明主之道，如周行人之却卫侯也。

四

人主者，守法责成以立功者也。闻有吏虽乱而有独善之民⑫，不闻有乱民而有独治之吏，故明主治吏不治民。说在摇木之本与引网之纲。故失火之啬夫，不可不论也。救火者，吏操壶走火，则一人之用也；操鞭使人，则役万夫。故所遇术者[13]，如造父之遇惊马，牵马推车则不能进，代御执辔持策则马咸骛矣。是以说在椎锻平夷[14]，榜檠矫直[15]。不然，败在淖齿用齐戮闵王[16]，李兑用赵饿主父也。

五

因事之理，则不劳而成。故兹郑之踞辕而歌以上高梁也[17]。其患在赵简主税吏请轻重；薄疑之言"国中饱"，简主喜而府库虚，百姓饿而奸吏富也。故桓公巡民而管仲省腐财怨女[18]。不然，则在延陵乘马不得进，造父过之而为之泣也[19]。

右经

一

造父御四马，驰骤周旋而恣欲于马[20]。恣欲于马者，擅辔策之制也。然马惊于出彘而造父不能禁制者，非辔策之严不足也，威分于出彘也[21]。王子于期为驸驾，辔策不用而择欲于马[22]，擅刍水之利也[23]。然马过于圃池而驸驾败者，非刍水之利不足也，德分于圃池也。故王良、造父，天下之善御者也，然而使王良操左革而叱咤之，使造父操右革而鞭笞之，马不能行十里，共故也。田连、成窍，天下善鼓琴者也，然而田连鼓上、成窍擽下而不能成曲[24]，亦共故也。夫以王良、造父之巧，共辔而御，不能使马，人主安能与其臣共权以为治？以田连、成窍之巧，共琴而不能成曲，人主又安能与其臣共势以成功乎？

一曰：造父为齐王驸驾，渴马服成[25]。效驾圃中[26]，渴马见圃池，去车走池，驾败。王子于期为赵简主取道争千里之表[27]，其始发也，彘伏沟中，王子于期齐辔策而进之，彘突出于沟中，马惊，驾败。

司城子罕谓宋君曰："庆赏赐与，民之所喜也，君自行之；杀戮诛罚，民之所恶也，臣请当之。"宋君曰："诺。"于是出威令，诛大臣，君曰"问子罕"也。于是大臣畏之，细民归之。处期年，子罕杀宋君而夺政。故子罕为"出彘"以夺其君国。

简公在上位，罚重而诛严，厚赋敛而杀戮民。田成恒设慈爱，明宽厚。简公以齐民为渴马，不以恩加民，而田成恒以仁厚为圃池也。

一曰：造父为齐王驸驾，以渴服马，百日而服成。服成，请效驾齐王，王曰："效驾于圃中。"造父驱车入圃，马见圃池而走，造父不能禁。造父以渴服马久矣，今马见池，驲而走[28]，虽造父不能治。今简公之以法禁其众久矣，而田成恒利之，是田成恒倾圃池而示渴民也。

一曰：王子于期为宋君为千里之逐。已驾，察手吻文[29]。且发矣，驱而前之，轮中绳[30]；引而却之[31]，马掩迹[32]。拊而发之[33]，彘逸出于窦中[34]，马退而却，策不能进前也；马驲而走，辔不能正也。

一曰：司城子罕谓宋君曰："庆赏赐予者，民之所好也，君自行之；诛罚杀戮者，民之所恶也，臣请当之。"于是戮细民而诛大臣，君曰："与子罕议之。"居期年，民知杀生之命制于子罕也，故一国归焉。故子罕劫宋君而夺其政，法不能禁也。故曰："子罕为'出彘'，而田成常为圃池也。"令王良、造父共车，人操一边辔而入门间，驾必败而道不至也。令田连、成窍共琴，人抚一弦而挥，则音必败、曲不遂矣。

二

秦昭王有病，百姓里买牛而家为王祷。公孙述出见之，入贺王曰："百姓乃皆里买牛为王祷。"王使人问之，果有之。王曰："訾之人二甲㊲。夫非令而擅祷，是爱寡人也。夫爱寡人，寡人亦且改法而心与之相循者㊳，是法不立；法不立，乱亡之道也。不如人罚二甲而复与为治。"

一曰：秦襄王病，百姓为之祷；病愈，杀牛塞祷㊲。郎中阎遏、公孙衍出见之，曰："非社腊之时也，奚自杀牛而祠社？"怪而问之。百姓曰："人主病，为之祷；今病愈，杀牛塞祷。"阎遏、公孙衍说，见王，拜贺曰："过尧、舜矣。"王惊曰："何谓也？"对曰："尧、舜，其民未至为之祷。今王病而民以牛祷，病愈，杀牛塞祷，故臣窃以王为过尧、舜也。"王因使人问之，何里为之，訾其里正与伍老屯二甲。阎遏、公孙衍愧不敢言。居数月，王饮酒酣乐，阎遏、公孙衍谓王曰："前时臣窃以王为过尧、舜，非直敢谀也。尧、舜病，且其民未至为之祷也；今王病，而民以牛祷，病愈，杀牛塞祷。今乃訾其里正与伍老屯二甲，臣窃怪之。"王曰："子何故不知于此？彼民之所以为我用者，非以吾爱之为我用者也，以吾势之为我用者也。吾释势与民相收㊳，若是，吾适不爱而民因不为我用也，故遂绝爱道也。"

秦大饥，应侯请曰："五苑之草著、蔬菜、橡果、枣栗，足以活民，请发之。"昭襄王曰："吾秦法，使民有功而受赏，有罪而受诛。今发五苑之蔬草者，使民有功与无功俱赏也。夫使民有功与无功俱赏者，此乱之道也。夫发五苑而乱，不如弃枣蔬而治。"一曰："令发五苑之蓏、蔬、枣、栗，足以活民，是用民有功与无功争取也。夫生而乱，不如死而治，大夫其释之。"

田鲔教其子田章曰："欲利而身，先利而君；欲富而家，先富而国。"

一曰：田鲔教其子田章曰："主卖官爵，臣卖智力，故自恃无恃人。"

公仪休相鲁而嗜鱼，一国尽争买鱼而献之，公仪子不受。其弟谏曰："夫子嗜鱼而不受者，何也？"对曰："夫唯嗜鱼，故不受也。夫即受鱼，必有下人之色；有下人之色，将枉于法；枉于法，则免于相，虽嗜鱼，此不必能致我鱼㊴，我又不能自给鱼。即无受鱼而不免于相，虽嗜鱼，我能长自给鱼。"此明夫恃人不如自恃也，明于人之为己者不如己之自为也。

三

子之相燕，贵而主断。苏代为齐使燕，王问之曰："齐王亦何如主也？"对曰："必不霸矣。"燕王曰："何也？"对曰："昔桓公之霸也，内事属鲍叔，外事属管仲，桓公被发而御妇人，日游于市。今齐王不信其大臣。"于是燕王因益大信子之。子之闻之，使人遗苏代金百镒，而听其所使。

一曰：苏代为齐使燕，见无益子之则必不得事而还，贡赐又不出，于是见燕王，乃誉齐王。燕王曰："齐王何若是之贤也？则将必王乎？"苏代曰："救亡不暇，安得王哉？"燕王曰："何也？"曰："其任所爱不均。"燕王曰："其亡何也？"曰："昔者齐桓公爱管仲，置以为仲父，内事理焉，外事断焉，举国而归之，故一匡天下，九合诸侯。今齐任所爱不均，是以知其亡也。"燕王曰："今吾任子之，天下未之闻也？"于是明日张朝而听子之。

潘寿谓燕王曰："王不如以国让子之。人所以谓尧贤者，以其让天下于许由，许由必不受也，则是尧有让许由之名而实不失天下也。今王以国让子之，子之必不受也，则是王有让子之之名而与尧同行也。"于是燕王因举国而属之，子之大重。

一曰：潘寿，隐者，燕使人聘之。潘寿见燕王曰："臣恐子之之如益也。"王曰："何益哉？"对曰："古者禹死，将传天下于益，启之人因相与攻益而立启。今王信爱子之，将传国子之，太子之人尽怀印，为子之之人无一人在朝廷者。王不幸弃群臣，则子之亦益也。"王因收吏玺，自三百石以上皆效之子之。子之大重。夫人主之所以镜照者，诸侯之士徒也，今诸侯之士徒皆私门之党也；人主之所以自浅娟者㊵，岩穴之士徒也，今岩穴之士徒皆私门之舍人也。是何也？夺褫之资在子之也^㊶。故吴章曰："人主不佯憎爱人。佯爱人，不得复憎也；佯憎人，不得复爱也。"

一曰：燕王欲传国于子之也，问之潘寿，对曰："禹爱益而任天下于益，已而以启人为吏。及老，而以启为不足任天下，故传天下于益，而势重尽在启也。已而启与友党攻益而夺之天下，是禹名传天下于益，而实令启自取之也。此禹之不及尧、舜明矣。今王欲传之子之，而吏无非太子之人者也，是名传之而实令太子自取之也。"燕王乃收玺，自三百石以上皆效之子之。子之遂重。

方吾子曰："吾闻之古礼：行不与同服者同车，不与同族者共家，而况君人者乃借其权而外其势乎！"

吴章谓韩宣王曰："人主不可佯爱人，一日不可复憎；不可以佯憎人，一日不可复爱也。故佯憎佯爱之征见，则谀者因资而毁誉之。虽有明主，不能复收，而况于以诚借人也！"

赵王游于圃中，左右以兔与虎而辍，盼然环其眼。王曰："可恶哉，虎目也！"左右曰："平阳君之目可恶过此。见此未有害也，见平阳君之目如此者，则必死矣。"其明日，平阳君闻之，使人杀言者，而王不诛也^㊷。

卫君入朝于周，周行人问其号，对曰："诸侯辟疆。"周行人却之曰："诸侯不得与天子同号。"卫君乃自更曰："诸侯燬。"而后内之。仲尼闻之曰："远哉禁逼！虚名不以借人，况实事乎？"

四

摇木者——摄其叶，则劳而不遍；左右拊其本，而叶遍摇矣。临渊而摇木，鸟惊而高，鱼恐而下。善张网者引其纲，若——摄万目而后得，则是劳而难；引其纲，而鱼已囊矣。故吏者，民之本、纲者也，故圣人治吏不治民。

救火者，令吏挈壶瓮而走火，则一人之用也；操鞭箠指麾而趣使人，则制万夫。是以圣人不亲细民，明主不躬小事。

造父方耨，时有子父乘车过者，马惊而不行。其子下车牵马，父子推车，请造父助我推车。造父因收器，辍而寄载之^㊸，援其子之乘，乃始检辔持策，未之用也，而马咸骛矣。使造父而不能御，虽尽力劳身助之推车，马犹不肯行也。今身使佚，且寄载，有德于人者，有术而御之也。故国者，君之车也；势者，君之马也。无术以御之，身虽劳，犹不免乱；有术以御之，身处佚乐之地，又致帝王之功也。

椎锻者，所以平不夷也；榜檠者，所以矫不直也。圣人之为法也，所以平不夷、矫不直也。

淖齿之用齐也，擢闵王之筋；李兑之用赵也，饿杀主父。此二君者，皆不能用其椎锻榜檠，故身死为戮而为天下笑。

一曰：入齐，则独闻淖齿而不闻齐王；入赵，则独闻李兑而不闻赵王。故曰：人主者不操术，则威势轻而臣擅名。

一曰：武灵王使惠文王莅政，李兑为相，武灵王不以身躬亲杀生之柄，故劫于李兑。

一曰：田婴相齐，人有说王者曰："终岁之计，王不一以数日之间自听之，则无以知吏之奸邪得失也。"王曰："善。"田婴闻之，即遽请于王而听其计。王将听之矣，田婴令官具押券斗石参升之计。王自听计，计不胜听，罢食后，复坐，不复暮食矣^㊹。田婴复谓曰："群臣所终岁日夜不敢偷怠之事也，王以一夕听之，则群臣有为劝勉矣。"王曰："诺。"俄而王已睡矣，吏尽揄刀削其押券升石之计。王自听之，乱乃始生。

五

兹郑子引辇上高粱而不能支。兹郑踞辕而歌，前者止，后者趋，辇乃上。使兹郑无术以致人，则身虽绝力至死，辇犹不上也。今身不至劳苦而辇以上者，有术以致人之故也。

赵简主出税者，吏请轻重。简主曰："勿轻勿重。重，则利入于上；若轻，则利归于民。吏无私利而正矣。"

薄疑谓赵简主曰："君之国中饱。"简主欣然而喜曰："何如焉？"对曰："府库空虚于上，百姓贫饿于下，然而奸吏富矣。"

齐桓公微服以巡民家。人有年老而自养者，桓公问其故，对曰："臣有子三人，家贫无以妻之，佣未反。"桓公归，以告管仲。管仲曰："畜积有腐弃之财，则人饥饿；宫中有怨女，则民无妻。"桓公曰："善"。乃论宫中有妇人而嫁之。下令于民曰："丈夫二十而室，妇人十五而嫁。"

一曰：桓公微服而行于民间。有鹿门稷者，行年七十而无妻。桓公问管仲曰："有民老而无妻者乎？"管仲曰："有鹿门稷者，行年七十矣而无妻。"桓公曰："何以令之有妻？"管仲曰："臣闻之：上有积财，则民臣必匮乏于下；宫中有怨女，则有老而无妻者。"桓公曰："善"。令于宫中女子未尝御出嫁之。乃令男子年二十而室，女年十五而嫁。则内无怨女，外无旷夫⑮。

延陵卓子乘苍龙挑文之乘⑯，钩饰在前，错镂在后，马欲进则钩饰禁之，欲退则错镂贯之⑰，马因旁出⑱。造父过而为之泣涕，曰："古之治人亦然矣。夫赏所以劝之，而毁存焉；罚所以禁之，而誉加焉。民中立而不知所由，此亦圣人之所为泣也。"

一曰：延陵卓子乘苍龙与翟文之乘，前则有错饰，后则有利镂，进则引之，退则策之。马前不得进，后不得退，遂避而逸⑲，因下抽刀而刿其脚。造父见之，泣，终日不食，因仰天而叹曰："策，所以进之也，错饰在前；引，所以退之也，利镂在后。今人主以其清洁也进之，以其不适左右也退之；以其公正也誉之，以其不听从也废之。民惧，中立而不知所由，此圣人之所为泣也。"

右说

---

①赏罚共：指君主与大臣共同掌握赏罚大权。

②明：证明，说明。

③为：像。出彘：突然窜出的猪。

④阿：枉法。

⑤仁下：对臣下仁爱。

⑥非忠君：并非只出于忠君。

⑦主情：为君的道理。发：发放，散发。

⑧鉴：借鉴。外：外国。

⑨上：上古。

⑩居者：隐士。显：显耀名声。

⑪佯：假装。

⑫独善：谨身守法。

⑬遇术者：对待权术。

⑭椎：锤子。锻：打铁用的砧石。

⑮榜檠（bēng qíng，音崩情）：矫正弓弩的器具。

⑯败：祸患，祸害。

⑰踞：坐。高梁：高坡。

⑱腐财：（官府府库积滞过多而）腐烂的财物。

⑲过：经过。

⑳驰骤：奔驰。恣欲：随心所欲。

㉑威分于出彘：威力被突然窜出的猪所分散。

㉒择欲于马：挑选马所喜好的东西。

㉓刍：草料。

㉔撖：按。

㉕渴马服成：用使马干渴的办法将其驯服。

㉖效：试验，检验。

㉗争千里之表：争夺千里比赛的锦标。

㉘骍：凶悍，凶猛。

㉙察手吻文：摩拳擦掌。

㉚轮中绳：车轮刚好压在车辙上。

㉛却：后退。

㉜马掩迹：马蹄掩盖了原来的脚印。

㉝拊：击打。

㉞窦：洞。

㉟訾：用财产抵罪。訾之人二甲：罚他们每人出两副甲。

㊱循：顺从。

㊲塞祷：向神还愿。

㊳收：结交。

㊴不必：不一定。

㊵浅娟：降低身份。

㊶夺褫：剥夺。

㊷诛：责备。

㊸寄载：（把农具）放在车上。

㊹不复暮食：不再吃晚饭。

㊺旷夫：成年未娶妻的男子。

㊻苍龙：青色马。挑文：毛色鲜艳的马。

㊼贯：刺。

㊽旁出：斜着跑。

㊾逸：乱跑。

难一第三十六①

一

　　晋文公将与楚人战，召舅犯问之，曰："吾将与楚人战，彼众我寡，为之奈何？"舅犯曰："臣闻之：'繁礼君子，不厌忠信；战阵之间，不厌诈伪'。君其诈之而已矣。"文公辞舅犯，因召雍季而问之，曰："我将与楚人战，彼众我寡，为之奈何？"雍季对曰："焚林而田②，偷取多兽③，后必无兽；以诈遇民，偷取一时，后必无复。"文公曰："善。"辞雍季，以舅犯之谋与楚人战以败之。归而行爵，先雍季而后舅犯。群臣曰："城濮之事，舅犯谋也。夫用其言而后其身，可乎？"文公曰："此非若所知也。夫舅犯言，一时之权也；雍季言，万世之利也。"仲尼闻之，曰："文公之霸也，宜哉！既知一时之权，又知万世之利。"

或曰：雍季之对，不当文公之问。凡对问者，有因问小大缓急而对也。所问高大，而对以卑狭，则明主弗受也。今文公问"以少遇众"，而对曰"后必无复"，此非所以应也。且文公不知一时之权，又不知万世之利。战而胜，则国安而身定，兵强而威立，虽有后复，莫大于此，万世之利奚患不至？战而不胜，则国亡兵弱，身死名息，拔拂今日之死不及④，安暇待万世之利？待万世之利，在今日之胜；今日之胜，在诈于敌；诈敌，万世之利而已。故曰：雍季之对，不当文公之问。且文公又不知舅犯之言。舅犯所谓"不厌诈伪"者，不谓诈其民，谓诈其敌也。敌者，所伐之国也，后虽无复，何伤哉？文公之所以先雍季者，以其功耶？则所以胜楚破军者，舅犯之谋也；以其善言耶？则雍季乃道其"后之无复"也，此未有善言也。舅犯则以兼之矣。舅犯曰"繁礼君子，不厌忠信"者：忠，所以爱其下也；信，所以不欺其民也。夫既以爱而不欺矣，言孰善于此？然必曰"出于诈伪"者，军旅之计也。舅犯前有善言，后有战胜，故舅犯有二功而后论，雍季无一焉而先赏。"文公之霸，不亦宜乎？"仲尼不知善赏也。

二

历山之农者侵畔⑤，舜往耕焉，期年⑥，甽亩正⑦。河滨之渔者争坻⑧，舜往渔焉，期年而让长⑨。东夷之陶者器苦窳⑩，舜往陶焉，期年而器牢。仲尼叹曰："耕、渔与陶，非舜官也⑪，而舜往为之者，所以救败也。舜其信仁乎！乃躬藉处苦而民从之。故曰：圣人之德化乎！"

或问儒者曰："方此时也，尧安在？"其人曰："尧为天子。""然则仲尼之圣尧奈何？圣人明察在上位，将使天下无奸也。今耕渔不争，陶器不窳，舜又何德而化？舜之救败也，则是尧有失也。贤舜，则去尧之明察；圣尧，则去舜之德化：不可两得也。楚人有鬻盾与矛者，誉之曰：'吾盾之坚，物莫能陷也⑫。'又誉其矛曰：'吾矛之利，于物无不陷也。'或曰：'以子之矛陷子之盾，何如？'其人弗能应。夫不可陷之盾与无不陷之矛，不可同世而立。今尧、舜之不可两誉，矛盾之说也。且舜救败，期年已一过，三年已三过。舜有尽，寿有尽，天下过无已者；以有尽逐无已，所止者寡矣。赏罚使天下必行之，令曰：'中程者赏⑬，弗中程者诛。'令朝至暮变，暮至朝变，十日而海内毕矣，奚待期年？舜犹不以此说尧令从己，乃躬亲，不亦无术乎？且夫以身为苦而后化民者，尧、舜之所难也；处势而矫下者，庸主之所易也。将治天下，释庸主之所易，道尧、舜之所难⑭，未可与为政也。"

三

管仲有病，桓公往问之，曰："仲父病，不幸卒于大命⑮，将奚以告寡人？"管仲曰："微君言⑯，臣故将谒之⑰。愿君去竖刁，除易牙，远卫公子开方。易牙为君主味⑱，君惟人肉未尝，易牙烝其子首而进之。夫人，情莫不爱其子。今弗爱其子，安能爱君？君妒而好内⑲，竖刁自宫以治内⑳。人情莫不爱其身，身且不爱，安能爱君？开方事君十五年，齐、卫之间，不容数日行㉑，弃其母，久宦不归。其母不爱，安能爱君？臣闻之：'矜伪不长㉒，盖虚不久㉓。'愿君去此三子者也。"管仲卒死，桓公弗行。及桓公死，虫出户，不葬。

或曰：管仲所以见告桓公者，非有度者之言也㉔。所以去竖刁、易牙者，以不爱其身，适君之欲也。曰"不爱其身，安能爱君？"然则臣有尽死力以为其主者，管仲将弗用也。曰"不爱其死力，安能爱君？"是欲君去忠臣也。且以不爱其身，度其不爱其君㉕，是将以管仲之不能死公子纠度其不死桓公也，是管仲亦在所去之域矣。明主之道不然，设民所欲以求其功，故为爵禄以劝之；设民所恶以禁其奸，故为刑罚以威之。庆赏信而刑罚必，故君举功于臣而奸不用于上，虽有竖刁，其奈君何？且臣尽死力以与君市㉖，君垂爵禄以与臣市。君臣之际，非父子之亲也，计数之所出也㉗。君有道，则臣尽力而奸不生；无道，则臣上塞主明而下成私。管仲非明此度数于桓公也，使去竖刁，一竖刁又至，非绝奸之道也。且桓公所以身死虫流出户不葬者，是臣重也。臣重之实，擅主也。有擅主之臣，则君令不下究㉘，臣情不上通。一人之力能隔君臣之间，使善败不闻，祸福不通，故有不葬之患也。明主之道：一人不兼官，一官不兼事；卑贱不待尊贵而进，大臣不因左右而见；百官修通，群臣辐凑；有赏者君见其功，有罚者君知其罪；见知不悖于前，赏罚不弊于后，安有不葬之患？管仲非明此言于桓公也，使去三子。故曰：管仲无度矣。

四

襄子围于晋阳中，出围，赏有功者五人，高赫为赏首。张孟谈曰："晋阳之事，赫无大功，今为赏首，何也？"襄子曰："晋阳之事，寡人国家危，社稷殆矣。吾群臣无有不骄侮之意者，惟赫子不失君臣之礼，是以先之。"仲尼闻之曰："善赏哉！襄子赏一人而天下为人臣者莫敢失礼矣。"

或曰：仲尼不知善赏矣。夫善赏罚者，百官不敢侵职，群臣不敢失礼。上设其法，而下无奸诈之心。如此，则可谓善赏罚矣。使襄子于晋阳也，令不行，禁不止，是襄子无国，晋阳无君也，尚谁与守哉？今襄子于晋阳也，知氏灌之，臼灶生龟㉙，而民无反心，是君臣亲也。襄子有君臣亲之泽，操令行禁止之法，而犹有骄侮之臣，是襄子失罚也。为人臣者，乘事而有功则赏㉚。今赫仅不骄侮，而襄子赏之，是失赏也。明主赏不加于无功，罚不加于无罪。今襄子不诛骄侮之臣，而赏无功之赫，安在襄子之善赏也？故曰：仲尼不知善赏。

五

晋平公与群臣饮，饮酣，乃喟然叹曰："莫乐为人君，惟其言而莫之违。"师旷侍坐于前，援琴撞之。公披衽而避㉛，琴坏于壁。公曰："太师谁撞？"师旷曰："今者有小人言于侧者，故撞之。"公曰："寡人也。"师旷曰："哑！是非君人者之言也。"左右请除之，公曰："释之，以为寡人戒。"

或曰：平公失君道，师旷失臣礼。夫非其行而诛其身，君之于臣也；非其行则陈其言，善谏不听则远其身者，臣之于君也。今师旷非平公之行，不陈人臣之谏，而行人主之诛，举琴而亲其体，是逆上下之位，而失人臣之礼也。夫为人臣者，君有过则谏，谏不听则轻爵禄以待之，此人臣之礼也。今师旷非平公之过，举琴而亲其体，虽严父不加于子，而师旷行之于君，此大逆之术也。臣行大逆，平公喜而听之，是失君道也。故平公之迹不可明也，使人主过于听而不悟其失；师旷之行亦不可明也，使奸臣袭极谏而饰弑君之道。不可谓两明，此为两过。故曰：平公失君道，师旷亦失臣礼矣。

六

齐桓公时，有处士曰小臣稷，桓公三往而弗得见。桓公曰："吾闻布衣之士不轻爵禄，无以易万乘之主㉜；万乘之主不好仁义，亦无以下布衣之士。"于是五往乃得见之。

或曰：桓公不知仁义。夫仁义者，忧天下之害，趋一国之患，不避卑辱，谓之仁义。故伊尹以中国为乱，道为宰于汤㉝；百里奚以秦为乱，道为虏于穆公。皆忧天下之害，趋一国之患，不辞卑辱，故谓之仁义。今桓公以万乘之势，下匹夫之士，将欲忧齐国，而小臣不行，见小臣之忘民也。忘民不可谓仁义。仁义者，不失人臣之礼，不败君臣之位者也。是故四封之内㉞，执禽而朝名曰臣㉟，臣吏分职受事名曰萌。今小臣在民萌之众，而逆君上之欲，故不可谓仁义。仁义不在焉，桓公又从而礼之。使小臣有智能而遁桓公，是隐也，宜刑；若无智能而虚骄矜桓公，是诬也，宜戮。小臣之行，非刑则戮。桓公不能领臣主之理而礼刑戮之人，是桓公以轻上侮君之俗教于齐国也，非所以为治也。故曰：桓公不知仁义。

七

靡笄之役，韩献子将斩人。郄献子闻之，驾往救之。比至，则已斩之矣。郄子因曰："胡不以徇㊱？"其仆曰："曩不将救之乎㊲？"郄子曰："吾敢不分谤乎㊳？"

或曰：郄子言，不可不察也，非分谤也。韩子之所斩也，若罪人，则不可救。救罪人，法之所以败也，法败则国乱。若非罪人，则不可劝之以徇。劝之以徇，是重不辜也。重不辜，民所以起怨者也。民怨，则国危。郄子之言，非危则乱，不可不察也。且韩子之所斩若罪人，郄子奚分焉？斩若非罪人，则已斩之矣，而郄子乃至，是韩子之谤已成而郄子且后至也。夫郄子曰"以徇"，不足以分斩人之谤，而又生徇之谤。是子言分谤也？昔者纣为炮烙，崇侯、恶来又曰斩涉者之胫也，奚分于纣之谤？且民之望于上也甚矣，韩子弗得。且望郄子之得之也，今郄子俱弗得，则民绝望于上矣。故曰：郄子之言非分谤也，益谤也。且郄子之往救罪也，以韩子为非也；不道其所以为非，而劝之"以徇"，是使韩子不知其过也。夫下使民望绝于上，又使韩子不知其失，吾未得郄子之所以分谤者也。

八

桓公解管仲之束缚而相之。管仲曰："臣有宠矣，然而臣卑。"公曰："使子立高、国之上。"管仲曰："臣贵矣，然而臣贫。"公曰："使子有三归之家。"管仲曰："臣富矣，然而臣疏。"于是立以为仲父。霄略曰："管仲以贱为不可以治贵，故请高、国之上；以贫为不可以治富，故请三归；以疏为不可以治亲，故处仲父。管仲非贪，以便治也。"

或曰：今使臧获奉君令诏卿相，莫敢不听，非卿相卑而臧获尊也，主令所加，莫敢不从也。今使管仲之治不缘桓公，是无君也，国无君不可以为治。若负桓公之威，下桓公之令，是臧获之所以信也，奚待高、国、仲父之尊而后行哉？当世之行事、都丞之下征令者，不辟尊贵，不就卑贱。故行之而法者，虽巷伯信乎卿相㊴；行之而非法者，虽大吏诎乎民萌㊵。今管仲不务尊主明法，而事增宠益爵，是非管仲贪欲富贵，必暗而不知术也。故曰：管仲有失行，霄略有过誉。

九

韩宣王问于樛留："吾欲两用公仲、公叔，其可乎？"樛留对曰："昔魏两用楼、翟而亡西河，楚两用昭、景而亡鄢、郢。今君两用公仲、公叔，此必将争事而外市，则国必忧矣。"

或曰：昔者齐桓公两用管仲、鲍叔，成汤两用伊尹、仲虺。夫两用臣者国之忧，则是桓公不霸，成汤不王也。湣王一用淖齿，而身死乎东庙；主父一用李兑，减食而死。主有术，两用不为患；无术，两用则争事而外市，一则专制而劫弑。今留无术以规上，使其主去两用一，是不有西河、鄢、郢之忧，则必有"身死"、"减食"之患，是樛留未有善以知言也。

①难（nàn）：辨难，辨驳。作者通过对前人的事迹、言论进行的辨驳、责难，申述自己的一些政治主张，共成4篇。

②田：通"畋"，打猎，狩猎。

③偷：暂时，苟且。

④拔拂：免除，消除。

⑤畔：田界。

⑥期年：一年。

⑦町亩：田地。

⑧坻：水中高地。

⑨长：长者。

⑩窳（yǔ，音羽）：粗劣，不结实。

⑪官：职责。

⑫陷：刺穿。

⑬中程：符合法令规定。

⑭道：实行。

⑮大命：自然寿数。

⑯微：没有。

⑰故：本来。

⑱味：食物，伙食。

⑲内：内宫女色。

⑳宫：切割睾丸。

㉑不容：要不了。

㉒矜伪：夸耀诈伪。

㉓盖虚：掩饰虚假。

㉔度：法度。

㉕度（duó，音夺）：揣测，推断。

㉖市：交易，交换。

㉗计数：算计利害得失。

㉘究：贯彻。

㉙臼灶生龟：炊具遭水淹，成了乌龟出没之处。

㉚乘事：筹划事情。

㉛披：拉开，撩起。

㉜易：轻视。

㉝道：通过。　宰：厨子。

㉞四封：国境。

㉟执禽而朝：古代封臣觐见君主时，各依等级持不同禽兽以表明地位。

㊱徇：以尸体巡行示众。

㊲曩：先前。

㊳分谤：分担非议。

㊴巷伯：宦官。

㊵诎：屈服。

难二第三十七

一

景公过晏子①，曰："子宫小②，近市，请徙子家豫章之圃③。"晏子再拜而辞曰："且婴家贫，待市食，而朝暮趋之，不可以远。"景公笑曰："子家习市④，识贵贱乎？"是时景公繁于刑。晏子对曰："踊贵而屦贱⑤。"景公曰："何故？"对曰："刑多也。"景公造然变色曰："寡人其暴乎！"于是损刑五。

或曰：晏子之贵踊，非其诚也，欲便辞以止多刑也⑥，此不察治之患也。夫刑当无多⑦，不当无少。无以不当闻，而以太多说，无术之患也。败军之诛以千百数，犹北不止；即治乱之刑如恐不胜，而奸尚不尽。今晏子不察其当否，而以太多为说，不亦妄乎⑧？夫惜草茅者耗禾穗，惠盗贼者伤良民。今缓刑罚，行宽惠，是利奸邪而害善人也，此非所以为治也。

二

齐桓公饮酒醉，遗其冠，耻之，三日不朝。管仲曰："此非有国之耻也。公胡其不雪之以政？"公曰："胡其善⑨！"因发仓囷赐贫穷，论囹圄出薄罪。处三日而民歌之曰："公胡不复遗冠乎！"

或曰：管仲雪桓公之耻于小人，而生桓公之耻于君子矣。使桓公发仓囷而赐贫穷，论囹圄而出薄罪，非义也，不可以雪耻；使之而义也，桓公宿义⑩，须遗冠而后行之，则是桓公行义非为遗冠也？是虽雪遗冠之耻于小人，而亦生遗义之耻于君子矣。且夫发囷仓而赐贫穷者，是赏无功也；论囹圄而出薄罪者，是不诛过也。夫赏无功，则民偷幸而望于上；不诛过，则民不惩而易为非。此乱之本也，安可以雪耻哉？

三

昔者文王侵盂，克莒，举酆，三举事而纣恶之。文王乃惧，请入洛西之地、赤壤之国方千里，以请解炮烙之刑。天下皆说。仲尼闻之，曰："仁哉，文王！轻千里之国而请解炮烙之刑。智哉，文王！出千里之地而得天下之心。"

或曰：仲尼以文王为智也，不亦过乎？夫智者，知祸难之地而辟之者也，是以身不及于患也。使文王所以见恶于纣者，以其不得人心耶，则虽索人心以解恶可也。纣以其大得人心而恶之，已又轻地以收人心，是重见疑也，固其所以桎梏囚于里也。郑长者有言："体道⑪，无为无见也。"此最宜于文王矣，不使人疑之也。仲尼以文王为智，未及此论也。

四

晋平公问叔向曰："昔者齐桓公九合诸侯，一匡天下，不识臣之力也？君之力也？"叔向对曰："管仲善制割⑫，宾胥无善削缝⑬，隰朋善纯缘⑭，衣成，君举而服之⑮，亦臣之力也，君何力之有？"师旷伏琴而笑之。公曰："太师奚笑也？"师旷对曰："臣笑叔向之对君也。凡为人臣

⑳逆：拒绝。

㉑不夺子：不夺幼主之位。行：治理。

㉒背：背叛。　仇：（先君的）仇敌。

㉓苦陉：地名。　上计：古代地方官吏于年终时向中央报告户口、钱粮情况。

㉔辨：动听。

㉕宽言：不实之言。

㉖设辞：立论。

㉗远行：从地方上报到中央。

㉘计：指上计。

㉙穰：丰收，丰产。

㉚遂：成长，生长。

㉛枹：鼓槌。

㉜弊：疲乏，疲困。

㉝行人：官名。　烛过：人名。

㉞亦：只是，只有。

㉟严亲：父母。

㊱长行：高尚的行为。　徇：牺牲自己。

㊲道：推行，实行。

难三第三十八

一

鲁穆公问于子思曰："吾闻庞𬮿氏之子不孝，其行奚如？"子思对曰："君子尊贤以崇德，举善以观民①。若夫过行②，是细人之所识也③，臣不知也。"子思出。子服厉伯入见，问庞𬮿氏子，子服厉伯对曰④："其过三。"皆君之所未尝闻。自是之后，君贵子思而贱子服厉伯也。

或曰：鲁之公室，三世劫于季氏，不亦宜乎？明君求善而赏之，求奸而诛之，其得之一也⑤。故以善闻之者⑥，以说善同于上者也⑦；以奸闻之者，以恶奸同于上者也；此宜赏誉之所及也⑧。不以奸闻，是异于上而下比周于奸者也，此宜毁罚之所及也。今子思不以过闻而穆公贵之，厉伯以奸闻而穆公贱之。人情皆喜贵而恶贱，故季氏之乱成而不上闻，此鲁君之所以劫也。且此亡王之俗⑨，取、鲁之民所以自美⑩，而穆公独贵之，不亦倒乎⑪？

二

文公出亡，献公使寺人披攻之蒲城⑫，披斩其袪⑬，文公奔翟。惠公即位，又使攻之惠窦，不得也。及文公反国，披求见。公曰："蒲城之役，君令一宿，而汝即至；惠窦之难，君令三宿，而汝一宿，何其速也？"披对曰："君令不二。除君之恶，惟恐不堪⑭。蒲人、翟人⑮，余何有焉？今公即位，其无蒲、翟乎？且桓公置'射钩'而相管仲⑯。"君乃见之。

或曰：齐、晋绝祀，不亦宜乎？桓公能用管仲之功而忘'射钩'之怨，文公能听寺人之言而弃'斩袪'之罪，桓公、文公能容二子者也。后世之君，明不及二公；后世之臣，贤不如二子。不忠之臣以事不明之君，君不知，则有燕操、子罕、田常之贼；知之，则以管仲、寺人自解。君必不诛而自以为有桓、文之德，是臣仇而明不能烛⑰，多假之资⑱，自以为贤而不戒，则虽无后嗣，不亦可乎？且寺人之言也，直饰君令而不贰者，则是贞于君也。死君复生，臣不愧，而后为贞。今惠公朝卒而暮事文公，寺人之不贰何如？

三

人有设桓公隐者曰⑲："一难，二难，三难，何也？"桓公不能对，以告管仲。管仲对曰："一难也，近优而远士⑳；二难也，去其国而数之海㉑；三难也，君老而晚置太子。"桓公曰："善。"不择日而庙礼太子㉒。

或曰：管仲之射隐不得也㉓。士之用不在近远，而俳优、侏儒固人主之所与燕也㉔，则近优而远士而以为治，非其难者也。夫处势而不能用其有，而悖不去国㉕，是以一人之力禁一国。以一人之力禁一国者，少能胜之。明能照远奸而见隐微，必行之令，虽远于海，内必无变。然则去国之海而不劫杀，非其难者也。楚成王置商臣以为太子，又欲置公子职，商臣作难，遂弑成王。公子宰，周太子也，公子根有宠，遂以东州反，分而为两国。此皆非晚置太子之患也。夫分势不二。庶孽卑㉖，宠无藉㉗，虽处大臣，晚置太子可也。然则晚置太子，庶孽不乱，又非其难也。物之所谓难者，必借人成势而勿使侵害己，可谓一难也。贵妾不使二后，二难也。爱孽不使危正适㉘，专听一臣而不敢偶君㉙，此则可谓三难也。

四

叶公子高问政于仲尼，仲尼曰："政在悦近而来远。"哀公问政于仲尼㉚，仲尼曰："政在选贤。"齐景公问政于仲尼，仲尼曰："政在节财。"三公出，子贡问曰："三公问夫子政一也，夫子对之不同，何也？"仲尼曰："叶都大而国小，民有背心，故曰'政在悦近而来远'。鲁哀公有大臣三人，外障距诸侯四邻之士，内比周而以愚其君，使宗庙不扫除，社稷不血食者，必是三臣也，故曰'政在选贤'。齐景公筑雍门，为路寝㉛，一朝而以三百乘之家赐者三，故曰'政在节财'。"

或曰：仲尼之对，亡国之言也。叶民有倍心㉜，而说之"悦近而来远"，则是教民怀惠。惠之为政，无功者受赏，而有罪者免，此法之所以败也。法败而政乱，以乱政治败民，未见其可也。且民有倍心者，君上之明有所不及也。不绍叶公之明㉝，而使之悦近而来远，是舍吾势之所能禁而使与下行惠以争民，非能持势者也。夫尧之贤，六王之冠也㉞。舜一徙而成邑㉟，而尧无天下矣。有人无术以禁下，恃为舜而不失其民，不亦无术乎？明君见小奸于微，故民无大谋；行小诛于细，故民无大乱。此谓"图难于其所易也，为大者于其所细也"。今有功者必赏，赏者不得君㊱，力之所致也；有罪者必诛，诛者不怨上，罪之所生也。民知诛赏之皆起于身也，故疾功利于业，而不受赐于君。"太上㊲，下智有之㊳。"此言太上之下民无说也，安取怀惠之民？上君之民无利害，说以"悦近来远"，亦可舍已。

哀公有臣外障距内比周以愚其君，而说之以"选贤"，此非功伐之论也，选其心之所谓贤者也。使哀公知三子外障距内比周也，则三子不一日立矣。哀公不知选贤，选其心之所谓贤，故三子得任事。燕子哙贤子之而非孙卿，故身死为僇；夫差智太宰嚭而愚子胥，故灭于越。鲁君不必知贤，而说以选贤，是使哀公有夫差、燕哙之患也。明君不自举臣㊴，臣相进也；不自贤，功自徇也㊵。论之于任，试之于事，课之于功，故群臣公政而无私，不隐贤，不进不肖。然则人主奚劳于选贤？

景公以百乘之家赐，而说以"节财"，是使景公无术以知富之侈，而独俭于上，未免于贫也。

有君以千里养其口腹，则虽桀、纣不侈焉。齐国方三千里而桓公以其半自养，是侈于桀、纣也；然而能为五霸冠者，知侈俭之地也。为君不能禁下而自禁者谓之劫，不能饰下而自饰者谓之乱，不节下而自节者谓之贫。明君使人无私，以诈而食者禁；力尽于事归利于上者必闻，闻者必赏；污秽为私者必知，知者必诛。然，故忠臣尽忠于公，民士竭力于家，百官精克于上，侈倍景公，非国之患也。然则说之以"节财"，非其急者也。

夫对三公一言而三公可以无患，知下之谓也[41]。知下明，则禁于微；禁于微，则奸无积；奸无积，则无比周；无比周，则公私分；公私分，则朋党散；朋党散，则无外障距内比周之患。知下明，则见精沐[42]；见精沐，则诛赏；诛赏明，则国不贫。故曰：一对而三公无患，知下之谓也。

五

郑子产晨出，过东匠之间，闻妇人之哭，抚其御之手而听之，有间，遣吏执而问之，则手绞其夫者也[43]。异日，其御问曰："夫子何以知之？"子产曰："其声惧。凡人于其亲爱也，始病而忧，临死而惧，已死而哀。今哭已死，不哀而惧，是以知其有奸也。"

或曰：子产之治，不亦多事乎？奸必待耳目之所及而后知之，则郑国之得奸者寡矣。不任典成之吏，不察参伍之政，不明度量，恃尽聪明、劳智虑而以知奸，不亦无术乎？且夫物众而智寡，寡不胜众，智不足以遍知物，故因物以治物。下众而上寡，寡不胜众者，言君不足以遍知臣也，故因人以知人。是以形体不劳而事治，智虑不用而奸得。故宋人语曰："一雀过羿，羿必得之，则羿诬矣。以天下为之罗，则雀不失矣。"夫知奸亦有"大罗"，不失其一而已矣。不修其理，而以己之胸察为之弓矢，则子产诬矣。老子曰："以智治国，国之贼也[44]。"其子产之谓矣。

六

秦昭王问于左右曰："今时韩、魏孰与始强？"右左对曰："弱于始也。""今之如耳、魏齐孰与曩之孟尝、芒卯？"对曰："不及也。"王曰："孟尝、芒卯率强韩、魏，犹无奈寡人何也。"左右对曰："甚然。"中期推琴而对曰："王之料天下过矣。夫六晋之时，知氏最强，灭范、中行而从韩、魏之兵以伐赵[45]，灌以晋水，城之未沈者三板。知伯出，魏宣子御，韩康子为骖乘。知伯曰：'始吾不知水可以灭人之国，吾乃今知之。汾水可以灌安邑，绛水可以灌平阳。'魏宣子肘韩康子，康子践宣子之足，肘足接乎车上，而知氏分于晋阳之下。今足下虽强，未若知氏；韩、魏虽弱，未至如其在晋阳之下也。此天下方用肘足之时，愿王勿易之也。"

或曰：昭王之问也有失，左右、中期之对也有过。凡明主之治国也，任其势。势不可害，则虽强天下无奈何也，而况孟尝、芒卯、韩、魏能奈我何？其势可害也，则不肖如如耳、魏齐及韩、魏犹能害之。然则害与不侵，在自恃而已矣，奚问乎？自恃，其不可侵，则强与弱奚其择焉？失在不自恃，而问其奈何也，其不侵也幸矣。申子曰："失之数而求之信，则疑矣。"其昭王之谓也。知伯无度，从韩康、魏宣而图以水灌灭其国，此知伯之所以国亡而身死，头为饮杯之故也。今昭王乃问孰与始强，其畏有"水人之患"乎？虽有左右，非韩、魏之二子也，安有肘足之事？而中期曰"勿易"，此虚言也。且中期之所官，琴瑟也。弦不调，弄不明，中期之任也，此中期所以事昭王者也。中期善承其任，未慊昭王也，而为所不知，岂不妄哉？左右对之曰"弱于始"与"不及"则可矣，其曰"甚然"则谀也。申子曰："治不逾官，虽知不言。"今中期不知而尚言之。故曰：昭王之问有失，左右、中期之对皆有过也。

七

管子曰："见其可㊻，说之有证㊼；见其不可，恶之有形。赏罚信于所见，虽所不见，其敢为之乎？见其可，说之无证；见其不可，恶之无形。赏罚不信于所见，而求所不见之外，不可得也。"

或曰：广廷严居㊽，众人之所肃也；宴室独处，曾、史之所僈也㊾。观人之所肃，非行情也㊿。且君上者，臣下之所为饰也。好恶在所见，臣下之饰奸物以愚其君，必也。明不能烛远奸、见隐微，而待之以观饰行、定赏罚，不亦弊乎？

八

管子曰："言于室，满于室；言于堂，满于堂：是谓天下王。"

或曰：管仲之所谓言室满室、言堂满堂者，非特谓游戏饮食之言也，必谓大物也。人主之"大物"，非法则术也。法者，编著之图籍，设之于官府，而布之于百姓者也。术者，藏之于胸中，以偶众端而潜御群臣者也㊿。故法莫如显，而术不欲见。是以明主言法，则境内卑贱莫不闻知也，不独满于堂；用术，则亲爱近习莫之得闻也，不得满室。而管子犹曰"言于室满室，言于堂满堂"，非法术之言也。

---

①举善以观民：提倡好事以给民众作示范。

②若夫：至于。过行：不好的行为。

③细人：小人。识（zhì，音志）：牢记，记住。

④子服厉伯：人名。

⑤其得之一也：用这两种手段得到的效果是一样的。

⑥闻：报告，上达。

⑦说：通"悦"，喜欢。

⑧及：施予，给予。

⑨亡王：亡国的君主。

⑩取：地名。

⑪倒：颠倒。

⑫寺人：宦官。　披：人名。

⑬祛：衣袖。

⑭堪：胜任。

⑮蒲人、翟人：代指晋文公。

⑯置：放弃。　射钩：管仲曾欲杀齐桓公，放箭射中其带钩，桓公得免。

⑰臣仇：以仇人为臣下。　明不能烛：睁着眼睛不能洞察。

⑱假之资：提供给他们活动的机会。

⑲设：出。　隐：隐语。

⑳优：戏子。

㉑数之海：屡次去海上游玩。

㉒庙礼太子：在宗庙举行立太子的仪式。

㉓射：猜测，猜。

㉔燕：娱乐。

㉕悖不去国：糊里糊涂地不敢离开国都。

㉖庶孽：姬妾所生的儿子。

㉗藉：凭靠，依靠。

㉘正适：嫡长子，太子。

㉙偶：匹敌，并立。

㉚哀公：指鲁哀公。

㉛路寝：台名。

㉜倍心：背叛之心。

㉝绍：增加，增添。

㉞六王：指尧、舜、禹、商汤、周文王、周武王。

㉟舜一徙而成邑：舜每搬迁到一个地方，那里很快就出现一个新邑。指舜得民心，人民都愿意跟他走。

㊱得：通“德”，感激。

㊲太上：最高明的君主。

㊳下智有之：民众只知道这么一个人。智，通“知”。

㊴举：提拔。

㊵功自徇：立功的人便自己找上门来。

㊶知下：知晓下情。

㊷精沐：清清楚楚。

㊸手绞：亲手勒死。

㊹贼：祸害，祸患。

㊺从：率领，指挥。

㊻可：合法。

㊼说之有证：喜欢这事要有征验。

㊽广廷严居：议政大厅、严肃场合。

㊾曾：曾参。　史：史鱼。　僈：轻慢，随便。

㊿行情：行为的真实情况。

(51)偶众端：汇合各方面的事情。潜御：暗地里驾御。

难四第三十九

一

卫孙文子聘于鲁，公登①，亦登②。叔孙穆子趋进③，曰：“诸侯之会，寡君未尝后卫君也。今子不后寡君一等，寡君未知所过也④，子其少安⑤。”孙子无辞，亦无悛容⑥。穆子退而告人曰：“孙子必亡。亡臣而不后君⑦，过而不悛，亡之本也。”

或曰：天子失道，诸侯伐之，故有汤、武。诸侯失道，大夫伐之，故有齐、晋。臣而伐君者必亡，则是汤、武不王，晋、齐不立也。孙子君于卫，而后不臣于鲁，臣之君也⑧。君有失也，故臣有得也。不命亡于有失之君⑨，而命亡于有得之臣，不察。鲁不得诛卫大夫，而卫君之明不知不悛之臣。孙子虽有是二也，巨以亡⑩？其所以亡其失⑪，所以得君也⑫。

或曰：臣主之施⑬，分也⑭。臣能夺君者，以得相踦也⑮。故非其分而取者，众之所夺也⑯；辞其分而取者⑰，民之所予也。是以桀索岷山之女，纣求比干之心，而天下离⑱；汤身易名⑲，武身受詈⑳，而海内服；赵咺走山㉑，田氏外仆㉒，而齐、晋从㉓。则汤、武之所以王，齐、晋之所以立，非必以其君也，彼得之而后以君处之也。今未有其所以得，而行其所以处，是倒义而逆德也。倒义，则事之所以败也；逆德，则怨之所以聚也。败亡之不察，何也？

二

鲁阳虎欲攻三桓，不克而奔齐，景公礼之。鲍文子谏曰："不可！阳虎有宠于季氏而欲伐于季孙，贪其富也。今君富于季孙，而齐大于鲁，阳虎所以尽诈也。"景公乃囚阳虎。

或曰：千金之家，其子不仁，人之急利甚也。桓公，五伯之上也，争国而杀其兄，其利大也。臣主之间，非兄弟之亲也。劫杀之功，制万乘而享大利，则群臣孰非阳虎也？事以微巧成，以疏拙败。群臣之未起难也[24]，其备未具也。群臣皆有阳虎之心，而君上不知，是微而巧也。阳虎贪，知于天下，以欲攻上，是疏而拙也。不使景公加诛于齐之巧臣，而使加诛于拙虎，是鲍文子之说反也。臣之忠诈，在君所行也。君明而严，则群臣忠；君懦而暗，则群臣诈。知微之谓明，无救赦之谓严[25]。不知齐之巧臣而诛鲁之成乱，不亦妄乎？

或曰：仁贪不同心。故公子目夷辞宋，而楚商臣弑父；郑去疾予弟，而鲁桓弑兄。五伯兼并，而以桓律人[26]，则是皆无贞廉也。且君明而严，则群臣忠。阳虎为乱于鲁，不成而走，入齐而不诛，是承为乱也。君明则诛，知阳虎之可以济乱也[27]，此见微之情也。语曰："诸侯以国为亲[28]。"君严则阳虎之罪不可失，此无救赦之实也，则诛阳虎，所以使群臣忠也。未知齐之巧臣而废明乱之罚，责丁木然而不诛昭昭之罪，此则安矣。今诛鲁之罪乱以威群臣之有奸心者，而可以得季、孟、叔孙之亲，鲍文之说，何以为反？

三

郑伯将以高渠弥为卿，昭公恶之，固谏不听。及昭公即位，惧其杀己也，辛卯，弑昭公而立子亶也。君子曰："昭公知所恶矣。"公子围曰："高伯其为戮乎[29]，报恶已甚矣[30]。"

或曰：公子围之言也，不亦反乎？昭公之及于难者，报恶晚也。然则高伯之晚于死者，报恶甚也。明君不悬怒[31]，悬怒，则臣惧罪轻举以行计[32]，则人主危。故灵台之饮[33]，卫侯怒而不诛，故褚师作难；食鼋之羹[34]，郑君怒而不诛，故子公杀君。君子之举"知所恶"[35]，非甚之也，曰：知之若是其明也[36]，而不行诛焉，以及于死。故"知所恶"，以见其无权也。人君非独不足于见难而已，或不足于断制[37]。今昭公见恶，稽罪而不诛[38]，使渠弥含憎惧死以侥幸，故不免于杀，是昭公之报恶不甚也。

或曰：报恶甚者，大诛报小罪。大诛报小罪也者，狱之至也[39]。狱之患，故非在所以诛也，以仇之众也。是以晋厉公灭三郤，而栾、中行作难；郑子都杀伯咺，而食鼎起祸；吴王诛子胥，而越句践成霸。则卫侯之逐，郑灵之弑，不以褚师之不死而公父之不诛也，以未可以怒而有怒之色，未可诛而有诛之心。怒其当罪，而诛不逆人心，虽悬奚害？夫未立有罪，即位之后，宿罪而诛[40]，齐胡之所以灭也。君行之臣，犹有后患，况为臣而行之君乎？诛既不当，而以尽为心[41]，是与天下为仇也。则虽为戮，不亦可乎！

四

卫灵公之时，弥子瑕有宠，专于卫国。侏儒有见公者曰："臣之梦浅矣[42]。"公曰："奚梦？""梦见灶者，为见公也。"公怒曰："吾闻见人主者梦见日，奚为见寡人而梦见灶乎？"侏儒曰："夫日兼照天下，一物不能当也。人君兼照一国，一人不能壅也。故将见人主而梦日也。夫灶，一人炀焉[43]，则后人无从见矣。或者一人炀君邪？则臣虽梦灶，不亦可乎？"公曰："善"。遂去雍鉏，退弥子瑕，而用司空狗。

数者也。势必于自然，则无为言于势矣⑱。吾所为言势者，言人之所设也。夫尧、舜生而在上位，虽有十桀、纣不能乱者，则势治也；桀、纣亦生而在上位，虽有十尧、舜而亦不能治者，则势乱也。故曰："势治者则不可乱，而势乱者则不可治也。"此自然之势也，非人之所得设也。若吾所言，谓人之所得设也而已矣，贤何事焉？何以明其然也？客曰："人有鬻矛与盾者，誉其盾之坚，"物莫能陷也"，俄而又誉其矛曰："吾矛之利，物无不陷也。"人应之曰："以子之矛，陷子之盾，何如？"其人弗能应也。以为不可陷之盾与无不陷之矛，为名不可两立也。夫贤之为道不可禁，而势之为道也无不禁，以不可禁之贤与无不禁之势，此矛盾之说也。夫贤、势之不相容亦明矣。

且夫尧、舜、桀、纣千世而一出，是比肩随踵而生也。世之治者不绝于中⑲。吾所以为言势者，中也。中者，上不及尧、舜，而下亦不为桀、纣。抱法处势，则治；背法去势，则乱。今废势背法而待尧、舜，尧、舜至乃治，是千世乱而一治也。抱法处势而待桀、纣，桀、纣至乃乱，是千世治而一乱也。且夫治千而乱一，与治一而乱千也，是犹乘骥、駬而分驰也，相去亦远矣。夫弃隐栝之法⑳，去度量之数，使奚仲为车，不能成一轮。无庆赏之劝，刑罚之威，释势委法㉑，尧、舜户说而人辨之㉒，不能治三家。夫势之足用亦明矣，而曰"必待贤"，则亦不然矣。

且夫百日不食以待粱肉㉓，饿者不活。今待尧、舜之贤乃治当世之民，是犹"待粱肉而救饿"之说也。夫曰："良马固车，臧获御之则为人笑，王良御之则日取乎千里"，吾不以为然。夫待越人之善海游者以救中国之溺人，越人善游矣，而溺者不济矣。夫待古之王良以驭今之马，亦犹"越人救溺"之说也，不可亦明矣。夫良马固车，五十里而一置，使中手御之，追速致远，可以及也，而千里可日致也，何必待古之王良乎？且御，非使王良也，则必使臧获败之；治，非使尧、舜也，则必使桀、纣乱之。此味非饴、蜜也㉔，必苦莱、亭历也㉕。此则积辩累辞、离理失术、两末之议也㉖，奚可以难夫道理之言乎哉？客议未及此论也。

---

①难势：对势治之学的辩驳。势治学说是战国法家代表人物慎到的学说。

②霁：雨停。

③诎：屈服。　　不肖者：无能之辈，缺德之人。

④激：借助。

⑤应：答复，反驳。

⑥材：天生的材质。

⑦酞：通"浓"。

⑧其人：指慎子。

⑨情性：本性。

⑩济：帮助。

⑪便治：有利于治理天下。

⑫傅：通"附"，增添。

⑬炮烙：商纣王发明的酷刑。

⑭肆行：任意胡为。

⑮本末有位也：本来就没有固定的关系。

⑯臧获：奴仆，下人。

⑰王良：古之善驾车者，春秋晋国人。

⑱无为：不用，用不着。

⑲中：中等才能。

⑳隐栝：矫正曲木的工具。

㉒委法：放弃法治。

㉓户说：挨家挨户地劝说。　人辩：逐个人逐个人地辨析事理。

㉓粱肉：精美味甘的食物。

㉔饴：糖稀。

㉕苦莱、亭历：均为苦味植物。

㉖两末：两个极端。

问辩第四十一①

或问曰："辩安生乎②？"

对曰："生于上之不明也。"

问者曰："上之不明因生辩也，何哉？"

对曰："明主之国：令者，言最贵者也；法者，事最适者也③。言无二贵，法不两适，故言行而不轨于法令者必禁。若其无法令而可以接诈、应变、生利、揣事者④，上必采其言而责其实。言当，则有大利；不当，则有重罪。是以愚者畏罪而不敢言，智者无以讼⑤。此所以无辩之故也。乱世则不然：主有令，而民以文学非之⑥；官府有法，而民以私行矫之。人主顾渐其法令而尊学者之智行⑦，此世之所以多文学也。夫言行者，以功用为之的彀者也⑧。夫砥砺杀矢而以妄发，其端未尝不中秋毫也，然而不可谓善射者，无常仪的也⑨。设五寸之的，引十步之远，非羿、逢蒙不能必中者⑩，有常仪的也。故有常，则羿、逢蒙以中五寸的为巧；无常，则以妄发之中秋毫为拙。今听言观行，不以功用为之彀，言虽至察，行虽至坚，则妄发之说也。是以乱世之听言也，以难知为察，以博文为辩；其观行也，以离群为贤，以犯上为抗⑪。人主者说辩、察之言，尊贤、抗之行，故夫作法术之人，立取舍之行⑫，别辞争之论⑬，而莫为之正。是以儒服、带剑者众，而耕战之士寡；"坚白"、"无厚"之词章⑭，而宪令之法息。故曰："上不明，则辩生焉。"

---

①问辩：询问、辩论。

②辩安生乎：辩说是怎样产生的？

③适：适合，恰好。

④接诈：对付欺诈。　揣事：推断事理。

⑤讼：争论，争辩。

⑥文学：古代典籍。

⑦顾：反而。　渐：放弃，隐藏。

⑧的彀：目标，目的。

⑨仪的：箭靶。

⑩逢蒙：人名，古代善射者，曾向羿学习射箭。

⑪抗：刚正不阿。

⑫立取舍之行：确立了取舍的行为标准。

⑬别辞争之论：分清了争辩是非的评判标准。

⑭坚白、无厚：指无实际用途的学说。"坚白"，战国名家公孙龙提出的哲学命题，认为石头的坚与白两种属性可以离开石

⑧勤：经常。　饬：通"饬"，治理，整治。

⑨殉：牺牲。

⑩齐：通"剂"，调剂，配制。

说疑第四十四①

凡治之大者，非谓其赏罚之当也。赏无功之人，罚不辜之民②，非所谓明也。赏有功，罚有罪，而不失其人，方在于人者也③，非能生功止过者也。是故禁奸之法，太上禁其心，其次禁其言，其次禁其事。今世皆曰：尊主安国者，必以仁义智能。而不知卑主危国者之必以仁义智能也。故有道之主，远仁义，去智能，服之以法。是以誉广而名威，民治而国安，知用民之法也。凡术也者，主之所执也；法也者，官之所师也。然使郎中日闻道于郎门之外④，以至于境内日见法，又非其难者也。

昔者有扈氏有失度⑤，讙兜氏有孤男⑥，三苗有成驹⑦，桀有侯侈，纣有崇侯虎，晋有优施，此六人者，亡国之臣也。言是如非，言非如是；内险以贼⑧，其外小谨，以征其善⑨；称道往古，使良事沮⑩；善禅其主⑪，以集精微⑫，乱之以其所好：此夫郎中左右之类者也。往世之主，有得人而身安国存者，有得人而身危国亡者。得人之名一也，而利害相千万也，故人主左右不可不慎也。为人主者诚明于臣之所言⑬，则别贤不肖如黑白矣。

若夫许由、续牙、晋伯阳、秦颠颉、卫侨如、狐不稽、重明、董不识、卞随、务光、伯夷、叔齐，此十二人者，皆上见利不喜，下临难不恐，或与之天下而不取，有萃辱之名⑭，则不乐食谷之利⑮。夫见利不喜，上虽厚赏，无以劝之；临难不恐，上虽严刑，无以威之：此之谓不令之民也⑯。此十二人者，或伏死于窟穴，或槁死于草木，或饥饿于山谷，或沉溺于水泉。有民如此，先古圣王皆不能臣，当今之世，将安用之？

若夫关龙逢、王子比干、随季梁、陈泄冶、楚申胥、吴子胥，此六人者，皆疾争强谏以胜其君⑰。言听事行，则如师徒之势。一言而不听，一事而不行，则陵其主以语，待之以其身⑱，虽身死家破，要领不属⑲，手足异处，不难为也。如此臣者，先古圣王皆不能忍也，当今之时，将安用之？

若夫齐田恒、宋子罕、鲁季孙意如、晋侨如、卫子南劲、郑太宰欣、楚白公、周单荼、燕子之，此九人者之为其臣也，皆朋党比周以事其君⑳，隐正道而行私曲；上逼君，下乱治；援外以挠内，亲下以谋上，不难为也。如此臣者，唯圣王智主能禁之，若夫昏乱之君，能见之乎？

若夫后稷、皋陶、伊尹、周公旦、太公望、管仲、隰朋、百里奚、蹇叔、舅犯、赵衰、范蠡、大夫种、逢同、华登，此十五人者为其臣也，皆夙兴夜寐㉑，卑身贱体，竦心白意㉒；明刑辟、治官职以事其君，进善言、通道法而不敢矜其善，有成功立事而不敢伐其劳㉓；不难破家以便国，杀身以安主，以其主为高天泰山之尊，而以其身为壑谷鬴洧之卑；主有明名广誉于国，而身不难受壑谷鬴洧之卑。如此臣者，虽当昏乱之主尚可致功，况于显明之主乎？此谓霸王之佐也。

若夫周滑之、郑王孙申、陈公孙宁、仪行父、荆芋尹申亥、随少师、越种干、吴王孙颎、晋阳成泄、齐竖刁、易牙，此十二人者之为其臣也，皆思小利而忘法义，进则掩蔽贤良以阴暗主，退则挠乱百官而为祸难；皆辅其君，共其欲㉔，苟得一说于主，虽破国杀众，不难为也。有臣如此，虽当圣王尚恐夺之，而况昏乱之君，其能无失乎？有臣如此者，皆身死国亡，为天下笑。故周威公身杀，国分为二；郑子阳身杀，国分为三；陈灵公身死于夏征舒氏；荆灵王死于乾谿之上；随亡于荆；吴并于越；知伯灭于晋阳之下；桓公身死七日不收。故曰：诇谀之臣，唯圣王知之，而乱主近之，故至身死国亡。

圣王明君则不然，内举不避亲，外举不避仇。是在焉㉕，从而举之；非在焉，从而罚之。是以贤良遂进而奸邪并退，故一举而能服诸侯。其在《记》曰：尧有丹朱，而舜有商均，启有五观，商有太甲，武王有管、蔡。五王之所诛者，皆父兄子弟之亲也，而所杀亡其身、残破其家者何也？以其害国、伤民、败法类也。观其所举，或在山林薮泽岩穴之间，或在囹圄缧绁缠索之中㉖，或在割烹刍牧饭牛之事。然明主不羞其卑贱也，以其能，为可以明法，便国利民，从而举之，身安名尊。

乱主则不然，不知其臣之意行，而任之以国，故小之名卑地削，大之国亡身死，不明于用臣也。无数以度其臣者㉗，必以其众人之口断之㉘。众之所誉，从而悦之；众之所非，从而憎之。故为人臣者破家残赇㉙，内构党与，外接巷族以为誉，从阴约结以相固也，虚相与爵禄以相劝也㉚。曰：“与我者将利之㉛，不与我者将害之。”众贪其利，劫其威㉜：“彼诚喜，则能利己；忌怒，则能害己。”众归而民留之，以誉盈于国，发闻于主㉝。主不能理其情，因以为贤。彼又使谲诈之士，外假为诸侯之宠使，假之以舆马，信之以瑞节，镇之以辞令，资之以币帛，使诸侯淫说其主，微挟私而公议。所为使者，异国之主也；所为谈者，左右之人也。主说其言而辩其辞，以此人者天下之贤士也。内外之于左右，其讽一而语同。大者不难卑身尊位以下之，小者高爵重禄以利之。夫奸人之爵禄重而党与弥众，又有奸邪之意，则奸臣愈反而说之，曰：“古之所谓圣君明王者，非长幼世及以次序也㉞；以其构党与，聚巷族，逼上弑君而求其利也。”彼曰：“何知其然也？”因曰：“舜逼尧，禹逼舜，汤放桀，武王伐纣。此四王者，人臣弑其君者也，而天下誉之。察四王之情，贪得人之意也；度其行，暴乱之兵也。然四王自广措也㉟，而天下称大焉；自显名也，而天下称明焉。则威足以临天下，利足以盖世，天下从之。”又曰：“以今时之所闻，田成子取齐，司城子罕取宋，太宰欣取郑，单氏取周，易牙之取卫，韩、魏、赵三子分晋，此八人者，臣之弑其君者也。”奸臣闻此，蹙然举耳以为是也㊱。故内构党与，外摅巷族㊲，观时发事，一举而取国家。且夫内以党与劫弑其君，外以诸侯之权矫易其国㊳；隐正道，持私曲；上禁君，下挠治者，不可胜数也。是何也？则不明于择臣也。《记》曰：“周宣王以来，亡国数十，其臣弑其君而取国者众矣。”然则难之从内起与从外作者相半也。能一尽其民力，破国杀身者，尚皆贤主也。若夫转身易位㊳，全众传国，最其病也㊴。

为人主者，诚明于臣之所言，则虽罼弋驰骋㊶，撞钟舞女㊷，国犹且存也；不明臣之所言，虽节俭勤劳，布衣恶食，国犹自亡也。赵之先君敬侯，不修德行，而好纵欲，适身体之所安，耳目之所乐，冬日罼弋，夏浮淫，为长夜，数日不废御觞，不能饮者以筒灌其口，进退不肃、应对不恭者斩于前。故居处饮食如此其不节也，制刑杀戮如此其无度也，然敬侯享国数十年，兵不顿于敌国㊸，地不亏于四邻，内无群臣百官之乱，外无诸侯邻国之患，明于所以任臣也。燕君子哙，邵公奭之后也，地方数千里，持戟数十万，不安子女之乐，不听钟石之声，内不湮污池台榭，外不罼弋田猎，又亲操耒耨以修畎亩。子哙之苦身以忧民如此其甚也，虽古之所谓圣王明君者，其勤身而忧世不甚于此矣。然而子哙身死国亡，夺于子之，而天下笑之。此其何故也？不明乎所以任臣也。

故曰：人臣有五奸，而主不知也。为人臣者，有侈用财货赂以取誉者，有务庆赏赐予以移众先为人而后自为，类名号⑯，言泛爱天下，谓之"圣"。言大本⑰，称而不可用，行而乖于世者⑱，谓之"大人"。贱爵禄，不挠上者，谓之"杰"。下渐行如此⑲，入则乱民，出则不便也⑳。上宜禁其欲、灭其迹而不止也㉑，又从而尊之，是教下乱上以为治也。

凡上之所以治者，刑罚也；今有私行义者尊。社稷之所以立者，安静也；而躁险谗谀者任。四封之内所以听从者，信与德也；而陂知倾覆者使㉒。令之所以行，威之所以立者，恭俭听上也㉓；而岩居非世者显。仓廪之所以实者，耕农之本务也；而綦组、锦绣、刻画为末作者富。名之所以成，城池之所以广者，战士也；今死士之孤饥饿乞于道，而优笑酒徒之属乘车衣丝。赏禄，所以尽民力易下死也；今战胜攻取之士劳而赏不霑㉔，而卜筮、视手理、狐蛊为顺辞于前者日赐。上握度量，所以擅生杀之柄也；今守度奉量之士欲以忠婴上而不得见㉕，巧言利辞行奸轨以幸偷世者数御㉖。据法直言，名刑相当，循绳墨，诛奸人，所以为上治也，而愈疏远；谄施顺意从欲以危世者近习。悉租税，专民力，所以备难充仓府也，而士卒之逃事伏匿、附托有威之门以避徭赋而上不得者万数。夫陈善田利宅，所以战士卒也，而断头裂腹、播骨乎平原野者，无宅容身，身死田夺；而女妹有色，大臣左右无功者，择宅而受，择田而食。赏利一从上出，所以善制下也；而战介之士不得职，而闲居之士尊显。上以此为教，名安得无卑，位安得无危？夫卑名危位者，必下之不从法令、有二心务私学、反逆世者也；而不禁其行、不破其群以散其党，又从而尊之，用事者过矣。上之所以立廉耻者，所以厉下也㉗；今士大夫不羞污泥丑辱而宦，女妹私义之门不待次而宦。赏赐，所以为重也；而战斗有功之士贫贱，而便辟优徒超级㉘。名号诚信，所以通威也；而主掩障，近习、女谒并行㉙，百官主爵迁人㉚，用事者过矣。大臣官人㉛，与下先谋比周，虽不法行，威利在下，则主卑而大臣重矣。

夫立法令者，以废私也。法令行，而私道废矣。私者，所以乱法也。而士有二心私学、岩居窘路、托伏深虑㉜，大者非世，细者惑下。上不禁，又从而尊之以名，化之以实㉝，是无功而显，无劳而富也。如此，则士之有二心私学者，焉得无深虑、勉知诈与诽谤法令，以求索与世相反者也？

凡乱上反世者，常士有二心私学者也。故《本言》曰："所以治者，法也；所以乱者，私也。法立，则莫得为私矣。"故曰：道私者乱，道法者治。上无其道，则智者有私词，贤者有私意。上有私惠，下有私欲，圣智成群，造言作辞，以非法措于上。上不禁塞，又从而尊之，是教下不听上、不从法也。是以贤者显名而居，奸人赖赏而富。贤者显名而居，奸人赖赏而富，是以上不胜下也㉞。

①诡使：意即正在施行的政策与正确的治国之策是相违背的。诡，相反。

②同道：共同遵行。

③不化上：不顺从君主。

④贱名轻实：轻视名位和实权。

⑤为贱贵基：作为区别贵贱的基础。

⑥简：轻慢。

⑦重：稳重、庄重。

⑧惇悫纯信：忠厚诚恳，纯朴信实。悫：què，音却。

⑨怯言：出言谨慎。

⑩寠（jù，音巨）：拘谨，寒酸。

⑪难致：不接受君主的召请。

⑫齐：追求平等。

⑬愿：厚道。

⑭疾：机敏。

⑮险：尖刻。躁：浮躁。佻：轻浮。反覆：反覆无常。

⑯类名号：将名号的高低一视同仁。

⑰大本：治国的根本道理。

⑱乖：违背，违反。

⑲渐（jiān，音尖）：习染，沾染。

⑳不便：不利。

㉑迹：罪恶行迹。

㉒陂知：狡诈巧智。

㉓俭：谦卑。

㉔霑：得到。

㉕忠婴：忠言。

㉖御：进用。

㉗厉：通"励"，激励，鼓励。

㉘便辟：善于谄媚逢迎之人。

㉙女谒：为人说情的宫妇。

㉚主爵迁人：审定爵位，提升官吏。

㉛官人：任命官吏。

㉜窞（dàn，音旦）：坑穴。　　托伏：隐居。

㉝化之以实：用实际利益去改变他们的地位。

㉞胜：制服。

六反第四十六①

　　畏死远难②，降北之民也③，而世尊之曰"贵生之士"；学道立方④，离法之民也，而世尊之曰"文学之士"；游居厚养⑤，牟食之民也⑥，而世尊之曰"有能之士"；语曲牟知⑦，伪诈之民也，而世尊之曰"辩智之士"；行剑攻杀，暴憿之民也⑧，而世尊之曰"磏勇之士"⑨；活贼匿奸，当死之民也，而世尊之曰"任誉之士"⑩，此六民者，世之所誉也。

　　赴险殉诚，死节之民，而世少之曰"失计之民"也⑪；寡闻从令⑫，全法之民也，而世少之曰"朴陋之民"也⑬；力作而食，生利之民也，而世少之曰"寡能之民"也；嘉厚纯粹⑭，整谷之民也⑮，而世少之曰"愚戆之民"也⑯。重命畏事⑰，尊上之民也，而世少之曰"怯慑之民"也⑱；挫贼遏奸，明上之民也⑲，而世少之曰"谄谗之民"也。此六民者，世之所毁也。

　　奸伪无益之民六，而世誉之如彼；耕战有益之民六，而世毁之如此：此之谓"六反"。布衣循私利而誉之，世主听虚声而礼之，礼之所在，利必加焉；百姓循私害而訾之⑳，世主壅于俗而贱之，贱之所在，害必加焉。故名赏在乎私恶当罪之民，而毁害在乎公善宜赏之士，索国之富强，不可得也。

　　古者有谚曰："为政犹沐也，虽有弃发，必为之。"爱弃发之费而忘长发之利，不知权者也。夫弹痤者痛，饮药者苦，为苦憗之故不弹痤饮药，则身不活，病不已矣。今上下之接，无子父之泽，而欲以行义禁下，则交必有郄矣㉑。且父母之于子也，产男则相贺，产女则杀之。此俱出父母之怀衽，然男子受贺，女子杀之者，虑其后便，计之长利也。故父母之于子也，犹用计算之心以相待也，而况无父子之泽乎？今学者之说人主也，皆去求利之心，出相爱之道，是求人主之过父母之亲也㉒，此不熟于论恩，诈而诬也，故明主不受也。

圣人之治也，审于法禁，法禁明著，则官治；必于赏罚，赏罚不阿，则民用。民用官治则国富，国富则兵强，而霸王之业成矣。霸王者，人主之大利也。人主挟大利以听治，故其任官者当能，其赏罚无私。使士民明焉，尽力致死，则功伐可立而爵禄可致，爵禄致而富贵之业成矣。富贵者，人臣之大利也。人臣挟大利以从事，故其行危至死，其力尽而不望㉓。此谓君不仁，臣不忠，则可以霸王矣。

夫奸必知则备㉔，必诛则止；不知则肆，不诛则行。夫陈轻货于幽隐㉕，虽曾、史可疑也㉖；悬百金于市，虽大盗不取也。不知，则曾、史可疑于幽隐；必知，则大盗不取悬金于市。故明主之治国也，众其守而重其罪㉗，使民以法禁而不以廉止。母之爱子也倍父，父令之行于子者十母；吏之于民无爱，令之行于民也万父。母积爱而令穷，吏用威严而民听从，严爱之策亦可决矣。且父母之所以求于子也，动作则欲其安利也㉘，行身则欲其远罪也㉙。君上之于民也，有难则用其死，安平则尽其力。亲以厚爱关子于安利而不听，君以无爱利求民之死力而令行。明主知之，故不养恩爱之心而增威严之势。故母厚爱处，子多败，推爱也；父薄爱教笞，子多善，用严也。

今家人之治产也，相忍以饥寒，相强以劳苦，虽犯军旅之难，饥馑之患，温衣美食者，必是家也；相怜以衣食，相惠以佚乐，天饥岁荒，嫁妻卖子者，必是家也。故法之为道，前苦而长利；仁之为道，偷乐而后穷。圣人权其轻重，出其大利，故用法之相忍，而弃仁人之相怜也。学者之言皆曰"轻刑"，此乱亡之术也。凡赏罚之必者，劝禁也。赏厚，则所欲之得也疾；罚重，则所恶之禁也急。夫欲利者必恶害，害者，利之反也。反于所欲，焉得无恶？欲治者必恶乱，乱者，治之反也。是故欲治甚者，其赏必厚矣；其恶乱甚者，其罚必重矣。今取于轻刑者，其恶乱不甚也，其欲治又不甚也。此非特无术也，又乃无行。是故决贤、不肖、愚、知之策，在赏罚之轻重。且夫重刑者，非为罪人也。明主之法，揆也㉚。治贼，非治所治也㉛；治所治也者，是治死人也㉜。刑盗，非治所刑也；治所刑也者，是治胥靡也㉝。故曰：重一奸之罪而止境内之邪，此所以为治也。重罚者，盗贼也；而悼惧者㉞，良民也。欲治者奚疑于重刑！若夫厚赏者，非独赏功也，又劝一国。受赏者甘利，未赏者慕业，是报一人之功而劝境内之众也，欲治者何疑于厚赏！今不知治者皆曰："重刑伤民，轻刑可以止奸，何必于重哉？"此不察于治者也。夫以重止者，未必以轻止也；以轻止者，必以重止矣。是以上设重刑者而奸尽止，奸尽止，则此奚伤于民也？所谓重刑者，奸之所利者细，而上之所加焉者大也。民不以小利加大罪，故奸必止者也。所谓轻刑者，奸之所利者大，上之所加焉者小也。民慕其利而傲其罪，故奸不止也。故先圣有谚曰："不踬于山㉟，而踬于垤㊱。"山者大，故人顺之；垤微小，故人易之也㊲。今轻刑罚，民必易之。犯而不诛，是驱国而弃之也；犯而诛之，是为民设陷也。是故轻罪者，民之垤也。是以轻罪之为民道也，非乱国也，则设民陷也，此则可谓伤民矣！

今学者皆道书策之颂语，不察当世之实事，曰："上不爱民，赋敛常重，则用不足而下怨上，故天下大乱。"此以为足其财用以加爱焉，虽轻刑罚，可以治也。此言不然矣。凡人之取重赏罚，固已足之之后也；虽财用足而后厚爱之，然而轻刑，犹之乱也。夫当家之爱子，财货足用，货财足用则轻用，轻用则侈泰。亲爱之则不忍，不忍则骄恣。侈泰则家贫，骄恣则行暴。此虽财用足而爱厚，轻刑之患也。凡人之生也，财用足则隳于用力，上懦则肆于为非。财用足而力作者，神农也；上治懦而行修者，曾、史也。夫民之不及神农、曾、史亦明矣。老聃有言曰："知足不辱，知止不殆。"夫以殆、辱之故而不求于足之外者，老聃也。今以为足民而可以治，是以民为皆如老聃也。故桀贵在天子而不足于尊，富有四海之内而不足于宝。君人者虽足民，不能足使为天子，而桀未必以为天子为足也，则虽足民，何可以为治也？故明主之治国也，适其时事以致财物，论其税赋以均贫富，厚其爵禄以尽贤能，重其刑罚以禁奸邪；使民以力得富，以事致贵，以过受罪，以功致赏，而不念慈惠之赐，此帝王之政也。

　人皆寐，则盲者不知；皆嘿⊗，则喑者不知。觉而使之视，问而使之对，则喑盲者穷矣。不听其言也，则无术者不知；不任其身也，则不肖者不知。听其言而求其当，任其身而责其功，则无术、不肖者穷矣。夫欲得力士而听其自言，虽庸人与乌获不可别也；授之以鼎俎，则罢、健效矣⊗。故官职者，能士之鼎俎也，任之以事而愚智分矣。故无术者得于不用，不肖者得于不任。言不用而自文以为辩，身不任而自饰以为高。世主眩其辩、滥其高而尊贵之，是不须视而定明也，不待对而定辩也，喑盲者不得矣。明主听其言必责其用，观其行必求其功，然则虚旧之学不谈，矜诬之行不饰矣⊗。

---

①六反：六种反常现象。

②远：逃避，躲避。

③降北：投降败逃。

④学道立方：学习先王治国之道，建立自己学说。

⑤游居厚养：到处游说，寄居他国，获取丰厚的俸禄。

⑥牟：夺取，侵夺。

⑦语曲牟知：陈说歪理，玩弄智巧。

⑧暴憿：凶恶残暴，敢于冒险。

⑨碏：刚正。

⑩任誉：负有声誉。

⑪少：轻视，蔑视。

⑫寡闻从令：见识少，只知服从法令。

⑬朴陋：浅薄、愚昧。

⑭嘉厚纯粹：善良厚道，单纯质朴。

⑮整谷：正派、善良。

⑯愚戆（zhuàng，音壮）：愚蠢、幼稚。

⑰重命畏事：重视命令，谨慎行事。

⑱怯慑：胆小怕事。

⑲明上：使君主明察不受蒙蔽。

⑳訾：诋毁。

㉑郤：通"隙"，裂痕，缝隙。

㉒过：超过。

㉓望：怨恨。

㉔知：觉察。　　备：戒惧。

㉕轻货：便宜货。　　幽隐：僻静之处。

㉖曾、史：曾参、史鱼。二人皆被誉为修养很高的人。

㉗众其守：多设耳目。

㉘动作：行动。　　安利：安全，便利。

㉙行身：立身。

㉚揆：度量。

㉛非治所治也：并不是惩治所惩治的人。

㉜是治死人也：只是惩治个死人罢了。

㉝胥靡：犯人，囚犯。

㉞悼惧：害怕、恐惧。

㉟踬：倒。

㊱垤：小土堆。

㊲易：轻视，忽视。

㊳嘿：沉默，不吱声。

㊴罢、健效矣：疲弱、健壮就分清楚了。效：分明，分别。

㊵矜诬之行：自大妄为的行为。

八说第四十七①

为故人行私谓之"不弃"②，以公财分施谓之"仁人"，轻禄重身谓之"君子"，枉法曲亲谓之"有行"③，弃官宠交谓之"有侠"④，离世遁上谓之"高傲"⑤，交争逆令谓之"刚材"⑥，行惠取众谓之"得民"。不弃者，吏有奸也；仁人者，公财损也；君子者，民难使也；有行者，法制毁也；有侠者，官职旷也；高傲者，民不事也；刚材者，令不行也；得民者，君上孤也。此八者，匹夫之私誉，人主之大败也。反此八者，匹夫之私毁，人主之公利也。人主不察社稷之利害，而用匹夫之私誉，索国之无危乱，不可得矣。

任人以事，存亡治乱之机也⑦。无术以任人，无所任而不败⑧。人君之所任，非辩智则修洁也⑨。任人者，使有势也。智士者，未必信也，为多其智⑩，因惑其信。以智士之计，处乘势之资而为其私急，则君必欺焉。为智者之不可信也，故任修士者⑪，使断事也。修士者未必智，为洁其身⑫，因惑其智⑬。以愚人之所惛⑭，处治事之官而为其所然，则事必乱矣。故无术以用人，任智则君欺，任修则君事乱，此无术之患也。明君之道，贱得议贵，下必坐上⑮，决诚以参⑯，听无门户，故智者不得诈欺。计功而行赏，程能而授事⑰，察端而观失，有过者罪，有能者得，故愚者不任事。智者不敢欺，愚者不得断，则事无失矣。

察士然后能知之⑱，不可以为令，夫民不尽察；贤者然后能行之，不可以为法，夫民不尽贤。杨朱、墨翟，天下之所察也，干世乱而卒不决⑲，虽察而不可以为官职之令。鲍焦、华角，天下之所贤也，鲍焦木枯⑳，华角赴河㉑，虽贤不可以为耕战之士。故人主之所察，智士尽其辩焉；人主之所尊，能士能尽其行焉。今世主察无用之辩，尊远功之行，索国之富强，不可得也。博习辩智如孔、墨，孔、墨不耕耨，则国何得焉？修孝寡欲如曾、史，曾、史不战攻，则国何利焉？匹夫有私便，人主有公利。不作而养足，不仕而名显，此私便也；息文学而明法度，塞私便而一功劳，此公利也。错法以道民也㉒，而又贵文学，则民之所师法也疑；赏功以劝民也，而又尊行修，则民之产利也惰。夫贵文学以疑法，尊行修以贰功，索国之富强，不可得也。

摺笱干戚㉓，不适有方铁铦㉔；登降周旋㉕，不逮日中奏百㉖；《狸首》射侯㉗，不当强弩趋发；干城距冲㉘，不若埋穴伏橐㉙。古人亟于德㉚，中世逐于智，当今争于力。古者寡事而备简㉛，朴陋而不尽㉜，故有珧铫而推车者㉝。古者人寡而相亲，物多而轻利易让，故有揖让而传天下者。然则行揖让，高慈惠㉞，而道仁厚㉟，皆"推政"也㊱。处多事之时，用寡事之器，非智者之备也；当大争之世，而循揖让之轨，非圣人之治也。故智者不乘推车，圣人不行推政也。

法所以制事，事所以名功也㊲。法有立而有难㊳，权其难而事成，则立之；事成而有害，权其害而功多，则为之。无难之法，无害之功，天下无有也。是以拔千丈之都，败十万之众，死伤者军之乘㊴，甲兵折挫，士卒死伤，而贺战胜得地者，出其小害计其大利也。夫沐者有弃发，除者伤血肉㊵。为人见其难，因释其业，是无术之士也。先圣有言曰："规有摩而水有波㊶，我欲更之，无奈之何！"此通权之言也㊷。是以说有必立而旷于实者㊸，言有辞拙而急于用者。故圣人不求无害之言，而务无易之事㊹。人之不事衡石者㊺，非贞廉而远利也，石不能为人多少，衡不能为人轻重，求索不能得，故人不事也。明主之国，官不敢枉法，吏不敢为私利，货赂不行，是境内之事尽如衡石也。此其臣有奸者必知，知者必诛。是以有道之主，不求清洁之吏，而务必知之术也。

慈母之于弱子也，爱不可为前㊻。然而弱子有僻行㊼，使之随师；有恶病，使之事医。不随师则陷于刑，不事医则疑于死。慈母虽爱，无益于振刑救死，则存子者非爱也。子母之性，爱也，臣主之权，策也。母不能以爱存家，君安能以爱持国？明主者通于富强，则可以得欲矣㊽。故谨于听治，富强之法也。明其法禁，察其谋计。法明，则内无变乱之患；计得，则外无死虏之祸㊾。故存国者，非仁义也。仁者，慈惠而轻财者也；暴者，心毅而易诛者也㊿。慈惠，则不忍；轻财，则好与。心毅，则憎心见于下；易诛，则妄杀加于人。不忍，则罚多宥赦(51)；好与，则赏多无功。憎心见，则下怨其上；妄诛，则民将背叛。故仁人在位，下肆而轻犯禁法，偷幸而望于上(52)；暴人在位，则法令妄而臣主乖(53)，民怨而乱心生。故曰：仁、暴者，皆亡国者也。

不能具美食而劝饿人饭，不为能活饿者也；不能辟草生粟而劝贷施赏赐，不能为富民者也。今学者之言也，不务本作而好末事，知道虚圣以说民，此"劝饭"之说。"劝饭"之说，明主不受也。

书约而弟子辩(54)，法省而民讼简(55)。是以圣人之书必著论，明主之法必详尽事。尽思虑，揣得失，智者之所难也；无思无虑，挈前言而责后功(56)，愚者之所易也。明主虑愚者之所易，不责智者之所难，故智虑、力劳不用而国治也。

酸甘咸淡，不以口断而决于宰尹，则厨人轻君而重于宰尹矣。上下清浊，不以耳断而决于乐正，则瞽工轻君而重于乐正矣。治国是非，不以术断而决于宠人，则臣下轻君而重于宠人矣。人主不亲观听，而制断在下，托食于国者也。

使人不衣不食而不饥不寒，又不恶死，则无事上之意。意欲不宰于君(57)，则不可使也。今生杀之柄在大臣，而主令得行者，未尝有也。虎豹必不用其爪牙而与鼷鼠同威，万金之家必不用其富厚而与监门同资。有土之君，说人不能利，恶人不能害，索人欲畏重己，不可得也。

人臣肆意陈欲曰"侠"(58)，人主肆意陈欲曰"乱"；人臣轻上曰"骄"，人主轻下曰"暴"。行理同实(59)，下以受誉，上以得非。人臣大得，人主大亡。

明主之国，有贵臣，无重臣。贵臣者，爵尊而官大也；重臣者，言听而力多者也。明主之国，迁官袭级，官爵受功，故有贵臣。言不度行而有伪(60)，必诛，故无重臣也。

---

①八说：八种违背法治原则的世俗观念。

②不弃：不抛弃老朋友。

③有行：品行优良。

④宠交：看重私交。宠：尊崇，崇尚。

⑤遁上：躲避君主。

⑥交争：相互争斗。　刚材：刚直的人材。

⑦机：关键。

⑧无所任而不败：没有一次任用不是不失败的。

⑨修洁：品德优良。

⑩多：赞赏，赞美。

⑪修士：修洁之士。

⑫为洁其身：以为他们品德优良。

⑬因惑其智：就糊涂地认为他们有智谋。

⑭惛（hūn，音昏）：糊涂。

⑮下必坐上：下属一定要与犯罪的上司共同坐罪。

⑯决诚以参：根据实际情况检验事情的真相。

⑰程：衡量。

⑱察士然后能知之：只有察士才能弄懂的东西。察士：能辨明事理的人。

⑲干世乱而卒不决：想法整治乱世但最后还是没有完成。干：干预，设法治理。

⑳鲍焦木枯：鲍焦，春秋末期人，传说因不满现实，抱木而死。枯：僵死。

㉑华角赴河：华角投河而死。

㉒错法以道民：设置法令是为了引导民众。

㉓笏：大臣上朝所持之板，以记事。干戚：兵器名。

㉔不适：不敌。有方：兵器名。铁銛：兵器名。

㉕登降：上下台阶。周旋：转身。

㉖不逮：不到，不及。

㉗《狸首》射侯：奏着《狸首》之乐用箭射靶。《狸首》：诸侯行礼时演奏的乐曲。侯：箭靶。

㉘干城：保卫城池。冲：攻城用的战车。

㉙堙：水灌，水淹。穴：地道。伏橐：用风箱鼓风灌烟击败地道中的敌人。

㉚亟于德：在道德上争先。亟：急。

㉛备简：设备简陋。

㉜朴陋而不尽：（器具）朴素而不精致。尽：精致。

㉝珧铫（yáo yáo，音姚姚）：用蚌壳做的原始农具。推车：用手推（而非马拉）的简陋的车子。

㉞高慈惠：推崇慈仁惠善之举。

㉟道：称道，赞扬。

㊱推政：像推车一样简单的统治方法。

㊲名功：显示功效。

㊳法有立而有难：法制的建立如果会带来灾祸。

㊴乘：三分之一。

㊵除：治疗（疾病）。

㊶规有摩：圆规有磨损。

㊷通权：权衡得失。

㊸说有必立而旷于实：理论上完全站得住而与实际脱离。

㊹无易之事：不可改变的事情。

㊺衡石：衡器和量器。

㊻为前：超过到前面去。

㊼僻行：不正当的行为。

㊽得欲：达到（把国家治理好的）目的。

㊾死虏之祸：外来侵略使自己死亡与被俘的祸患。

㊿毅：冷酷，残忍。

51宥赦：赦免。

52偷幸：侥幸。

53乖：离心离德，背道而驰。

(54)书约：书写得太简单。　辩：发生争论。
(55)简：轻慢。
(56)挈前言而责后功：依据已经制定出的法令来督则办事的实效。
(57)宰：控制，主宰。
(58)侠：侠义。
(59)行理同实：两种行为的实质是一样的。
(60)言不度行：发表言论不考虑如何实行。

八经第四十八①

一、因情②

凡治天下，必因人情。人情者，有好恶，故赏罚可用。赏罚可用，则禁令可立而治道具矣。君执柄以处势③，故令行禁止。柄者，杀生之制也；势者，胜众之资也。废置无度则权渎，赏罚下共则威分。是以明主不怀爱而听，不留说而计④。故听言不参⑤，则权分乎奸；智力不用，则君穷乎臣。故明主之行制也天⑥，其用人也鬼⑦。天则不非⑧，鬼则不困⑨。势行教严，逆而不违，毁誉一行而不议⑩。故赏贤罚暴，举善之至者也；赏暴罚贤，举恶之至者也：是谓赏同罚异。赏莫如厚，使民利之；誉莫如美，使民荣之；诛莫如重，使民畏之；毁莫如恶，使民耻之。然后一行其法，禁诛于私家，不害功罪。赏罚必知之，知之，道尽矣。

二、主道⑪

力不敌众，智不尽物。与其用一人，不如用一国，故智力敌而群物胜。揣中则私劳⑫，不中则任过⑬。下君尽己之能，中君尽人之力，上君尽人之智。是以事至而结智⑭，一听而公会⑮。听不一则后悖于前，后悖于前则愚智不分；不公会则犹豫而不断，不断则事留。自取一，则毋堕壑之累⑯。故使之讽⑰，讽定而怒⑱。是以言陈之曰，必有策籍⑲。结智者，事发而验；结能者，功见而谋成败。成败有征，赏罚随之。事成，则君收其功；规败，则臣任其罪。君人者合符犹不亲⑳，而况于力乎？事智犹不亲，而况于悬乎㉑？故其用人也不取同㉒，同则君怒。使人相用，则君神㉓；君神，则下尽㉔。下尽，则臣上不因君㉕，而主道毕矣㉖。

三、起乱㉗

知臣主之异利者王，以为同者劫，与共事者杀。故明主审公私之分，审利害之地，奸乃无所乘。乱之所生六也：主母，后姬，子姓㉘，弟兄，大臣，显贤。任吏责臣㉙，主母不放㉚；礼施异等，后姬不疑；分势不贰，庶适不争；权籍不失㉛，兄弟不侵；下不一门，大臣不拥㉜；禁赏必行，显贤不乱。臣有二因，谓外、内也㉝。外曰畏，内曰爱。所畏之求得，所爱之言听，此乱臣之所因也。外国之置诸吏者，结诛亲暱重帑㉞，则外不籍矣；爵禄循功，请者俱罪，则内不因矣。外不籍，内不因，则奸宄塞矣。官袭节而进㉟，以至大任，智也。其位至而任大者，以三节持之㊱：曰质㊲，曰镇㊳，曰固㊴。亲戚妻子，质也；爵禄厚而必，镇也；参伍责怒，固也。贤者止于质，贪饕化于镇，奸邪穷于固。忍不制则下上㊵，小不除则大诛，而名实当则径之㊶。生害事，死伤名，则行饮食[42]；不然，而与其仇[43]：此谓除阴奸也。翳曰诡[44]，诡曰易。见功而赏，见罪而罚，而诡乃止。是非不泄，说谏不通，而易乃不用。父兄贤良播出曰游祸[45]，其患邻敌多资。僇辱之人近习曰狎贼[46]，其患发忿疑辱之心生。藏怒持罪而不发曰增乱，其患侥幸妄举之人起。大臣两重提衡而不踦曰卷祸[47]，其患家隆劫杀之难作[48]。脱易不自神曰弹威[49]，其患贼夫酖毒之乱起。此五患者，人主之不知，则有劫杀之事。废置之事，生于内则治，生于外则乱。是以明主以功论之内，而以利资之外，故其国治而敌乱。即乱之道[50]：臣憎，则起外若眩；臣爱，则起内若药。

四、立道[51]

参伍之道[52]：行参以谋多，揆伍以责失[53]。行参必拆[54]，揆伍必怒。不拆则渎上，不怒则相和。拆之征足以知多寡[55]，怒之前不及其众[56]。观听之势，其征在比周而赏异也，诛毋谒而罪同[57]。言会众端[58]，必揆之以地，谋之以天，验之以物，参之以人。四征者符，乃可以观矣。参言以知其诚，易视以改其泽[59]，执见以得非常[60]；一用以务近习[62]，重言以惧远使[63]；举往以悉其前，即迩以知其内[64]，疏置以知其外；握明以问所暗，诡使以绝黩泄[65]；倒言以尝所疑[66]，论反以得阴奸；设谏以纲独为[67]，举错以观奸动；明说以诱避过，卑适以观直谄[68]；宣闻以通未见，作斗以散朋党[69]；深一以警众心[70]，泄异以易其虑[71]；似类则合其参[72]，陈过则明其固[73]。知罪辟罪以止威[74]，阴使时循以省衰[75]。渐更以离通比[76]。下约以侵其上[77]：相室，约其廷臣；廷臣，约其官属；军吏，约其兵士；遣使，约其行介[78]；县令，约其辟吏[79]；郎中，约其左右；后姬，约其宫媛[80]。此之谓条达之道[81]。言通事泄，则术不行。

五、类柄[82]

明主，其务在周密[83]。是以喜见[84]，则德偿[85]；怒见，则威分。故明主之言隔塞而不通，周密而不见。故以一得十者，下道也；以十得一者，上道也。明主兼行上下，故奸无所失。伍、间、连、县而邻，谒过赏，失过诛[88]。上之于下，下之于上，亦然。是故上下贵贱相畏以法，相诲以利[89]。民之性，有生之实[90]，有生之名；为君者，有贤知之名，有赏罚之实。名实俱至，故福善必闻矣。

六、参言[91]

听不参，则无以责下；言不督乎用，则邪说当上[92]。言之为物也，以多信[93]。不然之物，十人云疑，百人然乎，千人不可解也。吶者言之疑[94]，辩者言之信。奸之食上也，取资乎众，籍信乎辩，而以类饰其私[95]。人主不餍忿而待合参[96]，其势资下也。有道之主听言，督其用，课其功[97]，功课而赏罚生焉，故无用之辩不留朝。任事者知不足以治职，则官收[98]。说大而夸，则穷端[99]，故奸得而怒。无故而不当为诬，诬而罪臣。言必有报，说必责用也，故朋党之言不上闻。凡听之道，人臣忠论以闻奸，博论以内一[100]。人主不智，则奸得资。明主之道，已喜，则求其所纳[101]；已怒，则察其所构[102]；论于已变之后，以得毁誉公私之征。众谏以效智故[103]，使君自取一以避罪，故众之谏也败。君之取也，无副言于上以设将然[104]，令符言于后以知谩诚语[105]。明主之道，臣不得两谏，必任其一语；不得擅行，必合其参，故奸无道进矣。

七、听法[106]

官之重也，毋法也；法之息也，上暗也。上暗无度，则官擅为；官擅为，故奉重无前[107]；奉重无前，则征多⑩；征多，故富。官之富重也，乱功之所生也⑪。明主之道，取于任⑫，贤于官，赏于功。言程⑬，主喜，俱必利；不当，主怒，俱必害；则人不私父兄而进其仇雠。势足以行法，奉足以给事，而私无所生，故民劳苦而轻官⑭。任事者毋重，使其宠必在爵；处官者毋私，使其利必在禄，故民尊爵而重禄。爵禄，所以赏也。民重所以赏也，则国治。刑之烦也，名之缪也⑪，赏誉不当则民疑。民之重名与其重赏也均⑯。赏者有诽焉⑰，不足以劝⑱；罚者有誉焉，不足以禁。明主之道，赏必出乎公利，名必在乎为上⑲。赏誉同轨，非诛俱行，然则民无荣于赏之内⑳。有重罚者必有恶名，故民畏。罚，所以禁也；民畏所以禁，则国治矣。

八、主威㉑

行义示㉒，则主威分；慈仁听，则法制毁。民以制畏上㉓，而上以势卑下，故下肆很触而荣于轻君之俗㉔，则主威分。民以法难犯上，而上以法挠慈仁，故下明爱施而务赇纳之政㉕，是以法令隳。尊私行以贰主威，行赇纳以疑法，听之则乱治，不听则谤主，故君轻乎位而法乱乎官，此之谓"无常之国㉖"。明主之道，臣不得以行义成荣，不得以家利为功。功名所生，必出于官法。法之所外㉗，虽有难行，不以显焉，故民无以私名。设法度以齐民，信赏罚以尽民能，明诽誉以劝沮。名号、赏罚、法令三隅㉘。故大臣有行，则尊君；百姓有功，则利上，此之谓"有道之国"也。

---

①八经：八条永久性的君主治国原则。

②因情：顺依人情。

③处势：据有权力和地位。

④不留说而计：不带着个人的喜好去谋划政策。

⑤参：检验，证实。

⑥行制也天：行使生杀大权像天一样公正无私。

⑦用人也鬼：用人像鬼一样神秘莫测。

⑧非：反对，指责。

⑨困：困境，窘困。

⑩一行：专一地实行。

⑪主道：做君主的原则。

⑫揣中则私劳：猜度符合实际则是花费（君主自己）的精力。

⑬任过：承担责任。

⑭结智：集中众人的智慧。

⑮一听：一一听取。　公会：召集众人讨论。

⑯毋堕壑之累：没有堕入臣下所设陷阱的危险。

⑰使之讽：让臣下提出建议。讽：劝谏，建议。

⑱怒：威严地责令（完成建议）。

⑲必有策籍：一定要有书面记录。

⑳合符：动脑筋使思想与实际情况相吻合。　不亲：不亲自动手做。

㉑悬：难料后果之事。

㉒不取同：不采纳随声附合的意见。

㉓神：神玄莫测。

㉔下尽：臣下竭尽自己的才智。

㉕上不因君：不会向上钻君主的空子。

㉖毕：完备。

㉗起乱：发生祸乱。

㉘子姓：子孙后代。

㉙任吏：依法任使。 责臣：依势督责臣下。

㉚放：放荡，放肆。

㉛权籍：权力、君位。

㉜拥：堵塞。

㉝外：其他诸侯国。 内：君主的亲信。

㉞结：追查，诘问。 重帑：接受贿赂。

㉟节：级别，等级。

㊱以三节持之：用三种制约的方法来控制他们。

㊲质：人质。

㊳镇：安抚。

㊴固：束缚。

㊵下上：下侵上。

㊶名实当：罪名与罪行相符。 径：直接杀掉。

㊷行饮食：投毒于饮食中（杀死他）。

㊸与其仇：交给他的仇敌（来处理）。

㊹翳曰诡：蒙蔽君主就是欺诈。

㊺播出：逃亡。

㊻僇辱之人：受过刑罚的人。 近习：亲近。

㊼两重：同时重用两个人。 提衡：权力相当。 踦：偏重。

㊽作：发生。

㊾脱易：马马虎虎，随随便便。 弹威：除掉威严。

㊿即乱：致乱。

(51)立道：设立参伍的方法。

(52)参伍：检验、考察。

(53)揆伍：交互衡量。

(54)拆：剖析。

(55)征：证明，证据。

(56)及：泄露。

(57)毋谒：不揭发罪行。

(58)言会众端：汇集各方面的言论。端：方面。

(59)地：地利。

(60)易视：变换观察角度。 泽：表现。

(61)执见：掌握已发现的情况。

(62)一用：任官专任一职。

(63)重言：反复强调。

(64)即迩：留在身边。 内：内心所思。

(65)黩泄：侮慢不恭的行为。

(66)以尝所疑：用以试探有所怀疑之事。

(67)纲：约束。

(68)卑适：谦卑地待臣下。适：顺从。

(69)作斗：挑动争斗。

(70)深一：深入、专注地了解事情的真相。

(71)泄异：故意泄漏不同想法。

(72)似类：遇到类似的事情。

(73)固：难改的毛病。

(74)辟罪：惩罚犯罪。　威：臣下对其部属的私威。
(75)阴使时循以省衷：暗地里派使者经常巡查各地以了解地方官是否忠诚。循：通“巡”。
(76)渐更：逐步更换官吏。　离：离间。　通比：通连（在一起的奸党）。
(77)下约：君主与主吏的下级约定。　侵：揭发，检举。
(78)行介：随行人员。
(79)辟吏：县吏任命的下属。
(80)宫媛：宫女。
(81)条达：上通下达。
(82)类柄：按类推的原则行使赏罚大权。
(83)周密：出言严密、不露声色。
(84)喜见：喜形于色。
(85)德偿：恩德白白地支出。
(86)而邻：相邻，相连。
(87)谒过：揭发过错。
(88)失过：不揭发过错。
(89)相诲以利：相互劝导以立功得利。
(90)有生之实：为着实利而活着。
(91)参言：检验言论的方法。
(92)当上：迎合君主。
(93)以多信：说的人多了便信以为真。
(94)呐者：口吃拙辩的人。　言之疑：说的话令人生疑。
(95)类饰：用类似的事情掩饰。
(96)餍忿：盛怒。
(97)课：考核。
(98)官收：收回官职。
(99)穷端：追根究底。
(100)内一：采纳一种最合理的意见。
(101)得资：钻空子。
(102)求其所纳：探求所纳之言为什么使其高兴。
(103)察其所构：审察造成其愤怒的言论是什么样的。
(104)众谏以效智故：臣下用多种说法规谏君主是为了施展智巧。效：巧。
(105)副言：附加的言论。　设将然：假设将来可能实现的事情。
(106)符言于后：言论与以后发生的事情相符。
(107)听法：依法办事。
(108)奉重无前：俸禄太重并不受限制。奉：通“俸”。无前：不受限制。
(109)征：征收租税。
(110)乱功：乱政。功：事情。
(111)取于任：选用能干的官吏。
(112)言程：臣下推荐的人得当。　程：标准。
(113)俱必利：推荐人与被推荐人都受赏赐。
(114)轻官：感到官府的赋税轻。
(115)名之缪也：赞誉的错误给予。名：名声，引申为赞扬，赞誉。缪：通“谬”，错误，失误。
(116)民之重名与其重赏也均：民众对于重名与重赏持一样的心理。
(117)诽：非议，诽谤。
(118)劝：鼓励。
(119)在乎为上：一定是为君主立了功劳。
(120)然则：这样的话。　无荣于赏之内：没有与奖赏不合乎的荣誉。注：此话前后疑有佚文。

㉑主威：君主的威势。

㉒行义示：个人品质有所显露。

㉓制：法制。

㉔很触：抵触，违反。

㉕赇纳：贿赂。

㉖常：法度。

㉗难行：难得的品行。

㉘三隅：三者结合。

五蠹第四十九①

上古之世，人民少而禽兽众，人民不胜禽兽虫蛇。有圣人作②，构木为巢以避群害，而民悦之，使王天下，号曰有巢氏。民食果蓏蚌蛤③，腥臊恶臭而伤害腹胃，民多疾病。有圣人作，钻燧取火以化腥臊，而民说之，使王天下，号之曰燧人氏。中古之世，天下大水，而鲧、禹决渎④。近古之世，桀、纣暴乱，而汤、武征伐。今有构木钻燧于夏后氏之世者，必为鲧、禹笑矣；有决渎于殷、周之世者，必为汤、武笑矣。然则今有美尧、舜、汤、武、禹之道于当今之世者，必为新圣笑矣。是以圣人不期修古⑤，不法常可⑥；论世之事⑦，因为之备⑧。宋人有耕田者，田中有株，兔走触株，折颈而死，因释其耒而守株，冀复得兔⑨，兔不可复得，而身为宋国笑。今欲以先王之政，治当世之民，皆守株之类也。

古者丈夫不耕，草木之实足食也；妇人不织，禽兽之皮足衣也。不事力而养足，人民少而财有余，故民不争。是以厚赏不行，重罚不用，而民自治。今人有五子不为多，子又有五子，大父未死而有二十五孙。是以人民众而货财寡，事力劳而供养薄，故民争，虽倍赏累罚而不免于乱。

尧之王天下也，茅茨不翦⑩；采椽不斫⑪；粝粢之食⑫，藜藿之羹；冬日麑裘，夏日葛衣。虽监门之服养，不亏于此矣。禹之王天下也，身执耒臿以为民先，股无胈⑬，胫不生毛，虽臣虏之劳，不苦于此矣。以是言之，夫古之让天子者，是去监门之养，而离臣虏之劳也，古传天下而不足多也⑭。今之县令，一日身死，子孙累世絜驾⑮，故人重之。是以人之于让也，轻辞古之天子，难去今之县令者，薄厚之实异也。夫山居而谷汲者，膢腊而相遗以水⑯；泽居苦水者，买庸而决窦⑰。故饥岁之春，幼弟不饷；穰岁之秋⑱，疏客必食。非疏骨肉爱过客也，多少之实异也。是以古之易财，非仁也，财多也；今之争夺，非鄙也，财寡也。轻辞天子，非高也，势薄也；争士橐⑲，非下也，权重也。故圣人议多少、论薄厚为之政。故罚薄不为慈，诛严不为戾，称俗而行也⑳。故事因于世，而备适于事。

古者文王处丰、镐之间，地方百里，行仁义而怀西戎，遂王天下。徐偃王处汉东，地方五百里，行仁义，割地而朝者三十有六国。荆文王恐其害己也，举兵伐徐，遂灭之。故文王行仁义而王天下，偃王行仁义而丧其国，是仁义用于古不用于今也。故曰：世异则事异。当舜之时，有苗不服，禹将伐之。舜曰："不可！上德不厚而行武，非道也。"乃修教三年，执干戚舞㉑，有苗乃服。共工之战，铁铦矩者及乎敌㉒，铠甲不坚者伤乎体。是干戚用于古不用于今也。故曰：事异则备变。上古竞于道德，中世逐于智谋，当今争于气力。齐将攻鲁，鲁使子贡说之。齐人曰："子言非不辩也，吾所欲者土地也，非斯言所谓也。"遂举兵伐鲁，去门十里以为界。故偃王仁义而徐亡，子贡辩智而鲁削。以是言之，夫仁义辩智，非所以持国也。去偃王之仁，息子贡之智，循徐、鲁之力使敌万乘㉓，则齐、荆之欲不得行于二国矣。

夫古今异俗，新故异备。如欲以宽缓之政，治急世之民，犹无辔策而御駻马，此不知之患也。今儒、墨皆称先王兼爱天下，则视民如父母。何以明其然也？曰："司寇行刑，君为之不举乐；闻死刑之报，君为流涕。"此所举先王也。夫以君臣为如父子则必治，推是言之，是无乱父子也。人之情性莫先于父母，皆见爱而未必治也。虽厚爱矣，奚遽不乱㉔？今先王之爱民，不过父母之爱子，子未必不乱也，则民奚遽治哉？且夫以法行刑，而君为之流涕，此以效仁，非以为治也。夫垂泣不欲刑者，仁也；然而不可不刑者，法也。先王胜其法，不听其泣，则仁之不可以为治亦明矣。

且民者固服于势，寡能怀于义。仲尼，天下圣人也，修行明道以游海内，海内说其仁、美其义而为服役者七十人。盖贵仁者寡，能义者难也。故以天下之大，而为服役者七十人，而仁义者一人。鲁哀公，下主也，南面君国，境内之民莫敢不臣。民者固服于势，势诚易以服人，故仲尼反为臣而哀公顾为君㉕。仲尼非怀其义，服其势也。故以义则仲尼不服于哀公，乘势则哀公臣仲尼。今学者之说人主也，不乘必胜之势，而务行仁义则可以王，是求人主之必及仲尼，而以世之凡民皆如列徒，此必不得之数也㉖。

今有不才之子，父母怒之弗为改，乡人谯之弗为动，师长教之弗为变。夫以父母之爱、乡人之行、师长之智，三美加焉，而终不动，其胫毛不改。州部之吏，操官兵，推公法，而求索奸人，然后恐惧，变其节，易其行矣。故父母之爱不足以教子，必待州部之严刑者，民固骄于爱、听于威矣。故十仞之城，楼季弗能逾者㉗，峭也；千仞之山，跛牂易牧者㉘，夷也㉙。故明王峭其法而严其刑也。布帛寻常㉚，庸人不释；铄金百溢㉛，盗跖不掇。不必害，则不释寻常；必害手，则不掇百溢。故明主必其诛也。是以赏莫如厚而信，使民利之；罚莫如重而必，使民畏之；法莫如一而固，使民知之。故主施赏不迁，行诛无赦，誉辅其赏，毁随其罚，则贤、不肖俱尽其力矣。

今则不然。以其有功也爵之，而卑其士官也；以其耕作也赏之，而少其家业也㉜；以其不收也外之㉝，而高其轻世也；以其犯禁也罪之，而多其有勇也。毁誉、赏罚之所加者，相与悖缪也，故法禁坏而民愈乱。今兄弟被侵，必攻者，廉也㉞；知友被辱，随仇者，贞也。廉贞之行成，而君上之法犯矣。人主尊贞廉之行，而忘犯禁之罪，故民程于勇，而吏不能胜也。不事力而衣食，则谓之能；不战功而尊，则谓之贤。贤能之行成，而兵弱而地荒矣。人主说贤能之行，而忘兵弱地荒之祸，则私行立而公利灭矣。

儒以文乱法，侠以武犯禁，而人主兼礼之，此所以乱也。夫离法者罪，而诸先生以文学取；犯禁者诛，而群侠以私剑养。故法之所非，君之所取；吏之所诛，上之所养也。法、趣、上、下㉟，四相反也，而无所定，虽有十黄帝不能治也。故行仁义者非所誉，誉之则害功；文学者非所用，用之则乱法。楚之有直躬，其父窃羊，而谒之吏。令尹曰："杀之"！以为直于君而曲于父，报而罪之㊱。以是观之，夫君之直臣，父之暴子也。鲁人从君战，三战三北。仲尼问其故，对曰："吾有老父，身死莫之养也。"仲尼以为孝，举而上之。以是观之，夫父之孝子，君之背臣也。故令尹诛而楚奸不上闻，仲尼赏而鲁民易降北。上下之利，若是其异也，而人主兼举匹夫之行，而求致社稷之福，必不几矣。

古者苍颉之作书也，自环者谓之"私"，背私谓之"公"。公私之相背也，乃苍颉固以知之矣。今以为同利者，不察之患也。然则为匹夫计者，莫如修行义而习文学。行义修则见信，见信则受事；文学习则为明师，为明师则显荣。此匹夫之美也。然则无功而受事，无爵而显荣，为有政如此，则国必乱，主必危矣。故不相容之事，不两立也。斩敌者受赏，而高慈惠之行；拔城者受爵禄，而信廉爱之说；坚甲厉兵以备难，而美荐绅之饰；富国以农，距敌恃卒，而贵文学之士；废敬上畏法之民，而养游侠私剑之属。举行如此，治强不可得也。国平养儒侠，难至用介士，所利非所用，所用非所利。是故服事者简其业㊲，而游学者日众，是世之所以乱也。

且世之所谓贤者，贞信之行也；所谓智者，微妙之言也。微妙之言，上智之所难知也。今为众人法，而以上智之所难知，则民无从识之矣。故糟糠不饱者不务粱肉，短褐不完者不待文绣。夫治世之事，急者不得，则缓者非所务也。今所治之政，民间之事，夫妇所明知者不用，而慕上知之论，则其于治反矣。故微妙之言，非民务也。若夫贤良贞信之行者，必将贵不欺之士；不欺之士者，亦无不欺之术也。布衣相与交，无富厚以相利，无威势以相惧也，故求不欺之士。今人主处制人之势，有一国之厚，重赏严诛，得操其柄，以修明术之所烛，虽有田常、子罕之臣，不敢欺也，奚待于不欺之士？今贞信之士不盈于十，而境内之官以百数，必任贞信之士，则人不足官。人不足官，则治者寡而乱者众矣。故明主之道，一法而不求智，固术而不慕信，故法不败，而群官无奸诈矣。

今人主之于言也，说其辩而不求其当焉；其用于行也，美其声而不责其功。是以天下之众，其谈言者务为辨而不周于用，故举先王言仁义者盈廷，而政不免于乱；行身者竞于为高而不合于功，故智士退处岩穴，归禄不受，而兵不免于弱。兵不免于弱，政不免于乱，此其故何也？民之所誉，上之所礼，乱国之术也。今境内之民皆言治，藏商、管之法者家有之，而国愈贫，言耕者众，执耒者寡也；境内皆言兵，藏孙、吴之书者家有之，而兵愈弱，言战者多，被甲者少也。故明主用其力，不听其言；赏其功，必禁无用。故民尽死力以从其上。夫耕之用力也劳，而民为之者，曰：可得以富也。战之为事也危，而民为之者，曰：可得以贵也。今修文学，习言谈，则无耕之劳而有富之实，无战之危而有贵之尊，则人孰不为也？是以百人事智而一人用力。事智者众，则法败；用力者寡，则国贫。此世之所以乱也。

故明主之国，无书简之文，以法为教；无先王之语，以吏为师；无私剑之捍，以斩首为勇。是境内之民，其言谈者必轨于法，动作者归之于功，为勇者尽之于军。是故无事则国富，有事则兵强，此之谓王资。既畜王资而承敌国之衅㊳，超五帝、侔三王者㊴，必此法也。

今则不然，士民纵恣于内，言谈者为势于外，外内称恶，以待强敌，不亦殆乎！故群臣之言外事者，非有分于从衡之党㊵，则有仇雠之忠，而借力于国也。从者，合众弱以攻一强也；而衡者，事一强以攻众弱也：皆非所以持国也。今人臣之言衡者，皆曰："不事大㊶，则遇敌受祸矣。"事大未必有实，则举图而委，效玺而请兵矣。献图则地削，效玺则名卑，地削则国削，名卑则政乱矣。事大为衡，未见其利也，而亡地乱政矣。人臣之言从者，皆曰："不救小而伐大，则失天下，失天下则国危，国危而主卑。"救小未必有实，则起兵而敌大矣。救小未必能存，而交大未必不有疏，有疏则为强国制矣。出兵则军败，退守则城拔。救小为从，未见其利，而亡地败军矣。是故，事强，则以外权士官于内；救小，则以内重求利于外。国利未立，封土厚禄至矣；主上虽卑，人臣尊矣；国地虽削，私家富矣。事成，则以权长重；事败，则以富退处。人主之听说于其臣，事未成则爵禄已尊矣；事败而弗诛，则游说之士孰不为用"矰缴之说"而徼幸其后㊷？故破国亡主以听言谈者之浮说。此其故何也？是人君不明乎公私之利，不察当否之言，而诛罚不必其后也。皆曰："外事，大可以王，小可以安。"夫王者，能攻人者也；而安，则不可攻也。强，则能攻人者也；治，则不可攻也。治强不可责于外，内政之有也。今不行法术于内，而事智于外，则不至于治强矣。

鄙谚曰："长袖善舞，多钱善贾。"此言多资之易为工也。故治强易为谋，弱乱难为计。故用于秦者，十变而谋希失；用于燕者，一变而计希得。非用于秦者必智，用于燕者必愚也，盖治乱之资异也。故周去秦为从，期年而举；卫离魏为衡，半岁而亡。是周灭于从，卫亡于衡也。使周、卫缓其从衡之计，而严其境内之治，明其法禁，必其赏罚；尽其地力，以多其积；致其民死，以坚其城守；天下得其地，则其利少，攻其国，则其伤大，万乘之国莫敢自顿于坚城之下，而使强敌裁其弊也，此必不亡之术也。舍必不亡之术而道必灭之事，治国者之过也。智困于外而政乱于内，则亡不可振也㊸。

民之政计㊹，皆就安利如辟危穷。今为之攻战，进则死于敌，退则死于诛，则危矣。弃私家之事而必汗马之劳，家困而上弗论㊺，则穷矣。穷危之所在也，民安得勿避？故事私门而完解舍㊻，解舍完则远战，远战则安。行货赂而袭当涂者则求得㊼，求得则私安，私安则利之所在，安得勿就？是以公民少而私人众矣。

夫明王治国之政，使其商工游食之民少而名卑，以寡趣本务而趋末作。今世近习之请行㊽，则官爵可买；官爵可买，则商工不卑也矣。奸财货贾得用于市，则商人不少矣。聚敛倍农而致尊过耕战之士，则耿介之士寡而商贾之民多矣。

是故乱国之俗：其学者，则称先王之道以籍仁义，盛容服而饰辩说，以疑当世之法，而贰人主之心。其言谈者，为设诈称，借于外力，以成其私，而遗社稷之利。其带剑者，聚徒属，立节操，以显其名，而犯五官之禁㊾。其患御者，积于私门，尽货赂，而用重人之谒，退汗马之劳。其商工之民，修治苦窳之器，聚弗靡之财，蓄积待时，而侔农夫之利。此五者，邦之蠹也。人主不除此五蠹之民，不养耿介之士，则海内虽有破亡之国，削灭之朝，亦勿怪矣。

①五蠹：五种应当被清除的蛀虫。韩非所指为儒家（"学者"）、纵横家（"言谈者"）、游侠（"带剑者"）、逃避兵役者（"患御者"）、工商业者（"商工之民"）等5种人。

②作：出现，兴起。

③果蓏：瓜果。蓏（luǒ，音裸）：瓜类植物的果实。

④决渎：疏通河道。渎：通向大海的河道。

⑤不期修古：不羡慕远古时代。修古：远古时代。

⑥不法常可：不效法陈规。常可：长时间实行得通的办法。

⑦论世之事：研究当代的情形。

⑧因为之备：采取相应的措施。

⑨冀：希望，期望。

⑩茅茨：茅草铺的屋顶。

⑪采椽：房梁。斫：砍。

⑫粝粢（zī，音资）：粗粮。粢：谷类植物。

⑬胈（bá，音拔）：肌肉。

⑭多：赞扬，称颂。

⑮絜驾：系马套车。引申为乘坐马车。

⑯㙂（lóu，音楼）：节日名。　腊：节日名。　相遗：相互赠送。

⑰买庸：花钱雇人。　窦：沟渠。

⑱穰岁：丰收之年。

⑲士：做官。　蒙：依附权贵。

⑳称俗：适应世风。

㉑执干戚舞：挥动着兵器跳舞。意为不动干戈。干：盾牌。戚：兵器名。

㉒矩：长。

㉓循：依靠，依仗。

㉔奚遽不乱：怎么就无乱呢？

㉕顾：反而。

㉖数：道理。

㉗楼季：人名，战国魏国人，善攀登跳跃。

㉘牂（zāng，音脏）：母羊。

㉙夷：平坦。

㉚寻：古代长度单位。　常：古代长度单位。

㉛铄：熔化。

㉜少：轻视。

㉝不收：不被录用。　外：疏远。

㉞廉：正直，刚正。

㉟趣：取，录用。

㊱报：判决。

㊲服事者：认真工作的人。　简：轻怠。

㊳瑕：空子，弱点。

㊴侔：平齐，相等。

㊵从衡：纵横。

㊶不事大：不迎奉大国的话。

㊷赠缴之说：猎取功名的花言巧语。

㊸振：挽救。

㊹政计：通常的打算。

㊺弗论：不过问。

㊻完解舍：修缮官府房屋。

㊼当涂者：当权者。

㊽近习之请行：向亲近宠幸之人请托的风气很盛行。

㊾五官：指官府。

显学第五十①

世之显学，儒、墨也。儒之所至，孔丘也。墨之所至，墨翟也。自孔子之死也，有子张之儒，有子思之儒，有颜氏之儒，有孟氏之儒，有漆雕氏之儒，有仲良氏之儒，有孙氏之儒，有乐正氏之儒。自墨子之死也，有相里氏之墨，有相夫氏之墨，有邓陵氏之墨。故孔、墨之后，儒分为八，墨离为三，取舍相反不同，而皆自谓真孔、墨。孔、墨不可复生，将谁使定世之学乎？孔子、墨子俱道尧、舜，而取舍不同，皆自谓真尧、舜。尧、舜不复生，将谁使定儒、墨之诚乎？殷、周七百余岁，虞、夏二千余岁，而不能定儒、墨之真。今乃欲审尧、舜之道于三千岁之前，意者其不可必乎！无参验而必之者，愚也；弗能必而据之者，诬也。故明据先王必定尧、舜者②，非愚则诬也。愚诬之学，杂反之行③，明主弗受也。

墨者之葬也：冬日冬服，夏日夏服，桐棺三寸，服丧三月，世主以为俭而礼之。儒者：破家而葬，服丧三年，大毁扶杖④，世主以为孝而礼之。夫是墨子之俭，将非孔子之侈也；是孔子之孝，将非墨子之戾也⑤。今孝、戾、侈、俭俱在儒、墨，而上兼礼之。

漆雕之议：不色挠⑥，不目逃；行曲，则违于臧获⑦；行直，则怒于诸侯，世主以为廉而礼之。宋荣子之议：设不斗争⑧，取不随仇⑨，不羞囹圄，见侮不辱，世主以为宽而礼之。夫是漆雕之廉，将非宋荣之恕也；是宋荣之宽，将非漆雕之暴也。今宽、廉、恕、暴俱在二子，人主兼而礼之。

自愚诬之学、杂反之辞争，而人主俱听之。故海内之士，言无定术，行无常议。夫冰炭不同器而久，寒暑不兼时而至，杂反之学不两立而治。今兼听杂学缪行同异之辞，安得无乱乎？听行如此，其于治人又必然矣。

今世之学士语治者多曰："与贫穷地⑩，以实无资。"今夫与人相若也，无丰年旁入之利而独以完给者，非力则俭也。与人相若也，无饥馑、疾疚、祸罪之殃独以贫穷者，非侈则堕也。侈而堕者贫，而力而俭者富。今上征敛于富人以布施于贫家，是夺力俭而与侈堕也，而欲索民之疾作而节用，不可得也。

今有人于此，义不入危城，不处军旅，不以天下大利易其胫一毛，世主必从而礼之，贵其智而高其行，以为轻物重生之士也。夫上所以陈良田大宅，设爵禄，所以易民死命也。今上尊贵轻物重生之士，而索民之出死而重殉上事，不可得也。藏书策，习谈论，聚徒役，服文学而议说，世主必从而礼之，曰："敬贤士，先王之道也。"夫吏之所税，耕者也；而上之所养，学士也。耕者则重税，学士则多赏，而索民之疾作而少言谈，不可得也。立节参明⑪，执操不侵⑫；怨言过于耳，必随之以剑，世主必从而礼之，以为自好之士。夫斩首之劳不赏，而家斗之勇尊显，而索民之疾战距敌而无私斗，不可得也。国平则养儒侠，难至则用介士。所养者非所用，所用者非所养，此所以乱也。且夫人主于听学也，若是其言，宜布之官而用其身；若非其言，宜去其身而息其端。今以为是也，而弗布于官；以为非也，而不息其端。是而不用，非而不息，乱亡之道也。

澹台子羽⑬，君子之容也⑭，仲尼几而取之⑮，与处久而行不称其貌。宰予之辞，雅而文也，仲尼几而取之，与处久而智不充其辩。故孔子曰："以容取人乎，失之子羽；以言取人乎，失之宰予。"故以仲尼之智而有失实之声。今之新辩滥乎宰予，而世主之听眩乎仲尼，为悦其言，因任其身，则焉得无失乎？是以魏任孟卯之辩，而有华下之患⑯；赵任马服之辩，而有长平之祸。此二者，任辩之失也。夫视锻锡而察青黄⑰，区冶不能以必剑⑱；水击鹄雁⑲，陆断驹马⑳，则臧获不疑钝利。发齿吻形容㉑，伯乐不能以必马；授车就驾，而观其末涂，则臧获不疑驽良。观容服，听辞言，仲尼不能以必士；试之官职，课其功伐，则庸人不疑于愚智。故明主之吏，宰相必起于州部，猛将必发于卒伍。夫有功者必赏，则爵禄厚而愈劝；迁官袭级，则官职大而愈治。夫爵禄大而官职治，王之道也。

磐石千里，不可谓富；象人百万㉒，不可谓强。石非不大，数非不众也，而不可谓富强者，磐不生粟，象人不可使距敌也。今商官技艺之士亦不垦而食，是地不垦，与磐石一贯也。儒、侠毋军劳，显而荣者，则民不使，与象人同事也。夫知祸磐石、象人，而不知祸商官、儒、侠为不垦之地、不使之民，不知事类者也。

故敌国之君王虽说吾义，吾弗入贡而臣；关内之侯虽非吾行，吾必使执禽而朝。是故力多则人朝，力寡则朝于人，故明君务力。夫严家无悍虏，而慈母有败子。吾以此知威势之可以禁暴，而德厚之不足以止乱也。

夫圣人之治国，不恃人之为吾善也，而用其不得为非也。恃人之为吾善也，境内不什数㉓；用人不得为非，一国可使齐。为治者用众而舍寡，故不务德而务法。夫必恃自直之箭，百世无矢；恃自圜之木，千世无轮矣。自直之箭，自圜之木，百世无有一，然而世皆乘车射禽者何也？隐栝之道用也。虽有不恃隐栝而有自直之箭、自圜之木，良工弗贵也。何则？乘者非一人，射者非一发也。不恃赏罚而恃自善之民，明主弗贵也。何则？国法不可失，而所治非一人也。故有术之君，不随适然之善，而行必然之道。

今或谓人曰："使子必智而寿"，则世必以为狂。夫智，性也；寿，命也。性命者，非所学于人也，而以人之所不能为说人，此世之所以谓之为狂也。谓之不能然，则是谕也，夫谕性也。以仁义教人，是以智与寿说也，有度之主弗受也。故善毛嫱、西施之美，无益吾面；用脂泽粉黛，则倍其初。言先王之仁义，无益于治；明吾法度，必吾赏罚者，亦国之脂泽粉黛也。故明主急其助而缓其颂，故不道仁义。

今巫祝之祝人曰："使若千秋万岁。"千秋万岁之声括耳㉔，而一日之寿无征于人，此人所以简巫祝也。今世儒者之说人主，不善今之所以为治，而语已治之功；不审官法之事，不察奸邪之情，而皆道上古之传誉、先王之成功。儒者饰辞曰："听吾言，则可以霸王。"此说者之巫祝，有度之主不受也。故明主举实事，去无用，不道仁义者故，不听学者之言。

今不知治者必曰："得民之心"。欲得民之心而可以为治，则是伊尹、管仲无所用也，将听民而已矣。民智之不可用，犹婴儿之心也。夫婴儿不剔首则腹痛，不揃痤则浸益㉕。剔首、揃痤，必一人抱之，慈母治之，然犹啼呼不止，婴儿子不知犯其所小苦致其所大利也。今上急耕田垦草以厚民产也，而以上为酷；修刑重罚以为禁邪也，而以上为严；征赋钱粟以实仓库，且以救饥馑、备军旅也，而以上为贪；境内必知介而无私解㉖，并力疾斗，所以禽虏也，而以上为暴。此四者，所以治安也，而民不知悦也。夫求圣通之士者，为民知之不足师用。昔禹决江浚河，而民聚瓦石；子产开亩树桑，郑人谤訾㉗。禹利天下，子产存郑人，皆以受谤，夫民智之不足用亦明矣。故举士而求贤智，为政而期适民，皆乱之端，未可与为治也。

---

①显学：显赫的学派。指对儒家、墨家的批判。

②明据先王：公开宣称依先王之道。

③杂反之行：杂乱、矛盾的举止行为。

④大毁扶杖：身体受到严重损害，只能扶杖而起行。

⑤戾：不孝。

⑥不色挠：脸面上不露屈服之色。

⑦违：退避，避让。

⑧设不斗争：不与他人争斗。

⑨取不随仇：不向仇人报复。

⑩与贫穷地：给穷苦人土地。

⑪立节参明：讲求气节，标榜高明。

⑫执操不侵：坚守节操，不容侵犯。

⑬澹台子羽：人名。孔子的学生。

⑭君子之容也：有君子的仪容。

⑮几（jī，音机）：察看，观察。

⑯华下：地名，在韩国境内，魏、赵联军曾在此为秦、韩击败。

⑰锻锡：古人冶炼金属时添加的锡。

⑱区冶：人名，春秋末越国人，善铸剑。

⑲水击：到水面上砍杀。

⑳陆断：在陆地上劈斩。

㉑发齿吻：掰开马口看牙齿。　形容：外形体貌。

㉒象人：陶俑。

㉓不什数：不到十个。

㉔括耳：在耳边响个不停。

㉕揃（pì，音僻）：切，割。　浸益：逐渐加重。

㉖介：当兵。　解：逃兵役。

㉗谤訾：恶意咒骂。

忠孝第五十一①

天下皆以孝悌忠顺之道为是也，而莫知察孝悌忠顺之道而审行之，是以天下乱。皆以尧、舜之道为是而法之，是以有弑君，有曲于父。尧、舜、汤、武或反君臣之义、乱后世之教者也。尧为人君而君其臣，舜为人臣而臣其君，汤、武为人臣而弑其主、刑其尸，而天下誉之，此天下所以至今不治者也。夫所谓明君者，能畜其臣者也；所谓贤臣者，能明法辟、治官职以戴其君者也。今尧自以为明而不能以畜舜，舜自以为贤而不能以戴尧，汤、武自以为义而弑其君长，此明君且常与而贤臣且常取也②。故至今为人子者有取其父之家、为人臣者有取其君之国者矣。父而让子，君而让臣，此非所以定位、一教之道也③。臣之所闻曰："臣事君，子事父，妻事夫，三者顺则天下治，三者逆则天下乱，此天下之常道也。"明王贤臣而弗易也，则人主虽不肖，臣不敢侵也。今夫上贤任智无常，逆道也，而天下常以为治。是故田氏夺吕氏于齐，戴氏夺子氏于宋。此皆贤且智也，岂愚且不肖乎？是废常上贤则乱，舍法任智则危。故曰：上法而不上贤。

《记》曰："舜见瞽瞍，其容造焉④。孔子曰：'当是时也，危哉，天下岌岌！有道者，父固不得而子，君固不得而臣也。'"臣曰：孔子本未知孝悌忠顺之道也。然则，有道者，进不为主臣，退不为父子耶？父之所以欲有贤子者，家贫则富之，父苦则乐之；君之所以欲有贤臣者，国乱则治之，主卑则尊之。今有贤子而不为父，则父之处家也苦；有贤臣而不为君，则君之处位也危。然则，父有贤子，君有贤臣，适足以为害耳，岂得利焉哉？所谓忠臣，不危其君；孝子，不非其亲。今舜以贤取君之国，而汤、武以义放弑其君，此皆以贤而危主者也，而天下贤之。古之烈士，进不臣君，退不为家，是进则非其君，退则非其亲者也。且夫进不臣君，退不为家，乱世绝嗣之道也。是故贤尧、舜、汤、武而是烈士，天下之乱术也。瞽瞍为舜父而舜放之，象为舜弟而杀之。放父杀弟，不可谓仁；妻帝二女而取天下⑤，不可谓义。仁义无有，不可谓明。《诗》云："普天之下，莫非王土；率土之滨，莫非王臣。"信若《诗》之言也，是舜出则臣其君，入则臣其父，妾其母，妻其主女也。故烈士内不为家，乱世绝嗣；而外矫子君，朽骨烂肉，施于土地，流于川谷，不避蹈水火。使天下从而效之，是天下遍死而愿夭也。此皆释世而不治是也。

世之所为"烈士"者，离众独行，取异于人，为恬淡之学而理恍惚之言。臣以为恬淡，无用之教也；恍惚，无法之言也。言出于无法，教出于无用者，天下谓之察。臣以为：人生必事君、养亲，事君、养亲不可以恬淡；治人必以言论忠、信法术，言论忠、信法术不可以恍惚。恍惚之言，恬淡之学，天下之惑术也。孝子之事父也，非竞取父之家也；忠臣之事君也，非竞取君之国也。夫为人子而常誉他人之亲曰："某子之亲，夜寝早起，强力生财以养子孙臣妾。"是诽谤其亲者也。为人臣常誉先王之德厚而愿之，是诽谤其君者也。非其亲者知谓之不孝，而非其君者天下皆贤之，此所以乱也。故人臣毋称尧、舜之贤，毋誉汤、武之伐，毋言烈士之高，尽力守法，专心于事主者为忠臣。

古者黔首悗密蠢愚⑥，故可以虚名取也。今民儇詗智慧⑦，欲自用，不听上。上必且劝之以赏，然后可进；又且畏之以罚，然后不敢退。而世皆曰："许由让天下⑧，赏不足以劝；盗跖犯刑赴难，罚不足以禁。"臣曰：未有天下而无以天下为者，许由是也；已有天下而无以天下为者，尧、舜是也。毁廉求财，犯刑趋利，忘身之死者，盗跖是也。此二者，殆物也。治国用民之道也，不以此二者为量。治也者，治常者也；道也者，道常者也。殆物妙言，治之害也。天下太上之士⑨，不可以赏劝也；天下太下之士，不可以刑禁也。然为太上士不设赏，为太下士不设刑，则治国用民之道失矣。

故世人多不言国法而言从横。诸侯言从者曰："从成必霸"；而言横者曰："横成必王"。山东之言从横未尝一日而止也，然而功名不成，霸王不立者，虚言非所以成治也。王者独行谓之王，是以三王不务离合而正⑩，五霸不待从横而察⑪，治内以裁外而已矣。

---

①忠孝：臣子必须忠于君主和孝顺父亲。

②且：一方面。

③一教：统一教化。

④造：偪促不安。

⑤妻帝二女：指舜娶尧的两个女儿为妻。

⑥黔首：农民。　悗（mèn，音闷）密：勤勉。　惷：同"蠢"。

⑦儇詗（xuān xiōng，音宣凶去声）：奸诈。

⑧许由：人名，以孝著称。

⑨太上：最好的。

⑩离合：指纵横之术。　正：治理得好。

⑪察：明察。

人主第五十二①

人主之所以身危国亡者，大臣太贵、左右太威也。所谓贵者，无法而擅行，操国柄而便私者也；所谓威者，擅权势而轻重者也，此二者不可不察也。夫马之所以能任重引车致远道者，以筋力也。万乘之主、千乘之君所以制天下而征诸侯者，以其威势也。威势者，人主之筋力也。今大臣得威，左右擅势，是人主失力。人主失力而能有国者，千无一人。虎豹之所以能胜人执百兽者，以其爪牙也，当使虎豹失其爪牙，则人必制之矣。今势重者，人主之爪牙也，君人而失其爪牙，虎豹之类也。宋君失其爪牙于子罕，简公失其爪牙于田常，而不蚤夺之，故身死国亡。今无术之主皆明知宋、简之过也，而不悟其失，不察其事类者也。

且法术之士与当涂之臣不相容也。何以明之？主有术士，则大臣不得制断，近习不敢卖重；大臣、左右权势息，则人主之道明矣。今则不然，其当涂之臣得势擅事以环其私②，左右近习朋党比周以制疏远，则法术之士奚时得进用，人主奚时得论裁？故有术不必用，而势不两立。法术之士焉得无危？故君人者非能退大臣之议，而背左右之讼，独合乎道言也③，则法术之士安能蒙死亡之危而进说乎？此世之所以不治也。明主者，推功而爵禄，称能而官事，所举者必有贤，所用者必有能，贤能之士进，则私门之请止矣。夫有功者受重禄，有能者处大官，则私剑之士安得无离于私勇而疾距敌④，游宦之士焉得无挠于私门而务于清洁矣？此所以聚贤能之士，而散私门之属也。今近习者不必智，人主之于人也或有所知而听之，入因与近习论其言，听近习而不计其智，是与愚论智也。其当涂者不必贤，人主之于人或有所贤而礼之，人因与当途者论其行，听其言而不用贤，是与不肖论贤也。故智者决策于愚人，贤士程行于不肖，则贤智之士奚时得用，而人主之明塞矣。昔关龙逢说桀而伤其四肢，王子比干谏纣而剖其心，子胥忠直夫差而诛于属镂⑤，此三子者，为人臣非不忠，而说非不当也，然不免于死亡之患者，主不察贤智之言，而蔽于愚不肖之患也。今人主非肯用法术之士，听愚不肖之臣，则贤智之士孰敢当三子之危而进其智能者乎？此世之所以乱也。

①人主：君主。

②环其私：谋求其私利。环：谋求。

③道言：指法术之言。

④疾距敌：奋力抗拒敌人。

⑤属镂：(zhǔ lòu，音主漏)：剑名。

饬令第五十三①

饬令，则法不迁；法平，则吏无奸。法已定矣，不以善言害法。任功，则民少言；任善，则民多言。行法曲断，以五里断者王，以九里断者强，宿治者削②。

以刑治，以赏战，厚禄以用术。行都之过，则都无奸市。物多末众，农弛奸胜，则国必削。民有余食，使以粟出爵，必以其力，则农不息。三寸之管毋当③，不可满也。授官爵出利禄不以功，是无当也。国以功授官与爵，此谓以成智谋，以威勇战，其国无敌。国以功授官与爵，则治者省，言有塞，此谓以治去治，以言去言，以功与爵者也。故国多力，而天下莫之能侵也。兵出必取，取必能有之。案兵不攻④，必富。朝廷之事，小者不毁，效功取官爵，廷虽有辟言，不得以相干也，是谓以数治。以力攻者，出一取十；以言攻者，出十丧百。国好力，此谓以难攻；国好言，此谓以易攻。

重刑少赏，上爱民，民死赏；多赏轻刑，上不爱民，民不死赏。利出一空者，其国无敌；利出二空者，其兵半用；利出十空者，民不守。重刑明民，大制使人，则上利。行刑，重其轻者，轻者不至，重者不来，此谓以刑去刑。罪重而刑轻，刑轻则事生，此谓以刑致刑，其国必削。

①饬令：端正命令，贯彻法令。

②宿：隔夜。

③当：底。

④案兵：按兵。

心度第五十四①

　　圣人之治民，度于本，不从其欲，期于利民而已。故其与之刑，非所以恶民，爱之本也。刑胜而民静，赏繁而奸生。故治民者，刑胜，治之首也；赏繁，乱之本也。夫民之性，喜其乱而不亲其法。故明主之治国也，明赏，则民劝功；严刑，则民亲法；劝功，则公事不犯；亲法，则奸无所萌。故治民者，禁奸于未萌；而用兵者，服战于民心。禁先，其本者治；兵战，其心者胜。圣人之治民也，先治者强，先战者胜。夫国事务先而一民心，专举公而私不从，赏告而奸不生，明法而治不烦。能用四者强，不能用四者弱。

　　夫国之所以强者，政也；主之所以尊者，权也。故明君有权有政，乱君亦有权有政，积而不同②，其所以立异也。故明君操权而上重，一政而国治。故法者，王之本也；刑者，爱之自也③。

　　夫民之性，恶劳而乐佚。佚则荒，荒则不治，不治则乱，而赏刑不行于天下者必塞。故欲举大功而难致其力者，大功不可几而举也；欲治其法而难变其故者，民乱不可几而治也。故治民无常，唯法为治。法与时转，则治；治与世宜，则有功。故民朴而禁之以名则治，世知维之以刑则从。时移而治不易者乱，能治众而禁不变者削。故圣人之治民也，法与时移而禁与能变④。

　　能越力于地者富，能起力于敌者强。强不塞者王。故王道在所开，在所塞，塞其奸者必王。故王术不恃外之不乱也，恃其不可乱也。恃外不乱而治立者削，恃其不可乱而行法者兴。故贤君之治国也，适于不乱之术。贵爵，则上重，故赏功爵任而邪无所关。好力者其爵贵。爵贵，由上尊；上尊，则必王。国不事力而恃私学者其爵贱。爵贱，则上卑；上卑者，必削。故立国用民之道也，能闭外塞私而上自恃者，王可致也。

---

　　①心度：民心与法度的关系。

　　②积：指运用法术与权势的结果。

　　③自：本源。

　　④能：智能。

制分第五十五①

　　夫凡国博君尊者，未尝非法重而可以至乎令行禁止于天下者也。是以君人者分爵制禄，则法必严以重之。夫国治则民安，事乱则邦危。法重者得人情，禁轻者失事实。且夫死力者，民之所有者也，情莫不出其死力以致其所欲；而好恶者，上之所制也，民者好利禄而恶刑罚。上掌好恶以御民力，事实不宜失矣，然而禁轻事失者，刑赏失也。其治民不秉法为善也。如是，则是无法也。

　　故治乱之理，宜务分刑赏为急。治国者莫不有法，然而有存有亡。亡者，其制刑赏不分也。治国者，其刑赏莫不有分。有持异以为分，不可谓分。至于察君之分，独分也。是以其民重法而畏禁，愿毋抵罪而不敢胥赏②。故曰：不待刑赏而民从事矣。

　　是故，夫至治之国，善以止奸为务。是何也？其法通乎人情，关乎治理也。然则去微奸之道奈何？其务令之相规其情者也③。则使相窥奈何？曰：盖里相坐而已。禁尚有连于己者，理不得不相窥，唯恐不得免。有奸心者不令得忘，窥者多也。如此，则慎己而窥彼，发奸之密。告过者，免罪受赏；失奸者，必诛连刑。如此，则奸类发矣。奸不容细，私告任坐使然也。

　　夫治法之至明者，任数不任人。是以有术之国，不用誉则毋适，境内必治，任数也。亡国使兵公行乎其地，而弗能圉禁者，任人而无数也。自攻者人也，攻人者数也。故有术之国，去言而任法。

　　凡畸功之循约者难知④，过刑之于言者难见也，是以刑赏惑乎贰。所谓循约难知者，奸功也；臣过之难见者，失根也。循理不见虚功，度情诡乎奸根，则二者安得无两失也？是以虚士立名于内，而谈者为略于外，故愚、怯、勇、慧相连而以虚道属俗而容乎世。故其法不用，而刑罚不加乎僇人。如此，则刑赏安得不容其二？实故有所至，而理失其量。量之失，非法使然也，法定而任慧也。释法而任慧者，则受事者安得其务？务不与事相得，则法安得无失，而刑安得无烦？是以赏罚扰乱，邦道差误，刑赏之不分白也。

---

　　①制分：控制刑赏的界限。

　　②胥：等待。

　　③规：通“窥”，监视。

　　④约：立功受赏的条例。

吕氏春秋

（上）

〔战国〕吕不韦等　撰

吕氏春秋卷第一

镇洋毕氏校本

孟春纪第一

本生　重己　贵公　去私

吕氏春秋训解

高　氏

孟　春　纪

一曰：孟春之月，日在营室①，昏参中，旦尾中。其日甲乙②，其帝太皞③，其神句芒④，其虫鳞，其音角，律中太蔟⑤。其数八⑥，其味酸，其臭膻，其祀户，祭先脾。东风解冻，蛰虫始振。鱼上冰，獭祭鱼。候雁北。天子居青阳左个⑦，乘鸾辂⑧，驾苍龙⑨，载青旂，衣青衣，服青玉，食麦与羊，其器疏以达⑩。

是月也，以立春。先⑪立春三日，太史谒之天子曰："某日立春，盛德在木。"天子乃斋。立春之日，天子亲率三公、九卿、诸侯、大夫以迎春於东郊。还，乃赏卿、诸侯、大夫于朝。命相布德和令⑫，行庆⑬施惠，下及兆民。庆赐遂行，无有不当。乃命太史，守典奉法，司天日月星辰之行，宿离不忒⑭，无失经纪⑮，以初为常⑯。

是月也，天子乃以元日⑰祈谷于上帝。乃择元辰，天子亲载耒耜，措之参于保介之御间⑱，率三公、九卿、诸侯、大夫躬耕帝籍田。天子三推，三公五推，卿、诸侯、大夫九推⑲。反，执爵于太寝，三公、九卿、诸侯、大夫皆御⑳，命曰："劳酒。"

是月也，天气下降，地气上腾，天地和同，草木繁动。王布农事，命田舍东郊，皆修封疆㉑，审端径术㉒，善相丘陵阪险原隰㉓，土地所宜，五谷所殖，以教道民，必躬亲之。田事既饬，先定准直㉔，农乃不惑。

是月也，命乐正入学习舞。乃修祭典，命祀山林川泽，牺牲无用牝。禁止伐木，无覆巢，无杀孩虫、胎夭、飞鸟，无麛无卵，无聚大众，无置城郭，掩骼霾髊㉕。

是月也，不可以称㉖兵，称兵必有天殃。兵戎不起，不可以从我始。无变天之道，无绝地之理，无乱人之纪。

孟春行夏令，则风雨不时㉗，草木早槁，国乃有恐；行秋令，则民大疫，疾风暴雨数至，藜莠蓬蒿并兴；行冬令，则水潦为败㉘，霜雪大挚㉙，首种不入㉚。

①营室：二十八宿之一，位于今天的飞马座。下面的"参"、"尾"都属于二十八宿，古人用来区分天区。

②其日甲乙：在五行说中，春秋与甲乙都属木，故名。下面"其帝"、"其神"、"其虫"、"其音"、"其味"、"其臭"、"其祀"都是根据五行说匹配于五帝、五神、五虫、五音、五味等之后，再配于春季的。

③太皞：即伏羲氏，五行家认为他代表木德。

④句（gōu）芒：少皞氏之子，名重。他辅佐木德之帝，被五行家尊为木德之神。

⑤太蔟：古代十二律之一，属阳律。竹管声与太蔟音相和，这好比是阴气衰，阳气盛，万物蔟地而生，所以叫律中（zhong）太蔟。

⑥八：指木之成数。五行说认为天生木之数为三，天地相配木之数为八。

⑦青阳左个：东向明堂的北侧室。天子按阴阳五行说，每个月该换一次居室，孟春为木，当居东向明堂北侧室。

⑧鸾辂：饰有鸾铃的车。鸾本是青色凤鸟。根据五色与五行相配原则，春天属木，所以要用青色的器物。下文的青龙、青旂（qí）、青衣、青玉即此意。

⑨龙：周礼，马八尺以上称为龙。

⑩器疏以达：宗庙所用的器具皆镂刻纹理，空疏而通达，以象征阳气射出。

⑪先：在…之前，即立春前三日。

⑫相：指三公。布德和令：发布德教，宣布禁令。

⑬庆：褒奖。

⑭宿：太阳所在的位置。离：月亮经过的地方。忒（tè，音特）：差错。

⑮经纪：纲常法度。这里指日月星辰进退疾迟的度数。

⑯初：指作为历法计算起点的冬至点。古人认为冬至点在牵牛初度，故名。常：法度，准则。

⑰元日：吉日。元：好。

⑱措：放置。参于：疑为"参乘（sheng），许维遹认为"于"字为"乘"字的脱坏。保介：车右，即站在车右上侧保护君主的武士。

⑲推：指推末粗入土。

⑳御：侍，指陪天子饮酒。

㉑修：整治。封疆：疆界，这里指田地的界限。

㉒审：周密，详细。端：端正。径、术：田间小路。

㉓相（xiàng）：观察。阪（bǎn）：大坡。险：高低不同的地方。原：平地。隰（xī）：低洼潮湿的地方。

㉔准直：指田地的分界准确平直。

㉕掩骼：掩埋枯骨。霾：同"埋"。髊（cǐ）：带有腐肉的骨。

㉖称：举。

㉗不时：不合时宜。

㉘败：毁坏。

㉙挚：伤害。

㉚首种，过冬的麦子。入：收成。

本　　生

二曰：始生之者，天也；养成之者，人也。能养天之所生而勿撄①之谓之天子。天子之动也，以全天为故者②也。此官之所自立也。立官者以全生也。今世之惑主，多官而反以害生，则失所为立之矣。譬之若修兵者，以备寇也。今修兵而反以自攻，则亦失所为修之矣。

夫木之性清，土者抇③之，故不得清。人之性④寿，物者抇之，故不得寿。物也者，所以养性也，非所以性养也。今世之人，惑者多以性养物，则不知轻重也。不知轻重，则重者为轻，轻者为重矣。若此，则每动无不败。以此为君，悖；以此为臣，乱；以此为子，狂；三者国有一焉，无幸必亡。

今有声于此，耳听之必慊⑤，已听之，则使人聋，必弗听。有色于此，目视之必慊，已视之则使人盲，必弗视。有味于此，口食之必慊，已食之，则使人瘖⑥，必弗食。是故圣人之于声色滋味也，利于性则取之，害于性则舍之，此全性之道也。世之贵富者，其于声色滋味也多惑者，日夜求，幸而得之则逐⑦焉。逐焉，性恶得不伤⑧？

万人操弓，共射其一招，招无不中。万物章章⑨，以害一生，生无不伤；以便一生，生无不长。故圣人之制万物也，以全其天⑩也。天全，则神和矣，目明矣，耳聪矣，鼻臭矣，口敏矣，三百六十节皆通利矣⑪。若此人者，不言而信，不谋而当，不虑而得；精通乎天地，神覆乎宇宙；其於物无不受也，无不裹⑫也，若天地然；上为天子而不骄，下为匹夫而不惛⑬，此之谓全德之人。

贵富而不知道，适⑭足以为患，不如贫贱。贫贱之致物也难，虽欲过之，奚由⑮？出则以车，入则以辇，务以自佚⑯，命之曰"招蹷之机"⑰。肥肉厚酒，务以自强⑱，命之曰"烂肠之食"。靡曼皓齿⑲，郑卫之音⑳，务以自乐，命之曰"伐性之斧"。三患者，贵富之所致也。故古之人有不肯贵富者矣，由重生故也，非夸以名也，为其实也。则此论之不可不察也。

重　己

三曰：倕㉑，至巧也。人不爱倕之指，而爱己之指，有之利故也㉒。人不爱昆山之玉、江汉之珠㉓，而爱己之一苍璧小玑㉔，有之利故也。今吾生之为我有，而利我亦大矣。论其贵贱，爵为天子，不足以比焉；论其轻重，富有天下，不可以易之；论其安危，一曙㉕失之，终身不复得。此三者，有道者之所慎也。有慎之而反害之者，不达㉖乎性命之情。不达乎性命之情，慎之何益？是师㉗者之爱子也，不免乎枕之以糠；是聋者之养婴儿也，方雷㉘而窥之于堂；有殊弗知慎者㉙。夫弗知慎者，是死生存亡可不可未始有别也。未始有别者，其所谓是未尝是，其所谓非未尝非，是其所谓非，非其所谓是，此之谓大惑。若此人者，天之所祸㉚也。以此治身，必死必殃；以此治国，必残必亡。夫死殃残亡，非自至也，惑召之也。寿长至常亦然㉛。故有道者，不察所召，而察其召之者，则其至不可禁矣。此论不可不熟㉜。

使乌获疾引㉝牛尾，尾绝力勯㉞，而牛不可行，逆也。使五尺竖子引其棬㉟，而牛恣所以之㊱，顺也。世之人主贵人，无贤不肖，莫不欲长生久视㊲，而日逆其生，欲之何益？凡生之长也，顺之也；使生不顺者，欲也。故圣人必先适欲㊳。

室大则多阴，台高则多阳；多阴则蹶，多阳则痿㊴，此阴阳不适之患也。是故先王不处大室，不为高台，味不众珍，衣不燀㊵热。燀热则理塞，理塞则气不达；味众珍则胃充，胃充则中大鞔㊶；中大鞔而气不达，以此长生可得乎？昔先圣王之为苑囿园池也，足以观望劳形㊷而已矣；其为宫室台榭也，足以辟燥湿而已矣；其为舆马衣裘也，足以逸身暖骸而已矣；其为饮食酏醴㊸也，足以适味充虚而已矣；其为声色音乐也，足以安性自娱而已矣。五者，圣王之所以养性也，非好俭而恶费也，节㊹乎性也。

贵　公

四曰：昔先圣王之治天下也，必先公㊺。公则天下平㊻矣。平得于公。尝试观于上志㊼，有得天下者众矣，其得之以公，其失之必以偏。凡主之立也，生于公。故《鸿范》㊽曰："无偏无党，王道荡荡㊾；无偏无颇，遵王之义；无或作好㊿，遵王之道；无或作恶，遵王之路。"天下非一人之天下也，天下之天下也。阴阳之和，不长一类；甘露时雨，不私一物；万民之主，不阿一人。

伯禽将行，请所以治鲁。周公曰："利而勿利也(51)。"荆人有遗弓者，而不肯索，曰："荆人遗之，荆人得之，又何索焉？"孔子闻之曰："去其'荆'而可矣。"老聃闻之曰："去其'人'而可矣。"故老聃则至公矣。天地大矣，生而弗子(52)，成而弗有，万物皆被其泽，得其利，而莫知其所由始，此三皇五帝之德也。

管仲有病，桓公往问之，曰："仲父之病矣，渍(53)甚，国人弗讳(54)，寡人将谁属(55)国？"管仲对曰："昔者臣尽力竭智，犹未足以知之也。今病在于朝夕之中，臣奚能言？"桓公曰："此大事也，愿仲父之教寡人也。"管仲敬诺，曰："公谁欲相(56)？"公曰："鲍叔牙可乎？"管仲对曰："不可。夷吾善鲍叔牙，鲍叔牙之为人也：清廉洁直，视不己若者，不比于人(57)；一闻人之过，终身不忘。""勿已(58)，则隰朋其可乎？""隰朋之为人也：上志而下求(59)，丑(60)不若黄帝，而哀不己若者(61)；其于国也，有不闻也；其于物也，有不知也；其于人也，有不见也。勿已乎，则隰朋可也。"夫相，大官也。处大官者，不欲小察(62)，不欲小智(63)，故曰：大匠不斫，大庖不豆(64)，大勇不斗，大兵不寇(65)。桓公行公去私恶，用管子而为五伯长(66)；行私阿所爱，用竖刀而虫出于户(67)。

人之少也愚，其长也智，故智而用私，不若愚而用公。日醉而饰服(68)，私利而立公，贪戾而求王，舜弗能为。

去　私

五曰：天无私覆也，地无私载也，日月无私烛(69)也，四时无私行也。行其德而万物得遂长焉。

黄帝言曰："声禁重(70)，色禁重，衣禁重，香禁重，味禁重，室禁重。"

尧有子十人，不与其子而授舜；舜有子九人，不与其子而授禹，至公也。晋平公问于祁黄羊(71)曰："南阳无令，其谁可而为之？"祁黄羊对曰："解狐(72)可。"平公曰："解狐非子之仇邪？"对曰："君问可，非问臣之仇也。"平公曰："善。"遂用之。国人称善焉。居有间，平公又问祁黄羊曰："国无尉，其谁可而为之？"对曰："午(73)可。"平公曰："午非子之子邪？"对曰："君问可，非问臣之子也。"平公曰："善。"又遂用之。国人称善焉。孔子闻之曰："善哉，祁黄羊之论也！外举不避仇，内举不避子。"祁黄羊可谓公矣。墨者有钜子腹𧻓(74)，居秦，其子杀人，秦惠王曰："先生之年长矣，非有它子也。寡人已令吏弗诛矣，先生之以此听寡人(75)也。"腹𧻓对曰："墨者之法曰：'杀人者死，伤人者刑。'此所以禁杀伤人也。夫禁杀伤人者，天下之大义也。王虽为之赐(76)，而令吏弗诛，腹𧻓不可不行墨子之法。"不许惠王，而遂杀之。子，人之所私也，忍(77)所私以行大义，钜子可谓公矣。

庖人调和而弗敢食，故可以为庖。若使庖人调和而食之，则不可以为庖矣。王伯(78)之君亦然。诛暴而不私(79)，以封天下之贤者，故可以为王伯。若使王伯之君诛暴而私之，则亦不可以为王伯矣。

---

①撄（yīng）：冒犯。

②全：顺应。故：事。

③扫（gǔ，音骨）：搅混。

④性：生命。

⑤慊（qiè，音惬）：满足、惬意。

⑥瘖（yīn，音音）：哑。

⑦遁：难以自禁。

⑧恶（wū，音乌）：怎么能够，反问语气词。伤：损害。

⑨章章：同"彰彰"，繁密茂盛的样子。

⑩天：指身体。

⑪三百六十节：泛指人身上所有的关节。通利：通畅；利，通畅。此处为同义反复。

⑫受：承受。裹：包容。

⑬悗（mèn，音闷）：忧闷。

⑭适：正好，恰好。

⑮贫贱无势的人要获得东西很困难，即使想要过度地享受它们，又能从哪里得到呢？

⑯佚：通"逸"，安逸，安乐。

⑰招蹶（jué，音厥）之机：导致脚生病的机械，即原因。蹶，指脚不能行走。

⑱强：勉强。

⑲靡曼皓齿：指美色。靡曼：皮肤细腻的样子。

⑳郑卫之音：郑、卫两国的民间音乐。从孔子"放郑声"起，就认为郑卫之音为淫靡之音，乱世之音。

㉑倕（chuí，音垂）：相传为尧时巧匠。

㉒有之利故也：属于自己，对自己有利的缘故。

㉓昆山之玉：昆仑山的玉石。据说它焚烧三天三夜不变色，为玉之上品。江汉之珠：长江汉水所产的珍珠。据说江汉产夜明珠，因此用江汉之珠指代上好珍珠。

㉔苍璧，含石多的玉。小玑：小而不圆的珍珠。

㉕一曙：一旦。

㉖达：通晓，明白。

㉗师：乐官，古代由盲人担任。这里指盲人。

㉘雷：打雷。

㉙有殊弗知慎者：这和不懂得谨慎相比还要严重。

㉚祸：降祸。

㉛寿长至常：长寿的得来也常是这样。常，恒久。

㉜熟：知道。

㉝乌获：秦武王时的大力士，以勇力著称。疾引：用力拉。

㉞绝：断。殚（dān，音单）：力尽。

㉟竖子：小孩。桊（quàn，音卷）：牛鼻子上的环。

㊱恣：听从。之：往。

㊲视：生存，长久地活下去。

㊳适欲：节制欲望。

㊴蹶：一种手足逆冷的寒症。痿（wěi，音伟）：一种肢体萎弱无力的病症。

㊵燀（dǎn，音亶）：厚。

㊶鞔（mèn，音懑）：鼓胀。

㊷劳形：活动身体。

㊸酏（yí，音移）：稀粥，可用来酿酒。醴（lǐ，音礼）：甜酒。

㊹节：调和，节制。

㊺公：公正，廉明。

㊻平：太平，安宁。

㊼上志：古代的记载。

㊽《鸿范》：即《尚书·洪范》。

㊾荡荡：广阔平坦的样子。

㊿或：句中语气词，无义。好：偏好。

(51)利而勿利：给别人施利而不为自己谋私利。

(52)子：当作自己的儿子。

○53溃：疾病。

○54国人弗讳：发生国人不可避讳的事，即病死，意即死不可讳。

○55谁属国：把国家托付给谁？这是一个倒装句。

○56谁欲相：让谁当宰相。

○57视不己若者，不比于人：看到不如自己的人，就不和他们亲近。视：看待。比：并列

○58勿已：不得已。

○59上志：效法模仿上世的贤人。下求：下问。

○60丑：以…为耻，此处指自愧德行不如黄帝。

○61哀不若己者：可怜不如自己者。哀：悲痛的意思。

○62不欲小察：不在小处挑剔。

○63小智：小聪明。

○64大庖不豆：大厨师不亲自宰割，（只调五味）。豆（lóu，音楼）：通"剅"，裂也。

○65寇：害也，指劫掠之事。

○66五伯长：为五霸的首领。伯：同"霸"，指春秋五霸。

○67竖刀：春秋时齐人，为桓公寺人，得宠信。桓公卒，与易牙、开方乱齐国。虫出于户：桓公死，竖刀乱。桓公五子争立，无人主丧，停尸于床上达六十多日，以至尸虫流出门外。

○68饰：通"敕"，整顿。服：丧礼制度。

○69烛：照明。

○70重：过份。下同。苏时学认为，此段可能为《重己》篇所引，后人转写而混入本篇。

○71晋平公：春秋晋国国君，名彪，公元前557—前532年在位。祁黄羊：晋大夫，名奚，字黄羊。据《左传．襄公三年》记载，祁奚荐贤发生于晋悼公之时。

○72解（xiè，音谢）：晋大夫。

○73午：指祁午，祁奚之子。

○74墨者：指墨家学派的人。钜子：即巨子，墨家对本派尊者的一种称呼。腹䵍（tún，音屯）：人名。

○75先生之以此听寡人：请先生在这件事上听从我的意见。

○76赐：恩赐。

○77忍：忍心。

○78王伯：为王为霸，成就王霸之业。

○79私：占为己有。

吕氏春秋卷第二

镇洋毕氏校本

仲春纪第二

贵生 情欲 当染 功名

吕氏春秋训解

高 氏

仲 春 纪

一曰：仲春之月，日在奎①，昏弧中，旦建星中。其日甲乙，其帝太皞，其神句芒，其虫鳞，其音角，律中夹钟。其数八，其味酸，其臭膻，其祀户，祭先脾。始雨水，桃李华，苍庚②鸣，鹰化为鸠。天子居青阳太庙③，乘鸾辂，驾苍龙，载青旂，衣青衣，服青玉，食麦与羊，其器疏以达。

是月也，安萌芽④，养幼少，存诸孤。择元日，命人社⑤。命有司，省囹圄⑥，去桎梏，无肆掠，止狱讼。

是月也，玄鸟⑦至。至之日，以太牢祀于高禖⑧。天子亲往，后妃率九嫔御⑨，乃礼天子所御⑩，带以弓韣⑪，授以弓矢于高禖之前。

是月也，日夜分。雷乃发声，始电。蛰虫咸动，开户始出。先雷三日，奋铎⑫以令于兆民曰："雷且发声，有不戒其容止⑬者，生子不备⑭，必有凶灾。"日夜分，则同度量，钧衡石，角⑮斗桶，正权概⑯。

是月也，耕者少舍⑰，乃修阖扇⑱，寝庙⑲必备。无作大事⑳，以妨农功。

是月也，无竭川泽，无漉㉑陂池，无焚山林。天子乃献羔开冰，先荐㉒寝庙。上丁㉓，命乐正入舞舍采㉔，天子乃率三公、九卿、诸侯亲往视之。中丁，又命乐正入学习乐。

是月也，祀不用牺牲，用圭璧㉕，更皮币㉖。

仲春行秋令，则其国大水㉗，寒气总至，寇戎㉘来征。行冬令，则阳气不胜，麦乃不熟，民多相掠。行夏令，则国乃大旱，暖气早来，虫螟为害。

贵 生

二曰：圣人深虑天下，莫贵于生。夫耳目鼻口，生之役㉙也。耳虽欲声，目虽欲色，鼻虽欲水泉深则鱼鳖归之，树木盛则飞鸟归之，庶草茂则禽兽归之，人主贤则豪杰归之。故圣王不务⑩归之者，而务其所以归。

强令之笑不乐；强令之哭不悲；强令之为道也，可以成小，而不可以成大。

缶醯⑪黄，蚋聚之，有酸；徒水则必不可。以狸致鼠，以冰致蝇，虽工⑫，不能。以茹⑬鱼去蝇，蝇愈至，不可禁，以致之之道去之也。桀、纣以去之之道致之也，罚虽重，刑虽严，何益？

大寒既至，民暖是利；大热在上，民清是走。故民无常处，见利之聚⑮，无之去。欲为天子，民之所走⑯，不可不察。今之世，至寒矣，至热矣，而民无走者，取则行钧⑰也。欲为天子，所以示民⑱，不可不异也。行不异，乱虽信⑲今，民犹无走。民无走，则王者废矣，暴君幸矣，民绝望矣。故当今之世，有仁人在焉，不可而不此务；有贤主，不可而不此事。贤不肖不可以不相分⑳，若命之不可易，若美恶之不可移。桀、纣贵为天子，富有天下，能尽害天下之民，而不能得贤名之。关龙逢、王子比干能以要领之死㉑，争其上之过，而不能与之贤名。名固不可以相分，必由其理。

---

①日在奎：太阳的位置在奎宿。奎、弧、建星：都是星宿名称。

②苍庚：黄鹂。

③青阳太庙：东向明堂的中间正室。

④安萌芽：保护初生的幼芽。安：使…安妥。

⑤命人社：命令老百姓祭祀土神。

⑥囹圄（líng yǔ，音灵语）：牢狱。

⑦玄鸟：燕子。它春分来，秋分去。相传有娀氏吞玄鸟卵而生契，因此后人把它当作男女婚娶的征兆，在它到来时祭祀媒神以求后嗣。

⑧太牢：祭祀时三牲具备曰"太牢"。高禖：即郊禖。禖，主管嫁娶的媒神。因其祠在郊外，故称郊禖。

⑨御：侍从。

⑩礼：举行礼仪。天子所御：天子所幸而有孕的嫔妃。

⑪弓韣（dú，音独）：弓套。

⑫奋：摇动。铎，木铃。古代宣布政教法令时，摇动木铃以引起注意。

⑬戒：注意。容止：房中之事。

⑭备：指生的小孩有先天残疾。

⑮角：校正。

⑯权：秤砣。概：平斗斛的木板。

⑰少舍：稍作休息。舍：止息。

⑱阖扇：门户。用木做的叫阖，用竹苇做的叫扇

⑲寝庙：古代宗庙前边祭祖的部分叫庙，后也住人的部分叫寝。

⑳大事：指战争。

㉑漉：使干涸。

㉒荐：向鬼神敬献。

㉓上丁：一个月之中的第一个丁日。

㉔入舞：指乐正入国学教习舞蹈。舍：放置。采，彩帛。

㉕圭璧：祭祀时用作符信的玉器。

㉖更：代替。皮币：指鹿皮、玄丝、帛等。

㉗大水：秋天至七月，下弦月行入毕宿，日在轸，这时为多雨之时。

㉘寇戎：指敌人。

㉙役：服事于人谓之役。这里指耳鼻口目是生命的仆役。
㉚害于生则止：有害于生命的则不会去做。止：禁止。
㉛子州支父（fǔ，音甫）：古之贤人。尧以天下让于子州支父，见《庄子．让王》。
㉜虽然：虽然如此。
㉝幽忧之病：病得很重。幽：深。
㉞王子搜：战国时越王无颛（zhuān，音专）。
㉟丹穴：山洞。
㊱绥：车绥，登车时所执。
㊲颜阖：战国时贤士。他与鲁君事见《庄子．让王》。
㊳先：事先致意，事先送上聘礼。
㊴守闾：在村里看守里门。守：主管其事。闾：里门。
㊵鹿布：粗布。鹿：麤之省文，今作“粗”。
㊶致：送上。
㊷缪：同“谬”，差错。遗：给予。
㊸审：审核查实。
㊹骄：傲视。
㊺绪余：残余。绪：残，剩下。
㊻土苴（zhǎ，音眨）：泥土草芥，比喻微不足道的东西。苴：通“渣”。
㊼徇物：害弃生命去追求外物。徇：同“殉”。
㊽彼：指世俗之君子。且：将。奚：何。之：往。
㊾随侯之珠：随侯从他所救的蛇中得到的明珠，乃重宝。
㊿全生：生命得到完全自然的发展。
(51)亏生：指生命的天性由于受到外物的干扰而亏损，即下文的“六欲分得其宜。”
(52)迫生：指苟且偷生，使生命的天性完全受到压抑，即下文的“六欲莫得其宜。”
(53)无有所以知：指丧失生命。所以知：用以知道六欲的凭借，即感觉
(54)复其未生：等于又回到它未生时的状态。
(55)服是也，辱是也：屈服于这一类，受辱于这一类。
(56)情：指人的喜、怒、哀、乐等感情。
(57)节：节制。
(58)由贵生动则得其情：出于珍惜生命而付诸行动就叫做情欲适中。由贵生动：即由贵生而动。
(59)尽：都。府种：通“腑肿”，即浮肿。
(60)沈滞：积滞而不通畅。沈：通“沉”。
(61)九窍：九孔。寥寥：空虚的样子。
(62)曲：变屈。宜：恰当。
(63)彭祖：传说中长寿之人，活到八百岁。
(64)不可得之为欲，不可足之为求：即欲不可得，求不可足。
(65)生本：生命的本质。
(66)趹（jué，音决）然：流行疾速，不坚固的样子。
(67)德义之缓，邪利之急：即缓德义，急邪利。
(68)巧佞之近，端直之远：即近巧佞，远端直。
(69)择：区别。
(70)论：贵生的信念。
(71)啬：爱惜。
(72)两：两全其美。
(73)尊：通“樽”，酒杯。
(74)资：供给
(75)扰：搅动。

是月之末，择吉日，大合乐㉘，天子乃率三公、九卿、诸侯、大夫亲往视之。

是月也，乃合累牛、腾马、游牝于牧㉙，牺牲驹犊、举书其数㉚。国人傩㉛，九门磔禳㉜，以毕春气㉝。

行之是令，而甘雨至三旬。季春行冬令，则寒气时发，草木皆肃㉞，国有大恐㉟。行夏令，则民多疾疫，时雨不降，山陵不收㊱。行秋令，则天多沈阴，淫雨早降，兵革并起。

<h2 style="text-align:center">尽　数</h2>

二曰：天生阴阳、寒暑、燥湿，四时之化，万物之变㊲，莫不为利，莫不为害。圣人察阴阳之宜，辨万物之利以便生㊳，故精神安乎形，而年寿得长焉。长也者，非短而续之也，毕㊴其数也。毕数之务㊵，在乎去害。何谓去害？大甘、大酸、大苦、大辛、大咸，五者充形㊶则生害矣；大喜、大怒、大忧、大恐、大哀，五者接神㊷则生害矣；大寒、大热、大燥、大湿、大风、大霖、大雾，七者动精㊸则生害矣。故凡养生，莫若知本，知本则疾无由至矣。

精气之集也，必有入㊹也。集于羽鸟与㊺为飞扬，集于走兽与为流行㊻，集于珠玉与为精朗，集于树木与为茂长，集于圣人与为琼明。精气之来也，因轻而扬之，因走而行之，因美而良之，因长而养之，因智而明之。

流水不腐，户枢不蝼㊼，动也。形气亦然。形不动则精不流，精不流则气郁。郁处头则为肿为风，处耳则为挶㊽为聋，处目则为䁾㊾为盲，处鼻则为鼽为窒㊿，处腹则为张为疛[51]，处足则为痿为蹶。

轻水所[52]，多秃与瘿人[53]；重水所，多尰与躄[54]人；甘水所，多好与美人；辛水所，多疽与痤[55]人；苦水所，多尪与伛[56]。凡食无强厚味，无以烈味重酒，是以谓之疾首[57]。食能以时，身必无灾。凡食之道，无饥无饱，是之谓五藏之葆[58]。口必甘味，和精端容[59]，将[60]之以神气。百节虞欢，咸进受气[61]。饮必小咽，端直无戾。

今世上卜筮祷祠，故疾病愈来。譬之若射者，射而不中，反修于招[62]，何益于中？夫以汤止沸，沸愈不止，去其火则止矣。故巫医毒药[63]，逐除治之，故古之人贱之也，为其末也。

<h2 style="text-align:center">先　己</h2>

三曰：汤问于伊尹曰："欲取[64]天下，若何？"伊尹对曰："欲取天下，天下不可取；可取，身将先取。"

凡事之本，必先治身，啬其大宝[65]。用其新，弃其陈，腠理遂通。精气日新，邪气尽去，及其天年，此之谓真人。

昔者，先圣王成其身而天下成，治其身而天下治。故善响者不于响于声，善影者不于影于形，为天下者不于天下于身。《诗》曰："淑人君子，其仪不忒[66]。其仪不忒，正是四国[67]。"言正诸身也。故反其道而身善矣；行义则人善矣；乐备君道[68]而百官已治矣，万民已利矣。三者之成也，在于无为。无为之道曰胜天，义曰利身[69]，君曰勿身。勿身督听[70]，利身平静，胜天顺性。顺性则聪明寿长，平静则业进乐乡[71]，督听则奸塞不皇[72]。

故上失其道，则边侵于敌[73]；内失其行，名声堕于外。是故百仞之松，本伤于下而末槁于上；商、周之国，谋失于胸，令困于彼[74]。故心得而听得，听得而事得，事得而功名得。五帝先道而后德[75]，故德莫盛焉；三王先教而后杀，故事莫功[76]焉；五伯先事而后兵，故兵莫强焉。当今之世，巧谋并行，诈术递用，攻战不休，亡国辱主愈众，所事者末也。

夏后伯启与有扈战于甘泽而不胜⑦，六卿请复之，夏后伯启曰："不可。吾地不浅⑧，吾民不寡。战而不胜，是吾德薄而教不善也。"于是乎，处不重席⑩，食不贰味，琴瑟不张⑩，锺鼓不修，子女不饬⑪，亲亲长长，尊贤使能，期年而有扈氏服。故欲胜人者，必先自胜；欲论人者，必自论；欲知人者，必先自知。诗曰："执辔如组⑫。"孔子曰："审此言也，可以为天下。"子贡曰："何其躁⑬也？"孔子曰："非谓其躁也，谓其为之于此，而成文于彼也，圣人组修其身，而成文于天下⑭矣。"故子华子曰："丘陵成而穴者安矣，大水深渊成而鱼鳖安矣；松柏成而涂之人已荫矣。"孔子见鲁哀公，哀公曰："有语寡人曰：'为国家者，为之堂上而已矣⑮。'寡人以为迂言也。"孔子曰："此非迂言也。丘闻之：'得之于身者得之人，失之于身者失之人。'不出于门户而天下治者，其惟知反于己身者乎！"

论 人

四曰：主道约⑯，君守近⑰。太上反诸己，其次求诸人。其索之弥远者，其推之弥疏；其求之弥强者，失之弥远。何谓反诸己也？适耳目，节嗜欲，释智谋，去巧故，而游意乎无穷之次⑱，事心乎自然之涂。若此，则无以害其天⑲矣。无以害其天，则知精，知精则知神，知神之谓得一⑳。

凡彼万形，得一后成。故知一，则应㉑物变化，阔大渊深，不可测也。德行昭美，比于日月，不可息也。豪士时之㉒，远方来宾，不可塞也㉓。意气宣通，无所束缚，不可收也。故知知一，则复归于朴，嗜欲易足，取养节薄，不可得也。离世自乐，中情洁白，不可量也。威不能惧，严不能恐，不可服也。故知知一，则可动作当务，与时周旋㉔，不可极也。举错以数㉕，取与遵理，不可惑也。言无遗者，集肌肤㉖，不可革也。逸人困穷，贤者遂兴，不可匿也。故知知一，则若天地然，则何事之不胜、何物之不应㉗？譬之若御者，反诸己，则车轻马利㉘，致远复食㉙而不倦。

昔上世之亡主，以罪为在人，故日杀僇而不止，以至于亡而不悟。三代之兴王，以罪为在己，故日功而不衰，以至于王。

何谓求诸人？人同类而智殊，贤不肖异，皆巧言辩辞，以自防御，此不肖主之所以乱也。

凡论人，通则观其所礼，贵则观其所进，富则观其所养，听则观其所行，止则观其所好，习则观其所言，穷则观其所不受，贱则观其所不为。喜㉚之以验其守㉛，乐之以验其僻，怒之以验其节，惧之以验其特㉜，哀之以验其人，苦之以验其志。八观六验，此贤主之所以论人也。论人者，又必以六戚四隐㉝。何谓六戚？父、母、兄、弟、妻、子。何谓四隐？交友、故旧、邑里、门郭。内则用六戚四隐，外则用八观六验，人之情伪、贪鄙、美恶无所失矣。譬之若逃雨污，无之而非是㉞。此先圣王之所以知人也。

圜 道

五曰：天道圜㉟，地道方，圣王法之，所以立上下㊱。何以说天道之圜也？精气一上一下，圜周复杂，无所稽留㊲，故曰天道圜。何以说地道之方也？万物殊类殊形，皆有分职㊳，不能相为㊴，故曰地道方。主执圜，臣处方，方圜不易，其国乃昌。

日夜一周，圜道也。月躔二十八宿㊵，轸与角属，圜道也。精㊶行四时，一上一下各与遇，圜道也。物动则萌，萌而生，生而长，长而大，大而成，成乃衰，衰乃杀，杀乃藏，圜道也。云气西行云云然①，冬夏不辍；水泉东流，日夜不休。上不竭，下不满，小为大，重为轻②，圜道也。黄帝曰："帝无常处③也，有处者乃无处也。"以言不刑蹇④，圜道也。人之窍九，一有所居则八虚，八虚甚久则身毙。故唯而听，唯止⑤；听而视，听止。以言说一。一不欲留，留运为败⑥，圜道也。一也齐至贵，莫知其原，莫知其端，莫知其始，莫知其终，而万物以为宗⑦。圣王法之，以令其性，以定其正⑧，以出⑨号令。令出于主口，官职受而行之，日夜不休，宣通下究⑩，澄于民心，遂于四方，还周⑪复归，至于主所，圜道也。令圜，则可不可、善不善无所壅矣⑫。无所壅者，主道通也。故令者，人主之所以为命也，贤不肖、安危之所定也。

人之有形体四枝，其能使之也，为其感⑬而必知也；感而不知，则形体四枝不使矣。人臣亦然，号令不感，则不得而使矣；有之而不使，不若无有！主也者，使非有⑭者也，舜、禹、汤、武皆然。

先王之立高官也，必使之方⑮。方则分定，分定则下不相隐。尧、舜贤主也，皆以贤者为后，不肯与其子孙，犹若立官必使之方。今世之人主，皆欲世⑯勿失矣，而与其子孙。立官不能使之方，以私欲乱之也。何哉？其所欲者之远，而所知者之近也。今五音之无不应也，其分审⑰也。宫、徵、商、羽、角，各处其处，音皆调均⑱，不可以相违，此所以无不受⑲也。贤主之立官，有似于此。百官各处其职，治其事以待主，主无不安矣。以此治国，国无不利矣；以此备患，患无由至矣。

---

① 日在胃：指太阳的位置。胃：和下文的七星、牵牛皆为二十八宿之一。

② 华：开花。

③ 鴽（rù，音入）：鹌鹑之类的鸟。田鼠化为鴽只是古人的一种传说。

④ 荐：向鬼神进献。鞠衣：指后妃们躬桑时穿的象初生的桑叶那样黄色的衣服。先帝：指太皥等古代帝王。

⑤ 舟牧：主管船只的官。覆：翻过来。覆舟：翻过来看船是否漏水。

⑥ 鲔（wěi，音伟）：鱼名，即鲟鱼。

⑦ 窌（jiào，音窖）：地窖。

⑧ 振：救济。乏绝：出门在外无川资曰乏，居于家中无饮食曰绝。

⑨ 循：巡视。国邑：国都和城邑。

⑩ 修利：修理利用。

⑪ 罼（bì，音毕）：捕捉禽兽的长柄网。弋：拴在生丝线上射出去以后可以收的箭。

⑫ 罝罘（jūfú，音具浮）：捕兔的网。罗：捕鸟的网。

⑬ 喂兽之药：毒杀野兽的药。

⑭ 野虞：主管山野田林的官。

⑮ 鸣鸠：斑鸠。拂：拍击。

⑯ 具：准备。栚（zhèn，音朕）曲籧（jù，音句）筐：都是采桑养蚕用的工具。栚：放蚕薄的木架的横木。曲：蚕薄。籧：圆底的筐。

⑰ 乡：向。

⑱ 观：游玩。

⑲ 登：完成。

⑳ 效功：考核功效。

㉑ 共：供给。

㉒ 堕：同"惰"，松懈。

㉓ 工师：统领百工之官。

㉔ 审：检查。五库：储藏器材的五种仓库，即存贮下文所说的金铁、皮革筋、角齿、羽箭杆、脂胶丹漆等五材的五种仓库。

㉕监工：监督百工的官。日号：每日发布号令。

㉖淫巧：过分奇巧之物。

㉗荡：动荡。上：处于上位之人。

㉘大合乐：各种音乐舞蹈同时演奏。

㉙合：使交合。累牛：公牛。腾马：公马。游牝：发情的母牛、母马。

㉚举书其数：都记上它们的数目。

㉛傩（nuó，音挪）：驱除疫鬼的祭祀。

㉜磔（zhé，音折）：杀死牛羊来祭神。禳（rǎng，音壤）：除去邪恶的祭祀。

㉝毕：结束。

㉞肃：萧索。

㉟恐：寒气早发，草木肃杀，木不直，气不和，意味着有惶恐之事将发生。

㊱山陵不收：种在山陵上的谷物没有收成。

㊲化：变更。变：变化。

㊳以：用来。便生：利生。

㊴毕：尽。

㊵务：事情，要务。

㊶充形：充满形体。

㊷接神：与神交接。

㊸动精：动摇精气。

㊹人：所入之形。

㊺与：相当于“以”，凭借。下面四句类似。

㊻流行：行走。流：亦为“行”。

㊼蝼（lóu，音楼）：蝼蛄。秦晋之间谓之“蠹”（见扬雄《方言》）

㊽挶（ jú，音局）：耳病。

㊾瞡（miè，音灭）：眼眶红肿。

㊿鼽（qiú，音囚）、窒：都指鼻子堵塞不通。

(51)张、疛（zhǒu，音肘）：指腹部胀痛。

(52)轻水：含矿物质及盐分较少的水。

(53)瘿（yǐng，音影）：颈部生囊状瘤。

(54)尰（zhǒng，音肿）：脚肿。躄（bì，音敝）：不能行走。

(55)疽（jū，音居）：结成块状的毒疮。浅者为痈，深厚者为疽。痤（cuó，音错阳）：痈。

(56)尪（wāng，音汪）：突胸仰向疾。伛（yǔ，音雨）：脊椎弯曲。

(57)疾首：疾病之开端。

(58)葆：安也，安适。

(59)端：正。

(60)将：养。

(61)百节虞欢，咸进受气：机体四处关节舒适，都受到精气的滋养。

(62)修：整治修正。招：靶子。

(63)毒药：治病的药，其味多辛苦，故称毒药。

(64)取：治理。

(65)啬：爱惜。大宝：身体。

(66)忒（tè，音特）：差误。

(67)正是四国：给四方各国做榜样。正：使…端正。是：比。

(68)备：通“服”，实施。君道：为君之道。

(69)义曰利身：即无为之义曰利身，省略了无为之，下句同。

(70)督听：不偏听。督：正。

(71)乡：通“向”，归附。

⑫皇：通"惶"，惶惑。

⑬边侵于敌：即敌侵其边。

⑭令困于彼：政令在外也就当然难以推行。　彼：外边。

⑮先：把…放在先。　后：把……放在后。

⑯功：本指器物之美好。这里指美、好。

⑰后：夏朝时对国君的称呼。伯启：禹的儿子。　有扈：夏之同姓诸侯。　甘泽：古地名。

⑱浅：狭小。

⑲处不重席：居处不铺设两层席子。此意为节俭。

⑳张：陈设。

㉑饬：通"饰"，修饰打扮。

㉒执辔如组：持缰绳调马就象同织丝一样（有条不紊）。

㉓躁：急躁不安。子贡认为，这句诗的意思是说驭手同织丝一样，手不能停，所以他说，照此治理天下未免太急躁了。因此下文说孔子认为子贡误解了诗意。

㉔组修其身：修养自身。　成文：比喻大业完成。

㉕为之堂上而已矣：在朝堂上治理就行了。

㉖约：简单。

㉗君守近：君主要遵循的原则就在身旁。

㉘游意乎无穷之次：让自己意识在无限的空间中遨游。无穷之次：无限的空间。

㉙天：身体。

㉚一：道也。

㉛应：适应。

㉜时：不时。　之：往，去。

㉝塞：枯遏。

㉞动作当务，与时周旋：举动合法又合理，又合于时宜。

㉟错：通"措"，行动。　数：礼数，礼仪。

㊱言无遗者，集肌肤：说出的话没有漏缺，接触到人的肌肤使有感知。

㊲当：适当。

㊳利：快。

㊴复食：陈昌济认为，复食为"履险"二字之讹。

⑩喜：使之高兴。　下面乐、怒、惧、哀、苦用法相同。

⑩守：操守。

⑩特：卓异的品行。

⑩四隐：四种新近的人。

⑩譬之若逃雨污，无之而非是：就象是避雨，所往之处无一处没有雨水，无所逃避。

⑩圈：即圆。

⑩上下：指君上臣下。

⑩圆周复杂，无所稽留：周绕往复循环，运动不止。　稽留：停留。

⑩分职：一定的界限和职守。

⑩为：用。

⑩月躔（chán，音缠）二十八宿：月亮与二十八宿交会。

⑪精：金木水火土五星。古人言"三精"即指日、月、星，意即此类。

⑫云云然：西行之云气周旋回转之状。

⑬小：指泉水。　大：指大海。　重：指水。　轻：指云。

⑭帝：天。　无常处：指无为而化。

⑮刑謇（jiǎn，音简）义同"形倨"，不停止地运行，周流不止。（依俞樾说）

⑯唯而听，唯止：应答时若要听，应答就会停止。下一句类似。

⑰欲：应该。　留：停滞。　留运：留滞。　败：灾祸。

⑱宗：根本。

⑲令：善，美好。 定：安。 正：同"政"。

⑳出：行使。

㉑宣：遍布。 究：穷极，穷尽。

㉒瀸（jiān，音尖）：洽，合。

㉓遂：达。

㉔还周：疑为"周还"，反行的意思。 还：同"旋"。

㉕可不可、善不善无所壅矣：使不可者可，使不善者善，就没有什么可壅闭了。

㉖感：感觉，触动。

㉗非有：非其有，并不是他自身具有的东西。

㉘方：端正，守职分明。

㉙世：父死子继曰世。

㉚审：确定。

㉛调：调和。 均：调节乐器的用具，"长八尺，施弦以调六律五声"。（《文选·思元赋》注）

㉜受：应也。

吕氏春秋卷第四

镇洋毕氏校本

孟夏纪第四

劝学　尊师　诬徒　用众

吕氏春秋训解

高　氏

孟　夏　纪

一曰：孟夏之月，日在毕①，昏翼中，旦婺女中。其日丙丁②，其帝炎帝③，其神祝融④。其虫羽，其音徵，律中仲吕。其数七⑤，其性礼⑥，其事视⑦，其味苦，其臭焦，其祀灶，祭先肺。蝼蝈⑨鸣，丘蚓出，王菩⑩生，苦菜秀⑪。天子居明堂左个⑫，乘朱辂，驾赤骝⑬，载赤旂，衣赤衣，服赤玉，食菽与鸡，其器高以觕⑭。

是月也，以立夏。先立夏三日，太史谒之天子曰："某日立夏，盛德在火。"天子乃斋。立夏之日，天子亲率三公、九卿、大夫，以迎夏于南郊⑮。还，乃行赏，封侯庆赐，无不欣说。乃命乐师习合礼乐。命太尉，赞杰俊⑯，遂贤良，举长大⑰。行爵出禄⑱，必当其位。

遇之，谯诟遇之，则亦谯诟报人，又况乎达师与道术之言乎？故不能学者：遇师则不中⑰，用心则不专。好之则不深，就业则不疾，辩论则不审⑱，教人则不精。于师⑲愠，怀⑳于俗，羁神㉑于世，矜势好尤，故湛于巧智，昏于小利，惑于嗜欲，问事则前后相悖，以章㉒则有异心，以简则有相反，离则不能合，合则弗能离，事至则不能受㉓，此不能学者之患也。

用　众

五曰：善学者，若齐王之食鸡也，必食其跖数千而后足①。虽不足，犹若有跖。物固莫不有长，莫不有短，人亦然。故善学者，假人之长以补其短。故假人者，遂有天下。无丑不能，无恶不知②。丑不能恶不知，病③矣。不丑不能，不恶不知，尚④矣。虽桀、纣犹有可畏可取者，而况于贤者乎？

故学士曰：辩议不可不为。辩议而苟可为，是教也。教，大议也。辩议而不可为，是被褐而出，衣锦而入。

戎人生乎戎，长乎戎，而戎言不知其所受之。楚人生乎楚、长乎楚，而楚言不知其所受之。今使楚人长乎戎，戎人长乎楚，则楚人戎言，戎人楚言矣。由是观之，吾未知亡国之主不可以为贤主也，其所生长者不可耳。故所生长不可不察也。

天下无粹⑤白之狐，而有粹白之裘，取之众白也。夫取于众，此三皇五帝之所以大立功名也。凡君之所以立，出乎众也。立已定而舍其众，是得其末而失其本。得其末而失其本，不闻安居⑥。故以众勇无畏乎孟贲⑦矣，以众力无畏乎乌获⑧矣，以众视无畏乎离娄⑨矣，以众知无畏乎尧、舜矣。夫以众者，此君人之大宝⑩也。

田骈谓齐王曰："孟贲庶乎患⑪术，而边境弗患。"楚、魏之王，辞言不说⑫，而境内已修备矣，兵士已修用矣，得之众也。

---

① 日在毕：太阳的位置在毕宿。"毕"与下文的"翼"、"中"、"婺女"都是星宿名。

② 丙丁：五行说认为夏季属火，丙丁也属火，所以如此。下文也都是依据阴阳五行配四时。

③ 炎帝：即神农氏，五行说认为他以火德统治天下，被尊为南方火德之帝。

④ 祝融：颛顼（xū，音须）氏之后，名吴回，曾作高辛氏火官，死后被尊为火德之神。

⑤ 七：阴阳家认为，火生数为二，成数为七，这里指火的成数。

⑥ 性：情性。礼：五性（仁义礼智信）之一。

⑦ 事：修身之事。视：五声（貌言视听思）之一。

⑨ 蝼蝈：蛤蟆，蛙的一种，似蟾蜍而小，初夏开始鸣叫。

⑩ 王菩：即栝楼，一种药用植物，根和果实可入药。

⑪ 秀：开花。

⑫ 明堂左个：南向的明堂的左侧室。

⑬ 骝（liú，音留）：黑鬣（liè）黑尾的红马。

⑭ 觕（cū，音粗）：大。 器物高而口大以顺应夏季长养之气。

⑮ 南郊：邑南七里之郊。

⑯ 赞：向上禀告。

⑰ 遂：进。举：举荐。长大：形貌高大之人。

⑱ 行爵出禄：封爵给予俸禄。

⑲ 继长增高：指草木继续生长繁茂。

⑳ 土功：土木建筑。

㉑绨（chī，音痴）：细葛布。这里指穿细葛布衣。
㉒勉作：努力耕作。
㉓升：献。
㉔靡草：即葶苈，一年生草本药用植物。
㉕出：释放。　轻系（jì）：指不够判刑的犯人。
㉖均：平均，按桑的多少平均分配茧税。
㉗酎（zhòu，音皱）：春天酿的酒。
㉘数（shuò）：屡次。
㉙鄙：边邑。　保：城堡。
㉚秀：开花的草。　实：结实。
㉛人亲：父母。
㉜生：出自。
㉝学者师达而有材：学习的人如果老师通达而自己又是可造就之材。
㉞理：治，特指政治清明安定。
㉟在右则右重，在左则左重：意思是圣人在哪一边，哪里就受到尊重。
㊱争：计较。
㊲疾：努力。
㊳信：被人信从。
㊴往教者：应召去教的老师。　化：感化。
㊵召帅者：呼唤老帅来教的学生。　化：教化。
㊶听：被人听信。
㊷濡：沾湿。
㊸说：说教
㊹兑：同“悦”，使高兴。
㊺硾（zhuì，音坠）：使物下沉。
㊻堇（jǐn，音谨）：草名，有毒，可入药。
㊼遗：遗弃，　释：抛弃。
㊽要（yāo）：求。
㊾使：出使，这里的意思是派遣曾参外出。
㊿后：最后才到达。
(51)师：以…为师。　悉诸：传说中黄帝中的老师。
(52)大挠：传说为黄帝史官，始作甲子，创造了以干支相配的纪年方法。
(53)伯夷父：即伯夷，传说为颛顼之师。
(54)伯招：传说为帝喾之师。
(55)小臣：即伊尹。
(56)随会：即士会，字季，晋大夫，食采邑随及苑，故又称随会、随季、苑季。
(57)公孙枝：字子桑，秦大夫。
(58)十圣人：指上面所说的神农至武王十位帝王。六贤者：指上面所说的齐桓公到勾践六位诸侯。
(59)不学，其闻不若聋：如果不学习，耳有所闻反不如耳聋听不见好。下面三句相同。
(60)子张：姓颛孙，名师，字子张，孔子的弟子。
(61)颜涿聚：名庚，字涿聚，春秋齐大夫。　梁父：泰山下一座小山名，在今山东新泰县西。
(62)段干木：战国初魏国的贤士，隐居不仕。　驵（zǎng）：马侩，古时说合牲畜交易进行中间剥削的人。
(63)高何、县子石：战国时人，墨子的弟子。
(64)指：被…指斥。　乡曲：乡里。
(65)营：通“荧”，惑乱。
(66)疾：尽力。　讽诵：背诵。
(67)司：通“伺”，等候。

⑱骓（huān，音欢）：同"欢"。

⑲以论道：辨别道议理。

⑳矜：自负贤能，自夸。

㉑唐圃：园地。唐，通"塘"，堤。圃：菜园子。

㉒苢：疑为"蓎（fēi）字之误（依毕沅说）。　　蓎屦：即后人所谓麻鞋。

㉓之：往。

㉔临：备办，治。

㉕蠲（juān，音绢）：清洁。

㉖颜色：脸色。

㉗疾：尽力。　　趋翔：行步有节奏的样子。翔，同"跄"

㉘内：同"纳"，接纳。

㉙为天下正：即"正天下"。

㉚勿已者：一定要提的话，已：停止。

㉛齿：并列。　　弗臣：不作臣子对待。

㉜安：安心。　　休：宽容。　　游：活泼。这六字指三方面：安乐从情绪上说，休游从思想状态上说，肃严从对待事物的态度上说。

㉝得：满足。

㉞尽兽：吃尽所煮的兽。

㉟嗜：喜好。　　脯：干肉，煮熟的肉也叫脯。　　儿：差不多。

㊱志气不和：心不平，气不和。志：心志。气：意气。

㊲晏阴：晴阴。晏：清朗无云。

㊳恣：放纵。

㊴证移：接纳人的意见而改变。证：劝谏。

㊵居处：平常。　　修洁：整齐明洁。

㊶身状：身貌。　　出伦：出类拔萃。伦：英，匹。

㊷难：诘难。　　悬：远绝。

㊸弟子去则冀终：弟子要离开但又希望完成学业。

㊹居：留下。

㊺造：作。　　怨尤：怨恨不满。

㊻情：情实，真情。

㊼反己以教：自求于己而教人，即教人要象为自己设想一样。反己：求诸己。

㊽苦：粗劣。　　功：精良。

㊾谯垢：即"詬诟（xǐ gòu，音洗够），粗暴，过分，迂曲。

⑩不中：不忠诚。

⑩审：明是非。

⑩于师愠：即愠于师。愠（yùn，音酝）：恼怒。

⑩怀：安

⑩羁神：牵制之。

⑩章：文章。

⑩事：勤勉，努力。至：极。受：成。

⑩跖：脚掌，这里指鸡爪。这里是说，善学的人对于学，也该象齐王吃鸡爪一样，必吃数千才感到满足。

⑩丑：以…为可耻。　　恶：以…过错。

⑩病：困窘。

⑩尚：上。

⑪粹：纯粹。

⑫安居：地位巩固。

⑬孟贲：战国时卫国勇士，力大，"能手拔牛角。"

⑭乌获：战国时秦国大力士。

⑮离娄：传说为黄帝时视力最好的人，"能见针末于百步之外。"

⑯大宝：帝位。

⑰庶几乎患术：几乎苦于无法。

⑱辞言不说：不贵言辞。

吕氏春秋卷第五

镇洋毕氏校本

仲夏纪第五

大乐　侈乐　适音　古乐

吕氏春秋训解

高　氏

仲　夏　纪

一曰：仲夏之月，日在东井①，昏亢中，旦危中。其日丙丁，其帝炎帝，其神祝融。其虫羽，其音徵，律中蕤宾。其数七，其味苦，其臭焦，其祀灶，祭先肺。小暑至，螳螂生，鵙②始鸣，反舌无声③。天子居明堂太庙④，乘朱辂，驾赤骝⑤，载赤旂，衣朱衣，服赤玉，食菽与鸡，其器高以觕，养壮狡。

是月也，命乐师，修鞀鞞⑥鼓，均⑦琴瑟管箫，执干戚戈羽⑧，调竽笙熏篪⑨，饬钟磬柷敔⑩。命有司，为民祈祀山川百原⑪，大雩帝⑫，用盛乐。乃命百县雩祭祀百辟卿士有益于民者⑬，以祈谷实。农乃登⑭黍。

是月也，天子以雏尝黍，羞以含桃⑮，先荐寝庙。令民无刈蓝⑯以染，无烧炭，无暴布⑰。门闾无闭，关市无索⑱。挺⑲重囚，益其食。游牝别其群，则絷腾驹⑳，班马正㉑。

是月也，日长至，阴阳争，死生分。君子斋戒，处必掩㉒，身欲静无躁，止声色，无或进㉓，薄滋味，无致和，退嗜欲，定心气。百官㉔静，事无刑，以定晏阴之所成。鹿角解㉕，蝉始鸣，半夏生，木堇荣。

是月也，无用火南方。可以居高明，可以远眺望，可以登山陵，可以处台榭。

仲夏行冬令，则雹霰伤谷，道路不通，暴兵来至。行春令，则五谷晚熟，百螣㉖时起，其国乃饥㉗。行秋令，则草木零落，果实早成，民殃于疫。

①日在东井：太阳在东井的位置。东井：和下文的"亢"，"中"，"危"都是星宿名

②鵙：(jué，音决)：伯劳鸟，夏至始鸣，冬至止。

③反舌：百舌鸟，立春开始鸣叫，夏至止。

④明堂太庙：南向明堂的中央正室。

⑤壮狡：力大强健之人。狡：健。

⑥鞀鞞：(táo pí，音桃皮)：乐曲演奏时，用来指挥的鼓。

⑦均：调节。

⑧干：盾牌。　　戚：斧。　　羽：古时舞者所执顶端有羽毛的指挥旗。干戚羽都是舞具。

⑨埙：古代陶制的吹奏乐器。　　篪 (chí，音持)：竹制的吹奏乐器。

⑩饬：整治。　　柷 (zhù，音祝)：打击乐器，状如漆桶，中间有木椎，可以左右敲击，乐曲开始时击柷。敔 (yǔ，音语)：打击乐器，形状象伏虎，背上有钮锯，用杖刷击，乐曲结束时击敔。准备以上乐器和舞具，是为即将到来的雩祭天帝时使用。

⑪百原：众水的发源之地。原：同"源"。

⑫雩 (yú，音鱼)：旱时求雨的祭祀。帝：天帝。

⑬百县：天子领地内的百县大夫。　　百辟卿士：指前世的百君公卿。辟：君。这句的意思是：命令百县大夫祭祀对人民有功的前世百君公卿，祈求谷物籽实丰满。

⑭登：献。

⑮羞：进献。　含桃：樱桃。

⑯蓝：草名，即蓼蓝，可以提炼青色，仲夏月因蓝草尚未长成，所以禁止刈割。

⑰暴布：晒布。暴：同"曝"，晒，

⑱关：要塞。　市：集。　无索：指不征税。

⑲挺：缓。

⑳絷 (zhì，音置)：束缚马足。　　腾驹：公马。

㉑班：同"颁"，颁布。　　马正：即马政，有关养马的政令。

㉒处：居处　掩：遮掩。为避暑气，居处必有所遮盖。

㉓或：助词，无义。　　进：指嫔妃进御。

㉔百官：身体各个器官。

㉕解：脱落。

㉖百螣 (tè，音特)：指各种类似蝗虫的害虫。

㉗饥：饥荒元年。

大　乐

二曰：音乐之所由来者远矣！生于度量①，本于太一②。太一出两仪，两仪出阴阳。阴阳变化，一上一下，合而成章③。浑浑沌沌④，离则复合，合则复离，是谓天常⑤。天地车轮⑥，终则复始，极则复反，莫不咸当。日月星辰，或疾或徐，日月不同，以尽其行⑦。四时代兴，或暑或寒，或短或长，或柔或刚。万物所出，造于太一，化于阴阳。萌芽始震，凝滰以形⑧。形体有处，莫不有声。声出于和，和出于适，和适先王定乐，由此而生。天下太平，万物安宁。皆化其上⑨，乐乃可成。成乐有具⑩，必节嗜欲。嗜欲不辟⑪，乐乃可务⑫。务乐有术，必由平出。平出于公，公出于道，故惟得道之人，其可与言乐乎！

亡国戮民，非无乐也，其乐不乐。溺者非不笑也，罪人非不歌也，狂者非不武⑬也。乱世之乐有似于此，君臣失位，父子失处，夫妇失宜，民人呻吟，其以为乐也，若之何哉！

凡乐，天地之和、阴阳之调也。始生人者，天也。人无事焉。天使人有欲，人弗得不求；天使人有恶，人弗是不辟⑭。欲与恶，所受于天也，人不得兴焉⑮，不可变，不可易。世之学者，有非乐者矣，安由出哉？

大乐⑯，君臣、父子、长少之所欢欣而说⑰也。欢欣生于平，平生于道。道也者，视之不见，听之不闻，不可为状⑱。有知不见之见⑲、不闻之闻、无状之状者，则几于知之矣。道也者，至精也⑳，不可为形，不可为名，强为之，谓之太一。

故一也者制㉑令，两也者从听㉒。先圣择两法一，是以知万物之情㉓。故能以一听政者，乐君臣，和远近，说黔首，合宗亲；能以一治其身者，免于灾，终其寿，全其天㉔；能以一治其国者，奸邪去，贤者至，成大化；能以一治天下者，寒暑适，风雨时，为圣人。故知一则明，明两则狂。

侈　乐

三曰：人莫不以其生生，而不知其所以生㉕；人莫不以其知知，而不知其所以知。知其所以知之谓知道㉖，不知其所以知之谓弃宝。弃宝者，必离㉗其咎。世之人主，多以珠玉戈剑为宝，愈多而民愈怨，国人愈危，身愈危累㉘，则失宝之情矣。乱世之乐与此同。为木革之声则若雷㉙，为金石之声则若霆，为丝竹歌舞之声则若噪。以此骇心气、动耳目、摇荡生㉚则可矣，以此为乐则不乐。故乐愈侈，而民愈郁，国愈乱，主愈卑，则亦失乐之情矣。

凡古圣王之所为贵乐者，为其乐也。夏桀、殷纣作为侈乐。大鼓、钟、磬、管、箫之音，以巨为美，以众为观；俶诡殊瑰㉛。耳所未尝闻，目所未尝见，务以相过不用度量。宋之衰也，作为千钟㉜；齐之衰也，作为大吕㉝；楚之衰也，作为巫音㉞。侈则侈矣，自有道者观之，则失乐之情。

失乐之情，其乐不乐。乐不乐者，其民必怨，其生必伤。其生之与乐也，若冰之于炎日，反以自兵㉟。此生乎不知乐之情，而以侈为务故也。乐之有情，譬之若肌肤形体之有情性也。有情性则必有性养矣。寒、温、劳、逸、饥、饱，此六者非适也。凡养也者，瞻非适㊱而以之适者也。能以久处其适，则生长矣。生也者，其身固静，感而后知，或使之也。遂而不返，制乎嗜欲；制乎嗜欲无穷，则必失其天矣。且夫嗜欲无穷，则必有贪鄙悖乱之心、淫佚奸诈之事矣。故强者劫弱，众者暴寡，勇者凌怯，壮者慠㊲幼，从此生矣。

适　音

四曰：耳之情㊳欲声，心不乐，五音在前弗听；目之情欲色，心弗乐，五色在前弗视；鼻之情欲芬香，心弗乐，芬香在前弗嗅；口之情欲滋味，心弗乐，五味在前弗食。欲之者，耳目鼻口也，乐之㊴弗乐者，心也。心必和平然后乐。心必乐，然后耳目鼻口有以欲之。故乐之务在于和心，和心在于行适㊵。

夫乐有适，心亦有适。人之情：欲寿而恶夭，欲安而恶危，欲荣而恶辱，欲逸而恶劳。四欲得，四恶除，则心适矣。四欲之得也，在于胜理㊶。胜理以治身，则生全以㊷，生全则寿长矣；胜理以治国，则法立，法立则天下服矣。故适心之务在于胜理。

夫音亦有适：太巨则志荡㊸，以荡听巨则耳不容，不容则横塞，横塞则振；太小则志嫌㊹，以嫌听小则耳不充，不充则不詹㊺，不詹则窕㊻；太清则志危㊼，以危听清则耳溪极㊽，溪极则不鉴㊾，不鉴则竭；太浊则志下，以下听浊则耳不收，不收则不抟㊿，不抟则怒。故太巨、太小、太清、太浊皆非适也。何谓适？衷，音之适也。何谓衷？大不出钧(51)，重不过石，小大轻重之衷也。黄钟之宫，音之本也(52)，清浊之衷也。衷也者，适也。以适听适则和矣。乐无太，平和者是也。

故治世之音安以乐，其政平也；乱世之音怨以怒，其政乖也；亡国之音悲以哀，其政险也。凡音乐，通乎政而移风平俗者也。俗定而音乐化之矣。故有道之世，观其音而知其俗矣，观其政而知其主矣。故先王必托于音乐以论其教。清庙③之瑟，朱弦而疏越④，一唱而三叹，有进乎音者矣。大飨之礼，上玄尊而俎生鱼⑤，大羹不和，有进乎味者也⑥。故先王之制礼乐也，非特⑰以欢耳目、极口腹之欲也，将以教民平⑱好恶、行理义也。

古　乐

五曰：乐所由来者尚⑲也，必不可废。有节，有侈，有正，有淫矣。贤者以昌，不肖者以亡。

昔古朱襄氏⑩之治天下也，多风而阳气畜积，万物散解⑩，果实不成，故士达⑫作为五弦瑟，以来阴气，以定群生。

昔葛天氏⑬之乐，三人操牛尾，投足以歌八阕：一曰载民，二曰玄鸟，三曰遂草木，四曰奋五谷，五曰敬天常，六曰建帝功，七曰依地德，八曰总禽兽之极。

昔陶唐氏⑭之始，阴多滞伏而湛积，水道壅塞，不行其原⑮，民气郁阏而滞著，筋骨瑟缩不达，故作为舞以宣导之。

昔黄帝令伶伦作为律⑯。伶伦自大夏之西，乃之阮隃之阴⑰，取竹嶰溪⑱之谷，以生空窍厚钧⑲者，断两节间、其长三寸九分、而吹之，以为黄钟之宫，吹曰舍少⑩。次制十二筒⑪，以之阮隃之下⑫，听凤皇之鸣，以别十二律⑬。其雄鸣为六⑭，雌鸣亦六⑮，以比黄钟之宫，适合。黄钟之宫皆可以生之。故曰：黄钟之宫，律吕⑯之本。黄帝又命伶伦与荣将⑰铸十二钟，以和五音，以施英韶⑱。以仲春之月，乙卯之日，日在奎，始奏之，命之曰咸池⑲。

帝颛顼生自若水，实处空桑，乃登为帝。惟天之合，正风乃行，其音若熙熙凄凄锵锵。帝颛顼好其音，乃令飞龙作，效八风⑳之音，命之曰承云，以祭上帝。乃令鱓先为乐倡㉑，鱓乃偃寝，以其尾鼓其腹，其音英英。

帝喾命咸黑作为《声歌》、《九招》、《六列》、《六英》。有倕作为鼙、鼓、钟、磬、吹、苓、管、埙、篪鞀、椎、㉒钟。帝喾乃令人抃㉓或鼓鼙，击钟磬，吹苓，展管篪。因令凤鸟、天翟舞之。帝喾大喜，乃以康㉔帝德。

帝尧立，乃命质为乐。质乃效山林溪谷之音以歌，乃以麇鞈㉕置缶而鼓之，乃拊石击石，以象上帝玉磬之音，以致舞㉖百兽。瞽叟乃拌五弦之瑟㉗，作以为十五弦之瑟。命之曰大章，以祭上帝。

舜立，命延㉘，乃拌瞽叟之所为瑟，益之八弦，以为二十三弦之瑟。帝舜乃令质修九招、六列、六英，以明帝德。

禹立，勤劳天下，日夜不懈。通大川，决壅塞，凿龙门，降通漻水以导河㉙，疏三江五湖，注之东海，以利黔首。于是命皋陶作为夏籥九成㉚，以昭其功。

殷汤即位，夏为无道，暴虐万民，侵削诸侯，不用轨度，天下患之。汤于是率六州以讨桀罪，功名大成，黔首安宁。汤乃命伊尹作为大护㉛，歌晨露㉜，修九招、六列，以见其善。

周文王处岐，诸侯去殷三淫㉝而翼文王。散宜生㉞曰："殷可伐也。"文王弗许。周公旦乃作诗曰："文王在上，于昭于天，周虽旧邦，其命维新。"以绳㉟文王之德。

武王即位，以六师伐殷，六师未至，以锐兵克之于牧野。归，乃荐俘馘于京太室㊱，乃命周公为作大武。

　　成王立，殷民反，王命周公践㉗伐之。商人服㉘象，为虐于东夷，周公遂以师逐之，至于江南，乃为三象㉙，以嘉其德。故乐之所由来者，尚矣，非独为一世之所造也。

---

①度量：指律管的长度、容积等。

②太一：指"道"，即天地万物的本源。

③章：犹"形"也。

④浑浑沌沌：古人想象中世界生成以前的元气状态。

⑤天常：即天道。

⑥轮：转动。

⑦以尽其行：周而复始运行在自己的轨道上。行：行度，即运行的轨道。

⑧震：动。万物受阳气之化即萌芽滋发，受阴气之化，便冰寒冻结。一言阳化而活动，一言阴化而冻结。

⑨化：随着。　　　上：当作"正"。

⑩具：用具，器具。这里作手段、条件讲。

⑪辟：开

⑫务：成。

⑬武：手足舞动。

⑭辟：远。

⑮与：参与。

⑯大乐：盛乐，指完美的音乐。

⑰说：同"悦"，喜悦。

⑱状：形容，描绘。

⑲不见之见：不见中包含着见。

⑳精：微

㉑制令：准则。

㉒从听：即听从。

㉓情：实情。

㉔天：身体。

㉕所以生：赖以生存的根本。

㉖知道：懂得道。

㉗离：通"罹"，遭受。

㉘危累："危"字疑衍（陈昌济说）。累：忧患，危难。

㉙木：八音之一。古称金、石、丝、竹、匏（páo）、土、革、木这八种制造乐器的材料为八音。钟为金，磬为石，琴瑟为丝，箫管为竹，笙竽为匏，埙为土，鼓为革，柷敔为木。

㉚生：性情。

㉛俶（chù，音处）诡：奇异。　　殊瑰：异常瑰丽。

㉜千钟：钟律之名。

㉝大吕：齐钟名，音协大吕之律，故名大吕。

㉞巫音：古代以舞降神的音乐。

㉟兵：灾害。

㊱适：适中。

㊲慠：同"傲"。

㊳情：实，本性。

㊴之：连词，相当于"与"。

㊵行适：行为合宜适中。

㊶胜理：依循事物的规律。　　胜（shēng，音声）：任。

㊷以：通"矣"。

㊸荡：动摇。

㊹嗛：通“慊”（qiǎn，音遣），不满足。

㊺澹（dàn，音旦）：足。

㊻窕：细而不满。

㊼危：高。

㊽溪（qī，音栖）极：空虚疲困。

㊾鉴：鉴别。

㊿抟（zhuān，音专）：专一。

(51)大不出钧：钟音律度最大不得超过钧所发之者。

(52)黄钟之宫：古乐以律确定五音音高，用黄钟律所定的宫音，叫黄钟之宫音，叫黄钟之宫

(53)清庙：宗庙。

(54)疏越：镂刻的小孔。疏，镂刻。越：穴。

(55)大飨：古代集合远近祖先神主于太庙合祭的祭祀。　玄尊：盛水的酒器。俎（zǔ，音组）：一种祭祀礼器。这里用如动词，把…盛在俎中。

(56)太（tài）羹：带汁的肉。　和：调和五味。

(57)特：只，仅仅。

(58)平：端正。

(59)尚：久远，从前。

(60)朱襄氏：传说中远古部落名，其首领为炎帝。

(61)散解：分散、脱落。

(62)士达：朱襄氏之臣。

(63)葛天氏：传说中的远古部落名。这里指其部落首领。

(64)陶唐氏：尧之号。

(65)原：当为“序”之误也。

(66)伶伦：传说中黄帝的乐官。　伶：乐官。　伦：人名。　律：古代定音用的竹制律管。

(67)之：往。　阮隃：山名。　阴：山之北。

(68)嶰（xiè，音谢）溪：山谷之名，在阮隃山北面。

(69)钧：通“均”。

(70)吹曰舍少：义未详。刘复说，吹出来的声音是舍少。舍少是模拟黄钟管的声音。

(71)次：依次。　十二筒：六律六吕各有管，故合起来称十二筒。

(72)之：往。

(73)十二律：中国古代乐制中，以一个八度分为十二个不完全相等的半音，每个半音称为一“律”。

(74)雄鸣为六：指六阳律，即黄钟、太簇、姑洗、蕤宾、夷则、无射（yì）。

(75)雌鸣为六：指六阴律，即大吕、夹钟、仲吕、林钟、南吕、应钟。

(76)律吕：十二律中，阳律称律，阴律称吕。

(77)荣将：传说中的黄帝之臣。他书或作“荣援”。

(78)英韶：指华美之音。　韶：美好。

(79)咸池：古乐名，传说为黄帝时所作。

(80)八风：八卦之风。

(81)鱓（tuó，音驼）：鳄鱼，皮可制鼓。　倡：始。

(82)有倕：传说中的巧匠。　鼙（pí）：小鼓。　苓：笙。

(83)抃（biān，音卞）：两手相击。

(84)康：安。

(85)麋辂（mí luò）：麋鹿的皮革。

(86)舞：使……舞。

(87)瞽叟：舜的父亲。瞽（gǔ，音鼓）：瞎子。拌（pàn，音叛）：分开。

(88)延：相传为舜之臣。

⑧降：大。潦（liáo，音潦）水：洪水。潦：流。河：黄河。

⑩皋陶（yáo）：禹之臣，传说在舜时掌刑狱之事。夏籥（yuè，音乐）：古乐名，即"大夏"。传说禹时乐舞"大夏"用籥伴奏，故又名"夏籥"。籥：同"龠"。九成：九段。

⑪大护：古乐名，相传为汤时伊尹所作。

⑫晨露：古乐名，相传为汤时的所作。

⑬三淫：指纣王所做的三件残暴之事，即"剖比干之心，断材士之股，刳孕妇之胎"。

⑭散宜生：周文王之臣。

⑮绳：赞誉。

⑯荐：敬献。俘馘（guó，音国）：被歼之敌。馘：从敌尸上割下的左耳。太室：太庙的中室。

⑰践：往。

⑱服：役使，驾御。

⑲三象：古乐名，相传为周公所作。

吕氏春秋卷第六

镇洋毕氏校本

季夏纪第六

音律　音初　制乐　明理

吕氏春秋训解

高　氏

季　夏　纪

一曰：季夏之月，日在柳①，昏心中，旦奎中。其日丙丁，其帝炎帝，其神祝融。其虫羽，其音徵，律中林钟。其数七，其味苦，其臭焦，其祀灶，祭先肺。凉风始至，蟋蟀居宇②，鹰乃学习③，腐草化为蚈④。天子居明堂右个，乘朱辂，驾赤骝，载赤旂，衣朱衣，服赤玉，食菽与鸡，其器高以觕。

是月也，令渔师⑤伐蛟取鼍，斥龟取鼋⑥。乃命虞人入材苇⑦。

是月也，令四监大夫合百县之秩刍⑧，以养牺牲。令民无不咸出其力，以供皇天上帝⑨、名山大川、四方之神，以祀宗庙神稷之灵，为民祈福。

是月也，命妇官染采⑩，黼黻文章⑪，必以法故，无或差忒⑫，黑黄苍赤，莫不质良⑬，勿敢伪诈，以给郊庙祭祀之服，以为旗章⑭，以别贵贱等级之度。是月也，树木方盛，乃命虞人入山行木，无或斩伐⑮。不可以兴土功，不可以合诸侯，不可以起兵动众。无举大事，以摇荡于气⑯。无发令而干时，以妨神农之事⑰。水潦盛昌⑱，命神农，将巡功⑲。举大事则有天殃。

是月也，土润溽暑㉠，大雨时行，烧薙行水㉑，利以杀草，如以热汤，可以粪田畴㉒，可以美土疆㉓。

行之是令，是月甘雨三至，三旬二日㉔。季夏行春令，则谷实解㉕落，国多风欬㉖，人乃迁徙。行秋令，则邱隰水潦，禾稼不熟，乃多女灾㉗。行冬令，则寒气不时，鹰隼早鸷，四鄙入保㉘。

中央土，其日戊己，其帝黄帝，其神后土㉙。其虫倮，其音宫，律中黄钟之宫。其数五，其味甘，其臭香，其祀中霤㉛，祭先心。天子居太庙太室，乘大辂，驾黄骝，载黄旂，衣黄衣，服黄玉，食稷与牛，其气圜以掩㉜。

音　律

二曰：黄钟生林钟，林钟生太蔟，太蔟生南吕，南吕生姑洗，姑洗生应钟，应钟生蕤宾，蕤宾生大吕，大吕生夷则，夷则生夹钟，夹钟生无射，无射生仲吕㉝。三分所生，益之一分以上生；三分所生，去其一分以下生㉞。黄钟、大吕、太蔟、夹钟、姑洗、仲吕、蕤宾为上，林钟、夷则、南吕、无射、应钟为下。

大圣至理㉟之世，天地之气，合而生风。日至则月钟其风㊱，以生十二律。仲冬日短至㊲，则生黄钟。季冬生大吕。孟春生太蔟。仲春生夹钟。季春生姑洗。孟夏生仲吕。仲夏日长至，则生蕤宾。季夏生林钟。孟秋生夷则。仲秋生南吕。季秋生无射。孟冬生应钟。天地之风气正，则十二律定矣。

黄钟之㊳月，土事无作，慎无发盖㊴，以固天闭地，阳气且泄。大吕之月，数将几终，岁且更起㊵，而农民㊶，无有所使。太蔟之月，阳气始生，草木繁动，令农发土，无或失时。夹钟之月，宽裕㊷和平，行德去刑，无或作事，以害群生。姑洗之月，达道通路，沟渎修利，申之此令，嘉气趣㊸至。仲吕之月，无聚大众，巡劝农事，草木方长，无携民心㊹。蕤宾之月，阳气在上，安壮养侠㊺，本朝不静㊻，草木早槁。林钟之月，草木盛满，阴将始㊼刑，无发㊽大事，以将阳气。夷则之月，修法饬刑，选士厉兵，诘诛不义，以怀远方。南吕之月，蛰虫入穴，趣农㊾收聚，无敢懈怠，以多为务。无射之月，疾断有罪，当法勿赦，无留狱讼，以亟以故㊿。应钟之月，阴阳不通，闭而为冬，修别丧纪[51]，审民所终[52]。

音　初

三曰：夏后氏孔甲田于东阳萯[53]山，天大风晦盲[54]，孔甲迷惑[55]，入于民室。主人方乳[56]，或曰："后来，是良日也，之子是必大吉。"或曰："不胜也，之子是必有殃。"后乃取其子以归，曰："以为余子，谁敢殃之？"子长成人，幕动坼橑[57]，斧斫斩其足，遂为守门者。孔甲曰："呜呼！有疾，命矣夫！"乃作为《破斧》之歌，实始为东音[58]。

禹行功[59]，见涂山之女。禹未之遇[60]而巡省南土。涂山氏之女乃令其妾候禹于涂山之阳，女乃作歌，歌曰："候人兮猗，"实始作为南音。周公及召公取风[61]焉，以为《周南》、《召南》。

周昭王亲将[62]征荆，辛余靡长且多力，为王右[63]。还反涉汉，梁败，王及蔡公抎于汉中[64]。辛余靡振王北济[65]，又反振蔡公。周公乃侯之于西翟，实为长公[66]。殷整甲徙宅西河[67]，犹思故处，实始作为西音。长公继是音，以处西山，秦缪公取风焉，实始作为秦音。

有娀氏有二佚女[68]，为之九成[69]之台，饮食必以鼓。帝令燕往视之，鸣若谥隘。二女爱而争搏之，覆以玉筐。少选⑦，发而视之，燕遗二卵，北飞，遂不反。二女作歌一终⑦，曰："燕燕往飞，"实始作为北音。

凡音者，产乎人心者也。感于心则荡乎音，音成于外而化乎内。是故闻其声而知其风，察其风而知其志，观其志而知其德。盛衰、贤不肖、君子小人皆形于乐，不可隐匿。故曰：乐之为观也，深矣⑦。

土弊则草木不长，水烦⑦则鱼龟不大，世浊则礼烦而乐淫。郑卫之声、桑间之音，此乱国之所好、衰德之所说⑦。流辟、诼越、慆滥之音⑦出，则滔荡之气、邪慢之心感矣⑦。感则百奸众辟从此产矣。故君子反道以修德，正德以出乐，和乐以成顺，乐和而民乡方⑦矣。

制　　乐

四曰：欲观至乐⑦，必于至治。其治厚者其乐治厚⑦，其治薄者其乐治薄，乱世则慢以乐矣⑩。今室闭户牖，动天地，一室也⑩。

故成汤之时，有谷生于庭，昏而生，比旦而大拱⑩，其吏请卜其故。汤退⑩卜者曰："吾闻祥者福之先者也，见祥而为不善则福不至；妖者祸之先者也，见妖而为善则祸不至。"于是早朝晏退，问疾吊丧，务镇抚百姓，三日而谷亡。故祸兮福之所倚，福兮祸之所伏，圣人所独见，众人焉知其极⑭。

周文王立国八年，岁六月，文王寝疾五日而地动，东西南北，不出国郊⑮。百吏皆请曰："臣闻地之动，为人主也。今王寝疾五日而地动，四面不出周郊，群臣皆恐，曰：'请移之。'"文王曰："若何其移之也？"对曰："兴事动众，以增国城⑯，其可以移之乎！"文王曰："不可。夫天之见妖也，以罚有罪也。我必有罪，故天以此罚我也。今故兴事动众以增国城，是重⑰吾罪也。不可。"文王曰："昌⑱也请改行重善以移之，其可以免乎。"于是谨其礼秩、皮革⑲，以交诸侯；饬⑳其辞令、币帛，以礼豪士；颁其爵列等级、田畴，以赏群臣。无几何，疾乃止。文王即位八年而地动，已动之后四十三年，凡文王立国五十一年而终。此文王之所以止殃翦妖也。

宋景公之时，荧惑在心㉑。公惧，召子韦㉒而问焉，曰："荧惑在心，何也？"子韦曰："荧惑者，天罚也；心者，宋之分野也。祸当于君。虽然，可移于宰相。"公曰："宰相，所与治国家也，而移死焉，不祥。"子韦问："可移于民。"公曰："民死，寡人将谁为君㉓乎？宁独死。"子韦曰："可移于岁㉔。"公曰："岁害则民饥，民饥必死。为人君而杀其民以自活也，其谁以我为君乎？是寡人之命固尽已，子无复言矣。"子韦还走㉕，北面载㉖拜曰："臣敢贺君。天之处高而听卑㉗。君有至德之言三，天必三赏君。今昔荧惑其徙三舍㉘，君延年二十一岁。"公曰："子何以知之？"对曰："有三善言，必有三赏。荧惑必三徙舍，舍行七星，星一徙当七年，三七二十一，臣故曰君延年二十一岁矣。臣请伏于陛下以伺候㉙之。荧惑不徙，臣请死。"公曰："可。"是夕荧惑果徙三舍。

明　　理

五曰：五帝三王之于乐尽⑩之矣。乱国之主未尝知乐者，是常主⑪也。夫有天赏得为主，而未尝得主之实，此之谓大悲。是正坐于夕室⑫也，其所谓正，乃不正矣。

凡生非一气之化也，长非一物之任也⑬，成非一形之功也。故众正之所积，其福无不及也；众邪之所积，其祸无不逮也。其风雨则不适，其甘雨则不降，其霜雪则不时，寒暑则不当，阴阳失次，四时易节，人民淫烁不固①，禽兽胎消不殖，草木庳小不滋②，五谷萎败不成。其以为乐也，若之何哉？

故至乱之化，君臣相贼，长少相杀，父子相忍③，弟兄相诬，知交相倒，夫妻相冒④，日以相危，失人之纪⑤，心若禽兽，长邪苟利⑥，不知义理。

其云状有若犬、若马、若白鹄、若众车；有其状若人，苍衣赤首，不动，其名曰天衡；有其状若悬旍⑪而赤，其名曰云旍；有其状若众马以斗，其名曰滑马；有其状若众植华以长⑫，黄上白下，其名蚩尤之旗。其日有斗蚀，有倍僪，有晕珥⑬，有不光，有不及景⑭，有众日并出，有昼盲，有霄见⑮。其月有薄蚀，有晕珥⑯，有偏盲，有四月并出，有二月并见，有小月承大月，有大月承小月，有月蚀星，有出而无光。其星有荧惑，有彗星，有天棓，有天欃，有天竹，有天英，有天干，有贼星，有斗星，有宾⑱星。其气有上不属⑲天、下不属地，有丰上杀⑳下，有若水之波，有若山之楫㉑，春则黄，夏则黑，秋则苍，冬则赤。其妖孽有生如带，有鬼投其脾㉒，有菟㉓生雉，雉亦生鹅㉔，有螟集其国，其音匈匈，国有游蚳西东，马牛乃言，犬彘乃连㉗，有狼入于国，有人自天降，市有舞鸱㉘，国有行飞，马有生角，雄鸡五足，有豕生而弥㉙，鸡卵多㿇。有社迁处，有豕生狗。

国有此物，其主不知惊惶亟革㉚，上帝降祸，凶灾必亟㉛。其残亡死丧，殄绝无类，流散循饥无日矣。此皆乱国之所生也，不能胜数，尽荆、越之竹，犹不能书。故子华子曰："夫乱世之民，长短颉酤百疾㉜，民多疾疠，道多褓褓，盲秃伛尪㉝，万怪皆生。"故乱世之主，乌闻至乐？不闻至乐，其乐不乐。

---

①柳：二十八星宿之一。心、中，皆星名。

②宇：屋檐。

③习：练习飞行。古人认为秋季将至，鹰为顺应秋主杀之气，所以练习飞翔，准备搏击飞鸟。

④蚈（qiān，音谦）：萤火虫。古人认为，萤火虫乃腐草所化生。

⑤渔师：掌管水产的官吏。

⑥升：登。古人认为龟是神灵，所以说"升"。鼋（yuán，音元）：甲鱼。

⑦虞人：掌管山林池泽的官。入：纳入。材苇：可用来织器物的苇草。

⑧四监大夫：监四郡的县大夫。合：聚集。秩刍：按规定应交纳的刍草。秩：常。

⑨皇天：上天。皇：大。上帝：天帝。

⑩妇官：主管治丝麻布帛之事的女官。采：色彩。

⑪黼（fǔ，音甫）：半黑半白的花纹。黻（fú，音浮），半黑半青的花纹。文：半青半红的花纹。章：半红半白的花纹。

⑫法：法则。故：旧来的习惯。忒：差错。

⑬质良：鲜艳美好。质：美。良：善。

⑭旌章：旌旗和名号。

⑮行：巡察。斩伐：砍伐。

⑯气：土气。依五行说，季夏末属土，作上述大事不合时令，有损土气。

⑰干：干犯，抵触。神农之事：指农事。

⑱潦：雨水大的样子。盛昌：这里也指水大。

⑲神农：指农官。巡功：巡视田亩修治的情况。功：事。

⑳溽（rù，音入）暑：指盛暑湿热。溽：湿。

㉑烧薙（tì，音剃）：除草后晒干烧掉。薙：除草。行水：引雨水灌溉。

㉒粪田畴：给耕地施肥。

㉓美土疆：使土地肥美。

㉔三旬二日：大意是，除去晦朔两天，三旬中可以有两日降雨。

㉕解落：散落。解：离开。

㉖国：国人。风欬：因受风而咳嗽。

㉗女灾：指妇女不能生育之灾。五行说认为秋属金，主杀气，又金生水，所以到处水潦，禾稼不熟，妇女不能生育。

㉘弋：击杀飞鸟。

㉙四鄙：四方边邑。保：城堡。

㉚后土：共工氏之子，名句龙，死后被尊为后土之神。

㉛中霤（liù，音留去声）：五祀之一，祭祀后土。中霤指屋的中央。

㉜圜（yuán，音员）：圆，指器中宽大。掩：遮掩，指器口小而敛缩。

㉝黄钟生林钟……无射生神吕：讲音律相生的结果。林钟……仲吕为古代音乐十二调，即十二律。

㉞三分所生，益之一分以上生；三分所生，去其一分以下生：这两句讲音律相生的方法，即"三分损益法"。所谓"三分所生，"就是把作为基准的音律的度数分为三等分。所谓"益之一分"，就是把已知的音律数（旧说为律管的长度）分为三等分之后，再增其一分，结果在三分之四的已知音律数上产生新的音律，这称为"上生"。所谓"去其一分"，就是把已知的音律数分为三等分之后，减去其一分，结果在三分之二已知音律数上产生新的音律，称为"下生。"

㉟至理：至治，最完美的政治局面。理：治理。

㊱日至：指太阳运行到某一度次。钟：聚。

㊲日短至：指冬至。

㊳黄钟之月：即律中黄钟之月（夏历十一月）。下文各月以此类推。

㊴发：揭开。盖：指盖藏之物。

㊵更起：重新开始。

㊶而农民：《礼记·月令》"而农民"上有"专"字。而：第二人称。

㊷宽裕：宽容。

㊸趣：急速。

㊹无携民心：不要使农民对农事三心二意。携：离，逆上命。

㊺养侠：当作"养佼"。养：将养。佼：健壮。

㊻本：指君子自身。朝：指朝廷百官。

㊼始刑：始杀。

㊽发：发起，举行。

㊾趣：督促。

㊿以亟以故：意思是从速处理，要合于旧典。亟：急切，快速。故：成例。

51别：区别。丧纪：丧事的法度。

52所终：用以送终的一切事宜。

53孔甲：禹的十四代孙，桀的曾祖。田：田猎。东阳萯（fù，音负）山：古地名

54晦盲：昏暗。晦：阴暗。

55迷惑：迷失了方向。

56乳：生孩子。

57幕：帐幕。坏：裂开。橑：屋椽。

58东音：东方的音乐。

59行功：巡视治水之事。行：巡视。功：事。

60未之遇：意思是没来得及与她举行结婚大典。遇：礼遇。

61取风：即采风。

62将：率领军队。

63辛余靡：周昭王之臣。为王右：坐在王的右边作骖乘。

64抎（yǔn，音陨）：坠落。汉中：汉水中。

65振：救。济：渡江。

66侯：以之为诸侯。长公：一方诸侯之长。

67殷整甲：商王河亶甲，名整。西河：古地名。

68佚女：美女。

⑥九成：九重，九层。

⑦少选：隔了一会儿。

⑦作歌一终：犹作歌一曲。古乐章以奏诗一篇为一终，也叫一竟、一成。

⑦乐之为观也，深矣：大意是，音乐作为一种观察的对象是很深刻的。

⑦烦：这里指水浑。

⑦说：同"悦"，乐。

⑦流辟：淫邪放纵。逃（tiǎo，音朓）越：声音飞荡。慆滥：放荡过分。

⑦滔荡：放荡无羁。感：熏染。

⑦乡：同"向"。方：道义。

⑦至乐：最和谐、完美的音乐。

⑦其乐治厚：疑为"其乐厚"（依毕沅说）。

⑧慢以乐：当作"乐以慢"（依谭戒甫说）。慢：怠慢。以：已经。

⑧今室闭户牖，动天地，一室也：虽关闭门窗，在一室之中即可感动天地。

⑧比：及。旦：天亮。大拱：大如拱。拱：两手合围。

⑧退：辞退。

⑧极：终极。

⑧国：国都。郊：邑外为郊。周制，离都五十里为近郊，百里为远郊。

⑧兴事：增发徭役。国城：国都之城墙。

⑧重：加重。

⑧昌：周文王名昌。

⑧礼秩：礼仪法度。皮革：皮革、币帛在古代通常作为贵重贡品或相互赠送的礼物。

⑨饬（chì，音敕）：整顿。

⑨荧惑在心：火星出现在心宿的位置。荧惑：火星。心：心宿。

⑨子韦：宋国太史。

⑨谁为君：意思为做谁的君主。

⑨岁：一年的农业收成。

⑨还（xuán）走：逡巡避让，离开所立之处，表示敬恐。

⑨北面：面向北。载：同"再"。

⑨卑：这里指地上的一切。

⑨徙：迁，移。这里是后退的意思。舍：星运行停留处。

⑨伏：匍伏，这里指守候。陛：帝王宫殿的台阶。伺候：观察。

⑩尽：极，达到顶点。

⑩常主：平常平庸的君主。

⑩夕室：偏西之室。这里泛指斜室、方位不正之室。夕：偏西。

⑩任：担负。

⑩人民淫烁不固：意思是男女淫乱不能生育。烁：销烁，这里指胎气消散。

⑩庳（bēi，音卑）：矮，短。滋：长。

⑩忍：残酷、残忍。

⑩冒：冒犯，冲撞。

⑩人之纪：指人伦，社会中的等级关系、道德关系。

⑩长（cháng）于：擅长。苟利：苟且求利。

⑩天衡：即"天衡"。天衡：《隋书·天文志中》中说，岁星之精，流为天衡，"状如人，苍衣赤首，不动，主灭位。"

⑪旌（jīng，音经）：同"旌。"

⑫植华：当作"植蕾"。植蕾，属菌类，菌上如盖，下有曲柄，与旗类似，所以比作蚩尤之旗。

⑬斗蚀：指日蚀。倍僪（yù，音玉），晕珥：太阳周围的光气。

⑭景：同"影"，日影。不光、不及影都是由于空中有浓厚的尘雾所致。

⑮霄：同"宵"，夜。见：显现。

⑯晕珥：月亮周围的光气。

⑰小月承大月：一种由于月晕而造成的奇特观象。天空并出两月，一大一小，大月在上，小月在下，叫作"小月承大月。"如果小月在上，大月在下，叫做"大月承小月。"

⑱荧惑、慧星……宾星：都是星名。古人把它们列为妖星，认为它们的出现预示着人间必将发生灾祸。

⑲属，连接。

⑳杀：少，小。

㉑楳：林木。

㉒陴（pí，音皮）：城墙上的女墙。

㉓莵：通"兔"。

㉔鴳（yàn，音燕）：同"鷃"，古书中的一种小鸟。

㉕国：国都。

㉖虵（shé，音蛇）：同"蛇"。西东：忽东忽西乱窜。

㉗连：合，指交配。

㉘鸱（chī，音吃）：鸱鸮（xiāo），猫头鹰。

㉙飞：义未祥。高亨说："飞当读为蜚，二字古通用。蜚，怪兽也。"

㉚弥：指蹄不长甲。

㉛殺（duàn，音段）：鸡卵孵化不出。

㉜亟：迅速。

㉝亟：通"极"，达到极点。

㉞殄：灭绝。无类：无一幸免。

㉟长短：无节度。颉咢午（wǔ，音午）：大逆。　百疾：变诈。

㊱伛（yǔ，音雨）：驼背。尪：鸡胸。

吕氏春秋卷第七

镇洋毕氏校本

孟秋纪第七

荡兵　振乱　禁塞　怀宠

吕氏春秋训解

高　氏

孟　秋　纪

一曰：孟秋之月，日在翼，昏斗中，旦毕中。其日庚辛，其帝少皞①，其神蓐收②。其虫毛，其音商，律中夷则。其数九，其味辛，其臭腥，其祀门③；祭先肝。凉风至，白露降，寒蝉鸣，鹰乃祭鸟④，始用行戮。天子居总章左个⑤，乘戎路，驾白骆，载白旂，衣白衣，服白玉，食麻与犬，其器廉⑥以深。

是月也，以立秋。先立秋三日，大史谒之天子，曰："某日立秋，盛德在金。"天子乃斋。立秋之日，天子亲率三公、九卿、诸侯、大夫以迎秋于西郊。还，乃赏军率武人于朝⑦。天子乃命将帅，选士厉兵，简练桀俊，专任有功，以征不义，诘诛暴慢⑩，以明好恶，巡彼远方。

是月也，命有司，修法制，缮囹圄，具桎梏⑪，禁止奸。慎罪邪，务搏执⑫。命理⑬，瞻伤察创，视折审断⑭，决狱讼，必正平⑮，戮有罪，严断刑。天地始肃，不可以赢。

是月也，农乃升谷，天子堂新，先荐寝庙。命百官，始收敛⑯，完堤防。谨壅塞，以备水潦。修宫室，坿墙垣⑰，补城郭。

是月也，无以封候、立大官，无割土地、行重币、出大使。行之是令，而凉风至三旬⑱。孟秋行冬令，则阴气大胜，介虫败谷，戎兵乃来。行春令，则其国乃旱，阳气复还，五谷不实。行夏令，则多火灾，寒热不节⑲，民多疟疾。

荡　兵

二曰：古圣王有义兵而无有偃兵⑳。兵之所自来者上㉑矣，与始有民俱。凡兵也者，威也；威也者，力也。民之有威力，性也。性者所受于天也，非人之所能为也，武者不能革㉒，而工者不能移㉓。

兵所自来者久矣，黄、炎故用水火矣㉔，共工氏固次作难矣㉕，五帝固相与争矣。递兴废，胜者用事㉖。人曰"蚩尤作兵"，蚩尤非作兵也，利其械矣㉗。未有蚩尤之时，民固㉘剥林木以战矣，胜者为长。长则犹不足治之，故立君。君又不足以治之，故立天子。天子之立也出于君，君之立也出于长，长之立也出于争。争斗之所自来者久矣，不可禁，不可止，故古之贤王有义兵而无有偃兵。

家无怒笞㉙，则竖子、婴儿之有过也立见㉚；国无刑罚，则百姓之悟相侵也立见；天下无诛伐，则诸侯之相暴㉛也立见。故怒笞不可偃于家，刑罚不可偃于国，诛伐不可偃于天下，有巧有拙而已矣。故古之圣王有义兵而无有偃兵。

夫有以饐㉜死者，欲禁天下之食，悖；有以乘舟死者，欲禁天下之船，悖；有以用兵丧其国者，欲偃天下之兵，悖。夫兵不可偃也，譬之若水火然，善用之则为福，不能用之则为祸；若用药者然，得良药则活㉝人，得恶药则杀人。义兵之为天下良药也亦大矣。

且兵之所自来者远矣，未尝少选㉞不用。贵贱、长少、贤者不肖相与同，有巨有微而已矣。察兵之微：在心而未发，兵也；疾视㉟，兵也；作色㊱，兵也；傲言，兵也；援推㊲，兵也；连反㊳，兵也；侈斗㊴，兵也；三军攻战，兵也。此八者皆兵也，微巨之争也。今世之以偃兵疾说㊵者，终身用兵而不自知悖，故说虽强，谈虽辨，文学㊶虽博，犹不见听㊷。故古之圣王有义兵而无有偃兵。

兵诚义，以诛暴君而振苦民，民之说也，若孝子之见慈亲也，若饥者之见美食也；民之号呼而走之，若强弩之射于深溪也，若积大水而失其壅堤也。中主犹若不能有其民，而况于暴君乎？

振　乱

三曰：当今之世浊甚矣，黔首㊸之苦不可以加矣。天子既绝㊹，贤者废伏㊺，世主恣行㊻，与民相离，黔首无所告朔。世有贤主秀士⑷，宜察此论也，则其兵为义矣。天下之民，且⑷死者也而生，且辱者也而荣，且苦者也而逸。世主恣行，则中人将逃其君，去其亲，又况于不肖者乎？故义兵至，则世主不能有其民矣，人亲不能禁其子矣。

凡为天下之民长也，虑莫如长有道而息无道⑷，赏有义而罚不义。今之世，学者多非乎攻伐。非攻伐而取救守，取救守者则乡之所谓长有道而息无道、赏有义而罚不义之术不行矣。天下之长民，其利害在察此论也。

攻伐之与救守一实也⑷，而取舍人异⑴，以辨说去之，终无所定论。固⑵不知，悖⑶也；知而欺心，诬⑷也。诬悖之士，虽辨无用矣。是非其所取而取其所非也，是⑸利之而反害之也，安之而反危之也。为天下之长患⑹、致黔首之大害者，若说为深。夫以利天下之民为心者，不可以不熟察此论也。

夫攻伐之事，未有不攻无道而罚不义也。攻无道而伐不义，则福莫大焉，黔首利莫厚焉。禁之者，是息有道而伐有义也，是穷汤、武之事而遂⑺桀、纣之过也。凡人之所以恶⑻为无道、不义者，为其罚也；所以蕲⑼有道、行有义者，为其赏也。今无道不义存，存者赏之也；而有道行义穷，穷者罚之也。赏不善而罚善，欲民之治⑽也，不亦难乎？故乱天下害黔首者，若论为大。

禁　塞

四曰：夫救守之心⑹，未有不守无道而救不义也。守无道而救不义，则祸莫大焉，为天下之民害莫深焉。

凡救守者，太上以说⑵，其次以兵。以说则承从多群⑶，日夜思之，事心任精⑷，起则诵之，卧则梦之，自今单唇干肺⑸，费神伤魂，上称三皇五帝之业以愉其意，下称五伯名士之谋以信其事，早朝晏罢，以告制兵者⑹，行说语众⑺，以明其道。道毕说单而不行，则必反之兵矣。反之于兵，则必斗争之情⑻，必且杀人。是杀无罪之民以兴无道与不义者也。无道与不义者存，是长天下之害，而止天下之利，虽欲幸⑼而胜，祸且始长⑺。

先王之法曰："为善者赏，为不善者罚。"古之道也，不可易。今不别其义与不义，而疾⑺取救守，不义莫大焉，害天下之民者莫甚焉。故取攻伐者不可，非攻伐不可；取救守不可，非救守不可；取惟义兵为可。兵苟义，攻伐亦可，救守亦可；兵不义，攻伐不可，救守不可。

使夏桀、殷纣无道至于此者，幸也；使吴夫差、智伯瑶⑺侵夺至于此者，幸也；使晋厉、陈灵、宋康⑺不善至于此者，幸也。若令桀、纣知必国亡身死，殄无后类⑺，吾未知其厉⑺为无道之至于此也；吴王夫差、智伯瑶知必国为丘墟⑺，身为刑戮，吾未知其为不善、无道、侵夺之至于此也；晋厉知必死于匠丽氏，陈灵知必死于夏徵舒，宋康知必死于温⑺，吾未知其为不善之至于此也。此七君者，大为无道不义，所残杀无罪之民者，不可为万数。壮佼老幼胎牒之死者⑺，大实⑺平原，广堙⑻深溪大谷，赴巨水，积灰⑻填沟洫险阻。犯流矢⑻，蹈白刃⑻，加之以冻饿饥寒之患，以至于今之世，为之愈甚。故暴骸骨无量数，为京丘⑻若山陵。世有兴主仁士，深意念此，亦可以痛心矣，亦可以悲哀矣。

察此其所自生，生于有道者之废，而无道者之恣行。夫无道者之恣行，幸矣。故世之患，不在救守而在于不肖者之幸也。救守之说出，则不肖者益幸也，贤者益疑矣⑻。故大乱天下者，在于不论其义，而疾取救守。

㊼行说语众：用其说语于众。　　行：用，传布，宣扬。

㊽之情："之情"前面"斗争"二字应为重叠，应为"斗争之情。"　　情：情况。

㊾幸：侥幸。

㊿且：乃。始长：开始增加。

(71)疾：极力。

(72)智伯瑶：春秋晋智宣子之子，当范、中行之地被分后，智、赵、韩、魏并称晋四卿。

(73)晋厉：晋厉公，名奈曼，公元前581－前573年在位。晋厉公七年，厉公游匠丽氏，被卿栾书、中行偃囚禁，第二年被杀。　　陈灵：陈灵公，名平国，公元前614－599年在位，灵公与其臣孔宁、仪行父都和夏姬私通。陈灵公十五年，灵公与二臣在夏姬家饮酒时，被夏姬之子夏徵舒射杀。宋康：宋康王，名偃，公元前328－前286年在位。

(74)殄：灭绝。　　类：种。　　后类：后代子孙。

(75)厉：疑为衍文。

(76)丘墟：废墟。

(77)温：魏邑。

(78)佼：强壮，强健。　　胅（dú，音读）：同"殰"，怀孕在内而死在腹中。

(79)实：满，遍。

(80)堙（yīn，音因）：堵塞，填塞。

(81)积灰：指战火焚烧城廓、房舍所积的灰烬。

(82)犯：冒犯。　　流矢：飞箭。

(83)蹈：踩着。　　白刃：利刃。

(84)京丘：古代战争之后，胜者为了炫耀武功，收集敌人的尸体，用土筑成高冢，称为京丘。

(85)疑：恐惧。

(86)苟辨：苟且辩说，勉强的辩论。辨：通"辩"。

(87)彰：彰明。

(88)不两立：二者不能并存。

(89)积聚：指财物、粮草。

(90)民虏：俘获的敌国百姓。奉：送。题：疑为衍字。

(91)期：结合。

(92)忧恨："忧"为"复"之误。复：通"愎"。恨：通"佷"（hěn，音很）。愎佷：固执，乖戾。冒疾：同"媢嫉"，妒嫉。遂过：坚持错误。遂：成。

(93)辟：屏除。

(94)謷（áo，音敖）丑：诋毁。

(95)訾：毁谤，非议。

(96)不辜：无罪的人。

(97)禄：给人以俸禄。

(98)克：胜。

(99)级：爵位等级。

(100)丛礼：草木繁茂的祭祀土神的地方。

(101)曲：婉转，多方设法。

(102)怀：安。

(103)能生死一人：疑为"能生一死人。"　　生：使之活。

(104)诛国：被伐之国。

(105)若化：形容人民归附非常迅速。　　化：变化。

吕氏春秋卷第八

镇洋毕氏校本

仲秋纪第八

论威　简选　决胜　爱士

吕氏春秋训解

高　氏

仲　秋　纪

一曰：仲秋之月，日在角①，昏牵牛中，旦觜巂中②。其日庚辛，其帝少皞，其神蓐收。其虫毛，其音商，律中南吕。其数九，其味辛，其臭腥，其祀门，祭先肝。凉风生，候鹰来，玄鸟③归，群鸟养羞④。天子居总章太庙，乘戎路，驾白骆，载白旂，衣白衣，服白玉，食麻与犬，其器廉以深。

是月也，养衰老，授几杖⑤，行糜粥⑥饮食。乃命司服，具饬衣裳⑦，文绣有常⑧，制有小大，度有短长，衣服有量，必循其故，冠带有常。命有司，申严百刑，斩杀必当，无或枉桡⑨。枉桡不当，反受其殃。

是月也，乃命宰祝⑩，巡行牺牲，视全具⑪，案刍豢⑫，瞻肥瘠，察物色⑬，必比类⑭，量小大，视长短，皆中度⑮。五者者备当，上帝其享。天子乃傩⑯，御佐疾⑰，以通秋气。以犬尝麻，先祭寝庙。

是月也，可以筑城郭，建都邑，穿窦窌，修囷仓⑱。乃命有司，趣民收敛⑲，务蓄菜，多积聚。乃劝种麦，无或失时，行罪无疑。

是月也，日夜分，雷乃始收声，蛰虫俯户，杀气浸盛⑳，阳气日衰，水始涸。日夜分，则一度量，平权衡，正钧石㉑，齐斗甬㉒。

是月也，易关市㉓，来商旅，入货贿㉔，以便民事。四方来杂㉕，远乡皆至，则财物不匮，上无乏用，百事乃遂。凡举事无逆天数，必顺其时，乃因其类㉖。

行之是令，白露降三旬。仲秋行春令，则秋雨不降，草木生荣㉗，国乃有大恐。行夏令，则其国旱，蛰虫不藏，五谷复生。行冬令，则风灾数起，收雷先行㉘，草木早死。

论　威

二曰：义也者，万事之纪也，君臣、上下、亲疏之所由起也，治乱、安危、过胜㉙之所在也。过胜之㉚，勿求于他，必反于己。

人情欲生而恶死，欲荣而恶辱。死生、荣辱之道一㉛，则三军之士可使一心矣。凡军欲其众也，心欲其一也，三军一心则令可使无敌矣。令能无敌者，其兵之于天下也，亦无敌矣。古之至兵㉜，民之重令也。重乎天下，贵乎天子。其藏于民心，捷于肌肤也㉝，深痛执固㉞，不可摇荡，物莫之能动㉟。若此则敌胡足胜矣？故曰：其令强者其敌弱，其令信者其敌诎㊱。先胜之于此，则必胜之于彼矣。

凡兵，天下之凶器也；勇，天下之凶德也。举凶器行凶德，犹㊲不得已也。举凶器必杀，杀，所以生之也；行凶德必威，威，所以慑㊳之也。敌慑民生，此义兵之所以隆㊴也。故古之至兵，才民未合㊵，而威已谕㊶矣，敌已服矣，岂必用枹鼓干戈哉？故善谕威者，于其未发也，于其未通也，宵宵㊷乎冥冥，莫知其情，此之谓至威之诚㊸。

凡兵欲急疾捷先。欲急疾捷先之道，在于知缓徐迟后而急疾捷先之分也。急疾捷先，此所以决义兵之胜也。而不可久处，知其不可久处，则知所兔起凫举死殨之地矣㊹。虽有江河之险则凌之㊺，虽有大山之塞则陷之，并气专精㊻，心无有虑，目无有视，耳无有闻，一诸武而已矣。冉叔誓必死于田侯㊼，而齐国皆惧；豫让必死于襄子㊽，而赵氏皆恐；成荆致死于韩主，而周人皆畏；又况乎万乘之国，而有所诚必乎，则何敌之有矣？刃未接而欲已得矣。敌人之悼惧惮恐㊾，单荡精神尽矣㊿，咸若狂魄，形性相离，行不知所之。走不知所往，虽有险阻要塞，铦兵利械○51，心无敢据，意无敢处，此夏桀之所以死于南巢也○52。今以木击木则拌○53，以木投水则散，以冰投冰则沈，以涂○54投涂则陷，此疾徐先后之势也。

夫兵有大要，知谋物之不谋之不禁也○55，则得之矣，专诸○56是也，独手举剑至而已矣，吴王一成○57。又况乎义兵，多者数万，少者数千，密其躅○58路，开敌之涂，则士岂特与专诸议哉？

简　选

三曰：世有言曰："驱市人○59而战之，可以胜人之厚禄教卒○60；老弱罢民，可以胜人之精士练材；离散系系○61，可以胜人之行陈整齐；锄耰白梃○62，可以胜人之长铫○63利兵。"此不通乎兵者之论。今有利剑于此，以刺则不中，以击则不及，与恶剑无择，为是斗因用恶剑则不可。简选精良，兵械铦利，发之则不时，纵之则不当，与恶卒无择，为是战因用恶卒则不可。王子庆忌、陈年○64犹欲剑之利也。简选精良，兵械铦利，令能将将之，古者有以王者、有以霸者矣。汤、武、齐桓、晋文、吴阖庐是矣。

殷汤良车七十乘，必死○65六千人，以戊子战于郕，遂禽推移、大牺○66，登自鸣条○67，乃入巢门○68，遂有夏。桀既奔走，于是行大仁慈，以恤黔首，反桀之事，遂○69其贤良，顺民所喜，远近归之，故王天下。

武王虎贲三千人，简车三百乘，以要甲子之事于牧野而纣为禽○70。显贤者之位，进殷之遗老，而问民之所欲，行赏及禽兽，行罚不辟天子○71，亲殷如周○72，视人如己，天下美其德，万民说其义，故立为天子。

齐桓公良车三百乘，教卒万人，以为兵首，横行海内，天下莫之能禁，南至石梁○74，西至酆郭○75，北至令支○76。中山亡邢○77，狄人灭卫○78，桓公更立邢于夷仪，更立卫于楚丘。

晋文公造五两之士五乘○79，锐卒千人，先以接敌，诸侯莫之能难○80，反郑之埤○81，东卫之亩○82，尊天子于衡雍○83。

吴阖庐选多力者五百人，利趾者○84三千人，以为前陈，与荆战，五战五胜，遂有郢。东征至于庳庐㉟，西伐至于巴、蜀，北迫齐、晋，令行中国。

故凡兵势险阻，欲其便也；兵甲器械，欲其利也；选练角材，欲其精也；统率士民，欲其教也。此四者，义兵之助也。时变之应也，不可为而不足专恃㉟。此胜之一策也。

决　　胜

四曰：夫兵有本干㉟：必义，必智，必勇。义则敌孤独，敌孤独则上下虚㉟，民解落；孤独则父兄怨，贤者诽，乱内作。智则知时化㉟，知时化则知虚实盛衰之变，知先后远近纵舍之数㉟。勇则能决断，能决断则能若雷电飘风暴雨，能若崩山破溃、别辨贾坠㉟；若鸷鸟之击也，搏攫则殪㉟，中木则碎。此以智得也。

夫民无常勇，亦无常怯。有气则实，实则勇；无气则虚，虚则怯。怯勇虚实，其由甚微，不可不知。勇则战，怯则北。战而胜者，战其勇者也㉟；战而北者，战其怯者也㉟。怯勇无常，倏忽往来，而莫知其方㉟，惟圣人独见其所由然。故商、周以兴，桀、纣以亡。巧拙之所以相过㉟，以益民气与夺民气，以能斗众与不能斗众。军虽大，卒虽多，无益于胜。军大卒多而不能斗，众不若其寡也。夫众之为福也大，其为祸也亦大。譬之若渔深渊，其得鱼也大，其为害也亦大。善用兵者，诸边之内莫不与斗，虽厮与白徒㉟，方数百里，皆来会战，势使之然也。幸㉟也者，审于战期而有以羁诱㉟之也。

凡兵，贵其因㉟也。因也者，因敌之险以为己固，因敌之谋以为己事。能审因而加，胜则不可穷矣。胜不可穷之谓神，神则能不可胜也。夫兵，贵不可胜。不可胜在己，可胜在彼㉟。圣人必在己者，不必在彼者，故执不可胜之术以遇不胜之敌，若此则兵无失矣。凡兵之胜，敌之失也。胜失之兵，必隐必微，必积必抟㉟。隐则胜阐矣㉟，微则胜显矣，积则胜散矣，抟则胜离矣。诸搏攫柢噬之兽㉟，其用齿角爪牙也，必托于卑微隐蔽，此所以成胜。

爱　　士

五曰：衣人以其寒也，食人以其饥也。饥寒，人之大害也。救之，义也。人之困穷㉟，甚如㉟饥寒，故贤主必怜人之困也，必哀人之穷也。如此则名号显矣，国士得矣。

昔者，秦缪公乘马而车为败㉟，右服失而野人取之㉟。缪公自往求之，见野人方将食之于岐山之阳。缪公叹曰："食骏马之肉而不还㉟饮酒，余恐其伤女也！"于是遍饮而去。处一年，为韩原之战，晋人已环缪公之车矣，晋梁由靡已扣缪公之左骖矣㉟，晋惠公之右路石奋投而击缪公之甲㉟，中之者已六札矣㉟。野人之尝食马肉于岐山之阳者三百有余人，毕力为缪公疾斗于车下，遂大克晋，反获惠公以归。此《诗》之所谓曰："君君子则正，以行其德；君贱人则宽，以尽其力"者也㉟。人主其胡可以无务行德爱人乎？行德爱人则民亲其上，民亲其上则皆乐为其君死矣。

赵简子有两白骡而甚爱之㉟。阳城胥渠处广门之官㉟，夜款门而谒曰㉟："主君之臣胥渠有疾，医教之曰：'得白骡之肝病则止，不得则死。'"谒者入通㉟。董安于御于侧，愠曰："嘻！胥渠也，期吾君骡，请即刑焉。"简子曰："夫杀人以活畜，不亦不仁乎？杀畜以活人，不亦仁乎？"于是召庖人杀白骡，取肝以与阳城胥渠。处无几何，赵兴兵而攻翟㉟。广门之官，左七百人，右七百人，皆先登而获甲首。人主其胡可以不好士？

凡敌人之来也，以求利也。今来而得死，且以走为利。敌皆以走为利，则刃无与接㉟。故敌得生于我，则我得死于敌；敌得死于我，则我得生于敌。夫得生于敌，与敌得生于我，岂可不察哉？此兵之精者也。存亡死生，决于如此而已矣。

---

①角：星宿名。二十八宿之一，在今室女座。

②觜嶲（xī，音西）：星宿名，二十八宿之一，在今猎户座。

③玄鸟：燕子。

④养羞：指鸟养护增生的羽毛准备过冬。

⑤几（jī，音基）：坐时放在身边供凭依的小桌。　　杖：手杖。古代用赐杖表示敬老。

⑥行：赐予。　　糜（mí，音迷）粥：粥。　　糜：通"糜"。

⑦司服：主管服饰的官吏。　　具：准备。　　饬：整饬。　　衣：上衣。　　裳：下衣。

⑧文：画。　　常：固定的规格。　　古时制度，祭服上衣用画，下衣用绣。

⑨枉：指不按法律公正断案。　　桡：指不按公理申明正义。

⑩宰祝：即太宰、太祝，主管牺牲及祭祀的官员。

⑪视：看，考察。　　全具：指牺牲完整，没有死伤。

⑫案：考察。刍豢：牺牲豢养的情况。刍：用草喂牛羊。豢：用谷物喂猪狗。

⑬物色：毛色。

⑭比类：合乎旧例。

⑮中度：符合要求。

⑯傩（nuó，音挪）：祭祀名，逐除灾役、不祥。

⑰御：止。　　佐疾：疫疠。

⑱穿：挖掘。　　窦：地穴。　　窌（jiào，音窖）：地窖。　　囷（qūn，音春）仓：存放粮食的仓库。圆的叫囷，方的叫仓。

⑲趣：催促。　　收敛：收藏谷物。

⑳杀气：指阴气。　　浸：渐渐地。

㉑正：校正。　　钧：三十斤。　　石：一百二十斤。

㉒齐：使……一致。　　斗甬：都是量器。　　甬：即"桶"。

㉓易：减轻。　　关市：批关市的税收。

㉔入：纳入。　　货贿：钱财。

㉕杂：会集。

㉖因：依顺。　　类：事类。这句是说要根据事情的不同来确定何时做什么。

㉗荣：花。

㉘先行：指先收声。仲秋雷始收声，行冬令，则提前止声。

㉙过胜：即胜败。

㉚过胜之：即胜败的关键。

㉛一：统一。

㉜至兵：正义之师。

㉝捷于肌肤：接触到肌肤。　　捷：通"接"，接触。

㉞深痛：深切。　　执固：牢固。

㉟动：移动。

㊱其令强者……：意思是令强者不可冲犯，信者赏不过分，刑不滥，就能使其敌弱而屈服。

㊲犹：通"由"。

㊳慑：显示武力使人畏惧。

㊴隆：兴盛。

㊵才民：疑为"土民"之误。　　合：交战。

㊶论：实行，让人知道。

㊷窅（yǎo，音窈）：义与"冥冥"相近，潜藏隐晦的样子。

㊸诚：实。

㊹兔起凫举：比喻行动迅速。　　死覆（mèn，音闷）之地：指地势险恶的绝地。

㊺凌：逾越。

㊻并：抑止。　　专精：使精神专一。

㊼冉叔：战国时义士。　　田侯：战国时齐国国君，姓田。

㊽豫让：春秋末晋人，晋卿智瑶家臣。智氏被灭后，他一再谋刺赵襄子。

㊾悼：恐惧。怛：畏惧。

㊿单荡精神：精神衰弱动摇。　　尽：达到顶点。

51铦（xiān，音仙）：锋利。　　械：兵器。

52南巢：古地名。据《史记·夏本纪》张守节正义，故址当在今安徽巢县。史传夏桀被放逐，死于此。

53拌：分开。

54涂：稀泥。

55知谋物之不谋之不禁也：懂得算计敌人考虑不到以及不防备的地方。

56专诸：春秋时吴国人，他为吴公子光（阖闾）刺杀了吴王僚，自己也当场身死。

57吴王一成：专诸一举而成全了阖闾，使他当上了吴王。

58躅：足迹。

59市人：市场上的人，指乌合之众。

60厚禄：俸禄丰厚的武士。　　教卒：受过训练的士兵。

61离散：指散兵游勇。　　系：疑为"枲"之误，枲即累。係累：囚犯。

62耰（yōu，音优）：平土的农具。　　白梃：白茬的木棒。

63铫：长矛。

64王子庆忌：指春秋吴王僚之子庆忌，以勇捷有力著称。　　陈年：古代齐国勇士。

65必死：不怕死的勇士。

66禽：同"擒"。　　推移、大牺：都为夏桀亡臣。

67登：进发。　　鸣条：古地名，又名高侯原，在今山西运城安邑镇北，相传商汤伐桀，战于鸣条之野。

68巢门：夏桀国都城门之名。

69遂：启用。

70简车：精选的战车。　　要（yāo）：成。　　甲子之事：武王在甲子那天打败纣的战事。　　牧野：古地名。

71行罚不辟天子：指诛杀纣王。　　辟：避开。

72殷、周：指殷人、周人。

73兵首：军队的前锋。

74石梁：古地名，在鼓城，在今江苏铜山县。

75酆郭：古地名，在今陕西西安市西南。

76令支：春秋时山戎属国，故址在今河北迁安县一带。

77中山：春秋时白狄别族国名，战国时为中山国，故址在今河北定县、唐县一带。　　邢：古国名，周公之子封于此，故址在今河北邢台县境。据史书记载，齐桓公因邢遭受赤狄侵犯，于是把邢迁到夷仪，狄实际上并未灭邢，邢后为卫所灭。

78狄人灭卫：公元前660年，狄人杀卫懿公于荥泽。

79造：造就，训练出。　　两：这里有技能的意思。　　五乘：兵车一乘，甲士三人，五乘合十五人。

80难：抵挡。

81反：覆，毁。　　埤（bì，音敝）：城上有孔的矮墙。

82东：使……东西向。　　亩：指田垄。

83衡雍：春秋郑地，在今河南省原阳县。

84利趾者：善于奔跑的人。

85库庐：古国名。

86不可为：应为"不可不为"。　　专：独。　　恃：依赖。

87本干：植物的根和干，比喻事物的主体。

88虚：气虚，缺乏斗志。

89时化：时势的变化。

⑨纵：发，放。　舍：止，息。　数：方法，策略。

⑨别辨：即异变。　霣坠：陨星坠落。

⑨搏：击。　攫：用爪抓取。　殪（yì，音异）：死。

⑨战其勇者也：凭恃自己的勇气而战。

⑨战其怯者也：心怀胆怯而战。

⑨方：道理。

⑨相过：指彼此绝然不同。

⑨厮：古代干粗杂活的奴隶或仆役。　舆：众。　白徒：指没受过军事训练的人。

⑨幸：当作"势"，态势。

⑨羁诱：辖制引导。

⑩因：善于凭借。

⑩可胜在彼：能够战胜敌人，在于敌人虚怯谋失。

⑩抟（zhuān，音专）：古"专"字，专一，集中。

⑩阐：公开，明了。

⑩牴：通"牴"，用角顶。

⑩困：生活困难。　穷：不得志。

⑩如：相当"于"。

⑩秦缪公：即秦穆公。　乘马：乘着马驾的车。　败：毁坏。

⑩服：古代四马的车中，中间的两匹马称"服"。　失：通"逸"，狂奔。　野人：农夫百姓。

⑩还：通"旋"，立即。

⑩梁由靡：晋大夫。韩原之战，他为晋惠公驾车。　扣：抓住。

⑪右：指车右，一般由勇士担任。　路石：人名。

⑫中：击穿。　之：指穆公之铠甲。　六札：六层革甲。当时革甲一般都是复叠七层。穆公之甲已被击穿六层，形势是相当危急的。

⑬君君子：给君子作君。　正：公正。　宽：宽厚。

⑭赵简子：春秋末年晋卿，名鞅，谥号简子，又名志文，也称赵孟。

⑮阳城胥渠：赵简子家臣。　处：任。　广门：晋邑名。　官：小吏。

⑯款：叩。　谒：告。

⑰谒者：负责通报的小官。　通：通报。

⑱董安于：赵简子家臣。　御：侍候。

⑲翟：即"狄"，我国当时北方的一个少数民族。

⑳接：交战。

吕氏春秋卷第九

镇洋毕氏校本

季秋纪第九

顺民　知士　审己　精通

吕氏春秋训解

高　氏

季　秋　纪

一曰：季秋之月，日在房，昏虚中，旦柳中。其日庚辛，其帝少皞，其神蓐收。其虫毛，其音商，律中无射。其数九，其味辛，其臭腥，其祀门，祭先肝。候雁来，宾爵入，大水为蛤①。菊有黄华，豺则祭兽戮禽②。天子居总章右个，乘戎路，驾白骆，载白旂，衣白衣，服白玉，食麻与犬，其器廉以深。

是月也，申严号令。命百官贵贱，无不务入③，以会④天地之藏，无有宣出。命冢宰⑤，农事备收，举五种之要⑥，藏帝籍之收于神仓⑦，祗敬必饬⑧。

是月也，霜始降，则百工休。乃命有司曰："寒气总至⑨，民力不堪，其皆入室。"上丁⑩，入学习吹⑪。

是月也，大飨帝⑫，尝牺牲⑬，告备于天子。合诸侯，制百县，为来岁受朔日，与诸侯所税于民轻重之法。贡职之数，以远近土地所宜为度⑭，以给郊庙之事⑮，无有所私。

是月也，天子乃教于田猎，以习五戎狝马⑯。命仆及七驺咸驾⑰，载旍旐舆⑱，受车以级，整设于屏外⑲，司徒搢扑⑳，北飨以誓之。天子乃厉服厉饬㉑，执弓操矢以射。命主祠，祭禽于四方㉒。

是月也，草木黄落，乃伐薪为炭。蛰虫咸俯在穴，皆瑾其户㉓。乃趣狱刑㉔，无留有罪。收禄秩之不当者，共养之不宜者。

是月也，天子乃以犬尝稻，先荐寝庙。季秋行夏令，则其国大水，冬藏殃败，民多鼽窒㉕。行冬令，则国多盗贼，边境不宁，土地分裂。行春令，则暖风来至，民气解堕㉖，师旅必兴。

顺　民

二曰：先王先顺民心，故功名成。夫以德得民心以立大功名者，上世多有之矣。失民心而立功名者，未之曾有也。得民必有道，万乘之国，百户之邑，民无有不说㉗。取民之所说而民取矣，民之所说岂众哉？此取民之要也㉘。

昔者汤克夏而正㉙天下，天大旱，五年不收，汤乃以身祷于桑林，曰："余一人有罪，无及万夫。万夫有罪，在余一人。无以一人之不敏㉚，使上帝鬼神伤民之命。"于是剪其发㉛，郦其手㉜，以身为牺牲，用祈福于上帝，民乃甚说，雨乃大至。则汤达乎鬼神之化，人事之传也。

文王处岐事纣，冤侮雅逊㉝，朝夕㉞必时，上贡必适，祭祀必敬。纣喜，命文王称西伯，赐之千里之地。文王载拜稽首而辞㉟曰："愿为民请炮烙之刑㊱。"文王非恶千里之地，以为民请炮烙之刑，必欲得民心也。得民心则贤㊲于千里之地，故曰文王智矣。

越王苦会稽之耻，欲深得民心，以致必死于吴㊳。身不安枕席，口不甘厚味㊴，目不视靡曼㊵，耳不听钟鼓。三年苦身劳力，焦唇干肺。内亲群臣，下养百姓，以来其心㊶。有甘脆不足分，弗敢食；有酒流之江，与民同之㊷。身亲耕而食，妻亲织而衣。味禁珍，衣禁袭㊸，色禁二。时出行路，从车载食，以视孤寡老弱之溃病、困穷、颜色愁悴、不赡者㊹，必身自食之。于是属㊺诸大夫而告之，曰："愿一与吴徼天下之衷㊻。今吴越之国，相与俱残，士大夫履肝肺㊼，同日而死，孤与吴王接颈交臂而偾㊽，此孤之大愿也。若此而不可得也，内量吾国不足以伤吴，外事之诸候不能害之，则孤将弃国家，释群臣，服剑臂刃㊾，变容貌，易姓名，执箕帚而臣事之，以与吴王争一旦之死。孤虽知要领不属㊿，首足异处，四枝布裂，为天下戮，孤之志必将出焉。"于是异日果与吴战于五湖，吴师大败，遂大围王宫，城门不守，禽夫差，戮吴相[51]，残吴二年而霸，此先顺民心也。

齐庄子请攻越，问于和子[52]。和子曰："先君有遗令曰：'无攻越，越猛虎也。'"庄子曰："虽猛虎也，而今已死矣。"和子曰以告鸮[53]子。鸮子曰："已死矣，以为生。"故凡举事，必先审民心然后可举。

知　士

三曰：今有千里之马于此，非得良工[54]，犹若弗取。良工之与马也，相得则然后成[55]，譬之若枹之与鼓。夫士亦有千里，高节死义，此士之千里也。能使士待千里者，其惟贤者也。

静郭君善剂貌辨[56]。剂貌辨之为人也多訾[57]，门人弗说。士尉以证静郭君[58]，静郭君弗听，士尉辞而去。孟尝君窃以谏静郭君[59]，静郭君大怒曰："刬而类[60]！揆吾家[61]，苟可以傔[62]剂貌辨者，吾无辞为也。"于是舍之上舍，令长子御[63]，朝暮进食。

数年，威王薨，宣王立，静郭君之交[64]，大不善于宣王，辞而之薛，与剂貌辨俱[65]。留无几何，剂貌辨辞而行，请见宣王。静郭君曰："王之不说婴也甚，公往，必得死焉。"剂貌辨曰："固非求生也。"请必行，静郭君不能止。

剂貌辨行，至于齐，宣王闻之，藏怒以待之。剂貌辨见，宣王曰："子，静郭君之所听爱也？"剂貌辨答曰："爱则有之，听则无有。王方为太子之时，辨谓静郭君曰：'太子之不仁，过颐涿视[66]，若是者倍反[67]。不若革太子，更立卫姬婴儿校师。'静郭君泫而曰[68]：'不可。吾弗忍为也。'且静郭君听辨而为之也，必无今日之患也，此为一也。至于薛，昭阳[69]请以数倍之地易薛，辨又曰：'必听之。'静郭君曰：'受薛于先王，虽恶于后王[70]，吾独谓先王何乎？且先王之庙在薛，吾岂可以先王之庙予楚乎？又不肯听辨，此为二也。"宣王太息[71]，动于颜色，曰："静郭君之于寡人一至此乎！寡人少，殊不知此。客肯为寡人少来静郭君乎？"剂貌辨答曰："敬诺。"

静郭君来，衣威王之服⑫，冠其冠，带其剑。宣王自迎静郭君于郊，望之而泣。静郭君至，因请相之。静郭君辞，不得已而受。十日，谢病，强辞⑬，三日而听。

当是时也，静郭君可谓能自知⑭人矣。能自知人，故非之弗为阻。此剂貌辨之所以外生乐⑮、趋患难故也。

审　　己

四曰：凡物之然也，必有故。而⑯不知其故，虽当，与不知同，其卒必困⑰。先王、名士、达师之所以过俗者，以其知也⑱。水出于山而走⑲于海，水非恶山而欲海也，高下使之然也。稼生于野而藏于仓，稼非有欲也，人皆以⑳之也。故子路掩雉而复释之。

子列子常射中矣，请之于关尹子。关尹子曰："知子之所以中乎？"答曰："弗知也。"关尹子曰："未可。"退而习之三年，又请。关尹子曰；"子知子之所以中乎？"子列子曰㉑："知之矣。"关尹子曰："可矣，守而勿失。"非独射也，国之存也，国之亡也，身之贤也，身之不肖也，亦皆有以㉒。圣人不察存亡贤不肖，而察其所以也。

齐攻鲁，求岑鼎㉓，鲁君载他鼎以往。齐侯弗信而反㉔之，为非，使人告鲁侯曰："柳下季㉕以为是，请因受之。"鲁君请于柳下季，柳下季答曰："君之赂，以欲岑鼎也？以免国也？臣亦有国㉖于此，破臣之国以免君之国，此臣之所难也。"于是鲁君乃以真岑鼎往也。且柳下季可谓此能说矣㉗，非独存己之国也，又能存鲁君之国。"

齐湣王亡居于卫，昼日步足㉘，谓公玉丹㉙曰："我已亡矣，而不知其故。吾所以亡者，果何故哉？我当已㉚。"公玉丹答曰："臣以王为已知之矣，王故尚未之知邪？王之所以亡也者，以贤也。天下之王皆不肖，而恶王之贤也，因相与合兵而攻王，此王之所以亡也。"湣王慨焉太息曰："贤固若是其苦邪？"此亦不知其所以也，此公玉丹之所以过也。

越王授㉛有子四人。越王之弟曰豫，欲尽杀之，而为之后㉜。恶其三人而杀之矣，国人不说㉝，大非上。又恶其一人而欲杀之。越王未之听。其子恐必死，因国人之欲逐豫，围王宫。越王太息曰："余不听豫之言，以罹此难也。"亦不知所以亡也。

精　　通

五曰：人或谓兔丝㉞无根。兔丝非无根也，其根不属也㉟，伏苓㊱是。慈石召铁，或引之也。相近而靡㊲，或軵㊳之也。圣人南面而立㊴，以爱利民为心，号令未出而天下皆延颈举踵㊵矣，则精通乎民也。夫贼害于人，人亦然。

今夫攻者，砥厉五兵㊶，俦衣美食㊷，发且有日矣，所被攻者不乐㊸，非或闻之也，神者先告也㊹。身在乎秦，所亲爱在于齐，死而志气不安，精或往来也。

德也者，万民之宰也㊺。月也者，群阴之本㊻也。月望则蚌蛤实，群阴盈；月晦则蚌蛤虚，群阴亏。夫月形乎天㊼，而群阴化乎渊；圣人行德乎己，而四荒咸饬乎仁㊽。

养由基射兕㊾，中石，矢乃饮羽㊿，诚乎兕也。伯乐学相马，所见无非马者，诚乎马也。宋之庖丁好解牛，所见无非死牛者，三年而不见生牛，用刀十九年，刃若新磨⑪研，顺其理，诚乎牛也。

钟子期⑫夜闻击磬者而悲。使人召而问之曰："子何击磬之悲也？"答曰："臣之父不幸而杀人，不得生；臣之母得生，而为公家为酒；臣之身得生，而为公家击磬。臣不睹臣之母三年矣。

昔为舍氏睹臣之母^⑬，量所以赎之则无有^⑭，而身固公家之财也，是故悲也。"钟子期叹嗟曰："悲夫！悲夫！心非臂也，臂非椎、非石^⑮也。悲存乎心而木石应之。"故君子诚乎此而谕乎^⑯彼，感乎己而发乎人，岂必强说乎哉^⑰。"

周有申喜者，亡其母^⑱，闻乞人歌于门下而悲之，动于颜色，谓门者内^⑲乞人之歌者，自觉而问焉^⑳，曰："何故而乞？"与之语，盖其母也。故父母之于子也，子之于父母也，一体而两分，同气而异息，若草莽之有华实^㉑也，若树木之有根心也，虽异处而相通，隐志相及^㉒，痛疾相救，忧思相感，生则相欢，死则相哀，此之谓骨肉之亲。神出于忠^㉓，而应乎心，两精相得，岂待言哉？

---

①宾爵：指老雀。　　爵：通"雀"。因其栖于人家房子之间有似宾客，所以称为宾爵。　　大水：指海。　　蛤：蛤蜊。

②豺：豺狗。　　祭兽：豺杀获野兽之后，四面摆开，象祭祀一样，古人称之为祭兽。　　戮：杀。　　禽：泛指鸟兽。

③务：致力。　　入：纳入。

④会：合。

⑤冢宰：官名，六卿之一，也称太宰。负责治理邦国，统领百官。

⑥举：设立。　　五种：五谷。　　要：文薄。

⑦帝籍之收：天子籍田中所收的谷物。　　神仓：储藏供祭祀上帝神祇所用各物的仓。

⑧祗：敬。　　饬：正。　　这句是说储藏籍田所收谷物入神仓时恭敬而不怠慢，端正而不偏。

⑨总至：突然到来。　　总：猝然。

⑩上丁：上旬的丁日。

⑪学：太学。　　吹：吹竽之类。

⑫大飨帝：遍祀五帝。　　飨：飨祭。帝：五帝。

⑬尝牺牲：以牺牲尝祭群神。　　尝：秋祭名，祭祀群神。

⑭土地所宜：土地适宜出产的东西。　　度：标准。

⑮给：供给。　　郊庙：泛指祭祀。祭天曰郊，祭祖曰庙。

⑯五戎：五种兵器。常指刀剑矛戟矢。　　搜（sōu，音搜）：选择。

⑰仆：田猎时负责驾车的人。　　七驺：负责套马和卸马的人。　　驾：驾驶车马。

⑱旌（jīng，音经）：旌旗。　　旐（zhào，音兆）：绘有龟蛇的旗帜。　　舆：应作"旟"，绘有鹰鸟的旗。

⑲整：按尊卑次序排好队。　　设：陈设，摆开。　　屏：指猎场周围的树墙。

⑳司徒：官名，六卿之一，掌教化。　　搢（jìn，音晋）：插。　　扑：戒尺之类教刑的用具。

㉑厉服：猛厉之服，即戎装。　　厉：猛。　　厉饬：指披挂的刀剑。饬：同"饰"，饰物。

㉒主祠：掌管祭祀的管吏。　　禽：指猎获的鸟兽。　　四方：四方之神。

㉓墐：用泥涂于柴门，使之挡风。

㉔趣：督促。　　狱刑：用如动词，断案判刑。

㉕鼽（qiú，音囚）：鼻不通。

㉖解堕：松懈懒惰。

㉗说：同"悦"，高兴。

㉘要：关键，要领。

㉙正：治理。

㉚不敏：不才。

㉛剪其发：剪头发是古代的一种刑罚。

㉜鄌：疑为"厤（历）"字之误。　　厤：通"枥"，压挤。　　枥其手也是古代一种刑罚。

㉝冤侮：遭受冤枉、轻慢。　　雅：正，合乎规范。　　逊：谦顺。

㉞朝夕：指早晚朝拜。

㉟载：同"再"。　　辞：推辞。

㊱请炮烙之刑：即请求废除炮烙之刑。

㊲贤：胜过。

㊳致必死：抱定必死的决心拼命。

㊴厚味：美味。

㊵靡曼：美色。

㊶来：使……来，使……归依。

㊷有酒流之江，与民同之：传说越王曾把酒倒入江中，与民同饮。

㊸袭：衣外加衣。

㊹溃：病。　　愁悴：忧愁憔悴。　　赡：充足。

㊺属：聚集。

㊻下：疑为衍文。　　衷：正。　　这一句大意是要与吴国一决胜负。

㊼履肝肺：形容战争残酷激烈，杀伤甚多。　　履：踏、踩。

㊽接颈交臂：指肉搏之状。　　偾（fèn，音愤）：僵仆，即死。

㊾服：佩带。　　臂：用作动词，拿着。

㊿要（yāo）领不属：指受腰斩、砍头之刑。　　要：通"腰"。领：脖子。属：连接。

51吴相：指太宰嚭（pǐ）。

52齐庄子：即田庄子，田和之父，齐宣公之相。　　和子：春秋齐国田常的曾孙田和，为田姓齐国第一个国君。

53鸮（xiāo，音枭）子：齐国之相。

54良工：善于相马的人。

55相得：相配。　　成：成名。

56静郭君：即田婴，号静郭君，战国时齐相，曾受封于薛。　　剂貌辨：齐人，静郭君的门客。

57訾：通"庇"，过失。

58士尉：齐人，静郭君的门客。　　证：谏诤。

59孟尝君：静郭君之子，名文，号孟尝君。　　窃：私下。

60戋（chǎn，音铲）：消灭。　　而：你们。

61揆：通"朕"，离散。

62慊（qiàn，音歉）：满足。

63御：侍候。

64交：结交，往来。

65俱：借同。

66过颐豕视：当作"过颐豖视"。过颐：下巴过宽。　　豖视：下斜偷视。古人认为此乃不仁之相。

67倍：背叛。

68泫：流泪。

69昭阳：战国时楚相。

70恶于后王：被后王所厌恶。　　后王：指宣王。

71太息：长叹。

72衣威王之服：穿上威王所赐的衣服。　　下文的"冠"、"剑"亦如此。

73谢病：托病请辞。　　强辞：极力推辞掉。

74自知：不待他人教谕而知。

75外生乐：把生命与欢乐置之度外。

76而：假如。

77"虽当"一句：这句大意是，（假如不知其原故，）虽然有时做事也适当，但与不适当会有相同的结果，终究会导致困窘。

78知：指知故。

79走：归。

80以：用。

81子列子：战国时郑人，即列御寇。　　关尹子：古代道家人物，名喜，为函谷关令。

82有以：有原因。

⑧③岑（cén，音涔）鼎：鲁国宝鼎，因形高而锐，类岑之形，故名。岑：小而高的山。
⑧④反：同“返”，归还。
⑧⑤柳下季：春秋时鲁国大夫展禽，字季，因食邑柳下，故称柳下季。
⑧⑥国：比喻为“诚信”之“国”。
⑧⑦且：相当于“若”。　此：疑为衍文。　说：劝说。
⑧⑧昼日：白天。　步足：散步。
⑧⑨公玉丹：齐湣王之臣。
⑨⓪已：停止。意思是不再这么做。
⑨①越王授：勾践六世孙无颛。
⑨②后：王位继承人。
⑨③说：同“悦”。
⑨④兔丝：即菟丝，一种寄生的蔓草。
⑨⑤属：连接。
⑨⑥伏苓：即茯苓，寄生在松树根上的一种块状菌。古人认为菟丝并非无根，只是它的根不与菟丝相连，茯苓就是它的根。
⑨⑦靡（mó，音磨）：通“摩”，摩擦。
⑨⑧軵（fǔ，音甫）：推。
⑨⑨南面而立：指作君主。古代以坐北朝南为尊位，故天子诸侯见群臣皆南面而坐。
⑩⓪延颈举踵：伸长脖子，踮起脚跟。形容殷切盼望的样子。
⑩①砥厉：磨石。　细者为砥，粗者为厉。　这里是动词，磨锋利。
⑩②侈衣美食：穿华丽之服，吃精美之食。　古代将士出征前，往往赏赐丰厚，故有此举。
⑩③被：遭受。
⑩④神者先告：精神就已预先感知到了。
⑩⑤宰：主宰。
⑩⑥群阴：各种属阴的东西。
⑩⑦形：显露，表现。　乎：于。
⑩⑧四荒：指四方边远之地的老百姓。　咸：都。饬：整治。
⑩⑨养由基：春秋时楚国大夫，以善射著称。兕（sì，音四）：同“兕”，一种犀牛类猛兽。
⑪⓪饮羽：箭射入正中，尾部羽毛没入不见。
⑪①礳：通“磨”。
⑪②钟子期：春秋时楚人，以知音而闻世。
⑪③昔：昨天夜晚。
⑪④量：审度，思量。
⑪⑤椎：击磬的木棒。　石：指磬。
⑪⑥谕：表现，告知。
⑪⑦强（qiǎng）：极力。
⑪⑧亡：失散。
⑪⑨内：通“纳”。
⑫⓪自觉：疑为“自见”之误。
⑫①莽：密生的草，也泛指草。
⑫②隐志：潜藏于心的志向。　及：连系。
⑫③神：指天性。　忠：至诚。